Ken Follett

LOS PILARES DE LA TIERRA

Ken Follett nació en Cardiff (Gales) y a los diez años se mudó a Londres con su familia. Se licenció en filosofía en la Universidad de Londres y posteriormente se dedicó al periodismo. Durante sus años de reportero empezó a escribir obras de ficción. Pero no fue hasta 1978 que se convirtió en escritor de éxito, con la publicación de *El ojo de la aguja*. Desde entonces, cada novela de Ken Follett se convierte en un éxito internacional. Actualmente vive en una vieja rectoría de Hertfordshire con su esposa Barbara.

LOS PILARES DE LA TIERRA

LOS PILARES DE LA TIERRA

Ken Follett

Vintage Español
Una división de Random House, Inc.
Nueva York

PRIMERA EDICIÓN VINTAGE ESPAÑOL, JULIO 2010

A Marie-Claire,
la niña de mis ojos

Quiero dar las gracias de manera muy especial a Jean Gimpel, Geoffrey Hindley, Warren Hollister y Margaret Wade Labarge por haberme facilitado sus conocimientos enciclopédicos sobre la Edad Media.

Y también a Ian y Marjory Chapmen por su paciencia, aliento e inspiración.

Una INTRODUCCIÓN a
Los pilares de la Tierra

Nada ocurre tal como se planea.

La novela *Los pilares de la Tierra* sorprendió a mucha gente, incluido yo mismo. Se me conocía como autor de *thrillers*. En el mundo editorial, cuando uno alcanza el éxito con un libro, lo inteligente es escribir algo en la misma línea una vez al año durante el resto de la vida. Los payasos no deberían tratar de interpretar el papel de Hamlet y las estrellas del pop no deberían componer sinfonías. Y yo no debería haber puesto en peligro mi reputación escribiendo un libro impropio de mí y en exceso ambicioso.

Además, no creo en Dios. No soy lo que suele entenderse por una «persona espiritual». Según mi agente, mi mayor problema como escritor es que no soy un espíritu atormentado. Lo último que cabía esperar de mí era una historia sobre la construcción de una iglesia.

Así pues, era poco probable que escribiese un libro como *Pilares,* y de hecho estuve a punto de no hacerlo. Lo empecé, lo dejé y no volví a mirarlo hasta pasados diez años.

Ocurrió de este modo.

Cuando era niño, toda mi familia pertenecía a un grupo religioso puritano llamado los Hermanos de Plymouth. Para nosotros, una iglesia era una escueta sala con hileras de sillas en torno a una mesa central. Estaban prohibidos los cuadros, las estatuas y cualquier otra forma de ornamentación. La secta tampoco veía con buenos ojos las visitas de los miembros a iglesias de la competencia. Por tanto, crecí sin saber apenas nada de la gran riqueza arquitectónica de las iglesias europeas.

Comencé a escribir novelas hacia los veinticinco años, siendo reportero del *Evening News* de Londres. Me di cuenta por aquel entonces de que nunca había prestado mucha atención al paisaje urbano que me rodeaba y carecía de vocabulario para describir los edificios donde se desarrollaban las aventuras de mis personajes. De modo que compré *A History of European Architecture,* de Nikolaus Pevsner. Tras la lectura de ese libro empecé a ver de otra manera los edificios en general y las iglesias en particular. Pevsner escribía con verdadero fervor cuando hacía referencia a las catedrales góticas. La invención del arco ojival, afirmaba, fue un singular acontecimiento en la historia, resolviendo un problema técnico —cómo construir iglesias más altas— mediante una solución que era a la vez de una belleza sublime.

Poco después de leer el libro de Pevsner, mi periódico me envió a la ciudad de Peterborough, en East Anglia. No recuerdo ya qué noticia debía cubrir, pero nunca olvidaré lo que hice una vez transmitido el artículo. Tenía que esperar aproximadamente una hora para tomar el tren de regreso a Londres y, recordando las fascinantes y apasionadas descripciones de Pevsner sobre la arquitectura medieval, fui a visitar la catedral de Peterborough.

Fue uno de esos momentos reveladores.

La fachada occidental de la catedral de Peterborough cuenta con tres enormes arcos góticos semejantes a puertas para gigantes. El interior es más antiguo que la fachada, y una serie de arcos de medio punto en majestuosa procesión delimita la nave lateral. Como todas las grandes iglesias, es a la vez tranquila y hermosa. Pero yo percibí algo más que eso. Gracias al libro de Pevsner, intuí el esfuerzo que había requerido aquella obra. Conocía los esfuerzos de la humanidad por construir iglesias cada vez más altas y bellas. Comprendía el lugar de aquel edificio en la historia, mi historia.

La catedral de Peterborough me embelesó.

A partir de ese momento visitar catedrales se convirtió en uno de mis pasatiempos. Cada tantos meses viajaba a alguna ciudad antigua de Inglaterra, me alojaba en un hotel y estudiaba la iglesia. Así conocí las catedrales de Canterbury, Salisbury, Winchester, Gloucester y Lincoln, cada una de ellas una pieza única, cada una poseedora de una apasionante historia que contar. La mayoría de la gente dedica una o dos horas a una catedral; yo, en cambio, prefiero emplear un par de días.

Las propias piedras revelan la historia de su construcción: interrupciones e inicios, daños y reconstrucciones, ampliaciones en épocas de prosperidad, y homenajes en forma de vidriera a los hombres ricos que por lo general pagaban las facturas. La situación de la iglesia en el pueblo cuenta otra historia. La catedral de Lincoln se halla justo frente al castillo: los poderes religioso y militar cara a cara. En torno a la de Winchester se extiende una ordenada cuadrícula de calles, trazada por un obispo medieval con ínfulas de urbanista. La de Salisbury fue trasladada en el siglo XIII de un emplazamiento defensivo en lo alto de una colina —donde se ven aún las ruinas de la vieja catedral— a un despejado llano en señal de que había llegado una paz permanente.

Pero una duda me asaltaba sin cesar: ¿Por qué se construyeron esas iglesias?

Hay respuestas sencillas —para glorificar a Dios, para satisfacer la vanidad de los obispos, etc.—, pero a mí no me bastaban. Los constructores carecían de la maquinaria adecuada, desconocían el cálculo de estructuras, y eran pobres: el príncipe más rico vivía peor que, pongamos por caso, un recluso en una cárcel moderna. Aun así, lograron erigir los edificios más hermosos jamás creados y los construyeron tan bien que cientos de años después todavía siguen en pie para que nosotros los estudiemos y admiremos.

Empecé a leer acerca de estas iglesias, pero los libros me resultaban poco convincentes. Encontraba mucha palabrería estética sobre las fachadas pero casi nada respecto a la parte viva de las construcciones. Finalmente descubrí *The Cathedral Builders* de Jean Gimpel. Gimpel, la oveja negra de una familia francesa de marchantes, se impacientaba tanto como yo al leer sobre la «eficacia» estética de un triforio. Su libro hablaba de la gente real que vivía en míseras casuchas y levantó sin embargo esos fabulosos edificios. Gimpel examinó los libros de cuentas de los monasterios y se interesó en la identidad de los constructores y su remuneración. Fue el primero en advertir, por ejemplo, que una minoría digna de mención eran mujeres. La Iglesia medieval era sexista, pero también las mujeres contribuyeron a la construcción de las catedrales.

Gracias a otra obra de Gimpel, *The Medieval Machine,* supe que la Edad Media fue una época de rápida innovación tecnológica durante la cual se aprovechó la energía de los molinos de agua para diversos usos industriales. No tardé en sentir interés por la vida medieval en general. Y empecé a forjarme una idea de los motivos que impulsaron a las gentes de la Edad Media a ver la construcción de catedrales como algo lógico y normal.

La explicación no resulta sencilla. Es en cierto modo como tratar de entender por qué el hombre del siglo XX destina tan grandes sumas de dinero a explorar el espacio exterior. En ambos casos interviene toda una red de influencias: curiosidad científica, intereses comerciales, rivalidades políticas y las aspiraciones espirituales de una humanidad atada a este mundo. Y tuve la impresión de que existía una sola manera de trazar el esquema de esa red: escribir una novela.

En algún momento de 1976 escribí las líneas generales y unos cuatro capítulos de la novela. Se la envié a mi agente, Al Zuckerman, que me contestó en una carta: «Has creado un tapiz. Lo que necesitas es una serie de melodramas enlazados.»

Volviendo la vista atrás, comprendo que a la edad de veintisiete años no era capaz de escribir una novela de esas características. Era como si un aprendiz de acuarelista proyectase un óleo de grandes proporciones. Para tratar el tema como merecía, el libro debía ser muy extenso, abarcar un período de varias décadas y dar vida al complejo marco de la Europa medieval. Por entonces yo escribía libros mucho menos ambiciosos, y así y todo no dominaba aún el oficio.

Abandoné el libro sobre la catedral y se me ocurrió otra idea, un *thriller* acerca de un espía alemán en territorio inglés durante la guerra. Afortunadamente ese proyecto sí estaba a mi alcance, y con el título *La isla de las tormentas* se convirtió en mi primer *bestseller*.

En la década siguiente escribí *thrillers*, pero continué visitando catedrales, y la idea de la novela sobre una catedral nunca llegó a desvanecerse por completo. La resucité en enero de 1986, después de terminar mi sexto *thriller, El Valle de los Leones*.

Mis editores se pusieron nerviosos. Querían otra historia de espías. Mis amigos albergaban también sus temores. No soy la clase de autor capaz de eludir un fracaso amparándome en que el libro era bueno pero los lectores no habían estado a la altura. Escribo para entretener, y ello me complace. Un fracaso me hundiría. Nadie trató de disuadirme, pero muchos expresaron sus reservas.

Sin embargo no deseaba escribir un libro «difícil». Escribiría una historia de aventuras con pintorescos personajes que fuesen ambiciosos, perversos, atractivos, heroicos e inteligentes. Quería lectores corrientes tan fascinados como yo por el aspecto romántico de las catedrales medievales.

Por entonces ya había desarrollado el método de trabajo que sigo usando hoy día. Empiezo con un esquema del argumento que incluye lo que ocurrirá en cada capítulo y mínimos esbozos de los personajes. Pero ese libro no era como los demás. El principio no me dio problemas, pero a medida que el argumento avanzaba década a década y los personajes pasaban de la juventud a la madurez encontraba mayores dificultades para inventar nuevos giros e incidentes en sus vidas. Descubrí que un libro extenso representa un desafío mucho mayor que tres cortos.

El héroe de la historia tenía que ser un religioso o algo parecido. Eso no me resultaba fácil. Me costaría interesarme en un personaje preocupado exclusivamente por la otra vida (como les costaría también a muchos lectores). A fin de que el prior Philip despertase más simpatía, lo doté de una fe muy práctica y realista, un interés por las almas de la gente aquí en la tierra y no sólo en el cielo.

La sexualidad de Philip era otro problema. Teóricamente, todos los monjes y sacerdotes eran célibes en la Edad Media. El recurso obvio habría sido mostrar a un hombre debatiéndose en una terrible lucha con su lujuria. Pero no conseguí entusiasmarme con ese tema. Me formé en los años sesenta, y me inclino siempre del lado de quienes afrontan la tentación cayendo en ella. Finalmente lo presenté como una de esas escasas personas para quienes el sexo no tiene gran importancia. Es el único de mis personajes que sobrelleva el celibato con alegría.

Me puse en contacto con Jean Gimpel, que me había servido de inspiración una década atrás, y para mi asombro descubrí que vivía no solo en Londres sino en mi misma calle. Contraté sus servicios como asesor, y nos convertimos en amigos y contrincantes en tenis de mesa hasta su muerte.

En marzo del año siguiente, 1987, llevaba dos años trabajando en la novela y tenía sólo un esquema incompleto y unos cuantos capítulos. No podía dedicar el resto de mi vida a ese libro. Pero ¿qué debía hacer? Podía dejarlo y escribir otro *thriller*. O podía trabajar con más ahínco. Por aquellas fechas escribía de lunes a viernes y me ocupaba de la correspondencia los sábados por la mañana. A partir de enero de 1988 empecé a escribir de lunes a sábado y contestaba las cartas el domingo. Mi rendimiento aumentó de manera espectacular, en parte por el día extra, pero sobre todo por la intensidad con que trabajaba. El problema del final del libro, que no había esbozado, se resolvió mediante una repentina inspiración cuando se me ocurrió involucrar a los personajes principales en el famoso asesinato de Thomas Becket.

Si no recuerdo mal, terminé el primer borrador a mediados de aquel año. Una mezcla de entusiasmo e impaciencia me impulsó a trabajar aún con mayor denuedo en la revisión, y comencé a trabajar los siete días de la semana. Descuidé por completo la correspondencia, pero concluí el libro en marzo de 1989, tres años y tres meses después del inicio.

Estaba agotado pero contento. Tenía la sensación de haber escrito algo especial, no un simple *bestseller* más sino quizá una gran novela popular.

Poca gente se mostró de acuerdo.

Mi editorial estadounidense para tapa dura, William Morrow & Co., imprimió aproximadamente el mismo número de ejemplares que de *El Valle de los Leones,* y cuando vendieron igual cantidad, se dieron por satisfechos. Mis editores londinenses demostraron mayor interés, y *Pilares* se vendió mejor que mis anteriores libros. Pero entre los editores de todo el mundo la reacción inicial fue un suspiro de alivio ante el hecho de que Follett hubiese concluido su disparatado proyecto y salido indemne. El libro no ganó premio alguno, ni llegó siquiera a ser finalista. Unos cuantos críticos lo elogiaron encarecidamente, pero la mayoría mostró sólo indiferencia. Se convirtió en número uno en ventas en Italia, donde los lectores tienen siempre una actitud favorable conmigo. La edición en rústica ocupó la primera posición en las listas de ventas británicas durante una semana.

Empecé a pensar que me había equivocado. Quizá el libro era sólo una lectura amena como tantas otras, bueno pero no extraordinario.

Hubo no obstante una persona que creyó fervientemente que se trataba de un libro especial. Mi editor alemán, Walter Fritzsche, de Gustav Lübbe Verlag, soñaba desde hacía tiempo con publicar una novela sobre la construcción de una catedral. Incluso había comentado la idea a algunos de sus autores alemanes, sin llegar a ningún resultado. Así que se entusiasmó con lo que estaba escribiendo, y cuando por fin recibió el manuscrito, tuvo la sensación de que sus esperanzas se habían cumplido.

Hasta ese momento mi obra había gozado de moderado éxito en Alemania. (Los villanos de mis libros eran a menudo alemanes, así que no podía quejarme.) El entusiasmo de Fritzsche fue tal que pensó que *Pilares* cambiaría esa tendencia, convirtiéndome en el escritor más popular de Alemania.

Ni siquiera yo le creí.

Sin embargo Fritzsche tenía razón.

Lübbe realizó una excelente edición del libro. Contrató a un joven artista, Achim Kiel, para la portada, pero él insistió en realizar el diseño de todo el libro, tratándolo como un objeto, y Lübbe tuvo el valor de aceptar su propuesta. Kiel cobraba unos honorarios considerables, pero logró transmitir al comprador la sensación de Fritzsche de que el libro era algo especial. (Kiel siguió encargándose de mis ediciones alemanas durante años, creando una imagen que Lübbe utilizó después repetidas veces.)

Advertí el primer indicio de que los *lectores* veían el libro como algo especial cuando Lübbe preparó un anuncio para celebrar los 100.000 ejemplares vendidos. Hasta entonces nunca había alcanzado semejante cifra de ventas con un libro en tapa dura más que en Estados Unidos (que tiene una población cinco veces mayor que Alemania).

Al cabo de dos años *Pilares* comenzó a aparecer en las listas de *bestsellers* de más larga duración, habiendo entrado unas ochenta veces en la lista alemana de libros más vendidos. Con el paso del tiempo se integró a la lista de manera permanente. (Hasta el día de hoy ha aparecido más de trescientas veces en la lista semanal.)

Un día me dediqué a comprobar la hoja de liquidación de los derechos del libro enviada por New American Library, editorial responsable de mis ediciones en rústica para Estados Unidos. Dichas hojas están concebidas para evitar que el autor sepa qué ocurre realmente con su libro, pero después de perseverar durante décadas he aprendido a interpretarlas. Y descubrí que *Pilares* vendía alrededor de 50.000 ejemplares semestralmente. *La isla de las tormentas,* en cambio, vendía unos 25.000 ejemplares, como la mayoría de mis otros libros.

Comprobé las ventas en el Reino Unido y vi que se mantenía la misma proporción: *Pilares* vendía más o menos el doble.

Empecé a advertir que *Pilares* se mencionaba más que cualquier otro libro en las cartas de mis admiradores. Firmando ejemplares en las librerías, me encontré con que era cada vez mayor el número de lectores que consideraban *Pilares* su novela preferida. Mucha gente me pidió que escribiese una segunda parte. (Lo haré, algún día.) Algunos afirmaban que era el mejor libro que habían leído, un halago que no había recibido por ningún otro título. Una agencia de viajes inglesa se dirigió a mí para plantearme la creación de una festividad de los «Pilares de la Tierra». Empezaba a parecer un libro de culto.

Finalmente comprendía qué ocurría. Era uno de esos libros en que actúa el boca a boca. En el mundo editorial es sabido que la mejor publicidad es aquella que no puede comprarse: la recomendación personal de un lector a otro. Ése era el motivo de las ventas de *Pilares*. Tú lo has conseguido, querido lector. Editores, agentes, críticos y aquellos que otorgan los premios literarios pasaron por alto en general este libro, pero no *vosotros*. Vosotros os disteis cuenta de que era distinto y especial, y vosotros lo comunicasteis a vuestros amigos, y al final corrió la voz.

Y así ocurrió. Parecía el libro menos adecuado; yo parecía el autor menos adecuado, y estuve a punto de no escribirlo. Sin embargo es mi mejor libro, y vosotros lo habéis honrado con vuestra lectura.

Os lo agradezco.

KEN FOLLETT
Stevenage, Hertforshire enero 1999

En la noche del 25 de noviembre de 1120, el *Navío Blanco* zarpó rumbo a Inglaterra y se hundió en Barfleur con todos cuantos viajaban a bordo salvo uno... El navío era lo más moderno en transportes marítimos e iba dotado de todos los adelantos conocidos por los armadores de la época... La notoriedad de aquel naufragio se debió al gran número de personalidades que se encontraban entre el pasaje. Además del hijo y heredero del rey, iban también dos bastardos reales, varios condes y barones y gran parte de la corte... Su trascendencia histórica fue la de dejar a Henry sin heredero directo y su resultado final el de una lucha por la sucesión y el período de anarquía que siguió a la muerte de Henry.

A. L. POOLE,
Desde el Libro Domesday*
a la Carta Magna

---

* Libro-Registro de la Gran Inquisición llevada a cabo en 1086 por Guillermo el Grande sobre la propiedad de las tierras de Inglaterra. *(N. de la T.)*

PRÓLOGO

1123

Los chiquillos llegaron temprano para el ahorcamiento.

Todavía estaba oscuro cuando los tres o cuatro primeros se escurrieron con cautela de las covachas, sigilosos como gatos, con sus botas de fieltro.

El pequeño pueblo aparecía cubierto por una ligera capa de nieve reciente, como si le hubiesen dado una nueva mano de pintura y sus huellas fueron las primeras en manchar su inmaculada superficie. Se encaminaron a través de las arracimadas chozas de madera y a lo largo de las calles de barro helado hasta la silenciosa plaza del mercado donde esperaba la horca.

Los muchachos aborrecían todo aquello que sus mayores estimaban. Despreciaban la belleza y se burlaban de la bondad. Se morían de risa a la vista de un lisiado y si topaban con un animal herido lo mataban a pedradas.

Alardeaban de heridas y mostraban orgullosos sus cicatrices, reservando una admiración para cuando de una mutilación se trataba. Un chico al que le faltara un dedo podía llegar a ser un rey. Amaban la violencia, podían recorrer kilómetros para presenciar derramamientos de sangre y jamás se perdían una ejecución.

Uno de los muchachos orinó en la tarima de la horca. Otro subió por los escalones, se llevó los dedos a la garganta, se dejó caer y contrajo el rostro parodiando de forma macabra el estrangulamiento. Los otros soltaron gritos de admiración, y dos perros aparecieron en la plaza del mercado, ladrando y corriendo. Uno de los muchachos más pequeños empezó a devorar una manzana, pero uno de los mayores le dio un puñetazo en la nariz y se la quitó. El más pequeño se desahogó lanzando una piedra contra uno de los perros, que se alejó aullando. Luego, como no había nada más que hacer, se sentaron sobre el pavimento seco del pórtico de la gran iglesia a la espera de que sucediera algo.

Detrás de las persianas de las sólidas casas de madera y piedra que se alzaban alrededor de la plaza oscilaba la luz de las velas, en los hogares de artesanos y mercaderes prósperos, mientras las fregonas y los aprendices encendían el fuego, calentaban agua y preparaban las gachas de avena. El día cambió de la negra oscuridad a una luz grisácea. Los pobladores empezaron a salir de los bajos portales, envueltos en gruesos y toscos abrigos de lana, y se dirigieron ateridos hacia el río para recoger agua.

Pronto un grupo de hombres jóvenes, mozos de caballos, braceros y aprendices irrumpió en la plaza del mercado. Desalojaron a bofetadas y puntapiés a los chiquillos del pórtico de la iglesia y luego se apoyaron contra los arcos de piedra esculpida, para comentar, mientras se rascaban y escupían en el suelo, la inminente ejecución por ahorcamiento.

Si el condenado tenía suerte, afirmaba uno, el cuello se lo rompía nada más caer al vacío; era una muerte rápida e indolora. En caso contrario quedaba ahí colgado, el rostro se le ponía morado y, con la boca abierta, se agitaba como un pez fuera del agua hasta morir por estrangulamiento. Otro aseguró que morir así podía durar el tiempo que le cuesta a un hombre recorrer un kilómetro, y un tercero dijo que aún podía ser peor. Él había presenciado un ahorcamiento en que antes de morir al condenado se le había alargado el cuello casi treinta centímetros.

Las ancianas formaban un grupo en el lado opuesto del mercado, lo más lejos posible de los jóvenes, que eran capaces de hacer comentarios soeces acerca de sus abuelas. Las ancianas siempre se levantaban temprano, aunque ya no tuvieran bebés ni niños de quienes ocuparse, y eran las primeras en encender el fuego y en barrer el hogar. Su líder reconocida, la fornida viuda Brewster, se unió a ellas haciendo rodar un barril de cerveza con la misma facilidad con que un niño hace rodar un aro. Antes de que diera tiempo a quitar la tapa se congregó un pequeño grupo de clientes que esperaban con sus jarras.

El alguacil del sheriff abrió la puerta principal para dar paso a los campesinos que vivían en los alrededores y junto a las murallas. Algunos llevaban huevos, leche y mantequilla fresca para vender, otros acudían a comprar cerveza o pan, y había quienes permanecían de pie en la plaza aguardando a que tuviese lugar el ahorcamiento.

De vez en cuando los curiosos ladeaban la cabeza como gorriones cautelosos y echaban una ojeada al castillo que se alzaba en la cima de la colina que dominaba el pueblo. Veían ascender de forma constante el humo de la cocina y el ocasional destello de una antorcha detrás de las ventanas estrechas como flechas de la despensa de piedra. Y de repente, aproximadamente en el momento en que el sol apareció por detrás de las densas nubes grises se abrieron las pesadas puertas de madera y salió un pequeño grupo. El sheriff montaba un hermoso corcel negro, seguido de un carro tirado por bueyes en el que iba el prisionero maniatado. Detrás del carro cabalgaban tres hombres, y aunque a aquella distancia no podían distinguirse sus rostros, su indumentaria delataba que se trataba de un caballero, un sacerdote y un monje. Dos hombres de armas cerraban la comitiva.

Todos ellos habían estado ante el tribunal del condado, que el día anterior se había reunido en la nave de la iglesia. El sacerdote había pillado al ladrón con las manos en la masa, el monje había identificado el cáliz de plata como perteneciente al monasterio, el caballero era el señor del ladrón y lo había identificado como fugitivo, y el sheriff lo había condenado a muerte.

Mientras descendían lentamente por la ladera de la colina, el resto del pueblo se había agolpado alrededor de la horca. Entre los últimos en llegar se encontraban los ciudadanos más destacados: el carnicero, el panadero, dos curtidores, dos herreros, el cuchillero y el saetero, todos ellos con sus esposas.

La multitud parecía mostrar un talante extraño. Habitualmente disfrutaban con los ahorcamientos. Por lo general el preso era un ladrón, y ellos aborrecían a los ladrones, como todos quienes han luchado de firme para conseguir lo que tienen; pero aquel ladrón era diferente. Nadie conocía su identidad ni de dónde había llegado. No les había robado a ellos, sino a un monasterio que se encontraba a treinta kilómetros de distancia, y había intentado llevarse un cáliz incrustado de piedras preciosas, algo de un valor tan grande que habría sido prácticamente imposible venderlo, pues no era como vender un jamón, un cuchillo nuevo o un buen cinturón, cuya pérdida habría podido perjudicar a alguien. No podían odiar a un hombre por un delito tan insensato. Se escucharon algunos insultos y silbidos al entrar el preso en la plaza, pero incluso éstos carecían de entusiasmo y sólo los chiquillos se burlaron de él de forma encarnizada.

La mayor parte de la gente del pueblo no había presenciado el juicio, ya que éstos no se celebraban en días de fiesta y todos tenían que ganarse la vida, de manera que aquélla era la primera vez que veían al ladrón. Era realmente joven, entre los veinte y los treinta años, de estatura y constitución normales, pero tenía un aspecto extraño. Su tez era blanca como la nieve en los tejados, tenía los ojos ligeramente saltones, de un verde asombrosamente brillante, y el pelo color zanahoria. A las muchachas les pareció feo, las viejas sintieron lástima de él y los chiquillos se morían de risa.

Todos conocían al sheriff, pero no así a los tres hombres que habían decidido la condena del ladrón. El caballéro, gordo y rubio, era sin duda una persona de cierta importancia, pues montaba un caballo de batalla, un animal enorme que debía de costar lo que un carpintero ganaba en diez años.

El monje, mucho más viejo, rondaba la cincuentena. Era un hombre alto y delgado e iba inclinado sobre la montura como si la vida fuera para él una carga insoportable. El sacerdote era realmente impresionante, un hombre joven de nariz afilada, cabello negro y lacio, vestido de negro y a lomos de un semental castaño. Tenía la mirada vivaz y alerta, como la de un gato negro capaz de olisquear un nido de ratones.

Un chiquillo escupió al prisionero, con tan buena puntería que le dio entre los ojos. El preso masculló una maldición y se lanzó hacia el que le había escupido, pero se vio inmovilizado por las cuerdas que lo sujetaban a los lados del carro. El incidente habría carecido de importancia de no haber sido porque las palabras que pronunció eran en francés normando, la lengua de los señores. ¿Era de alto linaje o simplemente se encontraba muy lejos de casa? Nadie lo sabía.

El carro se detuvo delante de la horca. El alguacil del sheriff subió hasta la plataforma del carro con el dogal en la mano. El prisionero comenzó a forcejear. Los chiquillos lanzaron vítores; se habrían sentido amargamente decepcionados si el prisionero hubiera permanecido tranquilo. Las cuerdas que le sujetaban las muñecas y los tobillos le impedían moverse, pero sacudía bruscamente la cabeza intentando evadirse del dogal. El alguacil, un hombre corpulento, retrocedió un paso y golpeó al prisionero en el estómago. El hombre se inclinó hacia adelante, sin aliento, y el alguacil aprovechó para deslizarle el dogal por la cabeza y apretar el nudo. Luego saltó al suelo y tensó la cuerda, asegurando el otro extremo en un gancho colocado al pie de la horca.

Aquél era el momento crucial. Si el prisionero forcejeaba sólo lograría adelantar su muerte.

A continuación los hombres de armas desataron los pies del prisionero, dejándole en pie sobre el carro, solo, con las manos atadas a la espalda. Se produjo un silencio absoluto entre la muchedumbre.

Cuando se alcanzaba ese punto solía producirse algún alboroto. O la madre del prisionero sufría un ataque y empezaba a dar alaridos o la esposa sacaba un cuchillo y se precipitaba hacia la plataforma en un último intento de liberarlo. En ocasiones el prisionero invocaba a Dios pidiendo el perdón o soltaba maldiciones escalofriantes contra sus ejecutores. Ahora los hombres de armas se habían situado a los lados de la horca, dispuestos a intervenir en caso de producirse algún incidente.

Fue entonces cuando el prisionero empezó a cantar.

Tenía una voz alta de tenor, muy pura. Las palabras eran en francés, pero incluso quienes no comprendían la lengua advertían por la desgarradora melodía que se trataba de una canción de tristeza y desamparo.

> Un ruiseñor preso en la red de un cazador
> cantó con más dulzura que nunca,
> como si la fugaz melodía
> pudiera volar y apartar la red.

Mientras cantaba, miraba fijamente a alguien entre el gentío. Gradualmente se fue abriendo un hueco alrededor de la persona a quien miraba y todo el mundo pudo verla.

Era una muchacha de unos quince años. Al mirarla, todos se preguntaban cómo no habían reparado antes en su presencia. Tenía una cabellera larga y abundante de color castaño oscuro, brillante, que le nacía en la frente despejada formando lo que la gente llamaba pico de viuda. Los rasgos eran corrientes y la boca sensual, de labios gruesos. Las mujeres mayores, al observar su ancha cintura y los abultados senos, imaginaron que estaba embarazada y supusieron que el prisionero era el padre de la criatura, pero nadie más observó nada salvo sus ojos. Podría haber sido bonita, pero tenía los ojos muy hundidos, de mirada intensa y de un asombroso color dorado, tan luminosos y penetrantes que cuando miraba a alguien sentía como si pudiera ver hasta el fondo de su corazón y tenía que apartar la mirada ante el temor de que descubriese sus más íntimos secretos. Iba vestida de harapos y las lágrimas corrían por sus suaves mejillas.

El conductor del carro miró expectante al alguacil y éste al sheriff, a la espera de la señal de asentimiento. Impaciente, el joven sacerdote de aspecto siniestro dio un codazo al sheriff, pero éste hizo caso omiso. Dejó que el ladrón siguiera cantando. Se produjo un silencio impresionante mientras el hombre feo de voz maravillosa mantenía a raya a la muerte.

> Al anochecer, el cazador cogió su presa.
> El ruiseñor jamás su libertad.
> Todas las aves y todos los hombres tienen que morir,
> pero las canciones pueden vivir eternamente.

Una vez acabada la canción, el sheriff hizo un gesto de asentimiento dirigido al alguacil, que azotó el flanco del buey con una cuerda al tiempo que el carretero hacía chasquear su látigo. El buey avanzó, lo que hizo que el condenado se tambalease, arrastró el carro y el hombre quedó colgando en el aire. La cuerda se tensó y el cuello del ladrón se rompió con un chasquido.

Se oyó un alarido y todos se volvieron hacia la muchacha.

No era ella la que había gritado, sino la mujer del cuchillero, que se encontraba a su lado. Sin embargo la joven era el motivo del grito. Había caído de rodillas frente a la horca, con los brazos alzados y extendidos ante ella. Era la postura que se adoptaba para lanzar una maldición. La gente se apartó temerosa, pues todos sabían que las maldiciones de quienes habían sufrido una injusticia eran especialmente efectivas, y sospechaban que algo no marchaba bien en aquel ahorcamiento. Los chiquillos estaban aterrados.

La joven miró con sus hipnóticos ojos dorados a los tres forasteros, el caballero, el monje y el sacerdote, y soltó su maldición, subiendo el tono de la voz a medida que hablaba.

—Yo os maldigo. Sufriréis enfermedades y pesares, hambre y dolor. Vuestra casa quedará destruida por el fuego y vuestros hijos morirán en la horca. Vuestros enemigos prosperarán y vosotros envejeceréis entre sufrimientos y remordimientos, y moriréis atormentados en la impureza y el dolor…

Mientras pronunciaba las últimas palabras, la muchacha cogió un saco que había en el suelo junto a ella y sacó un gallo joven. Sin saber de dónde, en su mano apareció un cuchillo, y de un solo tajo cortó la cabeza del ave.

Mientras la sangre aún brotaba del cuello del gallo, la muchacha arrojó el cuerpo descabezado de éste contra el sacerdote de cabello negro. No llegó a alcanzarlo, pero la sangre lo salpicó, al igual que al monje y al caballero que lo flanqueaban. Los tres hombres retrocedieron con una sensación de asco, pero no pudieron evitar que la sangre los alcanzara en la cara y manchase sus ropas.

La muchacha se volvió y echó a correr.

El gentío se apartaba a su paso y se cerraba detrás de ella. Por último, el sheriff, furioso, mandó a sus hombres de armas que fueran en su busca. Empezaron a apartar a empujones a hombres, mujeres y niños, pero la muchacha se perdió de vista en un santiamén y el sheriff sabía de antemano que aunque intentase atraparla no la encontraría.

Dio media vuelta, con fastidio. El caballero, el monje y el sacerdote no habían visto huir a la muchacha. Seguían con la mirada fija en la horca. El sheriff siguió aquella mirada. El ladrón muerto colgaba del extremo de la cuerda; su rostro, pálido y juvenil, tenía tintes azulados. Debajo de su cuerpo, que oscilaba levemente, el gallo descabezado, aunque no del todo muerto, corría alrededor de él formando un círculo desigual sobre la nieve manchada de su sangre.

PRIMERA PARTE

1135 - 1136

I

1

Tom estaba construyendo una casa en un gran valle, al pie de la empinada ladera de una colina y junto a un burbujeante y límpido arroyo.

Los muros alcanzaban un metro de altura y seguían subiendo rápidamente. Los dos albañiles que Tom había contratado trabajaban sin prisa aunque sin pausa de sol a sol, con sus paletas, mientras el peón que los acompañaba sudaba bajo el peso de los grandes bloques de piedra. Alfred, el hijo de Tom, estaba mezclando argamasa, cantando en voz alta al tiempo que arrojaba paletadas de arena en un pilón. Junto a Tom había también un carpintero, que en su banco de trabajo tallaba cuidadosamente un trozo de abedul con una azuela.

Alfred tenía catorce años y era alto como Tom. Éste superaba en una cabeza a la mayoría de los hombres y Alfred sólo medía unos cinco centímetros menos y seguía creciendo. Físicamente también eran parecidos. Ambos tenían el pelo castaño claro y los ojos verdosos con motas color marrón. La gente decía que los dos eran bien parecidos. Lo que más los diferenciaba era la barba. La de Tom era castaña y rizada, mientras que Alfred sólo podía presumir de una hermosa pelusa rubia. Tom recordaba con cariño que había habido un tiempo en que su hijo tenía el pelo de ese mismo color. Ahora Alfred estaba convirtiéndose en un hombre, y Tom hubiera deseado que se tomara algo más de interés por el trabajo, porque aún tenía mucho que aprender para ser albañil como su padre. Pero hasta el momento los principios de la construcción sólo parecían aburrir y confundir al muchacho.

Cuando la casa estuviera terminada sería la más lujosa en muchos kilómetros a la redonda. La planta baja se utilizaría como almacén, y su techo abovedado evitaría el peligro de incendio. La gran sala, que en realidad era donde la gente hacía su vida, estaría encima y se accedería a ella por una escalera exterior. La altura haría que resultase difícil atacar la casa y en cambio muy fácil defenderla. Adosada al muro de la sala habría una chimenea que expulsaría el humo del hogar. Se trataba de una innovación impresionante. Tom sólo había visto una casa con chimenea, pero le había parecido una idea tan excelente que de inmediato se sintió dispuesto a copiarla. En un extremo de la casa, encima de la sala, habría un pequeño dormitorio, porque eso era lo que ahora exigían las hijas de los condes, demasiado delicadas para dormir en la sala con los hombres, las mozas de la servidumbre y los perros de caza. La cocina la construiría aparte, pues más tarde o más temprano todas se incendiaban y el único remedio era que estuviesen alejadas y conformarse con que la comida llegara tibia a la mesa.

Tom estaba haciendo la puerta de entrada. Las jambas debían ser redondas para que diesen la impresión de columnas, un toque de distinción para los nobles recién casados que habitarían la casa. Sin apartar la vista de la plantilla de madera modelada, Tom colocó su cincel en posición oblicua contra la piedra y lo golpeó suavemente con el gran martillo de madera. De la superficie se desprendieron unos pequeños fragmentos. Repitió la operación. La superficie estaba quedando tan redondeada y lisa como la de una catedral.

En otro tiempo Tom había trabajado precisamente en una catedral, la de Exeter. Al principio lo hizo como si se tratara de un trabajo más, y se sintió molesto y resentido cuando el maestro constructor le advirtió que su trabajo no se ajustaba del todo a las exigencias requeridas, ya que él tenía el convencimiento de que era bastante más cuidadoso que la mayoría de los albañiles. Sin embargo, pronto comprendió que no bastaba que los muros de una catedral estuvieran bien construidos. Tenían que ser perfectos, porque una catedral era para Dios y también porque siendo un edificio tan grande la más leve inclinación de los muros, la más insignificante variación en el nivel podía debilitar la estructura de forma fatal. El resentimiento de Tom se transformó en fascinación. La combinación de un edificio enormemente ambicioso con la más estricta atención al más ínfimo detalle, le abrió los ojos a la maravilla de su oficio. Del maestro de Exeter aprendió lo importante de la proporción, el simbolismo de diversos números y las fórmulas casi mágicas para lograr el grosor exacto de un muro o el ángulo de un peldaño en una escalera de caracol. Todas esas cosas le cautivaban. Y quedó verdaderamente sorprendido al enterarse de que muchos albañiles las encontraban incomprensibles.

Al cabo de un tiempo se había convertido en la mano derecha del maestro constructor, y fue entonces cuando empezó a darse cuenta de las limitaciones del maestro. El hombre era un gran artesano, pero un organizador incompetente. Se encontraba absolutamente desconcertado ante problemas tales como el modo de conseguir la cantidad de piedra exacta para no romper el ritmo de los albañiles, el asegurarse de que el herrero hiciera un número suficiente de herramientas útiles, el quemar cal y acarrear arena para quienes hacían la argamasa, el talar árboles para los carpinteros y recaudar el suficiente dinero del cabildo de la catedral para pagar por todo ello.

De haber permanecido en Exeter hasta la muerte del maestro constructor, era posible que hubiera llegado a reemplazarlo en su puesto, pero el cabildo se quedó sin dinero, en parte a causa de la mala administración de aquél, y los artesanos debieron irse a otra parte en busca de trabajo. El gobernador de Exeter le ofreció el puesto de constructor, para reparar y mejorar las fortificaciones de la ciudad. Sería un trabajo para toda la vida, salvo imprevistos, pero Tom lo rechazó porque quería participar en la construcción de otra catedral.

Agnes, su mujer, jamás comprendió esa decisión. Podían haber tenido una buena casa de piedra, criados y establos, y todas las noches habría carne sobre la mesa a la hora de la cena. Jamás perdonó a Tom que rechazara aquel trabajo. No atinaba a comprender aquel terrible deseo por construir una catedral, provocado por la sorprendente complejidad de la organización, el desafío intelectual de los cálculos, la imponente belleza y grandiosidad del edificio acabado. Una vez que Tom hubo paladeado ese vino, nunca más pudo satisfacerle otro inferior.

Desde entonces habían pasado diez años y jamás habían permanecido por mucho tiempo en un mismo sitio. Tanto proyectaba una nueva sala capitular para un monasterio como trabajaba uno o dos años en un castillo o construía una casa en la ciudad para algún rico mercader. Pero tan pronto como ahorraba algún dinero se ponía en marcha con su mujer y sus hijos en busca de otra catedral.

Alzó la vista que mantenía fija en el banco y vio a Agnes en el linde del solar, con un cesto de comida en una mano y sujetando con la otra un gran cántaro que llevaba apoyado en la cadera. Era mediodía. Tom la miró con cariño. Nadie diría nunca de ella que era bonita, pero su rostro rebosaba fortaleza. Poseía una frente ancha, grandes ojos pardos, nariz recta y una mandíbula vigorosa. Llevaba el cabello, oscuro y recio, recogido en la nuca. Era el alma gemela de Tom.

Sirvió la cerveza para Tom y Alfred. Los tres permanecieron allí por un instante, bebiendo cerveza en tazas de madera. Y entonces, de entre los trigales, apareció saltando el cuarto miembro de la familia, Martha, bonita como un narciso, pero un narciso al que le faltara un pétalo, porque tenía un hueco entre los dientes de leche. Corrió hacia Tom, le besó la polvorienta barba y le pidió un pequeño sorbo de cerveza. Él abrazó su cuerpecillo huesudo.

—No bebas mucho o te caerás en una acequia —le advirtió. La niña avanzó en círculo tambaleándose, simulando estar bebida.

Todos se sentaron sobre un montón de leña. Agnes le tendió a Tom un pedazo de pan de trigo, una gruesa tajada de tocino hervido y una cebolla pequeña. Tom dio un bocado al tocino y empezó a pelar la cebolla. Después de asegurarse de que sus hijos comieran, Agnes comenzó a dar cuenta de su ración. Tal vez fue una irresponsabilidad rechazar aquel aburrido trabajo en Exeter e irme en busca de una catedral que construir, se dijo Tom, pero siempre he sido capaz de alimentarlos a todos pese a mi temeridad.

Del bolsillo delantero de su mandil sacó un cuchillo, cortó un trozo de cebolla y lo comió con un bocado de pan. Paladeó el sabor dulce y picante a la vez.

—Vuelvo a estar preñada —anunció Agnes.

Tom dejó de masticar y la miró fijamente. Sintió un escalofrío de placer. Una sonrisa de azoramiento se dibujó en su rostro, y no supo qué decir.

—Es sorprendente, ¿no? —añadió ella, ruborizándose.

Tom la abrazó.

—Bueno, bueno —dijo sin dejar de sonreír—. Otro bebé para tirarme de la barba. ¡Y yo que pensaba que el próximo sería el de Alfred!

—No te las prometas tan felices todavía —le advirtió Agnes—. Trae mala suerte nombrar a un niño antes de que nazca.

Tom hizo un gesto de asentimiento. Agnes había tenido varios abortos, un niño que había nacido muerto y otra chiquilla, Matilda, que sólo había vivido dos años.

—Me gustaría que fuera un niño, ahora que Alfred ya es mayor. ¿Para cuándo será?

—Después de Navidad.

Tom empezó a hacer cálculos. La estructura de la casa estaría acabada cuando llegasen las primeras heladas, y entonces habría que cubrir con paja toda la obra de piedra para protegerla durante el invierno. Los albañiles pasarían los meses de frío cortando piedras para las ventanas y bóvedas, los marcos de las puertas y la chimenea, mientras que el carpintero haría las tablas para el suelo, las puertas y las ventanas, y Tom se encargaría del andamiaje para el trabajo en la parte alta y pondrían el tejado. Aquel trabajo daría de comer a la familia hasta Pentecostés, y para entonces el bebé tendría ya seis meses. Luego se pondrían de nuevo en marcha.

—Bueno —dijo él, contento—. Todo irá bien. —Dio otro bocado a la cebolla.

—Soy demasiado vieja para seguir pariendo hijos —se quejó Agnes—. Éste tiene que ser el último.

Tom permaneció pensativo. No estaba seguro de cuántos años tenía su esposa, pero muchas mujeres concebían hijos en esa época de su vida, aunque era cierto que sufrían más a medida que se hacían mayores y que los niños no eran tan fuertes. Sin duda, Agnes estaba en lo cierto, pero ¿cómo asegurarse de que no volvería a concebir? De inmediato comprendió cómo podía evitarse, y su buen humor desapareció.

—Quizá consiga encontrar un buen trabajo en una ciudad —dijo, intentando contentarla—. Una catedral o un palacio. Y entonces podremos tener una gran casa con suelos de madera y una sirvienta para ayudarte con el bebé.

—Es posible —repuso ella con escepticismo, y sus facciones se endurecieron. No le gustaba oír hablar de catedrales. Si Tom nunca hubiera trabajado en una, decía su cara, en aquellos momentos ella podría estar viviendo en una casa de la ciudad, con dinero ahorrado y oculto bajo la chimenea y sin la menor preocupación.

Tom apartó la mirada y dio otro mordisco al tocino. Tenían algo que celebrar, pero estaban en desacuerdo. Se sentía decepcionado. Siguió masticando durante un rato y luego oyó los cascos de un caballo. Ladeó la cabeza para escuchar mejor. El jinete se acercaba a través de los árboles desde el camino cogiendo un atajo y evitando el pueblo.

Al cabo de un instante apareció un muchacho montado en un poni. Parecía un escudero, una especie de aprendiz de caballero.

—Tu señor viene de camino —anunció, apeándose.

—¿Te refieres a lord Percy? —Tom se puso de pie. Percy Hamleigh era uno de los hombres más importantes del país. Poseía aquel valle y otros muchos, y era quien pagaba la construcción de la casa.

—A su hijo —puntualizó el escudero.

—El joven William. —Era el hijo de Percy y quien había de ocupar aquella casa después de su matrimonio. Estaba prometido a lady Aliena, la hija del conde de Shiring.

—El mismo. —El escudero asintió—. Y está furioso.

A Tom se le cayó el mundo encima. En las mejores condiciones era difícil tratar con el propietario de una casa en construcción, pero con un propietario enfurecido resultaba prácticamente imposible.

—¿Por qué está furioso?

—Su novia lo ha rechazado.

—¿La hija del conde? —preguntó Tom, sorprendido. Le asaltó el temor. Hacía un momento que había estado pensando en lo seguro que se presentaba el futuro—. Pensé que todo estaba ya decidido.

—Eso creíamos todos… salvo, al parecer, lady Aliena —respondió el escudero—. Nada más conocerlo declaró que no se casaría con él por todo el oro del mundo.

Tom frunció el entrecejo, preocupado. Se negaba a admitir que aquello fuera verdad.

—Pero creo recordar que el muchacho no es mal parecido.

—Como si eso importara en su posición —intervino Agnes—. Si se dejara a las hijas de los condes casarse con quienes quisieran, todos estaríamos gobernados por juglares ambulantes o proscritos de ojos oscuros.

—Quizá la joven cambie de opinión —musitó Tom, esperanzado.

—Lo hará si su madre la sacude con una buena vara de abedul —dijo Agnes.

—Su madre ha muerto —informó el escudero.

Agnes hizo un gesto de asentimiento.

—Eso explica el que no conozca la realidad de la vida; pero no veo por qué su padre no puede obligarla.

—Al parecer, en cierta ocasión hizo la promesa de que jamás la obligaría a casarse con alguien a quien aborreciera —les aclaró el escudero.

—Una promesa necia —comentó Tom con irritación. ¿Cómo era posible que un hombre poderoso aceptara sin más el capricho de una muchacha? Su matrimonio podría influir en alianzas militares, finanzas baroniales…, incluso en la construcción de aquella casa.

—Tiene un hermano —dijo el escudero—, de manera que no es tan importante con quién pueda casarse ella.

—Aun así…

—Y el conde es un hombre inflexible —prosiguió el muchacho—. No faltará a una promesa, ni siquiera a la que haya hecho a una niña. —Se encogió de hombros—. Al menos eso es lo que dicen.

Tom se quedó mirando los bajos muros de piedra de la casa en construcción. Advirtió con inquietud que todavía no había ahorrado el dinero suficiente para mantener a su familia durante el invierno.

—Tal vez el muchacho encuentre otra novia con la que compartir esta casa. Tiene todo el condado para escoger.

—¡Por Dios! Creo que ahí está —anunció Alfred con su voz quebrada de adolescente.

Siguiendo su mirada, todos dirigieron la vista hacia el otro extremo del campo. Desde el pueblo llegaba un caballo a galope, levantando una nube de polvo por el sendero. La exclamación de Alfred había sido provocada tanto por el tamaño como por la velocidad del caballo. Era enorme. Tom ya había visto animales como aquél, pero tal vez no fuera ése el caso de Alfred. Se trataba de un caballo de batalla, tan alto de cruz que alcanzaba la barbilla de un hombre, y de anchura proporcional. En Inglaterra no se criaban semejantes caballos de guerra sino que procedían de ultramar y eran extraordinariamente caros.

Tom metió lo que le quedaba del pan en el bolsillo de su mandil y luego, entornando los ojos para protegerse del sol, miró a través del campo. El caballo tenía las orejas amusgadas y los ollares palpitantes, pero a Tom le pareció que llevaba la cabeza bien levantada, prueba de que aún seguía bajo control. El jinete, seguro de sí mismo, se echó hacia atrás al acercarse, tirando de las riendas, y el animal pareció reducir algo la marcha. Tom podía sentir ya el redoble de sus cascos en el suelo. Echó una mirada en derredor buscando a Martha, para recogerla y evitar que pudieran hacerle daño. A Agnes también se le había ocurrido la misma idea, pero no se veía a Martha por ninguna parte.

—En los trigales —dijo Agnes. Tom, que ya había pensado en ello, corría hacia el linde del campo. Escudriñó entre el ondulante trigo, con temor, pero no vio a la niña.

Lo único que se le ocurrió fue intentar que el caballo redujera la marcha. Salió al sendero y empezó a caminar hacia el corcel que avanzaba, agitando los brazos. El animal lo vio, alzó la cabeza y redujo la velocidad de manera perceptible. Sin embargo, y ante el horror de Tom, el jinete lo espoleó.

—¡Maldito loco! —exclamó Tom aun cuando el jinete no pudo oírle.

Y entonces fue cuando Martha salió de los trigales y avanzó hacia el sendero sólo unos metros por delante de Tom.

Por un instante Tom quedó petrificado por el pánico. Luego echó a correr hacia su hija, gritando y agitando los brazos. Pero aquél era un caballo de guerra adiestrado para cargar contra hordas vociferantes y no se inmutó. Martha permanecía en medio del angosto sendero, mirando como hipnotizada el enorme animal que se le venía encima. Por un instante Tom comprendió con desesperación que no llegaría hasta su hija antes que el caballo. Se hizo a un lado, rozando con un brazo el trigo alto, y en el último instante el caballo se desvió hacia el otro lado. El estribo del jinete rozó el hermoso pelo de Martha. Uno de los cascos hizo un profundo hoyo en la tierra junto al pie descalzo de la niña. Luego, el caballo se alejó de ellos, cubriendo a ambos de tierra y polvo. Tom abrazó a la niña con fuerza contra su pecho.

Permaneció un momento inmóvil jadeando aliviado, con las piernas y los brazos temblorosos y un nudo en el estómago. Pero de inmediato se sintió invadido por la ira ante la incalificable temeridad de aquel estúpido jinete. Levantó furioso la mirada. Lord William estaba refrenando su montura. El caballo se desvió para evitar el edificio en construcción. Sacudió violentamente la cabeza y se puso de manos, pero William permaneció firme. Le hizo ir a medio galope y, luego al trote, formando un amplio círculo.

Martha estaba llorando. Tom se la dio a Agnes y esperó a William. El joven lord era un muchacho alto y corpulento, de unos veinte años, pelo rubio y ojos tan rasgados que daba la impresión de tenerlos entornados por el sol. Vestía una túnica corta y negra con unas calzas negras y zapatos de cuero con correas que se entrecruzaban hasta las rodillas. Se mantenía erguido sobre el caballo y no parecía en modo alguno afectado por lo ocurrido. Ese estúpido ni siquiera sabe lo que ha hecho, pensó Tom con amargura. Me gustaría retorcerle el pescuezo.

William detuvo el caballo ante el montón de leña y, dirigiéndose a la familia de constructores, preguntó:

—¿Quién está a cargo de esto?

Tom sentía deseos de decirle: «Si hubieras hecho daño a mi pequeña te habría matado», pero dominando a duras penas la ira, se acercó al caballo y lo sujetó por la brida.

—Soy el maestro constructor —repuso lacónico—. Me llamo Tom.

—Esta casa ya no se necesita —dijo William—. Despide a tus hombres.

Aquello era lo que Tom había temido, pero aún tenía la esperanza de que William estuviera actuando impelido por su enfado y de que lograra persuadirlo para que cambiara de opinión. Hizo un esfuerzo para hablar con tono cordial y razonable.

—Se ha trabajado mucho —dijo—. ¿Por qué dilapidar lo que habéis gastado? Algún día necesitaréis la casa.

—No me expliques cómo tengo que manejar mis asuntos, Tom Builder —replicó William—. Estáis todos despedidos. —Sacudió una rienda, pero Tom seguía sujetando la brida—. Suelta esa rienda —añadió con tono amenazador.

Tom tragó saliva. En un instante William haría levantar la cabeza al caballo. Tom se metió la mano en el bolsillo del mandil y sacó el trozo de pan que le había sobrado de la comida. Se lo tendió al caballo, que bajó la cabeza y lo tomó entre los dientes.

—Debo agregar algo antes de que os vayáis, mi señor —dijo con tono tranquilo.

—Suelta el caballo o te cortaré la cabeza.

Tom lo miró directamente a los ojos tratando de ocultar su miedo. Él era más corpulento que William, pero de poco le serviría si el joven lord sacaba su espada.

—Haz lo que te dice el señor —musitó Agnes, temerosa.

Se produjo un silencio mortal. Los demás trabajadores permanecían inmóviles, observando. Tom sabía que lo prudente era ceder, pero William había estado a punto de pisotear con su caballo a su pequeña, y ello lo había puesto furioso.

—Tenéis que pagarnos —dijo con el corazón desbocado.

William tiró de las riendas, pero Tom siguió sujetándolas con firmeza mientras el caballo hurgaba con el hocico en el bolsillo del mandil de Tom en busca de más comida.

—¡Dirigíos a mi padre para cobrar lo que se os debe! —exclamó William, furioso.

—Así lo haremos, mi señor. Os estamos muy agradecidos —dijo el carpintero con voz aterrada.

¡Maldito cobarde!, pensó Tom, aunque él mismo estaba temblando.

—Si queréis despedirnos tenéis que pagarnos de acuerdo con la costumbre —se forzó a decir pese a todo—. La casa de vuestro padre está a dos días de viaje, y para cuando lleguemos es posible que él ya no se encuentre allí.

—Muchos hombres han muerto por menos que esto —le advirtió William, que tenía las mejillas enrojecidas por la ira.

Con el rabillo del ojo Tom vio al joven lord llevar la mano sobre la empuñadura de su espada. Sabía que había llegado el momento de ceder y presentar excusas, pero estaba enfadado, a pesar del miedo que sentía no se resignaba a soltar las bridas.

—Pagadnos primero y luego matadme —dijo con temeridad—. Tal vez os cuelguen o tal vez no, pero más tarde o más temprano moriréis, y entonces yo estaré en el cielo y vos en el infierno.

William palideció y su sonrisa de desprecio se convirtió en una mueca. Tom estaba sorprendido. ¿Qué era lo que había asustado al muchacho? Con toda seguridad no habría sido la mención del ahorcamiento. En realidad no era nada probable que ahorcaran a un lord por la muerte de un artesano. ¿Acaso le aterraba el infierno?

Por unos breves instantes permanecieron mirándose fijamente. Tom observó con asombro y alivio cómo la expresión de furia y desdén de William daba paso a otra de ansiedad y terror. Finalmente, William cogió una bolsa de cuero que llevaba en el cinturón y se la arrojó.

—Págales —le dijo.

Tom tentó su suerte y siguió sin soltar las riendas cuando William tiró de éstas y el caballo alzó la cabeza y avanzó de lado.

—La costumbre es que cuando se despide a un artesano hay que pagar una semana completa de salario —dijo. Detrás de él oyó a Agnes dar un resoplido, y supo que lo consideraba un loco por prolongar aquel enfrentamiento, pero pese a ello continuó, impasible—: De manera que serán seis peniques para el peón, doce para el carpintero y cada uno de los albañiles y veinticuatro para mí. En total, sesenta y seis peniques.

No conocía a nadie que fuera capaz de sumar peniques con tanta rapidez como él.

El escudero miraba a su amo con gesto interrogativo.

—Muy bien —dijo William, airado.

Tom soltó las riendas y dio un paso atrás.

William obligó al caballo a volverse espoleándolo con fuerza, y avanzó desde el sendero a través de los trigales.

De repente, Tom se dejó caer sobre el montón de leña. Se preguntaba qué demonios le había pasado. Había sido una locura desafiar de aquella manera a lord William. Se consideraba afortunado de estar con vida.

El resonar de los cascos del corcel de William fue perdiéndose en la lejanía. Tom vació la bolsa sobre una tabla y sintió una oleada de triunfo mientras escuchaba el tintineo de los peniques de plata al caer bajo la luz del sol. Había sido una locura, pero dio resultado. Había logrado un pago justo tanto para él como para los hombres que trabajaban a sus órdenes.

—Incluso los señores han de actuar según las costumbres —susurró casi para sí.

—Confiemos en que nunca tengas que pedir trabajo a lord William —dijo Agnes.

Tom la miró y sonrió. Era perfectamente consciente de que el mal humor de su esposa se debía a que había pasado mucho miedo.

—No frunzas tanto el entrecejo o cuando nazca el niño sólo tendrás leche agria en los pechos.

—No podremos comer a menos que encuentres trabajo para el invierno.

—Aún falta mucho para que llegue el invierno —repuso Tom.

2

Pasaron el verano en el pueblo. Más adelante considerarían la decisión terriblemente equivocada, pero en aquel momento les pareció la más acertada, porque tanto Tom como Agnes y Alfred podían ganarse un penique diario cada uno trabajando en los campos durante la cosecha. Cuando al llegar el otoño se pusieron en marcha, poseían una pesada bolsa llena de peniques de plata y un cerdo bien cebado.

La primera noche la pasaron en el porche de la iglesia de un pueblo, pero la segunda encontraron un priorato y disfrutaron de la hospitalidad de los monjes. Al tercer día se encontraron en el corazón de Chute Forest, una vasta extensión de matorrales y monte selvático, por un camino no mucho más ancho que un carro, con la exuberante vegetación estival marchitándose entre los robles que la flanqueaban.

Tom llevaba las herramientas en una bolsa, los martillos colgados del cinturón y la capa enrollada bajo el brazo izquierdo; en la mano derecha, empuñaba su pico de hierro, que empleaba a modo de bastón. Se sentía feliz de econtrarse de nuevo en el camino. Tal vez su próximo trabajo fuera en una catedral. Podía llegar a ser maestro albañil y seguir allí el resto de su vida. Y construir una iglesia tan hermosa que le garantizara su entrada en el cielo.

Agnes llevaba sus escasas posesiones caseras dentro de la gran olla que se había atado a la espalda. Alfred tenía a su cargo las herramientas que utilizarían para construir una nueva casa en alguna parte: un hacha, una azuela, una sierra, un martillo pequeño, una lezna para hacer agujeros en el cuero y la madera y una pala. Martha era muy pequeña para llevar otra cosa que su tazón y su cuchillo atados a la cintura y su abrigo sujeto a la espalda. Sin embargo, tenía la obligación de conducir al cerdo hasta que lograran venderlo en el mercado.

Tom vigilaba a Agnes mientras caminaba por aquel interminable bosque. El embarazo estaba avanzado y, aparte del fardo que soportaba sobre la espalda, llevaba un peso considerable en el vientre. Pero parecía incansable. También Alfred parecía soportarlo muy bien. Estaba en esa edad en que a los muchachos les sobra tanta energía que no saben qué hacer con ella. Sólo Martha se cansaba. Sus delgadas piernas parecían hechas para saltar de felicidad, no para largas marchas, y constantemente quedaba rezagada; los demás debían detenerse para que ella y el cerdo los alcanzaran.

Mientras caminaba, Tom iba pensando en la catedral que un día construiría. Como siempre, empezó por imaginar una arcada. Era algo muy sencillo: dos verticales soportando un semicírculo. Luego pensó en otra, exactamente igual a la primera. Las unió mentalmente para formar una profunda arcada. A continuación añadió otra, y otra y muchas más, hasta tener una hilera de ellas unidas formando un túnel. Ésa era la esencia de una construcción, ya que debía tener un techo para impedir que entrara la lluvia y dos paredes que sostuvieran el techo. Una iglesia no era más que un túnel refinado.

Los túneles eran oscuros, de manera que el primer toque de refinamiento consistía en las ventanas. Si el muro era lo bastante fuerte podían hacerse agujeros en él. Éstos debían ser redondos en la parte superior, con los dos costados rectos y un alféizar plano, o sea con la misma forma que la arcada original. Una de las cosas que daban belleza a una construcción era utilizar formas similares para los arcos, las ventanas y las puertas. Otra era la regularidad, y Tom visualizó doce ventanas idénticas, separadas proporcionalmente a lo largo de cada uno de los muros del túnel.

Luego intentó visualizar las molduras sobre las ventanas, pero continuamente perdía la concentración. Tenía la sensación de que estaban observándolo. Claro que era una idea estúpida, se dijo, a menos, naturalmente, que estuvieran observándolos las aves, los zorros, los gatos, las ardillas, las ratas, los ratones, los hurones, los armiños y los campañoles que poblaban el bosque.

Al mediodía se sentaron junto a un arroyo. Bebieron su agua pura y comieron beicon frío y manzanas silvestres.

Por la tarde, Martha estaba cansada. Hubo un momento en que quedó rezagada unos cien metros. Mientras esperaban a que la niña los alcanzara, Tom recordaba a Alfred cuando tenía su misma edad. Había sido un chiquillo guapo, de cabello dorado, vigoroso y audaz. Tom sintió una mezcla de cariño e irritación mientras observaba a Martha reprender al cerdo por su lentitud. De repente, unos pasos por delante de la niña surgió una figura de los matorrales. Fue tan rápido lo que ocurrió después que Tom apenas podía creerlo. El hombre que apareció de súbito blandía una cachiporra. Tom sintió que le subía a la garganta un grito de terror, pero antes de que lograse emitir sonido alguno el hombre descargó la cachiporra sobre Martha. Le dio de pleno en un lado de la cabeza y hasta Tom llegó el espantoso sonido del impacto. La niña cayó al suelo como una muñeca desmadejada.

Tom echó a correr hacia ellos; sobre la dura tierra del camino sus pies sonaban como los cascos del corcel de William. Mientras corría veía lo que estaba pasando, pero era como contemplar una pintura en la parte alta del muro de una iglesia, porque era capaz de verla pero nada podía hacer para cambiarla. El atacante era un proscrito, sin lugar a dudas. Se trataba de un hombre bajo y fornido que vestía una blusa marrón e iba descalzo. Por un instante miró fijamente a Tom, quien observó que tenía el rostro horriblemente mutilado. Le habían cortado los labios, probablemente como castigo por un crimen en el que había tenido el papel destacado la mentira, y su boca, contraída por el tejido de la cicatriz, presentaba una mueca repulsiva. Aquella visión habría hecho pararse a Tom en seco de no haber sido por el cuerpecillo postrado de Martha.

El proscrito apartó la mirada de Tom y la fijó en el cerdo. Lo agarró con la rapidez de un rayo y se lo metió debajo del brazo. Luego desapareció de nuevo entre la enmarañada maleza, llevándose la única propiedad valiosa de la familia.

Tom se arrodilló al lado de Martha. Puso su ancha mano sobre el pequeño pecho de la niña y sintió latir su corazón con regularidad y fuerza, lo que hizo que sus peores temores se desvanecieran. Sin embargo, seguía con los ojos cerrados y tenía el cabello manchado de sangre roja y brillante.

Al cabo de un instante Agnes se arrodilló junto a él. Aplicó la mano al pecho, la muñeca y la frente de Martha, y luego dirigió una firme mirada a su esposo.

—Vivirá —dijo con voz tensa—. Ahora ve a recuperar ese cerdo.

Tom se liberó rápidamente del saco de herramientas y lo dejó caer en el suelo. Con la mano izquierda cogió su gran martillo de hierro. Con la derecha seguía sujetando el pico. Observó los matorrales aplastados por donde había llegado y se había ido el ladrón, y oyó los gruñidos del cerdo por el bosque. Se adentró en la maleza.

Resultaba fácil seguir el rastro. El proscrito era un hombre de constitución pesada, que corría con un cerdo retorciéndose debajo del brazo y había abierto una ancha senda a través de la vegetación, aplastando sin miramientos flores, arbustos e incluso árboles jóvenes. Tom se lanzó furioso tras él, impaciente por echarle mano y golpearlo hasta dejarlo sin sentido. Atravesó, aplastándola, una espesura de pimpollos de abedul, rodó por una vertiente y chapoteó al cruzar una ciénaga que lo condujo hasta un angosto sendero, en el que se detuvo. El ladrón podía haber seguido por la izquierda o por la derecha, y ya no había rastros que mostraran el camino; pero Tom aguzó el oído y oyó gruñir al cerdo hacia la izquierda. También oyó a alguien corriendo por el bosque detrás de él. Lo más probable es que se tratara de Alfred. Corrió en busca del cerdo.

El sendero lo condujo hasta una hondonada; luego torcía bruscamente y empezaba a ascender de nuevo. Ahora ya podía oír claramente al animal. Siguió subiendo por la colina, respirando con dificultad; todos aquellos años de aspirar polvo de piedra habían debilitado sus pulmones. De repente, el sendero se hizo plano y Tom vio a ladrón, que a sólo veinte o treinta metros de distancia corría como si le persiguieran todos los demonios. Hizo un esfuerzo supremo y de nuevo empezó a ganar terreno. Si podía continuar a aquel ritmo sin duda lo agarraría, ya que un hombre con un cerdo no puede correr tan deprisa como otro que no tenga que cargar con peso alguno. Pero ahora le dolía el pecho. El ladrón estaba a quince metros de distancia, a doce. Tom alzó el pico sobre su cabeza, a modo de lanza. Cuando se hallase un poco más cerca lo arrojaría contra el proscrito. Once metros, diez…

Un instante antes de lanzar el pico avistó con el rabillo del ojo una cara flaca con una gorra verde que emergía de los matorrales que bordeaban el sendero. Era demasiado tarde para desviarse. Lanzaron frente a él una pesada estaca que lo hizo tropezar y caer al suelo.

Había soltado el pico, pero aún tenía el martillo en la mano. Rodó por el suelo y se incorporó sobre una rodilla. Advirtió que eran dos: el de la gorra verde y un hombre calvo con una enmarañada barba blanca. Corrieron hacia Tom.

Tom se hizo a un lado y atacó con el martillo al de la gorra verde. El hombre lo esquivó, pero la enorme cabeza de hierro lo alcanzó en el hombro y le hizo emitir un alarido de dolor. Se dejó caer al suelo sujetándose el brazo como si lo tuviera roto. Tom no tenía tiempo de levantar nuevamente el martillo para asestar otro golpe demoledor antes de que el hombre calvo lo atacara a su vez, de manera que descargó el martillo contra la cara de su atacante.

Los dos hombres huyeron, atentos sólo a sus heridas. Tom comprendió que ya no se animarían a agredirlo. Dio media vuelta. El ladrón seguía huyendo por el sendero. Tom reanudó la persecución, haciendo caso omiso del dolor que sentía en el pecho, pero apenas había corrido unos cuantos metros cuando oyó una voz familiar que gritaba a su espalda.

Alfred.

Se detuvo y volvió la vista atrás.

Alfred estaba peleando con los dos hombres, con los puños y los pies. Golpeó tres o cuatro veces en la cabeza al de la gorra verde y luego asestó varios puntapiés en las espinillas al hombre calvo. Pero los dos hombres lo cercaron de tal manera que Alfred ya no podía defenderse con la fuerza suficiente. Tom vaciló entre seguir tras el cerdo o rescatar a su hijo, pero entonces el calvo le puso una zancadilla a Alfred y al caer al suelo el muchacho los dos hombres se lanzaron sobre él y comenzaron a golpearlo en la cara y en el cuerpo.

Tom corrió hacia ellos. Se lanzó contra el calvo, arrojándolo de una embestida a los matorrales y luego, volviéndose, atacó martillo en ristre al de la gorra verde. El hombre, que ya había sentido los efectos de aquel martillo y que seguía sin poder utilizar más que un brazo, esquivó el primer golpe; dio media vuelta y corrió hacia los matorrales en busca de protección.

Tom se volvió y vio alejarse al hombre calvo por el sendero. Luego miró en dirección contraria. El ladrón con el cerdo había desaparecido de la vista. Masculló un juramento. Aquel cerdo representaba la mitad de cuanto había ahorrado durante el verano. Se sentó, jadeando, en el suelo.

—¡Los hemos vencido! —exclamó excitado Alfred.

Tom lo miró.

—Sí, pero se han llevado nuestro cerdo —dijo.

Habían comprado aquel animal en primavera, en cuanto hubieron ahorrado suficientes peniques, y habían estado engordándolo durante todo el verano. Un cerdo bien cebado podía venderse por sesenta peniques. Con algunas coles y un saco de grano podía alimentar durante todo el invierno a una familia, y además con su piel era posible obtener un par de zapatos y una o dos bolsas. Su pérdida era una catástrofe.

Tom miró con envidia a Alfred, que ya se había recuperado de la persecución y de la pelea y que esperaba impaciente. Qué lejos han quedado esos tiempos, en que yo era capaz de correr como el viento sin sentir apenas los latidos del corazón, pensó. Precisamente cuando tenía su misma edad…, hace veinte años. Veinte años. Parece que hubiese sido ayer.

Se puso de pie.

Pasó el brazo por los anchos hombros de Alfred mientras regresaban por el sendero. El muchacho todavía era un poco más bajo que su padre, aunque pronto lo alcanzaría e incluso lo sobrepasaría. Espero que también crezca su entendimiento, se dijo Tom.

—Cualquier imbécil puede tomar parte en una pelea, pero el hombre prudente sabe mantenerse lejos de ella —dijo.

Alfred lo miró sin comprender. Salieron del sendero, cruzaron el terreno pantanoso y empezaron a subir por la ladera, siguiendo en sentido inverso el rastro que había dejado el ladrón. Mientras atravesaban el bosquecillo de abedules, Tom pensó en Martha y una vez más sintió que le hervía la sangre. El proscrito la había golpeado sin necesidad, ya que no representaba amenaza alguna para él.

Tom apretó el paso y un momento después salieron al camino. Martha permanecía tumbada en el mismo lugar. Tenía los ojos cerrados y la sangre empezaba a secarse en el pelo. Agnes estaba arrodillada junto a ella, y sorprendentemente había también otra mujer y un muchacho. Se le ocurrió pensar que no era tan extraño que a primera hora de aquel día se hubiera sentido observado, ya que al parecer por el bosque pululaba mucha gente. Tom se inclinó y puso nuevamente la mano sobre el pecho de su hija. Respiraba con normalidad.

—Pronto despertará —dijo la desconocida con tono autoritario—. Luego vomitará y después estará bien.

Tom la miró con curiosidad. Estaba arrodillada al lado de Martha. Era joven; quizá tuviera una docena de años menos que Tom. Su túnica corta, de cuero, dejaba al descubierto unas esbeltas y morenas piernas. Tenía una cara bonita, y el nacimiento de su cabellera castaña formaba un pico de viuda en su frente. Tom sintió el aguijón del deseo. Entonces ella levantó la vista para mirarlo, y él se sobresaltó. Tenía unos ojos intensos, muy separados, de un desusado color de miel dorada y oscura que conferían a su rostro un aspecto mágico. Tuvo la certeza de que ella sabía lo que él había estado pensando.

Apartó la mirada de la mujer para disimular su turbación y se encontró con los ojos de Agnes. Parecía resentida.

—¿Dónde está el cerdo? —preguntó.

—Nos encontramos con otros dos proscritos —dijo Tom.

—Les sacudimos bien, pero el del cerdo logró escapar —añadió Alfred.

Agnes tenía una expresión severa, pero guardó silencio.

—Podemos llevar a la niña a la sombra si lo hacemos con cuidado —dijo la desconocida al tiempo que se ponía de pie.

Tom advirtió entonces que era pequeña, al menos treinta centímetros más baja que él. Se inclinó y cogió con sumo cuidado a Martha. Casi no sentía el peso de la niña. Avanzó unos cuantos pasos por el camino y la depositó sobre la hierba, a la sombra de un viejo roble. Seguía sin recuperar la conciencia.

Alfred estaba recogiendo las herramientas que habían quedado desperdigadas por el camino durante la pelea. El niño que acompañaba a la desconocida lo miraba con expresión de asombro, sin pronunciar palabra. Debía de tener unos tres años menos que Alfred y era un muchacho de aspecto peculiar, observó Tom, sin nada de la belleza sensual de su madre. Su tez era muy pálida, el pelo de un rojo anaranjado y los ojos azules, ligeramente saltones. Tom se dijo que tenía la mirada estúpidamente alerta de un zoquete; era la clase de chico que, o bien moría joven o sobrevivía para convertirse en el tonto del pueblo. Alfred se sentía visiblemente incómodo bajo su mirada.

Mientras Tom los observaba, el niño cogió la sierra de las manos de Alfred, sin decir nada, y la examinó como si se tratara de algo asombroso. Alfred, asombrado ante aquella descortesía, se la quitó a su vez y el muchacho la soltó con indiferencia.

—¡Compórtate como es debido, Jack! —le dijo su madre, visiblemente contrariada.

Tom la miró. El muchacho no se parecía en absoluto a ella.

—¿Eres su madre? —le preguntó Tom.

—Sí. Me llamo Ellen.

—¿Dónde está tu marido?

—Ha muerto.

Tom se mostró sorprendido.

—¿Viajas sola? —inquirió con tono de incredulidad. El bosque resultaba ya bastante peligroso para un hombre como él. Una mujer sola apenas tendría posibilidades de sobrevivir.

—No estamos viajando —repuso Ellen—. Vivimos en el bosque.

Tom se sobresaltó.

—Quieres decir que sois... —Calló, pues no quería ofenderla.

—Proscritos —dijo ella—. ¿Acaso creías que todos los proscritos eran como ese Faramond Openmouth que te ha robado el cerdo?

—Sí —respondió Tom, aunque lo que hubiera querido decir era: «Jamás pensé que un proscrito pudiera ser una mujer hermosa.» Incapaz de contener su curiosidad, preguntó—: ¿Qué crimen cometiste?

—Maldije a un sacerdote —contestó ella, apartando la mirada.

A Tom no le pareció que eso pudiera ser un delito, pero quizá aquel sacerdote tuviese gran poder o fuera muy quisquilloso. O tal vez Ellen no quisiera contar la verdad.

Miró a Martha. Poco después la niña abrió los ojos. Parecía confusa y algo asustada. Agnes se arrodilló junto a ella.

—Estás a salvo —le dijo—. No pasa nada.

Martha se incorporó y vomitó. Agnes la mantuvo abrazada hasta que los espasmos remitieron. Tom se sentía impresionado, pues la predicción de Ellen había resultado cierta. También había dicho que Martha se encontraría perfectamente bien, y al parecer también eso se cumplía. Se sintió aliviado y algo sorprendido ante la intensidad de su propia emoción. No soportaría perder a mi pequeña, se dijo, y tuvo que hacer un esfuerzo para contener las lágrimas. Se dio cuenta de que Ellen lo miraba comprensiva, y una vez más tuvo la impresión de que aquellos ojos de un dorado extraño podían leer hasta el fondo de su corazón.

Arrancó una ramita de roble, la despojó de sus hojas y limpió con ella la carita de Martha, que seguía estando pálida.

—Necesita descansar —dijo Ellen—. Dejadla echada el tiempo en que un hombre recorre cinco kilómetros.

Tom elevó la vista al sol. Todavía quedaba mucha luz por delante. Se acomodó para esperar. Agnes mecía suavemente a Martha en sus brazos. Jack dirigía su atención a la niña y la miraba con la misma estúpida intensidad. Tom quería saber más cosas sobre Ellen. Se preguntó si podría persuadirla de que le contara su historia. No quería que se fuera.

—¿Cómo ocurrió todo? —preguntó con vaguedad.

Ellen volvió a mirarlo a los ojos y luego empezó a hablar.

Su padre había sido un caballero, les dijo, un hombre corpulento, fuerte y violento que quería hijos con quienes cabalgar, cazar y luchar, compañeros con quienes beber e ir de juerga por las noches. Pero en este aspecto fue el hombre más infortunado que pudo existir, ya que su mujer le obsequió con Ellen y luego murió. Y cuando volvió a casarse, su segunda esposa resultó estéril. Acabó por aborrecer a la madrastra de Ellen y finalmente la envió lejos. Debió de ser un hombre cruel, pero a Ellen no se lo parecía; lo adoraba y compartía su antipatía por su segunda mujer. Cuando la madrastra se hubo marchado, Ellen se quedó con su padre y fue creciendo en una casa donde casi todo eran hombres. Se cortó el pelo, llevaba una daga y aprendió a no jugar con gatitos ni a preocuparse por los viejos perros ciegos. Cuando tenía la edad de Martha solía escupir en el suelo, comer corazones de manzana y dar fuertes patadas a los caballos en el vientre para hacerles aspirar con fuerza y así apretarles más la cincha. Sabía que a todos los hombres que no formaban parte de la pandilla de su padre los llamaban chupapollas y a todas las mujeres que no iban con ellos, putas, aunque no estaba muy segura de lo que aquellos insultos significaban en realidad ni le importaba demasiado.

Mientras escuchaba su voz acariciado por la suave brisa de una tarde otoñal, Tom cerró los ojos y se la imaginó como una chiquilla de pecho liso y cara sucia, sentada a la larga mesa, con los brutales camaradas de su padre bebiendo cerveza fuerte, eructando y entonando canciones sobre batallas, rapiñas y violaciones, caballos, castillos y vírgenes, hasta quedar dormida con la pequeña y trasquilada cabeza apoyada sobre la áspera superficie de la mesa.

Si hubiera seguido teniendo el pecho liso, su vida habría sido feliz, pero llegó el día en que los hombres comenzaron a mirarla de forma distinta. Ya no soltaban risas estentóreas cuando les decía: «Quitaos de mi camino si no queréis que os arranque los cojones y se los dé de comer a los cerdos.» Algunos la contemplaban extasiados cuando se quitaba la túnica de lana y se echaba a dormir cubierta con la larga camisola de lino. Cuando hacían sus necesidades en el bosque se volvían de espaldas a ella, algo que nunca habían hecho hasta entonces.

Cierto día vio a su padre conversar seriamente con el párroco, lo cual era verdaderamente inusitado, y ambos se volvían a mirarla como si estuvieran hablando de ella. A la mañana siguiente su padre le dijo: «Vete con Henry y Everard y haz lo que te digan.» Luego la besó en la frente. Ellen se preguntó qué le ocurriría. ¿Acaso se volvía blando con la edad? Montó a lomos de su corcel gris, ya que siempre se había negado a cabalgar el palafrén propio de las damas o el poni de los niños, y se puso en marcha con los dos hombres de armas.

La llevaron a un convento y allí la dejaron.

Por todo aquel lugar sonaron los juramentos obscenos de Ellen cuando los dos hombres emprendieron el camino de regreso. Apuñaló a la abadesa y volvió a pie a la casa de su padre. Él la envió de nuevo al convento, atada de pies y manos y sujeta a la montura de un asno. La tuvieron recluida en la celda de castigo hasta que la abadesa se recuperó de las heridas. El lugar era frío, húmedo y tan oscuro como la noche, y aunque había agua para beber no tenía nada de comer. Cuando la dejaron salir huyó de nuevo a casa. Su padre volvió a enviarla al convento, y en esa ocasión la azotaron antes de meterla en la celda.

Ni que decir tiene que finalmente consiguieron que vistiese el hábito de novicia, acatara las reglas y aprendiese las oraciones, aunque en el fondo de su corazón aborreciera a las monjas, despreciara a los santos y en principio no creyese nada de cuanto le decían sobre Dios. Pero aprendió a leer y escribir, dominó la música, los números y el dibujo e incorporó el latín al francés y el inglés que ya hablaba en casa de su padre.

En definitiva, la vida en el convento no era tan mala después de todo. Se trataba de una comunidad exclusivamente femenina, con reglas y rituales peculiares, y aquello era exactamente a lo que ella estaba acostumbrada. Todas las monjas tenían que hacer algún trabajo físico, y Ellen pronto fue destinada a trabajar con los caballos. No pasó mucho tiempo antes de que tuviera a su cargo los establos.

La pobreza jamás le preocupó. No le fue fácil obedecer, pero finalmente lo logró. La tercera regla, la castidad, nunca llegó a molestarle demasiado, aunque de vez en cuando, y sólo por fastidiar a la abadesa, descubría a alguna de las otras novicias los placeres de...

Al llegar a ese punto, Agnes interrumpió el relato de Ellen y se llevó consigo a Martha en busca de un arroyo donde limpiarle la cara y lavarle la túnica. Para que le procurase protección se llevó también a Alfred, aunque aseguró que se quedaría cerca. Jack se levantó dispuesto a seguirlos, pero Agnes le dijo con firmeza que no lo hiciera, y el muchacho pareció entender, porque volvió a sentarse. Tom comprendió que Agnes se había llevado a sus hijos para que no siguieran oyendo aquella historia indecente e impía, al tiempo que lo dejaba a él vigilado.

Cierto día, prosiguió Ellen, el palafrén de la abadesa se quedó cojo, cuando ésta llevaba varios días fuera del convento. Dio la casualidad de que el priorato de Kingsbridge estaba cerca, de manera que el prior le prestó otro caballo para que siguiera camino. Una vez de regreso en el convento, la abadesa dijo a Ellen que devolviese al priorato el caballo prestado y trajera consigo el animal cojo.

Allí, en el establo del monasterio, a la vista de la ruinosa y vieja catedral de Kingsbridge, Ellen conoció a un muchacho que parecía un animalillo maltratado. Tenía las extremidades flexibles como un cachorro y a pesar de parecer alerta, se mostraba asustado, como si le hubieran arrancado a golpes toda su alegría y sus ganas de jugar. Al hablarle Ellen, no le entendió. Ella probó con el latín, pero no era un monje. Finalmente dijo algo en francés, lo que hizo que al muchacho se le iluminase el rostro y le contestase en la misma lengua.

Ellen jamás regresó al convento.

Desde aquel día vivió en el bosque. Primero en una tosca choza de ramas y hojas, y más adelante en una cueva seca. No había olvidado las habilidades masculinas que había aprendido en casa de su padre. Podía cazar un ciervo, poner trampas a los conejos y abatir cisnes con el arco. Era capaz de despedazar un animal muerto y guisar su carne. Incluso sabía cómo raer y curar los cueros y pieles con que confeccionaba su indumentaria. Además de caza, comía frutos silvestres, frutos secos y vegetales. Cualquier otra cosa que necesitara, como sal, ropa de lana, un hacha o un cuchillo nuevo, tenía que robarla.

Lo peor fue cuando nació Jack.

Tom quiso saber entonces qué había pasado con el francés. ¿Era el padre de Jack? Y en tal caso, ¿cuándo y en qué circunstancias había muerto? Pero por la expresión de ella comprendió que no estaba dispuesta a hablar de aquella parte de la historia y daba la impresión de ser una persona a la que nadie podría persuadir en contra de su voluntad, de manera que Tom decidió no preguntar nada.

Para entonces su padre había muerto, y sus hombres se dispersaron de tal manera que a ella ya no le quedaban parientes ni amigos en el mundo. Cuando Jack estaba a punto de nacer, ella hizo una hoguera en la boca de la cueva, para que se mantuviera encendida durante toda la noche. Tenía comida y agua a mano, así como un arco, flechas y cuchillos para protegerse de los lobos y de los perros salvajes. Incluso disponía de una pesada capa roja que había robado a un obispo para envolver con ella al recién nacido. Pero para lo que no estaba preparada era para el dolor y el miedo de dar a luz, y durante mucho tiempo creyó que se moría. Sin embargo, el niño nació saludable y vigoroso, y ella sobrevivió.

Durante los once años siguientes, Ellen y Jack llevaron una vida sencilla y frugal. El bosque les daba cuanto necesitaban siempre que anduvieran con cuidado y almacenaran suficientes manzanas, nueces y venado ahumado o en salazón para los meses de invierno. Ellen pensaba a menudo que si no hubiera reyes, señores, arzobispos ni sheriffs, todo el mundo podría vivir de esa manera y ser perfectamente feliz.

Tom le preguntó cómo se las arreglaba con los demás proscritos, con hombres como Faramond Openmouth. ¿Qué pasaría si la sorprendieran por la noche e intentaran violarla?, se preguntaba al tiempo que la idea hacía que sintiera un estremecimiento de deseo, aun cuando él jamás hubiera poseído a una mujer contra su voluntad. Ni siquiera a la suya.

Ellen, mirando a Tom con aquellos ojos claros y luminosos, le dijo que los otros proscritos le tenían miedo, y al instante él imaginó el motivo. Creían que era una bruja. En cuanto a las personas cumplidoras de la ley, personas que sabían que podían robar, violar o asesinar a un proscrito sin miedo al castigo, Ellen se limitaba a evitarlas. Entonces, ¿por qué no se había ocultado de Tom? Porque había visto a una niña herida y había querido ayudar. Ella también tenía un hijo.

Había enseñado a Jack todo lo que había aprendido en casa de su padre sobre armas y caza, y también todo cuanto le habían enseñado las monjas: a leer y escribir, música y números, francés y latín, cómo dibujar, incluso historias de la Biblia. Finalmente, durante las largas noches invernales le había transmitido todo el legado del muchacho francés que sabía más historias, poemas y canciones que cualquier otro en el mundo.

Tom no creía que un niño como Jack supiera leer y escribir. Él podía escribir su nombre y unas pocas palabras como «peniques», «metros» y «litros». Agnes, que era hija de un hombre de iglesia, sabía algunas más, aunque escribía lentamente y con dificultad, sacando la lengua por la comisura de la boca. Alfred, en cambio, no sabía escribir una sola palabra y apenas era capaz de entender su propio nombre, y Martha ni siquiera sabía eso. ¿Era posible que aquel muchacho medio tonto supiera más que toda la familia de Tom?

Ellen le dijo a Jack que escribiera algo, y el chico alisó la tierra y garrapateó unas letras. Tom reconoció la primera palabra, «Alfred», aunque no las otras, y se sintió un estúpido. Ellen puso fin a aquella situación embarazosa leyendo en voz alta toda la frase: «Alfred es más alto que Jack.» Luego el muchacho dibujó rápidamente dos figuras, una más grande que la otra, y aunque ambas eran muy toscas, una tenía los hombros anchos y una expresión más bien bovina y la otra era pequeña y tenía una mueca sonriente. Tom, que por su parte tenía una gran facilidad para el dibujo, quedó asombrado ante la sencillez y vigor de aquellos dibujos.

Pero aun así el muchacho parecía idiota.

Ellen, como si hubiera adivinado los pensamientos de Tom, confesó que había empezado a darse cuenta de ello. Jamás había tenido la compañía de otros niños o de otro ser humano a excepción de su madre, y el resultado era que estaba creciendo como un animal salvaje. Pese a todos sus conocimientos no sabía cómo comportarse con la gente. Ése era el motivo de que guardara silencio, se quedara mirando fijamente o arrebatara las cosas.

Mientras hablaba, la mujer parecía vulnerable por primera vez. Había desaparecido aquella inquebrantable seguridad en sí misma y Tom advirtió que estaba inquieta, casi desesperada. Por el bien de Jack tenía que incorporarse de nuevo a la sociedad, pero ¿cómo? De ser un hombre habría podido convencer a algún señor de que le concediera una granja, sobre todo si le mentía de manera convincente diciéndole que acababa de regresar de peregrinación a Jerusalén o Santiago de Compostela. También había algunas mujeres granjeras, pero invariablemente eran viudas con hijos mayores. Ningún señor daría una granja a una mujer con un hijo pequeño. Nadie en la ciudad ni en el campo la contrataría como trabajadora. Además, no tenía dónde vivir, y rara vez se ofrecía vivienda cuando se trataba de un trabajo para el que no se requería especialización alguna. En definitiva, no tenía identidad.

Tom sintió lástima por ella. Había dado a su hijo cuanto podía, pero no era bastante. No veía solución a su dilema. Pese a ser una mujer hermosa, con recursos y realmente formidable, estaba condenada a pasar el resto de su vida escondiéndose en el bosque con su extraño hijo.

Finalmente volvieron Agnes, Martha y Alfred. Tom miró ansioso a la niña, a quien todo lo que parecía haberle ocurrido era que le hubiesen lavado a conciencia la cara. Durante un rato Tom se había sentido absorto por los problemas de Ellen, pero en aquel momento se enfrentó de nuevo con su propia situación. Estaba sin trabajo y les habían robado el cerdo. Empezaba a anochecer.

—¿Adónde os dirigís? —preguntó Ellen.

—A Winchester —respondió Tom. Winchester tenía un castillo, un palacio, varios monasterios y, lo más importante, una catedral.

—Salisbury está muy cerca —observó Ellen—, y la última vez que estuve allí estaban ampliando la catedral.

A Tom se le aceleró el corazón. Aquello era lo que estaba buscando. Si lograba encontrar trabajo en el proyecto de construcción de una catedral se creía con capacidad suficiente para llegar a ser maestro constructor.

—¿Por dónde se va a Salisbury? —preguntó ansioso.

—Tendréis que retroceder cinco o seis kilómetros por el camino por el que habéis venido. ¿Recuerdas la encrucijada en que cogisteis a la izquierda?

—Sí, junto a una charca de agua estancada.

—Eso es. El camino de la derecha lleva a Salisbury.

Se despidieron. A Agnes no le gustó Ellen, pese a lo cual le dijo con amabilidad:

—Gracias por ayudarme a cuidar de Martha.

Ellen sonrió y permaneció pensativa cuando se alejaron.

Después de caminar unos minutos, Tom volvió la cabeza. Ellen seguía allí, observándolos, de pie en el camino, con las piernas separadas, protegiéndose los ojos con la mano. Junto a ella se encontraba aquel peculiar muchacho. Tom la saludó con la mano y ella le devolvió el saludo.

—Una mujer interesante —le comentó Tom a Agnes.

Agnes no respondió.

—Ese chico es muy extraño —añadió Alfred.

Caminaron bajo el sol otoñal, que ya se ponía en el horizonte. Tom se preguntaba cómo sería Salisbury. Nunca había estado allí. Claro que su sueño era el de construir una catedral nueva desde sus cimientos, pero eso casi nunca ocurría. Era mucho más corriente encontrarse con una vieja construcción que estaba siendo mejorada, ampliada o reedificada en parte. Pero a él le bastaría con eso siempre que ofreciera la posibilidad de intervenir de acuerdo con sus proyectos.

—¿Por qué me golpeó ese hombre? —preguntó Martha.

—Porque quería robarnos el cerdo —le contestó Agnes.

—Debería tener su propio cerdo —dijo indignada Martha, como si sólo entonces cayese en la cuenta de que el proscrito había hecho algo malo.

El problema de Ellen estaría resuelto si supiera algún oficio, pensó Tom. Un albañil, un carpintero, un tejedor o un curtidor jamás se hubiera encontrado en la situación de ella. Él siempre podía ir a una ciudad y buscar trabajo. Había algunas mujeres artesanas, pero en general eran esposas o viudas de artesanos.

—Lo que esa mujer necesita es un marido —dijo Tom en voz alta.

—Tal vez, pero no el mío —replicó Agnes con tono resuelto.

3

El día que perdieron el cerdo fue también el último del buen tiempo. Aquella noche la pasaron en un granero, y al salir por la mañana el cielo estaba plomizo y soplaba un viento frío con rachas de fuerte lluvia. Desenrollaron sus gruesos abrigos, se los pusieron, abrochándoselos bien debajo de la barbilla, y se cubrieron la cara con la capucha para protegerse de la lluvia. Echaron a andar con desgana; cuatro lamentables fantasmas bajo un intenso aguacero, chapoteando con sus zuecos de madera por el embarrado camino lleno de charcos.

Tom se preguntaba cómo sería la catedral de Salisbury. En principio una catedral era una iglesia como otra cualquiera; la diferencia residía, sencillamente, en que en ella el obispo tenía su trono. Pero en la realidad las catedrales eran las más grandes, ricas, espléndidas y primorosas iglesias que había. Una catedral rara vez era nada más que un túnel con ventanas. En su mayor parte consistían en tres túneles, uno alto flanqueado por otros dos más pequeños, como si se tratase de una cabeza y los dos hombros. El conjunto formaba una nave con sendos pasillos a los costados. Los muros laterales del túnel central se reducían a dos hileras de pilares enlazados entre sí por arcos, formando una arcada. Las naves laterales se empleaban para procesiones, que en una iglesia catedral podían llegar a ser espectaculares. En ocasiones su espacio se dedicaba también a pequeñas capillas consagradas a determinados santos, que atraían donativos extraordinarios. Las catedrales eran las construcciones más costosas del mundo, mucho más que palacios y castillos, y debían hacerse merecedoras de su mantenimiento.

Salisbury estaba más cerca de lo que Tom había pensado. A media mañana terminaron su ascensión y se encontraron con que el camino descendía suavemente delante de ellos, trazando una larga curva. A través de los campos azotados por la lluvia, sobre la lisa llanura, semejante a una embarcación en medio de un lago, vieron la ciudad fortificada de Salisbury, que se alzaba sobre una colina. Los detalles aparecían velados debido a la lluvia, pero Tom logró distinguir cuatro o cinco torres por encima de los muros de la ciudad. A la vista de tanta obra de sillería, se sintió animado.

Un viento glacial barrió la llanura, helándoles la cara y las manos, mientras avanzaban por el camino en dirección a la puerta este de la ciudad. Al pie de la colina convergían cuatro caminos entre un enjambre de casas que se prolongaban desde la ciudad y allí se unieron a ellos otros viajeros que caminaban con la cabeza gacha y los hombros encorvados, luchando contra los elementos y en busca del refugio que ofrecían aquellos muros.

En la ladera que conducía hasta la puerta toparon con una carreta tirada por una yunta de bueyes y cargada con una gran piedra, circunstancia que Tom encontró extremadamente alentadora. El carretero se hallaba inclinado sobre la parte posterior del tosco vehículo de madera, empujando con el hombro e intentando ayudar con su fuerza a los dos bueyes que avanzaban a duras penas.

Tom vio la oportunidad de trabar amistad con alguien. Hizo una seña a Alfred y ambos arrimaron el hombro a la parte trasera de la carreta, ayudando en el esfuerzo.

Las enormes ruedas de madera retumbaron sobre un puente de troncos que cruzaba un enorme foso seco. Los terraplenes eran formidables. Tom pensó que para cavar aquel foso y hacer subir la tierra a fin de formar la muralla de la ciudad debieron de trabajar centenares de hombres, lo que constituía una tarea mucho mayor incluso que excavar los cimientos de la catedral. El puente por el que avanzaba la carreta crujía bajo el peso de ésta y los dos vigorosos animales que tiraban de ella.

La ladera se niveló y la carreta se movió con una mayor facilidad cuando se encontraban cerca de la puerta. El carretero se enderezó y Tom y Alfred lo imitaron.

—Os lo agradezco de corazón —dijo el hombre.

—¿Para qué es esta piedra? —le preguntó Tom.

—Para la nueva catedral.

—¿Para la nueva catedral? Oí decir que sólo iban a agrandar la vieja.

El carretero asintió.

—Eso era lo que decían hace diez años, pero ahora hay más nueva que vieja.

Seguían las buenas noticias.

—¿Quién es el maestro constructor?

—John de Shaftesbury, aunque el obispo Roger tiene mucho que ver con los diseños.

Era normal. Los obispos muy raramente dejaban que los constructores hicieran solos el trabajo. A menudo uno de los problemas del maestro constructor consistía en calmar la enfebrecida imaginación de los clérigos y establecer unos límites prácticos a la desbordada fantasía de éstos, pero el que contrataba a los hombres debía de ser John de Shaftesbury.

—¿Albañil? —preguntó el carretero, indicando con la cabeza la bolsa de herramientas de Tom.

—Sí; y en busca de trabajo.

—Es posible que lo encuentres —le dijo el carretero, sin añadir nada más al respecto—. Si no en la catedral, quizá en el castillo.

—¿Quién gobierna el castillo?

—Roger es a la vez obispo y señor.

Claro, se dijo Tom. Había oído hablar del poderoso Roger de Salisbury, que desde hacía muchísimos años estaba al costado del rey.

Franquearon la puerta y se encontraron dentro de la ciudad. La plaza estaba tan abarrotada de edificios que tanto la gente como los animales parecían hallarse en peligro de desbordar su muralla circular y caer todos al foso. Las casas de madera estaban pegadas las unas a las otras, empujándose como los espectadores de un ahorcamiento. Hasta la mínima porción de terreno se hallaba ocupada. Allí donde se habían construido dos casas separadas por un callejón, alguien había introducido en éste una morada sin ventanas, ya que la puerta ocupaba casi todo el frente. Y allí donde el espacio era demasiado pequeño incluso para la más angosta de las casas, habían instalado un puesto para la venta de cerveza, pan o manzanas. Y si ni siquiera había sitio para esto, entonces había un establo, una porqueriza, un estercolero o un depósito de agua.

Y también era ruidosa. La lluvia no lograba amortiguar el fragor que procedía de los talleres de los artesanos ni los gritos de los vendedores ambulantes que voceaban sus mercancías, o la gente que se saludaba, regateaba o discutía. Había, además, animales que relinchaban, ladraban o se peleaban.

—¿Por qué huele tan mal? —preguntó Martha levantando la voz para hacerse oír por encima del ruido.

Tom sonrió. La niña llevaba un par de años sin pisar una ciudad.

—Es el olor de la gente —respondió.

La calle era poco más ancha que la carreta, pero el carretero no dejó que los bueyes se detuvieran por temor a que no volvieran a ponerse en marcha. Los azuzó con el látigo, haciendo caso omiso de todo obstáculo, y los animales prosiguieron en su ciego avance a través del gentío, apartando por la fuerza, de manera indiscriminada a un caballero a lomos de su brioso corcel, a un guardabosques con su arco, a un monje gordo montado en un poni, a hombres de armas y mendigos, amas de casa y prostitutas. El carro se encontró detrás de un pastor viejo que se esforzaba por mantener unido su pequeño rebaño. Tom pensó que debía de ser día de mercado. Al paso de la carreta, una de las ovejas entró por la puerta abierta de una cervecería y al instante todo el rebaño invadió el local, balando asustadas y derribando a su paso mesas, taburetes y jarras de cerveza.

La calle era un auténtico lodazal cubierto de porquerías. Tom sabía calibrar bien la lluvia que podía caer sobre un tejado y el ancho del canalón capaz de verterla, y advirtió que toda la lluvia que caía sobre los tejados de aquella parte de la ciudad iba a parar a esa misma calle. Se dijo que, de ser muy fuerte la tormenta, se necesitaría una embarcación para atravesarla.

La calle iba ensanchándose a medida que se acercaban al castillo que se alzaba en la cima de la colina. Allí ya había casas de piedra, una o dos de ellas necesitadas de pequeñas reparaciones. Pertenecían a artesanos y mercaderes que tenían sus tiendas y almacenes en la planta baja o en el primer piso de la vivienda. Tom llegó a la conclusión, mientras observaba con mirada experta cuanto se exponía a la venta, de que se trataba de una ciudad próspera. Todo el mundo necesitaba cuchillos y cacerolas, pero sólo la gente acaudalada compraba chales bordados, cinturones con adornos y broches de plata.

Frente al castillo, el carretero dirigió los bueyes hacia la derecha y Tom y su familia lo siguieron. La calle formaba un cuarto de círculo, bordeando las murallas del castillo. Cuando hubieron franqueado otra puerta dejaron atrás el tumulto de la ciudad, con la misma rapidez con que se habían sumergido en él, y entraron en una clase diferente de turbulencia: la de la diversidad febril aunque ordenada de una importante obra en construcción.

Se encontraban en el interior del recinto amurallado de la catedral, que ocupaba toda la cuarta parte del círculo noroeste de la ciudad. Tom se detuvo por un instante; sólo con ver aquello, escucharlo y olerlo se sentía ilusionado como ante un día soleado. Mientras seguían al carro vieron que otros dos se alejaban vacíos. En alpendes, a lo largo de los muros de la iglesia, había albañiles que esculpían bloques de piedra con cinceles de hierro y martillos de madera, dándoles las formas que una vez unidas formarían plintos, columnas, capiteles, fustes, contrafuertes, arcos, ventanas, remates, antepechos y parapetos. En el centro del recinto, y muy alejada de otros edificios, se encontraba la herrería; a través de la puerta abierta se veía el resplandor del fuego que ardía en la fragua. Y por todo el recinto resonaba el vigoroso sonido del martillo sobre el yunque mientras el herrero hacía herramientas nuevas para sustituir a las que ya estaban desgastándose en manos de los albañiles. Para mucha gente aquélla sería una escena caótica, pero lo que Tom vio era un inmenso y complejo mecanismo que deseaba ardientemente controlar. Vio lo que cada hombre estaba haciendo y advirtió de inmediato lo mucho que habían avanzado los trabajos. Estaban levantando la fachada de la parte este.

En el extremo oriental, a una altura de ocho o nueve metros, había una serie de andamios. Los albañiles se habían refugiado en el pórtico, esperando que amainara la lluvia, pero los peones subían y bajaban corriendo por las escaleras cargando piedras sobre los hombros. Más arriba todavía, en la estructura de madera del tejado, se encontraban los fontaneros, semejantes a arañas que se deslizaran por una telaraña gigante de madera, clavando chapas de plomo en las riostras e instalando los tubos y canalones de desagüe.

Tom comprendió con pesar que el edificio estaba prácticamente terminado. Si llegaban a contratarlo, el trabajo no duraría más de un par de años, apenas el tiempo suficiente para alcanzar la posición de maestro albañil, con lo que sus sueños de convertirse en maestro constructor se esfumaban. No obstante, si llegaran a ofrecerle trabajo lo aceptaría, pues el invierno se les venía encima. Él y su familia podrían haber sobrevivido todo un invierno sin trabajo de haber tenido al cerdo, pero sin él Tom estaba obligado a encontrar trabajo.

Siguieron a la carreta a través del recinto hasta donde estaban amontonadas las piedras. Los bueyes hundieron agradecidos sus cabezas en el abrevadero.

—¿Dónde está el maestro constructor? —preguntó el carretero a un albañil que pasaba por allí.

—En el castillo —contestó el hombre.

—Supongo que lo encontrarás en el palacio del obispo —dijo el carretero volviéndose hacia Tom, después de agradecer con un movimiento de cabeza la información.

—Gracias.

—Gracias a ti.

Tom salió del recinto seguido de Agnes y los niños. Volvieron sobre sus pasos por las angostas calles atestadas de gente hasta llegar frente al castillo. Había otro foso seco y una segunda y enorme muralla de tierra que rodeaba la fortaleza central. Atravesaron el puente levadizo. A un lado de la puerta había una garita, y sentado en un taburete un hombre fornido con túnica de piel miraba caer la lluvia. Iba armado.

—Buenos días; me llamo Tom Builder y necesito ver al maestro constructor, John de Shaftesbury —dijo Tom dirigiéndose a él.

—Está con el obispo —le informó con indiferencia el centinela.

Entraron en el castillo que, al igual que la mayoría de ellos, era una serie de construcciones rodeadas por un muro de tierra. El patio debía de tener unos cien metros de parte a parte. Frente a la puerta y en el extremo más alejado se alzaba un macizo torreón, el último reducto en caso de ataque, que se elevaba por encima de las murallas para que sirviera de atalaya. A su izquierda se extendían varias edificaciones bajas, en su mayor parte de madera: un establo largo, una cocina, una panadería y diversos almacenes. En el centro del conjunto había un pozo. A la derecha, ocupando casi toda la mitad septentrional del recinto, se alzaba un gran edificio de piedra, a todas luces el palacio. Estaba construido en el mismo estilo que la catedral nueva, con las puertas y ventanas pequeñas y la parte superior curvada. Tenía dos plantas y los albañiles aún estaban trabajando en una de sus esquinas, al parecer construyendo una torre. Pese a la lluvia había mucha gente en el patio, saliendo y entrando, o yendo de un edificio a otro: hombres de armas, sacerdotes, mercaderes, albañiles y sirvientes del palacio.

Tom observó que el palacio tenía varias puertas, todas ellas abiertas a despecho del mal tiempo. No estaba del todo seguro sobre qué debía hacer. Si el maestro constructor estaba con el obispo quizá no debiera interrumpirles. Por otra parte, un obispo no era un rey, y Tom era un hombre libre, un albañil con un asunto perfectamente legal entre manos, y no un siervo plañidero que fuera con una queja. Decidió pedir audiencia. Dejó a Agnes y a Martha y, en compañía de Alfred, cruzó el embarrado patio hasta llegar al palacio, en el que entró por la puerta más próxima.

Se encontraron en una pequeña capilla de techo abovedado y una ventana en el extremo más alejado, sobre el altar. Cerca de la puerta estaba sentado un sacerdote ante un escritorio alto, escribiendo rápidamente sobre papel vitela. Alzó la vista.

—¿Dónde está maese John? —preguntó Tom de inmediato.

—En la sacristía —repuso el sacerdote, indicando con la cabeza una puerta.

Tom no preguntó si podía ver al maestro. Pensó que si se comportaba como si estuvieran esperándolo era probable que perdiese menos tiempo. Cruzó la pequeña capilla a grandes zancadas y entró en la sacristía.

Se trataba de una cámara pequeña y cuadrada iluminada por infinidad de velas. La mayor parte del suelo estaba ocupado por un arenal poco profundo. Habían alisado perfectamente la finísima arena con una regla. En la habitación había dos hombres. Ambos dirigieron una rápida mirada a Tom, para volver de inmediato su atención a la arena. El obispo, un arrugado anciano de brillantes ojos negros, trazaba dibujos en la arena con un agudo puntero. El maestro constructor, con mandil de cuero, lo observaba con actitud que era a la vez de paciencia y escepticismo.

Tom aguardó en silencio, tratando de disimular su preocupación. Tenía que causar una buena impresión, mostrarse cortés aunque no servil y hacer gala de sus conocimientos sin parecer pedante. Por su propia experiencia como contratista, Tom sabía que un maestro artesano quería que sus subordinados fueran tan obedientes como hábiles.

El obispo Roger estaba diseñando un edificio de dos plantas con grandes ventanas en tres de los lados. Era buen dibujante, trazaba líneas muy rectas y ángulos rectos perfectos. Dibujó un plano y una vista lateral del edificio. Tom comprendió enseguida que jamás sería construido.

—Ahí está —dijo el obispo cuando hubo terminado.

—¿Qué es? —preguntó John volviéndose hacia el recién llegado.

Tom simuló creer que quería conocer su opinión sobre el dibujo.

—No puede haber ventanas tan grandes en una planta baja —dijo.

El obispo lo miró irritado.

—No es una planta baja, sino una sala escritorio.

—Es igual. De todas formas se desplomará.

—Tiene razón —dijo John.

—Pero es que han de tener luz para escribir.

John se encogió de hombros.

—¿Quién eres tú? —preguntó volviéndose hacia Tom.

—Me llamo Tom y soy albañil.

—Lo supuse. ¿Qué te trae por aquí?

—Estoy buscando trabajo. —Tom contuvo el aliento.

John sacudió la cabeza.

—No puedo contratarte.

Todas las esperanzas de Tom se vinieron abajo. Hubiera querido dar media vuelta e irse, pero esperó cortésmente a oír los motivos.

—Esta construcción lleva ya diez años —prosiguió John—. La mayoría de los albañiles tienen casa en la ciudad. Estamos terminando y ahora tengo más trabajadores de los que en realidad necesito.

—¿Y el palacio? —preguntó Tom, aun cuando sabía que era inútil.

—Ocurre otro tanto —contestó John—. Precisamente estoy utilizando en él mi excedente de hombres. De no ser por éste y otros castillos del obispo Roger ya estaría prescindiendo de albañiles.

Tom hizo un ademán de asentimiento.

—¿Sabe si hay trabajo en alguna parte? —inquirió con voz natural, intentando disimular su desesperación.

—A principios de año estaban construyendo en el monasterio de Shaftesbury. Tal vez aún sigan. Está a una jornada de distancia.

—Gracias. —Tom dio media vuelta para marcharse.

—Lo siento —dijo John a sus espaldas—. Pareces un buen hombre.

Tom siguió caminando sin contestar. Se sentía defraudado. Había concebido esperanzas demasiado pronto. No tenía nada de extraño el que lo hubieran rechazado, pero se había sentido sumamente ilusionado ante la posibilidad de volver a trabajar en una catedral. Ahora tendría que hacerlo en la aburrida muralla de una ciudad o en la detestable casa de un orfebre.

Se irguió mientras regresaba, cruzando el patio del castillo, adonde lo esperaban Agnes y Martha. Tom jamás se mostraba decepcionado. Siempre intentaba dar la impresión de que todo marchaba bien, de que dominaba la situación y que poco importaba si allí no había trabajo, porque con toda seguridad habría algo en la próxima ciudad, o en la siguiente. Sabía que si dejaba traslucir la menor muestra de inquietud, Agnes le exigiría que buscara un trabajo fijo para instalarse definitivamente, y él no quería eso, a menos que pudiera hacerlo en una ciudad donde hubiera que construir una catedral.

—Aquí no hay nada para mí —informó a Agnes—. Pongámonos en marcha.

Ella pareció abatida.

—Imaginé que con una catedral y un palacio en construcción habría puesto para otro albañil —dijo.

—Las dos construcciones están casi acabadas —le explicó Tom—. Tienen más hombres de los que necesitan.

La familia cruzó de nuevo el puente levadizo y se sumió una vez más en las atestadas calles de la ciudad. Habían entrado en Salisbury por la puerta del Este y saldrían por la del Oeste, porque ése era el camino hacia Shaftesbury. Tom torció a la derecha, guiándoles por la parte de la ciudad que todavía no habían visto.

Se detuvo ante una casa de piedra en estado calamitoso, que estaba pidiendo a gritos que la repararan. Era evidente que habían utilizado una argamasa muy floja, por eso estaba desprendiéndose y cayendo. El hielo se había introducido en los agujeros, resquebrajando algunas piedras. Otro invierno en aquellas condiciones y los daños aún serían peores. Tom decidió hablar de ello con el propietario.

La entrada a la planta baja era un arco amplio. La puerta de madera estaba abierta, y a pocos pasos de ella se encontraba sentado un artesano con un martillo en la mano derecha y una lezna, una pequeña herramienta metálica de punta afilada, en la izquierda. Estaba labrando un complejo dibujo sobre una silla de montar de madera colocada sobre el banco, delante de él. Tom observó al fondo provisiones de madera y cuero y a un muchacho que barría la viruta que cubría el suelo.

—Buenos días, maese guarnicionero —dijo Tom.

El guarnicionero levantó la mirada, juzgó a Tom como el tipo de hombre que se haría su propia silla de montar en caso de necesitar una e hizo un saludo breve con la cabeza.

—Soy constructor —continuó Tom—, y he visto que necesitas de mis servicios.

—¿Por qué?

—La argamasa de la casa está desprendiéndose, las piedras se están rajando y es posible que tu vivienda no dure otro invierno.

El guarnicionero sacudió la cabeza.

—Esta ciudad está llena de albañiles. ¿Por qué habría de emplear a un forastero?

—Bien —dijo Tom, dando media vuelta—. Que Dios sea contigo.

—Así lo espero —repuso el guarnicionero.

—Un tipo con muy malos modos —farfulló Agnes mientras se alejaban.

Aquella calle los condujo hasta un mercado instalado en una plaza. Allí los campesinos de los alrededores intercambiaban lo poco que les había sobrado de carne o grano, leche o huevos, por aquellas otras cosas que necesitaban y que no podían hacer por sí mismos, como ollas, rejas de arado, cuerdas y sal. Por lo general, los mercados eran de un gran colorido y más bien ruidosos. Se regateaba mucho, pero con tono cordial, existía una rivalidad simulada entre los propietarios de los puestos contiguos, bollos baratos para los niños, en ocasiones un juglar o un grupo de titiriteros, muchas prostitutas pintarrajeadas y, quizá, un soldado lisiado con historias de desiertos orientales y hordas sarracenas enloquecidas. Quienes habían hecho un buen trato caían con frecuencia en la tentación de celebrarlo, y se gastaban sus beneficios en cerveza, de tal manera que, hacia el mediodía, el ambiente estaba muy caldeado. Otros perdían el dinero a los dados y siempre acababan con pendencias. Sin embargo, en la mañana de aquel día lluvioso, con la cosecha del año vendida o almacenada, el mercado estaba tranquilo. Los campesinos, empapados por la lluvia y taciturnos, hacían tratos con los dueños de los puestos, y unos y otros deseaban estar de nuevo en casa delante de un buen fuego.

Tom y su familia iban abriéndose paso a través del gentío, haciendo caso omiso de los ofrecimientos que con escaso entusiasmo les hacían el salchichero y el afilador.

Casi habían llegado al otro extremo de la plaza del mercado cuando Tom vio a su cerdo.

Al principio quedó tan sorprendido que no daba crédito a sus ojos.

—Tom, mira —le siseó Agnes, y entonces comprendió que ella también lo había visto.

No cabía la menor duda. Conocía a aquel cerdo tan bien como a Alfred o a Martha. Lo llevaba sujeto con mano experta un hombre de tez rubicunda y el vientre abultado de quien come toda la carne que necesita y luego repite. Sin duda se trataba de un carnicero. Tanto Tom como Agnes se pararon en seco y se quedaron mirándolo. Como le impedían el paso, el hombre no pudo evitar advertir su presencia.

—¿Qué pasa? —preguntó desconcertado por las miradas que le dirigían e impaciente por seguir adelante.

Fue Martha quien rompió el silencio.

—¡Ese cerdo es nuestro! —exclamó excitada.

—Así es —añadió Tom.

El hombre enrojeció por un instante y Tom comprendió que sabía que el animal era robado.

—Acabo de pagar cincuenta peniques por él y eso lo convierte en mi cerdo —replicó pese a todo.

—Nadie a quien hayas dado tu dinero era el propietario, así que no podía venderlo. Sin duda ése ha sido el motivo de que te lo dejara tan barato. ¿A quién se lo compraste?

—A un campesino.

—¿A uno que conoces?

—No; y ahora escúchame: soy el carnicero de la guarnición. No puedo ir pidiendo a todos los granjeros que me venden un cerdo o una vaca que me presenten a doce hombres que juren que el animal es suyo y que puede venderlo.

El hombre se apartó para seguir su camino, pero Tom le detuvo cogiéndolo del brazo. El hombre pareció enfadarse, pero de inmediato comprendió que si se enzarzaba en una riña tal vez tuviera que soltar al cerdo, y que si alguno de la familia de Tom lograba cogerlo se encontraría en desventaja y entonces sería él quien habría de demostrar que era el propietario del animal.

—Si quieres hacer una acusación ve al sheriff —dijo conteniéndose.

Tom desechó la idea. No tenía prueba alguna.

—¿Qué aspecto tenía el hombre que te lo vendió? —preguntó.

—El de cualquiera —contestó el carnicero con expresión taimada.

—¿Mantenía la boca oculta?

—Ahora que lo pienso, sí.

—Era un proscrito disimulando una mutilación —dijo Tom con amargura—. Supongo que no pensaste en eso.

—¡Está lloviendo a cántaros! —protestó el carnicero—. ¡Todo el mundo intenta ponerse a cubierto!

—Sólo quiero que me digas cuánto hace que os separasteis.

—Ahora mismo.

—¿Y adónde se dirigía?

—Supongo que a una cervecería.

—Para gastarse mi dinero —masculló Tom, irritado—. Bueno, vete. Es posible que algún día te roben a ti, y entonces desearás que no haya tanta gente dispuesta a comprar gangas sin hacer antes preguntas.

El carnicero parecía enfadado y vaciló como si quisiera darle una réplica, pero se lo pensó mejor y se marchó.

—¿Por qué has dejado que se fuera? —preguntó Agnes.

—Porque a él lo conocen aquí y a mí no —respondió Tom—. Si me pelease con él, el culpable sería yo. Y como el cerdo no lleva mi nombre escrito en el culo, ¿quién puede decir si es mío o no?

—Pero todos nuestros ahorros...

—A lo mejor aún podemos hacernos con el dinero del cerdo —dijo Tom—. Cállate y déjame pensar. —La disputa con el carnicero lo había puesto de mal humor, y desahogaba su frustración con Agnes—. En alguna parte de esta ciudad hay un hombre sin labios y con cincuenta peniques de plata en el bolsillo. Todo cuanto hemos de hacer es encontrarlo y quitarle el dinero.

—Claro —afirmó Agnes, resuelta.

—Tú vuelve al recinto de la catedral por donde hemos venido. Yo me pondré en marcha y llegaré allí desde la otra dirección. Entonces volveremos por la calle siguiente y así con todas. Si no está en las calles estará en alguna cervecería. Cuando lo veas quédate cerca de él y envía a Martha a avisarme. Alfred vendrá conmigo. Haz lo posible para que él no te descubra.

—No te preocupes —dijo Agnes, implacable—. Necesito ese dinero para dar a comer a mis hijos.

—Eres una leona, Agnes —dijo Tom poniéndole la mano en el brazo y sonriéndole.

Ella lo miró fijamente a los ojos por un instante y de pronto se puso de puntillas y lo besó en la boca, brevemente aunque con intensidad. Luego dio media vuelta y desanduvo el camino a través de la plaza del mercado, con Martha a la zaga. Tom la observó alejarse y no pudo evitar sentirse preocupado por ella pese a su valor. Luego, acompañado de Alfred, tomó la dirección contraria.

El ladrón debía de creer que estaba completamente a salvo. En el momento de robar el cerdo Tom y los suyos se dirigían a Winchester. El ladrón había escapado en dirección contraria para vender el cerdo en Salisbury. Pero aquella mujer proscrita, Ellen, le había dicho a Tom que estaban reconstruyendo la catedral de Salisbury, por lo que él había cambiado de planes, tropezando sin pensarlo con el ladrón. Sin duda el hombre pensaba que nunca volvería a ver a su víctima, lo que le daba a ésta la oportunidad de cogerlo por sorpresa.

Tom caminaba lentamente por la embarrada calle, intentando aparentar indiferencia al mirar por las puertas abiertas. Quería seguir pasando inadvertido, porque el episodio podía terminar de forma violenta y lo último que deseaba era que la gente recordase a un albañil alto fisgando por la ciudad. La mayor parte de las viviendas eran chozas de madera, barro y barda, con el suelo recubierto de paja, una chimenea en el centro y algunos muebles de confección casera. Un barril y algunos bancos convertían cualquier casa en una cervecería. Una cama en el rincón con una cortina para aislarla anunciaba que allí podía contratarse los servicios de una prostituta. Y un ruidoso gentío alrededor de una mesa significaba una partida de dados.

Una mujer con los labios manchados de rojo le mostró los pechos y Tom, sacudiendo la cabeza, pasó presuroso de largo. En su fuero interno le intrigaba la idea de hacerlo con una extraña, en pleno día y pagando por ello, pero jamás lo había intentado.

Pensó de nuevo en Ellen, la mujer proscrita. También en ella había algo que le intrigaba. Era muy atractiva, pero aquellos ojos hundidos e intensos lo intimidaban. La invitación de la prostituta lo turbó por unos instantes, pero aún no se había disipado el hechizo de Ellen y sintió un repentino y loco deseo de volver corriendo al bosque, para buscarla y caer sobre ella.

Llegó al recinto de la catedral sin encontrar al ladrón. Miró a los fontaneros clavar las chapas de plomo en el tejado triangular de madera, sobre la nave. Aún no habían empezado a cubrir los tejados inclinados de las naves laterales de la iglesia y todavía era posible ver los medios arcos de apoyo que conectaban el borde exterior del pasillo con el muro principal de la nave, apuntalando la mitad superior del templo. Se los señaló a Alfred y dijo:

—Sin esos apoyos el muro de la nave se curvaría hacia afuera y se doblaría a causa del peso de las bóvedas de piedra. ¿Ves que los medios arcos se alinean con los contrafuertes en el muro de la nave? Dentro se alinean también con los pilares del arco de la nave, y las ventanas de la nave lateral se alinean con los arcos de la arcada. Los fuertes se alinean con los fuertes y los débiles con los débiles.

Alfred parecía confuso y algo molesto. Tom suspiró.

Vio a Agnes aparecer por el lado opuesto y sus pensamientos se centraron de nuevo en el tema que les preocupaba. Agnes llevaba el rostro oculto bajo la capucha, pero Tom la reconoció por su paso decidido y seguro. Campesinos de hombros anchos se apartaban para dejarla pasar.

Si llegaba a darse de manos a boca con el proscrito y había pelea, las fuerzas estarían muy igualadas, se dijo.

—¿Lo has visto? —le preguntó ella.

—No. Y es evidente que tú tampoco. —Tom esperaba que el ladrón no hubiera abandonado la ciudad. Estaba convencido de que no lo haría sin antes gastarse unos peniques. El dinero de nada le servía en el bosque.

Agnes era de la misma opinión.

—Está aquí, en alguna parte. Sigamos buscando.

—Recorreremos otras calles y nos encontraremos otra vez en la plaza del mercado.

Tom y Alfred volvieron sobre sus pasos y salieron por el pórtico del recinto. La lluvia estaba empapándoles las capas y Tom pensó en una jarra de cerveza y un cazo lleno de caldo de buey junto al fuego de una taberna. Luego recordó lo mucho que había trabajado para comprar aquel cerdo y vio de nuevo al hombre sin labios descargar su palo sobre la cabeza de la inocente Martha y la furia que se apoderó de él lo hizo entrar en calor.

Resultaba difícil buscar de manera sistemática, ya que el trazado de las calles era caótico. Se extendían de aquí para allá, siguiendo los lugares en los que la gente había construido casas, y había infinidad de esquinas y callejones sin salida. La única calle recta era la que iba desde la puerta del Este hasta el puente levadizo del castillo. Ya había empezado a buscar por los alrededores, acercándose en zigzag a la muralla de la ciudad y de nuevo al interior. Aquéllos eran los barrios más pobres; la mayoría de las casas estaban en ruinas, las cervecerías eran las más ruinosas y las prostitutas las más viejas. Los límites de la ciudad descendían desde el centro de tal manera que los desechos de los barrios más opulentos eran desalojados calle abajo para instalarse al pie de las murallas. Algo semejante parecía ocurrir con la gente, ya que en aquel barrio había más lisiados y mendigos, niños hambrientos, mujeres con señales de golpes y borrachos impenitentes.

Sin embargo, el hombre sin labios no aparecía por ninguna parte. Por dos veces Tom avistó a un individuo que se le parecía, pero al acercarse a él comprobó que su rostro era normal.

Terminó su búsqueda en la plaza del mercado. Allí encontró a Agnes, que lo esperaba impaciente, con el cuerpo tenso y los ojos brillantes.

—¡Lo he encontrado! —exclamó.

Tom se sintió tan excitado como desconfiado.

—¿Dónde?

—Entró en una pollería de allá abajo, junto a la puerta del Este.

—Llévame hasta allí.

Rodearon el castillo hasta el puente levadizo, bajaron por la calle recta hasta la puerta del Este y luego entraron en un laberinto de callejas al pie de las murallas. Tom vio entonces la pollería. Ni siquiera era una casa, sino un mero tejado inclinado sujeto a la muralla de la ciudad, con un gran fuego en la parte trasera, en el que se asaba un cordero ensartado en un espetón y borbotaba un caldero. Era casi mediodía y aquel pequeño lugar estaba lleno de gente, hombres en su mayoría. Tom, a quien se le hizo la boca agua al percibir el olor de la carne, escudriñó entre la gente, temeroso de que el proscrito se hubiera ido durante el tiempo que les había llevado llegar allí. De pronto, lo descubrió; estaba sentado en un taburete, algo apartado de los demás, comiendo una ración de estofado y sujetándose la bufanda delante de la cara para ocultar la boca.

Tom se volvió rápidamente para que el hombre no lo viera. Tenía que pensar en el modo de actuar. Estaba lo bastante furioso como para derribar de un golpe al proscrito y quitarle su bolsa, pero la gente no lo dejaría irse. Tendría que dar explicaciones, no sólo a quienes presenciaran lo ocurrido, sino también al sheriff. Tom estaba en su perfecto derecho, y el que el ladrón fuera un proscrito significaba que nadie respondería por su honradez, en tanto que él era, sin duda, un hombre respetable, además de albañil. Sin embargo, para dejar en claro todo aquello se necesitaría tiempo, posiblemente semanas si resultaba que el sheriff se encontraba fuera, en alguna otra parte del condado, y en el caso de que se produjera una refriega era posible que tuviera que responder a una acusación por perturbar la paz del rey.

Sería más prudente sorprender al ladrón cuando estuviera solo. No podía pasar la noche en la ciudad, ya que no tenía vivienda en ella, y como no podía acreditar su respetabilidad, tampoco encontraría un lugar donde alojarse. Por lo tanto, tendría que marcharse antes de que se cerraran las puertas de la ciudad al anochecer.

Y sólo había dos puertas.

—Probablemente se irá por el mismo camino que ha llegado —dijo Tom a Agnes—. Esperaré al otro lado del Este. Deja que Alfred vigile la del Oeste. Tú quédate en la ciudad y observa lo que hace el ladrón. Lleva contigo a Martha, pero no dejes que la vea. Si necesitas enviarnos un mensaje a mí o a Alfred, hazlo a través de la niña.

—De acuerdo —repuso Agnes, lacónica.

—¿Y qué he de hacer si viene por mi lado? —preguntó Alfred. Parecía excitado.

—Nada —contestó Tom con tono tajante—. Observa el camino que toma y luego espera, Martha vendrá a avisarme y los dos nos ocuparemos de él. —Al advertir que el muchacho parecía decepcionado, añadió—: Haz lo que te digo. No quiero perder a mi hijo como he perdido a mi cerdo.

Alfred asintió a regañadientes.

—Separémonos antes de que nos vea juntos conspirando. Vamos —dijo Tom, y se apartó rápidamente de ellos sin mirar atrás. Confiaba en que Agnes siguiera al pie de la letra sus instrucciones. Se dirigió a toda prisa hacia la puerta del Este y abandonó el recinto de la ciudad por el desvencijado puente de madera en el que aquella misma mañana había empujado la carreta con la yunta de bueyes. Delante de él tenía el camino a Winchester, recto como una larga alfombra que fuera desenrollándose a través de colinas y valles. A su izquierda, el Portway, el camino por el que Tom, y seguramente el ladrón, habían llegado a Salisbury, rodeaba una colina y desaparecía. Tom tenía la certeza de que el ladrón tomaría aquella dirección.

Tom bajó por la colina, dejó atrás el grupo de casas que se alzaban en la encrucijada y se dirigió luego hacia el Portway. Tenía que ocultarse. Siguió andando por el camino en busca del escondrijo adecuado. Recorrió doscientos metros sin encontrar nada. Al mirar hacia atrás cayó en la cuenta de que se había alejado demasiado. Ya no distinguía las caras de la gente en los cruces, por lo que no podría saber si aparecía el hombre sin labios y tomaba el camino de Winchester. Miró alrededor. A los lados de la carretera había zanjas que hubieran proporcionado un buen escondrijo con tiempo seco, pero ese día estaban llenas de agua. Del otro lado de las zanjas el terreno ascendía formando un montecillo. En el terreno que se extendía al sur había unas vacas pastando. Tom reparó en una de ellas, que estaba tumbada en el borde elevado del campo, de cara al camino y oculta en parte por el montecillo. Con un suspiro volvió sobre sus pasos. Salvó de un salto la zanja y dio un puntapié a la vaca, que se levantó y se fue. Tom se tumbó en el suelo seco y cálido donde se había tumbado el animal, se cubrió la cabeza con la capucha y se dispuso a esperar, lamentando no haber sido lo bastante previsor para comprar una hogaza de pan antes de salir de la ciudad.

Se sentía ansioso e intranquilo. El proscrito era un hombre más pequeño, pero se movía con rapidez y era cruel, como lo demostró al golpear a Martha y robar el cerdo. Tom no podía evitar temer el que lo hiriera, pero mucho más le preocupaba la idea de no poder hacerse con el dinero.

Esperaba que Agnes y Martha se encontraran bien. Estaba seguro de que su esposa sabía cuidar de sí misma. Además, si el proscrito llegaba a descubrirla, ¿qué podía hacer ella? Sólo mantenerse alerta.

Desde donde estaba, Tom alcanzaba a ver las torres de la catedral. Le hubiera gustado tener un momento para contemplar el interior. Sentía deseos de examinar los pilares de la arcada. Éstos solían ser gruesos y por lo general estaban coronados por arcos. Dos arcos en dirección norte y sur para conectar con los pilares vecinos en la arcada, y uno hacia el este o el oeste a través de la nave lateral. El resultado era feo, ya que no parecía del todo correcto que un arco emergiera de la parte superior de una columna redonda. Cuando Tom construyera su catedral, cada piso sería un grupo de fustes con un arco que emergiría de la parte superior de cada uno de ellos, como era lógico y elegante.

Empezó a visualizar la decoración de los arcos. Las formas geométricas eran las más comunes… No se necesitaba demasiada habilidad para esculpir zigzags y *losanges,* pero a Tom le gustaba el follaje o cualquier otro motivo que recordase la naturaleza, pues contribuía a suavizar la dura regularidad de las piedras.

Su mente estuvo ocupada por aquella catedral imaginaria hasta que al fin avistó la figura pequeña y la cabeza rubia de Martha, que venía corriendo por el puente y entre las casas. Al llegar al cruce vaciló por un instante y luego se decidió por el camino correcto. Tom la observaba acercarse y fruncir el entrecejo al tratar de adivinar dónde podía estar su padre. Cuando llegó a su altura, Tom la llamó en voz queda.

—Martha.

La niña soltó un grito ahogado, luego lo vio y corrió hacia él saltando la zanja.

—Mamá te envía esto —dijo al tiempo que sacaba algo de debajo de la capa.

Era una empanada de carne caliente.

—¡Qué magnífica mujer es tu madre! —exclamó Tom, y dio un gran bocado al pastel, que era de carne de buey y cebolla, y le supo a gloria.

Martha se puso en cuclillas al lado de Tom.

—Esto es lo que le ha pasado al hombre que robó nuestro cerdo. —Arrugando la naricilla se concentró para recordar qué le habían indicado que dijera. Estaba tan bonita que Tom casi se quedó sin aliento—. Salió de la pollería y se reunió con una dama que tenía la cara pintarrajeada y se fue a la casa de ella. Nosotras esperamos fuera.

De modo que el muy granuja se gasta nuestro dinero con una puta, pensó Tom con amargura.

—Continúa —le pidió a la niña.

—No estuvo mucho tiempo en casa de la dama, y cuando salió se fue a una cervecería. Ahora está allí. No bebe mucho, pero juega a los dados.

—Espero que gane —susurró Tom con expresión adusta—. Sigue.

—Eso es todo.

—¿Tienes hambre?

—He comido un bollo.

—¿Le has contado a Alfred todo esto?

—Todavía no. Tengo que hacerlo ahora.

—Dile que se ande con ojo.

—Que se ande con ojo —repitió la niña—. ¿Debo decirle eso antes o después de que le cuente lo del hombre que robó nuestro cerdo?

—Después —respondió Tom. Poco importaba, en definitiva, pero Martha quería una respuesta firme. Con una sonrisa, añadió—: Eres una chica muy lista. Ya puedes irte.

—Me gusta este juego —dijo ella. Saltó ágilmente la zanja y echó a correr hacia la ciudad. Tom la siguió con la mirada con una mezcla de cariño y enfado. Él y Agnes habían trabajado de firme para ganar dinero y alimentar a sus hijos, y estaba dispuesto incluso a matar para recuperar lo que les habían robado.

Quizá el ladrón también estuviera dispuesto a hacerlo. Los proscritos estaban fuera de la ley, como su propio nombre indicaba. Vivían en un ambiente extraordinariamente violento, y ésa no debía de ser la primera vez que Faramond Openmouth tropezaba con una de sus víctimas. Era peligroso, desde luego.

La luz del día comenzó a desvanecerse con sorprendente rapidez, como a veces ocurría en las lluviosas tardes otoñales. Tom empezó a preocuparse por si sería capaz de reconocer al ladrón bajo aquella lluvia. A medida que anochecía entraba y salía menos gente de la ciudad, ya que la mayoría se había ido con tiempo suficiente para llegar a sus aldeas al anochecer. Las velas y linternas empezaron a parpadear en las casas de la parte alta y en las chozas de los barrios pobres. Tom comenzó a preguntarse con pesimismo si después de todo el ladrón no habría decidido pasar la noche en la ciudad. Quizá tuviera en ella amigos tan deshonestos como él que lo acogerían aun a sabiendas de que era un proscrito. Tal vez…

Y entonces divisó una figura embozada con una bufanda.

Avanzaba por el puente de madera acompañado de otros dos hombres. Tom pensó de pronto que era posible que los dos cómplices del ladrón, el calvo y el hombre del sombrero verde, hubieran ido con él a Salisbury. No los había visto en la ciudad, pero podían haberse separado por un tiempo para reunirse en el momento de emprender el camino de regreso. Tom masculló un juramento, ya que no creía que pudiera enfrentarse a tres hombres, pero el grupo se separó a medida que se acercaba, y Tom se sintió aliviado al advertir que no iban juntos. Los dos primeros eran padre e hijo, dos campesinos morenos, de ojos muy juntos y nariz aguileña. Cogieron el camino del Portway seguidos por el hombre de la bufanda.

A medida que el ladrón se acercaba, Tom se fijó en su modo de andar. Al parecer estaba sobrio, lo cual era una lástima.

Al mirar de nuevo hacia la ciudad vio que una mujer y una niña cruzaban el puente. Se trataba de Agnes y Martha. Se sintió consternado. No había imaginado que estarían presentes cuando se enfrentara con el ladrón, pero cayó en la cuenta de que no les había dicho que no lo estuviesen.

Se puso tenso cuando todos ellos avanzaron por el camino en su dirección. Tom era tan corpulento que pocos osaban reñir con él, pero los proscritos eran hombres desesperados y resultaba imposible predecir lo que podía ocurrir durante una pelea.

Los dos campesinos siguieron camino, hablando animadamente de caballos. Tom sacó de su cinturón el martillo de cabeza de hierro y lo empuñó con la mano derecha. Odiaba a los ladrones que no trabajaban y que les quitaban el pan a las buenas gentes. No tendría remordimiento alguno cuando descargase el martillo sobre él.

El ladrón pareció aminorar la marcha al acercarse, como si presintiera un peligro. Tom esperó hasta que estuvo a cuatro o cinco metros de distancia, demasiado cerca para retroceder y demasiado lejos para echar a correr hacia adelante; entonces rodeó el promontorio, saltó la acequia y se plantó en el camino.

El hombre se detuvo y, nervioso, preguntó:

—¿Qué es esto?

No me ha reconocido, pensó Tom.

—Ayer me robaste mi cerdo y hoy se lo has vendido a un carnicero —le dijo.

—Yo nunca...

—No lo niegues. Dame el dinero que te han pagado por él y no te haré daño.

Por un instante Tom creyó que el ladrón iba a entregárselo, pero se sintió decepcionado al comprobar que vacilaba. De pronto el ladrón dio media vuelta y echó a correr, pero tropezó con Agnes.

No iba lo bastante deprisa como para arrojarla al suelo, y además era una mujer a la que no resultaba fácil derribar, así que los dos se tambalearon por un instante como dos torpes marionetas. El hombre cayó en la cuenta entonces de que ella le cortaba el paso deliberadamente, y la empujó a un lado. Agnes alargó la pierna al pasar el ladrón por su lado, y ambos cayeron a tierra.

Tom echó a correr hacia ellos con el corazón en la boca. El ladrón estaba poniéndose de pie con una rodilla sobre la espalda de Agnes. Tom lo agarró por el cuello y lo apartó violentamente de ella. Lo arrastró hasta el borde del camino y antes de que pudiera recuperar el equilibrio lo arrojó a la zanja.

Agnes se incorporó. Martha corrió hacia ella.

—¿Estás bien? —le preguntó Tom.

—Sí —contestó Agnes.

Los dos campesinos se habían detenido y contemplaban la escena preguntándose qué estaría pasando. El ladrón estaba de rodillas en la acequia.

—¡Es un proscrito! —les gritó Agnes para desanimarlos a intervenir—. Nos ha robado el cerdo.

Los campesinos no contestaron, pero se quedaron a ver cómo terminaba aquello.

—Dame mi dinero y te dejaré marchar —dijo Tom al ladrón.

El hombre salió de la zanja, rápido como una rata, con un cuchillo en la mano, y se arrojó sobre Tom. Agnes lanzó un chillido. Tom esquivó la acometida. El cuchillo centelleó delante de su cara, y sintió un agudo dolor en la mandíbula.

Retrocediendo, blandió su martillo al tiempo que el cuchillo volvía a centellear. El ladrón retrocedió de un salto y tanto el cuchillo como el martillo cortaron aire húmedo de la noche sin chocar entre sí.

Por un instante ambos hombres se mantuvieron quietos, frente a frente, jadeando. A Tom le dolía la mejilla. Advirtió que las fuerzas estaban equiparadas, porque aunque él era más alto y corpulento, el ladrón tenía un cuchillo, que era un arma más peligrosa que el martillo de un albañil. Se sintió invadido por un frío temor al comprender que podía estar a punto de morir. De repente tuvo la impresión de que le costaba respirar.

Con el rabillo del ojo detectó un movimiento repentino. También lo captó el ladrón, que lanzó una rápida mirada a Agnes y ladeó la cabeza para esquivar la piedra que ésta le arrojaba.

Tom reaccionó con la rapidez de un hombre que teme por su vida y golpeó al ladrón en la cabeza con el martillo.

Le dio en el preciso instante en que el hombre se volvía hacia él. Recibió el impacto en la frente, justo en el nacimiento del pelo, pero carecía de la fuerza de que Tom era capaz. El ladrón se tambaleó, aunque sin llegar a caer.

Tom volvió a golpearlo, esta vez con más fuerza. Tuvo tiempo de medir bien su golpe mientras el ladrón, aturdido, intentaba fijar la mirada. Tom pensó en Martha, descargó el martillo con todas sus fuerzas y el ladrón cayó al suelo, inconsciente.

Tom estaba demasiado tenso para sentirse aliviado. Se arrodilló junto al ladrón y empezó a registrarlo.

—¿Dónde tiene la bolsa? ¡Dónde tiene la bolsa, maldición! —Resultaba difícil mover aquel cuerpo inerte. Finalmente logró ponerlo boca arriba y le abrió la capa. Una gran bolsa de cuero colgaba de su cinturón. La abrió. Dentro había otra bolsa de lana cerrada con un cordel. La sacó. No pesaba—. ¡Vacía! Debe de tener otra —exclamó.

Sacó la capa de debajo del hombre y la palpó a conciencia. No tenía bolsillos disimulados ni nada por el estilo. Le quitó las botas: dentro no había nada. Sacó del cinturón su cuchillo y rajó la suelas. Nada.

Introdujo impaciente su cuchillo por el cuello de la túnica de lana, rasgándola. No llevaba oculto ningún cinturón con dinero.

El hombre yacía en medio del camino, desnudo. Los dos campesinos miraban a Tom como si pensaran que estaba loco.

—¡No tiene ni un penique! —dijo Tom, furioso, dirigiéndose a Agnes.

—Debe de haber perdido todo a los dados —repuso ésta con amargura.

—Espero que arda en las llamas del infierno —masculló Tom.

Agnes se arrodilló y puso la mano sobre el pecho del ladrón.

—Ahí es donde está ahora —susurró—. Lo has matado.

4

Para cuando llegase la Navidad habrían muerto de hambre.

El invierno se presentó pronto, y fue tan crudo e implacable como el cincel de hierro de un cantero. En los árboles todavía quedaban manzanas cuando las primeras escarchas cubrieron los campos. La gente decía que era una ola de frío, que duraría poco, pero no fue así. Aquellos que habían dejado para más adelante la labranza de otoño, vieron cómo sus arados se rompían al intentar roturar la tierra, que estaba dura como la roca. Los campesinos se apresuraron a matar sus cerdos y salarlos para el invierno, y los señores sacrificaron su ganado porque los pastos invernales no soportarían el mismo número de animales que en verano. Pero las interminables heladas secaron la hierba, y algunos de los animales que quedaban también perecieron. Los lobos, enloquecidos a causa del hambre, entraban por la noche en las aldeas para robar gallinas escuálidas y niños desnutridos.

Tan pronto como llegaron las primeras heladas, allí donde había obras en construcción se apresuraron a cubrir los muros y paredes levantados durante el verano con paja y estiércol a fin de aislarlos del frío más intenso, ya que la argamasa no se había secado por completo y si se helaba podía agrietarse. Los trabajos no se reanudarían hasta la primavera. Los albañiles que sólo habían sido contratados para el verano regresaron a sus respectivas aldeas, donde eran más conocidos como hombres habilidosos que como albañiles, y solían pasar el invierno haciendo arados, sillas de montar, guarniciones, carretas, palas, puertas y cualquier otra cosa que requiriera una mano hábil con el martillo, el escoplo y la sierra. Los demás albañiles se dedicaban, a cubierto, a cortar piedras dándoles diversos tamaños y formas. Sin embargo, como las heladas fueron tempranas, el trabajo avanzaba demasiado deprisa, y puesto que los campesinos tenían hambre, los obispos y señores tenían menos dinero del esperado para invertir en los trabajos de construcción. Por ello, a medida que avanzaba el invierno, fueron despedidos algunos albañiles.

Tom y su familia peregrinaron de Salisbury a Shaftesbury, y de allí a Sherborne, Wells, Bath, Bristol, Gloucester, Oxford, Wallingford y Windsor. Por todas partes ardía el fuego en el interior de las viviendas y en el patio de las iglesias y entre los muros del castillo resonaba la canción que entonaba el hierro al golpear la piedra, y los maestros constructores hacían modelos a escala de arcos y bóvedas, con sus hábiles manos enfundadas en mitones. Algunos se mostraron impacientes, bruscos o descorteses: otros miraban tristemente a los hijos de Tom, terriblemente delgados, y a la mujer encinta, y les hablaban con amabilidad y sentimiento. Pero en labios de todos estaba la misma respuesta: «Aquí no hay trabajo para ti.»

Siempre que podían recurrían a la hospitalidad de los monasterios, donde a los viajeros se les ofrecía algo que comer y un sitio donde dormir. No obstante, la regla era estricta: sólo por una noche. Al madurar las zarzamoras, Tom y su familia vivieron de ellas como los pájaros. Agnes solía encender en el bosque un fuego debajo de la olla de hierro y cocer gachas de avena, pero aun así la mayor parte del tiempo se veían obligados a comprar pan a los panaderos o arenques en escabeche a los pescaderos, o a comer en las cervecerías y pollerías, lo cual les resultaba más caro que preparar su propia comida, y por ello el dinero se iba esfumando de forma inexorable.

Martha, que no era delgada por naturaleza, había enflaquecido de manera alarmante. Alfred seguía creciendo como una hierba en tierra poco profunda, y estaba convirtiéndose en un muchacho larguirucho. Agnes comía poco, pero el bebé que llevaba en el vientre hacía todo lo contrario, y Tom era consciente de que a su mujer la atormentaba el hambre. A veces le ordenaba que comiera más, y entonces incluso su voluntad de hierro se doblegaba ante la autoridad de su marido y del hijo que aún no había nacido. Pese a ello no ganaba peso ni se ponía sonrosada como le había ocurrido durante otros embarazos. Por el contrario, tenía un aspecto maciento a pesar de su voluminoso vientre, parecido al de un niño hambriento en tiempos de extrema carestía.

Desde que salieron de Salisbury habían caminado trazando un gran círculo, y al final del año estaban de nuevo en el enorme bosque que se extendía desde Windsor a Southampton. Se dirigían a Winchester. Tom había vendido todas sus herramientas de albañil, y ya sólo les quedaban unos pocos peniques. Tan pronto como encontrara trabajo tendría que pedir prestadas las herramientas o bien dinero para comprarlas. Si no encontraba trabajo en Winchester no sabría qué hacer. En su pueblo natal tenía hermanos, pero estaba en el norte, a varias semanas de viaje, y la familia moriría de inanición antes de llegar allí. Agnes era hija única y sus padres habían muerto. Mediado el invierno no había trabajos agrícolas. Tal vez Agnes pudiera obtener algunos peniques como criada en alguna casa rica de Winchester, pero de todos modos era seguro que no podría seguir por mucho más tiempo recorriendo penosamente los caminos, ya que pronto daría a luz.

Aún les quedaban tres días de camino hasta Winchester, y tenían hambre. Las zarzamoras se habían acabado, no había monasterio alguno a la vista, y Agnes no tenía avena para cocerla en la olla que llevaba colgada a la espalda. La noche anterior habían cambiado un cuchillo por una hogaza de pan de centeno, cuatro cazos de caldo sin carne y un lugar para dormir junto al fuego, en la cabaña de un campesino. Desde entonces no habían visto una sola aldea, pero poco antes de que anocheciese Tom vio subir humo de entre los árboles y pronto descubrieron la cabaña de un solitario guarda forestal del rey, quien les dio un saco de nabos a cambio del hacha pequeña de Tom.

Desde entonces sólo habían caminado cinco kilómetros cuando Agnes dijo que estaba demasiado cansada para seguir. Tom quedó sorprendido, ya que durante los años que llevaban juntos jamás la había oído decir que estuviera demasiado cansada para hacer lo que fuera.

Agnes se sentó al abrigo de un castaño de Indias que crecía junto al camino. Tom hizo un hoyo poco profundo para el fuego, utilizando una banqueta de pala de madera, una de las pocas herramientas que le quedaban, ya que nadie había querido comprársela. Los niños recogieron ramitas y Tom encendió el fuego, tras lo cual cogió la olla y fue en busca de un arroyo. Volvió con ella llena de agua helada y la colocó junto al fuego. Agnes cortó algunos nabos. Martha fue recogiendo las castañas caídas del árbol y Agnes le enseñó a pelarlas y a machacar la blanda pulpa hasta obtener una harina tosca que serviría para espesar la sopa de nabos. Tom envió a Alfred por más leña, y se dedicó a hurgar, con ayuda de un palo, entre las hojas secas que cubrían el suelo del bosque con la esperanza de encontrar un erizo hibernando o una ardilla para echarla al caldo. No hubo suerte.

Se sentó al lado de Agnes mientras caía la noche y la sopa se iba haciendo.

—¿Nos queda algo de sal? —preguntó.

Su mujer negó con la cabeza.

—Hace ya semanas que estás comiendo las gachas sin sal —le recordó—. ¿No te habías dado cuenta?

—No.

—A veces el hambre es el mejor condimento.

—Pues de ése tenemos mucho… —De repente Tom se sintió terriblemente cansado. Sentía el peso abrumador de las constantes decepciones sufridas durante los últimos cuatro meses y ya no pudo mostrarse valiente por más tiempo—. ¿Qué es lo que ha ido mal, Agnes? —preguntó con voz quejumbrosa.

—Todo —respondió ella—. El invierno pasado no tuviste trabajo. En primavera encontraste, pero luego la hija del conde canceló la boda y lord William canceló la casa. Entonces decidimos quedarnos y trabajar en la recolección. Fue un error.

—Desde luego, me habría resultado más fácil encontrar un trabajo en la construcción durante el verano que en otoño.

—Además, el invierno llegó pronto. Sin embargo, no habríamos estado tan mal si no nos hubiesen robado el cerdo.

Tom asintió con expresión de fatiga.

—Mi único consuelo es saber que el ladrón estará sufriendo todos los tormentos del infierno.

—Así lo espero.

—¿Es que lo dudas?

—Los religiosos no saben tanto como pretenden. Recuerda que mi padre lo era.

Tom lo recordaba muy bien. Un muro de la iglesia parroquial del padre de Agnes se había desmoronado sin posibilidad de arreglo y habían contratado a Tom para reconstruirlo. A los sacerdotes no se les permitía casarse, pero aquél tenía un ama de llaves y ésta tenía una hija. En la aldea era un secreto a voces que el padre de esa hija era el sacerdote. Agnes no era hermosa ni siquiera entonces, pero su cutis tenía todo el brillo de la juventud y rebosaba energía. Solía hablar con Tom mientras éste trabajaba, y en ocasiones el viento ceñía el vestido a su cuerpo hasta el punto de que Tom podía adivinar sus curvas, incluso su ombligo casi como si hubiera estado sin ropas. Una noche ella apareció en la pequeña cabaña donde él dormía y le puso una mano en la boca para indicarle que no hablara. Luego se quitó el vestido para que él pudiera contemplarla desnuda a la luz de la luna. Entonces Tom abrazó su cuerpo joven y vigoroso e hicieron el amor.

—Los dos éramos vírgenes —dijo en voz alta.

Agnes sabía en qué pensaba. Sonrió. Luego su rostro se ensombreció de nuevo.

—Parece tan lejano… —musitó.

—¿Podemos comer ya? —preguntó Martha.

El olor de la sopa hacía que Tom sintiera aun más hambre del que tenía. Hundió su cazo en la olla hirviente y sacó unos trozos de nabo con algo de caldo. Utilizó la punta afilada de su cuchillo para comprobar si la verdura estaba cocida. Aún le faltaba un poco, pero decidió no esperar más. Llenó un cazo para cada uno de sus hijos y luego le llevó uno a Agnes.

Parecía agotada y pensativa. Sopló la sopa para enfriarla y luego se llevó el cazo a los labios.

Martha y Alfred vaciaron rápidamente los suyos y pidieron más. Tom apartó la olla del fuego utilizando el borde de su capa para no quemarse los dedos, y vació la sopa que quedaba en los cazos de sus hijos.

—¿Y tú? —le preguntó Agnes cuando él volvió a su lado.

—Ya comeré mañana.

Ella parecía demasiado cansada para discutir.

Tom y Alfred alimentaron la hoguera y recogieron leña suficiente para toda la noche. Luego, envolviéndose en las capas, se tumbaron sobre las hojas para dormir.

Tom tenía el sueño ligero y despertó de inmediato al oír los quejidos de Agnes.

—¿Qué pasa? —susurró.

Ella volvió a quejarse. Tenía la cara pálida y los ojos cerrados.

—Ya viene el niño —dijo.

Tom se quedó sin respiración por un instante. Aquí no, pensó; sobre un suelo helado en el corazón del bosque, no.

—Pero aún no es el tiempo —dijo.

—Se ha adelantado.

—¿Has roto aguas? —preguntó Tom tratando de mantener la calma.

—Poco después de irnos de la cabaña del guardabosques —respondió Agnes entre jadeos sin abrir los ojos.

—¿Y los dolores?

—Los tengo desde entonces.

Había sido muy propio de ella mantenerlo en silencio.

Entretanto, Alfred y Martha también se habían despertado.

—¿Qué ocurre? —inquirió Alfred.

—El niño está a punto de nacer —respondió Tom.

Martha se echó a llorar.

Tom frunció el entrecejo, pensativo.

—¿Podrías esperar hasta que volvamos a la cabaña del guardabosques? —preguntó a Agnes. Al menos allí tendría un techo, paja donde tumbarse y alguien que la ayudara.

Agnes negó con la cabeza.

—El niño se ha desprendido ya.

—Entonces no tardará mucho.

Se encontraban en la zona más desierta del bosque. En toda la mañana no habían visto una sola aldea y el guardabosques les había dicho que tampoco verían ninguna durante todo el día siguiente. Eso significaba que no había posibilidad alguna de encontrar a una mujer que pudiera hacer de partera. El mismo Tom tendría que ayudar al bebé a nacer, a pesar del frío y de que sólo contaba con el auxilio de sus hijos. Además, si algo iba mal no tenía medicinas ni conocimientos…

Es culpa mía, se dijo, por dejarla embarazada y luego en la miseria. Confiaba en mí para que la mantuviera y ahora está dando a luz al aire libre en pleno invierno. Siempre había despreciado a los hombres que traían hijos al mundo y luego dejaban que se muriesen de hambre. Y ahora no era mejor que ellos. Se sintió avergonzado.

—Estoy cansada… —susurró Agnes—. No creo que pueda traer a este niño al mundo. Sólo quiero descansar.

A la luz de la hoguera la cara le brillaba, cubierta de sudor.

Tom comprendió que tenía que sobreponerse para dar fuerzas a Agnes.

—Yo te ayudaré —le dijo.

No había nada misterioso ni complicado en lo que estaba a punto de suceder. Él había sido testigo del nacimiento de varios niños. La tarea la realizaban, por lo general, las mujeres, ya que ellas sabían cómo se sentía la madre, lo cual les permitía prestarle una mejor ayuda, pero no había motivo alguno para que un hombre no lo hiciera llegado el caso. En primer lugar tenía que procurar que se sintiera cómoda, luego averiguar lo avanzado del parto, después hacer los preparativos necesarios y por último tranquilizarla mientras esperaran.

—¿Cómo te encuentras? —le preguntó.

—Tengo frío —contestó ella.

—Acércate más al fuego —le indicó Tom al tiempo que se quitaba la capa y la extendía sobre el suelo a un paso de distancia de la hoguera. A continuación la levantó sin esfuerzo y la depositó sobre la capa con suavidad.

Se arrodilló junto a ella. La túnica de lana que Agnes llevaba debajo de su capa estaba abotonada de arriba abajo. Tom le desabrochó dos de los botones inferiores e introdujo la mano. Agnes lanzó una leve exclamación.

—¿Te duele? —preguntó él, sorprendido y preocupado.

—No —repuso ella con una leve sonrisa—. Tienes las manos heladas.

Tom palpó el vientre de su esposa. Lo tenía más abultado y puntiagudo que la noche anterior, cuando los dos durmieron juntos en el suelo cubierto de paja de la cabaña de un campesino. Tom apretó algo más, notando la forma del niño por nacer. Encontró un extremo del cuerpo exactamente debajo del ombligo de Agnes, pero no lograba localizar el otro extremo.

—Puedo palpar su trasero, pero no la cabeza —dijo.

—Eso es porque se acerca el momento del parto —le aseguró ella.

La cubrió, remetiéndole la capa por debajo. Tenía que hacer rápidamente los preparativos. Miró a los niños. Martha se sorbía las lágrimas. Alfred parecía asustado. Debía darles algo en qué ocuparse.

—Coge la olla y ve con ella al arroyo, Alfred. Límpiala y vuelve a traerla llena de agua fresca. Y tú, Martha, haz dos cordeles con unos juncos, cada uno de ellos lo bastante grande para una gargantilla. Venga, deprisa. Para cuando amanezca tendréis otro hermano o hermana.

Cada uno se fue por su lado. Tom sacó su cuchillo y una piedra pequeña y dura y empezó a afilar la hoja. Agnes volvió a quejarse. Tom dejó el cuchillo y le cogió la mano.

Así había permanecido, sentado junto a ella cuando nacieron los otros: Alfred, luego Matilda, que murió a los dos años, y al fin Martha. Y el hijo que nació muerto, un niño al que Tom, en secreto, pensaba ponerle el nombre de Harold. Pero en cada ocasión había habido alguien más, dando seguridad y confianza: para Alfred, la madre de Agnes; para Matilda y Harold, una partera de la aldea, y para Martha nada menos que la dama del señorío. Esta vez tendría que hacerlo solo, aunque sin dar muestras de inquietud. Debía hacer que Agnes se sintiera segura y confiada.

Pasado el espasmo, Agnes se tranquilizó.

—¿Recuerdas cuando nació Martha y lady Isabella hizo de partera? —preguntó Tom.

Agnes sonrió.

—Estabas construyendo una capilla para el señor y le pediste que enviara a la doncella a la aldea en busca de la partera...

—Y ella dijo: «¿Esa vieja bruja borracha? No la dejaría traer al mundo a una camada de lobos.» Y nos llevó a su propia cama y lord Robert no pudo acostarse hasta que hubo nacido Martha.

—Era una buena mujer.

—No hay muchas como ella.

Alfred volvió con la olla llena de agua fría. Tom la colocó cerca del fuego, aunque no lo bastante para que hirviera. Así tendrían agua templada. Agnes buscó debajo de su capa y sacó una pequeña bolsa de lino que contenía trapos limpios que llevaba preparados.

Martha también regresó con las manos llenas de juncos y se sentó en el suelo para trenzarlos.

—¿Para qué necesitas cordeles? —preguntó.

—Para algo muy importante, ya verás —contestó Tom—. Hazlos bien.

Alfred parecía inquieto e incómodo.

—Ve a buscar más leña —le indicó Tom—. Hagamos una buena hoguera.

El muchacho se alejó, contento por tener algo que hacer.

El rostro de Agnes se tensó con el esfuerzo al empezar de nuevo el trabajo por sacar el niño de su vientre, emitiendo un ruido sordo como el de un árbol que crujiese bajo la galerna. Tom advirtió que el esfuerzo estaba acabando con sus últimas reservas de energía, y deseaba de todo corazón haber podido sufrir en lugar de ella. Finalmente pareció que el dolor remitía y Tom volvió a respirar algo más tranquilo. Daba la impresión de que Agnes dormitaba.

Alfred regresó con una brazada de leña pequeña.

Agnes volvió a despertar.

—Tengo mucho frío —musitó.

—Echa leña al fuego, Alfred —le indicó Tom a su hijo—. Y tú, Martha, túmbate junto a tu madre y procura que esté caliente.

Ambos obedecieron con expresión de inquietud. Agnes rodeó con sus brazos a Martha y la mantuvo apretada contra sí. Tenía escalofríos.

Tom estaba tremendamente preocupado. El fuego ardía con fuerza y crepitaba, pero el aire era cada vez más frío, lo cual podía resultar mortal para el bebé. No era inusual que los niños nacieran al aire libre; de hecho, solía ocurrir durante la temporada de la recolección, cuando todo el mundo estaba ocupado y las mujeres trabajaban hasta el último minuto; pero entonces la tierra estaba seca, la hierba verde y el aire fragante. Jamás había sabido de una mujer que diera a luz al aire libre en pleno invierno.

Agnes se incorporó, apoyándose en un codo, y abrió más las piernas.

—¿Qué pasa? —preguntó Tom, asustado.

Agnes estaba haciendo un esfuerzo demasiado intenso para poder contestar.

—Alfred, arrodíllate detrás de tu madre y deja que se apoye contra ti —dijo Tom.

Cuando el muchacho hizo lo que le decían, Tom abrió la capa de Agnes y desabrochó la falda de su vestido. Arrodillándose entre las piernas de ella observó que la abertura por donde se produciría el alumbramiento empezaba a dilatarse.

—Ya no falta mucho, cariño —murmuró, haciendo un esfuerzo para que no le temblara la voz.

Agnes volvió a tranquilizarse, cerró los ojos y descargó todo su peso sobre Alfred. La abertura pareció contraerse algo. En el bosque reinaba el silencio salvo por el crepitar de la gran hoguera. De repente, Tom pensó en cómo habría hecho Ellen, la proscrita, para parir sola en el bosque a su hijo. Debió de ser terrorífico. Había dicho que tuvo miedo de que llegara un lobo mientras se encontraba indefensa y le robara al bebé recién nacido. Según se decía, ese año los lobos se mostraban más audaces que de costumbre, pero seguramente no atacarían a un grupo de cuatro personas.

Agnes volvió a ponerse tensa y nuevas gotas de sudor brillaron en su rostro contraído. Ya llega, pensó Tom. Estaba asustado. Vio abrirse de nuevo la abertura y logró distinguir, a la luz del fuego, el pelo negro y húmedo de la cabeza del bebé, que aparecía por ella. Pensó en rezar, pero ya no había tiempo. Agnes empezó a respirar con jadeos breves y rápidos. La abertura siguió ensanchándose hasta un punto que parecía imposible, y enseguida empezó a salir la cabeza boca abajo. Un instante después Tom vio las orejas arrugadas, pegadas a los lados de la cabeza del bebé, y luego los pliegues de la piel del cuello. Aún no conseguía ver si el niño era normal.

—Tiene la cabeza fuera —dijo, aunque naturalmente Agnes ya lo sabía, porque podía sentirlo. Volvió a tranquilizarse. El bebé se volvió lentamente de manera que Tom le vio los ojos y la boca cerrados, húmedos por la sangre y los fluidos viscosos del vientre.

—¡Ah! ¡Mirad qué carita! —exclamó Martha.

Agnes la oyó y esbozó una sonrisa. Luego empezó de nuevo con los jadeos. Tom se inclinó entre los muslos de ella y sujetó con la mano izquierda la pequeña cabeza mientras iban saliendo los hombros, primero uno y a continuación el otro. A continuación salió precipitadamente el resto del cuerpo y Tom puso la mano derecha debajo de las caderas del bebé para sostenerlo mientras sus diminutas piernas salían al frío mundo.

La abertura de Agnes empezó a cerrarse inmediatamente alrededor del palpitante cordón azul que surgía del ombligo del niño.

Tom levantó en alto al bebé y lo observó con ansiedad. Había mucha sangre y al principio temió que algo hubiese ido terriblemente mal, pero al examinarlo detenidamente no descubrió ninguna herida. Miró entre las piernas. Era un chico.

—¡Es horrible! —gritó Martha.

—Es perfecto —aseguró Tom, y sintió que las piernas le flaqueaban—. Un chico perfecto.

El niño abrió la boca y se echó a llorar.

Tom miró a Agnes. Sus ojos se encontraron y ambos sonrieron.

Tom mantuvo apretado contra su pecho al diminuto bebé.

—Saca un cazo de agua de la olla, Martha —dijo. Luego, volviéndose hacia su mujer, le preguntó—: ¿Dónde están esos paños, Agnes?

Ella señaló la bolsa de hilo que estaba en el suelo, junto a su hombro. Alfred se la alargó a Tom. Corrían las lágrimas por la cara del muchacho. Era la primera vez que veía nacer a un niño.

Tom humedeció un trapo en el cazo de agua caliente que le había alcanzado su hija y limpió con delicadeza la sangre y las mucosidades de la cara del niño. Agnes se desabrochó la parte delantera de la túnica y Tom puso al niño, que todavía lloraba, en sus brazos. Mientras miraba el cordón azul que iba del vientre del niño a la ingle de Agnes, aquél dejó de palpitar, se encogió y se puso blanco.

—Dame esos dos cordeles que has hecho —le indicó a Martha—. Ahora verás para qué sirven.

La niña le dio los dos cordeles. Tom los ató en dos partes alrededor del cordón umbilical y apretó con fuerza los nudos. A continuación cortó con el cuchillo la sección de cordón que había quedado entre ellos.

Se echó hacia atrás sin ponerse de pie. Lo habían conseguido. Lo peor había pasado y el bebé estaba bien. Se sentía orgulloso.

Agnes movió al niño para poner su carita sobre su pecho. La diminuta boca encontró el pezón, dejó de llorar y empezó a succionar.

—¿Cómo sabe que ha de hacer eso? —preguntó Martha, asombrada.

—Es un misterio —respondió Tom. Luego, alargándole el cazo, añadió—: Tráele a tu madre un poco de agua fresca para beber.

—¡Ah! Sí —dijo Agnes agradecida, como si acabara de darse cuenta de que se sentía desesperadamente sedienta. Martha le llevó el agua y bebió hasta la última gota—. Está estupenda —dijo—. Gracias. —Miró al niño que seguía mamando, luego a Tom y agregó con voz queda—: Eres un buen hombre. Te quiero.

Tom sintió que los ojos se le llenaban de lágrimas. Sonrió a Agnes y luego bajó la mirada. Advirtió entonces que ella seguía sangrando mucho. El arrugado cordón umbilical, que aún seguía saliendo lentamente, había caído en un charco de sangre sobre la capa de Tom, entre las piernas de ella.

Tom levantó de nuevo la vista. El bebé había dejado de mamar y se había quedado dormido. Agnes lo arropó con su capa y cerró los ojos.

—¿Esperas algo? —preguntó Martha al cabo de un instante a su padre.

—Las secundinas.

—¿Y eso qué es?

—Ya lo verás.

Madre e hijo dormitaron durante un rato, y luego Agnes abrió los ojos. Sus músculos se tensaron, la abertura se dilató ligeramente y apareció la placenta. Tom la observó detenidamente tras cogerla. Semejaba un trozo informe de carne sobre el mostrador de un carnicero. Advirtió entonces que parecía rota, como si le faltara un trozo. Pero nunca había visto ninguna tan de cerca después de un alumbramiento y suponía que siempre serían así, porque siempre debían desgajarse del vientre. La arrojó al fuego. Al quemarse despidió un olor extremadamente desagradable, pero si la hubiera arrojado lejos hubiera podido atraer a zorros, e incluso a algún lobo.

Agnes seguía sangrando. Aunque sabía que con las secundinas siempre se producía cierta pérdida de sangre, Tom no recordaba que fuera tan abundante. Comprendió que aquello aún no había terminado. Por un instante se sintió mareado a causa de la tensión y la falta de comida, pero se recuperó enseguida.

—Todavía sangras un poco —dijo a Agnes, tratando de disimular la preocupación que sentía.

—Pronto dejaré de hacerlo —repuso ella—. Tápame.

Tom le abrochó la falda y luego le envolvió las piernas con la capa.

—¿Puedo descansar ahora? —preguntó Alfred.

Aún seguía arrodillado detrás de Agnes, sosteniéndola. Debía de estar entumecido tras permanecer tanto tiempo en la misma postura.

—Me pondré yo —dijo Tom.

Agnes estaría más cómoda con el bebé si pudiera mantenerse incorporada a medias, pensó. Y además, un cuerpo detrás de ella le mantendría la espalda caliente y la protegería del viento. Reemplazó a Alfred, quien se quejó de dolor al estirar las piernas. Tom rodeó con los brazos a su mujer y al niño.

—¿Cómo te sientes? —le preguntó.

—Cansada.

El recién nacido empezó a llorar. Agnes lo colocó de forma que le encontrara el pezón. Mientras el niño mamaba ella parecía dormida.

Tom estaba inquieto. El cansancio era normal, pero lo que le preocupaba era aquella especie de letargo que Agnes padecía. Estaba demasiado débil.

El bebé se quedó dormido y poco después Martha y Alfred, ella acurrucada junto a Agnes y él tumbado al lado de la hoguera. Tom mantenía abrazada a Agnes, acariciándola con ternura. De vez en cuando le daba un beso en la cabeza. Sintió que ella se relajaba al sumirse en un sueño cada vez más profundo. Llegó a la conclusión de que debía de ser lo mejor. Le tocó la mejilla. Tenía la tez pegajosa de humedad pese a sus esfuerzos por mantenerla caliente. Metió la mano por debajo de la capa que la cubría y tocó el pecho del pequeño. El niño estaba caliente y el corazón le latía con fuerza. Tom sonrió. Un bebé vigoroso, se dijo, un superviviente.

Agnes se movió ligeramente.

—¿Tom?

—Dime.

—¿Recuerdas la noche que fui a tu vivienda, cuando estabas trabajando en la iglesia de mi padre?

—Pues claro —contestó él, dándole unas palmaditas—. ¿Cómo podría olvidarlo?

—Nunca lamenté haberme entregado a ti. Nunca, ni por un instante. Me siento tan contenta cada vez que pienso en aquella noche…

Tom sonrió. Le alegraba saberlo.

Agnes se quedó un rato adormilada. Luego volvió a hablar.

—Espero que construyas tu catedral —susurró.

—Creí que no querías que lo hiciera —dijo él, sorprendido.

—Sí, pero estaba equivocada. Te mereces algo hermoso.

Tom no comprendía el significado de aquellas palabras.

—Construye una hermosa catedral para mí —prosiguió Agnes.

No parecía estar en sus cabales. Tom se alegró de que volviera a dormirse. Pero esta vez su cuerpo parecía completamente fláccido y tenía la cabeza caída a un lado. Tom hubo de sujetar al niño para evitar que cayera de su pecho.

Permanecieron así durante bastante tiempo. Finalmente el bebé despertó de nuevo y empezó a llorar. Agnes no reaccionó. El llanto despertó a Alfred, que dio media vuelta rodando y miró a su hermano recién nacido.

Tom sacudió con suavidad a Agnes.

—Despierta —musitó—. El pequeño quiere mamar.

—¡Padre! —exclamó Alfred, asustado—. ¡Mírale la cara!

Tom tuvo una corazonada. Había sangrado demasiado.

—¡Agnes! —exclamó—. ¡Despierta!

No hubo respuesta. Agnes estaba inconsciente. Tom se levantó, sosteniéndola por la espalda hasta dejarla tumbada sobre el suelo. Agnes tenía el rostro lívido.

Temeroso de lo que iba a encontrarse, abrió la capa que le envolvía las piernas.

Había sangre por todas partes.

Alfred ahogó un grito al tiempo que se volvía de espaldas.

—¡Protégenos, Señor! —musitó Tom.

El llanto del bebé despertó a Martha, quien al ver la sangre empezó a chillar. Tom, sujetándola, le dio una bofetada. La niña guardó silencio.

—No grites —le dijo Tom con calma mientras la soltaba.

—¿Se está muriendo? —preguntó Alfred.

Tom puso la mano bajo el pecho izquierdo de su esposa. El corazón no latía.

No latía.

Apretó con más fuerza. Estaba caliente y su pesado pecho descansó sobre la mano de él, pero no respiraba, y el corazón no latía.

Un helado entumecimiento, como una niebla, invadió a Tom. Agnes se había ido. Miró su rostro. ¿Cómo era posible que no estuviera allí? Ansiaba que se moviera, que abriera los ojos, que respirara. Seguía manteniendo la mano sobre su pecho. A veces un corazón podía empezar a latir de nuevo, decía la gente… pero Agnes había perdido tanta sangre…

Tom se volvió hacia Alfred.

—Ha muerto —musitó.

Alfred lo miró como si no entendiera. Martha empezó a llorar. El recién nacido también lloraba. Tengo que cuidar de ellos, pensó Tom. He de ser fuerte por ellos.

Pero ansiaba llorar, rodear a Agnes con sus brazos y mantener junto a él su cuerpo mientras se enfriaba, y recordarla cuando sólo era una muchacha que reía y hacía el amor con él. Necesitaba sollozar de rabia y agitar el puño contra el cielo implacable. Endureció su corazón. Tenía que dominarse, tenía que ser fuerte por sus hijos.

Sus ojos estaban secos.

¿Qué es lo primero que debo hacer?, se preguntó.

Cavar una tumba.

Tengo que cavar un agujero muy hondo para depositarla en él y que no se acerquen los lobos, y conservar sus huesos hasta el día del Juicio Final. Luego rezar una oración por su alma. Agnes, Agnes, ¿por qué me has dejado solo?

El recién nacido seguía llorando. Tenía los ojos fuertemente cerrados y abría y cerraba la boca de forma rítmica, como si pudiera recibir sustento del aire. Necesitaba que lo alimentaran. Los pechos de Agnes rebosaban de leche tibia. ¿Por qué no?, se dijo Tom. Colocó al bebé frente al pecho de su madre muerta. El niño encontró el pezón y empezó a succionar. Tom lo cubrió con la capa de Agnes.

Martha estaba mirando, con los ojos muy abiertos y chupándose el dedo gordo.

—¿Podrías sostener al bebé así, para que no se caiga? —le preguntó Tom.

La niña asintió arrodillándose junto a la madre muerta y al niño.

Tom cogió la pala. Agnes había elegido aquel lugar para descansar y se había sentado a la sombra del castaño de Indias. Así pues, que aquél fuese el lugar de su reposo definitivo. Tragó saliva luchando contra el deseo de sentarse en el suelo y echarse a llorar. Marcó un rectángulo sobre la tierra, a pocos pasos del árbol, donde no habría raíces cerca de la superficie, y empezó a cavar.

Descubrió que ello le servía de ayuda. Cuando se concentraba para hundir la pala en el duro suelo y sacar la tierra, su mente quedaba en blanco y era capaz de conservar el dominio de sí mismo. Fue turnándose con Alfred para que también él pudiera beneficiarse de aquel trabajo físico constante. Cavaron con rapidez y con todas sus fuerzas, hasta el punto de que ambos sudaban como si fuera mediodía, pese a que hacía un frío glacial.

—¿No es ya bastante hondo? —preguntó el muchacho en un momento determinado.

Tom se dio cuenta entonces de que se encontraba de pie dentro de un hoyo casi tan profundo como su altura. No quería que el trabajo acabara, pero se vio obligado a asentir.

—Ya es suficiente —respondió, saliendo del hoyo.

Había amanecido mientras cavaba. Martha había cogido en brazos al bebé y estaba sentada junto al fuego, acunándolo. Tom se acercó a Agnes y se arrodilló a su lado. La envolvió fuertemente en su capa dejándole la cara visible. Seguidamente la cogió en brazos. Se acercó a la tumba y la dejó en el borde. Luego bajó al hoyo.

A continuación, levantándola, la depositó con sumo cuidado sobre la tierra. Permaneció un buen rato mirándola, arrodillado junto a ella en su fría tumba. La besó suavemente en los labios y luego le cerró los ojos.

Salió de la tumba.

—Venid aquí, niños —les dijo.

Alfred y Martha acudieron y se colocaron a su lado. Martha llevaba en brazos al bebé. Tom puso un brazo alrededor de cada uno de ellos. Todos permanecieron mirando la tumba.

—Decid: «Dios bendiga a nuestra madre» —les indicó.

—Dios bendiga a nuestra madre —repitieron ambos.

Martha sollozaba y había lágrimas en los ojos de Alfred. Tom los abrazó a los dos, tragándose las lágrimas.

Luego los soltó y cogió la pala. Martha gritó cuando lanzó la primera palada de tierra a la tumba. Alfred abrazó a su hermana. Tom siguió llenando la tumba. No podía soportar la idea de echar tierra sobre la cara de Agnes, de manera que primero le cubrió los pies y luego las piernas y el cuerpo. Fue apilando la tierra formando un montículo y cada palada se deslizaba hacia abajo hasta que al fin la tierra le llegó al cuello, luego a la boca, que él había besado, y finalmente todo el rostro desapareció para siempre.

Acabó de cubrir el hoyo rápidamente.

Cuando hubo terminado esparció la tierra restante para que no formara montón, ya que los proscritos eran muy capaces de profanarla con la esperanza de que el cadáver llevara alguna sortija. Permaneció allí de pie, contemplando la tumba.

—Adiós, cariño —susurró—. Fuiste una buena esposa y te quiero.

Hizo un esfuerzo supremo y dio media vuelta.

Su capa todavía estaba en el suelo, donde Agnes había yacido para alumbrar a su hijo. Cogió el cuchillo y cortó en dos la capa, arrojando al fuego la mitad sucia de sangre seca.

Martha seguía con el bebé en brazos.

—Dámelo —dijo Tom.

La niña lo miró con expresión de temor. Tom envolvió al niño en la parte limpia de la capa. El bebé empezó a llorar.

Se volvió hacia Alfred y su hermana que lo miraban en silencio.

—No tenemos leche para que el bebé pueda vivir, así que ha de quedarse aquí con su madre —dijo.

—¡Pero morirá! —exclamó Martha.

—Sí —respondió Tom, esforzándose por controlar la voz—. Hagamos lo que hagamos, morirá.

Hubiera querido que el bebé dejara de llorar.

Recogió sus escasas posesiones, las metió en la olla y luego se la colgó a la espalda, como siempre la había llevado Agnes.

—Vámonos —dijo.

Martha se echó a sollozar. Alfred estaba pálido. Empezaron a caminar por el camino cuesta abajo bajo la luz gris de una mañana fría. Finalmente, dejaron de oír el llanto del niño.

No era conveniente quedarse junto a la tumba, porque Martha y Alfred no habrían podido dormir allí y de nada habría servido toda una noche de vigilia. Además, les iría bien mantenerse en movimiento.

Tom caminaba a buen ritmo, pero sus pensamientos vagaban libremente y era incapaz de controlarlos. Todo lo que podía hacer era seguir andando. No había que hacer preparativos ni trabajos, no había que organizar nada y no podían ver otra cosa que el oscuro bosque y las sombras que oscilaban a la luz de las antorchas. Pensaba en Agnes, y al seguir el rastro de algún recuerdo sonreía para sí y luego se volvía para contarles a sus hijos lo que acababa de acudir a su memoria. De pronto, al recordar que estaba muerta, se sintió aturdido, como si hubiera ocurrido algo absolutamente incomprensible, aunque fuera muy corriente el que una mujer de su edad muriera de parto y un hombre de la suya se quedara viudo. Pero la sensación de pérdida era como una herida. Había oído decir que las personas a las que les habían cortado los dedos de un pie no lograban mantener el equilibrio y se caían constantemente, hasta que volvían a aprender a tenerse en pie. Así se sentía él, como si le hubieran amputado una parte de su ser y no pudiera hacerse a la idea de que se había ido para siempre.

Intentó no pensar en ella, pero seguía recordando el aspecto que tenía antes de morir. Parecía increíble que pocas horas antes hubiese estado viva y que ahora yaciera bajo tierra. Recordó su rostro mientras se esforzaba por dar a luz y su sonrisa orgullosa al mirar al recién nacido. Recordaba lo que después le había dicho: «Espero que construyas tu catedral», añadiendo luego: «Construye una hermosa catedral para mí.» Habló como si supiera que estaba muriéndose.

A medida que caminaba pensaba en el bebé que había dejado atrás, envuelto en los restos de la capa, depositado sobre una tumba reciente. Era probable que aún siguiese con vida, a menos que lo hubiera olfateado un zorro. Pero moriría antes de que amaneciese. Lloraría un rato, luego cerraría los ojos y la vida empezaría a abandonarlo a medida que fuera quedándose frío mientras dormía.

A menos que un zorro lo olfateara.

Nada podía hacer por el niño. Para sobrevivir necesitaba leche, y no la había, como así tampoco una aldea cerca donde encontrar a una mujer que lo amamantara, o una oveja, cabra o vaca que pudiera sustituirla. Nabos era todo cuanto tenía para darle, y lo matarían igual que el zorro.

A medida que avanzaba la noche le parecía cada vez más horroroso el haber abandonado al bebé. Sabía bien que era algo corriente. Los campesinos con familia numerosa y granjas pequeñas solían dejar a los recién nacidos expuestos al frío, y en ocasiones el sacerdote hacía la vista gorda; pero Tom no pertenecía a esa clase de gente. Debería haberlo llevado en brazos hasta que muriera y luego enterrarlo. No habría servido de nada, claro, pero aún así era lo que debería haber hecho.

De pronto advirtió que ya era de día.

Se detuvo en seco.

Los niños se quedaron mirándolo muy quietos, expectantes. Estaban preparados para cualquier cosa; ya nada era normal.

—No debí abandonar al bebé —musitó Tom.

—No podíamos darle de comer. Habría muerto de todos modos —alegó Alfred.

—Aun así no debí abandonarlo —insistió Tom.

—Volvamos a buscarlo —propuso Martha.

Tom todavía dudaba. Regresar en aquel momento sería como admitir que había hecho mal al abandonar al niño.

Sin embargo, era verdad, había hecho mal.

Dio media vuelta.

—Muy bien. Volvamos —dijo.

De pronto, los peligros que con anterioridad había descartado le parecían poco menos que inminentes. Seguramente algún zorro habría olfateado al bebé y le habría arrastrado a su cubil. O quizá un lobo. Los jabalíes también eran peligrosos aunque no comieran carne. ¿Y qué decir de las lechuzas? Una lechuza no podía llevarse al bebé, pero sí arrancarle los ojos con el pico...

Aceleró la marcha, a pesar de que se sentía mareado por el cansancio y el hambre. Martha tuvo que correr para seguirlo, pero no se quejó.

Tom temía lo que pudiera encontrar al volver junto a la tumba. Los depredadores eran implacables y sabían cuándo un ser vivo se encontraba indefenso.

No sabía cuánto habían andado; había perdido el sentido del tiempo. El bosque le resultaba poco familiar a los lados del camino, aunque acabaran de pasar por él. Buscó con ansiedad el lugar donde se encontraba la tumba. El fuego aún debía de estar encendido, pues habían hecho una hoguera muy grande. Escudriñó los árboles buscando las hojas peculiares del castaño de Indias. Dejaron atrás un cruce que no recordaba y empezó a pensar, desquiciado, que quizá ya habían pasado junto a la tumba y no la habían visto. Luego le pareció distinguir, delante de ellos, un leve resplandor anaranjado.

Notó que le daba un vuelco el corazón. Aceleró el paso y aguzó la vista. Sí, era un fuego. Echó a correr. Oyó que Martha le gritaba como si creyera que estaba abandonándola, pero él les gritó por encima del hombro:

—¡Lo hemos encontrado! —Y oyó a los niños que corrían tras él.

Llegó a la altura del castaño de Indias, casi sin aliento. El fuego aún ardía. Allí estaba el montón de leña y también la capa manchada de sangre donde se había desangrado Agnes hasta morir. Y allí estaba la tumba, un trozo de tierra recientemente removida bajo la cual yacía ella. Y sobre la tumba estaba... nada.

Tom buscó frenéticamente alrededor con la mente obnubilada. Ni rastro del bebé. Incluso había desaparecido la mitad de la capa en la que lo había envuelto. Y, sin embargo, la tumba estaba intacta. Sobre la tierra blanda no se veían huellas de animales ni sangre ni señal alguna de que el bebé hubiera sido arrastrado.

Tom se sintió confuso y advirtió que se le nublaba la vista. Ahora ya sabía que había hecho algo terrible al abandonar al recién nacido mientras aún vivía. Cuando supiera que estaba muerto podría descansar. Pero era posible que todavía siguiera vivo por allí cerca, en alguna parte. Decidió buscar, caminando en círculo.

—¿Adónde vas? —le preguntó Alfred.

—Tenemos que buscar al bebé —repuso Tom sin volver la vista.

Rodeó el pequeño calvero, escudriñando debajo de los arbustos. Aún se sentía algo mareado. No vio nada, ni siquiera un indicio de la dirección en la que un lobo podría haberse llevado al niño, porque ya estaba seguro de que había sido un lobo. La cueva del animal debía estar por allí cerca.

—Tenemos que buscar trazando un círculo más grande —indicó a sus hijos.

Abrió de nuevo la marcha, alejándose más del fuego, hurgando entre los arbustos y matorrales. Empezaba a desesperarse pero logró mantener la mente fija en una cosa: la imperativa necesidad de encontrar al niño. Ahora ya no era dolor lo que sentía, sino una ardiente y compulsiva determinación, y en el fondo de su mente el aterrador convencimiento de que todo aquello había sido culpa suya. Anduvo a ciegas por todo el bosque, escudriñando el suelo, deteniéndose de vez en cuando para ver si oía el inconfundible y monótono lloriqueo de un recién nacido. Pero cuando él y sus hijos permanecían inmóviles, advertían que en el bosque reinaba el más absoluto silencio.

Tom perdió la noción del tiempo. Sus círculos, cada vez más amplios, le llevaban de nuevo hasta el camino, aunque pronto comprendió que hacía mucho tiempo que lo habían cruzado. En un momento dado se preguntó cómo era posible que no hubieran topado con la cabaña del guardabosques. Tuvo la vaga idea de que ya no estaban dando vueltas en torno a la tumba, sino que habían estado vagando por el bosque a la buena de Dios. En realidad, poco importaba; debían seguir buscando.

—Padre —dijo Alfred.

Tom lo miró con furia por haber interrumpido el curso de sus pensamientos. Alfred cargaba con Martha, que estaba completamente dormida.

—¿Qué pasa? —preguntó Tom.

—¿Podemos descansar?

Tom vaciló. No quería detenerse, pero el muchacho parecía a punto de derrumbarse.

—Bueno, pero no por mucho tiempo —respondió a regañadientes.

Se encontraban en una ladera. Al pie debía de haber algún arroyo. Estaba sediento. Cogió a Martha y con ella en brazos bajó por la ladera. Tal como esperaba encontró un arroyo pequeño y claro con hielo en las orillas. Dejó a Martha en el suelo. La niña ni siquiera se despertó. Él y Alfred se arrodillaron y cogieron agua fresca con las manos.

Alfred se tumbó cerca de su hermana y cerró los ojos. Tom miró alrededor. Estaban en un calvero cubierto de hojas secas. Todos los árboles que los rodeaban eran robles cuyas ramas se entrelazaban. Tom cruzó el calvero, pensando en buscar al bebé detrás de los árboles, pero al llegar al otro lado sintió que las piernas le flaqueaban, y tuvo que sentarse de inmediato.

Ya era pleno día, pero estaba brumoso y no parecía hacer más calor que a medianoche. Temblaba de forma incontrolable. Se dio cuenta de que había estado caminando vestido tan sólo con su túnica. Se preguntó qué habría pasado con su capa, pero fue incapaz de recordarlo. Tal vez la bruma se estuviera haciendo más densa o algo le ocurriera en los ojos, porque ya no podía ver a los niños al otro lado del calvero. Quiso levantarse e ir hacia ellos, pero algo no marchaba bien en sus piernas.

Al cabo de un rato un sol débil se abrió paso entre las nubes y poco después llegó el ángel.

Atravesó el calvero desde el este vestido con una larga capa de invierno, de lana casi blanca. Tom lo vio acercarse sin sentir la menor sorpresa o curiosidad; tampoco temor o asombro. Lo observó con la misma mirada vacua, carente de toda emoción que vagaba por los macizos troncos de los robles que allí crecían. Tenía el rostro ovalado, una abundante cabellera oscura y la capa le ocultaba los pies, de manera que parecía deslizarse sobre las hojas secas. Se detuvo precisamente frente a él y los dorados ojos claros parecieron penetrarle hasta el alma y comprender su dolor. Tom lo encontró familiar, como si hubiera visto una pintura de ese mismo ángel en alguna iglesia en la que hubiera entrado recientemente. Entonces se abrió la capa. Tenía el cuerpo de una mujer de veinticinco años, de piel blanca y pezones rosados. Tom siempre había dado por sentado que los cuerpos de los ángeles eran inmaculados, sin vello alguno, pero en este caso al menos no era así.

Ella hincó una rodilla en el suelo, delante de él, que estaba sentado al pie de un nogal. Se inclinó y lo besó en la boca. Tom estaba demasiado aturdido como para sorprenderse incluso de aquello. Ella lo empujó suavemente hasta que quedó tumbado y luego, abriéndose la capa, se echó sobre él con el cuerpo desnudo contra el suyo. Tom sintió el ardor de la piel a través de la ropa. Enseguida dejó de temblar.

Ella le cogió el rostro con las manos y volvió a besarlo con ansia, como quien bebe agua fresca al cabo de un día largo y caluroso. Luego le llevó las manos a los pechos. Tom advirtió que eran muy suaves y los pezones se endurecieron bajo las yemas de sus dedos.

En el fondo de su mente aleteaba la idea de que estaba muerto. No creía que el cielo fuera así, pero apenas le importaba. Hacía horas que había perdido toda capacidad de raciocinio, y si acaso le quedaba algo, se desvaneció y dejó que dominara su cuerpo. Trató de incorporarse, apretando su cuerpo contra el de ella, absorbiendo energía de su calor y desnudez. Ella abrió los labios y hundió la lengua en su boca. Tom reaccionó al instante.

Ella se apartó. Tom observó, aturdido, que se levantaba la falda de su túnica hasta la cintura y se montaba sobre él. La mujer fijó en sus ojos aquella mirada que parecía verlo todo al tiempo que se inclinaba sobre él. Hubo un instante angustioso cuando se tocaron sus cuerpos y ella pareció indecisa. Luego sintió que la penetraba. La sensación fue tan apasionante que tuvo la impresión de que iba a estallar de placer. Ella movió las caderas, sonriendo y besándole el rostro.

Al cabo de un rato la mujer cerró los ojos y empezó a jadear. Tom comprendió que estaba perdiendo el control. La observó maravillosamente fascinado. Ella gemía y se movía cada vez más deprisa, y su éxtasis conmovió a Tom hasta lo más profundo de su alma herida, de tal manera que no sabía si quería sollozar de desesperación, gritar de alegría o reír histérico. Luego, los sacudió una oleada de placer, igual que a árboles en una tormenta, una y otra vez. Al fin se calmó su pasión, y ella se desplomó sobre su pecho.

Yacieron así durante largo rato. La tibieza del cuerpo de ella lo mantenía caliente. Tom se sumió en una especie de sueño que más parecía una ensoñación, pero cuando abrió los ojos tenía la mente clara.

Miró a la hermosa joven que yacía encima de él y cayó en la cuenta al instante de que no era un ángel sino Ellen, la proscrita, a quien había encontrado en aquella parte del bosque el día que les robaron el cerdo. Ella le sintió moverse y abrió los ojos, mirándolo con una expresión en la que se mezclaba el afecto y la ansiedad. Tom pensó de repente en sus hijos. Apartó suavemente a Ellen y se sentó. Alfred y Martha seguían tumbados sobre las hojas, envueltos en sus capas, con el sol sobre sus rostros dormidos. Entonces recordó, horrorizado, que la noche anterior Agnes había muerto y que el recién nacido, ¡su hijo!, había desaparecido. Se cubrió el rostro con las manos.

Ellen emitió un extraño silbido de dos tonos. Él levantó la cabeza y vio surgir una figura de entre los árboles. Al instante reconoció a Jack, el extraño hijo de Ellen, con su tez extraordinariamente pálida, su pelo rojo y sus brillantes ojos verdes semejantes a los de un pájaro. Tom se levantó, arreglándose la indumentaria, y ella se puso de pie ciñéndose la capa.

El muchacho llevaba algo en la mano. Se acercó a Tom y se lo mostró. Era la mitad de la capa en la que había envuelto al niño antes de depositarlo sobre la tumba de Agnes.

Tom miró al muchacho y luego a Ellen sin comprender.

—Tu hijo está vivo —dijo ella al tiempo que le cogía las manos y lo miraba a los ojos.

Él no se atrevía a creer que fuese cierto. Sería algo demasiado hermoso para este mundo.

—No puede ser —musitó.

—Lo es.

Tom empezó a tener esperanzas.

—¿De veras? —dijo—. ¿De veras?

Ella asintió con la cabeza.

—De veras. Te llevaré a su lado.

Tom comprendió entonces que le decía la verdad. Se sintió invadido por una oleada de alivio y felicidad. Cayó de rodillas y al fin lloró, desconsoladamente.

5

—Jack oyó llorar al bebé —le explicó Ellen—. Iba de camino hacia el río, en un lugar al norte de aquí donde se pueden matar patos con piedras si eres un buen tirador. No sabía qué hacer y volvió corriendo a casa en mi busca, pero mientras nos dirigíamos al lugar vimos a un sacerdote montado a caballo y con el niño en brazos.

—He de encontrarlo… —dijo Tom.

—No temas —le tranquilizó Ellen—. Sé dónde está. Cogió por un sendero lateral muy cercano a la tumba. Es un camino estrecho que conduce a un pequeño monasterio oculto en el bosque.

—El niño necesita leche.

—Los monjes tienen cabras.

—¡Gracias a Dios! —exclamó Tom.

—Te llevaré allí después de que comas algo. Pero… —Ellen frunció el entrecejo—. Todavía no les hables a tus hijos del monasterio.

Tom miró hacia el calvero. Alfred y Martha seguían durmiendo. Jack se había acercado a ellos y los contemplaba con su mirada vacua.

—¿Por qué no?

—No estoy segura…, pero me parece que será más prudente esperar.

—Tu hijo seguramente dirá…

Ellen negó con la cabeza.

—Él vio al sacerdote, pero no creo que se le haya ocurrido lo demás.

—Muy bien. —Tom se mostró solemne—. Si hubiese sabido que estabas por aquí cerca, quizá hubieras podido salvar a mi Agnes.

Ellen sacudió la cabeza y el pelo oscuro le cayó sobre la cara.

—No hay nada que pueda hacerse salvo evitar que la mujer se enfríe, y eso lo hiciste. Cuando una mujer sangra por dentro, o se detiene la hemorragia y se pone mejor, o no se detiene y muere. —Al ver que a Tom se le llenaban los ojos de lágrimas, Ellen dijo—: Lo lamento.

Tom asintió sin decir nada.

—Pero los vivos han de ocuparse de los vivos y tú necesitas comida caliente y una nueva capa —agregó Ellen al tiempo que se ponía de pie.

Despertaron a los niños. Tom les dijo que el bebé estaba bien, que Ellen y Jack habían visto un sacerdote con él en brazos, y que más tarde él y Ellen irían a buscar al sacerdote, pero que antes ella les daría de comer. Escucharon sin inmutarse las asombrosas noticias. Nada en el mundo podía ya asombrarlos. Tom no estaba menos aturdido. Los acontecimientos se sucedían demasiado deprisa para que pudiera asimilarlos. Era como encontrarse montado sobre un caballo desbocado. Las cosas ocurrían con tanta rapidez que no se tenía tiempo para reaccionar, y todo cuanto podía hacer era resistir a pie firme e intentar conservar la cordura. Agnes había alumbrado en mitad de una noche fría; el bebé había nacido milagrosamente sano, y, de repente, Agnes, el alma gemela de Tom, se había desangrado entre los brazos de éste hasta morir, y él había perdido la cabeza. Había condenado al recién nacido dándole por muerto. Luego lo habían buscado y habían fracasado. Y finalmente había aparecido Ellen y Tom la había tomado por un ángel, habían hecho el amor como en un sueño y ella le había dicho que el niño estaba sano y salvo. ¿Disminuiría su marcha la vida como para dejar reflexionar a Tom sobre todos aquellos terribles acontecimientos?

Se pusieron en marcha. Tom siempre había dado por sentado que los proscritos vivían en condiciones míseras, y se preguntaba cómo sería su casa. Ellen los condujo en zigzag a través del bosque. No había senderos, pero ella nunca vacilaba al cruzar arroyos, evitar las ramas bajas y salvar una ciénaga helada, unos matorrales o el enorme tronco de un roble caído. Finalmente se dirigió hacia unas zarzas y pareció desaparecer entre ellas. Tom la siguió y descubrió que contrariamente a su primera impresión había un angosto pasadizo que atravesaba las zarzas. Siguió sus pasos. Las zarzas se cerraban sobre su cabeza y se encontró en un lugar prácticamente a oscuras. Permaneció quieto esperando a que sus ojos se acostumbraran a la falta de luz. Poco a poco advirtió que se encontraba en una cueva.

El ambiente era tibio. Delante de él ardía un fuego sobre un hogar de piedras planas. El humo subía directamente hacia una chimenea natural abierta en alguna parte. A cada lado de él había pieles de animales, una de lobo y otra de ciervo, sujetas a las paredes de la cueva con estaquillas de madera. Del techo, por encima de su cabeza, colgaba una pierna de venado ahumada. Vio una caja de confección casera repleta de manzanas silvestres, balas de junco sobre anaqueles y juncos secos en el suelo. Al borde de la hoguera había una olla como en cualquier casa normal, y a juzgar por el olor contenía el tipo de potaje que todo el mundo comía: vegetales cocidos con huesos de carne y hierbas. Tom no salía de su asombro. Era una casa más confortable que la de muchos siervos.

Al otro lado del fuego había dos jergones hechos con piel de ciervo y posiblemente rellenos con juncos; en la parte superior de cada uno había una piel de lobo, cuidadosamente enrollada. Seguramente Ellen y Jack dormían allí, separados por el fuego de la entrada de la cueva. Al fondo de ésta había una magnífica colección de armas y pertrechos de caza: un arco, algunas flechas, redes, trampas para conejos, varias dagas de aspecto terrible, una lanza de madera con la punta cuidadosamente afilada y endurecida al fuego, y... tres libros. Tom se quedó pasmado. Nunca había visto libros en una casa, y menos aún en una cueva. Los libros pertenecían a las iglesias.

Jack cogió un cazo de madera, lo sumergió en la olla y luego empezó a beber de él. Alfred y Martha lo observaban hambrientos. Ellen dirigió a Tom una mirada de excusa.

—Jack, cuando hay forasteros debemos darles comida antes de cogerla nosotros —dijo a su hijo.

—¿Por qué? —preguntó el muchacho, desconcertado.

—Porque es un gesto de cortesía. Da potaje a los niños.

Aunque a regañadientes, Jack obedeció a su madre.

Ellen dio un poco de sopa a Tom, que dio cuenta de ella sentado en el suelo. Tenía gusto a carne y le reconfortó. Ellen echó una piel sobre sus hombros. Cuando se hubo bebido el caldo, tomó los vegetales y la carne con los dedos. Hacía semanas que no probaba la carne. Parecía de pato, cazado probablemente por Jack con piedras y un tirachinas.

Comieron hasta dejar la olla vacía. Luego Alfred y Martha se tumbaron sobre los juncos. Antes de quedarse dormidos, Tom les informó de que él y Ellen iban a buscar al sacerdote, y Ellen dijo a Jack que se quedara junto a ellos y que tuviera cuidado hasta que regresaran. Alfred y Martha asintieron, agotados, y cerraron los ojos.

Tom y Ellen salieron. Él llevaba sobre los hombros la piel que ella le había echado para que no tuviese frío. Tan pronto como hubieron salido a la espesura de las zarzas, Ellen se detuvo, acercó la cabeza de Tom a la suya y lo besó en la boca.

—Te quiero —dijo apasionadamente—. Te quise desde el momento en que te vi. Siempre he querido un hombre que fuera fuerte y cariñoso, y estaba segura de que jamás lo encontraría. Luego te vi, te deseé, pero me di cuenta de que amabas a tu mujer. ¡Cómo la envidié, Dios mío! Siento que haya muerto, lo siento de veras, porque veo en tus ojos el dolor y todas las lágrimas que necesitas verter. Me destroza el corazón verte tan triste. Sin embargo, ahora que ella se ha ido te quiero para mí.

Tom no supo qué decir. Era difícil de creer que una mujer tan hermosa, con tantos recursos y tan segura de sí pudiera haberse enamorado de él a primera vista. Y todavía más difícil saber cómo se sentía él. Ante todo profundamente desolado por la pérdida de Agnes. Ellen tenía razón al decir que tenía acumulado mucho llanto; sentía el peso de las lágrimas en sus ojos. Pero también se sentía consumido de deseo por Ellen, con su cálido y hermoso cuerpo, sus ojos dorados y su apasionada sensualidad. Se sentía terriblemente culpable de desear con tal intensidad a Ellen cuando sólo hacía unas horas que Agnes estaba en la tumba.

La miró fijamente y de nuevo los ojos de ella penetraron hasta el fondo de su corazón.

—No digas nada. No tienes de qué sentirte avergonzado. Sé que la amabas, y estoy segura que ella también lo sabía. Aún sigues queriéndola..., naturalmente que la quieres. Siempre la querrás.

Ellen le había pedido que no dijera nada, y en cualquier caso nada tenía que decir. Aquella extraordinaria mujer lo tenía desconcertado. Parecía tener una solución para todos sus problemas y saber exactamente qué anidaba en su corazón, lo que hizo que se sintiera mejor, como si ya no tuviera de qué arrepentirse. Suspiró.

—Eso está mejor —le dijo. Le cogió de la mano y juntos se alejaron de la cueva.

Durante más de un kilómetro estuvieron atravesando el bosque virgen, hasta llegar a un camino. Mientras avanzaban por él, Tom no dejaba de mirar el rostro de Ellen, a su lado. Recordaba que al verla por primera vez había pensado que si no llegaba a ser bella se debía a sus extraños ojos, pero en ese momento no comprendía cómo había podido pensar semejante cosa. Ahora veía aquellos asombrosos ojos como la expresión perfecta de un ser único, y lo único que le extrañaba era cómo podía estar con él.

Anduvieron cuatro o cinco kilómetros. Tom aún se sentía cansado, pero el potaje le había fortalecido, y aunque confiaba totalmente en Ellen, aún se sentía ansioso por ver al niño con sus propios ojos.

—Por el momento mantengámonos ocultos a la vista de los monjes —indicó Ellen cuando ya vislumbraban el monasterio por entre los árboles.

—¿Por qué? —preguntó Tom, perplejo.

—Abandonaste a un recién nacido, y eso se considera asesinato. Observemos el lugar desde el bosque y veamos qué clase de gente son.

Tom no creía que fuera a encontrarse en dificultades, dadas las circunstancias, pero no estaba mal obrar con cautela, de modo que asintió con la cabeza y siguió a Ellen. Momentos después se encontraban tumbados junto al borde del calvero.

Se trataba de un monasterio muy pequeño. Tom, que había construido varios, pensó que aquél debía de ser lo que llamaban una celda, una especie de avanzadilla de un gran priorato o abadía. Sólo había dos construcciones de piedra: la capilla y el dormitorio. El resto, cocina, establos y un granero, así como una hilera de construcciones agrícolas, estaba construido en madera. El lugar parecía limpio y aseado, y daba la impresión de que los monjes cultivaban la tierra tanto como rezaban.

No se veía mucha actividad humana, sin embargo.

—La mayoría de los monjes se ha ido a trabajar —le explicó Ellen—. Están construyendo un granero en lo alto de la colina. —Miró al cielo—. Estarán de regreso hacia el mediodía, para el almuerzo.

Tom escudriñó el calvero. Hacia la derecha distinguió dos figuras parcialmente ocultas por un pequeño rebaño de cabras atadas.

—Mira —dijo, señalando hacia allí. Mientas observaban a las dos figuras, vio algo más—. El hombre sentado es un sacerdote y…

—Tiene algo en el regazo.

—Acerquémonos más.

Avanzaron por el bosque, bordeando el calvero, y se detuvieron cerca de las cabras. Tom observaba con ansiedad al sacerdote, que estaba sentado en un taburete. Tenía al bebé que había parido Agnes en el regazo. Sintió un nudo en la garganta. Era verdad, realmente era verdad. El niño había sobrevivido. Sintió deseos de abrazar a aquel hombre.

Junto al sacerdote había un monje joven. Al mirar con más atención vio a este último mojar un trapo en un cubo lleno de leche, con toda seguridad de cabra, y llevar luego la punta empapada a la boca del bebé. Algo muy ingenioso.

—Bueno —dijo Tom, aprensivo—. Más vale que me presente, reconozca lo que he hecho y me lleve a mi hijo.

—Piensa un momento, Tom —le aconsejó Ellen—. ¿Y qué harás luego? Tom no atinaba a comprender qué pretendía decirle.

—Pedir leche a los monjes —explicó—. Salta a la vista que soy pobre, y ellos dan limosnas.

—¿Y luego?

—Supongo que me darán leche suficiente para mantenerlo con vida durante tres días, hasta que llegue a Winchester.

—¿Y después? —insistió ella.

—Pues buscaré trabajo…

—Llevas buscando trabajo desde la última vez que nos vimos, y eso fue al final del verano —Ellen parecía algo molesta con Tom, aunque él no comprendía la razón—. ¿Qué pasará con el niño si en Winchester no encuentras trabajo?

—No lo sé —admitió Tom. Le dolía que le hablara con tanta dureza—. ¿Y qué voy a hacer…, vivir como tú? Yo no sé cazar patos con piedras. Soy albañil.

—Puedes dejar al niño aquí —le propuso ella.

Tom quedó pasmado.

—¿Dejarlo aquí? ¿Ahora que acabo de encontrarlo?

—Tendrías la seguridad de que estaría abrigado y alimentado. No tendrías que llevarlo contigo mientras buscaras trabajo. Y cuando hubieras encontrado una ocupación, podrías volver aquí y recoger al niño.

El instinto de Tom se rebelaba contra aquella idea.

—¿Y qué pensarían los monjes de mí por abandonar al bebé?

—Ya saben que lo has hecho —repuso ella con tono de impaciencia—. Sólo se trata de que lo confieses ahora o más adelante.

—¿Saben los monjes cómo cuidar a los niños?

—Al menos saben tanto como tú.

—Eso lo dudo.

—Bueno, han encontrado la manera de alimentar a un recién nacido que sólo puede chupar.

Tom empezó a comprender que Ellen estaba en lo cierto. Por mucho que anhelara tener en sus brazos a la criatura, no podía negar que los monjes estaban en mejores condiciones que él para cuidarla.

—Dejarlo otra vez —musitó con tristeza—. Supongo que no me queda más remedio que hacerlo. —Sin moverse de donde estaba permaneció mirando, a través del calvero, la pequeña figura en el regazo del sacerdote. Tenía el pelo oscuro como el de Agnes. Tom ya había tomado una decisión, pero en aquel momento no lograba apartarse de allí.

Y entonces, por la parte más alejada del claro, apareció un grupo de unos quince o veinte monjes que llevaban hachas y sierras, y de repente Tom y Ellen corrieron peligro de ser vistos. Se ocultaron de nuevo entre los arbustos. Tom ya no podía ver al bebé.

Se deslizaron entre los matorrales y en cuanto llegaron al camino echaron a correr. Corrieron trescientos o cuatrocientos metros cogidos de la mano, hasta que Tom se sintió exhausto. Además ya se encontraban fuera del alcance de la vista de los monjes. Dejaron de nuevo el camino y encontraron un lugar donde descansar.

Se sentaron en un ribazo herboso, a la sombra. Tom miró a Ellen, que jadeaba tumbada boca arriba, con las mejillas arreboladas y una sonrisa en el rostro. Se le había abierto el cuello de la túnica, dejando al descubierto la garganta y la curva de un pecho. De pronto sintió de nuevo la necesidad de contemplar su desnudez, y el deseo fue mucho más fuerte que el remordimiento que sentía. Se inclinó sobre ella para besarla, aunque luego vaciló. Mirarla era un verdadero placer. Las palabras que se oyó pronunciar lo cogieron por sorpresa.

—¿Quieres ser mi mujer, Ellen? —le propuso.

II

1

Peter de Wareham era un alborotador nato.

Lo habían trasladado a la pequeña celda en el bosque desde la casa principal en Kingsbridge, y era fácil comprender por qué el prior de ésta estaba tan ansioso por librarse de él. Era un hombre alto y fuerte, que rondaba la treintena, de intelecto poderoso y modales desdeñosos, que vivía en un estado permanente de indignación. Al llegar por primera vez y empezar a trabajar en los campos, estableció un ritmo demencial y luego acusó a los demás de perezosos. Sin embargo, y ante su propia sorpresa, la mayoría de los monjes habían mantenido su ritmo de trabajo e incluso los más jóvenes llegaron a cansarlo. Entonces buscó otro pecado que no fuera la pereza, y se decidió por la gula.

Empezó por comer sólo la mitad de su pan y abstenerse de probar la carne. Durante el día bebía agua de los arroyos y cerveza aguada, y rechazaba el vino. Dio una reprimenda a un saludable monje por haber pedido más gachas, e hizo llorar a un muchacho que en broma se había bebido el vino de otro.

Los monjes no mostraban indicios de gula, reflexionaba el prior Philip a la hora del almuerzo, mientras bajaban por la colina en dirección al monasterio. Los más jóvenes eran delgados y musculosos, y los mayores nervudos, quemados por el sol. Ninguno de ellos tenía esas características redondeces pálidas y blandas de quienes comen mucho y no hacen nada. Philip pensaba que todos los monjes debían estar delgados. Los monjes gordos provocaban la envidia y el aborrecimiento del hombre pobre hacia los servidores de Dios.

Como era característico en él, Peter había encubierto su acusación con una confesión.

—He cometido el pecado de la gula —había dicho aquella misma mañana cuando estaban tomando un respiro sentados en los tocones de los árboles que acababan de talar, comiendo pan de centeno y bebiendo cerveza—. He desobedecido la regla de san Benito según la cual los monjes no deben comer carne ni beber vino. —Miró a quienes lo rodeaban, con la cabeza alta, y al fin fijó los ojos en Philip—. Y cada uno de los que están aquí es culpable del mismo pecado —concluyó.

En realidad era muy triste que Peter fuera así, pensó Philip. El hombre estaba consagrado al trabajo de Dios y tenía una mente excelente y una gran fortaleza de propósito. Parecía tener una necesidad compulsiva de sentirse especial y que todo el mundo estuviera pendiente de él, lo cual lo inducía a montar escenas. Era auténticamente pesado, pero Philip lo quería como a todos los demás, porque detrás de toda aquella arrogancia y desdén sabía que se ocultaba un alma turbada que en realidad no creía posible que nadie se interesara por él.

—Esto nos da oportunidad de recordar lo que decía san Benito sobre el tema. ¿Recuerdas las palabras exactas, Peter? —había preguntado Philip.

—Dijo: «Todos, salvo los enfermos, deberían abstenerse de comer carne.» Y además: «El vino no es en modo alguno una bebida de monjes.» —contestó Peter.

Philip asintió. Como había sospechado, Peter no conocía la regla tan bien como él.

—Casi es correcto, Peter —dijo—. El santo no se refería a la carne en general, sino a «la carne de animales de cuatro patas», y aun así hacía una excepción no sólo con los enfermos, sino también con los débiles. ¿A qué se refería con eso de «los débiles»? Aquí, en nuestra pequeña comunidad, opinamos que el hombre que ha quedado debilitado por un trabajo agotador en los campos, es posible que necesite comer carne de vaca para, de esa manera, conservar su fortaleza.

Peter escuchó en silencio, con ceño, como si no estuviese de acuerdo con lo que oía, y una expresión de desafío contenido en el rostro.

—En cuanto al tema del vino, el santo dice: «Leemos que el vino no es en modo alguno bebida de monjes» —prosiguió Philip—. La utilización de la palabra «leemos» da a entender que no respalda de manera absoluta la proscripción. Y también dice que una pinta de vino al día debería ser suficiente para cualquiera. Y nos advierte del peligro de beber hasta la saciedad. Creo que está claro que no espera que los monjes se abstengan por completo, ¿no crees?

—Pero dice que en todo ha de mantenerse la frugalidad —arguyó Peter.

—¿Y tú piensas que aquí no somos frugales? —le preguntó Philip.

—Así es —respondió Peter con decisión.

—Deja que aquellos a quienes Dios les da el don de la abstinencia sepan que recibirán la recompensa que se merecen —citó Philip—. Si crees que aquí el alimento es demasiado abundante, puedes comer menos, pero recuerda las palabras del santo cuando cita la primera epístola de san Pablo a los Corintios, que dice: «Cada uno ha recibido su propio don de Dios, uno éste; el otro, aquél.» Y luego el santo nos dice: «Por esa razón la cantidad de comida de otra gente no puede determinarse sin cierta duda.» Recuerda esto, Peter, mientras ayunas y meditas sobre el pecado de la gula.

Luego habían vuelto al trabajo, Peter con expresión de mártir. Philip se dio cuenta de que no podría acallarle con facilidad. De los tres votos hechos por los monjes —pobreza, castidad y obediencia—, el último era el que más dificultades le creaba.

Por supuesto, había maneras de tratar a los monjes desobedientes: confinamiento en solitario, a pan y agua, flagelación y, como recurso extremo, la excomunión y expulsión del convento. Philip no solía vacilar a la hora de aplicar tales correctivos, especialmente cuando un monje estaba poniendo en tela de juicio su autoridad. En consecuencia, estaba considerado un ordenancista duro. Pero en los hechos aborrecía tener que recurrir a correctivos, pues quebraba la armonía de la hermandad monástica y hacía que todos se sintieran desgraciados. De cualquier forma, en el caso de Peter el correctivo no serviría de nada. En realidad sólo se lograría que el hombre se mostrara más orgulloso e implacable. Philip tenía que encontrar una forma de controlar a Peter y al mismo tiempo hacerle más receptivo. No sería tarea fácil. Aunque, por otra parte, pensó, si todo resultara fácil el hombre no necesitaría la guía de Dios.

Llegaron al calvero del bosque en el que estaba el monasterio. Mientras cruzaban el claro Philip vio al hermano John agitar enérgicamente los brazos en dirección a ellos desde el redil de las cabras. Lo llamaban Johnny Ochopeniques, y estaba algo mal de la cabeza. Philip se preguntó qué sería lo que le tenía tan inquieto. Junto a Johnny se encontraba un hombre con hábitos de sacerdote. A Philip su aspecto le resultó vagamente familiar, y se acercó a toda prisa.

El sacerdote era un hombre bajo y fornido, de unos veinticinco años, con el pelo negro cortado casi al rape y unos brillantes ojos azules que revelaban una inteligencia despierta. El mirarlo fue para Philip como verse en un espejo. Descubrió, sobresaltado, que se trataba de Francis, su hermano pequeño.

Y Francis sostenía en los brazos a un recién nacido.

Philip no sabía qué era más sorprendente, si la presencia de Francis o la del bebé. Los monjes se arremolinaron en torno a ellos. Francis, se puso de pie y entregó el niño a Johnny. Entonces Philip lo abrazó.

—¿Qué haces aquí? —le preguntó, encantado—. ¿Y por qué llevas contigo un bebé?

—Luego te contaré por qué estoy aquí —respondió Francis—. En cuanto al bebé, lo he encontrado en el bosque, completamente solo, junto a una gran hoguera.

—Y… —lo alentó a seguir Philip.

Francis se encogió de hombros.

—No puedo decirte nada más porque es todo cuanto sé. Confiaba en llegar aquí anoche, pero no me fue posible, así que he dormido en la cabaña de un guardabosques. Al alba emprendí de nuevo la marcha y cuando cabalgaba por el camino oí el llanto de un niño. Lo recogí y lo traje aquí. Ésa es toda la historia.

Philip miró con incredulidad el pequeño bulto en brazos de Johnny. Alargó la mano y levantó una esquina de la manta. Descubrió una carita rosada y arrugada, una boca abierta sin dientes y una cabecita calva…, la viva imagen en miniatura de un monje anciano. Levantó algo más la manta y vio unos hombros pequeños y frágiles, unos brazos que se agitaban y unos puños cerrados. Observó más de cerca el trozo del cordón umbilical que colgaba del ombligo del niño. Era levemente desagradable. Se preguntó si eso sería natural. Tenía el aspecto de una herida que estuviese cicatrizando bien, por lo que lo mejor sería dejarla tal como estaba. Separó aún más la manta.

—Es un chico —sentenció al tiempo que volvía a taparlo con la manta. Uno de los novicios rió entre dientes.

De repente, Philip se preguntó cómo harían para alimentarlo.

El niño se echó a llorar y aquel sonido resonó en su corazón como un himno entrañable.

—Tiene hambre —dijo, y se preguntó cómo lo había sabido.

—No podemos alimentarlo —observó uno de los monjes.

Philip recapacitó entonces en que no había mujeres en muchos kilómetros a la redonda.

Pero Johnny había resuelto ya el problema, como pudo comprobar Philip. Se sentó en el taburete con el bebé en el regazo. Tenía en la mano una toalla, una de cuyas esquinas estaba retorcida. Sumergió ésa en un balde de leche, dejó que se empapara bien y a continuación la acercó a la boca del niño, quien succionó de ella y tragó.

Philip sintió deseos de aplaudir a Johnny.

—Eso ha sido muy inteligente por tu parte —dijo sorprendido.

Johnny sonrió.

—Ya lo había hecho antes, cuando una cabra murió antes de destetar a su cabrito —explicó con orgullo.

Todos los monjes observaban atentos mientras Johnny repetía la sencilla operación de empapar la punta de la toalla y dejar que el recién nacido la chupara. Philip advirtió divertido que al aplicar la toalla a la boca del niño, algunos monjes abrían la suya en un gesto reflejo. Era una manera lenta de alimentar al bebé, pero sin duda alimentar bebés era un asunto que requería paciencia.

Peter de Wareham, que había sucumbido a la fascinación general ante el bebé y que durante un rato se había olvidado de mostrarse crítico acerca de algo, se recuperó por fin y dijo:

—Lo más fácil sería encontrar a la madre del niño.

—Lo dudo —intervino Francis—. Lo más probable es que la madre no esté casada, y por lo tanto sería culpable de transgresión moral. Imagino que debe de ser joven. Quizá haya logrado mantener el embarazo en secreto y al acercarse el momento del alumbramiento decidió venir al bosque, encendió un fuego y dio a luz sola. Luego abandonó al niño a los lobos y se fue por donde había venido. Se asegurará de que no consigan encontrarla.

El bebé se había quedado dormido. Obedeciendo a un impulso, Philip lo cogió de brazos de Johnny y lo meció suavemente contra su pecho.

—¡Pobre criatura! —exclamó.

Se sintió invadido por el ansia de proteger y cuidar del niño. De pronto advirtió que los monjes lo miraban atónitos ante su repentino alarde de ternura. Naturalmente, nunca lo habían visto acariciar a nadie, ya que en el monasterio estaba estrictamente prohibido cualquier tipo de efusión física. Era evidente que lo creían incapaz de semejante gesto. Bueno, se dijo, ahora ya saben la verdad.

—Entonces tendremos que llevar el niño a Winchester y tratar de encontrarle una madre adoptiva —señaló Peter de Wareham.

Si aquello lo hubiese dicho cualquier otro, quizá Philip no se hubiera apresurado en contradecirlo, pero había sido Peter..., y a partir de entonces su vida no volvió a ser la misma.

—No vamos a entregárselo a una madre adoptiva —afirmó con decisión—. Este niño es un don de Dios. —Miró a los monjes, que lo miraron a su vez, pendientes de sus palabras—. Nosotros cuidaremos de él —añadió—. Lo alimentaremos, lo educaremos y lo guiaremos por el camino del Señor. Luego, cuando sea hombre, se hará monje, y entonces se lo devolveremos a Dios.

Se produjo un maravillado silencio.

—Eso es imposible —intervino de nuevo Peter—. ¡Los monjes no pueden criar un bebé! —exclamó con voz airada.

Philip se encontró con la mirada de su hermano y ambos sonrieron, rememorando tiempos pasados. Cuando Philip volvió a hablar, el tono de su voz estaba cargado con el peso de la nostalgia.

—¿Imposible? No, Peter. Estoy seguro de que puede hacerse, y también lo está mi hermano. Lo sabemos por experiencia, ¿verdad, Francis?

El día que Philip consideraba ahora como el último, su padre regresó herido a casa.

Philip fue el primero en verlo cabalgar por el serpenteante sendero de la ladera de la colina hacia la aldea en el montañoso norte de Gales. Como siempre, Philip, que por entonces tenía seis años, corrió a su encuentro, pero esta vez su padre no lo subió al caballo, delante de él. Cabalgaba lentamente, desplomado sobre la silla, sujetando las riendas con la mano derecha mientras el brazo izquierdo le colgaba inerte. Tenía la cara pálida y la ropa manchada de sangre. Philip se sentía intrigado y atemorizado a un tiempo, ya que nunca lo había visto mostrar debilidad.

—Vete a buscar a tu madre —le dijo su padre.

Cuando lo hubieron llevado a casa, su madre le desgarró la camisa. Philip quedó horrorizado al ver a su madre, siempre tan ahorradora, estropear expresamente una prenda tan buena. Aquello le impresionó más que la sangre.

—No te preocupes por mí —dijo su padre, pero su vozarrón habitual se había debilitado hasta no ser más que un murmullo y nadie le hizo caso, otro hecho asombroso, ya que su palabra era ley—. Déjame y llévate a todos al monasterio. Pronto estarán aquí los malditos ingleses.

En lo alto de la colina se alzaba un monasterio con una iglesia, pero Philip no alcanzaba a comprender por qué habrían de ir allí cuando ni siquiera era domingo.

—Si sigues perdiendo sangre nunca más podrás ir a ninguna parte —le dijo ella.

Gwen dijo que daría la voz de alarma y salió de la habitación.

Años más tarde, cuando pensaba en los acontecimientos que siguieron, Philip comprendió que en aquel momento nadie se había acordado de él ni de Francis, su hermano de cuatro años, ni se le había ocurrido llevarlos al monasterio, donde estarían seguros. Todos pensaban en sus propios hijos y daban por sentado que Philip y Francis estaban bien porque se encontraban con sus padres. Pero el padre se estaba desangrando hasta morir y la madre intentaba salvarlo, y así fue como los ingleses los sorprendieron a los cuatro.

Durante la corta vida de Philip nada lo había preparado para la aparición de dos soldados que, tras abrir la puerta de un puntapié, entraron en la casa. En otras circunstancias no habrían resultado aterradores, porque eran la clase de adolescentes grandes y desmañados que se burlaban de las viejas, maltrataban a los judíos y a medianoche se liaban a puñetazos al salir de la taberna. Pero en aquellos momentos, y Philip lo comprendió años después, cuando finalmente fue capaz de pensar de manera objetiva sobre aquel día, los dos jóvenes estaban sedientos de sangre. Habían participado en una batalla, habían oído los gritos agónicos de los hombres y visto morir a sus compañeros, y literalmente habían estado muertos de miedo. Sin embargo, habían ganado la batalla y logrado sobrevivir, y ahora perseguían con saña a sus enemigos, y nada podía satisfacerlos tanto como más sangre, más gritos, más heridas y más muerte. Todo ello estaba escrito en sus caras crispadas al irrumpir en la habitación como zorros en un gallinero.

Actuaron con gran rapidez, pero Philip jamás olvidaría cada movimiento, como si todo ello hubiera durado mucho tiempo. Los dos hombres llevaban armadura ligera, consistente en una cota de malla y un casco de cuero con bandas de hierro. Ambos llevaban las armas en las manos. Uno de ellos era feo, bizco, tenía una nariz grande y ganchuda y mostraba los dientes en una espantosa mueca simiesca. El otro tenía la barba manchada de sangre, sin duda de algún otro, pues no parecía estar herido. Los dos hombres recorrieron con la mirada la habitación sin detenerse. Calculadores e implacables, hicieron caso omiso de Philip y Francis, y concentraron la atención en los padres de éstos. Se acercaron al herido, antes de que nadie pudiera moverse.

La madre había estado inclinada sobre él vendándole el brazo izquierdo. Se enderezó y se volvió hacia los intrusos con una expresión de valor y desesperación en los ojos. El padre se puso de pie de un salto y se llevó la mano derecha a la empuñadura de la espada. Philip soltó un grito de terror.

El hombre feo levantó la espada y la descargó por la empuñadura sobre la cabeza de la madre. Luego empujó a ésta a un lado sin clavarle el arma, probablemente porque no quería arriesgarse a que la hoja quedara atascada en un cuerpo mientras el hombre siguiera estando vivo. Philip imaginó todo aquello años más tarde. En aquel momento se limitó a correr hacia su madre, sin comprender que ella ya no podía protegerlo. La mujer dio un traspiés, aturdida, y el hombre feo pasó por su lado, blandiendo de nuevo la espada. Philip se aferró a las faldas de su madre mientras ella se tambaleaba, pero no pudo dejar de mirar a su padre, que desenvainó el arma y la lanzó con un movimiento defensivo. El hombre feo lanzó un mandoble y las hojas sonaron como una campana. Al igual que todos los niños pequeños, Phil pensaba que su padre era invencible. Fue entonces cuando supo la verdad. El padre estaba débil pues había perdido mucha sangre. Al encontrarse las dos espadas, la suya cayó y el atacante volvió a cargar contra él. Descargó el golpe donde los grandes músculos del cuello de la víctima se unían a los anchos hombros. Philip empezó a chillar al ver la afilada hoja hundirse en el cuerpo de su padre, en cuyo vientre el soldado clavó a continuación la punta de la espada.

Philip, paralizado por el terror, miró a su madre. Los ojos de ambos se encontraron en el preciso instante en que el otro soldado, el barbudo, la golpeaba. La mujer cayó al suelo junto a Philip, sangrando de una herida en la cabeza. El soldado barbudo cogió entonces la espada por el otro extremo, dándole la vuelta de manera que apuntara hacia abajo y sujetándola con las dos manos. Luego la alzó como si estuviera a punto de clavársela a sí mismo, y la bajó con fuerza. Se oyó un espantoso crujido, de huesos rotos, al atravesar el acero el pecho de la madre. La hoja se hundió profundamente, tanto, observó Philip, incluso estando bajo el influjo de un terror ciego e histérico, que debió de atravesarle la espalda clavándose en el suelo como si de un clavo se tratara.

Philip, desesperado, miró de nuevo a su padre. Lo vio derrumbarse hacia adelante sobre la espalda del hombre feo, vomitando gran cantidad de sangre. Su atacante retrocedió y tiró de la espada, intentando sacarla del cuerpo. El padre avanzó otro paso, vacilante, sin apartarse de él. El hombre feo soltó un grito de furia y removió la espada en el vientre. Finalmente logró sacarla. Al caer al suelo, su padre se llevó la mano al vientre desgarrado como si intentase tapar la enorme herida abierta. Philip siempre había creído que lo que la gente tenía dentro del cuerpo era más o menos sólido, y se sintió confuso y asqueado a la vista de los blandos órganos que salían del vientre de su padre. El atacante levantó muy en alto la espada, con la punta hacia abajo, sobre el cuerpo de éste, como había hecho antes su compañero y descargó de la misma manera el golpe final.

Los dos ingleses se miraron y de repente Philip vio el alivio reflejado en sus rostros. Ambos se volvieron hacia él y Francis. Uno hizo un gesto de asentimiento con la cabeza y el otro se encogió de hombros. Philip comprendió entonces que iban a matarlos también, abriéndolos de arriba abajo con aquellas afiladas espadas, y cuando pensó en lo mucho que iba a dolerle, se sintió invadido por el terror hasta el punto de que creyó que la cabeza iba a estallarle.

El soldado de la barba avanzó rápidamente y cogió a Francis por un tobillo. Lo mantuvo en el aire cabeza abajo mientras el chiquillo gritaba llamando a su madre, sin comprender que estaba muerta. El soldado feo sacó la espada del cuerpo del padre y puso el brazo en posición, dispuesto a atravesar el corazón de Francis con su arma.

Aquella acción no llegó a producirse. Resonó de pronto una voz de mando y los dos hombres se quedaron inmóviles. Callaron los gritos y Philip se dio cuenta que era él quien los había estado dando. Miró hacia la puerta y vio al abad Peter que, con la ira de Dios en la mirada, llevaba en la mano una cruz de madera a modo de espada.

Cuando en sus pesadillas Philip revivía aquel día y despertaba sudando y gritando en la oscuridad, siempre era capaz de calmarse y conciliar nuevamente el sueño al evocar aquella escena final y la forma en que los gritos y las heridas habían sido dominados por el hombre desarmado que sólo llevaba una cruz.

El abad Peter habló de nuevo, Philip no llegó a entender sus palabras, pues naturalmente hablaba en inglés, pero su significado era claro, ya que los dos soldados parecieron avergonzados y el barbudo dejó a Francis con cuidado en el suelo. Sin dejar de hablar, el monje entró tranquilamente en la habitación. Los soldados retrocedieron un paso, casi como si aquel monje les inspirara temor... a ellos, con sus espadas y armaduras mientras él sólo llevaba un hábito de lana y una cruz. Les dio la espalda con un gesto de desprecio y se puso en cuclillas frente a Philip y le preguntó:

—¿Cómo te llamas?

—Philip.

—Ah, sí, ya recuerdo. ¿Y tu hermano?

—Francis.

—Bien. —El abad miró los cuerpos ensangrentados que yacían en el suelo de tierra—. Ésta es tu madre, ¿verdad?

—Sí —respondió Philip, y sintió pánico al señalar el cuerpo mutilado de su padre—: ¡Y ése es mi papá!

—Ya lo sé —dijo el monje con voz tranquilizadora—. No debes seguir gritando; sólo tienes que contestar a mis preguntas. ¿Te das cuenta de que están muertos?

—No lo sé —repuso Philip tristemente. Sabía que eso se decía cuando morían los animales, pero ¿cómo podía sucederle a mamá y a papá?

—Es como quedarse dormido —le explicó el abad Peter.

—¡Pero tienen los ojos abiertos! —exclamó Philip.

—Entonces lo mejor será que se los cerremos.

—Sí —asintió Philip. Tenía la sensación de que aquello solucionaría algo.

El abad Peter se puso de pie, cogió a Philip y a Francis de la mano y los condujo junto al cuerpo de su padre. Se arrodilló y, dirigiéndose a Philip, le dijo:

—Te enseñaré cómo. —Tomó la mano del niño y la acercó a la cara de su padre, pero de repente Philip tuvo miedo de tocarlo, porque el cuerpo parecía muy extraño, pálido, inerte y horriblemente herido. Apartó violentamente la mano. Luego miró con ansiedad al abad Peter, un hombre al que nadie desobedecía, pero el abad no parecía enfadado con él—. Vamos —dijo cariñosamente volviendo a cogerle la mano. Esta vez Philip no se resistió. Sujetando el dedo índice del crío con el suyo y el pulgar, el abad hizo que el pequeño lo pusiera sobre el párpado del muerto y se lo bajara hasta cubrir aquella espantosa mirada fija. Luego, el abad soltó la mano de Philip y le dijo—: Ciérrale el otro ojo.

Ya sin ayuda, Philip alargó la mano, puso el dedo sobre el párpado de su padre y se lo cerró. Luego se sintió mejor.

—¿Quieres que cierre también los de vuestra madre? —preguntó el abad Peter.

—Sí —contestó Philip.

Se arrodillaron junto al cuerpo de la mujer. El abad le limpió la sangre de la cara con su manga.

—¿Y Francis? —inquirió Philip.

—Haz lo mismo que yo, Francis —le indicó Philip a su hermano—. Cierra los ojos de mamá como yo he cerrado los de papá para que pueda dormir.

—¿Están durmiendo? —preguntó Francis.

—No, pero es como si durmieran —respondió Philip con tono firme.

—Entonces, bueno —dijo Francis, y alargó sin vacilar una mano regordeta y cerró cuidadosamente los ojos de su madre.

Luego el abad los hizo incorporarse y, sin mirar a los soldados, los sacó de la casa en dirección al empinado sendero que conducía al monasterio.

Les dio de comer en la cocina. Luego, para que no estuvieran ociosos y se abandonaran a sus pensamientos, les pidió que ayudaran al cocinero a preparar la cena de los monjes. Al día siguiente los llevó a ver los cadáveres de sus padres, ya lavados y vestidos, con las heridas limpias y en parte disimuladas, que yacían en sendos ataúdes, uno al lado del otro, colocados en la nave de la iglesia. También allí se encontraban algunos de sus parientes, ya que no todos los aldeanos habían logrado llegar al monasterio a tiempo para escapar del ejército invasor. Cuando Philip se echó a llorar, Francis también lo hizo. Alguien intentó hacerlos callar.

—Dejad que lloren —dijo el abad Peter.

Sólo después de aquello, cuando los niños se convencieron de que sus padres se habían ido de verdad y nunca más regresarían, les habló al fin de su futuro.

Entre sus parientes no había uno solo cuya familia no hubiera sufrido alguna pérdida. En todos los casos el padre o la madre, cuando no ambos, habían resultado muertos. No había quien se ocupara de los muchachos. Sólo quedaban dos opciones: entregarlos o incluso venderlos a un labrador, que los haría trabajar como esclavos hasta que fueran lo bastante mayores y fuertes para escapar, o entregárselos a Dios.

No era raro que los chiquillos entraran en un monasterio. La edad habitual era entre los cinco y los once años, ya que los monjes no estaban preparados para ocuparse de los niños más pequeños. A veces los muchachos eran huérfanos, otras acababan de perder a uno de los padres, o a los dos, y en ocasiones éstos tenían demasiados hijos. Por lo general la familia solía entregar al monasterio, junto con el niño, un importante donativo, una granja, una iglesia o incluso toda una aldea. En caso de absoluta pobreza, podía obviarse el donativo. Sin embargo, el padre de Philip había dejado una modesta granja en una colina, así que los muchachos no dependían de la caridad. El abad Peter propuso que el monasterio tomara a su cargo a los niños y la granja, y los parientes supervivientes se mostraron de acuerdo. El trato fue temporalmente suspendido, aunque no anulado de manera permanente, por el ejército invasor del rey Henry, cuyos soldados habían matado al padre de Philip.

El abad sabía mucho de dolor, pero pese a toda su sabiduría no estaba preparado para lo que le ocurriría a Philip. Al cabo de un año aproximadamente, cuando el dolor parecía haber pasado y los dos muchachos se habían adaptado a la vida del monasterio, Philip se vio poseído por una especie de ira implacable. Las condiciones en la comunidad de la colina no eran tan malas como para justificar semejante actitud. Tenían comida, ropa, un fuego en el dormitorio durante el invierno, e incluso algo de cariño y afecto. Tenían también una disciplina estricta y los tediosos rituales tendentes a conseguir orden y estabilidad; pero Philip empezó a comportarse como si hubiera sido injustamente encarcelado. Desobedecía los mandatos, subvertía las órdenes de los dignatarios monásticos a la primera oportunidad, robaba comida, rompía huevos, soltaba a los caballos, se burlaba de los inválidos e insultaba a los mayores. La única ofensa que no cometió fue la del sacrilegio, y por ello el abad le perdonaba cualquier otra. Finalmente lo superó. Unas Navidades reflexionó acerca de los doce meses transcurridos y cayó en la cuenta de que en todo el año no había pasado una sola noche en la celda de castigo.

No existía un solo motivo para que volviese a comportarse con normalidad. Tal vez le había servido de ayuda el que se interesara por sus lecciones. Le fascinaba la teoría matemática de la música, e incluso la forma en que se conjugaban los verbos latinos tenía una cierta lógica satisfactoria. Su tarea consistía en ayudar al intendente, el monje encargado de proveer a las necesidades del monasterio, desde sandalias a semillas, y eso también hizo que su interés aumentase. Empezó a sentirse ligado al hermano John, a quien admiraba como a un héroe. Era un monje joven, apuesto y musculoso, que parecía el epítome del saber, la santidad, la prudencia y la amabilidad.

Tal vez por imitar a John o por propia inclinación, o quizá por ambas circunstancias, empezó a encontrar una especie de consuelo en los turnos diarios de oración y servicios. Y así entró en la adolescencia con la organización del monasterio en la mente y la música sacra en los oídos.

En sus estudios, tanto Philip como Francis iban muy por delante de cualquiera de los muchachos de su edad que conocían, pero estaban convencidos de que ello se debía a que vivían en el monasterio y por ello su educación había sido más intensiva. Sin embargo, no alcanzaron a comprender que eran excepcionales. Incluso cuando empezaron a recibir lecciones del propio abad, en lugar de recibirlas del pedante maestro novicio, pensaron que iban por delante debido tan sólo a sus tempranos comienzos.

Al considerar retrospectivamente su juventud, a Philip le parecía que había sido una breve edad de oro que había transcurrido, durante un año, o quizá menos, entre el fin de su rebeldía y la furiosa embestida de la lujuria carnal. Y entonces llegó la angustiosa época de los pensamientos impuros, de las poluciones nocturnas, de las sesiones terriblemente embarazosas con su confesor —que era el mismísimo abad—, de las infinitas penitencias y de la mortificación de la carne.

La lujuria nunca dejó de atormentarlo por completo, pero finalmente llegó a ser menos importante, y sólo le importunaba de vez en cuando, en las raras ocasiones en que su cuerpo y su mente estaban ociosos, como la vieja herida que todavía sigue doliendo con el tiempo húmedo.

Francis había librado aquella misma batalla algo más tarde, y aunque no había hecho confidencias a Philip sobre el tema, éste tenía la impresión de que su hermano había luchado con menos ahínco contra los deseos impuros y había aceptado sus derrotas con espíritu más bien alegre. Pero lo importante era que ambos habían hecho las paces con las pasiones, el más encarnizado enemigo de la vida monástica.

Al igual que Philip trabajaba con el intendente, Francis lo hacía con el prior, el suplente del abad Peter. Al morir el intendente, Philip tenía veintiún años, y pese a su juventud se hizo cargo del trabajo. Cuando Francis alcanzó los veintiún años, el abad propuso crear un nuevo puesto para él, el de subprior. Pero tal proposición fue la que precipitó la crisis. Francis suplicó que le dispensaran de esa responsabilidad y ya puestos en ello, pidió que le dejaran abandonar el monasterio. Quería ser ordenado sacerdote y servir a Dios en el mundo exterior.

Philip se sintió tan sorprendido como aterrado. Nunca se le había ocurrido pensar que alguno de los dos abandonara el monasterio, y en aquel momento la idea le resultaba tan desconcertante como si acabara de enterarse de que era el heredero del trono. Pero al fin accedió, y Francis salió al mundo para convertirse en capellán del conde de Gloucester.

Antes de que ello ocurriera, Philip había pensado en su futuro y había decidido que sería monje, llevaría una existencia humilde y obediente y cuando fuera viejo quizá se convirtiera en abad, siempre que se esforzara en seguir el ejemplo de Peter. Y ahora se preguntaba si Dios no tendría otro destino para él. Recordaba la parábola de los talentos: Dios esperaba de sus servidores que extendieran su reino, no que se limitaran a conservarlo. Con cierta turbación hizo partícipe de sus pensamientos al abad Peter, perfectamente consciente de que se arriesgaba a recibir una reprimenda por dejarse llevar por el orgullo.

Por ello quedó sorprendido al conocer la respuesta del abad.

—Me preguntaba cuánto tiempo necesitarías para darte cuenta de ello. Ni que decir tiene que estás destinado a otra cosa. Nacido a la sombra de un monasterio, huérfano a los seis años, educado por monjes, nombrado intendente a los veintiún años... Dios no se toma tantas molestias para formar a un hombre que va a pasar su vida en un pequeño monasterio en la desierta cima de la colina, en las remotas montañas de un reino. Aquí no hay posibilidades para ti. Debes abandonar este lugar.

Aquello dejó a Philip atónito, pero antes de separarse del abad se le ocurrió una pregunta que le espetó al instante:

—Si este monasterio es tan poco importante, ¿por qué Dios os puso a vos aquí?

—Quizá para que me ocupara de ti —repuso el abad Peter con una sonrisa.

Aquel mismo año el abad fue a Canterbury para presentar sus respetos al arzobispo.

—Te he cedido al prior de Kingsbridge —le informó a Philip a su regreso.

Philip se sintió intimidado. El priorato de Kingsbridge no sólo era uno de los más grandes del país, sino de los más importantes, pues se trataba de un priorato catedralicio. Su iglesia era una catedral, la sede de un obispo, y éste era técnicamente el abad del monasterio, aunque de hecho estuviera gobernado por el prior.

—El prior James es un viejo amigo —le explicó el abad Peter a Philip—. Estos últimos años ha estado muy desanimado. Ignoro el motivo. En cualquier caso, Kingsbridge necesita sangre nueva. James tiene dificultades, sobre todo con una de sus celdas, un pequeño emplazamiento en el bosque, y necesita desesperadamente a un hombre de la más absoluta confianza para ocuparse de ella y conducirla de nuevo por el sendero de la piedad.

—Así que voy a ser el prior de la celda... —musitó Philip, sorprendido.

El abad asintió.

—Si estamos en lo cierto al creer que Dios te tiene reservado mucho trabajo, podemos confiar en que te ayudará a resolver cualquier problema que surja.

—¿Y si estamos equivocados?

—Siempre podrás volver aquí y ser mi cillerero. Pero no estamos equivocados, hijo mío. Ya lo verás.

La despedida fue muy emotiva. Había pasado allí diecisiete años y los monjes eran su familia, más real para él ahora que los padres de cuyo lado lo habían arrancado un día de forma brutal. Probablemente no volvería a ver a aquellos monjes, y eso lo entristecía.

Al principio se sintió deslumbrado por Kingsbridge. El monasterio amurallado era más grande que muchas aldeas; la catedral era una enorme y lóbrega caverna y la casa del prior un pequeño palacio. Pero una vez que se hubo acostumbrado a sus dimensiones, comprendió las señales de desánimo que el abad Peter había observado en su viejo amigo, el prior. La iglesia necesitaba a todas luces reparaciones importantes, se rezaban apresuradamente las oraciones, se quebrantaban de forma constante las reglas del silencio y había demasiado sirvientes, más incluso que monjes. Philip superó rápidamente su deslumbramiento, que pronto se convirtió en ira. Hubiera querido agarrar por la garganta al prior James y decirle: «¿Cómo os atrevéis a hacer esto? ¿Cómo os atrevéis a ofrecer a Dios oraciones apresuradas? ¿Cómo os atrevéis a permitir que los novicios jueguen a los dados y que los monjes tengan perros? ¿Cómo os atrevéis a vivir en un palacio rodeado de sirvientes mientras la Iglesia de Dios se está quedando en ruinas?»

Como es de suponer, nada dijo de todo aquello. Tuvo una entrevista, breve y protocolaria, con el prior James, un hombre alto, flaco y encorvado, que parecía llevar sobre sus hombros todo el peso de los problemas del mundo. Luego habló con el subprior Remigius. Al comienzo de la conversación Philip insinuó que, a su juicio, era posible que el priorato necesitase algunos cambios, confiando en que su principal ayudante lo respaldara de corazón, pero Remigius miró despectivo a Philip como diciendo: «¿Quién te crees tú que eres?», y cambió de tema. Dijo que la celda de St.-John-in-the-Forest había sido creada tres años antes, con algunas tierras y propiedades, y que a esas alturas ya debería mantenerse por sí misma, pero que de hecho seguía dependiendo, para los suministros, de la casa principal. Y no era ése el único problema. Un diácono que había pasado la noche en ella había criticado la manera de conducir los servicios religiosos. Algunos viajeros aseguraban que en aquella zona los monjes les habían robado. Corrían también rumores de corrupción… El que Remigius fuera incapaz de dar detalles exactos o se resistiera a hacerlo era un indicio más de la forma indolente en que estaba gobernada la institución. Philip se alejó temblando de ira. Se suponía que un monasterio debía glorificar a Dios. Si fallaba en ese aspecto su existencia carecía de sentido. El priorato de Kingsbridge era el mejor ejemplo de ello. Escarnecía a Dios con su holgazanería, pero Philip no podía hacer nada al respecto. Todo lo que podía esperar era la reforma de una de la celdas de Kingsbridge.

Durante la cabalgada de dos días hasta la celda en el bosque, había meditado sobre la escasa información que le habían dado, y consideró, mientras rezaba, la mejor manera de abordar los problemas. Llegó a la conclusión de que al principio debería mostrarse receptivo. Por lo general eran los monjes quienes elegían al prior, pero en el caso de una celda, que en definitiva era una dependencia del monasterio principal, este privilegio quedaba en manos del prior general. De manera que al no haber sido elegido por los monjes, Philip no podía contar con la buena voluntad de éstos. Tendría que actuar con cautela. Necesitaba una mayor información sobre los problemas que aquejaban a aquel lugar antes de decidir la mejor manera de resolverlos. Tenía que ganarse el respeto y la confianza de los monjes, sobre todo de aquellos que, por ser mayores que él, se mostraran resentidos por su designación. Y una vez que hubiese recabado toda información necesaria y se hubiera asegurado el liderazgo, se pondría en acción.

Pero las cosas no resultaron como esperaba.

Al segundo día, cuando empezaba a anochecer, detuvo su poni en el límite de un calvero y echó un vistazo a su nueva morada. En aquellos días sólo había un edificio de piedra, la capilla, ya que Philip mandó construir el dormitorio al año siguiente. Las demás dependencias, de madera, parecían al borde de la ruina. Philip mostró su desaprobación. Se suponía que cuanto hicieran los monjes debía de perdurar, y aquello era válido tanto para las porquerizas como para las catedrales. Cuanto más miraba, más pruebas encontraba del mismo abandono que tanto le había escandalizado en Kingsbridge. No había vallas, el heno se desbordaba por la puerta del granero y había un estercolero cerca del vivero de peces. Sintió que se le tensaban los músculos de la cara a causa de la ira contenida y se dijo: «Despacio, despacio.»

Al principio no vio a nadie, y así es como debía ser, porque era la hora de vísperas y la mayoría de los monjes estaría en la capilla. Dio suavemente con el látigo en el flanco del poni y cruzó el calvero en dirección a lo que parecía un establo. Un joven con el cabello cubierto de paja y mirada extraviada asomó la cabeza por la puerta y miró, sorprendido, al recién llegado.

—¿Cómo te llamas? —preguntó Philip, para añadir luego, con cierta timidez—: hijo mío.

—Me llaman Johnny Ochopeniques —contestó el muchacho.

Philip se apeó y le tendió las riendas.

—Muy bien, Johnny Ochopeniques, puedes desensillar mi caballo.

—Sí, padre. —El joven sujetó las riendas en una valla y empezó a alejarse.

—¿Adónde vas? —lo interpeló Philip.

—A decir a los hermanos que ha llegado un forastero.

—Debes practicar la obediencia, Johnny. Desensilla mi caballo. Yo diré a los hermanos que estoy aquí.

—Sí, padre. —Johnny lo miró asustado e hizo lo que le había ordenado.

Philip miró alrededor. En el centro del calvero había un largo edificio semejante a un gran salón. Cerca de él se alzaba una construcción redonda y pequeña, de la que salía humo por un agujero en el tejado. Debía de tratarse de la cocina. Decidió ir a ver qué había de cena. En los monasterios con reglas estrictas sólo se servía una comida al día, el almuerzo; pero, evidentemente, aquél no era un monasterio con reglas estrictas, y después de las vísperas tendrían una cena ligera, consistente en algo de pan con queso o pescado en salazón. O tal vez un tazón de caldo de cebada sazonado con hierbas. Pero a medida que se acercaba a la cocina percibió el inconfundible y apetitoso aroma de la carne asada. Se detuvo por un instante, con el entrecejo fruncido, y luego entró.

Dos monjes y un muchacho se encontraban sentados alrededor del hogar. Mientras Philip los observaba, uno de los monjes le pasó al otro una jarra, de la que éste bebió. El muchacho hacía girar un espetón en el que había ensartado un cochinillo.

Al advertir la presencia del extraño, lo miraron sorprendidos. Sin decir palabra, Philip cogió la jarra de manos del monje y la olfateó.

—¿Por qué bebéis vino? —preguntó.

—Porque alegra el corazón, forastero —respondió el monje—. Toma, echa un buen trago.

Era evidente que no les habían avisado de la llegada de su nuevo prior, e igualmente evidente que no le temían a las consecuencias en el caso de que un monje viajero informara en Kingsbridge sobre su comportamiento. Philip sentía deseos de romper aquella jarra de vino en la cabeza del monje, pero respiró hondo y, con tono apacible, dijo:

—Los hijos de los hombres pobres pasan hambre para suministrarnos a nosotros carne y bebida, y lo hacen por la gloria de Dios y no para alegrar nuestros corazones. Ya está bien de vino por esta noche. —Dio media vuelta y se marchó llevándose la jarra.

—¿Quién te crees que eres? —oyó decir al monje mientras salía. No contestó. Muy pronto lo sabrían.

Dejó la jarra en el suelo, fuera de la cocina, y cruzó el calvero en dirección a la capilla, haciendo un esfuerzo por dominar su ira. No te precipites, se dijo. Sé prudente. Tómate tu tiempo.

Se detuvo por un instante en el pequeño pórtico de la capilla hasta que logró calmarse. Luego empujó con cuidado la gran puerta de roble y entró sin hacer ruido.

Había aproximadamente una docena de monjes y algunos novicios de pie, de espaldas a él, en filas desordenadas. Frente a ellos, el sacristán leía en un libro abierto. Dijo el servicio rápidamente y los monjes murmuraron las respuestas a la ligera. Tres velas de distintas longitudes chisporroteaban sobre el altar.

En el fondo, dos monjes jóvenes charlaban animadamente, haciendo caso omiso del servicio. Cuando Philip se acercó a ellos, uno de los dos dijo algo divertido y el otro soltó una estridente carcajada. Aquello fue para Philip la gota que colmó el vaso. Desechó por completo la idea de mostrarse tranquilo y gritó:

—¡Guardad silencio!

La risa se cortó en seco. El sacristán interrumpió la lectura. La capilla quedó en silencio y los monjes volvieron la mirada hacia Philip, quien tendió el brazo y cogió de la oreja al monje que se había reído. Debía de tener la edad de Philip y era más alto que éste, pero estaba demasiado sorprendido para ofrecer resistencia.

—¡De rodillas! —le ordenó Philip.

El monje intentó zafarse, pero de inmediato comprendió que se había comportado mal y se rindió ante la conciencia culpable, como ya había supuesto Philip. Y, cuando éste tiró con más fuerza de la oreja, se arrodilló.

—Todos vosotros —añadió Philip—. ¡De rodillas!

Aquellos monjes habían hecho voto de obediencia, y la escandalosa indisciplina en que vivían desde hacía un tiempo no logró borrar los hábitos de años. La mitad de los monjes y todos los novicios se hincaron.

—Todos habéis quebrantado vuestros votos —prosiguió Philip, dando rienda suelta a su desprecio—. Sois un hatajo de blasfemos. —Miró alrededor y añadió—: Vuestro arrepentimiento comienza en este mismo momento.

Uno a uno fueron arrodillándose lentamente hasta que sólo el sacristán quedó en pie. Era un hombre más bien grueso, de mirada soñolienta, unos veinte años mayor que Philip. Éste avanzó hacia él entre los monjes arrodillados.

—Dame el libro —dijo.

El sacristán lo miró con expresión desafiante, sin pronunciar palabra.

Philip alargó la mano y cogió suavemente el gran volumen. El sacristán apretó la mano que sostenía el libro. Philip vaciló. Había pasado dos días reflexionando sobre la conveniencia de mostrarse cauteloso, y sin embargo allí estaba, con los pies todavía cubiertos por el polvo del camino, arriesgándolo todo en una confrontación violenta con un hombre del que nada sabía.

—Dame el libro y arrodíllate —repitió.

Hubo un atisbo de burla en el rostro del sacristán.

—¿Quién eres? —preguntó.

Philip vaciló de nuevo. Era evidente que se trataba de un monje, tanto por sus hábitos como por el corte de pelo; y todos ellos habían supuesto, por su comportamiento, que ocupaba un puesto de autoridad, pero lo que aún no estaba claro era si su rango lo situaba por encima del sacristán. Todo cuanto debía decir era «Soy vuestro nuevo prior», pero no quería hacerlo. De repente parecía muy importante imponerse por el peso de su autoridad moral.

El sacristán advirtió su vacilación y se aprovechó de ella.

—Por favor —dijo con burlona cortesía—, dinos quién nos ordena arrodillarnos en su presencia.

Al instante terminaron todas las vacilaciones de Philip; Dios está conmigo, por lo tanto qué puedo temer, se dijo. Respiró hondo y sus palabras resonaron poderosas en la estancia.

—¡Es Dios quien te ordena que te arrodilles en su presencia! —exclamó.

El sacristán pareció algo menos seguro. Philip aprovechó la oportunidad y le quitó el libro. El sacristán perdió así toda autoridad, y finalmente se arrodilló, aunque a regañadientes.

—Soy vuestro nuevo prior —añadió Philip, mirándoles y disimulando su alivio.

Hizo que siguieran arrodillados mientras él leía el servicio. Éste se prolongó durante mucho tiempo, porque les hizo repetir las respuestas una y otra vez hasta que las repitieron al unísono. Luego les indicó que salieran de la capilla y los condujo hasta el refectorio. Hizo llevar de nuevo el cochinillo a la cocina y mandó servir pan y cerveza floja, designando a un monje para que leyera en voz alta mientras los demás comían. Tan pronto como hubieron terminado les condujo, siempre en silencio, hasta el dormitorio.

Ordenó que trasladaran a él el lecho del prior, que se encontraba en la casa separada de éste. Dormiría en la misma habitación de los monjes. Era la manera más sencilla y efectiva de evitar pecados de impureza.

La primera noche no logró conciliar el sueño; permaneció sentado, a la luz de una vela, rezando en silencio hasta que a medianoche llegó el momento de despertar a los monjes para maitines. Celebró ese servicio rápidamente, para que supieran que no era del todo despiadado. Luego volvieron a la cama, pero Philip no consiguió pegar ojo.

Salió con el alba, antes de que los demás despertaran, y miró alrededor, reflexionando sobre el día que tenía por delante. Uno de los campos había sido arrebatado recientemente al bosque, y en el mismo centro se encontraba el enorme tocón de un añoso roble. Aquello le dio una idea.

Después del servicio de prima y del desayuno llevó a todos los monjes al campo provistos de cuerdas y hachas, y pasaron la mañana desarraigando el formidable tocón; la mitad de ellos tiraba de las cuerdas mientras la otra mitad atacaba las raíces con las hachas. Cuando hubieron sacado el tocón, Philip les dio a todos cerveza, pan y una loncha del cochinillo que les había negado para cenar.

Ése no fue el fin de sus problemas, pero sí el comienzo de las soluciones. Desde el principio se negó a pedir a la casa principal otra cosa que no fuera granos de trigo para hacer el pan y velas para la capilla. La certeza de que no podrían tener más carne que la que ellos mismos criaran o cazaran convirtió a los monjes en ganaderos y tramperos meticulosos. Aunque con anterioridad habían considerado los servicios religiosos como una manera de eludir el trabajo, a partir de entonces se sintieron muy contentos cuando Philip redujo las horas de capilla para que pasaran más tiempo en los campos.

Al cabo de dos años se autoabastecían y transcurridos otros dos estaban aprovisionando al priorato de Kingsbridge de carne, caza y queso hecho con leche de cabra, que se convirtió en un exquisito manjar muy solicitado. La celda prosperaba, los servicios religiosos eran irreprochables y los hermanos estaban saludables y eran felices.

Philip tenía motivos de sobra para sentirse satisfecho, pero la casa principal, el priorato de Kingsbridge, iba de mal en peor.

Se esperaba que fuese uno de los más importantes y activos centros religiosos del reino, que recibiese en su biblioteca la visita de eruditos extranjeros, que sus santuarios atrajeran a peregrinos de todo el país, que los barones consultaran a su prior, que su hospitalidad fuese renombrada entre la nobleza y su caridad famosa entre los pobres, pero la iglesia se venía abajo, la mitad de los edificios monásticos estaban vacíos y el priorato endeudado con los prestamistas. Philip iba a Kingsbridge al menos una vez al año, y cada vez regresaba hirviéndole la sangre de ira por la forma en que estaban siendo dilapidadas las riquezas donadas por fieles devotos y acreditadas por la dedicación de algunos monjes.

Parte del problema residía en el emplazamiento del priorato. Kingsbridge era una pequeña aldea en un camino secundario que no conducía a parte alguna. Desde la época del primer rey Guillermo, llamado el Conquistador y también el Bastardo, según quién estuviera hablando, la mayor parte de las catedrales habían sido trasladadas a ciudades grandes, pero Kingsbridge había escapado a aquella reorganización. No obstante, a juicio de Philip, ése no era un inconveniente insuperable. Un monasterio activo, con una iglesia catedral, debería ser una ciudad en sí mismo.

El problema real era el letargo del viejo prior James. Gobernado el timón por una mano floja, el barco iba a la deriva, sin rumbo fijo.

Y Philip veía con amargura cómo iba declinando el priorato de Kingsbridge mientras el prior James seguía con vida.

Envolvieron al recién nacido en lienzos limpios y lo acostaron en una gran cesta de pan que hacía las veces de cuna. De inmediato se quedó dormido, ahíto de leche de cabra. Philip lo dejó a cargo de Johnny Ochopeniques, que, aunque en cierto modo era corto de entendederas, siempre trataba con asombrosa delicadeza a toda criatura pequeña y frágil.

Philip sentía gran curiosidad por saber a qué se debía la visita de Francis al monasterio. Durante el almuerzo hizo insinuaciones, pero Francis permaneció inmutable, de modo que Philip hubo de reprimir su curiosidad.

Después del almuerzo era la hora del estudio. Allí no disponían de claustros apropiados, pero los monjes podían sentarse en el pórtico de la capilla y leer o pasearse arriba y abajo por el calvero. De vez en cuando se les permitía ir a la cocina para calentarse junto al fuego; Philip y Francis caminaban juntos por el límite del claro como hacían a menudo por los claustros del monasterio de Gales.

—El rey Henry ha tratado siempre a la Iglesia como si fuera un feudo subordinado a su reino —dijo Francis—. Ha dado órdenes a los obispos, recaudado impuestos e impedido el ejercicio directo de la autoridad papal.

—Ya lo sé —repuso Philip—. ¿Y qué?

—El rey Henry ha muerto.

Philip se detuvo en seco. No se esperaba aquello.

—Murió en su pabellón de caza de Lyons-la-Forêt, en Normandía, después de comer lampreas, que era uno de sus bocados favoritos, aunque siempre le habían sentado mal —prosiguió Francis.

—¿Cuándo?

—Hoy es el primer día del año, así que fue exactamente hace un mes.

Philip estaba verdaderamente impresionado. Henry había sido rey desde antes que él naciera. Durante su vida nunca había conocido la muerte de un rey, pero lo que sí sabía era que surgirían dificultades, y posiblemente una guerra.

—¿Y ahora qué ocurrirá? —preguntó con ansiedad.

Siguieron andando.

—El problema es que el hijo del rey murió en el mar, hace ya muchos años. Es posible que lo recuerdes —dijo Francis.

—Así es.

Por aquel entonces Philip tenía doce años. Fue el primer acontecimiento de importancia nacional de que tuviese memoria y le hizo tomar conciencia del mundo que existía fuera del convento. El hijo del rey había muerto en el naufragio de un navío que llevaba por nombre *White Ship*, en las cercanías de Cherburgo. Al abad Peter, quien le había contado todo aquello al joven Philip, le preocupaba mucho el que la muerte del heredero diera lugar a guerra y desorden, pero en aquella ocasión el rey Henry mantuvo el control y la vida siguió tranquila para Philip y Francis.

—Claro que el rey tenía otros muchos hijos —continuó Francis—, al menos veinte incluyendo a mi propio señor, el conde Robert de Gloucester; pero como bien sabes, todos ellos son bastardos. Pese a su desenfrenada fecundidad, sólo logró engendrar un vástago legítimo... y fue una niña, Maud. Un bastardo no puede heredar el trono, pero una mujer es algo casi igual de malo.

—¿Acaso el rey Henry no nombró heredero? —preguntó Philip.

—Sí, eligió a Maud. Ésta tiene un hijo llamado Henry. El mayor deseo del viejo rey era que su nieto heredara el trono, pero el niño aún no tiene tres meses, de manera que el rey hizo jurar a los barones lealtad a Maud.

Philip se sentía confuso.

—Si el rey nombró a Maud heredera y los barones ya le han jurado lealtad..., ¿dónde está el problema?

—La vida de la corte nunca es tan sencilla —dijo Francis—. Maud está casada con Geoffrey de Anjou. Anjou y Normandía han sido rivales durante generaciones. Nuestros señores normandos odian a los angevinos. Francamente, el viejo rey se mostró demasiado optimista si creyó que un montón de barones anglonormandos iban a entregar Inglaterra y Normandía a un angevino, lo hubieran jurado o no.

Philip se sentía sorprendido por los conocimientos de su hermano pequeño y su actitud irrespetuosa para con los hombres más importantes del país.

—¿Cómo sabes eso?

—Los barones se reunieron en Le Neubourg para tomar una decisión. Por supuesto, allí estaba mi propio señor, el conde Robert, y yo fui con él para escribir sus cartas.

Philip miró con curiosidad a su hermano, pensando en cuán diferente debía de ser la vida de Francis de la suya.

—El conde Robert es el hijo mayor del viejo rey, ¿no? —recordó de repente.

—Sí, y aunque es muy ambicioso acepta la opinión general de que los bastardos no deben heredar sus reinos, sino conquistarlos.

—¿Quién más hay?

—El rey Henry tenía tres sobrinos, hijos de su hermana. El mayor es Theobald de Blois. Luego están Stephen, a quien el viejo rey quería mucho y al que dotó con grandes propiedades, aquí en Inglaterra, y el pequeño de la familia, Henry, a quien ya conoces como obispo de Winchester. Los barones se muestran favorables al mayor, Theobald, de acuerdo con una tradición que probablemente creerás del todo razonable. —Francis miró a Philip y sonrió.

—Perfectamente razonable —repuso Philip sonriendo a su vez—. ¿De manera que Theobald es nuestro nuevo rey?

Francis sacudió la cabeza.

—Él creyó que lo era, pero los benjamines nos las arreglamos muy bien para colocarnos en primera fila. —Llegaron al final del calvero y dieron media vuelta—. Mientras Theobald aceptaba afablemente el homenaje de los barones, Stephen atravesó el canal hasta Inglaterra, se dirigió como un rayo a Winchester y con la ayuda del hermano pequeño, el obispo Henry, se apoderó del castillo y, lo más importante de todo, del tesoro real.

Philip estuvo a punto de decir: «Así que Stephen es nuestro soberano», pero se mordió la lengua. Ya lo había dicho refiriéndose a Maud y Theobald, y en ambas ocasiones se había equivocado.

—Stephen sólo necesitaba una cosa más para asegurarse la victoria —prosiguió Francis—: el apoyo de la Iglesia, pues hasta que fuera coronado en Westminster por el arzobispo no sería realmente rey.

—Pero eso sin duda sería fácil —dijo Philip—. Su hermano Henry es uno de los sacerdotes más importantes del país: obispo de Winchester, abad de Glastonbury, rico como Creso y casi tan poderoso como el arzobispo de Canterbury, y si el obispo Henry no estuviera dispuesto a respaldarlo, ¿por qué lo habría ayudado a apoderarse de Winchester?

Francis hizo un gesto de asentimiento.

—Debo decir que el modo de actuar del obispo Henry durante toda esta crisis ha sido brillante, pero, verás, no estaba ayudando a su hermano impulsado por el amor fraterno.

—Entonces, ¿por qué lo hacía?

—Ya te he dicho hasta qué punto el difunto rey Henry trató a la Iglesia como si fuera una parte más de su reino. El obispo Henry quiere asegurarse de que nuestro nuevo rey, quienquiera que sea, tratará mejor a la Iglesia. De manera que, antes de asegurarse su apoyo, Henry hizo que Stephen jurara solemnemente que mantendría los derechos y privilegios de la Iglesia.

Para Philip aquello era sorprendente. Las relaciones de Stephen con la Iglesia ya habían quedado establecidas desde los comienzos de su reinado según las condiciones de ésta, pero quizá aún fuera más importante el precedente. La Iglesia, que tenía que coronar reyes, no había contado hasta ese momento con el derecho a establecer condiciones. Llegaría un día en que ningún rey podría alcanzar el poder sin establecer antes un trato con la Iglesia.

—Eso significa mucho para mí —dijo Philip.

—Claro que Stephen puede quebrantar sus promesas —continuó Francis—, pero en cualquier caso tienes razón. Jamás podrá mostrarse tan implacable con la Iglesia como lo había hecho Henry. Sin embargo, existe otro peligro. Dos de los barones se mostraron extraordinariamente ofendidos por la actitud de Stephen. Uno de ellos fue Bartholomew, conde de Shiring.

—Lo conozco. Shiring está a un día de viaje de aquí. Se dice que Bartholomew es un hombre devoto.

—Tal vez lo sea. Todo cuanto sé es que se trata de un barón santurrón y estirado, que no renegará de su juramento de lealtad a Maud, pese a haberle sido prometido un perdón.

—¿Y el otro barón descontento?

—El mío, Robert de Gloucester. Te he dicho que era ambicioso. Le atormenta la idea de que si hubiera sido legítimo, a estas horas sería rey. Quiere sentar en el trono a su hermanastra en la creencia de que si ella confiara sin reservas en su hermano para que la guiara y aconsejara, sería rey a todos los efectos salvo de nombre.

—¿Piensa hacer algo al respecto?

—Me temo que sí. —Francis bajó la voz aun cuando no hubiera nadie cerca—. Robert y Bartholomew, junto con Maud y su marido, van a fomentar una rebelión. Planean derribar del trono a Stephen y sentar a Maud en su lugar.

Philip se detuvo en seco.

—¡Lo que destruiría lo conseguido por el obispo de Winchester! —Agarró a su hermano por el brazo—. Pero Francis…

—Sé lo que estás pensando. —Francis parecía de pronto ansioso y atemorizado—. Si el conde Robert supiera que te lo he dicho me ahorcaría. Confía absolutamente en mí, pero mi lealtad suprema es para la Iglesia…, tiene que serlo.

—Entonces, ¿qué puedes hacer?

—He pensado en pedir audiencia al nuevo rey y contárselo todo. Naturalmente, los dos condes rebeldes lo negarían y a mí me colgarían por traición, pero la rebelión habría fracasado y yo iría al cielo.

Philip sacudió la cabeza.

—Se nos ha enseñado que es en vano buscar el martirio.

—Y creo que Dios me ha reservado más trabajo aquí en la tierra. Tengo un cargo de confianza en la casa de un gran barón y si sigo ahí y logro avanzar trabajando de firme, puedo hacer mucho por impulsar los derechos de la Iglesia y el imperio de la ley.

—¿No hay otro camino…?

Francis miró a Philip a los ojos.

—Es por eso por lo que he venido.

Philip sintió un escalofrío de temor. Estaba claro que Francis iba a involucrarlo. No existía otro motivo para que le hubiera revelado tan espantoso secreto.

—Yo no puedo desvelar la rebelión, pero tú sí —añadió Francis.

—¡Que Dios y todos los santos me protejan! —exclamó Philip.

—Si la maquinación llegara a descubrirse aquí, en el sur, no recaería sospecha alguna sobre la casa de Gloucester. Aquí nadie me conoce, nadie sabe siquiera que eres mi hermano. Puedes pensar en una explicación plausible de cómo llegó a ti la información. Por ejemplo, que viste una reunión de hombres de armas o también que alguien de la casa del conde Bartholomew reveló la conjura mientras confesaba sus pecados a un sacerdote que conoces.

Philip se ciñó la capa, temblando. De súbito parecía que hiciera más frío. Aquello era peligroso, muy peligroso. Estaban hablando de mezclarse en política real, algo que demasiado a menudo acababa con practicantes más avezados. Era una locura que personas ajenas a todo aquello, como Philip, llegaran a involucrarse.

Sin embargo, era mucho lo que estaba en juego. Philip no podía permanecer impasible frente a una conjura contra un rey elegido por la Iglesia, sobre todo cuando tenía en su mano una posibilidad de impedirla. Y aunque para Philip sería peligroso revelar la conspiración, para Francis sería un suicidio.

—¿Cuál es el plan de los rebeldes? —preguntó Philip.

—En estos momentos el conde Bartholomew va camino de regreso a Shiring. Desde allí despachará mensajeros a sus seguidores en todo el sur de Inglaterra. El conde Robert llegará a Gloucester uno o dos días después y reunirá sus fuerzas en el oeste del país. Finalmente el conde Brian Fitz cerrará sus puertas. Y todo el sudoeste de Inglaterra pasará a pertenecer sin lucha a los rebeldes.

—¡Entonces tal vez sea demasiado tarde! —exclamó Philip.

—No; disponemos de una semana aproximadamente, pero has de actuar con rapidez.

Philip advirtió con desolación que en realidad había decidido hacerlo.

—No sé a quién decírselo —alegó—. En circunstancias normales habría de ser al conde, pero en este caso el culpable es él, y seguramente cuenta con el apoyo del sheriff. Tenemos que pensar en alguien que esté de nuestra parte.

—¿El prior de Kingsbridge?

—Mi prior es viejo y está cansado. Lo más probable es que no hiciera nada.

—Debe de haber alguien.

—El obispo, tal vez.

Philip jamás había hablado con el obispo de Kingsbridge, pero estaba seguro de que si lo recibía y lo escuchaba se pondría de inmediato del lado de Stephen, porque éste había sido elegido por la Iglesia. Y era lo bastante poderoso para poder hacer algo al respecto.

—¿Dónde vive el obispo? —preguntó Francis.

—A un día y medio de viaje de aquí.

—Lo mejor será que salgas hoy mismo.

—Sí. —Philip asintió, pesaroso.

—Me gustaría que lo hiciera cualquier otro. —Francis parecía sentir remordimiento.

—A mí también —dijo Philip presa de honda emoción—. A mí también.

Philip llamó a los monjes a la pequeña capilla y les dijo que el rey había muerto.

—Debemos rezar para que la sucesión sea pacífica y tengamos un nuevo rey que ame a la Iglesia más que el difunto Henry —les dijo, pero lo que no les reveló fue que la llave de una sucesión pacífica había caído en cierto modo en sus manos. En lugar de ello, añadió—: Hay otras noticias que me obligan a visitar a nuestra casa principal en Kingsbridge, y he de partir ahora mismo.

El subprior leería los servicios religiosos y el intendente se ocuparía de la granja, pero ninguno de los dos era capaz de habérselas con Peter de Wareham, y Philip temía que si llegaba a prolongarse su ausencia éste crease tales dificultades que a su regreso se encontrara sin monasterio. Había sido incapaz de encontrar una manera de controlar a Peter sin herirlo en su amor propio y en aquellos momentos no había tiempo, de manera que debía hacerlo lo mejor que pudiera.

—Hoy hemos estado hablando de la gula —prosiguió después de una pausa—. El hermano Peter merece nuestro agradecimiento por recordarnos que cuando Dios bendice nuestra granja y a nosotros nos da salud, no es para que engordemos y llevemos una existencia confortable, sino para su mayor gloria. Compartir nuestras riquezas con los pobres forma parte de nuestro deber sagrado. Hasta ahora hemos venido descuidando ese deber, sobre todo porque aquí en el bosque no hay nadie con quien compartir lo que tenemos. El hermano Peter nos ha recordado nuestro deber de salir al exterior y buscar a los pobres para así prestarles ayuda.

Los monjes estaban sorprendidos. Imaginaban que el tema de la gula era agua pasada. El propio Peter parecía confuso. Se sentía satisfecho de volver a ser el centro de la atención, pero desconfiaba de lo que Philip pudiera guardar bajo la manga, y con razón.

—He decidido —continuó Philip— que cada semana demos a los pobres un penique por cada monje de nuestra comunidad. Si ello significa que todos debamos comer un poco menos, nos alegraremos ante la perspectiva de nuestra recompensa en el cielo. Lo más importante es que estaremos seguros de que nuestro dinero habrá sido bien empleado. Cuando damos a un hombre pobre un penique para que compre pan para su familia, es posible que se vaya directamente a la cervecería a emborracharse para luego volver a casa y pegar a su mujer, que, lógicamente, habría prescindido con gusto de nuestra caridad. Lo mejor es darle el pan, y mejor aún dárselo a sus hijos. Dar limosna es una tarea sagrada que tiene que hacerse con igual diligencia que cuidar a los enfermos o educar a los jóvenes. Por ese motivo muchas casas monásticas nombran a un limosnero, para que se haga cargo de repartir las limosnas. Nosotros haremos lo mismo.

Philip miró alrededor. Todos se mostraban atentos e interesados. Peter tenía un aspecto satisfecho, pues evidentemente había llegado a la conclusión de que todo aquello era una victoria suya. Nadie había adivinado lo que se avecinaba.

—El de limosnero es un trabajo duro. Tendrá que ir caminando a los pueblos y aldeas más cercanos, y con frecuencia a Winchester. En ellos se moverá entre las gentes más mezquinas, sucias, feas y viciosas, porque así son los pobres. Tiene que rezar por ellos cuando blasfemen, visitarlos cuando estén enfermos y perdonarlos cuando intenten estafar o robar. Necesitará fortaleza, humildad y una paciencia infinita. Echará de menos la comodidad de esta casa porque estará más tiempo fuera que con nosotros.

Miró de nuevo alrededor. Todos se mostraban cautos ahora, porque ninguno quería ese cargo. Pasó la mirada sobre Peter de Wareham, quien, con el rostro descompuesto, adivinó lo que se le venía encima.

—Fue Peter quien atrajo la atención de esta comunidad sobre nuestras deficiencias en ese aspecto —siguió diciendo Philip con parsimonia—, de manera que he decidido que sea él quien tenga el honor de ser nuestro limosnero. —Sonrió—. Puedes empezar hoy.

La expresión de Peter era tan sombría como un cielo encapotado.

Estarás demasiado tiempo fuera para crear problemas, pensó Philip. Y el estrecho contacto con los pobres piojosos y detestables de los apestosos callejones de Winchester atemperarán tu desdén hacia la vida tranquila.

Sin embargo, Peter consideró aquello como un castigo y miró a Philip con tal expresión de aborrecimiento que por un momento éste se amedrantó.

Desvió la mirada hacia los otros y concluyó:

—Después de la muerte de un rey siempre hay peligro e incertidumbre. Rezad por mí mientras esté fuera.

2

Hacia el mediodía de la segunda jornada de viaje, el prior Philip se encontraba a pocos kilómetros del palacio del obispo. A medida que iba acercándose sentía un extraño hormigueo en el estómago. Había urdido una historia para justificar su conocimiento de la conjura planeada, pero era más que posible que el obispo no creyese en su palabra y que, de creerla, pidiera pruebas, o peor aún —y semejante posibilidad no se le había ocurrido hasta después de separarse de Francis—, era posible, aunque poco probable, que el obispo fuese uno de los conspiradores y apoyara la rebelión. Tal vez fuese compinche del conde de Shiring. No era infrecuente encontrar obispos que antepusieran sus intereses a los de la Iglesia.

El obispo podía torturar a Philip para conseguir que revelara su fuente de información. Naturalmente, no tenía derecho a hacerlo, pero tampoco lo tenía de conspirar contra el rey. Philip recordaba los instrumentos de tortura que aparecían en las pinturas del infierno. Tales pinturas estaban inspiradas en lo que ocurría en las mazmorras de barones y obispos, y no creía poseer la fortaleza suficiente para morir martirizado.

Al avistar a un grupo de gente que viajaba a pie por el camino, delante de él, su primer impulso fue el de refrenar el caballo para evitar superarlos, porque había muchos caminantes que no tenían escrúpulos en robar a un monje. Luego comprobó que dos de aquellos caminantes eran niños y otro una mujer. Por lo general un grupo familiar era seguro. Puso el caballo al trote para darles alcance.

A medida que se acercaba los distinguió con mayor claridad. El grupo estaba formado por un hombre alto, una mujer menuda, un adolescente casi tan corpulento como el hombre y dos niños. Evidentemente, eran pobres. No llevaban grandes fardos con sus más preciadas pertenencias y vestían harapos. El hombre estaba demacrado, como a punto de morir de una enfermedad incurable, o sencillamente de hambre. Miró con cautela a Philip y atrajo más hacia sí a los niños con un ademán y un murmullo. Al principio, Philip le echó unos cincuenta años, pero al verlo más de cerca advirtió que debía de rondar la treintena aunque tenía el rostro marcado de arrugas a causa de las preocupaciones.

—Buenos días, monje —lo saludó la mujer.

Philip la miró inquisitivo. No era frecuente que una mujer hablara antes que su marido, y aunque la interpelación de «monje» no fuera exactamente descortés, habría sido más respetuoso tratarlo de «hermano» o de «padre». La mujer debía de ser unos diez años más joven que el hombre y tenía los ojos hundidos y de un color dorado claro poco corriente que le daba un aspecto impresionante. A Philip le pareció peligrosa.

—Buenos días, padre —intervino el hombre, como excusándose por la brusquedad de la mujer.

—Dios te bendiga —dijo Philip, sofrenando a su yegua—. ¿Quién eres?

—Tom, maestro constructor en busca de trabajo.

—Y supongo que sin encontrarlo.

—Así es.

Philip asintió. Era una historia corriente. Por lo general, los artesanos constructores iban en busca de trabajo y a veces no lo encontraban, bien por mala suerte, bien porque no era mucha la gente que necesitaba un constructor. Aquellos hombres se acogían a menudo a la hospitalidad de los monasterios. Si habían estado trabajando hasta época reciente, al irse daban donativos generosos, aunque si hacía algún tiempo que recorrían los caminos era posible que no tuvieran nada que ofrecer. El dar una bienvenida igualmente cálida a ambos constituía, a veces, una prueba de caridad monástica.

Aquel constructor era, a todas luces, de los que no tenían dinero, aunque su mujer parecía bien equipada.

—Bueno —dijo Philip—, llevo comida en mis alforjas y es hora de almorzar. La caridad es una obligación sagrada, de manera que si tu familia quiere comer conmigo, obtendré una recompensa en el cielo y también compañía mientras almuerzo.

—Es muy bondadoso por vuestra parte —dijo Tom. Miró a la mujer, que se encogió levemente de hombros y luego asintió con la cabeza. Casi de inmediato el hombre añadió—: Aceptaremos vuestra caridad y os damos las gracias.

—Agradecédselo a Dios, no a mí —dijo Philip de manera automática.

—Y a los campesinos cuyos diezmos suministran la comida —puntualizó la mujer.

Una mujer muy mordaz, pensó Philip, pero no pronunció palabra.

Se detuvieron en un pequeño calvero donde la yegua de Philip podía pastar. En su fuero interno, éste se sentía contento de aquella excusa para retrasar su llegada al palacio y la temida entrevista con el obispo. El albañil había dicho que él también se dirigía al palacio del obispo con la esperanza de que éste tuviera que hacer reparaciones o incluso una ampliación. Mientras hablaban, Philip observaba de manera subrepticia a la familia. La mujer parecía demasiado joven para ser la madre del muchacho mayor. Éste era como un ternero, fuerte, desmañado y de expresión poco inteligente. El otro muchacho era pequeño y extraño, con el pelo de color zanahoria, la tez blanca como la nieve y los ojos saltones, de un verde brillante. Tenía una manera peculiar de fijarse en las cosas, con una expresión ausente que a Philip le recordaba al pobre Johnny Ochopeniques, aunque la mirada del muchacho era adulta y avispada. Philip descubrió que a su manera resultaba tan perturbador como su madre. El tercero de los hijos era una niña de unos seis años. Lloraba de manera intermitente y su padre le dirigía miradas de afectuosa preocupación, dándole una alentadora palmada de vez en cuando, aunque sin decirle nada. Era evidente que sentía un gran cariño hacia ella. También en una ocasión tocó a su mujer y Philip observó que se dirigían una mirada de ardiente deseo.

La mujer envió a los niños en busca de hojas anchas para emplearlas a modo de fuentes. Philip abrió sus alforjas.

—¿Dónde está el monasterio, padre? —le preguntó Tom.

—En el bosque, a un día de viaje de aquí. Hacia el oeste.

La mujer alzó rápidamente la mirada y Tom enarcó las cejas.

—¿Lo conocéis? —preguntó Philip.

Por algún motivo, Tom parecía azorado.

—Debemos de haber pasado cerca de él de camino desde Salisbury —dijo finalmente.

—Sí, claro, es posible; pero está muy lejos del camino principal, así que no habríais podido verlo a menos que hubieseis sabido dónde estaba y que hubierais ido en su busca.

—Comprendo —dijo Tom, pero sus pensamientos parecían estar en otra parte.

A Philip se le ocurrió una idea.

—Decidme una cosa: ¿tropezasteis en la carretera con una mujer, posiblemente muy joven, sola y embarazada?

—No —repuso Tom. Su tono era indiferente, pero Philip tuvo la sensación de que estaba profundamente interesado—. ¿Por qué lo preguntáis?

Philip sonrió.

—Porque ayer a primera hora encontraron un recién nacido en el bosque y lo trajeron a mi monasterio. Es un chico, y no creo que tuviera siquiera un día. Debió de nacer esa noche. Así que la madre tenía que encontrarse cerca de vosotros.

—No vimos a nadie —repitió Tom—. ¿Qué hicisteis con el recién nacido?

—Le dimos leche de cabra. Al parecer le sentó bien.

El hombre y la mujer miraron fijamente a Philip, quien pensó que era una historia capaz de conmover a cualquiera.

—¿Y estáis buscando a la madre? —preguntó Tom al cabo de un momento.

—No, no. Mi pregunta era casual. Si me encontrara con ella naturalmente que le devolvería a su hijo, pero es evidente que no lo quiere y se asegurará de que no la encuentren.

—¿Y que pasará con el niño?

—Lo criaremos en el monasterio. Será un hijo de Dios. Así es como mi hermano y yo fuimos criados. Nos arrebataron a nuestros padres cuando éramos muy jóvenes, y desde entonces el abad fue nuestro padre y los monjes nuestra familia. Comíamos, estábamos calientes y nos instruíamos.

—Y los dos se hicieron monjes —dijo la mujer, en cuya voz había un atisbo de ironía, como si hubiera demostrado que en definitiva la caridad del monasterio era interesada.

Philip se sintió contento de poder contradecirla.

—No, mi hermano dejó la orden.

Volvieron los niños. No habían encontrado hojas anchas porque en invierno no era cosa fácil, de manera que comerían sin nada que hiciera las veces de platos. Philip les dio todo el pan y el queso, que devoraron vorazmente como animales hambrientos.

—Este queso lo hacemos en mi monasterio —explicó—. A mucha gente le gusta así, tierno, pero aún es mejor curado.

Estaban demasiado hambrientos para que aquello les importara. Terminaron el pan y el queso en un santiamén. Philip tenía tres peras. Las sacó después de hurgar en sus alforjas y se las entregó a Tom, quien dio una a cada niño.

Philip se puso de pie.

—Rezaré para que encuentres trabajo.

—Si os acordáis, padre, habladle de mí al obispo. Conocéis nuestra necesidad y os habéis dado cuenta de que somos honrados —dijo Tom.

—Lo haré.

Tom sujetó el caballo mientras Philip montaba.

—Sois un buen hombre, padre —agregó, y el monje observó sorprendido que tenía los ojos llenos de lágrimas.

—Que Dios sea con vosotros —dijo Philip.

Tom siguió sujetando por un instante el caballo.

—El recién nacido del que nos habéis hablado…, el que encontrasteis —hablaba con voz queda como si no quisiera que los niños le oyeran—, ¿le habéis puesto ya nombre?

—Sí, lo llamamos Jonathan, que significa regalo de Dios.

—Jonathan. Me gusta. —Tom soltó el caballo.

Por un instante, Philip lo miró con curiosidad. Luego, espoleó a su montura y se alejó al trote.

El obispo de Kingsbridge no vivía en Kingsbridge. Su palacio se alzaba en la cima de una colina orientada hacia el sur, en un valle exuberante, a un día entero de viaje de la fría catedral de piedra y sus tristes monjes. Lo prefería así, ya que una asistencia excesiva a la iglesia entorpecería sus otras obligaciones, consistentes en cobrar rentas, administrar justicia y frecuentar la corte real. A los monjes, por su parte, también les venía como anillo al dedo, ya que cuanto más lejos estuviera el obispo menos interferiría en lo que hacían.

Hacía frío como para nevar la tarde que Philip llegó allí. En el valle del obispo soplaba un viento glacial y unas nubes grises y bajas se cernían sobre la casa señorial de la colina. No se trataba propiamente de un castillo, aunque estaba igualmente defendida. Se había talado cien metros de bosque alrededor de ella. La mansión estaba rodeada por una recia cerca de madera de la altura de un hombre, con una acequia en la parte exterior. El centinela que montaba guardia ante la puerta mostraba una actitud negligente, pero su espada era de cuidado.

El palacio era una hermosa mansión de piedra construida en forma de letra E. La planta baja tenía gruesos muros y presentaba varias puertas sólidas y pesadas, pero ninguna ventana. Una de las puertas estaba abierta y Philip divisó, a pesar de la penumbra del interior, toneles y sacos. Las otras puertas estaban aseguradas con cadenas. Philip se preguntó qué habría detrás de ellas. Cuando el obispo tenía prisioneros, allí era donde languidecían.

El trazo corto de la E lo formaba una escalera exterior que conducía a la zona habitable encima de la planta baja. La estancia principal, que era el trazo largo de la E, debía de ser el salón, y las dos habitaciones que formaban la parte superior e inferior de la E una capilla y un dormitorio. Así se lo imaginaba Philip. Había pequeñas ventanas con contraventanas que semejaban ojos brillantes que contemplaran con desconfianza el mundo.

Dentro del recinto había una cocina, una tahona de piedra, establos y un granero de madera. Todos los edificios se encontraban en buen estado, circunstancia desafortunada para Tom, se dijo Philip.

En el establo había buenos caballos, incluida una pareja de corceles, y un puñado de hombres de armas vagaban por allí matando el tiempo. Quizá el obispo tuviera visitantes.

Philip dejó su yegua a un mozo de cuadra y subió por las escaleras con sensación de abatimiento. En todo aquel lugar palpitaba un penoso ambiente militar. ¿Dónde estaban las colas de suplicantes con agravios, de madres que llevaban a bendecir a sus infantes? Entraba en un mundo que no le era familiar y estaba en posesión de un peligroso secreto. Es posible que transcurra mucho tiempo antes de que pueda salir de aquí, pensó temeroso. Desearía que Francis no hubiera acudido a mí.

Llegó a lo alto de las escaleras. El mío es un pensamiento indigno, se dijo. Se me presenta una oportunidad de servir a Dios y a la Iglesia y sólo me preocupo de mi propia seguridad. Algunos hombres se enfrentan diariamente al peligro, en el campo de batalla, en el mar y en peregrinaciones arriesgadas o en las cruzadas. Incluso un monje ha de sufrir a veces un pequeño temor y temblar.

Respiró hondo y entró.

El zaguán estaba en penumbra y lleno de humo. Philip cerró la puerta rápidamente para evitar que entrase el aire helado y luego atisbó entre las sombras. En el otro extremo de la habitación ardía un gran fuego que constituía toda la luz que iluminaba la estancia, además de la que entraba por unas ventanas pequeñas. Alrededor de la chimenea había un grupo de hombres, unos vestidos de clérigos y otros con los costosos trajes de la pequeña nobleza. Hablaban en voz baja y a juzgar por su expresión de seriedad estaban enfrascados en una grave discusión. Sus asientos aparecían distribuidos al azar, pero todos ellos hablaban dirigiéndose a un sacerdote sentado en el centro del grupo, como una araña en su tela. Era un hombre delgado, y por la manera como mantenía separadas las largas piernas y los brazos apoyados en los del sillón daba la impresión de que estuviese a punto de saltar. Tenía el pelo lacio y negro como el azabache, el rostro pálido y la nariz afilada. Todo ello, unido a sus ropajes negros, hacían que pareciese a un tiempo apuesto y amenazador.

No era el obispo.

Un mayordomo se levantó de su asiento junto a la puerta.

—Buenos días, padre. ¿A quién queréis ver? —preguntó a Philip. Un podenco tumbado junto al fuego levantó la cabeza y soltó unos gruñidos.

El hombre de negro desvió rápidamente la mirada hacia donde estaba Philip y, al verlo, alzó una mano e interrumpió la conversación.

—¿Qué pasa? —preguntó con brusquedad.

—Buenos días —dijo Philip con cortesía—. He venido a ver al obispo.

—No está —respondió el sacerdote dando por concluida la conversación.

Philip se quedó de piedra. Había estado temiendo la entrevista y sus peligros y ahora se sentía defraudado. ¿A quién podría transmitir su terrible secreto?

—¿Cuándo esperáis que regrese? —preguntó al sacerdote.

—No lo sabemos. ¿Para qué queréis verlo? —El sacerdote habló en un tono algo brusco, que incomodó a Philip.

—Asuntos de Dios —explicó el monje con tono áspero—. ¿Quién sois vos?

El sacerdote enarcó las cejas, como si le sorprendiese el que lo desafiaran, y los otros hombres quedaron repentinamente quietos como esperando una explosión, pero al cabo de una pausa el clérigo vestido de negro respondió con bastante tranquilidad.

—Soy su arcediano. Mi nombre es Waleran Bigod.

Buen nombre para un sacerdote, pensó Philip.

—Mi nombre es Philip. Soy prior del monasterio de St.-John-in-the-Forest. Es una celda del priorato de Kingsbridge.

—He oído hablar de vos —dijo Waleran—. Sois Philip de Gwynedd.

Philip quedó sorprendido. No podía imaginar cómo un verdadero arcediano podía conocer el nombre de alguien tan insignificante como él, pero su rango, por modesto que fuera, bastó para cambiar la actitud de Waleran, de cuyo rostro desapareció la mirada de irritación.

—Acercaos al fuego —dijo—. ¿Tomaréis un trago de vino caliente para reconfortaros la sangre? —Hizo un ademán a alguien sentado en un banco junto al muro y una figura andrajosa se apresuró a cumplir su mandato.

Philip se acercó al fuego. Waleran dijo algo en voz baja y los demás hombres se pusieron de pie, dispuestos a marcharse. Philip se sentó y comenzó a calentarse las manos mientras Waleran acompañaba a sus visitantes hasta la puerta. Philip se preguntó de qué habrían estado hablando y por qué el arcediano no había puesto fin a la reunión con una plegaria.

El andrajoso sirviente le tendió una copa de madera. Philip bebió un sorbo de vino caliente y especiado mientras reflexionaba sobre su próximo movimiento. Si el obispo no estaba disponible, ¿a quién podía dirigirse? Pensó en hablar con el conde Bartholomew y suplicarle sin más que reconsiderara su rebeldía. La idea era ridícula. El conde se limitaría a arrojarlo a una mazmorra y a echar la llave. Sólo quedaba el sheriff, quien en teoría era el representante del rey en el condado, pero nadie podría asegurar de qué lado se inclinaría cuando aún existían algunas dudas de quién sería el rey. Aun así, se dijo, al final habré de correr ese riesgo. Ansiaba retornar a la vida sencilla del monasterio, donde su enemigo más peligroso era Peter de Wareham.

Una vez que se fueron los invitados de Waleran y la puerta hubo sido cerrada para aislarlos del ruido de los caballos en el patio, Waleran volvió junto al fuego y acercó un gran sillón.

Philip estaba preocupado con su problema y en realidad no quería hablar con el arcediano, aunque se sintió obligado a mostrarse cortés.

—Espero no haber interrumpido vuestra reunión —se disculpó.

—Estaba a punto de terminar —dijo Waleran, restándole importancia—. Esas cosas se prolongan más de lo necesario. Estábamos discutiendo la renovación de arriendos de las tierras diocesanas… La clase de cosas que podrían quedar solucionadas en unos momentos si la gente se mostrara decidida. —Agitó una mano huesuda como dando de lado a todos los arriendos diocesanos y a sus beneficiarios—. Veamos, ya me he enterado de que habéis hecho un trabajo excelente en esa pequeña celda del bosque.

—Me sorprende que estéis enterado de ello —repuso Philip.

—El obispo es abad *ex officio* de Kingsbridge, y por ello se interesa. O tal vez tiene un arcediano bien informado, pensó Philip.

—Bueno, Dios nos ha bendecido —dijo.

—Así es.

Hablaban en francés normando, la lengua del gobierno, la misma que habían estado utilizando Waleran y sus invitados, pero había algo extraño en el acento de Waleran, y al cabo de unos instantes Philip advirtió que éste tenía las inflexiones de alguien que hubiera sido educado en lengua inglesa. Ello significaba que no era un aristócrata normando, sino un nativo que se había abierto camino por méritos propios… como Philip.

Un instante después el monje vio confirmada su teoría, cuando Waleran cambió al inglés.

—Deseo que Dios conceda bendiciones parecidas al priorato de Kingsbridge.

Así pues, no sólo era Philip quien se sentía inquieto sobre el estado de cosas en Kingsbridge. Tal vez Waleran supiese mejor que él lo que allí ocurría.

—¿Cómo está el prior James?

—Enfermo —contestó Waleran, lacónico.

Philip pensó tristemente que en ese caso era seguro que nada podría hacer respecto a la insurrección del conde Bartholomew. Tendría que ir a Shiring y probar suerte con el sheriff.

Se le ocurrió que Waleran era la clase de hombre que debía de conocer a toda persona de importancia en el condado.

—¿Qué me decís del sheriff de Shiring? —le preguntó.

Waleran se encogió de hombros.

—Impío, arrogante, codicioso y corrupto. Así son todos los sheriffs. ¿Por qué lo preguntáis?

—Si no puedo hablar con el obispo probablemente tendré que ir a ver al sheriff.

—Debéis de saber que yo gozo de la confianza del obispo —dijo Waleran esbozando una sonrisa—. Si puedo seros de alguna ayuda... —Hizo un amplio ademán, como un hombre que estuviera mostrándose generoso aun a sabiendas de que puede ser rechazado.

Philip, que se había tranquilizado en parte al pensar que el momento crítico había quedado aplazado por uno o dos días, se sentía de nuevo presa de gran turbación. ¿Podía confiar en el arcediano Waleran? Se dijo que la indiferencia de éste era estudiada. El arcediano se mostraba inseguro, pero en realidad debía de tener curiosidad por saber qué era aquello tan importante. Sin embargo, ello no era motivo suficiente para desconfiar de él. Parecía una persona juiciosa. ¿Sería lo bastante poderoso para hacer algo respecto a la conjura? De no poder hacerlo por sí mismo, tal vez le fuera posible localizar al obispo. De repente a Philip le pareció que la idea de confiar en Waleran presentaba una ventaja importante, porque mientras el obispo podía insistir en conocer la fuente real de su información, el arcediano no tenía autoridad para hacerlo y tendría que contentarse con la historia que le contara, la creyese o no.

Waleran esbozó de nuevo una sonrisa.

—Si sigue pensándolo empezaré a creer que desconfía de mí.

Philip advirtió que comprendía a Waleran. Era un hombre en cierto modo semejante a él. Joven, bien educado, de humilde cuna e inteligente. Acaso excesivamente mundano para su gusto, pero era excusable en un sacerdote que se veía obligado a pasar tanto tiempo con damas y caballeros y no tenía el beneficio de la vida protegida de un monje. Philip pensó que en el fondo de su corazón Waleran era un hombre devoto. Haría lo que fuese mejor para la Iglesia.

Philip vaciló en el momento de tomar la decisión. Hasta entonces sólo él y Francis conocían el secreto. Una vez que se lo hubiera revelado a una tercera persona las consecuencias serían imprevisibles. Aspiró hondo.

—Hace tres días llegó a mi monasterio, en el bosque, un hombre herido —empezó, pidiendo perdón en su fuero interno por mentir—. Era un hombre armado que montaba un hermoso y rápido corcel. Se había caído a dos o tres kilómetros de distancia, y tenía el brazo roto y las costillas aplastadas. Le curamos el brazo, pero nada pudimos hacer con las costillas; además, al toser vomitaba sangre, señal evidente de daños internos. —Mientras hablaba, Philip observaba atento el rostro de Waleran. Hasta aquel momento sólo revelaba una atención cortés—. Le aconsejé que confesara sus pecados por encontrarse en peligro de muerte. Me reveló un secreto.

Vaciló.

No estaba seguro de hasta qué punto Waleran se hallaba al corriente de las noticias políticas.

—Supongo que ya sabrá que Stephen de Blois ha reclamado el trono de Inglaterra con la bendición de la Iglesia.

Waleran, que sabía más que Philip, dijo:

—Y fue coronado en Westminster tres días antes de Navidad.

—¿Ya? —Francis no sabía aquello, pensó Philip.

—¿Cuál era el secreto? —preguntó el arcediano con un atisbo de impaciencia.

Philip dio el paso decisivo.

—Antes de morir el jinete me dijo que su señor Bartholomew, conde de Shiring, había conspirado con Robert de Gloucester para levantarse en armas contra Stephen. —Estudió el rostro de Waleran conteniendo el aliento.

Waleran palideció, se inclinó en su asiento y preguntó con tono apremiante:

—¿Creéis que decía la verdad?

—Un moribundo suele decir la verdad a su confesor.

—Tal vez estuviera repitiendo un rumor que circulaba por la casa del conde.

Philip no había esperado que Waleran se mostrara escéptico. Improvisó a toda prisa.

—No, no —dijo—. Se trataba de un mensajero enviado por el conde Bartholomew para reunir las fuerzas del conde en Hampshire.

El arcediano estudió la expresión de Philip.

—¿Llevaba algún mensaje por escrito?

—No.

—¿Algún sello o muestra de la autoridad del conde?

—Nada. —Philip empezaba a sudar—. Me dio la impresión de que la gente a la que iba a ver sabía que era representante autorizado del conde.

—¿Cómo se llamaba?

—Francis —respondió Philip, y al punto sintió deseos de morderse la lengua.

—¿Sólo eso?

—No me dijo qué otro nombre tenía —respondió Philip con la sensación de que su historia estaba quedando al descubierto con el interrogatorio de Waleran—. Sus armas y armadura podrían indentificarlo. En-

terramos las armas con él, ya que a los monjes no les sirven de nada. Podríamos sacarlas de la tumba, pero le aseguro que eran corrientes y que carecían de todo distintivo. No creo que revelaran señal alguna…
—Tenía que apartar al arcediano de aquella línea de investigación—. ¿Qué cree que deba hacerse? —preguntó.

Waleran se mostró preocupado.

—Resulta difícil saber qué hacer sin tener pruebas. Los conspiradores pueden negar sencillamente la inculpación, y en ese caso es condenado el acusador. —No dijo específicamente, «sobre todo si la historia resulta ser falsa», pero Philip dedujo que era lo que pensaba. El arcediano añadió—: ¿Se lo habéis dicho a alguien?

Philip negó con la cabeza.

—¿Adónde iréis cuando os vayáis de aquí? —preguntó Waleran.

—A Kingsbridge. Tenía que inventar un motivo para dejar la celda, de modo que dije que iba a visitar el priorato, y ahora he de hacerlo para que sea verdad.

—Allí no habléis con nadie de esto.

—No lo haré —repuso Philip. No había pensado hacerlo, pero ahora se preguntaba por qué Waleran se mostraba tan insistente al respecto. Tal vez fuera por interés propio. Si estaba dispuesto a aceptar el riesgo de poner al descubierto la conspiración, quería asegurarse de que le fuera reconocido el mérito. Era ambicioso. Tanto mejor para el propósito de Philip.

—Dejadme esto a mí —dijo Waleran, mostrándose de nuevo brusco. Y el contraste en su actitud anterior hizo comprender a Philip que podía quitarse y ponerse la amabilidad como si se tratara de una capa—. Ahora id al priorato de Kingsbridge —añadió— y olvidaos del sheriff. Espero que así lo hagáis.

—Sí. —Philip comprendió que todo iba a marchar bien, al menos por un tiempo, y se sintió liberado de un gran peso. No iban a arrojarlo a una mazmorra ni a torturarlo para que confesase, y tampoco sería acusado de sedición. Además, había descargado aquella responsabilidad en otra persona, alguien que parecía encantado con ella.

Se puso de pie y se dirigió hacia la ventana más próxima. Era media tarde y aún había mucha luz. Sentía una gran necesidad de alejarse de allí dejando tras él el secreto.

—Si me voy ahora podré hacer diez o doce kilómetros antes de que caiga la noche —dijo.

Waleran no insistió en que se quedara.

—El camino os conducirá a la aldea de Bassingbourn. Allí encontraréis una cama. Si partís por la mañana temprano podréis estar en Kingsbridge para el mediodía.

—Sí. —Philip se apartó de la ventana y miró a Waleran, quien contemplaba el fuego con ceño, sumido en sus pensamientos. Evidentemente, no compartía sus ideas, y a Philip le hubiera gustado saber qué maquinaba aquella cabeza inteligente—. Saldré de inmediato —anunció.

Waleran salió de su ensimismamiento y de nuevo se mostró extremadamente amable. Sonrió y se puso de pie.

—Muy bien —dijo. Acompañó a Philip hasta la puerta y bajó luego con él por las escaleras hasta el patio.

Un mozo de cuadra se acercó con el caballo del monje y lo ensilló. Waleran pudo haberse despedido en ese momento y volver junto a su chimenea, pero esperó. Philip supuso que quería asegurarse de que tomaba el camino de Kingsbridge y no el de Shiring.

Cuando Philip montó en su yegua se sentía más tranquilo que cuando había llegado. Estaba a punto de marcharse cuando vio a Tom Builder entrar por la puerta con su familia a la zaga.

—Ese hombre es un albañil que conocí en el camino —dijo Philip a Waleran—. Parece honrado, pero atraviesa tiempos difíciles. Si necesitáis hacer algunas reparaciones sin duda os dejará muy satisfecho.

Waleran no contestó. Tenía la mirada fija en la familia. Todo su aplomo y compostura se habían esfumado. Permanecía boquiabierto, como si hubiese sufrido un sobresalto.

—¿Qué ocurre? —le preguntó Philip.

—¡Esa mujer! —exclamó el arcediano.

Philip la miró.

—Es verdaderamente hermosa —dijo, advirtiéndolo por primera vez—, pero se nos ha enseñado que para un sacerdote lo mejor es ser casto. Apartad la mirada, arcediano.

Waleran no lo escuchaba.

—Creí que había muerto —musitó. De pronto pareció recordar a Philip. Apartó los ojos de la mujer y lo miró, sobreponiéndose—. Presentad mis respetos al prior de Kingsbridge —añadió.

Luego dio una palmada en la grupa de la yegua de Philip, que franqueó la puerta al trote. Cuando Philip hubo recogido las riendas y dominado la montura ya se encontraba demasiado lejos para decir adiós.

3

Philip avistó Kingsbridge hacia el mediodía del día siguiente, tal y como había previsto el arcediano Waleran. Emergió de una boscosa colina y contempló un paisaje de campos helados y yermos, animado tan sólo por el desnudo esqueleto de algún que otro árbol. No se veía alma viviente, ya que en lo crudo del invierno nadie trabajaba la tierra. A un par de kilómetros de distancia la catedral de Kingsbridge, un edificio inmenso y achaparrado que recordaba una tumba se alzaba sobre un promontorio semejante a un túmulo funerario.

Philip siguió el camino hasta una depresión y Kingsbridge desapareció de la vista. Su tranquila yegua se abrió paso lentamente a lo largo de los senderos helados. Iba pensando en el arcediano Waleran. Tenía tanto aplomo, seguridad en sí mismo y capacidad que hacía que Philip se sintiera cándido e inexperto, aunque la diferencia de edad entre ambos no fuera mucha. Waleran había controlado sin esfuerzo toda la entrevista. Se había librado amablemente de sus invitados, había escuchado atentamente la historia de Philip, descubierto de inmediato el problema crucial de falta de pruebas y comprendido rápidamente que aquella línea de investigación era inútil, para despachar finalmente a Philip sin garantía alguna de que se emprendiera una acción, y de ello el monje se daba cuenta en ese momento.

Philip sonrió con tristeza al comprender que lo habían manipulado. Waleran ni siquiera le había dicho que transmitiría al obispo lo que le había comunicado, pero él confiaba en que la enorme ambición que había adivinado en el arcediano garantizaría que la información sería utilizada de alguna forma. Incluso pensaba que tal vez éste se sintiera algo en deuda con él.

Y debido a que Waleran lo había impresionado se mostraba tanto más intrigado por su único indicio de debilidad: el modo en que había reaccionado al ver a la mujer de Tom Builder. A Philip, ella le había parecido sombríamente peligrosa. Al parecer Waleran la había encontrado deseable, lo que en definitiva venía a ser lo mismo. Sin embargo, había algo más. Waleran debía de conocerla, ya que había confesado que creía que estaba muerta. Daba la impresión de que hubiera pecado con ella en un pasado lejano. Ciertamente había algo de lo que debía sentirse culpable, a juzgar por la forma en que se aseguró de que Philip se marchara cuanto antes y no se enterara de más cosas.

Ni siquiera ese secreto culpable sirvió para menoscabar la opinión que Philip tenía de Waleran. Éste no era monje, sino sacerdote. La castidad siempre había constituido un elemento esencial del estilo de vida monástica, pero nunca había sido impuesta a los sacerdotes. Los obispos tenían amantes y los párrocos amas de llaves. Al igual que con la prohibición de pensamientos pecaminosos, el celibato clerical era una ley demasiado dura para ser obedecida. Si Dios no pudiera perdonar a los sacerdotes lascivos habría muy poco clero en el cielo.

Al alcanzar Philip una nueva cima, Kingsbridge reapareció ante sus ojos. El paisaje estaba dominado por la poderosa iglesia, con sus arcos redondeados y sus pequeñas y hundidas ventanas, al igual que el monasterio dominaba la aldea. La parte oeste del templo, frente a la cual se encontraba Philip, tenía dos achaparradas torres gemelas, una de las cuales había sido derribada por una tormenta hacía cuatro años. Aún no había sido reconstruida y la fachada parecía expresar un duro reproche. Philip siempre se enfadaba ante aquella visión, ya que los escombros que se acumulaban en la entrada de la iglesia eran un vergonzoso recordatorio del colapso de la rectitud monástica en el priorato. Los edificios del monasterio, construidos con la misma piedra caliza, se alzaban en grupos próximos a la iglesia, como conspiradores alrededor de un trono. En el exterior del muro bajo que rodeaba al priorato había una serie de cabañas dispersas, de troncos y barro, con tejados de barda, ocupadas por los campesinos que labraban los campos de los alrededores y los sirvientes que trabajaban en el monasterio para los monjes. Un angosto río atravesaba, presuroso e impaciente, la esquina sudoeste de la aldea, llevando agua fresca al monasterio.

Philip empezó a sentirse furioso al cruzar el río por un viejo puente de madera. El priorato de Kingsbridge era una vergüenza para la Iglesia de Dios y el movimiento monástico, pero él nada podía hacer al respecto, por lo que no sólo sentía furia, sino también impotencia.

El priorato era el propietario del puente y cobraba pontazgo. Mientras el maderamen crujía bajo el peso de Philip y su caballo, un monje de edad salió de un cobertizo que había en la orilla opuesta y se acercó a la rama de sauce que servía de barrera. Agitó la mano al reconocer a Philip, quien advirtió que el anciano cojeaba.

—¿Qué te pasa en el pie, hermano Paul? —le preguntó.

—No es más que un sabañón. Se irá cuando llegue la primavera.

Philip observó que el monje sólo calzaba sandalias. Paul era un hombre encallecido por años de mortificación, pero también demasiado viejo para pasarse todo el día fuera con aquel tiempo.

—Deberías tener un fuego —le sugirió Philip.

—Sería una bendición, pero el hermano Remigius dice que el fuego costaría más dinero del que da el pontazgo.

—¿Cuánto cobramos?

—Un penique por un caballo y un cuarto de penique por un hombre.

—¿Utiliza mucha gente el puente?

—Sí, sí. Mucha.

—Entonces ¿cómo es posible que no podamos permitirnos un fuego?

—Bueno, naturalmente, los monjes no pagan, como así tampoco los sirvientes del priorato ni los aldeanos, de manera que sólo quedan algún caballero que vaya de viaje o un calderero de vez en cuando. Luego, los días festivos, cuando la gente acude desde todas partes para asistir a los servicios en la catedral, recogemos montones de medios peniques.

—Soy del parecer que podríamos custodiar el puente sólo los días festivos y dejar que tuvieras un fuego con los ingresos —dijo Philip.

Paul parecía preocupado.

—No digas nada a Remigius, ¿quieres? Se disgustará si cree que he estado quejándome.

—No te preocupes —lo tranquilizó Philip.

Azuzó a su caballo para que Paul no pudiera ver la expresión de su rostro. Aquella clase de estupideces lo sacaban de quicio. Paul había dedicado su vida a servir a Dios y al monasterio y cuando ya declinaba bajo el peso de los años tenía que soportar el dolor y el frío por uno y dos cuartos de penique al día. No sólo era algo cruel, sino también un despilfarro, ya que a un hombre viejo y paciente como aquél podía designársele alguna tarea productiva, tal vez criar gallinas, y el beneficio para el monasterio sería mayor. Pero el prior de Kingsbridge estaba demasiado viejo y senil para comprenderlo; y al parecer lo mismo le pasaba a Remigius, el subprior. Philip pensaba con amargura que era un grave pecado malgastar de forma tan descuidada los bienes humanos y materiales que se habían consagrado a Dios con amorosa devoción.

Se sentía malhumorado mientras guiaba su yegua a través de los espacios libres entre las cabañas y la puerta del priorato. Éste conformaba un recinto rectangular con la iglesia en el centro. Los edificios habían sido construidos de tal manera que cuanto había al norte y al oeste de la iglesia era público, mundano, secular y práctico, en tanto que las partes sur y este eran privadas, espirituales y sagradas.

Por lo tanto, la entrada al recinto se encontraba en la esquina noroeste del rectángulo. La puerta estaba abierta y el joven monje que se hallaba en la garita del portero junto a ella la saludó con la mano. Ya dentro del recinto, adosado al muro oeste, se encontraba el establo, una sólida edificación en madera, sin duda mejor construida que algunas de las viviendas que había al otro lado del muro. En su interior había dos mozos de cuadra sentados sobre balas de paja. No eran monjes sino empleados del priorato. Se pusieron de pie reacios, como si les molestara la llegada de aquel visitante que los obligaría a trabajar. Philip percibió un olor acre y advirtió que los pesebres debían de llevar sin limpiar unas tres o cuatro semanas. Aquel día no estaba dispuesto a pasar por alto la negligencia de los mozos de cuadra.

—Antes de que metáis en el establo a mi yegua, limpiad uno de los pesebres y poned paja fresca. Luego haced lo mismo con los demás caballos, pues si el pesebre se mantiene siempre húmedo cogen el mal de las pezuñas. No tenéis tanto que hacer que no podáis mantener limpio este establo —dijo al entregarles las riendas. Los dos mozos parecían malhumorados, así que añadió—: Haced lo que os ordeno o me aseguraré de que se os retenga un día de paga por pereza. —Estaba a punto de irse cuando recordó algo—. En mi alforja hay un queso. Llevadlo a la cocina y entregádselo al hermano Milius.

Se alejó sin esperar a que contestaran. El priorato tenía sesenta empleados para atender a sus cuarenta y cinco monjes, lo que era un número de sirvientes vergonzosamente excesivo a juicio de Philip. La gente que no tenía suficiente trabajo se volvía fácilmente remolona y dejaba de cumplir con sus pocas obligaciones, como sin duda ocurría con los dos mozos de cuadra. Era un ejemplo más de la negligencia del prior James.

Philip caminó a lo largo del muro oeste del recinto del priorato, dejando atrás la casa de invitados, curioso por saber si en el priorato había algún visitante, pero la enorme y única habitación del edificio estaba fría y desierta, y en el umbral había un montón de hojas secas que el viento había arrastrado. Tras girar a la izquierda, cruzó la gran extensión de hierba rala que separaba la casa de invitados —que en ocasiones albergaba gentes impías, incluso mujeres— del templo. Se acercó a la parte oeste del templo donde se encontraba la entrada pública. Las piedras rotas de la torre desmoronada seguían donde habían caído, formando un gran montón que medía el doble de la estatura de un hombre.

Al igual que la mayor parte de las iglesias, la catedral de Kingsbridge había sido construida en forma de cruz. El extremo occidental se abría en una nave que conformaba el madero largo. El travesaño consistía en dos cruceros orientados al norte y al sur a cada lado del altar. Más allá del cruce, al extremo este de la iglesia se lo llamaba presbiterio y estaba reservado, sobre todo, a los monjes. En el extremo más alejado se encontraba la tumba de san Adolfo, ante la que todavía acudían peregrinos de vez en cuando.

Philip entró en la nave y contempló por un instante sus arcos abovedados y sus poderosas columnas, pero aquello sólo sirvió para deprimirlo aún más. Era un edificio húmedo y lóbrego y estaba más deteriorado que la última vez que lo había visto. Las ventanas eran como túneles estrechos en los muros enormemente gruesos. Arriba, la luz que entraba por las ventanas más grandes del triforio iluminaba el techo de madera pintada, revelando el mal estado en que se encontraba; las imágenes de los apóstoles, santos y profetas se hacían cada vez más difusas, hasta el punto de confundirse prácticamente con el fondo. Un leve olor a vestiduras corrompidas impregnaba la atmósfera pese al viento frío que soplaba, ya que las ventanas no tenían cristales. Desde el otro extremo del templo llegaban los sonidos de la misa mayor, las frases latinas salmodiadas y las respuestas cantadas. Philip avanzó por la nave. El suelo nunca había sido enlosado, de manera que la tierra estaba cubierta de musgo en los rincones rara vez hollados por los zuecos de los campesinos y las sandalias de los monjes. Las espirales talladas y las flautas de las macizas columnas, así como los machos cabríos esculpidos que decoraban los arcos, que un día habían estado pintados y dorados, ya sólo conservaban unas delgadas hojas doradas y un entramado de manchas donde había estado la pintura. El mortero que unía las piedras estaba desprendiéndose y cayendo, formando pequeños montones junto a los muros. Philip sintió resurgir en él la ira familiar. Cuando la gente acudía allí se pensaba que iba a sentirse deslumbrada por la majestad del Dios Todopoderoso, pero los campesinos eran gentes sencillas que juzgaban por las apariencias, y al contemplar todo aquello debían de pensar que Dios era un ser insensible e indiferente que seguramente no apreciaría su devoción ni tomaría en cuenta sus pecados. En definitiva, los campesinos contribuían al sustento de la iglesia con el sudor de su frente, y en verdad era indignante que se vieran recompensados con aquel ruinoso mausoleo.

Philip se arrodilló ante al altar y permaneció allí por un instante, consciente de que aquella justa indignación no era el estado de ánimo más apropiado para un devoto. Una vez que se hubo calmado, se puso de pie y siguió su camino.

El brazo oriental de la iglesia, el presbiterio, estaba dividido en dos. Cerca del cruce se hallaba el coro, en cuyos bancos de madera los monjes se instalaban durante los servicios religiosos. Más allá del coro se encontraba la capilla que albergaba la tumba del santo. Philip se situó detrás del altar con el propósito de ocupar un sitio en el coro. Entonces el féretro lo hizo detenerse en seco.

Lo miró sorprendido. Nadie le había dicho que hubiera muerto un monje. Claro que había que tener en cuenta que sólo había hablado con tres personas: Paul, que ya era viejo y tenía la mente algo ausente, y los dos mozos de cuadra, a quienes no había dado oportunidad de hablar. Se acercó al féretro para ver de quién se trataba. Al mirar dentro quedó atónito.

Era el prior James.

Ahora todo había cambiado. Habría un nuevo prior, una nueva esperanza…

El júbilo no era el sentimiento adecuado ante la muerte de un venerado hermano, por muchas que hubieran sido sus faltas. Philip se obligó a mostrarse pesaroso. Estudió al yacente. El prior había tenido en vida el pelo blanco, el rostro afilado y andaba encorvado. En aquellos momentos había desaparecido su expresión de perpetuo abatimiento y en lugar de parecer preocupado y desconsolado daba la impresión de sentirse en paz. Al arrodillarse junto al féretro y murmurar una oración, Philip se preguntó si un gran peso no habría atormentado el corazón del anciano durante los últimos años de su vida, un pecado inconfesado, el recuerdo de una mujer o un daño causado a un hombre inocente. En cualquier caso, ya no podría hablar de ello hasta el día del Juicio Final.

Pese a su resolución, Philip no pudo evitar pensar en el futuro. El prior James, indeciso, ansioso y falto de voluntad había dirigido el monasterio con mano inerte. Quien lo sucediera impondría disciplina a los sirvientes haraganes, repararía el templo en ruinas y sacaría rendimiento de la gran riqueza de la propiedad, convirtiendo el priorato en una fuerza poderosa para Dios. Philip se sentía demasiado excitado para permanecer tranquilo. Se levantó y caminó con paso decidido hasta el coro y ocupó un lugar vacío en los bancos de atrás.

El oficio religioso lo celebraba el sacristán, Andrew de York, un hombre irascible, de rostro rubicundo, que siempre parecía en un tris de sufrir una apoplejía. Era uno de los dignatarios antiguos del monasterio. Todo cuanto había de sagrado era responsabilidad suya: los servicios religiosos, los libros, las reliquias sagradas, las vestiduras y los ornamentos así como la mayor parte de lo que constituía el inventario del edificio de la iglesia. Bajo sus órdenes trabajaban un cantor que supervisaba la música y un tesorero que cuidaba de los candelabros, los cálices y otros vasos sagrados de oro y plata, engastados con piedras preciosas. Por encima del sacristán no había más autoridad que la del prior y el subprior, Remigius, que era un gran compañero de Andrew.

Andrew leía el oficio divino con su tono habitual de ira contenida. Philip se sentía confuso y le llevó cierto tiempo caer en la cuenta de que el oficio religioso no se estaba celebrando de manera decorosa. Un grupo de monjes jóvenes hacía ruido, hablaba y reía. Advirtió que estaban burlándose de un anciano maestro de novicios que se había quedado dormido en su asiento. Los jóvenes monjes, que en su mayoría habían sido novicios hasta fecha muy reciente bajo la instrucción del viejo maestro y a quienes probablemente aún les escocían los palmetazos que les había propinado con su vara, le lanzaban bolitas de porquería a la cara. Cada vez que una de ellas daba en el blanco, el monje se movía y agitaba, pero sin llegar a despertar. Andrew parecía no apercibirse de lo que estaba ocurriendo. Philip miró alrededor en busca del circuitor, el monje responsable de la disciplina. Se encontraba en el otro extremo del coro, conversando con otro monje, sin prestar atención al oficio religioso ni al comportamiento de los jovenzuelos.

Philip siguió observando un poco más. En el mejor de los casos, comportamientos como aquél acababan con su paciencia. Uno de los monjes, un muchacho de buena planta, de unos veintiún años, con sonrisa maliciosa, parecía el cabecilla. Philip lo vio aplicar la punta de un cuchillo en la parte superior de una vela encendida y lanzar la cera derretida y caliente a la coronilla del viejo maestro de novicios. Al recibir éste la cera ardiente despertó con un alarido y los jovenzuelos se echaron a reír.

Philip soltó un resoplido y se levantó de su asiento. Se acercó por detrás al jovenzuelo, lo cogió de la oreja, lo sacó rápidamente del coro y lo condujo hasta el crucero sur. Andrew levantó la mirada del misal y frunció el entrecejo cuando los vio alejarse. No se había enterado de lo ocurrido.

Cuando se encontraron fuera del alcance del oído de los monjes, Philip se detuvo y soltó al muchacho.

—¿Nombre? —le preguntó.

—William Beauvis.

—¿Y puede saberse qué diablos te ha poseído durante la misa mayor? William parecía malhumorado.

—Estaba cansado del oficio religioso.

Philip jamás había simpatizado con los monjes que se quejaban de sus obligaciones.

—¿Cansado? —repitió levantando ligeramente la voz—. ¿Qué has hecho hoy?

—Maitines y laudes en plena noche, prima antes del desayuno, luego tercia, sexta, estudio y ahora misa mayor.

—¿Has comido?

—He desayunado.

—¿Y esperas que te den de comer?

—Sí.

—La mayoría de los muchachos que tienen tu edad trabajan en los campos hasta deslomarse, desde el alba hasta la puesta del sol, para poder desayunar y comer, y además darte a ti parte de su pan. ¿Sabes por qué lo hacen?

—Sí —repuso William, mirando al suelo.

—¿Por qué?

—Lo hacen porque quieren que los monjes canten para ellos los oficios divinos.

—Exactamente. Los campesinos te dan pan, carne y un dormitorio construido en piedra con un buen fuego en invierno... y tú estás tan cansado que no puedes permanecer sentado y quieto durante la misa mayor para ellos.

—Lo lamento, hermano.

Philip se quedó mirando aún un momento a William. Su falta no era grave. La verdadera culpa era imputable a sus superiores, que con su negligencia permitían semejante conducta en la iglesia.

—Si los oficios divinos te cansan, ¿por qué te has hecho monje?

—Soy el quinto hijo de mi padre.

Philip hizo un gesto de asentimiento.

—Y, sin duda, donó algunas tierras al priorato a condición de que te admitiéramos.

—Sí..., una granja.

Era una historia corriente. El hombre que tenía muchos hijos daba uno de ellos a Dios, y para asegurarse de que éste no iba a rechazar el regalo, entregaba al mismo tiempo un pedazo de tierra suficiente para que el monasterio le mantuviera. De esa manera, muchos hombres que no tenían vocación se convertían en monjes desobedientes.

—Si fueras trasladado, digamos a una granja, o a mi pequeña celda de St.-John-in-the-Forest, donde hay mucho trabajo por hacer al aire libre y más bien poco tiempo para rezar, ¿crees que ello te ayudaría a participar en los oficios religiosos con la adecuada devoción?

A William se le iluminó el rostro.

—Sí, hermano. Creo que sí.

—Eso pensaba. Veré qué puedo hacer al respecto, pero no te alegres demasiado. Quizá debas esperar hasta que tengamos un nuevo prior y le pida que te traslade.

—De todas maneras, muchas gracias.

Había terminado el oficio y los monjes empezaban a abandonar la iglesia en procesión. Philip se llevó un dedo a los labios para poner fin a la conversación. Mientras los monjes desfilaban por el crucero sur, Philip y William se incorporaron a la fila y entraron en los claustros, el cuadrángulo abovedado adyacente al lado sur de la nave. Allí se disolvió la procesión. Philip se dirigió hacia la cocina, pero se vio interceptado por el sacristán, que lo encaró con los brazos en jarras, y actitud agresiva.

—Hermano Philip —dijo.

—Hermano Andrew —dijo a su vez Philip, preguntándose qué mosca le habría picado.

—¿Qué pretendes al interrumpir la celebración de la misa mayor?

Philip quedó estupefacto.

—¿Que yo he interrumpido la misa mayor? —repitió incrédulo—. El muchacho estaba comportándose mal, y...

—Soy perfectamente capaz de ocuparme de los malos comportamientos en mis propios servicios —replicó Andrew levantando la voz.

Los monjes, que habían empezado a dispersarse, se quedaron por los alrededores para escuchar la discusión.

Philip no podía entender todo aquel jaleo. De vez en cuando, los monjes jóvenes y los novicios debían ser reprendidos por sus hermanos mayores durante los oficios, y no había regla alguna que estableciera que sólo podía hacerlo el sacristán.

—Pero si no viste lo que estaba ocurriendo… —alegó Philip.

—O quizá lo vi y decidí ocuparme de ello más tarde.

Philip estaba completamente seguro de que el hermano Andrew no había visto nada.

—Entonces, ¿qué viste? —preguntó con tono desafiante.

—¡No pretendas interrogarme! —gritó Andrew, rojo de ira—. Tú tal vez seas prior de una pequeña celda en el bosque, pero yo hace doce años que soy sacristán, y llevaré los servicios de la catedral como crea conveniente sin la ayuda de forasteros a los que doblo la edad.

Philip empezó a pensar que quizá se hubiera equivocado, a juzgar por lo furioso que estaba Andrew, pero lo más importante era que una discusión en los claustros no constituía precisamente un espectáculo edificante para los otros monjes, y había que ponerle fin. Así que se tragó su orgullo, apretó los dientes e inclinó sumiso la cabeza.

—Admito la reprimenda, hermano, y suplico humildemente tu perdón —dijo.

Andrew estaba preparado para una discusión a voces, y la pronta retirada de su adversario no le resultó satisfactoria.

—¡Pues que no vuelva a ocurrir! —exclamó con aspereza.

Philip no contestó. Andrew se había propuesto decir la última palabra, de manera que cualquier otra observación de Philip sólo conseguiría una nueva réplica. Permaneció allí de pie, con la mirada fija en el suelo y mordiéndose la lengua, mientras Andrew lo observaba con expresión de disgusto. Finalmente el sacristán dio media vuelta y se alejó con la cabeza erguida.

Los otros monjes se quedaron mirando a Philip, que se sentía verdaderamente molesto por la humillación que le había inferido Andrew, pero tenía que aceptarla, porque el orgullo no era un sentimiento propio de un monje. Abandonó el claustro sin pronunciar palabra.

El alojamiento de los monjes se encontraba al sur de la plaza del claustro, el dormitorio en la esquina sudeste y el refectorio en la sudoeste. Philip se encaminó hacia el oeste, saliendo una vez más a la zona pública del recinto del priorato, frente a los establos y la casa de invitados. Allí, en la esquina sudoeste del recinto, estaba el patio de la cocina, rodeado en tres de los lados por el refectorio, la propia cocina y la tahona, y la fábrica de cerveza. En medio del patio había un carro cargado de nabos a la espera de que los descargaran. Philip subió por los escalones que conducían a la cocina y entró en ella.

La atmósfera era tan densa que fue como un golpe. Hacía mucho calor y todo olía a guiso de pescado. Se escuchaba el ruido estridente de cacerolas y órdenes vociferantes. Tres cocineros, congestionados por el calor y las prisas, estaban preparando la cena con la ayuda de seis o siete pinches jóvenes. Había dos enormes chimeneas, una en cada extremo de la habitación. En cada una de ellas ardía un gran fuego en el que se estaban asando veinte o más pescados ensartados en un espetón al que daba vueltas sin cesar un muchacho sudoroso. A Philip se le hizo la boca agua. En unas grandes ollas de hierro, llenas de agua y colgadas sobre las llamas, hervían zanahorias enteras. Dos jóvenes se encontraban de pie junto a un tajo cortando finas rebanadas de hogazas de pan blanco, de un metro de largo, para depositar luego sobre ellas los alimentos. Un monje supervisaba todo aquel caos aparente, se trataba del hermano Milius, el cocinero del convento, que debía de tener la misma edad que Philip. Permanecía sentado en un taburete alto, observando la frenética actividad que tenía lugar alrededor de él con una sonrisa imperturbable, como si todo estuviera en orden y perfectamente organizado... y probablemente así fuera bajo su mirada experimentada.

—Gracias por el queso —dijo sonriendo a Philip.

—Ah, sí. —Philip lo había olvidado con todo aquel maremágnum—. Está hecho con leche ordeñada por la mañana. Verás que su sabor es sutilmente diferente.

—Ya se me está haciendo la boca agua. Pero pareces taciturno. ¿Algo va mal?

—Nada. He tenido unas palabras con Andrew. —Philip hizo un gesto de indiferencia como dando por zanjado el asunto—. ¿Puedo coger una piedra caliente del fuego?

—Naturalmente.

En los fuegos de la cocina siempre había varias piedras preparadas para retirarlas y utilizarlas para calentar rápidamente pequeñas cantidades de agua o de sopa.

—El hermano Paul, que está en el puente, tiene un sabañón y Remigius no quiere que encienda un fuego —explicó Philip. Cogió un par de tenazas de mango largo y retiró del hogar una piedra caliente.

Milius abrió un armario y sacó un trozo de cuero viejo que una vez había sido una especie de delantal.

—Toma, envuélvela en esto.

—Gracias. —Philip colocó la piedra caliente en el centro del cuero, recogiendo con cuidado las puntas.

—Date prisa —le dijo Milius—. La cena está lista.

Philip salió de la cocina, cruzó el patio de ésta y se dirigió hacia la puerta. A su izquierda, exactamente junto al muro oeste, estaba el molino. Hacía muchos años que se había abierto un canal en el priorato, río arriba, para llevar agua a la acequia del molino. Después de accionar la rueda de éste, el agua corría por un canal subterráneo hasta la cervecería, la cocina, la fuente de los claustros, donde los frailes se lavaban las manos antes de comer, y finalmente la letrina próxima al dormitorio, después de lo cual bajaba hacia el sur revertiendo en el río. Uno de los primeros priores había sido un proyectista inteligente.

Philip observó que delante del establo había un montón de paja sucia. Los mozos de cuadra estaban limpiando el lugar tal como les había ordenado que hicieran. Salió por la puerta y atravesando la aldea se encaminó hacia el puente.

¿Acaso fue presuntuoso por mi parte reprender al joven William Beauvis?, se preguntó mientras pasaba por entre las chozas. Tras meditar en ello, se dijo que no; de hecho, hubiera estado mal hacer caso omiso de semejante interrupción durante el oficio.

Al llegar al puente entró en el pequeño cobertizo de Paul.

—Caliéntate el pie con esto —dijo entregándole la piedra caliente envuelta en el trozo de cuero—. Cuando se enfríe un poco quita el cuero y pon el pie directamente sobre la piedra. Te durará hasta la caída de la noche.

El hermano Paul se mostró profundamente agradecido. Se quitó la sandalia y colocó de inmediato el pie sobre aquel bulto caliente.

—Siento que ya se me alivia el dolor —dijo.

—Si vuelves a poner esta noche la piedra en el fuego de la cocina, por la mañana volverá a estar caliente —le indicó Philip.

—¿Y no le importará al hermano Milius? —preguntó Paul, nervioso.

—Te aseguro que no.

—Eres muy bueno conmigo, hermano Philip.

—No tiene importancia. —Philip se fue antes de que el agredecimiento de Paul se hiciera embarazoso. Al fin y al cabo, no le había dado otra cosa que una piedra caliente.

Volvió al priorato. Se dirigió hacia los claustros y se lavó las manos en la pila del lado sur. Luego entró en el refectorio. Uno de los monjes leía en voz alta ante un facistol. Se había establecido que la cena se hiciera en silencio, aparte de la lectura, pero el ruido de unos cuarenta monjes comiendo originaba un constante murmullo, y también, pese a la regla, se oían muchos cuchicheos. Philip ocupó un lugar vacío en una de las largas mesas. El monje sentado junto a él comía con voraz apetito.

—Hoy hay pescado fresco —murmuró.

Philip asintió. Ya lo había visto en la cocina.

—Hemos oído decir que en vuestra celda del bosque tenéis pescado fresco todos los días —añadió el monje con envidia.

Philip sacudió la cabeza.

—En días alternos comemos aves —susurró.

El monje se mostró aún más envidioso.

—Aquí tenemos pescado salado seis días a la semana.

Un sirviente colocó una gruesa rebanada de pan delante de Philip y luego puso encima un pescado aromatizado con las hierbas del hermano Milius. A Philip se le hizo la boca agua. Se disponía a dar cuenta del pescado con su cuchillo cuando en el otro extremo de la mesa se levantó un monje y lo señaló. Era el circuitor, el monje que tenía a su cargo la disciplina. ¿Y ahora qué?, se preguntó Philip.

El circuitor rompió la regla del silencio, como estaba en su derecho.

—¡Hermano Philip!

Los monjes dejaron de comer y se hizo el silencio en el salón.

Philip lo miró expectante.

—La regla establece que no hay cena para quienes llegan tarde —agregó el circuitor.

Philip suspiró. Parecía como si ese día no hiciera nada bien. Apartó el cuchillo. Entregó de nuevo la rebanada de pan y el pescado al sirviente e inclinó la cabeza para escuchar la lectura.

Durante el período de descanso que seguía a la cena, Philip se dirigió hacia el almacén que había debajo de la cocina para hablar con Cuthbert Cabezablanca, el despensero. El almacén era una cueva oscura y grande con pilares cortos y gruesos y unas ventanas pequeñísimas. El ambiente era seco y estaba impregnado de los aromas de lo almacenado: lúpulo y miel, manzanas y hierbas secas, queso y vinagre. Al hermano Cuthbert solía encontrársele allí, porque su trabajo no le dejaba tiempo para los oficios, lo cual respondía muy bien a sus inclinaciones. Era un individuo listo, con los pies bien firmes en la tierra y poco interesado por la vida espiritual. El despensero era la contrapartida material del sacristán. Cuthbert tenía que atender todas las necesidades materiales de los monjes, recoger los productos de las granjas y las alquerías del monasterio e ir al mercado a comprar lo que los monjes y sus empleados no podían producir por sí mismos. La tarea exigía ser calculador y reflexivo. Cuthbert no la llevaba a cabo solo. Milius, el cocinero, tenía a su cargo la preparación de las comidas, y había un chambelán que se ocupaba de la indumentaria de los monjes. Ambos trabajaban a las órdenes de Cuthbert, y había otros tres personajes que estaban nominalmente bajo su control pero que gozaban de cierto grado de independencia: el maestre de invitados, el enfermero que se ocupaba de los monjes ancianos y enfermos en un edificio aparte, y el postulante. Aun teniendo gente que trabajaba a sus órdenes, la tarea de Cuthbert era formidable; pese a ello lo llevaba todo en la cabeza, asegurando que era una vergüenza malgastar pergamino y tinta. Philip sospechaba que el despensero no había llegado a aprender a leer y escribir lo suficiente. Cuthbert había tenido el pelo blanco desde su juventud, de ahí su sobrenombre, pero en aquellos días había dejado atrás los sesenta y el único pelo que le quedaba crecía en abundantes mechones blancos que salían de sus orejas y de los agujeros de su nariz, como si de ese modo compensara su calvicie. Dado que el propio Philip había sido despensero en el primer monasterio en que había servido, comprendía muy bien los problemas de Cuthbert y simpatizaba con sus quejas. En consecuencia, éste sentía afecto por él. En aquellos momentos, sabedor de que Philip se había quedado sin cenar, Cuthbert cogió media docena de peras de un barril. Estaban algo arrugadas, pero eran sabrosas, y Philip se las comió agradecido mientras Cuthbert rezongaba sobre las finanzas del monasterio.

—No alcanzo a comprender cómo es posible que el priorato esté endeudado —dijo Philip con la boca llena.

—No debería estarlo —le aseguró Cuthbert—. Posee más tierras y cobra diezmos de más iglesias parroquiales que nunca.

—Entonces, ¿por qué no somos ricos?

—Ya conoces el sistema que tenemos aquí. En su mayor parte, las propiedades del monasterio están divididas entre los distintos cargos. El sacristán tiene sus tierras, yo tengo las mías y hay dotaciones de menor importancia para el maestro de invitados, el enfermero y el postulante. El resto pertenece al prior. Cada uno utiliza los ingresos de su propiedad para cubrir sus necesidades.

—¿Y qué tiene eso de malo?

—Bueno, habría que ocuparse de todas esas propiedades. Supongamos, por ejemplo, que tuviéramos algunas tierras y que las arrendáramos por una cantidad en metálico. No deberíamos limitarnos a entregárselas al mejor postor y cobrar el dinero, sino que deberíamos tratar de encontrar un buen arrendador y vigilarlo para asegurarnos de que trabaja bien la tierra. De lo contrario los pastos pueden quedar anegados y el suelo agotado hasta el punto de que el arrendador se vea obligado a devolvernos las tierras por resultarle imposible pagar el arriendo. O bien consideremos una alquería dirigida por los monjes en la que trabajen nuestros empleados. Si nadie la visita salvo para llevarse lo que produce, los monjes se vuelven perezosos y perversos, los empleados roban las cosechas y la granja produce cada vez menos a medida que pasan los años. Incluso una iglesia necesita que se ocupen de ella. No deberíamos limitarnos a coger los diezmos. Deberíamos poner un buen sacerdote que conozca el latín y que lleve una vida santa. De lo contrario la gente se sume en la impiedad, se casa, trae hijos al mundo y muere sin las bendiciones de la Iglesia y defrauda con sus diezmos...

—Los obedecedores deberían administrar sus propiedades con cuidado —dijo Philip mientras daba cuenta de su última pera.

—Deberían, pero tienen otras cosas en la cabeza. En cualquier caso, ¿qué sabe de labranza un maestro de novicios? ¿Por qué un enfermo habría de ser un competente administrador de propiedades? Claro que un prior enérgico los obligaría a manejar prudentemente, hasta cierto punto, sus recursos, pero durante trece años hemos tenido un prior débil, y ahora no contamos con dinero para reparar la iglesia catedral, comemos pescado salado seis días a la semana y nadie acude a la casa de invitados.

Philip saboreaba en silencio el vino que Cuthbert le había servido. Le resultaba difícil pensar fríamente ante semejante derroche de los bienes de Dios. Hubiera querido agarrar al responsable y sacudirlo hasta que entrara en razón, pero en ese caso la persona responsable yacía en un ataúd, detrás del altar. Al menos eso hacía vislumbrar cierta esperanza.

—Pronto tendremos un nuevo prior —comentó—. Él deberá enderezar las cosas.

—¿Remigius enderezar las cosas? —dijo Cuthbert con tono de incredulidad.

—No será Remigius el nuevo prior, ¿verdad? —preguntó Philip.

—Es lo más probable.

—¡Pero si no es mejor que el prior James! —exclamó Philip, consternado—. ¿Por qué habrían de votarlo los hermanos?

—Verás, los forasteros les inspiran recelo, y por lo tanto no votan a nadie que no conozcan, lo cual significa que ha de ser uno de nosotros. Remigius es subprior, el monje más antiguo aquí.

—Pero no hay regla alguna que establezca que debamos elegir al monje más antiguo —protestó Philip—. Puede ser otro de los obedecedores; tú mismo, incluso.

Cuthbert asintió.

—Ya me lo han pedido. Me he negado.

—Pero ¿por qué?

—Me estoy haciendo viejo, Philip. Fracasaría en el trabajo que ahora tengo si no fuera porque estoy tan acostumbrado a él que puedo hacerlo de manera automática. Una mayor responsabilidad sería excesiva. Realmente, no tengo energías suficientes para hacerme cargo de un monasterio en situación precaria y reformarlo. Al final no lo haría mucho mejor que Remigius.

Philip seguía sin poder creérselo.

—Hay otros… El sacristán, el postulante, el maestro de novicios…

—El maestro de novicios es viejo y aún está más fatigado que yo. El maestro de invitados es glotón y borracho. Y el sacristán y el postulante se han comprometido a votar por Remigius. ¿El motivo? No lo sé, pero puedo suponerlo. Yo diría que Remigius ha prometido al sacristán hacerlo subprior y al postulante sacristán, como recompensa por su apoyo.

Philip se dejó caer pesadamente hacia atrás sobre los sacos de harina en que estaba sentado.

—De modo que Remigius ya se ha asegurado la elección.

Cuthbert no contestó de inmediato. Se puso de pie y se dirigió hacia el otro extremo del almacén, donde colocó en fila un barreño de madera lleno de anguilas vivas, un balde de agua clara y un barril lleno de salmuera hasta un tercio de su capacidad.

—Ayúdame con esto —pidió. Sacó un cuchillo, cogió una anguila del barreño y le golpeó la cabeza contra el suelo de piedra, destripándola luego con el cuchillo. Se la entregó a Philip, añadiendo—: Límpiala en el balde y luego échala al barril. Éstas calmarán nuestro apetito durante la Cuaresma.

Philip limpió la anguila lo mejor que supo y la echó en el agua salada.

Cuthbert destripó otra anguila.

—Existe otra posibilidad —dijo—. Un candidato que fuera un buen prior reformador y cuyo rango, aunque por debajo del subprior, fuese el mismo que el de sacristán o el de postulante.

Philip echó la anguila en el balde.

—¿Quién?

—Tú.

—¿Yo? —Philip lo miró sorprendido. Técnicamente tenía el rango de obedecedor del priorato, pero nunca había pensado en sí mismo como un igual del sacristán y los otros, porque todos ellos eran mucho mayores que él—. Soy demasiado joven…

—Piénsalo —dijo Cuthbert—. Has pasado toda tu vida en monasterios. Fuiste despensero a los veintiún años. Durante cuatro o cinco años has sido prior de una pequeña institución… y la has reformado. Cualquiera podría ver que Dios ha puesto su mano sobre ti.

—La mano de Dios está sobre todos nosotros —dijo Philip con tono evasivo. En cierto modo se sentía aturdido por la sugerencia de Cuthbert. Quería para Kingsbridge un nuevo prior que fuera enérgico, pero nunca se le había ocurrido que él pudiera ocupar el puesto—. Bueno, es verdad que sería mejor prior que Remigius —reconoció pensativo.

Cuthbert parecía satisfecho.

—Si tienes un defecto, Philip, es la candidez.

Philip no se consideraba cándido en modo alguno.

—¿Qué quieres decir?

—Nunca se te ha ocurrido pensar que la gente obra impulsada por bajos motivos. La mayoría de nosotros sí que lo hacemos. Por ejemplo, todos en el monasterio dan por sentado que eres candidato y que has venido a pedir votos.

Philip estaba indignado.

—¿En qué se basan para decir eso?

—Intenta considerar tu comportamiento como haría una mente suspicaz y mezquina. Has llegado poco después de la muerte del prior James, como si tuvieras aquí a alguien que te hubiera enviado un mensaje secreto.

—Pero ¿cómo se imaginan que he organizado esto?

—No lo saben, pero creen que eres más listo que ellos. —Cuthbert siguió destripando anguilas—. Y considera el modo en que te has comportado hoy. En cuanto entraste en los establos ordenaste que los limpiaran. Luego te ocupaste de las payasadas de los más jóvenes durante la celebración de la misa mayor. Hablaste de trasladar a William Beauvis a otra casa cuando todo el mundo sabe que el transferir monjes de una casa a otra es privilegio del prior. Criticaste de manera implícita a Remigius al llevar al hermano Paul una piedra caliente, y finalmente trajiste a la cocina un queso delicioso, del que todos comimos un bocado después de la cena. Y aunque nadie dijera de dónde procedía, ninguno podría confundir el sabor de un queso de St.-John-in-the-Forest.

Philip se sentía extremadamente incómodo ante la idea de que sus acciones hubieran sido mal interpretadas.

—Son cosas que hubiera podido hacer cualquiera.

—Cualquier monje veterano habría podido hacer una de ellas, pero nadie más que tú las hubiera hecho todas. ¡Llegaste y te hiciste cargo! Ya has empezado a reformar este lugar. Y, como es natural, los seguidores de Remigius están intentando hacerte desistir. Ésa es la razón por la cual el sacristán Andrew te reprendió en el claustro.

—¡De manera que era eso! Me preguntaba qué mosca le habría picado. —Philip enjuagó una anguila, pensativo—. Y supongo que cuando el postulante me hizo renunciar a mi cena fue por la misma razón.

—Desde luego. Una forma de humillarte delante de los monjes. Y a propósito, creo que esas dos maniobras fueron contraproducentes para sus intenciones. Ninguna de las dos reprimendas estaba justificada y, sin embargo, las aceptaste de buen grado. De hecho, lograste parecer un verdadero santo.

—No lo hice intencionadamente.

—¡Tampoco los santos! Está sonando la campana para nonas. Más vale que me dejes a mí el resto de las anguilas. Después del oficio es la hora de estudio y se permiten las discusiones en el claustro. Un montón de hermanos querrán hablar contigo.

—¡No tan deprisa! —exclamó Philip, preocupado—. El que la gente crea que quiero ser prior no significa que vaya a presentarme a la elección. —Se sentía desalentado ante la perspectiva de una lucha electoral y no del todo seguro de querer abandonar su bien organizada celda del bosque y hacerse cargo de los extraordinarios problemas del priorato de Kingsbridge—. Necesito tiempo para reflexionar —añadió con tono de súplica.

—Lo sé. —Cuthbert miró a Philip a los ojos—. Mientras lo haces, recuerda por favor que el orgullo excesivo es un pecado corriente, pero que un hombre puede, con la misma facilidad, frustrar la voluntad de Dios por una excesiva humildad.

Philip asintió.

—Lo recordaré. Gracias.

Al salir del almacén se dirigó presuroso hacia los claustros. En su mente reinaba la confusión mientras se reunía con los demás monjes y entraba con ellos en la iglesia. Comprendió que la posibilidad de convertirse en prior de Kingsbridge lo inquietaba. Durante años se había sentido profundamente disgustado por la forma desastrosa en que era gobernado el priorato, y ahora él mismo tenía la oportunidad de enderezar las cosas. De repente, no se sintió seguro de poder hacerlo. No era tan sólo una cuestión de ver lo que había de hacerse y ordenar que se hiciera. Había que convencer a la gente, administrar las propiedades, encontrar dinero... Era una tarea para una mente preclara. La responsabilidad se le antojó excesiva.

La iglesia lo calmó, como siempre le sucedía. Después de su mal comportamiento de aquella mañana, los monjes se mantenían quietos y solemnes. Mientras escuchaba las familiares frases del oficio y murmuraba las respuestas como llevaba tantos años haciendo, se sintió capaz una vez más de pensar con claridad.

¿Quiero ser prior de Kingsbridge?, se preguntó. Y al instante le llegó la respuesta: ¡Sí! Hacerse cargo de aquella iglesia en ruinas, repararla, pintarla de nuevo y llenarla con los cantos de un centenar de monjes y las voces de millares de fieles rezando el Padrenuestro... Sólo por ello quería serlo. Por supuesto, no había que olvidar las propiedades del monasterio que habían de ser reorganizadas, dándoles nuevo impulso y haciéndolas de nuevo ricas y productivas. Quería ver una multitud de chiquillos aprendiendo a leer y a escribir en un rincón de los claustros. Quería que la casa de invitados resplandeciera de luz y calor de tal manera que los barones y obispos la visitaran, concediendo valiosos regalos al priorato antes de irse. Quería disponer de una habitación especial dedicada a biblioteca y llenarla con libros de sabiduría y belleza. Sí, quería ser prior de Kingsbridge.

¿Existen otras razones?, se preguntó. Cuando me imagino como prior introduciendo mejoras para la mayor gloria de Dios, ¿albergo orgullo en mi corazón?

¡Ah, sí!

No podía engañarse a sí mismo en el ambiente frío y sagrado de las iglesias. Su objetivo era la gloria de Dios, pero también le complacía la gloria de Philip. Le gustaba la idea de dar órdenes sin que nadie las rebatiera. Se veía a sí mismo tomando decisiones, dando consejo y aliento, dictando castigos y perdones como le pareciera justo. Se imaginaba a la gente diciendo: «Philip de Gwynedd reformó este lugar. Era un desastre hasta que él se hizo cargo y, ¡miradlo ahora!»

Sería bueno, se dijo. Dios me ha dado inteligencia para administrar propiedades y habilidad para dirigir grupos de hombres. Ya lo he demostrado como despensero en Gwynedd y como prior en St.-John-in-the-Forest, y cuando dirijo un lugar los monjes se sienten felices. En mi priorato los ancianos no tienen sabañones y los jóvenes no se sienten frustrados por falta de trabajo. Me preocupo por la gente.

Por otra parte, tanto Gwynedd como St.-John-in-the-Forest resultaban menos problemáticos que el priorato de Kingsbridge. El monasterio de Gwynedd estaba bien dirigido. La celda en el bosque se encontraba en dificultades cuando él se había hecho cargo, pero era pequeña y fácil de manejar. Por el contrario, la reforma de Kingsbridge era un trabajo de titanes. Pasarían semanas antes de que pudiera averiguarse cuáles eran sus recursos, cuántas tierras poseía y dónde estaban, y si tenían bosques, pastos o trigales. Sería un trabajo de años establecer el control sobre todas las propiedades dispersas, averiguar lo que estaba mal y enderezarlo para formar con todo ello un conjunto próspero. Todo cuanto Philip había hecho en la celda del bosque había sido poner a trabajar duramente a una docena de hombres jóvenes en los campos y rezar solemnemente en la iglesia.

Muy bien, admitió Philip, mis motivos no son del todo puros y mi habilidad está en tela de juicio. Tal vez debiera negarme a participar. Al menos tendría la seguridad de evitar el pecado de orgullo. Pero ¿qué fue lo que dijo Cuthbert?: «Un hombre puede frustrar con igual facilidad la voluntad de Dios mediante una excesiva humildad.»

¿Qué quiere Dios?, se preguntó finalmente. ¿Quiere a Remigius? La capacidad de Remigius es inferior a la mía y sus motivos probablemente no serán más puros. ¿Hay otro candidato? Por el momento, no. Hasta que Dios revele una tercera posibilidad debemos asumir que la elección está entre Remigius y yo. Es evidente que Remigius dirigirá el monasterio como lo ha venido haciendo mientras el prior James estuvo enfermo, lo que es como decir que se mostrará ocioso y negligente y que dejará que continúe su decadencia. ¿Y yo? Estoy lleno de orgullo y todavía no se ha puesto a prueba mi talento, pero intentaré reformar el monasterio y lo lograré si Dios me da fuerzas.

Así que muy bien, dijo a Dios tan pronto como terminó el oficio. Aceptaré la designación y lucharé con todas mis fuerzas para ganar la elección. Y si Tú no me quieres por alguna razón que hayas preferido no revelarme, pues entonces habrás de detenerme por todos los medios posibles.

Aunque Philip había pasado veintidós años en monasterios, sus priores habían gozado de larga vida y, por lo tanto, nunca había tenido ocasión de conocer unas elecciones. Se trataba de un acontecimiento único en la vida monástica, ya que los hermanos no estaban obligados a la obediencia cuando votaban. De repente, todos eran iguales.

Hubo un tiempo, si las leyendas eran ciertas, en que los monjes habían sido iguales en todo. Un grupo de hombres había decidido volver la espalda al mundo de la lujuria y construir un santuario aislado donde vivir en adoración y negación de sí mismos. Y se harían con un trozo de tierra yerma, limpiando el bosque y secando el pantano. Y cultivarían la tierra y alzarían juntos su iglesia. En aquellos días fueron realmente como hermanos. El prior era, como daba a entender su título, tan sólo el primero entre iguales. Y juraron obediencia a la regla de san Benito, no a dignatarios monásticos. Pero todo cuanto quedaba de aquella democracia primitiva era la elección del prior y del abad.

Algunos monjes se sentían incómodos con el poder de que gozaban. Querían que se les dijera a quién debían votar o sugerían que la decisión fuera delegada en un comité de monjes mayores. Otros abusaban del privilegio y se mostraban insolentes o pedían favores a cambio de su apoyo. En su mayoría, sin embargo, se mostraban sencillamente ansiosos por tomar la decisión acertada.

Aquella tarde Philip habló en los claustros con casi todos ellos, por separado o en pequeños grupos, y les dijo con toda franqueza que quería el puesto y que estaba seguro de que lo haría mejor que Remigius pese a su juventud. Contestó a sus preguntas, que por lo general se referían a raciones de comida o bebida. Acababa cada conversación diciendo: «Si cada uno de nosotros toma una decisión bien meditada y acompañada de la oración, Dios bendecirá sin la menor duda el resultado.» Era una frase prudente, pero sobre todo la pronunciaba con la más absoluta convicción.

—Estamos ganando —dijo el cocinero Milius a la mañana siguiente cuando él y Philip tomaban el desayuno, consistente en un poco de pan y de cerveza, mientras los pinches de cocina alimentaban los hogares.

Philip dio un mordisco al duro pan moreno y tomó un buen sorbo de cerveza para ablandarlo. Milius era un joven entusiasta y vivo de ingenio, protegido de Cuthbert y admirador de Philip. Tenía el cabello oscuro y lacio y una cara pequeña de facciones regulares. Al igual que Cuthbert, se sentía feliz sirviendo a Dios de manera práctica y faltaba a la mayor parte de los servicios. A Philip su optimismo le pareció excesivo.

—¿Cómo has llegado a esa conclusión? —le preguntó con escepticismo.

—Todos los que en el monasterio estamos de parte de Cuthbert te apoyamos, el chambelán, el enfermero, el maestro de novicios, yo mismo, porque sabemos que eres un buen proveedor y las provisiones constituyen el gran problema en el régimen actual. Muchos monjes votarán por ti por una razón similar. Creen que administrarás mejor las riquezas del priorato y que ello dará como resultado una mayor comodidad y una mejor comida.

Philip frunció el entrecejo.

—No quisiera que nadie se llamara a engaño. Mi primera preocupación será la reparación de la iglesia y la mejora de los oficios. Tienen prioridad frente a la comida.

—Por supuesto, y ellos lo saben —admitió Milius con cierto apresuramiento—. Ése es el motivo por el cual el maestro de invitados y uno o dos de los otros siguen pensando en votar a Remigius. Prefieren un régimen de inactividad y una vida tranquila. Quienes le apoyan esperan disfrutar a cambio de privilegios especiales cuando él esté al frente: el sacristán, el postulante, el tesorero y así sucesivamente. El cantor es amigo del sacristán, pero cree que podríamos ganarlo para nosotros, sobre todo si le prometes nombrar un bibliotecario.

Philip asintió. El cantor se encargaba de la música de las ceremonias y estaba convencido de que no le competía a él ocuparse de los libros además de todas sus obligaciones.

—En todo caso, es una buen idea —convino Philip—. Necesitamos un bibliotecario para que forme nuestra propia colección de libros.

Milius se levantó del taburete y empezó a afilar un cuchillo de cocina. Rebosaba energía y siempre tenía que estar haciendo algo con las manos.

—Hay cuarenta y cuatro monjes con derecho a voto —señaló Milius. Habían sido cuarenta y cinco, pero uno de ellos acababa de morir—. Calculo que dieciocho están a favor de nosotros y diez con Remigius. Los dieciséis restantes permanecen indecisos. Necesitamos veintitrés para alcanzar la mayoría. Ello significa que tendrás que convencer a cinco de estos últimos.

—Planteado de esa manera parece fácil —dijo Philip—. ¿De cuánto tiempo disponemos?

—No lo sé. Los hermanos convocan la elección, pero si lo hacemos demasiado pronto el obispo puede negarse a confirmar al que hayamos elegido, y si la retrasamos demasiado puede ordenarnos que la convoquemos. También tiene derecho a nombrar un candidato. En estos momentos es posible que ni siquiera esté enterado de que el prior ha muerto.

—Entonces puede pasar mucho tiempo.

—Sí; y tan pronto como estemos seguros de alcanzar la mayoría, deberás volver a tu celda y quedarte allí hasta que todo haya terminado.

—¿Por qué? —Philip estaba desconcertado ante aquella propuesta.

—La familiaridad engendra desprestigio. —Milius agitó con entusiasmo el cuchillo recién afilado—. Perdóname si parezco irrespetuoso, pero fuiste tú quien preguntó. En este momento te rodea un aura. Eres una figura lejana, santificada, especialmente para nosotros, los monjes más jóvenes. Hiciste un milagro al reformar esa pequeña celda y lograr que se autoabasteciera. Eres un ordenancista nato, pero alimentas bien a tus monjes, y aunque tienes madera de líder, puedes inclinar la cabeza y aceptar una reprimenda como el más joven de los novicios. Conoces las Escrituras y haces el mejor queso del país.

—Y tú exageras.

—No demasiado.

—No creo que la gente piense así de mí…; no es natural.

—Claro que lo es. —Milius manifestó su acuerdo con otro leve encogimiento de hombros—. Y no durará en cuanto lleguen a conocerte. Si te quedaras aquí perderías esa aura. Te verían hurgarte los dientes y rascarte el trasero, te oirían roncar y tirarte pedos, descubrirían cómo eres cuando estás de mal humor, han herido tu orgullo o te duele la cabeza. No queremos que eso suceda. Déjales que vean a Remigius cometer errores y chapucerías un día tras otro mientras tu imagen permanece radiante y perfecta en sus mentes.

—Eso no me gusta —murmuró Philip con tono de preocupación—. Parece falso.

—No hay nada deshonesto en ello —argumentó Milius—. Es el reflejo auténtico de lo bien que servirías a Dios y al monasterio si fueras prior y lo desastrosa que sería la gestión de Remigius.

Philip sacudió la cabeza.

—Me niego a parecer un ángel. Muy bien, no me quedaré aquí; en cualquier caso he de volver al bosque. Pero hemos de ser sinceros con los hermanos. Estamos pidiéndoles que elijan a un hombre falible e imperfecto que necesitará de su ayuda y sus oraciones.

—¡Diles eso! —exclamó con entusiasmo Milius—. Es perfecto, les encantará.

Es incorregible, pensó Philip, y decidió cambiar de tema.

—¿Cuál es tu impresión sobre los indecisos, los hermanos que todavía no han decidido a quién votar?

—Son conservadores —afirmó Milius sin vacilar—. Ven en Remigius el hombre de más edad, el que introducirá menos cambios y cuyas decisiones son predecibles. El hombre que en estos momentos está eficazmente al frente.

Philip asintió.

—Y se muestran cautelosos ante mí, como si fuera un perro extraño que pudiera morder.

La campana llamó a capítulo. Milius se bebió de un trago la cerveza que le quedaba.

—Ahora habrá algún ataque contra ti, Philip. Ignoro qué forma adoptará, pero seguro que intentarán presentarte como demasiado joven, inexperto, impetuoso e inseguro. Debes mostrarte tranquilo, cauteloso y sensato, y dejar que Cuthbert y yo nos encarguemos de salir en tu defensa.

Philip empezó a sentirse inquieto. Aquello de sopesar cada uno de sus movimientos y calcular cómo lo interpretarían y juzgarían los demás era algo nuevo para él.

—Por lo general sólo pienso en cómo juzgará Dios mi comportamiento —dijo con un ligero tono de desaprobación.

—Lo sé, lo sé —repuso Milius, impaciente—, pero no es pecado ayudar a la gente sencilla para que vea tus acciones a la verdadera luz.

Philip frunció el entrecejo. Los argumentos de Milius eran irrebatibles.

Salieron de la cocina, cruzaron el refectorio y se dirigieron hacia los claustros. Philip se sentía tremendamente inquieto. ¿Ataque? ¿Qué significaba un ataque? ¿Se atreverían a calumniarlo? ¿Cuál debería ser su reacción? Si la gente decía embustes sobre él, se pondría furioso. ¿Debería contener su ira para dar la impresión de ser una persona tranquila, moderada y todo eso? Pero de hacerlo así, ¿no creerían los hermanos que aquellas mentiras eran verdaderas? Llegó a la conclusión de que se mostraría tal como era, quizá algo más grave y digno.

La sala capitular era una construcción pequeña y redonda adosada a la parte este de los claustros. Tenía bancos colocados en círculos concéntricos. No ardía fuego alguno y hacía frío en contraste con la temperatura de la cocina. La luz entraba por unas ventanas altas, de manera que en todo el salón no había nada que ver salvo a los otros monjes.

Eso fue exactamente lo que hizo Philip. Estaban presentes casi todos los habitantes del monasterio. Los había de todas las edades, desde los diecisiete años a los setenta. Altos y bajos, morenos y rubios, todos ellos vestidos con el áspero hábito de lana y calzados con sandalias de cuero. Allí estaba el maestro de invitados, con su oronda barriga y su nariz roja reveladoras de sus vicios…, vicios que quizá fueran perdonables, pensó Philip, si es que alguna vez hubiese tenido un invitado. Allí estaba el chambelán que obligaba a los monjes a cambiarse de ropa y a afeitarse en Navidad y Pentecostés (se recomendaba asimismo un baño, aunque no era obligatorio). Recostado contra la pared más alejada se encontraba el hermano de más edad, un anciano frágil, pensativo e imperturbable, con el pelo todavía gris; rara vez hablaba, pero cuando lo hacía era de una manera efectiva. Probablemente debió de haber sido prior de no haberse mostrado tan humilde. Allí estaba el hermano Simón, con su mirada furtiva y sus manos inquietas, que confesaba pecados de impureza con tal frecuencia, según le cuchicheó Milius a Philip, que parecía disfrutar más con la confesión que con el pecado. También estaba presente William Beauvis, comportándose del modo habitual en él; el hermano Paul, cojeando ligeramente: Cuthbert Cabezablanca, al parecer muy seguro de sí, el hermano John, el tesorero, a quien llamaban el Pequeño, y Pierre, el admonitor, el hombre de palabra mezquina que el día anterior le había negado la cena a Philip. Cuando éste miró alrededor cayó en la cuenta de que todos los ojos estaban fijos en él, lo que le hizo bajar, incómodo, la mirada.

Remigius llegó con Andrew, el sacristán, y se sentaron junto a John y Pierre. De manera que no van a disimular que forman una facción, se dijo Philip.

El capítulo empezó con la lectura sobre Simeón el Estilita, el santo del día. Era un ermitaño que había pasado la mayor parte de su vida en lo alto de una columna, y aunque no existía duda alguna sobre su capacidad de abnegación, Philip siempre había albergado cierta duda secreta sobre el valor real de su testimonio. La gente se había arremolinado para contemplarlo, pero ¿había acudido para ser inspirada espiritualmente o para contemplar a un fenómeno?

Después de las plegarias se procedió a la lectura de un capítulo del libro de san Benito. La reunión así como el pequeño edificio en el que tenía lugar tomaba precisamente su nombre de la lectura diaria de un capítulo. Remigius se puso de pie para leer y mientras hacía una pausa con el libro ante él, Philip escudriñó su perfil, y por primera vez lo vio como a un rival. Remigius tenía un estilo enérgico y eficiente de moverse y de hablar que le proporcionaba un aire de capacidad muy lejos de su verdadera índole. Una observación más atenta revelaba indicios de lo que había detrás de aquella fachada. Sus ojos azules y algo saltones se movían sin parar, inquietos. Antes de hablar entreabría dos o tres veces la boca de aspecto débil, y continuamente movía las manos, aunque permaneciera quieto. Toda su autoridad residía en la arrogancia, el mal humor y su actitud distante frente a sus subordinados.

Philip se preguntaba por qué se habría decidido a leer él mismo el capítulo, pero un instante después lo comprendió. «El primer grado de humildad es una pronta obediencia», leyó Remigius. Había elegido el capítulo quinto que se refería a la obediencia para recordar a todo el mundo su antigüedad y la subordinación de ellos. Era una táctica de intimidación. Remigius era verdaderamente astuto. «No viven como ellos querrían, no obedecen a sus propios deseos y placeres, sino que siguiendo el mandato y la dirección de otro y permaneciendo en sus monasterios, su deseo es ser gobernados por un abad —seguía leyendo—. No cabe duda de que ellos son los que practican lo dicho por el Señor. "No vine para hacer mi voluntad sino la voluntad de Aquel que me envió."» Remigius estaba trazando su táctica de combate de la forma esperada. En esa contienda él se disponía a representar la autoridad establecida.

El capítulo fue seguido por la necrológica, y ese día, como era natural, todas las oraciones fueron por el alma del prior James. La parte más animada del capítulo quedó reservada para el final: discusión de los asuntos, confesión de las faltas y acusaciones de mal comportamiento.

—Ayer, durante la misa mayor se produjo un alboroto —dijo Remigius.

Philip casi sintió alivio. Ahora ya sabía cómo iban a atacarlo. No estaba seguro de si su actuación del día anterior había sido correcta, pero sabía por qué lo había hecho y estaba preparado para defenderse.

—Yo no estuve presente —prosiguió Remigius—. Tuve que permanecer en la casa del prior ocupado con asuntos urgentes, pero el sacristán me contó lo ocurrido.

En aquel momento Cuthbert Cabezablanca lo interrumpió.

—No te hagas reproche alguno por ello, hermano Remigius —dijo con tono tranquilizador—. Sabemos que en principio los asuntos del monasterio no deben tener preferencia sobre la misa mayor, pero comprendemos que la muerte de nuestro bien amado prior te ha obligado a ocuparte de muchos asuntos ajenos a tu competencia habitual. Tengo la seguridad de que todos estamos de acuerdo en que no es necesaria penitencia alguna.

El viejo y astuto zorro, pensó Philip. Era evidente que Remigius no había tenido la menor intención de confesar una falta. Sin embargo, Cuthbert le había perdonado, produciendo la impresión general de que en realidad se había admitido una falta. Ahora aunque Philip pudiera ser culpable de un error, sólo se encontraría al mismo nivel que Remigius.

Además, Cuthbert había sugerido que Remigius encontraba dificultades para cumplir con los deberes y obligaciones del prior. Cuthbert había minado la autoridad de Remigius con sólo unas amables palabras, y éste estaba furioso. Philip sintió la garganta seca por la excitación del triunfo.

Andrew lanzó una mirada acusadora a Cuthbert.

—Estoy seguro de que ninguno de nosotros hubiera deseado criticar a nuestro reverendo superior —dijo—. El alboroto al que se refería fue provocado por el hermano Philip, que ha venido procedente de la celda de St.-John-in-the-Forest. Hizo salir al joven William Beauvis de su lugar en el coro, se lo llevó hasta el crucero sur y allí lo reprendió mientras yo celebraba el oficio.

Remigius adoptó una expresión de pesaroso reproche.

—Todos estaremos de acuerdo en que Philip debería haber esperado a que terminara el oficio.

Philip observó las expresiones de los demás monjes. No parecían estar de acuerdo ni en desacuerdo con lo que se decía. Seguían los procedimientos como si presenciaran un torneo en el que no existiera bueno ni malo y cuyo único interés residiera en quién sería el triunfador.

Philip sintió deseos de protestar diciendo: «Si hubiera esperado, el mal comportamiento se habría prolongado durante todo el oficio», pero permaneció callado al recordar el consejo de Milius, que habló por él.

—Tampoco yo asistí a misa mayor, como desgraciadamente suele ser tan frecuente en mí, ya que se celebra antes de la comida, así que tal vez puedas decirme, hermano Andrew, qué estaba ocurriendo en el coro antes de que el hermano Philip se decidiera a intervenir. ¿Se mantenía el orden y el decoro?

—Había una cierta agitación entre los jóvenes —repuso el sacristán, malhumorado—. Tenía la intención de hablarles más tarde.

—Es comprensible que te muestres impreciso respecto a los detalles, ya que tenías la mente absorta en el oficio —dijo Milius, comprensivo—. Afortunadamente contamos con un admonitor, cuyo deber es ocuparse de los malos comportamientos que tengan lugar entre nosotros. Dinos qué observaste, hermano Pierre.

—Exactamente lo que ya te ha dicho el sacristán —contestó el admonitor con tono hostil.

—Parece que tendremos que preguntarle al prior hermano Philip sobre los detalles.

Philip pensó que Milius había estado muy hábil. Había dejado bien sentado que ni el sacristán ni el admonitor habían visto lo que los jóvenes monjes hacían durante el oficio. Pero aun cuando admirara la habilidad dialéctica de Milius, se sentía reacio a tomar parte en el juego. La elección de un prior no era un concurso de ingenio, sino que consistía en tratar de descubrir la voluntad de Dios. Vaciló. Milius lo miraba como diciéndole: «¡Ahora tienes tu oportunidad!», pero en Philip había una vena de terquedad que se hacía presente con más claridad cuando alguien intentaba inducirlo a adoptar una postura de dudosa moralidad.

—Ocurrió tal como mis hermanos han descrito —dijo mirando de frente a Milius.

Milius se quedó de piedra y lo miró con expresión de incredulidad. Abrió la boca, pero era evidente que no sabía qué decir. Philip se sintió culpable de haberle fallado. Luego le daré explicaciones, pensó, a menos que esté demasiado enfadado.

Remigius iba a insistir en su acusación, cuando se escuchó otra voz.

—Quisiera confesar —dijo.

Todas las miradas se volvieron hacia William Beauvis, el infractor original, que se había puesto en pie, en actitud avergonzada.

—Estaba arrojando bolitas de barro al maestro de los novicios y riendo —dijo en voz baja y clara—. El hermano Philip hizo que me arrepintiese de ello. Pido perdón a Dios y a mis hermanos que me impongan una penitencia.

Se sentó bruscamente.

Antes de que Remigius atinase a reaccionar, otro joven novicio se puso de pie.

—Tengo una confesión que hacer —dijo—. Me comporté de la misma manera. Suplico una penitencia. —Volvió a sentarse.

Aquel repentino acceso de culpabilidad resultó contagioso. Confesó un tercer monje, luego un cuarto y finalmente un quinto.

La verdad había aflorado pese a los escrúpulos de Philip, y no podía evitar el sentirse satisfecho. Advirtió que Milius trataba de contener una sonrisa triunfante. La confesión dejaba bien claro que se había estado produciendo un pequeño tumulto bajo las mismas narices del sacristán y el admonitor.

Un Remigius extraordinariamente disgustado impuso a los culpables una semana de silencio absoluto. No deberían hablar y nadie debería hablarles. Era un castigo más duro de lo que parecía. Philip lo había sufrido cuando era joven. Un solo día de aislamiento resultaba tremendamente opresivo y toda una semana era absolutamente insoportable; pero Remigius no hacía más que dar salida a su ira por haber sido superado en su táctica. Una vez hubieron confesado no le quedaba otro remedio que castigarlos, aunque al hacerlo estuviera admitiendo que Philip había estado en lo cierto. Su ataque contra éste se había vuelto en su contra. Pese a una leve sensación de remordimiento, Philip saboreó aquel momento.

Pero la humillación de Remigius aún no era total.

Cuthbert habló de nuevo.

—Hubo otra perturbación que debemos discutir. Se produjo en el claustro, apenas terminada la misa mayor.

Philip se preguntó qué sería lo que se avecinaba.

—El hermano Andrew —prosiguió Cuthbert— se encaró al hermano Philip y lo acusó de mal comportamiento. —Claro que lo hizo, pensó Philip. Todo el mundo lo sabía—. Bueno, todos sabemos que el momento y el lugar para tales acusaciones es aquí, durante el capítulo, y existen buenas razones para que nuestros antepasados lo establecieran así. Durante la noche se calman los temperamentos, los agravios pueden discutirse a la mañana siguiente en un ambiente de calma y moderación, y toda la comunidad puede aportar su sabiduría colectiva para hacer frente al problema. Pero, y lamento decirlo, Andrew hizo caso omiso de esa prudente regla y provocó una escena en el claustro, inquietando a todo el mundo y hablando con intemperancia. Dejar pasar semejante muestra de mal comportamiento sería injusto para los hermanos más jóvenes que han sido castigados por lo que hicieron.

Ha sido tan inmisericorde como inteligente, pensó Philip con satisfacción. En ningún momento llegó a ser discutida la cuestión de si Philip había tenido razón al sacar a William del coro durante la celebración del oficio. Cada intento de plantearla se había transformado en una indagación sobre el comportamiento del acusador. Y así es como debía ser, ya que la acusación de Andrew contra Philip no había sido sincera. Entre Cuthbert y Milius habían desacreditado a Remigius y sus dos principales aliados, Andrew y Pierre.

El rostro habitualmente rubicundo de Andrew se había puesto en esos momentos morado por la furia, y Remigius casi parecía atemorizado. Philip se sentía complacido, ya que se lo merecían, pero le preocupaba que se estuviera corriendo el peligro de llevar demasiado lejos su humillación.

—No es decoroso que los hermanos jóvenes discutan sobre la penitencia impuesta a sus mayores —declaró—. Dejemos que el superior se ocupe del asunto en privado.

Al mirar alrededor comprobó que los monjes aprobaban su magnanimidad y comprendió que, sin intentarlo, se había apuntado otro tanto.

Todo parecía haber terminado. El talante general de la reunión estaba con Philip y éste tenía la seguridad de haberse ganado a la mayoría de los indecisos. Entonces habló Remigius.

—Aún he de plantear otra cuestión.

Philip estudió el rostro del superior, que parecía desesperado. Luego miró a Andrew el sacristán y a Pierre el admonitor y observó que estaban sorprendidos. Así pues, aquello era algo que no había sido preparado. ¿Acaso Remigius iba a suplicar que le dieran el cargo?

—La mayoría de vosotros sabéis que el obispo tiene derecho a nombrar candidatos para nuestra consideración —empezó Remigius—. También está entre sus facultades la de negarse a confirmar nuestra elección. Esa división de poderes puede conducir a disputas entre el obispo y el monasterio, como algunos de los hermanos más antiguos saben por experiencia. Al final el obispo no puede obligarnos a aceptar su candidato y nosotros tampoco podemos insistir con el nuestro. Y cuando se plantea un conflicto hay que resolverlo mediante negociación. En tal caso, el resultado depende en gran medida de la determinación y la unidad de los hermanos…, especialmente de esto último.

Aquello no le hizo ninguna gracia a Philip. Remigius había conseguido sofocar su ira y de nuevo se presentaba tranquilo y altivo. Philip ignoraba qué se avecinaba, pero sí que se había desvanecido su sensación de triunfo.

—El motivo por el que menciono todo esto son dos importantes informaciones que han llegado a mi conocimiento —prosiguió Remigius—. La primera es que quizá haya más de un candidato entre nosotros en este salón. —Philip pensó que aquello no podía sorprender a nadie—. La segunda es que el obispo también ha nombrado un candidato.

Se produjo una pausa expectante. Aquélla era una mala noticia para ambas partes.

—¿Sabes a quién quiere el obispo? —preguntó alguien.

—Sí —respondió Remigius. Y en aquel mismo instante Philip estuvo seguro de que mentía—. El elegido del obispo es el hermano Osbert, de Newbury.

Uno o dos monjes dejaron escapar una exclamación ahogada, y todos quedaron horrorizados. Conocían a Osbert porque había sido admonitor en Kingsbridge durante un tiempo. Era el hijo ilegítimo del obispo y consideraba a la Iglesia como un mero instrumento para llevar una vida de ociosidad y abundancia. Nunca había intentado seriamente cumplir con sus votos, pero simulaba hacerlo, al menos en parte, y confiaba en que su paternidad lo mantendría a salvo de dificultades. La perspectiva de tenerlo como prior era aterradora, incluso para los amigos de Remigius. Sólo el maestro de invitados y uno o dos de sus compañeros irremediablemente depravados serían capaces de mostrarse favorables a Osbert, confiando en un régimen de relajada disciplina y descuidada indulgencia.

—Si nombramos a dos candidatos, hermanos —continuó Remigius—, es posible que el obispo diga que estamos divididos, que somos incapaces de aunar nuestra mente colectiva y que, por lo tanto, él tendrá que decidir por nosotros. Y en consecuencia habremos de aceptar su elección. Si queremos evitar a Osbert, haremos bien presentando un solo candidato, y tal vez debería añadir que deberíamos asegurarnos de que nuestro candidato no pueda ser fácilmente rechazado, por ejemplo, por su juventud o inexperiencia.

Hubo un murmullo de asentimiento. Philip estaba desolado. Un momento antes se sentía seguro de su victoria, y ahora sentía que se la habían arrebatado de las manos. Todos los monjes estaban con Remigius y veían en él al candidato seguro, el de la unidad, el hombre que anularía a Osbert. Philip estaba seguro de que Remigius mentía respecto a éste, pero eso no modificaba nada. Los monjes estaban asustados y respaldarían a Remigius, y ello significaba más años de decadencia para el priorato de Kingsbridge.

—Vayámonos ahora para reflexionar y rezar sobre este problema mientras hacemos el trabajo de Dios —dijo Remigius antes de que nadie pudiera reflexionar sobre sus palabras. Se puso de pie y se alejó seguido por Andrew, Pierre y John, que parecían aturdidos aunque triunfantes.

Tan pronto como se hubieron marchado, se desató un murmullo de conversaciones entre los demás monjes.

—Nunca pensé que Remigius tuviera imaginación suficiente para maquinar un truco semejante —dijo Milius a Philip.

—Miente —repuso Philip con amargura—. Estoy seguro.

Cuthbert se acercó a ellos y oyó la observación de Philip.

—Poco importa si miente, ¿no creéis? —intervino—. La amenaza es suficiente.

—Al final se sabrá la verdad —declaró Philip.

—No forzosamente —contestó Milius—. Supongamos que el obispo no nombra forzosamente a Osbert. Remigius se limitará a decir que cedió ante la perspectiva de tener que luchar contra un priorato unido.

—No estoy dispuesto a renunciar —dijo Philip con terquedad.

—¿Qué podemos hacer? —preguntó Milius.

—Debemos averiguar la verdad —afirmó Philip.

—No podemos.

Philip se devanaba los sesos. La frustración que sentía lo angustiaba.

—¿Por qué no preguntamos, sencillamente? —propuso.

—¿Preguntar? ¿Qué quieres decir?

—Preguntar al obispo cuáles son sus intenciones.

—¿Cómo?

—Podemos enviar un mensaje al palacio del obispo, ¿no? —aventuró Philip, pensando en voz alta. Miró a Cuthbert.

—Sí —dijo éste—. Continuamente envío mensajeros al exterior. Le pediré a uno que vaya al palacio.

—¿Y que pregunte al obispo cuáles son sus intenciones? —preguntó, escéptico, Milius.

Philip frunció el entrecejo. Ése era el problema.

Cuthbert se mostró de acuerdo con Milius.

—El obispo no nos lo dirá —manifestó.

A Philip se le ocurrió entonces una idea. Enarcó las cejas y se dio con el puño en la palma de la mano al descubrir la solución.

—No —convino—. El obispo no nos lo dirá, pero sí su arcediano.

Aquella noche Philip soñó con Jonathan, el bebé abandonado. En su sueño, el niño estaba en el portal de la capilla de St.-John-in-the-Forest y él se encontraba en el interior de ésta leyendo el oficio de prima, cuando un lobo salió furtivamente del bosque y cruzó el campo, arrastrándose como una serpiente, en dirección al infante. Philip no se atrevía a moverse por temor a causar una perturbación durante el oficio y recibir una reprimenda de parte de Remigius y Andrew, ya que ambos se encontraban allí, aunque en realidad ninguno de ellos había estado nunca en la celda. Decidió gritar, pero por mucho que lo intentaba no lograba emitir sonido alguno, como suele suceder con frecuencia en los sueños. Fue tal el esfuerzo que hizo por gritar que finalmente despertó y permaneció acostado y temblando en la oscuridad mientras escuchaba la respiración de los monjes dormidos en torno a él e iba convenciéndose lentamente de que el lobo no era real.

Desde su llegada a Kingsbridge apenas se había acordado del niño. Se preguntó qué haría con él si llegaba a convertirse en prior. Todo sería distinto, desde luego. Un bebé en un pequeño monasterio oculto en el bosque, aunque fuese algo inusual, carecía de importancia. El mismo niño en el priorato de Kingsbridge levantaría una polvareda. Aunque a fin de cuentas, ¿qué había de malo? No era pecado dar a la gente algo sobre lo que hablar. Cuando fuera prior haría lo que quisiera. Podría traerse a Johnny Ochopeniques a Kingsbridge para que cuidara de la criatura. La idea le satisfizo enormemente. Eso es justo lo que haré, pensó. Luego recordó que con toda probabilidad no llegaría a ser prior.

Permaneció despierto hasta el alba, muerto de impaciencia. Ahora ya no había nada que pudiera hacer para impulsar su candidatura. Era inútil hablar con los monjes porque su pensamiento estaba dominado por la amenaza de Osbert. Algunos de ellos se habían dirigido a Philip para decirle que lamentaban que hubiese perdido, como si la elección ya se hubiera celebrado. Se resistió a la tentación de llamarlos cobardes sin fe. Se limitó a sonreír y les dijo que tal vez aún les aguardase una sorpresa. Sin embargo, no podía decirse que su propia fe fuera muy grande. Entraba dentro de lo posible que el arcediano Waleran no se encontrara en el palacio del obispo, o que si estaba por alguna razón no quisiera comunicarle a Philip los planes del obispo. O también, y ello sería lo más probable dado el carácter del arcediano, que hubiese hecho sus propios planes.

Philip se levantó al amanecer con los otros monjes y se dirigió hacia la iglesia para la prima, el primer oficio del día. Después fue al refectorio para tomar el desayuno con los demás, pero Milius le interceptó y le indicó con un gesto disimulado la cocina. Philip lo siguió con los nervios tensos. El mensajero debía de estar de regreso. Había sido rápido. Sin duda había recibido la respuesta de inmediato y se había puesto en camino el día anterior por la tarde. Aun así, había viajado muy rápido. Philip no sabía de caballo alguno en las cuadras del priorato capaz de hacer un viaje con tanta rapidez. Pero ¿cuál sería la respuesta?

Quien esperaba en la cocina no era el mensajero, sino el propio Waleran Bigod.

Philip lo miró fijamente, sin poder ocultar su sorpresa. El arcediano, envuelto en su manto negro, estaba sentado en un taburete, semejante a un cuervo en un tocón. Tenía la punta de la nariz corva enrojecida por el frío. Se calentaba las manos, huesudas y blancas, sosteniendo con ellas una copa de vino caliente con especias.

—¡Es de agradecer que hayas venido! —exclamó Philip.

—Me alegro de que me escribieras —repuso con frialdad Waleran.

—¿Es verdad? —preguntó, impaciente, Philip—. ¿Piensa el obispo presentar la candidatura de Osbert?

Waleran alzó una mano.

—Ya llegaré a eso. En este momento, Cuthbert estaba contándome los acontecimientos de ayer.

Philip disimuló su decepción. No había sido una respuesta directa. Estudió el rostro de Waleran intentando leer en su mente. Desde luego, éste tenía sus propios planes, pero no había forma de que él adivinase cuáles eran.

Cuthbert, cuya presencia Philip no había advertido hasta ese momento, estaba sentado junto al fuego, mojando el pan cenceño en la cerveza para facilitar el trabajo a sus viejos dientes, y procedió a relatar de manera sucinta lo ocurrido en el capítulo del día anterior. Philip se agitaba inquieto, tratando de adivinar las intenciones de Waleran. Probó de comer un bocado de pan, pero le fue imposible tragarlo. Bebió un poco de cerveza aguada para ocupar en algo las manos.

—Así que —concluyó Cuthbert— nuestra única oportunidad residía en intentar comprobar las intenciones del obispo. Y afortunadamente Philip pensó que podía confiar en su buena relación contigo, por lo que te enviamos el mensaje.

—¿Y ahora nos dirás lo que queremos saber? —inquirió Philip, impaciente.

—Sí. Os lo diré. —Waleran dejó sobre la mesa su copa de vino sin probar—. Al obispo le hubiera gustado que su hijo fuera prior de Kingsbridge.

A Philip se le cayó el alma a los pies.

—De modo que Remigius ha dicho la verdad…

—Sin embargo —prosiguió Waleran—, el obispo no está dispuesto a provocar una polémica entre los monjes.

Philip frunció el entrecejo. Aquello era aproximadamente lo que Remigius había previsto, pero había algo que no estaba del todo claro.

—No habrás hecho todo este viaje sólo para decirnos eso, ¿verdad? —observó Philip.

Waleran le dirigió una mirada respetuosa y Philip supo que había dado en el clavo.

—No —respondió Waleran—. El obispo me ha pedido que compruebe qué ambiente se respira en el monasterio, y me ha autorizado a hacer una designación en su nombre. En realidad, he traído conmigo su sello para poder escribir una carta de designación a fin de que el asunto sea oficial y obligatorio. Como verás, cuento con autoridad plena.

Philip reflexionó por un instante sobre aquello. Waleran tenía poderes para designar a un candidato y dar validez al hecho con el sello del obispo. Eso significaba que éste había dejado todo el asunto en manos de Waleran.

—¿Estás de acuerdo con lo que te ha dicho Cuthbert de que el nombramiento de Osbert podría ser motivo de disputa, lo que el obispo querría evitar? —inquirió Philip.

—Sí, así lo creo —afirmó Waleran.

—Entonces, no nombrarás a Osbert…

—No.

Philip no se lo podía creer. Los monjes estarían tan contentos de librarse de la amenaza de Osbert que votarían agradecidos por cualquiera que Waleran nombrase.

Ahora el arcediano tenía poder para elegir al nuevo prior.

—Así pues, ¿a quién nombrarás? —preguntó Philip.

—A ti… o a Remigius —repuso Waleran.

—La habilidad de Remigius para dirigir el priorato…

—Conozco sus habilidades y también las tuyas —lo interrumpió Waleran alzando una mano delgada y blanca—. Sé cuál de los dos sería el mejor prior. —Hizo una pausa y añadió—: Pero hay otra cuestión.

Y ahora qué, se dijo Philip. ¿Qué otra cuestión hay que considerar salvo quién pueda ser el mejor prior? Miró a los otros. Milius también parecía confuso, pero el viejo Cuthbert sonreía como si supiera lo que se avecinaba.

—Al igual que vosotros —prosiguió Waleran—, deseo que hombres enérgicos y capaces ocupen los puestos importantes en la Iglesia, sin consideraciones de edad, en lugar de darlos como recompensa por su largo servicio a hombres mayores cuya santidad es posible que sea mayor que su habilidad como administradores.

—Claro —admitió con impaciencia Philip, que no veía la necesidad de dilatar las cosas.

—Y nosotros hemos de trabajar juntos para conseguirlo —dijo el arcediano—. Vosotros tres y yo.

—No entiendo adónde quieres ir a parar —intervino Milius.

—Yo sí —afirmó Cuthbert.

Waleran miró a Cuthbert con una sonrisa y volvió luego su atención a Philip.

—Permitidme que hable sin rodeos —dijo—. El obispo es viejo. Morirá un día y entonces necesitaremos un nuevo obispo al igual que hoy necesitamos un nuevo prior. Los monjes de Kingsbridge tienen el derecho de elegir al nuevo obispo, porque el de Kingsbridge también es abad del priorato.

Philip frunció el entrecejo. Todo aquello era superfluo. Iban a elegir a un prior, no a un obispo.

Waleran siguió hablando.

—Naturalmente, los monjes no gozarán de absoluta libertad para elegir a quien quieran como obispo, pues el arzobispo y el propio rey tendrán sus puntos de vista; pero, en definitiva, son ellos quienes legitiman el nombramiento. Y cuando ese momento llegue, vosotros tres tendréis una poderosa influencia sobre la decisión.

Cuthbert asentía con la cabeza como reconociendo de que estaba en lo cierto, y Philip empezaba a sospechar lo que se les venía encima.

—Tú quieres que te haga prior de Kingsbridge. Yo quiero que tú me hagas obispo —concluyó Waleran.

De modo que era eso.

Philip miró a Waleran en silencio. Era muy sencillo. El arcediano quería hacer un trato.

Philip estaba escandalizado. No era lo mismo que comprar o vender un cargo clerical, lo que se conocía como pecado de simonía, pero olía desagradablemente a transacción.

Intentó reflexionar con objetividad sobre la proposición. Aquello significaba que iba a ser prior. En cuanto lo pensó, se le aceleró el corazón. Se sentía reacio a eludir cuanto le sirviese para alcanzar el priorazgo, pero eso significaba que probablemente Waleran, llegado el momento, se convertiría en obispo. ¿Sería un buen obispo? Ciertamente sería competente. Al parecer no tenía vicios graves. Su modo de enfocar el servicio a Dios era más bien mundano y práctico, pero en definitiva también lo era el de Philip. Éste tenía la impresión de que el arcediano poseía una vena implacable de la que él carecía, pero también se daba cuenta de que estaba basada en una decisión genuina de defender y alimentar los intereses de la Iglesia.

¿Qué otro podría ser candidato cuando falleciera el obispo? Probablemente, Osbert. No era raro que los cargos religiosos pasaran de padres a hijos, pese a la exigencia oficial del celibato clerical. Naturalmente, Osbert representaría un riesgo mucho mayor para la Iglesia como obispo de lo que pudiera serlo como prior. Incluso merecería la pena apoyar a un candidato mucho peor que Waleran con tal de mantener a Osbert al margen.

¿Se presentaría algún otro para el cargo? Imposible saberlo. Tal vez pasasen años antes de que muriera el obispo.

—No podemos garantizar que te elijan —dijo Cuthbert a Waleran.

—Lo sé —repuso Waleran—. Sólo os estoy pidiendo que presentéis mi designación. Y lo que es más, eso es exactamente lo que os ofrezco a cambio… una nominación.

Cuthbert asintió.

—Estoy de acuerdo con ello —dijo con tono solemne.

—Y yo también —rubricó Milius.

El arcediano y los dos monjes miraron a Philip. Éste vacilaba, atormentado. Sabía que aquélla no era manera de elegir a un obispo, pero tenía el priorazgo al alcance de la mano. Quizá no estuviera bien trocar un cargo sagrado por otro, como si se tratara de tratantes de caballos. Sin embargo, si se negaba podía ocurrir que Remigius se convirtiera en el prior… y Osbert en obispo.

No obstante, en aquellos momentos los argumentos racionales parecían bizantinos. El deseo de ser prior era como una fuerza interior irresistible, y no podía negarse pese a todos los pros y los contras. Recordó la oración que había elevado a Dios el día anterior pidiéndole que lo ayudase a conseguir el cargo. Elevó los ojos y le envió otra: «Si Tú no quieres que esto suceda, entonces silencia mi lengua, paraliza mi boca, contén mi aliento en la garganta e impide que hable.»

—Acepto —dijo después, mirando de frente a Waleran.

El lecho del prior era enorme, tres veces más ancho que cualquier cama en la que Philip hubiera dormido antes. La base de madera se alzaba hasta la mitad de la estatura de un hombre, y encima de ella había un colchón de plumas. Estaba rodeado de colgaduras que protegían de las corrientes, y las escenas bíblicas bordadas en ellas se debían a las manos pacientes de una mujer piadosa. Philip la examinó con cierto recelo. Ya le parecía suficiente extravagancia el que el prior tuviera un dormitorio para él solo. Philip no había tenido en su vida dormitorio propio, y esa noche era la primera vez que dormía solo. Aquel lecho era excesivo. Consideró la posibilidad de ordenar que llevaran al dormitorio un colchón de paja y trasladaran aquella cama a la enfermería, donde aliviaría los viejos huesos de algún monje enfermo, pero, naturalmente, la cama no era específicamente para Philip. Cuando el priorato acogía a un visitante especialmente distinguido, a un obispo, a un gran señor o, incluso a un rey, éste ocupaba ese dormitorio y el prior se instalaba lo mejor que podía en cualquier otra parte. Así que en realidad Philip no podía librarse de aquel lecho.

—Esta noche sí que vas a dormir bien —observó Waleran Bigod sin poder disimular su envidia.

—Supongo que sí —repuso Philip, dubitativo.

Todo había sucedido muy rápidamente. El arcediano había escrito una carta al priorato, allí mismo, en la cocina, ordenando a los monjes que celebraran de inmediato una elección y nombrando a Philip. Había firmado la carta en nombre del obispo y le había estampado el sello de éste. Después los cuatro se habían dirigido hacia la sala capitular.

Tan pronto como Remigius los vio entrar supo que la batalla estaba perdida. Waleran leyó la carta y los monjes soltaron vítores al oír el nombre de Philip. Remigius tuvo juicio suficiente para prescindir de la formalidad de la votación y admitir la derrota.

Y Philip fue prior.

Había dirigido el resto del capítulo en un estado de aturdimiento y luego había cruzado el césped hasta la casa del prior situada en la esquina sudeste del recinto del priorato, donde se instaló.

Al ver el lecho comprendió que su vida había cambiado de forma total e irrevocable. Él era diferente, especial, algo aparte de los demás monjes. Tenía poder y privilegios. Y también la mayor de las responsabilidades. Él solo debía garantizar que aquella pequeña comunidad de cuarenta y cinco hombres sobreviviera y prosperase. Si pasaban hambre suya sería la culpa, y otro tanto si se volvían viciosos. Si deshonraban a la Iglesia de Dios, Dios haría responsable a Philip. Se recordó que había sido él quien había buscado aquella pesada tarea. En adelante tendría que soportarla.

Su primera obligación como prior sería conducir a los monjes hacia la iglesia para la misa mayor. Ese día se celebraba la Epifanía, el duodécimo día de la Navidad, y era fiesta. Todos los aldeanos asistirían al oficio, y también acudiría más gente de los alrededores. Una buena catedral con un grupo vigoroso de monjes y una reputación de oficios espectaculares podría atraer a un millar de personas o más. Incluso la triste Kingsbridge atraería a la mayoría de la pequeña nobleza local, ya que los oficios constituían también un acontencimiento social y en ellos podían encontrarse con sus vecinos y hablar de negocios.

Sin embargo, antes del oficio Philip tenía algo más que discutir con Waleran, ahora que por fin estaban a solas.

—La información que te transmití sobre el conde de Shiring...

Waleran asintió.

—No la he olvidado... En realidad, quizá sea más importante que la cuestión de quién es prior u obispo. El conde Bartholomew ya ha llegado a Inglaterra. Mañana lo esperan en Shiring.

—¿Qué vas a hacer? —preguntó Philip, impaciente.

—Voy a servirme de sir Percy Hamleigh. De hecho, espero que hoy esté en la congregación.

—He oído hablar de él, pero nunca lo he visto —dijo Philip.

—Entonces busca a un hombre obeso con una mujer espantosa y un hijo apuesto. No podrás dejar de ver a la mujer, es un verdadero espantajo.

—¿Qué te hace pensar que se pondrá del lado del rey Stephen, en contra del conde Bartholomew?

—Que odian al conde con toda su alma.

—¿Por qué?

—El hijo, William, estaba comprometido con la hija del conde, pero le cogió manía y se rompió el compromiso. Los Hamleigh se sintieron humillados; todavía les escuece el insulto y saltarían ante la menor oportunidad de devolver el golpe a Bartholomew.

Philip asintió. Estaba contento de haberse sacudido de encima aquella responsabilidad, pues ya tenía suficiente con la suya. El priorato de Kingsbridge era un problema lo bastante grande como para tenerlo ocupado por completo. Waleran podía ocuparse del mundo exterior.

Salieron de la casa del prior y se encaminaron de nuevo hacia el claustro. Los monjes estaban esperando. Philip se colocó en cabeza de la fila y la procesión se puso en marcha.

Fue un momento hermoso cuando entró en la iglesia con los monjes cantando detrás de él. No había pensado que le gustaría tanto. Se dijo que su nueva eminencia simbolizaba el poder que ahora tenía para hacer el bien, y ése era el motivo de que se sintiera tan profundamente excitado. Le habría gustado que lo viera el abad Peter de Gwynedd. El anciano se habría sentido enormemente orgulloso.

Condujo a los monjes hacia los bancos del coro. Por lo general era el obispo quien celebraba los oficios mayores, y aquél lo era, pero en esta ocasión lo haría el delegado del obispo, Waleran. Al comenzar éste, Philip escudriñó a los allí congregados buscando a la familia que el arcediano le había descrito. En la nave había unas ciento cincuenta personas de pie, los ricos con sus gruesos abrigos de invierno y zapatos de cuero; los campesinos, con sus toscas zamarras y botas de fieltro o zuecos de madera. A Philip no le resultó difícil localizar a los Hamleigh. Estaban sentados delante, cerca del altar. A la primera que distinguió fue a la mujer. Waleran no había exagerado, era realmente repelente. Aunque llevaba capucha, casi toda su cara era visible, y Philip advirtió que tenía la tez cubierta de repugnantes diviesos que se tocaba con nerviosismo. Junto a ella se encontraba un hombre grueso de unos cuarenta años, que debía de ser Percy. Su indumentaria revelaba que era un hombre de considerable riqueza y poder, aunque no pertenecía al rango superior de barones y condes. El hijo estaba recostado contra una de las macizas columnas de la nave. Se trataba de un hombre apuesto de cabello muy rubio, y la expresión de sus ojos era aviesa y altanera. El haberse relacionado por matrimonio con la familia de un conde hubiera permitido a los Hamleigh cruzar la línea divisoria entre la pequeña nobleza rural y la nobleza del reino. No era de extrañar que estuvieran furiosos con la cancelación de la boda.

Philip volvió a concentrarse en el oficio religioso. Waleran estaba celebrándolo con demasiada rapidez para su gusto, lo que hizo que se preguntara de nuevo si habría hecho bien al aceptar la designación de Waleran para obispo cuando el actual muriera. El arcediano era un hombre consagrado, pero parecía no dar importancia suficiente al culto. Después de todo, la prosperidad y el poder de la Iglesia sólo eran los medios para alcanzar un fin. El objetivo supremo era la salvación de las almas. Philip decidió que no debería preocuparse demasiado de Waleran. Ahora la cosa ya estaba hecha. Y, en cualquier caso, tal vez el obispo frustrara las ambiciones de Waleran viviendo todavía otros veinte años.

Los fieles se mostraban ruidosos. Desde luego, ninguno conocía las respuestas. Se esperaba que tan sólo tomaran parte los monjes y sacerdotes, salvo en las oraciones más conocidas y el amén. Algunos fieles asistían en silencio, reverentes, pero otros iban de un lado a otro, intercambiando saludos y charlando. Son gente sencilla, pensó Philip. Tienen que hacer algo para atraer su atención.

El oficio religioso estaba a punto de terminar y el arcediano Waleran se dirigió a los congregados.

—La mayoría de vosotros sabéis que el bien amado prior de Kingsbridge ha muerto. Su cuerpo, que yace aquí en la iglesia, entre nosotros, será enterrado hoy, para su eterno descanso, en el cementerio del priorato, después de la comida. El obispo y los monjes han elegido a su sucesor, el hermano Philip de Gwynedd, quien nos condujo a la iglesia esta mañana.

Calló y Philip se puso de pie para encabezar la procesión y salir de la iglesia.

—He de hacer todavía otro doloroso anuncio —dijo entonces Waleran.

Aquello cogió por sorpresa a Philip, que volvió a sentarse rápidamente.

—Acabo de recibir un mensaje —prosiguió Waleran. Philip sabía que aquello no era cierto, pues habían estado juntos toda la mañana. ¿Qué se proponía ahora el astuto arcediano?— El mensaje me comunica una pérdida que a todos va a causarnos un profundo dolor.

Hizo una nueva pausa.

Alguien había muerto, pero ¿quién? Waleran lo sabía antes de su llegada; sin embargo, lo había mantenido en secreto y se disponía a que creyeran que acababa de recibir la noticia. ¿Por qué?

Philip sólo podía pensar en una posibilidad, y si estaba en lo cierto Waleran era mucho más ambicioso y carente de escrúpulos de lo que había imaginado. ¿Sería verdad que los había engañado y manipulado a todos? ¿Había sido Philip un simple peón en el juego de Waleran?

Las palabras finales de éste fueron la confirmación de que así había sido.

—Amadísimos míos —dijo con tono solemne—, el obispo de Kingsbridge ha muerto.

III

1

—Esa zorra estará allí —masculló la madre de William—. Estoy segura de que estará.

William contempló la amenazadora fachada de la catedral de Kingsbridge con una mezcla de temor y anhelo. Si lady Aliena asistía al oficio divino de la Epifanía sería en extremo embarazoso para todos ellos, y, sin embargo, el corazón le latía con más fuerza ante la idea de volver a verla.

Cabalgaban por el camino que conducía a Kingsbridge; William y su padre montaban briosos corceles y su madre un hermoso poni, y los seguía un séquito de tres caballeros y otros tantos palafreneros. Formaban un grupo impresionante e incluso temible, lo que satisfacía a William. Los campesinos que topaban con ellos se apartaban ante sus impresionantes caballos. A pesar de todo, la madre de William estaba furiosa.

—Todo el mundo está enterado, hasta esos desgraciados siervos —decía entre dientes—. ¡Hasta hacen bromas sobre nosotros. «¿Cuándo una novia no es una novia? ¡Cuando el novio es William Hamleigh!» Hice azotar a un hombre por eso, pero no sirvió de nada. Me gustaría agarrar a esa zorra; la despellejaría viva, colgaría su piel de un clavo y dejaría que los cuervos le desgarraran la carne.

William hubiera querido que dejara en paz aquel tema. La familia había sido humillada y él era el culpable de ello, o al menos era lo que decía su madre, y no quería que se lo recordaran.

Cruzaron el viejo puente de madera que conducía a la aldea de Kingsbridge y espolearon a los caballos por la empinada calle mayor que conducía al priorato. Había ya veinte o treinta caballos paciendo en la hierba rala del cementerio, en la parte norte de la iglesia, pero ninguno de estampa tan hermosa como los de los Hamleigh. Cabalgaron hasta la cuadra y dejaron los animales en manos de los mozos de cuadra del priorato.

Avanzaron por el prado en formación, William y su padre flanqueando a la madre, los caballeros detrás de ellos y los palafreneros cerrando la marcha. La gente se apartaba a su paso, pero William los veía intercambiar codazos y señalarlos. Sin duda estaban cuchicheando acerca de la frustrada boda. Miró de soslayo a su madre y por la torva expresión de ésta tuvo la certeza de que pensaba lo mismo.

Entraron en la iglesia.

William aborrecía las iglesias. Eran viejas y sombrías, aun cuando hacía buen tiempo, y en los rincones oscuros y las naves laterales siempre percibía ese leve olor a podrido. Pero lo peor de todo era que las iglesias siempre le hacían pensar en los tormentos del infierno, y a él le aterraba el infierno.

Recorrió con la mirada a los fieles. Al principio apenas podía distinguir la cara de la gente debido a la penumbra, pero al cabo de un momento sus ojos se acostumbraron. No veía a Aliena. Siguieron avanzando por el pasillo. No parecía estar allí. Se sintió aliviado y defraudado a un tiempo. Entonces la vio, y creyó que el corazón le iba a estallar.

Se hallaba en el lado sur de la nave, cerca de las primeras filas, escoltada por un caballero a quien William no conocía y rodeada de hombres de armas y damas de honor. Se encontraba de espaldas a él, pero su cabellera oscura y rizada era inconfundible. Se volvió mientras la observaba, mostrando una mejilla tersa y una nariz recta y arrogante. Sus ojos, tan oscuros que casi eran negros, se encontraron con los de William, que quedó sin aliento. Aquellos ojos oscuros, ya de por sí grandes, se hicieron aún mayores al verlo. William hubiera querido mirar con indiferencia más allá de ella, como si no la hubiera visto, pero le era imposible apartar la vista. Quería que ella le sonriera, aunque sólo fuese por mera cortesía. William inclinó la cabeza en su dirección, muy ligeramente. Los rasgos de ella se endurecieron, y volvió la cara al frente.

William hizo una mueca, como si le doliera algo. Se sentía igual que un perro al que hubieran apartado de un puntapié, y sintió deseos de agazaparse en un rincón donde nadie pudiera verlo. Miró a un lado y a otro preguntándose si alguien habría observado el intercambio de miradas. Mientras seguía avanzando por el pasillo con sus padres advirtió que las miradas de la gente iban de él a Aliena y de nuevo a él, mientras se daban mutuamente golpecitos con el codo y hablaban en voz baja. Mantuvo la mirada fija hacia adelante para evitar encontrarse con la de los demás. Se obligó a mantener la cabeza erguida. ¿Cómo ha podido hacernos eso a nosotros?, se dijo. Somos una de las familias más orgullosas del sur de Inglaterra y ella nos ha humillado. Aquella idea lo enfureció, y hubiera querido sacar su espada y atacar a alguien, a cualquiera.

El sheriff de Shiring se acercó para estrechar la mano al padre de William. La gente dirigió su atención hacia otra parte en busca de algo sobre lo que poder murmurar. William seguía furibundo. Jóvenes de la nobleza se acercaban constantemente a Aliena y la saludaban con una inclinación de la cabeza, y ella les correspondía con su sonrisa.

Empezó el oficio religioso. William se preguntaba cómo era posible que todo hubiera salido tan mal. El conde Bartholomew tenía un hijo que heredaría su título y su fortuna, de manera que lo único que podía hacer con una hija era establecer una alianza. Aliena tenía dieciséis años, era virgen y no parecía inclinada a entrar en un convento, por lo que se suponía que estaría encantada de casarse con un acaudalado noble de diecinueve años. Después de todo, diversas consideraciones políticas podrían haber inducido fácilmente a su padre a casarla con un noble gordo y gotoso de cuarenta años o incluso con un barón calvo de sesenta.

Una vez que se hubo llegado a un acuerdo, William y sus padres no se habían mostrado discretos en modo alguno. Habían propagado la noticia por todos los condados circundantes. El encuentro entre William y Aliena había sido considerado por todo el mundo como un simple formalismo. Salvo por Aliena, como luego pudo verse.

Claro que no eran dos desconocidos. William la recordaba de pequeña. Por entonces tenía una cara traviesa con una naricilla respingona y llevaba corto su indomable pelo. Era mandona, cabezota, agresiva y atrevida. Siempre era ella quien organizaba los juegos de los niños, decidiendo a qué debían jugar y quién tenía que estar en uno u otro equipo, sentenciando en las disputas y llevando el tanteo. William se había sentido fascinado por ella y, al mismo tiempo, resentido por la forma en que dominaba los juegos infantiles. Siempre había sido posible fastidiar los juegos de ella, convirtiéndose durante un rato en el centro de atención, sólo con iniciar una pelea. Pero aquello no duraba mucho y al final Aliena volvía a hacerse con el control, dejándolo confuso, derrotado, desdeñado, furioso y pese a todo encantado… como se sentía en aquel momento.

Después de la muerte de su madre, Aliena había viajado mucho con su padre y William la había visto con menos frecuencia, aunque lo suficiente para darse cuenta de que se estaba convirtiendo en una joven extraordinariamente bella, y se sintió encantado cuando le dijeron que iba a ser su prometida. Dio por sentado que habría de casarse con él, le gustara o no, pero estaba dispuesto a que cuando se reuniera con ella haría todo lo posible por allanar el camino que los conduciría al altar.

Tal vez Aliena fuese virgen, pero él, desde luego, no lo era. Algunas de las jóvenes a las que había seducido eran tan bonitas como Aliena, o casi, pero ninguna de ellas de tan alta cuna. Según su experiencia, muchas jóvenes se sentían impresionadas por su ropa elegante, por sus briosos caballos y la manera tan desenfadada que tenía de gastarse el dinero en vino dulce y cintas. Y si podía llevárselas a un granero, por lo general acababan por rendírsele, más o menos voluntariamente. Solía abordar a las jóvenes sin miramientos. Al principio les hacía creer que no estaba interesado en ellas, pero cuando se encontró a solas con Aliena su timidez lo abandonó. Vestía un traje de seda azul brillante, suelto y vaporoso, pero William sólo era capaz de pensar en el cuerpo que había debajo de él, que pronto podría ver desnudo siempre que quisiera. La había encontrado leyendo un libro, ocupación peculiar en una mujer que no era monja. Le había preguntado de qué libro se trataba, en un intento por apartar sus pensamientos de los senos que se adivinaban debajo de la seda azul.

—Se titula *Libro de Alejandro*. Es la historia de un rey llamado Alejandro Magno y de cómo conquistó tierras maravillosas en Oriente, donde en las vides crecen piedras preciosas y las plantas pueden hablar.

William no lograba imaginar cómo una persona podía perder el tiempo en semejantes tonterías, pero no lo dijo. Le habló de sus caballos, de sus perros y de sus éxitos en la caza, la lucha y las justas. Aliena no había quedado tan impresionada como él esperaba. Le habló de la casa que su padre estaba construyendo para ellos, y para ayudarla a prepararse para el momento en que tuviera que ponerse al frente de la misma le indicó, en líneas generales, la manera como quería que se hicieran las cosas. Advirtió que la atención de Aliena empezaba a desviarse, aunque no sabría decir por qué. Se sentó lo más cerca posible de ella porque quería abrazarla, y averiguar si aquellos pechos eran tan grandes como él los había imaginado, pero Aliena se apartó de él y se cruzó de brazos, en actitud tan severa que William se vio obligado a abandonar la idea, consolándose al pensar que pronto podría hacer con aquella muchacha lo que quisiera.

Sin embargo, mientras estaba con Aliena, ésta no dio el menor indicio de la que iba a organizar más tarde. Había dicho, en tono más bien tranquilo: «Creo que no estamos hechos el uno para el otro», pero él había considerado aquellas palabras como una muestra de encantadora modestia por su parte y le había asegurado que sí, que estaba hecha para él. No pensó ni por un instante que, tan pronto como él saliese de la casa, Aliena irrumpiría en la cámara en la que se encontraba su padre para anunciarle que no se casaría con William, que nada podría persuadirla, que preferiría entrar en un convento, y que aunque la arrastraran encadenada hasta el altar no pronunciaría los votos. La muy zorra, pensaba William, la muy zorra; pero no conseguía acumular todo el veneno que escupía su madre cuando hablaba de Aliena. Él no quería despellejarla viva, quería montarla y besarle la boca.

El oficio divino de la Epifanía terminó con el anuncio del fallecimiento del obispo. William esperaba que aquellas noticias superaran finalmente el escándalo producido por la ruptura del matrimonio. Los monjes salieron en procesión y hubo un murmullo sordo de conversaciones nerviosas, mientras los fieles se dirigían hacia la salida. Muchos de ellos tenían lazos materiales y espirituales con el obispo, en su calidad de arrendatarios, subarrendatarios o empleados en sus tierras y todo el mundo estaba interesado en la persona que le sucedería y en los posibles cambios que ésta introduciría. La muerte de un gran señor siempre era peligrosa para quienes se encontraban bajo su férula.

Mientras William seguía a sus padres a lo largo de la nave se sorprendió al ver que el arcediano Waleran se dirigía hacia ellos. Avanzaba con paso enérgico entre los fieles como un enorme perro negro entre un rebaño de vacas. Y precisamente como vacas lo miraba la gente por encima del hombro y se apartaba con nerviosismo de su camino. Waleran hizo caso omiso de los campesinos, aunque cambiaba algunas palabras con cada miembro de la pequeña nobleza. Al llegar junto a los Hamleigh, saludó al padre de William, pasó por alto a éste y dirigió su atención a la madre.

—Una verdadera lástima lo del matrimonio —observó.

Willliam enrojeció. ¿Acaso creía aquel estúpido que se estaba mostrando cortés con su conmiseración?

La madre no se sintió más inclinada que William a hablar del tema.

—Yo no soy de las que guardan rencor —dijo, mintiendo descaradamente.

Waleran no pareció dar importancia a sus palabras.

—He oído algo sobre el conde Bartholomew que quizá le interese —dijo. Bajó aún más el tono de voz para que nadie pudiera escucharlo—. Parece que el conde no renegará de sus promesas al fallecido rey.

—Bartholomew siempre fue un hipócrita —repuso el padre.

Waleran apenas si disimuló su contrariedad. Quería que lo escucharan, no que hicieran comentarios.

—Bartholomew y el conde Robert de Gloucester no acatarán al rey Stephen, que, como sabéis, es el elegido de la Iglesia y los barones.

William se preguntaba por qué un arcediano estaría contando a un señor las disputas habituales entre barones. Al parecer, su padre pensaba lo mismo.

—Pero no hay nada que los condes puedan hacer —dijo.

La madre compartía la impaciencia de Waleran ante los comentarios que intercalaba el padre.

—Escucha y calla —le susurró al oído.

—Lo que he oído es que están planeando organizar una rebelión y hacer reina a Maud —explicó Waleran.

William no daba crédito a lo que oía. ¿Podía el arcediano haber hecho en realidad aquella temeraria afirmación con una voz tranquila y segura, precisamente en la nave de la catedral de Kingsbridge? Un hombre corría el riesgo de que lo ahorcaran por decir algo semejante, fuera falso o verdadero.

El padre también se mostró sobresaltado, pero su esposa observó, pensativa:

—Dado que Robert de Gloucester es medio hermano de Maud, tiene su lógica.

William se preguntó cómo podía mostrarse tan práctica ante una noticia tan escandalosa, pero era una mujer muy lista y casi siempre tenía razón en todo.

—Cualquiera que pusiera fuera de combate al conde Bartholomew y detuviera la rebelión antes de que comenzara se ganaría la gratitud eterna del rey Stephen y de la Santa Madre Iglesia —dijo Waleran.

—¿De veras? —El padre de William parecía aturdido, mientras la madre asentía como si estuviera al corriente de todo aquello.

—A Bartholomew le esperaban de regreso en su casa mañana. —Waleran levantó los ojos y captó la mirada de alguien. Volvió a mirar a la madre y añadió—: He pensado que, de todos, los más interesados seríais vos.

Luego se alejó para saludar a otras personas.

William lo observó marcharse. ¿Era aquello todo lo que en realidad iba a decir?

Los padres de William siguieron andando y él los siguió más allá de la gran puerta del templo. Durante las últimas cinco semanas William había oído hablar mucho acerca de quién sería rey, pero la cuestión pareció quedar zanjada al ser coronado Stephen en la abadía de Westminster tres días antes de Navidad. Ahora, si Waleran estaba en lo cierto, la cuestión se planteaba de nuevo. Pero ¿por qué el arcediano había mostrado tanto interés en decírselo a los Hamleigh?

Cruzaron el prado en dirección a las cuadras. Tan pronto como hubieron dejado atrás al gentío reunido en el pórtico de la iglesia, y cuando ya nadie podía oírles, el padre de William exclamó:

—¡Vaya un golpe de suerte! Precisamente al hombre que insultó a la familia se le acusa de alta traición.

William no comprendía en qué consistía aquel golpe de suerte, pero era evidente que su madre sí, porque hizo un gesto de asentimiento.

—Podemos arrestarle a punta de espada y colgarlo del árbol más próximo —añadió el padre.

William no había pensado en aquello, pero entonces comprendió de pronto que si Bartholomew era un traidor estaba justificado matarlo.

—Ahora podemos vengarnos —intervino excitado—. ¡Y en lugar de castigarnos, el rey nos recompensará por ello!

Podrían llevar de nuevo la cabeza bien alta y ...

—Sois unos estúpidos —espetó su madre con repentina virulencia—. Unos idiotas ciegos y sin dos dedos de seso. Así que colgaríais a Bartholomew del árbol más próximo. ¿Es necesario que os diga qué ocurriría entonces?

Ni William ni su padre pronunciaron palabra. Cuando ella estaba de aquel humor era preferible no contestar a sus preguntas.

—Robert de Gloucester negaría que hubiese conspiración alguna —prosiguió—. Luego abrazaría al rey Stephen y le juraría lealtad. Y ahí acabaría todo, salvo que a vosotros dos os colgarían por asesinos.

William se estremeció. Le aterraba la idea de que lo colgaran. No obstante, comprendía que su madre tenía razón. El rey podía creer, o simular que creía, que nadie podía ser lo bastante temerario para rebelarse contra él, y no dudaría en sacrificar dos vidas para darle visos de credibilidad.

—Tienes razón —admitió el padre—. Lo ataremos como a un cerdo para la matanza y se lo llevaremos vivo al rey a Winchester, lo denunciaremos allí mismo y reclamaremos nuestra recompensa.

—¿Por qué no te detienes a pensar? —preguntó la madre desdeñosa. Estaba muy tensa, y William advirtió que se encontraba tan nerviosa por todo aquello como su padre, pero de distinta manera—. ¿Querría el arcediano Waleran llevar un traidor atado ante el rey? ¿Querría una recompensa para él? ¿Es que no sabéis que lo que codicia con todo su corazón es el obispado de Kingsbridge? ¿Por qué te ha concedido el privilegio de hacer el arresto? ¿Por qué se ha esforzado por encontrarse con nosotros en la iglesia, como por casualidad, en lugar de venir a vernos directamente a Hamleigh? ¿Por qué nuestra conversación ha sido tan corta e indirecta?

Hizo una pausa retórica como esperando una respuesta, pero tanto William como su padre sabían que en realidad no la quería. William recordó que se suponía que a los sacerdotes no les gustaba el derramamiento de sangre y consideró la posibilidad de que quizá fuera ése el motivo de que Waleran no quisiera verse implicado en la detención de Bartholomew. Aunque recapacitando mejor comprendió que Waleran no tenía semejantes escrúpulos.

—Yo os diré por qué —prosiguió la madre—. Porque no está seguro de que Bartholomew sea un traidor. Su información no es del todo fidedigna. No sé de dónde ha podido sacarla; tal vez escuchó una conversación entre borrachos, o interceptó un mensaje ambiguo. Es probable incluso que haya hablado con un espía de dudosa credibilidad. En cualquier caso, no está dispuesto a arriesgar el cuello, ni a acusar abiertamente de traición al conde Bartholomew, pues si la acusación resultara ser falsa, él mismo sería acusado de calumniador. Quiere que otro corra el riesgo y haga el trabajo sucio para él. Cuando todo hubiera terminado, si ha sido probada la traición, daría un paso adelante y se adjudicaría su parte del mérito; pero si resultara que Bartholomew es inocente, Waleran jamás admitiría haber dicho lo que hoy hemos oído.

Tal como ella lo exponía parecía muy claro. De no ser por su madre, William y su padre habrían caído inexorablemente en la trampa que Waleran les había tendido. Habrían actuado como sus agentes y corrido los riesgos por él. El buen sentido político de aquella mujer era verdaderamente admirable.

—¿Quieres decir que, sencillamente, debemos olvidarnos de eso? —preguntó el padre.

—Desde luego que no. —Los ojos de su esposa centellearon—. Todavía existe una posibilidad de destruir a la gente que nos ha humillado. —Un palafrenero tenía su caballo preparado. Ella cogió las riendas y le indicó que se alejara, pero no montó de inmediato, sino que permaneció junto al caballo, palmeándole el cuello en actitud reflexiva, y añadió en voz queda—: Necesitamos una prueba de la conspiración para que nadie pueda negarla cuando hayamos presentado nuestra acusación. Tendremos que obtenerla con el mayor sigilo, para que nadie descubra lo que estamos buscando. Luego, cuando la tengamos, podremos arrestar al conde Bartholomew y conducirlo ante el rey. Enfrentado a la prueba Bartholomew confesará y suplicará clemencia. Entonces nosotros pediremos nuestra recompensa.

—Y negaremos que Waleran nos ha ayudado —apostilló el padre.

Ella negó con la cabeza.

—Déjale que tenga su parte de gloria y su recompensa. De ese modo estará en deuda con nosotros. Eso puede favorecernos mucho.

—Pero ¿cómo buscaremos la prueba de la conspiración? —preguntó ansioso el padre.

—Tendremos que encontrar una manera de acercarnos a los alrededores del castillo de Bartholomew. —La mujer frunció el entrecejo—. No será fácil. Nadie creería que fuéramos a visitarlo. Todos saben que aborrecemos a Bartholomew.

A William se le ocurrió una idea.

—Yo puedo ir —dijo.

Sus padres mostraron cierto sobresalto.

—Supongo que despertarías menos sospechas que tu padre, pero ¿con qué pretexto? —preguntó su madre.

William ya había pensado en ello.

—Puedo ir a ver a Aliena —respondió, y el pulso se le aceleró sólo de pensarlo—. Le suplicaré que recapacite sobre su decisión. Después de todo, en realidad no me conoce. Me juzgó mal cuando nos vimos. Puedo ser un buen marido para ella. Tal vez sólo necesite que la corteje de modo más intenso. —Esbozó una sonrisa cínica para que no advirtieran lo mucho que sentía cada una de sus palabras.

—Una excusa perfectamente creíble —repuso su madre, mirándolo fijamente—. Me pregunto si, después de todo, has sacado algo de mi inteligencia.

Al día siguiente, William se sentía optimista por primera vez en meses, al ponerse en camino rumbo al castillo del conde. Era una mañana clara y fría. El viento del norte le azotaba las orejas y la nieve escarchada crujía bajo los cascos de su caballo. Llevaba una capa gris de un estupendo tejido de Flandes ribeteada de piel de conejo sobre una túnica escarlata.

Lo acompañaba su palafrenero Walter. Cuando William tenía doce años, el joven Walter se había convertido en su tutor de armas y le había enseñado a cabalgar, a cazar, a manejar la espada y a luchar. Ahora Walter era su palafrenero, su compañero y su guardia personal. Era tan alto como William, pero más ancho de hombros. Aunque nueve o diez años mayor que éste, aún era lo bastante joven para beber y perseguir a las muchachas, y al mismo tiempo lo bastante maduro para mantener a William alejado de los problemas cuando era necesario. El muchacho lo consideraba su mejor amigo.

William sentía una extraña excitación ante la perspectiva de ver otra vez a Aliena, aun cuando sabía que se arriesgaba a que lo rechazara y humillase nuevamente. Aquel atisbo fugaz en la catedral de Kingsbridge cuando por un instante se encontró con sus extraordinarios ojos oscuros, había reanimado el deseo que sentía por ella. Esperaba ansioso hablarle, estar cerca de ella, ver la cascada de sus bucles agitarse mientras hablaba, imaginar su cuerpo debajo del vestido.

Al mismo tiempo, la oportunidad de vengarse había agudizado su odio. Estaba tenso e inquieto ante la idea de que podría resarcirse de la humillación que él y su familia habían sufrido.

Le hubiese gustado tener una idea más clara de lo que tenía que buscar. Estaba bastante seguro de que descubriría si la historia de Waleran era cierta, porque lo más probable era que en el castillo se estuvieran preparando agrupando caballos, limpiando las armas, almacenando alimentos, aun cuando, para engañar a cualquier observador inesperado, aquellos preparativos parecerían tener otro fin, por ejemplo, el de una expedición. Pero convencerse de la existencia de una conspiración no era lo mismo que encontrar pruebas. A William no se le ocurría nada que pudiera considerarse como tal, de modo que tendría los ojos bien abiertos y esperaría a que la ocasión se presentara por sí sola. No obstante, se trataba de un pobre plan, y le preocupaba y hasta le atormentaba la posibilidad de que la oportunidad se le escapara de las manos.

A medida que se acercaba empezó a ponerse nervioso. Se preguntaba si le negarían la entrada en el castillo, y por un instante lo dominó el pánico, hasta que comprendió que era sumamente improbable. El castillo era un lugar público, y si el conde tomaba la decisión de cerrarlo a la pequeña nobleza local, sería tanto como proclamar que se fraguaba la traición.

El conde Bartholomew vivía a unos kilómetros de la ciudad de Shiring, cuyo castillo estaba ocupado por el sheriff del condado, de manera que el conde tenía un castillo propio fuera de la ciudad. El pequeño pueblo que había crecido alrededor de las murallas de piedra era conocido como Earlcastle. William ya había estado antes allí, pero en esos momentos lo contemplaba como lo habría hecho un atacante.

Había un foso ancho y profundo en forma de ocho, con el círculo superior más pequeño que el inferior. La tierra que había sido excavada para hacer el foso estaba amontonada en el interior de los círculos formando terraplenes.

Al pie del ocho un puente cruzaba el foso y en el muro de tierra había una brecha que daba acceso al círculo inferior. Era la única entrada. No había forma de alcanzar otro puente sobre el foso que dividía ambos círculos. El superior era el sanctasanctórum.

Mientras William y Walter cabalgaban por los campos abiertos que rodeaban el castillo fueron testigos de continuas idas y venidas. Dos soldados cruzaron el puente en caballos veloces y partieron en distintas direcciones, y un grupo de cuatro jinetes precedió a William por el puente cuando entró con Walter.

William observó que la última sección del puente podía retraerse en el macizo recinto de piedra que formaba la entrada al castillo. Alrededor de toda la muralla se alzaban, a intervalos, atalayas de piedra de tal manera que todos los sectores del perímetro podían ser defendidos por arqueros. Tomar ese castillo mediante un ataque frontal sería una operación larga y sangrienta, y los Hamleigh no podían reunir un número suficiente de hombres para asegurarse del éxito. Ésa fue la pesimista conclusión a que llegó William.

Naturalmente, ese día el castillo estaba abierto para el comercio. William dio su nombre al centinela de la entrada y fue admitido sin más requisitos. En el interior del círculo inferior, protegidos del mundo exterior por las paredes de tierra, se alzaban los edificios domésticos habituales: cuadras, cocinas, talleres, un retrete y una capilla. Reinaba un ambiente bullicioso. Los palafreneros, escuderos, sirvientes y doncellas se movían con diligencia y hablaban ruidosamente, saludándose los unos a los otros y gastando bromas. Para una persona que no fuese recelosa, toda aquella actividad quizá no fuera otra cosa que la reacción normal ante el regreso del señor, pero a William le pareció que allí había algo más.

Dejó a Walter en las cuadras con los caballos y se dirigió al extremo más alejado del recinto, donde, exactamente enfrente de la garita del centinela, había un puente sobre el foso que conducía al círculo superior. Una vez que lo hubo cruzado lo interceptó otro centinela, quien le preguntó el motivo de su presencia allí.

—He venido a ver a lady Aliena —respondió William.

El centinela no lo conocía, pero lo miró de arriba abajo y, al observar su hermosa capa y su túnica color púrpura, lo tomó por lo que parecía, un esperanzado pretendiente.

—La encontraréis en el salón grande —le informó con una sonrisa.

En el centro del círculo superior se alzaba un edificio de piedra cuadrado de tres pisos y gruesos muros. Era la torre del homenaje. Como de costumbre, la planta baja era un almacén. El gran salón estaba sobre éste, y se accedía a él por una escalera exterior de madera que podía ser retirada desde dentro del edificio. En el piso superior debía de estar el dormitorio del conde. Aquél sería su último baluarte cuando los Hamleigh acudieran a apresarlo.

Todo el trazado presentaba una formidable serie de obstáculos para el atacante, pero ahora que William estaba intentando descubrir la forma de superarlos, vio con extraordinaria claridad la función de los diferentes elementos del esquema. Aun cuando los visitantes llegaran a alcanzar el círculo inferior, todavía tendrían que cruzar otro puente y luego asaltar la recia torre del homenaje. Para alcanzar el piso superior tendrían que fabricar una escalera, y una vez que consiguiesen llegar al salón, tendrían que luchar denodadamente para alcanzar el dormitorio del conde. La única manera de tomar ese castillo era con todo sigilo. Así lo comprendió William, que intentó descubrir la forma de introducirse clandestinamente en él.

Subió por la escalera y entró en el salón. Estaba lleno de gente, pero el conde no se encontraba allí. En el rincón más alejado, a mano izquierda, podía verse la escalera que conducía a su dormitorio y, al pie de la misma, a unos quince o veinte caballeros y hombres de armas sentados hablando en voz baja. Aquello no era corriente. Los caballeros y los hombres de armas constituían clases sociales distintas. Los primeros eran terratenientes que vivían de sus rentas, en tanto que los segundos recibían su soldada cada día. Los dos grupos sólo se transformaban en camaradas cuando soplaban vientos de guerra.

William reconoció a algunos de ellos. Allí estaban Gilbert Catface, un viejo luchador de temperamento violento con una barba descuidada y largas patillas, que aunque había pasado ya los cuarenta seguía manteniéndose vigoroso; Ralph de Lyme, que se gastaba más en trajes que en una novia y que ese día llevaba una capa azul forrada de seda roja; Jack Fitz Guillaume, que ya era caballero aunque apenas tuviera unos años más que William, y otros cuyos rostros le eran vagamente familiares. Hizo un saludo con la cabeza, pero le prestaron escasa atención. Aunque era bien conocido, también era demasiado joven para ser importante.

Se volvió y recorrió con la mirada el salón hasta el extremo opuesto. Al instante descubrió a Aliena.

Su aspecto era totalmente distinto del que presentaba el día anterior. Entonces iba vestida para asistir a la catedral, con seda, preciosa lana y lino, con sortijas, cintas y botas de punta afilada. En aquel momento llevaba la túnica corta de una campesina o de una niña, e iba descalza. Estaba sentada en un banco estudiando un tablero de juego con fichas de diferentes colores. Mientras William la observaba, se recogió la túnica y cruzó las piernas, descubriendo las rodillas al tiempo que arrugaba la nariz en gesto de preocupación. El día anterior parecía una gran dama, en tanto que ahora era una chiquilla vulnerable, y William la encontró más deseable todavía. De repente, se sintió avergonzado de que aquella niña hubiera sido capaz de causarle tanta angustia, y ardió en deseos de encontrar una forma de demostrarle que podía dominarla. Era una sensación casi semejante a la de la lujuria.

Estaba jugando con un muchacho unos tres años más joven que ella, que se mostraba inquieto e impaciente. Era evidente que no le gustaba el juego. William advirtió cierto parecido familiar entre los dos jugadores. En realidad, el muchacho era igual que Aliena, tal como William la recordaba en su infancia, con la misma nariz respingona y el pelo corto. Debía tratarse de Richard, su hermano pequeño y heredero del condado.

William se acercó más. Richard le echó una mirada rápida y volvió luego su atención al tablero. Aliena parecía muy concentrada. El tablero de madera pintada tenía las formas de una cruz y estaba dividido en cuadros de distintos colores. Las fichas, blancas y negras, tenían todo el aspecto de ser de marfil. El juego era, sin duda, una variante del chaquete, o las tablas reales, y probablemente se trataba de un regalo que el padre de Aliena les había traído de Normandía. William, sin embargo, estaba más interesado en la muchacha. Cuando se inclinaba sobre el tablero podía ver el nacimiento de sus pechos. Eran grandes, como él los había imaginado. Sintió la boca seca.

Richard movió una ficha.

—No. No puedes hacer eso —le indicó Aliena.

—¿Por qué no? —preguntó el muchacho, enfadado.

—Porque va contra las reglas, estúpido.

—No me gustan las reglas —replicó Richard con petulancia.

—¡Tienes que obedecer las reglas! —afirmó Aliena, encolerizada.

—¿Por qué?

—Porque sí. ¡Eso es todo!

—Pues no pienso hacerlo. —Richard tiró de un manotazo el tablero y las fichas volaron por el aire.

Rápida como el rayo, Aliena le dio un bofetón.

El chico lanzó un grito, con el orgullo herido y la cara enrojecida.

—Eres… —Vaciló por un instante—. ¡Eres un jodido demonio! —gritó. Dio media vuelta y echó a correr, pero a los pocos pasos chocó contra William, que lo cogió por un brazo y lo levantó.

—Procura que el sacerdote no te oiga llamar semejantes cosas a tu hermana —le advirtió.

Richard se revolvía y chillaba.

—Me haces daño… ¡Suéltame!

William lo retuvo todavía por un momento. El chico dejó de forcejear y se echó a llorar. William lo dejó en el suelo y el chiquillo se alejó corriendo hecho un mar de lágrimas.

Aliena, que ya había olvidado el juego, lo miró con expresión de extrañeza y le preguntó:

—¿Qué haces aquí? —Hablaba en voz baja y tranquila, como una persona de más edad.

William, complacido por la manera autoritaria con que había tratado a Richard, se sentó en el banco y contestó:

—He venido a verte.

—¿Por qué? —inquirió ella con cautela.

William se ubicó de forma que pudiera vigilar la escalera. Vio entrar en el salón a un hombre de unos cuarenta años, vestido como un sirviente de alto rango, con una túnica corta de excelente tejido. Hizo una seña a alguien y de inmediato un caballero y un hombre de armas se dirigieron juntos hacia la escalera.

—Quiero hablar contigo. —William volvió de nuevo la mirada hacia Aliena.

—¿Sobre qué?

—Sobre tú y yo —contestó William, y vio que el sirviente se acercaba a ellos. Había algo afeminado en la manera de andar de aquel hombre. En la mano llevaba un pan de azúcar de color marrón y forma de cono. En la otra, una raíz retorcida que parecía jengibre. Se trataba sin duda del mayordomo de la casa y seguramente había ido al depósito de especias, una alacena cerrada con llave en el dormitorio del conde, para retirar la provisión diaria de ingredientes preciosos, que en ese momento se disponía a llevar al cocinero. El azúcar tal vez fuese para endulzar la tarta de manzanas silvestres, y el jengibre para aromatizar las lampreas.

Aliena siguió la mirada de William.

—Hola, Matthew.

El mayordomo le dirigió una sonrisa y partió un trozo de azúcar para ella. William tuvo la impresión de que Matthew sentía gran afecto y devoción por Aliena. Algo en la actitud de ella debió de hacerle comprender que se sentía incómoda, porque su sonrisa se transformó en un gesto de preocupación.

—¿Va todo bien? —preguntó con voz tranquila.

—Sí, gracias.

Matthew miró a William y pareció sorprendido.

—El joven William Hamleigh, ¿no?

William se sintió inquieto al verse reconocido, aunque fuera inevitable.

—¡Guárdate tu azúcar para los niños! —exclamó, aun cuando no se lo hubieran ofrecido—. A mí no me gusta.

—Muy bien, señor. —Matthew decía con la mirada que no había llegado a la posición que ostentaba discutiendo con los hijos de la pequeña nobleza. Se volvió hacia Aliena y añadió—: Vuestro padre ha traído una seda maravillosamente suave… Luego os la enseñaré.

—Gracias —dijo ella.

Matthew se alejó.

—No es más que un tonto afeminado —masculló William.

—¿Por qué has sido tan grosero con él? —le preguntó Aliena.

—No permito que los sirvientes me llamen «joven William». —Aquélla no era la mejor manera de empezar a cortejar a una dama. Tenía que mostrarse seductor—. Si fueras mi mujer mis sirvientes te llamarían señora.

—¿Has venido para hablar de matrimonio? —inquirió ella, y a William le pareció descubrir una nota de incredulidad en su voz.

—Tú no me conoces —dijo William con tono de protesta. Advirtió, desolado, que aquella conversación se le escapaba de las manos. Había planeado una pequeña charla antes de entrar en materia, pero ella se mostraba tan directa y franca que tuvo que soltar su mensaje sin ambages—. Me has juzgado mal. No sé lo que hice la última vez que nos vimos para llegar a desagradarte tanto, pero fueran cuales fuesen tus motivos, te precipitaste.

Aliena desvió la mirada reflexionando sobre qué respuesta dar. William vio detrás de ella al caballero y al hombre de armas que bajaban por las escaleras y salían por la puerta con actitud resuelta. Un momento después un hombre con indumentaria clerical, probablemente el secretario del conde, apareció arriba e hizo una seña. Dos de los caballeros se levantaron y subieron. Uno era Ralph de Lyme y el otro un hombre calvo de más edad. Saltaba a la vista que todos aquellos hombres esperaban en el salón para ver al conde en su cámara, de uno en uno y por parejas. ¿Por qué?

—¿Al cabo de todo este tiempo? —estaba diciendo Aliena con emoción contenida. Tal vez estuviese enfadada, pero William tenía la desagradable sensación de que se burlaba de él—. ¿Después de tanta preocupación, de tanta rabia, de tanto escándalo, precisamente cuando al fin todo se está olvidando, vienes y me dices que me he equivocado?

William comprendió que tal como lo presentaba ella no parecía plausible.

—Nadie ha olvidado nada. La gente todavía habla de ello. Mi madre aún está furiosa y mi padre no puede ir con la cabeza alta en público —dijo en tono de enfado—. Para nosotros no está olvidado.

—Para vosotros nada importa más que el honor de la familia, ¿no?

Su voz tenía una inflexión peligrosa, pero William hizo caso omiso. Acababa de darse cuenta de lo que el conde estaba haciendo con todos aquellos caballeros y hombres de armas. Estaba despachando mensajes.

—¿El honor de la familia? Sí —respondió.

—Sé que tendría que pensar en el honor, en las alianzas entre familias y todo eso —dijo Aliena—, pero eso no lo es todo en el matrimonio. —Reflexionó por un instante y luego tomó una decisión—. Tal vez debiera hablarte de mi madre. Aborrecía a mi padre. Mi padre no es malo, en realidad es un gran hombre y le quiero, pero es espantosamente solemne y estricto, y jamás comprendió a mi madre. Ella era una persona feliz y alegre, que le gustaba reír, contar historias y escuchar música, pero mi padre la hizo desgraciada. —Se le llenaron los ojos de lágrimas—. Por eso murió, porque no la dejaba ser feliz. Lo sé. Y él también lo sabe, ¿comprendes? Por eso prometió que nunca permitiría que me casara con alguien que no me gustara. ¿Lo comprendes ahora?

William, cuya atención en realidad no estaba centrada en lo que ella le decía sino en aquellos mensajes, se preguntó si serían órdenes. Órdenes para los amigos y aliados del conde Bartholomew, advirtiéndoles que debían prepararse para la lucha. Y los mensajeros constituían una prueba de ello.

Advirtió que Aliena estaba mirándolo.

—¿Casarte con alguien que no te guste? —dijo, repitiendo como un eco las palabras de ella—. ¿No te gusto?

—No estabas escuchándome —dijo ella con ira contenida—. Eres tan egocéntrico que no puedes pensar ni por un momento en los sentimientos de los otros. ¿Qué hiciste la última vez que viniste aquí? Hablaste sin cesar de ti y no me hiciste una sola pregunta.

Su voz fue subiendo de tono hasta convertirse casi en gritos, y cuando calló, William se percató de que los hombres que se encontraban al otro extremo del salón guardaban silencio y escuchaban. Se sintió incómodo.

—Baja la voz —le pidió a Aliena.

Ella no le hizo el menor caso.

—¿Quieres saber por qué no me gustas? Muy bien. Voy a decírtelo. No me gustas porque no tienes educación. No me gustas porque casi no sabes leer. No me gustas porque sólo estás interesado en tus perros, en tus caballos y en ti mismo.

Gilbert Catface y Jack Fitz Guillaume reían abiertamente. William se sintió enrojecer. Aquellos hombres eran unos don nadie, eran caballeros y se estaban riendo de él, el hijo de lord Percy Hamleigh. Se puso en pie.

—Muy bien —exclamó con tono apremiante, intentando hacer callar a Aliena.

Pero de nada le sirvió.

—No me gustas porque eres egoísta, aburrido y estúpido —prosiguió ella. Todos los caballeros reían—. No me gustas, te desprecio, te aborrezco y me resultas insoportable. ¡Y ése es el motivo de que no quiera casarme contigo!

Los caballeros lanzaron vítores y aplaudieron. William se encogió interiormente. Sus risas hacían que se sintiera pequeño, indefenso como un chiquillo, y de chiquillo se había pasado todo el tiempo aterrorizado. Se alejó de Aliena, luchando por mantener una expresión impávida y ocultar sus sentimientos. Cruzó el salón lo más deprisa que pudo sin correr, mientras las risas subían de tono. Finalmente alcanzó la puerta, la abrió de golpe y salió. Cerró de un portazo y bajó corriendo por las escaleras, avergonzado, y el sonido lejano de las risas burlonas siguió resonando en sus oídos a través del embarrado patio hasta la puerta.

El sendero que conducía de Earlcastle a Shiring atravesaba un camino principal, a poco más de un kilómetro. Al alcanzar la encrucijada, el viajero podía dirigirse hacia el norte, en dirección a Gloucester y la frontera galesa, o hacia el sur si se dirigía a Winchester y la costa. William y Walter se dirigieron hacia el sur.

La angustia de William se había transformado en ira. Estaba demasiado furioso para hablar. Le hubiera gustado golpear a Aliena y matar a todos aquellos caballeros, hundir su espada en cada una de aquellas bocas que reían y llegar hasta las gargantas. Y ya había pensado en la manera de vengarse, al menos de uno de ellos. Si daba resultado podría obtener, al mismo tiempo, la prueba que necesitaba. La mera idea le produjo un consuelo feroz.

Primero tenía que agarrar a uno de ellos. Tan pronto como el camino se adentró por el bosque, William se apeó y echó a andar llevando de las riendas a su caballo. Walter lo seguía en silencio, respetando su mal humor. William llegó a un trecho de senda angosto y se detuvo.

—¿Quién maneja mejor el cuchillo, tú o yo? —preguntó, volviéndose hacia Walter.

—En la lucha cuerpo a cuerpo yo soy mejor —respondió Walter con cautela—, pero lanzando sois más certero, milord.

Siempre que estaba furioso le llamaba milord.

—Supongo que podrás hacer tropezar a un caballo desbocado y derribarlo —dijo William.

—Sí, con una buena estaca.

—Entonces ve a buscar un árbol pequeño, arráncalo y desbástalo. Así tendrás una magnífica estaca.

Walter se alejó para hacer lo que le indicaba.

William condujo a los dos caballos a través del bosque hasta un calvero alejado del camino. Les quitó las monturas y algunas de las cuerdas y correas, las suficientes para atar a un hombre de pies y manos con la fuerza necesaria. Su plan era tosco, pero no había tiempo para concebir algo más elaborado, de manera que lo único que le quedaba por hacer era esperar que todo saliese bien.

Mientras caminaba de regreso al camino encontró una sólida rama de roble, seca y dura, que serviría muy bien como cachiporra.

Walter estaba esperándolo con su estaca. William eligió el lugar donde el palafrenero se apostaría tumbado detrás del ancho tronco de un haya que había cerca del camino.

—No saques la estaca demasiado pronto o espantarás al caballo —le advirtió William—. Pero tampoco te demores demasiado, porque no puedes hacer tropezar al caballo con las patas traseras. Lo mejor sería meterle la estaca entre las patas delanteras y hundir el otro extremo en la tierra para que no la aparte de una coz.

—Ya he visto hacerlo antes —dijo Walter con ademán de aquiescencia.

William recorrió unos treinta metros en dirección a Earlcastle. Su papel consistía en asegurarse de que el caballo se desbocara y corriera tan rápido que no pudiera evitar la estaca de Walter. Se ocultó lo más cerca que pudo del camino. Tarde o temprano pasaría por allí alguno de los mensajeros del conde Bartholomew. William confiaba en que fuera pronto. Estaba ansioso por averiguar si aquello daría resultado, y se sentía impaciente por acabar de una vez.

Pensó que aquellos caballeros no tenían idea de que mientras se reían de él, él los estaba espiando. Eso lo apaciguó en parte. Pero uno de ellos estaba a punto de averiguarlo. Y entonces lamentará haberse reído, se dijo. Entonces deseará caer de rodillas y besarme las botas en vez de reír. Tendrá que llorar y suplicar y pedirme que le perdone. Y yo me limitaré a torturarlo aún más.

Sin embargo, aquél no era el único pensamiento que le servía de consuelo. Si su plan tenía éxito, quizá finalmente condujera a la caída del conde Bartholomew y la resurrección de los Hamleigh. Entonces todos aquellos que se mofaron al romperse el compromiso temblarían de miedo y algunos sufrirían algo más que terror.

La caída de Bartholomew sería también la de Aliena, y ésa era la mejor parte. Su desmesurado orgullo y sus aires de superioridad desaparecerían cuando su padre fuese ahorcado por traidor. Si para entonces aún quería sedas suaves y conos de azúcar, debería casarse con William para tenerlos. Se la imaginaba humilde y contrita, sirviéndole dulces calientes de la cocina, mirándole con aquellos inmensos ojos oscuros, ansiosa por complacerle, esperando una caricia, su boca suave, ligeramente entreabierta suplicando ser besada.

Sus fantasías se vieron interrumpidas por el ruido de cascos sobre el barro endurecido del camino. Sacó su cuchillo y lo observó. La punta estaba afilada en ambos lados para una mejor penetración. William se mantuvo erguido, con la espalda apoyada contra el árbol que le ocultaba y sujetando el cuchillo por la hoja, y permaneció a la espera sin apenas respirar. Estaba nervioso. Temía fallar con el cuchillo, o que el caballo no cayera, incluso que el jinete matara a Walter con un golpe de suerte, pues en ese caso William tendría que luchar solo… Algo le preocupaba en el resonar de los cascos a medida que se acercaban. Vio que Walter le miraba a través de la vegetación con expresión preocupada. Él también lo había oído. Y entonces comprendió de qué se trataba. Llegaban varios caballos. Tenía que decidirse con rapidez. ¿Convendría que atacaran a dos caballeros? Sería, desde luego, una lucha más justa. Decidió dejar que pasaran de largo y esperar a un jinete solitario. Resultaba decepcionante, pero era lo más prudente. Hizo un ademán con la mano a Walter indicándole que se mantuviera quieto. Walter asintió comprensivo y volvió a ocultarse.

Un instante después aparecieron dos caballos. William percibió un ondear de seda roja. Ralph de Lyme. Luego vio la cabeza calva del compañero de éste. Ambos hombres pasaron al trote.

Pese a la decepción, William se vio recompensado, ya que se confirmaba su teoría de que el conde estaba enviando a aquellos hombres con mensajes. Sin embargo, se preguntaba inquieto si Bartholomew tendría la costumbre de enviarlos por parejas. Sería lógico que tomara esa precaución, pues resultaba más seguro. Por otra parte, Bartholomew tenía muchos mensajes que enviar y un número limitado de hombres, y era posible que considerara excesivo recurrir a dos caballeros para un solo mensaje. Además, los caballeros eran hombres violentos de los que se podía esperar que presentaran dura batalla a posibles bandoleros, batalla en la que éstos tendrían poco que ganar, porque un caballero no solía tener cosas que valiera la pena robar, salvo su espada, que era difícil de vender sin tener que responder a preguntas comprometedoras, y su caballo, que era muy posible que quedara lisiado durante la emboscada. Un caballero estaba más seguro en el bosque que la mayoría de la gente.

William se rascó la cabeza con la empuñadura del cuchillo. Podía suceder cualquiera de las dos cosas.

Se acomodó para esperar. El bosque estaba silencioso. Apareció un débil sol invernal, que desapareció tras brillar un rato a través de la densa vegetación. William comenzó a sentir hambre, pues había pasado la hora de la comida. A unos metros de distancia un ciervo cruzó tranquilo el sendero sin saber que le observaba un hombre hambriento. William estaba cada vez más impaciente.

Decidió que si aparecía otro par de jinetes tendría que atacar. Era arriesgado, pero contaba con la ventaja de la sorpresa y con Walter, que era un magnífico luchador. Además, tal vez fuese su última oportunidad. Sabía que podían matarle, y tenía miedo, pero quizá fuera mejor que vivir en constante humillación. Por otra parte, sucumbir luchando era una forma honorable de morir.

Se dijo que lo mejor de todo sería que fuera Aliena la que llegase sola montando un poni blanco. Saldría despedida del caballo y se heriría los brazos y las piernas al caer en un zarzal. Las espinas desgarrarían su suave piel hasta hacerla sangrar. William saltaría sobre ella inmovilizándola en el suelo. Se sentiría profundamente mortificada.

Fantaseó con la idea, se imaginó sus heridas, su respiración anhelante mientras él permanecía a horcajadas sobre ella, la expresión de horror abyecto en su rostro cuando se diera cuenta de que estaba a merced de él. Y entonces volvió a oír el ruido de los cascos.

Esta vez sólo era un caballo.

Se irguió, preparó el cuchillo, se apoyó contra el árbol y volvió a aguzar el oído.

Era un caballo bueno y rápido, no uno de guerra sino un poderoso corcel. Llevaba un peso moderado sobre el lomo, como un hombre sin armadura, y su trote era tranquilo. William encontró la mirada de Walter y asintió. Era ése, ahí tenía la prueba. Levantó el brazo derecho sujetando el cuchillo por la punta de la hoja.

Desde lejos, llegó el relincho del caballo de William.

El sonido atravesó con toda claridad el bosque silencioso y fue perfectamente audible por encima del ligero repiquetear de los cascos del caballo que se acercaba. Éste también lo oyó, y rompió el ritmo de su tranco. El jinete dijo: «¡So!», y lo puso al paso. William juró entre dientes. Ahora el jinete se mostraría cauteloso, lo cual pondría las cosas más difíciles. William pensó, demasiado tarde, que debería haber dejado su montura aún más lejos.

Ahora que el caballo que se acercaba iba al paso, William no tenía ni idea de a qué distancia se encontraba. Todo estaba saliendo mal. Resistió la tentación de mirar desde detrás del árbol. Prestó oído atento, rígido por la tensión. De repente, oyó al caballo bufar, asombrosamente cerca, y finalmente apareció a un par de metros de donde él se encontraba. El animal lo vio un instante antes de que William lo viera a él. Dio un respingo y el jinete soltó una exclamación de sorpresa.

William lanzó un juramento. Se dio cuenta de inmediato de que el caballo podía volverse y echar a correr, desbocado, en dirección contraria. Se ocultó de nuevo detrás del árbol y salió por el otro lado, detrás del caballo, con el brazo levantado. Vio al jinete, barbudo y con el ceño fruncido, tirar de las riendas. Era el viejo y curtido Gilbert Catface. William arrojó el cuchillo.

Fue un lanzamiento perfecto. El arma fue directa al anca del caballo y se hundió varios centímetros en la carne.

El animal pareció sobresaltarse como un hombre al que algo lo coge por sorpresa. Luego, antes de que Gilbert pudiera reaccionar se lanzó asustado en dirección a donde Walter esperaba emboscado.

William corrió tras él. El caballo cubrió en unos momentos la distancia que le separaba de Walter. Gilbert no hacía el menor esfuerzo por controlar a su montura, ya que estaba demasiado ocupado en mantenerse sobre la silla. Cuando se hallaba a la altura de Walter, William se dijo:

—¡Ahora, Walter, ahora!

Walter calculó su acción con tal exactitud que William ni siquiera vio salir la estaca impulsada de detrás del árbol. Sólo vio que al caballo se le doblaban las patas delanteras como si de repente hubieran perdido toda su fuerza. Luego las patas traseras parecieron alcanzar a las delanteras de tal forma que todas se enredaron. Finalmente, la cabeza descendió mientras los cuartos traseros se alzaban, y cayó pesadamente.

Gilbert salió disparado. Al intentar darle alcance, William se vio entorpecido por el caballo que yacía en el suelo.

Gilbert aterrizó bien, rodó sobre sí mismo y quedó de rodillas. Por un instante, William temió que echara a correr y escapara, pero entonces Walter salió de entre los arbustos, se lanzó por los aires en un salto descomunal y cayó sobre la espalda de Gilbert, derribándolo.

Los dos hombres fueron a parar al suelo. Recuperaron el equilibrio al mismo tiempo y William vio con horror que el astuto Gilbert empuñaba un cuchillo. William, saltando por encima del caballo derribado, lanzó el palo de roble contra Gilbert en el preciso instante en que éste levantaba el arma. El palo le dio en un lado de la cara.

Gilbert se tambaleó, pero logró ponerse de pie. William lo maldijo por ser tan duro, y se disponía a atacar de nuevo con la cachiporra, cuando Gilbert fue más rápido y se lanzó sobre él con el cuchillo. William iba vestido para cortejar, no para luchar, y la afilada hoja atravesó la capa de excelente lana. William retrocedió con la suficiente rapidez para salvar el pellejo. Gilbert seguía acosándole, impidiéndole recuperar el equilibrio, por lo que no podía manejar la cachiporra. William retrocedía cada vez que Gilbert se lanzaba sobre él, pero nunca disponía de tiempo suficiente para recuperarse, y estaba cada vez más acorralado. De pronto, William temió por su vida, pero, entonces, Walter llegó por detrás de Gilbert, lo golpeó en las piernas y le hizo caer.

William se sintió aliviado, pues por un momento pensó que iba a morir. Dio gracias a Dios por la ayuda de Walter.

Gilbert intentó levantarse pero Walter le propinó una patada en la cara. William, para asegurarse, lo golpeó por dos veces con la cachiporra, y Gilbert quedó inmóvil.

Le volvieron boca arriba y mientras Walter permanecía sentado sobre su cabeza, William le ataba las manos a la espalda. Luego le quitó sus largas botas negras y le ató los tobillos con un fuerte trozo de correa de la guarnición.

Se puso de pie e hizo una mueca a Walter, que sonrió. Era un verdadero alivio tener firmemente maniatado a aquel escurridizo y viejo luchador.

El siguiente paso era hacerlo confesar.

Estaba recuperando la conciencia. Walter le hizo volverse. Cuando Gilbert vio a William mostró sorpresa y luego miedo. William se sintió complacido y pensó que ya debía de estar lamentando sus risas. Dentro de un instante las lamentaría todavía más.

El caballo de Gilbert se había puesto asombrosamente en pie. Había corrido unos cuantos metros, pero luego se había detenido y en aquel instante miraba hacia atrás, jadeando y sobresaltándose cada vez que el viento agitaba los árboles. El cuchillo de William se le había caído del anca. Éste lo recogió mientras Walter iba en busca del animal.

William aguzó el oído por si se acercaban nuevos jinetes. En cualquier momento podía llegar otro mensajero, en cuyo caso tendrían que quitar de la vista a Gilbert y mantenerlo callado. Pero no apareció nadie, y Walter pudo coger al caballo de su víctima sin dificultad.

Pusieron a Gilbert a lomos de su montura y luego lo condujeron a través del bosque hasta donde William había dejado sus propias monturas, que empezaron a agitarse al oler la sangre que brotaba de la herida en el anca del caballo de Gilbert, por lo que William ató a éste algo alejado.

Miró alrededor en busca de un árbol adecuado para sus fines. Descubrió un olmo de cuyo tronco sobresalía, a una altura de unos tres metros del suelo, una gruesa rama. Se la señaló a Walter y dijo:

—Quiero colgar a Gilbert de esa rama.

Walter esbozó una sonrisa sádica.

—¿Qué vais a hacerle, milord?

—Ya lo verás.

El curtido rostro de Gilbert estaba lívido por el terror. William pasó una cuerda por debajo de los brazos del hombre, se la ató a la espalda e hizo una lazada en la rama.

—Súbelo —ordenó a Walter.

Walter izó a Gilbert, que se retorció hasta liberarse y cayó al suelo. Walter cogió la cachiporra y lo golpeó en la cabeza hasta dejarlo semiinconsciente. Luego le izó de nuevo. William enrolló varias veces a la rama el extremo suelto de la cuerda, afirmándolo con fuerza. Entonces Walter soltó a Gilbert, que quedó balanceándose suavemente de la rama, con los pies a un metro del suelo.

—Ve a buscar leña —indicó William.

Prepararon una hoguera debajo de Gilbert, y William la encendió con la chispa de un pedernal. Al cabo de unos momentos, el calor de las llamas sacó a Gilbert de su letargo.

Al darse cuenta de lo que estaba ocurriendo empezó a quejarse, aterrado.

—Por favor. Bajadme, por favor. Siento haberme reído de vos. Clemencia, por favor.

William guardaba silencio. La humillación de Gilbert lo satisfacía enormemente, pero no era lo que buscaba.

Cuando las llamas empezaron a abrasar los pies descalzos de Gilbert, éste dobló las piernas para alejar los pies del fuego. Tenía la cara bañada en sudor y se percibía un leve olor a chamusquina cuando sus ropas empezaron a calentarse. William pensó que ya era tiempo de empezar con el interrogatorio.

—¿Por qué fuiste hoy al castillo? —le preguntó.

Gilbert lo miró asombrado.

—Para presentar mis respetos. ¿Acaso tiene importancia? —dijo.

—¿Por qué fuiste a presentar tus respetos?

—El conde acaba de regresar de Normandía.

—¿No fuiste especialmente convocado?

—No.

William pensó que quizá fuera verdad. Interrogar a un prisionero no resultaba tan fácil como había imaginado. Reflexionó de nuevo.

—¿Qué te dijo el conde cuando subiste a su cámara?

—Me saludó y me dio las gracias por haber ido a darle la bienvenida a su casa.

¿Tenía la mirada de Gilbert una expresión de comprensión cautelosa? William no estaba seguro.

—¿Y qué más?

—Me preguntó por mi familia y por mi pueblo.

—¿Nada más?

—Nada más. ¿Por qué os importa tanto lo que haya dicho?

—¿Qué te dijo del rey Stephen y de la emperatriz Maud?

—¡Os repito que nada!

Gilbert no pudo mantener por más tiempo las piernas encogidas y sus pies volvieron a caer sobre las llamas, cada vez más altas. Lanzó un alarido de dolor y su cuerpo se estremeció. El espasmo hizo que sus pies se apartaran del fuego, y entonces se dio cuenta de que podía aliviar el sufrimiento oscilando de un lado a otro. Sin embargo, a cada balanceo volvía a pasar por encima de las llamas y soltaba gritos desgarradores.

Una vez más William se preguntó si Gilbert estaría diciendo la verdad. No había forma de saberlo. Era de suponer que llegado un punto sufriría tanto que diría cualquier cosa que creyera que su captor quería saber, en un intento desesperado por sentir algún alivio. De manera que era importante no darle un indicio demasiado claro de lo que se pretendía de él. ¿Quién hubiera pensado que torturar a la gente resultaba tan difícil?

William procuró hablar con tranquilidad y en tono casi coloquial.

—¿Hacia adónde te dirigías?

Gilbert gritó de dolor y frustración.

—¿Y eso qué importa?

—¿Hacia adónde te dirigías?

—¡Regresaba a mi casa!

El hombre estaba perdiendo el control. William sabía que vivía al norte de allí. Había estado cabalgando en dirección contraria.

—¿Adónde ibas? —insistió.

—¿Qué queréis de mí?

—Sé que mientes —dijo William—. No tienes más que decirme la verdad. —Escuchó a Walter emitir un gruñido de satisfacción y se dijo que lo estaba haciendo mejor—. ¿Adónde ibas? —preguntó una vez más.

Gilbert estaba tan exhausto que ya era incapaz de moverse. Se quedó inmóvil sobre la hoguera, gimiendo de dolor, y una vez más encogió las piernas para apartar los pies de las llamas. Pero para entonces el fuego había prendido con fuerza, llegando a chamuscarle las rodillas. William notó un olor familiar ligeramente nauseabundo, y cayó en la cuenta de que era el de la carne quemada. Le resultaba familiar porque recordaba el olor a comida. La piel de las piernas y los pies de Gilbert estaba adquiriendo un tono oscuro al tiempo que se arrugaba, mientras que el vello de sus espinillas se volvía negro. La grasa desprendida de la carne caía sobre el fuego, chisporroteando. La contemplación de su intensísimo dolor tenía hipnotizado a William, y cada vez que Gilbert gritaba sentía una profunda excitación. Tenía el poder de hacer sufrir a un hombre, y ello le hacía sentirse extraordinariamente bien. Era una sensación parecida a la que experimentaba cuando lograba quedarse a solas con una muchacha, en un lugar donde nadie podía oír las protestas de ésta, y tras arrojarla al suelo y recogerle las faldas hasta la cintura, poseerla a sabiendas de que nada podía detenerle.

—¿Adónde ibas? —volvió a preguntar de mala gana.

—A Sherborne —contestó Gilbert con una voz que era como un grito contenido.

—¿Por qué?

—Soltadme, por el amor de Dios, y os lo diré todo.

William intuyó que tenía la victoria al alcance de la mano. Resultaba enormemente satisfactorio. Pero aún no había llegado el momento crucial.

—Apártale sólo los pies del fuego —dijo a Walter.

Walter agarró a Gilbert por la túnica y tiró de él, de modo que las piernas quedaron apartadas de las llamas.

—Adelante —lo urgió William.

—El conde Bartholomew tiene cincuenta caballeros en Sherborne y los alrededores —dijo Gilbert—. Yo debo reunirlos y traerlos a Earlcastle.

William sonrió. Todas sus conjeturas estaban resultando satisfactoriamente exactas.

—¿Y qué piensa hacer el conde con esos caballeros?

—No lo dijo.

—Dejemos que se chamusque algo más —dijo William a Walter.

—¡No! —gritó Gilbert—. ¡Os lo diré!

Walter vaciló.

—Rápido —advirtió William.

—Tienen que luchar a favor de la emperatriz Maud contra Stephen —dijo finalmente Gilbert.

Ya estaba. Ahí tenía la prueba. William saboreó su triunfo.

—Y cuando vuelva a preguntarte esto delante de mi padre, ¿contestarás lo mismo? —inquirió.

—Sí, sí.

—Y cuando mi padre te lo pregunte delante del rey, ¿seguirás diciendo la verdad?

—¡Sí!

—Júralo por la cruz.

—Lo juro por la cruz. ¡Diré la verdad!

—Amén —dijo William satisfecho, y empezó a patear el fuego.

Ataron a Gilbert a su silla y pusieron a su caballo la rienda corta. Luego cabalgaron al paso. El caballero apenas podía mantenerse erguido y William no quería que muriese, ya que sin vida no le serviría de nada, de modo que intentó tratarle sin demasiada brutalidad. Al pasar junto a un arroyo le echó agua fría sobre los pies abrasados. Gilbert gritó de dolor, pero aquello probablemente lo alivió.

William tenía una maravillosa sensación de triunfo mezclada con un extraño sentimiento de frustración. Nunca había matado a un hombre y hubiera deseado matar a Gilbert. Torturar a un hombre sin luego matarle era como desnudar por la fuerza a una muchacha sin luego violarla. Cuanto más pensaba en ello, más acuciante se hacía su necesidad de una mujer.

Tal vez cuando llegara a casa… No, no habría tiempo. Tendría que contar a sus padres lo ocurrido y ellos querrían que Gilbert repitiera su confesión delante de un sacerdote y, quizá, de algunos otros testigos. Y después tendrían que planear la captura del conde Bartholomew, que seguramente se produciría al día siguiente, antes de que el conde reuniera demasiados hombres para luchar. William todavía no había pensado en la manera de tomar el castillo por asalto sin tener que recurrir a un asedio prolongado…

Iba pensando, malhumorado, que tal vez pasara mucho tiempo antes de que viera siquiera una mujer atractiva, cuando apareció una en el camino, delante de ellos.

Era un grupo formado por cinco personas que caminaban en dirección a William. Entre ellas iba una mujer de pelo castaño oscuro, de unos veinticinco años, no precisamente una muchacha, aunque bastante joven. A medida que se acercaba, William se sintió más interesado. Era delgada y hermosa, con un cutis suave y bronceado, y sus ojos eran de un intenso color dorado.

—Quédate rezagado —le indicó William a Walter—. Mantén al caballero detrás de ti mientras yo hablo con ellos.

El grupo se detuvo y lo miraron con cautela. Se trataba, a todas luces, de una familia. Uno de ellos, un hombre alto, probablemente fuese el marido. Había también un muchacho ya mayor, aunque todavía barbilampiño, y dos chiquillos. William advirtió con un sobresalto que el hombre le resultaba familiar.

—¿Te conozco? —preguntó.

—Yo os conozco —repuso el hombre—. Y conozco a vuestro caballo, porque los dos estuvisteis a punto de matar a mi hija.

William empezó a hacer memoria. Su caballo no había llegado a tocar a la niña, pero había estado a punto de hacerlo.

—Estabas construyendo mi casa —dijo—. Y cuando te despedí exigiste que te pagara, y casi me amenazaste.

El hombre parecía desafiante, y no lo negó.

—Ahora no pareces tan altivo —añadió William en tono de desprecio. Toda la familia parecía hambrienta. Estaba resultando un buen día para ajustar cuentas con gente que había ofendido a William Hamleigh—. ¿Tenéis hambre?

—Sí, tenemos hambre —respondió el constructor con aspereza.

William volvió a mirar a la mujer. Permanecía erguida, con los pies ligeramente separados y la barbilla levantada, mirándole sin temor alguno. Aliena lo había excitado y en aquel momento necesitaba saciar su lujuria con aquella otra mujer. Estaba seguro de que se retorcería bajo su cuerpo y lo arañaría. Tanto mejor.

—No estás casado con esta joven ¿verdad, constructor? —le dijo—. Recuerdo a tu esposa…, una mujer fea.

—Mi mujer ha muerto —repuso el constructor con expresión de pesar.

—Y a ésta no la has llevado a la iglesia ¿verdad? No tienes un penique para pagar al sacerdote.

Walter tosió detrás de su señor y los caballos se agitaron impacientes.

—Supongamos que te doy dinero para comida —dijo William al constructor para atormentarle.

—Lo aceptaré agradecido —dijo el hombre, aunque William se dio perfecta cuenta de lo que le dolía mostrarse servil.

—No te estoy hablando de un regalo. Compraré a tu mujer.

—No estoy en venta, muchacho —intervino la mujer, cuyo desdén enfureció a William.

Ya te enseñaré yo si soy un hombre o un muchacho cuando te tenga a solas, pensó, y dirigiéndose al constructor, dijo:

—Te daré una libra de plata por ella.

—No está en venta.

La ira de William crecía por momentos. Era desesperante ofrecer una fortuna a un hombre hambriento y que éste la rechazara.

—Si no coges el dinero, estúpido, te atravesaré con mi espalda y la violaré delante de los niños.

El brazo del constructor se movió debajo de su capa. Debe de tener alguna especie de arma, se dijo William. También era muy alto y, aunque delgado, podía resultar un peligroso luchador si se trataba de defender a su mujer. Ésta apartó su capa y apoyó la mano en la empuñadura de una daga sorprendentemente larga. El mayor de los muchachos era también bastante corpulento como para causar problemas.

—No hay tiempo para esto, milord. —Walter habló en voz queda aunque perfectamente clara.

William asintió a regañadientes. Tenía que llevar a Gilbert a la mansión señorial de Hamleigh. Era demasiado importante para entretenerse en una pelea por una mujer. Tendría que aguantarse.

Miró a aquella familia formada por cinco personas famélicas y harapientas dispuestas a luchar hasta el fin contra dos corpulentos caballeros con espadas. No podía comprenderles.

—Está bien, moríos de hambre si eso es lo que queréis —espetó.

Espoleó a su caballo, que partió al trote, y al cabo de unos momentos él, Walter y Gilbert se habían perdido de vista.

2

—¿Podemos ir más despacio? —preguntó Ellen cuando ya se encontraban a poco más de un kilómetro del lugar donde habían tenido el encuentro con William Hamleigh.

Tom cayó en la cuenta entonces de que habían llevado una marcha infernal. Se había sentido atemorizado. Por un instante había creído que él y Alfred tendrían que luchar contra dos hombres armados a caballo. Tom ni siquiera tenía un arma. Había buscado debajo de su capa su martillo de albañil cuando recordó que hacía semanas lo había cambiado por un saco de avena. No estaba seguro del motivo por el que William había decidido retroceder, pero quería poner entre ellos la mayor distancia posible por si el joven y diabólico señor cambiaba de idea.

Tom no había encontrado trabajo en el palacio del obispo de Kingsbridge ni en ninguno de los otros lugares donde lo había intentado, pero en los alrededores de Shiring había una cantera y en ella se empleaba el mismo número de hombres en invierno que en verano. El trabajo de Tom era mucho más especializado y mejor pagado que el que se hacía en la cantera, pero ya hacía mucho tiempo que había dejado de lado esa clase de consideraciones. Él sólo quería dar de comer a su familia. La cantera de Shiring era propiedad del conde Bartholomew, y a Tom le habían dicho que al conde se le podía encontrar en su castillo, situado a unos kilómetros al oeste de la ciudad.

Y ahora que tenía a Ellen aún estaba más desesperado que antes. Sabía que ella lo había seguido por amor, sin haber calculado cuidadosamente las consecuencias. Sobre todo no tenía una idea clara de lo difícil que podía resultar para Tom el encontrar trabajo. En realidad ni siquiera se había detenido a pensar que tal vez no sobrevivirían a aquel invierno, y Tom se había guardado de desilusionarla, porque quería que permaneciera a su lado. Sin embargo, era posible que una mujer antepusiera su hijo a todo lo demás, y Tom albergaba el temor de que ella le dejara.

Habían estado juntos una semana, siete días de desesperación y siete noches de gozo. Tom despertaba todas las mañanas sintiéndose feliz y optimista, pero a medida que pasaban las horas empezaba a tener hambre, los niños se cansaban y Ellen empezaba a mostrarse taciturna. Algunos días comían, como cuando se había encontrado con el monje que les había ofrecido queso, y otros masticaban tiras de venado secado al sol de las reservas de Ellen. Era como comer piel de ciervo, pero era mejor que nada. Y cuando oscurecía se tumbaban y se apretaban los unos contra los otros para darse calor. Luego, al cabo de un rato, Tom y Ellen empezaban a acariciarse y a besarse. Al principio él quería penetrarla de inmediato, pero ella se negaba cariñosamente. Quería muchos más besos y caricias. Tom lo hacía entonces a la manera de ella, y quedaba encantado. Exploraba audazmente su cuerpo, acariciándola en partes donde jamás había tocado a Agnes, en las axilas y las orejas y en el hueco de las nalgas. Algunas noches reían juntos con las cabezas debajo de las capas. En otras ocasiones se mostraban muy cariñosos. Cierta noche en que se encontraban solos en la casa de invitados de un monasterio y los niños dormían muertos de cansancio, ella se mostró dominante e insistente, y le ordenó que la excitara con sus dedos; él obedeció aturdido y al mismo tiempo enormemente excitado por semejante muestra de impudor. Cuando todo terminaba solían caer en un sueño profundo e inquieto en el que el amor arrastraba todo el temor y la ira del día.

Era mediodía. Tom pensó que William Hamleigh ya debía de estar muy lejos, así que decidió que había llegado el momento de detenerse a descansar. No tenían más comida que el venado desecado, pero aquella mañana habían pedido algo de pan en una granja solitaria y la mujer que vivía en ésta les había dado una botella con un poco de cerveza. Ellen había guardado parte de la cerveza para la comida.

Tom se sentó en el borde de un enorme tocón y Ellen lo hizo junto a él. Bebió un largo trago de cerveza y luego le pasó la botella.

—¿Quieres también algo de carne? —le preguntó.

Tom negó con la cabeza y bebió un poco de cerveza. La hubiera apurado gustoso, pero dejó algo para los niños.

—Economiza la carne —le indicó a Ellen—. Aunque tal vez nos den de cenar en el castillo.

Alfred se llevó la botella a la boca y dio cuenta del contenido.

Jack se mostró alicaído y Martha se echó a llorar. Alfred esbozó una extraña sonrisa.

—No deberías haber permitido que Alfred se saliera con la suya —le dijo Ellen a Tom.

—Es más grande que ellos, necesita alimentarse mejor —repuso Tom encogiéndose de hombros.

—En cualquier caso, siempre se lleva la mayor parte. Los pequeños tienen que recibir algo.

—Es una pérdida de tiempo inmiscuirse en las riñas entre chiquillos —sentenció Tom.

—¿Quieres decir que Alfred puede amedrentar a los más pequeños cuanto quiera sin que tú hagas nada por evitarlo? —preguntó Ellen, furiosa.

—No los amedrenta —dijo Tom—. Los niños siempre se pelean.

Ellen sacudió la cabeza, desconcertada.

—No te entiendo. Sueles ser un hombre comprensivo, pero en lo que se refiere a Alfred, estás completamente ciego.

Tom pensó que ella exageraba, pero no quería disgustarla.

—Dales entonces a los pequeños algo de carne —dijo.

Ellen abrió la bolsa. Al parecer seguía enfadada. Cortó una tira de venado seco para Martha y otra para Jack. Alfred tendió la mano para recibir su ración, pero Ellen no le hizo el menor caso. Tom pensó que debería haberle dado un poco. Alfred no era un mal chico; Ellen, sencillamente, no lo entendía. Era un muchacho grande, se dijo orgulloso Tom, con un gran apetito y un genio vivo, y si eso era pecado, pues entonces la mitad de los adolescentes del mundo estaban condenados.

Descansaron un rato y luego se pusieron de nuevo en camino. Jack y Martha iban delante, masticando todavía la carne correosa. Los dos pequeños se llevaban bien a pesar de la diferencia de edad, Martha tenía seis años y Jack once o tal vez doce, pero a ella aquel chico le parecía absolutamente fascinante, y él parecía disfrutar con la nueva experiencia de tener a otro niño con quien jugar. Era una pena que a Alfred no le gustara Jack. Y ello sorprendía a Tom, pues consideraba que éste, que aún no se había hecho hombre, no merecía el desdén de aquél. Claro que Alfred era más fuerte, pero el pequeño Jack era más listo.

Tom se negó a preocuparse por aquello. Sólo eran muchachos. Tenía demasiadas cosas en la cabeza para perder el tiempo inquietándose por peleas de chiquillos. A veces se preguntaba si alguna vez volvería a trabajar. Tal vez fuera trampeando por los caminos día tras día, hasta que fueran muriendo uno tras otro: uno de los niños encontrado muerto una mañana helada, otro demasiado débil para luchar contra la fiebre, Ellen violada y asesinada por uno de esos desalmados como William Hamleigh, y el propio Tom enflaqueciendo cada vez más, hasta que un día por la mañana estuviera demasiado débil para levantarse y permaneciese tendido en el bosque hasta perder el conocimiento.

Naturalmente, Ellen lo dejaría antes de que eso llegara a suceder, volvería a su cueva donde aún tendría un barril de manzanas y un saco de nueces, suficiente para mantener con vida a dos personas hasta la primavera, pero no para cinco. A Tom se le rompería el corazón si ella llegaba a hacerlo.

Se preguntó cómo estaría el bebé. Los monjes lo habían bautizado con el nombre de Jonathan. Era un bonito nombre. Significaba «regalo de Dios», según el monje que les había ofrecido queso. Tom se imaginaba al pequeño Jonathan rosado, arrugado y sin pelo, tal como lo había visto al nacer. Ya debía de haber cambiado. Una semana era mucho tiempo para un recién nacido. Debía de ser más grande, y seguramente tendría los ojos más abiertos. Ya no se mantendría indiferente al mundo que lo rodeaba. Un fuerte ruido haría que se sobresaltase y una nana lo tranquilizaría. Cuando quisiera eructar se le contraerían las comisuras de la boca. Los monjes probablemente pensaran que estaba sonriendo.

Tom confiaba en que lo cuidaran bien. Aquel monje le había dado la impresión de que eran hombres solícitos y capaces. De todos modos, cuidarían mejor del bebé que Tom, que no tenía hogar ni dinero. Pensó que si alguna vez llegaba a ser maestro de una construcción verdaderamente importante y ganaba cuatro chelines a la semana más gastos daría dinero al monasterio.

Salieron del bosque y poco después avistaron el castillo.

Tom se sintió animado, pero trató de contener su entusiasmo. Durante meses había sufrido decepciones y había aprendido que cuanto más esperanzador era el comienzo, tanto más penoso era el final.

Se acercaron al castillo por un sendero que corría entre campos yermos. Martha y Jack se encontraron con un pájaro herido y se detuvieron a mirarlo. Era una especie de roncal, tan pequeño que bien habría podido pasar inadvertido. Martha estuvo a punto de pisarlo, y el pajarillo saltó, incapaz, al parecer, de volar. La niña lo vio y lo cogió, cobijándolo en el hueco de las manos.

—Lo siento temblar —dijo—. Debe de estar asustado.

El pájaro no volvió a hacer ningún intento de escapar, sino que se quedó muy quieto entre las manos de Martha, mirando con sus brillantes ojos a la gente que le rodeaba.

—Creo que tiene un ala rota —dijo Jack.

—Déjame ver —intervino Alfred, y cogió el pájaro.

—Podemos cuidarlo —propuso Martha—. Tal vez así se ponga bien.

—No, no se pondrá bien —la contradijo Alfred, y con un rápido movimiento de sus grandes manos le retorció el cuello.

—¡Dios mío! —exclamó Ellen.

Martha se echó a llorar por segunda vez aquel día.

Alfred soltó una carcajada y dejó caer el pajarillo.

—Está muerto —dijo Jack recogiéndolo.

—¿Qué te pasa, Alfred? —le preguntó Ellen.

—No le pasa nada. El pájaro iba a morir de todos modos —contestó Tom.

Reanudó la marcha y los demás lo siguieron. Ellen volvía a estar enfadada con Alfred, y eso hacía que Tom se sintiera irritado. ¿Por qué organizar un jaleo por aquel condenado pájaro? Tom recordaba cómo era él a los catorce años: un muchacho con cuerpo de hombre. La vida era así. Ellen había dicho: «Cuando se trata de Alfred estás sencillamente ciego», pero lo que ocurría era que ella no comprendía.

El puente de madera que atravesaba el foso hasta la garita del centinela junto a la puerta era endeble y desvencijado, pero posiblemente así lo quisiera el conde. Un puente era un medio de acceso para los atacantes, y cuanto más a punto de caerse estuviera, más seguro sería el castillo. Las murallas que lo rodeaban eran de tierra con torres en piedra. Delante de ellos, una vez cruzado el puente, se alzaba la casa de los centinelas, consistente en dos torres de piedra unidas por un pasaje. Allí había mucho trabajo en piedra, se dijo Tom, no como en esos castillos en que todo era de barro y madera. Tal vez al día siguiente consiguiese un trabajo. Recordó el tacto de las buenas herramientas en sus manos, la raedura del escoplo sobre un bloque de piedra mientras redondeaba las esquinas y pulía las superficies, con la seca sensación del polvo en la nariz. Mañana por la noche puede que tenga el estómago lleno, pensó, y sin necesidad de mendigar.

Al acercarse más observó que las almenas de la casa de las torres de la entrada estaban en pésimas condiciones. Algunas de las grandes piedras habían caído dejando aquí y allá el parapeto casi a nivel del suelo. También había piedras sueltas en el arco de la puerta. Cuidando ésta había dos centinelas, y ambos estaban en posición de alerta. Acaso esperaban algún conflicto. Uno de ellos le preguntó a Tom qué estaban haciendo allí.

—Soy cantero, y espero que me contraten para trabajar en la cantera del conde —contestó.

—Busca al mayordomo —le dijo el centinela amablemente—. Se llama Matthew. Tal vez lo encuentres en el gran salón.

—Gracias —dijo Tom—. ¿Qué clase de hombre es?

El guardia hizo una mueca a su compañero.

—En verdad no puede decirse que sea muy hombre —respondió, y los dos se echaron a reír.

Tom pensó que pronto averiguaría qué querían decir. Entró seguido de Ellen y los chicos. En el interior de la muralla los edificios eran, en su mayor parte, de madera, aunque algunos estaban asentados sobre rodapiés de piedra, y había uno construido íntegramente de piedra, que debía de ser la capilla. Mientras cruzaban el recinto Tom observó que las torres del perímetro estaban sueltas y las almenas se hallaban en malas condiciones. Dejaron atrás el segundo foso en dirección al círculo superior y se detuvieron ante una segunda casa de la guardia. Tom explicó al centinela que buscaba a Matthew Steward. Todos accedieron al recinto superior y se acercaron a la torre del homenaje, cuadrada y de piedra. La puerta de madera a nivel del suelo daba, evidentemente, a la planta baja. Subieron por los peldaños de madera hasta el salón.

Tan pronto como entraron Tom vio al mayordomo y al conde. Sabía quiénes eran por sus ropajes. El conde Bartholomew vestía una túnica larga con mangas amplias y bordados en los bordes. Matthew Steward llevaba una túnica corta, del mismo estilo que la que llevaba Tom pero de un tejido más suave, y una pequeña gorra redonda. Se encontraban junto a la chimenea; el conde sentado y el mayordomo de pie. Tom se acercó a ellos, manteniéndose fuera del alcance de su conversación, esperando que se dieran cuenta de su presencia. El conde Bartholomew era un hombre alto, de unos cincuenta años, con el pelo blanco y un rostro enjuto, pálido y de expresión altiva. No tenía el aspecto de un hombre generoso. El mayordomo era más joven. Mantenía una postura que a Tom le recordó la observación que hiciera el centinela. Parecía femenina, aunque Tom no estaba seguro de cómo definirla exactamente.

En el salón se encontraban otras personas, pero ninguna le prestó atención. Tom aguardaba sintiéndose a ratos esperanzado y a ratos temeroso. La conversación del conde con su mayordomo parecía eternizarse. Al fin terminó, y el mayordomo se apartó después de hacer una reverencia. Fue entonces cuando Tom se adelantó con el corazón en la boca.

—¿Sois Matthew, el mayordomo? —preguntó.

—Sí.

—Me llamo Tom. Soy maestro albañil y un buen artesano. Mis hijos están hambrientos. He oído decir que tenéis una cantera. —Contuvo el aliento.

—Tenemos una cantera, pero no creo que necesitemos más canteros —dijo Matthew. Volvió la mirada hacia el conde, que negó con la cabeza de manera imperceptible—. No —añadió—. No podemos contratarte.

Fue la rapidez de aquella decisión lo que hirió a Tom. Si la gente adoptaba una actitud solemne y reflexionaba profundamente sobre ello dándole finalmente una pesarosa negativa, le resultaba más fácil de soportar. Tom se dio cuenta de que Matthew no era un hombre cruel, pero estaba muy ocupado, y él y su hambrienta familia eran tan sólo otra cuestión que debía resolver al instante.

—Creo que el castillo necesita algunas reparaciones —dijo.

—Tenemos alguien que se ocupa de todos esos trabajos —repuso Matthew.

Era la clase de trabajador aprendiz de todo y maestro de nada, por lo general adiestrado en carpintería.

—Yo soy albañil —explicó Tom—. Los muros que construyo son sólidos.

Matthew estaba irritado ante su insistencia y pareció a punto de decir algo desagradable, pero miró a los niños y su expresión se suavizó.

—Me gustaría darte trabajo, pero no te necesitamos.

Tom hizo un gesto de aquiescencia. Ahora debería aceptar humildemente lo que el mayordomo había dicho y adoptar una expresión lastimera suplicando que les dieran de comer y un sitio donde pasar la noche, pero Ellen estaba con él, y Tom temía que se marchara de su lado, así que lo intentó de nuevo.

—Sólo espero que no tengan en puertas una batalla —dijo con voz lo bastante fuerte como para que el conde le oyera.

El efecto fue mucho más rotundo de lo que esperaba. Matthew pareció sobresaltarse y el conde se puso de pie.

—¿Por qué dices eso? —preguntó tajante.

—Porque vuestras defensas están en pésimas condiciones —respondió Tom.

—¿En qué sentido? —preguntó el conde—. ¡Explícate!

Tom respiró hondo. El conde estaba irritado, aunque permanecía atento a sus palabras. Tom no encontraría otra ocasión como aquélla.

—La argamasa de los muros de la casa de la guardia se ha desprendido en algunos sitios. Así que queda una abertura suficiente para introducir una palanca. Un enemigo puede quitar fácilmente una o dos piedras, y una vez hecho un agujero, derribar el muro con facilidad. Además, tienen desperfectos —añadió casi sin respirar, antes de que alguien pudiera hacer un comentario o poner sus palabras en tela de juicio—. En algunos lugares están a nivel del suelo, lo cual deja a sus arqueros y caballeros desprotegidos de…

—Sé perfectamente para qué sirven las almenas —lo interrumpió el conde, malhumorado—. ¿Algo más?

—Sí. La puerta que da a la planta baja de la torre del homenaje es de madera. Si yo me dispusiera a atacar esta torre atravesaría esa puerta y prendería fuego a los almacenes.

—Y si tú fueras conde, ¿cómo lo evitarías?

—Tendría preparado un montón de piedras debidamente modeladas y abundante cantidad de arena y cal para argamasa y un albañil listo para bloquear la entrada en cuanto surgiese el peligro.

El conde Bartholomew miraba fijamente a Tom. Tenía entornados los ojos, que eran de un azul claro, y fruncida la pálida frente. ¿Estaba furioso con Tom por haber criticado las defensas del castillo? Uno nunca podía saber cómo iba a reaccionar un señor ante las críticas. En cualquier caso, lo mejor era dejarle que cometiera sus propios errores. Pero Tom era un hombre desesperado.

Finalmente, el conde pareció llegar a una conclusión.

—Contrata a este hombre —ordenó volviéndose hacia Matthew.

Un grito de júbilo pugnó por salir de la garganta de Tom, que tuvo que contenerlo con esfuerzo. Apenas podía creerlo. Miró a Ellen y ambos sonrieron felices.

—¡Hurra! —gritó Martha, que no padecía de las inhibiciones de los adultos.

El conde Bartholomew dio media vuelta y se dirigió a un caballero que se encontraba cerca. Matthew miró a Tom y, con una sonrisa, le preguntó:

—¿Habéis comido tú y tu familia?

Tom tragó saliva. Se sentía tan feliz que apenas podía reprimir las lágrimas.

—No, no hemos comido.

—Os llevaré a la cocina.

Siguieron ansiosos al mayordomo, que cruzó el salón y el puente hasta el recinto inferior. La cocina era un gran edificio de madera con rodapié de piedra. Matthew les indicó que esperaran fuera. Había un delicioso aroma en el aire; debían de estar preparando pastas. Tom notó que le gruñían las tripas y la boca se le hizo agua.

Al cabo de un momento Matthew salió con una gran jarra de cerveza, que entregó a Tom.

—Dentro de un momento os traerán pan y beicon frío —dijo, y acto seguido se marchó.

Tom bebió un sorbo de cerveza y le pasó la jarra a Ellen, que dio un poco a Martha y luego se la pasó a Jack. Alfred trató de agarrarla antes de que Jack pudiera beber, pero éste dio media vuelta manteniendo la jarra fuera de su alcance. Tom no quería que los niños volvieran a reñir, sobre todo cuando al final parecía que las cosas iban bien. Estaba a punto de intervenir, quebrantando así su propia regla de no interferir en las peleas infantiles, cuando Jack se volvió de nuevo y entregó sumiso la jarra a Alfred.

Alfred se la llevó a la boca y empezó a beber. Tom sólo había tomado un sorbo, pensando que la jarra llegaría de nuevo a él después de que todos hubieran bebido, pero Alfred parecía dispuesto a apurarla. Mientras empinaba la jarra para beber hasta la última gota, algo parecido a un pequeño animal le cayó en la cara.

Alfred soltó un grito, asustado, y dejó caer la jarra. Se quitó de la cara aquella cosa emplumada y retrocedió de un salto.

—¿Qué es esto? —chilló. Aquella cosa cayó al suelo. La miró fijamente, lívido y temblando de asco.

Todos la miraron. Era el pajarillo muerto.

Tom se encontró con la mirada de Ellen y ambos dirigieron la vista a Jack. Éste había cogido la jarra que le había dado Ellen y por un instante se había vuelto de espaldas como intentando evitar a Alfred. Seguidamente había entregado la jarra a éste con evidente buena voluntad…

En aquellos momentos permanecía en pie quieto, mirando al horrorizado Alfred con una leve sonrisa de satisfacción en su inteligente y juvenil rostro.

Jack sabía que le harían pagar por aquello.

Más tarde o más temprano Alfred se tomaría venganza. Cuando los demás no lo vieran, tal vez le diese un puñetazo en el estómago. Ése era su golpe favorito, porque eran de los que más dolían y no dejaba marcas. Jack había visto varias veces cómo se lo hacía a Martha.

Pero merecía la pena un puñetazo en el estómago sólo por ver reflejados en la cara de Alfred el sobresalto y el miedo al caerle en el rostro el pájaro muerto.

Alfred aborrecía a Jack, y eso constituía una nueva experiencia para él. Su madre siempre lo había querido y los demás no albergaban sentimiento alguno hacia él. No existía un motivo aparente para la hostilidad de Alfred. Parecía tener el mismo sentimiento que con respecto a Martha. Siempre estaba pellizcándola, tirándole del pelo y poniéndole la zancadilla, y aprovechaba cualquier oportunidad para estropear cualquier cosa por la que sintiese cariño. La madre de Jack era consciente de lo que ocurría y lo encontraba aborrecible, pero el padre de Alfred parecía pensar que todo estaba bien, aunque fuera un hombre afectuoso y quisiera mucho a Martha. Todo aquello resultaba desconcertante sin dejar de ser fascinante.

De hecho, todo era fascinante. Jack nunca había pasado una época tan excitante en toda su vida. A pesar de Alfred, a pesar de estar hambriento casi todo el tiempo, a pesar de que le doliese el que su madre prestaba más atención a Tom que a él, Jack estaba hechizado ante la constante sucesión de hechos extraños y de nuevas experiencias. Había oído hablar de castillos. Durante los largos atardeceres de invierno en el bosque, su madre le había enseñado a recitar *chansons,* poemas narrativos en francés sobre caballeros y magos, casi todos de millares de líneas. Y en esas historias los castillos aparecían como lugares de refugio y encantados. Como nunca había visto un castillo, imaginaba que sería una versión algo más grande que la cueva en que vivía. El verdadero castillo resultaba asombroso. Era tan grande, vivía tanta gente en él, tenía tantos edificios, todos ellos ocupados... La gente herraba caballos, sacaba agua, daba de comer a las gallinas, cocía pan y llevaba cosas de un lado a otro, infinidad de cosas, paja para los suelos, leña para los hogares, sacos de harina, fardos de tela, armas, sillas de montar, cotas de malla... Tom le había dicho que el foso y la muralla no formaban parte natural del paisaje, sino que en realidad los habían cavado y construido docenas de hombres trabajando juntos. Jack no desconfiaba de la palabra de Tom, pero le resultaba imposible imaginar cómo habían podido hacerlo.

Al anochecer, cuando se hizo demasiado oscuro para trabajar, toda aquella gente afanosa convergió en el gran salón de la torre del homenaje. Se encendieron velas de junco, se alimentó el fuego de las hogueras y todos los perros acudieron para resguardarse del frío. Algunos hombres y mujeres cogieron tablas y caballetes de un montón apilado en un lado del salón y, tras instalar unas mesas formando una T, colocaron sillas en la cabecera y bancos a cada lado de la parte central. Jack nunca había visto a tantas personas trabajar juntas, y quedó asombrado ante lo mucho que disfrutaban. Sonreían y reían mientras levantaban pesadas tablas al tiempo que exclamaban «¡Arriba!» y «Para mí, para mí», «Ahora bajadla con cuidado». Jack envidiaba aquella camaradería y se preguntaba si algún día podría compartirla.

Al cabo de un rato todo el mundo se sentó en los bancos. Uno de los sirvientes del castillo fue repartiendo grandes boles y cucharas de madera, contando en voz alta a medida que los entregaba. Luego hizo de nuevo el recorrido poniendo una gruesa rebanada de pan moreno y duro en el fondo de cada bol. Otro de los sirvientes llevó tazas de madera y procedió a llenarlos de cerveza de una serie de grandes jarros. Jack, Martha y Alfred estaban sentados juntos en la parte final de la T, y cada uno de ellos recibió una taza de cerveza, por lo que no hubo motivo de pelea. Jack cogió su taza y se disponía a beber cuando su madre le dijo que esperara un momento.

Una vez escanciada la cerveza, se hizo el silencio en el salón, Jack esperaba, fascinado como siempre, a ver qué ocurría a continuación. Al cabo de un momento apareció el conde Bartholomew en el rellano de la escalera que conducía a su dormitorio. Descendió al salón seguido de Matthew Steward, tres o cuatro hombres bien vestidos, un muchacho y la criatura más bella que Jack había visto jamás.

No estaba seguro de si era una muchacha o una mujer. Iba vestida de blanco y su túnica tenía unas asombrosas mangas acampanadas que se arrastraban por el suelo mientras ella se deslizaba por la escalera. Su pelo era una masa de bucles oscuros que enmarcaban su bello rostro y tenía unos ojos oscuros, muy oscuros. Jack comprendió que eso era a lo que se referían las *chansons* cuando hablaban de una hermosa princesa de un castillo. No era de extrañar que todos los caballeros llorasen cuando la princesa se moría.

Cuando hubo bajado por la escalera, Jack advirtió que era muy joven, sólo unos años mayor que él, pero mantenía la cabeza erguida y se dirigió a la cabecera de la mesa como si fuese una reina. Tomó asiento junto al conde Bartholomew.

—¿Quién es? —susurró Jack.

—Debe de ser la hija del conde —respondió Martha.

—¿Cómo se llama?

Martha se encogió de hombros.

—Se llama Aliena —le dijo a Jack una muchacha con la cara sucia, sentada a su lado—. Es maravillosa.

El conde levantó su copa por Aliena, luego paseó lentamente la mirada alrededor de la mesa y bebió. Fue la señal que todo el mundo estaba esperando. Todos lo imitaron y alzaron sus copas antes de beber.

La cena fue llevada en enormes y humeantes calderas. Se sirvió primero al conde, luego a su hija, y después al muchacho y a los hombres que se sentaban con ellos a la cabecera de la mesa. Luego cada uno se fue sirviendo. Era pescado en salazón y un sabroso estofado bien condimentado. Jack llenó el cazo y dio cuenta de todo su contenido. Luego siguió con la rebanada de pan que había en el fondo, bien impregnada de salsa. Entre bocado y bocado contemplaba a Aliena, encandilado por todo cuanto ella hacía, desde la delicada manera como ensartaba trocitos de pescado con la punta de su cuchillo y los cogía delicadamente entre sus blancos dientes hasta la voz autoritaria con que llamaba a los sirvientes y les daba órdenes. Todos parecían quererla. Acudían rápidamente cuando ella llamaba, sonreían cuando les hablaba y corrían presurosos a cumplir sus deseos. Jack observó que los jóvenes sentados a la mesa no dejaban de mirarla y que algunos se pavoneaban cuando creían que ella lo advertía. Pero a Aliena parecían interesarle sobre todo los hombres mayores sentados con su padre, se aseguraba de que tuvieran pan y vino suficientes, les hacía preguntas y escuchaba con atención sus respuestas. Jack se preguntaba cómo sería el que una bella princesa te hablara y luego te mirara con esos inmensos ojos oscuros mientras uno contestaba.

Después de la cena hubo música. Dos hombres y una mujer interpretaron canciones acompañándose de un tambor y de gaitas hechas con huesos y vejigas de animales y aves. El conde cerró los ojos y pareció concentrarse en la música, pero a Jack no le gustaron aquellas canciones obsesivas y melancólicas. Hubiera preferido las canciones alegres que cantaba su madre. La gente que estaba en el salón parecía pensar lo mismo, porque nadie paraba de moverse, y cuando la música terminó se produjo una sensación general de alivio.

Jack había esperado ver más de cerca a Aliena, pero ante su decepción ésta salió del salón una vez hubo terminado la música y subió por las escaleras. Pensó que debía de tener su propio dormitorio en el piso superior.

Los niños y algunos mayores jugaron al ajedrez o a las tablas reales para pasar la velada, y los más laboriosos se pusieron a confeccionar cinturones, gorras, calcetines, guantes, boles, silbatos, dados, palas y látigos. Jack jugó varias partidas de ajedrez y las ganó todas. Pero a un hombre de armas pareció disgustarle que le ganara un niño, y entonces su madre le dijo que dejara de jugar. Jack empezó a vagar por el salón escuchando las diferentes conversaciones. Descubrió que algunas personas hablaban con mucho sentido sobre el campo y los animales, o sobre obispos y reyes, mientras que otras sólo bromeaban, fanfarroneaban y contaban historias divertidas. Todas le parecieron fascinantes.

Finalmente se consumieron las velas de junco, el conde se retiró y las otras sesenta o setenta personas se envolvieron bien en sus capas y se dispusieron a dormir sobre el suelo cubierto de paja.

Como de costumbre, su madre y Tom yacían juntos bajo la gran capa de éste. Ella lo abrazaba, como hacía con él cuando era pequeño. Jack los observaba con envidia. Los oía cuchichear y a su madre reír en tono bajo e íntimo. Al cabo de un rato sus cuerpos empezaron a moverse rítmicamente bajo la capa. La primera vez que los vio hacer aquello, Jack se sintió terriblemente preocupado, pues pensó que aquello debía de doler. Pero se besaban mientras lo hacían, y aunque a veces su madre gimiera, pronto advirtió que eran gemidos de placer. Se sentía reacio a preguntar a su madre sobre aquello, aunque no sabía bien por qué. Sin embargo en ese momento vio a otra pareja hacer lo mismo, y llegó a la conclusión de que debía de tratarse de algo normal. No era más que otro misterio, se dijo, y poco después se quedó dormido.

Por la mañana despertaron a los niños muy temprano, pero el desayuno no podía servirse hasta que se hubiera dicho la misa, y la misa no podía decirse hasta que el conde se levantara, de manera que tenían que esperar. Un sirviente madrugador les ordenó que recogieran leña para todo el día. Los adultos empezaron a despertarse con el aire frío que entraba por la puerta. Cuando los niños hubieron terminado de recoger leña suficiente, se encontraron con Aliena.

Bajaba por las escaleras como había hecho la noche anterior, pero su aspecto era muy diferente. Llevaba recogidos atrás sus abundantes bucles con una cinta, con lo que quedaban al descubierto la línea armoniosa de su mandíbula, las orejas pequeñas y el cuello blanco. Sus enormes ojos oscuros que la noche anterior parecieran graves y de mirada adulta, en aquellos momentos chispeaban divertidos, y sonreían. La seguía el muchacho que la víspera se había sentado con ella y el conde a la cabecera de la mesa. Parecía uno o dos años mayor que Jack, si bien no estaba tan desarrollado como Alfred. Miró con curiosidad a Jack, Martha y Alfred, pero fue ella quien habló.

—¿Quiénes sois? —preguntó.

Fue Alfred quien contestó.

—Mi padre es el cantero que va a hacer las reparaciones en el castillo. Yo soy Alfred. Mi hermana se llama Martha y éste es Jack.

Cuando ella se acercó más, Jack advirtió que olía a espliego, lo que le dejó desconcertado. ¿Cómo podía una persona oler a flores?

—¿Qué edad tienes? —quiso saber Aliena.

—Catorce años. —Jack se dio cuenta de que Alfred también estaba enormemente impresionado. Al cabo de un momento éste le preguntó:

—¿Y tú qué edad tienes?

—Quince años. ¿Queréis algo de comer?

—Sí.

—Venid conmigo.

Todos salieron del salón detrás de ella, y bajaron por los escalones.

—¿No sirven el desayuno antes de la misa?

—Hacen lo que yo les digo —repuso Aliena con gesto altivo.

Los condujo a través del puente hasta el recinto inferior y entró en la cocina después de indicarles que esperaran fuera.

—¿Verdad que es bonita? —susurró Martha al oído de Jack.

Él asintió en silencio. Al cabo de unos momentos salió Aliena con una jarra de cerveza y una hogaza de pan de trigo. Dividió el pan en pedazos que repartió entre ellos y luego hizo circular la jarra.

—¿Dónde está vuestra madre? —preguntó Martha tímidamente al cabo de un rato.

—Mi madre ha muerto —contestó Aliena rápidamente.

—¿No estáis triste? —preguntó de nuevo Martha.

—Lo estuve, pero eso fue hace mucho tiempo. —Con un movimiento de la cabeza Aliena señaló al muchacho que estaba a su lado—. Richard ni siquiera la recuerda.

Jack llegó a la conclusión de que Richard debía de ser su hermano.

—Mi madre también ha muerto —dijo Martha, y los ojos se le llenaron de lágrimas.

—¿Cuándo murió? —preguntó Aliena.

—La semana pasada.

Jack se dio cuenta de que Aliena no parecía demasiado impresionada por las lágrimas de Martha. A menos que se mostrase insensible para disimular su pena.

—¿Quién es entonces esa mujer que va con vosotros? —preguntó bruscamente Aliena.

—Es mi madre —intervino Jack, que estaba impaciente por poder decirle algo.

Aliena se volvió hacia él como si le viera por vez primera.

—¿Y dónde está tu padre?

—No tengo —respondió él. Le excitaba el simple hecho de que ella le mirara.

—¿También ha muerto?

—No —dijo Jack—. Nunca he tenido padre.

Se produjo un breve silencio, al cabo del cual Aliena, Richard y Alfred se echaron a reír. Jack los miró confuso, pero a medida que aumentaba la risa empezó a sentirse mortificado. ¿Qué había de divertido en que nunca hubiera tenido padre? Incluso Martha sonreía, olvidadas ya sus lágrimas.

—Entonces, si no tienes padre, ¿de dónde has venido? —le preguntó Alfred en tono de mofa.

—De mi madre... Todos los niños vienen de sus madres —respondió Jack, perplejo—. ¿Qué tienen que ver los padres con eso?

Arreciaron las risas. Richard señalaba a Jack con expresión burlona.

—No sabe una palabra de nada... Lo encontramos en el bosque —le explicó Alfred a Aliena.

A Jack le ardían las mejillas de vergüenza. Se había sentido feliz de estar hablando con Aliena, y ahora ella lo creía un completo estúpido. Y lo peor de todo era que aún no sabía qué había dicho de malo. Sentía necesidad de llorar, lo que todavía empeoraba las cosas. El pan se le atragantó. Miró a Aliena, cuyo rostro embellecía aún más una sonrisa divertida, y no pudo soportarlo. Arrojó el pan al suelo y se alejó.

Sin importarle adónde iba, caminó hasta llegar al terraplén de la muralla del castillo y subió por la empinada cuesta. Al llegar arriba se sentó sobre la tierra fría, con la mirada perdida en la lejanía, sintiendo lástima de sí mismo y aborreciendo a Alfred y Richard, e incluso a Martha y Aliena. Tras reflexionar, decidió que las princesas no tenían corazón.

Sonó la campana llamando a misa. Los oficios divinos eran también un misterio para él. Los sacerdotes, en una lengua que no era la inglesa ni la francesa, cantaban y hablaban a esculturas, pinturas e incluso a seres completamente invisibles. La madre de Jack evitaba asistir a los oficios siempre que podía. Mientras los habitantes del castillo se dirigían hacia la capilla, Jack se escabulló por la parte superior de la muralla y se sentó en la parte más alejada, donde nadie lo viera.

El castillo estaba rodeado de campos llanos y yermos con bosques a lo lejos. Dos visitantes madrugadores estaban cruzando el nivel inferior en dirección al castillo. El cielo aparecía cubierto por nubarrones bajos y grisáceos. Jack se preguntó si no iría a nevar.

Ante él aparecieron otros dos visitantes madrugadores. Éstos iban a caballo. Cabalgaron rápidamente hacia el castillo, dejando rezagada a la primera pareja. Atravesaron el puente de madera en dirección a la casa de la guardia. Los cuatro visitantes tendrían que esperar a que terminara la misa antes de poder ocuparse de los asuntos que los habían llevado hasta allí, cualquiera que fuese su naturaleza, porque todo el mundo asistía a los oficios divinos salvo los centinelas.

De repente, una voz junto a él lo sobresaltó.

—Así que estás aquí... —Era su madre, se volvió hacia ella, que inmediatamente advirtió que algo lo había alterado—. ¿Qué pasa?

Quería que ella lo consolara, pero no deseaba dar muestras de flaqueza.

—¿He tenido alguna vez un padre? —preguntó.

—Sí. Todo el mundo tiene padre —respondió Ellen, y se arrodilló a su lado.

Jack volvió la cara. Ella era la culpable de la humillación que había sufrido, por no haberle hablado de su padre.

—¿Qué fue de él?

—Murió.

—¿Cuando yo era pequeño?

—Antes de que nacieras.

—¿Cómo pudo ser mi padre si murió antes de que yo naciera?

—Los bebés nacen de una semilla. Esa semilla sale de la polla de un hombre que la planta en el coño de una mujer. La semilla crece en el vientre de ésta hasta convertirse en un bebé, que cuando está preparado, sale.

Jack permaneció callado por un instante, asimilando aquella información. Sospechó que lo que su madre había dicho estaba relacionado con lo que hacían por la noche.

—¿Va a plantar Tom una semilla en ti? —inquirió.

—Tal vez.

—Entonces tendrás un nuevo bebé.

Ella asintió.

—¿No te gustaría tener un hermano? —preguntó.

—No me importa —respondió él—. Tom ya te ha alejado de mí. Un hermano no hará que cambien las cosas.

Ellen lo estrechó entre sus brazos.

—Nadie me alejará jamás de ti —le susurró al oído.

Aquello hizo que Jack se sintiera algo mejor.

Permanecieron un rato en silencio.

—Aquí hace frío —dijo Ellen finalmente—. Entremos a sentarnos junto al fuego hasta la hora del desayuno.

Jack asintió. Volvieron por la muralla del castillo y bajaron corriendo por el terraplén hasta el recinto. No había rastro de los cuatro visitantes. Tal vez hubieran entrado en la capilla.

—¿Cómo se llamaba mi padre? —preguntó Jack mientras atravesaba con su madre el puente que conducía al recinto superior.

—Jack, igual que tú —contestó ella—. Le llamaban Jack Shareburg.

—De manera que si hay otro Jack puedo decir a la gente que soy Jack Jackson, o sea, Jack, el hijo de Jack.

—Claro que puedes decirlo. La gente no siempre te llamará como tú quieras, pero puedes intentarlo.

Jack asintió. Se sentía mejor. A partir de ese momento pensaría en sí mismo como Jack Jackson. Ya no estaba avergonzado. Al menos se había enterado de lo de los padres y también sabía el nombre del suyo: Jack Shareburg.

Llegaron a la casa de los centinelas del recinto superior. No había nadie. Ellen se detuvo.

—Tengo la extraña sensación de que está pasando algo extraño —dijo con el entrecejo fruncido. En el tono de su voz había un atisbo de inquietud que extrañó a Jack, quien tuvo la premonición de un desastre.

Su madre entró en la pequeña garita de la base de la casa de la guardia. Un momento después oyó su exclamación entrecortada. Entró detrás de ella. Se la veía terriblemente sobresaltada, con la mano en la boca y mirando el suelo.

El centinela yacía boca arriba en medio de un gran charco de sangre. Tenía un tajo en la garganta, y todo indicaba que estaba muerto.

William Hamleigh y su padre se pusieron en marcha en plena noche, con casi un centenar de caballeros y hombres de armas, y su madre en la retaguardia. Aquel ejército alumbrado con antorchas, con las caras prácticamente ocultas para protegerlas del gélido aire nocturno, debió de aterrar a los habitantes de las aldeas por las que pasaron de camino hacia Earlcastle. Llegaron a la bifurcación cuando todavía era noche cerrada. A partir de allí llevaron sus caballos al paso para darles un descanso y hacer el menor ruido posible. Cuando ya empezaba a clarear se ocultaron en los bosques que crecían en la linde de los campos que se extendían delante del castillo del conde Bartholomew.

En realidad, William no había contado el número de hombres de armas que había visto en el castillo, omisión por la que la madre lo había vituperado despiadadamente, aunque, tal como intentó disculparse él, muchos de los hombres que había visto estaban esperando a ser enviados con mensajes y era posible que hubieran llegado otros después de la partida de William, por lo que cualquier recuento hubiese resultado inútil. Pero mejor un recuento que nada, alegó su padre. No obstante, William calculó que había visto a unos cuarenta hombres. De manera que si no había habido grandes cambios en las pocas horas transcurridas, los hombres de Hamleigh duplicarían en número a los que hubiese en Earlcastle.

Ya se encontraban lo bastante cerca como para iniciar un asedio al castillo. Sin embargo, habían concebido un plan para tomarlo sin necesidad de asediarlo. El problema residía en que el ejército atacante sería visto desde las atalayas, y el castillo sería cerrado mucho antes de que ellos llegaran. Lo que interesaba era encontrar una manera de que el castillo se mantuviera abierto durante el tiempo que necesitara el ejército para llegar hasta él desde donde se ocultaban.

Como era de rigor, fue la madre de William quien solucionó el problema.

—Necesitamos algo que los mantenga ocupados —dijo rascándose un divieso en la barbilla—, algo que siembre el pánico entre ellos de manera que no descubran a nuestras fuerzas hasta que sea demasiado tarde. Por ejemplo, un fuego.

—Si llega un forastero y prende fuego les alertará de todas maneras —observó su esposo.

—Puede hacerse con sigilo, sin que nadie se entere —terció William.

—Claro que puede hacerse —dijo su madre, impaciente—. Habrás de hacerlo mientras están en misa.

—¿Yo? —exclamó William.

Había sido designado para encabezar la avanzadilla.

El cielo matinal iba aclarándose con tremenda lentitud. William estaba nervioso e impaciente. Durante la noche él y su padre habían ido perfeccionando el plan, pero aún había muchas cosas que podían salir mal: que la avanzadilla no pudiera introducirse en el castillo por alguna razón, o que hubiese espías vigilando sus movimientos. También podían caer sobre ellos antes de que hubieran logrado algo. Incluso si el plan daba resultado, siempre habría que luchar, y sería la primera batalla real en la que intervendría William. Habría hombres heridos y muertos, y él podía ser uno de los desafortunados. Sintió un hormigueo de miedo en el estómago. Aliena estaría allí y sabría si eran derrotados. Pero también podría llegar a ver su triunfo. Se imaginaba irrumpiendo en el dormitorio de ella blandiendo una espada ensangrentada. Entonces desearía no haberse reído de él.

Desde el castillo les llegó el toque de campana llamando a misa.

William hizo un ademán con la cabeza y dos hombres salieron del grupo y empezaron a caminar a través de los campos en dirección al castillo. Eran Raymond y Rannulf, dos hombres musculosos, de rostro curtido, algunos años mayores que William, quien los había elegido personalmente. Su padre dirigiría el asalto decisivo.

William siguió con la mirada a Raymond y Rannulf, que cruzaban los campos cubiertos de escarcha. Antes de que llegara al castillo, William miró a Walter y espoleó a su caballo. Ambos atravesaron los campos al trote. Los centinelas en las almenas verían a dos parejas de hombres, la una a pie y la otra a caballo, acercarse al castillo, cada una por su lado, a primera hora de la mañana. Nadie tenía por qué sospechar nada.

La sincronización de William era buena. A unos cien metros del castillo él y Walter dejaron atrás a Raymond y Rannulf. Al llegar al puente desmontaron. William sintió que el corazón se le subía a la garganta. Si fracasaba en aquello, todo el ataque se vendría abajo.

En la puerta había dos centinelas. William imaginaba, al borde del pánico, que caerían en una emboscada y que una docena de soldados saldrían de su escondrijo y lo destrozarían. Los centinelas parecían estar alerta, aunque no inquietos. No llevaban armaduras. William y Walter vestían cotas de malla debajo de sus capas.

William sintió que se le encogía el estómago. No podía tragar. Uno de los centinelas lo reconoció.

—Hola, lord William —dijo en tono jovial—. ¿Vuelve para seguir cortejando a milady?

—¡Dios mío! —exclamó William con voz débil, al tiempo que hundía una daga en el vientre del centinela, que emitió un sonido entrecortado y abrió la boca como si fuera a gritar. Un ruido, por leve que fuera, podía echarlo todo a perder. Dominado por el miedo, sin saber qué hacer, William arrancó la daga y le hundió la hoja en la garganta para hacerle callar. De la boca surgió sangre en lugar de un grito. Los ojos del hombre se cerraron. William sacó la daga al tiempo que el hombre caía al suelo.

El caballo de William se había apartado, asustado por todos aquellos movimientos. William lo cogió por las riendas y luego miró a Walter, que se había ocupado del otro centinela, rebanándole el cuello para que muriera en silencio. Lo he hecho, se dijo William; ¡he matado a un hombre!

Advirtió que ya no estaba asustado.

Entregó las riendas de su caballo a Walter y subió corriendo por la escalera de caracol hasta la torre de la casa de guardia. En el nivel superior había una habitación desde la que hacer subir el puente levadizo. William descargó su espada sobre la gruesa maroma. Dos golpes bastaron. Tiró por la ventana el cabo suelto, que cayó sobre el terraplén y se deslizó suavemente hasta hundirse en el foso. Ahora el puente levadizo no podía levantarse frente a las fuerzas atacantes de su padre. Aquél era uno de los detalles que habían madurado durante la noche.

Raymond y Rannulf alcanzaron la casa de la guardia en el preciso instante en que William llegaba al pie de las escaleras. Su primer trabajo consistía en derribar las enormes puertas de roble que cerraban el arco que iba desde el puente hasta el recinto. Empuñaron sendos escoplos y martillos de madera y empezaron a hacer saltar la argamasa que rodeaba los resistentes goznes de hierro. Los golpes del martillo sobre el escoplo producían un ruido sordo que a William le sonaba terriblemente fuerte.

William arrastró rápidamente los cuerpos de los dos centinelas muertos al interior de la casa de la guardia. Al encontrarse todo el mundo en la misa existían grandes posibilidades de que no descubriesen los cuerpos hasta que fuera demasiado tarde.

Cogió las riendas de manos de Walter y ambos salieron de debajo del arco y se dirigieron, a través del recinto, hacia la cuadra. William se obligó a caminar sin prisas y miró subrepticiamente a los centinelas en las atalayas. ¿Habría visto alguno de ellos caer en el foso la maroma del puente levadizo? ¿Se estarían preguntando qué sería ese martilleo? Algunos miraban a William y Walter, pero no se mostraban dispuestos a entrar en acción, y el martilleo parecía empezar a desvanecerse, por lo que resultaría inaudible en lo alto de las torres. William se sintió aliviado. El plan estaba dando resultados.

Llegaron a las cuadras y entraron. Engancharon las riendas de sus caballos en una barra de forma que los animales pudieran escapar sin problemas. A continuación William sacó su pedernal y consiguió una chispa con la que prendió fuego a la paja que cubría el suelo. Estaba sucia y húmeda en parte, pero aun así empezó a arder. Encendió otros tres pequeños fuegos y Walter hizo lo mismo. Permanecieron allí por un instante, observándolos. Los caballos olisquearon el humo y se agitaron nerviosos. William echó un último vistazo a su obra. El plan ya estaba en marcha.

Luego abandonaron las cuadras y se dirigieron hacia el recinto abierto. En el pórtico, ocultos bajo el arco, Raymond y Rannulf seguían arrancando la argamasa que rodeaba los goznes. William y Walter se volvieron hacia la cocina para dar así la impresión de que querían comer algo, lo cual todo el mundo encontraría natural. En el recinto no había nadie, pues los habitantes del castillo, a excepción de los centinelas, estaban en misa. Al mirar casualmente hacia las almenas, William observó que los guardias no vigilaban el interior del castillo sino que miraban en dirección a los campos, como debían hacer. Sin embargo, temía que alguien saliese en cualquier momento de alguno de los edificios e intentara averiguar qué hacían ellos allí, en cuyo caso tendrían que matarlo a la vista de todos, y entonces todo habría terminado.

Rodearon la cocina y se dirigieron hacia el puente que conducía al recinto superior. Al pasar por delante de la capilla escucharon los murmullos apagados del oficio divino. El conde Bartholomew debía de encontrarse allí, completamente desprevenido, pensó William con satisfacción. Sin duda no tenía la menor idea de que había un ejército a poco más de un kilómetro de distancia, que cuatro de sus enemigos ya se encontraban dentro de su fortaleza y que sus cuadras estaban ardiendo. Aliena también estaría en la capilla, rezando arrodillada. Pronto se postrará ante mí, se dijo William, y la excitación casi le hizo perder la cabeza.

Llegaron al puente y se dispusieron a atravesarlo. Se habían asegurado de que el primero de los puentes estuviera en condiciones de servir de acceso a su ejército cortando la maroma e inutilizando la puerta. Pero aun así el conde podía buscar refugio en el recinto superior. La tarea inmediata de William consistía en tratar de evitarlo levantando el puente levadizo de forma tal que fuese imposible emplear el segundo puente. El conde se encontraría aislado y resultaría vulnerable en el recinto inferior.

Se acercaron a la segunda casa de la guardia y un centinela salió de la garita.

—Llegáis temprano —dijo.

—Hemos sido convocados para ver al conde —repuso William.

Se aproximó al centinela, pero éste retrocedió un paso. William no quería que se alejara demasiado, porque si salía de debajo del arco resultaría visible para los vigías apostados en las almenas del círculo superior.

—El conde está en la capilla —explicó el centinela.

—Pues en ese caso, esperaremos.

Tenía que matar a aquel guardia de forma rápida y silenciosa, pero William no sabía cómo acercarse más. Dirigió una mirada a Walter en busca de consejo, pero éste se limitaba a esperar con aspecto imperturbable.

—Hay encendido un fuego en la torre del homenaje —dijo el centinela—. Id a calentaros. —Al ver que William vacilaba, empezó a mostrarse receloso—. ¿A qué esperáis? —preguntó algo molesto.

William trató desesperadamente de encontrar algo que decir.

—¿No podrían darnos de comer? —preguntó finalmente.

—Hasta que termine la misa es imposible —respondió el centinela—. Entonces servirán el desayuno en la torre del homenaje.

En aquel momento, William observó que Walter había estado desplazándose de manera imperceptible hacia un lado. Sólo con que el centinela se moviera un poco, podría colocarse detrás de él. William dio unos pasos con aire despreocupado en dirección contraria, dejando atrás al centinela.

—Francamente, no puedo decir que me satisfaga la hospitalidad de vuestro conde —dijo al mismo tiempo. Al ver que el centinela iniciaba un movimiento para volverse, añadió—: Hemos recorrido un largo camino…

Entonces Walter atacó.

Se colocó detrás del centinela rodeándole los hombros con los brazos. Con la mano izquierda echó hacia atrás la barbilla de su víctima y con el cuchillo en la derecha le rebanó la garganta. William suspiró aliviado. Todo había ocurrido en un instante.

Entre los dos habían matado a tres hombres antes del desayuno. William experimentó una excitante sensación de poder. Nadie se reirá de mí a partir de hoy, se dijo.

Walter arrastró el cuerpo hasta la casa de la guardia. Su disposición era la misma que la de la primera, con una escalera de caracol que conducía a la habitación desde donde se hacía subir el puente levadizo. William subió por las escaleras seguido de Walter.

William no había hecho un reconocimiento de aquella habitación cuando el día anterior había estado en el castillo. No se le había ocurrido, pero en cualquier caso hubiera sido difícil alegar un pretexto plausible. Había dado por supuesto que habría una rueda giratoria o al menos un cilindro con una manivela para levantar el puente levadizo, pero en aquel momento comprobó que no había nada de eso, sino tan sólo una maroma y un cabrestante. La única manera de alzar el puente levadizo era enrollar la maroma. William y Walter la agarraron y tiraron a la vez, pero el puente ni siquiera emitió un ligero crujido. Era una tarea para diez hombres.

William quedó desconcertado por unos instantes. El otro puente levadizo, el que conducía a la entrada del castillo, tenía una gran rueda. Él y Walter habrían podido levantarlo. Luego se dio cuenta de que el puente levadizo exterior debían de levantarlo cada noche, en tanto que el que ahora les preocupaba sólo se levantaba en situaciones de emergencia.

En cualquier caso, nada se ganaría lamentándose. La cuestión era qué hacer a continuación. Si no podía alzar el puente levadizo, al menos podía cerrar las puertas, lo que retrasaría al conde.

Bajó corriendo por las escaleras con Walter detrás de él. Al llegar abajo sufrió un sobresalto. Al parecer no todo el mundo asistía a la misa. Vio a una mujer y a un niño salir de la casa de la guardia.

William se detuvo. Reconoció de inmediato a la mujer. Era la que acompañaba al constructor, la misma a la que había intentado comprar el día anterior por una libra. Ella también lo vio, y sus penetrantes ojos color de miel se clavaron en él. William ni siquiera pensó en hacerse pasar por un visitante que estuviera esperando al conde. Sabía que no podía engañarla. Tenía que impedirle que diera la voz de alarma, y la mejor forma de lograrlo era matándola, rápida y silenciosamente, como habían matado a los centinelas.

Ellen adivinó de inmediato sus intenciones. Cogió a su hijo de la mano y dio media vuelta. William trató de agarrarla, pero ella fue más rápida. Corrió hasta el recinto y de ahí hacia la torre del homenaje. William y Walter corrieron tras ella.

Ellen parecía tener alas en los pies, en tanto que sus perseguidores vestían cota de malla y llevaban armas pesadas. Ellen alcanzó las escaleras que conducían al gran salón. Gritaba mientras iba subiendo. William recorrió con la vista las murallas. Los gritos habían alertado al menos a dos de los centinelas. Todo había terminado. William dejó de correr y permaneció, jadeante, al pie de las escaleras. Walter le imitó. Dos centinelas, luego tres y seguidamente cuatro bajaban corriendo de las murallas en dirección al recinto. La mujer desapareció en el interior de la torre del homenaje sin soltar al muchacho. Y daba igual. Una vez alertados los centinelas, de nada serviría matarla.

William y Walter sacaron sus espadas y permanecieron el uno junto al otro dispuestos a vender caras sus vidas.

El sacerdote estaba alzando la Hostia cuando Tom advirtió que a los caballos les pasaba algo. Podía oír continuos relinchos y pateos. Un momento después alguien interrumpió la tranquila letanía en latín.

—¡Huelo a humo! —se oyó decir en voz alta.

También Tom y los demás percibieron el olor. Tom era más alto que los otros, de modo que se acercó a las ventanas de la capilla y, poniéndose de puntillas, miró a través de ellas. Las cuadras ardían por los cuatro costados.

—¡Fuego! —exclamó, y antes de que pudiera añadir nada más su voz quedó ahogada por los gritos de los otros. Todos se precipitaron hacia la puerta y el servicio divino quedó olvidado. Tom hizo retroceder a Martha por miedo a que la multitud la aplastara y dijo a Alfred que se quedara con ellos. Se preguntaba dónde estarían Ellen y Jack.

Un momento después no quedaba nadie en la capilla salvo ellos tres y un sacerdote irritado.

Tom sacó a los niños de allí. Algunos hombres estaban soltando a los caballos para que no murieran quemados, mientras otros extraían agua del pozo para sofocar las llamas. Tom no veía a Ellen por ninguna parte. Los caballos liberados corrían aterrados por el recinto, y la gente no paraba de gritar como loca. El estruendo de los cascos era ensordecedor. Tom aguzó el oído con el entrecejo fruncido. En realidad era tremendo. No parecían veinte o treinta caballos, sino un centenar. De repente le asaltó un terrible presentimiento.

—Quédate aquí un momento —le ordenó a Martha—. Y tú, Alfred, cuida de ella.

Subió corriendo por el terraplén hasta la parte superior de las murallas y lo que vio le heló la sangre en las venas. Un ejército de unos cien jinetes avanzaba a la carga por los campos en dirección al castillo. Era un espectáculo aterrador. Tom podía ver el centelleo metálico de sus cotas de malla y las espadas desenvainadas. Los caballos corrían como rayos y una nube de aliento cálido salía de sus ollares. Los jinetes iban inclinados sobre sus monturas con un propósito firme y espantoso. No había gritos ni chillidos, tan sólo el sonido estremecedor de los cascos.

Tom volvió la mirada hacia el recinto del castillo. ¿Por qué nadie más podía escuchar la llegada de aquel ejército? Porque el ruido de los cascos quedaba ahogado por los muros del castillo y el ruido que el pánico producía dentro de éste. ¿Por qué los centinelas no habían visto nada? Porque todos habían abandonado sus puestos para combatir el fuego. Aquel ataque había sido concebido por alguien inteligente. Ahora correspondía a Tom dar la voz de alarma.

Pero ¿dónde estaba Ellen?

La buscó con la mirada mientras los atacantes seguían acercándose. Todo estaba oscurecido por el denso humo blanco de las cuadras incendiadas. No veía a Ellen por ninguna parte.

Descubrió al conde Bartholomew que, junto al pozo, intentaba organizar la tarea de extinguir el fuego. Tom bajó a toda prisa por el terraplén y cruzó corriendo el recinto hasta llegar al pozo. Cogió sin miramientos al conde por el hombro y le gritó al oído para hacerse oír por encima del estrépito.

—¡Es un ataque!

—¿Qué?

—¡Que nos están atacando!

El conde pensaba en el fuego.

223

—¿Que nos están atacando? ¿Quién?

—¡Escuchad! —le gritó Tom—. ¡Un centenar de caballos!

El conde ladeó la cabeza. Tom vio en el rostro aristocrático y pálido que en su mente se había hecho la luz.

—¡Por la cruz que tienes razón! —De repente pareció atemorizado—. ¿Los has visto?

—Sí.

—¿Quién...? Poco importa quién. ¿Un centenar de caballos?

—Sí...

—¡Peter!, ¡Ralph! —El conde se volvió de espaldas a Tom y llamó a sus lugartenientes—. Se trata de una incursión... El fuego ha sido provocado para distraer nuestra atención. ¡Nos están atacando!

Al igual que su señor, al principio sus lugartenientes se mostraron desconcertados, luego escucharon y finalmente dieron muestras de temor.

—Decid a los hombres que cojan las espadas... ¡Rápido, rápido! —les ordenó el conde. Luego se volvió hacia Tom—. Ven conmigo, cantero, tú eres fuerte, podremos cerrar las puertas.

Atravesó corriendo el recinto seguido de Tom. Si conseguían cerrar las puertas y levantar a tiempo el puente lograrían resistir a un centenar de hombres.

Llegaron a la casa de la guardia. A través del arco podían ver al ejército. Tom advirtió que ya estaban a menos de un kilómetro y desplegándose. Algunos ya han entrado en el castillo, se dijo. Los caballos más rápidos van delante y los más lentos detrás.

—¡Mira las puertas! —vociferó el conde.

Tom miró. Las dos grandes puertas de roble estaban en el suelo. Habían arrancado los goznes de la muralla. El miedo hizo que sintiese un nudo en el estómago.

Volvió a mirar hacia el recinto intentando encontrar a Ellen, pero sin éxito. ¿Qué le habría pasado? En esos momentos podía pasar cualquier cosa. Necesitaba estar con ella y protegerla.

—¡El puente levadizo! —dijo el conde.

Tom comprendió que la mejor forma de proteger a Ellen era manteniendo a raya a los atacantes. El conde subió corriendo por la escalera de caracol que conducía al cuarto desde el que se enrollaba la maroma y Tom lo siguió, no sin esfuerzo. Si lograban alzar el puente levadizo, unos cuantos hombres podrían resistir en la casa de la guardia. Pero al entrar en el cuarto el mundo se le vino abajo. Habían cortado la maroma y no había manera de levantar el puente.

El conde maldijo con amargura.

—El que haya planeado esto es tan astuto como Lucifer —masculló.

De repente, a Tom se le ocurrió que quienquiera que hubiera arran cado las puertas, cortado la maroma e iniciado el fuego debía de encontrarse todavía dentro del castillo, en alguna parte. Miró temeroso alrededor preguntándose dónde podrían estar los intrusos.

El conde miró por una de las ventanas, tan estrechas como aspilleras.

—¡Santo Dios! ¡Casi están aquí! —exclamó, y bajó corriendo las escaleras.

Tom le iba pisando los talones. En el pórtico varios caballeros se abrochaban presurosos los cinturones de sus armas y se ponían los cascos. El conde Bartholomew empezó a dar órdenes.

—Vosotros, Ralph y John, enviad algunos caballos sueltos al puente para entorpecer el paso del enemigo. Richard, Peter, Robin, coged algunos otros y presentad resistencia aquí.

El pórtico era angosto y unos cuantos hombres podrían contener a los asaltantes, al menos por un rato.

—Tú, cantero, lleva a los servidores y a los niños a través del puente hasta el recinto superior.

Tom se sintió contento de tener una excusa para buscar a Ellen. Primero corrió hacia la capilla. Alfred y Martha se encontraban donde los había dejado momentos antes y parecían asustados.

—Id a la torre del homenaje —les gritó—, y decid a todas las mujeres y los niños con que os encontréis que vayan allí con vosotros… Órdenes del conde. ¡Corred!

Los niños se pusieron en movimiento de inmediato.

Tom miró alrededor. Pronto los seguiría, pues estaba decidido a que no lo cogieran en el recinto inferior, pero todavía disponía de unos momentos para cumplir con la orden del conde. Corrió a las cuadras donde la gente seguía arrojando baldes de agua al fuego.

—Olvidaos del fuego. Están atacando el castillo —dijo—. Llevad a vuestros hijos a la torre del homenaje.

El humo se le metió en los ojos nublando su visión. Se los restregó y corrió hacia un pequeño grupo que permanecía contemplando cómo el fuego devoraba las cuadras. Les repitió el mensaje, así como a un grupo de mozos de cuadra que habían reunido a algunos de los caballos desperdigados. A Ellen no se la veía por ninguna parte.

Tosiendo a causa del humo, cruzó de nuevo el recinto en dirección al puente que conducía al círculo superior. Allí se detuvo para recuperar el aliento, y miró hacia atrás. La gente atravesaba en riadas el puente. Casi estaba seguro de que Ellen y Jack se encontraban ya en la torre del homenaje, pero se sentía aterrado ante la idea de que quizá no los hubiera visto. Divisó entonces un apretado grupo de caballeros enzarzados en una brutal lucha cuerpo a cuerpo junto a la casa de la guardia inferior. Aparte de eso, no se veía otra cosa que humo. De repente, el conde Bartholomew apareció a su lado, con la espada ensangrentada, y le gritó:

—¡Ponte a salvo!

En aquel preciso instante los atacantes irrumpieron a través del arco de la casa de la guardia inferior, dispersando a sus defensores. Tom dio media vuelta y cruzó corriendo el puente.

En la segunda casa de la guardia había quince o veinte hombres del conde, listos para defender el recinto superior. Se apartaron para dejar pasar a su señor y a Tom. Al cerrar de nuevo filas, Tom oyó, a sus espaldas, el sonido de cascos sobre el puente de madera. Los defensores ya no tenían posibilidad alguna. Tom comprendió que aquélla había sido una incursión astutamente planeada y perfectamente ejecutada. Pero su principal preocupación era la suerte que habían corrido Ellen y los niños. Sobre ellos iban a caer un centenar de hombres armados sedientos de sangre. Cruzó corriendo el recinto superior en dirección a la torre del homenaje.

A medio camino de los escalones de madera que conducían al gran salón, miró hacia atrás. Los defensores de la segunda casa de la guardia habían sido superados casi de inmediato por los atacantes a caballo. El conde Bartholomew estaba en los escalones, detrás de Tom. Ambos tuvieron el tiempo justo de entrar en la torre y levantar la escalera. Tom irrumpió entonces en el salón… para descubrir que los atacantes se habían mostrado todavía más astutos.

La avanzadilla del enemigo que había derribado las puertas, cortado la maroma del puente levadizo y pegado fuego a las cuadras, había llevado a cabo otra acción. Había entrado en la torre del homenaje, tendiendo una emboscada a todo aquel que buscaba refugio en ella.

Ahora se encontraban en pie, a la entrada del gran salón, cuatro hombres de cara feroz vestidos con cota de malla. Por todas partes yacían los cuerpos ensangrentados de los caballeros del conde, que habían sido ferozmente atacados al entrar. Tom descubrió también, con un sobresalto, que el líder de aquella avanzadilla era William Hamleigh, que lo miraba con los ojos inyectados en sangre. Tom, petrificado por la sorpresa, pensó que William iba a matarle, pero antes de que tuviera tiempo de sentir miedo, uno de sus secuaces lo agarró por el brazo y lo obligó a entrar, apartándole violentamente a un lado.

De manera que eran los Hamleigh quienes atacaban el castillo del conde Bartholomew, pero ¿por qué?

Todos los servidores y los niños se encontraban en el extremo más alejado del salón, lo que significaba que William y los suyos sólo iban a matar a los hombres armados. Tom observó las caras de quienes se encontraban en el salón y sintió un inmenso alivio al ver a Alfred, Martha, Ellen y Jack, todos juntos y aterrados, pero vivos y, al parecer, indemnes.

Antes de que pudiera reunirse con ellos se inició una lucha en la entrada. El conde Bartholomew y dos de sus caballeros se lanzaron a la carga, siendo sorprendidos por los hombres de Hamleigh que los esperaban. Uno de los hombres del conde fue abatido de inmediato, pero el otro protegió a su señor con la espada. Varios caballeros de Bartholomew se situaron detrás de éste, y de repente se produjo un tremendo enfrentamiento cuerpo a cuerpo empleando cuchillos, porque no había espacio para empuñar las largas espadas. Por un instante pareció que los hombres del conde iban a vencer a los de William, pero algunos dieron media vuelta y empezaron a defenderse al ser agredidos por detrás. Era evidente que el ejército atacante había penetrado en el recinto superior y que en aquellos momentos subían en dirección a la torre del homenaje.

—¡Deteneos! —vociferó una voz potente.

Los hombres de ambos bandos se detuvieron sin abandonar una actitud cautelosa.

—Bartholomew de Shiring, ¿os rendís? —gritó la misma voz.

Tom vio al conde volverse y mirar a través de la puerta. Los caballeros se hicieron a un lado para quedar fuera de su línea de visión.

—Hamleigh —murmuró en tono de incredulidad. Luego, levantando la voz añadió—: ¿Dejaréis marchar a mi familia y a mis servidores sin hacerles daño?

—Sí.

—¿Lo juráis?

—Si os rendís, lo juro por la cruz.

—Me rindo.

Del exterior llegó un coro de gritos de victoria.

Tom dio media vuelta. Martha cruzó corriendo el salón hasta llegar junto a él, que la cogió en brazos. Luego abrazó a Ellen.

—Estamos salvados —dijo Ellen con los ojos llenos de lágrimas—. Todos nosotros... nos hemos salvado.

—Sí, estamos a salvo, pero de nuevo en la miseria —repuso Tom con amargura.

De pronto, William dejó de dar vítores. Era el hijo de lord Percy y no era digno de él gritar y vociferar como un vulgar soldado. Su rostro adoptó una expresión de satisfacción altiva.

Habían ganado. Llevó adelante el plan no sin algunos contratiempos, pero había dado resultado y el ataque había resultado un gran éxito gracias a su trabajo previo. Había perdido la cuenta de los hombres que había matado y herido, y sin embargo él estaba indemne. Algo le llamó la atención: tenía mucha sangre en la cara para no haber sufrido herida alguna. Se la limpió, pero volvió a notar que corría por su rostro. Debía de ser la suya. Se llevó la mano a la cara y luego a la cabeza. Había perdido algo de pelo y al tocarse el cuero cabelludo sintió un dolor terrible. No había llevado casco porque habría levantado sospechas. Ahora que sabía que estaba herido, el dolor iba en aumento. No le importó. Una herida era señal de valor.

Su padre subió por los escalones y se enfrentó con el conde Bartholomew en el umbral de la puerta. Bartholomew sostenía su espada presentando la empuñadura en actitud de rendición. Percy la cogió y sus hombres volvieron a lanzar vítores. Cuando éstos hubieron cesado, Bartholomew preguntó:

—¿Por qué habéis hecho esto?

—Habéis conspirado contra el rey —contestó el padre de William.

Bartholomew estaba asombrado de que Percy supiera eso, y en su rostro se reveló el sobresalto. William contuvo el aliento y se preguntó si el conde, desesperado por la derrota que había sufrido, admitiría la conspiración en público. Sin embargo, recuperó su compostura y se irguió cuan alto era.

—Defenderé mi honor delante del rey, no aquí —anunció.

Percy hizo un ademán de aquiescencia.

—Como queráis. Decid a vuestros hombres que entreguen las armas y que abandonen el castillo.

El conde murmuró una orden a sus caballeros y uno a uno fueron acercándose y dejaron caer sus espadas a los pies del padre de William, quien disfrutaba con el espectáculo. Aquí están todos ellos, humillados ante mi padre, se dijo con orgullo.

—Reunid los caballos sueltos y metedlos en la cuadra —le indicó Percy a uno de sus caballeros. Haz que algunos hombres recorran el castillo y recojan las armas de los muertos y los heridos.

Las armas y los caballos de los vencidos pertenecían, naturalmente, a los vencedores. Los caballeros de Bartholomew debían marcharse a pie y desarmados. Los hombres de Hamleigh vaciarían también los almacenes del castillo. Las mercancías serían cargadas en los caballos confiscados y conducidas a Hamleigh, la aldea que daba su nombre a la familia. Percy llamó a otro de sus caballeros.

—Reúne a los sirvientes de la cocina y que preparen la comida. Los demás pueden irse —le dijo.

Después de la batalla, los hombres estaban hambrientos. Se celebraría una fiesta por la victoria. Antes de regresar a casa, el ejército vencedor comería y bebería los mejores manjares y vinos del conde Bartholomew.

Un momento después los caballeros que rodeaban al padre de William y a Bartholomew se dividieron para dejar paso a la esposa de aquél.

Parecía muy pequeña entre aquellos fornidos luchadores, pero cuando se retiró el chal que le cubría la cara, quienes no la habían visto antes retrocedieron sobresaltados, como siempre hacía la gente ante su horrible rostro. Miró a Percy y, con tono de satisfacción, dijo:

—Un gran triunfo.

William hubiera querido decir: «Debido a un excelente trabajo previo ¿no crees, madre?» Sin embargo, se mordió la lengua. Pero su padre habló por él.

—Ha sido William quien nos ha despejado la entrada.

La madre se volvió hacia él y William esperó ansioso que lo felicitara.

—¿De veras? —dijo.

—Sí —afirmó Percy—. El muchacho ha hecho un buen trabajo.

Ella asintió lentamente con la cabeza.

—Tal vez lo haya hecho —murmuró.

William se sintió reconfortado por aquel elogio y esbozó una estúpida sonrisa.

La madre miró al conde Bartholomew.

—El conde debería inclinarse ante mí —dijo.

—No —repuso, tajante, el conde.

—Traed a la hija —dijo ella.

William miró alrededor. Por un instante se había olvidado de Aliena. Escudriñó entre los sirvientes y los niños, y la descubrió al instante, junto a Matthew, el mayordomo afeminado. William se acercó a ella, la agarró del brazo y la llevó junto a su madre. Matthew los siguió.

—Cortadle las orejas —ordenó la espantosa mujer.

Aliena soltó un grito de horror.

William sintió una extraña excitación en todo el cuerpo.

Bartholomew palideció y dijo:

—Prometisteis que no le haríais daño alguno si me rendía. Lo jurasteis.

—Y nuestra protección será tan completa como vuestra rendición —le aseguró la madre de William, quien se dijo que aquello era muy inteligente por parte de ella.

Pese a todo, el conde mantenía una actitud desafiante.

William se preguntaba quién sería el elegido para cortarle las orejas a Aliena. Tal vez su madre le encargara a él aquella tarea. La idea le resultaba en extremo excitante.

—Arrodillaos —dijo la madre a Bartholomew.

El conde dobló con lentitud una rodilla e inclinó la cabeza. William se sintió ligeramente decepcionado.

—¡Mirad esto! —gritó la madre a todos los reunidos—. Jamás olvidéis la suerte de un hombre que insulta a los Hamleigh. —Miró desafiante alrededor, lo que hizo que William se sintiese inmensamente orgulloso.

—Lleváoslo a su dormitorio y vigiladle bien —intervino entonces Percy.

Bartholomew se puso de pie.

—Llévate también a la muchacha —añadió el padre de William dirigiéndose a éste.

William agarró con fuerza a Aliena por el brazo. Le gustaba tocarla. Iba a llevarla arriba, al dormitorio. Y nadie sabía lo que podía ocurrir. Si le dejaban solo con Aliena, podría hacer con ella lo que quisiera; por ejemplo, desgarrarle la ropa y contemplar su desnudez. También podría...

—Permitid que Matthew Steward venga con nosotros para cuidar de mi hija.

Percy miró al mayordomo.

—Parece bastante inofensivo —dijo con una mueca—. Está bien.

William observó el rostro de Aliena. Seguía pálida, pero asustada estaba aún más bella. Era excitante verla en situación tan vulnerable. Ansiaba sentir su cuerpo perfecto debajo del suyo y ver el miedo en su rostro mientras la obligaba a separar los muslos.

—Todavía quiero casarme contigo —susurró acercando la cara a la de la muchacha.

Aliena se apartó de él.

—¿Casarnos? —dijo con desdén, en voz alta—. ¡Preferiría morir a casarme contigo, sapo repugnante!

Todos los caballeros esbozaron una sonrisa y algunos de los sirvientes rieron con disimulo. William se puso rojo de furia ante aquella nueva humillación.

De repente, la madre avanzó un paso y abofeteó a Aliena. Bartholomew hizo ademán de defender a su hija, pero los caballeros le sujetaron.

—Cállate —dijo la horrible mujer a Aliena—. Ya no eres una dama elegante, sino la hija de un traidor, y pronto estarás en la miseria y muerta de hambre. Ya no eres digna de mi hijo. Apártate de mi vista y no pronuncies una sola palabra más.

Aliena dio media vuelta. William le soltó el brazo y la joven siguió a su padre. Mientras la veía irse, William advirtió que el sabor dulce de la venganza se le había vuelto amargo en la boca.

Jack pensaba que era una verdadera heroína, exactamente como una princesa de un poema. La contemplaba deslumbrado mientras subía por las escaleras con la cabeza erguida. En todo el salón reinó el silencio hasta que ella hubo desaparecido de la vista. Entonces, fue como si una lámpara se hubiera apagado. Jack se quedó mirando el lugar donde ella había estado.

—¿Quién es el cocinero? —preguntó uno de los caballeros, acercándose.

El cocinero se sentía demasiado receloso para darse a conocer, pero alguien lo señaló.

—Vas a hacer la comida —le ordenó el caballero—. Coge a tus ayudantes y vete a la cocina.

El cocinero eligió media docena de personas entre todo aquel gentío.

—Los demás… desapareced —añadió el caballero—. Marchaos del castillo. Salid rápidamente y no intentéis llevaros nada que no sea vuestro. A ninguno de nosotros le importará que un poco más de sangre manche su espada. ¡En marcha!

Todos salieron precipitadamente por la puerta. Ellen cogía de la mano a Jack y Tom llevaba a Martha de la suya. Alfred les seguía. Todos llevaban sus capas y ninguno tenía pertenencias salvo sus ropas y el cuchillo. Con el resto de la gente bajaron por los escalones, atravesaron el puente, el recinto inferior y la casa de la guardia, y, pasando por encima de las puertas derribadas, abandonaron el castillo sin detenerse. Una vez que hubieron salido al campo, por el lado más alejado del foso, la tensión estalló como la cuerda rota de un arco, y todos empezaron a hablar sobre su penosa experiencia. Jack les escuchaba distraído mientras caminaba. Todo el mundo recordaba lo valientes que habían sido. Él no se consideraba valiente…, sencillamente había huido.

La única valiente había sido Aliena. Cuando llegó a la torre del homenaje y descubrió que en vez de ser un lugar de refugio era una trampa, se había hecho cargo de los sirvientes y de los niños, diciéndoles que se sentaran y se estuvieran quietos, manteniéndose apartados de los hombres que luchaban, imprecando a los caballeros de los Hamleigh cuando se mostraban rudos con sus prisioneros o levantaban su espada contra mujeres y hombres desarmados, comportándose como si fuera absolutamente invulnerable.

—¿En qué piensas? —le preguntó su madre.

—Me preguntaba qué le ocurrirá a la princesa.

Ellen sabía a qué se refería.

—¿Te refieres a lady Aliena?

—Es como esas princesas que viven en los castillos, de las que hablan los poemas, pero los caballeros no son tan virtuosos…

—Eso es verdad —admitió su madre, ceñuda.

—¿Qué le pasará?

Ellen sacudió la cabeza.

—En verdad, no lo sé.

—Su madre murió.

—Entonces pasará momentos muy duros.

—Eso pensaba. —Jack hizo una pausa—. Se rió de mí porque no estaba enterado de lo de los padres. Pero de todas maneras me gusta.

Ellen le pasó el brazo por la espalda.

—Lamento no haberte hablado de los padres.

Jack le acarició la mano aceptando su disculpa. Siguieron andando en silencio. De vez en cuando una familia abandonaba el camino y se dirigía a campo traviesa a casa de algún pariente o amigo donde pedir algo de comida y pensar en lo que habían de hacer. La mayoría de la gente permaneció junta hasta alcanzar la encrucijada. A partir de allí se fueron separando; unos fueron hacia el norte, otros hacia el sur, y algunos siguieron recto en dirección al pueblo de Shiring. Ellen se acercó a Tom y le indicó que se detuvieran.

—¿Adónde iremos? —le preguntó.

Él pareció levemente sorprendido ante aquella pregunta, como si hubiera esperado que todos lo seguirían adonde fuese sin hacer preguntas. Jack se había dado cuenta de que su madre provocaba a menudo aquella mirada de sorpresa en Tom. Tal vez su anterior mujer hubiese sido un tipo de persona diferente.

—Vamos al priorato de Kingsbridge —respondió.

—¿Kingsbridge? —Ellen pareció sobresaltada. Jack se preguntó a qué se debería.

—Ayer noche oí decir que había un nuevo prior —prosiguió Tom—, y es posible que quiera hacer algunas reparaciones o cambios en la iglesia.

—¿Ha muerto el antiguo prior?

—Sí.

Por algún motivo aquella noticia tranquilizó a Ellen. Jack se dijo que seguramente había conocido al muerto y por algún motivo no le gustaba.

—¿Pasa algo malo con Kingsbridge? —le preguntó Tom, advirtiendo por fin su tono de preocupación.

—He estado allí. Está a más de un día de viaje.

Jack sabía que no era la duración del viaje lo que preocupaba a su madre.

—Podemos estar allí mañana hacia el mediodía —dijo Tom.

—Muy bien.

Siguieron caminando.

Algo más tarde Jack empezó a sentir dolor de vientre. Durante un rato se preguntó a qué se debería. En el castillo no le habían hecho daño alguno y Alfred hacía dos días que no le daba puñetazos. Por fin se dio cuenta de lo que era.

Volvía a tener hambre.

IV

1

La catedral de Kingsbridge no era una grata visión. Se trataba de una estructura achaparrada y maciza con gruesos muros y ventanas minúsculas. Había sido construida mucho antes de la época de Tom, cuando los constructores aún no habían aprendido la importancia de la proporción. Los de su generación, en cambio, sabían que un muro recto y bien aplomado era más fuerte que otro más grueso, y que en los muros podían abrirse cuantas ventanas se quisiera siempre que el arco de éstas fuera un semicírculo perfecto. Desde cierta distancia la iglesia parecía ladeada, y al acercarse Tom comprendió por qué. Una de las torres gemelas en el extremo oeste se había derrumbado. Se sintió encantado. El nuevo prior querría levantarla de nuevo, con toda seguridad. La esperanza le hizo apretar el paso. Haber sido contratado como lo fue en Earlcastle y ver luego cómo su nuevo patrón era derrotado en una batalla y, además, capturado, había sido verdaderamente descorazonador. Tenía la sensación de que no soportaría otra decepción como aquélla.

Miró a Ellen. Temía que cualquier día llegara a la conclusión de que todos morirían de hambre antes de que él encontrase trabajo y lo dejaría. Ellen le sonrió y luego frunció de nuevo el entrecejo al mirar la amenazadora mole de la catedral. Tom había notado que ella se encontraba incómoda entre monjes y sacerdotes. Se preguntó si el que no estuviesen casados a los ojos de la Iglesia la haría sentir culpable.

El recinto del priorato bullía de actividad. Tom había visto monasterios somnolientos y monasterios activos, pero Kingsbridge era excepcional. Parecía como si hubiesen empezado la limpieza de primavera tres meses antes. Fuera de la cuadra dos monjes se ocupaban de almohazar caballos y un tercero pulía guarniciones, mientras que unos novicios limpiaban los pesebres. Otros monjes barrían la casa de los invitados que se alzaba al lado de la caballeriza, y más allá esperaba una carreta llena de paja dispuesta para ser extendida sobre el suelo limpio.

En la torre derruida, sin embargo, nadie trabajaba. Tom estudió el montón de piedras que era cuanto quedaba de ella. El derrumbamiento debió de producirse algunos años atrás, se dijo, porque los bordes rotos de las piedras habían sido desgastados por la lluvia y las heladas. La argamasa desmenuzada había sido arrastrada por el agua y el montón de mampostería se había hundido unos cuantos centímetros en la tierra blanda. Era asombroso que la hubieran dejado sin reparar durante tanto tiempo, ya que se suponía que las iglesias catedrales eran prestigiosas. El viejo prior debía de ser un perezoso o un incompetente. Tal vez ambas cosas. A lo mejor Tom había llegado en el preciso momento en que los monjes estaban planeando reconstruirla. Ya era hora de que le sonriera la suerte.

—Nadie me reconoce —dijo Ellen.

—¿Cuándo estuviste aquí? —le preguntó Tom.

—Hace trece años.

—No es de extrañar que te hayan olvidado.

Al pasar junto a la fachada oeste de la iglesia, Tom abrió una de las grandes puertas de madera y miró el interior. Aunque la nave estaba a oscuras, vislumbró gruesas columnas y un vetusto techo de madera. Varios monjes estaban enjalbegando las paredes con unas brochas de mango largo, y otros barrían el suelo de tierra batida. Sin duda el nuevo prior tenía el propósito de poner en condiciones toda la iglesia. Era un signo esperanzador. Tom cerró la puerta.

Más allá del templo, en el patio de la cocina, unos novicios se encontraban de pie alrededor de una artesa llena de agua sucia, rascando con piedras el hollín y la grasa acumulada en las ollas y utensilios de cocina. Tenían los nudillos enrojecidos y ásperos por la continua inmersión en el agua helada. Al ver a Ellen soltaron risitas y apartaron la vista.

Tom preguntó a un novicio vergonzoso dónde podía encontrar al intendente. Debería haber preguntado por el sacristán, ya que el mantenimiento de la catedral era responsabilidad suya, pero los intendentes solían ser más asequibles. En cualquier caso, al final sería el prior quien tomase la decisión. El novicio le indicó la planta baja de uno de los edificios que se alzaban alrededor del patio. Tom entró por una puerta que estaba abierta, seguido de Ellen y los niños. Una vez dentro, todos se detuvieron, escudriñando en la penumbra.

Tom advirtió de inmediato que aquel edificio era más nuevo y sólido que la iglesia. No había en él olor a humedad o podredumbre. De hecho, la mezcla de aromas de los alimentos almacenados le producía dolorosos retortijones en el estómago, ya que hacía dos días que no probaba bocado. Cuando sus ojos se acostumbraron a la oscuridad observó que la planta tenía un buen suelo de losas, pilares cortos y gruesos y el techo abovedado. Un instante después descubrió a un hombre alto y calvo, con un mechón de pelo blanco, echando cucharadas de sal de un barril a un tarro.

—¿Sois el intendente? —preguntó, pero el hombre alzó una mano pidiendo silencio, y entonces Tom se dio cuenta de que estaba contando. Todos esperaron en silencio a que terminara.

—Dos veintentas y diecinueve. Tres veintenas —dijo finalmente, y dejó la cuchara.

—Soy Tom, maestro constructor —se presentó Tom—, y me gustaría reparar vuestra torre del noroeste.

—Soy Cuthbert, el intendente. Me llaman Cabezablanca y me gustaría que se reparara —contestó el hombre—. Pero debemos preguntárselo al prior Philip. Habrás oído decir que tenemos un nuevo prior.

—Sí. —Tom pensó que Cuthbert era un monje cordial, con mucho mundo y trato fácil. Se sentiría feliz charlando—. Y el nuevo prior parece decidido a mejorar el aspecto del monasterio.

Cuthbert asintió.

—Pero a lo que no está dispuesto es a pagar por ello. Ya habrás observado que los monjes están haciendo todo el trabajo. No contratará a ningún trabajador…; dice que el priorato ya tiene demasiados servidores.

Aquéllas eran malas noticias.

—¿Qué piensan los monjes de ello? —preguntó Tom con tacto.

Cuthbert se echó a reír, con lo que su arrugado rostro se arrugó aún más.

—Eres un hombre prudente, Tom. Estás pensando que no es frecuente ver monjes trabajar tan duro. Bueno, el nuevo prior no obliga a nadie, pero interpreta la regla de san Benito de tal forma que quienes hacen trabajos físicos pueden comer carne roja y beber vino, en tanto que los que se limiten a estudiar y orar tienen que vivir con pescado en salazón y cerveza floja. También puedo darte una justificación teórica en extremo minuciosa, pero el resultado es que tiene un gran número de voluntarios para el trabajo duro, especialmente entre los jóvenes.

Cuthbert no parecía desaprobar aquello; sólo se mostraba un poco confuso.

—Pero los monjes no pueden construir muros de piedra por muy bien que coman.

Mientras hablaba oyó el llanto de un niño. Aquel sonido le llegó al corazón. Al instante se apercibió de lo extraño que era que hubiese un bebé en un monasterio.

—Preguntaremos al prior —estaba diciendo Cuthbert, pero Tom apenas lo escuchaba. Parecía el llanto de un niño muy pequeño, apenas de una o dos semanas, e iba acercándose. Tom se encontró con la mirada de Ellen que también parecía sobresaltada. Luego se vio una sombra en la puerta. Tom tenía un nudo en la garganta. Entró un monje con un bebé en los brazos. Tom lo miró a la cara. Era su hijo.

Tom tragó saliva. El niño tenía el rostro congestionado, los puños apretados y la boca abierta mostrando sus encías sin dientes. Su llanto no era de dolor o enfermedad, tan sólo estaba exigiendo comida, era la protesta saludable y ansiosa de un bebé normal y a Tom se le quitó un peso de encima al comprobar que su hijo estaba bien. El monje que lo llevaba era un muchacho de aspecto alegre, de unos veinte años, con el pelo alborotado y una amplia sonrisa más bien bobalicona. A diferencia de la mayoría de los monjes permaneció imperturbable ante la presencia de una mujer. Sonrió a todo el mundo y luego se dirigió a Cuthbert.

—Jonathan necesita más leche.

Tom ansiaba coger en brazos al niño. Intentó no revelar sus emociones. Miró de soslayo a los niños. Todo cuanto ellos sabían era que el bebé abandonado había sido recogido por un sacerdote que iba de viaje. Ni siquiera sabían si éste lo había llevado al pequeño monasterio del bosque. En aquellos momentos sus rostros sólo revelaban una ligera curiosidad. No habían relacionado a ese bebé con el que ellos habían dejado atrás.

Cuthbert cogió un cazo y una pequeña jarra y la llenó con la leche que había en el balde.

—¿Puedo coger al bebé? —le preguntó Ellen al joven monje.

Extendió los brazos y el monje le entregó al niño. Tom la envidió. Anhelaba apretar contra su corazón aquel pequeño y cálido bulto. Ellen acunó al bebé, que guardó silencio por un instante.

—Johnny Ochopeniques es una buena niñera, pero no tiene el toque de la mujer —comentó Cuthbert levantando la mirada.

Ellen sonrió al muchacho.

—¿Por qué te llaman Johnny Ochopeniques?

Cuthbert contestó por él.

—Porque sólo es ocho peniques del chelín —dijo llevándose la mano a la sien para indicar que era corto de entendederas—. Pero parece comprender las necesidades de los pobres y pequeñas criaturas mejor que nosotros, los listos. Estoy seguro de que todo ello forma parte de los planes del Señor —añadió de forma vaga.

Ellen, que se había ido acercando a Tom, le tendió al niño. Había leído sus pensamientos. Tom la miró con expresión de profunda gratitud y cogió a la criatura en sus brazos. Podía sentir los latidos del corazón del niño a través de la excelente manta en que estaba envuelto. Por un instante se preguntó de dónde habrían sacado los monjes una lana tan suave. Apretó al niño contra su pecho y lo meció. Su técnica no era tan buena como la de Ellen y el niño empezó a llorar de nuevo, pero a Tom no le importó. Aquel grito fuerte e insistente era música celestial para sus oídos, porque ello significaba que el niño que él había abandonado gozaba de buena salud. Por duro que fuera, tenía la sensación de que había tomado la decisión acertada al dejar al niño en el monasterio.

—¿Dónde duerme? —le preguntó Ellen a Johnny.

Esta vez fue el propio Johnny quien respondió.

—En el dormitorio con todos nosotros; hemos dispuesto una cuna para él.

—Por la noche debe de despertaros.

—De todas maneras nos levantamos a medianoche para maitines —dijo Johnny.

—Claro. Olvidaba que los monjes duermen de noche tan poco como las madres.

Cuthbert le entregó la jarra de leche a Johnny, quien cogió el bebé de brazos de Tom. Éste no estaba preparado para renunciar al contacto del bebé, pero a los ojos de los monjes él no tenía el mínimo derecho sobre él, así que no puso impedimentos. Al cabo de un instante Johnny se fue con el bebé y Tom hubo de dominar su impulso de decir: «Espera, detente; es mi hijo, devuélvemelo.» Ellen permaneció junto a él y le apretó el brazo con un discreto gesto de afecto.

Tom comprendió que ahora tenía un motivo más para la esperanza. Si lograba que lo empleasen allí podría ver siempre a Jonathan, y casi sería como si nunca le hubiera abandonado. Parecía demasiado bueno para ser verdad, y ni siquiera se atrevía a desearlo.

Cuthbert miró con perspicacia a Martha y a Jack, que habían quedado deslumbrados al ver la jarra de cremosa leche que Johnny se había llevado.

—¿Tomarían los niños un poco de leche? —preguntó.

—Sí, por favor, padre. ¡Claro que la tomarían! —contestó Tom, quien pensó que él también lo haría.

Cuthbert vertió leche en dos boles de madera y se los dio a Martha y a Jack. Ambos los apuraron rápidamente.

—¿Un poco más? —les ofreció Cuthbert.

—Sí, por favor —respondieron al unísono.

Tom miró a Ellen convencido de que debía de sentirse como él, profundamente agradecida de ver que los pequeños por fin se alimentaban.

—¿De dónde venís? —preguntó Cuthbert mientras llenaba de nuevo los boles.

—De Earlcastle, cerca de Shiring —respondió Tom—. Salimos ayer por la mañana.

—¿Habéis comido desde entonces?

—No —repuso Tom, lacónico.

Sabía que la pregunta era un gesto amable por parte de Cuthbert, pero le molestaba admitir que había sido incapaz de dar de comer a sus hijos.

—Entonces, tomad unas manzanas para matar el gusanillo antes de la cena. —Cuthbert señaló un barril que había cerca de la puerta.

Alfred, Ellen y Tom se acercaron al barril mientras Martha y Jack bebían su segundo bol de leche. Alfred intentó coger unas cuantas, pero Tom se las quitó de una palmada en las manos.

—Coge dos o tres —le advirtió en voz baja. Él cogió tres.

Tom comió con gusto sus manzanas y sintió que su estómago se tranquilizaba, pero no pudo evitar preguntarse a qué hora servirían la cena. Entonces recordó, con alegría, que los monjes solían cenar antes de que oscureciera, para así ahorrar velas.

Cuthbert miraba fijamente a Ellen.

—¿Te conozco? —le preguntó finalmente.

—No lo creo —contestó ella, que parecía incómoda.

—Me resultas familiar —dijo él, inseguro.

—Cuando era pequeña vivía cerca de aquí —explicó Ellen.

—Será eso —dijo Cuthbert—. Quizá por ello me pareces mayor de lo que debieras.

—Debe de tener una memoria muy buena.

La miró con el entrecejo fruncido.

—No mucho —repuso—. Estoy seguro de que hay algo más... Pero no importa. ¿Por qué dejasteis Earlcastle?

—Ayer, al alba, lo atacaron y tomaron —contestó Tom—. El conde Bartholomew está acusado de traición.

—¡Que los santos nos protejan! —exclamó Cuthbert, escandalizado—. ¡Traición!

Se oyeron unos pasos. Al volverse, Tom vio que se acercaba otro monje.

—Éste es nuestro nuevo prior —anunció Cuthbert.

Tom reconoció al prior. Era Philip, el monje con que había topado de camino al palacio del obispo, el que les había dado aquel delicioso queso. Ahora todo encajaba. El nuevo prior de Kingsbridge era el antiguo prior de la pequeña celda en el bosque, y cuando se trasladó a Kingsbridge había llevado consigo a Jonathan. Tom sintió renacer la esperanza dentro de sí. Philip era un hombre bondadoso y al parecer Tom le inspiraba confianza y simpatía. Seguramente le daría un trabajo.

Philip lo reconoció.

—Hola, maestro constructor —dijo—. Así que no encontraste trabajo en el palacio del obispo.

—No, padre. El ardeciano no quiso contratarme y el obispo no estaba allí.

—¡Claro que no estaba! Estaba en el cielo, aunque entonces aún no lo sabíamos.

—¿Ha muerto el obispo?

—Sí.

—Eso es ya noticia antigua —intervino impaciente, Cuthbert—. Tom y su familia acaban de llegar de Earlcastle. El conde Bartholomew ha sido capturado y acusado de traición.

Philip reflexionó por un instante.

—Ya —murmuró al fin.

—¿Ya? —repitió Cuthbert—. ¿Qué quieres decir con «ya»? —Parecía sentir afecto por Philip, pero al mismo tiempo se comportaba con él como un padre cuyo hijo hubiera estado en la guerra y hubiera regresado a casa con un arma en el ceñidor y una mirada ligeramente peligrosa—. ¿Sabías que esto iba a suceder?

Philip se mostró algo confuso.

—No, no exactamente —respondió vacilante—. Oí el rumor de que el conde Bartholomew era contrario al rey Stephen. —Recuperó su compostura—. Todos debemos estar agradecidos por ello. Stephen ha prometido proteger a la Iglesia, en tanto que Maud posiblemente nos hubiera oprimido tanto como hizo su difunto padre. Sí, en realidad son buenas noticias. —Parecía tan complacido como si lo hubiera hecho él mismo.

Tom no quería hablar del conde Bartholomew.

—Para mí no son buenas noticias. El conde me había contratado el día anterior para fortalecer las defensas del castillo. No recibí siquiera un día de paga —dijo.

—¡Qué lástima! —exclamó Philip—. ¿Quién atacó el castillo?

—Lord Percy Hamleigh.

—¡Ah! —Philip asintió y de nuevo Tom tuvo la impresión de que sus noticias no hacían más que confirmar lo que el nuevo prior esperaba.

—Así que estáis haciendo algunas mejoras aquí —dijo Tom tratando de encauzar la conversación hacia lo que a él le interesaba.

—Eso es lo que intento —repuso Philip.

—Estoy seguro de que querréis reconstruir la torre.

—Reconstruir la torre, reparar el tejado, pavimentar el suelo… sí, quiero hacer todo eso. Y tú, naturalmente, quieres el trabajo —añadió, tras darse cuenta, al parecer, del motivo de la presencia de Tom allí—. No se me había ocurrido. Desearía poder contratarte, pero me temo que no podría pagarte. Este monasterio está sin un penique.

Tom se sintió profundamente abatido. Había confiado en que en el monasterio encontraría trabajo, pues todo parecía indicarlo. Apenas podía creer lo que oía. Se quedó mirando a Philip. En realidad, era increíble que el priorato no tuviera dinero. El intendente había dicho que los monjes hacían todo el trabajo extra, pero aun así un monasterio siempre podía pedir prestado a los judíos. Tom pensó que había llegado al final de su viaje. Aquello que lo había mantenido en acción durante todo el invierno, estaba agostado, y se sentía débil y sin voluntad. Ya no puedo seguir, se dijo, estoy acabado.

Philip advirtió la desazón que invadía a Tom.

—Puedo ofreceros cena, un lugar para dormir y el desayuno por la mañana —dijo.

Tom sintió una irritación amarga.

—Lo aceptaré, pero preferiría ganármelo —repuso.

Philip enarcó las cejas al percibir su tono de irritación, pero habló con tono apacible.

—Pídeselo a Dios… Eso no es mendigar, es rezar —dijo, y se marchó.

Los otros parecían algo asustados, y Tom comprendió que debía de haber revelado su enfado. Le molestaba que todos lo mirasen fijamente. Salió del almacén unos pasos detrás de Philip y se detuvo en el patio, mirando la iglesia grande y vieja, intentando dominar sus sentimientos.

Al cabo de un instante le siguieron Ellen y los niños. Ella le rodeó la cintura con el brazo en un gesto de consolación, lo que hizo que los novicios empezaran a murmurar entre sí y a darse codazos. Tom hizo caso omiso de ellos.

—Rezaré —dijo con aspereza—. Rezaré para que un rayo derribe la iglesia y no deje piedra sobre piedra.

En los dos últimos días Jack había aprendido a temer el futuro.

Durante su corta vida jamás había tenido que pensar más allá del día siguiente, pero de haberlo hecho hubiera sabido qué podía esperar. En el bosque un día era muy parecido a otro, y las estaciones cambiaban lentamente. Ahora ya no sabía dónde estaría de un día para otro, qué haría ni si comería.

Lo peor de todo, sin embargo, era el hambre. Jack había estado comiendo a hurtadillas hierbas y hojas para tratar de calmar los retortijones, pero le habían producido un dolor de estómago distinto y había experimentado una sensación extraña. Martha lloraba a menudo porque tenía mucha hambre. Jack y Martha siempre caminaban juntos. Ella confiaba en él, cosa que nunca había hecho con nadie. Sentirse inerme para aliviar su sufrimiento era peor que el hambre.

Si hubieran seguido viviendo en la cueva él habría sabido adónde ir para cazar patos, encontrar nueces o robar huevos, pero en los pueblos, en las aldeas y en los caminos poco familiares que las unían Jack estaba perdido. Todo cuanto sabía era que Tom tenía que encontrar trabajo.

Pasaron la tarde en la casa de invitados. Se trataba de un edificio sencillo, de una sola habitación, con el suelo sucio y una chimenea en el centro, como las casas en que vivían los campesinos, pero para Jack, que siempre había vivido en una cueva, aquello era realmente maravilloso. Tenía curiosidad por saber cómo habían hecho la casa, y Tom se lo dijo. Se habían talado dos árboles jóvenes y, después de desbastarlos, los habían unido formando un ángulo. Luego se había hecho la misma operación con otros dos, que habían sido colocados a cuatro metros de distancia de los otros y unidos por la parte superior con una parhilera. A continuación se fijaban unas tablillas ligeras paralelas a ésta uniendo los árboles y formando un tejado en declive que llegaba hasta el suelo. Sobre las tablillas se colocaban bastidores rectangulares de juncos entretejidos llamados zarzos, que eran impermeabilizados con barro. Los aguilones de los extremos se hacían con estacas clavadas en la tierra y los resquicios eran rellenados con barro. Carecía de ventanas, y en uno de los extremos había una puerta.

La madre de Jack extendió paja limpia por el suelo y Jack encendió un fuego con el pedernal que siempre llevaba consigo. Cuando los otros niños no podían oírlo, Jack preguntó a su madre por qué el prior no contrataba a Tom cuando era evidente que había trabajo por hacer.

—Parece que prefiere ahorrar dinero mientras pueda —respondió Ellen—. Si la iglesia se derrumbara se verían obligados a reconstruirla, pero como sólo se trata de la torre, pueden pasarse sin ella.

Poco antes de que anocheciese un pinche de cocina se presentó en la casa de invitados con un caldero de potaje y un pan tan largo como la estatura de un hombre, todo para ellos. El potaje estaba cocinado con vegetales y huesos de carne. El pan estaba hecho con toda clase de grano, centeno, cebada y avena, además de alubias y guisantes secos. Era el pan más barato, explicó Alfred, pero a Jack, que hasta hacía unos días nunca había probado el pan, le pareció delicioso. Comió hasta que le dolió la tripa, y Alfred hasta que no quedó nada.

—De todas formas, ¿por qué se cayó la torre? —le preguntó Jack a Alfred cuando finalmente se sentaron al fuego para digerir su festín.

—Probablemente a causa de un rayo —respondió Alfred—, o tal vez de un incendio.

—Pero no puede quemarse —protestó Jack—, pues es toda de piedra.

—El tejado no es de piedra, estúpido —dijo Alfred, desdeñoso—. El tejado es de madera.

Jack reflexionó por un instante.

—¿Y si el tejado se quema todo se viene abajo?

—A veces —dijo Alfred, encogiéndose de hombros.

Guardaron silencio durante un rato. Tom y Ellen estaban hablando en voz baja al otro lado del hogar.

—Es raro lo del bebé —comentó Jack.

—¿Qué es raro? —preguntó Alfred al cabo de un momento.

—Bueno… vuestro bebé se perdió en el bosque a kilómetros de aquí, y ahora hay un bebé en el priorato.

Ni Alfred ni Martha parecieron dar importancia a aquella coincidencia, y Jack pronto se olvidó de ello.

Los monjes se fueron a dormir tan pronto como hubieron acabado de cenar y no proporcionaron velas a los más humildes de los huéspedes, de manera que la familia de Tom permaneció sentada mirando el fuego hasta que éste se apagó. Entonces se tumbaron sobre la paja.

Jack permaneció despierto, pensando. Se le ocurrió que si la catedral ardía esa noche todos sus problemas quedarían resueltos. El prior tendría que contratarlo para que reedificara la iglesia, todos ellos vivirían allí, en esa hermosa casa, y tendrían potaje y pan por los siglos de los siglos.

Si yo fuera Tom, pensó, pegaría fuego a la iglesia. Me levantaría sigilosamente, mientras todos durmieran, me escabulliría hasta la iglesia y le prendería fuego con el pedernal, luego volvería aquí sin hacer ruido y simularía estar dormido cuando sonase la alarma. Y cuando la gente empezara a arrojar baldes de agua a las llamas como hicieron cuando se incendiaron las cuadras del castillo del conde Bartholomew, me uniría a ellos como si también tuviera gran interés en apagarlas.

Alfred y Martha estaban dormidos, Jack lo advirtió por su respiración. Tom y Ellen hacían lo de siempre debajo de la capa (Alfred había dicho que se llamaba «joder»), y luego también se durmieron. Al parecer Tom no pensaba en levantarse y prender fuego a la catedral.

Pero ¿qué iban a hacer? ¿Tendrían que seguir recorriendo los caminos hasta caer muertos de hambre?

Cuando todos estuvieron dormidos y escuchó que los cuatro respiraban con el ritmo lento y regular propio de un profundo y tranquilo sueño, a Jack se le ocurrió que él podía pegar fuego a la catedral.

La mera idea le produjo un miedo tremendo.

Podía levantarse con sigilo. Todas las ventanas de la casa de invitados estaban cerradas para prevenir el frío y la puerta estaba asegurada con una barra, pero quizá lograra quitarla y deslizarse sin despertar a nadie. Era posible que las puertas de la iglesia estuvieran cerradas; sin embargo, con toda seguridad habría alguna forma de entrar, sobre todo si lo intentaba alguien pequeño como él.

Una vez dentro él sabía cómo llegar al tejado. Había aprendido un montón de cosas durante las dos semanas que llevaba con Tom. Éste se pasaba el tiempo hablando de construcciones, dirigiendo sobre todo sus observaciones a Alfred, y aunque éste no estaba interesado, Jack sí lo estaba. Descubrió, entre otras cosas, que todas las iglesias grandes tenían escaleras adosadas a las paredes con el fin de acceder a las partes más altas en caso de reparaciones. Buscaría una escalera y subiría al tejado.

Se incorporó y aguzó el oído. Podía reconocer la respiración de Tom por el ligero silbido, provocado, según decía su madre, por años de inhalar polvo de piedra. Alfred emitió un fuerte ronquido, y después dio media vuelta y se quedó de nuevo en silencio.

Cuando hubiera prendido el fuego tendría que volver rápidamente a la casa de invitados. ¿Qué harían los monjes si lo pillaban? En Shiring, Jack había visto a un muchacho de su edad atado y azotado por robar un cono de azúcar. El muchacho había lanzado alaridos y la vara le había hecho sangrar el trasero. Aquello parecía mucho peor que matarse en una batalla, como había visto hacer en Earlcastle, y la imagen del chico sangrando le resultó insoportable. Le aterraba pensar que pudiera sucederle lo mismo.

Si hago esto, se dijo, no se lo contaré a nadie mientras viva.

Volvió a tumbarse, se ciñó bien la capa y cerró los ojos.

Se preguntaba si la puerta de la iglesia estaría cerrada. De ser así podría entrar por una de las ventanas. Nadie podría verle si se mantenía en la parte norte del recinto. El dormitorio de los monjes se encontraba en la zona sur de la iglesia, oculto por el claustro, y por ese lado no había nada salvo el cementerio.

Decidió ir y echar un vistazo, sólo para comprobar si era posible.

Vaciló por un instante, y luego se levantó.

La paja nueva crujió bajo sus pies. Escuchó de nuevo la respiración de los que dormían. Por lo demás, el silencio era absoluto. Los ratones habían dejado de moverse entre la paja. Dio un paso y volvió a aguzar el oído. Nada. Perdió la paciencia y dio tres pasos rápidos hacia la puerta. Cuando se detuvo los ratones habían decidido que no tenían nada que temer y habían empezado a escarbar de nuevo, pero nadie despertó.

Palpó la puerta con la yema de los dedos y luego deslizó las manos hacia abajo en busca de la barra. Era un travesaño de roble que descansaba sobre dos soportes. Puso debajo de él las manos y lo levantó. Era más pesado de lo que había pensado, y luego de levantarlo menos de un centímetro lo dejó caer. El sonido que produjo al golpear contra los soportes fue muy fuerte. Jack permaneció inmóvil, escuchando. La respiración sibilante de Tom dejó de oírse por un instante. ¿Qué diré si me cogen?, pensaba, desesperado, el muchacho. Diré que iba a salir a... ya sé, diré que iba a hacer mis necesidades. Se tranquilizó al imaginar una excusa. Oyó a Tom volverse y esperó oír de un momento a otro su voz profunda. Pero no fue así, y Tom empezó de nuevo a respirar tranquilamente.

La luz de la luna se filtraba por el hueco entre la puerta y su marco.

Jack agarró de nuevo el travesaño, respiró hondo e hizo un esfuerzo por levantarlo. Esa vez estaba preparado para soportar su peso. Lo alzó y lo atrajo hacia sí, aunque no lo suficiente como para sacarlo de los soportes. Lo levantó un centímetro más y al fin quedó libre. Lo mantuvo contra el pecho, aliviando de este modo el esfuerzo de los brazos. Luego dobló lentamente una rodilla, después la otra y dejó el travesaño en el suelo. Permaneció en esa posición unos momentos, hasta que sintió que remitía el dolor de los brazos. Su familia seguía durmiendo.

Jack abrió con cautela la puerta, sólo una rendija. Chirriaron los goznes de hierro al tiempo que entró una ráfaga de viento. El muchacho se estremeció. Ciñéndose la capa, abrió la puerta un poco más, salió y cerró tras de sí.

Las nubes se estaban abriendo y la luna aparecía y desaparecía en el cielo turbulento. Soplaba un viento gélido. Por un instante Jack se sintió tentado de volver al calor de la casa. La enorme iglesia, con su torre derribada, se alzaba sobre el resto del priorato, plateada y negra bajo la luz de la luna; sus poderosos muros y minúsculas ventanas le conferían el aspecto de un castillo. Era fea.

Todo estaba tranquilo. Fuera de los muros del priorato, en la aldea, tal vez estuvieran trasnochando algunas personas, bebiendo cerveza al resplandor del hogar o cosiendo a la luz de velas de junco, pero intramuros nada se movía. Aun así, Jack vaciló y echó un vistazo a la iglesia, que, acusadora, le devolvió la mirada como si supiera lo que tenía en la cabeza. Apartó con un encogimiento de hombros esa sensación fantasmal y cruzó el anchuroso prado en dirección al extremo oeste.

La puerta estaba cerrada.

Rodeó el edificio hasta la fachada norte y miró las ventanas. Al contrario que las de algunas iglesias, que estaban cubiertas con un tejido casi transparente para que no pasara el frío, éstas no parecían tener nada. Eran lo bastante grandes como para que él consiguiera deslizarse a través de ellas, pero estaban demasiado altas para alcanzarlas. Exploró con los dedos las piedras, buscando grietas en el muro donde la argamasa se hubiera desprendido, pero no eran lo suficientemente grandes como para afirmar los pies. Necesitaba algo que le sirviese a modo de escalera.

Pensó en coger algunas piedras desprendidas de la torre e improvisar una escalera, pero las que no estaban rotas eran demasiado pesadas, y las que estaban rotas demasiado desiguales. Tuvo la impresión de que durante el día había visto algo que podría servir perfectamente a su propósito, pero por más que se devanaba los sesos no lograba recordarlo. Era como intentar ver algo con el rabillo del ojo, siempre quedaba fuera de la vista. Miró hacia las cuadras a través del cementerio iluminado por la luna y de repente lo recordó. Se trataba de un pequeño bloque de madera con dos o tres escalones que se empleaba para que las personas subiesen a sus monturas. Uno de los monjes lo había empleado para cepillar las crines de un caballo.

Jack se encaminó hacia las cuadras. Probablemente no las cerraran por la noche, ya que en ellas apenas había algo de valor que mereciera la pena robar. Caminaba con sigilo, pero a pesar de todo los caballos le oyeron y uno o dos empezaron a bufar. Jack se detuvo, asustado. Tal vez hubiera palafreneros durmiendo en el establo. Aguzó el oído para descubrir algún ruido de movimiento humano, pero no oyó nada, y los caballos se tranquilizaron.

No veía el bloque de madera por ningún sitio. Tal vez estuviera adosado a la pared. Jack atisbó entre las sombras que proyectaba la luna. Resultaba difícil vislumbrar algo. Se acercó lentamente a la cuadra y la recorrió de arriba abajo. Los caballos volvieron a oírle y se pusieron nerviosos por su proximidad. Uno de ellos relinchó. Jack se quedó rígido. «Tranquilos, tranquilos», dijo una voz de hombre. Mientras permanecía allí quieto como una estatua, espantado, vio el bloque de madera ante sus mismas narices, tan cerca que si hubiera dado un paso más habría tropezado con él. Esperó unos instantes. De las cuadras no llegaba ruido alguno. Lo cogió y se lo cargó al hombro. Cruzó de nuevo el prado en dirección a la iglesia. Las cuadras quedaron en silencio. Cuando se hubo subido al bloque, descubrió que seguía sin ser lo bastante alto para alcanzar la ventana. Era irritante. Ni siquiera llegaba para ver a través de ella. Aún no había tomado la decisión final de llevar a cabo aquella hazaña, pero no quería que consideraciones prácticas se lo impidieran. Quería decidir por sí mismo. Deseó ser tan alto como Alfred.

Aún podía probar con otra cosa. Retrocedió, tomó carrerilla, saltó a la pata coja sobre el bloque y se impulsó hacia arriba. Llegó fácilmente al alféizar de la ventana y se agarró al marco de madera. Se izó con un nuevo impulso hasta encontrarse a horcajadas sobre el alféizar. Pero cuando intentó deslizarse a través del hueco, se encontró con una sorpresa: la ventana estaba bloqueada por una reja de hierro que no había visto desde fuera, seguramente porque era negra. Jack la palpó con las manos. No había forma de entrar. Probablemente la hubiesen puesto para evitar que la gente penetrase en la iglesia cuando estuviese cerrada.

Decepcionado saltó al suelo, cogió el bloque de madera y lo llevó de nuevo adonde lo había encontrado. Esta vez los caballos no hicieron el menor ruido.

Contempló la torre derribada en el lado noroeste, a mano izquierda de la puerta principal. Trepó cuidadosamente por las piedras hasta el extremo del montón, atisbando en el interior de la iglesia, buscando la manera de acceder a su interior, por entre los escombros. Cuando la luna se ocultó detrás de una nube, esperó, tiritando, a que reapareciera. Le preocupaba el que su peso, no obstante lo pequeño que era, desequilibrara la posición de las piedras y se produjera un deslizamiento, pues despertaría a todo el mundo, si antes no le mataba. Al reaparecer la luna examinó los escombros y decidió arriesgarse. Empezó a subir, con el corazón en la boca. La mayor parte de las piedras estaban firmes, pero una o dos se balancearon bajo su peso. Era el tipo de ascensión con la que hubiera disfrutado a plena luz del día, ya que lo habría hecho con la conciencia tranquila, y, en caso de haberlo necesitado, habría podido pedir ayuda. Pero en aquellos momentos estaba demasiado nervioso y su habitual firmeza le había abandonado. Se deslizó por una superficie suave y estuvo a punto de caer. Fue entonces cuando decidió detenerse.

Se encontraba a bastante altura como para mirar hacia abajo, en dirección al tejado del pasillo que se prolongaba a lo largo del lateral norte de la nave. Esperaba encontrar un agujero en el tejado o, tal vez, una brecha entre éste y los escombros, pero no fue así. El tejado se mantenía incólume entre las ruinas de la torre y no parecía que hubiese brecha alguna por la que colarse. Jack se sintió decepcionado, aunque también aliviado.

Empezó a bajar de espaldas, mirando por encima del hombro en busca de puntos de apoyo. Cuanto más cerca estaba del suelo, mejor se sentía. Finalmente saltó y aterrizó, feliz, en la hierba.

Volvió a la fachada norte de la iglesia y caminó por allí. Durante las últimas dos semanas había visto varias iglesias, y todas ellas tenían más o menos la misma forma. La parte más grande era la nave, que siempre se encontraba apuntando al oeste. Luego había dos brazos a los que Tom llamaba cruceros, apuntando uno hacia el norte y el otro hacia el sur. A la parte este se la llamaba presbiterio, y era más corta que la nave. Kingsbridge sólo se diferenciaba en que su fachada oeste tenía sendas torres a los lados de la entrada, como si hubieran de emparejarse con los cruceros.

En el crucero norte Jack descubrió una puerta; intentó abrirla, pero estaba cerrada con llave. Siguió caminando hasta la fachada este. Allí no había puerta alguna. Se detuvo a mirar a través del herboso patio. En la parte más alejada del rincón sudeste del priorato se alzaban dos casas: la enfermería y la vivienda del prior. Ambas estaban en silencio y sumidas en las sombras. Siguió rodeando la fachada este y luego el lado del presbiterio que daba al sur hasta llegar junto al crucero sobresaliente. Al final del mismo, como si fuese la mano de un brazo, estaba el edificio redondo que llamaban sala capitular. Entre ésta y el crucero había un angosto pasaje que conducía al claustro. Jack lo atravesó.

Se encontró en un terreno cuadrado con césped en el centro y rodeado por una especie de corredor ancho. La piedra clara de los arcos presentaba un blanco fantasmal bajo la luz de la luna, y el corredor se hallaba completamente a oscuras. Jack esperó un momento a que sus ojos se adaptaran a la falta de luz.

Había desembocado en la parte este del cuadrado. A la izquierda podía distinguir la puerta que conducía a la sala capitular. Más lejos, a su izquierda, en el extremo sur de la parte del corredor que daba al este, frente a él, vio una puerta y supuso que sería la del dormitorio de los monjes. A su derecha otra puerta conducía al crucero sur de la iglesia. Intentó abrirla, pero estaba cerrada con llave.

Avanzó por la parte norte del corredor. Allí encontró una puerta que daba a la nave de la iglesia. También estaba cerrada.

En la parte oeste del corredor no encontró nada hasta llegar a la esquina sudoeste, donde dio con la puerta del refectorio. Pensó que guardarían allí una enorme cantidad de comida para alimentar cada día a todos aquellos monjes. Cerca había una fuente con una taza. Los monjes se lavaban allí las manos antes de las comidas.

Continuó andando por el lado sur del claustro. A medio camino había una arcada. Jack pasó por debajo de ella y se encontró en un pequeño pasadizo, con el refectorio a la derecha y el dormitorio a la izquierda. Se imaginó a todos los monjes profundamente dormidos, en el suelo, exactamente al otro lado del muro de piedra. Al final del pasadizo sólo había un declive embarrado que terminaba en el río. Jack permaneció allí por un instante mirando hacia abajo, en dirección al agua, a unos cien metros de distancia. Sin venir a cuento, recordó una historia sobre un caballero a quien habían cortado la cabeza pero que aun así seguía viviendo, y sin quererlo se imaginó al descabezado caballero saliendo del río y subiendo por la cuesta hacia él. Allí no había nada, pero Jack todavía estaba asustado. Dio media vuelta y volvió a toda prisa al claustro. Allí estaba más seguro.

Vaciló debajo de la arcada, escudriñando el cuadrado iluminado por la luna. Estaba convencido de que debía de haber alguna forma de meterse furtivamente en un edificio tan grande, pero no se le ocurría en qué otro sitio mirar. En cierto modo se sentía contento. Había pensado hacer algo aterradoramente peligroso, y si era imposible tanto mejor. Por otra parte, le espantaba la idea de dejar aquel priorato y por la mañana lanzarse de nuevo a los caminos para sufrir nuevamente hambre, decepción, la ira de Tom y las lágrimas de Martha. Todo ello podía evitarse con sólo una pequeña chispa del pequeño pedernal que colgaba de su cinturón.

Con el rabillo del ojo advirtió que algo se movía. El corazón le dio un vuelco. Al volver la cabeza vio, horrorizado, una figura fantasmal que con una vela se deslizaba sigilosamente por el lado este del corredor en dirección a la iglesia. A duras penas consiguió contener un grito. Otra figura siguió a la primera. Jack retrocedió bajo la arcada para no ser visto, llevándose el puño a la boca y mordiéndolo con fuerza para no gritar. Oyó lo que le pareció un lamento fantasmal. Se quedó mirando con auténtico terror. Entonces se dio cuenta de lo que pasaba. Lo que estaba viendo era una procesión de monjes que iban del dormitorio a la iglesia para el oficio divino de medianoche, al tiempo que cantaban un himno. Por un instante persistió la sensación de pánico que lo atenazaba, aunque supiera qué era lo que estaba viendo. A continuación empezó a temblar de manera incontrolada.

El monje que encabezaba la procesión abrió la puerta del templo con una enorme llave de hierro y los monjes entraron en fila por ella. Ninguno se volvió a mirar en dirección a Jack. La mayoría de ellos parecían medio dormidos. No cerraron la puerta una vez hubieron entrado todos.

Cuando hubo recobrado la compostura, Jack se dio cuenta de que ya tenía el paso libre a la iglesia.

Sentía las piernas demasiado débiles para andar.

Ahora puedo entrar, se dijo. No tengo que hacer nada una vez dentro. Miraré si es posible llegar al tejado. Tal vez sólo me limite a echar un vistazo.

Respiró hondo, salió de debajo de la arcada y cruzó el cuadrado. Vaciló ante la puerta abierta, atisbando a través del hueco. Había velas encendidas en el altar y en el coro donde los monjes permanecían en pie, ocupando cada uno su lugar, pero su luz sólo formaba pequeños claros en el centro de aquel espacio enorme y vacío, dejando los muros y los pasillos en la más completa oscuridad.

Uno de los monjes estaba haciendo algo incomprensible en el altar, y los otros entonaban de vez en cuando algunas frases en una especie de jerigonza. A Jack le parecía increíble que la gente abandonara sus camas bien calientes en plena noche para hacer semejante cosa.

Se deslizó a través de la puerta y permaneció pegado a la pared.

Ya estaba dentro. La oscuridad le ocultaba. Sin embargo, no le convenía quedarse allí, porque los monjes lo verían cuando salieran. Penetró aún más. La llama temblorosa de las velas arrojaba sombras inquietantes. El monje que estaba en el altar podría haber visto a Jack si hubiese levantado la mirada, pero parecía completamente absorto en lo que hacía. El muchacho se fue trasladando rápidamente del refugio que le brindaba un pilar al del siguiente, deteniéndose un momento entre ambos para que sus movimientos coincidieran con las oscilaciones de las sombras. La luz fue haciéndose más brillante a medida que se acercaba al cruce. Jack tenía miedo de que el monje que estaba en el altar levantara de repente la cabeza, le viese, se lanzara a través del crucero y le agarrara por el pescuezo.

Alcanzó la esquina y se sumió agradecido en las sombras más profundas de la nave.

Se detuvo por un instante para recuperar el aliento. Luego retrocedió a lo largo del pasillo hacia el extremo oeste de la iglesia, siempre deteniéndose cada pocos pasos, como haría un cazador al acecho de un ciervo. Cuando se encontró en la zona más alejada y oscura de la iglesia se sentó en el plinto de una columna a esperar que terminara el oficio religioso.

Metió la barbilla dentro de la capa para calentarse. Su vida había cambiado tanto en las dos últimas semanas que le parecía que habían pasado años desde que vivía contento con su madre en el bosque. Sabía que jamás volvería a sentirse seguro. Ahora que ya sabía qué eran el hambre, el frío, el peligro y la desesperación, siempre tendría miedo de ellos.

Atisbó desde un costado de la columna. En la parte superior del altar, donde las velas brillaban más que en cualquier otra parte, apenas se distinguían el alto techo de madera. Jack sabía que las iglesias más nuevas tenían bóvedas de piedra, pero Kingsbridge era vieja. Ese techo de madera ardería bien.

No voy a hacerlo, se dijo.

Tom se sentiría feliz si la catedral ardiera. Jack no estaba seguro de si Tom le resultaba simpático... era demasiado enérgico, mandón y violento, y él estaba acostumbrado a las maneras más apacibles de su madre. Pero Tom lo había impresionado, casi le había maravillado. Los únicos hombres que hasta entonces habían conocido eran proscritos, hombres embrutecidos que sólo se detenían ante la violencia y la astucia, hombres para quienes el logro supremo era apuñalar a alguien por la espalda. Tom era una nueva clase de persona, orgulloso e intrépido incluso sin armas. Jack jamás olvidaría la forma en que se había enfrentado a William Hamleigh aquella vez en que había querido comprar a su madre por una libra. Lo que se le quedó grabado vívidamente en la mente fue que lord William había tenido miedo. Jack le había dicho a su madre que nunca se hubiera imaginado que un hombre pudiera ser tan valiente como Tom.

—Por eso hemos tenido que abandonar el bosque. Necesitas a un hombre de quien tomar ejemplo —le dijo ella.

A Jack aquella observación le dejó perplejo, pero era verdad que le hubiera gustado hacer algo que impresionara a Tom. Aunque prender fuego a la catedral no era lo más acertado. Sería mejor que nadie se enterara al menos durante muchos años. Pero quizá llegara el día en que Jack le dijera a Tom: «¿Recuerdas la noche en que ardió la catedral de Kingsbridge y el prior te contrató para que la reconstruyeras y al fin todos tuvimos comida, vivienda y seguridad? Bueno, tengo que explicarte cómo empezó aquel fuego...» Sería un momento realmente grande.

Pero, sin embargo, no me atrevo a hacerlo, se dijo.

Callaron los cánticos y hubo un ruido de pies que se arrastraban, como si los monjes abandonaran sus sitios. El oficio divino había terminado. Jack cambió de posición para mantenerse fuera de la vista mientras se marchaban.

A medida que salían soplaban las velas en los puestos del coro, pero dejaron una encendida en el altar. La puerta se cerró con un golpe. Jack esperó un poco más por si alguien se había quedado dentro. Durante largo rato no se oyó sonido alguno. Finalmente Jack salió de detrás de la columna.

Avanzó por la nave. Le producía una sensación extraña el estar allí solo en aquel edificio grande, frío y vacío. Así es como deben de sentirse los ratones, se dijo, escondiéndose por los rincones cuando la gente anda por ahí y saliendo cuando se han ido. Llegó hasta el altar y cogió la vela gruesa y brillante y se sintió mejor.

Con la vela en la mano empezó a inspeccionar el interior de la iglesia. En el rincón, donde la nave se unía con el crucero sur, el sitio donde más había temido que le descubriera el monje del altar, había una puerta en la pared con un sencillo picaporte. Lo accionó y la puerta se abrió.

La luz de su vela descubrió una escalera de caracol, tan angosta que un hombre gordo no hubiera podido subir por ella, y con el techo tan bajo que Tom hubiera tenido que hacerlo encorvado. Jack subió por ella.

Salió a una galería estrecha. En un lado, una hilera de pequeños arcos daban a la nave. En el otro, el techo descendía desde la parte superior de los arcos hasta el suelo, que no era llano sino curvado hacia abajo en cada lado. Jack necesitó un momento para darse cuenta de dónde se encontraba. Estaba encima del pasillo de la parte sur de la nave. El techo en forma de túnel abovedado del pasillo era el suelo curvo sobre el que se encontraba. El pasillo era mucho más bajo que la nave, así que todavía le quedaba por recorrer mucho trecho desde el tejado principal del edificio.

Fue explorando la galería en dirección al oeste. Resultaba realmente excitante ahora que los monjes se habían ido y ya no tenía miedo de que le pillasen. Era como si hubiese trepado a un árbol y descubierto que en su misma copa, oculto por las ramas bajas, todos los árboles estuvieran conectados y uno pudiera pasearse por un mundo secreto a sólo unos metros de la tierra.

Al final de la galería había otra puerta pequeña. La franqueó y se encontró en el interior de la torre sudoeste, la que no se había derrumbado. El lugar donde se hallaba no estaba destinado, desde luego, a que nadie lo viera, porque era tosco y aún no estaba terminado, hasta el punto de que el suelo eran unas simples vigas entre las que había grandes huecos. Adosado al muro vio una escalera de madera, sin barandilla. Jack subió por ella.

A medio camino de un muro había una pequeña abertura en arco. La escalera pasaba justamente por su lado. Jack metió por ella la cabeza mientras levantaba la vela. Se encontraba en el espacio del tejado, sobre el techo de madera y debajo del tejado de plomo.

Al principio no le encontró sentido alguno a aquella mezcolanza de vigas de madera, pero al cabo de un instante descubrió en qué consistía la estructura. Enormes vigas de roble, de unos treinta centímetros de anchura y poco más de medio metro de alto cruzaban la nave a lo ancho, de un extremo a otro. Encima de cada viga dos poderosos cabrios formaban con ella un triángulo. La hilera regular de triángulos se alargaba más allá de la luz de la vela. Mirando hacia abajo, entre las vigas, Jack distinguió la parte posterior del techo de madera pintada de la nave, que estaba fijado en los bordes inferiores de las vigas transversales.

En el borde del espacio del tejado, en la esquina de la base del triángulo, había un pasadizo. Jack gateó hasta él a través de la pequeña abertura. Había espacio justo para que pudiera ponerse en pie; un hombre tendría que haber ido completamente encorvado. Anduvo un trecho. Había suficiente madera para hacer un buen fuego. Trató de identificar el extraño olor que flotaba en el aire. Llegó a la conclusión de que era brea. Las vigas del tejado estaban embreadas. Arderían como la yesca.

Le sobresaltó un repentino movimiento en el suelo y el corazón empezó a latirle con fuerza. Pensó en el caballero sin cabeza del río y en los monjes fantasmales que avanzaban por el claustro. Luego recordó a los ratones y se sintió mejor. Pero al mirar con más cuidado descubrió que se trataba de pájaros. Debajo de los aleros había nidos.

El espacio del tejado seguía la forma de la iglesia, abajo, con dos brazos sobre los cruceros. Jack llegó hasta el cruce y permaneció en pie en el rincón. Se dio cuenta de que debía de estar directamente encima de la pequeña escalera de caracol que lo había conducido desde el nivel del suelo hasta la galería. Si decidía prender fuego al templo, aquél era el mejor sitio. Desde allí podría extenderse en cuatro direcciones: al oeste a lo largo de la nave, al sur por el crucero sur y a través del cruce hacia el presbiterio y el crucero norte.

Las principales vigas del tejado eran de roble y, aunque estaban embreadas, tal vez no prendieran con la llama de una vela. Pero debajo de los aleros había un montón de astillas y virutas de madera, trozos de cuerda, sacos y nidos de pájaros abandonados, todo lo cual serviría perfectamente de mecha. Lo único que tendría que hacer sería amontonarlo.

La vela estaba consumiéndose.

Parecía muy fácil. Sencillamente tenía que amontonar todos aquellos desperdicios, acercar la llama de la vela e irse. Atravesar el recinto como un fantasma, deslizarse en la casa de invitados, atrancar la puerta, acurrucarse en la paja y esperar a que dieran la alarma.

Pero si lo veían…

Si le pillaban en ese momento podría decir que estaba explorando la catedral, y sólo recibiría una azotaina. Pero si le descubrían pegando fuego a la iglesia harían algo más que azotarle. Recordó al ladrón de azúcar en Shiring y el modo en que le sangraba el trasero. Recordaba algunos de los castigos infligidos a los proscritos. A Farad Openmouth le habían cortado los labios; Jack Flathat había perdido una mano y a Alan Catface lo habían puesto en el cepo y lo habían apedreado, y desde entonces nunca pudo volver a andar bien. Aún peor eran las historias de quienes no habían sobrevivido a los castigos. A un asesino lo habían atado a un barril lleno de púas en su interior y lo habían lanzado rodando colina abajo, de manera que todas las puntas se le clavaron en el cuerpo; a un ladrón de caballos lo habían quemado vivo; a una prostituta ladrona la habían empalado. ¿Qué le harían a un muchacho que hubiese prendido fuego a una iglesia?

Empezó a recoger, pensativo, todos los desperdicios inflamables de debajo de los aleros, amontonándolos en el pasadizo, debajo exactamente de uno de los cabrios más fuertes.

Una vez que los hubo amontonado hasta una altura de un pie se sentó y se quedó mirándolos.

Su vela estaba a punto de consumirse por completo. Al cabo de unos momentos habría perdido la oportunidad.

Con un ademán rápido acercó la llama a un trozo de saco. Prendió de inmediato. La llama se extendió rápidamente por unas virutas de madera y luego a un nido seco y abandonado. Y en un instante la pequeña fogata empezó a arder alegremente.

Aún podría apagarlo, pensó Jack.

Tal vez estuviera ardiendo demasiado deprisa. A este paso se apagaría antes de que la madera del tejado empezara a quemarse. Jack recogió presuroso más desperdicios y los añadió al montón. Las llamas subieron más alto. Aún puedo apagarlo, pensó. La brea de la viga empezó a ennegrecerse y a echar humo. Se quemaron los desechos. Ahora puedo dejar que se apague el fuego, pensó. Pero entonces vio que el pasadizo estaba ardiendo. Aun así podría ahogar el fuego con mi capa, se dijo. Sin embargo, en lugar de ello arrojó más desperdicios al fuego y se quedó mirando cómo subían las llamas. En el pequeño ángulo de los aleros, la atmósfera estaba caliente y humeante, aunque el glacial aire nocturno sólo estaba a unos centímetros, al otro lado del tejado. Algunas vigas más pequeñas a las que estaban clavadas las chapas de éste empezaron a arder. Y finalmente apareció una llama temblorosa en la maciza viga principal.

La catedral ardía.

Ya lo había hecho. No podía echarse atrás.

Jack estaba asustado. Quería estar envuelto en su capa, acurrucado en un pequeño hueco en la paja, con los ojos fuertemente cerrados y escuchando alrededor la tranquila respiración de los suyos.

Retrocedió a lo largo del pasadizo.

Al llegar al final miró hacia atrás. Le sorprendió lo rápido que se estaba extendiendo el fuego, tal vez debido a la brea con que habían embadurnado la madera. Todas las vigas pequeñas ardían, las grandes empezaban a prenderse y el fuego se propagaba a lo largo del pasadizo. Jack le dio la espalda.

Se metió en la torre y bajó por las escaleras, luego corrió a lo largo de la galería y bajó a toda prisa por la escalera de caracol hasta el suelo de la nave. Alcanzó corriendo la puerta por la que había entrado.

Estaba cerrada.

Entonces comprendió su estupidez. Los monjes la habían abierto con una llave al entrar, y al salir la habían cerrado.

Se le hizo un nudo en el estómago. Había prendido fuego a la iglesia y ahora se encontraba encerrado dentro.

Luchó contra el pánico y trató de pensar. Desde fuera había probado con todas las puertas y las había encontrado cerradas, pero tal vez alguna de ellas lo estuviera por dentro con trancas en lugar de llave y pudiera abrirse desde el interior.

Se dirigió hacia el crucero norte y examinó la puerta en el pórtico de aquel lado. Estaba cerrada con llave. Cruzó corriendo la nave en sombras hasta el extremo oeste e intentó abrir cada una de las entradas. Las tres puertas estaban cerradas con llave. Por último lo intentó con la pequeña puerta que conducía al pasillo sur desde el paseo norte del claustro. También allí habían echado la llave.

¿Qué voy a hacer?, se preguntó.

¿Se despertarían los monjes y correrían a apagar el incendio tan dominados por el pánico como para no reparar en que un muchacho salía a hurtadillas por la puerta? ¿O le descubrirían de inmediato y le acusarían a gritos de aquello? También podía suceder que siguieran dormidos, inconscientes hasta que todo el edificio se hubiera derrumbado sobre él.

Jack sintió que los ojos se le llenaban de lágrimas y deseó no haber acercado jamás la llama de la vela a aquel gran montón de desperdicios.

Miró frenéticamente alrededor. ¿Le oiría alguien si se asomaba por una ventana y chillaba?

Se oyó un estrépito arriba. Al levantar la vista advirtió que el techo de madera había sido perforado por una de las vigas que había caído sobre él. El agujero parecía una mancha roja sobre fondo negro. Un momento después se produjo otro estruendo. Una enorme viga atravesó el techo y, girando sobre sí misma en el aire, se estrelló contra el suelo con un golpe que estremeció las poderosas columnas de la nave. La siguió una rociada de chispas y rescoldos. Jack aguzó el oído a la espera de gritos, peticiones de ayuda o el tañido de una campana, pero no hubo nada de eso. No habían oído el estruendo. Y si aquello no los había despertado, difícilmente oirían sus gritos.

Voy a morir aquí, se dijo aterrorizado; a menos que encuentre una salida voy a terminar aplastado o achicharrado.

Pensó en la torre destruida. La había examinado desde fuera y no había descubierto hueco alguno para entrar, pero se había mostrado muy cauteloso por miedo a caer y provocar un desprendimiento de tierra. Tal vez si volvía a mirar, esta vez desde dentro, encontrase algo que se le hubiera pasado por alto. Y acaso la desesperación le ayudara a colarse por donde antes no había visto brecha alguna.

Corrió hacia el extremo oeste. Los destellos del fuego que llegaban a través del agujero en el techo, combinados con las llamas de la viga que había caído al suelo de la nave, daban una mayor luz que la de la luna, y el borde de la arcada brillaba dorado en lugar de plateado. Jack examinó el montón de piedras que un día habían sido la torre del noroeste. Parecían formar un sólido muro. No había forma de salir. Siguiendo un loco impulso abrió la boca y gritó: «¡Madre!», a pleno pulmón, aunque sabía que no iba a oírle.

De nuevo luchó contra el pánico que le embargaba. Algo se agitaba en el fondo de su mente que no lograba materializar. Había logrado entrar en la otra torre, la que todavía estaba en pie, recorriendo la galería que había sobre el pasillo sur. Si ahora volvía a recorrerla pero en sentido contrario sobre el pasillo norte, tal vez encontrara una brecha que no fuera visible desde el suelo.

Volvió corriendo al cruce, permaneciendo bajo la protección del pasillo norte por si caían nuevas vigas encendidas. En ese lado debía de haber una puerta pequeña y una escalera de caracol, como en el otro. Llegó a la esquina de la nave y al crucero norte. No veía puerta alguna. Giró en la esquina pero tampoco descubrió ninguna. No podía creer en su mala suerte. Era un estúpido, ¡tenía que haber una salida a la galería!

Se devanaba los sesos, procurando con todas sus fuerzas conservar la calma. Había una manera de entrar en la torre derruida; sólo tenía que encontrarla. Puedo volver al espacio del tejado a través de la torre del sudoeste, que sigue en pie, se dijo. Puedo cruzar al otro lado del espacio del tejado. En ese lado debe de haber una pequeña abertura que permita acceder a la derruida torre noroeste. Eso podría proporcionarme una salida.

Miró temeroso hacia arriba. Aquello debía de ser ya un infierno. Pero no tenía alternativa.

Primero había de atravesar la nave. Miró de nuevo hacia arriba. Hasta donde podía ver no había nada que pudiera desplomarse de inmediato. Respiró hondo y echó a correr hacia el otro lado. Nada le cayó encima.

Ya en el pasillo sur abrió la pequeña puerta y subió a toda prisa por la escalera de caracol. Cuando llegó al final y entró en la galería notó el calor del incendio de arriba. Atravesó corriendo la galería, franqueó la puerta que daba a la torre que todavía se conservaba en pie y subió por las escaleras.

Agachó la cabeza y se arrastró a través del pequeño arco hasta el espacio del tejado. Hacía mucho calor y estaba lleno de humo. Toda la madera de arriba ardía, así como las vigas más grandes en el extremo más alejado. El olor a brea le hizo toser. Vaciló sólo un instante, luego se subió a uno de los grandes travesaños que cruzaban la nave y empezó a caminar por él. En cuestión de segundos quedó empapado de sudor a causa del calor. Apenas podía ver dónde pisaba, pues las lágrimas se lo impedían. Al toser, dio un traspié. Cayó con un pie en el travesaño y el otro fuera. El pie derecho aterrizó en el techo y Jack se dio cuenta, horrorizado, que atravesaba la madera podrida. Gritó mientras se echaba hacia adelante, con los brazos extendidos, y aterrorizado imaginó lo que le sucedería si caía desde semejante altura. La viga, sin embargo, resistió su peso.

Permaneció allí inmóvil, muerto de miedo, apoyándose en las manos y en una rodilla, mientras que con el otro pie había perforado el techo. Luego, el calor del fuego le hizo volver a la realidad. Sacó el pie del agujero con gran cuidado y siguió avanzando a gatas.

Mientras se acercaba al otro lado, algunas vigas grandes se desplomaron dentro de la nave. Todo el edificio pareció estremecerse y la viga sobre la que se encontraba Jack tembló como la cuerda de un arco. El muchacho se detuvo aferrándose a ella. Siguió arrastrándose y al cabo de un momento alcanzó el pasadizo del lado norte.

Si su suposición resultaba equivocada y no había abertura alguna para pasar a las ruinas de la torre noroeste, tendría que retroceder.

Mientras permanecía allí de pie, sintió una ráfaga de frío aire nocturno. Debía de haber alguna brecha; pero ¿sería lo bastante grande como para que él pudiera pasar?

Dio tres pasos hacia el oeste y se detuvo en el mismo borde del vacío.

Se encontró mirando a través de un inmenso agujero las ruinas de la torre derruida iluminadas por la luz de la luna. Se le aflojaron las rodillas por el alivio. Estaba fuera de aquel infierno.

Pero se encontraba a gran altura, a nivel del tejado, y la parte superior del montón de escombros estaba muy lejos, debajo de él; no había forma de salvar la distancia de un salto. Ahora podía escapar de las llamas, pero ¿podría llegar al suelo sin romperse el cuello? Detrás de él las llamas avanzaban rápidamente y el humo salía a oleadas por la brecha en la que se encontraba.

Esa torre había tenido en un tiempo una escalera adosada al interior de su muro, como aún tenía la otra torre, pero casi toda la escalera había quedado destruida con el derrumbamiento. Sin embargo, allí donde los peldaños habían sido fijados en el muro con argamasa, sobresalían algunos muñones de madera, algunos de tan sólo unos cinco centímetros de largo; otros, algo más. Jack se preguntó si podría bajar por aquellos fragmentos de peldaños. Sería un descenso precario. Percibió olor a quemado. Su capa empezaba a calentarse. Un momento más y el fuego prendería en ella. No tenía elección.

Se sentó y buscó el muñón más próximo. Se aferró a él con ambas manos, y luego alargó una pierna hasta encontrar un apoyo firme para el pie. Luego bajó el otro pie. Tanteando, descendió un peldaño. Los muñones resistieron. Volvió a intentarlo, probando la firmeza del siguiente muñón de madera antes de descargar sobre él su peso. Éste parecía algo inseguro. Puso el pie con cautela, agarrándose con fuerza por si llegaba a encontrarse colgando de las manos. Cada uno de los peligrosos pasos que daba hacia abajo lo acercaba más al montón de escombros. A medida que descendía, los muñones se hacían más pequeños, como si los de abajo hubieran sufrido más los estragos del derrumbamiento. Puso su bota de fieltro sobre un muñón, no más ancho que la punta de su pie, y cuando descargó su peso en él, perdió pie. El otro lo tenía apoyado sobre un fragmento más grande, pero de repente descargó su peso en él y se rompió. Intentó sujetarse con las manos, pero como aquellos fragmentos eran tan pequeños le fue imposible agarrarse con fuerza y sintió, aterrado, que se deslizaba de su precario asidero y caía al vacío.

Dio con sus huesos sobre el montón de escombros. Por un instante se sintió tan sobrecogido y aterrado que creyó que estaba muerto. Pero de inmediato advirtió que había tenido la suerte de caer bien. Aunque le escocían las manos y con toda seguridad tendría las rodillas llenas de rasguños, por lo demás se encontraba bien.

En un momento descendió por el montón de escombros, salvando de un salto los últimos centímetros que lo separaban del suelo.

Estaba a salvo. El alivio hizo que le flaquearan las piernas. Sentía deseos de volver a gritar. Había escapado. Se sentía orgulloso. ¡Menuda aventura que había corrido!

Sin embargo, aún no había pasado todo. Donde él se encontraba sólo llegaba una vaharada de humo, pero el ruido del fuego, tan ensordecedor dentro del espacio del tejado, allí sólo se percibía como un viento lejano. Únicamente los destellos rojizos detrás de las ventanas revelaban que la iglesia estaba en llamas.

Aquellos últimos temblores, no obstante, debían de haber perturbado el sueño de alguien, y en cualquier momento algún monje legañoso saldría medio dormido del dormitorio preguntándose si el terremoto que había sentido era real, o sólo una pesadilla. Jack había pegado fuego a la iglesia, un crimen atroz a los ojos de los monjes. Tenía que largarse rápidamente.

Atravesó corriendo el terreno hasta la casa de invitados. Todo seguía tranquilo y en silencio. Se detuvo, jadeante, delante de ella. Si seguía respirando de aquel modo despertaría a todo el mundo. Intentó hacerlo con calma, pero resultó peor. Tendría que quedarse allí hasta que volviera a respirar con normalidad.

El tañido de una campana rompió el silencio; era el inconfundible toque de alarma. Jack se quedó helado. Si entraba en ese momento se darían cuenta. Pero si no lo hacía…

Se abrió la puerta de la casa y apareció Martha. Jack la miró a los ojos aterrado.

—¿Dónde has estado? —le preguntó la niña con voz muy queda—. Hueles a humo.

A Jack se le ocurrió una mentira plausible.

—Sólo he salido un momento —dijo desesperado—. Oí la campana.

—Mentiroso —dijo Martha—. Llevas fuera un largo rato. Lo sé porque estaba despierta.

Jack comprendió que era inútil querer engañarla.

—¿Estaba alguien más despierto? —preguntó temeroso.

—No, sólo yo.

—No les digas que he salido, por favor.

La niña percibió el miedo en su voz y trató de tranquilizarlo.

—Bueno. Será un secreto. No te preocupes.

—¡Gracias!

En aquel momento apareció Tom, rascándose la cabeza.

Jack estaba asustado. ¿Qué pensaría Tom?

—¿Qué pasa? —preguntó Tom, somnoliento. Husmeó el aire—. Huele a humo.

Jack señaló la catedral con un dedo tembloroso.

—Creo… —empezó a decir, y luego tragó saliva. Se dio cuenta, con alivio, que todo iba a salir bien. Tom daría por sentado que Jack acababa de levantarse al igual que Martha. Así que prosiguió, esta vez con más calma—: Mira la iglesia. Creo que está ardiendo.

2

Philip todavía no se había acostumbrado a dormir solo. Echaba de menos la atmósfera cargada del dormitorio, el ruido de los demás moviéndose y roncando, el alboroto cuando uno de los monjes de más edad se levantaba para ir a la letrina, seguido habitualmente por los demás monjes de edad, formando todos una procesión que siempre divertía a los más jóvenes. Estar solo al anochecer no le molestaba porque se encontraba cansado hasta el agotamiento, pero en plena noche, después de asistir completamente despierto al servicio divino, le resultaba difícil conciliar el sueño. En lugar de meterse nuevamente en el enorme y confortable lecho (resultaba algo embarazoso lo rápidamente que se había acostumbrado a él), encendía el fuego y leía a la luz de la vela o se arrodillaba para orar, o se sentaba a pensar.

Tenía mucho en que pensar. Las finanzas del priorato estaban en peores condiciones de lo que había imaginado. El principal motivo era, con toda probabilidad, que la organización en su conjunto generaba muy poco dinero. Poseían vastas extensiones de terreno, pero muchas de las granjas estaban alquiladas a precios muy bajos y a muy largo plazo, y algunas pagaban el alquiler en especies... tantos sacos de harina, tantos barriles de manzanas, tantas carretas de nabos. Las granjas que no estaban alquiladas las llevaban los propios monjes, pero nunca parecían capaces de producir un excedente de artículos para la venta. La otra partida importante del priorato la constituían las iglesias que tenían en propiedad y de las que recibían los diezmos. Por desgracia, la mayor parte de ellas estaban bajo el control directo del sacristán, y a Philip le era difícil averiguar cuánto gastaba exactamente. No había cuentas registradas por escrito. Sin embargo resultaba evidente que el ingreso del sacristán era muy escaso o su administración rematadamente mala para mantener en buen estado la iglesia catedral, aunque al correr de los años había logrado obtener una impresionante colección de valiosos ornamentos y vasos incrustados de piedras preciosas.

A Philip le resultaba imposible conocer todos esos detalles hasta que tuviera tiempo de hacer un recorrido por las extensas propiedades del monasterio, pero en líneas generales eran de una claridad meridiana. Y durante algunos años el viejo prior había estado recibiendo dinero de prestamistas de Winchester y Londres, sólo para poder hacer frente a los gastos cotidianos. Philip se había sentido enormemente deprimido al comprender la gravedad de la situación.

Sin embargo, a medida que reflexionaba y rezaba, la solución fue aclarándose. Había concebido un plan en tres etapas. Empezaría por hacerse cargo personalmente de las finanzas del priorato. En ese momento cada uno de los funcionarios monásticos controlaba parte de la propiedad y cubría con los ingresos de la misma su responsabilidad: el intendente, el sacristán, el maestro de invitados, el maestro de novicios y el enfermero. Todos ellos tenían «sus» granjas e iglesias. Por supuesto, ninguno de ellos confesaría nunca poseer demasiado dinero, y si les quedaba algún excedente se cuidarían muy bien de gastarlo por temor a que les quitaran algo. Philip había decidido nombrar a un nuevo funcionario, al que se designaría con el título de recaudador, cuya tarea consistiría en recibir todo el dinero a que tenía derecho el priorato, sin excepción, entregando luego a cada uno de los funcionarios exactamente lo que necesitara.

Naturalmente el recaudador debería ser alguien en quien confiara plenamente. Al principio se sintió inclinado a asignar dicho trabajo a Cuthbert, el intendente, pero luego recordó que a éste no le gustaba hacer nada por escrito. No servía. Porque en adelante todos los ingresos y salidas se inscribirían en un gran libro. Philip había decidido asignar la tarea al joven encargado de cocina, el hermano Milius. A los demás funcionarios monásticos no les gustaría la idea fuera quien fuese el que desempeñara el cargo, pero Philip era quien mandaba y, en cualquier caso, la mayoría de los monjes que sabían o sospechaban que el priorato tenía dificultades apoyarían la reforma. Una vez que tuviera el control del dinero, pondría en práctica la segunda etapa de su plan.

Todas las granjas que se encontraban alejadas serían arrendadas mediante pago en metálico. Había en Horkshire una propiedad del priorato que pagaba un «alquiler» de doce corderos que enviaban religiosamente cada año hasta Kingsbridge, pese a que el costo del transporte era superior al valor de los animales y, además, la mitad de ellos morían durante el camino. En el futuro sólo las granjas más cercanas producirían alimentos para el priorato.

También pensaba cambiar el sistema vigente según el cual cada granja producía de todo un poco: algo de grano, algo de carne, algo de leche y así sucesivamente. Durante años Philip había considerado un derroche semejante sistema, pues con él cada una de las granjas sólo llegaba a producir lo suficiente de cada producto para sus propias necesidades. O acaso fuera mejor decir que cada granja se las arreglaba siempre para consumir casi todo lo producido. Philip quería que cada granja se dedicara a una sola cosa. Todo el grano se cultivaría en un grupo de aldeas, en Somerset, donde el priorato también era propietario de varios molinos. Las exuberantes laderas de Wiltshire proporcionarían pastos para el ganado, que a su vez proporcionarían mantequilla y carne. La pequeña celda de St.-John-in-the-Forest criaría cabras y haría queso.

Pero el proyecto más importante de Philip era el de destinar las granjas de segunda clase, aquellas de terrenos pobres o mediocres, en especial las propiedades en las colinas, a la crianza de ovejas.

Había pasado su adolescencia en un monasterio que criaba ovejas, como todo el mundo en aquella zona de Gales, y había visto que el precio de la lana subía, despacio aunque de manera constante, año tras año desde que él podía recordar hasta el presente. Llegaría un momento en que las ovejas resolverían, de forma permanente, el problema económico del priorato.

Ésa era la segunda etapa del plan. La tercera consistía en la demolición de la iglesia catedral y la construcción de una nueva.

La iglesia actual era vieja, fea y poco práctica, y el mero hecho de que la torre noroeste se hubiera desplomado era señal inequívoca de que toda la estructura era deleznable. Las iglesias modernas eran más altas, más largas, y sobre todo tenían más luz. También se las diseñaba para mostrar las tumbas importantes y las reliquias sagradas que los peregrinos acudían a visitar. Además, las catedrales iban teniendo cada vez más altares adicionales y capillas especiales dedicadas a determinados santos. Una iglesia bien proyectada, que respondiera a las crecientes demandas de las congregaciones, atraería muchos más devotos y peregrinos que los que Kingsbridge atraía en la actualidad. Y al hacerlo así, a la larga ella misma podría subvenir a sus propias necesidades. Cuando Philip hubiera estabilizado e impulsado la economía del priorato, construiría una nueva iglesia que simbolizaría la regeneración de Kingsbridge.

Sería su realización suprema.

Pensaba que al cabo de unos diez años tendría dinero suficiente para que empezaran las obras. Era, sin embargo, una idea más bien desalentadora. ¡Tendría casi cuarenta años! Aun así, esperaba que en un año aproximadamente pudiera permitirse un programa de reparaciones que convirtiera la construcción actual, si no en algo impresionante, al menos respetable, para el Pentecostés siguiente al próximo.

Ahora que ya tenía un plan, se sentía de nuevo alegre y optimista. Distraído con los detalles apenas si oyó un golpe lejano, como un enorme portazo. Se le ocurrió vagamente que alguien debía de haberse levantado y estaría andando por el dormitorio o el claustro. Supuso que si había dificultades no tardaría mucho en saberlo y sus pensamientos volvieron a centrarse en los alquileres y en los diezmos. Otra fuente importante de ingresos para los monasterios eran las donaciones de los padres de los muchachos que ingresaban como novicios, pero para atraer a la clase de novicios deseable el monasterio necesitaba una escuela floreciente.

Sus reflexiones se vieron de nuevo interrumpidas por otro estruendo, esta vez más fuerte, que hizo temblar ligeramente su casa. Pensó que, desde luego, aquello no era un portazo. ¿Qué estaba pasando? Se acercó a la ventana y la abrió. El aire frío de la noche le hizo estremecerse. Miró hacia la iglesia, la sala capitular, el claustro, los edificios del dormitorio y la cocina. Todo parecía tranquilo bajo la luz de la luna. El viento era tan gélido que los dientes le dolían al respirar. Husmeó. Olía a humo.

Frunció el entrecejo, inquieto, pero no logró ver fuego alguno.

Metió la cabeza y olfateó en el interior de la habitación pensando que tal vez lo que olía fuese el humo de su propia chimenea, pero no era así.

Confuso y alarmado se puso rápidamente las botas, cogió la capa y salió corriendo de la casa.

El olor a humo se hacía más intenso mientras atravesaba presuroso el prado en dirección al claustro. No cabía duda de que en alguna parte del priorato había fuego. Su primera idea fue que se trataba de la cocina; casi todos los fuegos empezaban en las cocinas. Cruzó a toda prisa el pasaje entre el crucero sur y la sala capitular y luego el claustro. Si hubiera sido de día habría atravesado el refectorio hasta el patio de la cocina, pero por la noche estaba cerrado con llave, de modo que tuvo que dejar atrás el arco de la galería sur y girar a la derecha hasta la parte trasera de la cocina. Allí no había señal de fuego alguno, como así tampoco en la cervecería ni en la panadería, y el olor a humo parecía haber disminuido. Corrió un trecho más y desde la esquina de la cervecería miró, a través del prado, hacia la casa de invitados y las cuadras. Por allí todo parecía tranquilo.

¿Y si hubiera fuego en el dormitorio? Era el único edificio que también tenía chimenea. Aquello le horrorizó. Mientras corría de nuevo hacia el claustro tuvo una espantosa visión de todos los monjes en sus lechos, asfixiados por el humo, inconscientes mientras la estancia ardía por los cuatro costados. Cuando ya tendía la mano hacia la puerta del dormitorio, ésta se abrió desde dentro y apareció Cuthbert con una vela de junco.

—¿Hueles a humo? —le preguntó Cuthbert de inmediato.

—Sí. ¿Están los monjes bien?

—Aquí no hay fuego.

Philip se sintió aliviado. Al menos su rebaño estaba a salvo.

—Entonces ¿dónde?

—Tal vez en la cocina —respondió Cuthbert.

—No..., ya lo he comprobado.

Una vez tranquilizado al saber que nadie se encontraba en peligro, Philip empezó a preocuparse por su propiedad. Hacía un momento había estado reflexionando sobre las finanzas del priorato y sabía que en la actualidad no podía permitirse hacer reparaciones en los edificios. Miró hacia la iglesia. ¿Había un leve destello rojo del otro lado de las ventanas?

—Pide la llave de la iglesia al sacristán, Cuthbert —indicó Philip.

Cuthbert se le había adelantado.

—La tengo aquí.

—¡Hombre previsor!

Se dirigieron presurosos por la galería este hacia la puerta del crucero sur. Cuthbert la abrió, y tan pronto como lo hizo salió una humareda.

A Philip le dio un vuelco el corazón. ¿Sería posible que su iglesia estuviera ardiendo?

Entró. Al principio el panorama era confuso. En el suelo del templo, en torno al altar y allí, en el crucero sur, ardían grandes trozos de madera. ¿De dónde habían caído? ¿Cómo era posible que hubiesen hecho tanto humo? ¿Y qué era ese fragor que parecía proceder de un fuego mucho mayor?

—¡Mira! —gritó Cuthbert.

Philip levantó la vista y todas sus preguntas obtuvieron respuestas. El techo estaba ardiendo furiosamente. Se quedó mirándolo horrorizado; era como las entrañas del infierno. Había desaparecido la mayor parte del techo pintado, poniendo al descubierto los triángulos de madera del tejado ennegrecidos y abrasados, las llamas y el humo que ascendían y se contorsionaban en una danza diabólica. Philip permanecía callado, tan petrificado por la conmoción que el cuello empezó a dolerle de tanto mirar hacia arriba. Finalmente recuperó su presencia de ánimo. Corrió hasta el centro del crucero, se detuvo frente al altar y recorrió con la mirada toda la iglesia. El tejado, en su totalidad, estaba en llamas, desde la puerta oeste hasta el extremo este, al igual que los dos cruceros. Por un instante le invadió el pánico y se preguntó cómo harían para llevar el agua hasta allí. Imaginó a una fila de monjes corriendo a lo largo de la galería con baldes y de inmediato comprendió que era imposible. Incluso si conseguía poner a esa tarea un centenar de personas, no podrían llevar hasta el tejado la cantidad de agua necesaria para apagar aquel infierno rugiente. Comprendió, desolado, que todo el tejado iba a quedar destruido. La lluvia y la nieve caerían dentro de la iglesia hasta que consiguiese reunir dinero para un tejado nuevo.

Un fuerte chasquido le hizo levantar la vista. Exactamente encima de él una enorme viga se desplazaba lentamente hacia un lado. Iba a caer encima de él. Philip corrió hacia el crucero sur, donde estaba Cuthbert, con expresión de temor.

Toda una sección del tejado, tres triángulos de vigas y cabrios más las planchas clavadas en ellos, caían lentamente. Philip y Cuthbert lo contemplaron, pasmados, olvidándose completamente de su propia seguridad. El tejado se desplomó sobre uno de los grandes arcos redondeados del cruce. El enorme peso de la madera y la plancha hendió el trabajo en piedra del arco con un estruendo prolongado semejante al trueno. Todo sucedía con lentitud. Lentamente caían las vigas y, tras romperse el arco, la mampostería. Se soltaron otras vigas del tejado y de repente, con un ruido semejante a un trueno largo y lento, toda una sección del muro norte del presbiterio se estremeció, deslizándose de costado hasta el crucero norte.

Philip estaba aterrado. El panorama de la destrucción de un edificio aparentemente tan sólido resultaba extrañamente asombroso. Era como ver derrumbarse una montaña o quedarse seco un río. En realidad nunca pensó que aquello pudiera ocurrir. Apenas podía creer lo que estaban viendo sus ojos. Se sentía desorientado y sin saber qué hacer.

Cuthbert le tiraba de la manga.

—¡Salgamos de aquí! —le gritó.

Philip no podía apartarse de allí. Recordaba que había estado calculando diez años de austeridad y duro trabajo para que el monasterio volviera a disfrutar de una situación económica próspera. Y ahora, de súbito, tendría que construir un nuevo tejado y un nuevo muro norte y quizá, si la destrucción seguía adelante… Esto es obra del demonio, se dijo. ¿Cómo era posible que el tejado ardiera en una noche tan fría como aquélla?

—¡Vamos a morir! —le gritó Cuthbert, y la nota de miedo humano en su voz conmovió a Philip. Dio media vuelta y ambos salieron corriendo de la iglesia en dirección al claustro.

Se había avisado a los monjes, que empezaban a salir del dormitorio. A medida que iban saliendo se detenían para mirar la iglesia. Milius se encontraba en pie junto a la puerta, pidiéndoles que se apresuraran para evitar la aglomeración, indicándoles que se alejaran de la iglesia y siguieran por el paseo sur de los claustros. A medio camino de él se encontraba Tom, quien les indicaba que al llegar al arco girasen y escaparan por allí. Philip oyó decir a Tom:

—Id a la casa de invitados. ¡Manteneos lo más lejos posible de la iglesia!

Se está excediendo, se dijo Philip. Es de suponer que aquí, en el claustro estarán seguros, pero no había mal en ello y quizá fuera una precaución prudente. De hecho, probablemente debiera haberlo pensado yo.

Sin embargo, la cautela de Tom le hizo preguntarse hasta qué punto podía llegar la destrucción. Si el claustro no era del todo seguro, ¿qué pasaría en la sala capitular? Allí, en una pequeña habitación lateral de gruesos muros de piedra y sin ventanas, guardaban el poco dinero que tenían en un hermético cofre de roble, además de los vasos incrustados con piedras preciosas del sacristán y todas las valiosas cartas de privilegio y escrituras de propiedad. Un instante después vio al tesorero Alan, un joven monje que trabajaba con el sacristán y se ocupaba de los ornamentos. Philip le llamó.

—Tenemos que sacar el tesoro de la sala capitular. ¿Dónde está el sacristán?

—Se ha ido, padre.

—Ve a buscarle y coge las llaves. Luego saca el tesoro de la sala capitular y llévalo a la casa de invitados. ¡Corre!

Alan hizo lo que le decían. Philip se volvió hacia Cuthbert.

—Más vale que te asegures de que lo hace.

Cuthbert asintió con la cabeza y siguió a Alan.

Philip volvió a mirar hacia la iglesia. En los escasos minutos que su atención había estado en otras cosas el fuego había arreciado y el fulgor de las llamas brillaba ya con fuerza detrás de todas las ventanas. El sacristán debería haber pensado en el tesoro antes de poner tan apresuradamente a salvo su propio pellejo. ¿Algo más se les había pasado por alto? A Philip le resultaba difícil razonar cuando todo estaba ocurriendo de forma vertiginosa. Los monjes estaban a salvo, se estaban ocupando del tesoro...

Había olvidado al santo.

En la parte más alejada del extremo este de la iglesia, más allá del trono del obispo, se encontraba el sepulcro de piedra de san Adolfo, uno de los primeros mártires ingleses. Dentro de aquel sepulcro había un ataúd de madera que contenía los restos del santo. La tapa del sepulcro se alzaba periódicamente para mostrar el ataúd. Por entonces Adolfo no era tan popular como años atrás lo había sido, pero en tiempos había habido enfermos que curaron con sólo tocar el lugar donde yacía. Los restos de un santo podían atraer la atención hacia una iglesia, fomentando la devoción y los peregrinajes. Se obtenía tanto dinero que, pese a ser vergonzoso, se sabía de monjes que llegaban a robar las reliquias sagradas de otras iglesias. Philip había pensado en reavivar el interés por san Adolfo. Tenía que poner a salvo sus restos.

Necesitaría ayuda para levantar la tapa del sepulcro y sacar el ataúd. También debiera haber pensado en ello el sacristán. Pero no lo encontraban por ninguna parte. El siguiente monje que salió del dormitorio fue Remigius, el altanero subprior. No tenía elección. Philip le llamó.

—Ayúdame a poner a salvo los huesos del santo —le dijo.

Remigius miró con expresión de temor la iglesia en llamas, pero tras un instante de vacilación siguió a Philip a lo largo de la galería este y a través de la puerta.

Una vez dentro, Philip se detuvo. Hacía tan sólo unos momentos que había huido de allí, pero el fuego había avanzado a gran velocidad. El olor le recordaba el alquitrán quemado y pensó que las vigas del tejado debían de haberlas cubierto con brea para evitar que se pudrieran. A pesar de las llamas se sentía un viento frío. El humo escapaba a través de las brechas abiertas en el tejado y el fuego introducía el viento helado en la iglesia a través de las ventanas. Llovían sobre el suelo de la iglesia ascuas ardiendo y algunas vigas envueltas en llamas parecían a punto de caer. Hasta aquel momento se había preocupado primero por los monjes y luego por las propiedades del priorato. Ahora, y por primera vez, temía por sí mismo, y dudó antes de seguir avanzando hacia aquel infierno.

Cuanto más esperara mayor sería el riesgo, y si pensaba demasiado en ello perdería el valor por completo. Se levantó el borde del hábito gritando «¡Sígueme!», y corrió hacia el crucero. Fue esquivando las pequeñas hogueras en el suelo, esperando que de un momento a otro le cayera encima una de las vigas del tejado y le aplastara. Corría con el corazón en la boca con enormes ansias de lanzar gritos para aliviar su tensión. Y de repente se encontró en la zona segura del pasillo del otro lado.

Allí se detuvo por un instante. Los pasillos eran de piedra, abovedados, y en ellos no había fuego. Remigius se encontraba a su lado. Philip jadeó y tosió al tragar humo. Para atravesar el crucero sólo habían necesitado unos momentos, pero le pareció más largo que una misa de medianoche.

—Moriremos —dijo Remigius.

—Dios nos protegerá —le amonestó Philip al tiempo que decía para sus adentros: «Entonces ¿por qué estoy tan asustado?»

Aquél no era momento para teología.

Recorrió el crucero, giró en la esquina y entró en el presbiterio, manteniéndose siempre en el pasillo lateral. Podía sentir el calor de los asientos de madera, que ardían en medio del coro, y Philip lamentó la pérdida. Los asientos estaban hechos con todo lujo y cubiertos de hermosas tallas. Apartó todo aquello de su cabeza y se concentró en la tarea que tenía entre manos. Recorrió corriendo el presbiterio hasta el extremo este.

El sepulcro del santo se encontraba a medio camino del templo. Era una gran caja de piedra instalada sobre un plinto bajo. Philip y Remigius habrían de levantar la tapa de piedra, ponerla a un lado, sacar el ataúd del sepulcro y llevarlo hasta el pasillo mientras se desintegraba el tejado sobre sus cabezas. Philip miró a Remigius. El subprior tenía los ojos desorbitados por el miedo. Para tranquilizarlo, Philip disimuló su propio miedo.

—Coge la losa por ese lado y yo la cogeré por éste —dijo señalándola, y sin esperar la respuesta se acercó a la tumba.

Remigius le siguió.

Se colocaron a cada lado y agarraron la tapa de piedra. Ambos hicieron un esfuerzo al mismo tiempo.

La losa no se movió.

Philip comprendió que debería haber llevado más monjes. No se había detenido a pensarlo. Pero ya era demasiado tarde. Si salía para pedir ayuda era posible que el crucero estuviera intransitable cuando intentase volver. Pero no podía dejar así los restos del santo. Si una viga llegaba a caer sobre el sepulcro lo destrozaría. Entonces el fuego prendería en el ataúd de madera y las cenizas serían aventadas, lo que resultaría un espantoso sacrilegio y una terrible pérdida para la catedral.

Se le ocurrió una idea. Avanzó hasta colocarse a un costado del sepulcro e indicó a Remigius que se ubicara junto a él. Se arrodilló, puso ambas manos en el borde de la losa y empujó con todas sus fuerzas. Al imitarle Remigius, la losa se alzó lentamente. Philip levantó una rodilla y Remigius hizo otro tanto. Luego se pusieron en pie. Una vez que la losa estuvo en posición vertical, le dieron otro empujón, con lo que cayó al suelo, al otro lado del sepulcro, y se partió en dos.

Philip observó que el ataúd se encontraba en buenas condiciones; la madera no había sido afectada por el paso del tiempo. Philip se situó en un extremo y agarró dos de las asas. Remigius hizo lo mismo en el otro lado. Levantaron el ataúd unos centímetros, pero era mucho más pesado de lo que Philip esperaba, y al cabo de unos minutos Remigius lo dejó caer por su lado.

—No puedo…, soy más viejo que tú —masculló.

Philip contuvo una furibunda réplica. Era posible que el ataúd estuviera forrado de plomo, pero ahora que la losa del sepulcro se había roto era todavía más vulnerable que antes.

—Ven aquí —le indicó Philip a Remigius—. Intentaremos ponerlo de pie sobre un extremo.

Remigius rodeó el sepulcro y se colocó junto a Philip. Cada uno de ellos cogió una de las asas de hierro que sobresalían y tiraron. El extremo subió con relativa facilidad. Lograron alzarlo sobre el nivel superior del sepulcro y luego ambos caminaron hacia adelante levantando el ataúd a medida que avanzaban, hasta colocarlo en pie sobre uno de sus extremos. Se detuvieron por un instante. Philip advirtió entonces que habían levantado el féretro por su parte inferior, de tal manera que el santo había quedado cabeza abajo. Philip le pidió perdón en su fuero interno. Alrededor de ellos caían constantemente fragmentos de madera ardiente. Cada vez que algunas chispas iban a parar al hábito de Remigius, éste se las sacudía con ademanes frenéticos sin dejar de echar vistazos, con expresión de pánico, al techo en llamas. Philip se dio cuenta de que el hombre perdía el valor por momentos.

Colocaron el ataúd de manera que quedara apoyado contra el interior del sepulcro y luego lo empujaron un poco más. Finalmente lo alzaron hasta que quedó en equilibrio inestable sobre el borde del sepulcro. Seguidamente fueron inclinándolo hasta que el otro extremo dio contra el suelo. Lo hicieron girar una vez más de manera que quedara en el suelo de forma correcta. Philip se dijo que los huesos estarían tableteando dentro de la caja de madera como los dados en un cubilete. Aquello era lo más parecido a un sacrilegio, pero no tenía alternativa.

En pie junto a uno de los extremos del ataúd, cada uno de ellos agarró una manija, lo levantaron y empezaron a arrastrarlo a través de la iglesia en dirección a la relativa seguridad del pasillo. Sus esquinas de hierro hacían pequeños surcos en el suelo de tierra batida. Casi habían llegado al pasillo cuando unos grandes trozos de madera envueltos en llamas se desplomaron con estruendo sobre el sepulcro del santo, ahora vacío. El ruido fue ensordecedor; el suelo tembló por el impacto y la caja de piedra quedó hecha pedazos. A continuación cayó una gran viga, y por unos centímetros no alcanzó a Remigius y a Philip, aunque les hizo soltar el ataúd. Aquello ya fue demasiado para el anciano monje.

—¡Esto es obra del demonio! —gritó histérico al tiempo que echaba a correr.

Philip estuvo a punto de seguirle. Si era verdad que el diablo estaba detrás de todo aquello, nadie sabía qué podía ocurrir. Philip jamás había visto un demonio, pero había escuchado muchos relatos de personas que sí lo habían visto. Philip se dijo con severidad que los monjes estaban hechos para combatir a Satanás, no para huir de él. Echó una ojeada con ansiedad al refugio que ofrecía el pasillo, pero enseguida se sobrepuso, agarró las manijas del ataúd y tiró de él.

Logró arrastrarlo de debajo de donde se había desprendido la viga. La madera del ataúd estaba astillada, pero lo asombroso era que no se había roto. Lo arrastró un poco más. Alrededor de él cayó una lluvia de astillas encendidas. Miró hacia el tejado. ¿Había una figura con dos piernas bailando una danza burlona allá arriba entre las llamas, o era tan sólo una espiral de humo? Miró de nuevo hacia abajo y descubrió que el borde de su hábito ardía. Se arrodilló y se sacudió las llamas aplastando el tejido encendido contra el suelo, con lo que se apagó enseguida. Luego oyó un ruido que o bien era el chirrido de la madera al partirse o bien la enloquecida y burlona risa de un pequeño diablo.

—¡San Adolfo, protégeme! —dijo con voz entrecortada al tiempo que volvía a aferrar las asas del ataúd.

Fue arrastrando por el suelo el ataúd centímetro a centímetro. El diablo le dejó tranquilo por un momento. Philip no levantó los ojos; lo mejor era no mirar al demonio. Finalmente alcanzó la protección del pasillo y se sintió algo más seguro. Su dolorida espalda le obligó a detenerse por un instante y a enderezarse.

Había un largo camino por recorrer hasta la puerta más próxima que estaba en el crucero sur. No estaba seguro de poder arrastrar el ataúd todo aquel trecho antes de que el tejado se viniera abajo. Tal vez fuera aquello con lo que contaba el diablo. No pudo evitar dirigir la mirada de nuevo hacia las llamas. La humeante figura de dos piernas se ocultó detrás de una viga ennegrecida en el mismo instante en que Philip la descubrió. Sabe que no lo lograré, se dijo Philip. Miró a lo largo del pasillo, tentado de abandonar el santo y salvar su vida… y entonces vio al hermano Milius, a Cuthbert y a Tom, el constructor, que se dirigían hacia él para ayudarlo. Sintió una inmensa alegría y de repente no estuvo seguro de que hubiera demonio alguno en el tejado.

—¡Gracias, Dios mío! —exclamó—. Ayudadme con esto —añadió dirigiéndose a los que se acercaban.

Tom miró el techo. No pareció haber visto diablo alguno.

—Apresurémonos —dijo sin embargo.

Cada uno cogió una esquina del ataúd y lo colocaron sobre sus hombros. Aun cuando eran cuatro, tuvieron que hacer un esfuerzo tremendo.

—¡Adelante! —dijo Philip.

Caminaron a lo largo del pasillo tan deprisa como les fue posible, encorvados bajo aquel enorme peso. Cuando llegaron al crucero sur, Tom exclamó:

—¡Esperad!

El suelo estaba cubierto de pequeñas hogueras, y continuamente caían más fragmentos de madera ardiente. Philip miró a través de la brecha intentando trazar mentalmente una ruta a través de las llamas. Durante los escasos momentos en que se detuvieron, por el extremo oeste de la iglesia comenzó a oírse un ruido sordo. Philip miró hacia arriba presa del pánico. El retumbo se convirtió en un trueno.

—Es tan frágil como la otra —dijo Tom en tono enigmático.

—¿Qué es eso? —preguntó Philip.

—La torre sudoeste.

—¡Oh, no!

El trueno fue adquiriendo intensidad. Philip contempló horrorizado cómo todo el extremo oeste de la iglesia pareció desplazarse como si la mano de Dios lo hubiera golpeado. Unos diez metros de tejado cayeron dentro de la nave. Luego toda la torre sudoeste empezó a desmoronarse.

La conmoción tenía paralizado a Philip. Su iglesia se estaba desintegrando ante sus propios ojos. ¿Cuánto tiempo llevaría reparar los daños, aun cuando encontrase el dinero necesario? ¿Qué haría? ¿Cómo continuaría el monasterio? ¿Era acaso el final del priorato de Kingsbridge?

El movimiento del ataúd sobre su hombro al ponerse de nuevo en marcha los otros tres hombres le sacó de su ensimismamiento. Philip seguía a donde le llevaran. Tom fue abriéndose camino a través de un laberinto de hogueras. Un tizón ardiendo cayó sobre la tapa del ataúd pero afortunadamente se deslizó hasta el suelo sin alcanzar a ninguno de ellos. Un momento después llegaban al extremo opuesto, donde salieron por la puerta de la iglesia al aire frío de la noche.

Philip estaba tan abrumado por la destrucción del templo que no sintió alivio alguno por haberse salvado. Recorrieron presurosos el claustro hasta el arco sur y lo cruzaron.

—Aquí estamos seguros —dijo Tom cuando se encontraron lejos de los edificios. Bajaron con alivio el ataúd hasta el helado suelo.

Philip necesitó unos minutos para recuperar el aliento. Y durante esa pausa comprendió que no era el momento de mostrarse anonadado. Era el prior y el monasterio estaba a su cargo. ¿Cuál debería ser su próximo movimiento? Tal vez fuera prudente asegurarse de que todos los monjes estaban sanos y salvos. Volvió a respirar hondo y luego, enderezando los hombros, miró a los otros.

—Tú, Cuthbert, quédate aquí vigilando el ataúd del santo —dijo—. Los demás seguidme.

Les condujo por detrás de los edificios de la cocina, pasaron entre la cervecería y el molino y atravesaron el prado hasta la casa de invitados. Allí se encontraban los monjes, la familia de Tom y la mayoría de los aldeanos, formando grupos, hablando en voz baja y mirando atónitos la iglesia en llamas. Antes de hablarles, Philip se volvió a mirarla. El panorama era penoso. Todo el lado oeste era un montón de escombros y se alzaban grandes llamas de lo que quedaba del techo.

Apartó la vista, no sin esfuerzo, y preguntó en voz alta:

—¿Está todo el mundo aquí? Si creéis que falta alguien, decid su nombre.

—Cuthbert —respondió alguien.

—Se encuentra acompañando los huesos del santo. ¿Alguien más? No faltaba nadie más.

—Cuenta los monjes y asegúrate. Debe de haber cuarenta y cinco incluidos tú y yo —dijo Philip a Milius. Sabía que podía confiar en él y, dejó de pensar en aquella cuestión. Se volvió hacia Tom—. ¿Está toda su familia aquí?

Tom los señaló, asintiendo. Se encontraban junto al muro de la casa. La mujer, el hijo mayor y los dos pequeños. Jack miró asustado a Philip. Debe haber sido una experiencia aterradora para ellos, se dijo.

El sacristán estaba sentado sobre la caja del tesoro. Philip se había olvidado de ella y se sintió aliviado al ver que se encontraba a salvo.

—El ataúd de san Adolfo está detrás del refectorio, hermano Andrew —dijo dirigiéndose al sacristán—. Que te acompañen algunos hermanos para ayudarte y llévalo… —reflexionó por un instante. Probablemente el lugar más seguro era la residencia del prior—. Llévalo a mi casa.

—¿A tu casa? —preguntó Andrew—. Las reliquias deberían quedar a mi cuidado, no al tuyo.

—Entonces deberías haber sido tú el encargado de rescatarlas —replicó Philip encolerizado—. ¡Haz lo que te digo y no quiero oír una palabra más!

El sacristán se levantó a regañadientes. Parecía furioso.

—Apresúrate o te despojaré de tu cargo inmediatamente. —Philip volvió la espalda a Andrew y se dirigió a Milius—. ¿Cuántos?

—Cuarenta y cuatro además de Cuthbert. Once novicios. Cinco huéspedes. No falta nadie.

—Gracias a Dios. —Philip se quedó mirando el fuego que ardía con furia. Parecía casi un milagro que todos estuvieran vivos y nadie hubiera resultado herido. Se dio cuenta de que estaba exhausto, pero se sentía demasiado preocupado para sentarse y descansar—. ¿Hay algo más de valor que tengamos que rescatar? —preguntó—. Tenemos el tesoro y las reliquias…

—¿Y qué hay de los libros? —preguntó Alan, el joven tesorero.

Philip soltó un gemido. Claro, los libros. Se guardaban en un armario cerrado en la parte este del claustro, junto a la puerta de la sala capitular, para que los monjes pudieran cogerlos durante los ratos de estudio. Se necesitaría mucho tiempo en condiciones peligrosas para sacar los libros uno a uno. Tal vez algunos de los jóvenes más fuertes pudieran coger el armario entero y llevarlo a un sitio seguro. Philip miró alrededor. El sacristán ya había elegido media docena de monjes para que se ocuparan del ataúd, y estaban cruzando el prado. Philip indicó a tres monjes jóvenes y a tres de los novicios más antiguos que le siguieran.

Retrocedió sobre sus pasos a través del espacio abierto delante de la iglesia en llamas. Estaba demasiado cansado para correr. Pasaron entre el molino y la cervecería y giraron en dirección a la parte de atrás de la cocina y del refectorio. Cuthbert y el sacristán estaban organizando el traslado del ataúd. Philip condujo a su grupo a través del pasadizo que separaba el refectorio del dormitorio y por debajo de la arcada sur hasta el claustro.

Podía sentir el calor del fuego. El gran armario biblioteca tenía tallas en las puertas que representaban a Moisés y las Tablas de la Ley. Philip indicó a los jóvenes que inclinaran el armario hacia adelante y lo cargaran sobre los hombros. Lo llevaron alrededor del claustro hasta la arcada sur. Allí Philip se detuvo y volvió la vista atrás mientras los otros seguían andando. Sintió que le embargaba un profundo dolor ante el espectáculo del templo destruido. Ahora ya había menos humo y más llamas. Habían desaparecido partes enteras del tejado. Mientras lo miraba, el techo sobre el crucero sur se desplomó con un estruendo espantoso. Philip sintió un dolor casi físico, como si su propio cuerpo estuviera ardiendo. Un momento después el muro del crucero pareció inclinarse hacia el claustro. Que Dios nos ayude, pensó Philip. Va a derrumbarse. Cuando empezó a venirse abajo se dio cuenta de que lo hacía hacia donde él se encontraba, y dio media vuelta para huir. Pero antes de que lograse dar tres pasos, algo le golpeó en la cabeza y le hizo perder la conciencia.

Para Tom, el furioso incendio que estaba destruyendo la catedral de Kingsbridge era un faro de esperanza. A través de la pradera contempló las inmensas llamas que se alzaban de las ruinas del templo y todo lo que se le ocurrió fue que aquello prometía trabajo.

La idea le había estado rondando por la cabeza desde que había salido con los ojos legañosos de la casa de invitados y había visto el débil destello rojo a través de las ventanas de la iglesia. Todo el tiempo que había pasado indicando a los monjes que se apresuraran para ponerse a salvo y luego, cuando había entrado precipitadamente en la iglesia en llamas para buscar al prior Philip y sacar el ataúd del santo, se había sentido embargado, sin remordimiento alguno, por un optimismo feliz.

Pero ahora que tenía un momento para reflexionar se le ocurrió que no debía alegrarse de que una iglesia ardiera, aunque pensó que de todas formas nadie había resultado herido, habían puesto a salvo el tesoro del priorato y, además, la iglesia era vieja y prácticamente se estaba derrumbando. Así que ¿por qué no alegrarse?

Los jóvenes monjes volvían por el prado llevando consigo el pesado armario con los libros. Todo cuanto he de hacer ahora, pensaba Tom, es conseguir que me den el trabajo de reconstruir esta iglesia. Y ha llegado el momento de que hable con el prior Philip.

Pero éste no estaba con los monjes que transportaban el armario de los libros.

—¿Dónde está vuestro prior? —les preguntó Tom cuando llegaron a la casa de invitados y dejaron en el suelo el armario.

El de más edad miró sorprendido hacia atrás.

—No lo sé —respondió—. Creí que nos seguía.

Tal vez se haya retrasado observando el incendio, se dijo Tom. Pero ¿y si se encuentra en dificultades?

Sin pensárselo dos veces, atravesó corriendo el prado y giró hacia la parte de atrás de la cocina. Esperaba que Philip se encontrara bien, no sólo porque parecía ser un hombre muy bueno, sino también porque era el protector de Jonathan. Sin Philip nadie sabía lo que podría ocurrirle al niño.

Tom encontró a Philip en el pasadizo entre el refectorio y el dormitorio. Se sintió aliviado al ver al prior sentado en el suelo y erguido. Parecía aturdido, pero no herido. Tom le ayudó a ponerse en pie.

—Algo me golpeó la cabeza —dijo Philip, confuso.

Tom miró detrás de él. El crucero sur se había derrumbado sobre el claustro.

—Tenéis suerte de estar vivo —dijo—. Dios debe de teneros reservado algo.

Philip sacudió la cabeza para despejarse.

—Quedé inconsciente por un instante. Ahora ya estoy bien. ¿Dónde están los libros?

—Los llevaron a la casa de invitados.

—Volvamos a ella.

Tom sujetó por el brazo a Philip mientras caminaban. Pudo darse cuenta de que el prior no estaba herido aunque sí trastornado.

Para cuando estuvieron de regreso en la casa de invitados, el incendio de la iglesia había superado ya su apogeo y las llamas empezaban a perder fuerza. Tom podía distinguir con toda claridad los rostros de la gente y entonces advirtió, no sin asombro, que estaba amaneciendo.

Philip empezó de nuevo a organizar las cosas. Dijo a Milius que preparara gachas para todo el mundo y autorizó a Cuthbert a abrir un barril de vino fuerte para reconfortar a todos mientras tanto. Ordenó que se encendiera el fuego en la casa de invitados y que los monjes de más edad entraran en ella para resguardarse del frío. Empezó a caer una lluvia helada, y las llamas en la destruida iglesia se apagaron pronto.

Cuando todo el mundo se encontraba de nuevo atareado, Philip se alejó solo de la casa de invitados, en dirección a la iglesia. Tom le vio y fue tras él. Era su oportunidad. Si lograba manejar bien la situación, podría trabajar allí durante años.

El prior se detuvo para observar lo que había sido el extremo norte de la iglesia, y sacudió tristemente la cabeza ante aquel desastre, como si fuera su propia vida la que estuviera en ruinas. Tom permanecía a su lado, sin decir palabra. Al cabo de un rato Philip se puso a caminar a lo largo de la fachada norte de la nave, a través del cementerio. Tom iba examinando los daños mientras andaba.

El muro norte de la nave todavía se encontraba en pie, pero el crucero norte y parte del muro del presbiterio, del mismo lado, se habían venido abajo. La iglesia aún conservaba el extremo este. Lo rodearon y miraron hacia el muro sur, que se había desplomado en su mayor parte, así como el crucero del mismo lado. La sala capitular, sin embargo, seguía en pie.

Caminaron hacia la arcada que conducía a la galería este del claustro. Allí se encontraron con que un montón de escombros les cerraba el paso. Aquello parecía no tener arreglo, pero Tom, con ojo experto, reconoció que las galerías del claustro no estaban seriamente dañadas, sólo sepultadas bajo las ruinas. Trepó por las piedras desprendidas hasta que logró ver el interior de la iglesia. Justamente detrás del altar había una escalera medio oculta que conducía a la cripta. Ésta se encontraba debajo del coro. Tom lo examinó, estudiando el suelo de piedra sobre la cripta para comprobar si se había agrietado. No vio grieta alguna. Era muy posible que la cripta estuviera intacta. No se lo diría todavía al prior. Reservaría la noticia para un momento crucial.

Philip había seguido andando por detrás del dormitorio. Tom se apresuró a reunirse con él. Encontraron el dormitorio en perfecto estado. Siguieron adelante y descubrieron que los otros edificios monásticos —el refectorio, la cocina, el horno y la cervecería— habían sufrido pocos daños. Philip hubiera podido sentirse consolado por ello, pero seguía mostrándose abatido.

Terminaron donde habían empezado. Habían completado todo el circuito del recinto del priorato sin cruzar una sola palabra. Philip respiró hondo y rompió el silencio.

—Esto es obra del demonio —murmuró al fin.

Ésta es mi ocasión, pensó Tom.

—Acaso sea obra de Dios —dijo.

Philip le miró sorprendido.

—¿Qué quieres decir?

—Nadie ha resultado herido. Los libros, el tesoro y los huesos del santo están a salvo. Sólo la iglesia ha quedado destruida —respondió pensando bien sus palabras—. Tal vez Dios quiera una nueva iglesia.

Philip sonrió con escepticismo.

—Y supongo que Dios querría que la construyeras tú.

No estaba tan aturdido como para no comprender que la sugerencia del constructor tal vez fuera en su propio interés.

Tom siguió en sus trece.

—Es posible —repuso—. No fue el demonio el que envió aquí a un maestro constructor la noche en que ha ardido la iglesia.

Philip apartó la vista.

—Bueno, habrá una nueva iglesia —dijo—, pero lo que no sé es cuándo. ¿Y qué hago yo mientras tanto? ¿Cómo puede continuar la vida del monasterio? Todos nosotros estamos aquí para orar y estudiar.

El prior estaba profundamente abatido. Aquél era el momento en que Tom podía darle una nueva esperanza.

—En una semana mi muchacho y yo podemos retirar todos los escombros del claustro y dejarlo en condiciones de uso —dijo, procurando mostrarse más seguro de lo que se sentía.

—¿Podríais hacerlo? —Philip parecía sorprendido. Pero una vez más cambió su expresión, sintiéndose de nuevo desesperanzado—. ¿Y dónde tendríamos la iglesia?

—Los oficios religiosos podrían celebrarse en la cripta —propuso Tom.

—Sí…, serviría muy bien.

—Estoy seguro de que no ha resultado demasiado dañada —añadió Tom, y estaba casi seguro de que era así.

Philip lo miraba como si fuera el ángel de misericordia.

—No se necesitará mucho tiempo para abrir un camino a través de los escombros desde el claustro a las escaleras de la cripta —prosiguió Tom—. Por ese lado ha quedado completamente destruida la mayor parte de la iglesia, lo que por extraño que parezca es una suerte, ya que significa que no hay peligro de que se derrumbe. Tendría que revisar los muros que aún siguen en pie, y quizá fuera necesario reforzar algunos. Luego habría que comprobarlos diariamente por si apareciesen grietas, y aun así no deberíais entrar en la iglesia cuando hubiese tormenta.

—Todo aquello era importante, pero Tom se dio cuenta de que Philip no lo asimilaba. Lo que éste quería en esos momentos de él eran noticias positivas, algo que le levantara el ánimo. Y la única manera de que lo contratara era darle lo que quería. Tom cambió de tono—. Si algunos de vuestros monjes más jóvenes trabajaran conmigo, sería posible arreglar las cosas de manera que pudieseis reanudar la vida monástica, al menos en parte, en dos semanas.

Philip lo miró asombrado.

—¿Dos semanas?

—Dadme comida y alojamiento para mi familia; el salario me lo pagaréis cuando tengáis dinero.

—¿Puedes devolverme mi priorato en dos semanas? —repitió Philip, incrédulo.

Tom no estaba seguro de que pudiera, pero si después resultaba que eran tres, nadie iba a morirse por ello.

—Dos semanas —repitió con firmeza—. Luego podremos derribar

los muros restantes. Tened en cuenta que se trata de un trabajo que requiere experiencia. A continuación habrá que despejar los escombros, almacenando las piedras para su posterior uso. Entretanto, podremos proyectar la nueva catedral. —Contuvo el aliento. Lo había hecho lo mejor que podía. ¡Estaba seguro de que el prior le contrataría!

Philip asintió, sonriendo por primera vez.

—Creo que te ha enviado Dios —dijo—. Vamos a desayunar y luego nos pondremos manos a la obra.

Tom soltó un débil suspiro de alivio.

—Gracias. —No pudo evitar que le temblara la voz—. No imagináis cuánto significa esto para mí.

Después del desayuno, Philip celebró un capítulo improvisado en el almacén de Cuthbert, debajo de la cocina. Los monjes se mostraban nerviosos e inquietos. Eran hombres que habían elegido o se habían acomodado a una vida de seguridad, predeterminada y tediosa, y la mayoría se sentían profundamente desorientados. Su perplejidad conmovía a Philip. Más que nunca se sintió como un pastor, cuya tarea consistía en cuidar de unas criaturas inexpertas e indefensas. Sólo que ellos no eran animales estúpidos, sino sus hermanos, por quienes sentía gran afecto. Llegó a la conclusión de que la manera de tranquilizarles era decirles lo que iba a suceder, emplear su energía en el duro trabajo y volver a la rutina normal lo antes posible.

Pese a lo desusado del lugar, Philip no abrevió el ritual del capítulo. Ordenó la lectura del martirologio de ese día, seguida de las oraciones conmemorativas. Versaba sobre el sentido y la justificación de los monasterios. Sin embargo, algunos de los monjes se mostraban inquietos, de manera que eligió el capítulo veinte de la regla de san Benito, la sección titulada «De la reverencia durante la oración». Siguió la necrológica. El ritual familiar los tranquilizó y Philip se dio cuenta de que la expresión temerosa en los rostros que le rodeaban se borraba paulatinamente a medida que todos iban comprendiendo que, al fin y a la postre, su mundo no se había derrumbado.

Al final, el prior se dirigió a ellos.

—Después de todo, la catástrofe que hemos sufrido sólo es material —empezó, procurando dar a su voz el tono más tranquilizador y cálido posible—. Nuestra vida es espiritual, y nuestro trabajo la oración, la adoración y la contemplación. —Miró a los reunidos para asegurarse de que captaba toda su atención. Luego añadió—: Os prometo que dentro de unos días reanudaremos todo ese trabajo. —Hizo una pausa para que sus palabras calaran hondo. El relajamiento de la tensión reinante fue casi tangible. Permaneció un instante en silencio, y luego prosiguió—: Dios, en su sabiduría, nos envió ayer a un maestro constructor que nos ayudará durante esta crisis. Me ha asegurado que si trabajamos bajo su dirección podremos tener el claustro en condiciones en una semana.

Hubo un murmullo de grata sorpresa.

—Me temo que nuestra iglesia jamás podrá volver a utilizarse para los oficios divinos. Tendrá que ser construida de nuevo, y, naturalmente, eso requerirá muchos años. Sin embargo, Tom, el constructor, cree que la cripta no ha sufrido daños. Está consagrada, de manera que podemos celebrar los oficios en ella. Tom afirma que podrá ponerla en condiciones en una semana, tan pronto como haya terminado con el claustro. Así que, como veis, podremos reanudar nuestros cultos normales para el domingo de Quincuagésima.

Una vez más el alivio fue audible. Philip comprendió que había logrado calmar a los monjes y darles seguridad. Al principio del capítulo se habían mostrado atemorizados y confusos. Ahora ya estaban tranquilos y confiados.

—Los hermanos que se consideren demasiado débiles para realizar trabajos físicos serán disculpados. A los hermanos que trabajen durante todo el día con Tom, les será permitido comer carne roja y beber vino —añadió.

Planteada ya la situación, Philip tomó asiento. Remigius fue el primero en hablar.

—¿Cuánto tendremos que pagar a ese constructor? —preguntó con suspicacia. Remigius siempre era el primero en encontrar puntos débiles.

—Por el momento nada —contestó Philip—. Tom conoce nuestra pobreza. Trabajará por la comida y el alojamiento para él y su familia hasta que estemos en condiciones de pagarle.

Philip comprendió que aquello resultaba ambiguo. Parecía significar que Tom no percibiría salario alguno hasta que el priorato pudiera permitírselo, cuando en realidad éste le debería el salario de cada día que trabajara a partir de ese mismo instante. Pero antes de que el prior pudiera aclarar el acuerdo establecido, Remigius tomó de nuevo la palabra.

—¿Dónde se alojarán?

—Les he cedido la casa de invitados.

—Pueden vivir con alguna de las familias de la aldea.

—Tom nos ha hecho una oferta generosa —alegó, impaciente, Philip—. Tenemos suerte de poder contar con él. No quiero que duerma junto con las cabras y los cerdos de otros cuando tenemos una casa decente que está vacía.

—Hay dos mujeres en la familia…

—Una mujer y una niña —le corrigió Philip.

—Está bien, una mujer. ¡No queremos que una mujer viva en el priorato!

Los monjes susurraban inquietos. No les gustaban las objeciones necias de Remigius.

—Es perfectamente normal que las mujeres se alojen en la casa de invitados —afirmó Philip.

—¡Pero no esa mujer! —explotó Remigius, aunque de inmediato pareció lamentarlo.

—¿Conoces a esa mujer, hermano?

—Hubo un tiempo en que vivió por estos lugares —admitió a regañadientes.

Philip se sintió intrigado. Era la segunda vez que se producía un episodio similar en relación con la mujer del constructor. Waleran también se había mostrado inquieto al verla.

—¿Qué tiene de malo? —preguntó Philip.

Antes de que Remigius pudiera contestar habló el hermano Paul, el viejo monje que se ocupaba del puente.

—Ya lo recuerdo —dijo como en sueños—. Había una muchacha salvaje de los bosques que solía vivir por aquí… Bueno de eso debe de hacer unos quince años. Ella me la recuerda. Posiblemente sea la misma muchacha que se ha hecho mayor.

—La gente aseguraba que era bruja —alegó Remigius—. ¡No podemos tener a una bruja en el priorato!

—De eso no sé nada —dijo el hermano Paul con voz lenta y meditativa—. A cualquier mujer que viva en estado salvaje, tarde o temprano la llaman bruja. Cuando la gente dice una cosa no siempre es verdad. Yo me contento con dejar que el prior Philip, en su sabiduría, juzgue si representa un peligro.

—La sabiduría no siempre llega por el mero hecho de asumir un cargo monástico —afirmó Remigius, tajante.

—Eso es verdad —admitió el hermano Paul en tono mesurado. Luego, mirando de frente a Remigius, añadió—: A veces nunca llega.

Los monjes rieron ante aquella aguda réplica, tanto más divertida por proceder de quien menos se esperaba. Philip tuvo que simular sentirse disgustado.

—¡Ya está bien! —exclamó, reclamando silencio—. Estas cuestiones son serias. Hablaré con la mujer. Ahora cumplamos con nuestras obligaciones. Quienes deseen que se les dispense del trabajo físico pueden retirarse a la enfermería para la oración y la meditación. Los demás, seguidme.

Salió del almacén y se dirigió, por detrás de los edificios de la cocina, hacia la arcada sur que conducía al claustro. Unos pocos monjes se separaron del grupo y se encaminaron hacia la enfermería, entre ellos Remigius y Andrew. Ninguno de los dos sufría de debilidad, se dijo

Philip, pero probablemente crearan dificultades si se incorporaban a las fuerzas laborales, por lo que se sintió muy satisfecho al ver que se iban. La mayoría de los monjes siguieron a Philip.

Tom había reunido ya a los servidores del priorato y había empezado a trabajar. Se encontraba de pie sobre el montón de escombros en el cuadro del claustro, con un gran trozo de tiza en la mano, marcando piedras con la letra T, inicial de su nombre.

Por primera vez en su vida a Philip se le ocurrió preguntarse cómo podían moverse unas piedras tan enormes. Ciertamente eran demasiado grandes para que un hombre consiguiera levantarlas. Enseguida tuvo la respuesta. Se colocaban en el suelo dos grandes estacas, una junto a la otra, y se empujaba una piedra hasta colocarla sobre ellas. Luego dos personas cogían los extremos de las estacas y las levantaban. Tom debía de haberles enseñado a hacer aquello.

El trabajo se desarrollaba rápidamente, con la mayoría de los sesenta servidores del priorato formando un río humano que transportaba piedras y volvía en busca de más.

Al verle, Tom bajó del montón de escombros. Antes de hablar con Philip se dirigió a uno de los servidores, el sastre que cosía los hábitos de los monjes.

—Que los monjes empiecen a llevarse piedras —le indicó—. Asegúrate de que sólo se llevan las que he marcado, de lo contrario el montón puede deslizarse y matar a alguien. —Luego se volvió hacia Philip—. He marcado suficientes para mantenerlos ocupados por un tiempo.

—¿Adónde llevan esas piedras? —preguntó el prior.

—Venid y os lo enseñaré. Quiero comprobar si están amontonándolas como es debido.

Philip acompañó a Tom. Estaban llevando las piedras al lado este del recinto del priorato.

—Algunos servidores todavía tienen que hacer sus tareas habituales —explicó Philip mientras caminaban—. Los mozos de cuadra deben seguir ocupándose de los caballos, los cocineros de preparar la comida, y alguien tiene que traer leña, dar de comer a las gallinas e ir al mercado. Pero ninguno de ellos tiene exceso de trabajo, así que estoy en condiciones de prescindir de una media docena. Además, podrás disponer de unos treinta monjes.

—Será suficiente —dijo Tom.

Dejaron atrás el extremo este de la iglesia. Los trabajadores estaban amontonando piedras todavía calientes contra el muro este del recinto del priorato, a unos metros de la enfermería y de la casa del prior.

—Hay que reservar las viejas piedras para la nueva iglesia —dijo Tom—. No serán utilizadas en los muros porque las piedras de segunda mano no aguantan bien la intemperie, pero servirán para los cimientos. También hay que conservar las piedras rotas. Se mezclarán con argamasa y se introducirán en la cavidad entre las capas interior y exterior de los muros nuevos formando así el núcleo de cascajo.

—Comprendo.

Philip observaba mientras Tom instruía a los trabajadores acerca del modo de amontonar las piedras de forma que se trabaran, para que luego no se vinieran abajo. Era evidente que la pericia del constructor se hacía indispensable.

Una vez que Tom quedó satisfecho, Philip lo cogió del brazo y lo condujo, rodeando la iglesia, hasta el cementerio. Había dejado de llover pero las losas de las tumbas todavía estaban mojadas. En el extremo oriental del cementerio se hallaban enterrados los monjes, y en el occidental los aldeanos. La línea divisoria era el crucero sobresaliente septentrional de la iglesia, ahora en ruinas. Philip y Tom se detuvieron frente a él. Un sol tibio se abrió paso entre las nubes. A la luz del día las ennegrecidas vigas no tenían nada de siniestro, y Philip se sintió casi avergonzado por haber pensado que la noche anterior había visto un diablo.

—A algunos monjes les incomoda el que una mujer viva dentro del recinto del priorato —dijo. La expresión que se reflejó en el rostro de Tom era algo más intenso que la ansiedad. Parecía aterrado. En verdad la ama, pensó Philip. Se apresuró a seguir hablando—: Pero no quiero que vivas en la aldea y compartas una vivienda con otra familia. Para evitar problemas sería aconsejable que tu mujer se comportase con discreción. Dile que se mantenga apartada de los monjes cuanto le sea posible, en especial de los jóvenes. Si tuviera que andar por el priorato convendría que mantuviera la cara cubierta. Y ante todo no debe hacer nada que pueda despertar sospechas de brujería.

—Así se hará —le aseguró Tom. El tono de su voz era decidido, pero parecía algo desalentado.

Philip recordó que la mujer era muy perspicaz. Tal vez no aceptase con agrado el que le dijeran que debería intentar pasar inadvertida. Pero el día anterior su familia se encontraba en la miseria, así que era probable que considerase esas restricciones como un pequeño pago por tener comida y un techo sobre sus cabezas.

Entraron. La noche anterior Philip había considerado aquella destrucción como una tragedia sobrenatural, una terrible derrota para las fuerzas de la civilización y religión verdadera, un golpe asestado al trabajo de toda su vida. Ahora sólo parecía un problema que había que resolver. Enorme, desde luego, incluso temible, pero no sobrehumano. El cambio se debía, sobre todo, a Tom. Philip le estaba profundamente agradecido.

Llegaron al extremo occidental. Philip vio que en las cuadras estaban ensillando un caballo rápido y se preguntó quién se disponía a viajar precisamente ese día. Dejó que Tom regresara al claustro mientras él se dirigía hacia el establo a comprobar quién se marchaba.

Uno de los ayudantes del sacristán había ordenado que ensillaran el caballo. Era el joven Alan, el que había rescatado el cofre del tesoro de la sala capitular.

—¿Adónde vas, hijo mío? —le preguntó Philip.

—Al palacio del obispo —contestó Alan—. El hermano Andrew me envía en busca de velas, agua bendita y sagradas formas, porque lo hemos perdido todo en el edificio y tenemos que celebrar los oficios sagrados lo antes posible.

Aquello tenía sentido. Conservaban aquellas cosas en una caja cerrada que se hallaba en el coro, y con toda seguridad se habría quemado. Philip se sintió contento de que el sacristán estuviera bien organizado para el cambio.

—Muy bien —dijo—. Pero espera un momento. Si vas a palacio lleva una carta mía al obispo Waleran.

El taimado Waleran ya era obispo, y había sido elegido gracias a una maniobra más bien vergonzosa. Pero ahora Philip ya no podía retirar su respaldo y estaba obligado a tratarlo como a su superior.

—He de enviarle un informe sobre el incendio.

—Bien —repuso Alan—, pero ya llevo una carta de Remigius para él.

—¡Ah! —Philip se quedó sorprendido. Pensó que Remigius estaba muy emprendedor—. Muy bien —dijo—. Viaja con prudencia y que Dios te acompañe.

—Gracias.

Philip se dirigió hacia la iglesia. Remigius había actuado con gran celeridad. ¿Por qué él y el sacristán se habían mostrado tan presurosos? Aquello le produjo cierta inquietud. ¿Se refería la carta tan sólo al incendio de la iglesia, o había algo más en ella?

Philip se detuvo en medio del prado y volvió la mirada hacia atrás. Estaría en su perfecto derecho de pedirle a Alan que le diera aquella carta y leerla, pero era demasiado tarde. Alan ya estaba saliendo por la puerta. Philip se lo quedó mirando, y se sintió levemente defraudado. En aquel momento la mujer de Tom salía de la casa de invitados llevando un cubo que seguramente contendría cenizas del hogar. Se dirigió hacia el estercolero, cerca de las cuadras. Philip la observó. Su forma de andar era agradable, como el paso de un buen caballo.

Pensó de nuevo en la carta de Remigius a Waleran. No podía librarse de la sospecha intuitiva, pero no por ello menos preocupante, de que el principal tema del mensaje no era el incendio.

Pese a no tener razón de peso, estaba seguro de que la carta se refería a la mujer de Tom, el constructor.

3

Jack despertó con el primer canto del gallo. Abrió los ojos y vio que Tom se levantaba. Permaneció echado e inmóvil, escuchando a Tom mear sobre el suelo, al otro lado de la puerta. Sentía deseos de trasladarse al lugar caliente que él había dejado y acurrucarse junto a su madre, pero sabía que Alfred se burlaría despiadadamente si lo hacía, así que permaneció donde estaba. Tom volvió a entrar y sacudió a Alfred para que se despertara.

Tom y Alfred bebieron la cerveza que quedaba de la cena de la noche anterior y comieron algo de pan. Luego se fueron. Jack esperaba que esta vez le hubieran dejado algo de aquel pan, pero tuvo una desilusión; Alfred se lo había llevado, como de costumbre.

Alfred trabajaba de sol a sol con Tom. Jack y su madre iban a veces a pasar el día en el bosque. Ella colocaba trampas mientras él cazaba patos con su honda. Todo cuanto cogían se lo vendían a los aldeanos o a Cuthbert. Era su única fuente de ingresos, ya que Tom no percibía salario. Con ese dinero compraban tejidos, cuero o sebo, y durante los días que no iban al bosque su madre solía hacer zapatos, camisetas, velas o alguna gorra, mientras Jack y Martha jugaban con los niños de la aldea. Los domingos, después del oficio divino, a Tom y a su madre les gustaba sentarse junto al fuego y hablar. A veces empezaban a besarse y Tom metía la mano por debajo del vestido de ella y entonces enviaban a los niños fuera durante un rato y atrancaban la puerta. Aquéllos eran los peores momentos de toda la semana, porque Alfred se ponía de malhumor y se dedicaba a perseguir a los pequeños.

Pero aquél era un día corriente y Alfred estaría ocupado desde el amanecer hasta el anochecer. Jack se levantó y salió. Hacía frío, pero el tiempo era seco. Martha salió minutos después. Las ruinas de la catedral ya estaban llenas de trabajadores que acarreaban piedras, sacaban escombros a paladas, hacían soportes de madera para los muros inseguros y demolían los que estaban demasiado dañados para conservarlos.

Existía un acuerdo general entre aldeanos y monjes de que el fuego lo había provocado el demonio, y durante largos períodos Jack incluso llegó a olvidar que en realidad el autor había sido él. Cuando lo recordaba solía sobresaltarse, aunque luego se sentía enormemente complacido consigo mismo. Había corrido un riesgo terrible, pero había logrado salvar a su familia de morirse de hambre.

Los monjes desayunaban primero y los trabajadores seglares no tomaban nada hasta que aquéllos se iban a la sala capitular. A Martha y a Jack se les hacía interminable. Jack siempre despertaba con hambre y el frío aire matinal aumentaba su apetito.

—Vamos al patio de la cocina —dijo Jack.

Era posible que allí les diesen algunas sobras. Martha aceptó encantada. Pensaba que Jack era maravilloso y estaba de acuerdo con cualquier cosa que sugiriera.

Cuando llegaron a la cocina encontraron al hermano Bernard, que tenía a su cargo el horno, preparando pan. Como todos sus ayudantes estaban trabajando en las ruinas, tenía que llevar la leña él mismo. Era un muchacho joven, aunque más bien gordo, que sudaba y jadeaba bajo el peso de unos troncos.

—Le traeremos leña, hermano —se ofreció Jack.

Bernard soltó la carga junto al horno y dio a Jack el cesto ancho y plano.

—Sois unos buenos niños —dijo con voz entrecortada—. Que Dios os bendiga.

Jack cogió el cesto y él y Martha corrieron hasta el montón de leña que había detrás de la cocina. Llenaron el cesto de troncos y luego llevaron la pesada carga entre los dos.

Cuando llegaron, el horno ya estaba caliente y Bernard vació directamente en el fuego la carga del cesto, enviándoles luego en busca de más. A Jack le dolían los brazos, pero más aún el estómago, y corrió a cargar de nuevo el cesto.

La segunda vez que regresaron, Bernard estaba poniendo pequeñas porciones de masa en una bandeja.

—Traedme otro cesto y tendréis bollos calientes —les dijo. A Jack se le hizo la boca agua.

La tercera vez llenaron el cesto hasta los topes y volvieron con paso inseguro, sujetando un asa cada uno. Ya cerca del patio se encontraron con Alfred, que llevaba un balde. Seguramente iba a buscar agua del canal que desde la represa del molino atravesaba el prado hasta desaparecer bajo tierra junto a la cervecería. Alfred aborrecía aún más a Jack desde que éste había dejado caer el pájaro muerto en su jarra de cerveza. Por lo general, cuando Jack veía a Alfred solía dar media vuelta e irse por otro lado. En aquel momento se preguntó si debería soltar el cesto y echar a correr, pero eso parecía una cobardía y además podía olfatear el aroma del pan recién hecho que llegaba del horno, y estaba realmente hambriento. De manera que siguió caminando, con el corazón en la boca.

Alfred se echó a reír al verles luchar bajo un peso que él solo podía llevar fácilmente. Se hicieron a un lado para dejarle mucho sitio, pero él avanzó dos pasos en dirección a ellos y dio un empujón a Jack haciéndole caer con fuerza de culo, lo que le provocó un fuerte dolor en la rabadilla. Soltó el asa del cesto y toda la leña se desparramó por el suelo. Los ojos se le llenaron de lágrimas, más a causa de la rabia que del dolor. Era totalmente injusto que Alfred pudiera hacerle semejante cosa sin la menor provocación y salirse con la suya. Jack se levantó y volvió a meter pacientemente la leña en el cesto para que Martha viera que no le importaba. Cogieron de nuevo el cesto y siguieron caminando hasta el horno.

Y allí tuvieron su recompensa. Los bollos estaban enfriándose en la bandeja, sobre un estante de piedra. Cuando entraron, Bernard cogió uno y se lo llevó a la boca.

—Ya se pueden comer. Coged los que queráis, pero id con cuidado… todavía están calientes —les advirtió.

Jack y Martha cogieron un bollo cada uno. Jack lo probó receloso, temiendo quemarse la boca, pero estaba tan delicioso que se lo zampó en un instante. Se quedó mirando los restantes bollos. Quedaban nueve. Miró al hermano Bernard, que le sonreía con gesto bonachón.

—Sé lo que quieres —le dijo el monje—. Vamos, cogedlos todos.

Jack se levantó el faldón de la capa y envolvió en él el resto de los bollos.

—Se los llevaremos a mamá —anunció dirigiéndose a Martha.

—Eres un buen chico —dijo Bernard—. Ya os podéis ir.

—Gracias, hermano —repuso Jack.

Salieron del horno y se encaminaron a la casa de invitados. Jack estaba excitado. Su madre se pondría muy contenta al ver que le llevaba semejante manjar. Se sintió tentado de comerse otro bollo antes de entregarlos, pero resistió la tentación. Sería tan estupendo darle todos…

Mientras cruzaban el prado toparon de nuevo con Alfred.

Sin duda había llenado el balde, había vuelto a las ruinas y lo había vaciado. Así que iba a llenarlo de nuevo. Jack decidió mostrarse indiferente, con la esperanza de que Alfred hiciera caso omiso de él, pero como apenas podía ocultar los bollos que llevaba envueltos en los faldones de la capa, Alfred se volvió hacia ellos una vez más.

Jack le hubiera dado gustoso un bollo, pero sabía que Alfred los cogería todos, de modo que echó a correr.

Alfred fue tras él y pronto le dio alcance. Alargó su larga pierna, le puso la zancadilla y Jack salió por los aires. Los bollos calientes quedaron esparcidos por el suelo.

Alfred cogió uno, le limpió un poco de barro y se lo metió en la boca.

—¡Está recién hecho! —exclamó, sorprendido, y empezó a recoger presuroso los restantes.

Jack se levantó a duras penas e intentó coger uno de los bollos del suelo, pero Alfred le dio un fuerte golpe con la mano y le hizo caer de nuevo, luego recogió rápidamente los bollos restantes y se alejó dando cuenta de ellos. Jack no pudo contener las lágrimas.

Martha le miraba compadecida, pero él no necesitaba compasión. Se sentía humillado. Empezó a caminar, y al ver que Martha le seguía, se volvió hacia ella y le gritó «¡Vete!». La niña pareció dolida, pero se detuvo y dejó que se alejara.

Jack se dirigió hacia las ruinas secándose las lágrimas con la manga. Se sentía deseoso de matar. He destruido la catedral, se dijo; soy capaz de matar a Alfred.

Aquella mañana estaban barriendo a fondo las ruinas, y el chico recordó que estaban esperando a un dignatario eclesiástico que inspeccionaría los daños causados.

Lo que realmente le sacaba de quicio era la superioridad física de Alfred. Podía hacer cuanto quería sólo por ser más grande que él. Jack caminó un rato, furioso. Le habría gustado que Alfred hubiera estado en la iglesia mientras caían todas aquellas piedras.

Finalmente vio de nuevo a Alfred. Estaba en el crucero septentrional, cubierto de polvo gris, echando en un carro paladas de piedras. Cerca del carro había una viga del tejado que casi no había sufrido daño; sólo estaba chamuscada por los bordes y ennegrecida por el hollín. Jack limpió con un dedo la superficie de la viga, dejando una línea blancuzca. Luego escribió con el hollín: «Alfred es un cerdo.»

Algunos trabajadores se dieron cuenta y quedaron sorprendidos al ver que Jack sabía escribir.

—¿Qué dice? —preguntó un joven.

—Pregúntaselo a Alfred —respondió él.

Alfred miró lo escrito con el entrecejo fruncido. Podía leer su nombre, pero no el resto. Se puso furioso. Sabía que era un insulto pero no lo que le había llamado, y eso le resultaba humillante. Jack sintió que se apaciguaba algo su enfado. Alfred podría ser más grande, pero Jack era más listo. En ese instante, un novicio que pasaba por allí leyó lo escrito y sonrió.

—¿Quién es Alfred? —preguntó.

—Él —repuso Jack, señalándole con el pulgar. Alfred parecía todavía más furioso, pero aún seguía sin saber qué hacer, de manera que se apoyó sobre su pala; parecía desconcertado.

El novicio se echó a reír.

—Así que cerdo, ¿eh? ¿Y qué busca, nabos? —dijo.

—Seguramente —repuso Jack encantado de haber encontrado un aliado.

Alfred soltó la pala y se abalanzó sobre el chico.

Jack ya estaba preparado para su embestida y salió disparado como una flecha. El novicio alargó un pie para hacer caer a Jack como si tratara de mostrarse igualmente malévolo con ambos, pero él saltó ágilmente por encima. Corrió velozmente a lo largo de lo que fuera el presbiterio, esquivando montones de escombros y saltando por encima de vigas caídas del tejado. Podía escuchar detrás de él las pesadas pisadas y la respiración ronca de Alfred, y el miedo ponía alas a sus pies.

Al cabo de un instante cayó en la cuenta de que corría en la dirección equivocada. Por aquel lado de la catedral no había salida. Desolado, comprendió que iba a recibir una buena paliza.

La parte superior del extremo oriental del templo se había derrumbado y las piedras estaban amontonadas contra lo que quedaba de muro. Como no tenía otro sitio al que ir, Jack subió por aquel montón seguido de cerca por el enfurecido Alfred. Al llegar a la cima vio delante de él una terrorífica caída vertical de unos cuatro metros. Tanteó temeroso el borde. Estaba demasiado lejos para saltar sin hacerse daño. Alfred intentó agarrarle por un tobillo. Jack perdió el equilibrio. Por un momento permaneció con el pie contra el muro y el otro en el aire, agitando los brazos en un intento de recobrar el equilibrio. Alfred le aferró el tobillo. Jack se sintió caer de manera inexorable. Alfred siguió agarrándole, desequilibrándolo aún más, y luego lo soltó. Jack cayó al vacío y soltó un grito. Aterrizó sobre el costado izquierdo. El impacto fue brutal. Tuvo la mala suerte de golpearse la cara contra una piedra.

Por un instante todo se puso negro.

Al abrir los ojos, Alfred se encontraba en pie a su lado, y junto a él uno de los monjes más viejos, Remigius, el subprior.

—Levántate, muchacho —le dijo Remigius al verle abrir los ojos.

Jack no estaba seguro de poder hacerlo. Le resultaba imposible mover el brazo izquierdo y tenía insensible ese lado de la cara. Se sentó. Había creído que iba a morir y se sorprendió de que pudiera moverse. Utilizando el brazo derecho para levantarse, se puso penosamente en pie descargando casi todo su peso sobre la pierna derecha. A medida que desaparecía la insensibilidad, empezaban los dolores.

Remigius le cogió por el brazo herido. Jack soltó un grito de dolor. Sin inmutarse, Remigius agarró a Alfred por la oreja. Sin duda iba a aplicar a ambos algún horrendo castigo, pensó Jack, aunque él tenía tantos dolores que poco le importaba.

—¿Y tú por qué intentabas matar a tu hermano? —le preguntó Remigius a Alfred.

—No es mi hermano —contestó el muchacho.

El monje cambió de expresión.

—¿Que no es tu hermano? —dijo—. ¿Acaso no tenéis el mismo padre y la misma madre?

—Ella no es mi madre —repuso Alfred—. Mi madre ha muerto.

La mirada de Remigius se hizo taimada.

—¿Cuándo murió tu madre?

—En Navidad.

—¿La Navidad pasada?

—Sí.

Pese a los dolores que sentía, Jack advirtió que por algún motivo Remigius estaba profundamente interesado en aquello.

—¿Así que tu padre hace poco que ha conocido a la madre de este chico? —preguntó el monje con excitación reprimida—. Y desde que están… juntos, ¿han ido a ver a un sacerdote para que bendiga su unión?

—Humm…, no lo sé.

Era evidente que Alfred no entendía las palabras utilizadas por el monje, ni tampoco Jack.

—Bueno, ¿tuvieron una boda? —inquirió Remigius con impaciencia.

—No.

—Comprendo.

Remigius parecía satisfecho con aquello aunque Jack pensaba que debería estar enfadado. Su expresión era más bien de satisfacción. Permaneció por un instante callado y pensativo y finalmente pareció acordarse de los dos muchachos.

—Bueno, si queréis quedaros en el priorato y comer el pan de los monjes, nada de pelearos aunque no seáis hermanos. Nosotros, los hombres de Dios, no debemos ver derramamiento de sangre… Ésa es una de las razones de que vivamos una vida retirada del mundo.

Con aquella pequeña parrafada, Remigius dejó a los muchachos, dio media vuelta y se alejó. Por fin Jack podía correr en busca de su madre.

Había necesitado tres semanas, no dos, pero Tom ya tenía la cripta en condiciones de ser utilizada como iglesia temporal, y ese día iba a acudir el obispo electo para celebrar en ella el primer oficio religioso. Los escombros del claustro habían sido retirados y Tom había separado las partes dañadas. La estructura del claustro era sencilla, sólo consistía en galerías cubiertas, y el trabajo había sido fácil. Casi todo el resto de la iglesia no era más que montones de ruinas y algunos de los muros que aún seguían en pie corrían peligro de derrumbarse. Pero Tom había despejado un camino que conducía desde el claustro, a través de lo que había sido el crucero sur, hasta las escaleras de la cripta.

Tom miró alrededor. La cripta era lo bastante grande como para que los monjes pudieran celebrar los oficios divinos. Se trataba de una estancia más bien oscura, con gruesas columnas y un techo bajo y abovedado, pero de construcción sólida, lo que le había permitido resistir el fuego. Habían llevado una mesa de caballete para que hiciera las veces de altar, y los bancos del refectorio servirían para que los monjes se sentaran. Cuando el sacristán puso su sabanilla bordada y los candelabros incrustados con piedras preciosas, el improvisado altar tenía un hermoso aspecto.

Al reanudarse los oficios sagrados se redujeron los efectivos laborales de Tom. La mayoría de los monjes volvieron a su vida contemplativa y muchos de los que se ocupaban de tareas agrícolas o administrativas se incorporaron de nuevo a su trabajo. Sin embargo, Tom seguiría utilizando como trabajadores a la mitad más o menos de los servidores del priorato. El prior Philip se había mostrado inexorable al respecto. Consideraba que tenían demasiados, y si alguno no se mostraba dispuesto a ser trasladado de sus tareas como mozo de cuadra o pinche de cocina, estaba absolutamente decidido a prescindir de él. Algunos se habían ido, pero la mayoría se quedó.

El priorato ya debía a Tom el salario de tres semanas. A razón de cuatro peniques diarios, que era lo que ganaba un maestro constructor, la deuda ascendía a setenta y dos peniques. A medida que pasaban los días aumentaba la deuda, y cada vez le resultaría más difícil al prior Philip prescindir de Tom. Al cabo de medio año, Tom pediría al prior que empezara a pagarle. Para entonces le debería dos libras y media de plata, que Philip habría de conseguir antes de poder despedir a Tom. La deuda hacía que éste se sintiera seguro.

Existía incluso la posibilidad, aunque apenas se atrevía a pensar en ella, de que ese trabajo le durara el resto de su vida. Después de todo era una iglesia catedral. Y si quienes podrían hacerlo decidían encargar una construcción nueva y prestigiosa y eran capaces de encontrar dinero con qué pagarla, sería el proyecto de construcción más ambicioso del reino, y emplearía a docenas de albañiles durante varias décadas.

En realidad, aquello era esperar demasiado. Hablando con los monjes y aldeanos, Tom se había enterado de que Kingsbridge jamás había sido una catedral importante. Escondida en una tranquila aldea de Wiltshire, por ella había desfilado una serie de obispos con escasas ambiciones, y era evidente que había iniciado un lento declive. El priorato era mediocre y con muy escaso peculio. Algunos monasterios atraían la atención de reyes y arzobispos por su pródiga hospitalidad, sus excelentes escuelas, sus grandes bibliotecas, las investigaciones de sus monjes filósofos y la erudición de sus priores y abades. Pero Kingsbridge carecía de todo ello. Lo más probable sería que el prior Philip construyera una iglesia sencilla y más bien pequeña, y que su realización no llevaría más de diez años.

Sin embargo ello le venía a Tom como anillo al dedo.

Se había dado cuenta, antes incluso de que se enfriaran las ruinas ennegrecidas por el fuego, de que ésa era su oportunidad para construir su propia catedral.

El prior Philip ya estaba convencido de que Dios había enviado a Tom a Kingsbridge. Éste sabía que se había ganado la confianza de Philip por la manera eficiente en que había iniciado el proceso de limpieza para que el priorato pudiera reanudar sus actividades. Cuando llegara el momento empezaría a hablarle al prior de los proyectos para una nueva construcción. Si fuera capaz de manejar hábilmente la situación, sería más que posible que Philip le pidiera que hiciese los bocetos. El hecho de que la iglesia nueva fuera más bien modesta ofrecía más probabilidades de que el proyecto pudiera ser confiado a Tom en lugar de a un maestro con una mayor experiencia en la construcción de catedrales. Tom tenía grandes esperanzas de que así fuera.

Sonó la campana de la sala capitular. Ésa era también la señal de que los trabajadores legos debían ir a desayunar. Tom salió de la cripta y se encaminó hacia el refectorio. A mitad de camino le abordó Ellen.

Se plantó en actitud agresiva delante de él, como cerrándole el paso, y en sus ojos había una mirada extraña. Martha y Jack la acompañaban. Éste tenía un aspecto horrible. Uno de sus ojos estaba cerrado, el lado izquierdo de la cara estaba hinchado y presentaba heridas, y se apoyaba sobre la pierna derecha como si la izquierda no pudiera soportar ningún peso. Tom sintió lástima del chiquillo.

—¿Qué te ha pasado? —le preguntó.

—Esto se lo ha hecho Alfred —dijo Ellen.

Tom se lamentó en su fuero interno. Por un instante se sintió avergonzado de Alfred, que era mucho más grande que Jack. Pero tampoco éste era un ángel. Tal vez hubiera provocado al muchacho. Tom miró alrededor buscando a su hijo y finalmente lo vio dirigirse al refectorio, cubierto de polvo.

—¡Alfred! —lo llamó—. ¡Ven aquí!

Alfred dio media vuelta, y se acercó despacio, con actitud culpable.

—¿Le has hecho tú esto? —le preguntó Tom.

—Se cayó de un muro —repuso Alfred hoscamente.

—¿Le empujaste?

—Iba persiguiéndole.

—¿Quién empezó?

—Jack me insultó.

—Le llamé cerdo porque se llevó nuestros bollos —explicó el chico hablando con dificultad a causa de los labios tumefactos.

—¿Bollos? —inquirió Tom—. ¿De dónde sacasteis bollos antes del desayuno?

—Nos los dio el hermano Bernard. Fuimos a buscar leña para él.

—Debiste compartirlo con Alfred —dijo Tom.

—Lo hubiera hecho.

—Entonces, ¿por qué saliste corriendo? —preguntó el muchacho.

—Iba a llevárselos a mi madre —protestó Jack—. ¡Y entonces Alfred se los comió todos!

Tom sabía que no existía la menor posibilidad de saber quién tenía o no razón en las peleas entre niños.

—Vosotros tres id a desayunar, y como hoy haya más peleas, tú, Alfred acabarás con la cara como Jack y seré yo quien te la ponga así. Largaos.

Los niños se alejaron.

Tom y Ellen les siguieron a paso más lento.

—¿Eso es todo lo que vas a decir? —preguntó ella al cabo de un momento.

Tom la miró de reojo. Seguía enfadada, pero él nada podía hacer.

—Los dos son culpables, como siempre —repuso, encogiéndose de hombros.

—¿Cómo puedes decir eso, Tom?

—Uno es tan malo como el otro.

—Alfred les robó los bollos. Jack le llamó cerdo por haberlo hecho. No es motivo para hacerle lo que le hizo.

Tom sacudió la cabeza.

—Los chicos siempre se pelean. Podrías pasar toda la vida buscando culpables en sus trifulcas. Lo mejor es dejar que se las arreglen solos.

—Con eso no basta, Tom —dijo ella, furiosa—. No tienes más que mirar las caras de Jack y de Alfred. Eso no es el resultado de una riña infantil, sino el ataque sañudo de un muchacho, casi un hombre, a un niño.

A Tom le molestó la actitud de Ellen. Sabía que su hijo no era perfecto, pero tampoco lo era Jack, y no quería que éste se convirtiera en el niño mimado de la familia.

—Alfred no es un hombre; sólo tiene catorce años, y aun así está trabajando. Contribuye al mantenimiento de la familia, en tanto que Jack no lo hace. Juega todo el día como un niño. A mi modo de ver, eso significa que Jack debería mostrarse respetuoso con Alfred. Como habrás observado, es algo que no hace.

—¡No me importa! —exclamó Ellen—. Podrás decir lo que te parezca, pero mi hijo ha resultado muy malherido e incluso pudo ser grave, y ¡yo no voy a permitirlo! —Se echó a llorar. En voz más baja, pero todavía enfadada, añadió—: Es mi hijo y no puedo soportar verlo así.

Tom se compadeció de ella y se sintió tentado de consolarla, pero temía ceder. Tenía la sensación de que esa conversación iba a convertirse en un punto crucial. Al vivir solo con su madre, Jack siempre había estado demasiado protegido. Tom no quería aceptar que hubiera de amortiguarse los choques normales de la vida cotidiana. Ello sentaría un precedente que crearía infinitas dificultades en los próximos años. Tom sabía bien que en esa ocasión su hijo había ido demasiado lejos, y en su fuero interno estaba decidido a obligarlo a que dejara a Jack en paz. Pero no sería prudente decirlo.

—Los golpes forman parte de la vida —le explicó a Ellen—. Jack deberá aprender a recibirlos o a evitarlos. No puedo pasarme todo el tiempo protegiéndole.

—¡Puedes protegerle de ese hijo tuyo tan pendenciero!

Tom acusó el golpe. Le dolía que Ellen calificara de pendenciero a Alfred.

—Podría hacerlo, pero no lo haré —replicó—. Jack debe de aprender a cuidarse por sí solo.

—¡Vete al infierno! —exclamó Ellen, y dando media vuelta se alejó.

Tom entró en el refectorio. La cabaña de madera donde los trabajadores legos comían habitualmente había quedado dañada por el derrumbamiento de la torre del sudoeste, de manera que hacían sus comidas en el refectorio, una vez que los monjes terminaban las suyas y se iban. Tom se sentó apartado, pues no tenía ganas de mostrarse sociable. Un pinche le llevó una jarra de cerveza y unas rebanadas de pan en un cestillo. Mojó un trozo de pan en la cerveza para ablandarlo y empezó a comer.

Alfred era un muchacho muy desarrollado y excesivamente enérgico, se dijo Tom. En el fondo de su corazón sabía que era algo pendenciero, pero con el tiempo se tranquilizaría. Entretanto, él no estaba dispuesto a que sus propios hijos dieran un trato especial a un recién llegado. Ya habían tenido que soportar demasiado. Habían perdido a su madre, se habían visto obligados a recorrer los caminos, habían estado a punto de morir de hambre. No tenía deseos de imponerles nuevas cargas si podía evitarlo. Se merecían que fuese indulgente con ellos. Lo que Jack tenía que hacer era mantenerse alejado de Alfred. No se moriría por ello.

Los desacuerdos con Ellen siempre entristecían a Tom. Se habían peleado varias veces, por lo general a causa de los niños, aunque ésta había sido su peor disputa hasta el momento. Cuando Ellen se mostraba tan inflexible y hostil, Tom no lograba recordar lo que había sido, sólo un poco antes, sentirse apasionadamente enamorado de ella. Le parecía una mujer extraña y furiosa que había entrado en su tranquila vida sin que él lo advirtiera.

Con su primera mujer jamás había tenido discusiones tan agrias y furiosas. Al recordar su vida anterior le parecía que él y Agnes habían estado de acuerdo en todo lo importante, y que cuando en algo no lo estaban ninguno de los dos se enfadaba. Así era como debía ser entre el hombre y la mujer, y Ellen debería comprender que no podía formar parte de una familia y al mismo tiempo hacer su santa voluntad.

Tom nunca deseaba que Ellen se fuera, ni siquiera cuando le sacaba de quicio, pero aun así a menudo pensaba en Agnes con pena. Le había acompañado durante la mayor parte de su vida de adulto y ahora siempre tenía la sensación de que algo le faltaba. Cuando Agnes vivía, jamás se le ocurrió pensar lo afortunado que era de tenerla, y tampoco se había mostrado agradecido con ella. Pero ahora que estaba muerta la echaba de menos y se sentía avergonzado de no haberle prestado más atención.

Durante los momentos tranquilos de la jornada, cuando había dado instrucciones y todos trabajaban afanosamente y él podía dedicarse por entero a una tarea que exigiera habilidad, como la reconstrucción de una pequeña parte del muro en los claustros o la reparación de una columna en la cripta, a veces mantenía conversaciones imaginarias con Agnes. Sobre todo le hablaba de Jonathan, su hijo pequeño. Tom veía al niño casi todos los días, cuando le daban de comer en la cocina, recorría los claustros o le acostaban en el dormitorio de los monjes. Parecía perfectamente sano y feliz, y nadie, a excepción de Ellen sabía o sospechaba siquiera que Tom sentía un interés especial por él. Tom también hablaba a Agnes, como si estuviera viva, de Alfred y del prior Philip, e incluso de Ellen, y le explicaba sus sentimientos hacia ellos, salvo en el caso de Ellen. También le contaba sus planes para el futuro, su esperanza de que le emplearan en aquel lugar durante años y su sueño de diseñar y construir la nueva catedral. En su mente oía las respuestas y preguntas de Agnes. En ocasiones se mostraba complacida, alentadora, fascinada, suspicaz o desaprobadora. A veces Tom pensaba que tenía razón; otras, que estaba equivocada. Si hubiese hablado con alguien de esas conversaciones habrían dicho que se estaba comunicando con un espectro y un montón de sacerdotes habrían ido a verlo con agua bendita y exorcismos. Pero él sabía muy bien que no existía nada de sobrenatural en lo que estaba ocurriendo. Lo único que sucedía era que él la conocía tan bien que podía imaginar lo que sentiría o diría en casi todas las situaciones.

Acudía a su mente en los momentos más extraños sin ser solicitada. Cuando pelaba una pera con su cuchillo para la pequeña Martha, Agnes reía burlonamente ante sus esfuerzos por quitar la piel sin romperla.

Siempre que tenía que escribir algo pensaba en ella, porque Agnes le había enseñado todo cuanto había aprendido de su padre, el sacerdote. Y recordaba que le había enseñado a recortar una pluma de ave o a pronunciar *«caementarius»*, que era como en latín se decía «albañil». Cuando los domingos se lavaba la cara, solía enjabonarse la barba y recordar cuando eran jóvenes, y Agnes le enseñaba que si se lavaba la barba mantendría la cara limpia de parásitos y furúnculos. No pasaba un solo día sin que cualquier incidente, por pequeño que fuese, le hiciese pensar en ella.

Sabía que era afortunado de tener a Ellen. No se le podía dejar de prestar atención. Era única. Había algo anormal en ella y era precisamente ese algo anormal lo que le daba aquel magnetismo. Se sentía agradecido de que le hubiera consolado en su dolor a la mañana siguiente de morir Agnes, pero en ocasiones deseaba haberla encontrado unos días después de enterrar a su mujer, para de ese modo llorar por un tiempo a ésta a solas. No hubiera guardado un período de luto, eso quedaba para señores y monjes, no para la gente corriente, pero habría tenido tiempo de acostumbrarse a la ausencia de Agnes antes de empezar a habituarse a vivir con Ellen. Aquellas ideas no se le habían ocurrido en los primeros días, cuando la amenaza de morir de hambre se había combinado con la excitación sexual de Ellen, dando lugar a una especie de júbilo histérico, pero desde que había encontrado trabajo y seguridad empezaba a sentir remordimientos. Y a veces le parecía que al pensar de esa manera en Agnes, no sólo la echaba de menos, sino que se condolía del paso de su propia juventud. Nunca jamás volvería a ser tan cándido, tan agresivo, tan hambriento o tan fuerte como lo había sido cuando se había enamorado de Agnes.

Terminó de comer el pan y salió del refectorio antes que los demás. Se dirigió hacia los claustros. Se sentía complacido con el trabajo que llevaba a cabo allí. Ahora resultaba difícil imaginar que tres semanas antes el lugar hubiese estado sepultado bajo un montón de escombros. Lo único que recordaba la catástrofe eran unas grietas en algunas de las losas del pavimento de las que no había logrado encontrar recambios.

No obstante, había muchísimo polvo. Haría que barrieran de nuevo los claustros y los rociaran con agua. Atravesó la iglesia en ruinas. En el crucero septentrional vio una viga ennegrecida en la que habían escrito algo con hollín. Tom lo leyó con parsimonia. Rezaba: «Alfred es un cerdo.» De modo que era eso lo que había enfurecido a su hijo. Gran parte de la madera del tejado no había quedado convertida en cenizas y por doquier había vigas ennegrecidas como aquélla. Tom decidió que reuniría a un grupo de trabajadores para recoger toda esa madera y llevarla al almacén de leña. «Todo debe estar aseado —solía decir Agnes cuando esperaban la visita de alguien importante—, así se sentirán satisfechos de que el lugar esté a cargo de Tom.» Sí, querida, pensó Tom, y sonrió mientras se dirigía a su trabajo.

Se divisó al grupo de Waleran a poco más de un kilómetro a través de los campos. Eran tres, cabalgando rápido. El propio Waleran iba en cabeza a lomos de un caballo negro, y el viento agitaba su negra capa. Philip y los funcionarios monásticos más antiguos les esperaban junto a las cuadras.

El prior no estaba seguro del trato que debía dar a Waleran. Era indiscutible que éste le había decepcionado al no decirle que el obispo había muerto, pero cuando al fin se impuso la verdad, Waleran no se mostró en modo alguno abochornado y Philip no supo qué decirle. Y seguía sin saberlo, aunque sospechaba que nada se ganaría con lamentos. En cualquier caso, todo aquello había quedado superado por la catástrofe del incendio. Como quiera que fuese, en el futuro Philip se mostraría muy cauteloso con aquel hombre.

El caballo de Waleran era un semental, nervioso y excitable pese a haber cabalgado durante varios kilómetros. Mantuvo la cabeza baja mientras lo llevaban a la cuadra. No era necesario que un clérigo se vanagloriara de su montura, y la mayoría de los hombres de Dios elegían caballos más tranquilos.

Waleran se apeó con soltura y dio las riendas a un mozo de cuadra. Philip le saludó ceremoniosamente. Waleran se volvió y examinó las ruinas. Un panorama tétrico se presentó ante sus ojos.

—Ha sido un incendio devastador —convino al fin.

Philip quedó algo sorprendido al ver que parecía verdaderamente desolado.

—Obra del diablo, mi señor obispo —dijo Remigius, antes de que Philip pudiera contestar.

—¿Lo ha sido esta vez? —preguntó Waleran—. Según mi experiencia, al diablo suelen ayudarle en tales actividades los monjes que encienden hogueras en la iglesia para calentarse durante los maitines o que se olvidan velas encendidas en el campanario.

A Philip le divirtió ver a Remigius apabullado, pero no podía dejar pasar las insinuaciones de Waleran.

—He hecho una investigación sobre las posibles causas del incendio —dijo—. Nadie encendió un fuego en la iglesia esa noche. Puedo afirmarlo porque estuve presente en maitines. Y hacía meses que nadie subía al tejado.

—Entonces, ¿cómo te lo explicas? ¿Un rayo? —inquirió Waleran con escepticismo.

Philip negó con la cabeza.

—No hubo tormenta. Parece que el fuego empezó cerca del crucero. Después del oficio sagrado dejamos una vela encendida sobre el altar, como es costumbre. Es posible que se prendiera la sabanilla del
altar y una corriente de aire lanzara alguna chispa hacia la madera del
techo, que es muy vieja y está seca. —Philip se encogió de hombros—.
No es una explicación demasiado satisfactoria pero es la única que tenemos.

Waleran asintió.

—Echemos una mirada a los daños.

Se encaminaron hacia la iglesia. Los dos acompañantes de Waleran
eran un hombre de armas y un sacerdote joven. El primero se quedó
atrás para ocuparse del caballo. El sacerdote acompañó a Waleran, quien
se lo presentó a Philip como el deán Baldwin. Mientras cruzaban el césped en dirección a la iglesia, Remigius puso una mano sobre el brazo de
Waleran para detenerle.

—Como podéis ver la casa de invitados no ha sufrido daño alguno
—dijo.

Todos se detuvieron y se volvieron a mirar. Philip se preguntó irritado qué estaría tramando Remigius. Si la casa de invitados no había
resultado dañada, ¿por qué hacer que todos se pararan y la miraran? La
mujer del constructor había salido de la cocina y todos la vieron entrar
en el casa. Philip miró de reojo a Waleran; al advertir que parecía algo
extrañado, recordó cuando en el palacio del obispo, Waleran había visto a la mujer del constructor y se había mostrado casi aterrado. ¿Qué
pasaba con aquella mujer?

Waleran dirigió una rápida mirada a Remigius al tiempo que hacía un
gesto de asentimiento casi imperceptible.

—¿Quién vive ahí? —preguntó luego, volviéndose hacia Philip.

—El maestro constructor con su familia —respondió Philip, aun a
sabiendas de que Waleran la había reconocido.

Waleran asintió y todos reanudaron la marcha. Ahora Philip ya sabía el motivo de que Remigius llamara la atención sobre la casa de invitados; quería asegurarse de que viera a la mujer. Philip decidió hablar con
ella tan pronto como se presentara la oportunidad.

Un grupo de siete u ocho monjes y servidores del priorato levantaban bajo la atenta mirada de Tom una viga del tejado medio quemada.
Todo el lugar hervía de actividad, pero así y todo reinaba el orden. Philip tuvo la sensación de que aquella muestra de eficiencia le hacía honor
aun cuando el responsable fuera el constructor.

Tom acudió a saludarles. Era más alto que todos ellos.

—Éste es Tom, nuestro maestro constructor —dijo el prior—. Ya ha logrado poner de nuevo en uso los claustros y la cripta. Le estamos muy agradecidos.

—Te recuerdo —dijo Waleran a Tom—. Viniste a verme poco después de Navidad. No tenía trabajo para ti.

—Así es —repuso Tom—. Quizá Dios me estuviera reservando para ayudar al prior Philip en sus momentos difíciles.

—Vaya, un constructor teólogo —dijo Waleran en tono burlón.

Tom enrojeció ligeramente bajo el polvo que lo cubría. Philip pensó que Waleran tenía mucha sangre fría al burlarse de un hombre tan corpulento, aun cuando aquél fuese obispo y éste tan sólo un albañil.

—¿Cuál es tu siguiente paso aquí? —preguntó Waleran.

—Tenemos que hacer que este sitio sea seguro, para lo que demoleremos los muros restantes antes de que se desplomen sobre alguien —contestó Tom—. Luego limpiaremos el lugar y lo dejaremos despejado para la construcción de la nueva iglesia. Tan pronto como sea posible iremos en busca de árboles altos para las vigas del nuevo tejado, que mejor será cuanto más curada esté la madera.

—Antes de empezar a talar árboles tenemos que encontrar el dinero para pagarlos —intervino Philip presuroso.

—Hablaremos de eso más tarde —dijo Waleran con actitud enigmática.

Aquella observación intrigó a Philip. Esperaba que el obispo tuviera un proyecto para obtener el dinero necesario para la construcción de la nueva iglesia. Si el priorato debía de confiar en sus propios recursos, no podría empezarse hasta dentro de bastantes años. Philip llevaba tres semanas pensando en ello, y aún no había encontrado una solución.

Condujo al grupo hasta los claustros a través del camino que había sido abierto entre los escombros. Una ojeada le bastó a Waleran para comprobar que esa zona había quedado en condiciones de uso. Salieron de allí y cruzaron el prado en dirección a la casa del prior, en la esquina sudeste del recinto.

Una vez allí, Waleran se quitó la capa, se sentó y tendió sus pálidas manos hacia el fuego. El hermano Milius, el cocinero, sirvió vino caliente con especias en pequeños cazos de madera.

—¿Se te ha ocurrido que Tom, el constructor, podría haber provocado el incendio para así tener trabajo? —dijo Waleran a Philip tomando un sorbo de vino.

—Sí, se me ha ocurrido —repuso Philip—. Pero no creo que lo hiciera. La iglesia estaba cerrada a cal y canto.

—Pudo haber entrado durante el día y esconderse.

—Pero entonces no habría podido salir tras encender el fuego. —Sacudió la cabeza. No era ésa la verdadera razón de que estuviera seguro de la inocencia de Tom—. En cualquier caso, no le creo capaz de semejante cosa. Es un hombre inteligente, mucho más de lo que pudiera creerse a primera vista…, pero no es taimado. Si fuera culpable creo que lo hubiera descubierto por la expresión de su cara, cuando le miré de frente y le pregunté cómo pensaba él que había comenzado el fuego.

Ante la sorpresa de Philip, Waleran se mostró inmediatamente de acuerdo.

—Creo que tienes razón —dijo—. Comoquiera que sea, no me lo imagino pegando fuego a la iglesia. No es de esa clase de hombres.

—Quizá nunca lleguemos a saber con seguridad cómo empezó el incendio —dijo Philip—. Pero tenemos que afrontar el problema de cómo obtener dinero para la construcción de un nuevo templo. No sé…

—Sí —convino Waleran al tiempo que alzaba una mano para interrumpir a Philip. Se volvió hacia los demás que estaban en la habitación y añadió—: He de hablar a solas con el prior. Dejadnos solos.

Philip estaba intrigado. No se imaginaba por qué Waleran querría hablar con él a solas sobre esa cuestión.

—Antes de que nos vayamos, señor obispo, hay algo que los hermanos me han pedido que os diga —intervino Remigius.

Y ahora ¿qué?, pensó de nuevo Philip.

Waleran enarcó una ceja con expresión de escepticismo.

—¿Y por qué habrían de pedirte a ti en vez de a su prior que me plantees una cuestión?

—Porque el prior Philip hace oídos sordos a su queja.

Philip estaba furioso y perplejo. No había tenido queja alguna. Remigius intentaba ponerlo en una situación incómoda provocando una escena ante el obispo electo. Philip encontró la mirada interrogante de Waleran. Se encogió de hombros e hizo un esfuerzo por parecer despreocupado.

—Estoy impaciente por saber a qué queja se refiere —dijo—. Adelante, por favor, hermano Remigius…, si es que estás completamente seguro de que la cuestión es lo bastante importante para merecer la atención del obispo.

—Hay una mujer viviendo en el priorato —anunció Remigius.

—¡Otra vez con las mismas! —exclamó Philip, exasperado—. Es la mujer del constructor y vive en la casa de invitados.

—Es una bruja —afirmó Remigius.

Philip se preguntaba por qué estaría haciendo eso Remigius. El asunto era discutible, pero el prior tenía la autoridad y Waleran sin duda lo apoyaría, a menos que quisiera que recurrieran a él cada vez que Remigius estuviera en desacuerdo con su superior.

—No es una bruja —dijo Philip en tono cansado.

—¿Has interrogado a la mujer? —inquirió Remigius.

Philip recordó que había prometido hablar con ella, pero no lo había hecho. Había visto al marido y le había aconsejado que le recomendara circunspección, pero en realidad él no había hablado con la mujer. Era una lástima, porque ello permitía a Remigius apuntarse un tanto. Sin embargo, era un tanto sin importancia, y Philip estaba seguro de que no influiría en Waleran para que diera la razón a Remigius.

—No la he interrogado —admitió Philip—, pero no existe indicio alguno de brujería, y toda la familia es perfectamente honesta y cristiana.

—Es una bruja y una fornicadora —afirmó Remigius, indignado.

—¿Qué? —explotó Philip—. ¿Con quién fornica?

—Con el constructor.

—¿Estás loco? Si es su marido…

—No, no lo es —dijo Remigius en tono de triunfo—. No están casados y sólo se conocen desde hace un mes.

Si Remigius decía la verdad, entonces la mujer era técnicamente una fornicadora. Normalmente se hacía la vista gorda a esa clase de cosas, ya que muchas parejas no pedían a un sacerdote que bendijera su unión hasta haber pasado cierto tiempo juntos, a menudo hasta que era concebido el primer hijo. En realidad, en zonas muy pobres o remotas del país las parejas vivían con frecuencia como marido y mujer durante décadas y criaban hijos y luego, para cuando ya tenían nietos, desconcertaban a un sacerdote visitante pidiéndole que solemnizara su unión. Sin embargo una cosa era que un párroco se mostrase indulgente entre los pobres campesinos en las márgenes de la Cristiandad, y otra muy distinta que un empleado importante del priorato estuviera cometiendo el mismo acto dentro de los límites del monasterio.

—¿Qué te hace pensar que no están casados? —preguntó Philip, que en su fuero interno estaba seguro de que Remigius habría comprobado los hechos antes de plantear la cuestión delante de Waleran.

—Encontré a los hijos peleándose y me dijeron que no eran hermanos. Luego salió a relucir toda la historia.

Philip se sintió decepcionado por Tom. La fornicación era un pecado bastante común, aunque especialmente aborrecible para los monjes que renunciaban a toda relación con los placeres de la carne. ¿Cómo podía haber hecho eso Tom? Debería saber que era algo odioso para Philip, que estaba más furioso con él que con el propio Remigius. Pero éste había actuado con malicia.

—¿Por qué no hablaste conmigo, con tu prior, acerca de ello? —le preguntó Philip.

—No lo he sabido hasta esta mañana.

Philip se reclinó en su asiento, apesadumbrado. Remigius lo tenía bien cogido. Había hecho aparecer a su prior como un necio. Así se vengaba de su derrota en la elección. Philip miró a Waleran. La queja se había presentado ante éste y era él quien tenía que pronunciar la sentencia.

Waleran no dudó ni por un instante.

—El caso es bastante claro —dijo—. La mujer deberá confesar su pecado y hacer penitencia pública. Deberá abandonar el priorato y vivir en castidad, separada del constructor, durante un año. Luego podrán casarse.

Un año separados era una sentencia dura. Philip creía que la mujer se lo merecía por haber profanado el monasterio, pero se sentía inquieto al pensar en cómo reaccionaría.

—Tal vez no se someta a tu juicio —dijo.

—Entonces arderá en los infiernos —repuso Waleran, encogiéndose de hombros.

—Me temo que si abandona Kingsbridge, Tom se irá con ella.

—Hay otros constructores.

—Desde luego.

Philip sentiría perder a Tom, pero por la expresión de Waleran se daba cuenta de que a éste no le importaría en absoluto el que el constructor y su mujer abandonaran Kingsbridge para siempre. Y de nuevo se preguntó por qué sería tan importante aquella mujer.

—Y ahora idos todos y dejadme hablar con vuestro prior —dijo Waleran.

—Un momento —intervino Philip, en tono enérgico. Después de todo aquélla era su casa y aquéllos sus monjes. Él sería quien les convocara y les despidiera, no Waleran—. Yo mismo hablaré con el constructor sobre este asunto. Ninguno de vosotros deberá mencionarlo a nadie, ¿me habéis comprendido? Habrá un duro castigo si me desobedecéis. ¿Está claro, Remigius?

—Sí —respondió éste.

—Muy bien. Podéis iros.

Remigius, Andrew, Milius, Cuthbert y el deán Baldwin se apresuraron a salir. Waleran se sirvió un poco más de vino caliente y estiró los pies hacia el fuego.

—Las mujeres siempre crean problemas —comentó—. Cuando hay una yegua en los establos, todos los sementales empiezan a mordisquear a los mozos de cuadras, a dar coces y, en general, a causar problemas. Incluso los castrados empiezan a portarse mal. Los monjes son como ellos, les está negada la pasión física, pero aún pueden oler las nalgas.

Philip se sentía incómodo. Le parecía que no era necesario hablar de manera tan explícita. Se miró las manos.

—¿Qué hay de la reconstrucción de la iglesia? —preguntó.

—Sí. Debes de haber oído que ese asunto del que viniste a hablarme, lo del conde Bartholomew y la conspiración contra el rey Stephen, nos ha sido beneficioso.

—Sí. —Parecía que hubiera pasado mucho tiempo desde que Philip había ido al palacio del obispo, asustado y tembloroso, para hablar de la conspiración contra el rey elegido por la Iglesia—. He oído que Percy Hamleigh atacó el castillo del conde e hizo prisionero a éste.

—Así es. Bartholomew se encuentra ahora en una mazmorra en Winchester esperando a conocer su sentencia —repuso Waleran con satisfacción.

—¿Y el conde Robert de Gloucester? Era el conspirador más poderoso.

—Y por lo tanto su castigo es el más benévolo. De hecho, no ha recibido castigo alguno. Ha jurado lealtad al rey Stephen y su intervención en la conjura ha sido… pasada por alto.

—¿Y qué tiene que ver esto con nuestra catedral?

Waleran se puso en pie y se acercó a la ventana. En sus ojos había auténtica tristeza mientras contemplaba la iglesia en ruinas, y Philip se dio cuenta de que pese a sus aires mundanos había en él un fondo de piedad.

—El papel que desempeñamos en la derrota de Bartholomew hace del rey Stephen nuestro deudor. No pasará mucho tiempo antes de que tú y yo vayamos a verle.

—¡A ver al rey! —exclamó Philip. Se sentía algo intimidado ante aquella perspectiva.

—Nos preguntará qué deseamos como recompensa.

Philip se dio cuenta de a dónde iba Waleran y se sintió profundamente emocionado.

—Y le diremos…

Waleran se apartó de la ventana y volvió la mirada hacia Philip. Sus ojos parecían dos piedras preciosas negras, centelleantes de ambición.

—Le diremos que queremos una catedral nueva para Kingsbridge —dijo.

Tom sabía que Ellen se subiría por las paredes.

Ya estaba furiosa por lo ocurrido a Jack. Lo que Tom necesitaba era apaciguarla. Pero la noticia de su «penitencia» contribuiría a contrariarla aún más. Hubiera querido retrasar uno o dos días el decírselo, para dar tiempo a que se tranquilizara, pero el prior Philip había ordenado que estuviese fuera del recinto antes del anochecer. Tenía que decírselo de inmediato, y teniendo en cuenta que Philip se lo había transmitido a Tom a mediodía, debería hacerlo durante la comida.

Entraron en el refectorio con los otros empleados del priorato cuando los monjes terminaron de comer y se marcharon. Las mesas estaban llenas, pero Tom pensó que quizá no fuera mala cosa, porque tal vez la presencia de otras personas la obligara a contenerse.

Pronto supo que se había equivocado de medio a medio en sus cálculos.

Intentó dar la noticia de modo gradual.

—Saben que no estamos casados —fue lo primero que anunció.

—¿Quién se lo ha dicho? —preguntó ella, enfadada—. ¿Algún aguafiestas?

—Alfred. Pero no le culpes; se lo sonsacó ese astuto monje llamado Remigius. De todas formas, nunca pedimos a los niños que lo mantuvieran en secreto.

—No culpo al muchacho —repuso ella, ya más tranquila—. ¿Y qué han dicho?

Tom se inclinó sobre la mesa y habló en voz baja.

—Dicen que eres una fornicadora —le confesó, esperando que nadie más pudiera oírle.

—¿Una fornicadora? —dijo Ellen en voz alta—. ¿Y qué me dices de ti? ¿Acaso esos monjes no saben que para fornicar se necesitan dos?

Los que estaban sentados cerca de ellos se echaron a reír.

—¡Chiss! —dijo Tom—. Dicen que tenemos que casarnos.

Ellen lo miró fijamente.

—Si eso fuera todo no tendrías esa cara de pocos amigos, Tom. Cuéntame el resto.

—Quieren que confieses tu pecado.

—Pervertidos hipócritas —masculló Ellen, asqueada—. Se pasan toda la noche dándose por el culo unos a otros y tienen la desfachatez de llamar pecado a lo que hacemos nosotros.

Se recrudecieron las risas. La gente dejó de hablar para escuchar a Ellen.

—Baja la voz —le suplicó Tom.

—Supongo que también querrán que haga penitencia. La humillación forma parte de todo ello. ¿Qué quieren que haga? Vamos, dime la verdad, no puedes mentir a una bruja.

—¡No digas eso! —dijo Tom entre dientes—. No harás más que empeorar las cosas.

—Entonces dímelo.

—Tendremos que vivir separados durante un año, y tú deberás mantenerte casta…

—¡Me meo en ellos! —gritó Ellen.

Ahora ya todo el mundo les miraba.

—¡Y me meo en ti, Tom! —prosiguió Ellen, que se había dado cuenta de que tenía público—. ¡Y también me meo en todos vosotros! —añadió. La mayoría de la gente sonreía. Resultaba difícil ofenderse, tal vez porque estaba encantadora con la cara encendida y los ojos dorados tan abiertos. Se puso en pie—. ¡Y me meo en el priorato de Kingsbridge! —Se subió a la mesa de un salto y recibió una ovación. Empezó a pasear por ella. Los comensales apartaban precipitadamente de su camino los cazos de sopa, y volvían a sentarse, riendo—. ¡Me meo en el prior! —exclamó—. ¡Me meo en el subprior y en el sacristán, en el cantor, en el tesorero y en todas sus escrituras y cartas de privilegios, y en sus cofres llenos de peniques de plata! —Había llegado al final de la mesa. Cerca de ella había otra mesa más pequeña donde solía sentarse alguien para leer en voz alta mientras comían los monjes. Sobre ella había un libro abierto. Ellen saltó a la otra mesa.

De repente, Tom se dio cuenta de lo que iba a hacer.

—¡Ellen! —clamó—. ¡No lo hagas, por favor…!

—¡Me meo en la regla de san Benito! —dijo ella a voz en cuello. Luego se recogió las faldas, dobló las rodillas y orinó sobre el libro abierto.

Los hombres rieron estrepitosamente, golpearon sobre las mesas, patearon, silbaron y vitorearon. Tom no estaba seguro de si compartían el desprecio de Ellen por la regla de san Benito o sencillamente estaban disfrutando viendo exhibirse a una mujer hermosa. Había algo erótico en su desvergonzada vulgaridad, pero también resultaba excitante ver a alguien burlarse del libro hacia el que los monjes se mostraban tan tediosamente solemnes. Fuera cual fuere la razón, aquello les había encantado.

Ellen saltó al suelo y echó a correr hacia la puerta, entre nutridos aplausos.

Todos empezaron a hablar al mismo tiempo. Nadie había visto en su vida algo semejante. Tom se sentía horrorizado, y sabía que las consecuencias serían catastróficas. Sin embargo una parte de él no podía dejar de admirar a aquella mujer.

Al cabo de un momento Jack se levantó y siguió a su madre fuera del refectorio con una sombra de sonrisa en su cara hinchada.

Tom miró a Alfred y a Martha. El muchacho parecía desconcertado, pero Martha no podía contener la risa.

—Salgamos —indicó Tom, y los tres abandonaron el refectorio.

A Ellen no se la veía por ninguna parte. Atravesaron el prado y la encontraron en la casa de invitados. Estaba sentada en una silla, esperándole. Llevaba la capa y tenía en la mano su gran bolsa de piel. Parecía haber recuperado su calma. Tom se quedó frío al ver la bolsa, pero simuló no haber reparado en ello.

—Iremos al infierno —dijo.

—No creo en el infierno —repuso Ellen.

—Espero que te permitan confesarte y cumplir con la penitencia.

—No pienso confesarme.

—¡No te vayas, Ellen! —le suplicó él, perdido ya el control.

Ella parecía triste.

—Escucha, Tom. Antes de conocerte tenía para comer y un lugar donde vivir. Estaba a salvo y segura, y me bastaba a mí misma. No necesitaba a nadie. Desde que estoy contigo he pasado hambre y frío. Ahora tienes trabajo aquí, aunque no sea seguro. El priorato carece de dinero para construir una nueva iglesia y el próximo invierno quizá te encuentres de nuevo recorriendo los caminos.

—El prior se las ingeniará para conseguir dinero —le aseguró él—. No me cabe duda de que lo hará.

—No puedes estar seguro —le rebatió ella.

—Tú no crees —dijo Tom con amargura. Luego añadió sin poder contenerse—. Eres como Agnes; no crees en mi catedral.

—Si sólo se tratara de mí, me quedaría —dijo Ellen con tristeza—. Pero mira a mi hijo.

Tom miró a Jack. Tenía la cara morada y con heridas, las orejas se le habían hinchado el doble de lo normal, las aletas de la nariz estaban cubiertas de sangre seca y tenía roto uno de los dientes delanteros.

—Temía que creciera como un animal si nos quedábamos en el bosque —prosiguió ella—, pero si es éste el precio que hay que pagar por enseñarle a vivir con otra gente, resulta demasiado caro. Así que me vuelvo al bosque.

—No digas, eso. —Tom estaba desesperado—. Hablemos sobre ello. No tomes una decisión precipitada…

—No es precipitada, Tom —afirmó Ellen—. Me siento tan triste que ni siquiera puedo estar furiosa. De veras que quería ser tu mujer, pero no a cualquier precio.

Tom se dijo que si Alfred no hubiera perseguido a Jack nada de todo aquello hubiera pasado. Sin embargo, sólo había sido una pelea de niños. O quizá Ellen estuviera en lo cierto al quejarse de las cosas que hacía el muchacho. Tom empezó a pensar que se había equivocado. Tal vez debería haber sido más firme con su hijo. Las peleas entre muchachos era una cosa, pero Jack y Martha eran más pequeños que Alfred. Quizá fuera, en efecto, un pendenciero.

No obstante, ya era demasiado tarde para cambiar.

—Quédate en la aldea —le rogó—. Espera un tiempo y veremos qué pasa.

—No creo que los monjes me dejaran.

Comprendió que Ellen tenía razón. La aldea pertenecía al priorato, y cuantos allí vivían pagaban el alquiler a los monjes, por lo general en días de trabajo, y éstos podían negarse a dar alojamiento a quien no les gustara. Y no se les podía culpar por rechazar a Ellen. Ella había tomado su decisión y se había orinado literalmente en sus posibilidades de enmendarse.

—Entonces me iré contigo —anunció—. El monasterio me debe setenta y dos peniques. Recorreremos de nuevo los caminos. Ya hemos sobrevivido antes…

—¿Y qué me dices de tus hijos? —le preguntó Ellen con dulzura.

Tom recordó a Martha llorando de hambre. Sabía que no podía hacerla pasar otra vez por aquello. Y tampoco podía olvidar a su hijito, Jonathan. No quiero volver a abandonarlo, se dijo; lo hice una vez y sentí asco de mí.

Pero no podía soportar la idea de perder a Ellen.

—No te atormentes —le dijo ella—. No voy a recorrer nuevamente contigo los caminos. Eso no es una solución, pues estaríamos peor de lo que estamos ahora. Me vuelvo al bosque y tú no vas a venir conmigo.

Tom la miró fijamente. Quería creer que no iba a hacer lo que decía, pero por la expresión de su cara supo que lo haría. No se le ocurría nada más que decir para detenerla. Abrió la boca para hablar, pero no pudo articular palabra. Se sintió impotente. Ellen respiraba con fuerza, con el pecho palpitante por la emoción. Tom ansiaba acariciarla, pero tenía la impresión de que ella no quería que lo hiciera. Quizá no vuelva a abrazarla jamás, se dijo. Le resultaba difícil de creer. Durante meses había yacido con ella noche tras noche y la había acariciado con la misma familiaridad que lo podía hacer consigo mismo y ahora, de repente, le estaba prohibida y se había convertido en una extraña.

—No estés tan triste —le dijo Ellen. Tenía los ojos llenos de lágrimas.

—No puedo evitarlo —contestó Tom—. Así es como me siento.

—Lamento hacerte tan desdichado.

—No lo lamentes. Lamenta más bien haberme hecho feliz. Eso es lo que duele, que me hicieras tan feliz.

Ellen no pudo contener un sollozo. Dio media vuelta y se alejó sin agregar palabra.

Jack y Martha fueron detrás de ella. Alfred vaciló por un instante, y luego los siguió.

Tom se quedó mirando la silla que ella acababa de dejar. No, no puede ser verdad, pensó. Se sentó en la silla. Todavía podía sentir el calor de su cuerpo, de ese cuerpo que él tanto amaba. Hizo un esfuerzo para contener las lágrimas.

Sabía que Ellen ya no cambiaría de idea. Jamás vacilaba. Era una persona que cuando tomaba una decisión la cumplía hasta el fin.

Pero tal vez llegara a lamentarlo.

Se aferró a ese jirón de esperanza. Sabía que lo amaba. Eso no había cambiado. La noche anterior había hecho el amor de forma frenética, como alguien que saciara una sed terrible. Y después de que él quedara satisfecho lo había besado con avidez, jadeando entre su barba mientras gozaba una y otra vez, hasta quedar tan exhausta de placer que no pudo seguir. Y no era sólo eso lo que a ella le gustaba. Disfrutaban de su mutua compañía. Hablaban sin cesar, mucho más de lo que él y Agnes habían hablado, incluso en sus primeros tiempos. Me echará en falta tanto como yo a ella, se dijo. Al cabo de un tiempo, cuando su ira se haya calmado y esté sumida en una nueva rutina, echará de menos a alguien con quien hablar, un cuerpo firme que tocar, una cara que besar. Entonces pensará en mí.

Pero es orgullosa, demasiado, incluso, para volver aunque lo desee.

Se puso en pie de un salto. Tenía que contar a Ellen lo que tenía en la mente. Salió de la casa. Ella se encontraba en la puerta del priorato despidiéndose de Martha. Tom corrió dejando atrás las cuadras y llegó junto a ella.

Ellen le dirigió una melancólica sonrisa.

—Adiós, Tom.

Tom le cogió las manos.

—¿Regresarás algún día, aunque sólo sea para vernos? Si supiera que no te vas para siempre, que volveré a verte algún día, aunque sólo sea por algún tiempo… si supiera eso, podría soportarlo.

Ellen vaciló.

—Por favor.

—De acuerdo —repuso ella.

—Júralo.

—No creo en juramentos.

—Pero yo sí.

—Muy bien. Lo juro.

—Gracias.

La atrajo hacia sí con delicadeza. Ella no se resistió. La abrazó y no pudo contenerse por más tiempo. Las lágrimas le corrieron por el rostro. Por último, Ellen se apartó. Él la dejó ir de mala gana. Ella se volvió hacia la puerta.

En aquel momento se oyó, procedente de las cuadras, el piafar y los relinchos de un caballo. Todos miraron automáticamente alrededor. El caballo era el semental de Waleran, que se disponía a montarlo. Su mirada se encontró con la de Ellen, y quedó petrificado.

En ese momento Ellen empezó a cantar.

Tom no conocía la canción, aunque se la había oído cantar a menudo. La melodía era terriblemente triste. Las palabras eran francesas, pero él las entendía bastante bien.

> *Un ruiseñor preso en la red de un cazador*
> *cantó con más dulzura que nunca,*
> *como si la fugaz melodía*
> *pudiera volar y apartar la red.*

La mirada de Tom fue de ella al obispo. Waleran parecía aterrado, con la boca abierta, los ojos desorbitados y el rostro tan lívido como si estuviese muerto. Tom no podía creer que una sencilla canción tuviera el poder de atemorizar de tal manera a un hombre.

> *Al anochecer, el cazador cogió su presa.*
> *El ruiseñor jamás su libertad.*
> *Todas las aves y todos los hombres*
> *tienen que morir, y morirán,*
> *pero las canciones eternamente vivirán.*

—Adiós, Waleran Bigod. Abandono Kingsbridge pero no a ti. ¡Estaré contigo en tus sueños! —gritó Ellen.

Y en los míos, se dijo Tom.

Por un instante, nadie se movió.

Ellen dio media vuelta, con Jack cogido de la mano. Todos la miraban en silencio mientras cruzaba las puertas del priorato y desaparecía entre las sombras crecientes del crepúsculo.

SEGUNDA PARTE

1136-1137

V

1

Desde que Ellen se había marchado, los domingos transcurrían muy tranquilos en la casa de invitados. Alfred jugaba a pelota con los muchachos de la aldea en el prado que se extendía al otro lado del río. Martha, que echaba de menos a Jack, se distraía recogiendo verduras, jugando a que cocinaba o vistiendo a una muñeca. Tom trabajaba en el proyecto de su catedral.

En una o dos ocasiones había insinuado a Philip que debería pensar qué clase de iglesia quería construir, pero éste no se había dado cuenta o había preferido ignorar la insinuación. Tenía un montón de cosas en la cabeza. Tom, sin embargo, apenas pensaba en otra cosa, especialmente los domingos.

Le gustaba sentarse junto a la puerta de la casa de invitados y contemplar, al otro lado del césped, la catedral en ruinas. A veces hacía diseños sobre una plancha de pizarra, pero la mayor parte del trabajo bullía en su cabeza. Sabía que para la mayoría de la gente resultaba difícil visualizar objetos sólidos y espacios complejos, pero para él siempre había sido muy fácil.

Y un domingo, unos dos meses después de la partida de Ellen, se sintió preparado para empezar a dibujar.

Hizo una alfombrilla de juncos tejidos y ramitas flexibles de poco menos de un metro por algo más de cincuenta centímetros, y luego unos laterales de madera para que la alfombrilla tuviera los bordes levantados como una bandeja. A continuación quemó algo de tiza a modo de cal, lo mezcló con una pequeña cantidad de argamasa y llenó la bandeja con la mezcla. Cuando comenzó a endurecerse, se puso a trazar líneas sobre ella con una aguja. Para las líneas rectas utilizó la regla, el cartabón para los ángulos rectos y los compases para las curvas.

Haría tres dibujos. Una sección para explicar cómo estaba construida la iglesia, una elevación para ilustrar sus hermosas proporciones y un plano del suelo para señalar el emplazamiento. Empezó con la sección.

Era muy sencilla. Dibujó una arcada alta, con la parte superior plana. Ésa era la nave vista desde el fondo. Tendría un techo de madera plano como el de la vieja iglesia. Tom hubiera preferido construir una bóveda de piedra, pero sabía que Philip no podía permitírselo.

Sobre la nave dibujó un tejado triangular. La anchura de la construcción estaba determinada por la del tejado, que a su vez estaba limitada por la manera como pudiera disponerse. Resultaba difícil encontrar vigas que midieran más de diez metros, y además, eran extraordinariamente costosas. Tan valiosa era la madera buena que con frecuencia el propietario de un buen árbol lo talaba y vendía incluso antes de que alcanzara esa altura. La nave de la catedral de Tom tendría unos diez metros de anchura o el doble de la longitud de su pértiga de hierro, que medía unos cinco metros.

La nave que había dibujado era increíblemente alta, pero una catedral debía ser una construcción deslumbrante por su tamaño, que obligara a levantar la vista por su altura. Si la gente acudía a las catedrales se debía en parte a que eran los edificios más grandes del mundo. Un hombre que jamás hubiese puesto los pies en ella pasaría por la vida sin haber visto una construcción mayor que la cabaña en la que vivía.

Por desgracia, el edificio dibujado por Tom se derrumbaría. El peso del plomo y la madera del tejado resultaría excesivo para los muros, que acabarían derrumbándose. Tenían que ser apuntalados.

A tal fin, Tom dibujó dos arcadas con la parte superior curvada, a media altura de la nave, una a cada lado. Eran las naves laterales. Tendrían techos curvados en piedra. Como las naves laterales eran más bajas y estrechas, no sería tan grande el gasto de bóvedas en piedra. Cada una de las naves laterales tendría un tejado colgadizo en declive.

Las naves laterales, unidas a la central por unas bóvedas de piedra, aportaban un cierto apoyo, pero no alcanzaban la altura suficiente. Tom construiría, a intervalos, soportes extra en el espacio del tejado de aquéllas, encima del techo abovedado y debajo del tejado colgadizo. Dibujó uno de ellos, un arco de piedra que se elevaba desde la parte superior del muro de la nave lateral y seguía hasta el muro de la nave central. En el punto en que el soporte descansaba sobre el muro de la nave lateral, Tom lo reforzó con un macizo contrafuerte que sobresalía del lateral de la iglesia. Puso una torrecilla encima de él para añadirle peso y darle un aspecto más atractivo.

No se podía tener una iglesia asombrosamente alta sin los elementos que consolidaran las naves laterales, soportes y refuerzos, pero tal vez resultara difícil explicárselo a un monje, por lo que Tom había dibujado el diseño para ayudar a aclararlo.

Dibujó también los cimientos, profundizando en el suelo debajo de los muros. Los legos en la materia siempre se asombraban de lo hondo que llegaban los cimientos.

Era un dibujo sencillo, demasiado para ser de gran utilidad a los constructores, pero bastaría para enseñárselo al prior. Tom quería que comprendiera lo que se le estaba proponiendo, que visualizara el edificio y que se sintiera atraído por él. A uno le resultaba difícil imaginar una iglesia grande y sólida cuando sólo le enseñaban unas cuantas líneas garrapateadas sobre escayola. Philip necesitaría toda la ayuda que Tom pudiera prestarle.

Los muros que había dibujado parecían sólidos vistos desde el extremo, pero no lo serían. Entonces Tom empezó a dibujar la vista lateral del muro de la nave, tal como podría verse desde el interior de la iglesia. Estaba perforado a tres niveles. La mitad del fondo apenas era un muro; se trataba sencillamente de una hilera de columnas con los capiteles unidos por arcos circulares. Sería la arcada. A través de los huecos de ésta podían verse las ventanas con la parte superior redondeada de las naves laterales. Las ventanas debían coincidir exactamente con los huecos, de tal manera que la luz exterior penetrara sin impedimentos hasta la nave central. Las columnas entre ellos coincidirían con los contrafuertes de los muros exteriores.

Sobre cada arco de la arcada había una hilera de tres arcos pequeños que formaban la galería de la tribuna. A través de ellos no llegaba luz alguna, porque detrás se encontraba el tejado colgadizo del costado de la nave lateral.

Encima de la galería estaba el triforio, llamado así porque en él se habían abierto ventanas que iluminaban la mitad superior de la nave.

Cuando había sido levantada la vieja catedral de Kingsbridge, los albañiles habían confiado para su fortaleza en la construcción de gruesos muros, abriendo con timidez ventanas pequeñas que apenas dejaban entrar la luz. Los constructores modernos estaban convencidos de que para que un edificio fuese lo bastante fuerte era suficiente con que sus muros fueran rectos y aplomados.

Tom diseñó los tres niveles del muro de la nave —arcada, galería y triforio— exactamente en proporciones 3:1:2. La arcada era la mitad de alta que el muro y la galería un tercio del resto. En una iglesia la proporción lo era todo. Daba una sensación de grandeza a toda la construcción. Al observar el dibujo ya acabado, Tom se dijo que era perfecto; pero ¿lo creería así Philip? Tom podía ver las filas de arcos sucediéndose a lo largo de la iglesia, con sus molduras y tallas iluminadas por el sol de la tarde. ¿Vería lo mismo Philip?

Empezó su tercer dibujo. Se trataba del plano de la planta baja de la iglesia. Imaginó doce arcos en la arcada. Por lo tanto, la iglesia quedaba dividida en doce secciones llamadas intercolumnios. La nave tendría una longitud de seis intercolumnios; el presbiterio, de cuatro. Entre ambos, ocupando el espacio de los intercolumnios séptimo y octavo, estaría el cruce, a cuyos lados destacarían los cruceros, y sobre el que se alzaría la torre.

Todas las catedrales y casi todas las iglesias tenían forma de cruz. Claro que la cruz era el símbolo único y más importante de la Cristiandad, pero también había una razón práctica. Los cruceros aportaban espacio utilizable para otras capillas y dependencias, como la sacristía.

Cuando hubo dibujado un plano sencillo de la planta baja, volvió sobre el dibujo central, que mostraba el interior de la iglesia visto desde el extremo occidental. Dibujó entonces la torre que se alzaría por encima y detrás de la nave. Debería tener una vez y media la altura de la nave o incluso el doble. La más baja daría al edificio un perfil atractivo por su regularidad, con las naves laterales, la nave central y la torre alzándose por gradas iguales, 1:2:3. La torre más alta resultaría más impresionante, porque la nave sería el doble de las naves laterales y la torre el doble de la nave central, siendo entonces las proporciones de 1:2:4. Tom había elegido esta última, ya que sería la única catedral que construiría en su vida, y quería que pareciese que intentaba alcanzar el cielo. Esperaba que el prior pensara igual que él.

Claro que si Philip aceptaba el proyecto Tom tendría que dibujarlo de nuevo, con más cuidado y a escala exacta. Debería hacer muchos más dibujos, centenares de ellos. Plintos, columnas, capiteles, ménsulas, marcos de puerta, torrecillas, escaleras, gárgolas y otros incontables detalles. Estaría dibujando durante años. Pero lo que tenía delante era la esencia del edificio, y era sencillo, económico, bello y perfectamente proporcionado.

Se sentía impaciente por enseñárselo a alguien.

Había pensado dejar que la argamasa se endureciera y luego buscar el momento adecuado para llevársela al prior, pero ahora que ya estaba hecho quería que éste lo viera cuanto antes.

¿Pensaría Philip que era un presuntuoso? El prior no le había pedido que le presentara unos planos. Tal vez tuviese en mente a otro maestro constructor, alguien de quien supiera que había trabajado en otros monasterios y era eficiente en su oficio. Quizá considerara absurdas las aspiraciones de Tom.

Pero, por otra parte, si Tom no le mostraba algo, Philip podía llegara a la conclusión de que era incapaz de dibujar, y tal vez contratara a otro sin considerarlo siquiera. Y él no estaba dispuesto a correr el riesgo. Prefería sin duda que le considerasen presuntuoso.

Todavía había luz. Los monjes debían de estar estudiando en los claustros, y Philip en la casa del prior, leyendo la Biblia. Tom decidió ir a llamar a su puerta.

Salió de la casa sujetando con todo cuidado la tabla.

Mientras dejaba atrás las ruinas, la idea de construir una nueva catedral le pareció, de pronto, desalentadora. Todas esas piedras, toda esa madera, todos esos artesonados, todos esos años... Tendría que controlarlo todo, asegurarse de que hubiera un suministro constante de materiales, comprobar la calidad de la madera y de la piedra, contratar y despedir hombres, comprobar infatigablemente el trabajo de éstos en el aplomado y el nivelado, hacer plantillas para las molduras, diseñar y fabricar máquinas para elevar materiales... Se preguntaba si sería capaz de hacer todo aquello.

Pero luego pensó en lo emocionante que sería crear algo a partir de la nada. Ver un día, en el futuro, una iglesia nueva allí donde no había más que escombros y decir: «Yo he hecho esto.»

Otra idea bullía en su mente, oculta, sepultada en un oscuro rincón, y apenas si se animaba a admitirla. Agnes había muerto sin la asistencia de un sacerdote y estaba enterrada en terreno sin consagrar. Le hubiera gustado volver a su tumba y hacer que un sacerdote rezara una plegaria ante ella y quizá ponerle una pequeña lápida. Pero temía que si de alguna forma llamaba la atención hacia el lugar en el que estaba sepultada, saldría a relucir toda la historia del abandono del recién nacido. Dejar que una criatura muriera aún seguía considerándose asesinato. A medida que transcurrían las semanas cada vez se sentía más preocupado por el alma de Agnes, y se preguntaba si estaría en buen lugar o no. Temía acudir a un sacerdote para averiguarlo, porque no quería dar detalles. Pero se consoló con la idea de que si construía una catedral, con toda seguridad Dios le favorecería, y se preguntaba si podría pedirle que fuera Agnes quien recibiera los beneficios de ese favor en lugar de él. Si lograba dedicar a Agnes su trabajo en la catedral estaba seguro de que el alma de ella estaría a salvo y él podría descansar tranquilo.

Llegó a la casa del prior. Era un edificio pequeño, de piedra, a un solo nivel. La puerta estaba abierta, aunque el día era frío. Vaciló por un instante. Muéstrate tranquilo, competente, seguro de ti mismo y experto, se dijo; un maestro en cada uno de los aspectos de la construcción moderna, precisamente el hombre digno de toda confianza. Se detuvo ante la casa. Sólo tenía una habitación. En un extremo había una gran cama con lujosas colgaduras, en el otro un altar pequeño con un crucifijo y un candelabro. El prior Philip se encontraba de pie junto a la ventana, leyendo con cara de preocupación en una hoja de vitela. Levantó la vista y, con una sonrisa, preguntó:

—¿Qué me traes, Tom?

—Unos planos, padre —repuso él—. Para una nueva catedral. ¿Puedo mostrároslos?

Philip pareció sorprendido e intrigado.

—Desde luego.

En un rincón había un gran facistol. Tom lo trasladó bajo la luz, junto a la ventana, y colocó sobre él la argamasa enmarcada. Philip miró el dibujo mientras Tom observaba su rostro. Advirtió, por su expresión de desconcierto, que el prior nunca había visto un dibujo alzado, un plano de planta baja o una sección de un edificio.

Tom se dispuso a explicarle de qué se trataba todo aquello. Señaló el alzado.

—Éste os muestra un intercolumnio de la nave central —dijo—. Imaginaos que os encontráis de pie en el centro de la nave mirando hacia un muro. Aquí están las columnas de la arcada. Se hallan unidos por arcos. A través de ellos podéis ver las ventanas de la nave lateral. Encima de la arcada está la galería de la tribuna, y encima de ella las ventanas del triforio.

Philip comenzaba a comprender. Captaba con rapidez lo que le decían. Luego miró el plano de la planta baja y Tom observó que aquello también le tenía perplejo.

—Cuando recorramos el emplazamiento y marquemos el lugar en que se levantarán los muros y dónde quedarán los pilares enclavados en el suelo, así como las posiciones de las puertas y los contrafuertes —prosiguió Tom—, tendremos un plano como éste y nos dirá dónde debemos colocar las estacas y cuerdas.

El rostro de Philip se iluminó de nuevo.

Tom se dijo que no estaba mal que a Philip le costara interpretar los dibujos, ya que ello le ofrecía a él la ocasión de mostrarse seguro de sí y experimentado. Finalmente, Philip dirigió la mirada hacia la sección.

—Aquí está la nave central con un techo de madera —explicó Tom—. Detrás de ella se encuentra la torre. Aquí, las naves laterales, a cada lado de la central. En los bordes exteriores de las naves laterales están los contrafuertes.

—Parece espléndida —dijo Philip.

Tom advirtió que lo que más había impresionado a Philip era el dibujo de la sección, que revelaba el interior del templo como si el extremo occidental hubiera sido abierto igual que una puerta.

Philip miró de nuevo el plano de la planta baja.

—¿Sólo hay seis intercolumnios en la nave? —preguntó.

—Sí. Y cuatro en el presbiterio.

—¿No resulta pequeña?

—¿Podéis permitiros otra más grande?

—En realidad, no puedo permitirme construir ninguna —respondió Philip—. Supongo que no tendrás ni idea de lo mucho que esto costaría.

—Sé con toda exactitud cuánto costaría —dijo Tom. Vio reflejarse la sorpresa en la cara de Philip, quien no había imaginado que el constructor pudiera hacer cálculos. Sin embargo, había pasado muchas horas calculando el costo de su proyecto hasta el último penique. No obstante, dio a Philip una cifra en números redondos. No costaría más de tres mil libras.

Philip se echó a reír.

—He pasado las últimas semanas ocupándome de los ingresos anuales del priorato. —Agitó la hoja de vitela que leía con tanto interés al llegar Tom—. Aquí está la respuesta. Trescientas libras anuales. Y gastamos hasta el último penique.

Aquello no sorprendió a Tom. Era evidente que en el pasado el priorato había sido administrado de forma desastrosa. Tenía fe en que Philip enderezaría la economía.

—Encontraréis el dinero, padre —le dijo—. Con la ayuda de Dios —añadió con devoción.

Philip volvió su atención a los dibujos, aunque no parecía convencido.

—¿Cuánto tiempo será necesario para construir esto?

—Depende del número de personas que penséis emplear —contestó Tom—. Si contratáis treinta albañiles, con suficientes aprendices, carpinteros y herreros para que les sirvan, unos quince años. Un año para los cimientos, cuatro para el presbiterio, otros cuatro para los cruceros y seis años para la nave central.

Philip pareció impresionado una vez más.

—Desearía que mis funcionarios monásticos tuvieran tu habilidad para prever y calcular —dijo. Estudió los dibujos, pensativo—. De manera que necesito encontrar doscientas libras al año. No suena tan difícil cuando lo presentas de esa forma. —Pareció reflexionar. Tom se sintió excitado. Philip empezaba a considerar factible el proyecto—. Supongamos que pudiera disponer de más dinero… ¿Se aceleraría la construcción?

—Hasta cierto punto —repuso Tom con cautela. No quería que Philip se excediera en su optimismo, porque ello podría conducir a la decepción—. Podéis emplear sesenta albañiles y construir toda la iglesia de una vez, en lugar de trabajar de este a oeste. Para ello se necesitarían de ocho a diez años. Un número mayor de sesenta para una construcción de este tamaño, y empezarían a estorbarse unos a otros, con lo que el trabajo sería más lento.

Philip asintió con la cabeza. Pareció entenderlo sin dificultad.

—Aun así —dijo Tom—, incluso con sólo treinta albañiles el lado oriental estaría terminado en cinco años, y podríais utilizarlo para los oficios sagrados e instalar un nuevo sepulcro para los huesos de san Adolfo.

—¿De veras? —Philip se mostraba ahora realmente entusiasmado—. Había pensado que pasarían décadas antes de que pudiéramos tener una nueva iglesia. —Dirigió a Tom una mirada perspicaz—. ¿Has construido alguna catedral?

—No, pero he diseñado y construido iglesias más pequeñas. Además, trabajé en la catedral de Exeter durante varios años y terminé como maestro constructor suplente.

—Tú quieres construir esta catedral, ¿verdad?

Tom vaciló. Más valía que se mostrara franco con Philip; aquel hombre no soportaba las evasivas.

—Sí, padre. Querría que me designarais maestro constructor —repuso con toda la calma que le fue posible.

—¿Por qué?

Tom no esperaba aquella pregunta. Tenía tantos motivos... Porque he visto que se hacen muy mal y yo puedo hacerla bien, se dijo. Porque no hay nada tan satisfactorio para un maestro artesano como ejercitar su habilidad, salvo tal vez hacer el amor a una mujer hermosa. Porque algo como esto da sentido a la vida de un hombre. ¿Qué respuesta querría Philip? Sin duda al prior le gustaría que diese una respuesta propia de un hombre, pero él decidió, con audacia, decir la verdad.

—Porque será hermosa.

Philip le miró de manera extraña. Tom no podría decir si estaba enfadado o qué.

—Porque será hermosa —repitió el prior. Tom empezó a pensar que aquélla era una razón tonta, y resolvió agregar algo más, pero no se le ocurrió nada. Entonces se dio cuenta de que Philip no se mostraba en absoluto escéptico, sino que estaba conmovido. Aquellas palabras le habían llegado al corazón. Finalmente, Philip hizo un gesto de asentimiento, como si lo aceptara después de alguna reflexión—. Sí. ¿Y qué otra cosa puede ser mejor que hacer algo hermoso para Dios? —añadió.

Tom permaneció callado. El prior todavía no había dicho: «Sí, serás maestro constructor.» Tom esperaba.

Philip pareció llegar a una decisión.

—Dentro de tres días voy a ir a Winchester con el obispo Waleran a ver al rey —dijo—. No conozco exactamente los planes del obispo, pero estoy seguro de que le pediremos al rey Stephen que nos ayude a pagar una nueva iglesia catedral para Kingsbridge.

—Esperemos que os conceda vuestro deseo —dijo Tom.

—Nos debe un favor —adujo Philip con una sonrisa enigmática—. Debe ayudarnos.

—¿Y si lo hace? —preguntó Tom.

—Creo que Dios te ha enviado a mí con un propósito, Tom —respondió Philip—. Si el rey Stephen nos da el dinero, podrás construir la catedral.

Esa vez fue Tom quien se sintió conmovido. Apenas sabía qué decir. Le habían concedido el deseo de toda su vida…, pero con condiciones. Todo dependía de que el prior obtuviera la ayuda del rey. Hizo un gesto de aquiescencia aceptando la promesa y el riesgo.

—Gracias, padre —musitó.

La campana tocaba a vísperas. Tom cogió su pizarra.

—¿Necesitáis eso? —le preguntó Philip.

El constructor comprendió que si la dejaba sería un recordatorio constante para Philip.

—No, no lo necesito —respondió—. Lo tengo todo en mi cabeza.

—Entonces me gustaría guardarlo aquí.

Tom asintió al tiempo que se dirigía hacia la puerta.

Se le ocurrió que si no preguntaba en ese momento lo referente a Agnes, probablemente nunca lo haría. Se volvió.

—¿Padre?

—Dime.

—Mi primera mujer… se llamaba Agnes… Murió sin la presencia de un sacerdote y está enterrada en suelo sin consagrar. No es que hubiera pecado… fueron tan sólo las circunstancias. Me preguntaba… A veces un hombre construye una capilla o funda un monasterio con la esperanza de que en el más allá Dios recuerde su devoción. ¿Creéis que mi dibujo podría servir para proteger el alma de Agnes?

Philip pareció pensativo.

—A Abraham se le pidió que sacrificara a su único hijo. Dios ya no pide sacrificios de sangre, pues el sacrificio supremo ya ha sido hecho, pero la lección que se desprende de la historia de Abraham es que el Señor pide lo mejor que tenemos para ofrecer, aquello que consideramos más valioso. ¿Es ese dibujo lo mejor que puedes ofrecer a Dios?

—A excepción de mis hijos, sí.

—Entonces puedes quedarte tranquilo, Tom. Dios lo aceptará.

2

Philip no tenía idea de por qué el obispo Waleran quería que se reuniese con él en las ruinas del castillo del conde Bartholomew.

Se había visto obligado a viajar hasta el pueblo de Shiring y luego de pasar la noche en él a ponerse en marcha esa mañana en dirección a

Earlcastle. En aquellos momentos, mientras su caballo marchaba a trote corto hacia el castillo que surgía ante él de la niebla matinal, llegó a la conclusión de que posiblemente se trataba de una cuestión de comodidad. Waleran iba de camino de un lugar a otro, y aquel lugar estaba cerca de Kingsbridge, de modo que constituía un buen punto de encuentro fácil.

Philip hubiera deseado saber más cosas sobre los planes de Waleran. No veía al obispo electo desde el día en que había inspeccionado las ruinas de la catedral. Waleran no sabía cuánto dinero necesitaba Philip para construir la iglesia, y éste a su vez no sabía qué iba a pedirle Waleran al rey. A Waleran le gustaba mantener en secreto sus planes, y ello ponía muy nervioso a Philip.

Le alegraba el que Tom le hubiera dicho con toda exactitud lo que costaría construir la nueva catedral, aunque la información hubiera resultado deprimente. Una vez más se sentía satisfecho de tener cerca a aquel maestro constructor. Era un hombre de cualidades sorprendentes. Apenas sabía leer y escribir, pero era capaz de diseñar una catedral, dibujar planos y calcular el número de hombres, el tiempo que se necesitaría para construir la catedral y cuánto costaría. Se trataba de un hombre tranquilo, pero de una presencia formidable. Era muy alto, con un rostro curtido y barba hirsuta, ojos de mirada penetrante y frente despejada. En ocasiones, Philip se sentía ligeramente intimidado por él e intentaba disimularlo adoptando una actitud cordial, pero Tom era muy serio y no tenía la menor idea de que lo encontrara amedrentador. La conversación sobre su mujer le había parecido conmovedora y había revelado una devoción que hasta entonces no había manifestado. Tom era de esas personas que conservaban su religiosidad en lo más profundo de su corazón. En ocasiones eran las mejores.

A medida que Philip se acercaba a Earlcastle iba sintiéndose más incómodo. Aquél había sido un castillo floreciente que defendía la comarca que lo rodeaba, empleando y alimentando a un elevado número de personas. Ahora se encontraba en ruinas y las cabañas que se apiñaban en torno a él estaban desiertas, como nidos vacíos en las ramas desnudas de un árbol en invierno. Y Philip era responsable de todo ello. Reveló que la conspiración se había fraguado allí y había descargado la ira de Dios en Percy Hamleigh, en el castillo y en sus habitantes.

Observó que ni los muros ni la casa de la guardia habían sufrido grandes daños durante el asalto. Ello significaba que los atacantes probablemente habían entrado antes de que consiguieran cerrar las puertas. Condujo a su caballo a través del puente de madera y entró en el primero de los dos recintos. Allí se hacía más patente la batalla. Aparte de la capilla de piedra, todo cuanto quedaba de los edificios era unas cuantas ruinas ennegrecidas que surgían del suelo y un pequeño remolino de cenizas, impulsadas a lo largo de la base del muro del castillo.

No había el menor rastro del obispo. Philip cabalgó alrededor del recinto, cruzó el puente hasta el otro lado y entró en el recinto superior. En él había una sólida torre del homenaje de piedra, con una escalera de madera de aspecto poco seguro que conducía a la entrada del segundo piso. Philip se quedó mirando aquella amenazadora obra de piedra con sus angostas y largas ventanas. Pese a su aspecto poderoso, no había logrado proteger al conde Bartholomew.

Desde esas ventanas podría echar un vistazo a los muros del castillo para ver la llegada del obispo. Ató su caballo a la barandilla de la escalera y subió.

La puerta se abrió nada más tocarla. Entró. El gran salón estaba oscuro y polvoriento y los juncos del suelo, secos. Había una chimenea apagada y una escalera de caracol. No pudo ver mucho a través de la ventana y decidió subir al piso superior.

Al final de la escalera de caracol se encontró ante dos puertas. Supuso que la más pequeña conduciría a la letrina y la grande al dormitorio del conde. Se decidió por la grande.

La habitación no estaba vacía.

Philip se detuvo en seco, paralizado por el sobresalto. En el centro de la habitación, frente a él, había una joven de extraordinaria belleza. Por un instante pensó que se trataba de una visión y el corazón le dio un vuelco. Una hermosa y abundante cabellera rizada enmarcaba un rostro encantador. Le devolvió la mirada con unos enormes ojos oscuros y Philip advirtió que estaba tan sobresaltada como él. Se tranquilizó; estaba a punto de dar otro paso dentro de la habitación cuando le agarraron por detrás y sintió en la garganta la hoja fría de un largo cuchillo.

—¿Quién diablos eres tú? —preguntó una voz de hombre.

La joven se dirigió hacia él.

—Di tu nombre o Matthew te matará —dijo con actitud regia.

Sus modales revelaban que era de noble cuna, pero ni siquiera a los nobles les estaba permitido amenazar a los monjes.

—Dile a Matthew que aparte las manos del prior de Kingsbridge o será él quien saldrá perdiendo —replicó. Sintió que lo soltaban. Al mirar hacia atrás por encima del hombro vio a un hombre delgado más o menos de su edad. Era de suponer que ese Matthew había salido de la letrina.

Philip se volvió de nuevo hacia la joven. Parecía tener unos diecisiete años. Pese a sus modales altivos iba pobremente vestida. Mientras la observaba se abrió un arcón que había detrás de ella, junto a la pared y de él salió un adolescente que parecía vergonzoso. En la mano tenía una espada. Debía de estar al acecho o bien ocultándose. Philip no podría decir cuál de las dos cosas.

—¿Y quién eres tú? —preguntó Philip.

—Soy la hija del conde de Shiring y me llamo Aliena.

¡La hija!, se dijo Philip. No sabía que aún viviese allí. Miró al muchacho. Debía de tener unos quince años y se parecía a la joven salvo por la nariz chata y el pelo corto. Philip lo miró enarcando las cejas.

—Soy Richard, el heredero del condado —anunció el muchacho, con la voz quebrada de los adolescentes.

—Y yo soy Matthew, el mayordomo del castillo —dijo el hombre que se encontraba detrás de Philip.

El prior comprendió que los tres habían estado ocultos allí desde la captura del conde Bartholomew. El mayordomo cuidaba de los hijos de éste. Debían de tener grandes cantidades de comida o dinero ocultos.

—Sé dónde está tu padre, pero ¿qué me dices de tu madre? —preguntó Philip, dirigiéndose a la joven.

—Murió hace muchos años.

Philip se arrepintió de haber hecho aquella pregunta. Esos niños eran virtualmente huérfanos, y en parte él era el culpable de que así fuese.

—¿No tenéis parientes que cuiden de vosotros?

—Cuido del castillo hasta el retorno de mi padre —dijo ella.

Philip advirtió que Aliena estaba viviendo en un mundo de ilusión. Intentaba comportarse como si siguiera perteneciendo a una familia acaudalada y poderosa. Con su padre prisionero y caído en desgracia era una joven como otra cualquiera. El muchacho no heredaría nada. El conde Bartholomew jamás volvería a ese castillo, a menos que el rey decidiera ahorcarlo en él. Sintió lástima de la joven, pero en cierto modo admiraba su fuerza de voluntad, que mantenía la fantasía y hacía que otras dos personas la compartieran. Podría haber sido reina, se dijo.

De fuera llegó el sonido de los cascos de unos caballos. Varios hombres montados estaban cruzando el puente.

—¿Por qué habéis venido aquí? —le preguntó Aliena a Philip.

—Es sólo una cita —repuso Philip. Se volvió y se dirigió hacia la puerta. Matthew le cerraba el paso. Por un instante permanecieron inmóviles, mirándose fijamente. Philip se preguntó si iban a impedirle que se marchara. Finalmente, el mayordomo se hizo a un lado.

Philip salió. Se recogió el hábito y bajó presuroso por la escalera de caracol. Al llegar abajo oyó pasos detrás de él. Matthew le alcanzó.

—No digáis a nadie que estamos aquí —le pidió.

El prior advirtió que Matthew comprendía lo irreal de la situación de todos ellos.

—¿Cuánto tiempo os quedaréis aquí? —le preguntó.

—Todo el tiempo que nos sea posible —contestó el mayordomo.

—Y cuando debáis iros, ¿qué haréis entonces?

—No lo sé.

Philip asintió con la cabeza.

—Guardaré vuestro secreto —le dijo.

—Gracias, padre.

Philip cruzó el polvoriento salón y salió. Al mirar hacia abajo vio a Waleran y a otros dos hombres que sofrenaban los caballos junto al suyo. El obispo llevaba una gruesa capa de piel negra y un gorro del mismo color y material. Alzó la vista y el prior se encontró con sus ojos claros.

—Mi señor obispo —dijo con respeto. Bajó por los escalones de madera. Todavía conservaba vívida en la mente la imagen de la joven virginal y casi sacudió la cabeza para librarse de ella.

Waleran se apeó. Philip observó que llevaba los mismos acompañantes, el deán Baldwin y el hombre de armas. Les saludó con un movimiento de la cabeza y luego, hincando una rodilla en tierra, besó la mano de Waleran.

El obispo aceptó el homenaje, pero no se recreó en él. Lo que le gustaba era el poder, no sus galas.

—¿Estás solo, Philip? —preguntó Waleran.

—Sí. El priorato es pobre y una escolta para mí es un gasto innecesario. Cuando era prior de St.-John-in-the-Forest nunca llevé escolta, y aún estoy vivo.

Waleran se encogió de hombros.

—Ven conmigo —le indicó—. Quiero enseñarte algo. —Cruzó el patio en dirección a la torre más cercana. Philip le siguió, Waleran entró por una puerta baja, al pie de la torre, y subió por las escaleras que había en el interior. Había murciélagos arracimados en el techo y Philip agachó la cabeza para evitar rozarlos.

Emergieron en lo alto de la torre y permanecieron de pie entre las almenas, contemplando la tierra que les rodeaba.

—Éste es uno de los condados más pequeños del país —dijo Waleran.

—¿De veras? —Philip sintió escalofríos. Soplaba un viento frío y húmedo y su capa no era tan gruesa como la de Waleran. Se preguntó adónde querría llegar el obispo.

—Es una buena tierra, pero sólo en parte. Casi todo son bosques y colinas pedregosas.

En un día claro habrían podido ver una enorme extensión de bosques y tierras de cultivo, pero en aquel momento, aunque se habían despejado las primeras brumas, apenas podían distinguir el cercano lindero del bosque, hacia el sur, y los campos llanos en torno al castillo.

—Este condado tiene una gran cantera que produce piedra caliza de primera calidad —prosiguió Waleran—. Sus bosques contienen mucha y excelente madera, y sus granjas generan considerable riqueza. Si tuviéramos este condado, Philip, podríamos construir nuestra catedral.

—Y si los cerdos tuvieran alas podrían volar —dijo Philip.

—¡Hombre de poca fe!

Philip se quedó mirando a Waleran.

—¿Habláis en serio? —preguntó.

—Muy en serio.

Philip se mostraba escéptico, pero pese a todo sintió una leve llama de esperanza arder dentro de sí. ¡Si llegara a ser realidad!

—El rey necesita apoyo militar —alegó de todas formas—. Dará el condado a quien pueda contribuir con caballeros para la guerra.

—El rey debe su corona a la Iglesia, y su victoria sobre Bartholomew a ti y a mí. No son caballeros lo que necesita.

Philip comprendió que Waleran hablaba en serio. ¿Sería posible? ¿Entregaría el rey el condado de Shiring a la Iglesia para financiar la reconstrucción de la catedral de Kingsbridge? A pesar de los argumentos de Waleran, apenas resultaba creíble. Pero Philip no podía evitar pensar en lo maravilloso que sería contar con la piedra, la madera y el dinero necesarios para levantar el templo y pagar al constructor. Recordó entonces que Tom le había dicho que si contaba con sesenta albañiles podría terminar la iglesia en ocho o diez años. La mera idea resultaba enormemente sugestiva.

—Pero ¿qué me decís del anterior conde? —inquirió.

—Bartholomew ha confesado su traición. Nunca negó la conjura, pero durante un tiempo mantuvo que lo que había hecho no era traición, basándose en que Stephen era un usurpador. Sin embargo, el torturador del rey acabó con su resistencia.

Philip se estremeció e intentó no pensar en lo que le habrían hecho a Bartholomew para conseguir que se doblegara.

Apartó aquella idea de la mente.

—El condado de Shiring —murmuró para sí. Era una petición increíblemente ambiciosa, pero la idea resultaba excitante. Se sintió rebosante de un optimismo irracional.

Waleran elevó la vista al cielo.

—Pongámonos en marcha —dijo—. El rey nos espera pasado mañana.

William Hamleigh observaba a los dos hombres de Dios desde su escondrijo, detrás de las almenas de la torre contigua. El alto, el que parecía un cuervo a causa de su nariz afilada y su capa negra, era el nuevo obispo de Kingsbridge. El más bajo y enérgico, con la cabeza rapada y los brillantes ojos azules, era el prior Philip. William se preguntó qué estarían haciendo allí.

Había visto llegar al monje, mirar alrededor como si esperara encontrar gente allí y luego entrar en la torre del homenaje. William no podía saber si había visto a las tres personas que vivían en ella. Sólo había estado unos momentos dentro y tal vez se hubieran ocultado a su llegada. Tan pronto como se presentó el obispo, el prior Philip salió de la torre del homenaje y ambos subieron a la torre. En aquellos momentos el obispo estaba señalando, con cierto aire posesivo, toda la tierra que rodeaba el castillo. William advertía, por su actitud y sus gestos, que el obispo se mostraba entusiasmado y el prior escéptico. Estaba seguro de que planeaban algo.

Pero él no había ido allí para espiarles. Era a Aliena a quien quería espiar.

Lo hacía cada vez más a menudo. Lo obsesionaba, e involuntariamente soñaba despierto que se abalanzaba sobre ella, atada y desnuda en un trigal, o encogida como un asustado cachorro en un rincón de su dormitorio, o perdida en el bosque, por la noche. Llegó a tal extremo su obsesión que tenía que verla en carne y hueso. Todas las mañanas cabalgaba a primera hora hasta Earlcastle. Dejaba a su escudero Walter al cuidado de los caballos en el bosque y atravesaba los campos a pie hasta el castillo. Se introducía furtivamente en él y buscaba un escondrijo desde el que observar la torre del homenaje y el recinto superior. A veces tenía que esperar mucho tiempo para verla. Su paciencia se ponía duramente a prueba, pero la idea de marcharse de nuevo sin verla, aunque sólo fuera por un momento, le resultaba insoportable, de manera que siempre se quedaba. Luego, cuando al fin aparecía Aliena, la garganta se le quedaba seca, el corazón le latía desbocado y sentía un sudor frío en las palmas de las manos. Con frecuencia ella estaba en compañía de su hermano o de aquel mayordomo afeminado, pero a veces se encontraba sola. Una tarde de verano, mientras esperaba para verla desde primera hora de la mañana, Aliena se había acercado al pozo, y después de sacar agua se había quitado la ropa para lavarse. El recuerdo de aquella imagen le ponía fuera de sí. Tenía los senos turgentes, y se movían incitantes cuando ella levantaba los brazos para enjabonarse el pelo. Los pezones se le ponían duros cada vez que entraban en contacto con el agua fría. Entre las piernas tenía una mata sorprendentemente grande de vello oscuro y rizado, y cuando se lavó el pubis frotándose vigorosamente con la mano enjabonada, William perdió el control y eyaculó.

Desde entonces nada semejante volvió a ocurrir y, desde luego, Aliena no pensaría lavarse allí en pleno invierno, pero podía deleitarse de otras mil formas, aunque menos atractivas. Cuando estaba sola solía cantar e incluso hablar consigo misma. William la había visto trenzarse el pelo, bailar o perseguir a las palomas por las murallas como una niña pequeña. La observaba a hurtadillas hacer todas esas pequeñas cosas tan personales, William tenía una sensación de poder sobre ella que resultaba absolutamente maravillosa.

Claro que Aliena no saldría mientras el obispo y el monje estuvieran allí. Afortunadamente, no se quedaron mucho tiempo. Abandonaron las almenas con premura y momentos después, acompañados de su escolta, salían a caballo del castillo. ¿Acaso habían ido sólo para contemplar el panorama desde las almenas? De ser así debieron sentirse algo decepcionados.

El mayordomo había ido en busca de leña antes de que llegaran los visitantes. Cocinaba en la torre del homenaje. Pronto volvería a salir en busca de agua del pozo. William suponía que comían gachas de avena, ya que no disponían de horno para cocer pan. A última hora del día el mayordomo abandonaba el castillo, a veces llevándose al muchacho consigo. Una vez que se iban, sólo era cuestión de tiempo ver aparecer a Aliena.

Cuando se aburría con la espera, William solía imaginar a la muchacha desnuda. El recuerdo casi era tan estupendo como la realidad, pero ese día se sentía inquieto. La visita del obispo y del prior parecía haber viciado el ambiente. Hasta ese día el castillo y sus tres habitantes habían tenido un aire encantado, pero la llegada de aquellos hombres desprovistos absolutamente de magia, cabalgando a lomos de sus embarrados caballos, había roto el hechizo. Era como verse perturbado por un ruido en medio de un hermoso sueño. Por más que lo intentaba no podía seguir dormido.

Durante un rato se dedicó a hacer conjeturas sobre el motivo que había llevado hasta allí a los visitantes, pero no lograba desentrañar el misterio. Sin embargo, estaba seguro de que tramaban algo. Había una persona que probablemente podría resolverlo: su madre. Decidió abandonar por el momento a Aliena y volver a casa para informar de lo que había visto.

Llegaron a Winchester al anochecer del segundo día. Entraron por la Puerta del Rey, en el muro meridional de la ciudad, y fueron directamente al recinto de la catedral. Allí se separaron. Waleran se dirigió hacia la residencia del obispo de Winchester, un verdadero palacio adyacente al recinto de la catedral. Philip fue a presentar sus respetos al prior y suplicarle que le cediera un colchón en el dormitorio de los monjes.

Al cabo de tres días de marchar por los caminos, Philip encontró la calma y quietud del monasterio tan refrescante como un manantial en un día caluroso. El prior de Winchester era un hombre rechoncho y de trato fácil, de tez sonrosada y pelo blanco. Invitó a Philip a cenar con él en su casa. Mientras comían hablaron de sus respectivos obispos. El prior de Winchester estaba a todas luces deslumbrado por el obispo Henry y totalmente subordinado a él. Philip dio por sentado que cuando el obispo de uno era tan acaudalado y poderoso como aquél, nada podía ganarse discutiendo con él; pero aun así no tenía intención de someterse hasta ese punto a su obispo.

Durmió como una marmota y a medianoche se levantó para maitines.

Cuando por primera vez entró en la catedral de Winchester empezó a sentirse intimidado.

El prior le había dicho que se trataba de la iglesia más grande del mundo, y al verla pensó que en efecto lo era. Tenía una longitud de casi doscientos metros. Philip había visto aldeas que hubieran cabido en su interior. Tenía dos grandes torres, una sobre el crucero y otra en el extremo occidental. La torre central se había desmoronado treinta años antes sobre la tumba de William Rufus, un rey impío que jamás debió haber sido enterrado en una iglesia. Posteriormente, sin embargo, fue reconstruida. Philip, que se encontraba de pie, directamente debajo de la nueva torre, sintió que todo el edificio tenía un aire de inmensa dignidad y fortaleza. La catedral que Tom había diseñado sería, en comparación, muy modesta, y ello si es que llegaba a construirse. Entonces se percató de que estaba volando demasiado alto y se sintió nervioso. Él no era más que un muchacho de aldea en una colina galesa que había tenido la buena fortuna de convertirse en monje. Y ese mismo día iba a hablar con el rey. ¿Acaso tenía derecho a ello?

Volvió a la cama al igual que los demás monjes, pero permaneció despierto, profundamente preocupado. Temía decir o hacer algo que pudiera ofender al rey Stephen o al obispo Henry y ponerles en contra de Kingsbridge. La gente de origen francés se mofaba a menudo de la forma en que los ingleses hablaban su lengua. ¿Qué pensarían de su acento galés? En el mundo monástico a Philip siempre se le había considerado por su piedad, su obediencia y su devoción al trabajo de Dios. Todas esas cosas no contaban para nada allí, en la ciudad capital de uno de los reinos más grandes del mundo. Philip se sentía fuera de su ambiente, como si fuese una especie de impostor, un don nadie con ínfulas, y estaba seguro de que todos lo advertirían de inmediato y que sería enviado de nuevo a casa, desacreditado.

Se levantó al alba, acudió a prima y luego desayunó en el refectorio. Los monjes disfrutaban de cerveza fuerte y pan blanco. Era un monasterio acaudalado. Después del desayuno, cuando los monjes se dirigieron a capítulo, Philip se encaminó hacia el palacio del obispo, un hermoso edificio con grandes ventanas, rodeado de un enorme jardín amurallado.

Waleran estaba seguro de lograr el apoyo del obispo Henry en su indignante proyecto. Éste era tan poderoso que tan sólo con su ayuda podía hacerse posible todo el asunto. Henry de Blois no sólo era el hermano menor del rey, sino, además, el clérigo más relacionado de Inglaterra y el más acaudalado, porque también era abad del rico monasterio de Glastonbury. Se esperaba que fuera el próximo arzobispo de Canterbury. Kingsbridge no podía tener un aliado más poderoso. Philip pensó que tal vez se lograría. Quizá el rey nos permita construir una catedral nueva, se decía. Cuando pensaba en ello se sentía enormemente esperanzado.

Un mayordomo de la casa le dijo que no era probable que el obispo Henry apareciera antes de media mañana. Philip estaba demasiado inquieto para volver al monasterio. Impaciente, se dedicó a recorrer la ciudad más grande que jamás había visto. El palacio del obispo se alzaba en el extremo sudeste de la misma. Philip caminó a lo largo del muro oriental, a través de los terrenos de otro monasterio, la abadía de St. Mary, y desembocó en un barrio que parecía dedicado a trabajar la piel y la lana. La zona estaba atravesada en todos los sentidos por pequeños arroyos. Al acercarse, Philip observó que en realidad se trataba de canales hechos por la mano del hombre, con los que se desviaba parte del caudal del río Itchen para que fluyera por las calles y suministrara la gran cantidad de agua que se necesitaba para el curtido de los cueros y el lavado del vellón. Esas industrias se instalaban habitualmente junto a un río, y Philip se admiró ante la audacia de hombres capaces de llevar éste hasta sus talleres en lugar de que fuera al revés.

A pesar de toda aquella industria, la ciudad era más tranquila y menos concurrida que cualquier otra que Philip hubiera visto. Los lugares como Salisbury o Hereford parecían ceñidos por sus muros, semejantes a un hombre gordo dentro de una túnica estrecha. Las casas estaban demasiado juntas, los patios eran demasiado pequeños, la plaza del mercado atestada de gente, las calles demasiado estrechas. La gente y los animales andaban a empellones por falta de espacio, dando la sensación de que de un momento a otro empezarían las peleas. Pero Winchester era tan grande que parecía haber sitio para todo el mundo. Mientras daba vueltas por la ciudad, fue comprendiendo gradualmente que la sensación de amplitud se debía a que las calles estaban trazadas de acuerdo con un modelo de parrilla cuadrada. En su mayor parte eran rectas, y los cruces en ángulo recto. Nunca había visto nada semejante. Aquella ciudad debió de ser construida siguiendo un plan específico.

Había docenas de iglesias, de todas las formas y tamaños, algunas de madera y otras de piedra, y cada una de ellas ofrecía sus servicios al barrio que la rodeaba. La ciudad debía de ser muy rica para poder mantener a tantos sacerdotes.

Mientras caminaba por Fleshmonger Street se sintió ligeramente mareado. Jamás había visto tanta carne cruda en un solo lugar. La sangre fluía desde todas las carnicerías hasta la calle, y unas ratas gordísimas se escurrían entre los pies de la gente que había ido a comprar.

El extremo sur de Fleshmonger Street desembocaba en el centro de la calle principal, que se encontraba enfrente del viejo palacio real. A Philip le dijeron que los reyes no habían vuelto a utilizar el palacio desde la construcción, en el castillo, de la nueva torre del homenaje, pero los monederos reales seguían acuñando peniques de plata en los bajos del edificio, protegidos por gruesos muros y puertas con rejas de hierro. Philip permaneció un rato ante éstas observando las chispas que despedían los martillos al ser descargados sobre los troqueles, maravillado por la gran riqueza desplegada ante sus ojos. Había un puñado de gente contemplando también las operaciones. Sin duda era algo que iban a ver los visitantes de Winchester. Una joven que se encontraba cerca de él le sonrió y Philip le devolvió la sonrisa.

—Por un penique puedes hacer lo que quieras —dijo ella.

El prior se preguntó qué querría decir y de nuevo esbozó una vaga sonrisa. Entonces la mujer se abrió la capa y él quedó horrorizado al comprobar que estaba completamente desnuda.

—Por un penique de plata puedes hacer todo cuanto gustes —repitió ella.

Philip sintió un leve impulso de deseo, algo así como el espectro de un recuerdo enterrado hacía ya mucho tiempo. Entonces comprendió que se trataba de una prostituta. Se sintió enrojecer. Se volvió rápidamente y se alejó presuroso.

—No temas —le gritó ella—. Me gusta una hermosa cabeza redonda.

Le persiguió la risa burlona de la mujer.

Se sintió acalorado y molesto. Entró en una bocacalle de High Street y se encontró en la plaza del mercado, por encima de cuyos puestos se alzaban las torres de la catedral. Anduvo presuroso entre la muchedumbre sin atender los ofrecimientos de los vendedores, hasta que finalmente encontró el camino de regreso al recinto.

Sintió como una brisa fresca la ordenada calma del entorno de la iglesia. Se detuvo en el cementerio para ordenar sus pensamientos. Se sentía avergonzado y ofendido. ¿Cómo se había atrevido aquella mujer a tentar a un hombre que vestía los hábitos de monje? Era evidente que lo había identificado como visitante… ¿Acaso era posible que monjes que se encontraban lejos de su casa monacal fueran clientes suyos? Comprendió que, desde luego, lo eran. Los monjes cometían los mismos pecados que la gente corriente. Sencillamente le había escandalizado la desvergüenza de la mujer. La imagen de su desnudez persistía en su memoria y como el núcleo encendido de la llama de la vela parpadeó por un instante y se desvaneció tras los párpados cerrados.

Suspiró. Había sido una mañana de imágenes vívidas; los arroyos artificiales, las ratas en las carnicerías, los montones de peniques de plata recién acuñados y, finalmente, las partes íntimas de la mujer. Sabía que durante un rato aquellas imágenes volverían a él para perturbar sus meditaciones.

Entró en la catedral. Se sentía demasiado impuro para arrodillarse y orar, pero tras recorrer la nave y salir por la puerta sur se sintió, en cierto modo, purificado. Cruzó el priorato y se dirigió hacia el palacio del obispo.

La planta baja era una capilla. Philip subió por las escaleras que conducían hacia el vestíbulo y entró en él. Cerca de la puerta había un pequeño grupo de servidores y clérigos jóvenes, de pie o sentados en un banco adosado a la pared. Al fondo del salón se encontraban Waleran y el obispo Henry sentados a una mesa. Un mayordomo detuvo a Philip.

—Los obispos están desayunando —le informó, como dando a entender que no podía verles.

—Me reuniré con ellos en la mesa —le dijo Philip.

—Será mejor que espere —le indicó el mayordomo.

Philip pensó que el mayordomo le había confundido con un monje corriente.

—Soy el prior de Kingsbridge —explicó.

El mayordomo se hizo a un lado, encogiéndose de hombros.

Philip se acercó a la mesa. El obispo Henry se encontraba sentado a la cabecera, con Waleran a su derecha. Henry era un hombre bajo, de hombros anchos y rostro agresivo. Debía de tener la misma edad de Waleran, uno o dos años mayor que Philip; no más de treinta años, en cualquier caso. Sin embargo, en contraste con la tez pálida de Waleran y el cuerpo huesudo de Philip, Henry tenía el color encendido y el aspecto bien nutrido de un excelente comedor. Su mirada era viva e inteligente y su rostro tenía una expresión firme y decidida. Era el pequeño de cuatro hermanos, y en su vida probablemente debió de tener que luchar por todo. Philip quedó sorprendido al ver que Henry llevaba la cabeza afeitada, lo que era señal de que en un tiempo había hecho votos monásticos y aún se consideraba monje. Sin embargo, no vestía con tejidos rústicos. De hecho, llevaba una magnífica túnica de seda púrpura. Por su parte, Waleran lucía una impecable camisa de hilo blanca debajo de su habitual túnica negra, y Philip comprendió que los dos hombres iban vestidos como correspondía para una audiencia con el rey. Estaban comiendo carne fría de vaca y bebiendo vino tinto. Después de su paseo, Philip estaba realmente hambriento y la boca se le hizo agua.

Waleran levantó la vista y al verle mostró en su rostro una leve irritación.

—Buenos días —dijo Philip.

—Es mi prior —le explicó Waleran a Henry.

A Philip no le gustó demasiado que le presentaran como el prior de Waleran.

—Philip de Gwynedd, prior de Kingsbridge, mi señor obispo.

Se disponía a besar la mano del obispo, pero éste se limitó a decir:

—Espléndido —al tiempo que tomaba otro bocado de carne.

Philip permaneció allí de pie, en situación incómoda. ¿Acaso no iban a invitarle a tomar asiento?

—Nos reuniremos contigo al cabo de un rato, Philip.

Philip comprendió que estaban despidiéndole. Dio media vuelta y se sintió humillado. Se incorporó de nuevo al grupo que se encontraba cerca de la puerta. El mayordomo que había intentado retenerle sonreía satisfecho, diciéndole con la mirada: «Te lo advertí.» Philip se mantuvo apartado de los demás. De pronto sintió vergüenza de su hábito pardo manchado que había estado llevando día y noche durante medio año. Los monjes benedictinos teñían con frecuencia sus hábitos de negro, pero en Kingsbridge hacía años que habían renunciado a ello por motivos de economía. Philip siempre había creído que vestir hermosos trajes era pura vanidad, del todo inapropiado para cualquier hombre de Dios, por elevada que fuera su dignidad. Pero en aquellos momentos descubría su conveniencia. Era posible que no le hubiesen tratado de forma tan displicente si hubiera ido vestido con sedas y pieles.

Bueno, se dijo, un monje ha de ser humilde, así que esto debe de ser bueno para mi alma.

Los dos obispos se levantaron de la mesa y se encaminaron hacia la puerta. Un sirviente presentó a Henry un manto con hermosos bordados y flecos de seda.

—Hoy no tendrás mucho que decir, Philip —dijo Henry mientras se lo ponía.

—Deja que seamos nosotros quienes hablemos —añadió Waleran.

—Deja que sea yo quien hable —señaló Henry, con un levísimo énfasis en la palabra «yo»—. Si el rey te hace una o dos preguntas contesta con toda sencillez y no intentes presentar los hechos con demasiados detalles. Comprenderá que necesitas una nueva iglesia sin que tengas que recurrir a lamentos y lloriqueos.

Philip no necesitaba que le dijeran aquello. Henry estaba mostrándose desagradablemente condescendiente. Sin embargo, hizo un ademán de aquiescencia disimulando su resentimiento.

—Más vale que nos pongamos en marcha —dijo Henry—. Mi hermano es madrugador y puede querer concluir rápidamente los asuntos del día para irse de cacería.

Salieron. Un soldado con una espada al cinto y un báculo en la mano se colocó delante de Henry mientras caminaban por la calle principal y luego subían por la colina en dirección a la Puerta Oeste. La gente se apartaba al paso de los dos obispos, pero no así ante Philip, que acabó andando detrás. De vez en cuando alguien pedía la bendición y Henry trazaba el signo de la cruz en el aire sin aminorar el paso. Poco antes de llegar a la casa de la guardia giraron y cruzaron un puente de madera tendido sobre el foso del castillo. A pesar de que se le había asegurado que no tendría que hablar mucho, Philip se sentía muy intranquilo e incluso temeroso. Estaba a punto de ver al rey.

El castillo se alzaba en la parte sudoeste de la ciudad. Sus muros occidental y meridional formaban parte de las murallas de la ciudad, pero los que separaban de ésta la parte de atrás del castillo no eran menos altos y fuertes que los de las defensas exteriores, como si el rey necesitara tanta protección frente a los ciudadanos como frente al mundo exterior.

Entraron por una parte baja que había en el muro y al instante se encontraron ante la maciza torre del homenaje que dominaba aquel extremo del recinto. Era una formidable torre cuadrada. Al contar las ventanas, estrechas como flechas, Philip calculó que debía de tener cuatro pisos. Como siempre, la planta baja consistía en almacenes y una escalera exterior conducía a la entrada de arriba. Un par de centinelas apostados al pie de la escalera se inclinaron al paso de Henry.

Entraron en el vestíbulo. Había algunos asientos rebajados en el muro de piedra, bancos de madera y una chimenea. En una esquina dos hombres de armas protegían la escalera que, adosada al muro, conducía arriba. Uno de los hombres encontró la mirada del obispo Henry y con un gesto de asentimiento subió por las escaleras para avisar al rey que su hermano estaba esperando.

La inquietud hacía que Philip sintiera náuseas. En los próximos minutos podía quedar decidido todo su futuro. Deseó sentirse más a gusto con sus aliados; haber pasado las primeras horas de la mañana rezando para que las cosas salieran bien en lugar de vagar por Winchester; llevar un hábito limpio.

En el salón se encontraban unas veinte o treinta personas, en su mayoría hombres: caballeros, sacerdotes y prósperos ciudadanos. De repente, a Philip le sobresaltó la sorpresa. Junto al fuego se encontraba Percy Hamleigh, hablando con una mujer y un joven. ¿Qué hacía allí?

Las dos personas que estaban con él eran su horrible mujer y su embrutecido hijo. Habían colaborado con Waleran, si así podía decirse, en la caída de Bartholomew. Difícilmente podría tratarse de una coincidencia el que se encontraran allí ese día; Philip se preguntó si Waleran los esperaba, y dirigiéndose a éste, dijo:

—¿Habéis visto…?

—Los he visto —replicó, tajante, Waleran, visiblemente descontento.

Philip tuvo la impresión de que su presencia en esos momentos era un mal presagio, aunque no supiera exactamente por qué. El padre y el hijo se parecían. Ambos eran hombres grandes y corpulentos, de pelo rubio y rostro taciturno. La mujer parecía uno de esos demonios que torturaban a los pecadores según las pinturas que representaban el infierno. Se tocaba constantemente los granos de la cara con una mano esquelética e inquieta. Permanecía en pie, lanzando miradas de soslayo a todo cuanto la rodeaba. Sus ojos se encontraron con los de Philip y rápidamente desvió la mirada.

El obispo Henry iba de un lado a otro, saludando a los conocidos y bendiciendo a quienes no lo eran, pero al parecer sin perder de vista las escaleras, porque tan pronto como el centinela volvió a bajar por ellas Henry le miró, y ante el gesto de asentimiento del hombre interrumpió la conversación a mitad de la frase.

Waleran subió por las escaleras detrás de Henry y Philip cerró la marcha, con el corazón en la boca. El salón en el que entraron era del mismo tamaño y forma que el de abajo, pero el conjunto difería del todo. De las paredes colgaban reposteros, y el suelo de madera, bien fregado, estaba cubierto de alfombras de piel de cordero. En la chimenea ardía un gran fuego y la habitación estaba brillantemente iluminada con docenas de velas. Junto a la puerta había una mesa de roble con plumas, tinta y un montón de hojas de vitela para cartas. Un clérigo se encontraba sentado a ella a la espera de que el rey le dictara.

Lo primero que observó Philip era que el monarca no llevaba corona. Vestía una túnica púrpura y botas de piel, como si estuviera a punto de montar a caballo. A sus pies estaban tumbados dos grandes perros de caza semejantes a cortesanos favoritos. Se parecía a su hermano, el obispo Henry, pero sus facciones eran algo más finas y tenía una abundante cabellera. Sin embargo sus ojos eran igualmente inteligentes. Se reclinó en lo que Philip supuso que debía de ser su trono, en actitud tranquila, con las piernas estiradas y los codos apoyados en los brazos del asiento. Pese a aquella actitud, en la habitación se respiraba una atmósfera de tensión. El rey era el único que parecía estar a sus anchas.

Al tiempo que entraban los obispos y Philip, se retiraba un hombre alto lujosamente vestido. Saludó al obispo Henry con un movimiento de la cabeza e hizo caso omiso de Waleran. Philip se dijo que, con toda probabilidad, era un poderoso barón.

El obispo Henry se acercó al rey y se inclinó ante él.

—Buenos días, Stephen —dijo.

—Todavía no he visto a ese bastardo de Ranulf —dijo el rey Stephen—. Si no aparece pronto le cortaré los dedos.

—Estará aquí cualquier día de éstos, te lo prometo. Aunque deberías cortarle los dedos de todos modos.

Philip no tenía ni idea de quién era el tal Ranulf ni por qué el rey quería verlo, pero tuvo la impresión de que, aun cuando Stephen estaba disgustado, no hablaba en serio en lo que a la mutilación se refería.

Antes de que Philip abundara en aquella línea de pensamiento, Waleran dio un paso adelante y se inclinó.

—Recordarás a Waleran Bigod, el nuevo obispo de Kingsbridge —dijo Henry.

—Sí, pero ¿quién es ése? —dijo Stephen, mirando a Philip.

—Es mi prior —respondió Waleran.

El obispo no dijo el nombre, por lo que Philip se apresuró a ampliar la información.

—Philip de Gwynedd, prior de Kingsbridge.

Su voz sonó más fuerte de lo que era su intención. Se inclinó.

—Acércate, padre prior —le pidió—. Pareces atemorizado. ¿Qué es lo que te preocupa?

Philip no sabía cómo responder a aquello. Le preocupaban tantas cosas...

—Estoy preocupado porque no tengo un hábito limpio que ponerme —contestó a la desesperada.

Stephen se echó a reír, aunque sin malicia.

—Entonces deja de preocuparte —le dijo. Y mirando a su hermano, que iba tan bien vestido, añadió—: Me gusta que un monje parezca un monje, no un rey.

Philip se sintió algo mejor.

—Me he enterado de lo del incendio. ¿Cómo os las arregláis? —preguntó Stephen.

—El día del incendio Dios nos envió a un constructor. Reparó los claustros con gran rapidez y para los oficios sagrados empleamos la cripta. Con su ayuda estamos despejando el enclave para la reconstrucción, y además ha dibujado los planos de una iglesia nueva —repuso Philip.

Al oír aquello Waleran enarcó las cejas. No estaba enterado de lo de los planos. Philip se lo habría dicho si le hubiera preguntado, pero no lo hizo.

—Loablemente rápido —dijo el rey—. ¿Cuándo empezaréis a construir?

—Tan pronto como encuentre el dinero.

Entonces intervino el obispo Henry.

—Ése es el motivo de que haya traído conmigo para verte al prior Philip y al obispo Waleran. Ni el priorato ni la diócesis disponen de recursos para financiar un proyecto de tal envergadura.

—Y tampoco la corona, mi querido hermano —dijo Stephen.

Philip se sintió desalentado. No era aquél un buen comienzo.

—Lo sé. Por eso he buscado la manera de que hagas posible para ellos la reconstrucción de Kingsbridge sin costo alguno para ti —dijo Henry.

Stephen se mostró escéptico.

—¿Y has tenido éxito en la concepción de un proyecto tan ingenioso, por no decir mágico?

—Sí. Y mi sugerencia consiste en que des las tierras del condado de Shiring a la diócesis a fin de que pueda financiar la reconstrucción de la catedral.

Philip contuvo el aliento.

El rey pareció pensativo.

Waleran abrió la boca dispuesto a hablar, pero Henry le hizo callar con un gesto.

—Es una idea inteligente. Me gustaría hacerlo —musitó el rey.

A Philip le dio un brinco el corazón.

—Lo malo es que acabo de prometer virtualmente el condado a Percy Hamleigh —dijo el rey.

Philip no pudo acallar un lamento. Había pensado que el rey iba a decir que sí. La decepción fue como una puñalada.

Henry y Waleran quedaron pasmados. Nadie había previsto aquello. Henry fue el primero en hablar.

—¿Virtualmente? —preguntó.

El rey se encogió de hombros.

—Podría deshacer el compromiso, aunque resultaría considerablemente embarazoso. Después de todo fue Percy quien condujo ante la justicia al traidor Bartholomew.

—No sin ayuda, mi señor —intervino rápidamente Waleran.

—Sabía que tuviste cierta parte en ello...

—Fui yo quien informó a Percy Hamleigh de la conspiración contra vos.

—Sí. Y a propósito, ¿cómo lo supiste?

Philip se agitó, nervioso. Estaban pisando terreno peligroso. Nadie debía saber que, en su origen, la información procedía de su hermano

Francis, ya que éste seguía trabajando para Robert de Gloucester, a quien le había sido perdonada su intervención en la conjura.

—La información me llegó a través de una confesión en el lecho de muerte —dijo Waleran.

Philip se sintió aliviado. Waleran estaba repitiendo la mentira que él mismo le había dicho, pero hablando como si esa «confesión» se la hubieran hecho a él y no a Philip. Éste, sin embargo, se sentía más que contento de que la atención se apartara de su propia persona en todo ese asunto.

—Aun así, no fuiste tú sino Percy quien lanzó el ataque contra el castillo de Bartholomew, jugándose el todo por el todo, y quien arrestó al traidor.

—Puedes recompensar a Percy de cualquier otra manera —le sugirió Henry.

—Lo que quiere Percy es Shiring —puntualizó Stephen—. Conoce la zona, y la gobernará de forma efectiva. Podría darle Cambridgeshire, pero ¿le seguirían los hombres de los pantanos?

—Primero debes dar gracias a Dios y después a los hombres. Fue Dios quien te hizo rey —replicó Henry.

—Pero Percy arrestó a Bartholomew.

Henry se sintió ofendido ante tamaña irreverencia.

—Dios lo controla todo.

—No insistas en ello —dijo Stephen alzando la mano derecha.

—Está bien —repuso Henry en actitud sumisa.

Aquello fue una clara demostración del poder real. Por un momento habían estado discutiendo casi como iguales, pero una breve frase le había bastado a Stephen para poner las cosas en orden.

Philip se sintió amargamente decepcionado. Al principio le pareció que era una petición imposible, pero poco a poco había empezado a pensar que les sería concedida, e incluso había llegado a imaginar cómo emplearía aquella riqueza. Ahora, de manera brutal, había vuelto a la realidad.

—Mi señor —dijo Waleran—. Os doy las gracias por mostraros dispuesto a reconsiderar el futuro del condado de Shiring, y esperaré vuestra decisión con ansiedad, mientras rezo por vos.

Era impecable, se dijo Philip. Parecía como si Waleran aceptara la situación con elegancia. De hecho, daba a entender que la cuestión quedaba pendiente. El rey no había dicho eso. Bien analizada, la respuesta había sido negativa. Pero no había nada ofensivo en insistir en que Stephen aún podía inclinar la balanza a uno u otro lado. Debo recordar esto, pensó Philip. Cuando esté a punto de recibir una negativa, he de conseguir un aplazamiento.

Stephen vaciló por un instante, como si albergara una leve sospecha de que estaban manipulándolo. Luego pareció desechar cualquier duda.

—Os agradezco a los tres el que hayáis venido a verme —dijo.

Philip y Waleran dieron media vuelta y se dispusieron a salir, pero Henry siguió en sus trece.

—¿Cuándo conoceremos tu decisión?

De nuevo Stephen pareció sentirse en cierto modo acorralado.

—Pasado mañana —respondió.

Henry hizo una reverencia y los tres salieron de la habitación.

La incertidumbre era casi tan mala como una negativa. Philip encontraba insoportable la espera. Pasó la tarde con la maravillosa colección de libros del priorato de Winchester, pero ni siquiera ellos eran capaces de impedir que siguiera especulando sobre lo que el rey tendría en mente. ¿Podía desdecirse de la promesa que había hecho a Percy Hamleigh? ¿Hasta qué punto era éste importante? Se trataba de un miembro de la pequeña aristocracia rural que aspiraba a un condado. Con toda seguridad Stephen no tenía motivo alguno para temer ofenderle, pero ¿hasta qué punto quería ayudar a Kingsbridge? Era notorio que los reyes se hacían más devotos con la edad, y Stephen aún era joven.

Philip se encontraba barajando una y otra vez las posibilidades mientras miraba, sin leer, el *De Consolatione Philosophiae* de Boecio, cuando un novicio llegó prácticamente de puntillas por una de las galerías del claustro y se acercó a él con timidez.

—En el patio exterior hay alguien que pregunta por vos, padre —le susurró al oído.

Era evidente que no se trataba de un monje, ya que habían hecho esperar fuera al visitante.

—¿Quién es? —preguntó Philip.

—Una mujer.

La primera y aterradora idea que acudió al pensamiento de Philip era que se trataba de la prostituta que lo había abordado delante de la casa de la moneda, pero aquel día se había encontrado con la mirada de otra mujer.

—¿Qué aspecto tiene?

El muchacho hizo un gesto de aversión.

Philip asintió comprensivo.

—Regan Hamleigh. —¿Qué nueva maldad estará concibiendo?, pensó—. Voy enseguida.

Recorrió despacio y pensativo los claustros y salió al patio. Necesitaría de todo su ingenio para tratar con esa mujer.

Regan se encontraba de pie delante del locutorio del intendente, envuelta en una gruesa capa y con el rostro oculto con una capucha. Miró a Philip con tan clara malevolencia que éste estuvo en un tris de dar media vuelta e irse de inmediato por donde había venido. Pero luego se sintió avergonzado ante la idea de huir de una mujer, y se mantuvo firme.

—¿Qué quieres de mí? —preguntó.

—¡Monje necio! —le espetó ella—. ¿Cómo podéis ser tan estúpido?

Philip se sintió enrojecer.

—Soy el prior de Kingsbridge, y mejor será que me llames padre —le dijo, pero se dio cuenta, con fastidio, de que parecía más bien petulante que autoritario.

—Muy bien, padre..., ¿cómo es posible que os dejéis utilizar por esos dos obispos codiciosos?

Philip aspiró hondo.

—Habla sin rodeos —dijo, abiertamente enfadado.

—Resulta difícil encontrar palabras lo bastante claras para alguien tan tonto como vos, pero lo intentaré. Waleran está utilizando la iglesia incendiada como pretexto para hacerse con la tierras del condado de Shiring en su propio provecho. ¿He hablado con bastante claridad? ¿Habéis captado la idea?

El tono desdeñoso de Regan seguía enfureciendo a Philip, que, sin embargo, no pudo resistir la tentación de defenderse.

—No hay nada oculto en todo ello —dijo—. Los ingresos procedentes de la tierra están destinados a reconstruir la catedral.

—¿Qué os hace pensar eso?

—Ésa era la idea —protestó Philip, aunque empezaba a sentir el resquemor de la duda.

El tono de Regan que se hizo ahora malicioso.

—¿Pertenecerán las nuevas tierras al priorato, o más bien a la diócesis? —insinuó.

Philip la miró fijamente por un instante y luego apartó la vista. El rostro de aquella mujer era demasiado repelente. Él había estado trabajando con la presunción de que las tierras pertenecerían al priorato y estarían bajo su control, y no del de la diócesis, en cuyo caso sería Waleran quien tuviese el control. Pero en aquel momento recordó que cuando fueron recibidos por el rey, el obispo Henry le había pedido específicamente a éste que aquellas tierras fueran dadas a la diócesis. Philip había supuesto entonces que se trataba de un *lapsus linguae*, pero no recordaba que lo hubieran subsanado entonces ni después.

Observó con suspicacia a Regan. Era imposible que hubiera sabido de antemano lo que Henry iba a decir al rey. Tal vez tuviera razón respecto a ello. Quizá sólo intentasen crear dificultades. Si Philip y Waleran llegaban a enfrentarse, ella llevaría todas las de ganar.

—Waleran es el obispo y ha de tener una catedral —dijo Philip.

—Ha de tener un montón de cosas —aclaró ella. Al empezar a razonar parecía menos malévola y más humana, pero aun así Philip no podía soportar mirarla por mucho tiempo—. Para algunos obispos lo primero sería una hermosa catedral. Waleran tiene otras necesidades. En cualquier caso, mientras disponga de dinero se encontrará en posición de conceder lo que le parezca, mucho o poco, a vos y a vuestros constructores.

Philip se dio cuenta de que, al fin, Regan tenía razón en algo. Si fuese Waleran quien cobrara las rentas, naturalmente retendría parte de ellas para sus gastos. Y únicamente él podría fijar esa parte. No habría nada que le impidiera desviar los fondos para cosas que nada tuvieran que ver con la catedral, si así lo deseaba. Y Philip nunca sabría de un mes para otro si estaría en condiciones de pagar a los constructores.

No cabía la menor duda de que sería preferible que fuera el priorato el que tuviese la propiedad de la tierra, pero Philip estaba seguro de que Waleran se opondría a esa idea y de que el obispo Henry lo respaldaría. Para Philip la única esperanza era el rey, éste al ver a los hombres de la Iglesia divididos, era posible que resolviese el problema entregando el condado a Percy Hamleigh.

Que naturalmente era lo que Regan buscaba.

Philip negó con la cabeza.

—Si Waleran está intentando engañarme, ¿para qué me trajo aquí? Hubiera podido venir solo y presentar su súplica.

Ella asintió.

—Podría haberlo hecho, en efecto; pero también el rey podría haberse preguntado hasta qué punto era sincero Waleran al decir que sólo quería el condado para construir una catedral. Vos habéis hecho que desapareciese cualquier duda que Stephen hubiese podido albergar al aparecer aquí para apoyar la solicitud de Waleran. —Su tono se hizo de nuevo desdeñoso—. Y tenéis un aspecto tan penoso con ese hábito manchado que habéis inspirado lástima al rey. No, Waleran fue muy listo al traeros con él.

Philip tenía la horrible sensación de que tal vez Regan tuviera razón, pero no estaba dispuesto a admitirlo.

—Lo que pasa es que tú quieres el condado para tu marido —le dijo.

—Si pudiera daros la prueba, ¿cabalgaríais medio día para verla por vos mismo?

Aunque lo último que quería Philip era verse enredado en las manipulaciones de aquella mujer, tenía que averiguar si su alegato era verdadero.

—Sí, cabalgaré medio día —admitió, reacio.

—¿Mañana?

—Sí.

—Estad preparado al amanecer.

Era William Hamleigh, el hijo de Percy y Regan, quien a la mañana siguiente estaba esperando a Philip en el patio exterior cuando los monjes empezaban a cantar prima. Philip y William salieron de Winchester por la Puerta Oeste, torciendo de inmediato hacia el norte en Athelynge Street. Philip pronto advirtió que el palacio del obispo Waleran estaba en esa dirección y se encontraba a medio día de viaje. De manera que allí era a donde iban. Pero ¿por qué? Se sentía profundamente receloso, y decidió mantenerse alerta ante cualquier treta. Era muy posible que los Hamleigh intentaran utilizarlo. Se preguntó cómo podrían hacerlo. Tal vez Waleran poseyera algún documento que los Hamleigh quisieran ver o incluso robar, alguna especie de escritura o carta de privilegio. El joven William podía decir al personal del obispo que habían enviado a los dos a buscar el documento. Seguramente le creerían por ir Philip con él. Era muy posible que William escondiera una carta en la manga. Philip tenía que mantenerse en guardia. Era una mañana gris y caía una llovizna persistente. William cabalgó a buena marcha durante los primeros kilómetros, pero luego disminuyó el ritmo para dejar que descansaran los caballos.

—Así que quiere quitarme el condado, monje —dijo al cabo de un rato.

Philip quedó desconcertado ante su tono hostil. No había hecho nada para merecerlo y le molestó. Así que su respuesta fue dura.

—¿A ti? —dijo—. Tú no vas a tenerlo, muchacho. Puede que lo reciba yo, o tu padre, o quizá el obispo Waleran, pero nadie ha pedido al rey que te lo dé a ti. Eso suena a broma.

—Yo lo heredaré.

—Eso está por verse. —Philip llegó a la conclusión de que no valía la pena discutir con William—. No te deseo ningún mal —añadió en tono conciliatorio—. Lo único que yo quiero es construir una nueva catedral.

—Entonces quedaos con el condado de algún otro —replicó—. ¿Por qué la gente ha de tomarla siempre con nosotros?

Philip advirtió una gran amargura en el tono del muchacho.

—¿La toma la gente siempre con vosotros? —le preguntó.

—Cabía esperar que hubieran aprendido la lección de lo que le ocurrió a Bartholomew. Insultó a nuestra familia y mirad dónde está ahora.

—Creía que era su hija la responsable del insulto.

—Esa zorra es tan orgullosa y arrogante como su padre; pero también ella sufrirá. Al final todos se arrodillarán ante nosotros. Ya lo veréis.

Ésos no eran los sentimientos naturales en un muchacho de veinte años, se dijo Philip. William se parecía más a una mujer de mediana edad, envidiosa y virulenta. Philip no disfrutaba en modo alguno con aquella conversación. La mayoría de la gente disimulaba su enconado odio con una cierta elegancia, pero aquel joven era demasiado tosco para hacerlo.

—Más vale dejar la venganza para el día del Juicio Final —dijo Philip.

—¿Por qué no esperáis vos al día del Juicio Final para construir vuestra iglesia?

—Porque para entonces será demasiado tarde para salvar las almas de los pecadores de los tormentos del infierno.

—¡No empecéis con eso! —dijo William con una nota de histeria en la voz—. ¡Reservadlo para vuestros sermones!

Philip se sintió tentado de darle otra réplica mordaz, pero se mordió la lengua. Había algo muy extraño en aquel muchacho. Tenía la sensación de que William podía ser presa en cualquier momento de una furia incontrolable. Philip no le tenía miedo. No temía a los hombres violentos, tal vez porque de niño había sido testigo de lo que eran capaces de hacer y había sobrevivido. Sin embargo, nada se ganaba enfureciendo a William con reprimendas, así que le habló con calma.

—El cielo y el infierno es de lo que yo me ocupo. La virtud y el pecado, el perdón y el castigo, el bien y el mal. Me temo que no puedo guardar silencio respecto a ellos.

—Entonces hablad con vos mismo —dijo William, y espoleando su caballo lo puso al trote para alejarse de Philip.

Cuando se encontraba ya a cuarenta o cincuenta metros de distancia de Philip, volvió a reducir la marcha. El prior se preguntó si él volvería para cabalgar a su lado, pero no lo hizo, y durante el resto de la mañana avanzaron separados el uno del otro.

Philip se sentía inquieto y algo deprimido. Había perdido el control de su destino. En Winchester había dejado que Waleran Bigod llevara la voz cantante y en esos momentos permitía que William Hamleigh le indujera a hacer ese viaje misterioso. Todos están intentando manipularme, se dijo. ¿Por qué permito que lo hagan? Es hora de que sea yo quien empiece a tomar la iniciativa. Pero en ese momento no había nada que pudiera hacer, salvo dar media vuelta y volver a Winchester, y ello parecía un gesto fútil, de manera que siguió tras William, contemplando meditabundo los cuartos traseros del caballo de éste mientras continuaban cabalgando.

Poco antes del mediodía llegaron al valle donde se alzaba el palacio del obispo. Philip recordaba haber acudido allí a principios de año, terriblemente agitado, llevando consigo un secreto mortal. Desde entonces muchas cosas habían cambiado, y de un modo extraordinario.

Ante su sorpresa, William dejó atrás el palacio y empezó a subir por la colina. El camino se estrechaba hasta convertirse en un pequeño sendero. Philip sabía que no conducía a ninguna parte importante. A medida que alcanzaban la cima de la colina, observó que se estaban realizando obras de edificación. Algo por debajo de la cima les detuvo, un montón de tierra que parecía recientemente cavada. A Philip le asaltó una terrible sospecha.

Apartándose, cabalgaron a lo largo de él hasta encontrar un foso seco, relleno a esa altura para permitir que pasara la gente. Lo atravesaron.

—¿Es esto lo que hemos venido a ver? —preguntó Philip.

William se limitó a asentir con la cabeza.

Había quedado confirmada la sospecha de Philip. Waleran estaba construyéndose un castillo. Sintió una inmensa tristeza.

Aguijó a su caballo y atravesó el foso que rodeaba la cima de la colina, con William a la zaga. Junto al borde interior del foso se había levantado un grueso muro de piedra hasta una altura de dos o tres pies. Era evidente que el muro estaba sin terminar, y a juzgar por su grosor se había decidido que fuera muy alto.

Waleran estaba construyendo un castillo, pero allí no había trabajadores ni se veían herramientas ni piedras o madera. Se había hecho mucho en poco tiempo. Y de repente se habían suspendido los trabajos. Era evidente que Waleran se había quedado sin dinero.

—Supongo que no habrá duda de que es el obispo quien está construyendo este castillo —dijo Philip a William.

—¿A quién iba a permitir Waleran Bigod construir un castillo cerca de su palacio? —repuso William.

El prior se sintió dolido y humillado. La cuestión era de una claridad meridiana. El obispo Waleran quería el condado de Shiring, con su cantera y su madera para construir su propio castillo, no una catedral. Philip no era más que un instrumento, y el incendio de la catedral de Kingsbridge una excusa oportuna. Su papel consistía en avivar la devoción del rey para que concediera el condado a Waleran.

Philip se vio a sí mismo tal como Waleran y Henry debían de verle: ingenuo, sumiso, sonriente y conforme mientras se le conducía al matadero. Le habían juzgado a la perfección. Había confiado en ellos, había delegado en ellos, incluso había soportado con una sonrisa sus desaires porque creía que le estaban ayudando, cuando en realidad le estaban engañando.

Se sentía escandalizado ante la falta de escrúpulos de Waleran. Recordaba la mirada de tristeza de éste mientras contemplaba la catedral en ruinas. Philip había avistado por un instante en él una devoción hondamente arraigada. Waleran, se dijo, debía de pensar que al servicio de la Iglesia los fines piadosos justificaban los medios deshonestos. Philip jamás lo creyó así. Nunca haría a Waleran lo que éste está intentando hacerme a mí, pensó.

Jamás se había considerado crédulo. Se preguntaba en qué residía su error. Y pensó que había permitido que le deslumbraran el obispo Henry y sus ropajes de seda, la magnificencia de Winchester y su catedral, los montones de plata en la casa de la moneda, las cantidades de carne en las carnicerías y, sobre todo, la idea de hallarse ante el rey. Había olvidado que Dios ve a través de los ropajes de seda en el corazón pecador, que la única riqueza que vale la pena es la de obtener el tesoro del cielo y que incluso el rey ha de arrodillarse en la iglesia. Al experimentar la sensación de que todos los demás eran mucho más poderosos que él, había perdido de vista sus propios valores, dejado en suspenso sus facultades críticas y depositado su confianza en sus superiores. Su recompensa había sido el engaño.

Echó una última mirada al castillo en construcción batido por la lluvia y luego hizo girar en redondo a su caballo y se alejó sintiéndose herido. William le siguió.

—¿Qué decís ahora de eso, monje? —se mofó William. Philip no contestó.

Recordaba que había ayudado a Waleran a obtener el cargo que ostentaba. «Quieres que te designe prior de Kingsbridge y yo quiero que me hagas obispo», le había dicho éste.

Claro que Waleran no había revelado que el obispo ya había muerto, de manera que la promesa parecía algo insustancial. Y parecía que Philip estaba obligado a hacer esa promesa para asegurarse la elección como prior. Sin embargo, todo ello eran excusas. La realidad era que debía haber dejado la elección de prior y el obispo en manos de Dios.

No había tomado esa piadosa decisión y recibía el castigo al tener que contender ahora con el obispo Waleran.

Cuando pensaba hasta qué punto le habían desairado manipulado y engañado, se sentía furioso. Se dijo con amargura que la obediencia era una virtud monástica, pero fuera de los claustros tenía sus inconvenientes; el mundo del poder y de la riqueza urgía a que un hombre fuera exigente, receloso e insistente.

—Esos obispos embusteros os han hecho quedar como un tonto, ¿no es así? —dijo William.

Philip sofrenó su caballo. Temblando de ira, señaló con un dedo acusador a William.

—Cierra la boca, muchacho. Estás hablando de obispos santos de Dios. Si dices una sola palabra más te prometo que arderás en los infiernos.

William se quedó lívido de terror.

Philip aguijó a su caballo. La actitud burlona de William le hizo recordar que los Hamleigh tenían otro motivo para llevarle a ver el castillo de Waleran: querían provocar el enfrentamiento entre Philip y éste para asegurarse de que el tan disputado condado no fuera a manos del prior ni del obispo, sino a las de Percy. Bueno, Philip no estaba dispuesto a que ellos también lo manipularan. Había acabado con las manipulaciones. En adelante él sería quien practicara el juego.

Todo eso estaba muy bien, pero ¿qué podía hacerse? Si Philip se enfrentaba a Waleran, Percy sería el beneficiario de las tierras, y si no hacía nada, sería Waleran quien se las llevara.

¿Qué era lo que el rey quería? Quería ayudar a construir la nueva catedral. Era un gesto realmente regio y beneficiaría a su alma en la otra vida. Pero también necesitaba recompensar la lealtad de Percy. Y aunque resultara bastante extraño no parecía tener demasiado interés en dar satisfacción a los hombres más poderosos, los dos obispos. A Philip se le ocurrió que quizá la solución del dilema que resolviera el problema del rey fuera la de satisfacer a ambos, a él y a Percy Hamleigh.

Bueno, ésa era una idea.

Y le satisfizo. Una alianza entre él y los Hamleigh era lo último que alguien podría imaginar, y tal vez por eso mismo tal vez diese resultado. Los obispos estarían completamente ajenos a ello, por lo que les cogería desprevenidos.

Se trataría de un estupendo trastocamiento.

Pero ¿sería capaz de negociar un trato con los codiciosos Hamleigh? Percy quería las ricas tierras de cultivo de Shiring, el título de conde y el poder y prestigio de un cuerpo de caballeros bajo su mando. Philip también quería las ricas tierras de cultivo, no así el título de conde ni a los caballeros. Estaba más interesado en la cantera y en el bosque.

En la mente de Philip empezaba a tomar forma una especie de compromiso. Comenzó a pensar que todavía no estaba todo perdido.

Resultaría reconfortante ganar ahora, después de todo lo ocurrido.

Con creciente excitación empezó a considerar la forma de abordar a los Hamleigh. Estaba decidido a no desempeñar el papel de suplicante. Tenía que formular su proposición de forma que pareciera irresistible.

Para cuando llegaron a Winchester la capa de Philip estaba empapada y su caballo nervioso, pero el prior pensaba que al fin tenía la respuesta.

—Vamos a ver a tu madre —le dijo a William al pasar por debajo del arco de la Puerta Oeste.

William se mostró sorprendido.

—Pensaba que querríais ir a ver de inmediato al obispo Waleran.

Sin duda eso era lo que Regan le había dicho que esperara.

—No te molestes en decirme lo que piensas —le dijo Philip en tono tajante—. Llévame en presencia de tu madre.

Se sentía dispuesto a un enfrentamiento con Regan Hamleigh. Se había mantenido pasivo demasiado tiempo.

William giró hacia el sur y condujo a Philip hasta una casa en Gold Street, entre el castillo y la catedral. Era una gran morada con muros de piedra hasta la altura de la cintura de un hombre y estructura de madera en la parte superior. En el interior había un vestíbulo de entrada al que daban varios apartamentos. Probablemente los Hamleigh se alojaran allí. Muchos ciudadanos de Winchester alquilaban habitaciones a personas que atendían a los miembros de la corte regia. Si Percy obtenía el título de conde tendrían una casa en la ciudad.

William hizo entrar a Philip en una habitación delantera en la que había una gran cama y una chimenea. Regan estaba sentada junto al fuego y Percy en pie, a su lado. Regan miró a Philip con expresión de sorpresa, pero se dominó rápidamente.

—Bueno, monje ¿tenía yo razón? —preguntó.

—Te has equivocado de medio a medio, mujer necia —le espetó Philip.

Regan enmudeció, sobresaltada ante el tono de enfado del prior, quien se sintió satisfecho al poder administrarle un poco de su propia medicina. Siguió hablando con el mismo tono.

—Pensaste que podrías provocar un enfrentamiento entre Waleran y yo. ¿Imaginaste por un momento que yo podría descubrir lo que planeabas? Eres una taimada arpía, aunque no la única persona en el mundo capaz de pensar.

Por la expresión de ella, Philip advirtió que comprendía que su plan no había dado resultado y que estaba preguntándose qué podía hacer. Siguió presionándola mientras la veía desconcertada.

—Has fracasado, Regan. Ahora tienes dos opciones. Una, la de mantenerte a la expectativa y esperar a que ocurra lo mejor, cifrando vuestras esperanzas en la decisión del rey. Vuestra suerte depende de su talante mañana por la mañana.

Hizo una pausa.

—¿Y la otra opción? —preguntó ella.

—La otra es que tú y yo hagamos un trato. Nos dividimos el condado sin dejar nada a Waleran. Acudimos ante el rey en privado y le decimos que hemos llegado a un acuerdo. Y obtenemos la bendición real antes de que los obispos puedan formular objeciones. —Philip se sentó en un banco simulando indiferencia—. Es vuestra mejor oportunidad. En realidad, no tenéis elección. —Clavó la mirada en el fuego, pues no quería que Regan se diese cuenta de lo tenso que se sentía. Pensó que aquella idea tenía que parecerles atractiva. Era la certeza de obtener algo contra la posibilidad de no lograr nada. Pero se trataba de personas muy codiciosas... Quizá prefiriesen arriesgar el todo por el todo.

Percy fue el primero en hablar.

—¿Dividir el condado? ¿Cómo?

Philip observó con alivio que al fin se mostraban interesados.

—Voy a proponer una división tan generosa que estaríais locos si la rechazaseis —dijo. Se volvió hacia Regan—. Os estoy ofreciendo la mejor parte.

Le miraron a la espera de que siguiera hablando, pero él permaneció callado.

—¿Qué queréis decir con lo de la mejor mitad?

—¿Qué es más valioso? ¿La tierra cultivable o el bosque?

—Ciertamente, la tierra cultivable.

—Entonces vos la tendréis, y yo el bosque.

Regan entornó los ojos.

—De esa forma tendréis madera para vuestra catedral.

—Acertasteis.

—¿Y qué hay de los pastos?

—¿Qué preferís... los pastos para el ganado o aquellos en los que pacen las ovejas?

—Los pastos.

—Entonces yo me quedaré con las granjas de la colina y sus ovejas. ¿Qué preferiríais, los ingresos de los mercados o la cantera?

—Los ingresos de los mercados —respondió.

—Supongamos que queremos la cantera —intervino Regan.

Philip comprendió que la mujer se había dado cuenta de su propósito. Quería la piedra de la cantera para su catedral. Él sabía que Regan no la quería. Los mercados dejaban más dinero con menos esfuerzos.

—Sin embargo no la querréis, ¿verdad? —dijo con firmeza.

—No. Nos quedaremos con los mercados —contestó Regan, sacudiendo la cabeza.

Percy intentó aparentar que estaban esquilmándolo.

—Necesito el bosque para cazar —dijo—. Un conde ha de ir de cacería de vez en cuando.

—Podréis cazar en él —repuso Philip—. Yo sólo quiero la madera.

—Es razonable —dijo Regan.

Su conformidad había sido tan rápida que a Philip le asaltó la inquietud. ¿Habría dejado de lado algo importante sin darse cuenta? ¿O acaso lo que ocurría era que Regan se sentía impaciente por prescindir de detalles de poca monta? Antes de que pudiera seguir reflexionando, ella continuó hablando.

—Supongamos que al revisar las escrituras y cartas de privilegio de la vieja tesorería del conde Bartholomew encontramos que hay algunas tierras que nosotros creemos que deberían ser nuestras y vos pensáis que os corresponden.

El hecho de que se detuviera a discutir semejantes detalles animó a Philip a pensar que iba a aceptar su proposición.

—En ese caso, tendremos que ponernos de acuerdo sobre un arbitro. ¿Qué os parece el obispo Henry? —propuso con frialdad Philip, intentando disimular su excitación.

—¿Un sacerdote? —dijo ella con su habitual desdén—. ¿Se mostraría objetivo? No. ¿Qué me decís del sheriff de Wiltshire?

Philip pensó que no sería más objetivo que el obispo, pero no se le ocurría nada capaz de satisfacer a ambas partes, así que hizo su última observación.

—De acuerdo…, a condición de que si entramos en disputa sobre su decisión tengamos el derecho de apelar al rey.

Ésa sería suficiente salvaguardia.

—De acuerdo —convino Regan. Luego, mirando de soslayo a su marido, agregó—: Si es del agrado de mi marido.

—Sí, sí —dijo Percy.

Philip sabía que tenía el triunfo al alcance de la mano.

—Si estamos de acuerdo sobre la propuesta en su conjunto entonces… —empezó a decir respirando hondo.

—Esperad un momento —le interrumpió Regan—. No estamos de acuerdo.

—¡Pero si os he dado cuanto queríais!

—Aún podemos obtener todo el condado, no una parte.

—Y también es posible que no recibáis nada en absoluto.

Regan vaciló.

—¿Cómo os proponéis llevar esto adelante, si estuviésemos de acuerdo?

Philip había pensado en ello. Miró a Percy.

—¿Podrías ver al rey esta noche?

—Si tengo un buen motivo… sí —respondió Percy, aunque parecía inquieto.

—Ve a verle y dile que hemos llegado a un acuerdo. Pídele que lo anuncie como su decisión mañana por la mañana. Asegúrale que tanto tú como yo estamos satisfechos con dicho acuerdo.

—¿Y qué me decís si pregunta si los obispos también se muestran de acuerdo?

—Dile que no ha habido tiempo de consultarles. Recuérdale que es el prior, no el obispo, quien ha de construir la catedral. Dale a entender que si yo quedo satisfecho los obispos también deben estarlo.

—Pero ¿qué pasará si los obispos presentan quejas al anunciarse el trato?

—¿Cómo podrían hacerlo? —dijo Philip—. Su pretensión es que solicitan el condado tan sólo con el fin de financiar la construcción de la catedral. No es concebible que Waleran proteste alegando que de esa manera ya no podrá desviar fondos para otros fines.

Regan soltó una carcajada. Le gustaba la astucia de aquel monje.

—Es un buen plan —dijo.

—Hay una condición —advirtió Philip mirándola de frente—. El rey tiene que anunciar que mi parte está destinada al priorato. Si no deja esa especificación bien clara, le pediré que lo haga. Si dice cualquier otra cosa, la diócesis, el sacristán, el arzobispo, cualquier otra cosa... rechazaré de plano el trato. No quiero que haya duda alguna sobre ello.

—Comprendo —dijo Regan, algo malhumorada.

Su irritación hizo sospechar a Philip que tal vez estuviese pensando en presentar al rey una versión ligeramente diferente del acuerdo. Estaba satisfecho de haber dejado bien claro ese punto.

Se levantó para marcharse, pero quería sellar aquel pacto de alguna forma.

—Entonces estamos de acuerdo —dijo con una levísima inflexión interrogativa en la voz—. Tenemos un pacto solemne.

Miró a ambos.

—Tenemos un pacto —repitió Percy al tiempo que Regan asentía ligeramente.

A Philip empezó a latirle el corazón más deprisa.

—Bueno —dijo en tono tajante—. Os veré mañana por la mañana en el castillo.

Mantuvo el rostro impávido mientras abandonaba la habitación, pero al salir a la calle, ya a oscuras, se permitió dar rienda suelta a su satisfacción con una amplia y triunfal sonrisa.

Después de cenar, Philip se sumió en un sueño inquieto y turbulento. Se levantó a medianoche para maitines, y luego permaneció despierto en su jergón preguntándose qué pasaría al día siguiente.

A su juicio, el rey Stephen debería sancionar la propuesta, ya que resolvía su problema. Le proporcionaba un conde y una catedral. De lo que no estaba tan seguro era de que Waleran aceptara su derrota, pese a lo que él había asegurado a Regan Hamleigh. Era posible que encontrase una excusa para oponerse al arreglo. Podía protestar de que semejante trato no aportaría el dinero necesario para la impresionante catedral que él quería, prestigiosa y ricamente decorada, y así persuadir al rey de que reflexionara de nuevo.

Poco antes del amanecer, a Philip se le ocurrió un nuevo peligro: el de que quizá Regan le traicionara. Podía hacer un trato con Waleran. ¿Y si hubiera ofrecido al obispo el mismo trato? Waleran podría disponer de la piedra y de la madera que necesitaba para su castillo. Tal posibilidad le produjo una tremenda inquietud. Deseaba haber podido ir en persona a ver al rey, pero éste probablemente no le hubiera recibido, y, además, Waleran habría podido enterarse y mostrarse suspicaz. No, no estaba en condiciones de tomar ninguna precaución para protegerse contra el riesgo de la traición. Ahora todo lo que podía hacer era rezar.

Y así lo hizo hasta apuntar el día.

Desayunó con los monjes. Descubrió que el pan blanco no llenaba el estómago como el pan bazo, pero de todos modos aquella mañana apenas si tenía hambre. Fue temprano al castillo aun sabiendo que el rey no recibía gente a aquella hora. Entró en el vestíbulo y se sentó a esperar en uno de los bancos tallados en la piedra.

El salón se iba llenando lentamente de solicitantes y cortesanos. Algunos de ellos iban lujosamente vestidos con túnicas amarillas, azules y rosadas y capas con lujosas orlas de piel. Philip recordó que el famoso *Libro Domesday* se guardaba en alguna parte del castillo. Probablemente se encontrara en el salón de arriba, donde el rey había recibido a Philip y a los dos obispos. Él no lo había visto, pero estaba demasiado nervioso para darse cuenta de nada. El tesoro real también se encontraba allí, sin embargo, era de suponer que lo guardasen en el piso más alto, en una bóveda, en el dormitorio del rey. Una vez más Philip se sintió en cierto modo deslumbrado por cuanto le rodeaba, pero decidió no dejarse intimidar por más tiempo. Toda aquella gente con sus hermosos atavíos, todos aquellos caballeros, lores, mercaderes y obispos no eran más que hombres. La mayoría de ellos apenas sabían escribir sus nombres. Además, se encontraban allí para obtener algo para sí mientras que él, Philip, estaba allí en nombre de Dios. Su misión y su descolorido hábito marrón le situaban por encima de todos ellos, no por debajo.

Aquel pensamiento le infundió valor.

Cuando apareció un sacerdote en lo alto de la escalera que conducía al piso superior, le produjo una cierta tensión. Todo el mundo esperaba que aquello significase que el rey iba a recibir. El sacerdote cambió unas palabras en voz baja con uno de los guardias armados. Luego subió de nuevo por las escaleras. El guardia llamó a un caballero, que dejó su espada a los guardias y subió por los escalones.

Philip pensó en la vida tan extraña que debían de llevar los clérigos del rey. Claro que éste tenía que contar con ellos, no sólo para decir misa, sino también para llevar a cabo toda la lectura y escritura requeridos por el gobierno del reino. No había nadie que pudiera hacerlo salvo los clérigos. Los pocos legos que habían aprendido a leer y a escribir no podían hacerlo con la rapidez suficiente. Sin embargo, no había demasiada santidad en la vida de los clérigos del rey. El propio hermano de Philip, Francis, había elegido esa vida y trabajaba para Robert de Gloucester. Si es que vuelvo a verle alguna vez, se dijo Philip, tengo que preguntarle cómo es su vida.

Poco después de que el primer solicitante subiera por las escaleras, aparecieron los Hamleigh.

Philip resistió el impulso de acercarse a ellos de inmediato. No quería que la gente sospechase que estaban en connivencia. Todavía no. Los miró con atención, estudiando sus expresiones e intentando leer sus pensamientos. Llegó a la conclusión de que William parecía esperanzado, Percy ansioso y Regan tensa como la cuerda de un arco. Al cabo de unos instantes Philip se puso en pie y cruzó el salón con el aire más indiferente que le fue posible adoptar. Les saludó con cortesía.

—¿Le has visto? —preguntó a Percy.

—Sí.

—¿Y qué?

—Dijo que lo pensaría durante la noche.

—Pero ¿por qué? —inquirió Philip. Estaba decepcionado y contrariado—. ¿Qué hay que pensar?

—Preguntádselo a él —repuso Percy, encogiéndose de hombros.

Philip estaba exasperado.

—Bueno, ¿qué actitud tenía? ¿Parecía complacido o qué?

—Me parece que le ha gustado la idea de verse liberado de su dilema, pero que se siente suspicaz por el hecho de que todo parezca demasiado fácil.

Era una suposición sensata, pero aun así a Philip le contrariaba el que el rey Stephen no hubiera cogido al vuelo esa oportunidad.

—Será mejor que no sigamos hablando —dijo al cabo de un momento—. No nos interesa que los obispos piensen que estamos conspirando contra ellos. Al menos hasta que el rey anuncie su decisión. —Saludó cortésmente con una inclinación de la cabeza y se alejó.

Volvió a su asiento de piedra. Intentó pasar el tiempo pensando en lo que haría si su plan daba resultado. ¿Podría empezar pronto la nueva catedral? Dependería sobre todo de lo deprisa que pudiera sacar algún dinero de sus nuevas propiedades. Debía de haber un buen número de ovejas. Tendría lana para vender en verano. Podían alquilarse algunas de las granjas de la colina, y la mayor parte de los alquileres se pagaban inmediatamente después de la cosecha. Para cuando llegase el otoño tal vez hubiera dinero suficiente para contratar a un leñador y a un maestro cantero y empezar a almacenar madera y piedra. Al mismo tiempo, los trabajadores podrían empezar a excavar para construir los cimientos bajo la vigilancia de Tom. Al año siguiente estarían en condiciones de empezar a trabajar con la piedra.

Era un hermoso sueño.

Los cortesanos subían y bajaban por las escaleras con alarmante rapidez. Aquel día el rey Stephen trabajaba deprisa. A Philip empezó a preocuparle la posibilidad de que el rey diese por terminado su trabajo y se fuese de caza antes de que llegaran los obispos.

Al fin llegaron. Philip se puso en pie lentamente mientras ellos entraban. Waleran parecía tenso, pero Henry sólo aburrido. Para éste era una cuestión de poca importancia. Debía prestar su apoyo a un colega, aun cuando el resultado no le afectara lo más mínimo. Para Waleran, en cambio, ese resultado era crucial para su plan de construir un castillo, y ese castillo era tan sólo un peldaño en el progresivo ascenso de Waleran por la escala del poder.

Philip no estaba seguro de cómo tratarlos. Habían intentado tenderle una trampa y le hubiera gustado reprochárselo amargamente, decirles que había descubierto su traición, pero con ello sólo habría conseguido hacerles sospechar que algo se tramaba, y Philip quería que no recelaran nada para que el compromiso recibiera la aprobación del rey antes de que lograsen reponerse de la sorpresa. De manera que ocultó sus sentimientos y saludó con cortesía. No debería haberse preocupado, ya que los obispos no se dieron por enterados de su presencia.

No pasó mucho tiempo antes de que los guardias les convocaran. Henry y Waleran subieron por las escaleras abriendo la marcha, seguidos de Philip. Los Hamleigh la cerraban. Philip tenía el corazón encogido.

El rey Stephen se encontraba de pie frente al fuego que ardía en la chimenea. En esa ocasión tenía un aire más enérgico y serio. Era un buen presagio, ya que se mostraría impaciente con cualquier objeción de poca monta de los obispos. El obispo Henry se acercó a su hermano y se detuvo a su lado, mientras los demás permanecían en fila en el centro de la habitación. Philip sintió un dolor en las manos y entonces se dio cuenta de que se estaba clavando las uñas en las palmas. Abrió las manos.

El rey susurró algo al oído de su hermano, de modo que nadie pudiera oírle. Henry frunció el entrecejo y dijo algo igualmente inaudible. Hablaron durante unos momentos y luego Stephen alzó una mano haciendo callar a su hermano. Miró a Philip.

Philip recordó que el rey le había hablado con amabilidad la última vez que había estado allí, bromeando con su nerviosismo y diciendo que le gustaba que un monje vistiera como tal.

Sin embargo, en esa ocasión no hubo conversación intrascendente. El rey tosió y empezó a hablar.

—A partir de hoy, mi leal súbdito Percy Hamleigh ostentará el título de conde de Shiring.

Philip vio de soslayo que Waleran daba un paso hacia adelante como dispuesto a protestar, pero el obispo Henry le detuvo con un ademán rápido y severo.

—De las posesiones del antiguo conde —prosiguió el rey—, Percy recibirá el castillo, toda la tierra arrendada a los caballeros, además de todas las otras tierras de cultivo y todas las tierras de pastura.

Philip apenas podía contener su excitación. Al parecer el rey había aceptado el trato. Echó otra mirada furtiva a Waleran, cuyo rostro era la viva imagen de la frustración.

Percy se arrodilló delante del rey y alargó las manos juntas en actitud de oración. El rey puso sus manos sobre las de Percy.

—Te hago a ti, Percy, conde de Shiring, para que poseas y disfrutes las tierras y rentas antes señaladas.

—Juro por cuanto hay de sagrado ser vuestro vasallo leal y luchar por vos contra cualquier otro.

Stephen soltó las manos de Percy, y una vez que éste se hubo puesto en pie, se volvió hacia los demás.

—Todas las demás tierras cultivables pertenecientes al anterior conde, se las entrego —hizo una pausa mirando alternativamente a Philip y a Waleran— al priorato de Kingsbridge para la construcción de la nueva catedral.

Philip contuvo un grito de alegría... ¡Había ganado! No pudo evitar sonreír, gozoso, al rey. Miró a Waleran. Éste se mostraba conmocionado hasta el tuétano. No pretendía en modo alguno mostrarse ecuánime. Tenía la boca abierta, los ojos desorbitados y miraba al rey con franca incredulidad. Luego volvió la mirada hacia Philip; sabía que había fracasado y que éste era el beneficiario de su fracaso, pero lo que no atinaba a imaginar siquiera era cómo había sucedido.

—El priorato de Kingsbridge disfrutará también del derecho a sacar piedra de la cantera del conde y madera de su bosque, sin limitación alguna, para la construcción de la nueva catedral —añadió el rey.

A Philip se le quedó seca la garganta. ¡Ése no era el trato! Se había acordado que tanto la cantera como el bosque pertenecerían al priorato y que Percy sólo tendría derecho a cazar. En definitiva, Regan había alterado las condiciones del trato. Según las nuevas estipulaciones, Percy tendría la propiedad, y el priorato sólo el derecho a sacar la piedra y la madera. Philip no disponía más que de unos segundos para decidir si debía rechazar todo el trato.

—En caso de desacuerdo entre ambas partes —prosiguió el rey— el sheriff de Shiring decidirá, pero las partes tienen el derecho a apelar ante mí en última instancia.

Regan se ha comportado de forma deleznable, pensó Philip, pero ¿qué diferencia hay? El trato sigue proporcionándome casi todo cuanto quería. Y entonces el rey agregó:

—Creo que este acuerdo ya ha sido aprobado por las dos partes aquí presentes.

Ya no quedaba tiempo.

—Sí, mi señor —dijo Percy.

Waleran abrió la boca para negar que hubiera aprobado el compromiso, pero Philip se le adelantó.

—Sí, mi señor —dijo.

El obispo Henry y el obispo Waleran volvieron al mismo tiempo la cabeza hacia Philip. La expresión de sus rostros revelaba el más absoluto asombro al comprender que Philip, el prior que ni siquiera acudía con un hábito limpio a la corte, había negociado un trato con el rey a espaldas de ellos. Al cabo de un instante la expresión de Henry se relajó, como alguien que hubiere sucumbido en el tablero ante un niño de mente ágil. Pero la mirada de Waleran se hizo malévola. Philip podía leer en su mente. Estaba cayendo en la cuenta de que había cometido un error garrafal al subestimar a su oponente, y se sentía humillado. En cuanto a Philip, aquel momento le compensaba por todo. La traición, la humillación, los desaires. Levantó la mandíbula, arriesgándose a cometer pecado de orgullo, y dirigió a Waleran una mirada con la que le decía: «Tendrás que poner más ahínco cuando trates de engañar a Philip de Gwynedd.»

—Informaremos de mi decisión al anterior conde, Bartholomew —dijo el rey.

Philip supuso que Bartholomew se encontraría en una mazmorra del castillo. Recordó a aquellos niños que vivían con su mayordomo en el castillo en ruinas y se sintió en cierto modo culpable, mientras se preguntaba qué sería ahora de ellos.

El rey dio permiso a todos para que se retiraran, salvo al obispo Henry. Philip cruzó la habitación como si flotase. Llegó a la escalera al mismo tiempo que Waleran y se detuvo para que éste pasara el primero. Waleran le dirigió una mirada cargada de furia. Cuando habló, su voz era como bilis, y pese al júbilo que sentía Philip, sus palabras le dejaron helado. Aquella máscara de odio abrió la boca y dijo entre dientes:

—Juro por todo cuanto hay de sagrado que jamás construirás tu iglesia.

Luego, se echó al hombro las vestiduras negras y bajó por las escaleras.

Philip comprendió que se había hecho un enemigo de por vida.

3

William Hamleigh apenas podía contener su excitación al aparecer Earlcastle ante sus ojos.

Era la tarde del día siguiente al que el rey había tomado su decisión. William y Walter habían cabalgado durante casi dos días, pero William no estaba cansado. Se sentía tan exultante como nervioso. Estaba a punto de volver a ver a Aliena.

En una ocasión había pensado en casarse con ella porque era la hija de un conde, pero Aliena le había rechazado por tres veces. Se estremeció al recordar su desdén. Le había hecho sentirse como un don nadie, como un labriego. Se había comportado como si los Hamleigh no fueran dignos de consideración. Pero las cosas habían cambiado. Ahora era la familia de ella la que no era digna de consideración. Él era hijo de un conde y ella no era nada. No tenía título ni posición ni tierras ni riquezas. Él, William, iba a tomar posesión del castillo e iba a arrojarla de él, y entonces tampoco tendría hogar. Casi parecía demasiado hermoso para ser verdad.

Aminoró la marcha de su caballo al acercarse al castillo. No quería que Aliena advirtiera su llegada. Quería causarle una sorpresa repentina, horrible y devastadora.

El conde Percy y la condesa Regan habían regresado a su vieja casa solariega en Hamleigh para preparar el traslado al castillo del tesoro, los mejores caballos y los sirvientes de la casa. William debía ocuparse de contratar a gentes de la zona para limpiar el castillo, encender los hogares y hacer aquel lugar habitable.

Unas nubes bajas, de un gris acerado, se acumulaban en el cielo, tan cercanas que casi parecían rozar las almenas. Seguro que esa noche llovería. Eso le parecía insuperable. Echaría a Aliena del castillo bajo la lluvia.

Él y Walter desmontaron y llevaron los caballos de la brida por el puente levadizo de madera. La última vez que estuve aquí me apoderé de la plaza, pensaba William con orgullo. La hierba ya empezaba a crecer en el recinto inferior. Ataron los caballos y los dejaron que pastaran. William dio al suyo un puñado de grano. Dejaron sus monturas en la capilla de piedra, ya que no había cuadras. Los caballos bufaban, pero soplaba un fuerte viento que apagaba los sonidos. William y Walter cruzaron el segundo puente hasta el recinto superior.

No había señales de vida. De repente, a William se le ocurrió que quizá Aliena se hubiera ido, y temió que así fuera, porque supondría una terrible decepción. Él y Walter tendrían que pasar una noche espantosa, hambrientos en un castillo frío y sucio. Subieron por los peldaños exteriores hasta la puerta del salón vestíbulo.

William empujó la puerta. El enorme salón estaba vacío y a oscuras, y olía como si no lo hubieran utilizado durante meses. Como había esperado, estaban viviendo en el piso alto. Caminó en silencio hasta las escaleras. Los juncos secos crujían bajo sus pies. Walter le seguía pisándole los talones.

Subieron por las escaleras. No oían nada. Los gruesos muros de piedra de la torre del homenaje ahogaban todo sonido. William se detuvo a medio camino y se llevó un dedo a los labios. Salía luz por debajo de la puerta que había al final de las escaleras. Allí había alguien.

Terminaron de subir y se detuvieron ante la puerta. Desde dentro les llegó el sonido de una risa juvenil. William sonrió feliz. Encontró el pomo, lo hizo girar suavemente y luego abrió la puerta de un puntapié. La risa se convirtió en un grito de terror.

Ante sus ojos apareció una bonita escena. Aliena y su hermano, Richard, se encontraban sentados a una mesa pequeña cerca del fuego, con un tablero delante de ellos practicando algún tipo de juego, y Matthew, el mayordomo, estaba de pie detrás de ella, mirando por encima de su hombro. El rostro de Aliena estaba sonrosado por los destellos del fuego y sus rizos brillaban con reflejos caoba. Llevaba una tenue túnica de hilo. Tenía la vista levantada hacia William, y los labios abiertos por la sorpresa. William la miraba disfrutando con su terror y sin decir palabra. Al cabo de un instante, Aliena se recuperó y se puso en pie.

—¿Qué quieres?

William había ensayado esa escena muchas veces en su imaginación. Entró lentamente en la habitación, se acercó al fuego y se calentó las manos.

—Vivo aquí. ¿Qué quieres tú? —dijo finalmente.

Aliena miró por primera vez a William y luego a Walter. Estaba asustada y confusa, aunque su actitud era desafiante.

—Este castillo pertenece al conde de Shiring. Di lo que tengas que decir y vete.

—Pues ahora es mi padre el conde de Shiring —dijo William con una sonrisa triunfal.

El mayordomo emitió un gruñido como si se lo hubiera estado temiendo. Aliena parecía desconcertada. William prosiguió:

—Ayer el rey hizo conde a mi padre en Winchester. Ahora el castillo nos pertenece. Yo soy el dueño hasta que llegue mi padre. —Chasqueó los dedos en dirección al mayordomo—. Y tengo hambre, así que traedme pan, carne y vino.

Matthew vaciló por un instante. Miró con gesto de preocupación a Aliena. Temía dejarla, pero no tenía elección. Se encaminó hacia la puerta. Aliena dio un paso hacia él, como si se dispusiera a seguirle.

—Quédate aquí —le ordenó William.

Walter permanecía entre la puerta y ella.

—No tienes ningún derecho a darme órdenes —dijo Aliena con un atisbo de su antigua arrogancia.

—Quedaos, milady. No les enfurezcáis. Volveré enseguida —dijo Matthew con voz atemorizada.

Aliena le miró con el entrecejo fruncido, pero permaneció donde estaba. Matthew salió de la habitación.

William se sentó en la silla de Aliena. Ella se acercó a su hermano. William les observaba. Eran muy parecidos, pero toda la fuerza estaba en el rostro de la joven. Richard era un adolescente alto y desmañado al que aún no había empezado a crecerle la barba. William saboreaba la sensación de tenerlo en su poder.

—¿Qué edad tienes, Richard? —le preguntó.

—Catorce años —respondió el muchacho con hosquedad.

—¿Has matado alguna vez a un hombre?

—No —contestó, y añadió con un leve intento de bravuconería—: Todavía no.

También tú sufrirás, pequeño y pomposo estúpido, se dijo William. Volvió su atención a Aliena.

—Y tú, ¿qué edad tienes?

En un principio pareció que Aliena no iba a responder, pero luego cambió de idea, quizá recordando lo que Matthew acababa de aconsejarle.

—Diecisiete años —contestó.

—Caramba, caramba… Toda la familia sabe contar —dijo William—. ¿Eres virgen, Aliena?

—Pues claro —repuso ella, furiosa.

William alargó súbitamente la mano, le cogió un pecho y apretó. Lo sentía firme aunque elástico. Aliena retrocedió de un salto y se desprendió de su mano.

Richard se lanzó hacia adelante, aunque demasiado tarde, y apartó de un empujón el brazo de William. Nada pudo satisfacer más a éste. Se levantó con rapidez y descargó un fuerte puñetazo en la cara del muchacho. Como ya había imaginado, Richard era débil. Soltó un grito y se llevó las manos al rostro.

—¡Déjale en paz! —le gritó Aliena.

William la miró sorprendido. Parecía más preocupada por su hermano que por ella misma. Valía la pena recordarlo.

Matthew volvió con una bandeja de madera en la que había una hogaza de pan, un trozo de jamón y una jarra de vino. Palideció al ver a Richard tapándose la cara con las manos. Dejó la bandeja sobre la mesa y se acercó al muchacho, le apartó con delicadeza las manos y le examinó el rostro. Un ojo empezaba a hincharse.

—Os dije que no les enfurecierais —musitó, aunque pareció aliviado de que la cosa no fuera peor.

William se sintió decepcionado. Había esperado que el mayordomo montase en cólera. Matthew amenazaba con ser un aguafiestas.

A William se le hizo la boca agua a la vista de la comida. Acercó una silla a la mesa, sacó su cuchillo y cortó una loncha gruesa de jamón. Walter tomó asiento frente a él.

—Trae algunas copas y escancia el vino —dijo William con la boca llena de pan y jamón.

Matthew se dispuso a hacerlo.

—Tú no…, ella —dijo William.

Aliena vaciló. Matthew la miró con ansiedad y asintió con la cabeza. Aliena se acercó a la mesa y cogió la jarra.

Al inclinarse, William metió la mano por el orillo de su túnica y le deslizó rápidamente los dedos por la pierna. Con la yema de los dedos palpó unas esbeltas pantorrillas con un suave vello, luego los músculos detrás de la rodilla y finalmente, la suave piel de la parte interior de los muslos. Fue entonces cuando Aliena se apartó de un salto y, dando media vuelta, arrojó la pesada jarra de vino contra su cabeza.

William evitó el golpe con la mano izquierda y la abofeteó con todas sus fuerzas con la derecha. Sintió un agradable dolor en la mano. Aliena soltó un grito. Con el rabillo del ojo William vio moverse a Richard. Era lo que estaba esperando. Apartó de un empujón a Aliena, que cayó al suelo. Richard se lanzó sobre William, como un ciervo que cargase contra el cazador. William evitó el primer golpe y luego le dio un puñetazo en el estómago. Al inclinarse el muchacho, William le golpeó repetidas veces en los ojos y la nariz. Era excitante, pero no tanto como golpear a Aliena. Segundos después Richard tenía la cara cubierta de sangre.

De repente, Walter lanzó un grito de alerta y se puso en pie, mirando por encima del hombro de William. Éste dio media vuelta y vio a Matthew abalanzarse hacia él empuñando un cuchillo, dispuesto a asestarle una puñalada. Aquello cogió a William por sorpresa. No se esperaba valentía en un mayordomo afeminado. Walter no podía alcanzarle a tiempo de evitar el golpe. Todo cuanto William podía hacer era mantener en alto los dos brazos para protegerse, y por un instante pensó, horrorizado, que iban a matarlo en su momento de triunfo. Un atacante más fuerte hubiera apartado de un golpe los brazos de William, pero Matthew no poseía un gran físico y, además, estaba debilitado por la mala alimentación, y el cuchillo no llegó a alcanzar del todo el cuello de William. Se sintió de repente aliviado, pero todavía no estaba del todo a salvo. Matthew alzó el brazo para asestar un nuevo golpe. William retrocedió un paso e intentó sacar su espada. Y entonces Walter rodeó la mesa con una larga y afilada daga en la mano y apuñaló a Matthew por la espalda.

En el rostro del fiel mayordomo se dibujó una expresión de terror. William vio aparecer en el pecho de Matthew la punta de la daga de Walter, rasgándole la túnica. El cuchillo que empuñaba el mayordomo cayó de la mano de éste y rebotó contra el entarimado del suelo. Matthew intentó aspirar, jadeando, pero de su garganta salió un gorgoteo. Se encogió, empezó a salirle sangre por la boca, cerró los ojos y se desplomó. Mientras el cuerpo caía al suelo, Walter retiró su larga daga. Por un instante brotó de la herida un chorro de sangre, pero casi al instante quedó reducido a un hilo.

Todos se quedaron mirando el cuerpo caído en el suelo. William se sentía excitado ante lo cerca que había estado de la muerte. Tendió el brazo y agarró el cuello de la túnica de Aliena. Tenía la sensación de que podía hacer cualquier cosa. El lino era suave al tacto y hermoso, un tejido costoso. Dio un fuerte tirón. La túnica se rasgó. Siguió tirando hasta rasgarla hasta abajo. En la mano se le quedó una tira de unos diez centímetros de ancho. Aliena soltó un grito. Luego intentó cerrarse la túnica, aunque sin lograrlo. William sentía la garganta seca. La repentina vulnerabilidad de aquella muchacha le resultaba excitante, mucho más que en la ocasión en que la había visto lavarse desnuda, porque entonces Aliena sabía que la estaba mirando, se sentía avergonzada y esa misma vergüenza le excitaba aún más. Aliena se cubría los pechos con un brazo y con el otro el triángulo de vello del pubis. William soltó el trozo de tela y la agarró por el pelo. La atrajo violentamente hacia él, la hizo dar media vuelta y le rasgó la túnica por detrás.

Aliena tenía unos hombros delicados y blancos, y unas caderas sorprendentemente llenas. William bajó la cabeza y la mordió con fuerza en el cuello. La apretó contra él frotando sus caderas contra las nalgas de ella. Volvió a morderla con fuerza en el cuello hasta que sintió el sabor de la sangre y ella lanzó un nuevo grito. Walter advirtió que Richard se movía.

—Sujeta al chico —le dijo a Walter.

Walter agarró a Richard y lo inmovilizó.

William sujetó a Aliena fuertemente contra él con un brazo y exploró con la otra mano su cuerpo. Palpó sus pechos, sopesándolos y estrujándolos, pellizcando sus pequeños pezones. Luego, pasándole la mano por el vientre, llegó al triángulo de vello entre las piernas, frondoso y rizado como el pelo de la cabeza. Tanteó toscamente con los dedos. Aliena empezó a llorar. William sentía la polla tremendamente dura, como si estuviese a punto de estallar. Se apartó de Aliena y la empujó hacia atrás sobre su pierna extendida. La muchacha cayó de espaldas. Se quedó sin aliento y luchó por respirar.

William no había planeado aquello y tampoco estaba del todo seguro de cómo había ocurrido, pero ahora ya nada en el mundo podría detenerle.

Sacó la polla y se la enseñó a Aliena, que pareció quedarse horrorizada; probablemente nunca había visto una. De modo que era virgen.

—Trae al muchacho aquí —le ordenó William a Walter—. Quiero que lo vea todo.

Por alguna razón la idea de hacerlo delante de Richard le parecía enormemente excitante.

Walter empujó a Richard hacia adelante y le obligó a ponerse de rodillas.

William se arrodilló en el suelo tratando de separar las piernas de Aliena. Ella empezó a forcejear. William se dejó caer sobre su cuerpo, intentando someterla por la fuerza, pero Aliena seguía resistiéndose, y no podía penetrarla. William estaba irritado, aquello iba a estropearlo todo. Se incorporó sobre un codo y la golpeó en la cara con el puño. Ella gritó y su mejilla empezó a adquirir un tono morado, pero tan pronto como él intentó penetrarla empezó de nuevo a resistirse.

Walter podría haberla inmovilizado, pero estaba sujetando a Richard.

De repente, a William se le ocurrió una idea.

—Córtale la oreja al chico, Walter.

Aliena se quedó inmóvil.

—¡No! —gritó con voz sorda—. Dejadle en paz, no le hagáis más daño.

—Entonces abre las piernas —dijo William.

Aliena se le quedó mirando con los ojos desorbitados por el horror ante la espantosa decisión a que la obligaban. William estaba disfrutando con su sufrimiento. Walter sacó su cuchillo y lo acercó a la oreja derecha del muchacho. Vaciló y luego, con un movimiento casi tierno, le cortó el lóbulo de la oreja.

Richard se puso a gritar. La sangre brotó de la pequeña herida. El trocito de carne cayó sobre el pecho palpitante de Aliena.

—¡Quietos! —chilló—. Muy bien, lo haré.

Abrió las piernas.

William se escupió en la mano, luego frotó las palmas entre las piernas de ella. Le metió los dedos. Aliena gritó de dolor. Aquello lo excitó todavía más. Luego se bajó sobre ella, que permanecía inmóvil, tensa, con los ojos cerrados. Tenía el cuerpo resbaladizo por el sudor, pero empezó a tiritar. William ajustó su posición, luego se detuvo disfrutando con la expectación y el terror de ella. Volvió la cabeza hacia otros. Richard miraba la escena horrorizado; Walter, con avidez.

—Ya te llegará el turno, Walter —le dijo William.

Aliena gimió, perdida toda esperanza.

De repente, William la penetró groseramente, empujando con todas sus fuerzas y tan hondo como pudo. Sintió la resistencia del himen, pues Aliena era una auténtica virgen, y volvió a empujar brutalmente. Le dolió, pero a ella todavía más. Aliena gritó. William arremetió una vez más, con mayor fuerza todavía, y sintió que la pequeña membrana se rompía. Aliena se quedó lívida, con la cabeza caída a un lado, y se desmayó. Y entonces, por fin, William, con un esfuerzo supremo, introdujo su semilla dentro de ella, riendo sin cesar de triunfo y placer, hasta quedar completamente exhausto.

La tormenta continuó durante casi toda la noche, y finalmente cesó hacia la madrugada. El repentino silencio despertó a Tom. Mientras yacía en la oscuridad escuchando junto a él la pesada respiración de Alfred y la más tranquila de Martha al otro lado, calculó que posiblemente sería una mañana clara, lo que significaba que podía ver la salida del sol por vez primera en dos o tres semanas de cielo cubierto. Lo había estado esperando.

Se levantó y abrió la puerta. Aún no había amanecido. Dio un ligero puntapié a su hijo.

—¡Despierta, Alfred! Vamos a ver salir el sol.

Alfred se incorporó con un gruñido. Martha dio media vuelta sin despertarse. Tom se acercó a la mesa y quitó la tapadera a una vasija de barro. Sacó la mitad de una hogaza y cortó dos gruesas rebanadas, una para Alfred y la otra para él. Se sentaron en el banco y tomaron el desayuno. Había una jarra de cerveza. Tom bebió un largo trago y se la pasó a Alfred. Agnes les hubiera hecho usar tazas y también Ellen, pero ya no había mujer en la casa. Cuando Alfred hubo bebido, salieron de la casa.

El cielo fue pasando del negro al gris mientras cruzaban el recinto del priorato. Tom tenía pensado en ir a casa del prior y despertar a Philip. Sin embargo, Philip ya se encontraba en las ruinas de la catedral, envuelto en una gruesa capa, arrodillado en el suelo mojado y diciendo sus oraciones.

Su tarea consistía en establecer una línea exacta que fuese del este al oeste, la cual formaría el eje alrededor del que habría de construirse la nueva catedral.

Tom lo había preparado todo hacía ya algún tiempo. En el extremo oriental había plantado una larga y delgada pértiga de hierro que tenía un pequeño hueco en el extremo superior semejante al ojo de una aguja. La pértiga era casi tan alta como Tom, de tal manera que el «ojo» de aquélla quedaba a la altura de los ojos de éste. Tom la había afirmado en su sitio con una mezcla de escombros y argamasa para que no se moviera accidentalmente. Esa mañana plantaría otra pértiga semejante, exactamente al oeste de la primera, en el extremo opuesto del emplazamiento.

—Mezcla algo de argamasa —indicó a su hijo.

Alfred se alejó en busca de arena y cal. Tom se dirigió hacia el cobertizo donde guardaba sus herramientas, que se hallaba cerca del claustro, y cogió un pequeño mazo y otra pértiga de hierro. Luego se encaminó hacia el extremo occidental del emplazamiento y permaneció en pie esperando a que saliera el sol. Philip se reunió con él una vez terminados sus rezos, mientras Alfred mezclaba en un esparavel la arena y la cal con agua.

El cielo iba iluminándose. Los tres hombres se pusieron tensos. Los tres tenían la mirada fija en el muro oriental del recinto del priorato. Al final, el disco rojo del sol surgió por detrás del borde superior del muro.

Tom fue cambiando de posición hasta ver el borde del sol a través del pequeño agujero de la pértiga clavada en la tierra, en el otro extremo. Luego, mientras Philip empezaba a rezar en voz alta en latín, Tom colocó la segunda pértiga delante de él, de tal manera que le impedía ver el sol. Seguidamente fue bajándola con firmeza hacia el suelo, hundió en la tierra mojada su extremo afilado y, manteniéndola siempre con toda exactitud entre su ojo y el sol, cogió el mazo que colgaba de su cinturón y golpeó con todo cuidado la vara de hierro hundiéndola en la tierra hasta que su «ojo» se encontró a nivel de los suyos. Ahora, si había llevado a cabo la tarea con absoluto rigor, el sol debería brillar a través de los «ojos» de las dos pértigas.

Cerrando un ojo miró a través de la vara de hierro que tenía más cerca al del otro extremo. Vio que el sol seguía brillando a través de los «ojos» de las dos pértigas. Así pues, se encontraban en la línea perfecta este-oeste. Esa línea daría la orientación de la nueva catedral.

Se lo explicó a Philip y luego se apartó dejando que el propio prior mirara a través de los «ojos» de las varas para comprobarlo.

—Perfecto —dijo Philip.

—Lo es —asintió Tom.

—¿Sabes qué día es hoy? —le preguntó Philip.

—Viernes.

—También es el aniversario del martirio de san Adolfo. Dios nos ha enviado una salida de sol para que podamos orientar la iglesia en el día de nuestro patrón. ¿No es acaso una buena señal?

Tom sonrió. De acuerdo con su experiencia, era más importante un buen trabajo de especialista que los buenos presagios. Pero se alegraba por Philip.

—Sí, desde luego. Es una señal excelente —dijo.

VI

1

Aliena estaba decidida a no pensar en aquello.

Pasó toda la noche sentada en el frío suelo de piedra de la capilla, con la espalda contra el muro y la mirada fija en la oscuridad. Al principio no podía pensar en otra cosa que en la infernal escena por la que había tenido que pasar, pero el dolor se fue aliviando algo de forma gradual y fue capaz de concentrarse en los ruidos de la tormenta, la lluvia que caía sobre el tejado de la capilla y el viento que aullaba alrededor de las murallas del castillo desierto.

Al principio había quedado desnuda. Después de que los dos hombres hubieron… Cuando terminaron volvieron a la mesa y la dejaron allí, en el suelo, y a Richard sangrando a su lado. Los hombres habían comenzado a comer y a beber como si ella no existiese, y Aliena y su hermano aprovecharon la ocasión para salir de la habitación. Para entonces había estallado la tormenta, y tuvieron que cruzar el puente bajo una lluvia torrencial a fin de refugiarse en la capilla. Richard había vuelto casi de inmediato a la torre del homenaje. Entró en la habitación donde se encontraban los hombres, descolgó su capa y la de Aliena del clavo que había junto a la puerta, y luego salió corriendo antes de que William y su ayudante tuvieran tiempo de reaccionar.

Pero Richard aún seguía sin hablar con ella. Le había dado su capa, envolviéndose él en la suya, y luego se había sentado en el suelo a un metro de distancia de ella, con la espalda apoyada también contra el mismo muro. Aliena deseaba que alguien que la quisiera la rodease con sus brazos y la consolara, pero Richard se comportaba como si ella hubiera hecho algo terriblemente vergonzoso. Y lo peor de todo era que ella pensaba lo mismo. Se sentía tan culpable como si hubiese cometido un pecado. Comprendía perfectamente que su hermano no quisiera tocarla ni consolarla.

Se alegraba de que hiciera frío, pues la ayudaba a sentirse apartada del mundo, aislada. No dormía, pero en algún momento de la noche tanto ella como su hermano cayeron en una especie de trance y durante un largo rato permanecieron allí sentados, tan inmóviles como la propia muerte.

El repentino cese de la tormenta rompió el trance. Aliena advirtió que podía ver las ventanas de la capilla, pequeñas manchas grises en lo que antes había sido una negrura impenetrable. Richard se puso en pie y se dirigió hacia la puerta. Aliena se sintió molesta; quería seguir allí, recostada contra el muro hasta morir de frío o de hambre, porque no se le ocurría nada mejor que sumirse lentamente en la inconsciencia. Luego Richard abrió la puerta y la débil luz del alba le iluminó la cara.

Aquello sobresaltó a Aliena y la sacó de su trance. Richard apenas estaba reconocible. Tenía el rostro deformado, cubierto de heridas y sangre seca. Aliena sintió deseos de llorar. Richard siempre había hecho alarde de una falsa bravuconería. De pequeño siempre corría por el castillo montando un caballo imaginario y pretendiendo atravesar a la gente con una lanza imaginaria. Los caballeros de su padre siempre le habían alentado, simulando sentirse atemorizados por su espada de madera. En realidad a Richard le asustaría un gato maullando. Pero la noche anterior había hecho cuanto había podido, y por ello le habían golpeado sin misericordia. Ahora ella tenía que cuidar de su hermano.

Se puso lentamente en pie. Le dolía todo el cuerpo, aunque no tanto como la noche anterior. Reflexionó sobre lo que debía de estar ocurriendo en la torre del homenaje. En algún momento de la noche William y su escudero habrían dado cuenta de la jarra de vino y entonces se habrían quedado dormidos. Probablemente despertaran con la salida del sol.

Pero para entonces ella y Richard tenían que haberse ido.

Aliena se encaminó hacia el otro extremo de la capilla, en dirección al altar. Era una sencilla caja de madera pintada de blanco y desprovista de todo ornamento. Aliena se apoyó en ella y luego la apartó con un súbito empujón.

—¿Qué estás haciendo? —le preguntó Richard, atemorizado.

—Éste era el escondrijo secreto de padre. Me habló de él antes de irse —le explicó ella.

En el suelo, donde había estado el altar, había un envoltorio de tela. Al desenvolverlo apareció una espada, una vaina, un cinto y una daga de unos treinta centímetros de largo, de aspecto terrorífico.

Richard se acercó a mirar. Tenía escasa habilidad con la espada. Hacía un año que estaba recibiendo lecciones, pero todavía se mostraba torpe. Sin embargo, Aliena no podía llevarla, de modo que se la entregó a él. Richard se ciñó el cinto.

Aliena se quedó mirando la daga. Nunca había llevado arma alguna. Toda su vida había tenido a alguien que la protegiera. Comprendió que necesitaba de aquella arma mortal para defenderse, y se sintió absolutamente desamparada. No estaba segura de poder usarla jamás. He clavado una lanza de madera en un cerdo salvaje, pensó. ¿Por qué no podría clavar esto en un hombre… en alguien como William Hamleigh? La mera idea la hizo estremecerse.

La daga tenía una vaina de cuero con una gaza para colgarla de un cinturón. Sin embargo, ésta era lo bastante grande como para que Aliena se la colgase de su delgada muñeca. Se la colocó en la mano izquierda y la ocultó con la manga. Era larga… Aun cuando fuera capaz de apuñalar a alguien, tal vez podría utilizarla para asustar a la gente.

—Vayámonos de aquí. Deprisa —dijo Richard.

Aliena asintió, pero cuando se dirigía hacia la puerta se detuvo en seco. El día se iba aclarando rápidamente y pudo ver en el suelo de la capilla dos bultos difusos en los que no había reparado antes. Al acercarse descubrió que eran monturas, una de tamaño corriente y la otra realmente enorme. Se imaginó a William y a su escudero, llegando la noche anterior, ebrios por su triunfo en Winchester y cansados por el viaje, quitando despreocupadamente las monturas a sus caballos y dejándolas caer allí antes de dirigirse presurosos hacia la torre del homenaje. No imaginaron ni por un instante que alguien tuviera el atrevimiento de robárselos. Pero la gente desesperada siempre hace acopio de valor.

Aliena se acercó a la puerta y miró hacia afuera. La luz todavía era débil. El viento había cesado y el cielo estaba completamente despejado. Durante la noche habían caído del tejado de la capilla varias ripias de madera. El recinto aparecía vacío salvo por los dos caballos que pastaban en la hierba. Ambos se quedaron mirando a Aliena y luego bajaron de nuevo la cabeza. Uno de ellos era un gran caballo de guerra, lo que explicaba aquella desmesurada montura. El otro era un robusto semental. Aliena los observó, luego miró las monturas y de nuevo a los caballos.

—¿Qué estamos esperando? —preguntó ansioso Richard.

—Nos llevaremos sus caballos —dijo Aliena con firmeza.

—Nos matarán. —Richard parecía asustado.

—No podrán alcanzarnos. En cambio, si no nos llevamos sus caballos saldrán en nuestra persecución y nos matarán.

—¿Y qué pasará si nos cogen antes de que consigamos escapar?

—Debemos darnos prisa. —Aliena no se sentía tan confiada como parecía, pero tenía que animar a su hermano—. Ensillemos primero el corcel… Parece más manso. Trae la montura más pequeña.

Cruzó presurosa el recinto. Los dos caballos estaban atados con largas cuerdas a las ruinas de los edificios quemados. Aliena cogió la cuerda del semental y lo atrajo suavemente. Ése debía de ser el caballo del escudero. Aliena hubiera preferido otro más pequeño, pero pensó que podría manejarle. Richard tendría que montar en el caballo de guerra.

El semental miró desconfiado a la muchacha y amusgó las orejas. Aliena se sentía desesperadamente impaciente, pero se obligó a hablarle con cariño y a tirar con suavidad de la cuerda, y el caballo se calmó. Le sujetó la cabeza y le frotó el hocico. Entonces Richard le deslizó la brida y le ajustó el bocado. Aliena se sintió aliviada. Richard puso la más pequeña de las dos monturas sobre el caballo y la aseguró con movimientos rápidos y firmes. Los dos habían estado manejando caballos prácticamente desde que eran niños.

Había dos bolsas atadas a los lados de la silla del escudero. Aliena confiaba en que contuvieran algo útil, un pedernal, un poco de comida, algo de grano para los caballos, pero no había tiempo de averiguarlo. Miró nerviosa hacia el otro lado del recinto, al puente que conducía a la torre del homenaje. No había nadie.

El caballo de guerra había estado viendo cómo ensillaban al semental y sabía lo que le esperaba, pero no estaba dispuesto a cooperar con extraños. Bufó y se resistió al tirón de la cuerda.

—¡Calla! —le musitó Aliena.

Sujetó la cuerda con fuerza, tirando sin cesar, y el caballo avanzó reacio. Pero era muy fuerte y si se resistía habría dificultades. Aliena se preguntaba si el semental podría soportar el peso de Richard y ella; pero entonces William podría perseguirlos a lomos del caballo de guerra.

Cuando tuvo cerca a éste, la muchacha hizo una lazada con la cuerda alrededor del tocón al que estaba atado para impedir que se alejara. Pero cuando Richard intentó colocarle la brida, el caballo levantó la cabeza con violencia.

—Trata de poner antes la silla —le indicó Aliena.

Empezó a hablar al animal y a darle palmadas en el cuello mientras Richard levantaba la montura y la colocó sobre el lomo del animal, que empezó a aparecer, en cierto modo, dominado.

—¡Vamos, sé bueno! —dijo Aliena con tono firme, pero no engañó al caballo, que intentó alejarse cuando Richard se acercó con la brida—. Tengo algo para ti —añadió la muchacha, y se metió la mano en el bolsillo vacío de la capa. Esa vez sí que engañó al caballo. Sacó la mano con un puñado de nada, pero el caballo bajó el hocico hacia la mano en busca de comida. Aliena sintió en la palma la piel rugosa de su lengua. Mientras el animal estaba con la cabeza baja y la boca abierta, Richard le deslizó la brida.

Aliena echó otro vistazo, con temor, hacia la torre del homenaje. Todo seguía tranquilo.

—Monta —le dijo a Richard.

Éste puso el pie no sin dificultad en un estribo que era demasiado alto para él y montó sobre el enorme caballo. Aliena desató la cuerda del tocón. El caballo relinchó.

Aliena sintió que se le detenía el corazón. Aquel ruido debió de llegar hasta la torre del homenaje. Un hombre como William debía conocer los relinchos de su propio caballo.

La muchacha se apresuró a desatar el otro caballo. Con los dedos entumecidos por el frío intentó deshacer el nudo. La sola idea de que William pudiera haber despertado le hacía perder la serenidad. Abriría los ojos, se sentaría, miraría en derredor, recordaría dónde estaba y se preguntaría por qué su caballo había relinchado. Con toda seguridad iría a averiguar qué ocurría. Aliena estaba segura de que no podría volver a mirarlo a la cara. Revivió con todo su horror aquella cosa tan vergonzosa, brutal y angustiosa que le había hecho.

—¡Vamos, Allie! —dijo Richard en tono apremiante; tenía que luchar para mantener quieto a su caballo, que se mostraba nervioso e impaciente. Necesitaba hacerle galopar durante un par de kilómetros para cansarlo, entonces se mostraría más dócil. El caballo relinchó de nuevo y empezó a andar de costado.

Aliena deshizo al fin el nudo. Sintió la tentación de tirar la cuerda, pero si lo hacía luego no tendría manera de atar otra vez al caballo, así que la enrolló apresuradamente como pudo y la sujetó a un tirante de la silla. Tuvo que ajustar los estribos, cuya longitud era adecuada para el escudero de William, que medía varios centímetros más que ella, pero imaginaba con creciente temor a William bajando por las escaleras, atravesando el vestíbulo, saliendo a…

—No podré sujetar a este caballo por mucho más tiempo —le dijo Richard en tono tenso.

Aliena estaba tan nerviosa como el caballo de guerra. Montó en él. Al sentarse en la silla sintió un fuerte dolor en el bajo vientre y apenas si pudo mantenerse en ella. Richard dirigió a su caballo hacia la puerta y el de Aliena le siguió sin necesidad de que ella lo obligase. Tal y como había pensado, no alcanzaba a los estribos y tuvo que sujetarse con las rodillas. Mientras se alejaban oyó un grito en alguna parte, a sus espaldas, lo que la hizo gemir en voz alta. Vio a Richard aguijar su montura. El enorme animal se lanzó al trote. El suyo lo imitó. Aliena se sintió agradecida de que siempre hiciera lo que hacía el caballo de guerra, ya que no se encontraba en posición de controlarlo por sí misma. Richard volvió a aguijar a su caballo, que adquirió velocidad al pasar por debajo del arco de la casa de guardia. Aliena oyó otro grito mucho más cerca. Miró por encima del hombro y vio a William y a su escudero correr a través del recinto tras ella.

El caballo de Richard era nervioso, y tan pronto como se vio en campo abierto bajó la cabeza y empezó a galopar. Cruzaron con estruendo de cascos el puente levadizo. Aliena sintió algo sobre el muslo y con el rabillo del ojo vio una mano de hombre que intentaba alcanzar los tirantes de su silla. Pero un instante después había desaparecido, y entonces supo que habían escapado. Se sintió terriblemente aliviada, pero el dolor no remitía. Mientras el caballo galopaba a través de los campos, sintió como si la apuñalaran por dentro, igual que cuando la había penetrado aquel asqueroso William. Y sentía un líquido tibio que se deslizaba por su muslo. Dio riendas al caballo y cerró los ojos con fuerza; pero el horror de la noche anterior volvía a ella. Mientras galopaban a través de los campos iba salmodiando al ritmo del golpeteo de los cascos: «¡No debo recordar, no debo recordar, no debo, no debo!»

Su caballo torció a la derecha y Aliena tuvo la impresión de que subían por una ligera cuesta. Abrió los ojos y vio que Richard había dejado el sendero fangoso y estaba tomando un sendero que conducía a los bosques. Pensó que seguramente querría asegurarse de que el caballo de guerra quedara bien cansado antes de aflojar el paso. Resultaría más fácil de manejar a los dos animales después de haberlos montado hasta quedar exhaustos. Pronto se dio cuenta de que su propia montura empezaba a flaquear. Se echó hacia atrás en la silla. El caballo redujo la marcha a medio galope, luego al trote y finalmente al paso. El caballo de Richard aún tenía energía para quemar, y siguió adelante.

Aliena miró hacia atrás a través de los campos. El castillo se encontraba a más de un kilómetro de distancia y no estaba segura de distinguir dos figuras de pie, en el puente levadizo, mirando hacia ella. Pensó que tendrían que andar un largo camino para encontrar caballos de repuesto. Se sintió a salvo por un tiempo.

Sentía pinchazos en las manos y los pies a medida que entraba en calor. El caballo despedía tanto calor como una hoguera, envolviéndola en una capa de aire cálido. Richard dejó al fin que su caballo redujera la marcha y esperó a que ella llegase a su altura, mientras el animal avanzaba al paso y resoplando. Se internaron entre los árboles. Ambos conocían bien aquellos bosques por haber vivido allí la mayor parte de su vida.

—¿Adónde iremos? —preguntó Richard.

Aliena frunció el entrecejo. ¿Adónde podían ir? No tenían comida, agua ni dinero. No tenía ropa, salvo la capa que llevaba, ni enaguas, zapatos ni sombrero. Su propósito era cuidar de su hermano, pero ¿cómo?

Ahora se daba cuenta de que durante los tres últimos meses había estado viviendo en un sueño. Si bien en el fondo de su mente había sabido que su antigua existencia había terminado, se había negado a aceptarlo. William Hamleigh la había despertado. No dudaba ni por un instante de que su historia era real y que el rey Stephen había hecho conde de Shiring a Percy Hamleigh, pero quizá hubiera algo más. Tal vez el monarca hubiera dispuesto algunas provisiones para ella y Richard. De no ser así, debería hacerlo, y ciertamente ellos podían presentar una súplica. Como quiera que fuese, tendrían que ir a Winchester. Allí podrían averiguar por fin qué había sido de su padre.

¿Por qué ha ido todo mal, padre?, pensó de pronto.

Desde que su madre había muerto, su padre le había dedicado un cuidado especial. Sabía que se había ocupado de ella mucho más de lo que era habitual en otros padres con sus hijos. Lamentaba no haber contraído nuevamente matrimonio para darle otra madre, y le había explicado que ninguna mujer podría hacer que se sintiese tan feliz como con el recuerdo de su difunta esposa. Comoquiera que fuese, Aliena nunca había deseado otra madre. Su padre cuidaba de ella y ella de Richard, y de esa manera nada malo podía sucederle a ninguno de los tres.

Aquellos días se habían ido para siempre.

—¿Adónde podemos ir? —volvió a preguntar Richard.

—A Winchester —repuso ella—. Iremos a ver al rey.

Richard se mostró entusiasmado.

—¡Sí! Y cuando le digamos lo que William y su escudero hicieron anoche, seguramente…

Aliena se sintió poseída al instante por una furia incontrolable.

—¡Cierra la boca! —exclamó. Los caballos se sobresaltaron nerviosos. Aliena tiró con rabia de las riendas—. ¡No vuelvas a decir eso jamás! —Apenas si podía articular palabra—. ¡No diremos a nadie lo que hicieron…, a nadie! ¡Jamás! ¡Jamás! ¡Jamás!

En las alforjas del escudero había un gran trozo de queso seco, un poco de vino en una bota, un pedernal y leña menuda y algo de grano que Aliena supuso que estaba destinado a los caballos. A mediodía los dos hermanos comieron el queso y bebieron el vino mientras los animales pastaban la hierba rala y los arbustos de hoja perenne y bebían en un arroyo cercano. Aliena había dejado de sangrar y tenía insensible la parte inferior de la espalda.

Habían visto a algunos viajeros, pero ella le advirtió a Richard que no debía hablar con nadie. Para un observador casual parecían una pareja formidable, sobre todo Richard, que iba montado en un estupendo caballo. Pero unos momentos de conversación bastarían para revelar que no eran más que un par de chiquillos sin alguien que les cuidara y, por lo tanto, a todas luces vulnerables. De manera que debían mantenerse alejados de la gente.

Cuando el sol empezó a declinar buscaron un sitio donde pasar la noche. Encontraron un calvero cerca de un arroyo, a un centenar de metros del camino. Aliena dio a los caballos algo de grano mientras Richard encendía un fuego. Si hubieran tenido una olla habrían podido hacer algunas gachas con el grano de los caballos, pero tal como estaban las cosas tendrían que conformarse con el grano crudo, a menos que encontraran algunas castañas dulces para asarlas.

Mientras reflexionaba sobre ello y Richard iba en busca de más leña, quedó aterrada al oír una voz honda muy cerca de ella.

—¿Y quién eres tú, muchacha?

Aliena soltó un grito. El caballo retrocedió asustado. Al volverse, la muchacha vio a un hombre barbudo y sucio completamente vestido de cuero marrón. Avanzó un paso hacia ella, que gritó:

—¡Manténte alejado de mí!

—No tienes de qué asustarte —repuso el hombre.

Con el rabillo del ojo Aliena vio a Richard entrar en el calvero por detrás del forastero, con una brazada de leña. Se quedó mirando a los dos. ¡Desenvaina tu espada!, dijo para sus adentros Aliena, pero el chico estaba demasiado asustado e inseguro para hacer nada. Aliena retrocedió intentando poner el caballo entre ella y el forastero.

—No tenemos dinero —dijo—. No tenemos nada.

—Soy el guardabosques oficial del rey —explicó el hombre.

Aliena estuvo a punto de desmayarse de alivio. Un oficial guardabosques era un servidor del monarca a quien se pagaba para obligar a cumplir las leyes del bosque.

—¿Por qué no lo dijiste antes, tonto? —dijo ella, furiosa por haberse asustado—. ¡Pensaba que eras un proscrito!

El hombre pareció sobresaltado al tiempo que ofendido, como si Aliena hubiera dicho algo descortés.

—Y vos debéis de ser una dama de alta cuna —dijo.

—Soy la hija del conde de Shiring.

—Y el muchacho será vuestro hermano, imagino —dijo el guardabosques, aunque no parecía haber visto a Richard.

Richard se adelantó y dejó caer la leña.

—Así es —afirmó—. ¿Cómo te llamas?

—Brian. ¿Pensáis pasar aquí la noche?

—Sí.

—¿Completamente solos?

—Sí. —Aliena sabía que aquel hombre se preguntaba por qué no llevaban escolta, pero no pensaba decírselo.

—¿Y decís que no tenéis dinero?

Aliena le miró con ceño.

—¿Dudas de lo que digo?

—Desde luego que no. Por vuestros modales reconozco que pertenecéis a la nobleza. —¿Había cierta ironía en su voz?—. Si estáis solos y sin dinero tal vez preferiríais pasar la noche en mi casa. No está lejos.

Aliena no tenía intención de quedar a merced de aquel hombre tosco. Estaba a punto de negarse cuando él habló de nuevo.

—Mi mujer estará contenta de daros de comer. Y tengo un cobertizo donde podréis dormir solos.

En la mujer estribaba la diferencia. Aceptar la hospitalidad de una familia respetable era bastante seguro. Aun así, Aliena se mostró dubitativa. Luego pensó en una chimenea, en un cazo de gachas calientes, una taza de vino, un jergón y un techo sobre su cabeza.

—Te estaríamos muy agradecidos —dijo—. No podremos darte nada, pues, como te he dicho, no tenemos dinero; pero un día volveremos y te recompensaremos.

—Para mí es bastante. —El hombre se acercó al fuego y lo apagó a puntapiés.

Aliena y Richard montaron en sus caballos, a los que no habían quitado las sillas.

—Dadme las riendas —dijo el guardabosques acercándose a ellos. Aliena así lo hizo, sin estar segura de las verdaderas intenciones de aquel hombre, y Richard la imitó. El guardabosques se puso en marcha por entre los árboles conduciendo a los caballos. Aliena hubiera preferido llevar ella las riendas, pero decidió dejar que él lo hiciera como quisiera.

La casa estaba más lejos de lo que les había dicho. Habían recorrido cinco o seis kilómetros y ya era oscuro cuando divisaron una pequeña casa de madera con tejado de barda en el lindero de un campo. Pero a través de las persianas se veía luz y hasta ellos llegaba el olor de la comida. Aliena desmontó agradecida.

La mujer del guardabosques había oído los caballos y acudió a la puerta.

—Un joven señor y una joven dama solos en el bosque. Dales algo de beber —le indicó el hombre. Luego, volviéndose hacia Aliena, añadió—: Adelante. Me ocuparé de los caballos.

A la muchacha no le gustó su tono perentorio. Hubiera preferido ser ella quien diera las instrucciones, pero como no tenía el menor deseo de desensillar a su caballo, entró en la casa seguida por Richard. Estaba llena de humo y de olores, pero la atmósfera era tibia. En un rincón había una vaca atada con una cuerda. Aliena se alegraba de que el hombre hubiera mencionado un cobertizo, ya que jamás había dormido con el ganado. Una olla barbotaba en el fuego. Se sentaron en un banco y la esposa del guardabosques le dio a cada uno un cazo de sopa. Sabía a caza. La mujer se mostró sobresaltada al ver a la luz la cara de Richard.

—¿Qué os ha pasado? —le preguntó.

Richard abrió la boca para contestar, pero Aliena se le adelantó.

—Hemos pasado por una serie de calamidades —repuso—. Vamos a ver al rey.

—Ya veo —dijo la mujer. Era pequeña, de tez morena y mirada cautelosa.

Aliena dio fin rápidamente a la sopa y alargó el cazo para que le sirviera más. La mujer miró hacia otro lado. Aliena estaba desconcertada. ¿Acaso no sabía que quería más sopa? ¿O sería que no tenía más? Se disponía a hablar con dureza cuando entró el guardabosques.

—Os llevaré al granero, donde podréis dormir —les dijo al tiempo que descolgaba una lámpara de un clavo junto a la puerta—. Venid conmigo.

Aliena y Richard se pusieron en pie.

—Necesito algo más —dijo Aliena dirigiéndose a la mujer—. ¿Podrías darme un vestido viejo? No llevo nada debajo de la capa.

Por algún motivo la mujer pareció molesta.

—Veré lo que puedo encontrar —farfulló.

Aliena se dirigió hacia la puerta. El guardabosques la miraba de forma extraña, con los ojos clavados en su capa, como si pudiese ver a través de ella si lo hacía con la suficiente intensidad.

—¡Muéstranos el camino! —exigió la muchacha, y el hombre salió. Les condujo a la parte de atrás de la casa a través de un bancal de hortalizas. La luz oscilante de la lámpara iluminó un pequeño cobertizo que también debía de hacer las veces de granero. El hombre abrió la puerta, que golpeó contra una tina destinada a recoger el agua de la lluvia que caía del tejado.

—Echad un vistazo —les dijo—, a ver qué os parece.

Richard entró el primero.

—Trae la luz, Allie —le dijo.

Al volverse Aliena para coger la lámpara de manos del guardabosques, éste le dio un fuerte empujón. Cayó de costado en el interior del granero, topando contra su hermano. Ambos fueron a dar al suelo. Quedaron a oscuras y la puerta se cerró de golpe. De fuera les llegó un ruido peculiar, como si algo pesado se adosara a la puerta.

Aliena no podía creer lo que estaba ocurriendo.

—¿Qué está pasando, Allie? —gritó Richard.

Aliena se sentó. ¿Era de veras aquel hombre un guardabosques o, por el contrario, se trataba de un proscrito? No podía ser esto último, pues su casa era demasiado confortable. Pero si de verdad era un guardabosques, ¿por qué los había encerrado? ¿Habrían infringido alguna ley?

¿Sospechaba que los caballos no eran suyos? ¿O acaso tenía algún motivo deshonesto?

—¿Por qué habrá hecho esto, Allie? —preguntó Richard.

—No lo sé —respondió ella, cansada. Ya ni siquiera le quedaba energía para enfadarse o inquietarse. Se acercó a la puerta e intentó abrirla, pero no se movió. Sospechaba que el guardabosques había puesto la tina de agua contra ella. Empezó a palpar en la oscuridad las paredes del granero. También podía llegar a los declives más bajos del tejado. La construcción estaba hecha con troncos estrechamente unidos. Sin duda debía de tratarse del lugar donde el guardabosques encarcelaba a los infractores antes de presentarlos ante el sheriff.

—No podemos salir —dijo Aliena. Se sentó. El suelo estaba seco y cubierto de paja—. Estaremos detenidos aquí hasta que nos deje salir —añadió con resignación.

Richard se sentó junto a ella. Al cabo de un rato se tumbaron, espalda contra espalda. Aliena se sentía demasiado maltrecha, asustada y tensa para poder dormir, aunque también exhausta, por lo que al cabo de unos momentos se sumió en un reconfortante sopor.

Despertó al abrirse la puerta y recibir en la cara la luz del día. Se sentó atemorizada, sin saber dónde estaba ni por qué dormía sobre el duro suelo. Luego, recordó, y todavía se asustó más. ¿Qué iba a hacer el guardabosques con ellos? Sin embargo, no fue él quien entró, sino su mujer. Aunque su expresión era a la vez impenetrable y resuelta como la noche anterior, llevaba en la mano un gran trozo de pan y dos tazas.

Richard se sentó a su vez. Los dos miraron cautelosos a la mujer. Ella, sin decir palabra, alargó a cada uno una taza, partió luego en dos el trozo de pan y lo repartió entre ambos. Aliena se dio cuenta de repente de que estaba hambrienta. Mojó su pan en la cerveza y empezó a comer.

La mujer se quedó en el umbral de la puerta mirándoles mientras daban cuenta de la comida. Luego tendió a Aliena lo que parecía una prenda de lino, amarillenta y usada, bien doblada. Aliena la desdobló. Era un vestido viejo.

—Ponte esto y largaos de aquí —dijo la mujer.

Aliena se sentía confusa ante aquella combinación de amabilidad y dureza, pero no dudó en aceptar el vestido. Se volvió de espaldas, dejó caer la capa, se metió el vestido rápidamente por la cabeza, y se puso nuevamente la capa.

Se sintió mejor.

La mujer le dio un par de zuecos muy usados y que le iban demasiado grandes.

—No puedo cabalgar con zuecos —dijo Aliena.

La mujer se echó a reír.

—No vais a cabalgar.

—¿Por qué no?

—Se ha llevado vuestros caballos.

A Aliena se le cayó el alma a los pies. Era injusto que siguieran teniendo tan mala suerte.

—¿Adónde se los ha llevado?

—A mí no me habla de esas cosas, pero supongo que habrá ido a Shiring. Venderá los animales, luego averiguará quiénes sois y si puede sacar de vosotros algo más que vuestros caballos.

—Entonces ¿por qué dejas que nos vayamos?

La mujer miró a Aliena de arriba abajo.

—Porque no me gusta la manera en que te miró cuando dijiste que estabas desnuda debajo de la capa. Tal vez por el momento no entiendas de estas cosas, pero sí lo harás cuando seas mujer.

Aliena ya lo entendía, pero no se lo dijo.

—¿No te matará cuando descubra que nos has dejado ir?

—A mí no me asusta tanto como a otros —respondió la mujer con una sonrisa—. Y ahora, en marcha.

Salieron. Aliena comprendía que aquella mujer había aprendido a vivir con un hombre brutal e inhumano, y aun así había logrado conservar un mínimo de decencia y compasión.

—Gracias por el vestido —dijo con timidez.

La mujer no quería su agradecimiento.

—Winchester es por ahí. —Señaló hacia el sendero.

Se alejaron sin mirar atrás.

Aliena nunca había llevado zuecos. La gente de su clase siempre calzaba botas de piel o sandalias, y los encontró incómodos y pesados. Sin embargo, era mejor que nada cuando el suelo estaba frío.

—¿Por qué nos están pasando estas cosas, Allie? —preguntó Richard cuando ya hubieron perdido de vista la casa del guardabosques.

La pregunta desmoralizó a Aliena. Todo el mundo era cruel con ellos. La gente podía pegarles y robarles como si fueran perros. No había nadie que los protegiera. Hemos sido demasiado confiados, se dijo. Habían vivido durante tres meses en el castillo sin siquiera atrancar las puertas. Decidió que en el futuro no se fiaría de nadie. Nunca volvería a dejar que nadie cogiera las riendas de su caballo, aunque tuviera que recurrir a la violencia para evitarlo. Nunca más volvería a dejar que alguien se le acercara por la espalda, como había hecho el guardabosques la noche anterior, cuando la empujó al interior del cobertizo. Nunca volvería a aceptar la hospitalidad de un extraño. Nunca dejaría la puerta sin cerrojos por la noche. Nunca aceptaría a las primeras de cambio las muestras de amabilidad.

—Caminemos más deprisa —le dijo a Richard—. Tal vez podamos llegar a Winchester al anochecer.

Siguieron el sendero hasta el calvero donde se habían encontrado con el guardabosques. Todavía estaban los restos de su hoguera. Desde allí podían encontrar fácilmente el camino que conducía a Winchester. Habían estado muchas veces en esta ciudad y sabían cómo se llegaba a ella. Una vez en el camino real podrían andar más deprisa. La escarcha había endurecido el barro.

El rostro de Richard empezaba a recuperar su estado normal. Se lo había lavado el día anterior en un arroyo muy frío en el bosque, y se había quitado casi toda la sangre seca. Se le había formado una fea costra allí donde había estado el lóbulo de la oreja, y aún tenía los labios hinchados, pero había desaparecido la inflamación del resto de la cara. Sin embargo, las heridas y su irritada coloración aún le conferían un aspecto alarmante. Aunque ello posiblemente les beneficiaría.

Aliena echaba de menos el calor del caballo. Tenía los pies y las manos fríos, si bien su cuerpo guardaba el calor por el esfuerzo de la caminata. Siguió haciendo frío durante toda la mañana, pero hacia el mediodía la temperatura subió algo. Para entonces tenía hambre. Recordaba que tan sólo el día anterior se sentía como si no le importara volver a tener calor o a comer de nuevo. Pero no quería pensar en ello.

Cada vez que oían el sonido de cascos de caballos o divisaban gente a lo lejos corrían a ocultarse en la espesura hasta que pasaran los viajeros. Atravesaron rápidamente aldeas sin hablar con nadie. Richard quiso mendigar para conseguir comida, pero Aliena no le dejó.

Mediada la tarde se encontraron a unos kilómetros de su destino sin que nadie les hubiera molestado. Aliena se dijo que después de todo no era tan difícil evitar las dificultades. Y entonces, en aquel trecho especialmente solitario del camino, surgió de repente un hombre de los arbustos y se plantó delante de ellos.

No les dio tiempo a esconderse.

—Sigue andando —le indicó Aliena a Richard, pero el hombre se movió al tiempo que ellos impidiéndoles seguir adelante.

Aliena miró hacia atrás pensando en echar a correr, pero otro tipo había salido del bosque a unos diez o quince metros, impidiendo la huida.

—¿Qué tenemos aquí? —dijo con voz recia el individuo que tenían delante. Era un hombre gordo, de rostro congestionado, con un vientre enorme y una barba sucia y enmarañada. Llevaba una pesada cachiporra. Se trataba, casi con toda certeza, de un proscrito. Por su cara, Aliena estaba convencida de que era la clase de hombre capaz de cometer violencia sin pensárselo dos veces, y se sintió aterrorizada.

—Déjanos en paz —le suplicó—. No tenemos nada que te interese.

—No estoy tan seguro —repuso el hombre dando un paso hacia Richard—. Esa bonita espada valdrá varios chelines.

—Es mía —protestó el muchacho, pero su tono era el de un chiquillo asustado.

Es inútil, se dijo Aliena. Estamos a merced de cualquiera. Yo soy una muchacha y él un chiquillo, y la gente puede hacer con nosotros lo que le parezca.

Con un movimiento sorprendentemente ágil el hombre gordo blandió de repente su cachiporra y la descargó sobre Richard, que intentó evitarla. El golpe iba dirigido a la cabeza, pero le alcanzó en el hombro. El hombre gordo era fuerte, y el golpe derribó a Richard.

Aliena perdió de súbito la paciencia. Había sido tratada de manera injusta, habían abusado vilmente de ella, la habían robado, tenía frío y hambre y apenas era capaz de dominarse. A su hermano pequeño, hacía menos de dos días le habían golpeado hasta casi matarle y en aquellos momentos, al ver que alguien le aporreaba, perdió la cabeza. Sin meditar su decisión se sacó la daga de la manga, se lanzó contra el gordo proscrito y le puso la punta del arma contra el enorme vientre.

—¡Déjale en paz, perro! —gritó.

Lo cogió completamente por sorpresa. La capa se le había abierto al atacar a Richard y todavía tenía la cachiporra en la mano. Había bajado completamente la guardia. Sin duda se había creído a salvo de cualquier ataque por parte de una joven al parecer desarmada. La daga atravesó la lana de su capa y el tejido de su ropa interior y se detuvo en la epidermis tensa del vientre. Aliena sintió a la vez asco y horror ante la idea de hundir una daga en la carne de una persona, pero el miedo fortaleció su decisión, y hundió la daga hasta alcanzar los órganos blandos del abdomen. Luego le aterró la idea de no matarle y de que siguiera vivo para vengarse, y siguió hundiendo la daga hasta la empuñadura.

De repente aquel hombre aterrador, arrogante y cruel quedó convertido en un animal asustado y herido. Dio un grito de dolor, dejó caer la cachiporra y se quedó mirando la daga que tenía clavada. Aliena se dio cuenta al instante de que el hombre sabía que estaba mortalmente herido. Apartó la mano, horrorizada. El hombre retrocedió, tambaleándose. Aliena recordó que a sus espaldas había otro ladrón y la embargó el pánico. Seguramente se tomaría una venganza horrible por la muerte de su cómplice. Agarró de nuevo la daga por la empuñadura y tiró de ella. El hombre herido se había alejado un par de pasos, y Aliena tuvo que sacar la daga de costado, desgarrando las entrañas del proscrito. Notó que la sangre le salpicaba la mano y el hombre chilló como un animal al caer al suelo. Aliena se volvió rápidamente con la daga en la mano ensangrentada y se enfrentó al otro hombre. Al mismo tiempo, Richard se puso en pie a duras penas y desenvainó su espada.

El otro ladrón los miró, luego bajó la vista hacia su amigo moribundo y sin más dio media vuelta y corrió a ocultarse en el bosque.

Aliena lo observó con incredulidad. Lo habían asustado. Resultaba difícil de creer.

Miró al hombre caído en el suelo. Yacía boca arriba, las entrañas asomaban por la gran herida del vientre. Tenía los ojos muy abiertos, y una mueca de miedo y dolor desfiguraba su rostro.

Aliena no se sentía orgullosa ni más tranquila por haberse defendido de aquellos hombres despiadados. Además, aquel espantoso espectáculo la asqueaba.

A Richard no le atormentaban semejantes escrúpulos.

—¡Le apuñalaste, Allie! —dijo entre excitado e histérico—. ¡Acabaste con ellos!

Aliena le miró. Había que enseñarle una lección.

—Remátale —le dijo.

Richard la miró extrañado.

—¿Qué?

—Que lo remates —repitió—. Haz que deje de sufrir. ¡Acaba con él!

—¿Por qué yo?

—Porque te comportas como un muchacho y yo necesito un hombre a mi lado. Porque jamás hiciste nada con una espada, salvo jugar a la guerra, y alguna vez tienes que empezar. ¿Qué te pasa? ¿De qué tienes miedo? De todas maneras ya está casi muerto. No puede hacerte daño. ¡Mátale!

Richard sujetó la espada con ambas manos y pareció inseguro.

—¿Cómo?

El hombre aulló de nuevo.

—¡No sé cómo! ¡Córtale la cabeza o atraviésale el corazón! ¡Cualquier cosa! ¡Pero hazle callar!

Richard parecía acorralado. Levantó la espada y la bajó de nuevo.

—Si no lo haces te dejaré solo —le amenazó ella—, lo juro por todos los santos. Me levantaré una noche y me iré, y cuando despiertes por la mañana, ya no estaré y tú te encontrarás completamente solo. ¡Mátalo!

Richard levantó de nuevo la espada. Y entonces, de manera increíble, el hombre dejó de chillar e intentó levantarse. Rodó hacia un lado y se incorporó apoyándose en un codo. Richard lanzó un grito que era en parte de miedo y de combate, y descargó con fuerza la espada sobre el cuello del forajido. El arma era pesada y la hoja bien afilada, y el golpe sajó a medias el grueso cuello. La sangre salió a chorros y la cabeza se ladeó grotescamente. El cuerpo se derrumbó en tierra.

Aliena y Richard permanecieron un instante mirándolo. La sangre caliente despedía vapor en el aire invernal. Ambos se sentían pasmados ante lo que habían hecho. De repente, Aliena echó a correr seguida de Richard.

Se detuvo cuando le fue imposible correr más y entonces se dio cuenta de que estaba sollozando. Caminó más lentamente sin importarle ya que su hermano la viera llorar. En cualquier caso, poco parecía importarle.

Poco a poco fue recobrando la calma. Los zuecos de madera le hacían daño. Se detuvo y se los quitó. Reanudó la marcha descalza, con los zuecos en la mano. Pronto llegarían a Winchester.

—Somos estúpidos —musitó Richard al cabo de un rato.

—¿Por qué?

—Ese hombre... Le dejamos allí. Deberíamos haberle cogido las botas.

Aliena se detuvo y miró a su hermano horrorizada.

—No hay nada de malo en ello, ¿verdad? —dijo él esbozando una sonrisa.

2

Al caer la noche, Aliena volvió a sentirse esperanzada mientras franqueaba la Puerta Oeste en dirección a la calle principal de Winchester. En el bosque había tenido la impresión de que podrían asesinarla y que nadie llegaría a enterarse jamás de lo ocurrido, pero en aquel momento se encontraba de nuevo en la civilización. Desde luego, la ciudad rebosaba de ladrones y asesinos, pero no podían cometer impunemente sus crímenes. En la ciudad había leyes, y a quienes las infringían se les desterraba, se les mutilaba o se les ahorcaba.

Recordaba haber recorrido con su padre aquella calle un año antes. Naturalmente, iba a caballo. Su padre montaba un brioso corcel castaño y ella un hermoso palafrén gris. La gente se apartaba a su paso. Tenían una casa en la parte sur de la ciudad, y cuando llegaban a ella les daban la bienvenida ocho o diez sirvientes, que habían limpiado bien la casa; había paja fresca en el suelo y todas las chimeneas estaban encendidas. Durante su estancia en ella, Aliena vestía bonitos trajes todos los días, botas y cinturones de piel de becerro y se adornaba con broches y brazaletes. Su tarea consistía en asegurarse de que siempre fuera bien recibido cualquiera que se presentase para ver al conde, y que nunca faltase carne y vino para los de la clase elevada, pan y cerveza para los más pobres, una sonrisa y un lugar junto al fuego para todos. Su padre era puntilloso en lo que a la hospitalidad se refería, pero no se las arreglaba muy bien cuando debía practicarla personalmente. La gente le encontraba frío, distante e incluso dominante. Aliena compensaba aquellas carencias.

Todo el mundo respetaba a su padre y las más altas personalidades acudían a visitarle. El obispo, el prior, el sheriff, el canciller real y los barones de la corte. Se preguntaba cuántos de ellos la reconocerían en esos momentos caminando descalza por el barro y la suciedad de esa misma calle. La idea, sin embargo, no consiguió empañar su optimismo. Lo importante era que ya había dejado de sentirse como una víctima. Se encontraba de nuevo en un mundo en el que había reglas y leyes, y tenía una posibilidad de recuperar el control de su vida.

Pasaron por delante de su casa. Estaba vacía y cerrada a cal y canto. Los Hamleigh aún no habían tomado posesión de ella. Por un instante, Aliena sintió la tentación de intentar entrar. ¡Es mi casa!, se dijo. Pero no lo era, naturalmente, y la idea de pasar la noche allí le hizo recordar cómo había vivido en el castillo cerrando los ojos a la realidad. Pasó de largo con decisión.

Otra cosa buena de estar en la ciudad era que allí había un monasterio. Los monjes siempre daban cama a cualquiera que se lo pidiera. Richard y ella dormirían aquella noche bajo techo, a salvo y en un lugar seco.

Encontró la catedral y entró en el patio del priorato. Dos monjes se encontraban en pie, ante una mesa de caballete, repartiendo pan bazo y cerveza entre un centenar o más de personas. A Aliena no se le había ocurrido que pudiera haber tanta gente suplicando la hospitalidad de los monjes. Ella y Richard se pusieron a la cola. Era asombroso, se dijo, cómo unas personas que habitualmente se empujarían y darían codazos para recibir comida gratis permanecían en ordenada fila sólo porque un monje les decía que así lo hicieran.

Recibieron su cena y se les condujo a la casa de invitados. Era una gran construcción de madera semejante a un granero, desprovista de todo mobiliario, iluminada débilmente por velas de junco y con olor a humanidad por tanta gente junta. El suelo estaba cubierto de juncos no demasiados frescos. Aliena se preguntó si debería revelar su identidad a los monjes. Tal vez el prior la recordase. En un priorato tan grande era de suponer que hubiera una casa de invitados especialmente destinada a visitantes de alta alcurnia. Pero se sintió reacia a hacerlo. Tal vez porque temía que se mostraran desdeñosos con ella o encontrarse de nuevo a merced de alguien, y aunque nada tenía que temer de un prior, pese a todo se sentía más cómoda permaneciendo en el anonimato e inadvertida.

Los demás invitados eran en su mayoría peregrinos, algunos artesanos ambulantes, reconocibles por las herramientas que llevaban, y unos cuantos buhoneros, que iban por las aldeas vendiendo cosas que los campesinos no podían fabricar por sí mismos, como alfileres, cuchillos, ollas y especias. Algunos de ellos iban acompañados por su mujer y sus hijos. Los niños eran ruidosos y correteaban por todas partes, peleándose y cayéndose. De vez en cuando alguno salía disparado contra un adulto, recibía un cachete y se echaba a llorar a moco tendido. Algunos no estaban bien educados y Aliena vio a varios orinarse sobre los juncos del suelo. Probablemente esas cosas carecían de importancia en una casa donde el ganado dormía en la misma habitación que la gente, pero en un recinto abarrotado resultaba repugnante. Todos tendrían que dormir más tarde sobre esos mismos juncos.

Empezó a tener la sensación de que la gente la miraba como si supiera que la habían desflorado. Claro que era ridículo, pero la sensación persistía. Había dejado de sangrar, pero aun así, cada vez que se movía se encontraba con alguien que posaba sobre ella una mirada penetrante. Tan pronto como sus ojos se encontraban volvían la vista, pero poco después sorprendía a alguien haciendo lo mismo. Se decía continuamente que aquello era una tontería, que no la miraban a ella, sino que paseaban con curiosidad la vista por toda la gente que les rodeaba. De cualquier manera no había nada digno de mirar, no era diferente de los demás. Estaba tan sucia, tan mal vestida y tan cansada como todos. Pero aun así, esa actitud que creía detectar respecto de ella la irritaba. Había un hombre que no paraba de mirarla, un peregrino de mediana edad con una familia numerosa. Finalmente, Aliena perdió la paciencia.

—¿Qué es lo que miras? ¡Deja ya de mirarme! —le gritó.

El hombre se sintió turbado y apartó los ojos sin decir palabra.

—¿Por qué has hecho eso, Allie? —le preguntó Richard en voz baja.

Aliena le dijo que cerrara la boca, y él así lo hizo.

Poco después se presentaron los monjes para llevarse las velas. Preferían que todos se fueran pronto a dormir; de ese modo los mantenían alejados por la noche de las tabernas y los prostíbulos de la ciudad, y por la mañana les resultaba más fácil hacer que se marcharan temprano. Varios hombres solteros salieron del recinto cuando se hubieron apagado las luces, sin duda para encaminarse hacia los burdeles, pero la mayoría de los presentes se dispusieron a descansar bien envueltos en sus capas.

Hacía muchos años que Aliena no dormía en un lugar como ése. De pequeña siempre había envidiado a la gente que dormía abajo, unos al lado de otros frente a un buen fuego, en una habitación llena de humo y olor a comida, con los perros para protegerles. En aquel recinto reinaba una sensación de íntima unión que no existía en las espaciosas y vacías cámaras de la familia. Por aquellos días abandonaba a veces su cama y bajaba de puntillas por las escaleras para dormir junto a una de sus sirvientas favoritas, Madge, la lavandera, o la vieja Joan.

El sueño le llegó con el olor de su infancia en el recuerdo, y soñó con su madre. Normalmente le resultaba difícil recordar el aspecto de ésta, pero en ese momento descubrió, sorprendida, que podía recordar con toda claridad su rostro, hasta en su mínimo detalle. Los rasgos pequeños, la sonrisa tímida, la constitución frágil, la mirada de ansiedad en sus ojos. Vio la manera de andar de su madre, inclinada ligeramente a un lado, como si siempre estuviera tratando de pegarse a la pared, con el brazo contrario algo extendido en busca de equilibrio. Podía oír su voz, una voz contralto sorprendentemente sonora, siempre dispuesta a cantar o a reír, aunque temerosa de hacerlo. En su sueño, Aliena supo algo que jamás había visto claro estando despierta: que su padre atemorizó a su madre de tal manera, ahogando su sentido del gozo de la vida, que ésta acabó por secarse como una flor. Todo aquello acudía a la mente de Aliena como algo muy familiar, que había sabido desde siempre. Lo espantoso de todo ello era que, en el sueño, ella estaba encinta. Su madre parecía contenta. Estaban sentadas juntas en un dormitorio, y Aliena tenía un vientre tan grande que debía sentarse con las piernas ligeramente separadas y las manos cruzadas sobre él. Entonces William Hamleigh irrumpía en la habitación con una daga en la mano y Aliena supo que iba a apuñalarla en el vientre de la misma manera en que ella había apuñalado al proscrito en el bosque. Empezó a chillar con tal fuerza que de repente se sentó, y entonces cayó en la cuenta de que William no estaba allí y que ella ni siquiera había gritado. El ruido sólo había estado en su cabeza.

Después de aquello permaneció despierta, preguntándose si en realidad estaría encinta.

La idea no se le había ocurrido antes, y en esos momentos hizo que se sintiese aterrada. Sería repugnante tener un hijo de William Hamleigh. Y además, podía no ser suyo... sino de su escudero. Nunca podría saberlo. ¿Cómo haría para querer a aquel bebé? Cada vez que lo mirara le recordaría aquella noche espantosa. Prometió que tendría al bebé en secreto y lo dejaría morir de frío tan pronto como hubiera nacido, como hacían los campesinos cuando tenían demasiados hijos. Tan pronto como hubo tomado aquella decisión se sumió de nuevo en el sueño.

Apenas despuntado el día los monjes llevaron el desayuno. El ruido despertó a Aliena. La mayoría de los demás huéspedes ya estaban despiertos, pues se habían ido a dormir muy temprano, pero ella, que apenas si había descansado, se sentía exhausta.

De desayuno les dieron gachas con sal. Aliena y Richard las comieron con avidez, y les hubiera gustado que estuvieran acompañadas de pan. Mientras desayunaban, Aliena reflexionó sobre lo que diría al rey Stephen. Estaba segura de que habría olvidado que el antiguo conde de Shiring tenía dos hijos. Tan pronto como se presentaran y se lo recordasen tomaría medidas en favor de ellos. Al menos eso creía. Pero por si fuera necesario convencerle, habría de llevar preparado algo. Llegó a la conclusión de que no insistiría en la inocencia de su padre, ya que ello significaría poner en tela de juicio el parecer del monarca, con lo que sólo conseguiría ofenderlo. Tampoco protestaría por el hecho de que hubiera hecho conde a Percy Hamleigh. Los hombres de Estado aborrecían que se discutieran sus decisiones. «Para bien o para mal, la cuestión está zanjada», solía sentenciar su padre. No, se limitaría a decir que su hermano y ella eran inocentes y a pedir al rey que les diera una propiedad de caballero para poder atender modestamente sus necesidades y para que Richard pudiera prepararse y llegar a ser, dentro de unos años, uno de los guerreros del rey. Una pequeña propiedad permitiría a Aliena cuidar de su padre cuando el rey tuviera a bien ponerlo en libertad. Había dejado de ser una amenaza. Sin título, sin seguidores, sin dinero. Recordaría al rey que su padre había servido con toda lealtad al viejo rey, Henry, que había sido tío de Stephen. No se mostraría imperiosa, sólo humildemente firme, franca y sencilla.

Después del desayuno preguntó a un monje dónde podría lavarse la cara. El religioso la miró sobresaltado. Era evidente que no se trataba de una pregunta habitual. Sin embargo, los monjes estaban a favor de la limpieza, y éste la condujo hasta un conducto abierto por donde un agua fría y clara desembocaba en los terrenos del priorato, y le advirtió que no se lavara «indecentemente», por si acaso alguno de los hermanos la veía por accidente y era motivo de que pecase. Los monjes hacían mucho bien, pero sus actitudes resultaban, en ocasiones, irritantes.

Una vez que ella y Richard se hubieron quitado de la cara el polvo del camino, abandonaron el priorato y se encaminaron colina arriba, a lo largo de la calle principal, al castillo que se alzaba a un lado de la Puerta Oeste. Si llegaban temprano, Aliena pensaba que se atraería la voluntad o cautivaría a quien estuviese encargado de admitir a los solicitantes, y así no quedaría olvidada entre la multitud de gente importante que se presentaría más tarde. Sin embargo, el ambiente tras los muros del castillo estaba aún más tranquilo de lo que esperaba. ¿Llevaba tanto tiempo el rey Stephen allí que ya eran pocas las personas que necesitaban verle? No estaba segura de cuándo podía haber llegado. Por lo general, el rey permanecía en Winchester mientras duraba la Cuaresma, pero Aliena no estaba segura de cuándo había empezado ésta, porque viviendo en el castillo con Richard y Matthew, sin sacerdote alguno, había perdido la noción del tiempo.

Había un corpulento centinela montando guardia junto a los escalones de la torre del homenaje. Aliena se dispuso a pasar junto a él como cuando acudía allí con su padre, pero el guardia le cortó el camino bajando la lanza.

Aliena le miró con gesto imperioso.

—¿Qué sucede? —preguntó.

—¿Adónde crees que vas, muchacha? —replicó el centinela.

Aliena se dio cuenta, con desaliento, que el hombre era de esos a los que les gustaba ser guardias porque les daba la oportunidad de impedir que la gente fuera adonde quisiera.

—Estamos aquí para presentar una petición al rey —respondió en tono glacial—. Déjanos pasar.

—¿Tú? —dijo el guardia con desdén—. ¿Con un par de zuecos de los que mi mujer se avergonzaría? ¡Largo de aquí!

—Apártate de mi camino, centinela —dijo Aliena—. Todo ciudadano tiene derecho a presentar peticiones al rey.

—Sí, pero los de tu clase, los pobres, no son lo bastante locos para intentar ejercer ese derecho…

—¡Yo no soy de esa clase! —exclamó Aliena con firmeza—. Soy la hija del conde de Shiring y mi hermano es su hijo, así que déjanos pasar o acabarás pudriéndote en una mazmorra.

El guardia pareció algo menos desdeñoso.

—No puedes presentar una petición al rey porque no está aquí —dijo, a pesar de todo con aire de suficiencia—. Está en Westminster, como deberías saber si en realidad eres quien dices ser.

Aliena quedó estupefacta.

—Pero ¿por qué se ha ido a Westminster? ¡Tendrá que estar aquí por Pascua!

El centinela comprendió entonces que la muchacha y el chico no eran unos golfillos callejeros.

—La corte de Pascua está en Westminster —explicó—. Parece que no va a hacer las cosas exactamente como las hacía el viejo rey. ¿Y por qué habría de hacerlas?

Naturalmente, tenía razón, pero a Aliena no se le había ocurrido que un nuevo rey estableciera un régimen distinto. Era demasiado joven para recordar el reinado de Henry. Se sintió desolada. Había creído que sabía lo que tenía que hacer, y se había equivocado.

Sacudió la cabeza para librarse de la sensación de fracaso. Aquello sólo era un revés, no una derrota. Apelar al rey no era la única manera de ocuparse de su hermano y de ella. Había ido a Winchester con dos propósitos, y el segundo era el de averiguar qué le había pasado a su padre. Él sabría qué podría hacer ahora.

—Entonces, ¿quién está ahí? —preguntó al centinela—. Debe de haber algún funcionario real.

—Hay un escribiente y un mayordomo —contestó el guardia—. ¿Decís que el conde de Shiring es vuestro padre?

—Sí. —Aliena sintió que le daba un vuelco el corazón—. ¿Sabes algo de él?

—Sé dónde está.

—¿Dónde?

—En la prisión. Aquí mismo, en el castillo.

¡Tan cerca!

—¿Dónde está la prisión?

El centinela señaló con el pulgar por encima del hombro.

—Colina abajo, después de pasar la capilla, frente a la puerta principal.

El impedirles el paso a la torre del homenaje había satisfecho su mezquina vanidad, y en esos momentos estaba dispuesto a dar información.

—Lo mejor será que veáis al carcelero. Se llamaba Odo y tiene unos bolsillos muy grandes.

Aliena no entendió aquella alusión al tamaño de los bolsillos del carcelero, pero estaba demasiado inquieta para intentar descifrarla. Hasta aquel momento su padre había estado en un lugar vago y distante llamado «prisión», pero ahora, de repente, estaba allí, en aquel mismo castillo. Olvidó su súplica al rey. Todo cuanto quería hacer era ver a su padre. La idea de que estaba muy cerca, dispuesto a ayudarla, le hizo sentir de manera más vívida el peligro y la incertidumbre de los últimos meses. Ansiaba refugiarse en sus brazos y oírle decir: «No temas, en adelante todo marchará bien.»

La torre del homenaje se alzaba en una esquina del recinto. Aliena miró hacia abajo. El resto del castillo era un conjunto abigarrado de construcciones de piedra y madera protegidas por muros altos. Colina abajo, había dicho el centinela, después de la capilla y frente a la puerta principal. Vio un pulcro edificio de piedra que parecía una capilla. La entrada principal era una puerta en el muro exterior que permitía al rey entrar en su castillo sin tener que pasar antes por la ciudad. Frente a esa entrada, y cerca del muro posterior que separaba el castillo de la ciudad, había una pequeña construcción de piedra que tal vez fuese la prisión.

Aliena y Richard bajaron corriendo por la pendiente. Aliena se preguntaba cómo estaría su padre. ¿Alimentarían satisfactoriamente a los prisioneros? Su padre solía darles pan bazo y potaje, pero había oído que en otras partes a los prisioneros se les trataba mal. Tenía la esperanza de que no fuera ése el caso.

Mientras cruzaban el recinto sintió que se le aceleraba el pulso. Era un castillo grande, pero estaba rodeado de construcciones: cocinas, establos y barracas. Había dos capillas. En esos momentos en que el rey estaba ausente, Aliena pudo ver indicios de esa ausencia y fue observándolos distraída mientras caminaba hacia la prisión. Había cerdos y ovejas hozando entre los montones de desperdicios; varios hombres de armas holgazaneaban sin tener otra cosa que hacer, al parecer, que dirigir palabras groseras a las mujeres que pasaban, y en el pórtico de una de las capillas tenía lugar una especie de juego de azar. Aquella atmósfera de laxitud incomodó a Aliena. Le preocupaba que no se ocuparan de su padre como era debido, y empezó a temer lo que pudiera encontrar.

La cárcel era un edificio de piedra medio abandonado que parecía haber sido en tiempos la vivienda de un funcionario real, un canciller o administrador de cierta categoría. El piso alto que antes había servido de salón estaba prácticamente en ruinas y había perdido parte del tejado. Tan sólo se conservaba la planta baja. En ella no había ventanas, sino una gran puerta de madera con clavos de hierro. Estaba ligeramente abierta. Mientras Aliena vacilaba delante de ella, una guapa mujer de mediana edad con un abrigo de excelente calidad la abrió y entró. Aliena y Richard la siguieron.

El tétrico interior apestaba a humedad y a putrefacción. El lugar había sido en su origen un almacén abierto, pero después lo habían dividido en pequeños compartimentos separados por paredes de cascotes levantadas a toda prisa. De las profundidades del edificio llegaron los quejidos de un hombre. En la zona inmediata a la puerta había una silla, una mesa y un fuego en el centro del suelo. Un hombre corpulento, de aspecto estúpido, con una espada al cinto, estaba barriendo perezoso el suelo. Levantó la vista y saludó a la mujer guapa.

—Buenos días, Meg.

Ella le dio un penique y desapareció entre las sombras. El hombre miró a Aliena y a Richard.

—¿Qué queréis?

—Estoy aquí para ver a mi padre —respondió Aliena—. Es el conde de Shiring.

—No, no lo es —le dijo el carcelero—. Ahora sólo es Bartholomew.

—Al diablo con tus distinciones, carcelero. ¿Dónde está?

—¿Cuánto dinero tienes?

—No tengo dinero, así que no te molestes en sobornarme.

—Si no tienes dinero no puedes ver a tu padre —dijo el hombre, y se puso de nuevo a barrer.

Aliena sintió deseos de gritar. Estaba a unos metros de su padre y le impedían verlo. El carcelero iba armado; no ganaría nada desafiándole. Pero no tenía dinero. Había temido que ocurriera aquello cuando vio que la mujer llamada Meg le daba un penique, pero pensó que se trataba de algún privilegio especial. Sin embargo, no era así. Un penique debía ser el precio para ser admitido en aquel lugar.

—Buscaré un penique y te lo traeré en cuanto pueda, pero ¿no nos dejarías verle ahora? Sólo será un momento.

—Traedme primero el penique —dijo el carcelero, y volvió de nuevo a su faena.

Aliena intentaba contener las lágrimas. Se sintió tentada de lanzar a gritos un mensaje con la esperanza de que su padre pudiera oírla, pero comprendió que así sólo contribuiría a desmoralizarlo y asustarlo. Provocaría su ansiedad al no recibir información alguna. Se dirigió hacia la puerta y se sintió desesperadamente impotente. Se volvió en el umbral.

—¿Cómo está? Dime sólo eso… por favor. ¿Está bien?

—No, no lo está —repuso el carcelero—. Se está muriendo. Y ahora, largo.

Aliena tenía los ojos arrasados en lágrimas y tropezó al cruzar la puerta. Se alejó sin ver adónde iba y topó con algo, una oveja o un cerdo, y estuvo a punto de caer. Empezó a sollozar. Richard la cogió por el brazo y ella se dejó guiar. Salieron del castillo por la puerta principal, se encontraron entre las desperdigadas casuchas y los campos de los suburbios y finalmente llegaron a un prado. Se sentaron en un tocón.

—No me gusta cuando lloras, Allie —dijo Richard.

Aliena trató de dominarse. Había encontrado a su padre, y eso ya era algo. Se había enterado de que estaba enfermo. El carcelero era un hombre cruel, de modo que tal vez hubiese exagerado la gravedad de la enfermedad. Todo cuanto tenía que hacer era conseguir un penique, y entonces podría hablar con él, comprobar por sí misma cómo le encontraba y preguntarle qué debía hacer… por Richard y por él.

—¿Cómo vamos a encontrar un penique, Richard? —preguntó.

—No lo sé.

—No tenemos nada para vender. Nadie nos lo prestará. Tú no te animarías a robar…

—Podemos pedir limosna —dijo él.

Era una idea.

Un campesino de aspecto próspero bajaba por la colina en dirección al castillo, a lomos de una jaca negra. Aliena se puso en pie de un salto y corrió hacia el camino.

—Por favor, ¿podría darme un penique, señor? —le pidió cuando estuvo más cerca.

—¡Vete al cuerno! —gruñó el hombre al trote.

Aliena volvió junto a su hermano.

—Los mendigos por lo general piden comida o ropa vieja —dijo desalentada—. Nunca he sabido de nadie que les haya dado dinero.

—Bueno, entonces, ¿cómo consigue dinero la gente? —preguntó Richard.

Era evidente que nunca se le había ocurrido aquella pregunta.

—El rey obtiene dinero con los impuestos; los señores, con las rentas; los sacerdotes, con los diezmos. Los tenderos tienen algo que vender. Los artesanos cobran salarios. Y los campesinos no necesitan dinero porque tienen campos.

—Los aprendices también cobran salarios.

—Y los braceros. Podemos trabajar.

—¿Para quién?

—Winchester está lleno de pequeñas fábricas de cueros y tejidos —dijo Aliena. Volvió a sentirse optimista—. Una ciudad es un buen lugar para encontrar trabajo. —Se puso en pie de un salto—. Vamos, en marcha.

Richard aún vacilaba.

—Yo no puedo trabajar como un hombre corriente —dijo—. Soy hijo de un conde.

—Ya no lo eres —repuso Aliena sin rodeos—. Ya has oído lo que dijo el carcelero. Más vale que te acostumbres a la idea de que ahora eres igual que los demás.

Richard parecía malhumorado y no contestó.

—Bueno, yo me voy —dijo Aliena—. Quédate aquí si quieres.

Se apartó de él y tomó el camino de la Puerta Oeste. Conocía los enfados de su hermano; nunca duraban mucho.

Tal como imaginaba, la alcanzó antes de que llegara a la ciudad.

—No te enfades, Allie —le dijo—. Trabajaré. En realidad, soy muy fuerte... Seré un bracero muy bueno.

Aliena sonrió.

—Estoy segura de que lo serás.

No era verdad, pero no valía la pena desengañarlo.

Bajaron por la calle principal. Aliena recordaba que Winchester estaba trazada y dividida de manera muy lógica. La parte meridional, a su derecha, estaba distribuida en tres partes. Primero se encontraba el castillo, luego un barrio de mansiones lujosas y después el recinto de la catedral y el palacio del obispo, en la esquina sudeste. También la mitad septentrional, a su izquierda, estaba dividida en tres: el barrio de los judíos, la parte central, que era donde se encontraban las tiendas, y las fábricas, en la esquina nodeste.

Bajaron por la calle principal y se dirigieron hacia el extremo este de la ciudad. Luego torcieron a la izquierda y entraron en una calle por la que corría un arroyo. En uno de los lados había casas corrientes, la mayoría de madera, y algunas parcialmente construidas de piedra. Al otro lado de la calle había una serie de construcciones improvisadas sin orden ni concierto, muchas de las cuales no tenían más que un tejado sostenido por postes y daban la impresión de que iban a derrumbarse de un momento a otro. En algunos casos, un pequeño puente o unas tablas dispuestas a tal efecto conducían a la orilla opuesta del arroyo o, en algunos casos, al edificio. En cada uno de éstos, así como en muchos patios, podía verse a hombres y mujeres ocupados en tareas que requerían grandes cantidades de agua: lavar lana, curtir pieles, abatanar y teñir tejidos, elaborar cerveza y otras operaciones que Aliena no supo identificar. Percibió toda una variedad de olores, acres y de levadura, sulforosos y ahumados, de madera y pútridos. Toda la gente parecía enormemente ocupada. Claro que los campesinos también tenían mucho trabajo y muy duro, pero siempre hacían sus tareas a un ritmo tranquilo y disponían de tiempo para detenerse a examinar algo que les había llamado la atención o alguien que pasaba cerca de ellos. En las fábricas y talleres, en cambio, la gente nunca levantaba la vista. Parecía como si el trabajo absorbiera todas sus energías. Se movían con rapidez, transportando sacos y llevando grandes baldes de agua o batiendo pieles y tejidos. Mientras los observaba ocupados en sus misteriosas tareas en la penumbra de las destartaladas cabañas, Aliena no podía evitar pensar en los demonios revolviendo el contenido de sus calderos en las imágenes del infierno.

Se detuvo delante de un lugar donde estaban abatanando tejidos, algo que ya había visto hacer en otras ocasiones. Una mujer de aspecto musculoso estaba sacando agua del arroyo y derramándola en el interior de un enorme hoyo de piedra recubierto de plomo, deteniéndose de vez en cuando para añadir una medida de tierra de enfurtir que sacaba de un saco. Dos hombres con grandes palas de madera golpeaban el tejido que estaba en el hoyo. Con aquel proceso se lograba que el tejido se encogiera y engrosara, haciéndolo más impermeable. La tierra de enfurtir, por su parte, extraía por lixiviación los aceites de la lana. En la parte trasera de los locales había almacenadas balas de tejidos sin tratar y sacos de tierra de enfurtir.

Aliena cruzó el arroyo y se acercó a la gente que trabajaba junto al hoyo. La miraron y siguieron con su trabajo. Alrededor de ellos todo estaba mojado y Aliena advirtió que trabajaban con los pies descalzos.

—¿Está aquí vuestro maestro? —les preguntó en voz alta al comprender que no iban a interrumpir sus tareas a fin de averiguar qué deseaba.

La mujer se limitó a señalar con un movimiento de la cabeza la parte trasera de la cabaña.

Aliena le hizo seña a Richard de que la siguiera. Franquearon una puerta y se encontraron en un patio donde en unos bastidores de madera estaban secándose grandes cantidades de tela.

Vio a un hombre inclinado sobre uno de aquellos bastidores, colocando el tejido.

—Estoy buscando al maestro —le dijo Aliena.

El hombre se enderezó y la miró fijamente. Era un individuo feo, tuerto y con una leve corcova en la espalda, como si hubiera estado tantos años inclinado sobre los bastidores de secado que ya no pudiera enderezarse del todo.

—¿De qué se trata? —dijo.

—¿Eres el maestro abatanador?

—He trabajado en ello casi cuarenta años, de hombre y de muchacho, así que espero ser un maestro —respondió—. ¿Qué quieres?

Aliena se dio cuenta de que estaba tratando con la clase de hombre que siempre tenía que demostrar lo listo que era.

—Mi hermano y yo quisiéramos trabajar. ¿Podrías emplearnos? —inquirió, adoptando un tono de humildad.

Se produjo una pausa mientras el hombre la miraba de arriba abajo.

—Por todos los santos, ¿qué podríais hacer vosotros?

—Haremos cualquier cosa —le aseguró Aliena con resolución—. Necesitamos algún dinero.

—No me servís —dijo el hombre con desdén, y dio media vuelta para continuar con su trabajo.

Aliena no estaba dispuesta a contentarse con aquello.

—¿Por qué no? —dijo, enfadada—. No estamos pidiéndole dinero, sino trabajo con el que ganarlo.

El hombre se volvió de nuevo hacia ella.

—¡Por favor! —dijo Aliena, aunque aborrecía suplicar.

El hombre la miró impaciente, como habría podido mirar a un perro, preguntándose si merecería la pena hacer el esfuerzo de darle un puntapié, pero la muchacha comprendió que se sentía tentado de demostrarle lo tonta que era ella y lo listo que era él.

—Muy bien —dijo el maestro con un suspiro—. Te lo explicaré. Venid conmigo.

Les condujo hasta el hoyo. Los hombres y la mujer estaban enrollando la pieza de tela a medida que la sacaban del agua. El maestro se dirigió a la mujer.

—Ven aquí, Lizzie. Enséñanos tus manos.

La mujer se acercó, obediente y alargó las manos. Estaban ásperas, enrojecidas y agrietadas.

—Tócalas —le dijo el maestro a Aliena.

La muchacha tocó las manos de la mujer. Estaban frías como el hielo y muy ásperas, pero lo que llamaba más la atención era lo fuertes que parecían. Se miró las suyas sin soltar las de la mujer y de repente las vio suaves, blancas y muy pequeñas.

—Ha tenido las manos metidas en el agua desde que era poco más que una niña, así que está acostumbrada. Tú eres diferente. En este trabajo no durarías ni una semana.

Aliena hubiera querido discutir con él y decirle que se acostumbraría, pero no estaba segura de que fuera verdad. Antes de que pudiera decir nada intervino Richard.

—¿Y qué hay de mí? —dijo—. Soy más grande que esos dos hombres. Puedo hacer ese trabajo.

Realmente Richard era más alto y corpulento que los hombres que habían estado manejando las palas de abatanar, y Aliena recordó que había podido manejar un caballo de guerra y que, por lo tanto, sería capaz de golpear tejidos.

Los dos hombres habían acabado de enrollar la tela mojada y uno de ellos se cargó el rollo al hombro para llevarlo al patio a secar. El maestro le detuvo.

—Deja que el muchacho sienta el peso de la tela, Harry.

El hombre llamado Harry descargó la tela de su hombro y la puso en el de Richard. Éste se encorvó bajo el peso, se enderezó con un esfuerzo supremo, palideció y finalmente cayó de rodillas.

—No puedo llevarlo —dijo sin aliento.

Los hombres se echaron a reír. El maestro se mostró triunfante y el llamado Harry cogió el rollo, se lo echó al hombro con movimiento experto y se alejó con él.

—Es una clase distinta de fortaleza la que se adquiere al tener que trabajar —señaló el maestro.

Aliena estaba enfadada. Se reían de ella cuando todo lo que quería era encontrar una manera honesta de ganarse un penique. Sabía que el maestro estaba disfrutando en grande haciendo que pareciese una boba. Seguiría en ello mientras ella se lo permitiese, pero nunca les daría trabajo.

—Gracias por tu amabilidad —dijo con sarcasmo, y dando media vuelta se alejó.

Richard estaba acongojado.

—¡Pesaba mucho porque estaba muy mojado! —dijo—. Yo no esperaba eso.

Aliena comprendió que debía mostrarse animosa para levantarle el ánimo a su hermano.

—Hay otros trabajos —dijo mientras avanzaba chapoteando por la calle embarrada.

—¿Qué otra cosa podemos hacer?

Aliena no contestó de inmediato. Llegaron al muro septentrional de la ciudad y torcieron a la izquierda, dirigiéndose hacia el oeste. Allí, adosadas a la muralla, se encontraban las casas más pobres. Muchas de ellas no eran más que chozas, y como carecían de patio trasero la calle estaba sucia.

—¿Recuerdas que las muchachas solían acudir a veces al castillo, cuando ya no tenían sitio en su casa y aún no tenían marido? Nuestro padre siempre las admitía. Solían trabajar en las cocinas, en la lavandería o en los establos, y papá solía darles un penique los días de guardar —dijo finalmente Aliena.

—¿Crees que podríamos vivir en el castillo de Winchester? —preguntó Richard, dubitativo.

—No. Mientras el rey esté fuera no admitirán gente; deben de tener más de la que necesitan; pero hay muchísimas personas ricas en la ciudad. Es posible que necesiten sirvientes.

—No es trabajo de hombres.

Aliena sintió deseos de decirle: «¿Por qué no se te ocurrirá de vez en cuando alguna idea en lugar de encontrar mal todo cuanto digo?», pero se mordió la lengua.

—Sólo será preciso que uno de nosotros trabaje el tiempo suficiente para obtener un penique. Entonces podremos ver a nuestro padre y preguntarle qué debemos hacer —se limitó a decir.

—De acuerdo.

Richard no era contrario a la idea de que uno de los dos trabajara, sobre todo si era Aliena.

Torcieron a la izquierda y entraron en la judería de la ciudad. Aliena se detuvo delante de una gran casa.

—Aquí deben de tener sirvientes —dijo.

Richard se mostró escandalizado.

—No irás a trabajar para los judíos, ¿verdad?

—¿Por qué no? Verás, no se pesca la herejía de la gente como quien pesca piojos.

Richard se encogió de hombros y la siguió al interior.

Era una casa de piedra y, como la mayoría en la ciudad, era muy larga y estrecha. Había un vestíbulo que tenía el mismo ancho de la casa. En él ardía un fuego y se veían algunos bancos. Con los olores que llegaban de la cocina a Aliena se le hizo la boca agua, aunque eran distintos de los habituales, como si cocinasen con otra clase de especias. Apareció una joven desde la parte trasera de la casa y les saludó. Tenía la tez morena y ojos pardos, y les habló con respeto.

—¿Queréis ver al orfebre?

De manera que era eso.

—Sí, por favor —respondió Aliena.

La joven desapareció de nuevo y Aliena miró alrededor. Claro que un orfebre necesitaba una casa de piedra para proteger su oro. La puerta entre el salón y la parte trasera de la casa era de pequeñas planchas de roble unidas con láminas de hierro. Las ventanas eran demasiado estrechas como para que nadie pudiera pasar a través de ellas, ni siquiera un niño. Aliena pensó en lo terrible que debía de ser que a uno le robasen sus riquezas en oro y plata y quedar en la miseria en un instante. Luego pensó que su padre había sido rico, y sin embargo en un día lo había perdido todo.

Se presentó el orfebre. Era un hombre pequeño y moreno y les dirigió una mirada escrutadora, como si estuviera examinando una joya pequeña y calculando su valor. Al cabo de un instante pareció haberse formado una idea.

—¿Tenéis algo que queráis vender?

—Has acertado en tu juicio, orfebre —contestó Aliena—. Has adivinado que somos personas de alta alcurnia que en estos momentos se encuentran en la ruina. Pero no tenemos nada para vender.

El hombre pareció preocupado.

—Si tratáis de recibir un préstamo, mucho me temo...

—No esperamos que nadie nos preste dinero —le interrumpió Aliena—. Al igual que no tenemos nada que vender, tampoco tenemos nada para empeñar.

El hombre pareció aliviado.

—Entonces, ¿cómo puedo ayudaros?

—¿Me admitirías como sirvienta?

El hombre se sobresaltó.

—¿A una cristiana? ¡Desde luego que no!

Era evidente que la mera idea le horrorizaba.

Aliena se sintió decepcionada.

—¿Por qué no? —preguntó en tono lastimero.

—No resultaría.

Aliena se sintió ofendida. Era repugnante el que alguien encontrara poco grata su religión. Recordó la inteligente frase que hacía un rato le había espetado a Richard: «No se pesca la religión de la gente como quien pesca piojos.»

—La gente de la ciudad pondría objeciones —añadió el orfebre.

Aliena estaba segura de que se estaba escudando en la opinión pública, aunque de todas maneras era probable que fuese verdad.

—Supongo que entonces será mejor que busquemos a un cristiano rico.

—Vale la pena intentarlo —dijo el orfebre, dubitativo—. Permitidme que sea franco con vos. Un hombre prudente no os emplearía como sirvienta. Estáis acostumbrada a dar órdenes, y os resultaría muy duro tener que recibirlas.

Aliena abrió la boca para protestar, pero el hombre alzó una mano y prosiguió:

—Sí, ya sé que tenéis buena voluntad, pero durante toda vuestra vida os han servido otros e incluso ahora, en lo más profundo de vuestro corazón, estáis convencida de que las cosas deberían arreglarse para daros satisfacción. Las personas de alto linaje son malas a la hora de servir. Son desobedientes, resentidas, irreflexivas y susceptibles, creen trabajar de firme cuando hacen cualquier cosa menos eso y crean dificultades con el resto del servicio. —Se encogió de hombros—. Ésa es mi experiencia.

Aliena olvidó que se había sentido ofendida por el desagrado de que había dado muestras hacia su religión. Era la primera persona amable que encontraba desde que había abandonado el castillo.

—Pero ¿qué podemos hacer? —preguntó, desalentada.

—Yo sólo puedo deciros lo que haría un judío. Buscaría algo para vender. Cuando llegué a esta ciudad empecé comprando joyas a gente que necesitaba dinero, fundiendo luego la plata y vendiéndosela a los acuñadores.

—Pero ¿de dónde sacó el dinero para comprar las joyas?

—Pedí prestado a mi tío, y debo decir que se lo pagué con intereses.

—Pero a nosotros nadie nos prestará.

El hombre pareció pensativo.

—¿Qué habría hecho yo si no hubiera tenido tío? Creo que habría ido al bosque y recogido nueces; luego las habría traído a la ciudad y las habría vendido a las amas de casa que no tienen tiempo para ir al bosque ni plantan árboles en sus patios traseros porque están llenos de basura y suciedad.

—En esta época del año no hay nueces —alegó Aliena.

El orfebre sonrió.

—La juventud siempre es impaciente —dijo—. Esperad un poco.

—Muy bien. —Aliena pensó que no valía la pena hablarle de su padre. El orfebre había hecho cuanto estaba en su mano por mostrarse amable—. Gracias por vuestro consejo.

—Que os vaya bien.

El orfebre volvió a la parte trasera de la casa y cerró la maciza puerta de madera.

Aliena y Richard salieron de la casa. Aquel hombre se había mostrado amable, pero, pese a todo, habían perdido medio día y habían sido rechazados en todas partes. Aliena se sentía abatida. Sin saber ya qué hacer vagaron por la judería y recalaron de nuevo en la calle principal. Aliena empezaba a sentir hambre. Era la hora del almuerzo y sabía que si ella estaba hambrienta el apetito de Richard sería voraz. Caminaron sin dirección fija a lo largo de la calle, envidiosos de las bien alimentadas ratas que pululaban entre las basuras, hasta que llegaron al viejo palacio real. Allí se detuvieron, al igual que hacían todos los forasteros en la ciudad, para ver a través de los barrotes a los acuñadores de dinero. Aliena se quedó mirando los montones de peniques de plata, pensando que ella sólo necesitaba uno y no podía conseguirlo.

Al cabo de un rato vio a una joven que debía de tener su misma edad en pie cerca de ellos sonriendo a Richard. Parecía amistosa. Aliena vaciló, la vio sonreír de nuevo y le habló.

—¿Vives aquí?

—Sí —respondió la chica. Estaba interesada en Richard, no en ella.

—Nuestro padre se encuentra en prisión y estamos intentando ganarnos la vida y obtener algo de dinero para sobornar al carcelero. ¿Sabes qué podríamos hacer?

La muchacha volvió la mirada hacia Aliena.

—¿No tenéis dinero y queréis saber cómo conseguirlo?

—Así es. Estamos dispuestos a trabajar duro. Haremos cualquier cosa. ¿Se te ocurre algo?

—Sí, desde luego. Conozco a alguien que puede ayudaros.

Aliena estaba excitada. Era la primera persona que le decía «sí» en todo el día.

—¿Cuándo podemos verlo? —preguntó ansiosa.

—Verla.

—¿Cómo?

—Es una mujer. Y si vienes conmigo es probable que puedas verla ahora mismo.

Aliena y Richard se miraron encantados. Aliena apenas se atrevía a dar crédito a su cambio de suerte.

La joven dio media vuelta y ellos la siguieron. Les condujo hasta una gran casa de madera en la parte sur de la calle principal. Casi toda la casa era planta baja, pero tenía un pequeño piso encima. La joven empezó a subir por una escalera exterior y les indicó que la siguieran.

El piso de arriba era un dormitorio. Aliena miró alrededor con los ojos muy abiertos. Estaba decorada y amueblada más lujosamente que cualquiera de las habitaciones del castillo, incluso cuando vivía su madre. De los muros colgaban tapices, el suelo estaba cubierto de pieles y el lecho rodeado de cortinas bordadas. En un sillón parecido a un trono se encontraba sentada una mujer de mediana edad con un traje magnífico.

A Aliena le pareció que cuando joven debió de ser hermosa, aunque ya tenía arrugas en el rostro y el pelo más bien ralo.

—Ésta es la señora Kate —dijo la chica—. Esta joven no tiene dinero y su padre está en prisión, Kate.

Kate sonrió. Aliena le devolvió la sonrisa, aunque tuvo que hacer un esfuerzo. Había algo que le disgustaba en aquella mujer.

—Lleva al muchacho a la cocina y dale un vaso de cerveza mientras hablamos.

La muchacha hizo salir a Richard. Aliena estaba contenta de que su hermano pudiera beber cerveza. Tal vez también le dieran algo de comer.

—¿Cómo te llamas? —le preguntó Kate.

—Aliena.

—No es un nombre corriente, pero me gusta. —Se puso en pie y se acercó a ella, tal vez demasiado. La cogió por la barbilla y añadió—: Tienes una cara muy bonita. —El aliento le olía a vino—. Quítate la capa.

Aliena se sentía desconcertada ante aquella inspección, pero se sometió a ella. Parecía algo inofensivo y después de todas las negativas de aquella mañana no estaba dispuesta a arrojar por la borda su primera oportunidad decente mostrando escaso espíritu de cooperación. Se desprendió de la capa con un movimiento de los hombros, dejándola caer sobre un banco y permaneció allí en pie con el viejo traje de lino que le había dado la mujer del guardabosques.

Kate caminó alrededor de ella, al parecer impresionada.

—Mi querida joven, jamás te verás falta de dinero o de cualquier otra cosa. Si trabajas para mí las dos seremos ricas.

Aliena frunció el entrecejo. Aquello parecía estúpido. Todo cuanto ella quería era ayudar en la lavandería, en la cocina o en la costura, y no comprendía que cualquiera de esas cosas pudiera hacer rico a nadie.

—¿De qué clase de trabajo me hablas? —preguntó.

Kate estaba detrás de ella. Le deslizó las manos por las caderas, tan cerca de ella que Aliena podía sentir los senos de Kate contra su espalda.

—Tienes una hermosa figura —le dijo—. Y tu cutis es una maravilla. Eres de alta alcurnia, ¿no?

—Mi padre era el conde de Shiring.

—¡Bartholomew! Bueno, bueno… Le recuerdo… No es que fuese cliente mío, pues tu padre era un hombre muy virtuoso. Bien, comprendo por qué estáis en la ruina.

De manera que Kate tenía clientes.

—¿Qué vendes? —preguntó Aliena.

Kate no le contestó directamente. Volvió a colocarse enfrente de ella y la miró a los ojos.

—¿Eres virgen, querida?

Aliena se ruborizó de vergüenza.

—No seas tímida —le dijo Kate—. Ya veo que no. Bueno, no importa. Las vírgenes tienen un gran valor, pero, naturalmente, no dura. —Puso las manos en las caderas de Aliena e, inclinándose, la besó en la frente—. Eres voluptuosa aunque no lo sepas. Por todos los santos, eres irresistible. —Deslizó la mano desde la cadera de Aliena hasta su pecho y cogió suavemente uno de sus senos, sopesándolo y apretándolo ligeramente. Luego, inclinándose más, besó a Aliena en los labios.

De repente Aliena lo vio todo claro. Comprendió por qué la muchacha había sonreído a Richard delante de la casa de la moneda, de dónde sacaba Kate su dinero, lo que ella tendría que hacer si trabajaba para Kate y qué clase de mujer era ésta. Se sentía estúpida por no haberlo comprendido antes. Dejó por un instante que Kate la besara. Era tan diferente de lo que William Hamleigh había hecho que no se sintió en modo alguno asqueada, pero no era eso lo que haría para ganar dinero. Se liberó del abrazo de Kate.

—Quieres hacer de mí una prostituta —dijo.

—Una dama de placer, querida —la corrigió Kate—. Levantarse tarde, llevar todos los días hermosos vestidos, hacer felices a los hombres y amasar una fortuna. Serías una de las mejores. Hay algo en ti… Podrías cobrar cualquier cosa, lo que quisieras. Créeme, lo sé.

Aliena se estremeció. En el castillo siempre había habido una o dos prostitutas. Era necesario en un lugar donde había tantos hombres sin sus mujeres, y siempre se las había considerado las más humildes de las mujeres, por debajo incluso de las barrenderas. Pero en realidad no era la baja condición lo que hacía estremecerse a Aliena de repugnancia, sino la idea de que los hombres como William Hamleigh la poseyeran por un penique. Aquella idea trajo de nuevo a su mente el horrible recuerdo de su enorme cuerpo cubriéndola mientras ella yacía en el suelo con las piernas abiertas, temblando de terror y asco, esperando a que la penetrara. La escena surgió de nuevo ante ella con renovado horror y le hizo perder su aplomo y confianza. Tenía la sensación de que si permanecía en aquella casa un solo instante más volvería a ocurrirle todo aquello. Se sintió embargada por un deseo irrefrenable de salir de allí. Retrocedió hasta la puerta. La atemorizaba ofender a Kate, la atemorizaba que cualquiera se pusiese furioso con ella.

—Perdóname, por favor, pero no puedo hacer eso, en realidad no pue…

—Piensa en ello —le dijo Kate con jovialidad—. Vuelve si cambias de idea. Todavía estaré aquí…

—Gracias —dijo Aliena, vacilante.

Finalmente dio con la puerta. La abrió y se escurrió prácticamente por una rendija. Todavía trastornada, bajó corriendo por las escaleras hasta la calle y se dirigió hacia la puerta principal de la casa. La abrió de un empujón, pero tuvo miedo de entrar.

—¡Richard! —llamó—. ¡Sal, Richard! —No hubo contestación. En el interior había una luz difusa y sólo podía ver unas vagas figuras femeninas—. ¿Dónde estás, Richard? —chilló, histérica.

Se dio cuenta de que los transeúntes se volvían para mirarla, y aquello la puso más nerviosa. De repente Richard apareció con un vaso de cerveza en una mano y un muslo de pollo en la otra.

—¿Qué pasa? —dijo con la boca llena. Por su tono Aliena advirtió que le importunaba el que lo interrumpieran.

Aliena le agarró del brazo y tiró de él.

—Sal de ahí —le dijo—. ¡Es un burdel!

Varios transeúntes se echaron a reír al oír aquello y uno o dos hicieron comentarios burlones.

—Es posible que te hubieran dado algo de carne —dijo Richard.

—¡Querían que me convirtiera en prostituta! —exclamó Aliena, furiosa.

—Bueno, bueno —dijo Richard. Apuró la cerveza, puso el vaso en el suelo junto a la puerta y se metió el resto de muslo de pollo dentro de la camisa.

—¡Vamos! —le urgió impaciente Aliena, aunque una vez más la necesidad de ocuparse de su hermano pequeño tenía el poder de calmarla. La idea de que alguien quisiera convertir a su hermana en una prostituta no pareció inmutar a Richard, que sin duda lamentaba el tener que irse de una casa donde había pollo y cerveza sólo con pedirlo.

La mayoría de los transeúntes empezaron a seguir su camino terminada la diversión, pero hubo una que siguió allí. Era la mujer bien vestida que habían visto en la prisión. Le había dado al carcelero un penique y él la había llamado Meg. Miraba a Aliena con expresión de curiosidad mezclada de compasión. A la muchacha empezaba a molestarle que la gente la mirase de aquella forma, y apartó irritada la vista. Entonces la mujer le preguntó.

—Tenéis problemas, ¿verdad?

El tono amable de Meg hizo que Aliena se volviera.

—Sí —respondió después de una pausa—. Tenemos problemas.

—Os vi en la prisión. Mi marido está allí. Le visito todos los días. ¿Por qué fuisteis allí?

—Nuestro padre está preso.

—Pero no os permitieron verlo.

—No tenemos dinero para dar al carcelero.

Meg miró por encima del hombro de Aliena hacia la puerta del prostíbulo.

—¿Es eso lo que estáis haciendo aquí, intentando obtener dinero?

—Sí, pero no sabía lo que era hasta que...

—Pobrecita —dijo Meg—. Mi Annie tendría tu edad de haber vivido... ¿Por qué no venís conmigo mañana por la mañana a la prisión y entre todos vemos si podemos convencer a Odo de que se comporte como un cristiano y se apiade de dos niños desamparados?

—¡Sería maravilloso! —exclamó Aliena. Estaba conmovida. No tenía garantía de éxito, pero el hecho de que alguien estuviera dispuesto a ayudarles hizo que se le llenaran los ojos de lágrimas.

Meg seguía mirándola fijamente.

—¿Habéis cenado?

—No. A Richard le dieron algo en... ese lugar.

—Más vale que vengáis a mi casa. Os daré pan y carne. —Observó la expresión de cautela de Aliena—. Y no tendréis que hacer nada a cambio.

Aliena le creyó.

—Gracias —dijo—. Eres muy amable. No hemos encontrado mucha gente amable. No sé cómo darte las gracias.

—No es necesario —dijo Meg—. Venid conmigo.

El marido de Meg era comerciante de lana. Tanto en su casa en la zona sur de la ciudad, como en su puesto los días que había mercado, y en la gran feria anual que se celebraba en St. Gile's Hill, compraba el vellón que le llevaban los campesinos de los campos aledaños. Los metía en grandes sacos, cada uno de los cuales contenían los vellones de doscientas cuarenta ovejas, y los almacenaba en el granero que había detrás de su casa. Una vez al año, cuando los tejedores flamencos enviaban a sus agentes para comprar la suave y resistente lana inglesa, el marido de Meg les vendía los sacos y se encargaba de que fueran embarcados vía Dover y Boulogne con destino a Brujas y Gante, donde el vellón sería transformado en un tejido de la más alta calidad, vendido en todo el mundo a precios demasiado elevados para los campesinos que criaban las ovejas. Así se lo contó Meg a Aliena y Richard durante la cena, con una cálida sonrisa que expresaba la convicción de que, pasara lo que pasase, no había motivos para que la gente se mostrara desagradable.

Su marido había sido acusado de estafar en el peso de la lana que vendía, delito que la ciudad se tomaba muy en serio, ya que su prosperidad estaba basada en la excelente reputación de sus comerciantes. A juzgar por la manera en que Meg se lo relató a Aliena, ésta pensó que posiblemente el hombre fuera culpable. Sin embargo, su ausencia no perjudicó la marcha del negocio. Meg se limitó sencillamente a ocupar su sitio. Por otra parte, en invierno poco había que hacer. Había hecho un viaje a Flandes para asegurar a todos los agentes de su marido que la empresa seguía funcionando como siempre. También se ocupó de reparar y ampliar el granero. Cuando empezaba el esquileo, compraba como había hecho su marido. Sabía cómo juzgar la calidad de la lana y fijar el precio. Había sido admitida ya en el gremio de mercaderes de la ciudad, pese al baldón en la reputación de su marido, porque existía la tradición entre los mercaderes de ayudar a las familias de los miembros del gremio en momentos de dificultades, y, por otra parte, la culpabilidad de su marido todavía no había quedado demostrada.

Richard y Aliena devoraron la comida, bebieron vino y se sentaron junto al fuego hasta que anocheció. Entonces se fueron de nuevo al priorato a dormir. Aliena volvió a tener pesadillas. Esa vez soñó con su padre. En su sueño se encontraba sentado en un trono, en la prisión, tan alto, pálido y autoritario como siempre, y cuando fue a verle tuvo que hacer una reverencia ante él, como si fuera un rey. Luego se dirigió a ella en tono acusador y le dijo que le había abandonado en la prisión y se había ido a vivir a un prostíbulo. Aliena se sintió ofendida por una acusación tan injusta y replicó, furiosa, que era él quien la había abandonado a ella. Se disponía a añadir que la había dejado a merced de William Hamleigh, pero se sintió reacia a confesarle a su padre lo que aquél le había hecho. Luego descubrió que William también se encontraba en la habitación, sentado en una cama, comiendo cerezas de un cazo. Escupió el hueso en su dirección dándole en la mejilla y causándole dolor. Su padre sonrió, y entonces William empezó a arrojarle a ella cerezas maduras, manchándole la cara y el vestido, de modo que parecía que sangraba.

En su sueño se sintió tan profundamente triste que al despertar y descubrir que todo aquello no era verdad la embargó una enorme sensación de alivio, aunque pensaba que la realidad, sin hogar y sin dinero, era mucho peor que ser apedreada con cerezas maduras.

La luz del amanecer se filtraba a través de las grietas de las paredes de la casa de huéspedes. Toda la gente iba despertando alrededor de ella y empezaba a ponerse en movimiento. Pronto llegarían los monjes, abrirían puertas y persianas y llamarían a todo el mundo a desayunar.

Aliena y Richard comieron presurosos y se dirigieron luego a casa de Meg. Ésta ya estaba preparada para salir. Había preparado para su marido un estofado de carne de vaca capaz de resucitar a un muerto, y Aliena le dijo a Richard que le llevara la pesada olla. Aliena hubiera deseado tener algo que dar a su padre. No había pensado en ello, pero aunque lo hubiera hecho no habría podido comprar nada. Era terrible pensar que no podían hacer nada por él.

Subieron por la calle principal, entraron en el castillo por la puerta trasera y luego, dejando atrás la torre del homenaje, bajaron por la colina hasta la prisión. Aliena recordaba que cuando el día anterior le había preguntado a Odo si su padre estaba bien, el carcelero le había contestado: «No, no lo está. Se está muriendo.» Aliena se dijo que había exagerado por crueldad, pero en aquellos momentos empezó a sentirse preocupada.

—¿Le pasa algo a mi padre? —le preguntó a Meg.

—No lo sé, querida —contestó la mujer—. Nunca le he visto.

—El carcelero dijo que se estaba muriendo.

—Ese hombre es muy mezquino. Posiblemente lo dijo para que te sintieras desgraciada. En todo caso, lo sabrás dentro de un momento.

Aliena no se sintió tranquilizada pese a las buenas intenciones de Meg, y le atormentaba el temor mientras cruzaba la puerta y entraba en la penumbra maloliente de la prisión.

Odo se estaba calentando las manos ante el fuego que había en el centro de la habitación. Saludó con la cabeza a Meg y miró a Aliena.

—¿Tienes el dinero? —le preguntó.

—Pagaré por ellos —intervino Meg—. Aquí tienes dos peniques, uno mío y el otro de ellos.

En el rostro de Odo apareció una expresión taimada.

—Para ellos son dos peniques… Uno por cada uno —dijo.

—No seas tan zorro —le espetó Meg—. Les dejarás entrar a los dos o te crearé dificultades en el gremio de mercaderes y perderás el trabajo.

—Muy bien, muy bien. No hay necesidad de amenazas —dijo malhumorado. Señaló hacia un arco en el muro de piedra, a su derecha—. Bartholomew está por ahí.

—Necesitaréis luz —dijo Meg. Sacó del bolsillo de su capa dos velas, las encendió en el fuego y dio una a Aliena. Luego se dirigió rápidamente hacia el arco opuesto.

—Gracias por el penique —le dijo Aliena, pero Meg había desaparecido entre las sombras.

Aliena miró con aprensión hacia donde Odo le había indicado. Con la vela en alto atravesó la arcada y se encontró en un minúsculo vestíbulo cuadrado. A la luz de la vela pudo ver tres pesadas puertas, aseguradas todas con barras en el exterior.

—¡Enfrente de vosotros! —les gritó Odo.

—Levanta la barra, Richard —dijo Aliena.

Richard sacó la pesada barra de madera de sus abrazaderas y la apoyó sobre el muro. Aliena abrió la puerta al tiempo que lanzaba hacia las alturas una rápida y silenciosa plegaria.

Salvo por la luz de la vela, la celda estaba completamente a oscuras. Vaciló en el umbral atisbando entre las sombras oscilantes. El lugar olía como a un retrete.

—¿Quién es? —preguntó una voz.

—¿Padre? —dijo Aliena, que creyó distinguir una figura oscura sentada en el suelo cubierto de paja.

—¿Aliena? —La voz se mostraba incrédula—. ¿Eres Aliena? —Parecía la voz de su padre, pero más vieja.

Aliena se acercó, manteniendo la vela en alto. Él la miró y la luz de la vela le alumbró de lleno la cara. Aliena lanzó una exclamación de horror.

Apenas estaba reconocible.

Siempre había sido un hombre delgado, pero en aquellos momentos parecía un esqueleto. Estaba terriblemente sucio y vestido con harapos.

—¡Aliena! —exclamó—. ¡Eres tú! —Una sonrisa, que más parecía una mueca, contrajo su rostro.

La muchacha se echó a llorar. Nadie la había preparado para la conmoción que sufriría al ver a su padre convertido en aquello. Al instante comprendió que se estaba muriendo. El odioso Odo había dicho la verdad. Pero aún estaba vivo, aún seguía sufriendo, y se mostraba, a pesar de su sufrimiento, contento de verla. Aliena había decidido conservar la calma, pero en aquel momento, perdido todo control, cayó de rodillas frente a él y se echó a llorar desconsoladamente.

Bartholomew se inclinó, la rodeó con sus brazos y le dio unas palmaditas en la espalda como si estuviera consolando a un niño por una herida en la rodilla o un juguete roto.

—No llores —le dijo con cariño—. Sobre todo ahora que has hecho a tu padre tan feliz.

Aliena sintió que le quitaban la vela de la mano.

—¿Y este joven tan alto es mi Richard? —preguntó Bartholomew.

—Sí, padre —balbuceó el muchacho.

Aliena abrazó a su padre, y pudo notar cada uno de sus huesos. Se estaba extinguiendo, no quedaba carne debajo de la piel. Quería decirle algo, algunas palabras de cariño o consuelo, pero los sollozos la impedían hablar.

—¡Vaya si has crecido, Richard! —estaba diciendo su padre—. ¿Ya tienes barba?

—Está apuntando, padre, pero es muy rubia.

Aliena se dio cuenta de que Richard estaba a punto de echarse a llorar y que luchaba por mantener la compostura. Se habría sentido humillado de venirse abajo delante de su padre, y éste probablemente le hubiera dicho que se dominara y fuera un hombre, lo que habría sido aún peor. Preocupada por Richard, dejó de llorar. Logró dominarse con gran esfuerzo. Abrazó una vez más el cuerpo espantosamente flaco de su padre y luego, soltándose, se limpió los ojos y se sonó con la manga.

—¿Estáis los dos bien? —preguntó Bartholomew con voz temblorosa—. ¿Cómo os las arregláis? ¿Dónde estáis viviendo? No me han querido decir nada sobre vosotros, ha sido la peor tortura que pudieron imaginar. Pero parece que estáis bien, en buen estado físico, y saludables. ¡Es formidable!

Su referencia a la tortura hizo que Aliena se preguntara si le habrían sometido a torturas físicas, pero decidió que sería mejor no averiguarlo. Tenía miedo de lo que pudiera responder. En vez de ello contestó a su pregunta con una mentira.

—Estamos muy bien, padre. —Sabía que la verdad le habría resultado devastadora. Habría destruido aquel instante de felicidad y enturbiado los últimos días de su vida con la agonía del remordimiento—. Hemos estado viviendo en el castillo y Matthew ha cuidado de nosotros.

—Pero no podéis seguir viviendo allí —dijo Bartholomew—. El rey ha hecho ahora conde a ese patán de Percy Hamleigh... Es el nuevo señor del castillo.

De modo que lo sabía.

—Todo está bien —lo tranquilizó Aliena—. Nos hemos ido.

Su padre le tocó el traje, el viejo vestido de lino que le había dado la mujer del guardabosques.

—¿Qué es esto? —preguntó con incredulidad—. ¿Has vendido tus trajes?

Aliena advirtió que seguía tan perspicaz como siempre. No resultaría fácil engañarle. Decidió decirle la verdad, aunque sólo parte de ella.

—Dejamos el castillo con mucha prisa y nos quedamos sin ropa.

—¿Dónde está Matthew? ¿Por qué no ha venido con nosotros?

Aliena había estado temiendo aquella pregunta. Vaciló.

Fue tan sólo una pausa momentánea, pero su padre se dio cuenta.

—¡Vamos! ¡No intentes ocultarme nada! —exclamó con algo de su vieja autoridad—. ¿Dónde está Matthew?

—Le mataron los Hamleigh —respondió Aliena—, pero a Richard y a mí no nos hicieron daño. —Contuvo el aliento. ¿Le creería?

—Pobre Matthew... —dijo él tristemente—. Nunca fue un luchador. Espero que haya ido directo al cielo.

Había aceptado su historia. Aliena se sintió aliviada. Cambió de conversación, apartándose así de aquel terreno peligroso.

—Decidimos venir a Winchester para pedir al rey que nos asegure el porvenir de alguna manera, pero ha...

—De nada servirá —la interrumpió, enérgico, su padre antes de que ella pudiera explicarle por qué no habían visto al rey—. No hará nada por vosotros.

A Aliena le dolió su tono contundente. Había hecho cuanto había podido, dadas las circunstancias, y hubiera querido que su padre le dijera: «Bien hecho.» Siempre se había mostrado rápido a la hora de corregir y lento a la de alabar. Debía de estar acostumbrada, se dijo.

—¿Qué debemos hacer ahora, padre? —preguntó, sumisa.

Bartholomew intentó acomodarse mejor y se escuchó un tintineo. Aliena descubrió, sobresaltada, que estaba encadenado.

—Tuve oportunidad de ocultar algún dinero. La ocasión no era muy propicia, pero pude hacerlo. Llevaba cincuenta besantes en un cinturón, debajo de la camisa. Le di el cinturón a un sacerdote.

—¡Cincuenta! —exclamó Aliena, sorprendida.

Un besante era una moneda de oro. No lo acuñaban en Inglaterra, sino que llegaba de Bizancio. Jamás había visto más de una a la vez. Un besante valía veinticuatro peniques de plata, así que cincuenta equivaldrían a… No podía imaginárselo.

—¿A qué sacerdote? —preguntó Richard más práctico.

—Al padre Ralph, de la iglesia de St. Michael, cerca de la Puerta Norte.

—¿Es un hombre bueno? —preguntó Aliena.

—Espero que sí. En realidad, no lo sé. El día que los Hamleigh me trajeron a Winchester, antes de encerrarme aquí, me encontré solo con el padre Ralph durante unos momentos y supe que sería mi única oportunidad. Le di el cinturón y le supliqué que lo guardara para vosotros. Cincuenta besantes tienen el valor de cinco libras de plata.

Cinco libras. Al hacerse una idea de aquella cantidad Aliena comprendió que aquel dinero podría transformar su existencia. No estarían en la miseria ni tendrían que vivir al día. Podrían comprar pan y un par de botas para sustituir esos zuecos que tanto daño le hacían, e incluso un par de ponis baratos si tenían que viajar. No resolverían todos sus problemas, pero servirían para ahuyentar esa aterradora sensación de vivir constantemente al borde de la muerte. No tendría que estar pensando continuamente en el modo de sobrevivir y podría dedicar su atención a algo constructivo, como, por ejemplo, sacar a su padre de aquel lugar espantoso.

—¿Qué debemos hacer cuando tengamos el dinero? Hemos de obtener tu libertad —dijo.

—No voy a salir de aquí —dijo él con aspereza—. Olvidaos de eso. Si no me estuviera muriendo, me ahorcarían.

Aliena lanzó una exclamación entrecortada. ¿Cómo podía hablar así?

—¿De qué te asombras? —preguntó su padre—. El rey tiene que librarse de mí, pero de esta manera no pesaré sobre su conciencia.

—Mientras el rey se encuentra fuera, este lugar no está bien vigilado, padre —intervino Richard—. Creo que con unos cuantos hombres podríamos sacarte.

Aliena sabía que tal cosa no ocurriría. Richard carecía de la habilidad o la experiencia necesarias para organizar una fuga, y era demasiado joven para persuadir a hombres hechos y derechos de que le siguieran. Temía que su padre hiriera a Richard menospreciando su proposición.

—No se te ocurra ni pensarlo. Si irrumpes aquí me negaré a irme contigo —fue cuanto dijo.

Aliena sabía que era inútil discutir con él cuando había tomado una decisión, pero le destrozaba el corazón el pensar que su padre acabaría sus días en aquella apestosa prisión. Sin embargo, se le ocurrió que había infinidad de maneras de hacerle más confortable la estancia.

—Bueno, si vas a quedarte aquí, podemos limpiar este lugar y traer juncos frescos. También algunas velas, y pedir prestada una Biblia, para que leas. Podemos encender un fuego…

—¡Ya basta! —exclamó Bartholomew—. No vais a hacer nada de eso. No permitiré que mis hijos echen a perder su vida rondando una prisión a la espera de que un viejo se muera.

A Aliena se le llenaron de nuevo los ojos de lágrimas.

—¡Pero no podemos dejarte así!

Su padre hizo caso omiso de sus palabras, lo que era su reacción habitual ante la gente que le contradecía.

—Vuestra querida madre tenía una hermana, vuestra tía Edith —dijo—. Vive en la aldea de Huntleigh, en el camino a Gloucester. Su marido es caballero. Deberéis ir allí.

A Aliena se le ocurrió que aún podrían ver a su padre de vez en cuando, y que acaso permitiría que sus parientes políticos le procuraran una mayor comodidad. Intentó recordar a tía Edith y a tío Simon. No los había visto desde la muerte de su madre. Recordaba vagamente a una mujer delgada y nerviosa como su madre y a un hombre corpulento y campechano que comía y bebía una barbaridad.

—¿Cuidarán de nosotros? —preguntó, dubitativa.

—Desde luego. Son parientes vuestros.

Aliena se preguntaba si aquél sería motivo suficiente para que la modesta familia de un caballero acogiera con los brazos abiertos en su casa a dos jovenzuelos bien desarrollados y hambrientos. Pero su padre había dicho que todo iría bien y Aliena confiaba plenamente en él.

—¿Qué haremos? —preguntó.

—Richard será el escudero de su tío y aprenderá el arte de la caballería. Tú serás dama de honor de tía Edith hasta que te cases.

Mientras hablaban, la muchacha tuvo la sensación de que había estado acarreando un pesado fardo durante kilómetros y no se había dado cuenta de que le dolía la espalda hasta haberse librado de él. Ahora que su padre se había hecho cargo, le parecía que la responsabilidad durante los últimos días había sido demasiado dura de soportar. Y la autoridad y habilidad de Bartholomew para dominar la situación, incluso estando enfermo y en la cárcel, la reconfortaba, porque hacía que no pareciese necesario preocuparse por la persona que tenía delante.

—Antes de que me dejéis quiero que los dos hagáis un juramento —dijo entonces Bartholomew en tono solemne.

Aliena se sobresaltó. Siempre les había aconsejado en contra de los juramentos. «Pronunciar un juramento es poner tu alma en peligro —solía decir—. Jamás pronunciéis un juramento a menos que prefiráis morir a quebrantarlo.» Y se encontraba en la cárcel precisamente a causa de un juramento. Los demás barones habían faltado a su palabra, pero su padre se había negado a hacerlo. Preferiría morir a romper su juramento.

—Dame tu espada —añadió dirigiéndose a Richard.

El muchacho desenvainó la espada y se la entregó.

Su padre la cogió y, haciéndola girar, se la tendió por la empuñadura.

—Arrodíllate.

Richard se arrodilló delante de su padre.

—Pon tu mano sobre la empuñadura —le indicó Bartholomew. Hizo una pausa, al cabo de la cual su voz adquirió renovadas fuerzas—. Jura por Dios Todopoderoso y por Jesucristo y todos los santos que no descansarás hasta que seas conde de Shiring y señor de todas las tierras que yo gobernaba.

Aliena estaba sorprendida y en cierto modo deslumbrada. Había esperado que su padre les pidiera una promesa general, como la de decir siempre la verdad y tener temor de Dios; pero no, estaba encomendando a Richard una tarea muy específica, que podría llevarle toda una vida.

Richard tomó aliento y habló con voz ligeramente temblorosa.

—Juro por Dios Todopoderoso, por Jesucristo y todos los santos que no descansaré hasta ser conde de Shiring y señor de todas las tierras que tú gobernaste.

Bartholomew suspiró como si hubiera cumplido con un deber oneroso. Luego sorprendió de nuevo a Aliena. Volviéndose, alargó hacia ella la empuñadura.

—Jura por Dios Todopoderoso y por Jesucristo y todos los santos que cuidarás de tu hermano Richard hasta que haya cumplido con su promesa.

Aliena se sintió abrumada. De modo que ése sería su sino. Richard vengaría a su padre y ella cuidaría de Richard. Para ella sería también una misión de venganza, ya que si Richard llegara a ser conde, William Hamleigh perdería su herencia. Por su mente pasó la idea fugaz de que nadie le había preguntado jamás cómo quería que fuera su vida, pero aquel pensamiento absurdo se esfumó al momento. Ése era su destino y era como debía ser. No es que se mostrara poco dispuesta, pero sabía que aquél era un momento decisivo y tenía la impresión de que detrás de ella se iban cerrando puertas y que el sendero de su vida se estaba definiendo de manera irrevocable. Puso la mano sobre la empuñadura y prestó juramento. Ella misma se sorprendió por la fortaleza y resolución de su voz.

—Juro por Dios Todopoderoso, por Jesucristo y todos los santos que cuidaré de mi hermano Richard hasta que haya cumplido con su promesa. —Se santiguó. He prestado juramento, se dijo, y moriré antes de quebrantar mi palabra. Aquella idea le produjo una especie de furiosa satisfacción.

—Así sea —dijo su padre con una voz que parecía haberse debilitado de nuevo—. Y ahora, jamás volváis a este lugar.

Aliena no podía creer lo que acababa de oír.

—El tío Simon puede traernos a verte de vez en cuando y podremos asegurarnos de que estás caliente y bien alim…

—No —la interrumpió Bartholomew con severidad—. Tenéis una tarea que cumplir. No debéis malgastar vuestras energías visitando una prisión.

La muchacha volvió a sentir en la voz de su padre aquel tono que daba por terminada toda discusión, pero le fue imposible no protestar de nuevo ante la dureza de su decisión.

—Entonces déjanos regresar aunque sólo sea una vez para traerte algunas cosas que te hagan sentir mejor.

—No necesito comodidades.

—Por favor.

—Nunca.

Aliena desistió. Su padre siempre se había mostrado consigo mismo al menos tan duro como con los demás.

—De acuerdo —dijo ella con un sollozo.

—Y ahora más vale que os vayáis —indicó Bartholomew.

—¿Ya?

—Sí. Éste es un lugar de desesperanza, corrupción y muerte. Ahora que os he visto, que sé que estáis bien y que tengo vuestra promesa de recuperar lo que hemos perdido, estoy contento. Lo único que destruiría mi felicidad sería veros malgastando el tiempo visitando una prisión. Ahora, marchaos.

—¡No, padre! —exclamó Aliena, aunque sabía que de nada serviría.

—Escuchad —dijo Bartholomew, y al fin su voz se hizo más tierna—. He llevado una existencia honorable y ahora voy a morir. He confesado mis pecados y estoy preparado para la eternidad. Rezad por mi alma. Idos.

Aliena se inclinó y besó a su padre en la frente.

—Adiós, querido padre —musitó entre lágrimas. Luego se puso de pie.

Richard se inclinó y lo besó a su vez.

—Adiós, padre —dijo tembloroso.

—Que Dios os bendiga a los dos y os ayude a cumplir vuestros juramentos —musitó Bartholomew.

Richard le dejó la vela. Se encaminaron hacia la puerta. En el umbral Aliena se volvió a mirarle a la luz de la oscilante llama. Su consumido rostro tenía una expresión de tranquila decisión que le era muy familiar. Estuvo mirándolo hasta que las lágrimas le enturbiaron la visión. Luego, volviéndose, cruzó el vestíbulo de la prisión y salió al aire libre.

3

Richard encabezó la marcha. Aliena estaba sumida en una pena infinita. Era como si su padre ya hubiera muerto, pero aún peor, porque seguía sufriendo. Oyó a Richard preguntar direcciones, pero no prestó atención. No pensó siquiera adónde iban hasta que él se detuvo delante de una pequeña iglesia de madera junto a la que se alzaba una casucha. Al mirar alrededor Aliena advirtió que se encontraban en un barrio pobre con pequeñas casas destartaladas y calles sucias por las que perros fieros perseguían a las ratas entre la basura y niños descalzos jugaban en el barro.

—Ésa debe de ser la iglesia de St. Michel —señaló Richard.

El sacerdote debía de vivir en la casucha que había al lado del templo. La puerta estaba abierta. Entraron.

Había un fuego encendido en el centro de la única habitación. El mobiliario consistía en una mesa tosca, varios taburetes y un barril de cerveza en un rincón. El suelo estaba cubierto de juncos. Cerca del fuego se encontraba un hombre sentado en una silla, bebiendo de una gran taza. Vestía una indumentaria corriente, una camisola sucia con una sotana parda. Y zuecos.

—¿Padre Ralph? —preguntó Richard en tono vacilante.

—¿Y qué si lo soy? —contestó el hombre.

Aliena suspiró. ¿Por qué la gente habría de crear dificultades cuando ya había tantas en el mundo? Pero ya no le quedaban energías para afrontar los malhumores, de manera que dejó que Richard se las entendiera con aquel hombre.

—¿Eso quiere decir que sí? —inquirió Richard.

—¡Ralph! ¿Estáis ahí? —llamó una voz desde el exterior. Un momento después entró una mujer de mediana edad y dio al sacerdote un trozo de pan y un gran cuenco de algo que olía a estofado de carne. Por una vez a Aliena no se le hizo la boca agua al percibir el olor de la carne cocida. Estaba demasiado embotada para sentir siquiera hambre. La mujer probablemente fuese una de las feligresas de Ralph, porque sus ropas eran de la misma mala calidad que las de él. Le cogió la comida sin pronunciar palabra y empezó a comer. La mujer miró con curiosidad a Aliena y Richard, y luego se marchó.

—Bueno, padre Ralph, soy el hijo de Bartholomew, el antiguo conde de Shiring —dijo Richard.

El hombre dejó de comer y les miró. Su gesto era hostil y había algo más que Aliena no podía descifrar. ¿Miedo? ¿Culpa? Volvió su atención a la comida.

—¿Qué queréis de mí? —farfulló sin embargo.

Aliena sintió que la asaltaba el temor.

—Sabéis muy bien lo que quiero —repuso Richard—. Mi dinero. Cincuenta besantes.

—No sé de qué me hablas —dijo Ralph.

Aliena lo miró con expresión de incredulidad. Era imposible que les estuviera sucediendo aquello. Su padre había entregado a aquel sacerdote dinero para ellos. ¡Lo había hecho! Su padre no cometía errores con esas cosas.

Richard palideció.

—¿Qué queréis decir? —preguntó.

—Quiero decir que no sé de qué me hablas. ¡Y ahora vete al cuerno! —Tomó otra cucharada de estofado.

Naturalmente, el hombre mentía, pero ¿qué podían hacer? Richard insistió.

—Mi padre os dejó dinero…, cincuenta besantes. Os dijo que me lo dierais. ¿Dónde está?

—Tu padre no me dio nada.

—Él dijo que os lo había dado.

—Entonces miente.

Eso era algo que, con toda seguridad, su padre jamás hubiera hecho. Aliena tomó por primera vez la palabra.

—Sois un embustero y nosotros lo sabemos.

Ralph se encogió de hombros.

—Id a presentar vuestra queja al sheriff.

—Si lo hacemos os veréis en problemas. En esta ciudad les cortan las manos a los ladrones.

Un atisbo de temor ensombreció brevemente el rostro del sacerdote, pero se desvaneció rápidamente y su respuesta fue desafiante.

—Será mi palabra contra la de un traidor encarcelado, si vuestro padre vive lo suficiente para prestar declaración.

Aliena comprendió que estaba en lo cierto. No había testigo que pudiera afirmar que su padre le había dado el dinero, porque, lógicamente, aquello tenía que permanecer en secreto. Era un dinero que no podía serle arrebatado por el rey, Percy Hamleigh o por cualquiera de los otros cuervos carroñeros que revoloteaban alrededor de las posesiones de un hombre arruinado. Aliena comprendió con amargura que las cosas seguían siendo como en el bosque. La gente podía robarles con toda impunidad porque eran los hijos de un noble caído en desgracia. ¿Por qué me atemorizan esos hombres?, se preguntó furiosa. ¿Por qué yo no les atemorizo a ellos?

—Tiene razón, ¿verdad? —dijo Richard en voz baja, mirándola.

—Sí —convino Aliena, que apenas podía contener su furia—. Es inútil que vayamos a denunciarlo al sheriff.

Estaba pensando en la única vez que los hombres habían tenido miedo de ella. Había sido en el bosque, cuando apuñaló a aquel proscrito gordo y el otro había salido corriendo muerto de miedo. Aquel sacerdote no era mejor que el proscrito, pero era viejo y débil y seguramente había pensado que nunca se vería cara a cara con sus víctimas. Tal vez pudiera asustarle.

—Entonces, ¿qué hacemos ahora? —preguntó Richard.

Aliena cedió a un repentino y colérico impulso.

—Quemar su casa.

Colocándose en el centro de la habitación, dio un puntapié al fuego con sus zuecos de madera, desparramando los troncos encendidos. Los juncos que había alrededor comenzaron a arder de inmediato.

—¡Eh! —chilló Ralph.

Se levantó a medias de su asiento, dejando caer el pan y volcándose encima el estofado, pero antes de que pudiera ponerse completamente en pie Aliena se lanzó contra él. Había perdido el control y actuaba sin reflexionar. Le empujó y el hombre cayó al suelo. Ella estaba asombrada de lo fácil que había sido derribarle. Cayó sobre él y apoyó con fuerza las rodillas sobre su pecho, impidiéndole respirar. Enloquecida por la furia, acercó su cara a la de él.

—¡Voy a hacer que ardas hasta morir! ¡Eres un pagano descreído, embustero y ladrón!

Ralph volvió la mirada a un lado y pareció todavía más aterrado. Aliena vio que Richard había desenvainado la espada y se disponía a atravesar con ella al sacerdote. La sucia cara de éste se puso lívida.

—Eres un demonio... —musitó.

—Eres tú quien roba su dinero a unos pobres niños. —Con el rabillo del ojo Aliena vio un tizón encendido. Lo cogió y se lo acercó a la cara.

—Y ahora voy a quemarte los ojos. Primero, el izquierdo…

—No, por favor —suplicó Ralph—. No me hagáis daño, por favor.

Aliena quedó perpleja ante lo rápidamente que se vino abajo. De pronto se dio cuenta de que los juncos ardían en torno a ella.

—Entonces dime dónde está el dinero —dijo con una voz que de repente sonó normal.

El sacerdote seguía aterrado.

—En la iglesia.

—¿Dónde exactamente?

—Debajo de la piedra que hay detrás del altar.

Aliena miró a su hermano.

—Vigílale mientras voy a ver —le dijo—. Si se mueve, mátale.

—La casa va a arder por los cuatro costados, Allie —dijo Richard.

Ella se acercó al rincón donde estaba el barril de cerveza y levantó la tapa. Estaba por la mitad. Lo cogió por el borde y lo inclinó. La cerveza se derramó por el suelo, empapando los juncos y sofocando las llamas.

Aliena salió de la casa. Sabía que había estado a punto de dejar ciego al sacerdote, pero en lugar de avergonzarse de ello, la sensación de su propio poder la deslumbraba. Estaba resuelta a no dejar que la gente hiciera de ella una víctima, y se había demostrado a sí misma que podía mantenerse firme en su resolución. Se dirigió hacia la iglesia e intentó abrir la puerta. Estaba asegurada con una pequeña cerradura. Podía haber regresado a la casa para que el sacerdote le diera la llave, pero sencillamente se sacó la daga de la manga, insertó la hoja en la ranura de la puerta y rompió la cerradura. La puerta se abrió y Aliena entró con decisión.

Era una de esas iglesias paupérrimas. No había nada salvo el altar, y tampoco tenía más decoración que unas toscas pinturas en las paredes de madera. En un rincón oscilaba la llama de una única vela debajo de una pequeña efigie de madera que, era de presumir, representaba al santo patrono, san Miguel. El éxito de Aliena quedó empañado por un instante al darse cuenta de que cinco libras eran una tentación terrible para un hombre tan pobre como el padre Ralph, pero enseguida apartó aquella idea de su cabeza.

El suelo era de tierra y detrás del altar sólo había una losa ancha de piedra. Era un escondrijo realmente estúpido, pero indudablemente a nadie se le ocurriría molestarse en robar en una iglesia tan pobre. Aliena hincó una rodilla y empujó la losa. Era muy pesada y no se movió un ápice. Empezó a sentirse inquieta. No podía confiar en que Richard mantuviera quieto a Ralph por tiempo indefinido. El sacerdote podía escapar y pedir ayuda, y entonces Aliena tendría que probar que el dinero era suyo. En realidad, aquélla sería la menor de sus preocupaciones después de haber atacado a un sacerdote y penetrado a la fuerza en una iglesia. Sintió un escalofrío al comprender que ahora ya se encontraba fuera de la ley.

Ese escalofrío de temor le dio una mayor fuerza. Con un poderoso impulso movió la piedra una o dos pulgadas. Cubría un agujero de un pie más o menos de profundidad. Logró retirar la piedra un poco más. Dentro del agujero había un ancho cinturón de cuero. Aliena metió la mano y lo sacó.

—¡Ya está! —dijo en voz alta—. Lo he conseguido.

Sentía una gran satisfacción por haber derrotado a aquel sacerdote deshonesto y recuperado el dinero de su padre, pero luego, al ponerse en pie, comprendió que su victoria había sido limitada. El peso del cinturón era sospechosamente ligero. Abrió el extremo y dejó caer las monedas. Sólo había diez besantes, el equivalente a una libra de plata.

¿Qué había pasado con el resto? Era evidente que el padre Ralph se lo había gastado. Aliena se enfureció de nuevo. El dinero de su padre era cuanto tenía en el mundo, y un sacerdote ladrón le había robado las cuatro quintas partes. Salió de la iglesia agitando el cinturón. Ya en la calle, un transeúnte la miró sobresaltado al encontrarse con sus ojos, como si hubiera algo extraño en su expresión. Aliena no le hizo caso y entró en la casucha del sacerdote.

Richard estaba de pie junto al padre Ralph, con la punta de su espada en la garganta de éste.

—¿Dónde está el resto del dinero de mi padre? —chilló Aliena desde la puerta.

—Ha… desaparecido —musitó el sacerdote.

Aliena se arrodilló junto a su cabeza y le acercó la daga a la cara.

—¿Cómo ha desaparecido?

—Me lo gasté —confesó el padre Ralph, aterrado.

La muchacha sentía deseos de apuñalarle, golpearle o arrojarlo al río, pero nada de aquello hubiera servido. Estaba diciendo la verdad. Miró el barril volcado. Un bebedor podía consumir muchísima cerveza. Se sentía a punto de estallar de frustración.

—Te cortaría una oreja si pudiera venderla por un penique —masculló. Él parecía considerarla muy capaz de hacerlo.

—Se ha gastado el dinero. Cojamos lo que queda y larguémonos —dijo Richard, inquieto.

Aliena admitió, a regañadientes, que tenía razón. Su ira empezaba a desvanecerse dejando un poso de amargura. Nada ganarían con seguir atemorizando al sacerdote, y cuanto más tiempo siguieran allí, más posibilidades habría de que llegara alguien y les creara problemas. Se puso de pie.

—Muy bien —dijo.

Metió de nuevo las monedas de oro en el cinturón y se lo ciñó a la cintura debajo de la capa.

—Es posible que un día vuelva y te mate —le espetó al sacerdote, señalándole con un dedo.

Luego salió.

Avanzó con paso rápido por la angosta calle. Richard corrió presuroso tras ella.

—¡Has estado maravillosa, Allie! —exclamó, excitado—. ¡Le metiste el miedo en el cuerpo y te has llevado el dinero!

—Así es —dijo ella con aspereza, asintiendo. Aún seguía tensa pero, desvanecida ya su ira, todo lo que sentía era infelicidad y un vacío insondable.

—¿Qué compraremos? —preguntó Richard, ansioso.

—Sólo algo de comida para el viaje.

—¿No deberíamos comprar caballos?

—Con una libra, ni soñarlo.

—De todas maneras, podemos comprarte unas botas.

Aliena reflexionó sobre aquel punto. Los zuecos eran para ella una verdadera tortura, pero el suelo estaba demasiado frío para andar descalza. Sin embargo, las botas eran caras, y se sentía reacia a gastar el dinero con tanta rapidez.

—No —dijo con decisión—. Aún podré aguantar unos días sin botas. Por ahora guardaremos el dinero.

Richard se mostró decepcionado, pero no discutió la autoridad de su hermana.

—¿Qué compraremos para comer?

—Pan bazo, queso curado y vino.

—¿Por qué no alguna empanada?

—Cuestan demasiado.

—¡Ah! —Richard permaneció callado por un momento y luego dijo—: Estás terriblemente gruñona, Allie.

—Lo sé —dijo ella con un suspiro, y se preguntó por qué se sentía así. Debería estar orgullosa, pensó. He conseguido que lleguemos hasta aquí desde el castillo. He defendido a mi hermano. He encontrado a mi padre. Tengo nuestro dinero. Sí, y también he clavado un cuchillo en el vientre de un hombre gordo, y he hecho que mi hermano le rematara, y he acercado una tea ardiente a la cara de un sacerdote, y estaba dispuesta a dejarle ciego.

—¿Es a causa de nuestro padre? —preguntó Richard.

—No, no lo es —repuso Aliena—. Es a causa de mí misma.

Aliena lamentó no haber comprado las botas.

En el camino a Gloucester los zuecos le hicieron sangrar los pies, luego anduvo descalza hasta que no pudo soportar por más tiempo el frío, y volvió a calzarse los zuecos. Descubrió que no mirarse los pies le servía de ayuda. Le dolían más cuando se veía las heridas y la sangre.

En la tierra de las colinas había muchas granjas pobres y pequeñas donde los campesinos cultivaban un poco de avena o centeno y criaban algunos animales entecos. Aliena se detuvo en los aledaños de una aldea, cuando pensó que debían estar cerca de Huntleigh. En un patio vallado contiguo a una cabaña hecha de barro y cañas vio que un campesino estaba esquilando una oveja. Tenía la cabeza del animal sujeta con una especie de cepo de madera y le quitaba la lana con un cuchillo de hoja larga. Otras dos ovejas esperaban inquietas cerca de allí, y una tercera, que ya había sido esquilada, pastaba en el campo, a merced del aire helado.

—Es pronto para esquilar —dijo Aliena.

El campesino la miró y sonrió. Era un hombre joven, pelirrojo y con pecas, y las mangas arremangadas mostraban unos brazos velludos.

—Pero necesito el dinero. Es preferible que la oveja tenga frío a que yo tenga hambre.

—¿Cuánto te pagan por la lana?

—A penique el vellón. Pero he de ir a Gloucester a venderla, así que pierdo un día en el campo, precisamente cuando es primavera y hay tanto que hacer. —Estaba bastante alegre a pesar de sus quejas.

—¿Qué aldea es ésta? —le preguntó Aliena.

—Los forasteros la llaman Huntleigh —respondió. Los campesinos nunca llamaban a la aldea por su nombre, era, sencillamente, «la aldea»—. ¿Quiénes sois vosotros? —preguntó con sincera curiosidad—. ¿Qué os trae por aquí?

—Somos los sobrinos de Simon de Huntleigh —contestó Aliena.

—¿De veras? Bueno, lo encontraréis en la casa grande. Retroceded por este camino unos metros y luego coged por el sendero que atraviesa los campos.

—Gracias.

La aldea se asentaba en el centro de unos campos arados. Había unas veinte viviendas pequeñas arracimadas alrededor de la casa solariega, que no era mucho mayor que la morada de un campesino próspero. Al parecer, la tía Edith y el tío Simon no eran muy ricos. Delante de la casa había dos caballos y un grupo de hombres. Uno de ellos parecía ser el señor. Llevaba una casaca escarlata. Aliena le miró con mayor detenimiento. Hacía doce o trece años que no veía a su tío Simon, pero le pareció que se trataba de él. Lo recordaba como un hombre grande y ahora parecía más pequeño, pero ello se debería sin duda a que Aliena había crecido. Estaba perdiendo pelo y tenía una papada que ella no recordaba. Entonces le oyó decir: «Este animal está muy débil», y enseguida reconoció su voz áspera.

Empezó a tranquilizarse. En adelante les alimentarían, les vestirían, les cuidarían y protegerían. Ya no más pan bazo y queso curado, ni dormir en los graneros. Ya no volverían a recorrer los caminos con la mano en la daga. Tendría una cama blanda, ropa nueva y cenaría carne de vaca. Tío Simon advirtió su presencia.

—Mirad esto —dijo a sus hombres—. Una hermosa muchacha y un joven soldado han venido a visitarnos. —Luego algo más le llamó la atención, y Aliena supo que se había apercibido de que no le eran totalmente extraños—. Os conozco, ¿verdad? —preguntó.

—Así es, tío Simon. Nos conoces —respondió Aliena.

El hombre se sobresaltó como si algo le hubiera asustado.

—¡Por todos los santos! Esa voz es la de un fantasma.

Aliena no entendió aquello, pero luego él se lo explicó. Se acercó a ella y la escudriñó como si estuviera a punto de examinar los dientes a un caballo.

—Tu madre tenía la misma voz —dijo—, como miel que se derrama de una jarra. Y por Dios que también eres tan bella como ella. —Alargó la mano para tocarle la cara y Aliena se puso rápidamente fuera de su alcance—. Pero, como puedo ver, eres tan terca como tu condenado padre. Supongo que es él quien os ha enviado aquí, ¿no?

Aliena se encrespó. No le gustaba que se refirieran a su padre como «tu condenado padre», pero si replicaba, él lo consideraría como una nueva prueba de arrogancia. De manera que se mordió la lengua y contestó, sumisa:

—Sí; dijo que tía Edith cuidaría de nosotros.

—Bueno, pues estaba equivocado —dijo tío Simon—. La tía Edith ha muerto. Y lo que es más, desde que vuestro padre cayó en desgracia he perdido la mitad de mis tierras, con las que se ha quedado ese gordo patán de Percy Hamleigh. Aquí los tiempos son duros. Así que ya podéis dar media vuelta y volveros a Winchester. No podéis quedaros conmigo.

Aliena se sentía acongojada. No había imaginado aquello.

—¡Pero somos parte de tu familia! —exclamó.

Simon tuvo la decencia de mostrarse algo avergonzado, pese a lo cual su respuesta fue áspera.

—No lo sois. Eres la sobrina de mi primera mujer. Pero en vida, Edith nunca vio a su hermana por culpa de ese pomposo asno con el que se casó tu madre.

—Trabajaremos —le prometió Aliena—. Los dos estamos dispuestos a...

—No gastes saliva —la interrumpió—. No os quiero aquí.

Aliena estaba escandalizada. No admitía discusiones. Estaba claro que de nada serviría discutir con él o suplicarle, pero eran tantas las decepciones y reveses que había sufrido que sintió más amargura que tristeza. Hacía una semana una cosa semejante la habría hecho llorar. En aquellos momentos sólo tenía ganas de escupirle.

—Recordaré esto cuando Richard vuelva a ser conde y recuperemos el castillo.

Su tío se echó a reír.

—¿Crees que viviré tanto tiempo?

Aliena decidió no quedarse allí por un instante más, pues no quería que siguiese humillándola.

—Vámonos —dijo a Richard—. Ya nos las arreglaremos solos.

Simon había dado ya media vuelta y se ocupaba del caballo. Los hombres que le acompañaban parecían algo incómodos. Aliena y Richard se alejaron.

Una vez que se encontraron fuera del alcance de sus voces, Richard dijo en tono lastimero:

—¿Qué vamos a hacer ahora, Allie?

—Vamos a demostrar a esas gentes inhumanas que somos mejores que ellos —respondió ella con decisión. Pero no se sentía valiente, sino llena de odio hacia el tío Simon, el padre Ralph, Odo Jailer, los proscritos, el guardabosques y, sobre todo y ante todo, hacia William Hamleigh.

—Menos mal que tenemos algún dinero —comentó Richard.

En efecto. Pero el dinero no duraría siempre.

—No podemos gastarlo —dijo Aliena mientras caminaban por el sendero que conducía al camino principal—. Si nos lo gastamos todo en comida o cosas así, cuando se haya terminado estaremos de nuevo en la miseria. Tenemos que hacer algo con él.

—No veo por qué. Creo que deberíamos comprar un poni.

Aliena se le quedó mirando. ¿Estaba bromeando? Desde luego, no sonreía. Lo único que pasaba era que no comprendía.

—No tenemos posición, título ni tierras —dijo con paciencia—. El rey no va a ayudarnos. No nos contratarán…, ya lo intentamos en Winchester y nadie quiso admitirnos. Pero hemos de ganarnos la vida como sea a fin de que llegues a convertirte en caballero.

—¡Ah! Comprendo —dijo Richard.

Aliena se daba cuenta de que en realidad no comprendía.

—Necesitamos tener alguna ocupación con la que alimentarnos y que nos dé al menos una oportunidad de obtener el dinero suficiente para comprarte un buen caballo.

—¿Quieres decir que deberé convertirme en aprendiz de artesano?

Aliena negó enérgicamente con la cabeza.

—Tienes que convertirte en caballero, no en carpintero. ¿Alguna vez hemos conocido a alguien que lleve una vida independiente sin tener alguna habilidad?

—Sí —respondió Richard—. A Meg, en Winchester.

Tenía razón, era comerciante en lana, aunque nunca hubiera sido aprendiza.

—Pero Meg tiene un puesto en el mercado.

Pasaban cerca del campesino pelirrojo. Sus cuatro ovejas, ya esquiladas, pastaban en el campo y él se encontraba haciendo fardos con los vellones, atándolos con cuerdas hechas con juncos. Levantó la cabeza y les saludó con la mano. Eran las gentes como él las que llevaban su lana a las ciudades y la vendían a los mercaderes; pero el mercader debía de tener un lugar donde realizar su negocio...

O tal vez no.

Aliena empezó a concebir una idea.

De repente, dio media vuelta.

—¿Adónde vas? —le preguntó Richard.

Pero Aliena estaba demasiado excitada para contestarle.

—¿Cuánto dijiste que te daban por la lana? —preguntó al campesino, apoyándose en la valla.

—Un penique por vellón —contestó él.

—Pero tienes que perder todo un día yendo y viniendo de Gloucester.

—Eso es lo malo.

—Imagínate que te compro la lana. Eso te ahorraría el viaje.

—¡Pero nosotros no necesitamos lana, Allie! —exclamó Richard.

—¡Cállate, Richard! —No quería explicarle en ese momento su idea. Estaba impaciente por ponerla a prueba con aquel campesino.

—Sería muy de agradecer —dijo el campesino. Parecía receloso, como si sospechara alguna artimaña.

—Sin embargo, no puedo ofrecerte un penique por vellón.

—¡Ajá! Ya me supuse que habría algún pero.

—Puedo darte dos peniques por cuatro vellones.

—¡Pero si valen un penique cada uno! —protestó el campesino.

—En Gloucester. Esto es Huntleigh.

El hombre sacudió la cabeza.

—Prefiero recibir cuatro peniques y perder un día en el campo que tener dos peniques y ganar un día.

—Supón que te ofrezco tres peniques por cuatro vellones.

—Pierdo un penique.

—Y te ahorras un día de viaje.

El hombre parecía desconcertado.

—Hasta ahora nunca había oído nada semejante.

—Es como si yo fuera un carretero y tú me pagaras un penique por llevarte la lana al mercado. —Aliena hizo una pausa y añadió—: La cuestión es si un día extra en los campos compensa o no el pago de un penique.

—Depende de lo que haga durante el día —respondió el campesino, pensativo.

—¿Qué vamos a hacer nosotros con cuatro vellones, Allie? —intervino nuevamente Richard.

—Vendérselos a Meg —repuso ella con impaciencia—. Por un penique cada uno. De esa manera ganaremos un penique.

—¡Pero tendremos que hacer todo el camino hasta Winchester por un penique!

—No, tonto. Compraremos lana a cincuenta campesinos y nos la llevaremos toda a Winchester. ¿No lo comprendes? Podemos ganar cincuenta peniques. Así comeremos y ahorraremos dinero para un buen caballo para ti.

Se volvió hacia el campesino, que ya no sonreía y parecía meditar en la propuesta. Aliena lamentaba haberle desconcertado, pero quería que aceptara su oferta. Si lo hacía sabría que le sería posible cumplir con el juramento que hiciera a su padre. Pero los campesinos eran testarudos. Sentía ganas de cogerlo por el cuello y sacudirlo. En su lugar metió la mano dentro de su capa y hurgó en su bolsa. Habían cambiado los besantes de oro por peniques de plata en la casa del orfebre, en Winchester. Sacó tres peniques y se los enseñó al campesino.

—¿Los ves? —dijo—. Ahora la decisión es tuya. Cógelos o déjalos.

Aquellas monedas de plata ayudaron al campesino a decidirse.

—Hecho —dijo, y cogió el dinero.

Aquella noche Aliena utilizó un fardo de vellones a modo de almohada. El olor a oveja le recordó la casa de Meg.

Al despertar por la mañana descubrió que no estaba encinta.

Parecía que las cosas iban arreglándose.

Cuatro semanas después de Pascua, Aliena y Richard entraron en Winchester llevando de la brida un viejo caballo que tiraba de un carro que contenía doscientos cuarenta vellones, el número exacto que constituía un saco de lana.

Y fue entonces cuando descubrieron los impuestos.

Anteriormente siempre habían entrado en la ciudad sin atraer la atención, pero en esa ocasión aprendieron por qué las puertas de la ciudad eran estrechas y estaban vigiladas constantemente por funcionarios de aduanas. Había que pagar un portazgo de un penique por cada carro cargado de mercancías que entraba en Winchester. Afortunadamente, aún les quedaban algunos peniques y pudieron pagar, de lo contrario no les habrían permitido la entrada.

La mayor parte de los vellones les habían costado entre medio penique y tres cuartos de penique cada uno. Habían pagado seis chelines por el viejo caballo y el destartalado carro. Casi todo el resto del dinero se lo habían gastado en comida, pero esa noche tendrían una libra de plata, un caballo y un carro.

El plan de Aliena era volver a salir y comprar otro saco de vellones, repitiendo la operación una y otra vez hasta que todas las ovejas hubieran sido esquiladas. Para finales del verano quería tener el dinero necesario para comprar un caballo fuerte y un nuevo carro.

Se sentía excitada mientras conducía al viejo rocín por las calles en dirección a la casa de Meg. Para cuando terminara el día, habría demostrado que era capaz de cuidar de su hermano y de sí misma sin ayuda de nadie. Eso hacía que se sintiese muy madura e independiente, dueña de su propio destino. No había recibido nada del rey, no necesitaba parientes ni un marido.

Estaba ansiosa por ver a Meg, que había sido su inspiración. Aquella mujer era una de las pocas personas que la habían ayudado sin tratar de robarle, violarla o explotarla. Aliena tenía un montón de preguntas para hacerle sobre los negocios en general y el comercio de la lana en particular.

Era día de mercado, de manera que necesitó algún tiempo para conducir su carro hasta la calle donde vivía Meg a través de la atestada ciudad. Por fin llegaron a su casa. Aliena entró en el vestíbulo. Allí se encontraba una mujer a la que nunca había visto.

—¡Ah! —exclamó Aliena, deteniéndose en seco.

—¿Qué pasa? —preguntó la mujer.

—Soy amiga de Meg.

—Ya no vive aquí —dijo la mujer en tono tajante.

—¡Caramba! —Aliena pensó que no era necesario que se mostrara tan brusca—. ¿Adónde se ha trasladado?

—Se ha ido con su marido, que abandonó la ciudad desacreditado.

Aliena se sintió decepcionada y asustada. Había contado con Meg para que le facilitara la venta de la lana.

—¡Es una noticia terrible!

—Era un comerciante deshonesto, y si yo fuera tú no iría por ahí alardeando de ser amiga de ella. Y ahora vete.

A la muchacha le escandalizó el que alguien pudiera hablar mal de Meg.

—No me importa lo que su marido haya hecho. Meg era una gran mujer y muy superior a los ladrones y rameras que habitan en esta apestosa ciudad —masculló y salió de la casa antes de que la mujer pudiera pensar siquiera en una réplica.

Su victoria verbal sólo le produjo un consuelo momentáneo.

—Malas noticias —dijo a Richard—. Meg se ha ido de la ciudad.

—¿Es un mercader en lanas la persona que ahora vive ahí? —le preguntó su hermano.

—No se lo pregunté. Estaba demasiado ocupada echándole un rapapolvo. —En aquellos momentos se sentía una estúpida.

—¿Qué vamos a hacer, Allie?

—Tenemos que vender esos vellones —respondió ella—. Más vale que nos vayamos a la plaza del mercado.

Volvieron por donde habían llegado hasta la calle principal, luego fueron abriéndose paso hasta el mercado que se encontraba entre ésta y la catedral. Aliena guiaba el caballo y Richard caminaba detrás del carro, empujándolo cuando el animal necesitaba ayuda, que era durante casi todo el tiempo. La plaza del mercado era un hervidero de gente que caminaba a duras penas por los angostos pasillos entre los puestos, retrasados constantemente en su avance por carros como los de Aliena. Ésta se subió encima de su saco de lana y escudriñó en busca de mercaderes en lana. Sólo consiguió distinguir uno. Se bajó y condujo el caballo en aquella dirección.

El hombre estaba haciendo buenos negocios. Tenía acordonado un gran espacio y a sus espaldas había un cobertizo hecho con ramitas y cañas. Era evidente que se trataba de una estructura temporal instalada los días de mercado. El mercader era un hombre atezado, con el brazo izquierdo terminado en un muñón a la altura del codo. En el muñón llevaba sujeto un peine de lana, y siempre que se le ofrecía un vellón metía el brazo en la lana, cardaba ésta con el peine y la palpaba con la mano derecha antes de dar un precio. Luego utilizaba el peine junto con su mano derecha para contar el número de peniques que había acordado pagar. Para compras grandes pesaba los peniques en una balanza.

Aliena fue abriéndose camino a duras penas entre la multitud y se acercó al hombre. En aquel momento un campesino estaba ofreciendo al mercader tres vellones más bien pequeños atados con un cinturón de cuero.

—Algo escasos —dijo el mercader—. Tres cuartos de penique por cada uno. —Contó dos peniques. Luego cogió una pequeña hacha y descargó un golpe rápido y experto, partiendo un tercer penique en cuatro partes. Entregó al campesino los dos peniques y uno de los cuartos—. Tres veces tres cuartos de penique hacen dos peniques y un cuarto.

El campesino le entregó los vellones.

Los siguientes eran dos hombres jóvenes con un saco entero de lana, lleno hasta los bordes. El mercader lo examinó minuciosamente.

—Se trata de un saco entero, pero de mediocre calidad —les dijo—. Os daré una libra.

Aliena se preguntaba cómo podía estar seguro de que el saco estaba lleno. Tal vez lo hubiese aprendido con la práctica. Lo observó mientras pesaba una libra de peniques de plata.

Algunos monjes se acercaban con un gran carro lleno hasta arriba de sacos de lana. Aliena decidió hacer su venta antes que los monjes. Hizo una señal a Richard y éste descargó del carro su saco de lana y lo llevó hasta el mostrador.

El mercader examinó la lana.

—Mezcla de calidades —dijo—. Media libra.

—¿Qué? —exclamó Aliena, incrédula.

—Ciento veinte peniques —dijo el hombre.

Aliena estaba horrorizada.

—¡Pero si acabas de pagar una libra por un saco!

—Depende de la calidad.

—Has pagado una libra por una lana de mediocre calidad.

—Media libra —repitió el hombre con terquedad.

Llegaron los monjes y abarrotaron el puesto, pero Aliena no estaba dispuesta a moverse. Su existencia estaba en juego y temía más la miseria que al mercader.

—Dime por qué —insistió—. La lana no es mala, ¿verdad?

—No.

—Entonces dame lo que pagaste a esos dos hombres.

—No.

—¿Por qué no? —preguntó casi chillando.

—Porque nadie paga a una muchacha lo que pagaría a un hombre.

Aliena sintió deseos de estrangularle. Le estaba ofreciendo menos de lo que ella había pagado. De aceptar su precio todo el trabajo habría sido en balde. Peor todavía, su plan para proveer a la existencia de su hermano y la suya propia se habría desmoronado, y llegado a su fin el breve período de independencia. ¿Y por qué? ¡Porque aquel estúpido no quería pagar lo mismo a una joven que a un hombre!

El jefe de los monjes la estaba mirando. A Aliena la sacaba de quicio que la gente la mirase.

—¡Dejad de mirarme! —le gritó con aspereza—. ¡Y acabad vuestro negocio con ese campesino descreído!

—Muy bien —dijo con suavidad el monje. Hizo una seña a sus acompañantes, que arrastraron hasta allí un saco.

—Coge los diez chelines, Allie —dijo su hermano—. De lo contrario sólo tendremos un saco de lana.

Aliena miraba furiosa al mercader mientras éste examinaba la lana de los monjes.

—Calidad variada —dijo. Aliena se preguntaba si aquel hombre diría alguna vez «lana de buena calidad»—. Una libra y doce peniques el saco.

¿Por qué habrá tenido que irse Meg precisamente en este momento?, reflexionaba Aliena con amargura. Todo habría ido bien si se hubiera quedado.

—¿Cuántos sacos tenéis? —preguntó el mercader.

—Diez —respondió un monje joven con hábitos de novicio.

—No, once —lo corrigió el que hacía las veces de jefe. El novicio pareció dispuesto a contradecirlo, pero permaneció callado.

—Eso hace once libras y media de plata más doce peniques.

El mercader empezó a pesar el dinero.

—No cederé —le aseguró Aliena a Richard—. Llevaremos la lana a otro sitio…, tal vez a Shiring o a Gloucester.

—¡Tan lejos! ¿Y qué pasará si tampoco allí podemos venderla?

Tenía razón. Era posible que en todas partes se encontraran con el mismo problema. La verdadera dificultad estribaba en que no tenían posición, apoyo ni protección. El mercader no se atrevería a insultar a los monjes, e incluso los campesinos pobres podían crearle problemas si los trataba de manera injusta. Pero el hombre que intentaba estafar a dos niños sin nadie en el mundo para ayudarles no corría peligro alguno.

Los monjes fueron arrastrando los sacos hasta el cobertizo del mercader. Cada vez que colocaban uno, el mercader entregaba a su jefe una libra de plata y doce peniques ya pesados. Una vez entregados todos los sacos aún quedaba sobre el mostrador una bolsa de plata.

—Ahí sólo hay diez sacos —dijo el mercader.

—Ya os dije que sólo había diez —recordó el novicio al monje principal.

—Éste es el undécimo —dijo el monje principal, poniendo la mano sobre el saco de Aliena.

Aliena lo miró asombrada.

El mercader se mostró igualmente sorprendido.

—Le he ofrecido media libra —dijo.

—Se lo he comprado a ella —dijo el monje—. Y te lo vendo a ti. —Hizo una seña a los otros monjes, que arrastraron el saco de Aliena hasta el cobertizo.

El mercader parecía malhumorado, pero entregó la última libra y doce peniques. El monje le entregó el dinero a Aliena.

Aliena no cabía en sí de asombro. Todo había ido mal y, de repente, ese desconocido la había salvado... ¡y además después de haberse mostrado brusca con él!

—Gracias por su ayuda, padre —dijo Richard.

—Da gracias a Dios —le contestó el monje.

Aliena no sabía qué decir. Estaba emocionada. Apretó el dinero contra su pecho. ¿Cómo podía agradecérselo? Miró a su salvador. Era un hombre bajo, delgado y de mirada profunda. Sus movimientos eran rápidos y parecía siempre vigilante, como un pequeño pájaro de plumaje deslustrado pero de ojos brillantes. De hecho, tenía los ojos azules. La corona de pelo alrededor de su cabeza afeitada era negra y canosa, pero su rostro era joven. Aliena empezó a darse cuenta de que le resultaba vagamente familiar. ¿Dónde lo había visto antes?

El monje también parecía estudiarla.

—Vosotros no me conocéis, pero yo a vosotros sí —les dijo—. Sois los hijos de Bartholomew, el anterior conde de Shiring. Sé que habéis sufrido grandes infortunios y me alegra poder ayudaros. Siempre que queráis os compraré vuestra lana.

Aliena sentía deseos de besarle. No sólo la había salvado esa vez, sino que estaba dispuesto a garantizarles su futuro. Al fin recuperó el habla.

—No sé cómo daros las gracias —dijo—. Bien sabe Dios que necesitamos un protector.

—Pues ahora tenéis dos, Dios y yo —le dijo.

Aliena se sentía profundamente conmovida.

—Me habéis salvado la vida y ni siquiera sé quién sois —dijo.

—Me llamo Philip —respondió él—. Soy el prior de Kingsbridge.

VII

1

Cuando Tom condujo a los picapedreros a la cantera fue un gran acontecimiento.

Habían ido allí pocos días antes de Pascua, quince meses después de que ardiera la vieja catedral. El prior había necesitado todo ese tiempo para reunir el dinero suficiente que le permitiera contratar artesanos.

Tom había encontrado en Salisbury un leñador y un maestro cantero, quienes habían trabajado en la construcción del palacio del obispo, que se hallaba casi terminado. Hacía dos semanas que el leñador y sus hombres habían estado trabajando, descubriendo y talando pinos y robles. Concentraban sus esfuerzos en los bosques cercanos al río, aguas arriba desde Kingsbridge, ya que resultaba muy costoso el transporte de materiales por los caminos embarrados, y podía ahorrarse muchísimo dinero haciendo flotar la madera río abajo hasta el lugar de las obras. Se desmochaba toscamente la madera para hacer planchas de andamiaje, se les daba cuidadosamente la forma de plantillas para guiar a los albañiles y los canteros o, en el caso de los árboles más altos, se los apartaba para utilizarlos como vigas de tejado. En aquellos momentos estaba llegando a Kingsbridge una madera excelente, a un ritmo constante, y todo cuanto Tom tenía que hacer era pagar a los leñadores todos los sábados por la tarde.

Los canteros se habían presentado a lo largo de los últimos días. Otto, conocido como Caranegra, el maestro cantero, había llevado consigo a sus dos hijos, ambos canteros también, cuatro nietos, todos ellos aprendices, y dos peones, uno primo suyo y, el otro, cuñado. Semejante nepotismo era normal, y Tom no tenía nada que objetar. Por lo general, un grupo familiar formaba un excelente equipo.

Pero aún no había ningún artesano trabajando en Kingsbridge, en el propio enclave, salvo Tom y el carpintero del priorato. Era una buena idea almacenar algunos materiales, pero muy pronto Tom tendría que contratar a la gente que constituía el núcleo del equipo constructor: los albañiles. Eran los hombres que ponían una piedra sobre otra y hacían que los muros se elevaran. Y entonces comenzaría la gran empresa. Tom estaba exultante. Aquello era lo que había esperado y por lo que había trabajado durante diez años.

Decidió que su hijo Alfred sería el primer albañil que contrataría. Tenía dieciséis años y había aprendido los rudimentos del oficio. Era capaz de cortar piedras cuadradas y de levantar un auténtico muro. Tan pronto como empezara la contratación, Alfred cobraría el salario completo.

Jonathan, el otro hijo de Tom, tenía quince meses y crecía deprisa. Era un niño robusto que se había convertido en el favorito mimado de todo el monasterio. Al principio, Tom se había sentido algo preocupado de que Johnny Ochopeniques fuera quien se ocupara del bebé, pero Johnny se mostraba tan cuidadoso como cualquier madre y tenía más tiempo para dedicarle que muchas de ellas. Los monjes seguían sin sospechar siquiera que Tom era el padre de Jonathan, y tal vez nunca llegaran a saberlo.

Martha, de siete años, había perdido los incisivos y echaba de menos a Jack. Era la que más preocupaba a Tom, porque necesitaba una madre.

No eran pocas las mujeres dispuestas a casarse con el maestro constructor y ocuparse de su pequeña hija. Él sabía que no carecía de atractivo y, sin duda, tenía asegurada la vida ahora que el prior Philip había decidido que empezasen las obras. Había dejado el recinto del priorato y se había construido en la aldea una bonita casa de dos habitaciones con chimenea. Finalmente, como encargado de todo el proyecto, confiaba en recibir un salario y beneficios que serían la envidia de muchos pequeños nobles rurales. Pero le era imposible imaginarse casado con otra mujer que no fuese Ellen. Era como un hombre acostumbrado a beber el mejor de los vinos y a quien el vino corriente le sabe a vinagre. En la aldea había una viuda, una mujer bonita y entrada en carnes, de expresión risueña y busto generoso, con dos hijos bien educados, que había hecho varias empanadas para él, le había besado con vehemencia durante la fiesta de Navidad y estaría dispuesta a casarse tan pronto como él quisiera. Pero Tom sabía que no se sentiría feliz con ella, porque siempre añoraría la excitación de estar casado con la apasionada y siempre desconcertante Ellen.

Ésta le había prometido que le visitaría algún día. Tom estaba completamente seguro de que cumpliría con su promesa, y se aferraba tenazmente a la idea, aunque ya hacía más de un año que se había ido, y cuando volviera le pediría que se casara con él.

Estaba seguro de que ahora aceptaría. Ya no se encontraba en la miseria, estaba en condiciones de mantener a su propia familia y también a la de ella. Tenía la certeza, asimismo, de que podrían evitarse las peleas de Alfred y Jack si se les manejaba bien. Si a Jack se le hacía trabajar, pensaba Tom, Alfred no se resentiría tanto por su presencia. Tomaría a Jack como aprendiz. El muchacho había mostrado interés por la construcción, era muy listo y al cabo de un año aproximadamente sería lo bastante mayor para asignarle trabajos pesados. Entonces Alfred no podría decir que Jack estaba mano sobre mano. El otro problema que se planteaba era que Jack sabía leer y Alfred no. Tom le pediría a Ellen que enseñara a Alfred a leer y a escribir. Podía darle lecciones todos los domingos. Así, Alfred y Jack estarían en igualdad de condiciones: los dos serían educados, los dos trabajarían y, antes de que pasara mucho tiempo, los dos serían igualmente corpulentos.

Sabía que, pese a todas las dificultades, a Ellen le gustaba realmente vivir con él. Le gustaba su cuerpo y también su mente. Quería regresar a su lado.

Otra cuestión era la de si podría arreglar las cosas con Philip. Ellen había insultado la religión del prior de manera más bien contundente. Resultaba difícil de imaginar algo más ofensivo para un prior que lo que ella había hecho. Tom aún no había resuelto ese problema.

Entretanto, toda su energía intelectual se concentraba en la planificación de la catedral. Otto y su equipo de canteros construirían para ellos una vivienda rústica en la cantera, donde podrían dormir por la noche. Una vez instalados, levantarían casas auténticas, y quienes estuvieran casados, llevarían a sus familias a vivir con ellos.

De todos los trabajos especializados de la construcción, el que requería menos habilidad y más músculo era la explotación de la cantera. El maestro cantero era quien ejercía el derecho de decidir las zonas que habrían de minarse y en qué orden. Tenía que ocuparse de las escalas y del equipo de elevación. Si debían trabajar en una cara cortada a pico, diseñaría un andamiaje. Habría de asegurarse de que hubiera un suministro constante de herramientas procedentes de la herrería. En realidad, la extracción de las piedras era relativamente sencilla. El cantero solía utilizar un zapapico con cabeza de hierro con el que hacía una estría inicial en la roca, profundizándola luego con un martillo y un escoplo. Una vez que la estría era lo bastante grande para aflojar la roca, introducía en ella una cuña de madera. Si había calculado bien, la roca se dividía exactamente por donde él quería.

Los peones retiraban las piedras de la cantera con sogas o levantándolas mediante una cuerda sujeta a una gran rueda giratoria. En el taller, los canteros cortaban las piedras toscamente con hachas, dándoles la forma especificada por el maestro constructor. Luego, naturalmente, en Kingsbridge se haría el tallado y se les daría la forma definitiva.

El transporte era el principal problema. La cantera estaba a un día de viaje del emplazamiento de la construcción, y un carretero cobraba a razón de cuatro peniques por viaje. Además, no podía transportar más de ocho o nueve piedras grandes cada vez, si no quería romper el carro o matar al caballo. Una vez que los canteros se hubieran instalado, Tom tendría que explorar la zona y averiguar si existía alguna vía fluvial que pudieran utilizar para acortar el viaje.

Partieron de Kingsbridge con el alba. Mientras caminaban a través del bosque, los árboles que se inclinaban sobre el camino le recordaron a Tom las columnas de la catedral que construiría. Siempre le habían enseñado a decorar los remates redondeados de las columnas con volutas, pero recientemente se le había ocurrido que los adornos en forma de hoja resultarían más llamativos.

Habían viajado a buen ritmo, de manera que a media tarde se encontraron en los aledaños de la cantera. Tom escuchó sorprendido, a cierta distancia, el sonido del metal golpeando la roca, como si alguien estuviera trabajando allí. De hecho, la cantera pertenecía al conde de Shiring, Percy Hamleigh, pero el rey había dado al priorato de Kingsbridge el derecho a explotar la cantera para extraer la piedra que se necesitase en la construcción de la catedral. Tom pensó que quizá el conde Percy intentara explotar la cantera en su propio beneficio al tiempo que lo hacía el priorato. Posiblemente el rey no hubiese prohibido eso de manera específica, pero de ser así resultaría inconveniente en extremo.

Al acercarse más Otto, un hombre de rostro atezado y modales toscos, frunció el entrecejo al oír el ruido, pero no pronunció palabra. Los demás hombres farfullaron entre sí, incómodos. Tom hizo caso omiso de sus comentarios, pero caminó más deprisa, impaciente por averiguar qué estaba pensando.

El camino trazaba una curva a través de un trecho de bosque y terminaba al pie de una colina. La propia colina era la cantera, y de una de sus laderas ya había sido extraída bastante piedra. La impresión inicial de Tom fue que resultaría fácil trabajar en ella. Siempre solía ser mejor una colina que bajo tierra, porque resultaba más sencillo bajar las piedras desde la altura que subirlas desde una hondonada.

No había duda de que estaban explotando la cantera. Vio una construcción achaparrada al pie de la colina, un sólido andamiaje que se alzaba unos diez metros en la ladera rocosa de la colina, y un montón de piedras esperando a ser retiradas. Tom contó diez canteros como mínimo. Y lo que era peor, había un par de hombres de armas delante de la construcción, arrojando guijarros a un barril.

—No me gusta el aspecto de esto —masculló Otto.

A Tom tampoco le gustaba, pero simuló mantenerse imperturbable. Entró en la cantera como si fuera de su propiedad y se acercó rápidamente a los dos hombres de armas. Éstos se pusieron en pie, sobresaltados. Tom echó un vistazo a sus armas. Cada uno de ellos llevaba una espada y una daga, así como fuertes justillos de cuero, pero no tenían armadura. El propio Tom llevaba el martillo de albañil colgado del cinto. No estaba en situación de provocar una pelea. Fue derecho hacia los dos hombres sin decir palabra, pero en el último momento se apartó y, pasando junto a ellos, se dirigió a la vivienda. Los dos hombres se miraron sin estar seguros de lo que tenían que hacer. Si Tom hubiera sido de constitución menos fuerte o no hubiera llevado el martillo, quizá lo hubiesen detenido pero ya era demasiado tarde.

Tom entró en la vivienda. Era una construcción espaciosa de madera con una chimenea. De las paredes colgaban herramientas limpias y en el rincón había una gran piedra para afilar. Dos canteros permanecían en pie delante de un macizo banco de madera moldeando piedras con hachas.

—Saludos, hermanos —dijo Tom utilizando la expresión con que se saludaban entre sí los artesanos—. ¿Quién es aquí el maestro?

—Yo —respondió uno de ellos—. Soy Harold de Shiring.

—Yo soy el maestro constructor de la catedral de Kingsbridge. Me llamo Tom.

—Saludos, Tom. ¿A qué has venido?

Tom examinó a Harold por un instante antes de contestar. Era un hombre pálido y cubierto de polvo, de ojos pequeños que entornaba al hablar, como si estuviese siempre parpadeando a causa del polvo que despedía la piedra. Se apoyaba con ademán indolente en el banco, aunque no parecía tan tranquilo como pretendía. Se lo veía nervioso, cauteloso e inquieto. Sabe perfectamente por qué estoy aquí, pensó Tom.

—Naturalmente, he traído a mi maestro cantero para trabajar aquí.

Los dos hombres de armas habían entrado detrás de Tom, y Otto y los suyos llegaron pisándoles los talones. A continuación también se acercaron dos o tres de los hombres de Harold, curiosos por averiguar a qué venía tanto jaleo.

—La cantera es propiedad del conde —dijo Harold—. Si quieres sacar piedra, tendrás que ir a verle.

—No, no lo haré —replicó Tom—. Cuando el rey entregó la cantera al conde Percy también dio el derecho al priorato de Kingsbridge para sacar piedra. No necesitamos ningún otro permiso.

—Pues, no podemos trabajar todos en ella, ¿verdad?

—Tal vez sí —repuso Tom—. No quisiera privar a tus hombres de su trabajo. En esta colina hay roca suficiente para dos catedrales y más. Tendríamos que idear el modo de satisfacer a todos compartiendo la explotación de la cantera.

—No puedo aceptar eso —dijo Harold—. Estoy empleado por el conde.

—Muy bien, y yo estoy empleado por el prior de Kingsbridge y mis hombres empezarán a trabajar aquí mañana, te guste o no.

—Mañana no trabajarás aquí, ni ningún otro día —intervino uno de los hombres de armas.

Hasta aquel momento Tom se había aferrado a la idea de que, aun cuando Percy estaba violando el espíritu del edicto real al explotar la cantera, de verse obligado acataría la letra del acuerdo, permitiendo que el priorato obtuviese la piedra necesaria. Pero era evidente que a aquellos hombres de armas se les había ordenado que obligaran a los canteros del priorato a abandonar la colina. Tom comprendió, con disgusto, que no le sería posible sacar ni una sola piedra sin pelear por ella.

El hombre de armas que acababa de hablar era un individuo bajo aunque fornido, de unos veinticinco años, con expresión belicosa. Parecía estúpido, aunque testarudo, y no se le debía de dar muy bien razonar.

—¿Quién eres tú? —le preguntó Tom con mirada desafiante.

—Soy un alguacil del conde de Shiring. Me dijo que protegiera esta cantera, y eso es precisamente lo que voy a hacer.

—¿Y cómo te propones hacerlo?

—Con esta espada. —Apoyó la mano en la empuñadura del arma que llevaba al cinto.

—¿Y qué crees que te hará el rey cuando seas conducido ante su presencia por quebrantar sus resoluciones?

—Correré el riesgo.

—Pero sólo sois dos —dijo Tom, intentando sonar razonable—. Nosotros somos siete hombres y cuatro muchachos. Si os matamos no nos ahorcarán.

Los dos hombres parecieron pensativos, pero antes de que Tom pudiera aprovecharse de su ventaja, intervino Otto.

—Un momento —dijo dirigiéndose a Tom—. He traído aquí a mi gente para cortar piedra, no para luchar.

A Tom se le cayó el alma a los pies. Si los canteros no estaban dispuestos a respaldarlo, no había nada que hacer.

—¡No seas cobarde! —exclamó—. ¿Vas a dejar que un par de fanfarrones te priven de tu trabajo?

Otto parecía malhumorado.

—Lo que no voy a hacer es luchar contra hombres armados —replicó—. He estado ganándome bien la vida durante diez años, y no estoy desesperado hasta ese punto por tener trabajo. Además, no sé quién tiene razón en este caso. Por lo que a mí respecta, es tu palabra contra la de ellos.

Tom miró a los que formaban el equipo de Otto. Los dos canteros tenían la misma expresión obstinada de éste. Como era de esperar, acataban sus decisiones, ya que eran su padre y su jefe. Tom comprendía el punto de vista de Otto. En realidad, si él se encontrara en su situación, probablemente se comportaría de igual manera. No se arriesgaría a luchar contra hombres armados a menos que estuviera desesperado.

Pero saber que Otto estaba comportándose de manera razonable no le servía de consuelo. De hecho, hacía que se sintiera aún más frustrado. Decidió intentarlo de nuevo.

—No habrá lucha —aseguró—. Saben muy bien que el rey les ahorcaría si nos hicieran algún daño. Encendamos una hoguera y preparémonos a pasar la noche para empezar a trabajar por la mañana.

Fue una equivocación mencionar la noche.

—¿Cómo podremos dormir rondando por ahí esos sanguinarios bribones? —preguntó uno de los hijos de Otto.

Un murmullo de acuerdo corrió entre los restantes componentes del grupo.

—Haremos turnos de vigilancia —respondió Tom, desesperado.

Otto negó con la cabeza.

—Nos vamos ahora mismo —afirmó con decisión.

Tom miró a los hombres y comprendió que había perdido. Aquella mañana había emprendido el viaje esperanzado, y apenas podía creer que sus planes se vieran frustrados por aquel par de brutos. Era demasiado mortificante. No pudo evitar una última y amarga observación de despedida.

—Vais contra los deseos del rey, y eso es algo muy peligroso —dijo a Harold—. Díselo así al conde de Shiring. Y dile también que soy Tom, el maestro constructor de Kingsbridge, y que si alguna vez llego a poner las manos alrededor de su cuello es posible que apriete hasta ahogarlo.

Johnny Ochopeniques había confeccionado un hábito de monje en miniatura para el pequeño Jonathan, con mangas amplias y una capucha. El niño estaba tan encantador con él que conmovía a cualquiera, pero no era práctico en modo alguno. La capucha le caía constantemente hacia adelante impidiéndole ver, y cuando se arrastraba por el suelo el hábito se le enredaba entre las rodillas.

A media tarde, cuando Jonathan hubo dormido su siesta y los monjes la suya, el prior Philip se encontró con aquél, acompañado por Johnny, en lo que había sido la nave de la iglesia y ahora se había convertido en el patio de juego de los novicios. Aquélla era la hora en que se permitía a éstos dar rienda suelta a sus energías, y Johnny les miraba jugar al marro mientras Jonathan observaba el laberinto de clavos y cuerdas con que Tom había trazado el plano de la planta baja del extremo oriental de la nueva catedral.

Philip se detuvo por unos instantes junto a Johnny para disfrutar de un silencio en compañía, mientras contemplaba correr a los muchachos. Sentía un gran afecto por Johnny, que compensaba con un corazón extraordinariamente bondadoso su falta de entendederas.

Jonathan se había puesto en pie apoyándose contra una estaca que Tom había hincado en tierra para indicar el pórtico norte. Agarrándose a la cuerda sujeta a la estaca, y con un apoyo tan inestable, dio un par de pasos, lentos y torpes.

—Pronto andará —le dijo Philip a Johnny.

—Lo intenta, pero casi siempre se cae sobre el trasero.

Philip se puso en cuclillas y tendió las manos hacia Jonathan.

—Ven hacia mí —dijo—. Vamos.

Jonathan sonrió, mostrando algunos dientes. Dio otro paso sujetándose a la cuerda. Luego, señalando a Philip como si ello pudiera servirle de ayuda, con un repentino impulso de audacia salvó el espacio que les separaba con tres pasos rápidos y decisivos.

—¡Estupendo! —exclamó Philip al tiempo que le cogía en brazos. Abrazó al chiquillo con orgullo, como si aquel logro no fuera del niño sino suyo.

Johnny también estaba encantado.

—¡Ha andado! ¡Ha andado!

Jonathan forcejeaba para que le dejaran en el suelo. Así lo hizo Philip, para ver si el niño volvía a andar, pero al parecer había tenido suficiente por aquel día e inmediatamente se puso de rodillas y gateó hacia Johnny.

Philip recordaba que algunos monjes se habían mostrado escandalizados de que hubiera llevado a Kingsbridge a Johnny y al pequeño Jonathan, pero con Johnny era fácil el trato siempre que no se olvidase que era un niño con un cuerpo de hombre. Y Jonathan había superado toda oposición gracias a su propio encanto.

Durante el primer año no fue Jonathan el único motivo de desasosiego. Tras elegir a un buen administrador, los monjes se habían sentido burlados al introducir Philip una conducta de austeridad para reducir los gastos diarios del priorato. Philip se había sentido algo dolido. Estaba seguro de haber dejado bien claro que la principal de sus prioridades sería la nueva catedral. Los funcionarios monásticos también habían mostrado resistencia a su plan de poner trabas a su independencia económica, aunque supieran muy bien que sin las adecuadas reformas el priorato estaba condenado a la ruina. Y cuando gastó dinero para aumentar los vellones de ovejas del monasterio, estuvo a punto de estallar un motín. Pero los monjes eran, ante todo, gentes que querían que se les dijera lo que había que hacer. Y el obispo Waleran, que quizá hubiera alentado a los rebeldes, se había pasado la mayor parte del año yendo y viniendo de Roma. Así que a lo más que llegaron los monjes fue a refunfuñar.

Philip había sufrido algunos momentos de soledad, pero estaba seguro de que los resultados le darían la razón. Su política ya estaba dando unos frutos muy satisfactorios. El precio de la lana había vuelto a subir y Philip había empezado con el esquilado. Ésa era precisamente la razón de que se hubiera permitido contratar leñadores y canteros. A medida que la situación económica fuera mejorando y progresara la construcción de la catedral, su posición como prior sería cada vez más sólida.

Dio una cariñosa palmada en la cabeza de Johnny y cruzó el emplazamiento de la construcción. Tom y Alfred habían empezado a cavar los cimientos con ayuda de los servidores del priorato y de los monjes más jóvenes, pero hasta el momento sólo habían alcanzado unos dos metros de profundidad. Tom le había dicho a Philip que en algunos sitios las zanjas debían tener hasta ocho metros de profundidad. Necesitaría gran cantidad de peones y alguna maquinaria de elevación para cavar tan hondo.

La nueva iglesia sería más grande que la antigua, pero aún seguiría siendo pequeña para una catedral. Philip quería que fuera la catedral más larga, más alta, más rica y más hermosa de todo el reino, pero logró ahogar ese deseo y se dijo que debía sentirse agradecido con cualquier clase de iglesia.

Entró en el cobertizo de Tom y contempló el trabajo en madera sobre el banco. El maestro constructor había pasado allí la mayor parte del invierno trabajando con una vara de medición de hierro y una serie de excelentes formones, haciendo lo que él llamaba «plantillas», modelos en madera para que los albañiles los utilizaran a modo de guía cuando cortaban la piedra para darle forma. Philip había estado observando admirado mientras Tom tallaba la madera de manera exacta y concienzuda, formando curvas perfectas, esquinas escuadradas y ángulos exactos. Philip cogió una de las plantillas y la examinó. Tenía la forma de una margarita, un cuarto de círculo con varios salientes redondeados que semejaban pétalos. ¿Qué clase de piedra necesitaba adoptar esa forma? Se sentía constantemente impresionado por la poderosa imaginación de Tom. Miró los dibujos que Tom había trazado sobre argamasa y finalmente llegó a la conclusión de que lo que tenía en la mano era una plantilla para los pilares de la arcada, que tendrían el aspecto de grupos de fustes. Los pilares, por su parte, serían sólidas columnas de piedra con adornos parecidos a saetas.

Cinco años, había dicho Tom, y la parte este quedaría terminada. Cinco años y Philip podría celebrar de nuevo los oficios sagrados en una catedral. Todo cuanto debía hacer era encontrar el dinero. Había sido una dura tarea reunir ese año la cantidad necesaria para comenzar modestamente, porque sus reformas daban resultado, sí, pero lentamente. Pero al año siguiente, una vez que hubiera vendido la lana nueva de primavera, estaría en condiciones de contratar más artesanos y empezar a construir en toda la regla.

Sonó la campana llamando a vísperas. Philip salió del pequeño cobertizo y se encaminó hacia la entrada de la cripta. Al mirar por encima de la puerta del priorato quedó asombrado al ver llegar a Tom con todos los canteros. ¿Por qué habían regresado? Tom había dicho que estaría fuera una semana y que los canteros se quedarían allí por tiempo indefinido. Se dirigió presuroso a reunirse con ellos.

Al acercarse más notó que el aspecto de los hombres era de cansancio y desánimo, como si hubiera ocurrido algo terriblemente desalentador.

—¿Qué pasa? —preguntó—. ¿Por qué estáis aquí?

—Malas noticias —respondió Tom.

Durante el oficio de vísperas, Philip se sintió dominado por la ira. Lo que el conde Percy había hecho era indignante. No existía duda alguna sobre quién había obrado bien y quién había obrado mal en aquel caso, y tampoco la menor ambigüedad en las instrucciones del rey. El propio conde había estado presente en el momento de hacerse el anuncio, y el derecho del priorato a explotar la cantera estaba contenido en una cédula real. Philip sentía que le estaban robando. Era como si Percy estuviera sustrayendo peniques del cepillo de una iglesia. No existía excusa posible para ello. Percy desafiaba de forma flagrante tanto a Dios como al rey, pero lo peor de todo era que Philip no podía construir la catedral nueva a menos que sacara piedra gratis de la cantera. Ya estaba trabajando con un presupuesto mínimo, y si tenía que pagar por la piedra a precio de mercado y transportarla desde una distancia aún mayor, no podría, en modo alguno, construir la catedral. Tendría que esperar otro año, o más, y luego pasarían seis o siete antes de poder volver a celebrar los oficios en una catedral. La idea le resultaba totalmente insoportable.

Hizo una llamada a capítulo urgente tan pronto como hubieron concluido las vísperas y dio a los monjes la noticia.

Había desarrollado una técnica especial para manejar las reuniones de las llamadas a capítulos. Remigius, el subprior, todavía le guardaba rencor por haberle derrotado en la elección, y con frecuencia manifestaba su resentimiento cuando se discutían cuestiones relativas al monasterio. Era un hombre conservador, falto de imaginación y pedante, cuyo punto de vista sobre la manera de llevar el priorato chocaba frontalmente con el de Philip. Los hermanos que habían apoyado a Remigius en la elección mostraban tendencia a respaldarlo en las sesiones capitulares. Andrew, el sacristán apoplético, Pierre, el admonitor, a quien competía la disciplina y mantenía las actitudes de mira estrecha que parecían inherentes a aquel cargo, y finalmente, John, el tesorero perezoso. De la misma manera, los colegas más cercanos a Philip eran los hombres que habían hecho campaña a su favor: Cuthbert, el viejo intendente, y el joven Milius, a quien Philip había designado para el nuevo cargo de tesorero, controlador de las finanzas del priorato. Philip dejaba siempre que Milius discutiera con Remigius. Habitualmente, él examinaba todo cuanto fuera importante con Milius antes de la reunión, y cuando no lo hacía se podía esperar que éste expresara un punto de vista cercano al de Philip. Luego, Philip lo resumía todo como árbitro imparcial y, aunque Remigius rara vez se salía con la suya, él aceptaba con frecuencia algunos de sus argumentos o adoptaba parte de su proposición para dar la impresión de un gobierno de consenso.

Los monjes estaban furiosos por lo que había hecho el conde Percy. Todos ellos se habían alegrado cuando Stephen había concedido al priorato madera y piedra gratis, y en esos momentos se sentían escandalizados ante el hecho de que Percy hubiera desafiado la orden del rey.

Sin embargo, al apagarse las protestas, Remigius quiso dejar algo bien sentado.

—Recuerdo haber anunciado esto hace un año —empezó—. Siempre fue poco satisfactorio el pacto según el cual la cantera es propiedad del conde aunque nosotros tengamos derecho a su explotación. Deberíamos haber insistido en la propiedad absoluta.

El hecho de que hubiera mucho de cierto en aquella observación no hizo que a Philip le resultara más fácil reconocerlo. La propiedad absoluta era lo que había acordado con Regan Hamleigh, pero en el último momento ella le había hecho una jugarreta. Se sintió tentado de decir que había obtenido el mejor trato posible y que le habría gustado ver a Remigius mejorarlo en el laberinto traicionero de la corte real, pero se mordió la lengua, ya que a fin de cuentas era el prior y tenía que aceptar la responsabilidad cuando las cosas marchaban mal.

Milius acudió en su ayuda.

—Está muy bien todo eso de desear que el rey nos hubiera dado la propiedad absoluta de la cantera, pero no lo hizo, y la cuestión principal es qué hacemos ahora.

—Creo que es evidente —intervino de inmediato Remigius—. Tenemos que expulsar a los hombres del conde por nuestros propios medios o conseguir que lo haga el rey. Debemos enviar una delegación para pedirle que haga cumplir su carta de privilegio.

Se oyó un murmullo de asentimiento.

—Deberíamos enviar a nuestros oradores más prudentes y elocuentes —opinó Andrew, el sacristán.

Philip se dio cuenta de que Remigius y Andrew se veían ya encabezando la delegación.

—Una vez que el rey se entere de lo ocurrido, no creo que Percy de Hamleigh sea conde de Shiring por mucho tiempo.

Philip no estaba tan seguro de ello.

—¿Dónde está el rey? —preguntó Andrew como si se le ocurriera de pronto—. ¿Lo sabe alguien?

Philip había estado recientemente en Winchester y allí se había enterado de los movimientos del monarca.

—Ha ido a Normandía —contestó.

—Costará mucho tiempo darle alcance —se apresuró a decir Milius.

—La búsqueda de la justicia siempre requiere paciencia —dijo Remigius en tono solemne.

—Pero cada día que pasemos buscando justicia dejaremos de construir nuestra nueva catedral —replicó Milius. Por el tono de su voz se notaba que estaba exasperado por la facilidad con que Remigius aceptaba un aplazamiento en el programa de la construcción. Philip compartía ese sentimiento. Milius añadió—: Y no es ése nuestro único problema. Cuando hayamos encontrado al rey tendremos que persuadirle de que nos escuche. Y ello tal vez nos lleve semanas. Luego es posible que conceda a Percy la oportunidad de defenderse, lo cual representará una nuevo aplazamiento...

—¿Cómo podría defenderse Percy? —inquirió Remigius, enojado.

—No lo sé, pero estoy seguro de que ya pensará en algo —contestó Milius.

—En cualquier caso, el rey está obligado a cumplir con su palabra.

—No estéis tan seguros —intervino una nueva voz.

Todo el mundo se volvió a mirar. Quien hablaba era el hermano Timothy, el monje de más edad del priorato. Un hombre pequeño y modesto que rara vez hablaba, pero que cuando lo hacía merecía la pena escucharle. Philip pensaba de vez en cuando que Timothy debería haber sido el prior. Durante el capítulo solía permanecer sentado, al parecer medio dormido, pero en ese momento se inclinaba hacia adelante y le brillaban los ojos.

—Un rey es una criatura del momento —prosiguió—. Se encuentra constantemente bajo amenazas de rebeldes dentro de su propio reino, y también de los monarcas vecinos. Necesita aliados. El conde Percy es un hombre poderoso con un gran número de caballeros. Si el rey necesita de Percy en el instante en que presentemos nuestra petición será rechazada sin tener en cuenta si es justa o no. El rey no es perfecto. Sólo hay un juez verdadero, y es Dios. —Volvió a sentarse, reclinándose contra la pared y entornando los ojos como si no le interesara en absoluto cómo eran recibidas sus palabras. Philip disimuló una sonrisa. Timothy había expresado con toda contundencia sus propias dudas acerca de la conveniencia de recurrir al rey en busca de justicia.

Remigius se mostraba reacio a renunciar a la perspectiva de un viaje largo y excitante a Francia y a una estancia en la corte real, pero al mismo tiempo no podía discutir la lógica de Timothy.

—¿Qué podemos hacer entonces? —preguntó.

Philip no lo sabía con certeza. El sheriff no estaría en condiciones de intervenir en el caso. Percy era demasiado poderoso para que un simple sheriff pudiera controlarlo. Y tampoco se podía confiar en el obispo. Era realmente frustrante. Sin embargo, Philip no estaba dispuesto a cruzarse de brazos y aceptar la derrota sin más. Entraría en aquella cantera aunque hubiera de hacerlo él mismo.

Ello le dio una idea.

—Un momento —dijo.

Implicaría a todos los hermanos sanos del monasterio, y tenía que prepararse minuciosamente como si se tratara de una operación militar sin armas. Necesitarían comida para dos días.

—No sé si esto dará resultado, pero vale la pena intentarlo. Escuchad —añadió.

Y a continuación expuso su plan.

Se pusieron en marcha casi de inmediato: treinta monjes, diez novicios, Otto y su cuadrilla de canteros, Tom, Alfred, dos caballos y un carro. Cuando oscureció encendieron fanales para que les iluminara el camino. A medianoche se detuvieron a descansar y a dar cuenta de la comida que habían preparado apresuradamente en la cocina: pollo, pan blanco y vino tinto. Philip siempre estuvo convencido de que el trabajo duro debía ser recompensado con buenas viandas. Al reanudar la marcha entonaron el oficio sagrado al que deberían estar asistiendo en el priorato.

En un momento en que la oscuridad era más intensa, Tom, que iba en cabeza, alzó una mano para detenerles.

—Sólo nos queda un kilómetro hasta la cantera —dijo a Philip.

—Bien —repuso el prior. Luego se volvió hacia los monjes—. Quitaos las sandalias y poneos las botas de fieltro. —Una vez que él mismo lo hubo hecho, señaló a dos novicios y añadió—: Edward y Philemon, quedaos aquí con los caballos y el carro. Permaneced callados y esperad a que se haga completamente de día. Entonces reuníos con nosotros. ¿Habéis comprendido?

—Sí, padre —respondieron al unísono.

—Muy bien —dijo Philip—. Todos los demás seguid a Tom, y no hagáis ruido, por favor.

Todos se pusieron en marcha.

Soplaba un ligero viento del oeste y el susurro de los árboles cubría el sonido de la respiración y los pasos de cincuenta hombres. Philip empezó a sentirse inquieto. Ahora que acababa de poner en marcha su plan, éste le parecía algo descabellado. Elevó una oración en silencio para que tuviera el resultado apetecido.

El camino torcía hacia la izquierda, y entonces la luz trémula de los fanales mostró de manera difusa una construcción de madera, un montón de bloques de piedra a medio terminar, algunas escalas y andamiajes y, al fondo, la oscura ladera de una colina desfigurada por las blancas cicatrices infligidas por los canteros. De repente, a Philip se le ocurrió preguntarse si los hombres dormidos en la vivienda tendrían perros, pues en caso afirmativo habría perdido el elemento sorpresa y su plan podría fracasar. Pero ya era demasiado tarde para retroceder.

Todo el grupo se deslizó por el costado de la construcción. Philip contuvo el aliento esperando oír en cualquier momento una cacofonía de ladridos. Pero no había perros.

Hizo detenerse a su gente alrededor de la base del andamio. Estaba orgulloso de ellos por haber mantenido un hermético silencio. A la gente le resultaba difícil mantenerse callada incluso en la iglesia. Tal vez se habían sentido demasiado atemorizados para hacer ruido.

Tom y Otto empezaron a situar en silencio a los canteros alrededor del enclave. Los dividieron en dos grupos. Uno de ellos se reunió cerca de la pared de roca, a nivel del suelo. Los componentes del otro grupo subieron al andamio. Cuando todos estuvieron situados, Philip indicó con gestos a los monjes que se colocaran, en pie o sentados, en torno a los trabajadores. Él permaneció separado del resto, a medio camino entre la vivienda y la pared de roca.

Su sincronización fue perfecta, pues al cabo de unos momentos llegó el alba. Philip sacó una vela de debajo de la capa y la encendió con uno de los fanales. Luego, poniéndose de cara a los monjes, alzó la vela. Era la señal acordada. Los cuarenta monjes y novicios sacaron sendas velas y procedieron a encenderlas. El efecto resultó espectacular. El día se hizo sobre una cantera ocupada por figuras silenciosas y fantasmales, cada una de las cuales sostenía una luz pequeña y parpadeante.

Philip se volvió de nuevo hacia la construcción de madera. Sus ocupantes seguían sin dar señales de vida. Se dispuso a esperar. Los monjes sabían bien cómo hacerlo. Permanecer en pie inmóviles durante horas formaba parte de su vida cotidiana. Sin embargo, los trabajadores no estaban acostumbrados a aquello, y al cabo de un rato empezaron a impacientarse, arrastrando los pies y murmurando en voz baja, pero en aquellos momentos ya no importaba.

Sus murmullos o la luz diurna que iba en aumento despertaron a los que ocupaban la construcción. Philip oyó a alguien toser y escupir. Luego percibió un sonido similar al que se produciría si levantaran una barra detrás de la puerta. Alzó la mano pidiendo absoluto silencio.

Se abrió de par en par la puerta de la construcción. Philip mantuvo la mano en alto. Salió un hombre frotándose los ojos. Philip le reconoció como Harold de Shiring, el maestro cantero, por la descripción que de él le había hecho Tom. Al principio, Harold no observó nada anormal. Se apoyó contra el marco de la puerta y tosió de nuevo; era una tos profunda y borbotante del hombre que tiene en sus pulmones demasiado polvo de piedra. Philip bajó la mano. En alguna parte, detrás de él, el chantre dio una nota y de inmediato todos los monjes empezaron a cantar. La cantera se inundó de armonías misteriosas.

El efecto sobre Harold fue devastador. Levantó la cabeza como si hubieran tirado de ella con un cordel. Se le desorbitaron los ojos y quedó con la boca abierta al ver el coro espectral que, como por arte de magia, había aparecido en la cantera. Lanzó un grito de terror. Retrocedió vacilante y entró de nuevo en la construcción de madera.

Philip esbozó una sonrisa de satisfacción. Era un buen comienzo.

Sin embargo, el pavor no duró mucho tiempo. Philip, levantando de nuevo la mano, la agitó sin volverse. Los canteros empezaron a trabajar en respuesta a su señal y el ruido metálico del hierro contra la roca puntuaba la música del coro.

Dos o tres caras se asomaron temerosas por la puerta. Pronto se dieron cuenta los hombres de que lo que veían era a unos monjes y trabajadores comunes y corrientes, no visiones o espíritus, y salieron para verlos mejor. Aparecieron dos hombres de armas abrochándose el cinto y se quedaron inmóviles mirando. Para Philip, aquél era el momento crucial. ¿Qué harían los hombres de armas?

La visión de aquellos hombres grandes, barbudos y sucios, con sus cintos, sus espadas y dagas y su justillo de cuero duro, evocó en el prior el recuerdo vivido, claro como el cristal, de los dos soldados que habían irrumpido en su hogar cuando tenía seis años y habían matado a su madre y a su padre. De repente, y de forma inesperada, sintió un dolor profundo por unos padres a los que apenas recordaba. Se quedó mirando con repugnancia a los soldados del conde Percy, y lo que veía era a un horrible hombre de nariz ganchuda y a otro hombre moreno con sangre en la barba. Y se sintió embargado por la furia y el asco, y por la firme decisión de que aquellos rufianes estúpidos y sin el menor temor a Dios debían ser derrotados.

Por el momento no hicieron nada. Poco a poco fueron apareciendo los canteros del conde. Philip los contó. Había doce, más los hombres de armas.

El sol apuntó en el horizonte.

Los canteros de Kingsbridge ya estaban extrayendo piedras de la pared rocosa. Si los hombres de armas pretendían detenerlos tendrían que empezar por los monjes que rodeaban y protegían a los trabajadores. Philip había jugado la carta de que los hombres de armas vacilarían antes de emplear la violencia contra unos monjes que estaban rezando.

Hasta allí había acertado. En efecto, vacilaban.

Los dos novicios que habían quedado atrás llegaron conduciendo los caballos y el carro. Miraron temerosos alrededor. Philip les indicó con un gesto dónde debían situarse; luego, se volvió hacia Tom y asintió con la cabeza.

Para entonces ya habían cortado varias piedras y el maestro constructor encomendó a algunos de los monjes más jóvenes que las cogieran y las llevaran al carro. Los hombres del conde observaban con curiosidad aquella nueva situación. Las piedras eran demasiado pesadas para que las levantara un solo hombre, de manera que tuvieron que bajarlas del andamio con cuerdas y, una vez en tierra, llevarlas en andas. Cuando metieron la primera piedra en el carro, los hombres de armas se reunieron con Harold. Subieron otra piedra al carro. Los dos hombres de armas se separaron del grupo que se encontraba junto a la vivienda y se dirigieron hacia el carro. Philemon, uno de los novicios, subió de un salto a éste y se sentó sobre una de las piedras en actitud desafiante. Un chico valiente, se dijo Philip, quien a pesar de ello sentía temor.

Los hombres se acercaron al carro. Los cuatro monjes que habían transportado las dos primeras piedras permanecían delante de él formando una barrera. Philip se puso tenso. Los hombres se detuvieron, plantando cara a los monjes, y se llevaron la mano a la empuñadura de las espadas. Callaron los cánticos y todo el mundo permaneció en silencio, conteniendo el aliento.

Philip se decía que seguramente no serían capaces de matar a cuatro monjes indefensos. Luego pensó lo fácil que sería para ellos, hombres corpulentos y fuertes, acostumbrados a matanzas en los campos de batalla, hundir las afiladas espadas en los cuerpos de quienes nada tenían que temer, ni siquiera la venganza. Y, sin embargo, también deberían tener en cuenta el castigo divino al que se arriesgaban asesinando a hombres de Dios. Incluso desalmados como aquéllos debían de saber que, finalmente, habría de llegarles el día del Juicio. ¿Les aterrarían las llamas eternas? Tal vez, pero también les aterrorizaba su patrón, el conde Percy, y las explicaciones que les exigiría si fracasaban a la hora de mantener alejados de la cantera a los hombres de Kingsbridge. Les observó, vacilantes ante un puñado de monjes jóvenes, con la mano en la empuñadura de sus espadas, y se los imaginó sopesando qué sería peor, si fallarle a Percy o provocar la ira de Dios.

Los dos hombres se miraron. Uno de ellos sacudió la cabeza. El otro se encogió de hombros. Ambos se alejaron de la cantera.

El chantre dio una nueva nota y las voces de los monjes estallaron en un himno triunfal. Los canteros lanzaron vítores, Philip sintió un inmenso alivio. Por un momento la situación había parecido terriblemente peligrosa. No pudo evitar una sonrisa de placer. La cantera era suya.

Apagó de un soplo su vela y se acercó al carro. Abrazó a cada uno de los cuatro monjes que habían plantado cara a los hombres de armas y a los dos novicios que habían conducido el carro hasta allí.

—Estoy orgulloso de vosotros —dijo en tono afectuoso—, y creo que Dios también lo está.

Los monjes y los canteros se estrechaban las manos y se felicitaban mutuamente.

—Ha sido una acción excelente, padre Philip —dijo Otto acercándose a él—. Sois un hombre valiente, si me permitís decíroslo.

—Dios nos ha protegido —repuso Philip. Dirigió la mirada hacia los canteros del conde que formaban un desconsolado grupo en pie, delante de la construcción de madera. No quería enemistarse con ellos, pues aunque en ese momento eran los perdedores, existía el peligro de que Percy pudiera utilizarlos para crear nuevos problemas. Decidió hablar con ellos. Cogió a Otto del brazo, le condujo hasta la vivienda y, dirigiéndose a Harold, dijo—: Hoy se ha hecho la voluntad de Dios. Espero que no haya resentimiento.

—Nos hemos quedado sin trabajo —sentenció Harold.

De repente, a Philip se le ocurrió la manera de tener a los hombres de Harold de su parte.

—Si queréis, hoy mismo podéis volver de nuevo al trabajo —dijo—. Trabajad para mí. Os contrataré a todos. Ni siquiera tendréis que abandonar vuestra vivienda.

Harold quedó sorprendido ante el giro que tomaban los acontecimientos. Pareció sobresaltado, pero enseguida recobró la compostura.

—¿Qué salario ofrecéis?

—El corriente —contestó rápidamente Philip—. Dos peniques al día para los artesanos, un penique para los peones y cuatro para ti. Tú pagarás a los aprendices.

Harold se volvió hacia sus compañeros. El prior se llevó aparte a Otto para dejarles discutir en privado la proposición. En realidad no podía permitirse pagar a doce hombres más, y si aceptaban su oferta tendría que aplazar aún más la fecha en que pudiera contratar albañiles. También significaba que debería cortar la piedra a un ritmo más rápido del que le llevaría utilizarla.

Constituiría una auténtica reserva, pero perjudicaría sus entradas de dinero. Sin embargo, poner a todos los canteros de Percy en la nómina del priorato supondría una excelente medida defensiva. Si Percy quería intentar una vez más sacar provecho de la cantera tendría que contratar primero a un equipo de canteros, lo que quizá le fuera difícil una vez que hubiera corrido la voz de los acontecimientos que ese día se habían producido. Y si en el futuro Percy intentaba otra artimaña para cerrar la cantera, Philip tendría excelentes existencias de piedra.

Harold parecía estar discutiendo con sus hombres. Al cabo de unos momentos se apartó de ellos y se acercó de nuevo a Philip.

—Si trabajamos para vos, ¿quién estará a cargo? —preguntó—. ¿Yo o vuestro propio maestro cantero?

—Será Otto quien esté a cargo —repuso Philip sin vacilar. Ciertamente, no podía estarlo Harold, pues se corría el riesgo de que algún día volviera al servicio de Percy. Y tampoco podía haber dos maestros, porque lo más probable era que fuese motivo de disputas—. Tú seguirás dirigiendo a tu propio equipo —añadió—, pero Otto estará por encima de ti.

Harold pareció decepcionado y volvió junto a sus hombres, prosiguiendo la discusión. Tom se reunió con Philip y Otto.

—Vuestro plan ha dado resultado, padre —dijo con una amplia sonrisa—. Hemos vuelto a tomar posesión de la cantera sin derramar una gota de sangre. Sois asombroso.

Philip se mostró de acuerdo hasta que se dio cuenta de que estaba cometiendo pecado de orgullo.

—Ha sido Dios quien ha hecho el milagro —se recordó a sí mismo, y también a Tom.

—El padre Philip ha contratado a Harold y a sus hombres para que trabajen conmigo —dijo Otto.

—¿De veras? —Tom parecía disgustado. Se suponía que era el maestro constructor quien debía reclutar a los artesanos, no el prior—. Yo hubiera dicho que no podía permitírselo.

—En efecto, no puedo —admitió Philip—, pero no quiero que esos hombres anden por ahí sin nada que hacer, a la espera de que a Percy se le ocurra otra nueva estratagema para hacerse de nuevo con la cantera.

Tom reflexionó por un instante y luego asintió.

—Y será muy útil disponer de una buena reserva de piedra por si acaso Percy consigue salirse con la suya.

A Philip le satisfizo el que Tom comprendiese la utilidad de lo que había hecho.

Harold pareció haber llegado a un acuerdo con sus hombres. Se acercó de nuevo a Philip.

—¿Me entregaréis a mí los salarios para que reparta el dinero como mejor me parezca?

Philip se mostró dubitativo. Ello significaba que el maestro se llevaría más de lo que le correspondía.

—Eso es responsabilidad del maestro constructor —dijo, sin embargo.

—Es una práctica bastante común —intervino Tom dirigiéndose a Harold—. Si es eso lo que quieren tus equipos, yo estoy de acuerdo.

—En tal caso aceptamos —dijo Harold.

Harold y Tom se estrecharon la mano.

—De manera que todo el mundo tiene lo que quiere. Formidable —exclamó Philip.

—Hay alguien que no tiene lo que quería —observó Harold.

—¿Quién? —preguntó Philip.

—Regan, la mujer del conde Percy —respondió el maestro cantero con voz lúgubre—. Cuando descubra lo que ha ocurrido aquí, correrá la sangre.

2

Aquél no era día de caza, de manera que los jóvenes de Earlcastle practicaban uno de los juegos favoritos de William Hamleigh: el de apedrear al gato.

En el castillo siempre había muchísimos gatos, y poco importaba uno más o uno menos. Los hombres cerraban las puertas y las contraventanas del vestíbulo de la torre del homenaje y arrimaban los muebles contra la pared a fin de que el animal no pudiera esconderse. Luego apilaban piedras en el centro de la habitación. El gato, uno viejo, con el pelo ya grisáceo, olfateó en el aire la sed de sangre y se sentó junto a la puerta con la esperanza de salir.

Cada uno de los jóvenes debía depositar un penique en un cazo por cada piedra que lanzara, y quien arrojara la piedra fatal se llevaba todo el dinero. Mientras se echaban suertes para establecer el orden de lanzamientos, el gato empezó a ponerse nervioso y a caminar por delante de la puerta.

Walter fue el primero en tirar. Eso suponía una ventaja, ya que aunque el gato se mostraba cauteloso ignoraba la naturaleza del juego y se le podía coger por sorpresa. Walter dio la espalda al animal, cogió una piedra del montón y, manteniéndola oculta en la mano, se volvió con lentitud y la arrojó de repente.

Falló. La piedra dio contra la puerta y el gato echó a correr dando saltos. Los otros rieron burlones.

El segundo lanzamiento solía ser desafortunado, ya que el gato estaba advertido y corría ligero, mientras que más adelante se sentiría cansado y posiblemente estaría herido. El siguiente era un joven escudero. Observó al gato correr alrededor de la habitación en busca de algún sitio por donde salir, y esperó a que redujera la marcha. Entonces arrojó la piedra. Fue un buen disparo, pero el gato lo vio venir e hizo un regate. Los hombres rugieron.

Volvió a correr el gato por la habitación, presa ya del pánico, saltando por encima de los caballetes y las mesas arrinconadas contra la pared. El siguiente en lanzar fue un caballero de más edad. Observó al gato, simuló un lanzamiento para ver hacia dónde saltaría y luego arrojó la piedra mientras el animal corría, apuntando algo por delante de él. Los demás aplaudieron su astucia, pero el gato había visto venir la piedra y se detuvo de repente, evitándola.

El animal, desesperado, intentó meterse detrás de un cofre de roble que había en un rincón. El lanzador de turno vio una oportunidad y la aprovechó, arrojando rápidamente la piedra mientras el gato se encontraba parado, y le dio en la grupa. Los hombres lanzaron vítores. El gato renunció a esconderse detrás del cofre y siguió corriendo alrededor de la habitación, pero ya iba cojeando y se movía con mayor lentitud.

Le tocaba el turno a William.

Pensó que si iba con cuidado probablemente pudiera matar al gato. Le chilló, para fatigarlo algo más, haciéndole correr, por un instante, más deprisa. Luego, con el mismo fin, simuló un lanzamiento. Si alguno de los otros se hubiera demorado tanto le habrían abroncado, pero William era el hijo del conde y, naturalmente, esperaron con paciencia. El gato, sin duda dolorido, redujo la marcha, acercándose esperanzado a la puerta. William echó hacia atrás el brazo dispuesto a lanzar la piedra. Antes de que ésta abandonara su mano, se abrió la puerta de manera inesperada y en el umbral apareció un sacerdote vestido de negro. William hizo su lanzamiento, pero el gato salió disparado, como la flecha de un arco, por entre las piernas del sacerdote, que soltó un grito y, aterrado, se recogió las vestiduras. Los jóvenes estallaron en risas. El sacerdote permaneció inmóvil, como una vieja a la que hubiera asustado un ratón. Los jóvenes reían estrepitosamente.

William reconoció al sacerdote. Era el obispo Waleran.

Y eso le hizo reír todavía más. El que aquel sacerdote afeminado sintiera terror de un gato y fuera también un rival de la familia hacía más divertido el incidente.

El obispo recuperó rápidamente la compostura. Enrojeció y señaló con el dedo acusador a William.

—Sufrirás tormento eterno en las profundidades del infierno —dijo con voz áspera.

La risa de William se transformó en una mueca de terror. Cuando era pequeño su madre solía provocarle pesadillas contándole lo que los demonios hacían a la gente en el infierno, haciéndoles arder entre llamas, sacándoles los ojos y cortándoles sus partes pudendas con afilados cuchillos, y desde entonces le sacaba de quicio oír hablar de ello.

—¡Callaos! —dijo chillando al obispo. En la habitación se hizo el más absoluto silencio. William desenvainó su cuchillo y se dirigió hacia Waleran—. ¡No vengáis aquí predicando, serpiente!

Waleran no parecía en modo alguno asustado, sino tan sólo intrigado, e interesado, al descubrir la debilidad de William. Aquello enfureció aún más a éste.

—¡Voy a atravesaros, por todos los…!

Estaba lo bastante fuera de sí como para apuñalar al obispo, pero le detuvo una voz procedente de las escaleras, detrás de él.

—¡William! ¡Ya basta!

Era su padre.

William se detuvo y al cabo de un instante envainó el cuchillo.

Waleran entró en el salón, seguido de otro sacerdote que cerró la puerta tras él. Era el deán Baldwin.

—Me sorprende veros, obispo.

—¿Porque la última vez que nos vimos indujisteis al prior de Kingsbridge a traicionarme? Sí, supongo que deberíais estar sorprendido porque habitualmente no soy hombre que olvide fácilmente. —Por un momento volvió de nuevo su mirada glacial hacia William, y luego la concentró una vez más en el conde—. Pero prescindo de mi resentimiento cuando va contra mis intereses. Vos y yo tenemos que hablar.

Percy asintió pensativo.

—Será preferible que vayamos arriba. Tú también, William.

El obispo Waleran y el deán Baldwin subieron por las escaleras hasta los apartamentos del conde, seguidos de William, que se sentía desilusionado, porque se le había escapado el gato. Por otra parte, se daba cuenta de que él también había escapado de milagro, ya que si hubiese tocado al obispo le habrían ahorcado, pero había algo en la exquisitez y en los modales afectados de Waleran que William detestaba.

Entraron en la cámara del conde, la habitación donde William había violado a Aliena. Cada vez que entraba allí recordaba la escena y recordaba el cuerpo blanco y lozano de la muchacha, el miedo que se reflejaba en su cara, la forma en que gritaba, el rostro contraído de su hermano pequeño cuando le habían obligado a mirar y finalmente su propio toque maestro al dejar que luego Walter gozara de ella. Habría querido retenerla allí, prisionera, para poder tenerla a su disposición siempre que quisiera.

Desde entonces Aliena se había convertido en su obsesión. Incluso había intentado seguirle la pista. Habían pillado a un guardabosques tratando de vender el caballo de guerra de William en Shiring, y bajo tortura había confesado que se lo había robado a una joven que respondía a la descripción de Aliena. William se había enterado por el carcelero de Winches que ésta había visitado a su padre antes de que éste muriera. Y su amiga Mrs. Kate, la propietaria de un burdel que él solía frecuentar, le dijo que había ofrecido a Aliena un lugar en su casa. Pero el rastro había terminado allí. «No dejes que te ofusque la mente, Willy —le había dicho Kate animándole—. ¿Necesitas tetas grandes y pelo largo? Nosotras podemos ofrecértelos. Llévate esta noche a Betty y a Millie, cuatro grandes tetas para ti solo. ¿Qué te parece?» Pero Betty y Millie no eran inocentes y de tez blanca ni sentían un miedo de muerte. Y tampoco le habían dejado satisfecho. De hecho, no había alcanzado una verdadera satisfacción con mujer alguna desde aquella noche con Aliena en esa misma cámara del conde.

Apartó de la mente aquella idea. El obispo Waleran hablaba con su madre.

—Supongo que sabéis que el prior de Kingsbridge ha tomado posesión de vuestra cantera.

No lo sabían. William estaba asombrado y su madre furiosa.

—¿Qué? ¿Cómo? —exclamó.

—Al parecer, vuestros hombres de armas lograron que los canteros se retiraran, pero al día siguiente, cuando despertaron, se encontraron con la cantera llena de monjes que cantaban himnos, y temieron atacar a hombres de Dios. El prior Philip ha contratado a vuestros canteros y ahora se encuentran todos trabajando juntos en perfecta armonía. Me sorprende que vuestros hombres de armas no volvieran para informaros.

—¿Dónde están esos cobardes? —preguntó Regan. Tenía la cara congestionada—. He de verlos..., haré que les corten los testículos y...

—Comprendo por qué no han regresado —observó Waleran.

—Poco importan los hombres de armas —intervino Percy—. No son más que soldados. El único responsable es ese taimado prior. Jamás imaginé que recurriera a una treta semejante. Se ha burlado de nosotros, eso es todo.

—Exactamente —convino Waleran—. Con todos esos aires de santa inocencia tiene la astucia de una rata.

William pensó que Waleran era también como una rata, una rata negra de hocico puntiagudo, pelo negro y resbaladizo, sentada en un rincón, con una corteza entre las zarpas, lanzando miradas astutas alrededor de la habitación mientras mordisqueaba su comida. ¿Por qué le interesaba tanto quién ocupara la cantera? Era tan astuto como el prior Philip; también él tramaba algo.

—No podemos permitir que se salga con la suya —estaba diciendo su madre—. Los Hamleigh no pueden aceptar esa derrota. Hay que humillar a ese prior.

El conde no estaba tan seguro.

—No es más que una cantera —dijo—. Y el rey di…

—No es sólo la cantera; se trata del honor de la familia —le interrumpió su esposa—. Y poco importa lo que haya dicho el rey.

William estaba de acuerdo con su madre. Philip de Kingsbridge había desafiado a los Hamleigh y debía pagar por ello. Si la gente no tenía miedo de uno, uno no era nadie. Pero lo que no comprendía era dónde estaba el problema.

—¿Por qué no vamos con algunos hombres y echamos a los canteros del prior?

Percy sacudió la cabeza.

—Una cosa es poner impedimentos pasivos a los deseos del rey como hicimos al explotar nosotros mismos la cantera, y otra muy distinta enviar hombres armados para expulsar a trabajadores que están allí con permiso expreso del rey. Eso podría hacerme perder el condado.

William aceptó a regañadientes aquella respuesta. Su padre siempre se mostraba cauto, pero por lo general tenía razón.

—Tengo una sugerencia —dijo el obispo Waleran. William estaba seguro de que ocultaba algo debajo de la manga negra y bordada—. Creo que la catedral no debería construirse en Kingsbridge.

Aquella observación dejó atónito a William. No comprendía su importancia. Y tampoco su padre. Pero su madre abrió desmesuradamente los ojos y dejó de rascarse la cara por un momento.

—Es una idea interesante —dijo, pensativa.

—Antiguamente la mayor parte de las catedrales se encontraban en pueblos como Kingsbridge —prosiguió Waleran—. Hace sesenta o setenta años, en tiempos del primer rey William, muchas de ellas fueron trasladadas a las ciudades. Kingsbridge es un pueblo pequeño en medio de ninguna parte. Allí no hay nada más que un monasterio decadente que no es lo bastante rico para mantener una catedral, y mucho menos para construirla.

—¿Y dónde deseáis vos que se construya? —preguntó Regan.

—En Shiring —repuso Waleran—. Es una gran ciudad, su población debe de alcanzar los mil habitantes, y tiene un mercado y una feria de lana anual. Está en un camino principal. Shiring es apropiada. Y si los dos hacemos campaña en ese sentido, el obispo y el conde unidos, podremos lograrlo.

—Pero si la catedral estuviera en Shiring, los monjes de Kingsbridge no podrían ocuparse de ella.

—Ahí está el quid de la cuestión —dijo Regan, impaciente—. Sin la catedral, Kingsbridge no sería nada. El priorato se hundiría en la oscuridad y Philip sería de nuevo un cero a la izquierda, que es lo que se merece.

—Entonces, ¿quién se ocuparía de la nueva catedral? —insistió Percy.

—Un nuevo capítulo de canónigos nombrados por mí —respondió Waleran.

Hasta ese momento William se había sentido tan desconcertado como su padre, pero ahora empezaba a comprender la idea de Waleran. Con el traslado de la catedral a Shiring, el obispo se haría también con el control personal de la misma.

—¿Y qué me decís del dinero? —preguntó el conde—. ¿Quién pagará la construcción de la nueva catedral, de no ser el priorato de Kingsbridge?

—Creo que nos encontraremos con que la mayor parte de las propiedades del priorato están dedicadas a la catedral —dijo Waleran—. Si la catedral se traslada, las propiedades van con ella. Por ejemplo, cuando el rey Stephen dividió el antiguo condado de Shiring, cedió las granjas de la colina al priorato de Kingsbridge, como desgraciadamente sabemos muy bien, pero lo hizo para ayudar a la financiación de la nueva catedral. Si le dijéramos que algún otro estaba construyendo la nueva catedral, esperaría que el priorato entregara esas tierras a los nuevos constructores. Como es de suponer, los monjes presentarían batalla, pero el examen de sus cartas de privilegio daría por zanjada la cuestión.

A William, el panorama le parecía cada vez más claro. Con aquella estratagema Waleran no sólo obtendría el control de la catedral, sino que también se haría con la mayor parte de las riquezas del priorato.

Percy pensaba lo mismo.

—Para vos en un buen plan, obispo, pero ¿queréis decirme qué gano yo con todo ello?

Fue su esposa quien contestó.

—¿Es que no lo ves? —dijo, enojada—. Tú posees Shiring. Piensa en toda la prosperidad que la catedral traerá a la ciudad. Durante años habrá centenares de artesanos y peones construyendo la iglesia. Todos ellos tendrán que vivir en algún sitio y pagarte una renta, tendrán que comer y vestirse de tu mercado. Luego estarán los canónigos a cargo de la catedral, y los fieles que acudirán a Shiring por Pascua y Pentecostés en lugar de hacerlo a Kingsbridge, y los peregrinos que acudirán a ver los sepulcros… Todos ellos gastarán dinero. —Los ojos le brillaban por la codicia. Hacía mucho tiempo que William no recordaba haberla visto tan entusiasmada—. Si manejamos bien esto —añadió tras una breve pausa—

convertiremos a Shiring en una de las ciudades más importantes del reino.

Y será mía, pensó William. Cuando mi padre muera, yo seré el conde.

—Muy bien —dijo Percy—. Arruinará a Philip, os dará poder a vos, obispo, y a mí me hará rico. ¿Cómo podrá hacerse?

—En teoría, la decisión de trasladar el emplazamiento de la catedral debe tomarla el arzobispo de Canterbury.

Regan se le quedó mirando.

—¿Por qué «en teoría»?

—Porque precisamente ahora no hay arzobispo. William de Corbeil murió en Navidad y el rey Stephen todavía no ha nombrado sucesor. Sin embargo, sabemos quién tiene todas las probabilidades de obtener el cargo: nuestro viejo amigo Henry de Winchester. Quiere esa dignidad. El Papa ya le ha dado mando interino, y el rey es su hermano.

—¿Hasta qué punto es su amigo? —inquirió Percy—. No fue de mucha ayuda para vos cuando intentasteis apoderaros de este condado.

Waleran se encogió de hombros.

—Si puede, me ayudará. Tenemos que presentarle el caso de manera convincente.

—No querrá hacerse enemigos poderosos precisamente en estos momentos en que espera que le nombren arzobispo —sugirió Regan.

—Desde luego; pero Philip no es lo bastante poderoso para ser tenido en cuenta. No es probable que se le consulte para la elección de arzobispo.

—Entonces, ¿por qué no habría de darnos Henry lo que queremos? —preguntó William.

—Porque aún no ha sido nombrado arzobispo y sabe que la gente está observándole para ver cómo se comporta durante su período de transición. Quiere que se le vea tomando decisiones juiciosas y no sencillamente repartiendo favores entre sus amigos. Ya habrá tiempo para esto después de la elección.

—De manera que lo máximo que podemos hacer es que atienda favorablemente nuestro caso. ¿Y cuál es nuestro caso? —preguntó Regan en actitud reflexiva.

—Que Philip no puede construir una catedral y nosotros sí.

—¿Y cómo podemos convencerle de ello?

—¿Habéis estado últimamente en Kingsbridge?

—No.

—Yo estuve en Pascua. —Waleran sonrió—. Ni siquiera habían puesto dos piedras una encima de la otra. Todo cuanto tenían era una extensión llana de tierra con unas cuantas estacas clavadas en el suelo y algunas cuerdas marcando el lugar donde esperan construir. Habían empezado a cavar los cimientos, pero sólo hasta unos pocos metros de profundidad. Allí tienen trabajando a un albañil con su aprendiz y al carpintero del priorato. Y de vez en cuando también trabaja algún que otro monje. Es un panorama poco impresionante, sobre todo bajo la lluvia. Me gustaría que el obispo Henry lo viera.

Regan asintió comprensiva. William advirtió que el plan era bueno aunque le fastidiara la idea de colaborar con aquel odioso obispo.

Waleran siguió con su exposición:

—Primero pondremos al corriente a Henry sobre el lugar tan pequeño e insignificante que es Kingsbridge y lo pobre que es el monasterio. Le enseñaremos el enclave donde les ha costado más de un año cavar algunos hoyos poco profundos. Luego le llevaremos a Shiring y le impresionaremos con la rapidez con la que allí puede levantarse una catedral, ya que el obispo, el conde y los ciudadanos contribuirán conjuntamente en el proyecto con las máximas energías.

—¿Vendrá Henry? —preguntó con ansiedad Regan.

—Todo cuanto podemos hacer es pedírselo —contestó Waleran—. En su calidad de arzobispo, le invitaré a visitarnos en Pentecostés. Le halagará el que le consideremos ya como arzobispo.

—Tenemos que mantener esto en secreto para que no se entere el prior Philip —dijo el conde.

—No creo que sea posible —repuso Waleran—. El obispo no puede hacer una visita por sorpresa a Kingsbridge; resultaría demasiado extraño.

—Pero si Philip sabe de antemano que el obispo Henry va a visitarle, es posible que haga un gran esfuerzo para adelantar el programa de construcción.

—¿Cómo? No tiene dinero, sobre todo ahora que ha contratado a todos vuestros canteros. Los canteros no pueden construir muros. —Waleran sacudió la cabeza con una sonrisa de satisfacción—. De hecho no puede hacer absolutamente nada salvo esperar a que el sol brille en Pentecostés.

Al principio Philip se sintió complacido de que el obispo de Winchester acudiera a Kingsbridge. Naturalmente, el oficio se celebraría al aire libre, pero eso estaba bien. Lo harían en el lugar donde estuvo la antigua catedral. En el caso de que lloviera, el carpintero del priorato construiría un cobertizo sobre el altar y en torno a éste para que el obispo no se mojara. La congregación podía soportar la lluvia. La visita parecía un acto de fe por parte del obispo Henry, como si quisiera dar a entender que todavía seguía considerando Kingsbridge como una catedral, y que la carencia de una auténtica iglesia sólo era un problema pasajero.

Sin embargo, se le ocurrió preguntarse qué motivo podría haber impulsado a Henry a hacer aquella visita. La razón habitual para que un obispo fuese a un monasterio era la de obtener comida, bebida y alojamiento gratis para él y su séquito. Pero Kingsbridge era famoso por la frugalidad de su comida y la austeridad de sus acomodos, y las reformas de Philip apenas habían conseguido elevar su desastroso nivel al de aproximadamente adecuado. Además, Henry era el clérigo más rico del reino, por lo que con toda certeza no acudía a Kingsbridge en busca de comida y bebida. Pero a Philip también le parecía un hombre que no hacía nada sin un motivo determinado.

Cuanto más pensaba en ello mayor era su sospecha de que el obispo Waleran tenía algo que ver con aquella visita. Había esperado que Waleran se presentara en Kingsbridge uno o dos días después de recibir la carta, para discutir las medidas a tomar para el servicio y la hospitalidad a Henry y asegurarse de que éste se sintiera complacido e impresionado por Kingsbridge, pero a medida que pasaban los días sin que apareciera Waleran fueron afirmándose las sospechas de Philip.

Sin embargo, ni siquiera en los momentos de mayor suspicacia había imaginado siquiera la traición que, diez días antes de Pentecostés, le había sido revelada por el prior de la catedral de Canterbury. Al igual que Kingsbridge, Canterbury estaba a cargo de monjes benedictinos, y éstos se ayudaban entre sí siempre que les era posible. El prior de Canterbury, que trabajaba en estrecha relación con el arzobispo en funciones, se había enterado de que Waleran había invitado a Henry a Kingsbridge con el propósito expreso de convencerle de que trasladara la diócesis y la nueva catedral a Shiring.

Philip se sintió consternado. La mano en que sostenía la carta empezó a temblarle. Era una maniobra diabólicamente inteligente por parte de Waleran, y él no la había previsto. Ni siquiera se le había pasado por la imaginación algo semejante.

Lo que en realidad le sobresaltaba era su falta de percepción. Sabía lo traicionero que era Waleran. Hacía un año que el obispo había intentado engañarle en lo referente al condado de Shiring. Y jamás olvidaría lo furioso que se había mostrado cuando Philip le ganó por la mano. Éste aún podía ver su rostro contraído por la ira cuando le dijo: «Juro por todo cuanto hay de sagrado que jamás construirás tu iglesia.» Pero a medida que pasaba el tiempo fue perdiendo fuerza la amenaza de aquel juramento. Philip había bajado la guardia y ahora se encontraba con el brutal recordatorio de la larga memoria de Waleran.

«El obispo Waleran dice que no tienes dinero y que en quince meses no has construido nada —escribía el prior de Canterbury—. Dice que el obispo Henry comprobará por sí mismo que la catedral jamás llegará a construirse si se deja en manos del priorato de Kingsbridge. Alega que ahora es el momento de actuar, antes de que haya algún progreso real.»

Waleran era demasiado astuto para dejarse coger en un embuste, de manera que formulaba una enorme exageración. De hecho, Philip había llevado a cabo una gran tarea. Había despejado las ruinas, aprobado los planos, establecido el nuevo extremo oriental y ordenado que se diese comienzo a los cimientos, así como el talado de árboles y el almacenamiento de piedras. Pero no tenía mucho más que mostrar al visitante. Y para lograr aquello había tenido que superar enormes obstáculos: la reforma de la administración del priorato, obtener del rey una importante concesión de tierras y derrotar al conde Percy en la explotación de la cantera. ¡No era justo!

Con la carta en la mano, se acercó a la ventana y miró hacia el lugar donde iba a construirse la iglesia. Las lluvias primaverales lo habían convertido en un lodazal. Dos monjes jóvenes, cubiertos son sus capuchas, se encontraban trasladando madera desde la orilla del río. Tom Builder había construido un artilugio con una cuerda y una polea para sacar cubas de tierra del hoyo de los cimientos y estaba manejando el torno mientras su hijo Alfred, dentro del hoyo, llenaba las cubas con el barro. Parecía como si fuera a seguir trabajando a ese ritmo durante toda una vida sin que se notara la diferencia. Al ver aquella escena, cualquiera que no fuera profesional llegaría a la conclusión de que allí no se concluiría catedral alguna hasta el día del Juicio Final.

Philip se apartó de la ventana y volvió a su escritorio. ¿Qué podía hacerse? De momento se sintió tentado de no hacer nada. Pensó que lo mejor sería dejar que les visitara el obispo Henry, que echara un vistazo y tomara su propia decisión. Si la catedral debía construirse en Shiring, que así fuera. Dejaría que el obispo Waleran se hiciera con el control y lo utilizara para sus propios fines. Dejaría que llevaran la prosperidad a la ciudad de Shiring y a la perversa dinastía Hamleigh. Que se hiciera la voluntad de Dios.

Sabía, desde luego, que aquello carecería de validez. Tener fe en Dios no consistía en sentarse mano sobre mano. Significaba creer que uno podía lograr lo que se proponía, haciéndolo lo mejor que pudiera con honradez y energía. La obligación sagrada de Philip era hacer todo lo posible para evitar que la catedral cayera en manos de gentes cínicas e inmorales que la explotarían para su propio engrandecimiento. Ello significaba mostrar al obispo Henry que su programa de construcción estaba en marcha y que Kingsbridge tenía la energía y la decisión de llevarlo a cabo hasta el fin.

¿Era eso verdad? El hecho era que a Philip le iba a resultar extraordinariamente difícil construir allí una catedral. Casi se había visto obligado a abandonar el proyecto porque el conde se negaba a permitirle el acceso a la cantera. Y aunque sabía que al final lo lograría con la ayuda de Dios, su propia convicción no sería suficiente para persuadir al obispo Henry.

Decidió hacer cuanto pudiese para que aquel lugar resultara lo más impresionante dentro de su capacidad. Pondría a trabajar a todos los monjes durante los diez días que quedaban hasta Pentecostés. Tal vez lograran ahondar parte de la zanja de la cimentación hasta la profundidad necesaria de manera que Tom y Alfred pudiesen empezar a colocar las piedras de los cimientos. Quizá consiguiese completarse una parte de los cimientos hasta el nivel del suelo, de forma que Tom estuviera en condiciones de empezar a levantar un muro. Aquello sería algo mejor que lo que ahora había, pero no mucho más. Lo que Philip necesitaba realmente era un centenar de trabajadores, ¡y ni siquiera tenía dinero para diez!

Naturalmente, el obispo Henry llegaría un domingo, cuando nadie estuviera trabajando a menos que Philip pidiera la cooperación de los fieles. Aquello representaría un centenar de trabajadores. Se imaginaba a sí mismo en pie ante ellos, anunciando un nuevo tipo de oficio sagrado en Pentecostés. En lugar de cantar himnos y decir oraciones, iban a cavar zanjas y acarrear piedras. Se quedarían asombrados. Se...

¿Qué harían en realidad?

Posiblemente cooperasen de todo corazón.

Frunció el entrecejo. Una de dos, se dijo, o soy un demente o es posible que esta idea dé resultado.

Reflexionó algo más sobre ella. Una vez terminado el oficio, pensó, me levantaré y diré que en esta ocasión la penitencia para el perdón de todos los pecados será medio día de trabajo en el lugar donde se está construyendo la catedral. A la hora del almuerzo habrá pan y cerveza. Lo harán. Claro que lo harán.

Consideró que era necesario discutir la idea con alguien más. Pensó en Milius, pero de inmediato desechó la idea. La manera de pensar de Milius era demasiado semejante a la suya. Precisaba a alguien cuyo enfoque fuese diferente. Decidió hablar con Cuthbert. Se puso la capa, se cubrió con la capucha para protegerse de la lluvia y salió.

Cruzó presuroso el terreno embarrado donde se levantaría la iglesia, saludó a Tom con la mano al pasar y se encaminó hacia el patio de la cocina. Aquella serie de construcciones contaba ya con un gallinero, un cobertizo para vacas y una lechería, ya que a Philip no le gustaba gastar un dinero del que tan escaso andaba en productos corrientes que podían aportar los propios monjes, como huevos y mantequilla. Entró en la cripta que hacía las veces de almacén, debajo de la cocina. Aspiró el aire fresco y fragante, aromatizado por las hierbas y especias que Cuthbert almacenaba. Éste se encontraba contando ajos, escudriñando las ristras y farfullando números en voz baja. Philip observó ligeramente sobresaltado que Cuthbert se estaba haciendo viejo. Parecía como si por debajo de la piel le estuviera desapareciendo la carne.

—Treinta y siete —dijo Cuthbert en voz alta—. ¿Quieres un vaso de vino?

—No, gracias. —Philip había descubierto que si tomaba vino durante el día le provocaba pereza y mal humor. Sin duda, ése era el motivo por el que san Benito aconsejaba a los monjes que bebieran con moderación—. Necesito tu consejo, no tus vituallas. Ven y siéntate.

Abriéndose paso entre cajas y barriles, Cuthbert tropezó con un saco y a punto estuvo de caer antes de sentarse en un taburete de tres patas, frente a Philip. Éste advirtió que el almacén no estaba tan ordenado como tiempo atrás. Algo le vino a la mente.

—¿Andas mal de la vista, Cuthbert?

—Ya no es lo que era, pero me las compongo bien —respondió Cuthbert con aspereza.

Posiblemente hiciese ya años que no andaba bien de la vista, incluso tal vez fuera ése el motivo de que no leyera muy bien. Sin embargo, era evidente que el tema hería su susceptibilidad, de manera que Philip no dijo una palabra más, pero tomó nota mental para empezar a preparar a un cillerero que le reemplazara.

—He recibido una carta muy inquietante del prior de Canterbury —dijo, explicando luego a Cuthbert las maniobras del obispo Waleran. Para concluir, añadió—: La única manera que se me ocurre de hacer que el terreno donde se está construyendo dé la impresión de un hervidero de actividad es poner a trabajar en él a la congregación. ¿Se te ocurre alguna razón por la que no deba hacerlo?

Cuthbert ni siquiera se detuvo a reflexionar.

—Me parece una idea excelente —dijo de inmediato.

—No es muy ortodoxo, ¿verdad? —insistió Philip.

—Ya se ha hecho antes.

—¿De veras? —Philip se quedó sorprendido a la par que complacido—. ¿Dónde?

—He oído hablar de ello en varios lugares.

Philip se sentía excitado.

—¿Y dio resultado?

—A veces. Todo depende del tiempo.

—¿Qué sistema se sigue? ¿Hace el anuncio el sacerdote al finalizar el oficio?

—Es algo más organizado. El obispo, o en este caso el prior, envía mensajeros a las iglesias parroquiales anunciando que puede obtenerse el perdón de los pecados si se trabaja en la construcción.

—Es una gran idea —declaró Philip, entusiasmado—. Podríamos reunir más fieles de lo habitual atraídos por la novedad.

—O tal vez menos —dijo Cuthbert—. Algunos preferirían dar dinero al sacerdote o encender una vela a un santo que pasar todo el día acarreando piedras con el lodo hasta las rodillas.

—No había pensado en eso. —Philip pareció desanimado de pronto—. Después de todo, quizá no sea una idea tan buena.

—¿Tienes alguna otra?

—Ninguna.

—Entonces deberás intentar poner ésta en práctica y confiar en que dé resultado, ¿no te parece?

—Sí, esperemos que dé resultado —dijo Philip.

3

En la víspera de Pentecostés, Philip no pegó ojo en toda la noche.

Durante toda la semana había brillado el sol, algo que encajaba perfectamente con su plan, ya que el buen tiempo induciría a más gente a presentarse voluntaria, pero el sábado, al anochecer empezó a llover. Permanecía despierto escuchando con desconsuelo el tamborileo de las gotas sobre el tejado y el viento entre los árboles. Tenía la impresión de que había rezado bastante. Dios ya debía de tener plena consciencia de las circunstancias.

El domingo anterior cada uno de los monjes del priorato había visitado una o más iglesias para hablar a los fieles y decirles que podrían alcanzar el perdón de sus pecados si trabajaban los domingos en la construcción de la catedral. En Pentecostés obtendrían el perdón del año anterior, y a partir de ese momento un día de trabajo equivaldría a una semana de pecados ordinarios, excluidos, naturalmente, el asesinato y el sacrilegio. El propio Philip había ido a la ciudad de Shiring y había hablado en cada una de sus cuatro iglesias parroquiales. A Winchester había enviado a dos monjes para que visitaran tantas pequeñas iglesias como les fuera posible de las que existían en aquella ciudad. Winchester estaba a dos días de distancia, pero las fiestas de Pentecostés se prolongaban durante seis días, y la gente solía hacer ese viaje para asistir a una gran feria o a algún oficio sagrado en particular. En definitiva, muchos miles de fieles habían escuchado el mensaje. Lo que no era posible saber era cuántos responderían a la llamada.

El resto del tiempo todos habían estado trabajando en las obras de la catedral. El buen tiempo y los días más largos de principios de verano habían ayudado mucho, y se había llevado a cabo la mayor parte de lo que Philip había esperado tener. Se habían colocado los cimientos para el muro de la parte más oriental del presbiterio. Se había cavado en toda su profundidad la zanja de algunos de los cimientos del muro norte, dejándola preparada para que se colocaran las piedras de éstos. Y Tom había fabricado suficientes cabrias para mantener a buen número de personas ocupadas en cavar el resto de la enorme fosa. Además, en la orilla del río se amontonaba la madera enviada corriente abajo por los leñadores, así como las piedras de la cantera, todo lo cual debía de ser acarreado por la ladera hasta el enclave de la catedral. Allí había trabajo para centenares de personas.

Pero ¿acudiría alguien?

A medianoche, Philip se encaminó bajo la lluvia hasta la cripta para los maitines. Al volver del oficio sagrado, la lluvia había cesado. No volvió a acostarse, sino que se sentó a leer. Durante esos días el tiempo de que disponía para el estudio y la meditación era entre la medianoche y la madrugada, ya que el resto de las horas estaba ocupado con la administración del monasterio.

Sin embargo, esa noche le resultaba difícil concentrarse y su mente volvía siempre a las perspectivas del día que se avecinaba y a las posibilidades de éxito o fracaso. Al día siguiente podía perder todo por cuanto había trabajado durante el año anterior, y aún más. Se le ocurrió, quizá porque se sentía fatalista, que no debería buscar el éxito para su propia satisfacción. ¿Acaso era su orgullo el que estaba en juego? El orgullo era el pecado ante el que era más vulnerable. Luego pensó en toda la gente que contaba con que él la apoyara, protegiera y empleara. Los monjes, los servidores del priorato, los canteros, Tom y Alfred, los aldeanos de Kingsbridge y los fieles de todo el condado. Al obispo Waleran no le importarían como le importaban a Philip. Waleran parecía creer que tenía derecho a utilizar a la gente como le pareciera, al servicio de Dios. Philip creía que el preocuparse por la gente era servir a Dios. A eso se refería la salvación. No, la voluntad de Dios no podía ser que el obispo Waleran se saliera con la suya. Quizá mi orgullo esté en juego, sólo un poco, admitía Philip para sí, pero en la balanza hay también muchas almas de hombres.

Por fin amaneció y una vez más Philip se encaminó hacia la cripta, en esa ocasión para el oficio sagrado de prima. Los monjes estaban inquietos y excitados. Sabían que ese día era crucial para su futuro. El sacristán celebró a toda prisa el oficio y una vez más Philip se lo perdonó.

Cuando salieron de la cripta y se dirigieron hacia el refectorio para desayunar, ya era de día y el cielo aparecía completamente despejado. Dios había enviado al fin el tiempo por el que habían orado. Era un buen comienzo.

Tom sabía que ese día su futuro estaba en juego. Philip le había mostrado la carta del prior de Canterbury, y estaba seguro de que si la catedral se construía en Shiring, Waleran contrataría a su propio maestro constructor. No querría utilizar un diseño aprobado por Philip y tampoco arriesgarse a emplear a alguien que acaso fuera leal al prior. Para Tom, era Kingsbridge o nada. Se trataba de la única oportunidad que tendría jamás de construir una catedral, y en esos momentos peligraba.

Aquella mañana le invitaron a asistir a capítulo con los monjes. Ello ocurría de vez en cuando. Por lo general, se debía a que iban a tratar del programa de construcción y era posible que necesitaran de su experta opinión en temas como el diseño, el costo o los plazos. Ese día iba a hacer los preparativos para dar trabajo a los voluntarios, si es que se presentaba alguno. Quería que aquel lugar fuera un hervidero de actividad laboriosa y eficiente cuando llegara el obispo Henry.

Permaneció sentado pacientemente durante las lecturas y las oraciones, sin comprender las palabras en latín, pensando en sus planes del día. Finalmente, Philip volvió de nuevo al inglés y le pidió que esbozara la organización del trabajo.

—Yo me encontraré construyendo el muro este de la catedral y Alfred estará colocando las piedras de los cimientos —comenzó—. En ambos casos el objetivo es mostrar al obispo Henry lo adelantada que está la construcción.

—¿Cuántos hombres necesitaréis para ayudaros? —le preguntó Philip.

—Alfred necesitará dos peones para que le lleven las piedras. Utilizará material de las ruinas de la iglesia vieja. También necesitará a alguien para que le mezcle la argamasa. Yo también necesitaré un mezclador de argamasa y dos peones. Alfred podrá emplear piedras de cualquier forma siempre que estén lisas por arriba y por debajo, pero mis piedras deberán estar debidamente preparadas, ya que serán visibles por encima del suelo, de manera que he traído conmigo de la cantera dos cortadores de piedra para que me ayuden.

—Todo eso es muy importante para causar buena impresión al obispo Henry, pero la mayoría de los voluntarios estarán cavando para los cimientos —señaló Philip.

—Así es. Están marcados los cimientos del presbiterio, y en la mayoría de ellos sólo se han cavado unos pocos metros. Los monjes deberán manejar las cabrias. Ya he dado instrucciones al respecto a varios de ellos, y los voluntarios pueden llenar los baldes.

—¿Qué pasará si se presentan más voluntarios de los necesarios? —preguntó Remigius.

—Podemos dar trabajo a todos —respondió Tom—. Si no tenemos suficientes cabrias, la gente podrá sacar la tierra de las zanjas en cubos y

cestos. El carpintero tendrá que estar por allí para hacer más escaleras…
Disponemos de madera suficiente.

—Pero hay un límite para el número de personas que pueden bajar a las zanjas —insistió Remigius.

Tom tenía la impresión de que Remigius sólo quería incordiar.

—Podrán bajar varios centenares. Es un foso enorme —dijo Tom, malhumorado.

—¿Hay que hacer algún otro trabajo además de cavar? —preguntó Philip.

—Desde luego —repuso Tom—. Hay que acarrear madera y piedras desde la orilla del río hasta el lugar de la construcción. Los monjes deberéis aseguraros de que los materiales son apilados en los lugares adecuados. Las piedras tendrán que colocarse junto a las zanjas de los cimientos, pero fuera de la iglesia, para que no entorpezcan el trabajo. El carpintero os dirá dónde poner la madera.

—¿Carecerán todos los voluntarios de experiencia? —quiso saber Philip.

—No forzosamente. Si nos llega gente de las ciudades es posible que haya algunos artesanos. Al menos así lo espero. Tendremos que hacer uso de sus habilidades. Los carpinteros podrán construir viviendas para cuando llegue el invierno. Cualquier albañil puede cortar piedras y echarlas en los cimientos. Si hubiera algún herrero podríamos ponerle a trabajar en la herrería de la aldea, haciendo herramientas. Todas esas cosas serían de gran utilidad.

—Todo ha quedado bien claro —dijo Milius, el tesorero—. Me gustaría poner manos a la obra. Ya hay algunos aldeanos esperando a que se les diga qué tienen que hacer.

Había algo más que Tom necesitaba decirles, algo importante aunque sutil, y trataba de encontrar las palabras adecuadas. Los monjes podían mostrarse arrogantes e indisponer a los voluntarios. Tom quería que aquel día todos trabajasen con alegría y del modo más eficiente posible.

—Yo ya he trabajado con voluntarios —dijo—. Es importante que no se los trate…, como a sirvientes. Podemos pensar que están trabajando para alcanzar una recompensa celestial y que, por lo tanto, trabajarán con más ahínco que si lo hicieran por dinero, pero no es forzoso que todos piensen así. Algunos creerán que están trabajando por nada y, por lo tanto, haciéndonos un gran favor, y si nos mostramos desagradecidos, trabajarán despacio y cometerán errores. Lo mejor será ser amables con ellos. —Su mirada se encontró con la de Philip, y observó que éste reprimía una sonrisa, como si supiera los temores que se ocultaban bajo sus melifluas palabras.

—Bien dicho —apuntó Philip—. Si les tratamos bien, se sentirán felices y a sus anchas; así se creará un buen ambiente que impresionará de manera positiva al obispo Henry. —Miró a los monjes reunidos y añadió—: Si no hay más preguntas, pongamos manos a la obra.

Bajo la protección del prior Philip, Aliena había disfrutado de un año de seguridad y prosperidad.

Todos sus planes se habían cumplido. Ella y Richard habían recorrido el distrito rural comprando lana a los campesinos durante toda la primavera y el verano, vendiéndosela al prior tan pronto como obtenían un saco de lana. Y habían dado fin a la temporada con cinco libras de plata.

Su padre había muerto unos días después de su visita, aunque no lo supo hasta Navidad. Localizó su tumba —luego de gastar en sobornos gran parte del dinero tan duramente ganado— en un cementerio de mendigos en Winchester. Había llorado amargamente, no sólo por él, sino por la vida que habían pasado juntos, segura y libre de preocupaciones. Aquellos tiempos jamás volverían. En cierto modo, ya le había dicho adiós antes de que muriera. Cuando abandonó la prisión supo que jamás volvería a verle; pero aun así todavía se hallaba con ella, porque estaba ligada al juramento que le había hecho y se había resignado a pasar su vida cumpliendo su voluntad.

Durante el invierno, ella y Richard habían vivido en una pequeña casa muy cerca del priorato de Kingsbridge. Habían fabricado una carreta, comprando las ruedas al carretero de Kingsbridge, y en la primavera adquirieron un buey joven para arrastrarla. Estaban en plena temporada de esquilado y ya habían ganado más dinero de lo que les había costado el buey y la nueva carreta. Al año siguiente tal vez pudiera contratar a un hombre que la ayudara y encontrar un puesto de paje para Richard en casa de alguien perteneciente a la pequeña nobleza para que empezara el aprendizaje que lo conduciría a convertirse en caballero.

Sin embargo, todo dependía del prior Philip.

Al ser una joven de dieciocho años que vivía por sí misma, seguían considerándola presa fácil todos los ladrones, y también muchos comerciantes. Había intentado vender un saco de lana a los mercaderes de Shiring y Gloucester sólo para averiguar qué ocurriría, y en ambas ocasiones le habían ofrecido la mitad de lo que valía. En una ciudad nunca había más de un mercader, de manera que sabían que no tenía alternativa. Con el tiempo tendría su propio almacén y vendería todas sus existencias a los compradores flamencos. Pero aún faltaba mucho para eso. Entretanto dependía de Philip.

Y, de pronto, la posición de Philip se había hecho precaria.

Aliena se mantenía en constante alerta frente al peligro de los proscritos y los ladrones, pero cuando todo parecía ir sobre ruedas, sufrió un enorme sobresalto cuando su modo de ganarse la vida se vio inesperadamente amenazado.

Richard no quería trabajar en Pentecostés en la construcción de la catedral, lo que a Aliena le pareció una gran muestra de ingratitud por su parte. Lo obligó a ir y poco después de salir el sol ambos recorrieron los pocos metros que los separaban del recinto del priorato. Casi toda la aldea se había concentrado allí, treinta o cuarenta hombres, algunos con sus mujeres e hijos. Aliena quedó sorprendida hasta que recordó que el prior Philip era su señor y que cuando el señor pedía voluntarios lo más prudente era acudir. Durante el año anterior había adquirido una nueva y sorprendente perspectiva de las vidas de la gente corriente.

Tom, el maestro constructor, estaba distribuyendo el trabajo entre los aldeanos. Richard se dirigió de inmediato a hablar con Alfred, el hijo de Tom. Tenían casi la misma edad. Richard tenía quince años y Alfred alrededor de un año más, y todos los domingos jugaban con los otros chicos de la aldea. También estaba allí la niña pequeña, Martha, pero la mujer, Ellen, y el muchacho de extraño aspecto habían desaparecido y nadie sabía nada de ellos. Aliena recordó el día en que la familia de Tom había llegado a Earlcastle. Por entonces estaban en la miseria. Fueron rescatados de ella por el prior Philip, al igual que Aliena.

A Aliena y Richard se les proporcionó palas y se les dijo que cavaran para los cimientos. El suelo estaba húmedo, pero como había salido el sol, la superficie pronto se secaría. Aliena empezó a cavar con energía. Aunque había cincuenta personas trabajando en ello, necesitaron mucho tiempo para que los hoyos parecieran lo bastante profundos. Richard descansaba con frecuencia apoyándose en su pala.

—¡Cava si quieres llegar a ser caballero alguna vez! —le dijo Aliena en una ocasión, pero de nada sirvió.

Aliena estaba más delgada y fuerte que hacía un año, gracias a las largas caminatas y a levantar pesadas cargas de lana, pero en aquellos momentos descubrió que aún podía dolerle la espalda al cavar. Se sintió aliviada cuando el prior Philip hizo sonar la campana indicando que podían descansar. Los monjes les llevaron pan caliente de la cocina y sirvieron cerveza ligera. El sol empezaba a calentar con fuerza y algunos hombres se desnudaron hasta la cintura.

Mientras descansaban, un grupo de forasteros entró por la puerta. Aliena les miró esperanzada. Eran pocos, pero tal vez se tratara de la avanzadilla de una gran multitud. Se acercaron a la mesa en que se estaba repartiendo el pan y la cerveza y el prior Philip les dio la bienvenida.

—¿De dónde venís? —preguntó mientras ellos bebían, agradecidos, la cerveza.

—De Horsted —contestó uno de ellos, limpiándose la boca con la manga. Aquello parecía prometedor. Horsted era una aldea de doscientos o trescientos habitantes a pocos kilómetros al este de Kingsbridge. Con suerte, podían confiar en que llegara de allí otro centenar de voluntarios.

—Y en total, ¿cuántos de vosotros venís? —preguntó Philip.

Al hombre pareció sorprenderle la pregunta.

—Sólo nosotros cuatro —respondió.

Durante la hora siguiente, la gente entraba a cuentagotas por la puerta del priorato hasta que mediada la mañana hubo setenta u ochenta voluntarios trabajando, incluidas las aldeanas. Luego, la afluencia cesó por completo.

No era suficiente.

Philip se encontraba en pie en el extremo este, observando a Tom, que levantaba un muro. Había concluido con las bases de dos contrafuertes hasta el nivel de la tercera serie de piedras, y en ese momento estaba construyendo el muro entre ellos. Probablemente nunca llegue a terminarse, se dijo Philip con desánimo.

Lo primero que Tom hacía cuando los peones le llevaban una piedra era coger un instrumento de hierro en forma de L y utilizarlo para comprobar si los bordes de la piedra eran cuadrados. Luego, con una pala, echaba una capa de argamasa sobre el muro, la distribuía con la punta de la paleta y colocaba encima la nueva piedra, quitando el exceso de argamasa. Para colocar la piedra se guiaba por un cordel tenso sujeto por ambos extremos a cada contrafuerte. Philip observó que la piedra estaba casi tan lisa en la parte superior como en la inferior, que entraba en contacto con la argamasa. Aquello le sorprendió, y le preguntó a Tom el motivo.

—Una piedra jamás debe tocar las de arriba ni las de abajo —contestó Tom—. Para eso es precisamente la argamasa.

—¿Por qué no deben tocarse?

—Porque aparecerían grietas. —Tom se puso en pie para explicárselo—. Si camináis por un tejado de pizarra, vuestro pie lo atravesará, pero si ponéis una tabla a través del tejado podréis andar por él sin dañar la pizarra. La tabla reparte el peso, y eso es también lo que hace la argamasa.

A Philip jamás se le había ocurrido aquello. La construcción era algo fascinante, sobre todo cuando quien la dirigía era alguien como Tom, capaz de explicar lo que estaba haciendo.

La parte más tosca de la piedra era la de detrás. Philip se dijo que con toda seguridad aquella cara sería visible en el interior de la iglesia. Luego recordó que, de hecho, Tom estaba construyendo un muro doble con una cavidad entre ellos de tal manera que la cara de atrás de cada piedra quedaría oculta.

Cuando Tom hubo depositado la piedra sobre su lecho de argamasa, cogió el nivel. Éste consistía en un triángulo de hierro con una correa sujeta a su vértice y unas marcas en la base. La correa tenía incorporado un peso de plomo, de manera que siempre colgaba recta. Tom colocó la base del instrumento sobre la piedra y comprobó cómo caía la correa. Si se inclinaba hacia un lado u otro del centro, Tom golpeaba sobre la piedra con su martillo hasta dejarla exactamente nivelada. Seguidamente iba desplazando el instrumento hasta colocarlo a caballo entre las dos piedras adyacentes para comprobar si la parte superior de ambas estaba en línea. Por último colocaba el instrumento oblicuamente sobre la piedra para asegurarse de que no se inclinaba a un lado ni a otro. Antes de coger una nueva piedra hacía chasquear el cordón tenso para asegurarse de que las caras de las piedras estaban en línea recta. Philip no sabía que fuera tan importante que los muros de piedra quedaran exactamente rectos y nivelados.

Alzó la mirada hacia el resto del enclave de la construcción. Era tan enorme que ochenta hombres y mujeres y algunos niños parecían perdidos en él. Trabajaban alegremente bajo los rayos del sol, pero eran tan pocos que a Philip le pareció que sus esfuerzos eran inútiles. Al principio había esperado que acudieran cien personas, pero en esos momentos comprendió que tampoco habrían sido suficientes.

Entró en el recinto otro pequeño grupo y Philip se obligó a ir a darles la bienvenida con una sonrisa. Sus esfuerzos no tenían por qué ser vanos, ya que obtendrían el perdón de sus pecados.

Al acercarse a ellos comprobó que era un grupo numeroso. Contó hasta doce, y luego entraron otros dos. Después de todo, tal vez llegara a tener un centenar de personas para mediodía, hora en que se esperaba al obispo.

—Dios os bendiga a todos —les dijo. Estaba a punto de indicarles dónde podían empezar a cavar cuando le interrumpió una fuerte voz.

—¡Philip!

Frunció el entrecejo, molesto. La voz pertenecía al hermano Milius. Incluso éste debía llamarle «padre» en público. Philip miró hacia el lugar de donde procedía la voz. Milius se balanceaba sobre el muro del priorato en postura no muy digna.

—¡Baja inmediatamente del muro, hermano Milius! —le exigió Philip en tono tranquilo aunque imperioso.

Ante su asombro, Milius siguió allí.

—¡Ven y mira esto! —le gritó.

Philip se dijo que los recién llegados iban a llevarse una mala impresión de la obediencia monástica, pero no podía evitar preguntarse qué sería lo que había excitado de tal forma a Milius para hacerle perder de aquel modo todos sus modales.

—Ven aquí y dime de qué se trata, Milius —dijo con un tono de voz que habitualmente reservaba para los novicios alborotadores.

—¡Tienes que mirar! —insistió Milius.

Philip se dijo, ya enfadado, que sería mejor para él que tuviese una buena razón para aquello. Pero como no quería dar un rapapolvo a su más íntimo colaborador delante de todos aquellos forasteros, optó por sonreír y hacer lo que Milius le pedía. Profundamente irritado, cruzó el terreno embarrado que se extendía delante del establo y trepó al muro bajo.

—¿Qué significa este comportamiento? —preguntó con aspereza.

—¡No tienes más que mirar! —dijo Milius, señalando con el brazo.

Siguiendo su indicación, Philip miró por encima de los tejados de la aldea, más allá del río, hacia el camino que seguía la subida y bajada del terreno hacia el oeste. Al principio no podía creer lo que veía. Entre los campos de verdes cosechas avanzaban centenares de personas, todas ellas en dirección a Kingsbridge.

—¿Qué es eso? —preguntó desconcertado—. ¿Un ejército? —Y fue entonces cuando cayó en la cuenta de que se trataba de voluntarios—. ¡Míralos! —gritó—. Deben de ser quinientos... Tal vez mil..., o más.

—¡Así es! —exclamó Milius, feliz—. ¡Después de todo, han venido!

—Estamos salvados.

Se hallaba tan emocionado que ni siquiera recordó por qué debía dar un rapapolvo a Milius. La multitud ocupaba todo el trecho hasta el puente y la fila atravesaba toda la aldea hasta la puerta del priorato. La gente a la que había saludado era la avanzadilla de todos ellos. En esos momentos estaban cruzando la puerta y dirigiéndose hacia el extremo occidental del lugar donde se alzaría la catedral, a la espera de que alguien les indicara qué tenían que hacer.

—¡Aleluya! —exclamó Philip sin poderse contener.

Pero no era suficiente con alegrarse; tenía que utilizar los servicios de aquella gente. Bajó de un salto del muro y dijo a Milius:

—Convoca a todos los monjes y que dejen de trabajar. Vamos a necesitarlos como ayudantes. Dile al cocinero que hornee todo el pan que pueda y que saque algunos barriles más de cerveza. Necesitamos más baldes y palas. Hemos de tener a toda esa gente trabajando antes de que llegue el obispo Henry.

Durante la hora siguiente, Philip mantuvo una actividad frenética. Al principio, sólo para quitar de en medio a la gente, encargó a un centenar o más la tarea de acarrear materiales desde la orilla del río. Tan pronto como Milius hubo reunido el grupo de monjes que debían supervisar el trabajo, empezó a enviar a los voluntarios a los cimientos. Pronto les faltaron palas, barriles y baldes. Philip ordenó que se trajeran todas las marmitas de la cocina, e hizo que algunos voluntarios fabricaran toscas cajas de madera y bandejas de mimbre para transportar tierra. Tampoco había escalas ni cabrias, por lo que hicieron un largo declive en un extremo de la fosa más grande de los cimientos de manera que la gente pudiera entrar y salir de ella. Advirtió de pronto que no había reflexionado lo suficiente sobre dónde poner las enormes cantidades de tierra que estaban sacando. Ahora ya era demasiado tarde para perder el tiempo pensando en ello, de manera que ordenó que la arrojasen en un terreno rocoso que había cerca del río. Tal vez llegara a ser cultivable. Mientras estaba dando esa orden, Bernard, el cocinero, llegó aterrado diciendo que sólo había hecho provisiones para doscientas personas como máximo, y que allí había un millar.

—Enciende un fuego en el patio de la cocina y prepara sopa en una tina de hierro —le indicó Philip—. Añade agua a la cerveza. Utiliza cuanto haya en el almacén. Haz que algunos aldeanos preparen comida en sus propias casas. ¡Improvisa!

Dio media vuelta y siguió organizando a los voluntarios.

Mientras se encontraba todavía dando órdenes, alguien le dio unos golpecitos en el hombro al tiempo que preguntaba en francés:

—¿Podéis prestarme vuestra atención por un momento, prior Philip? —Era el deán Baldwin, el ayudante de Waleran Bigod.

Al volverse, Philip se encontró con el grupo visitante al completo, todos ellos a caballo y con lujosa indumentaria, contemplando atónitos la escena que les rodeaba. Allí estaba el obispo Henry, hombre bajo y fornido, de gesto huraño, cuya cabeza afeitada contrastaba con la capa púrpura bordada. Junto a él se encontraba el obispo Waleran, vestido, como siempre, de negro; su habitual mirada de desdén glacial no lograba disimular del todo su consternación. También les acompañaba el obeso Percy Hamleigh, su fornido hijo William, y Regan, su horrenda mujer. Percy y William miraban todo boquiabiertos, pero Regan comprendió al instante lo que el prior había hecho, y estaba furiosa.

Philip volvió nuevamente su atención al obispo Henry y quedó sorprendido al ver que éste lo miraba con gran interés. Philip le devolvió la mirada con franqueza. La expresión del obispo Henry era de sorpresa, curiosidad y una especie de respeto y sorna. Al cabo de un instante Philip se acercó al obispo y besó el anillo de la mano que éste le alargaba.

Henry desmontó con movimiento suave y ágil y el resto del grupo le imitó. Philip llamó a un par de monjes para que llevasen los caballos a la cuadra. Henry debía de tener la misma edad de Philip, pero su tez rojiza y su bien cubierta osamenta le hacían parecer más viejo.

—Bueno, padre Philip —dijo—; he venido a comprobar si eran ciertos unos informes según los cuales no eras capaz de construir una nueva catedral aquí, en Kingsbridge. —Hizo una pausa, observó los centenares de trabajadores y luego volvió a mirar a Philip—. Al parecer me informaron mal.

Philip sintió que se le detenía el corazón. Había ganado. Henry lo había dicho con toda claridad.

El prior se volvió hacia el obispo Waleran. La cara de éste era una máscara de furia contenida. Sabía que había sido derrotado una vez más. Philip se arrodilló e, inclinando la cabeza para disimular la expresión de triunfal deleite, besó la mano de Waleran.

Tom estaba disfrutando con la construcción del muro. Hacía tanto tiempo desde que lo había hecho por última vez, que había olvidado la profunda tranquilidad que le embargaba al colocar una piedra sobre otra en líneas perfectamente rectas y al ver cómo iba elevándose la construcción.

Cuando los voluntarios empezaron a llegar a centenares y se dio cuenta de que el plan de Philip iba a dar resultado, se sintió todavía más contento. Aquellas piedras formarían parte de la catedral de Tom y el muro que en aquel momento tenía menos de medio metro de altura, finalmente se alzaría en busca del cielo. Tom sintió que se encontraba en los comienzos del resto de su vida.

Supo de la llegada del obispo Henry. Como una piedra lanzada en un estanque, el obispo provocó ondas entre la masa de trabajadores, al detenerse la gente por un instante para contemplar a aquellos personajes suntuosamente vestidos abrirse camino con gran cuidado por el barro. Tom siguió colocando piedras. El obispo debió de quedar admirado a la vista de los millares de voluntarios trabajando alegres y entusiastas para construir su nueva catedral. Ahora Tom necesitaba causar también una buena impresión. Nunca se había sentido a gusto con gentes bien vestidas, pero necesitaba mostrarse competente y prudente, tranquilo y seguro de sí, la clase de hombre en quien se pueden confiar las complejidades de un gran y costoso proyecto de construcción.

Se mantuvo alerta a la espera de la llegada de los visitantes, y cuando vio acercarse al grupo dejó la paleta. El prior condujo al obispo Henry hasta donde se encontraba Tom, que se arrodilló y besó la mano del obispo.

—Éste es nuestro maestro constructor —dijo Philip—. Nos lo envió Dios el mismo día en que ardió la iglesia.

Tom se arrodilló de nuevo ante el obispo Waleran y luego miró al resto del grupo. Se obligó a recordar que era el maestro constructor y que no debía mostrarse servil. Reconoció a Percy Hamleigh, para quien un día había construido media casa.

—Lord Percy —dijo con una leve reverencia. Vio a la horrorosa mujer de Percy—. Milady. —Finalmente descubrió al hijo. Recordó que William había estado a punto de arrollar a Martha con su enorme caballo de guerra y también cómo había intentado comprar a Ellen en el bosque. Aquel joven era un tipo desagradable, pero aun así lo saludó con cortesía—: Joven lord William.

El obispo Henry observaba a Tom con mirada penetrante.

—¿Has dibujado tú los planos, maestro constructor?

—Sí, mi señor obispo. ¿Queréis verlos?

—Ciertamente.

—Seguidme, por favor.

Henry asintió, y Tom les condujo hasta su cobertizo, a unos metros de distancia. Entró en la pequeña construcción de madera y salió con el plano del suelo, dibujado sobre argamasa con un gran marco de madera de más de un metro de longitud. Lo apoyó contra el muro del cobertizo, retrocedió un par de pasos y lo estudió.

El momento era delicado. La mayoría de la gente no entendía de planos, pero los obispos y los señores aborrecían admitirlo, por lo que se hacía necesario explicarles la idea de manera que su ignorancia no quedara de manifiesto ante los demás. Claro que algunos obispos sí que entendían, en cuyo caso se sentían insultados cuando un simple maestro constructor pretendía darles explicaciones.

—Éste es el muro que estoy construyendo —señaló Tom, indicando nervioso el plano.

—Sí, a todas luces la fachada este —dijo Henry. Aquello daba respuesta al interrogante. Sabía interpretar un plano a la perfección—. ¿Por qué no tienen los cruceros naves laterales?

—Para economizar —contestó Tom al instante—. Pero como no empezaremos a construirlos hasta dentro de otros cinco años, si el monasterio sigue prosperando, como ha hecho durante el primer año bajo la dirección del padre Philip, es posible que para entonces podamos permitirnos construir cruceros con naves laterales. —Había elogiado a Philip y contestado a la pregunta a un tiempo, y creía haberse mostrado bastante inteligente.

Henry asintió con gesto de aprobación.

—Ha sido muy sensato el establecer un plan modesto dejando lugar, al mismo tiempo, para una posible ampliación. Enséñame el alzado.

Tom sacó el alzado. Esa vez no hizo comentario alguno, pues sabía que Henry era capaz de entender lo que estaba mirando, tal como quedó confirmado con el comentario que hizo.

—Bonitas proporciones.

—Gracias —dijo Tom. El obispo parecía complacido—. Es una catedral modesta, pero será más luminosa y bella que la antigua —añadió.

—¿Y cuánto tiempo llevará terminarla?

—Quince años de trabajo ininterrumpido.

—Lo cual nunca ocurre; sin embargo, ¿puedes mostrarnos qué aspecto tendrá? Me refiero para alguien que la vea desde fuera.

Tom comprendió a qué se refería.

—¿Queréis ver un boceto?

—Sí.

—Bien.

Tom regresó al muro que estaba construyendo, seguido del obispo y su grupo. Se arrodilló ante su esparavel y extendió sobre él una capa uniforme de argamasa, alisando la superficie. Luego, con la punta de su paleta, hizo un bosquejo del extremo occidental de la iglesia. Sabía que eso se le daba muy bien. El obispo, su grupo y todos los monjes y trabajadores voluntarios que andaban por allí miraban fascinados. Un dibujo siempre parecía un milagro a quienes no sabían hacerlo. En unos minutos Tom había hecho un dibujo lineal de la cara oeste con tres portales en arcada, una gran ventana y dos torrecillas que la flanqueaban. Era un truco sencillo, pero muy efectivo.

—Extraordinario —dijo el obispo Henry una vez terminado el dibujo—. Que tu habilidad se vea bendecida por Dios.

Tom sonrió. Aquello representaba un poderoso respaldo a su nombramiento.

—Mi señor obispo, ¿tomaréis algún refrigerio antes de celebrar el oficio sagrado? —preguntó Philip.

—Con mucho gusto.

Tom sintió un alivio inmenso. Había superado felizmente la prueba.

—Os ruego que paséis a la casa del prior. Está enfrente —añadió Philip. El grupo se puso en movimiento. Philip apretó el brazo de Tom y dijo con un murmullo de júbilo contenido—: ¡Lo hemos conseguido!

Tom respiró aliviado al alejarse los dignatarios. Se sentía feliz y orgulloso. Sí, se dijo, lo hemos conseguido. El obispo Henry, pese a su compostura, estaba más que impresionado. Estaba pasmado. Era evidente que Waleran le había pintado una escena de desidia e inactividad, razón por la que había resultado mucho más sorprendente. El resultado era que la malignidad de Waleran se había vuelto contra él, fortaleciendo el triunfo de Philip y Tom.

Mientras disfrutaba de la grata sensación de una victoria honrada, Tom oyó una voz familiar.

—Hola, maestro constructor.

Al volverse se encontró con Ellen.

Tom no daba crédito a lo que veía. Los problemas de la catedral habían ocupado de tal forma su mente que durante todo el día no había pensado en ella. La contempló embelesado. Estaba exactamente como cuando se había marchado: esbelta, la tez morena, el oscuro pelo que se agitaba como olas en una playa y aquellos ojos de un dorado luminoso. Le sonrió con aquella boca de labios gruesos que siempre le hacía pensar en besos.

Se sentía desbordado por el deseo apremiante de abrazarla, pero logró dominarse.

—Hola, Ellen —balbució.

—Hola, Tom —dijo un joven que la acompañaba.

Tom lo miró con curiosidad.

—¿No te acuerdas de Jack? —dijo Ellen.

—¡Jack! —exclamó Tom, asombrado.

El muchacho había cambiado. Ahora ya era algo más alto que su madre y, como dirían las abuelas, había dado un fuerte estirón. Seguía teniendo el cabello rojo y brillante, la tez blanca y los ojos verdes, pero sus rasgos habían adquirido proporciones más atractivas e incluso era posible que algún día fuera guapo.

Tom miró de nuevo a Ellen. Por un momento se limitó a disfrutar con su contemplación. Quería decirle: «Te he echado de menos. No puedes ni imaginar cuánto te he echado de menos», y casi estuvo a punto de hacerlo, pero no se atrevió.

—Bueno, ¿dónde habéis estado? —se limitó a preguntar.

—Hemos estado viviendo donde siempre lo hemos hecho, en el bosque —contestó ella.

—¿Y qué os ha hecho volver precisamente hoy?

—Nos enteramos de que pedíais voluntarios y sentimos curiosidad por saber cómo te iba. Y además no he olvidado que prometí volver un día.

—Me alegro de que lo hayas hecho —dijo Tom—. Tenía unos deseos enormes de verte.

—¿Sí? —Ellen parecía mostrarse cauta.

Era el momento que desde hacía un año Tom había estado esperando y planeando, y cuando al fin llegaba se sentía atemorizado. Hasta entonces había sido capaz de vivir con la esperanza, pero si ese día Ellen le rechazaba, sabría que la habría perdido para siempre. Temía abrir boca. El silencio se prolongaba. Finalmente aspiró con fuerza y dijo:

—Escucha, Ellen; quiero que vuelvas conmigo. Pero, por favor, no respondas hasta que hayas escuchado lo que tengo que decirte..., por favor.

—Muy bien —repuso ella.

—Philip es un prior muy bueno. El monasterio está prosperando cada vez más gracias a su buena administración. Mi trabajo aquí es seguro. Nunca más tendremos que volver a recorrer los caminos. Lo prometo.

—No fue porque…

—Lo sé. Pero quiero decírtelo todo.

—Muy bien.

—He construido una casa en la aldea con dos habitaciones y una chimenea, y puedo agrandarla. No tendremos que vivir en el priorato.

—Pero Philip es dueño de la aldea.

—Ahora Philip está en deuda conmigo. —Tom señaló con un brazo cuanto lo rodeaba—. Sabe que no habría podido hacer todo esto sin mí. Si le pido que te perdone por lo que hiciste y que considere como penitencia suficiente el año que has pasado de exilio, estará de acuerdo. No puede negármelo en un día como éste.

—¿Y qué me dices de los chicos? —preguntó ella—. ¿Esperas que contemple impávida cómo corre la sangre de Jack cada vez que Alfred está irritado?

—En realidad creo tener la respuesta para ello —dijo Tom—. Alfred es ahora albañil. Tomaré a Jack como aprendiz a mi servicio. De esa manera mi hijo no se sentirá resentido por la ociosidad de Jack y tú le podrás enseñar a leer y escribir. Así los dos muchachos se encontrarán en igualdad de condiciones, pues ambos trabajarán y sabrán leer y escribir.

—Has pensado en todo, ¿verdad? —dijo Ellen.

—Sí. —Tom esperó su reacción. No se le daba muy bien mostrarse persuasivo. Todo cuanto podía hacer era plantear la situación. Tenía la impresión de que no se le había escapado nada y que había dado respuesta a cualquier objeción. ¡Ellen tenía que aceptar! Sin embargo, aún se mostraba vacilante.

—No estoy segura —musitó.

Tom sintió que perdía el dominio sobre sí.

—Por favor, Ellen, no digas eso. —Temía echarse a llorar delante de toda aquella gente y sentía tal nudo en la garganta que apenas podía hablar—. ¡Te quiero tanto! Por favor, no vuelvas a irte —le suplicó—. Lo único que me ha mantenido con fuerzas para seguir adelante ha sido la esperanza de que volverías. No puedo soportar vivir sin ti. No cierres las puertas del paraíso. ¿No te das cuenta de que te quiero con todo mi corazón?

La actitud de ella cambió de pronto.

—¿Por qué no lo decías entonces? —susurró, y se acercó a él, que la rodeó con los brazos—. Yo también te quiero, tonto.

Tom se sintió flaquear de alegría. De veras me quiere, pensó. La abrazó con fuerza y luego la miró a la cara.

—¿Querrías casarte conmigo, Ellen?

Ella tenía los ojos llenos de lágrimas, pero sonreía.

—Sí, Tom. Me casaré contigo —respondió.

Tom la atrajo hacia sí y la besó en la boca. Durante un año había soñado con aquello. Cerró los ojos y se concentró en el maravilloso contacto de los húmedos labios de Ellen contra los suyos. El beso era tan exquisito que por un instante Tom se olvidó de todo.

—¡No vayas a tragártela, hombre! —dijo alguien cerca de ellos.

—¡Estamos en una iglesia! —le dijo Tom, apartándose de Ellen.

—No me importa —contestó ella alegremente, besándole de nuevo.

Philip les había ganado por la mano una vez más, pensaba amargamente William mientras se encontraba sentado en casa del prior, bebiendo vino aguado y comiendo dulces. Necesitó algún tiempo para apreciar en toda su magnitud la brillante y total victoria del prior. No había habido error alguno en el análisis de la situación hecho por el obispo Waleran. Era verdad que Philip andaba corto de dinero y que tendría grandes dificultades para construir una catedral en Kingsbridge, pero pese a ello el astuto monje había hecho un tenaz progreso, había contratado a un maestro constructor, comenzado la obra y luego, con extraordinaria habilidad, había convocado una numerosa fuerza laboral para embaucar el obispo Henry. Y éste había quedado gratamente impresionado, tanto más cuanto que Waleran le había presentado de antemano una imagen realmente desoladora.

Y además el condenado monje sabía que había ganado. No podía borrar del rostro aquella sonrisa triunfal. En aquellos momentos conversaba animadamente con el obispo Henry sobre razas de ovejas y el precio de la lana, y Henry le escuchaba con extrema atención, casi con respeto, mientras prácticamente ignoraba a los padres de William, que eran mucho más importantes que un simple prior.

Philip lamentaría ese día. Nadie podía permitirse superar a los Hamleigh y salirse con la suya. No habían alcanzado la alta posición que ostentaban permitiendo a monjes situarse por encima de ellos. Bartholomew de Shiring les había insultado y había muerto en una prisión. Philip no saldría mejor parado.

Tom, el maestro constructor, era otro hombre que lamentaría haber provocado a los Hamleigh. William no había olvidado el modo en que lo había desafiado en Durstead, sujetando la cabeza de su caballo y obligándole a pagar a los trabajadores. Y hacía breves momentos lo había llamado, con absoluta falta de respeto, «joven lord William». Ahora sin duda estaba a partir un piñón con Philip, construyendo catedrales en lugar de mansiones. Aprendería a su costa que era preferible correr el albur con los Hamleigh que unirse a sus enemigos.

William permaneció sentado, echando chispas en silencio hasta que el obispo Henry, poniéndose en pie, se mostró dispuesto a celebrar el oficio sagrado. Philip hizo una seña a un novicio, que abandonó a toda prisa la habitación. Un instante después empezó a sonar una campana.

Todos salieron de la casa. El primero en hacerlo fue el obispo Henry, seguido del obispo Waleran, el prior Philip y, finalmente, los seglares. Todos los monjes estaban esperando fuera, y se pusieron en fila detrás de Philip, formando una procesión. Los Hamleigh tuvieron que cerrar la marcha.

Toda la parte occidental del recinto del priorato estaba ocupada por los voluntarios, sentados sobre muros y tejados. Henry subió a una plataforma en el centro del lugar en construcción. Los monjes se situaron detrás de él formando hileras, donde estaría el coro de la nueva catedral. Los Hamleigh y los demás miembros seglares del séquito del obispo se dirigieron a donde estaría la nave.

Al ocupar sus lugares, William vio a Aliena.

Tenía un aspecto muy diferente. Su indumentaria era de ínfima calidad, calzaba zuecos de madera y los abundantes bucles que le enmarcaban la cara estaban húmedos de sudor, pero aun así seguía siendo tan hermosa que se le secó la garganta y se quedó mirándola sin poder apartar la vista, mientras empezaba el oficio y en el recinto del priorato se alzaban mil voces diciendo el Padrenuestro.

Aliena pareció acusar el impacto de su mirada, porque se mostraba inquieta, apoyándose ora en un pie, ora en otro, mientras paseaba la mirada alrededor como si buscase algo. Finalmente se encontró con los ojos de William. En su cara se reflejó una expresión de horror y miedo, y retrocedió sobrecogida aunque se hallaba a unos diez metros de él y separada por docenas de personas. El miedo de Aliena la hacía tanto más deseable para William, quien sintió que su cuerpo reaccionaba como no lo había hecho durante todo el año. La lujuria que aquella muchacha le inspiraba estaba mezclada con el resentimiento que sentía a causa del hechizo que le había lanzado. Ella enrojeció y bajó la vista, como si estuviera avergonzada. Cambió unas breves palabras con un muchacho que estaba a su lado, su hermano, claro, se dijo William, reconociendo el rostro al evocar como un relámpago el erótico recuerdo. Luego dio media vuelta y desapareció entre la multitud.

William se sintió decepcionado. A punto estuvo de seguirla, pero, naturalmente, no le era posible en medio de un oficio sagrado, y delante de sus padres, dos obispos, cuarenta monjes y un millar de fieles. De modo que se volvió de nuevo hacia el altar, completamente decepcionado. Había perdido la ocasión de averiguar dónde vivía.

Aunque Aliena se hubiera ido, no lograba apartarla de sus pensamientos. Se preguntó si sería pecado tener una erección en la iglesia.

Observó que su padre parecía agitado.

—¡Mira! —decía a su esposa—. ¡Mira a esa mujer!

Al principio, William creyó que su padre se refería a Aliena. Pero no se la veía por parte alguna y al seguir la mirada de éste vio a una mujer de unos treinta años, no tan voluptuosa como Aliena, pero con un aspecto ágil e indomable que la hacía interesante. Se encontraba en pie, a cierta distancia, junto a Tom, el maestro constructor, y pensó que tal vez fuese su mujer, la misma que él había intentado comprar un día en el bosque, haría de eso más o menos un año. Pero ¿por qué la conocería su padre?

—¿Es ella? —preguntó Percy.

La mujer volvió la cabeza, como si les hubiera oído, y les miró fijamente. William vio de nuevo sus ojos dorados, claros y penetrantes.

—Por Dios que es ella —dijo Regan en tono sibilante.

La mirada de la mujer conmocionó al conde. Su rostro abotagado palideció, y comenzaron a temblarle las manos.

—¡Que Jesucristo nos proteja! —balbuceó—. Creí que había muerto.

¿Qué diablos es todo esto?, se preguntó William.

Jack se lo había estado temiendo.

Durante todo un año había sido consciente de que su madre echaba de menos a Tom. Su mal genio se había atemperado en parte, a menudo tenía una expresión lejana, soñadora, y por las noches solía jadear como si imaginara que hacía el amor con el maestro constructor. Durante todo ese tiempo, Jack supo que volvería allí. Y ahora ella había aceptado quedarse.

Jack aborrecía la idea.

Los dos siempre habían sido felices. Quería a su madre y ella le quería a él. Y nadie se interponía entre ellos.

Era verdad, sin embargo, que la vida en el bosque resultaba poco interesante. Había echado de menos la atracción del gentío y las ciudades que había visto durante su breve estancia con la familia de Tom. Había notado la falta de Martha. Y lo extraño fue que mitigara su aburrimiento en el bosque soñando despierto con la joven en la que siempre pensaba como la Princesa, aun cuando supiera que se llamaba Aliena. Le hubiera interesado trabajar con Tom y descubrir cómo se construían los edificios, pero entonces ya no sería libre. La gente le diría lo que tenía que hacer. Tendría que trabajar, lo quisiera o no. Y habría tenido que compartir a su madre con el resto del mundo.

Mientras se encontraba sentado en el muro, cerca de la puerta del priorato, pensando con desconsuelo en todo ello, advirtió, sorprendido, que allí estaba la Princesa.

Parpadeó. Ella se abría camino entre la muchedumbre en dirección a la puerta, y parecía angustiada. Estaba aún más bella de lo que él la recordaba. En aquellos días tenía un cuerpo juvenil, voluptuoso y de suaves redondeces que cubría con ricos trajes. Ahora estaba más delgada y parecía más una mujer que una adolescente. Iba cubierta con un tosco vestido empapado en sudor que se le ceñía al cuerpo, revelando unos pechos turgentes, un vientre liso, caderas estrechas y largas piernas. Tenía la cara sucia de barro y despeinada la hermosa cabellera. Estaba trastornada por algo, y su expresión reflejaba temor y desconsuelo. Pero la emoción daba una mayor belleza a su rostro. Jack se quedó cautivado. Sintió una excitación peculiar en las ingles que nunca había experimentado hasta entonces.

La siguió. No fue una decisión consciente. Hacía sólo un momento que se encontraba sentado en el muro, mirándola boquiabierto, y al instante siguiente cruzaba presuroso la puerta tras ella. La alcanzó ya fuera, en la calle. Desprendía un olor a almizcle, como si hubiera estado trabajando duro. Recordó que solía oler a flores.

—¿Algo va mal? —le preguntó.

—No, no pasa nada —repuso ella, lacónica, acelerando el paso.

Jack siguió andando a su lado.

—No te acuerdas de mí, ¿verdad? La última vez que nos vimos me explicaste cómo eran concebidos los niños.

—¡Ya está bien! ¡Cierra esa boca y vete! —le gritó Aliena.

Jack se detuvo y la dejó alejarse. Se sentía decepcionado. Era evidente que había dicho algo incorrecto.

Lo había tratado como a un chiquillo. Tenía ya trece años, pero ella, desde la arrogancia de sus dieciocho, debía de considerarlo un niño.

La vio subir hasta una casa, coger una llave que llevaba en una correa colgada al cuello y abrir la puerta.

¡Vivía allí!

Eso hizo que todo le pareciera diferente.

De repente, no consideró tan mala la perspectiva de abandonar el bosque e irse a vivir a Kingsbridge. Vería a la Princesa todos los días, lo cual le compensaría de muchas cosas.

Permaneció donde estaba, vigilando la puerta, pero Aliena no volvió a salir. Le parecía estar haciendo algo extraño, allí, en la calle, con la esperanza de ver a alguien que apenas le conocía. Pero no sentía deseos de alejarse de aquel lugar. En su interior sentía una nueva emoción. Ya nada parecía tan importante como la Princesa. Se había convertido para él en una idea fija. Estaba encantado. Estaba poseído.

Estaba enamorado.

TERCERA PARTE

1140-1142

VIII

1

La ramera que William había elegido no era muy bonita, pero tenía grandes pechos. Además se sintió atraído por su cabellera abundante y rizada. Se había acercado a él con paso lento y moviendo las caderas. Él se dio cuenta entonces de que tenía algunos años más de los que había imaginado. Tal vez veinticinco o treinta. Aunque su sonrisa era inocente, la mirada se percibía dura y calculadora. Walter fue el siguiente en elegir, y se decidió por una muchacha menuda, de aspecto vulnerable y juvenil, con el pecho liso. Una vez que William y Walter hicieron su selección, les llegó el turno a los otros cuatro caballeros.

William los había llevado al burdel porque necesitaban un poco de expansión. Hacía meses que no participaban en batalla alguna y empezaban a mostrarse descontentos y pendencieros.

La guerra civil que había estallado hacía un año entre el rey Stephen y su rival Maud, la llamada Emperatriz, parecía atravesar momentos de calma. William y sus hombres estuvieron siguiendo a Stephen por todo el sudoeste de Inglaterra. La estrategia de éste era enérgica aunque errática. De repente atacaba con enorme entusiasmo una de las plazas fuertes de Maud; pero, de no obtener una victoria rápida, se cansaba pronto del asedio y se retiraba. El jefe militar de los rebeldes no era la propia Maud, sino su medio hermano Robert, conde de Gloucester. Y, hasta ese momento, Stephen no había logrado obligarlo a una lucha abierta. Era una guerra indecisa con mucho movimiento y escasa lucha real, y por ello los hombres se mostraban inquietos.

El lupanar se hallaba dividido, mediante mamparos, en pequeños cuartos, en cada uno de los cuales había un jergón. William y sus caballeros llevaron a las mujeres cada uno a su cuarto. La puta de William ajustó el mamparo para tener algo de intimidad. Luego, se bajó la parte superior de la camisola y dejó los senos al descubierto. Eran grandes, como ya había supuesto William, pero también lo eran los pezones, y además se le notaban las venas, como si hubiera amamantado niños.

William se sintió algo decepcionado. Sin embargo, la atrajo hacia sí, le cogió los pechos, los apretó y le pellizcó los pezones.

—Con cuidado —pidió la mujer en tono de ligera protesta.

Lo rodeó con los brazos empujándole hacia adelante las caderas y restregándose contra él. Al cabo de unos momentos, metió la mano entre sus dos cuerpos y tanteó en busca de su ingle.

William farfulló un juramento. Su cuerpo no respondía.

—No te preocupes —murmuró la ramera.

A él le enfureció su tono condescendiente; pero nada dijo mientras ella se soltaba de su abrazo, se arrodillaba, levantaba la parte delantera de su túnica y empezaba a chuparle el pene.

En un principio, a William le resultó grata la sensación, y pensó que todo marcharía bien. Pero después de la excitación inicial, perdió de nuevo interés. Se quedó mirando la cara de ella, ya que eso le excitaba en ocasiones. Sin embargo, en aquel momento, sólo le hacía pensar en lo impotente que debía de parecerle. Empezó a ponerse furioso, lo que sólo sirvió para que el pene se le encogiera todavía más.

—Intenta tranquilizarte —le aconsejó la mujer, deteniéndose.

Al empezar de nuevo, chupó con tal fuerza que le hizo daño. William la apartó con rudeza y los dientes de ella rascaron su delicada piel, haciéndole gritar. La abofeteó con el dorso de la mano. La prostituta lanzó un grito y cayó de lado.

—Eres una zorra torpe —gruñó William.

La mujer yacía a sus pies, sobre el jergón, mirándolo temerosa. Le propinó un puntapié al azar, más por irritación que con deseos de hacerle daño. Le dio en el vientre. Fue más fuerte de lo que él pensaba, y el dolor la hizo doblarse.

William se dio cuenta de que, al fin, su cuerpo reaccionaba.

Se arrodilló, le hizo ponerse boca arriba y la montó. La mujer lo miraba con una expresión de dolor y miedo. William le levantó la falda del traje hasta la cintura. El vello entre sus piernas era abundante y rizado. Eso le gustó. Se acariciaba a sí mismo mientras contemplaba el cuerpo femenino. El miembro de William no estaba lo bastante duro, y en la mirada de ella comenzaba a desaparecer el miedo. A él se le ocurrió que acaso aquella puta estuviera intentando deliberadamente ahogar el deseo de él para no tener que prestarle servicio. La idea le enfureció, y le dio un puñetazo en la cara.

La mujer chilló e intentó zafarse de debajo de él. William descargó sobre ella todo su peso para inmovilizarla, pero la ramera seguía debatiéndose y gritando. Ahora él ya tenía el pene completamente erecto. Intentó separarle los muslos, pero ella se resistía.

Alguien apartó el mamparo y Walter entró. Sólo llevaba las botas y la camiseta, y su pene, erecto, semejaba el asta de una bandera. Otros dos caballeros le seguían, Gervase a quien llamaban el Feo, y Hugh, el Hacha.

—Sujetádmela, muchachos —les dijo William.

Los tres caballeros se arrodillaron alrededor de la prostituta y la sujetaron hasta inmovilizarla.

William se puso en posición para penetrarla; luego, hizo una pausa para disfrutar del momento.

—¿Qué ha ocurrido? —le preguntó Walter.

—Cambió de idea al ver el tamaño —respondió William con una mueca burlona.

Todos se echaron a reír de forma estrepitosa. William la penetró. Le gustaba hacerlo mientras alguien miraba.

—Me interrumpiste justo cuando yo se la estaba metiendo a la mía —le dijo Walter.

William advirtió que Walter aún no estaba satisfecho.

—Métesela en la boca a ésta —le sugirió—. Verás cómo le gusta.

—Lo intentaré.

Walter cambió de posición, agarró a la mujer por el pelo y la obligó a levantar la cabeza. La puta estaba demasiado atemorizada para resistirse, de manera que se sometió sin rechistar. Ya no era necesario que Gervase y Hugh la sujetaran, pero se quedaron allí mirando. Parecían fascinados. Probablemente jamás habían visto que dos hombres gozaran a una mujer al mismo tiempo. William, tampoco. Lo encontraba curiosamente excitante. Walter parecía sentir lo mismo, porque al cabo de unos momentos empezó a jadear y a moverse frenéticamente. Luego, eyaculó. William hizo lo mismo un instante después.

Al cabo de un momento se levantaron. William aún seguía excitado.

—¿Por qué no la tomáis vosotros dos? —propuso a Gervase y a Hugh. Le gustaba la idea de ver una repetición del espectáculo.

Sin embargo, a ellos no pareció interesarles.

—Yo tengo un encanto que me está esperando —respondió Hugh.

—Y yo también —rubricó Gervase.

La puta se puso en pie y se alisó la camisola. La expresión de su rostro era impenetrable.

—No ha estado tan mal, ¿eh? —comentó William.

La prostituta se puso delante de él y lo miró fijamente por un momento. Después se lamió los labios y escupió. William sintió un fluido pegajoso y caliente sobre la cara. La ramera había retenido en la boca el semen de Walter. Aquella porquería le empañó la visión. Levantó furioso una mano para golpearla, pero la mujer se escurrió entre los mamparos. Walter y los otros caballeros rompieron a reír. William no pensó que fuera divertido, pero, como no podía perseguirla con la cara cubierta de semen, comprendió que la única manera de conservar la dignidad era simular que no le importaba, por lo que se unió a las risas.

—Bien, señor, espero que ahora no vayas a tener un bebé de Walter —bromeó Gervase, haciendo que arreciaran las risotadas.

Incluso a William le pareció divertido el comentario. Salieron juntos del pequeño reservado, apoyándose los unos en los otros y enjugándose los ojos. Las demás chicas los observaban con inquietud. Habían escuchado los gritos de la puta de William y temían que hubiera dificultades. Algún que otro cliente atisbó con curiosidad desde su reservado.

—Es la primera vez que veo a una mujer soltar semejante cosa —se chanceó Walter, y empezaron a reír de nuevo.

Uno de los escuderos de William se encontraba en la puerta con aire inquieto. Era tan sólo un muchacho y probablemente nunca, hasta entonces, había pisado un burdel. Sonrió, nervioso, sin saber si debía unirse a las risas.

—¿Qué estás haciendo aquí con esa cara de idiota? —le preguntó William.

—Hay un mensaje para vos, señor —dijo el escudero.

—Bien, no pierdas el tiempo. ¿De qué se trata?

—Lo siento mucho, señor —repuso el muchacho. Parecía tan asustado que William pensó que iba a dar media vuelta y salir corriendo de la casa.

—¿Qué te ocurre, imbécil? —rugió William—. ¡Dame el mensaje!

—Vuestro padre ha muerto, señor —respondió el muchacho al tiempo que se echaba a llorar.

William enmudeció y se quedó mirándolo. ¿Muerto? ¿Ha dicho muerto?, pensó.

—¡Pero si gozaba de excelente salud! —gritó al fin.

Era verdad que Percy ya no se hallaba en condiciones de luchar en los campos de batalla, lo que no era de extrañar en un hombre que rondaba los cincuenta años. El escudero siguió llorando. William recordó el aspecto de su padre la última vez que le vio. Corpulento, de rostro encendido, campechano y colérico, tan rebosante de vida como el que más. Y de eso sólo hacía… Entonces cayó en la cuenta, con cierto asombro, de que llevaba casi un año sin verlo.

—¿Qué le ha pasado? —preguntó al escudero—. ¿Qué es lo que le ha ocurrido?

—Sufrió un ataque, señor —contestó el muchacho, sollozando.

¡Un ataque! ¡Su padre había sufrido un ataque y ahora estaba muerto! Aquel hombre corpulento, fuerte, jactancioso e irascible, yacía indefenso y helado sobre una losa de piedra en cualquier parte…

—Tengo que ir a casa —dijo de repente William.

—Primero habrás de pedir al rey que te libere —le advirtió Walter en tono cariñoso.

—Sí, así es —convino William con vaguedad—. Tengo que pedir permiso.

Su mente era un torbellino.

—¿He de pagar a la propietaria del burdel? —le preguntó Walter.

—Sí —respondió William, y le entregó una bolsa.

Alguien le echó la capa sobre los hombros. Walter murmuró algo a la mujer que dirigía el prostíbulo y le dio algún dinero. Hugh abrió la puerta para que William saliera. Los demás le siguieron.

Caminaban en silencio por las calles de la pequeña ciudad. A William no parecía importarle nada de cuanto le rodeaba. No podía hacerse a la idea de que su padre ya no existiera. Al cabo de un rato intentó sobreponerse.

El rey Stephen se encontraba celebrando audiencia en la iglesia ya que por allí no había castillo o casa consistorial. Era un templo de piedra, pequeño y sencillo, con los muros pintados por dentro de rojo, azul y naranja. En medio del suelo de la nave, había un fuego encendido y junto a él se hallaba el rey, sentado en un trono de madera, con las piernas estiradas en su habitual postura de descanso. Vestía como soldado, botas altas y túnica de cuero; pero llevaba corona en lugar de casco. William y Walter se abrieron paso entre los numerosos peticionarios que se encontraban ante la puerta de la iglesia, saludaron a los guardias que mantenían a raya a la gente y se acercaron al monarca. Stephen, que estaba hablando con un conde recién llegado, vio aproximarse a William y se interrumpió de inmediato.

—William, amigo mío. Ya te has enterado.

—Mi rey y señor —dijo William haciendo una reverencia.

Stephen se puso en pie.

—Te acompaño en tu dolor —dijo. Rodeó a William con los brazos y lo retuvo un instante antes de soltarlo.

Sus muestras de afecto hicieron que William vertiera las primeras lágrimas.

—Vengo a pediros permiso para ir a casa —balbuceó.

—Te lo concedo con gusto, aunque no con alegría —respondió el rey—. Echaremos en falta tu fuerte brazo derecho.

—Gracias, señor.

—También te concedo la custodia del condado de Shiring y todas sus rentas hasta que se decida la cuestión de la sucesión. Ve a casa, entierra a tu padre y vuelve con nosotros tan pronto como puedas.

William hizo una nueva reverencia y se retiró. El rey reanudó su conversación con el conde. Los cortesanos se reunieron en torno a William para expresarle sus condolencias. Mientras recibía las frases de cada uno de ellos y las agradecía, le vino a la memoria, con un sobresalto, el significado de lo que le había dicho el rey. Le había concedido la custodia del condado «hasta que se decida la cuestión de la sucesión». ¿Qué cuestión? William era el hijo único de su padre. ¿Cómo podía haber cuestión alguna? Observó los rostros que le rodeaban y su expresión se animó al ver a un joven sacerdote que, por ser uno de los clérigos del rey, siempre estaba bien informado. Le llevó aparte y le preguntó:

—¿Qué diablos ha querido decir al mencionar la «cuestión» de la sucesión, Joseph?

—Hay otro pretendiente al condado —repuso Joseph.

—¿Otro pretendiente? —repitió asombrado William, pues no tenía hermanastros, hermanos ilegítimos, primos ni…—. ¿Quién es?

Joseph señaló hacia un hombre que se encontraba de espaldas a ellos. Se encontraba entre la comitiva del conde recién llegado, y vestía indumentaria de escudero.

—¡Pero si ni siquiera es caballero! —exclamó William—. ¡Mi padre era el conde de Shiring!

El escudero le oyó y se volvió hacia ellos.

—¡Mi padre también era el conde de Shiring!

En un principio, William no le reconoció. Sólo vio a un joven de unos dieciocho años, guapo, de hombros anchos, bien vestido para ser escudero y con una espada al cinto. Su actitud revelaba seguridad en sí mismo, incluso arrogancia. Y lo más asombroso fue que se quedó mirando a William con tan profunda expresión de odio que le hizo retroceder.

La cara le resultaba muy familiar, aunque cambiada. Así y todo, a William le era imposible identificarlo. Pero entonces descubrió una fea cicatriz en la oreja derecha del escudero, donde le había sido seccionado el lóbulo. Como un relámpago le vino a la memoria un pequeño trozo de carne blanca cayendo sobre el pecho palpitante de una virgen aterrada y escuchó a un muchacho gritar de dolor. Aquél era Richard, el hijo del traidor Bartholomew, el hermano de Aliena. El chiquillo al que habían obligado a mirar mientras dos hombres violaban a su hermana, se había convertido en un hombre formidable en cuyos ojos, de un azul claro, ardía la llama del deseo de venganza. De repente, William se sintió asustadísimo.

—Lo recuerdas, ¿verdad? —preguntó Richard, arrastrando un poco las palabras, lo que no llegó a enmascarar del todo la furia glacial que palpitaba en ellas.

William asintió.

—Lo recuerdo.

—Y yo también, William Hamleigh —dijo Richard—. Y yo también.

William se encontraba sentado en el gran sillón que había pertenecido a su padre, a la cabecera de la mesa. Siempre supo que un día le pertenecería aquel asiento. Imaginó que se sentiría muy poderoso cuando lo hiciera; sin embargo, ahora estaba bastante atemorizado. Temía que la gente dijese que no era tan valiente como su padre había sido, y que no le respetasen.

Su madre se hallaba a su derecha. La había observado con frecuencia cuando su padre se sentaba en aquel sillón, y se daba cuenta del modo en que ella jugaba con sus temores y debilidades para salirse con la suya. Estaba decidido a no dejarla hacer lo mismo con él.

El asiento de su izquierda lo ocupaba Arthur, un hombre entrado en carnes, de modales tranquilos, que había sido el juez local del conde Bartholomew. Al acceder al título de conde, Percy lo había contratado porque conocía muy bien las propiedades. A William nunca le convenció aquel razonamiento. Los servidores de otras gentes se aferraban a veces a las ideas de sus anteriores amos.

—No es posible que el rey Stephen haga conde a Richard —protestó Regan, furiosa—. ¡No es más que un escudero!

—No entiendo cómo ha logrado siquiera llegar hasta ahí —dijo William en tono de irritación—. Creí que habían quedado en la miseria. Pero llevaba ropas estupendas y una buena espada. ¿De dónde ha sacado el dinero?

—Se estableció como mercader de lana —le explicó su madre—. Tiene todo el dinero que necesita. O más bien lo tiene su hermana. He oído decir que es Aliena quien lleva el negocio.

Aliena. Así que ella estaba detrás de todo aquello. William nunca la había olvidado del todo, pero jamás le había vuelto a atormentar tanto desde que estalló la guerra, hasta su encuentro con Richard. Desde entonces había pensado de continuo en ella, tan fragante y hermosa, tan vulnerable y deseable como siempre. La aborrecía, precisamente por el dominio que ejercía sobre él.

—¿De manera que ahora Aliena es rica? —preguntó simulando indiferencia.

—Sí. Pero tú has estado luchando por el rey durante un año. No puede negarte tu herencia.

—Al parecer Richard también ha peleado como un valiente —objetó William—. He hecho algunas averiguaciones. Y, lo que todavía es peor, he oído decir que su valor ha llegado a conocimiento del rey.

Regan adoptó una actitud reflexiva.

—De manera que tiene una oportunidad —dijo.

—Mucho me lo temo.

—Muy bien. Hemos de luchar por desbancarlo.

—¿Cómo? —preguntó William. Había decidido no permitir que su madre se hiciera cargo, pero en esos momentos acababa de hacerlo.

—Tienes que volver junto al rey con más caballeros, armas nuevas y mejores caballos. También con muchos escuderos y hombres de armas.

A William le hubiera gustado mostrarse en desacuerdo con ella, pero sabía que tenía razón. A la larga, el rey concedería el condado al hombre a quien considerase su partidario más efectivo, sin importarle lo justo o injusto del caso.

—Y eso no es todo —prosiguió Regan—. Has de tener mucho cuidado en presentarte y actuar como un conde. De esa manera, el rey empezará a pensar en el nombramiento como en algo que no admite duda alguna.

—¿Qué aspecto debe tener un conde y cómo ha de actuar? —quiso saber William, intrigado a su pesar.

—Expresa tu pensamiento con la mayor frecuencia. Ten siempre una opinión acerca de todo cuanto acontezca. Cómo debería el rey proseguir con la guerra; cuáles son las mejores tácticas para cada batalla, en qué situación política se halla el norte y, de modo muy especial, comenta la cualidad y lealtad de otros condes. Habla de unos a otros. Di al conde de Huntington que el conde de Warenne es un gran luchador, di al obispo de Ely que no confías en el sheriff de Lincoln. La gente dirá al rey: «William de Shiring pertenece a la facción de Warenne» o «William de Shiring y sus seguidores están en contra del sheriff de Lincoln». Si te muestras como poderoso, el rey se sentirá a gusto concediéndote más poder.

William tenía escasa fe en aquellas sutilezas.

—Creo que será más efectivo si consigo reunir un ejército poderoso —dijo, y volviéndose hacia el juez local le preguntó—: ¿Cuánto hay en mis arcas, Arthur?

—Nada, señor —contestó éste.

—¿De qué diablos hablas? —inquirió William con aspereza—. Tiene que haber algo. ¿Cuánto?

Arthur mostraba un ligero aire de superioridad, como si nada tuviera que temer de William.

—No hay dinero alguno en las arcas, señor.

William sintió deseos de estrangularlo.

—¡Éste es el condado de Shiring! —dijo con voz lo bastante alta como para que los caballeros y funcionarios del castillo que comían al otro extremo de la mesa levantasen la cabeza—. ¡Tiene que haber dinero!

—Desde luego, entra dinero sin cesar, señor —dijo tranquilamente Arthur—. Pero vuelve a salir, sobre todo en tiempos de guerra.

William estudió el rostro pálido y bien afeitado. Arthur se mostraba demasiado suficiente. ¿Era honrado? No había forma de saberlo. William habría dado algo por que sus ojos pudieran penetrar en la mente de aquel hombre.

Regan sabía en qué estaba pensando William.

—Arthur es honrado —respondió sin importarle que el hombre estuviera presente—. Es viejo, perezoso y es imposible hacerle cambiar de ideas, pero es honrado.

William se sintió como herido por un rayo. Apenas había tomado posesión del sillón de conde y su poder ya empezaba a desvanecerse como por arte de magia. ¿Acaso era víctima de una maldición? Parecía existir una ley según la cual William sería siempre un muchacho entre hombres, cualquiera que fuese la edad que tuviera.

—¿Cómo ha podido ocurrir esto? —preguntó, casi sin fuerzas.

—Antes de morir, tu padre estuvo enfermo durante la mayor parte del año —le explicó su madre—. Me daba cuenta de que estaba dejando que la situación se le escapara de las manos; pero no logré que hiciera nada al respecto.

Fue una novedad para William descubrir que, a fin de cuentas, su madre no era omnipotente. Se volvió hacia Arthur.

—Tenemos algunas de las mejores tierras de cultivo del reino. ¿Cómo es posible que estemos sin dinero?

—Hay granjas que se encuentran en dificultades y varios arrendatarios van atrasados en el pago de sus rentas.

—¿Y por qué?

—Una de las razones que escucho con frecuencia es que los jóvenes no quieren trabajar el campo y se van a las ciudades.

—¡Entonces hemos de impedírselo!

Arthur se encogió de hombros.

—Una vez que un siervo ha vivido durante un año en cualquier ciudad se convierte en hombre libre. Es la ley.

—¿Y qué pasa con los arrendatarios que no han pagado? ¿Qué les has hecho?

—¿Qué puede hacérseles? —contestó Arthur—. Si les quitamos su medio de vida, jamás estarán en condiciones de pagar. De modo que hemos de ser pacientes y esperar a que llegue una buena cosecha que les permita ponerse al día.

William pensó, irritado, que Arthur parecía satisfecho de su incapacidad para resolver aquellos problemas. Pero por una vez contuvo su genio.

—Bien, si todos los jóvenes se van a las ciudades, ¿qué me dices de nuestros alquileres por las propiedades urbanas en Shiring? Con ellos tendría que ingresar algún dinero.

—Aunque parezca extraño, no ha sido así —alegó Arthur—. En Shiring hay numerosas casa vacías. Los jóvenes deben de irse a cualquier otro sitio.

—O la gente te está mintiendo —replicó William—. Supongo que vas a decirme que los ingresos por el mercado de Shiring y la feria del vellón también han caído.

—Sí...

—Entonces, ¿por qué no aumentas las rentas y los impuestos?

—Lo hemos hecho, señor, cumpliendo las órdenes de vuestro difunto padre. Pese a todo, los ingresos han caído.

—Con una propiedad tan poco productiva, ¿cómo era posible que Bartholomew pudiera seguir adelante? —preguntó William, exasperado.

Incluso para aquello tenía respuesta Arthur.

—También poseía la cantera. En los viejos tiempos daba mucho dinero.

—Y ahora está en manos de ese condenado monje... —William estaba trastornado. Justo cuando necesitaba hacer un despliegue ostentoso, le decían que estaba sin dinero. La situación era muy peligrosa para él. El rey sólo le había concedido la custodia de un condado. En cierto modo, lo estaba poniendo a prueba. Si volvía a la corte con un ejército reducido, podría parecer ingratitud, incluso deslealtad.

Además, era posible que el panorama que le había presentado Arthur no fuera del todo verdadero. William estaba seguro de que la gente le defraudaba y que era muy probable que, además, se estuvieran riendo a sus espaldas. La idea le puso furioso. No se encontraba dispuesto a tolerarlo. Ya les enseñaría él. Antes de aceptar la derrota habría derramamiento de sangre.

—Has encontrado una excusa para todo —dijo a Arthur—, y el hecho es que has dejado que estas propiedades fueran a la deriva durante la enfermedad de mi padre, que es cuando deberías haberte mostrado más cuidadoso.

—Pero, señor...

William levantó la voz.

—Cierra la boca o haré que te azoten.

Arthur palideció y guardó silencio.

—A partir de mañana —decidió William—, vamos a empezar a recorrer el condado. Visitaremos cada una de las aldeas de mi propiedad y ya verán esos campesinos embusteros y quejumbrosos. Tal vez tú no sepas cómo tratarlos, pero yo sí. Pronto averiguaremos hasta qué punto se encuentra empobrecido mi condado. Y, si me has mentido, juro por Dios que serás el primer ahorcado de los muchos que van a verse.

Además de Arthur, se llevó consigo a su fiel Walter, así como a los otros cuatro caballeros que habían luchado junto a él durante el pasado año. Gervase, Hugh, Gilbert de Rennes y Miles. Todos ellos eran hombres corpulentos y violentos, prontos a la cólera y dispuestos siempre a pelear. Cabalgaban con sus mejores caballos e iban armados hasta los dientes para imponer el terror entre los campesinos. William estaba convencido de que un hombre se encontraba indefenso si la gente no le tenía miedo.

Era un día caluroso de finales de verano y en los campos se veían las gavillas de trigo. Aquella abundancia de riqueza enfureció más a William, que carecía de dinero. Alguien tenía que estar robándole. A esas alturas, ya deberían sentirse demasiado atemorizados para atreverse a hacerlo. Su familia había obtenido el condado al caer en desgracia Bartholomew. Sin embargo, él no tenía un penique mientras que el hijo de Bartholomew nadaba en la abundancia. La idea de que la gente le estuviera robando y que, al mismo tiempo, se rieran de su ignorancia, lo sacaba de quicio. Su cólera iba en aumento conforme cabalgaba.

Decidió empezar por Northbrook, una pequeña aldea bastante alejada del castillo. Los aldeanos componían una mezcla de siervos y hombres libres. William era el propietario de los siervos, que nada podían hacer sin su permiso. En ciertas épocas del año, le debían un determinado número de horas de trabajo, además de una parte de sus propias cosechas. Los hombres libres sólo tenían que pagarle el alquiler, en dinero o en especies. Cinco de ellos iban retrasados en el pago. William suponía que habían creído que podrían salirse con la suya al estar tan lejos del castillo. Sería un buen lugar para empezar.

Había sido una larga cabalgata y el sol ya estaba alto cuando se acercaban a la aldea. Había veinte o treinta casas rodeadas de tres grandes campos, todos ellos cubiertos ya de rastrojos. Cerca de las casas, en el linde de uno de los campos, se alzaban tres grandes robles. Al aproximarse más, William vio que la mayoría de los aldeanos se encontraban sentados a la sombra de los robles; al parecer comiendo. Espoleó a su caballo, recorrió a medio galope los últimos metros, y sus hombres le siguieron. Se detuvieron frente a los reunidos en medio de una nube de polvo.

Aquellas gentes se pusieron torpemente en pie, tragándose con precipitación su pan bazo e intentando quitarse el polvo de los ojos. La mirada recelosa de William observó un pequeño y curioso drama. Un hombre de mediana edad, de barba negra, habló en voz baja, pero con tono apremiante, a una rolliza muchacha que tenía en los brazos un bebé de mejillas coloradas. Un joven se les acercó; pero el hombre mayor se apresuró a obligarlo a alejarse. Luego, la muchacha, protestando al parecer, se marchó hacia las casas y desapareció entre el polvo. William quedó intrigado. Había algo sospechoso en toda aquella escena y le hubiera gustado que su madre estuviera allí para interpretarla.

Decidió no hacer nada por el momento. Luego, habló a Arthur en voz lo bastante alta como para que todos pudieran oírlo.

—Cinco de mis arrendatarios libres están retrasados en sus pagos, ¿no es así?

—Sí, señor.

—¿Quién es el peor?

—Athelstan hace dos años que no paga, pero ha tenido muy mala suerte con sus cerdos...

William le interrumpió.

—¿Quién de vosotros es Athelstan? —preguntó.

Se adelantó un hombre alto, de hombros hundidos, de unos cuarenta y cinco años. Se estaba quedando calvo y tenía los ojos acuosos.

—¿Por qué no me pagas la renta? —inquirió William.

—Es una propiedad pequeña, señor, y no tengo gente que me ayude, ahora que mis muchachos se han ido a trabajar a la ciudad. Además, hubo la fiebre porcina y...

—Un momento —le interrumpió William—. ¿Adónde fueron tus hijos?

—A Kingsbridge, señor, para trabajar en la nueva catedral, porque quieren casarse, como tienen que hacer los jóvenes, y mi tierra no da para sostener a tres familias...

William almacenó en su memoria, para analizarla más adelante con detenimiento, la información de que aquellos jóvenes habían ido a trabajar en la catedral de Kingsbridge.

—De cualquier manera, tu propiedad es lo bastante grande para mantener a una familia. Sin embargo, sigues sin pagarme la renta.

Athelstan empezó a hablar de nuevo de sus cerdos. William lo contemplaba con expresión malévola sin escuchar siquiera. Sé por qué no has pagado, se dijo; sabías que tu señor estaba enfermo y decidiste estafarle mientras se encontraba incapacitado para hacer valer sus derechos. Los otros cuatro estafadores pensaron lo mismo. ¡Nos robasteis cuando éramos débiles!

Por un instante sintió una enorme compasión de sí mismo. Estaba seguro de que los cinco lo habían estado pasando en grande con su habilidad para robarles. Pues bien, ahora aprenderían la lección.

—Vosotros, Gilbert y Hugh, coged a ese campesino e inmovilizadle —ordenó con voz tranquila.

Athelstan todavía seguía hablando. Los dos caballeros desmontaron y se acercaron a él. La historia de la fiebre porcina no llegó a su fin. Los caballeros lo cogieron por los brazos. El hombre palideció de miedo.

William se dirigió a Walter con la misma voz tranquila.

—¿Tienes tus guantes de cota de malla?

—Sí, señor.

—Póntelos. Dale a Athelstan una lección, pero asegúrate de que queda vivo para que haga correr la noticia.

—Sí, señor.

Walter sacó de sus alforjas un par de manoplas de cuero con una excelente malla cosida a los nudillos y el dorso de los dedos, y se los calzó con deliberada lentitud. Los aldeanos observaban atemorizados, y Athelstan empezó a gemir de terror.

Walter se apeó, se aproximó a Athelstan y le dio un puñetazo en el estómago. El golpe resonó de manera terrible. Athelstan se dobló en dos y se quedó sin respiración. Gilbert y Hugh le obligaron a enderezarse y Walter le golpeó en la cara. Empezó a sangrar por la nariz y la boca. Entre los que miraban, una mujer que sin duda sería la suya, empezó a chillar y echó a correr hacia Walter.

—¡Deteneos! ¡Dejadle en paz! ¡No le matéis! —gritaba.

Walter la apartó con violencia. Otras dos mujeres le retuvieron y le hicieron retirarse. Pero ella seguía chillando y forcejeando. Los demás campesinos, sublevándose en silencio, miraban a Walter golpear a Athelstan hasta que éste, con la cara cubierta de sangre, perdió la conciencia.

—¡Soltadlo! —dijo finalmente William.

Gilbert y Hugh soltaron a Athelstan, que se desplomó en el suelo y quedó inmóvil. Las mujeres soltaron a la esposa, que corrió hacia él sollozando y cayó de rodillas a su lado. Walter se quitó las manoplas y limpió la malla de la sangre y los pequeños restos de piel y carne que habían quedado adheridos.

William perdió todo su interés por Athelstan. Recorrió con la mirada la aldea y vio una construcción de madera de dos plantas, al parecer nueva, levantada al borde del arroyo.

—¿Qué es eso? —preguntó a Arthur, señalándola.

—No lo he visto hasta ahora, señor —repuso éste, nervioso.

William pensó que mentía.

—Es un molino de agua, ¿verdad?

Arthur se encogió de hombros, pero su indiferencia resultó poco convincente.

—No imagino qué otra cosa puede ser ahí junto al arroyo.

¿Cómo podía Arthur mostrarse tan insolente cuando acababa de ver a un campesino apaleado casi hasta la muerte por orden suya?

—¿Pueden mis siervos construir molinos sin mi permiso? —preguntó, casi al borde de la desesperación.

—No, señor.

—¿Y sabes por qué está prohibido?

—Para que tengan que llevar su grano a los molinos del señor y pagarle por la molienda.

—Y de ese modo el señor obtiene beneficios.

—Sí, señor —respondió Arthur, y en el tono condescendiente de quien explica a un niño algo elemental, añadió—: Pero si pagan una multa por construir el molino, el señor se beneficiará igualmente.

A William la actitud de aquel hombre le parecía exasperante.

—No, no se beneficiará del mismo modo. La multa nunca alcanzaría a lo que de otra manera tendrían que pagar los campesinos. Por eso les gusta construir molinos. Y, también por eso, mi padre jamás lo permitió.

Sin dar tiempo a Arthur a contestar, espoleó su caballo y se dirigió al molino. Sus caballeros le siguieron, y a éstos los aldeanos en desordenado grupo.

William desmontó. No cabía la menor duda de qué era aquella construcción. Una gran rueda giraba a impulsos de la rápida corriente de agua. La rueda hacía girar un astil que atravesaba el muro lateral del molino. Era una construcción de madera sólida, hecha para que durara. Quien la había construido esperaba a todas luces ser libre para utilizarla durante años.

El molinero se encontraba en pie, junto a la puerta abierta, con una pretendida expresión de inocencia. En la habitación, detrás de él, había sacos de grano amontonados de forma ordenada. William desmontó. El molinero le hizo una cortés reverencia. Pero ¿no había acaso en su mirada un atisbo de desdén? Una vez más, William tuvo la penosa sensación de que aquella gente creía que él era un don nadie y que su incapacidad para imponerles su voluntad le hacía sentirse impotente. Le embargaban la indignación y la frustración. Gritó furioso al molinero.

—¿Qué te hizo pensar que podrías salirte con la tuya? ¿Imaginas que soy tan estúpido? ¿Es eso? ¿Es eso lo que crees?

Y le dio al hombre un puñetazo en la cara.

El molinero lanzó un exagerado grito de dolor y cayó al suelo de manera premeditada.

William, pasando por encima de él, entró en el molino. El astil de la rueda exterior se hallaba conectado, mediante una serie de ruedas dentadas de madera, al astil de la muela en la planta superior. El grano molido caía a través de una tolva a la era a ras del suelo. El segundo piso, que tenía que soportar el peso de la muela, estaba sostenido por cuatro robustos maderos, cogidos sin duda del bosque de William sin su permiso. Si se cortaran esos maderos, toda la construcción se vendría abajo.

William volvió a salir. Hugh llevaba sujeta a su montura una enorme hacha, que era el motivo de su apodo.

—Dame tu hacha de combate —dijo William.

Hugh se la entregó.

William entró de nuevo y empezó a golpear con ella los maderos de apoyo en el piso superior. Le producía una satisfacción inmensa sentir los golpes del hacha contra la edificación que con tanto cuidado habían construido los campesinos en su intento de birlarle sus ingresos por molienda. Ahora ya no se reirán de mí, se dijo con bestial regocijo.

Walter entró a su vez y se quedó mirando. William hizo una profunda hendidura en uno de los soportes y luego cortó un segundo hasta la mitad. La plataforma superior, sobre la que se apoyaba el enorme peso de la muela, empezó a ceder.

—Trae una cuerda —ordenó William.

Walter salió a buscarla.

William atacó los otros dos soportes. La estructura estaba a punto para derrumbarse. Walter regresó con una cuerda. William la ató a uno de los soportes y luego sacó el otro extremo y lo amarró al cuello de su caballo de guerra.

Los campesinos observaban todas aquellas maniobras en hosco silencio.

—¿Dónde está el molinero? —preguntó William una vez asegurada la cuerda.

El molinero se acercó con la actitud de quien recibe un trato injusto.

—Átalo y mételo dentro, Gervase —ordenó William.

El molinero intentó echar a correr, pero Gervase le puso una zancadilla, se sentó luego sobre él y le ató con correas las manos y los pies. Luego, él y Hugh le agarraron. El molinero empezó a forcejear y a suplicar clemencia.

—No podéis hacer eso. Es asesinato. Ni siquiera un señor puede ir por ahí asesinando a la gente —protestó uno de los aldeanos, dando un paso al frente.

—Si vuelves a abrir la boca te meteré dentro con él —le amenazó William, señalándole con un dedo tembloroso.

Por un instante, el hombre pareció desafiante. Luego se lo pensó mejor y dio media vuelta.

Los caballeros salieron del molino. William hizo avanzar a su caballo hasta que la cuerda quedó tensa. Después le dio una palmada en la grupa, lo que hizo que se tensase más.

El molinero empezó a lanzar alaridos que helaban la sangre. Eran las voces de un hombre poseído por un terror mortal, de un hombre que sabía que en cuestión de instantes iba a quedar aplastado hasta morir.

El caballo agitó la cabeza intentando aflojar la cuerda que le rodeaba el cuello. William le gritó y le asestó un puntapié en las ancas para que hiciera fuerza.

—¡Vosotros, tirad de la cuerda! —dijo a sus hombres.

Los cuatro caballeros agarraron la cuerda tensa y unieron sus esfuerzos a los del caballo. Los aldeanos protestaron, pero estaban demasiado aterrados para intervenir. Arthur se encontraba apartado de todos ellos, con aspecto de sentirse mal.

Los gritos del molinero se hicieron más agudos. William se imaginaba el terror ciego que debía de embargar al hombre mientras esperaba su espantosa muerte. Se decía que ninguno de aquellos campesinos olvidaría jamás el castigo de los Hamleigh.

El madero crujió con fuerza. Se oyó un fuerte chasquido al romperse. El caballo saltó hacia adelante y los caballeros soltaron la cuerda. Empezó a desplomarse una esquina del tejado. Las mujeres comenzaron a gemir y sollozar. Las paredes de madera del molino se estremecieron. Arreciaron los gritos del molinero. Se oyó entonces un fuerte estruendo al ceder el piso superior. Los gritos enmudecieron de repente y el suelo tembló al caer la muela. Las paredes se astillaron, el tejado se derrumbó y al cabo de un instante el molino se había convertido en un montón de leña con un muerto debajo.

William empezó a sentirse mejor.

Algunos aldeanos corrieron hacia las ruinas y empezaron a apartar maderas frenéticamente. Si esperaban encontrar al molinero con vida se iban a llevar una gran decepción. Su cuerpo tendría un aspecto horripilante. Tanto mejor.

William miró alrededor y vio a la muchacha de mejillas coloradas como las del bebé que llevaba en brazos, en pie detrás del gentío, como si intentase pasar inadvertida. Recordó al hombre de la barba negra, seguramente su padre, que tan interesado se había mostrado en que no la viera. Decidió que descubriría el misterio antes de abandonar la aldea. Le hizo una seña de que se acercara. La muchacha miró hacia atrás con la esperanza de que estuviera llamando a otro.

—Tú —le dijo William—. Ven aquí.

El hombre de la barba negra la vio y gruñó exasperado.

—¿Quién es tu marido, muchacha? —le preguntó William.

—No tiene ma… —empezó a decir el padre.

Sin embargo llegó demasiado tarde, porque la muchacha ya había contestado.

—Edmund.

—De modo que estás casada. Pero ¿quién es tu padre?

—Yo lo soy —respondió el hombre de la barba—. Mi nombre es Theobald.

William se volvió hacia Arthur.

—¿Es Theobald hombre libre?

—Es un siervo, señor.

—Y cuando la hija de un siervo se casa, ¿no tiene derecho el señor, como su propietario, a gozar de ella la noche de la boda?

Arthur se mostró escandalizado.

—¡Señor! Esa costumbre primitiva no se ha puesto en práctica en esta parte del mundo desde tiempo inmemorial.

—Una gran verdad —reconoció William—. En su lugar, el padre paga una multa. ¿Cuánto pagó Theobald?

—Aún no la ha pagado, señor; pero…

—¡No la has pagado! Y la muchacha tiene ya un niño de mejillas sonrosadas.

—Nunca tuvimos el dinero, señor. Ella esperaba un hijo de Edmund y querían casarse, pero ahora podemos pagar porque hemos recogido la cosecha —dijo Theobald.

William se volvió hacia la muchacha y sonrió.

—Déjame ver al niño —le dijo.

Ella lo miró temerosa.

—Vamos. Dámelo —insistió él.

Aunque la muchacha tenía miedo, le resultaba imposible decidirse a entregarle al crío. William se le acercó más y le quitó con delicadeza el chiquillo. Ella lo miró con expresión de pánico, pero no se resistió.

El bebé empezó a gritar. William lo sostuvo por un instante. Luego, lo agarró por los tobillos con una mano y con movimiento rápido lo lanzó al aire, todo lo que le fue posible. La muchacha soltó un alarido semejante al de un fantasma agorero anunciando la muerte, mientras seguía con la mirada la trayectoria ascendente del pequeñín.

El padre corrió con los brazos extendidos, intentando recogerlo cuando cayera.

Mientras la muchacha miraba hacia arriba y gritaba, William la agarró por el traje y se lo rasgó. Tenía un cuerpo juvenil, turgente y sonrosado.

El padre logró coger al bebé, poniéndolo a salvo.

La joven intentó echar a correr, pero William la alcanzó y la tiró al suelo.

El padre entregó el niño a una mujer y se volvió hacia William, que dijo:

—Como no pude ejercer mi derecho de pernada en la noche de bodas, y tampoco me ha sido pagada la multa, ahora me cobraré lo que se me debe.

El padre se precipitó hacia él.

William desenvainó su espada.

El padre se detuvo.

William miró a la muchacha, que, en el suelo, intentaba cubrir su desnudez con las manos. El miedo de ella le excitaba.

—Y, cuando haya terminado, también la gozarán mis caballeros —añadió con una sonrisa de satisfacción.

2

En tres años, Kingsbridge había cambiado hasta el punto de ser irreconocible.

William no había estado allí desde Pentecostés, cuando Philip y su ejército de voluntarios habían frustrado los planes de Waleran Bigod. Había entonces cuarenta o cincuenta casas de madera que rodeaban, como un enjambre, la puerta del priorato y se desperdigaban por el sendero cenagoso que conducía, ladera abajo, hasta el puente. Sin embargo, en esos momentos, al acercarse a la aldea, vio a través de los campos ondulantes, que había al menos tres veces más de casas. Formaban una franja parda a lo largo del muro de piedra gris del priorato y cubrían por completo el espacio entre éste y el río. Algunas de aquellas casas parecían grandes. En el interior del recinto del priorato había nuevos edificios de piedra y todo indicaba que la construcción de los muros iba a buen ritmo. Junto al río, había dos nuevos muelles. Kingsbridge se estaba convirtiendo en una ciudad.

El aspecto de aquel lugar le confirmaba la sospecha que venía albergando desde que había regresado de la guerra. Durante su recorrido cobrando rentas atrasadas y aterrorizando a los siervos desobedientes, había estado oyendo hablar de Kingsbridge. Los jóvenes desposeídos de tierras iban allí a trabajar; familias pudientes enviaban a sus hijos a la escuela del priorato; los pequeños propietarios vendían sus huevos y sus quesos a los hombres que trabajaban en la construcción de la catedral. Y todo aquel que podía acudía allí en las fiestas de guardar. Aquél era un día sagrado, la fiesta de san Miguel, que ese año caía en domingo. En aquella mañana tibia, de principios de otoño, el tiempo era bueno para viajar, de manera que habría un buen gentío. William esperaba averiguar qué era lo que les impulsaba a acudir a Kingsbridge.

Con él cabalgaban sus cinco hombres. Habían llevado a cabo un trabajo de primera en las aldeas. Las noticias de las acciones de William se habían propagado con extraordinaria rapidez, y a los pocos días la gente sabía a qué atenerse. Ante la inminente llegada de William solían enviar a sus hijos y a las mujeres jóvenes a ocultarse en el bosque. William gozaba infundiendo pavor en los corazones de las gentes. De esa manera los mantenía en su lugar. ¡Ahora ya sabían bien quién mandaba!

Cuando el grupo se acercaba a Kingsbridge, puso su caballo al galope y los demás le imitaron. Llegar veloces siempre resultaba más impresionante. Las gentes se apartaban del camino o se lanzaban hacia los campos para huir de los grandes caballos, cuyos cascos resonaban estruendosos por el puente de madera, dando sus jinetes de lado al funcionario que se encontraba en la garita para el cobro del portazgo. Pero se vieron obligados a reducir de pronto la marcha al encontrar la angosta calle bloqueada por una carreta cargada de barriles de cal, tirada por dos grandes bueyes de movimientos lentos.

William miró alrededor mientras seguían al carro en su ascenso por la ladera de la colina. Casas nuevas, construidas de forma apresurada, llenaban los espacios existentes entre las antiguas. Vio una pollería, una cervecería, una herrería y una zapatería. Existía un inconfundible ambiente de prosperidad. William sintió envidia.

Sin embargo no había mucha gente por la calle. Tal vez estuvieran todos arriba, en el priorato. Con sus caballeros a la zaga siguió a la carreta de bueyes a través de las puertas del priorato. No era la clase de entrada que a él le gustaba hacer, y sintió un atisbo de inquietud ante la posibilidad de que la gente se diera cuenta y se riera de él. Pero, por fortuna, nadie miró.

En claro contraste con la ciudad desierta al otro lado de los muros, en el recinto del priorato reinaba la más afanosa actividad.

William sofrenó su caballo y echó un vistazo a todo aquello. Había tanta gente y tanto trasiego de un lado a otro que, en un principio, le pareció algo desconcertante. Luego, observó que había tres focos principales de actividad.

En la zona más cercana a él, en el extremo oeste del recinto del priorato, había un mercado. Los puestos formaban hileras perfectas de norte a sur, y varios centenares de personas circulaban por los pasillos comprando comida y bebida, sombreros y zapatos, cuchillos, cinturones, patitos, cachorros, ollas, pendientes, lana, hilos, cuerda y otros muchos artículos, tanto de primera necesidad como superfluos. Era evidente que el mercado florecía y que todos los peniques, medios peniques y cuartos de penique que cambiaban de manos debían de sumar una gran cantidad de dinero. No era de extrañar, se dijo William con amargura, que en Shiring el mercado estuviera de capa caída cuando allí, en Kingsbridge, las cosas iban tan bien. Las rentas que pagaban los propietarios de puestos, los portazgos por suministros y los impuestos sobre las ventas que debería ingresar la tesorería del conde de Shiring iban a parar a los cofres del priorato de Kingsbridge.

Pero un mercado necesitaba de una licencia del rey, y William estaba seguro de que el prior Philip no la tenía. Tal vez su intención fuese solicitarla tan pronto como le pescaran, al igual que el molinero de Northbrook. Por desgracia, no le resultaría tan fácil a William dar una lección a Philip.

Más allá del mercado, había una zona de tranquilidad. Adyacente a los claustros, donde sin duda había estado la crujía de la vieja iglesia, había un altar debajo de un dosel. Un monje de pelo blanco se encontraba de pie delante de él, leyendo un libro. En el extremo más alejado del altar, unos monjes, formando filas perfectas, cantaban himnos; pero, a aquella distancia, la música quedaba ahogada por los ruidos procedentes de la plaza del mercado. Era una pequeña congregación. Aquello debían de ser nonas, un oficio sagrado reservado a los monjes, se dijo William. Como era natural, todo trabajo y toda actividad quedarían suspendidas en el mercado durante el principal servicio sagrado de la fiesta de san Miguel.

En el área más alejada del recinto del priorato se estaba construyendo el extremo oriental de la catedral. En eso era en lo que el prior Philip estaba gastando lo que arañaba del mercado, se dijo con acritud William. Los muros tenían diez o doce metros de altura, y ya era posible ver la silueta de las ventanas y la línea de la arcada. Las intrincadas estructuras, de aspecto ligero, del andamiaje de madera colgaban de forma precaria del trabajo en piedra, semejantes a nidos de gaviotas sobre un risco cortado a pico. Por todo el recinto pululaban trabajadores. William pensó que había algo extraño en su aspecto. Al cabo de un instante cayó en la cuenta de que se trataba del colorido de sus trajes. Desde luego, aquéllos no eran los peones habituales. Los trabajadores que cobraban tendrían ese día festivo. Aquellas gentes eran voluntarios.

No había esperado que hubiera tantos. Centenares de hombres y mujeres acarreaban piedras, cortaban madera y hacían rodar barricas. También subían carros llenos de arena, desde el río. Todos ellos trabajando sin cobrar un céntimo, sólo para obtener el perdón de sus pecados.

El astuto prior había imaginado un hábil plan, pensó William con envidia. La gente que acudiera a trabajar en la catedral gastaría dinero en el mercado, y la gente que acudiera al mercado dedicaría algunas horas a la catedral, por sus pecados. Una mano lava la otra...

Cruzó el cementerio hasta llegar al enclave de la construcción, la cual le llamó aún más la atención al verla de cerca.

Los ocho pilares macizos de la arcada formaban, a cada lado, cuatro parejas opuestas. Desde lejos, William había pensado que podía ver los arcos redondeados uniendo un pilar con el otro, pero en ese momento advirtió que los arcos no habían sido construidos todavía. Lo que había visto era la cimbra en madera, a la que habían dado la forma que tendría la definitiva, y sobre la que descansarían las piedras mientras se construían los arcos y la argamasa se endurecía. La cimbra no descansaba sobre el suelo, sino que se apoyaba en los moldes de los capiteles en la parte superior de los pilares.

Los muros exteriores de los pasillos se alzaban paralelos a la arcada, con espacios regulares para las ventanas. Entre hueco y hueco, se proyectaba un contrafuerte desde el muro. Mirando a través de los extremos abiertos de los muros sin terminar, William descubrió que no eran de piedra maciza, sino muros dobles con un espacio en el medio. Al parecer la cavidad se rellenaba con escombros y argamasa.

El andamiaje estaba hecho con fuertes estacas unidas mediante caballetes de vástagos flexibles y juncos tejidos colocados a través de aquéllas.

Todo lo que veía, pensó William, debía de haber costado muchísimo dinero.

Cabalgó alrededor del exterior del presbiterio, seguido de sus caballeros. Contra los muros, había cabañas colgadizas de madera, y viviendas para los artesanos. La mayor parte de ellas estaban en aquellos momentos cerradas a cal y canto, porque ese día no había albañiles colocando piedras ni carpinteros haciendo cimbras. Sin embargo, los artesanos supervisores, el maestro albañil y el maestro carpintero se encontraban dando instrucciones a los peones voluntarios, y les decían dónde tenían que almacenar la piedra, la madera, la arena y la cal que estaban acarreando desde las orillas del río.

William rodeó el extremo este de la iglesia hasta el lado sur, donde su camino se vio bloqueado por los edificios monásticos. Entonces dio media vuelta, maravillado por la astucia del prior Philip, que tenía a sus maestros artesanos ocupados en domingo y a más trabajadores laborando sin paga.

Mientras reflexionaba acerca de lo que iba viendo, le pareció clarísimo que el prior Philip era responsable en gran medida de la decadencia del condado de Shiring. Las granjas estaban perdiendo a sus hombres jóvenes, que marchaban a trabajar en la construcción de la catedral, y Shiring, la joya del condado, estaba siendo eclipsada por la nueva ciudad de Kingsbridge, en rápido crecimiento. Los residentes en ella pagaban rentas a Philip, no a William, y la gente que compraba y vendía mercancías en su mercado proporcionaba ingresos al priorato y se los quitaba al condado. Philip tenía la madera, las granjas ovinas y la cantera que un día fueron fuentes de riqueza para el conde.

William, siempre seguido de sus hombres, cabalgó de nuevo a través del recinto, hasta el mercado. Decidió echarle un vistazo más de cerca. Hizo entrar al caballo entre los vendedores. Marchaba muy despacio. La gente no se apartaba temerosa para abrirle paso. Cuando el caballo les empujaba, miraban a William con irritación o fastidio, más que con temor, y se apartaban del camino cuando les parecía bien, con actitud un tanto condescendiente. Allí no aterraba a nadie. Aquello le puso nervioso. Si la gente no se asustaba, era imposible predecir lo que podía hacer.

Recorrió una hilera y volvió por la siguiente, siempre con sus caballeros a la zaga. Le contrariaban los parsimoniosos movimientos del gentío. Habría ido más rápido andando, pero estaba seguro de que, de haberlo hecho, aquellas gentes insubordinadas de Kingsbridge habrían sido lo bastante insolentes como para darle empellones.

Se encontraba a mitad del recorrido, en el pasillo de regreso, cuando vio a Aliena.

Tiró bruscamente de las riendas y se quedó mirándola pasmado.

Ya no era aquella joven delgada, tensa y asustada que había visto allí mismo, por Pentecostés, hacía tres años. Su cara, enflaquecida entonces por la tensión, estaba de nuevo más llena y se la veía feliz y saludable. En sus brillantes ojos oscuros había una expresión de alegría, y los rizos danzaban alrededor de su rostro cuando movía la cabeza.

Estaba tan hermosa que William sintió que ardía en deseo.

Vestía un traje escarlata, con ricos bordados, y en sus manos centelleaban varias sortijas. La acompañaba una mujer mayor que ella, que caminaba unos pasos por detrás, como si fuese una sirvienta. «Mucho dinero», había dicho su madre. Así era como Richard había podido convertirse en escudero y unirse al ejército del rey Stephen, equipado con hermosas armas. Maldita sea. Era una joven en la miseria, sin dinero ni poder..., ¿cómo lo había logrado?

Se encontraba ante un puesto que vendía agujas de hueso, hilo de seda, dedales de madera y otros artículos para coser, discutiendo alegremente sobre los artículos con el judío de baja estatura y pelo oscuro que los vendía. La actitud de la muchacha era firme, y se mostraba tranquila y segura de sí misma. Había recuperado las maneras que tuvo como hija del conde.

494

Parecía mucho mayor. Bueno, de hecho, lo era. William tenía veinticuatro, así que ella debía de andar por los veintiuno, pero representaba más edad. Ya no quedaba en ella nada de la niña que él había conocido. Era una mujer.

Aliena levantó la vista y topó con su mirada.

La última vez que algo semejante había ocurrido, ella, ruborizada a causa de la vergüenza, había huido. En esta ocasión, no apartó la vista.

William intentó esbozar una sonrisa de complicidad.

El rostro de ella expresó un desprecio abrumador.

William sintió que enrojecía. Seguía tan altanera como siempre, y se mofaba de él como lo había hecho cinco años antes. La había humillado y desflorado, pero ya no se mostraba aterrada por su presencia. Él quería hablarle y decirle que podía hacerle lo que ya le había hecho una vez, pero no estaba dispuesto a gritárselo por encima de las cabezas de la multitud. La impávida mirada de Aliena hacía que se sintiese empequeñecido. Intentó un gesto de desprecio, pero todo lo que consiguió fue una estúpida mueca. Profundamente turbado, dio media vuelta y espoleó a su caballo; aun así el gentío le obligó a aminorar la marcha, y él sintió que la mirada de Aliena le abrasaba la nuca mientras se alejaba lentamente.

Cuando al fin logró salir de la plaza del mercado, se encontró frente a frente con el prior Philip.

El pequeño galés se encontraba allí plantado, con los brazos en jarras y en actitud agresiva. William comprobó que no estaba tan delgado como tiempo atrás y que el poco pelo que le quedaba se le estaba volviendo prematuramente gris. Tampoco parecía ya demasiado joven para su cargo. En esos momentos sus ojos azules brillaban por la ira.

—Lord William —le llamó en tono desafiante.

William logró apartar a Aliena de sus pensamientos y recordó que tenía una acusación que formular contra Philip.

—Me alegro de encontraros, prior.

—Y yo a vos —dijo furioso Philip, a pesar de que fruncía el entrecejo con expresión dubitativa.

—Estáis levantando aquí un mercado —dijo William en tono reprobador.

—¿Y qué?

—No creo que el rey Stephen haya dado licencia para establecer un mercado en Kingsbridge. Ni tampoco ningún otro rey, que yo sepa.

—¿Cómo os atrevéis? —explotó Philip.

—Yo o cualquiera...

—¡Vos! —gritó Philip—. ¿Cómo os atrevéis a venir aquí y hablar de una licencia..., vos que durante todo el mes pasado habéis recorrido este condado provocando incendios, cometiendo robos, violaciones y al menos un asesinato?

—Eso no tiene nada que ver con...

—¡Cómo es posible que os atreváis a venir a un monasterio y hablar de licencias! —tronó Philip.

Dio un paso adelante, señalando con dedo acusador a William, cuyo caballo le esquivó nervioso. Su voz era más penetrante que la de William, a quien le resultaba imposible pronunciar palabra. Empezó a formarse un gentío de monjes, trabajadores voluntarios y clientes del mercado para seguir el altercado. Philip se mostraba imparable.

—Después de todo lo que habéis hecho —prosiguió el prior—, sólo hay una cosa que deberíais decir: «He pecado, padre.» ¡Deberíais caer de rodillas en este priorato! Deberíais suplicar el perdón si queréis escapar a las llamas del infierno.

William palideció. Siempre que se mencionaba el infierno un terror incontrolable se apoderaba de él. Trató desesperadamente de interrumpir el torrente de palabras de Philip.

—Pero ¿qué me decís de vuestro mercado? —insistió.

Philip apenas le oyó. Estaba tremendamente indignado.

—¡Suplicad el perdón por las terribles cosas que habéis hecho! —gritó—. ¡De rodillas! ¡De rodillas o arderéis en el infierno!

William estaba tan aterrado que ya no dudaba de que sería condenado al fuego eterno si no se arrodillaba y rezaba en ese mismo instante delante de Philip. Sabía que tenía que confesarse, porque había matado a muchos hombres en la guerra, además de los pecados que había cometido durante su recorrido por el condado. ¿Qué pasaría si moría antes de haberse confesado? Se sentía demasiado sobrecogido ante la idea del averno y los demonios con sus afilados cuchillos.

Philip se dirigió hacia él con el dedo enhiesto y le gritó:

—¡De rodillas!

William hizo retroceder a su caballo. Miró desesperadamente alrededor. La gente le cercaba por todas partes. Sus caballeros, detrás de él, parecían confusos. No sabían qué hacer frente a aquella amenaza espiritual lanzada por un monje desarmado. William se sintió incapaz de soportar más humillaciones. Después de lo de Aliena aquello era demasiado. Tiró de las riendas haciendo que su poderoso caballo de guerra retrocediera. La multitud se separó. A continuación, William espoleó con dureza al animal, que se lanzó hacia adelante. Los mirones se dispersaron. Volvió a espolearlo y el caballo avanzó a medio galope. Descompuesto por la vergüenza, cruzó veloz la puerta del priorato seguido de sus caballeros. Semejaban una jauría de perros rabiosos ahuyentados por una vieja con una escoba.

William confesó sus pecados, tembloroso y abrumado por el miedo, sobre el frío suelo de la pequeña capilla del palacio episcopal. El obispo Waleran escuchaba en silencio, y su rostro era una máscara de aversión mientras él enumeraba todas las muertes, palizas y violaciones de que era culpable. Mientras se confesaba, William sentía la más profunda repugnancia hacia aquel obispo arrogante, que tenía las manos, limpias y blancas, cruzadas sobre el pecho, y las aletas de cuya nariz palpitaban como si percibiera un olor fétido en el aire polvoriento. A William le atormentaba tener que suplicar a Waleran la absolución, pero sus pecados eran de tal categoría que ningún sacerdote corriente podría perdonarlos. Así que se arrodilló, poseído por el temor cuando el obispo le ordenó que se ocupara de que siempre hubiese encendida una vela en la capilla de Earlcastle. Luego, le dijo que había quedado absuelto de sus pecados.

El miedo, como si de niebla se tratara, se dispersó poco a poco.

Pasaron de la capilla a la humosa atmósfera del gran salón y se sentaron junto al fuego. El otoño se disponía a dar paso al invierno, y hacía frío en la enorme casa de piedra. Un pinche de cocina les llevó pan caliente especiado, hecho con miel y jengibre. Al fin William empezaba a sentirse a gusto. Pero entonces recordó sus otros problemas. Richard, el hijo de Bartholomew, estaba tratando de hacer valer sus derechos sobre el condado, y William era demasiado pobre para reunir un ejército lo bastante grande como para impresionar al rey. Durante el mes anterior había obtenido considerables sumas de dinero, pero seguían sin ser suficientes.

—Ese condenado monje le está chupando la sangre al condado de Shiring —comentó con un suspiro.

Waleran partió un trozo de pan con una mano pálida y de dedos largos, semejante a una garra.

—Me he estado preguntando cuánto tiempo ibas a tardar en llegar a esa conclusión —dijo.

Claro que a Waleran se le habría ocurrido aquello mucho antes. Se mostraba tan superior. William hubiera preferido no hablar con él, pero necesitaba la opinión del obispo sobre cierto aspecto legal.

—El rey nunca concedió licencia para establecer un mercado en Kingsbridge, ¿verdad?

—Que yo sepa, no.

—Entonces Philip está quebrantando la ley.

Waleran encogió sus huesudos hombros cubiertos de negro.

—Sí, hasta donde yo tengo conocimiento.

Waleran se mostraba muy poco locuaz; pero William siguió indagando.

—¡Hay que impedírselo!

Waleran esbozó una sonrisa de suficiencia.

—No podéis tratarlo del mismo modo que a un siervo que ha casado a su hija sin vuestro permiso.

William enrojeció. El obispo se refería a uno de los pecados que acababa de confesar.

—Entonces, ¿cómo hay que tratarlo?

Waleran reflexionó.

—Los mercados son prerrogativa del rey. En tiempos de mayor tranquilidad, tal vez él mismo se ocupara de ello.

William rió burlón. Pese a toda su inteligencia, Waleran no conocía al rey tanto como él.

—Ni siquiera en tiempos de paz le parecería bien que le presentara una queja respecto a un mercado que carece de licencia.

—Bien, entonces su delegado para los asuntos locales es el sheriff de Shiring.

—¿Qué puede hacer?

—Puede presentar una denuncia contra el priorato ante el tribunal de justicia del condado.

William negó con la cabeza.

—Eso es lo que menos me interesa. El tribunal le impondría una multa, el priorato la pagaría y el mercado continuaría prosperando. Eso equivaldría prácticamente a concederle la licencia.

—Lo malo es que, en realidad, no existen motivos para impedir que Kingsbridge tenga un mercado.

—¡Sí que los hay! —exclamó William, indignado—. Hace que merme el comercio en el mercado de Shiring.

—Shiring está a un día de viaje desde Kingsbridge.

—La gente recorre largos caminos.

Waleran volvió a encogerse de hombros. William había advertido que hacía ese gesto cuando no se hallaba conforme con algo.

—De acuerdo con la tradición, un hombre pasará una tercera parte del día caminando hacia el mercado, otra tercera parte del día en el mercado y la última tercera parte del día regresando a casa. Por lo tanto, un mercado da servicio a la gente durante una tercera parte del día del trayecto, que debe de ser de unos diez kilómetros. Si dos mercados se encuentran separados por más de veinte kilómetros, entonces las zonas de captación no se superponen. Shiring está a treinta kilómetros de Kingsbridge. De acuerdo con la regla, Kingsbridge tiene derecho a un mercado, y el rey debería concedérselo.

—El rey hace lo que quiere —replicó William, jactancioso. Pero se quedó preocupado. No sabía nada de aquella regla. Con ella se fortalecía la posición del prior Philip.

—De cualquier modo, no estamos tratando con el rey sino con el sheriff —apuntó Waleran. Frunció el ceño y añadió—: El sheriff puede ordenar al priorato que desista de crear un mercado sin licencia.

—Eso sería una pérdida de tiempo —objetó William con desdén—. ¿Quién hace caso de una orden que no está respaldada por una amenaza?

—Es posible que Philip.

William no creyó semejante cosa.

—¿Por qué habría de hacerlo?

Los labios exangües de Waleran esbozaron una sonrisa burlona.

—No sé si seré capaz de explicároslo bien. Philip cree que la ley debe cumplirse, que ha de imperar sobre todo.

—Una idea estúpida —respondió con impaciencia William—. El rey es el rey.

—Os dije que no os lo haría entender.

El aire de suficiencia de Waleran enfureció a William, que se puso en pie y se acercó a la ventana. Al mirar por ella, vio, en la cima de la colina cercana, los terraplenes donde Waleran, cuatro años atrás, empezó a construirse un castillo, confiando en sufragar los gastos con los ingresos del condado de Shiring. Philip había hecho fracasar sus planes, y ahora la hierba había vuelto a crecer sobre los montículos de tierra, y el seco foso estaba lleno de zarzas. William recordó que Waleran había esperado levantar una catedral con la piedra procedente de la cantera del condado de Shiring. Y ahora era Philip quien la poseía.

—Si fuera otra vez dueño de la cantera, podría utilizarla como garantía y pedir dinero prestado para reunir un ejército —musitó.

—¿Por qué no la recuperáis? —le preguntó Waleran.

William meneó la cabeza.

—Lo intenté en una ocasión.

—Y Philip os ganó por la mano. Pero ahora ya no hay monjes allí. Podéis enviar una partida de hombres para expulsar a los canteros.

—Pero ¿cómo impediría que Philip volviera a tomar posesión al igual que hizo la última vez?

—Construid una valla alta alrededor de la cantera y mantened vigilancia permanente.

Era posible, pensó William con avidez. Y resolvería su problema de una vez por todas. No obstante se detuvo a meditar. ¿Qué motivo impulsaba a Waleran a sugerir aquello? Su madre le había advertido que anduviera con ojos con aquel obispo poco escrupuloso.. «Lo único que necesitas saber de Waleran Bigod —le había dicho—, es que cuanto hace lo ha calculado antes con minucioso cuidado. En él no hay nada espontáneo, nada improvisado, nada casual, nada superfluo. Y, sobre todo, nada generoso.»

Pero Waleran odiaba a Philip y había jurado que le impediría construir su catedral. Ése era motivo suficiente.

William lo miró pensativo. Su carrera se encontraba atascada. Había llegado a obispo muy joven; pero Kingsbridge era una diócesis insignificante y empobrecida, y con toda seguridad Waleran la había considerado tan sólo un pequeño peldaño para alcanzar más altos objetivos. Sin embargo, era el prior, y no el obispo, quien estaba adquiriendo riquezas y fama. Waleran se apagaba, ensombrecido por Philip, al igual que William. Ambos tenían motivo para querer destruir al prior.

William decidió una vez más sobreponerse a la repugnancia que le inspiraba Waleran, en beneficio de sus propios intereses a largo plazo.

—Muy bien —dijo—. Eso puede dar resultado. Pero supongamos que entonces Philip va a quejarse al rey.

—Diréis que lo habéis hecho como represalia por el mercado que Philip ha creado sin licencia —apuntó Waleran.

William asintió.

—Cualquier excusa valdrá, siempre que yo vuelva a la guerra con un ejército lo bastante numeroso.

—Tengo la impresión de que Philip no construirá esa catedral si ha de comprar la piedra al precio del mercado —dijo el obispo con expresión de malicia—. Y, si deja de construir, Kingsbridge empezará a declinar. Eso solucionará todos vuestros problemas.

William no estaba dispuesto a mostrar gratitud.

—Aborrecéis de veras a Philip, ¿verdad?

—Se interpone en mi camino —se limitó a decir Waleran; pero, por un instante, William tuvo un atisbo de la descarnada crueldad que latía bajo los modales fríos y calculadores del obispo.

William volvió a fijar la mente en las cuestiones prácticas.

—Allí debe de haber unos treinta canteros, algunos con sus mujeres e hijos.

—¿Y qué?

—Puede que haya derramamiento de sangre.

Waleran enarcó sus negras cejas.

—¿De veras? Entonces habré de darte la absolución.

3

A fin de llegar con el alba, se pusieron en marcha cuando todavía estaba oscuro. Enarbolaban antorchas que ponían nerviosos a los caballos. Además de Walter y los otros cuatro caballeros, William llevaba consigo seis hombres de armas. Caminando detrás de ellos, iban una docena de campesinos que cavarían el foso y levantarían la valla.

William creía con firmeza en una planificación militar cuidadosa, y ése era precisamente el motivo de que él y sus hombres fueran tan útiles al rey Stephen; pero en esta ocasión no tenía plan alguno de batalla. Unos cuantos canteros y sus familias no lograrían oponer mucha resistencia, y William no podía dejar de recordar lo que le dijo el líder de los canteros… ¿Se llamaba Otto? Sí. Pues Otto se había negado a luchar cuando Tom, el maestro constructor, había llevado a sus hombres a la cantera.

Amaneció una helada mañana de diciembre, con jirones de niebla colgando de los árboles, semejantes a la ropa tendida de la gente pobre. William aborrecía aquella época del año. Hacía frío por la mañana, oscurecía muy pronto y en el castillo siempre había humedad. Se servían demasiada carne y demasiado pescado en salazón. Su madre siempre estaba enfadada y los sirvientes malhumorados. Sus caballeros se mostraban pendencieros. Esa pequeña escaramuza les vendría bien. Y también a él. Ya había gestionado un préstamo de doscientas libras con los judíos de Londres, y había ofrecido la cantera como garantía. Antes de que el día finalizara, tendría asegurado su futuro.

Cuando faltaban algo menos de dos kilómetros para llegar a la cantera, William se detuvo, eligió dos hombres y los envió a pie, a modo de avanzadilla.

—Tal vez haya un centinela o algunos perros —les advirtió—. Tened preparado un arco con la flecha dispuesta.

Un poco más adelante, el camino torcía a la izquierda y terminaba de repente ante la ladera cortada a pico de una colina mutilada. Era la cantera. Reinaba el más absoluto silencio. Junto al camino, los hombres de William sujetaban a un muchacho asustado, seguramente un aprendiz al que habían enviado a montar guardia. A sus pies, un perro se desangraba con una flecha clavada en el cuello.

La partida que había emprendido la incursión se acercó sin preocuparse por guardar silencio. William sofrenó su caballo y examinó el panorama. Había desaparecido gran parte de la colina desde la última vez que la vio. El andamiaje subía por la ladera hasta zonas inaccesibles y descendía luego hasta una profunda hondonada abierta al pie. Cerca del camino se encontraban almacenados bloques de piedra de distintas formas y tamaños; dos macizas carretas de madera, con inmensas ruedas, estaban cargadas de piedra y dispuestas para salir. Todo aparecía cubierto de polvo gris, incluso los arbustos y los árboles. Había talada una gran área de bosque. Mi bosque, pensó William, furioso, y había diez o doce cabañas de madera, algunas con pequeños huertos y una incluso con una pocilga. Aquello constituía una pequeña aldea.

Probablemente, el centinela se había quedado dormido y su perro también.

—¿Cuántos hombres hay aquí? —le preguntó William.

El muchacho, aunque estaba asustado, parecía valiente.

—Vos sois lord William, ¿verdad?

—Contesta a la pregunta, muchacho, o te cortaré la cabeza con esta espada.

El chico se puso lívido de miedo, y con voz temblorosa, aunque desafiante, preguntó:

—¿Va a tratar de robar esta cantera al prior Philip?

¿Qué me pasa?, se dijo William; ni siquiera soy capaz de asustar a un rapaz barbilampiño. ¿Por qué la gente cree que puede desafiarme?

—Esta cantera es mía —respondió entre dientes—. Olvídate del prior Philip. Ahora ya nada puede hacer por vosotros. ¿Cuántos hombres?

En lugar de contestar, el muchacho volvió la cabeza y empezó a vociferar:

—¡Ayuda! ¡Guardia! ¡Nos atacan! ¡Nos atacan!

William se llevó la mano a la espada. Vaciló mirando hacia las casas. Un rostro espantado atisbaba desde una puerta. William arrebató a uno de sus hombres una antorcha llameante y espoleó a su caballo.

Cabalgó hacia las casas blandiendo la antorcha, mientras sus caballeros le seguían. Se abrió la puerta de la cabaña más cercana y asomó la cabeza un hombre de ojos legañosos que se hallaba en ropa interior. William arrojó la tea ardiendo por encima de la cabeza del hombre. Cayó en el suelo, detrás de él, sobre la paja, en la cual el fuego prendió rápidamente. William, con un grito triunfal, siguió cabalgando.

Atravesó el pequeño enjambre de casas. Detrás de él sus hombres cargaban, aullando y arrojando sus antorchas sobre los tejados. Se abrieron todas las puertas y empezaron a salir hombres, mujeres y niños aterrorizados que gritaban tratando de evitar que los caballos los arrollaran. Iban de una parte a otra, dominados por el pánico, mientras las llamas se extendían. William se detuvo por un instante a contemplar la escena. Los animales domésticos corrían por todas partes, y un cerdo espantado cargaba contra cuanto encontraba a su paso, en tanto que una vaca, desconcertada, permanecía inmóvil en medio de todo aquel tumulto, meneando estúpidamente la cabeza. Incluso los hombres jóvenes, que solían componer el grupo más agresivo, parecían confusos y asustados.

Desde luego, el amanecer era la mejor hora para esa clase de asaltos, ya que la gente solía mostrarse menos agresiva cuando estaba medio desnuda.

Un hombre de tez morena y cabellera negra salió de una de las cabañas. Llevaba las botas puestas y empezó a dar órdenes. Debía de tratarse de Otto, a quien llamaban Caranegra. William no alcanzaba a oír lo que decía, aunque por sus ademanes suponía que estaba ordenando a las mujeres que cogieran a los niños y corrieran a refugiarse en el bosque. Pero ¿qué estaría diciendo a los hombres? William lo supo un momento después. Dos jóvenes corrieron hasta una cabaña apartada de las otras y abrieron la puerta que estaba atrancada por fuera. Entraron en ella y salieron de nuevo enarbolando pesados martillos de cortar piedra. Otto envió a otros hombres a la misma cabaña que, a todas luces, era donde se hallaban guardadas las herramientas. Era evidente que se disponían a presentar batalla.

Tres años antes, Otto se había negado a luchar por Philip; ¿por qué había cambiado de idea?

De todos modos, iba a morir. William sonrió, ceñudo, y desenvainó la espada.

Ya había seis u ocho hombres armados con machos y hachas de mango largo. William espoleó su caballo y cargó contra el grupo que se encontraba cerca de la puerta de la cabaña de herramientas, que se desperdigó, quedando fuera de su alcance. Pero William blandió su espada y pudo alcanzar a uno de ellos y hacerle un profundo corte en el brazo. El hombre soltó el hacha.

William se alejó al galope y luego hizo girar en redondo a su caballo. Jadeaba con fuerza y se sentía bien. Con el ardor de la batalla no se experimentaba temor, sólo excitación. Algunos de sus hombres habían visto lo ocurrido y lo miraban a la espera de órdenes. Les hizo ademán de que le siguieran y cargó de nuevo contra los canteros. No podían esquivar a seis caballeros con la misma facilidad que a uno. William derribó a dos, y varios más cayeron bajo las espadas de sus hombres. Se movía con demasiada rapidez para poder contarlos o comprobar si estaban muertos o sólo heridos.

Cuando Otto volvió había reagrupado sus fuerzas. Al lanzarse los caballeros a la carga, los canteros se escurrieron entre las casas que ardían. William advirtió, bien a su pesar, que se trataba de una táctica inteligente. Los caballeros los siguieron, pero a los canteros les resultaba más fácil esquivarlos por separado, y los caballos se apartaban de las cabañas en llamas. William persiguió a un hombre canoso que llevaba un martillo, y falló varias veces antes de que el hombre se evadiera de él, corriendo a través de una casa con el techo incendiado.

William comprendió que el problema era Otto. Él era quien alentaba a los canteros, y también quien los organizaba. Tan pronto como cayera, los demás abandonarían la lucha. William sofrenó su caballo y buscó con la mirada al hombre de tez morena. La mayoría de las mujeres y niños habían desaparecido, salvo dos niñas de unos cinco años que se encontraban en medio de la batalla cogidas de la mano y llorando. Los caballeros de William cargaban entre las casas, persiguiendo a los canteros. Con gran sorpresa, William vio que uno de sus hombres de armas había caído alcanzado por un martillazo y yacía en el suelo, quejándose y sangrando. William quedó consternado, ya que no había previsto baja alguna entre los suyos.

Una mujer corría desolada entre las casas en llamas, e iba de una a otra gritando. William no podía saber el qué. Era evidente que llamaba a alguien. Finalmente, la mujer encontró a las dos niñas, y se las llevó, una debajo de cada brazo. Al intentar alejarse corriendo, casi topó con uno de los caballeros de William, Gilbert de Rennes, que levantó la espada con intención de descargar sobre ella. De repente, Otto saltó de detrás de una cabaña enarbolando un hacha de mango largo. Su habilidad en el manejo de esa herramienta era tal que atravesó limpiamente el muslo de Gilbert y la hoja quedó clavada en la montura de madera. La pierna cortada cayó al suelo y Gilbert, gritando, se desplomó del caballo.

Jamás volvería a luchar.

Había sido un caballero muy valioso. William espoleó, furibundo, su caballo. La mujer con las niñas había desaparecido. Otto forcejeaba, intentando sacar la hoja de su hacha de la silla de Gilbert. Levantó la vista y vio llegar a William. Si en ese momento hubiera echado a correr, probablemente habría escapado; pero se quedó tratando de sacar su hacha. Consiguió liberarla en el preciso instante en que William caía casi sobre él. William alzó su espada. Otto se mantuvo a pie firme y levantó su hacha. William se dio cuenta, en el último momento, de que iba a descargarla sobre su caballo. Tiró desesperadamente de las riendas y el animal patinó y se detuvo; luego, retrocedió, al tiempo que apartaba su cabeza de Otto, quien descargó el golpe sobre el cuello del animal. El filo del hacha se hundió profundamente en los poderosos músculos. Brotó la sangre como una fuente y el caballo cayó al suelo. William había conseguido saltar antes de que el cuerpo inerte del animal tocara tierra.

Estaba enfurecido, aquel caballo de batalla le había costado una fortuna y con él había sobrevivido durante todo un año de guerra civil. Era exasperante haberlo perdido bajo el hacha de un cantero. Saltó por encima del cuerpo del animal y se lanzó sobre Otto con la furia de un maníaco, blandiendo su espada.

Otto no era presa fácil. Alzando su hacha con ambas manos, utilizó el mango de roble para detener los mandobles de William, quien atacaba cada vez con más fuerza, obligándolo a retroceder. Pese a su edad, Otto tenía unos músculos poderosos y los golpes apenas le hacían mella. William agarró su espada con las dos manos y la descargó con mayor fuerza todavía. Una vez más se interpuso el mango del hacha, pero esta vez la espada de William se hundió en la madera. Entonces Otto empezó a avanzar y William a retroceder. Tiró con fuerza de su espada y al fin logró liberarla. Pero para entonces, Otto lo tenía prácticamente bajo su dominio.

De repente, William temió por su vida.

Otto levantó el hacha. William esquivó el golpe echándose hacia atrás. Su talón se encontró con algo que le hizo tropezar y caer de espaldas sobre el cuerpo de su caballo. Aterrizó en un charco de sangre cálida, pero logró conservar la espada. Vio a Otto junto a él, con su hacha levantada. Al descender el arma, William rodó frenéticamente hacia un costado. Sintió el viento al cortar la hoja el aire junto a su cara. Luego se levantó de un salto y atacó el cantero.

Un soldado se habría echado a un lado antes de arrancar su arma del suelo, sabedor de que un hombre es en extremo vulnerable después de asestar un golpe fallido, pero Otto no era un soldado sino un loco valiente, y permanecía en pie con el hacha en una mano y el otro brazo extendido para recobrar el equilibrio, dejando que todo su cuerpo se convirtiera en un blanco fácil. William lanzó el apresurado ataque prácticamente a ciegas, y sin embargo acertó. La punta de la espada atravesó el pecho de Otto. William la hundió con más fuerza y la hoja se deslizó entre las costillas del hombre. Otto soltó su hacha y en su rostro apareció una expresión que William reconocía bien. En sus ojos apareció una expresión de sorpresa. Tenía la boca abierta como si se dispusiera a gritar, a pesar de que no emitía sonido alguno. De repente, su tez adquirió un color gris. Presentaba todo el aspecto de un hombre que había sufrido una herida mortal. William hundió todavía más su espada para asegurarse, y luego la sacó.

Los ojos de Otto quedaron en blanco, una brillante mancha roja, que iba agrandándose, empapó su camisa. Por último, se desplomó.

William dio media vuelta y escrutó el panorama general. Vio a dos canteros huir apresurados, seguramente después de haber visto cómo mataban a su líder. Mientras corrían, gritaban a los demás. La lucha se convirtió en una retirada. Los caballeros persiguieron a los que trataban de escapar.

William se quedó inmóvil, jadeante. ¡Los condenados canteros habían presentado batalla! Miró a Gilbert. Yacía inmóvil en un charco de sangre, con los ojos cerrados. William le puso una mano en el pecho. Ni un latido. Gilbert había muerto.

William caminó entre las casas, que aún ardían. Fue contando los cuerpos. Habían muerto tres canteros, una mujer y una niña. Ambas parecían haber sido pateadas por los caballos. Tres de los hombres de armas de William estaban heridos y cuatro caballos habían perecido o estaban lisiados.

Cuando completó el recuento, permaneció en pie junto al cuerpo de su caballo. Aquel animal le había gustado más de lo que le gustaba la mayoría de la gente. Después de la lucha, William solía sentirse exultante. Pero, en esos momentos, sólo estaba deprimido. Aquello había sido una carnicería. Lo que debería haber sido una sencilla operación para expulsar a unos trabajadores indefensos, se había convertido en una batalla campal con importantes bajas.

Los caballeros persiguieron a los canteros hasta el linde del bosque, pero, a partir de allí, los caballos nada podían contra los hombres, así que dieron media vuelta. Walter se acercó a William y vio a Gilbert muerto en el suelo.

—Gilbert ha matado más hombres que yo —declaró, santiguándose.

—No hay muchos como él para que pueda permitirme perder un hombre así en una trifulca con un condenado monje —dijo William con amargura—. Por no hablar de los caballos.

—¡Vaya sorpresa! —exclamó Walter—. Esa gente ha ofrecido más resistencia que los rebeldes de Robert de Gloucester.

William meneó la cabeza, asqueado.

—No lo entiendo —dijo mirando los cuerpos que había alrededor—. ¿Por qué diablos creían que luchaban?

IX

1

Poco antes del amanecer, cuando la mayoría de los hermanos se encontraban en la cripta para el oficio de prima, sólo quedaban dos personas en el dormitorio, Johnny, que barría en un extremo de la larga habitación, y Jonathan, que se hallaba en el otro, jugando a la escuela.

El prior Philip se detuvo en la puerta y se quedó observando a Jonathan. Tenía ya casi cinco años, era un chiquillo despierto y decidido, y tan serio a pesar de su edad que todos estaban encantados. Johnny aún seguía vistiéndolo con un hábito de monje en miniatura. Aquel día Jonathan imitaba al maestro de novicios dando clase ante una imaginaria hilera de alumnos. «¡Eso está mal, Godfrey! —decía con gran severidad ante el banco vacío—. No habrá comida para ti si no te aprendes los veleros.» Quería decir «los verbos». Philip sonrió con expresión de cariño. No habría podido querer más a un hijo. No había nada en la vida que le alegrase tanto como aquel niño.

Jonathan correteaba por el priorato como un cachorro, mimado y consentido por todos los monjes. Para la mayoría de ellos era, en efecto, como un cachorrillo, algo con lo que jugar. Para Philip y Johnny, sin embargo, era algo más. Johnny lo quería como una madre; y Philip, a pesar de que trataba de ocultarlo, se sentía como su padre. Él mismo había sido educado, desde muy pequeño, por un bondadoso abad, y le parecía lo más natural del mundo desempeñar idéntico papel con el pequeño. No le hacía cosquillas ni le perseguía como los monjes, pero le contaba historias de la Biblia, jugaba con él a contar y vigilaba a Johnny.

Entró en la habitación y, después de dirigir una sonrisa a Johnny, se sentó en el banco con los imaginarios escolares.

—Buenos días, padre —dijo Jonathan en tono solemne. Johnny le había enseñado a mostrarse muy cortés.

—¿Te gustaría ir a la escuela? —le preguntó Philip.

—Ya sé latín —fanfarroneó Jonathan.

—¿De veras?

—Sí. Escucha. *Omnius pluvius buvius tuvius nomine patri amen.*

Philip procuró no reírse.

—Eso suena como latín, pero no lo es del todo. El maestro de novicios, el hermano Osmund, te enseñará a hablarlo correctamente.

Jonathan se había quedado un poco desanimado al descubrir que, después de todo, no sabía latín.

—Bueno, pero puedo correr deprisa. ¡Mira! —Corrió a toda velocidad de un extremo a otro de la habitación.

—¡Formidable! —exclamó Philip—. ¡Eso sí que es correr!

—Sí… y puedo hacerlo todavía más rápido.

—Ahora no —le dijo Philip—. Escúchame un momento. Voy a estar fuera por un tiempo.

—¿Volverás mañana?

—No, no tan pronto.

—¿La semana que viene?

—No. Tampoco la semana que viene.

Jonathan parecía desconcertado. No podía concebir el tiempo más allá de una semana. Y aún había otro misterio.

—Pero…, ¿por qué?

—Tengo que ver al rey.

—¡Ah! —Aquello tampoco significaba gran cosa para el niño.

—Y, mientras estoy fuera —prosiguió Philip—, me gustaría que fueses a la escuela. ¿Te gustaría hacerlo?

—¡Sí!

—Tienes casi cinco años. La semana próxima es tu cumpleaños. Viniste a nosotros el primer día del año.

—¿De dónde vine?

—De Dios. Todas las cosas vienen de Dios.

Jonathan sabía que aquello no era una contestación.

—Pero ¿dónde estaba antes? —preguntó.

—No lo sé.

Jonathan frunció el entrecejo, lo cual resultaba extraño en un rostro tan joven y despreocupado.

—Tengo que haber estado en alguna parte.

Philip comprendió que llegaría un día en que alguien tendría que decirle a Jonathan cómo nacían los bebés. Hizo una mueca ante aquella idea. Bien, por fortuna, aún faltaba mucho para eso. Cambió de tema.

—Mientras esté fuera, quiero que aprendas a contar hasta cien.

—Puedo contar —dijo Jonathan—. Uno, dos, tres, cuatro, cinco, seis, siete, ocho, nueve, diez, once, doce, trece, catorce, quincie, dieséis, diesiete…

—No está mal —dijo Philip—, pero el hermano Osmund te enseñará más. En clase has de permanecer sentado, muy quieto, y hacer todo lo que él te diga.

—¡Voy a ser el mejor de la escuela! —se jactó Jonathan.

—Ya lo veremos.

Philip se quedó mirándolo un momento más. Estaba fascinado por la forma en que crecía el chiquillo, por el modo en que aprendía cosas y las fases por las que pasaba. Era curiosa, esa continua insistencia en querer hablar latín, o contar, o correr mucho; ¿acaso era el preludio de un saber auténtico? Debía responder sin duda a algún propósito en el plan de Dios. Y llegaría el día en que Jonathan se convertiría en un hombre. ¿Cómo sería entonces? La idea despertó la impaciencia de Philip por que Jonathan creciera, pero eso tardaría tanto como la construcción de la catedral.

—Pues entonces dame un beso y dime adiós —le pidió Philip.

Jonathan levantó la cara y Philip le besó la suave mejilla.

—Adiós, padre —dijo Jonathan.

—Adiós, hijo mío —repuso Philip. Luego apretó con afecto el brazo de Johnny y se marchó.

Los monjes ya estaban saliendo de la cripta y se encaminaban hacia el refectorio. Philip anduvo en sentido contrario y entró en la cripta para orar por el éxito de su misión.

Había sentido que se le partía el corazón cuando le notificaron lo ocurrido en la cantera. ¡Habían matado a cinco personas, entre ellas una pobre chiquilla! Se había refugiado en su habitación y había llorado desconsoladamente. Cinco miembros de su rebaño asesinados por William Hamleigh y su hatajo de bestias. Philip los había conocido a todos. Harry de Shiring que había sido un día el cantero de lord Percy; Otto, el hombre de rostro atezado que estuvo al frente de la cantera desde sus comienzos; Mark, el apuesto hijo de Otto; su mujer, Alwen, que en los atardeceres entonaba canciones acompañándose con los cencerros de las ovejas, y la pequeña Norma, la nieta de siete años de Otto y la niña de sus ojos. Gente trabajadora, de buen corazón y temerosa de Dios, que había tenido derecho a esperar de sus señores paz y justicia. William los había matado como un zorro mata pollitos. Ni los ángeles habrían podido contener las lágrimas ante algo semejante.

Philip había llorado por ellos, y luego había ido a Shiring a pedir justicia. El sheriff se había negado en redondo a ejercer acción alguna.

—Lord William tiene un pequeño ejército… ¿Cómo podría arrestarle? —había dicho el sheriff Eustace—. El rey necesita caballeros para luchar contra Maud… ¿Qué diría si encarcelara a uno de sus mejores hombres? Si culpara de asesinato a William, sus caballeros me matarían de inmediato o, más adelante, el rey Stephen ordenaría que me colgasen por traidor.

Philip advirtió que, en una guerra civil, la primera víctima era la justicia.

Luego, el sheriff le comunicó que William había presentado una denuncia oficial referente al mercado de Kingsbridge.

Era absurdo que William quedara impune por asesinato y, además, le acusara por un tecnicismo. Se sentía impotente. Bien era verdad que no tenía permiso para instalar un mercado y que infringía la ley, pero no podía estar equivocado: era el prior de Kingsbridge y lo único que tenía era su autoridad moral. William podía reunir un ejército de caballeros, el obispo Waleran podía recurrir a sus contactos en las altas esferas, el sheriff podía alegar la autoridad real, pero todo cuanto él podía hacer era decir qué estaba bien y qué estaba mal. Y si intentaba cambiar la situación, se encontraría realmente indefenso. De manera que ordenó que se suspendiera el mercado.

Aquello lo dejó en una posición desesperada.

Las finanzas del priorato habían mejorado de forma espectacular gracias, por una parte, al más estricto control y, por otra, a las ganancias, siempre en alza, procedentes del mercado y de la cría de ovejas, pero Philip gastaba siempre hasta el último penique en la construcción de la catedral, y había obtenido fuertes préstamos de los judíos de Winchester, los cuales todavía se hallaban pendientes de pago. Y ahora, de golpe y porrazo, había perdido su suministro de piedra libre de costos, se habían acabado sus ingresos del mercado y era más que probable que sus trabajadores voluntarios, muchos de los cuales acudían sobre todo por el mercado, empezaran a disminuir. Tendría que despedir por un tiempo a la mitad de los albañiles y abandonar la esperanza de que la catedral estuviese acabada antes de que él muriese de viejo. No estaba dispuesto a aceptarlo.

Se preguntaba si aquella crisis sería culpa suya. ¿Había tenido, tal vez un exceso de confianza? ¿Se había mostrado más ambicioso de lo debido? El sheriff Eustace le dio a entender algo semejante:

—Las botas os van demasiado pequeñas, Philip —le había dicho malhumorado—. Sois un insignificante prior al frente de un pequeño monasterio, pero queréis gobernar al obispo, al conde y al sheriff. Bien, pues no podéis. Somos demasiado poderosos para vos. Lo único que hacéis es crear dificultades.

Eustace era un hombre feo, de dientes desiguales y con un ojo estrábico. Vestía una sucia túnica amarilla. Pero, por poco respetable que fuera, sus palabras hirieron profundamente a Philip. La conciencia le decía que los canteros no habrían muerto si él no se hubiera ganado la enemistad de William Hamleigh. Sin embargo, no podía hacer otra cosa que ser enemigo de William. Si renunciaba, sería aún mayor el número de personas que sufriesen, gente como el molinero a quien William había matado, o la hija del siervo a quien él y sus caballeros habían violado. Philip tenía que seguir en la brecha.

Y ello significaba que tenía que ir a ver al rey.

Le desagradaba en extremo la idea. Ya lo había visitado en una ocasión, en Winchester, hacía cuatro años, y a pesar de que había obtenido lo que quería, se sintió incomodísimo en la corte real. El rey estaba rodeado de personas sin escrúpulos y muy astutas, que andaban a empellones por lograr su atención y se disputaban sus favores. Philip los encontró a todos despreciables. Intentaban obtener una riqueza y una posición que no merecían. No llegaba a comprender bien el juego que practicaban en su mundo, pues consideraba que la mejor manera de conseguir algo era procurar merecerlo, y no adular al donante. Pero en aquel momento no le quedaba otra opción que entrar en ese mundo y practicar aquel juego. Sólo el rey podía concederle el permiso para tener un mercado. Sólo el rey podía salvar la catedral.

Terminó sus rezos y abandonó la cripta. Amanecía. Los muros grises de la catedral a medio edificar aparecían bañados por una tonalidad rosada. Los albañiles que trabajaban desde que apuntaba el sol hasta que se ponía, comenzaban ya la faena. Abrían sus viviendas, afilaban sus herramientas y se ponían a mezclar la argamasa. La pérdida de la cantera aún no había afectado a la construcción. Desde el principio, habían estado sacando más piedras de las que utilizaban, y las que tenían todavía les durarían durante muchos meses.

Había llegado el momento de que Philip partiese. El rey se encontraba en Lincoln. Philip tendría un compañero de viaje, el hermano de Aliena, Richard. Después de servir durante un año como escudero, el rey lo había nombrado caballero. Había vuelto a casa a equiparse y en aquellos momentos iba a incorporarse otra vez al ejército real.

A Aliena le había ido asombrosamente bien con su comercio de lana. Ya no se la vendía a Philip, sino que trataba directamente con los mercaderes flamencos. En realidad, ese mismo año había querido adquirir toda la producción de vellón al priorato. Habría pagado algo menos que los flamencos; pero Philip hubiera recibido el dinero antes. El prior lo había rechazado. Sin embargo, era un signo de su éxito el que hubiera podido hacer siquiera la oferta.

En aquellos momentos se encontraba en la cuadra con su hermano, como comprobó Philip al dirigirse hacia allí. Se había congregado buen número de gente para despedir a los viajeros. Richard se encontraba montado en un caballo de guerra castaño, que debía de haber costado a Aliena veinte libras por lo menos. Se había convertido en un joven apuesto, de espaldas anchas. Sus rasgos perfectos quedaban algo empañados por una fea cicatriz en la oreja derecha, tal vez, pensaban todos, a causa de un accidente de esgrima. Llevaba una espléndida indumentaria en rojo y verde, e iba armado con una espada nueva, lanza, hacha de combate y daga. Su equipaje se hallaba sobre un segundo caballo que llevaba de la rienda. Lo acompañaban dos hombres de armas a lomos de sendos corceles, y un escudero sobre una vigorosa jaca.

Aliena estaba hecha un mar de lágrimas. Philip no podría decir con exactitud si a causa de la tristeza que le producía la partida de su hermano o porque se sentía orgullosa de su magnífico aspecto o temerosa de que no volviera. Era probable que las tres cosas. Algunos aldeanos habían acudido a decirle adiós, incluidos la mayoría de los jóvenes y muchachos. Sin duda Richard era su héroe. También se encontraban allí todos los monjes para desear a su prior un buen viaje.

Los mozos de cuadra llevaron los caballos, un palafrén ensillado para Philip y una jaca cargada con su modesto equipaje, la mayor parte del cual consistía en víveres. Los albañiles dejaron sus herramientas y se acercaron hasta allí, con el barbudo Tom y su pelirrojo hijastro a la cabeza.

Como era de rigor, Philip abrazó a Remigius, el subprior, y se despidió con mayor afecto de Milius y Cuthbert. Luego montó en el palafrén. Pensó, con tristeza, que durante cuatro semanas habría de permanecer todo el día sentado en aquella dura silla. Desde allí arriba, bendijo a todos. Los monjes, los albañiles y los aldeanos agitaban las manos y les deseaban buen viaje mientras él y Richard franqueaban juntos las puertas del priorato. Bajaron por el angosto sendero y cruzaron la aldea saludando a quienes acudían a verlos marchar. Luego los cascos resonaron sobre el puente de madera y, por último, enfilaron el camino a través de los campos. Poco después, al mirar Philip por encima del hombro, vio el sol naciente brillar a través del hueco de la ventana en el extremo oriental, a medio construir, de la nueva catedral. Si fracasaba en su misión, tal vez nunca llegara a terminarse. Después de cuanto había pasado para llegar a aquel punto, ahora no podía soportar la idea de la derrota. Volvió la cabeza y se concentró en el camino que tenía por delante.

La ciudad de Lincoln se alzaba sobre una colina. Philip y Richard llegaban a ella por la parte sur, por un antiguo y concurrido sendero llamado Ermine Street. Incluso desde aquella distancia, podían ver las torres de la catedral y las almenas del castillo. Pero se encontraban todavía a cinco o seis kilómetros cuando se hallaron de pronto con una puerta de la ciudad. Los suburbios deben de ser extensos, se dijo, y la población debe de contarse por miles.

Lincoln había sido tomada en Navidad por Ranulf de Chester, el hombre más poderoso del norte de Inglaterra, y pariente de la emperatriz Maud. Después, el rey Stephen se había apoderado de nuevo de la ciudad, pero las fuerzas de Ranulf seguían atrincheradas en el castillo. A medida que se acercaban, Philip y Richard se enteraron de que Lincoln se encontraba en una situación muy extraña, pues tenía dos ejércitos rivales acampados dentro de sus murallas.

Philip no había hablado gran cosa con Richard durante las cuatro semanas que llevaban cabalgando juntos. El hermano de Aliena era un joven airado, que odiaba a los Hamleigh y estaba empecinado en tomar venganza. Y hablaba como si los sentimientos de Philip fueran idénticos. Sin embargo, había una diferencia: el prior aborrecía a los Hamleigh por lo que hacían a sus vasallos y consideraba que el mundo sería un lugar mejor si se viera libre de ellos. Richard, por su parte, no se sentiría a gusto consigo mismo hasta que no hubiera derrotado a los Hamleigh. Su motivo era completamente egoísta.

Richard era fuerte y valiente, siempre dispuesto a luchar, pero en otros aspectos, era un ser débil. Confundía a sus hombres de armas tratándolos a veces en plan de igualdad, mientras en otras ocasiones les daba órdenes como a sirvientes. En las tabernas intentaba causar impresión pagando cerveza a los forasteros. Pretendía conocer el camino cuando en realidad no estaba seguro y, había llegado a hacer que el grupo se desviara en ciertos momentos porque no era capaz de admitir que había cometido una equivocación. Cuando llegaron a Lincoln, Philip ya sabía que Aliena valía diez veces más que su hermano.

Pasaron por la orilla de un gran lago en el que había muchos barcos. Luego, al pie de la colina, atravesaron el río que hacía las veces de límite sur de la ciudad. Era evidente que aquellas embarcaciones constituían el medio de vida de Lincoln. Junto al puente, había un mercado de pescado. Atravesaron otra puerta con centinelas. Habían dejado atrás los suburbios caóticos y penetraron en la bulliciosa ciudad. Delante de ellos, una calle angosta, increíblemente concurrida, ascendía empinada hasta la cima de la colina. Las casas, prácticamente pegadas las unas a las otras a los lados de la calle, estaban construidas casi todas de piedra, al menos en parte, señal inconfundible de considerable riqueza. La colina era tan empinada, que la mayoría de las casas tenían, en un extremo, su piso principal varios centímetros por encima del nivel del suelo, mientras que el otro se encontraba por debajo de éste. La zona de la parte baja del extremo del declive se hallaba ocupada invariablemente por un taller de artesano o una tienda. Los únicos espacios abiertos eran los cementerios junto a las iglesias, y en cada uno de ellos había un mercado, de grano, de aves de corral, de lana, de cuero o de otras cosas. Philip y Richard, con su séquito, se abrieron camino a duras penas a través de la densa muchedumbre de ciudadanos, hombres de armas, animales y carretas. Philip descubrió con asombro que la calzada estaba empedrada. Cuánta riqueza debe de haber aquí, se dijo, para cubrir el suelo de piedra como en una catedral o un palacio. El suelo era resbaladizo a causa de los desperdicios y los excrementos de los animales, pero era muchísimo mejor que el lodazal en que se transformaban en invierno las calles de casi todas las ciudades.

Llegaron a la cima de la colina y pasaron por otra puerta. Habían penetrado en el corazón de la ciudad, y el ambiente cambiaba de repente. Reinaba una mayor tranquilidad, aunque muy tensa. A su izquierda se encontraba la entrada al castillo. La gran puerta reforzada con hierro que daba acceso al pasaje abovedado se encontraba herméticamente cerrada. Detrás de las ventanas, estrechas y alargadas como flechas, se movían sombras difusas; centinelas enfundados en armaduras patrullaban en lo alto de las murallas. Los débiles rayos de sol centelleaban en sus bruñidos cascos. Philip observó sus idas y venidas. No hablaban entre sí, no bromeaban o reían ni se inclinaban sobre la balaustrada para silbar a las jóvenes que pasaban. Parecían ojo avizor, erguidos y temerosos.

A la derecha de Philip, a poco más de trescientos metros de la puerta del castillo, se alzaba la fachada oeste de la catedral. Philip descubrió de inmediato que, pese a su proximidad a la fortaleza, la había ocupado el cuartel general de los ejércitos del rey. Una hilera de centinelas cerraban el paso a la angosta calle que conducía a la iglesia a través de las casas de los canónigos. Detrás de los guardias, caballeros y hombres de armas entraban y salían por las tres puertas de la catedral. El cementerio se había convertido en un campamento, con tiendas, hogueras para cocinar y caballos pastando en el tepe. Allí no había edificios monásticos. De la catedral de Lincoln no se ocupaban los monjes sino unos sacerdotes, llamados canónigos, que vivían en casas corrientes cerca de la iglesia.

El espacio entre la catedral y el castillo se hallaba vacío, salvo por la presencia de los recién llegados. Philip advirtió que tanto los guardias que se encontraban del lado del rey como los centinelas que guardaban las murallas opuestas los observaban atentamente. Estaban cruzando tierra de nadie, entre dos campos armados. Tal vez el lugar más peligroso de Lincoln. Miró alrededor y vio que Richard y los otros ya se habían puesto en marcha. Los siguió presuroso.

Los centinelas del rey los hicieron pasar de inmediato. Richard era bien conocido. Philip contempló admirado la fachada oeste de la catedral. Tenía un arco principal altísimo, y otros arcos a cada lado, la mitad del tamaño del central, pero aun así asombrosos. Parecía el camino al cielo. En cierto modo, lo era. Philip decidió que quería arcos altos en la fachada oeste de la catedral de Kingsbridge.

Un escudero se hizo cargo de los caballos. Philip y Richard cruzaron al campamento y entraron en la atestada catedral. Las naves laterales habían sido convertidas en cuadras, y centenares de caballos se encontraban atados a las columnas de la arcada. Hombres armados pululaban por el templo entre fuegos de campamento. Algunos hablaban inglés, otros francés y unos pocos flamenco, la lengua gutural de los mercaderes de lana de Flandes. En general, los caballeros se encontraban allí dentro y los hombres de armas en el exterior. Philip se entristeció al ver a varios de los ocupantes jugar a las cartas por dinero, y todavía se sintió más abatido ante la presencia de algunas mujeres demasiado escasas de ropa para ser invierno, y que parecían coquetear con los hombres, como si se tratase de pecadoras o incluso, Dios no lo quisiera, prostitutas.

Para evitar mirarlas, levantó la vista al techo. Era de madera y se hallaba bellamente pintado de resplandecientes colores, pero corría un terrible peligro de incendio con todas aquellas gentes cocinando en la nave. Siguió a Richard por entre la muchedumbre. El joven parecía estar allí a sus anchas y sentirse confiado y seguro de sí mismo. Saludaba a los caballeros tanto como a los barones y a los lores.

El crucero y el extremo este de la catedral habían sido acordonados. Al parecer, este último estaba reservado a los sacerdotes —como debía ser, pensó Philip—, en tanto que el crucero se había convertido en la vivienda del rey.

Detrás de un cordón, había otra fila de guardias. A continuación, un gran número de cortesanos; luego, un círculo interior de condes y en el centro el rey Stephen, sentado en un trono de madera. El monarca había envejecido desde la última vez que Philip le viera hacía ya cinco años, en Winchester. Tenía el hermoso rostro surcado por arrugas nacidas de la preocupación, y en su pelo leonado podían verse ya las canas. Además, había adelgazado durante el batallar de todo aquel año. Parecía mantener una discusión con sus condes, aunque en tono amable y sin acritud. Richard se acercó al círculo interior e hizo una profunda y ceremoniosa reverencia. El rey lo miró.

—¡Richard de Kingsbridge! —exclamó al reconocerlo—. ¡Estoy muy contento de tu regreso!

—Gracias, mi rey y señor —contestó el joven caballero.

Philip se adelantó, se colocó junto a Richard y saludó de la misma manera ceremoniosa.

—¿Has traído a un monje como escudero? —le preguntó Stephen.

Todos los cortesanos rieron.

—Es el prior de Kingsbridge, señor —le informó Richard.

Stephen volvió a mirarlo y Philip advirtió que empezaba a recordar quién era.

—Claro, claro. Conozco al prior... Philip. —Su tono no era tan cálido como al saludar a Richard—. ¿Habéis venido a luchar a mi lado?

Los cortesanos rieron de nuevo.

Philip se sentía satisfecho de que el rey hubiera recordado su nombre.

—Estoy aquí porque el trabajo de Dios para la reconstrucción de la catedral de Kingsbridge necesita ayuda urgente de mi rey y señor.

—He de oír eso —le interrumpió presuroso Stephen—. Venid a verme mañana cuando tenga más tiempo. —Se volvió de nuevo hacia los condes y reanudó la conversación en voz más baja.

Richard hizo una reverencia y se retiró, imitado por el prior.

Philip no habló con el rey al día siguiente, ni tampoco al otro ni al otro.

La primera noche durmió en una cervecería, pero se sintió desazonado por el constante olor a carne asada y las risas de las mujeres de la vida. Por desgracia, en la ciudad no había monasterio alguno. En circunstancias normales, el obispo le habría ofrecido alojamiento, pero el rey vivía en el palacio episcopal y en las casas que rodeaban la catedral se hospedaban los miembros de la corte de Stephen. La segunda noche, Philip salió de la ciudad y fue más allá del suburbio de Wigford, donde había un monasterio que tenía una casa para leprosos. Allí le dieron pan bazo y cerveza floja, un duro colchón sobre el suelo, silencio desde la puesta del sol hasta medianoche, oficios sagrados en las primeras horas de la mañana y gachas sin sal para desayunar. Se sintió feliz.

Cada día, por la mañana temprano, iba a la catedral, llevando consigo la valiosa carta de privilegio que daba al priorato derecho a extraer piedra de la cantera. Un día tras otro, el rey hacía caso omiso de su presencia. Cuando los demás peticionarios hablaban entre sí, discutiendo acerca de quién gozaba del favor real y quién no, Philip permanecía al margen.

Sabía bien el motivo por el que le hacían esperar. La Iglesia toda estaba malquistada con el rey. Stephen no había cumplido con las generosas promesas que habían logrado obtener de él en los inicios de su reinado. Se había enemistado con su hermano, el astuto obispo Henry de Winchester, al dar su apoyo a otra persona para la dignidad de arzobispo de Canterbury, acción que también decepcionó a Waleran Bigod, que pretendía subir agarrado a los faldones de Henry. Pero el pecado más grande de Stephen a los ojos de la Iglesia era haber ordenado el arresto del obispo Roger de Salisbury y de sus dos sobrinos, que eran obispos de Lincoln y de Ely, los tres en un día, bajo la acusación de estar construyendo un castillo sin licencia. Desde las catedrales y monasterios se habían alzado, en todo el país, voces de indignación ante semejante acto de sacrilegio. Stephen se mostró dolido. Alegó que los obispos, como hombres de Dios, no tenían necesidad de castillos, y si los construían no se podía esperar que les tratara como hombres de Dios. Era sincero, aunque cándido.

La ruptura había sido reparada, pero el rey Stephen ya no se mostraba dispuesto a escuchar las peticiones de los hombres santos, de manera que Philip tuvo que esperar. Aprovechó la oportunidad para dedicarse a la meditación. Era algo para lo que, como prior, tenía poco tiempo, y que echaba en falta. Pero de pronto se encontró sin nada que hacer durante horas, y pasaba el tiempo sumido en profunda meditación.

Finalmente, los demás cortesanos dejaron un espacio alrededor de él, haciendo bien patente su presencia, y a Stephen debió de resultarle muy difícil comportarse como si el prior no existiera. Durante la mañana de su séptimo día en Lincoln se encontraba pensando en el sublime misterio de la Trinidad, cuando se dio cuenta de que alguien se encontraba de pie delante de él, mirándolo y hablándole. Era el rey.

—¿Dormíais con los ojos abiertos, hombre de Dios? —estaba diciendo Stephen en un tono entre divertido e irritado.

—Lo siento, señor. Estaba pensando —se disculpó Philip sorprendido, e hizo una reverencia.

—No importa. Quiero que me prestéis vuestro hábito.

—¿Qué? —Philip estaba demasiado sorprendido para cuidar sus maneras.

—Quiero echar un vistazo al castillo, y si voy vestido de monje no me lanzarán flechas. Vamos, entrad en una de las capillas y quitaos el hábito.

Philip sólo llevaba debajo una larga camiseta.

—Pero… ¿qué me pondré yo, señor?

—Olvidé lo recatados que sois los monjes. —Stephen chasqueó los dedos dirigiéndose a un joven caballero—. Préstame tu túnica, Robert. Rápido.

El caballero, que se encontraba hablando con una joven, se quitó la túnica con un rápido movimiento y se la dio al rey con una reverencia. Luego, hizo un gesto vulgar a la joven. Sus amigos rieron y le vitorearon.

El rey Stephen entregó la túnica a Philip.

El prior se metió en la pequeñísima capilla de san Dunstan y, después de pedir perdón al santo con una apresurada plegaria, se quitó el hábito y se puso la corta túnica escarlata del caballero. Se sentía muy extraño. Había llevado ropas monásticas desde los seis años, y no se encontraría más raro si se vistiera de mujer. Salió de la capilla y entregó su hábito a Stephen, quien se apresuró a ponérselo por la cabeza. Luego, el rey le dejó asombrado con sus palabras.

—Venid conmigo si queréis. Podréis hablarme de la catedral de Kingsbridge.

Philip quedó desconcertado. Su primer impulso fue negarse. Tal vez uno de los centinelas que hacían guardia en las murallas del castillo se sintiera tentado a disparar contra él, que no iba protegido por los hábitos religiosos, pero se le estaba ofreciendo la oportunidad de hallarse a solas con el rey y de disfrutar de mucho tiempo para explicarle todo lo referente a la cantera y el mercado. Jamás tendría una ocasión como aquélla.

Stephen cogió su propia capa, que era púrpura y estaba ribeteada de piel blanca.

—Poneos esto —dijo a Philip—. Alejaréis sus disparos de mí.

Los demás cortesanos se quedaron muy quietos, observando y preguntándose qué ocurriría a continuación.

El rey expresaba así una opinión. Estaba diciendo que Philip no tenía nada que hacer en un campamento armado y no podía esperar que se le concedieran privilegios a costa de hombres que arriesgaban sus vidas por el rey. En verdad no era injusto, pero el prior sabía que, si aceptaba ese punto de vista, más le valdría volver a casa y renunciar a toda esperanza de disponer de nuevo de la cantera o de reabrir el mercado. Tenía que aceptar el desafío.

—Acaso sea la voluntad de Dios que yo muera para salvar al rey —dijo después de respirar hondo.

Cogió la capa púrpura y se la puso.

Un murmullo de sorpresa corrió entre aquel gentío, y el propio rey Stephen pareció sorprendido. Todo el mundo esperaba que Philip se negara. Casi al punto deseó haberlo hecho. Pero ya se había comprometido.

Stephen dio media vuelta y se dirigió hacia la puerta norte. Philip lo siguió. Varios cortesanos iniciaron un movimiento en pos de ellos; pero Stephen les hizo retroceder con un gesto de la mano.

—Hasta un monje puede despertar sospechas si va acompañado de toda la corte real —dijo.

Se cubrió la cabeza con la capucha del hábito del prior y salieron al cementerio.

La suntuosa capa que Philip llevaba atrajo miradas curiosas mientras se abrían camino a través del campamento. Los hombres que daban por sentado que era un barón, se extrañaban de no reconocerlo. Aquellas miradas hicieron que se sintiera culpable, como si fuera un impostor. Nadie miraba a Stephen.

No fueron derechos a la puerta principal del castillo sino que caminaron a través de un laberinto de angostos senderos para salir junto a la iglesia de San Pablo a través de la esquina nordeste del castillo, cuyas murallas estaban construidas sobre grandes terraplenes rodeados de un foso seco. Había una franja de espacio abierto de cincuenta metros de ancho entre el borde del foso y los edificios más cercanos. Stephen caminó hacia el oeste, estudió el muro norte del castillo, manteniéndose pegado a la parte trasera de las casas en el borde exterior de la zona despejada. Philip fue con él. El rey le hizo caminar a su izquierda, entre él y el castillo. Por supuesto, el objeto de esto era permitir que los arqueros hicieran blanco sobre cualquiera que se acercara a los muros. Philip no tenía miedo a morir, aunque sí al dolor, y se preguntaba cuánto podía doler el que a uno le clavaran una flecha.

—¿Asustado, Philip? —le preguntó Stephen.

—Aterrado —respondió el monje con candidez. Y luego, sintiéndose audaz por el miedo, añadió con desenvoltura—: ¿Y qué me decís vos?

El rey se echó a reír ante su atrevimiento.

—Algo —admitió.

Philip consideró que ésa era su oportunidad para hablar de la catedral, pero no lograba concentrarse cuando su vida corría semejante peligro. El castillo le obsesionaba y no cesaba de escrutar las murallas por si descubría a algún hombre con un arco.

La fortaleza ocupaba todo el lado sudoeste de la ciudad interior, y el muro oeste formaba parte de la muralla de la ciudad. Stephen llevó a Philip a través de la puerta oeste y entraron en el suburbio llamado Newland. Allí las casas eran como cabañas de campesinos, construidas con cañas y barro, pero tenían grandes jardines al igual que las casas de la ciudad. Un viento glacial soplaba en los campos abiertos, más allá de las casas. Stephen torció hacia el sur bordeando siempre el castillo. Señaló una pequeña puerta en el muro y dijo:

—Supongo que fue por ahí por donde Ranulf de Chester logró huir.

Philip se sentía menos asustado en aquel lugar. En el sendero había otras personas y las murallas estaban menos vigiladas por aquel lado, ya que los ocupantes del castillo temían un ataque desde la ciudad y no desde el campo. Philip respiró hondo y luego lo soltó.

—Si me matan, ¿daréis a Kingsbridge un mercado y haréis que William Hamleigh devuelva la cantera?

Stephen no contestó de inmediato. Descendieron por la colina hasta la esquina sudoeste del castillo y alzaron la vista hacia la torre del homenaje. Desde el lugar en que se encontraban parecía inexpugnable. Giraron y, tras andar unos metros, entraron en la ciudad baja y echaron a andar a lo largo de la fachada sur del castillo. Philip sintió de nuevo el peligro. No resultaría difícil para alguien que se encontrara dentro de la fortaleza llegar a la conclusión de que los dos hombres que estaban caminando junto a aquellos muros debían de estar explorando, y, por lo tanto, serían buena presa, sobre todo el de la capa púrpura. Para distraer su miedo, Philip se dedicó a observar la torre del homenaje. Había en el muro unos pequeños agujeros que eran las salidas de las letrinas. Todos los excrementos y la porquería que se expulsa descendían por la pared de piedra, bajaban por el terraplén y allí se quedaban, hasta pudrirse. No era de extrañar que el lugar apestara. Philip intentó contener la respiración. Apresuraron el paso.

Había otra torre más pequeña en la esquina sudeste. El monje y el rey habían rodeado ya el castillo por tres lados. Philip se preguntaba si Stephen habría olvidado la pregunta que le había formulado, pero no se animaba a hacerla de nuevo, pues podía pensar que le estaba presionando y ofenderse.

Llegaron a la calle mayor, que atravesaba el centro de la ciudad, y torcieron de nuevo; pero, antes de que Philip tuviera tiempo de sentirse aliviado, cruzaron otra puerta que les condujo a la ciudad interior. Instantes después se hallaban en lo que era tierra de nadie, entre la catedral y el castillo. Philip vio, horrorizado, que el rey se detenía allí.

Stephen se volvió hacia Philip, colocándose de manera que pudiese observar el castillo por encima del hombro del monje, cuya vulnerable espalda cubierta de púrpura y armiño quedaba expuesta ante la garita de guardia por la que pululaban centinelas y arqueros. El prior se quedó rígido como una estatua pensando que, en cualquier momento, iban a dispararle por detrás una flecha o un venablo. Empezó a sudar a pesar del viento gélido.

—Os di la cantera hace años, ¿no es así? —le preguntó Stephen.

—No fue así exactamente —contestó Philip, apretando los dientes—. Nos concedisteis el derecho a sacar piedra para la catedral, pero la cantera se la disteis a Percy Hamleigh. Ahora, William, el hijo de Percy, ha expulsado a mis canteros, matando a cinco personas, entre ellas una mujer y una niña, y nos niega el acceso.

—No debería hacer tales cosas, sobre todo si quiere que le nombre conde de Shiring —dijo Stephen, pensativo.

Philip se sintió alentado, pero al cabo de un instante el rey añadió:

—Ya me gustaría encontrar el modo de entrar en ese castillo.

—Haced que William abra de nuevo la cantera. Por favor —pidió Philip—. Os desafía a vos y está robando a Dios.

Stephen pareció no oír.

—No creo que haya muchos hombres ahí dentro —musitó—. Supongo que casi todos están en las murallas para dar impresión de fuerza. ¿Qué era eso de un mercado?

Philip llegó a la conclusión de que el hacerle permanecer de pie en zona descubierta dando la espalda a un montón de arqueros formaba parte de la prueba a que lo sometía. Se limpió el sudor de la frente con el borde de piel de la capa del rey.

—Mi rey y señor —dijo—, todos los domingos la gente acude desde todo el condado para rezar en Kingsbridge y trabajar, sin percibir un penique por ello, en la construcción de la catedral. Durante los comienzos, algunos hombres y mujeres emprendedores solían acudir y vendían empanadas de carne, vino, sombreros y cuchillos a los trabajadores voluntarios. Y así, poco a poco fue creciendo un mercado. Y ahora os estoy pidiendo que le concedáis la licencia.

—¿Pagaríais por vuestra licencia?

Philip sabía que era normal que se pagara por ello, pero también estaba al corriente de que con las instituciones religiosas solía hacerse una excepción.

—Sí, señor, pagaré. A menos que queráis darme la licencia sin tener que pagarla, a la mayor gloria de Dios.

Por primera vez Stephen miró a Philip a los ojos.

—Sois un hombre valiente, permaneciendo ahí, con el enemigo detrás de vos mientras intentáis convencerme.

El prior le devolvió la mirada.

—Si Dios decide que mi vida ha llegado a su fin, nada me salvará —respondió aparentando más valentía de la que sentía en realidad—. Pero si Dios quiere que viva y construya la catedral de Kingsbridge, ni diez mil arqueros podrán derribarme.

—¡Bien dicho! —aprobó Stephen y, dando una palmada en el hombro a Philip, se volvió en dirección a la catedral. El prior caminó junto a él, y fue sintiéndose más tranquilo a medida que se alejaban del castillo. Al parecer, había pasado con éxito la prueba. Pero era importante obtener del rey un compromiso sin ambigüedades, pues al cabo de un momento los cortesanos acapararían de nuevo su atención.

—Mi señor, si quisierais escribir una carta al sheriff de Shiring… —sugirió Philip haciendo acopio de valor.

Le interrumpieron. Uno de los condes se precipitó hacia ellos presa de gran agitación.

—Robert de Gloucester viene hacia aquí, mi rey y señor.

—¿Cómo? ¿A qué distancia se encuentra?

—Muy cerca. Todo lo más a un día.

—¿Por qué no se me ha advertido? ¡Había destacado hombres por doquier!

—Llegaron por el Fosse Way y luego dejaron el camino para acercarse por el campo.

—¿Quién va con él?

—Todos los condes y caballeros que están de su parte y que han perdido sus tierras en los dos últimos años. Ranulf de Chester también le acompaña…

—Naturalmente… ¡Ese perro traidor!

—Se ha traído a todos sus caballeros desde Chester, además de una horda de galeses salvajes y rapaces.

—¿Cuántos hombres en total?

—Alrededor de mil.

—¡Maldición…! Son cien más que nosotros.

Se habían acercado a ellos varios barones, uno de los cuales tomó la palabra.

—Señor, si vienen por el campo tendrán que cruzar el río por el vado…

—¡Bien pensado, Edward! —exclamó Stephen—. Llévate a tus hombres a ese vado e intenta resistir. También necesitarás arqueros.

—¿Sabe alguien a qué distancia se encuentran ahora? —preguntó Edward.

—El batidor ha dicho que muy cerca —contestó el primer conde—. Pueden alcanzar el vado antes que tú.

—Ahora mismo salgo —decidió Edward.

—¡Excelente muchacho! —comentó el rey Stephen, y se golpeó la palma de la mano derecha con el puño cerrado de la izquierda—. Por fin me enfrentaré a Robert de Gloucester en el campo de batalla. Quisiera tener más hombres. Aun así… una ventaja de cien soldados no es excesiva.

Philip escuchaba todo aquello ceñudo y en silencio. Tenía la seguridad de que había estado a punto de obtener la aceptación del rey, pero la mente de éste se encontraba ahora ocupada por otras cuestiones. Sin embargo, Philip no estaba dispuesto a darse por vencido. Todavía llevaba puesta la capa púrpura de Stephen. Se la quitó y dijo a éste:

—Tal vez convenga que cada uno vuelva a recuperar su personalidad, mi rey y señor.

Stephen asintió con gesto ausente. Un cortesano que se encontraba detrás de él se adelantó y le ayudó a quitarse el hábito monacal.

—Señor, parecíais bien dispuesto a responder afirmativamente a mi solicitud —le dijo al tiempo que le entregaba la capa real.

Al monarca pareció irritarle que se lo recordara. Se ciñó la capa, y estaba a punto de hablar cuando se escuchó una nueva voz:

—¡Mi rey y señor!

Philip reconoció la voz. Se le cayó el alma a los pies. Al volverse, vio a William Hamleigh.

—¡William, muchacho! —exclamó Stephen con el tono cordial que reservaba para los combatientes—. ¡Has llegado justo a tiempo!

William se inclinó.

—Señor, he traído cincuenta caballeros y doscientos hombres de mi condado.

Aquello acabó con las esperanzas de Philip.

Stephen se mostró muy contento.

—¡Eres un hombre excelente! —exclamó—. Esto nos da ventaja sobre el enemigo. —Rodeó con un brazo los hombros de William y se encaminó con él hacia la catedral.

Philip los vio alejarse, inmóvil. Había tenido el éxito al alcance de la mano. Al final, el ejército de William había prevalecido sobre la justicia, se dijo con amargura. El cortesano que había ayudado al rey a quitarse el hábito monacal se lo tendió a Philip, que lo cogió. El cortesano siguió al rey y a su séquito hasta el interior de la catedral. Philip se puso de nuevo su ropa. Se sentía muy decepcionado. Contempló los tres enormes arcos de las puertas de la catedral. Había tenido la esperanza de que los de Kingsbridge fuesen parecidos, pero el rey Stephen acababa de ponerse del lado de William Hamleigh. Se había visto ante dos opciones: lo justo del caso que Philip le exponía frente a la ventaja del ejército de William, y el primero no había pasado la prueba.

La única esperanza que le quedaba a Philip era que Stephen fuera derrotado en el combate que se avecinaba.

2

El obispo celebró la misa en la catedral con las primeras luces del alba. Para entonces, los caballos ya estaban ensillados, los caballeros vestían su cota de malla, se habían dado de comer a los hombres de armas y se les había servido una medida de vino fuerte para incrementar su valentía.

William Hamleigh se encontraba arrodillado en la nave, junto con otros caballeros y condes, mientras los caballos de guerra relinchaban nerviosos en las naves laterales. Se encontraba recibiendo de antemano el perdón por las muertes que causara ese día.

A William se le habían subido a la cabeza el miedo y la excitación. Si ese día el rey salía victorioso, el nombre de William Hamleigh se vería asociado para siempre a él, porque se diría que los hombres que había llevado de refuerzo habían hecho que la balanza se inclinara en favor de aquél. En cambio, si el rey era derrotado, nadie sabía lo que podría ocurrir. Se estremeció sobre el frío suelo de piedra.

Stephen se hallaba delante, con una nueva indumentaria blanca y una vela en la mano. En el momento de la consagración, la vela se rompió y su llama se apagó. William se puso a temblar, atemorizado. Era un mal presagio. Un sacerdote le entregó una nueva vela y se llevó la rota. Stephen sonrió indiferente, pero la sensación de terror sobrenatural siguió embargando a William, quien al mirar alrededor comprobó que otros sentían lo mismo.

Después del oficio, el rey se puso la armadura ayudado por un paje. Tenía una cota que llegaba a la rodilla, estaba confeccionada en cuero y llevaba cosidas unas anillas de hierro. De cintura para abajo, se abría por delante y por detrás para que le permitiera cabalgar. El paje se la ajustó al cuello, luego le puso un ceñido casquete al que iba unido un largo cubrenuca de malla que le protegía el cuello. Sobre el casquete llevaba yelmo de hierro. Sus botas de cuero llevaban guarniciones de malla y espuelas puntiagudas.

Mientras se ponía la armadura, los condes se agolparon en torno a él. William, siguiendo el consejo de su madre, se comportó como si fuera ya uno de ellos, abriéndose paso entre el gentío para incorporarse al grupo que rodeaba al rey. Después de escuchar por un instante comprendió que intentaban persuadir a Stephen de que se retirara, dejando a Lincoln en poder de los rebeldes.

—Poseéis un territorio más extenso que el de Maud… Podéis formar un ejército más numeroso —le aconsejaba un hombre de edad en quien William reconoció a lord Hugh—. Id al sur, obtened refuerzos y luego regresad con un ejército que les supere en número.

Después del augurio de la vela rota, el propio William se sentía en cierto modo inclinado a retirarse, pero el rey no tenía tiempo para semejantes charlas.

—Ahora somos lo bastante poderosos para derrotarlos —dijo en tono animoso—. ¿Dónde está vuestro espíritu?

Se ciñó un cinto con la espada a un lado y una daga en el otro, ambas enfundadas en vainas de madera y cuero.

—Las fuerzas están demasiado equilibradas —advirtió un hombre alto, de pelo corto y rizado y una barba muy recortada, el conde de Surrey—. Es, por lo tanto, excesivamente arriesgado.

William sabía que aquel argumento era muy débil para Stephen. El rey era, ante todo, un caballero.

—¿Demasiado equilibradas? —repitió con desdén—. Prefiero un combate justo. —Se puso los guanteletes con malla en el dorso de los dedos. El paje le entregó un largo escudo de madera, recubierto de cuero. El monarca puso la correa alrededor del cuello y lo empuñó con la mano izquierda.

—Si nos retiramos, tenemos poco que perder en estos momentos —insistió Hugh—. Ni siquiera poseemos el castillo.

—Perdería la oportunidad de enfrentarme a Robert de Gloucester en el campo de batalla —respondió Stephen—. Durante dos años me ha estado evitando. Ahora que se me presenta la oportunidad de habérmelas con ese traidor de una vez por todas, no voy a retroceder sólo porque nuestras fuerzas estén equilibradas.

Un mozo de cuadra le llevó su caballo, ensillado con esmero. Cuando Stephen estaba a punto de montarlo, hubo señales de gran actividad en la puerta del extremo oeste de la catedral. Un caballero llegó corriendo por la nave, cubierto de barro y sangrando. William tuvo la fatídica premonición de que las noticias que traía eran muy malas. Al inclinarse ante el rey, William lo reconoció como a uno de los hombres de Edward que habían sido enviados a defender el vado.

—Llegamos demasiado tarde, señor —anunció el mensajero con voz ronca y resollando con fuerza—. El enemigo ha cruzado el río.

Era otra mala señal. De repente, William se quedó frío. Ahora sólo había campo abierto entre el enemigo y Lincoln.

Stephen también se mostró abatido. Pero recuperó la compostura de inmediato.

—¡No importa! —clamó—. ¡Así tardaremos menos en encontrarnos!

Montó su caballo de guerra.

Llevaba el hacha de combate sujeta a la silla. El paje le entregó una lanza de madera con punta de hierro, Stephen chasqueó la lengua y el caballo emprendió, obediente, la marcha.

Mientras avanzaba por la nave de la catedral, los condes, barones y caballeros montaron a su vez y lo siguieron. Salieron del templo en procesión. Una vez fuera, se les unieron los hombres de armas. Fue entonces cuando empezaron a sentirse atemorizados; pero su digno desfile, y el ambiente casi ceremonioso ante los ciudadanos que los contemplaban, no facilitaba la evasión de quienes se acobardaran.

A las filas se unió un centenar o más de ciudadanos, entre ellos panaderos gordos, tejedores cortos de vista y cerveceros de rostros congestionados, armados con gran pobreza y cabalgando en sus jacas y palafrenes. Aquello constituía una prueba de lo impopular que era Ranulf.

El ejército no podía pasar por delante del castillo porque habría quedado expuesto a los disparos de los arqueros que montaban guardia en lo alto de las murallas. Por lo tanto, tuvieron que salir de la ciudad por la puerta norte, también llamada Puerta Nueva, y torcer hacia el oeste. Allí era donde habría de librarse la batalla.

William estudió el terreno. Aun cuando por la parte sur de la ciudad la colina descendía abruptamente hacia el río, allí en el lado oeste había una larga serranía que bajaba suavemente hasta la llanura. William comprendió de inmediato que Stephen había elegido el lugar perfecto para defender la ciudad, ya que no importaba por dónde se acercara el enemigo, siempre se encontraría por debajo del ejército del rey.

Cuando Stephen se encontraba a unos trescientos metros de la ciudad, dos ojeadores ascendieron por la ladera cabalgando veloces. Divisaron al rey y se dirigieron hacia él. William trató de acercarse para oír su informe.

—El enemigo se acerca rápidamente, señor —dijo uno.

William miró en dirección a la llanura. A lo lejos podía divisarse una masa negra que se movía con lentitud hacia él. Un escalofrío de miedo recorrió su cuerpo. Trató de dominarse, pero el temor persistía. Desaparecería cuando empezara la lucha.

—¿Cómo están organizados? —preguntó Stephen.

—Ranulf y los caballeros de Chester marchan en el centro, señor —explicó el ojeador—. Van a pie.

William se preguntó cómo podía saber eso el ojeador. Debía de haberse introducido en el campamento enemigo y escuchado mientras se daban las órdenes de marcha. Se necesitaba mucho valor.

—¿Ranulf en el centro? —dijo Stephen—. ¡Como si fuera el líder en lugar de Robert!

—Robert de Gloucester cubre su flanco izquierdo con un ejército de hombres que se llaman a sí mismos los Desheredados —añadió el ojeador.

William sabía que utilizaban ese nombre porque habían perdido todas sus tierras desde que empezó la guerra civil.

—Entonces Robert ha dado el mando de la operación a Ranulf —murmuró, pensativo, Stephen—. Es una lástima. Conozco bien a Robert, prácticamente hemos crecido juntos, y puedo adivinar sus tácticas. Pero Ranulf es un extraño para mí. No importa. ¿Quién está a su derecha?

—Los galeses, señor.

—Supongo que arqueros.

Los hombres del sur de Gales tenían fama de ser unos insuperables arqueros.

—Éstos no —puntualizó el ojeador—. Son un hatajo de locos, con las caras pintadas, que entonan canciones bárbaras y van armados con martillos y clavas. Muy pocos de ellos tienen caballo.

—Deben de ser del norte de Gales —musitó Stephen—. Supongo que Ranulf les ha prometido botín de pillaje. Que Dios ayude a Lincoln si llegan a atravesar sus murallas. ¡Pero no lo harán! ¿Cómo te llamas, ojeador?

—Roger —repuso el hombre.

—Por este trabajo te concedo cuatrocientas áreas de tierra.

—Gracias, señor —exclamó el hombre, excitado.

—Y ahora, veamos. —Stephen se volvió y miró a sus condes. Estaba a punto de tomar sus disposiciones. William se puso rígido, preguntándose qué papel le asignaría el rey, que preguntó—: ¿Dónde está Alan de Brittany?

Alan hizo adelantarse a su caballo. Era el líder de unas fuerzas de mercenarios bretones, hombres desarraigados que luchaban por una paga y que sólo eran leales a sí mismos.

—Te colocarás en primera línea, a mi izquierda, con tus valientes bretones.

William comprendió aquella medida. Los mercenarios bretones contra los aventureros galeses. Los felones contra los indisciplinados.

—¡William de Ypres! —llamó Stephen.

—Mi rey y señor. —Un hombre moreno, con un caballo de guerra negro levantó su lanza. Era el líder de la fuerza de mercenarios flamencos, de quienes se decía que eran algo más dignos de confianza que los bretones.

—Tú también a mi izquierda, pero detrás de los bretones de Alan.

Los líderes mercenarios dieron media vuelta y cabalgaron hasta donde estaban sus hombres, para organizarlos. William se preguntaba dónde lo colocaría a él. No deseaba en modo alguno encontrarse en primera línea. Ya había hecho suficiente para sobresalir llevando consigo a su ejército. Ese día le vendría muy bien una posición en retaguardia, segura y sin sobresaltos.

—Mis lores de Worcester, Surrey, Northampton, York y Hertford formarán en mi flanco derecho.

William comprobó una vez más la sensatez de las disposiciones de Stephen, ya que los condes y sus caballeros, en su mayoría a caballo, harían frente a Robert de Gloucester y los nobles Desheredados que lo apoyaban, los cuales, en su mayoría, irían también a caballo. Pero se sintió decepcionado al no hallarse incluido entre los condes. Aun así, estaba seguro de que el rey no le había olvidado.

—Yo defenderé el centro, desmontado y con soldados de a pie —anunció Stephen.

Esta vez, William no estuvo de acuerdo con la decisión del rey. Siempre que se pudiera, era preferible ir a caballo, pero se decía que Ranulf iba a pie en cabeza del ejército adversario, y su excesivo sentido del juego limpio impulsaba a Stephen a encontrarse con el enemigo en un plano de igualdad.

—Conmigo en el centro, tendré a mi izquierda a William de Shiring con sus hombres —agregó el rey.

William no supo si sentirse excitado o aterrado. Era un gran honor el ser elegido para presentar batalla junto al rey. Su madre estaría muy contenta, pero a él le colocaba en la situación más peligrosa. Y lo que todavía era peor, tendría que ir a pie. Y también significaba que el rey podría verle y juzgar su actuación, lo cual le obligaría a mostrarse arrojado y tomar la iniciativa llevando la lucha a las filas enemigas, en lugar de mantenerse alejado de los puntos de combate y sólo pelear cuando se viera obligado a hacerlo. Esta última táctica era su preferida.

—Los leales ciudadanos de Lincoln formarán la retaguardia —decidió Stephen.

Aquello era una mezcla de comprensión y excelente sentido militar. Los ciudadanos no serían muy útiles en parte alguna, pero, en la retaguardia, no crearían demasiadas dificultades y sufrirían pocas bajas.

William alzó el pendón del conde de Shiring. Era otra idea de su madre. Desde un punto de vista estricto, no tenía derecho a hacer ondear aquel estandarte, ya que todavía no era conde, pero los hombres que le acompañaban estaban acostumbrados a seguir el estandarte de Shiring... Eso era lo que él alegaría en caso de que se le interpelase al respecto. Y, si la batalla la ganaban ellos, era muy posible que antes de terminar el día fuera conde.

Sus hombres se reunieron en torno a él. Walter estaba a su lado, como siempre, una presencia firme, tranquilizadora. Y también Gervase, Hugh y Miles. Gilbert, a quien habían matado en la cantera, había sido sustituido por Guillaume de St. Clair, un muchacho depravado de rostro juvenil.

William miró alrededor y se sintió acometido por la ira al ver a Richard de Kingsbridge vistiendo una centelleante armadura nueva y a lomos de un magnífico caballo de guerra. Estaba con el conde de Surrey. No había llevado consigo un ejército para el rey como hizo William, pero su aspecto era impresionante. Un rostro juvenil, vigoroso y valiente. Si en ese día acometía grandes hazañas, podía ganarse el favor real. Las batallas eran impredecibles. Y los reyes también.

Cabía también la posibilidad de que Richard resultara muerto. Menudo golpe de suerte sería. William lo deseó más de lo que jamás había deseado a mujer alguna.

Miró hacia el oeste. El enemigo estaba cada vez más cerca.

Philip se encontraba en el tejado de la catedral y podía divisar la ciudad de Lincoln, que se extendía a sus pies como si fuera un mapa. La parte vieja rodeaba la catedral en la cima de la colina. Tenía calles rectas y jardines bien cuidados. El castillo se alzaba en el lado sudoeste. La zona más suave, ruidosa y atestada de gente, ocupaba la empinada ladera del lado sur, entre la ciudad vieja y el río Witham. Ese distrito solía bullir de actividad comercial, pero aquel día un temeroso silencio lo cubría como un sudario, y las gentes habían subido a los tejados de sus casas para contemplar la batalla. El río llegaba del este, corría al pie de la colina y luego se ensanchaba hasta convertirse en un gran puerto natural llamado Brayfield Pool, lleno de muelles y embarcaciones. A Philip le habían dicho que un canal llamado Fosdyke iba hacia el oeste desde Brayfield Pool hasta desembocar en el río Trent. Al observarlo desde aquella altura, Philip quedó maravillado de lo recto que era su curso durante kilómetros. La gente decía que su cauce había sido construido en los viejos tiempos.

El canal constituía el borde del campo de batalla. Philip vio al ejército del rey Stephen salir de la ciudad en desordenado tropel y, ya en la serranía, formar tres perfectas columnas. Advirtió que Stephen había colocado a los condes a su derecha porque ofrecían un mayor colorido con sus túnicas rojas y amarillas y sus llamativos estandartes. También eran los más activos, pues cabalgaban arriba y abajo, dando órdenes, celebrando consultas y haciendo planes. Los miembros del grupo situado a la izquierda del rey, en la ladera de la serranía que descendía hasta el canal, iban vestidos con tonos mortecinos, grises y marrones, tenían menos caballos y no mostraban tanta actividad, reservando sus energías. Ésos debían de ser los mercenarios.

Más allá del ejército de Stephen, donde la línea del canal se hacía borrosa y se fundía con los setos vivos, el ejército enemigo cubría los campos como un enjambre de abejas. En un principio, daba la impresión de que no se movían, pero cuando al cabo de un rato volvió a mirar, descubrió que se hallaban más cerca. Y, si se concentraba un poco, podía ver cómo se movían. Se preguntaba qué fuerza tendrían. Según todos los indicios, ambos ejércitos estaban muy igualados.

No había nada que Philip pudiera hacer para influir sobre el resultado de la batalla, y eso lo sacaba de quicio. Intentó tranquilizar su espíritu y mostrarse fatalista. Si Dios quería una nueva catedral en Kingsbridge, haría que Robert de Gloucester derrotara en esa batalla al rey Stephen. En ese caso, él podría pedir a la victoriosa emperatriz Maud que le devolviese la cantera y le permitiera abrir de nuevo el mercado. Si, por el contrario, Stephen derrotaba a Robert, no tendría más remedio que aceptar la voluntad de Dios, renunciar a sus ambiciosos planes y dejar, una vez más, que Kingsbridge fuera declinando hasta una adormecida oscuridad.

Por mucho que lo intentara, a Philip no le era posible pensar en esa posibilidad. Quería que Robert venciera.

Un fuerte viento azotó las torres de la catedral, amenazando con derribar a los espectadores más débiles y arrojarlos al cementerio que estaba debajo. El viento era glacial. Philip sintió escalofríos y se arrebujó en la capa.

Los dos grupos se encontraban ya bastante cerca el uno del otro.

El ejército rebelde se detuvo cuando se hallaba a poco más de un kilómetro de la primera línea de las huestes del rey. Era irritante verlos así, en su conjunto, sin lograr distinguir detalle alguno. William quería saber si iban armados, si marchaban al encuentro animados y agresivos, o cansados y reacios. Incluso le interesaba su estatura. Seguían avanzando en un lento serpentear, como si los que formaban la retaguardia, víctimas de la misma ansiedad que embargaba a William, quisieran adelantarse para echar una ojeada al enemigo.

En el ejército de Stephen, los condes y los caballeros que iban montados se alinearon lanza en ristre, como si se dispusieran a entrar en liza. William envió a la retaguardia a todos los caballos de su contingente, bien que a regañadientes. Dijo a los escuderos que no volvieran a la ciudad, sino que mantuvieran allí las monturas por si acaso las necesitaban… Se refería, por supuesto, a si las necesitaban para huir; pero no lo dijo. Si se perdía una batalla, siempre era preferible correr que morir.

Se produjo un instante de calma durante el cual parecía que la lucha jamás iba a empezar. Paró el viento y los caballos se calmaron. No así los hombres. El rey Stephen se quitó el casco y se rascó la cabeza. William se sintió inquieto. Lo de luchar estaba muy bien; pero pensar en ello le producía náuseas.

Luego, sin motivo aparente, el ambiente volvió a ser tenso. Alguien lanzó un grito de guerra. Todos los caballos se mostraron de pronto espantadizos. Se inició un vítor que quedó al punto ahogado por el estruendo de los cascos. La batalla había comenzado. William percibió el olor acre del miedo.

Miró alrededor en su desesperado intento de averiguar qué estaba ocurriendo, pero la confusión reinaba por doquier y, al ir a pie, sólo podía ver lo que tenía a su lado. Los condes, a la derecha, parecían haber iniciado la batalla al cargar contra el enemigo. Era de presumir que las fuerzas que se enfrentaban a ellos, el ejército de los nobles «desheredados» del conde Robert, estuvieran respondiendo de la misma manera, cargando en formación. Casi de inmediato, le llegó un grito desde la izquierda y, al volverse, vio que aquellos de los mercenarios bretones que todavía montaban a caballo los estaban espoleando para que avanzasen. Del sector correspondiente del ejército enemigo llegó un griterío espantoso; debía de tratarse de la chusma galesa. No podía ver de qué lado se hallaba la ventaja.

Había perdido de vista a Richard.

De detrás de las filas enemigas salieron disparadas docenas de flechas, que cayeron por todas partes. William aborrecía las flechas, porque mataban al azar.

El rey Stephen soltó un grito de guerra y se lanzó a la carga. William desenvainó la espada y corrió hacia adelante, pero los jinetes se habían desplegado en su avance, situándose entre él y el enemigo.

A su derecha se produjo un estruendo ensordecedor al chocar las espadas y el aire se impregnó de un olor metálico que conocía bien. Los condes y los Desheredados se habían incorporado a la batalla. Todo cuanto William podía ver era hombres y caballos chocando dando vueltas, cargando y cayendo. Los relinchos de las monturas se confundían con los gritos de guerra de los combatientes y, en alguna parte, entre todo aquel ruido, William oyó los chillidos espantosos, que helaban la sangre, de los heridos y moribundos. Albergó la esperanza de que Richard fuera uno de los que gritaban. Miró a la izquierda y quedó horrorizado el comprobar que los bretones estaban retrocediendo ante las lanzas y las hachas de los salvajes galeses. Éstos habían enloquecido. Gritaban, chillaban y se pateaban los unos a los otros en su avidez por alcanzar al enemigo. Tal vez les impulsara su codicia por saquear la opulenta ciudad. Los bretones, sin más perspectiva que les sirviera de acicate que otra semana de paga, se defendían, cediendo terreno. William se sintió asqueado y frustrado al no haber podido siquiera descargar un solo golpe. Le rodeaban sus caballeros, y delante de él estaban los caballos de los condes y los bretones. Forzó el paso para ubicarse al lado del rey. Se peleaba por todas partes, y aquí y allí vio caballos derribados y hombres que luchaban cuerpo a cuerpo como fieras enfurecidas, oyó el ensordecedor chocar de las espadas y percibió el olor dulzón de la sangre, pero tanto él como el rey Stephen se encontraron, por un momento, inmovilizados en una zona muerta.

Philip lo veía todo; pero no comprendía nada. No tenía la menor idea de lo que estaba pasando. Sólo apreciaba una gran confusión: espadas centelleantes, caballos que cargaban, estandartes al viento y los ruidos de la batalla que, arrastrados por el viento, le llegaban amortiguados a causa de la lejanía. Aquello era demencial y desolador. Algunos hombres caían y morían; otros se levantaban de nuevo y volvían a la lucha. Pero le resultaba imposible saber quién llevaba ventaja.

—¿Qué estaba sucediendo? —preguntó un sacerdote de la catedral que se hallaba junto a Philip y que llevaba un abrigo de piel.

—No logro saberlo —respondió el prior, sacudiendo la cabeza.

Mientras hablaba, percibió un movimiento. Por el lado izquierdo del campo de batalla, algunos hombres bajaban corriendo por la colina en dirección al canal. Eran mercenarios andrajosos y, por lo que podía ver, quienes huían eran los hombres del rey y quienes los perseguían los mercenarios del ejército atacante. Hasta aquí llegó el grito victorioso de los galeses. Philip se sintió súbitamente animado. ¡Ya estaban ganando los rebeldes!

De pronto, a la derecha, donde luchaban los hombres a caballo, dio la impresión de que el ejército del rey retrocedía. La retirada llegó a convertirse en descarada huida. Fueron muchos los hombres de Stephen que hicieron volver grupas a sus caballos y empezaron a alejarse del campo de batalla.

¡Debe ser la voluntad de Dios!, se dijo Philip.

¿Era posible que todo hubiera terminado tan pronto? Los rebeldes avanzaban por los dos flancos, pero el centro seguía resistiendo con firmeza. Los hombres que rodeaban al rey luchaban con mayor fiereza que los que estaban situados a los lados. ¿Serían capaces de contener el ataque? Tal vez Stephen y Robert de Gloucester lucharan frente a frente; un combate en solitario de los líderes podía, a veces, solventar la cuestión, sin importar lo que estuviera ocurriendo en el campo de batalla. La cuestión todavía no había quedado resuelta.

En un determinado momento, los dos ejércitos se encontraron igualados, ambos luchando de manera feroz. Al instante siguiente, los hombres del rey retrocedían con rapidez. William se sintió descorazonado. A su izquierda, los mercenarios bretones bajaban corriendo por la colina perseguidos hasta el canal por los galeses. A su derecha, los condes con sus caballos de guerra y sus estandartes, se batían en retirada tratando de escapar hacia Lincoln. Sólo el centro ofrecía resistencia. El rey Stephen se batía denodadamente, descargando su espada a diestro y siniestro, y alrededor de él los hombres de Shiring luchaban como verdaderos lobos. La situación, sin embargo, era insostenible. Si los flancos seguían retirándose, el rey pronto se encontraría rodeado. William quería que Stephen retrocediera, pero el monarca era más valiente que prudente y siguió luchando tenaz.

William advirtió que el centro de la batalla se desplazaba hacia la izquierda. Miró alrededor y vio que los mercenarios flamencos avanzaban desde atrás y caían sobre los galeses, que se vieron forzados a dejar de perseguir a los bretones y tuvieron que retroceder para defenderse. Por un momento se estableció una refriega. Luego, los hombres de Ranulf de Chester, en el centro de la primera línea del enemigo, atacaron a los flamencos que se encontraron entre ellos y los galeses.

Al ver el repliegue, el rey Stephen animó a sus hombres a avanzar. William pensó que acaso Ranulf había cometido una equivocación. Si ahora las fuerzas del rey caían sobre los hombres de Ranulf, sería éste quien quedaría inmovilizado entre ambos lados.

Uno de los caballeros de William cayó a los pies de éste, que de pronto se encontró en pleno combate.

Un robusto norteño con la espada ensangrentada arremetió contra William, que esquivó la estocada con facilidad. No había gastado fuerzas y, en cambio, su adversario ya estaba cansado. William atacó buscando la cara del hombre, falló y detuvo otra estocada. Luego, levantó bien alta la espada, exponiéndose deliberadamente a otro ataque, y cuando el otro hombre avanzó, como era de esperar, William lo esquivó una vez más y sujetando la espada con ambas manos la descargó sobre el hombro de su contrincante. El golpe le partió la armadura y le rompió la clavícula. Rodó por el suelo.

William se sintió exultante. Ya no sentía miedo.

—¡Venid aquí, perros! —rugió.

Otros dos caballeros ocuparon el lugar del que había caído y atacaron al mismo tiempo. William los mantuvo a raya, pero se vio obligado a retroceder.

Hubo un movimiento a su derecha y uno de sus adversarios tuvo que hacerse a un lado para defenderse de un hombre de rostro congestionado. Iba armado con una clava y parecía un carnicero enloquecido. De esa manera, William ya sólo tuvo que ocuparse de un atacante. Se abalanzó sobre él con una mueca salvaje. Su adversario fue presa del pánico y empezó a dar estocadas sin orden ni concierto dirigidas a la cabeza de William, que las esquivó y hundió la daga en el muslo del hombre, justo debajo del borde de su chaqueta corta de malla. Al doblársele la pierna, el hombre cayó.

Una vez más, William se había quedado sin adversario. Permaneció allí, inmóvil, recobrando el aliento. Por un instante había creído que el ejército del rey iba a ser derrotado, pero se había rehecho y por el momento ninguno de los dos contendientes parecía llevar ventaja. Miró a su derecha preguntándose qué sería lo que había desviado la atención de uno de sus adversarios, y entonces vio, atónito, que los ciudadanos de Lincoln estaban presentando al enemigo dura batalla. Tal vez se debiera a que eran sus propios hogares lo que defendían. Pero ¿quién los había reunido después de que los condes hubieran huido en ese flanco? Su pregunta obtuvo rápida respuesta. Para su consternación, vio a Richard de Kingsbridge montado en su caballo de guerra urgiendo y animando a la lucha a los ciudadanos. Si el rey llegaba a ver a Richard comportándose con bravura, todo el trabajo de William habría sido en vano. En aquel momento el rey se encontró con la mirada del joven caballero y le hizo un gesto con la mano, animándolo a seguir. William soltó un rabioso juramento.

Al rehacerse las fuerzas de los ciudadanos, se alivió la presión sobre el rey, pero sólo por un momento. Por la izquierda, los hombres de Ranulf habían provocado la desbandada de los mercenarios flamencos y ahora se lanzaban hacia el centro de las fuerzas defensoras. Al mismo tiempo, los Desheredados concentraban sus fuerzas contra Richard. La lucha se hizo encarnizada.

Un hombre corpulento que blandía un hacha de combate atacó a William, quien lo eludió con un movimiento desesperado, temiendo de repente por su vida. A cada acometida del hacha, William retrocedía de un salto, al tiempo que advertía que todo el ejército del rey retrocedía a su vez al mismo ritmo. A su izquierda, los galeses, que habían subido otra vez a lo alto de la colina, empezaron a arrojar piedras. La acción resultaba ridícula, pero efectiva, porque ahora William debía vigilar, por una parte, las piedras que llovían por doquier, y, por otra, defenderse del gigante que blandía el hacha de combate. Parecía como si hubiera crecido el número de enemigos, y comprendió, abatido, que aquellos efectivos superaban en mucho a los hombres del rey. Sintió la garganta agarrotada por un miedo histérico al comprender que la batalla estaba perdida y que él se encontraba en peligro mortal. El rey debía huir cuanto antes. ¿Por qué diablos seguía luchando? Era demencial. Lo matarían. ¡Los matarían a todos! Se impusieron los instintos de lucha de William y, en lugar de retroceder como había estado haciendo, saltó hacia adelante dirigiendo su espada a la cara del hombre. Lo alcanzó en el cuello, justo debajo de la barbilla. Hundió el arma con fuerza. El hombre cerró los ojos. Por un instante William sintió un alivio agradecido. Sacó la espada y esquivó rápidamente el hacha que caía de las manos del hombre muerto.

Echó una ojeada al rey, que se encontraba unos metros a su izquierda. En aquel momento, descargaba su espada con fuerza sobre el casco de un hombre, partiéndolo en dos. Ya está, se dijo William; la batalla ha terminado. El rey huirá y se pondrá a salvo para volver otro día a la lucha. Pero la esperanza fue prematura. Stephen había empezado a volverse para salir corriendo, cuando un ciudadano le ofreció un hacha de leñador, de mango largo. Ante la desolación de William, Stephen la agarró y reanudó la lucha.

William estuvo en un tris de salir huyendo. Al mirar a su derecha vio a Richard a pie, luchando como un demente, repartiendo mandobles y derribando hombres por la derecha, por la izquierda y por el centro. William no podía huir cuando su rival seguía luchando.

Se vio ante un nuevo atacante. Esta vez era un hombre bajo que se movía con extrema rapidez. Su espada centelleaba bajo la luz del sol. William comprendió enseguida que se enfrentaba a un luchador formidable. Una vez más se encontró a la defensiva y temiendo por su vida. El convencimiento de que tenían perdida la batalla minaba su voluntad. Esquivó las rápidas estocadas con la esperanza de descargar un golpe lo bastante fuerte para atravesar la armadura del rival. Vio su oportunidad y lanzó una estocada. El otro la eludió y atacó a su vez. William sintió que el brazo izquierdo le quedaba inerte. Aterrorizado, comprendió que lo habían herido. Siguió retrocediendo, y por un instante sintió que el suelo oscilaba bajo sus pies. El escudo le colgaba suelto del cuello, puesto que le era imposible mantenerlo firme con el brazo izquierdo inutilizado. Su rival vio la victoria a su alcance y arreció su ataque. William vio la proximidad de la muerte y el pánico se apoderó de él.

De repente, Walter apareció a su lado.

William se echó atrás. Walter descargó su espada con las dos manos. Al coger por sorpresa al hombre pequeño, lo partió limpiamente por la mitad. A William el alivio le hizo sentir vértigo. Puso una mano sobre el hombro de Walter.

—¡Nos han vencido! —le gritó Walter sobre el estruendo—. ¡Larguémonos de aquí!

William se recobró. Stephen seguía luchando aun cuando la batalla ya estaba perdida. Si huía al menos podría reunir un nuevo ejército. Pero cuanto más tiempo siguiera luchando mayor era la probabilidad de que lo capturaran o le mataran, lo cual sólo podía significar una cosa: que Maud sería reina.

William y Walter empezaron a retroceder juntos. ¿Por qué el rey se comportaba como un loco? Tenía que demostrar su valor, y eso sería su muerte. Una vez más, William se vio tentado de abandonar al rey, pero Richard de Kingsbridge seguía allí, defendiendo como una roca el flanco derecho.

—Todavía no —le indicó William a Walter—. ¡Vigila al rey!

Iban retrocediendo lentamente. La lucha fue haciéndose menos encarnizada al advertir los hombres que la suerte estaba echada y no valía la pena correr riesgos. William y Walter cruzaron sus espadas con dos caballeros, pero siempre a la defensiva. Se asestaron duros golpes; sin embargo, ninguno de los que peleaban quería exponerse al peligro.

William retrocedió dos pasos y se arriesgó a echar un vistazo al rey. En ese preciso instante una gran piedra fue a estrellarse contra el casco de éste. Stephen se tambaleó y cayó de rodillas. El adversario de William se detuvo y volvió la cabeza para ver qué era lo que éste miraba. El hacha de combate cayó de las manos del monarca. Un caballero enemigo corrió hacia él y le quitó el casco.

—¡El rey! —vociferó triunfante—. ¡Tengo al rey!

William, Walter y el ejército real en pleno dieron media vuelta y echaron a correr.

Philip no cabía en sí de júbilo. La retirada comenzó en el centro del ejército y fue extendiéndose, como una oleada, a los flancos. En cuestión de segundos todas las huestes reales estaban en fuga. Ésa era la recompensa que recibía el rey Stephen por su injusticia.

Los atacantes los persiguieron. En la retaguardia de las fuerzas del rey, había cuarenta o cincuenta caballos sin jinete, cuyas riendas sujetaban los escuderos. Algunos de los hombres que huían saltaron sobre ellos y se dirigieron a campo abierto en lugar de hacerlo hacia la ciudad de Lincoln.

Philip comenzó a preguntarse qué le habría pasado a Stephen.

Los ciudadanos de Lincoln empezaron a abandonar precipitadamente sus tejados. Reunieron a los niños y a los animales. Algunas familias desaparecieron en el interior de sus casas, cerrando herméticamente las ventanas y asegurando las puertas con barras. Se produjo un agitado movimiento entre las embarcaciones en el lago. Varios ciudadanos estaban intentando huir por el río. La gente empezó a entrar en la catedral en busca de refugio.

Otros muchos corrieron hacia las entradas de la ciudad, para cerrar las enormes puertas reforzadas con hierro. De repente, los hombres de Ranulf de Chester irrumpieron desde el castillo. Se dividieron en grupos, siguiendo seguramente un plan previamente establecido, y cada grupo se dirigió a una de las puertas de la ciudad. Se abrieron paso entre los ciudadanos, derribándolos a un lado y a otro, y abrieron de nuevo las puertas para dar paso a los rebeldes victoriosos. Philip decidió bajar del tejado de la catedral. Quienes estaban con él, en su mayoría canónigos, tuvieron la misma idea. Todos cruzaron inclinados la puerta baja que conducía a la torrecilla. Allí se encontraron con el obispo y los arcedianos, que habían presenciado la batalla desde una altura mayor, en la torre. Philip tuvo la impresión de que el obispo Alexander parecía asustado. Era una lástima, pues ese día debería tener valor para dar y vender.

Todos bajaron con sumo cuidado por la escalera de caracol, larga y angosta, y salieron a la nave de la iglesia por el lado oeste. En el templo había ya alrededor de un centenar de ciudadanos, y seguían entrando como un torrente por las tres grandes puertas. Mientras Philip observaba todo aquello, llegaron dos caballeros al patio del templo. Venían manchados de sangre y embarrados, procedentes a todas luces del campo de batalla. Sin desmontar, irrumpieron en la iglesia.

—¡Han capturado al rey! —gritó uno de ellos al ver al obispo.

Philip sintió que le daba un vuelco el corazón. El rey Stephen no sólo había sido derrotado, sino que se encontraba prisionero. Ahora las fuerzas que lo apoyaban se batirían en retirada en todo el reino. Al prior no le costaba imaginar las consecuencias que ello tendría, pero antes de que pudiera reflexionar sobre el particular, oyó gritar al obispo Alexander.

—¡Cerrad las puertas!

Philip apenas podía creer lo que estaba oyendo.

—¡No! —gritó—. ¡No podéis hacer eso!

El obispo volvió la mirada hacia él, lívido de terror. No estaba seguro de quién era Philip. Éste lo había visitado por pura cortesía, y desde entonces no habían cruzado palabra. Haciendo un visible esfuerzo, Alexander le dijo:

—Ésta no es vuestra catedral, prior Philip, sino la mía. ¡Cerrad las puertas!

Varios sacerdotes se dispusieron a llevar a cabo su orden.

Philip estaba horrorizado ante aquel despliegue de egoísmo absoluto por parte de un clérigo.

—¡No podéis cerrar las puertas a las gentes! —gritó iracundo—. ¡Pueden matarlos!

—¡Si no cerramos las puertas nos matarán a todos! —chilló, histérico, Alexander.

El prior lo agarró por la pechera de sus vestiduras.

—Recordad quién sois —le espetó—. No se espera de nosotros que tengamos miedo, sobre todo ante la muerte. Dominaos.

—¡Quitádmelo de encima! —ordenó Alexander, fuera de sí.

Varios canónigos obligaron a Philip a apartarse.

—¿Acaso no veis lo que está haciendo? —les gritó Philip.

—Si te sientes tan valiente, ¿por qué no sales ahí fuera y los proteges tú mismo?

Philip se soltó, furioso.

—Eso es lo que voy a hacer —masculló.

Dio media vuelta y cruzó como un rayo la nave. La gran puerta central se estaba cerrando. Tres sacerdotes estaban empujando para cerrarla del todo mientras, desde el exterior más gente forcejeaba pretendiendo entrar por el hueco, cada vez más estrecho. Philip logró pasar a través de él un instante antes de que la puerta se cerrara por completo.

En los momentos que siguieron, un pequeño gentío se había agolpado en el pórtico. Hombres y mujeres aporreaban la puerta pidiendo a gritos que les dejaran entrar, pero en el interior de la iglesia no hubo respuesta alguna.

De repente, el prior sintió miedo. Le asustaba ver el pánico reflejado en los rostros de las gentes a las que habían dejado fuera. Él mismo estaba temblando. Ya había tenido antes, en una ocasión, a la edad de seis años, un encuentro con un ejército victorioso, y sentía que volvía a embargarle el horror de aquel día. Revivió, con toda nitidez, como si hubiera ocurrido la tarde anterior, el momento en que los hombres de armas irrumpían en casa de sus padres. Permaneció inmóvil en el lugar donde se encontraba, tratando de dominar el temblor mientras la muchedumbre se agitaba alrededor de él. Durante mucho tiempo le había atormentado aquella pesadilla. Veía las caras de aquellos hombres sedientos de sangre, y cómo la espada traspasaba a su madre, así como el espantoso espectáculo de las entrañas de su padre saliéndole del vientre. Se sintió dominado de nuevo por el terror histérico, abrumador, demencial e incomprensible. Luego, vio que un monje entraba por la puerta con una cruz en la mano, y los gritos cesaron. El monje les enseñó, a su hermano y a él, a cerrar los ojos de su madre y de su padre para que así éstos pudieran dormir el largo sueño. Y entonces recordó, como si acabara de despertar de una ensoñación, que ya no era un niño asustado, sino un hombre hecho y derecho, y un monje, además. Y que al igual que el abad Peter los había rescatado a su hermano y a él en aquel día espantoso, veintisiete años atrás, ahora, en ese día sombrío, un Philip adulto, fortalecido por la fe y protegido por Dios, acudiría en ayuda de quienes temían por su vida.

Se obligó a dar un solo paso adelante. Una vez que lo hubo hecho, el segundo resultó algo menos difícil y el tercero ya casi fue fácil.

Al llegar a la calle que conducía a la puerta oeste, una multitud de gente que huía estuvo a punto de derribarlo. Hombres y muchachos corrían cargados con fardos, que contenían sus más valiosas posesiones; había ancianos con la respiración entrecortada, niños que gritaban, mujeres que llevaban en brazos criaturas que chillaban. Sintió que la multitud lo arrastraba durante un trecho; luego, forcejeó contra corriente. Se dirigían hacia la catedral. Philip quería decirles que estaba cerrada y que debían mantenerse tranquilos en sus casas, que atrancaran las puertas. Pero todo el mundo gritaba y nadie se detenía a escuchar.

Avanzó despacio por la calle, moviéndose en sentido contrario al de la gente. Había avanzado apenas un poco cuando apareció por la calle un grupo de cuatro jinetes a la carga. Ellos eran la causa de la estampida. Algunas personas se apretaron contra los muros de las casas, pero otras no pudieron quitarse de en medio a tiempo y cayeron bajo los rápidos cascos. Philip se sintió horrorizado ante su propia impotencia para hacer algo, y se escurrió hasta un callejón para evitar convertirse también en víctima. Un momento después, los jinetes habían desaparecido y la calle se hallaba desierta.

Varios cuerpos yacían en el suelo. Al salir Philip del callejón, vio que uno de ellos se movía. Se trataba de un hombre de mediana edad con una capa escarlata. Trataba de arrastrarse a pesar de su pierna herida. Philip cruzó la calle con intención de ayudarle, pero, antes de que lograse llegar a su lado aparecieron dos hombres con cascos y escudos de madera.

—Éste está vivo, Jack —dijo uno de ellos.

Philip se estremeció. Le pareció que el comportamiento, las voces, la indumentaria, e incluso las caras, eran las mismas que las de aquellos dos hombres que habían asesinado a sus padres.

—Nos valdrá un buen rescate… Mira esa capa roja —dijo el que respondía al nombre de Jack. Se volvió, se llevó los dedos a la boca y silbó; al ver que aparecía corriendo un tercer hombre, le dijo—: Llévate al castillo a este hombre y átalo.

El que acababa de llegar pasó los brazos alrededor del pecho del hombre caído y lo arrastró. El herido gritó de dolor cuando sus piernas comenzaron a rebotar contra las piedras.

—¡Deteneos! —gritó Philip.

Los tres se pararon por un instante. Lo miraron y se echaron a reír. Luego, siguieron con lo que estaban haciendo.

Philip volvió a gritarles, pero no se dieron por enterados. Vio con impotencia que arrastraban al hombre herido. Otro soldado salió de una casa, llevando una larga capa de piel y seis bandejas de plata debajo del brazo. Jack vio el botín y dijo a su camarada:

—Éstas son casas ricas. Deberíamos entrar en una de ellas a ver qué encontramos.

Se dirigieron hacia la puerta cerrada de una casa de piedra y trataron de abrirla a golpes con un hacha de combate.

Philip comprendía lo inútil de su empeño; pero no estaba dispuesto a renunciar. Sin embargo, Dios no le había colocado en aquella situación para defender las propiedades de las gentes acaudaladas. Así que dejo a Jack y a sus compañeros y caminó presuroso hacia la puerta oeste. Por la calle, llegaban corriendo más soldados. Mezclados con ellos venían varios hombres morenos y bajos, con la cara pintada, vestidos con zamarras de piel de cordero y armados con lanzas. Philip supo que se trataba de los galeses, y se avergonzó de pertenecer a la misma tierra que aquellos salvajes. Se apretó contra un muro y trató de pasar inadvertido.

Dos hombres salieron de una casa de piedra arrastrando por las piernas a un hombre de barba blanca con un birrete.

—¿Dónde está tu dinero, judío? —preguntó uno de ellos al tiempo que apoyaba la punta de un cuchillo en la garganta del hombre.

—No tengo dinero —contestó el judío en tono lastimero.

Philip pensó que nadie se lo creería. Era famosa la riqueza de los judíos de Lincoln. Y, además, el hombre vivía en una casa de piedra.

Otro soldado salió arrastrando a una mujer por el pelo. Era de mediana edad y, probablemente, la esposa del judío.

—Dinos dónde está el dinero o le meteré la espada por el culo —vociferó el primero de los hombres. Levantó la falda de la mujer, dejando al descubierto el vello grisáceo y apuntando una larga daga a su pubis.

Philip estaba a punto de intervenir, pero el viejo cedió de inmediato.

—No le hagáis daño. El dinero está en la parte de atrás —confesó—, enterrado en el jardín, junto a la pila de leña… Soltadla, por favor.

Los tres hombres entraron corriendo en la casa. La mujer ayudó a su marido a levantarse. Otro grupo de jinetes cabalgó con estruendo por la angosta calle. Philip se apresuró a ocultarse. Cuando volvió a salir, los dos judíos habían desaparecido.

Un joven con armadura bajó, desolado, por la calle, intentando salvar la vida, perseguido por tres o cuatro galeses. El primero de los perseguidores blandió su espada y alcanzó al fugitivo en la pantorrilla. A Philip no le pareció que la herida fuera profunda, pero resultó suficiente para que el joven tropezara y cayera al suelo. Otro de los perseguidores llegó junto al caído y levantó un hacha de combate.

Philip se adelantó, con el corazón en la boca.

—¡Deténte! —gritó.

El hombre no pareció oírlo.

Philip se abalanzó sobre él.

El galés descargó el hacha; pero Philip le empujó en el último momento. La afilada hoja resonó al chocar contra el pavimento de piedra, a un palmo de la cabeza de la víctima. El atacante recuperó el equilibrio y se quedó mirando asombrado a Philip, que le devolvió la mirada con firmeza, intentando no temblar y deseando recordar algunas palabras en galés. Antes de que ninguno hiciera el menor movimiento, los otros dos perseguidores llegaron junto a ellos y uno derribó a Philip de un fuerte empujón. Eso fue lo que le salvó la vida, como pudo apreciar un instante después. Cuando se recuperó, todos se habían olvidado de él. Con un salvajismo increíble, estaban dando muerte al pobre muchacho que yacía en el suelo. Philip se puso de pie a duras penas. Era ya demasiado tarde; sus martillos y hachas seguían golpeando un cadáver.

—Si no puedo salvar a nadie, ¿para qué me habéis enviado aquí? —gritó airado levantando los ojos al cielo.

A modo de respuesta, oyó un grito procedente de una casa cercana. Era un edificio de una sola planta, de madera y piedra, menos lujoso que los que lo rodeaban. La puerta estaba abierta y Philip entró corriendo. Había dos habitaciones, con un arco entre ambas y paja sobre el suelo. En un rincón, se acurrucaba aterrorizada una mujer con dos niños pequeños. Tres soldados se encontraban en el centro de la casa enfrentándose a un hombre menudo y calvo. En el suelo, yacía una joven de unos dieciocho años. Le habían rasgado el traje de arriba abajo y uno de los agresores estaba arrodillado sobre ella, sujetándole los muslos abiertos. Era evidente que el hombre trataba de evitar que violaran a su hija. Al entrar Philip, se arrojó sobre uno de los soldados, que se libró de él de un manotazo. El hombre cayó de espaldas y el soldado le hundió la espada en el abdomen. La mujer del rincón gritó como un alma en pena.

—¡Deteneos! —vociferó Philip.

Lo miraron como si estuviera loco.

—¡Todos iréis al infierno si hacéis eso! —sentenció intentando hablar en el tono más autoritario.

El que había matado al hombre levantó la espada para descargarla sobre él.

—Un momento —dijo el soldado que se encontraba en el suelo y que seguía sujetando las piernas de la muchacha—. ¿Quién eres tú, monje?

—Soy Philip de Gwynedd, prior de Kingsbridge, y en el nombre de Dios te ordeno que dejes tranquila a esa muchacha si es que estimáis en algo vuestras almas inmortales.

—¡Un prior! Eso me ha parecido —dijo el otro—. Vale un buen rescate.

—Ve al rincón con la mujer, que es tu sitio —dijo el primero de los soldados, envainando la espada.

—No pongáis vuestras manos sobre los hábitos de un monje —ordenó Philip, intentando mostrarse peligroso; pero él mismo escuchaba una nota de desesperación en su voz.

—Llévatelo al castillo, John —dijo el hombre que estaba todavía sentado sobre la muchacha, y que parecía ser el jefe.

—Vete al infierno —contestó John—. Antes quiero joderla yo también.

Agarró a Philip por los brazos antes de que pudiera resistirse y lo arrojó al rincón. El monje cayó al suelo junto a la madre.

El soldado llamado John se levantó la parte delantera de la túnica y cayó sobre la joven.

La madre volvió la cabeza y empezó a sollozar.

—¡No lo permitiré! —exclamó Philip. Se puso en pie, cogió al violador por el pelo y lo apartó de la joven.

El tercer soldado blandió una cachiporra. Philip vio venir el golpe, pero ya era demasiado tarde. Por un instante sintió un dolor espantoso; luego, todo se hizo negro, y perdió la conciencia antes de caer al suelo.

Los prisioneros fueron llevados al castillo y encerrados en sólidas jaulas de madera, estrechas y de la altura de un hombre. En lugar de paredes compactas, tenían postes verticales, poco separados entre sí, pero que permitían al carcelero vigilar su interior. En época normal, cuando se utilizaban para encerrar a ladrones, asesinos y herejes, solía haber una o dos personas por jaula. En aquellos momentos, los rebeldes tenían encerrados ocho o diez en cada una de ellas, y todavía quedaban más prisioneros. A estos últimos los ataron juntos y los condujeron a un lugar aislado del castillo. Habrían podido escapar con relativa facilidad, pero no lo hicieron, quizá porque se sentían más seguros allí que fuera, en la ciudad.

Philip se sentó en un rincón de una de las jaulas, con un espantoso dolor de cabeza. Se consideraba un loco y un fracasado. A fin de cuentas, había resultado tan inútil como el cobarde obispo Alexander. No había conseguido salvar una sola vida. Sin él, los ciudadanos de Lincoln no habrían estado peor. A diferencia del abad Peter, se había visto impotente para detener la violencia. Se dijo que, sencillamente, él no era la misma clase de hombre.

Y, lo que era aún peor, en su vano intento de ayudar a los ciudadanos, era muy posible que hubiera perdido toda probabilidad de obtener concesiones de la emperatriz Maud cuando se convirtiera en su soberana. En aquellos momentos, era prisionero de su ejército. Por lo tanto, se daría por sentado que había estado al lado de las fuerzas del rey Stephen. El priorato de Kingsbridge tendría que pagar un rescate para su liberación. Lo más probable era que todo aquel asunto llegara a conocimiento de Maud, en cuyo caso ésta no se mostraría bien dispuesta hacia él. Se sentía enfermo, decepcionado y torturado por los remordimientos.

Durante todo aquel día fueron llegando más prisioneros. La afluencia cesó poco antes del anochecer. Pero el saqueo de la ciudad continuaba fuera de los muros del castillo. Philip podía oír gritos y ruidos de destrucción. Hacia la medianoche cesaron todos los ruidos, seguramente porque los soldados estaban tan borrachos con el vino robado y tan saciados de violaciones y violencia que ya ni siquiera podían causar más daño. Algunos de ellos entraron tambaleándose en el castillo, fanfarroneando de sus triunfos, peleándose entre sí y vomitando sobre el suelo, hasta quedar agotados y dormidos.

Philip también durmió, aunque no tenía espacio suficiente para tumbarse y tuvo que hacerlo en un rincón de la jaula, con la espalda apoyada contra los barrotes de madera. Se despertó al alba, temblando de frío, pero gracias a Dios ya no le dolía la cabeza. Se levantó para estirar las piernas y se frotó el cuerpo para entrar en calor. Las cuadras abiertas mostraban a hombres durmiendo en los cubículos, mientras los caballos se encontraban atados fuera. A través de la puerta de la panadería y del sótano de la cocina, aparecían pares de piernas. Los pocos soldados que permanecían sobrios habían levantado tiendas. Se veían caballos por todas partes. En la esquina sudeste del castillo se encontraba la torre del homenaje, un castillo dentro del castillo, construida sobre un alto montículo. Sus gruesos muros de piedra rodeaban media docena o más de edificios de madera. Los condes y los caballeros del ejército vencedor seguramente se encontrarían allí, durmiendo después de celebrar la victoria.

Philip se concentró de nuevo en las implicaciones de la batalla del día anterior. ¿Significaría ésta el final de la guerra? Era muy probable. Stephen tenía una esposa, la reina Matilda, que acaso siguiera con la lucha. Era condesa de Boulogne, y con sus caballeros franceses había tomado el castillo Dover al principio de la guerra. Ahora, controlaba gran parte de Kent en beneficio de su marido. Sin embargo, le resultaría difícil reunir el apoyo de los barones mientras Stephen estuviera cautivo. Era posible que resistiera por un tiempo en Kent, pero no cabía esperar que realizara avance alguno.

Sin embargo, aún no habían terminado los problemas de Maud. Aún tenía que consolidar su victoria militar, obtener la aprobación de la Iglesia y ser coronada en Westminster. Pese a todo, con decisión y cierta prudencia era posible que saliera triunfante.

Y ésas eran buenas noticias para Kingsbridge, o deberían serlo si Philip lograse salir de allí sin que lo tacharan de partidario de Stephen.

No había sol, pero el ambiente fue haciéndose algo más cálido a medida que avanzaba el día. Los compañeros de prisión de Philip fueron despertándose; se quejaban de dolores y molestias. La mayoría de ellos habían recibido, cuando menos, golpes, y se sentían peor después de una noche fría en aquellas incómodas jaulas. Algunos eran ciudadanos acaudalados y otros caballeros capturados durante la batalla. Cuando casi todos estuvieron despiertos, Philip preguntó:

—¿Sabe alguien qué le ha ocurrido a Richard de Kingsbridge?

Esperaba, por Aliena, que hubiera sobrevivido.

—Luchó como un león... Al ponerse las cosas mal, reunió a los ciudadanos —respondió un hombre con un vendaje ensangrentado en la cabeza.

—¿Murió o ha sobrevivido?

—Cuando llegó el final no lo vi —respondió el hombre.

—¿Y qué le pasó a William Hamleigh?

Sería un bendito alivio que William hubiese caído.

—Estuvo junto al rey durante casi toda la batalla, pero luego huyó... Lo vi a caballo, atravesando deprisa los campos, muy por delante del grupo.

—¡Ah!

Se esfumó la débil esperanza. Los problemas de Philip no se resolverían con tanta facilidad.

La conversación fue extinguiéndose y en la jaula se hizo el silencio. Fuera, los soldados empezaban a moverse, tratando de vencer sus resacas, comprobando su botín, asegurándose de que sus rehenes seguían cautivos y cogiendo su desayuno de la cocina. Philip se preguntaba si darían de comer a los prisioneros. Tenían que hacerlo, se dijo, pues de lo contrario morirían y no cobrarían rescate alguno. Pero ¿quién aceptaría la responsabilidad de alimentar a toda aquella gente? Eso le indujo a preguntarse cuánto tiempo pasaría encerrado allí. Sus captores enviarían un mensaje a Kingsbridge exigiendo un rescate. Los hermanos enviarían a uno de sus miembros para negociar su liberación. ¿A cuál de ellos? Milius sería el mejor, pero Remigius, que en su calidad de subprior estaba a cargo del priorato durante la ausencia de Philip, enviaría a alguno de sus incondicionales; hasta era posible que acudiera él mismo. Remigius actuaría con extrema lentitud, pues era incapaz de hacer nada con rapidez y de manera decidida, ni siquiera en su propio interés. Quizá pasasen meses. Philip se sitió cada vez más pesimista.

Otros prisioneros tuvieron mejor fortuna. Poco después del amanecer empezaron a llegar las mujeres, los hijos y los parientes de los cautivos, en un principio temerosos y vacilantes, y luego más seguros de sí mismos, para negociar el rescate de sus seres queridos. Solían regatear durante un rato con los captores, alegando su falta de dinero, ofreciendo joyas baratas u otros objetos. Hasta que, al fin, llegaban a un acuerdo, se iban y volvían poco después con el rescate convenido, por lo general dinero. El botín crecía sin cesar y las jaulas empezaban a vaciarse.

Hacia el mediodía, la mitad de los prisioneros habían salido. Philip supuso que serían gentes de la localidad. Los que quedaban debían de proceder de ciudades lejanas y se trataba probablemente de los caballeros capturados durante la batalla. Aquella suposición quedó confirmada cuando se presentó el alguacil del castillo y preguntó los nombres de cuantos allí quedaban. La mayoría de ellos eran caballeros del sur. Philip observó que en una de las jaulas no había más que un hombre sujeto a un cepo, como si alguien quisiera asegurarse por partida doble de que no se fugaría. Luego de mirar durante unos instantes a aquel prisionero tan especial, Philip comprendió de quién se trataba.

—¡Mirad! —dijo a sus tres compañeros de jaula—. Ese hombre que está ahí solo. ¿Es quien creo que es?

Los otros lo miraron.

—¡Por Cristo, es el rey! —exclamó uno de ellos.

Los demás asintieron.

Philip se quedó mirando al hombre de abundante cabellera, cubierto de barro, con las manos y los pies sujetos cruelmente al cepo. Su aspecto no se diferenciaba del de cualquiera de ellos. El día anterior era el rey de Inglaterra y había negado a Kingsbridge la licencia necesaria para tener un mercado. Ahora no podía ponerse de pie sin ayuda. El rey había recibido su merecido; aunque, de todas maneras, Philip sentía lástima por él.

A primera hora de la tarde llevaron alimento a los prisioneros. Eran las sobras de la comida de los combatientes. No obstante, se lanzaron, voraces, sobre ellas. Philip se contuvo y dejó a los otros la mayor parte, ya que consideraba el hambre como una baja debilidad a la que uno debía resistirse de vez en cuando. Cualquier ayuno obligado le parecía una oportunidad de mortificación de la carne.

Cuando se encontraban rebañando la escudilla, se produjo cierta actividad en la torre del homenaje, de la que salió un grupo de condes. Philip observó que dos de ellos caminaban unos pasos por delante de los otros, que los trataban con deferencia. Tenían que ser Ranulf de Chester y Robert de Gloucester, pero Philip no sabía identificarlos.

Se acercaron a la jaula de Stephen.

—Buen día, primo Robert —dijo el rey, poniendo el énfasis en la palabra «primo».

—No era mi intención que pasaras la noche en el cepo. Ordené que te trasladaran, pero mi orden no fue cumplida. Sin embargo, veo que has sobrevivido —contestó el más alto de los dos hombres.

Un hombre con hábito de sacerdote se apartó del grupo y se dirigió hacia la jaula donde se encontraba Philip. En un principio éste no le prestó atención, porque Stephen estaba preguntando qué pensaban hacer con él y Philip quería oír la respuesta, pero el sacerdote hizo una pregunta.

—¿Quién de vosotros es el prior de Kingsbridge?

—Soy yo —repuso Philip.

El sacerdote se dirigió a uno de los hombres de armas que había llevado a Philip hasta allí.

—Suelta a ese hombre.

Philip se sentía confuso. Jamás había visto a aquel sacerdote. Su nombre había sido sacado con toda seguridad de la lista que había hecho el alguacil del castillo. Pero ¿por qué? Se sentía contento de salir de la jaula, pero no estaba dispuesto a celebrarlo… todavía. Ignoraba qué sería de él.

El hombre de armas protestó.

—¡Es mi prisionero!

—Ya no lo es —le contestó el sacerdote—. Déjalo salir.

—¿Por qué he de liberarlo sin recibir un rescate? —protestó el hombre.

—En primer lugar —repuso el sacerdote en tono enérgico—, porque no es un combatiente del ejército del rey ni un residente de esta ciudad, y por ello has cometido un delito al encarcelarlo. En segundo lugar, porque es un monje y tú eres culpable de sacrilegio al poner las manos sobre un hombre de Dios. Y en tercer lugar, porque el secretario de la reina Maud dice que tienes que ponerlo en libertad; si te niegas, tú mismo acabarás dentro de la jaula en un abrir y cerrar de ojos. Así que, apresúrate.

—Muy bien —farfulló el hombre.

Philip quedó consternado. Había estado alimentando la débil esperanza de que Maud no se enterara de que había estado en prisión. Si el secretario de Maud había descubierto su presencia allí, esa esperanza se esfumaba.

Salió de la jaula con la sensación de haber tocado fondo.

—Acompáñame —le indicó el sacerdote.

Philip le siguió.

—¿Van a dejarme en libertad? —preguntó.

—Así lo creo —respondió el sacerdote, al parecer azorado ante la pregunta—. ¿Ignoras a quién vas a ver?

—No tengo la menor idea.

El sacerdote sonrió.

—Entonces dejaré que te lleves una sorpresa.

Recorrieron parte del castillo hasta llegar a la torre del homenaje y subieron por el largo tramo de escaleras que conducía hasta la puerta. Philip se devanaba los sesos sin lograr adivinar por qué el secretario de Maud podía sentirse interesado por él.

Franqueó la puerta detrás del sacerdote. La torre del homenaje era circular, estaba construida en piedra y se hallaba alineada con casas de dos plantas que habían sido edificadas pegadas al muro. En el centro, había un pequeñísimo patio con un pozo. El sacerdote condujo a Philip hasta una de las casas.

En el interior, había otro sacerdote, de pie delante de la chimenea y de espaldas a la puerta. Era bajo y delgado como Philip, y también tenía cabello negro, pero no llevaba la cabeza afeitada. Era una espalda que le resultaba muy familiar. Philip apenas podía creer en su suerte. Se le iluminó el rostro con una amplia sonrisa.

El sacerdote se volvió. Tenía los mismos ojos azules y brillantes que Philip, y también sonreía. Extendió los brazos.

—¡Philip! —dijo.

—¡Alabado sea Dios! —exclamó atónito el prior—. ¡Francis!

Los dos hermanos se abrazaron y a Philip se le llenaron los ojos de lágrimas.

3

El salón de recepciones del castillo de Winchester ofrecía un aspecto muy diferente. Los perros habían desaparecido y también el sencillo trono de madera del rey Stephen, así como los bancos y las pieles de animales en las paredes. En su lugar, se veían tapices bordados, alfombras de rico colorido, cuencos con dulces y sillas pintadas. La estancia olía a flores.

Philip nunca se había sentido a gusto en la corte real. Y una corte real *feminine* era más que suficiente para que lo embargara una embarazosa inquietud. La emperatriz Maud representaba su única esperanza para recuperar la cantera y abrir de nuevo el mercado, pero no confiaba demasiado en que aquella mujer altiva y obstinada tomara una decisión justa.

La emperatriz se encontraba sentada en un trono dorado, delicadamente tallado. Vestía un traje azul celeste. Era alta y delgada, de ojos oscuros y orgullosos y tenía el cabello negro, brillante y liso. Sobre el traje llevaba una especie de casaca de seda que le llegaba a la rodilla, con la cintura muy ceñida y el faldellín acampanado, un estilo que no se había visto en Inglaterra hasta su llegada, pero que ya estaba siendo muy imitado. Con su primer marido había estado casada durante once años, y otros catorce con el segundo; pero aún parecía no haber cumplido los cuarenta. La gente se hacía lenguas de su belleza; sin embargo, a Philip le parecía un tanto delgada y la encontraba poco afable. No obstante, debía reconocer que no era un experto en encantos femeninos, y que incluso era inmune a ellos.

Philip, Francis, William Hamleigh y el obispo Waleran se inclinaron en actitud reverente y permanecieron en pie, esperando. Maud hizo caso omiso de ellos durante un rato y siguió hablando con una de sus damas de compañía. La conversación parecía bastante trivial, porque ambas reían con agrado. Sin embargo, Maud no la interrumpió para saludar a sus visitantes.

Francis trabajaba en estrecha colaboración con ella y la veía casi a diario; pero no eran grandes amigos. Su hermano Robert, el antiguo patrón de Francis, se lo había cedido al llegar a Inglaterra, porque necesitaba un secretario eficiente. Sin embargo, ése no era el único motivo. Francis actuaba de enlace entre los dos hermanos y vigilaba a la impetuosa Maud. En la vida llena de hipocresías de la corte real no era de extrañar que los hermanos se traicionaran mutuamente, y el verdadero papel de Francis consistía en impedir que Maud hiciera algo bajo mano. Ella lo sabía y lo aceptaba, pero su relación con Francis no dejaba de ser bastante incómoda.

Habían transcurrido dos meses desde la batalla de Lincoln, y durante ese tiempo todo había ido bien para Maud. El obispo Henry le había dado la bienvenida a Winchester, traicionando así a su hermano, el rey Stephen, y había convocado un concilio de obispos y abades, que la habían elegido como su reina. En aquellos momentos se encontraba negociando con la comunidad de Londres los preparativos para su coronación en Westminster. El rey David de Escocia, que además era tío suyo, iba de camino para hacerle una visita oficial, de soberano a soberana.

El obispo Henry contaba con el fuerte respaldo del obispo Waleran de Kingsbridge y, según Francis, este último había convencido a William Hamleigh de que cambiara de lado y prestara juramento de lealtad a Maud. Y ahora William acudía a recibir su recompensa.

Los cuatro hombres permanecían esperando en pie. El conde William, con su patrocinador, el obispo Waleran, y el prior Philip con el suyo, Francis. Era la primera vez que Philip ponía los ojos en Maud. Su aspecto no contribuyó a tranquilizarle. Pese a su porte regio, le parecía más bien voluble.

Cuando Maud terminó de charlar, se volvió hacia ellos con expresión triunfante, como diciendo: «Sois tan poco importantes para mí que hasta mi dama de compañía tiene prioridad sobre vosotros.»

Miró fijamente a Philip por unos momentos, hasta que él empezó a encontrar la situación embarazosa.

—Bien, Francis; ¿me habéis traído a vuestro gemelo? —preguntó al fin.

—Es mi hermano Philip, señora, el prior de Kingsbridge.

Philip volvió a hacer una reverencia.

—Demasiado viejo y canoso para ser un gemelo, señora —dijo.

Era la clase de observación trivial y humilde que los cortesanos parecían encontrar divertida, pero ella le dirigió una mirada glacial y no le hizo caso. Philip decidió renunciar a cualquier intento de parecer simpático.

Maud se volvió hacia William.

—Y el conde de Shiring, que luchó con valentía contra mi ejército en la batalla de Lincoln, pero que ahora ha comprendido que se hallaba en un error.

William se inclinó y tuvo la prudencia de mantener la boca cerrada.

Maud se dirigió de nuevo a Philip.

—Me pedís que os conceda una licencia para tener un mercado.

—Sí, mi señora.

—Los ingresos del mercado se destinarán a la construcción de la catedral, señora —explicó Francis.

—¿Qué día de la semana queréis celebrar vuestro mercado? —le preguntó Maud.

—El domingo.

La reina enarcó las cejas.

—Por lo general vosotros, los hombres santos, sois contrarios a la celebración de mercados en domingo. ¿Acaso no alejan a la gente de la iglesia?

—En nuestro caso no es así —respondió Philip—. La gente acude para trabajar en la construcción de la catedral y asistir al oficio sagrado, y, por lo tanto, también compran y venden.

—Así que ya tenéis ese mercado en funcionamiento —le atajó bruscamente Maud.

Philip se dio cuenta de que había cometido una torpeza.

Francis acudió en su ayuda.

—No, señora, en la actualidad no se celebra el mercado —dijo—. Empezó de manera informal, pero el prior Philip ordenó su interrupción hasta obtener una licencia.

Era la verdad, pero no del todo. Sin embargo, Maud pareció aceptarla. Philip pidió en silencio el perdón para Francis.

—¿Hay algún otro mercado en la zona? —preguntó Maud.

—Sí, lo hay —intervino el conde William—. En Shiring. Y el mercado de Kingsbridge ha estado perjudicándolo.

—¡Pero Shiring está a treinta kilómetros de Kingsbridge! —intervino a su vez Philip.

—La regla establece que los mercados deben estar separados entre sí por, al menos, veintidós kilómetros. De acuerdo con ese criterio Kingsbridge y Shiring no están en condiciones de competir —argumentó Francis.

Maud asintió, dispuesta, al parecer, a aceptar la opinión de Francis en materia de legislación. Hasta el momento, la cosa marcha a nuestro favor, pensó Philip.

—También habéis solicitado el derecho a sacar piedra de la cantera del conde de Shiring —dijo Maud.

—Durante muchos años tuvimos ese derecho, pero el conde William expulsó a nuestros canteros y mató a cinco...

—¿Quién os concedió el derecho a sacar la piedra? —le interrumpió Maud.

—El rey Stephen...

—¿El usurpador?

—Mi señora, el prior Philip reconoce, como es natural, que todos los edictos del pretendiente Stephen quedan invalidados a menos que vos los ratifiquéis —se apresuró a decir Francis.

Philip no estaba de acuerdo con semejante cosa, pero comprendió que sería una imprudencia confesarlo.

—¡Cerré la cantera como represalia por su mercado ilegal! —replicó con brusquedad William.

Philip advirtió con asombro cómo un caso de justicia evidente era puesto en cuestión cuando se presentaba en la corte.

—Toda esta deplorable querella es resultado de la demencial forma de gobernar de Stephen —dijo Maud.

—Sobre ese punto, señora, estoy de corazón con vos —intervino por primera vez el obispo Waleran.

—Entregar una cantera a una persona y dejar que otra la explotara sólo podía crear dificultades —comentó Maud—. La cantera debe pertenecer a uno o a otro.

Así era en verdad, se dijo Philip, y si hubiera de seguir el espíritu del gobierno de Stephen, pertenecería a Kingsbridge.

—Mi decisión es que pertenezca a mi muy noble aliado, el conde de Shiring —añadió Maud.

A Philip se le cayó el alma a los pies. La construcción de la catedral no podría proseguir al mismo ritmo sin tener libre acceso a la cantera. Habría que ir más despacio mientras Philip intentaba encontrar dinero para comprar piedra. ¡Y todo por el antojo de una mujer caprichosa! Philip echaba humo.

—Gracias, señora —contestó William.

—Por otra parte, Kingsbridge tendrá los mismos derechos a un mercado que Shiring —agregó Maud. Había dado a cada uno una parte de lo que pretendían. Tal vez no fuese tan cabeza hueca después de todo.

—¿Un mercado con los mismos derechos que el de Shiring, señora? —inquirió Francis.

—Eso es lo que he dicho.

Philip no estaba seguro de por qué Francis había repetido aquello. En cuestión de licencias era corriente hacer referencias a los derechos de que disfrutaba otra ciudad. Era imparcial y ahorraba escrituras. Philip tendría que comprobar qué decía la carta de privilegio de Shiring. Cabía la posibilidad de que hubiera restricciones o prerrogativas adicionales.

—De esa manera ambos obtenéis algo. El conde William, la cantera; y el prior Philip, el mercado. A cambio, cada uno de vosotros habrá de pagarme cien libras. Eso es todo —concluyó Maud, y dirigió la atención a otra cosa.

Philip se sentía abrumado. ¡Cien libras! En aquel momento el monasterio no tenía ni cien peniques. ¿De dónde iba a sacar ese dinero? Pasarían años antes de que el mercado rindiera un centenar de libras. Era un golpe devastador que de manera irremisible detendría a perpetuidad el programa de construcción. Permaneció inmóvil, mirando a Maud. Ella, al parecer, se encontraba de nuevo enfrascada en una animada conversación con su dama de compañía. Francis le dio un golpe con el codo. Philip abría ya la boca para hablar, pero su hermano se llevó un dedo a los labios.

—Pero… —empezó a decir el prior.

Francis sacudió la cabeza con vehemencia.

Philip sabía que su hermano tenía razón. Impotente, dio media vuelta y se alejó de la presencia real.

Francis quedó impresionado durante el recorrido que hizo con Philip por el priorato de Kingsbridge.

—Estuve aquí hace diez años y era un auténtico vertedero —exclamó—. Le has devuelto la vida.

Se sintió atraído en especial por la sala de escribanía que Tom había terminado mientras Philip se encontraba en Lincoln. Era un pequeño edificio contiguo a la sala capitular, con grandes ventanas, un hogar con chimenea, una hilera de pupitres para escribir y un gran armario de roble para los libros. Cuatro de los hermanos estaban trabajando ya allí, en pie delante de los altos pupitres, escribiendo con plumas de ave sobre pliegos de vitela. Tres de ellos se hallaban copiando. Uno, los Salmos del rey David; otro, el Evangelio según san Mateo, y un tercero la Regla de san Benito. Además, el hermano Timothy escribía una historia de Inglaterra, aunque, como la había comenzado con la creación del mundo, Philip se temía mucho que el pobre nunca llegara a terminarla. La sala de escribanía era pequeña, ya que Philip no había querido desviar demasiada piedra de la catedral, pero era un lugar cálido, seco y bien iluminado, justo lo que se necesitaba.

—Es vergonzoso, pero el priorato tiene pocos libros, y hoy día son extremadamente caros, así que ésta es la única manera de enriquecer nuestra colección —explicó Philip.

En la cripta había un taller donde un monje ya viejo enseñaba a dos adolescentes a tensar la piel de una oveja para hacer pergamino, y también cómo fabricar tinta y cómo ligar las hojas de un libro.

—Podrás vender libros —comentó Francis.

—Sí, claro… La sala de escribanía amortizará varias veces su costo.

Salieron del edificio y siguieron caminando por los claustros. Era la hora del estudio. La mayoría de los monjes estaban leyendo. Algunos meditaban, aunque en realidad parecían dormitar, como observó Francis. En la esquina noroeste se encontraban veinte escolares conjugando verbos latinos.

—¿Ves a ese chiquillo al final del banco? —preguntó Philip, deteniéndose y señalando.

—¿El que escribe en una pizarra sacando la lengua? —preguntó Francis.

—Es el bebé que encontraste en el bosque.

—¡Cómo ha crecido!

—Tiene ya cinco años y medio, y además es muy precoz.

Francis meneó la cabeza asombrado.

—El tiempo pasa tan deprisa… ¿Cómo está?

—Malcriado por los monjes; pero sobrevivirá. Tú y yo lo hicimos.

—¿Quiénes son los otros alumnos?

—Unos son novicios y otros hijos de mercaderes y de la pequeña nobleza local. Aprenden a leer y a contar.

Dejaron atrás el claustro y pasaron al lugar en que estaban edificando. Más de la mitad del ala oriental de la nueva catedral se encontraba ya construida. La gran hilera doble de fuertes columnas tenía doce metros de altura y todos los arcos que las unían estaban terminados. Sobre la arcada, empezaba a tomar forma la galería tribuna. A cada lado de la arquería se alzaban los muros bajos de la nave lateral, con sus contrafuertes voladizos. Mientras recorrían todo aquello, Philip observó que los albañiles estaban construyendo los arbotantes que unirían la parte superior de esos contrafuertes con la de la galería tribuna, para que el peso del tejado descansara sobre los contrafuertes.

Francis se mostró maravillado.

—¡Y tú has hecho todo esto, Philip! —exclamó—. La sala de escribanía, la escuela, la nueva iglesia, incluso todas esas cosas en el pueblo… Estas cosas están ahí porque tú has hecho que estén.

Philip estaba emocionado. Nadie le había dicho jamás algo semejante. Si se lo hubieran preguntado, habría respondido que Dios había bendecido sus esfuerzos, pero en el fondo de su corazón sabía que lo que Francis decía era verdad. Ese pueblo próspero y activo era obra suya. El que así se le reconociera le producía un sentimiento cálido y reconfortante, sobre todo viniendo de su hermano pequeño, tan crítico y sofisticado.

Tom, el constructor, los vio y se acercó a ellos.

—Has hecho grandes progresos —lo elogió Philip.

—Sí, pero mirad eso. —Tom señaló hacia la esquina norte del recinto del priorato donde se almacenaba la piedra de la cantera, donde solía haber centenares de piedras apiladas en hileras. En aquel momento, sólo se veían unas veinticinco desperdigadas por el suelo—. Por desgracia —agregó—, nuestro maravilloso progreso significa que hemos agotado prácticamente toda la piedra de que disponíamos.

La alegría de Philip se desvaneció. Todo cuanto había logrado corría el riesgo de perderse por culpa del fallo de Maud.

Caminaron a lo largo del lado norte del enclave, donde los talladores más hábiles se encontraban trabajando en sus bancos, esculpiendo las piedras, para darles forma, con sus martillos y formones. Philip se detuvo detrás de un artesano y estudió su trabajo. Era un capitel, la piedra grande que se coloca en la parte superior de una columna. Empleando un martillo ligero y un pequeño cincel esculpía el contorno de unas hojas de acanto. Se trataba de un trabajo extremadamente delicado. Philip advirtió, sorprendido, que el artesano era el joven Jack, el hijastro de Tom.

—Creí que Jack era un aprendiz —comentó.

—Y lo es. —Tom se alejó y cuando estuvieron fuera del alcance del oído del muchacho, añadió—: Posee un gran talento. Hay hombres aquí que están esculpiendo desde antes de que él hubiera nacido, y ninguno de ellos es capaz de igualar su trabajo. —Soltó una risilla y agregó—: Ni siquiera es mi propio hijo.

El hijo de Tom ya era maestro y tenía su cuadrilla de aprendices y jornaleros; pero Philip sabía que Alfred y su equipo no hacían trabajos delicados. El prior se preguntaba cómo se sentiría Tom al respecto.

El pensamiento de Tom retornó al problema de cómo pagar la licencia del mercado.

—Por supuesto, el mercado hará que obtengamos mucho dinero —dijo.

—Sí, pero no el suficiente. Al principio, producirá unas cincuenta libras anuales.

Tom asintió, cabizbajo.

—Con eso apenas si alcanzaría para comprar la piedra.

—Podríamos arreglárnoslas si no tuviéramos que pagar a Maud cien libras.

—¿Y qué hay de la lana?

La lana que iba amontonándose en los graneros de Philip podría venderse dentro de unas semanas en la feria de Shiring, y daría alrededor de cien libras.

—Ese dinero lo destinaré a pagar a Maud; pero entonces me quedaré sin nada para abonar los salarios de los artesanos durante los doce próximos meses.

—¿No podéis pedir prestado?

—Ya lo he hecho. Los judíos no quieren concederme más préstamos. Lo pedí durante mi estancia en Winchester. No prestan dinero si no tienes para devolvérselo.

—¿Y qué me decís de Aliena?

Philip se sobresaltó. Nunca se le había ocurrido pedirle dinero prestado. En sus almacenes tenía muchísima lana, que, una vez vendida, le reportaría doscientas libras.

—Pero necesita el dinero para vivir. Y los cristianos no cargan intereses. Si me prestara a mí el dinero, no tendría nada con qué comerciar. Aunque… —Mientras hablaba, le daba vueltas en la cabeza a una nueva idea: recordaba que Aliena había querido comprarle toda la lana que producía durante el año; tal vez pudieran hacer alguna especie de arreglo—. De cualquier manera, creo que hablaré con ella —dijo—. ¿Está ahora en casa?

—Creo que sí… La he visto esta mañana.

—Vamos, Francis... Conocerás a una joven verdaderamente notable.

Se separaron de Tom y se dirigieron hacia el pueblo.

Aliena poseía dos casas, una junto a la otra, adosadas al muro oeste del priorato. Vivía en una y utilizaba la segunda a modo de almacén. Era muy rica. Tenía que haber alguna manera de que pudiera ayudar al priorato a pagar el precio abusivo que Maud había impuesto para la licencia del mercado. En la mente de Philip empezaba a tomar forma una vaga idea.

Aliena estaba en el almacén, inspeccionando la descarga de una carreta cargada con sacos de lana. Llevaba una prenda de brocado como la que vestía la emperatriz Maud, y el pelo recogido en la coronilla con una blanca cofia de hilo. Presentaba su habitual aspecto autoritario. Los dos hombres que se encontraban descargando la carreta obedecían sus órdenes sin rechistar. Todo el mundo la respetaba, aun cuando, cosa extraña, no fuese amiga de nadie. Saludó calurosamente a Philip.

—Cuando nos enteramos de lo de la batalla de Lincoln, temimos que os hubieran matado —dijo.

Su mirada revelaba una auténtica preocupación, y al prior le conmovió la idea de que la gente pudiera haberse sentido preocupada por su suerte. Presentó Aliena a Francis.

—¿Os hicieron justicia en Winchester? —preguntó ella.

—A medias —respondió Philip—. La emperatriz Maud nos concedió el mercado; pero nos negó la entrada en la cantera. De ese modo lo uno compensa más o menos lo otro. Pero nos ha impuesto el pago de cien libras por la licencia del mercado.

—¡Eso es terrible! —exclamó Aliena, escandalizada—. ¿Le dijisteis que los ingresos del mercado están destinados a la construcción de la catedral?

—Sí, por supuesto.

—¿Y de dónde sacaréis esas cien libras?

—He pensado que tal vez tú podrías ayudarme.

—¿Yo? —Aliena se mostró sorprendida.

—Dentro de unas semanas, una vez que hayas vendido tu lana a los flamencos, tendrás doscientas libras o más.

—Os las daría muy gustosa —dijo ella—, pero necesito ese dinero para adquirir más lana el año próximo.

—¿Recuerdas que querías comprarnos nuestra lana?

—Sí, pero ahora es demasiado tarde. Quise comprarla a principios de temporada. Además, pronto podréis venderla vos mismo.

—Pero estaba pensando... ¿Podría venderte la lana del próximo año?

Aliena frunció el entrecejo, pensativa.

—Si todavía no la tenéis.

—¿Podría vendértela antes de tenerla?

—No sé cómo podría hacerse.

—Muy sencillo. Tú me das el dinero ahora y yo te doy la lana el año que viene.

Aliena no sabía qué pensar de aquella proposición. Era una forma de hacer negocios muy distinta de las habituales. También para Philip era nueva. Acababa de inventarla.

—Habría de ofreceros un precio algo más bajo del que obtendríais si esperaseis —dijo Aliena en tono pausado—. Además, el precio de la lana podría subir durante el tiempo que transcurra desde ahora hasta el próximo verano… Así ha ocurrido cada año desde que me dedico a esto.

—Yo pierdo un poco y tú ganas algo —dijo Philip—, pero estaré en condiciones de seguir construyendo durante otro año.

—¿Y qué haréis el año siguiente?

—No lo sé. Tal vez vuelva a venderte la lana por adelantado.

Aliena asintió.

—Parece razonable.

Philip le cogió las manos y la miró a los ojos.

—Si lo haces, Aliena, habrás salvado la catedral —le dijo, emocionado.

—Vos me salvasteis en una ocasión —repuso Aliena con gravedad—, ¿no es verdad?

—Así es.

—De manera que yo haré lo mismo con vos.

—¡Dios te bendiga! —La abrazó, embargado por la gratitud, pero al recordar de inmediato que era una mujer, se apartó y dijo—: No sé cómo darte las gracias. Me encontraba al borde de la desesperación.

Aliena se echó a reír.

—No estoy segura de ser merecedora de tanto agradecimiento. Seguramente saldré muy beneficiada con este acuerdo.

—Eso espero.

—Sellaremos el trato con una copa de vino —propuso Aliena, y a continuación se volvió hacia el carretero.

La carreta había quedado vacía y la lana cuidadosamente almacenada. Philip y Francis salieron del almacén mientras Aliena arreglaba cuentas con el hombre que le había traído el cargamento. Empezaba a ponerse el sol y los trabajadores de la construcción iban regresando a sus hogares. Philip se sentía de nuevo jubiloso. Había encontrado una manera de seguir adelante pese a todos los impedimentos.

—¡Gracias a Dios que nos ha dado a Aliena! —exclamó.

—No me dijiste que fuera tan bella —comentó Francis.

—¿Bella? Sí, supongo que lo es.

Francis se echó a reír.

—¡Estás ciego, Philip! Es una de las mujeres más hermosas que jamás he visto. Por ella un hombre podría renunciar al sacerdocio.

Philip miró a su hermano con gesto severo.

—No debes hablar así.

—Lo siento.

Aliena se reunió con ellos y cerró la puerta del almacén. Luego se dirigieron a su casa. Era grande, con una habitación principal y un dormitorio. En un rincón, había un barril de cerveza; del techo colgaba un jamón entero y la mesa estaba cubierta con un mantel de hilo blanco. Una sirvienta de mediana edad escanció vino en cubiletes de plata. Aliena vivía de modo muy confortable.

Si es tan bella, se decía Philip, ¿por qué no ha encontrado marido? En verdad no había escasez de aspirantes. La habían cortejado cuantos jóvenes prometedores había en el condado, pero ella los había rechazado a todos. Philip le estaba tan agradecido que quería que fuera feliz.

Aliena seguía pensando en los detalles prácticos de la operación comercial.

—No tendré el dinero hasta después de la feria del vellón de Shiring —dijo una vez que hubieron brindado por el acuerdo.

Philip se volvió hacia Francis.

—¿Esperará Maud?

—¿Cuánto tiempo?

—La feria se celebrará dentro de tres semanas a partir del jueves.

Francis asintió.

—Se lo diré. Y esperará.

Aliena se quitó la cofia y sacudió su rizada cabellera oscura. Luego dejó escapar un suspiro de cansancio.

—Los días son demasiado cortos —se lamentó—. No consigo hacerlo todo. Quiero comprar más lana, pero he de encontrar carreteros suficientes para llevarla a Shiring.

—Y el año próximo todavía tendrás más.

—Me gustaría que fuese posible lograr que los flamencos acudieran aquí a comprar. Para nosotros sería mucho más fácil que tener que llevar toda nuestra lana a Shiring.

—Pero podéis hacerlo —intervino Francis.

Los dos se quedaron mirándolo.

—¿Cómo? —le preguntó Philip.

—Celebrando vuestra propia feria del vellón.

Philip empezó a adivinar sus intenciones.

—¿Podemos hacerlo?

—Maud os ha concedido exactamente los mismos derechos que a

Shiring. Yo mismo escribí vuestra carta de privilegio. Si Shiring puede celebrar una feria del vellón, también podéis hacerlo vosotros.

—¡Caramba! Eso sería algo maravilloso. No tendríamos que llevar todos esos sacos a Shiring. Podríamos hacer aquí los negocios y embarcar la lana directamente con destino a Flandes —dijo Aliena.

—Eso es lo menos importante —exclamó Philip excitado—. Una feria del vellón da tanto dinero en una semana como un mercado de domingo durante todo el año. Claro que este año no podremos celebrarla, ya que nadie estaría enterado. Pero durante la feria del vellón de Shiring haremos correr la voz de que el año próximo celebraremos la nuestra, asegurándonos de que todos los compradores se enteren de la fecha.

—Shiring lo va a notar mucho —dijo Aliena—. Vos y yo somos los más importantes vendedores de lana de todo el condado, y, si los dos nos retiramos, la feria de Shiring quedará reducida a menos de la mitad de lo que es en la actualidad.

—William Hamleigh perderá dinero, y se pondrá más furioso que un toro.

Philip no pudo evitar un estremecimiento de repulsión. Eso era precisamente William, un toro loco.

—¿Y qué? —replicó Aliena—. Si Maud nos ha dado su permiso, seguiremos adelante. William no puede hacer nada al respecto, ¿verdad?

—Espero que no —repuso Philip—. Espero que no.

X

1

El día de san Agustín el trabajo terminaba a mediodía. La mayoría de los albañiles recibían con un suspiro de alivio la campana que lo anunciaba. Sin embargo, Jack estaba demasiado absorto en su tarea para oírla. Se sentía hipnotizado ante el desafío de cincelar formas redondeadas y suaves sobre la dura piedra, que parecía tener voluntad propia, porque si intentaba hacer algo que ella no quisiera, solía ingeniárselas para que su cincel resbalara, estropeando así las formas. Pero, una vez que llegaba a conocer al trozo de roca que tenía ante sí, podía transformarlo a su gusto. Cuanto más difícil era la labor, más fascinado se sentía Jack. Empezaba a tener la sensación de que el cincelado decorativo que quería Tom era demasiado fácil. Las molduras en zigzag, rombos, dientes de perro, espirales o simples volutas habían llegado a aburrirle, e incluso aquellas hojas resultaban rígidas y repetitivas. Quería cincelar follaje de aspecto natural, flexible e irregular, y copiar las distintas formas de hojas auténticas de roble, fresno y abedul. Pero Tom no iba a dejarle. Y, sobre todo, quería cincelar escenas históricas: Adán y Eva, David y Goliat… O bien el día del Juicio Final, con monstruos, demonios y personas desnudas. Pero no se atrevía a proponerlo.

Tom hizo que al fin dejara de trabajar.

—Es fiesta, muchacho —le dijo—. Además, todavía eres aprendiz mío y quiero que me ayudes a recoger. Todas las herramientas han de quedar guardadas antes del almuerzo.

Jack guardó con sumo cuidado su martillo y sus cinceles y con grandes precauciones depositó en el cobertizo de Tom la piedra en la que había estado trabajando. Luego, se encaminó con su padrastro hacia las obras. Los demás aprendices estaban ordenándolo todo y barriendo las esquirlas de piedra, la arena, los restos de argamasa seca y las virutas de madera que prácticamente cubrían el suelo. Tom recogió sus compases y su nivel, y lo mismo hizo Jack con sus varas medidoras y sus plomadas, para luego llevarlo todo al cobertizo.

Tom guardaba en ese cobertizo sus largas varas de hierro, llamadas *poles*, perfectamente rectas y todas ellas de la misma longitud. Se conservaba en una espetera especial de madera herméticamente cerrada. Eran varas de medición lineal.

Mientras seguían recorriendo el enclave, recogiendo esparaveles y palas, Jack iba pensando en los *poles*.

—¿Qué longitud tiene un *pole*? —preguntó.

Algunos de los albañiles le oyeron y se echaron a reír. A menudo encontraban divertidas las preguntas de Jack.

—Un *pole* es un *pole* —contestó Edward, un albañil bajo y viejo de tez apergaminada y nariz torcida, a quien llamaban el Corto. Todos volvieron a reír.

Se divertían embromando a los aprendices, sobre todo si eso les permitía hacer alarde de sus conocimientos superiores. A Jack le fastidiaba en extremo que se rieran de su ignorancia; pero aguantó por mor de su gran curiosidad.

—No lo entiendo —dijo con paciencia.

—Un centímetro es un centímetro, un metro es un metro y un *pole* es un *pole* —contestó Edward.

Así pues, el *pole* era una unidad de medición.

—¿Cuántos metros tiene un *pole*?

—¡Ajá! Eso depende. En Lincoln, siete; en Anglia Oriental, seis.

Tom le interrumpió con una respuesta sensata.

—Aquí, un *pole* tiene cinco metros.

—En París no utilizan para nada el *pole*… Sólo las varas de medición —intervino una mujer albañil de mediana edad.

—Todo el proyecto de la iglesia se basa en los *poles*. Ve a buscar uno y te lo mostraré. Ya es hora de que aprendas esas cosas —dijo Tom a Jack al tiempo que le enturaba una llave.

Jack fue hasta el cobertizo y cogió un *pole* de la ringlera. Era muy pesado. A Tom le gustaba explicar cosas y a Jack le encantaba escuchar. La organización del enclave de la construcción formaba un diseño fascinante, semejante al tejido de un abrigo de brocado y, cuanto más lo iba entendiendo, más le atraía.

Tom se encontraba en pie en la nave lateral, en el extremo abierto del presbiterio a medio construir, donde estaría la crujía. Cogió el *pole* y lo dejó sobre el suelo de manera que cruzaba la nave.

—Desde el muro exterior hasta el centro del pilón de la arcada, es un *pole* —dijo Tom; movió la vara e invirtió los extremos—. Desde ahí hasta el centro de la nave, es otro *pole*. —Repitió la operación y alcanzó el centro del pilón opuesto—. La nave tiene un ancho de dos *poles*.

—Sí —dijo Jack—. Y cada intercolumnio ha de tener la longitud de un *pole*.

—¿Quién te lo ha dicho? —preguntó Tom, algo molesto.

—Nadie. Los intercolumnios de las naves laterales son cuadrados, de manera que si tienen un *pole* de ancho han de tener otro de largo. Y, desde luego, los intercolumnios de la nave central son de la misma longitud que los de las laterales.

—Desde luego —convino Tom—. Deberías ser un filósofo. —En el tono de su voz había una mezcla de orgullo e irritación. Se sentía complacido de que Jack captara las cosas con tanta rapidez, e irritado al comprobar que un simple muchacho captara con tal facilidad los misterios de la albañilería.

Jack, por su parte, se sentía demasiado cautivado ante la lógica de todo aquello para pensar que podía herir la susceptibilidad de Tom.

—Entonces, el presbiterio tiene una longitud de cuatro *poles* —dijo—. Y cuando toda la iglesia quede terminada será de doce *poles*. —En ese momento, se le ocurrió otra idea—. ¿Qué altura tendrá?

—Seis *poles* de alto. Tres para la arcada, uno para la galería y dos para el triforio.

—¿Y por qué ha de medirse todo con *poles*? ¿Por qué no construir al buen tuntún igual que se hace con las casas?

—En primer lugar, porque así resulta más barato. Todos los arcos de la arcada son idénticos, de manera que podemos volver a utilizar las cimbras. Cuantos menos sean los tamaños y formas de piedra que necesitemos, menos serán los gálibos que tendremos que hacer. Y así sucesivamente. En segundo lugar, simplifica cada uno de los aspectos de la obra. Desde el trazado original, ya que todo él está basado en un *pole* cuadrado, hasta la pintura de los muros, pues resulta más fácil calcular cuánta lechada necesitaremos. Y cuanto más sencillas son las cosas, menos errores se cometen. La parte más costosa de un edificio son los errores. Y, en tercer lugar, cuando todo se mide en *poles*, el aspecto de la iglesia es perfecto. La proporción es la clave de la belleza.

Jack asintió encantado. La lucha por controlar una operación tan ambiciosa e intrincada como la construcción de una catedral era, en todo momento, fascinante. La idea de que los principios de regularidad y repetición pudieran simplificar la construcción y se obtuviese como resultado un edificio armonioso, era en verdad seductora. Pero no estaba muy convencido de que la proporción fuera la clave de la belleza. Él tenía debilidad por las cosas agrestes, alborotadas, en cierto sentido caóticas, como las altas montañas, los viejos robles y el pelo de Aliena.

Estaba hambriento y devoró el almuerzo con rapidez. Luego, salió de la aldea y se encaminó hacia el norte. Era un día cálido de principios de verano e iba descalzo. Desde que su madre y él habían ido a vivir a

Kingsbridge de manera definitiva y se había convertido en un trabajador, disfrutaba volviendo al bosque de vez en cuando. Al principio, pasaba el tiempo desahogando energías acumuladas, corriendo y saltando, trepando a los árboles y disparando su honda contra los patos. Eso ocurrió cuando empezaba a acostumbrarse a su nuevo cuerpo, más alto y fuerte. Pero la novedad dejó de serlo, y ya pensaba en cosas mientras deambulaba por el bosque; por ejemplo, en por qué la proporción había de ser hermosa, en cómo los edificios se mantenían en pie y en qué sentiría acariciando los senos de Aliena.

Durante años la había adorado en silencio. La más constante imagen de ella en su pensamiento era la de la primera vez que la había visto bajar por las escaleras en el salón de Earlcastle y se dijo que debía de ser la princesa de un cuento. Pero siguió siendo una figura remota. Hablaba con el prior Philip, con Tom el constructor, y con Malachi el judío y también con otras personas acaudaladas y poderosas de Kingsbridge. Pero Jack jamás había tenido ocasión de dirigirse a ella. Se limitaba a mirarla cuando rezaba en la iglesia o cabalgaba en su palafrén por el puente, y también mientras tomaba el sol delante de su casa, envuelta en costosas pieles en invierno y vistiendo hermosos trajes de lino en verano, con el pelo alborotado enmarcándole el bello rostro. Antes de dormirse cada noche, solía pensar en lo maravilloso que sería quitarle aquellos ropajes, verla desnuda y besar sus suaves labios.

Durante las últimas semanas, se había sentido desazonado y deprimido a causa de esas fantasías. Ya no le bastaba con verla a distancia y escuchar sus conversaciones con otras gentes e imaginar que le hacía el amor. Necesitaba que fuera algo real.

Había varias muchachas de su edad que podrían darle cuanto deseaba. Entre los aprendices, se hablaba mucho de las muchachas de Kingsbridge, sobre todo de aquellas que siempre estaban dispuestas a que los chicos les metieran mano. La mayoría, sin embargo, pretendían permanecer vírgenes hasta que se casaran, de acuerdo con las enseñanzas de la Iglesia. Pero había algunas cosas que podían hacer sin dejar de ser vírgenes o, al menos, eso era lo que explicaban los aprendices. Todas las jóvenes pensaban que Jack era un poco raro, y él era de la opinión de que tal vez tuviesen razón. Pero una o dos de ellas encontraban atractiva esa rareza. Un domingo, después de misa, Jack había entablado conversación con Edith, hermana de un compañero aprendiz. Pero cuando él empezó a hablar de lo mucho que le gustaba cincelar la piedra, ella se echó a reír como una tonta. El domingo siguiente había ido a pasear por el campo con Ann, la rubia hija del sastre. Jack no había hablado demasiado, pero la besó y luego sugirió que se tumbaran sobre la hierba. Allí volvió a besarla y a acariciarle los senos, y aunque ella lo besó a su vez con entusiasmo, al cabo de un rato se apartó de él y le preguntó: «¿Quién es ella?» Jack que, en ese preciso instante, había estado pensando en Aliena, quedó anonadado. Intentó ignorar la pregunta y volver a besarla, pero ella apartó la cara y agregó: «Quienquiera que sea, es una chica afortunada.» Volvieron juntos a Kingsbridge y, al despedirse, Ann le dijo: «No pierdas el tiempo intentando olvidarla. No lo conseguirás. Ella es la que tú quieres, así que más vale que lo intentes y lo logres.» Le había sonreído con afecto al tiempo que añadía: «Tienes un rostro atractivo. Acaso no sea tan difícil como crees.»

La amabilidad de aquella muchacha hizo que se sintiera incómodo, sobre todo porque era una de las que los aprendices calificaban de fáciles, y él había dicho a todos que iba a intentar meterle mano. Ahora esa manera de hablar le parecía extremadamente infantil. Pero si le hubiese dicho a Ann el nombre de la mujer que ocupaba sus pensamientos, es posible que no se hubiera mostrado tan alentadora. Jack y Aliena formaban la pareja menos adecuada que podía imaginarse. Ella tenía veintidós años y él diecisiete; ella era hija de un conde, y él un bastardo; ella era una acaudalada comerciante en lana, y él un aprendiz sin un penique. Y lo que era aún peor, había adquirido fama por el número de pretendientes a quienes había rechazado. Todo señor joven y presentable del condado, así como los hijos primogénitos de todos los mercaderes prósperos, habían acudido a Kingsbridge para cortejarla, y todos ellos se habían ido decepcionados. ¿Qué oportunidad podía tener Jack, que todo cuanto podía ofrecerle era «un rostro atractivo»?

Aliena y él sólo tenían una cosa en común. A ambos le gustaba el bosque. La mayoría de las gentes preferían la seguridad de los campos y las aldeas y se mantenían alejados del bosque. Pero Aliena paseaba a menudo por las florestas cercanas a Kingsbridge, y había un lugar especial, bastante apartado, donde solía detenerse y sentarse. Jack la había visto allí una o dos veces; aunque la joven no se había percatado de su presencia, pues él caminaba con sigilo como había aprendido a hacerlo en su infancia, cuando tenía que encontrar su comida en el bosque.

Se encaminaba hacia el calvero de Aliena sin tener la menor idea de lo que haría si llegaba a encontrarla allí. Sabía muy bien, eso sí, lo que le gustaría hacer: tumbarse a su lado y acariciarle el cuerpo. Podía hablar con ella, pero ¿qué le diría? Le resultaba fácil conversar con las jóvenes de su misma edad. Había bromeado con Edith diciéndole: «No creo todas esas cosas terribles que tu hermano cuenta de ti.» Y, como era de esperar, la muchacha quiso saber cuáles eran esas terribles cosas. Con Ann había ido directamente al grano: «¿Te gustaría ir a pasear conmigo al campo esta tarde?» Pero cuando intentaba imaginar la forma de abordar a Aliena, su mente se quedaba en blanco. Se mostraba tan grave y responsable que no podía evitar pensar en ella como perteneciente a la generación mayor. Jack sabía que no siempre había sido así. A los diecisiete años, era una joven bulliciosa. Desde entonces, debió de haber sufrido penalidades atroces. Sin embargo, la muchacha alegre debía encontrarse todavía en el fondo de aquella mujer solemne. Eso la hacía aún más fascinante para Jack.

Se estaba acercando al lugar preferido de Aliena. Era un día de calor y el bosque se hallaba en silencio. Jack avanzaba con sigilo por entre los matorrales. Quería verla antes de que ella pudiera descubrirle. Todavía no estaba seguro de si tendría el valor de hablarle. Ante todo, temía indisponer su voluntad. Había hablado con ella el primer día de su regreso a Kingsbridge, aquel domingo de Pentecostés en que habían acudido todos los voluntarios para trabajar en la catedral, pero sus palabras no fueron acertadas, y a consecuencia de ello apenas habían cruzado unas breves frases durante cuatro años. No quería volver a dar un resbalón semejante.

Al cabo de unos instantes atisbó por detrás del tronco de una haya y la vio.

Había elegido un lugar de extraordinaria belleza. Una pequeña cascada caía en una lagunilla profunda rodeada de piedras cubiertas de musgo. El sol brillaba en las orillas de la laguna; pero un poco más atrás las hayas daban su sombra. Aliena estaba sentada al pie de una de éstas, leyendo un libro.

Jack se sintió asombrado. ¿Una mujer leyendo un libro al aire libre? Las únicas personas que leían libros eran los monjes, y muchos de ellos no leían otra cosa que los oficios sagrados. Además, se trataba de un libro fuera de lo corriente, mucho más pequeño que los tomos de la biblioteca del priorato. Parecía como si lo hubieran hecho a propósito para una mujer, o para alguien que quisiera llevarlo consigo. Estaba tan sorprendido que olvidó su timidez. Se abrió paso entre los arbustos y entró en el calvero.

—¿Qué estás leyendo? —le preguntó a bocajarro.

Aliena se sobresaltó y lo miró con expresión de pánico. Jack comprendió que la había asustado. Se sintió muy torpe y temió haber empezado una vez más con el pie izquierdo. Aliena se llevó enseguida la mano derecha a la manga izquierda. Jack recordó que había habido un tiempo en que la joven llevaba una daga oculta en la manga. Tal vez la llevara todavía. Un instante después Aliena lo reconoció, y su miedo se esfumó con la misma rapidez que había llegado. Pareció aliviada aunque un poco irritada, bien a pesar de Jack; pues tuvo la impresión de que no era bien recibido. Le hubiera gustado dar media vuelta y desaparecer en el bosque, pero eso dificultaría el que pudiera hablarle en otra ocasión, de manera que permaneció allí, inmóvil.

—Lamento haberte asustado —dijo, mirándola a los ojos.

—No me has asustado —replicó ella, en actitud no muy amistosa.

Jack sabía que eso no era verdad, pero no estaba dispuesto a discutir con ella.

—¿Qué estás leyendo? —volvió a preguntar.

Aliena miró el volumen encuadernado que tenía sobre las rodillas y su expresión se volvió ahora melancólica.

—Mi padre compró este libro durante su último viaje a Normandía. Lo trajo para mí. Unos días después, le hicieron prisionero.

Jack se acercó algo más y miró la página por la que estaba abierto.

—¡Es francés! —exclamó.

—¿Cómo lo sabes? —le preguntó asombrada Aliena—. ¿Puedes leer?

—Sí..., pero creí que todos los libros estaban escritos en latín.

—En verdad, casi todos lo están. Pero éste es diferente. Es un poema titulado *Historia de Alejandro*.

Lo estoy haciendo de veras, se decía Jack. ¡Estoy hablando con ella! Es maravilloso. Pero... ¿qué voy a decirle ahora? ¿Cómo podré hacer que esto continúe?

—Humm... bueno, ¿de qué trata?

—Es la historia de un rey llamado Alejandro Magno y de cómo conquistó tierras maravillosas de Oriente, donde las piedras preciosas crecen en las viñas y las plantas pueden hablar.

Jack se sentía lo bastante intrigado para olvidarse de su desasosiego.

—¿Cómo pueden hablar las plantas? ¿Acaso tienen boca?

—No lo dice.

—¿Crees que esa historia es verdadera?

Aliena le miró interesada y Jack observó sus hermosos ojos oscuros.

—No lo sé —contestó—. Yo siempre me pregunto si las historias serán verdaderas. A la mayoría de la gente no le importa... Sencillamente le gustan.

—A excepción de los sacerdotes. Ellos siempre creen que las historia sagradas son verídicas.

—Pues claro que esas historias son verdad.

Ante las historias sagradas, Jack experimentaba el mismo escepticismo que con todas las demás, pero su madre, que le había imbuido ese escepticismo, le había enseñado también a ser discreto, así que se abstuvo de discutir. Estaba intentando no mirar el pecho de Aliena, que se encontraba justamente al borde de su visión. Tenía la seguridad de que, si bajaba los ojos, ella sabría lo que estaba mirando. Trató de pensar en algo más que poder decir.

—Yo conozco un montón de historias —declaró—. Sé la *Canción de Rolando* y *El peregrinaje de Guillermo de Orange*...

—¿Qué quieres decir con eso de que las conoces?

—Puedo recitarlas.

—¿Como un juglar?

—¿Qué es un juglar?

—Un hombre que va por ahí contando historias.

Aquel concepto era nuevo para Jack.

—Nunca oí hablar de un hombre semejante.

—En Francia hay muchísimos. Cuando era niña, solía ir con mi padre al continente. Me encantaban los juglares.

—Pero ¿qué es lo que hacen? ¿Se paran en la calle y hablan?

—Depende. Los días de fiesta acuden al salón del señor. Actúan en mercados y ferias. Divierten a los peregrinos en el exterior de las iglesias. A veces, los grandes barones tienen su propio juglar.

Jack pensó que no sólo estaba hablando con ella, sino que lo hacían acerca de temas que no podía tocar con ninguna otra joven de Kingsbridge. Estaba seguro de que él y Aliena eran las dos únicas personas del pueblo, aparte de su madre, que conocían la existencia de poemas en lengua francesa. Tenían un interés común y estaban hablando sobre ello. La idea era tan excitante que perdió el hilo de lo que estaban diciendo y se sintió confuso y estúpido.

Por fortuna, Aliena seguía hablando.

—Lo habitual es que el juglar toque el violín mientras recita la historia. Cuando se habla de una batalla, lo toca rápido y fuerte; y es lento y acariciador al referirse a dos enamorados, pero se vuelve alborotador cuando se trata de una parte divertida.

A Jack le gustó la idea. Música de fondo para realzar los temas destacados de la historia.

—Me gustaría poder tocar el violín —manifestó.

—¿De veras puedes recitar historias? —preguntó Aliena.

Apenas podía creer que estuviera realmente interesada en él hasta el punto de hacerle preguntas personales. Su cara era aún más preciosa al mostrarse animada por la curiosidad.

—Me enseñó mi madre —dijo Jack—. Solíamos vivir en el bosque, los dos solos. Me relataba las historias una y otra vez.

—Pero ¿cómo puedes recordarlas? Se necesitan días para recitar algunos de ellos.

—No lo sé. Es como conocer el camino a través del bosque. No retienes en la mente todo el bosque, pero, dondequiera que estés, sabes por dónde has de seguir. —Echó una nueva ojeada al texto del libro y algo le llamó la atención. Se sentó en la hierba junto a ella para mirarlo más de cerca—. Los ritmos son diferentes —dijo.

Aliena no sabía muy bien qué quería decir Jack.

—¿En qué sentido?

—Son mejores. Sus rimas son completamente diferentes de lo habitual, más elaboradas.

—¿Querrías? —parecía tímida—. ¿Querrías recitarme algo de la *Canción de Rolando*?

Jack cambió un poco de posición para poder contemplarla. La mirada intensa de ella, el centelleo anhelante de sus ojos hechiceros a punto estuvieron de hacerle perder el aliento. Tragó con fuerza y enseguida empezó.

> *El señor y rey de toda Francia, Carlomagno,*
> *Ha pasado siete largos años luchando en España.*
> *Ha conquistado las tierras altas y las llanuras.*
> *Ante él no queda una sola fortaleza.*
> *Tampoco muralla alguna le queda por derribar,*
> *Nada más que Zaragoza, sobre una alta montaña,*
> *Gobernada por el rey Marsillio el Sarraceno.*
> *Sirve a Mahoma, ante Apolo ora,*
> *Pero ni siquiera ahí estará jamás a salvo.*

Jack hizo una pausa.

—¡Es verdad que lo conoces! —exclamó Aliena, entusiasmada—. ¡Igual que un juglar!

—Ahora comprenderás lo que quiero decir sobre las rimas.

—Sí, pero lo que a mí me gusta son las historias —dijo ella, encantada—. Recítame algo más.

Jack no podía creer que todo aquello fuese cierto, que le estuviese pasando a él.

—Si lo quieres —aceptó con voz débil.

Y, mirándole a los ojos, empezó la segunda estrofa.

2

En la víspera de san Juan era usual encender hogueras. Aunque en ello había un atisbo de superstición que hacían que Philip se sintiera incómodo, si intentaba prohibir cada uno de los ritos que guardaban relación con las viejas religiones resultarían proscritas la mitad al menos de las tradiciones del pueblo, y, además, éste acabaría desafiándole. De manera que ejercía una tolerancia discreta ante la mayoría de las cosas, adoptando una actitud firme respecto a unos cuantos excesos.

Los monjes habían instalado mesas sobre la hierba en el extremo occidental del recinto del priorato. Los pinches de cocina llevaban a través del patio calderos humeantes. El prior podía considerarse el señor del feudo, así que era responsabilidad suya ofrecer un festín a sus arrendatarios con ocasión de fiestas importantes. La política de Philip consistía en mostrarse generoso con la comida y parco con la bebida, de manera que servía cerveza floja y nada de vino. No obstante, había cinco o seis incorregibles que siempre que había fiesta se las arreglaban para emborracharse hasta perder el sentido.

Los ciudadanos principales de Kingsbridge se sentaban a la mesa de Philip: Tom y su familia, los maestros artesanos más antiguos, incluido Alfred, el hijo mayor de Tom, y los mercaderes, entre ellos Aliena, aunque no Malachi, el judío, que solía incorporarse más tarde a las festividades, después de celebrado el oficio.

Philip pidió silencio y bendijo la mesa. Luego, alargó a Tom la hogaza de pan a la cual, según otra tradición, debía preguntársele acerca del futuro. A medida que pasaban los años, Philip iba sintiendo un mayor aprecio hacia Tom. No había mucha gente que dijera lo que pensaba e hiciera lo que decía. Ante las sorpresas, crisis y desastres, Tom reaccionaba con toda calma sopesando las consecuencias, calibrando los daños y planeando la mejor solución. Philip lo miró con afecto. Tom era ahora un hombre muy diferente del que cinco años antes había llegado al priorato suplicando que le dieran trabajo. Entonces se encontraba exhausto, macilento y tan flaco que los huesos parecían a punto de perforar su piel curtida por la intemperie. Durante el tiempo que llevaba allí, había engordado, sobre todo desde el regreso de su mujer. No es que estuviera gordo, pero tenía recubierta su gran osamenta y hacía ya mucho que aquella mirada de desesperación se había desvanecido de sus ojos. Vestía ropa cara, calzaba zapatos de piel suave y llevaba un cinturón con hebilla de plata.

A Philip le correspondía hacer la pregunta que tendría que contestar el pan.

—¿Cuántos años tendrán que pasar hasta que quede terminada la catedral? —preguntó.

Tom dio un bocado al pan. Lo habían cocido con semillas pequeñas y duras en su interior y, a medida que Tom escupía las semillas en su mano, todo el mundo las iba contando en voz alta. A veces, cuando se practicaba ese juego y alguien tenía la boca llena de semillas, resultaba que nadie alrededor de la mesa podía contarlas lo bastante rápido; pero ese día no existía semejante problema, pues estaban presentes todos los mercaderes y artesanos. La respuesta resultó ser treinta. Philip simuló mostrarse consternado.

—¡Caramba, cuánto voy a vivir! —exclamó Tom, y todos rieron.

Tom pasó el pan a Ellen, su mujer. Philip se mostraba cauteloso respecto a ella. Al igual que la emperatriz Maud, ejercía sobre los hombres un tipo de poder con el que Philip no podía competir. El día en que Ellen fue arrojada del priorato, había hecho algo aterrador, algo en lo que Philip aún se sentía incapaz de pensar, y creyó que jamás volvería a verla. Pero un día descubrió horrorizado que había regresado, y Tom le suplicó que la perdonara, alegando, con astucia, que si Dios podía perdonar su pecado, entonces Philip no tenía derecho a no hacerlo. Philip sospechaba que la mujer no se sentía ni mucho menos arrepentida, pero Tom se lo había pedido el día que acudieron los voluntarios y salvaron la catedral, y se encontró accediendo en contra de sus verdaderos sentimientos. Se habían casado en la iglesia parroquial, una pequeña construcción de madera que estaba en el pueblo desde mucho antes de que existiese el priorato. Desde entonces, Ellen se había comportado bien y no había dado motivo a Philip de que lamentara su decisión. Sin embargo, siempre le hacía sentirse incómodo.

—¿A cuántos hombres quieres? —le había preguntado Tom.

Ellen dio un pequeño mordisco al pan, lo que hizo que todos rieran de nuevo. En aquel juego, las preguntas tendían a ser un poco maliciosas. Philip sabía que si él no hubiese estado presente, habrían sido descaradamente impúdicas.

Ellen contó tres semillas. Tom fingió sentirse ofendido.

—Os diré quiénes son mis tres amores —comentó Ellen; Philip confiaba en que no dijese nada ofensivo—. El primero es Tom; el segundo, Jack; y el tercero, Alfred.

Todos la aplaudieron por su ingenio, y el pan siguió su recorrido alrededor de la mesa. Le había llegado el turno a Martha, la hija de Tom. Tenía unos doce años y era tímida. El pan le predijo que tendría tres maridos, lo que no parecía probable.

Martha pasó el pan a Jack. Al hacerlo, Philip observó la mirada de adoración de la niña y comprendió que admiraba a su hermanastro como a un héroe.

Al prior aquel muchacho le intrigaba sobremanera. Había sido un chiquillo feo, con su pelo color zanahoria, su piel pálida y sus ojos verdes y saltones; pero ahora, convertido ya en un joven, su rostro era tan llamativamente atractivo que los forasteros se volvían a mirarlo. En cuanto a temperamento, era tan indómito como su madre. Se mostraba muy poco disciplinado y no tenía la menor idea de lo que quería decir obediencia. Como aprendiz de cantero, había resultado prácticamente inútil, ya que en lugar de mantener una entrega constante de argamasa y piedras, intentaba amontonar lo necesario para todo un día y luego irse a hacer otra cosa. Nunca estaba cuando se lo precisaba. En cierta ocasión decidió que ninguna de las piedras que había allí almacenadas era apropiada para el esculpido especial que tenía que hacer, así que, sin decir nada a nadie, recorrió todo el camino hasta la cantera y cogió una piedra que le había gustado. Dos días después, llegó con ella al priorato a lomos de un poni que le habían prestado. Pero la gente le perdonaba sus extravagancias, en parte porque tenía unas dotes excepcionales para esculpir, y también porque era muy simpático..., rasgo que desde luego, a juicio de Philip, no había heredado de su madre. A veces el prior reflexionaba sobre lo que Jack podría llegar a ser en la vida, y decidía que si entraba en la Iglesia le sería fácil acceder a la dignidad de obispo.

—¿Cuántos años pasarán antes de que te cases? —le preguntó Martha.

Jack dio un mordisquito. Al parecer tenía muchas ganas de casarse. Philip se preguntó si pensaría en alguien en particular. El muchacho, a todas luces consternado, se encontró con un montón de semillas en la boca y, mientras las contaban, una expresión de enorme indignación apareció en su rostro.

El total dio treinta y uno.

—¡Tendré cuarenta y ocho años! —protestó con vehemencia.

Todos lo tomaron por una graciosa exageración. Salvo Philip que, al hacer el cálculo, lo encontró correcto y quedó maravillado de que Jack hubiera podido sumar con tal rapidez. Ni siquiera Milius, el tesorero, era capaz de hacerlo.

Jack estaba sentado junto a Aliena. Philip recordó que aquel verano los había visto juntos varias veces. Probablemente se debería a que ambos eran muy inteligentes. En Kingsbridge, no había mucha gente con quien Aliena pudiera hablar a su mismo nivel. Y Jack, no obstante sus actitudes indómitas, era más juicioso que los otros aprendices. Pese a todo, a Philip le intrigaba aquella amistad ya que, a su edad, cinco años marcaban una gran diferencia.

Jack pasó el pan a Aliena y le preguntó lo mismo que le habían preguntado a él.

—¿Cuántos años pasarán antes de que te cases?

Se escuchó un murmullo de protesta, ya que era demasiado fácil repetir lo mismo. Se suponía que el juego era un ejercicio de ingenio y de originalidad, pero Aliena, que ya era famosa por el número de pretendientes que había rechazado, les divirtió dando un gran bocado al pan e indicando así que no quería casarse. Pero su astucia no le sirvió de mucho, pues escupió una sola semilla.

Si va a casarse el año próximo, se dijo Philip, todavía no ha aparecido en escena el novio. Claro que él no creía en el poder de predicción del pan. Lo más probable sería que muriese solterona; además, según los rumores no era doncella, ya que, según aseguraba la gente, William Hamleigh la había seducido o violado.

Aliena pasó el pan a su hermano Richard; pero Philip no logró oír qué le preguntaba. Seguía pensando en Aliena. De manera inesperada, ni ella ni él habían logrado vender aquel año la totalidad de su lana. El remanente no era importante, menos de una décima parte de la producción de Philip y una proporción todavía menor de la de Aliena, pero en cierto modo resultaba desalentador. A raíz de ese resultado, Philip se había sentido preocupado ante la posibilidad de que Aliena quisiera romper el trato en lo referente a la lana del año siguiente. Sin embargo, mantuvo lo acordado y le entregó ciento siete libras.

La gran noticia durante la feria de vellón de Shiring había sido el anuncio de Philip de que al año siguiente Kingsbridge celebraría su propia feria. La mayoría de la gente acogió complacida la idea, ya que los arriendos y portazgos que William Hamleigh cargaba en Shiring eran excesivamente gravosos, y Philip pensaba aplicar tarifas mucho más bajas. Hasta aquel momento, el conde William no había hecho patente su reacción.

Philip tenía la impresión de que, en todos los conceptos, las perspectivas del priorato eran muchísimo mejores de lo que parecían seis meses antes. Había logrado resolver el problema planteado por el cierre de la cantera y hacer fracasar el intento de William de impedir la celebración del mercado. Su mercado dominical era de nuevo un hervidero, y pagaba con creces la costosa piedra procedente de una cantera cercana a Marlborough. Durante toda la crisis, la construcción de la catedral había proseguido de forma ininterrumpida, aunque al límite de sus posibilidades. Lo único que todavía inquietaba a Philip era que Maud aún no hubiese sido coronada. Aunque resultaba indiscutible que era ella quien tenía el mando, y los obispos le habían dado su aprobación, su autoridad se basaba tan sólo en su poderío militar hasta que se llevara a cabo la necesaria coronación. La mujer de Stephen aún retenía Kent, y el municipio de Londres era ambivalente. Un solo golpe de mala suerte o una decisión desafortunada podían dar al traste con ella al igual que la batalla de Lincoln había acabado con Stephen. Y entonces volvería a imperar la anarquía.

Philip se dijo que no debía ser pesimista. Miró a la gente que se sentaba a la mesa. El juego había terminado, y todos se concentraban ahora en su comida. Eran hombres y mujeres honrados y buenos, que trabajaban de firme y asistían a la iglesia.

Comían potaje, pescado cocido sazonado con pimienta y jengibre, y, de postre, natillas ingeniosamente coloreadas con rayas rojas y verdes. Una vez terminada la comida todos ellos trasladaron sus bancos a la iglesia, todavía sin terminar, para la representación.

Los carpinteros habían hecho dos mamparas que colocaron en las naves laterales en el extremo oeste, cerrando el espacio entre el muro de la nave y el primer pilón de la arcada, ocultando así, de manera efectiva, el último intercolumnio de cada una de las naves. Los monjes que debían representar los papeles ya se encontraban detrás de las mamparas, dispuestos a aparecer en el centro de la nave para dar vida a la historia. El que iba a hacer de san Adolfo, un novicio barbilampiño de rostro angélico, se encontraba tumbado sobre una mesa, en el extremo más alejado de la nave, envuelto en un sudario, simulando estar muerto e intentando contener la risa.

Aquella representación inspiraba a Philip sentimientos encontrados, al igual que el juego del pan. Era muy fácil caer en la irreverencia y la vulgaridad. Pero a la gente le gustaba tantísimo que, si no la hubiera permitido, habrían tenido su propia representación fuera de la iglesia, y, libres de su vigilancia, se habría convertido en algo por completo indecente. Además, a quienes más les gustaba era a los monjes que tomaban parte en la representación. Disfrazarse y simular ser otra persona, así como actuar de manera rayana en el sacrilegio, parecía proporcionarles una especie de desahogo, lo cual se debía con toda probabilidad a que en su vida real se comportaban de modo sumamente solemne.

Antes de la representación, se celebró uno de los oficios sagrados habituales, que el sacristán procuró que fuese corto. Luego, Philip hizo un breve relato de la vida ejemplar de san Adolfo y de sus milagrosas obras, tras lo cual tomó asiento entre el público y se dispuso a ver la representación.

De detrás de la mampara izquierda, salió una figura grande vestida con lo que en un principio parecía una indumentaria informe y de gran colorido, pero que, observada más de cerca, se veía que estaba formada por trozos de tela de vistosos colores, enrollada a la figura y sujeta con alfileres. El hombre tenía la cara pintada y llevaba un abultado saco de dinero. Se trataba del bárbaro rico. El público dejó escapar un murmullo de admiración por el modo en que vestía, que se convirtió en risas cuando todos reconocieron al actor que estaba detrás del disfraz. Se trataba del hermano Bernard, el gordo cocinero a quien tanto conocían y querían.

Anduvo varias veces arriba y abajo para que todo el mundo pudiera admirarlo, y se abalanzó sobre los chiquillos que se encontraban en primera fila, provocando gritidos de terror. Luego, se arrastró hasta el altar, mirando sin cesar alrededor como para asegurarse de que estaba solo, y colocó la bolsa del dinero detrás de aquél.

Se volvió hacia el público y, mirando de soslayo, dijo en voz alta:

—Esos locos de cristianos temerán robarme mi dinero porque se imaginan que está bajo la protección de san Adolfo. ¡Ja, ja!

Dicho esto, se retiró tras la mampara.

Por el lado contrario, entró un grupo de proscritos vestidos de harapos, enarbolando espadas de madera y hachas, con las caras tiznadas con una mezcla de hollín y tiza. Recorrieron la nave con aire bravucón, hasta que uno de ellos vio el saco del dinero detrás del altar. Se produjo entonces una discusión. ¿Lo robarían o no? El Proscrito Bueno alegaba que, con toda seguridad, les daría mala suerte. El Proscrito Malo decía que un santo muerto no podía hacerles daño. Al final, cogieron el dinero y se sentaron en un rincón para contarlo.

Volvió a entrar el bárbaro, buscó por doquier la bolsa que contenía su tesoro y sufrió un ataque de furia. Se acercó a la tumba de san Adolfo y lo maldijo por no haber protegido su dinero.

De repente el santo se levantó de su tumba.

El bárbaro se sintió sobrecogido de terror. San Adolfo hizo caso omiso de él y se acercó a los proscritos, a quienes fulminó uno tras otro con sólo apuntarles con el dedo. Todos ellos simularon los angustiosos espasmos de la muerte, rodando por el suelo, retorciendo sus cuerpos de manera grotesca y haciendo muecas espantosas.

El santo perdonó tan sólo al Proscrito Bueno, que volvió a poner el dinero detrás del altar.

—¡Guardaos quienes de entre vosotros oséis dudar del poder de san Adolfo! —dijo entonces el santo volviéndose hacia el público.

Y con ello concluyó la representación.

La audiencia vitoreó y aplaudió. Los actores permanecieron unos momentos en la nave sonriendo con timidez. El propósito del drama era, por supuesto, la moraleja, pero Philip sabía que con lo que más había disfrutado la gente había sido con las extravagancias, la furia del bárbaro y las angustias de muerte de los proscritos.

Cuando concluyeron los aplausos, Philip se puso en pie y anunció que las carreras comenzarían en breve en el prado, junto a la orilla del río.

Aquél fue el día en que Jonathan, a sus cinco años, descubrió que, después de todo, no era el corredor más rápido de Kingsbridge. Participó en la carrera infantil vistiendo su hábito de monje hecho a la medida, provocando grandes risas al sujetárselo a la cintura y correr enseñando sus diminutos calzoncillos. Sin embargo, estuvo compitiendo con niños mayores que él y terminó entre los últimos. Tom se sintió dolido al ver su expresión de asombro y decepción y lo cogió en brazos para consolarle.

Entre Tom y el huérfano del priorato se había establecido una relación especial que se iba fortaleciendo poco a poco sin que a nadie en la aldea se le ocurriera pensar que quizá hubiese una razón especial para ello. Tom pasaba todo el día en el interior del recinto del priorato, por el que Jonathan correteaba con toda libertad, así que era inevitable que se viesen de continuo. Tom estaba en esa edad en que los hijos son demasiado crecidos para jugar con ellos, pero demasiado jóvenes para darle nietos a un hombre, por lo que a veces se siente un cariñoso interés hacia los niños de los otros. Por lo que Tom sabía, a nadie se le había ocurrido jamás que él fuera el padre de Jonathan. Lo que a veces sospechaba la gente era, más bien, que el verdadero padre del chico tal vez fuese Philip. Era una suposición mucho más natural, aun cuando el monje se habría mostrado sin duda horrorizado si hubiese sido tal cosa.

Jonathan descubrió a Aaron, el hijo mayor de Malachi, y se fue a jugar con su amigo, escurriéndose de los brazos de Tom, sin darse cuenta de su decepción.

Mientras se llevaba a cabo la carrera de los aprendices, Philip se acercó a Tom y se sentó a su lado sobre la hierba. Era un día soleado y caluroso. En la afeitada cabeza de Philip, brillaba el sudor. La admiración que Tom sentía por el prior aumentaba año tras año. Al mirar alrededor y ver a los jóvenes divertirse, a la gente mayor dormitar a la sombra y a los niños chapotear en el río, pensaba que era Philip quien mantenía la armonía de todo ello. Gobernaba el pueblo impartiendo justicia, decidiendo dónde debían construirse nuevas casas y resolviendo las disputas. También daba trabajo a la mayoría de los hombres y a muchas mujeres, ya fuera en la construcción o en el priorato como sirvientes. Y administraba el propio priorato, que era el corazón palpitante de toda aquella organización. Había alejado a los barones rapaces, negociado con el monarca y controlado al obispo. Todas aquellas gentes bien alimentadas, que disfrutaban tumbadas al sol, debían en cierto modo su prosperidad a Philip. El propio Tom era el ejemplo más patente. Tenía pleno conocimiento de la profunda clemencia de Philip al perdonar a Ellen. Era algo muy meritorio en un monje perdonar lo que ella había hecho. Y significaba mucho para Tom. Al irse ella, la alegría que significaba para él construir la catedral se había visto empañada por la soledad. Y ahora que Ellen había vuelto se sentía bien en todos los aspectos. Ella seguía siendo testaruda, irritante, presuntuosa e intolerante, pero, en el fondo, esas cosas carecían de importancia. Dentro de Ellen había una pasión que ardía como la vela en una linterna e iluminaba su vida.

Tom y Philip observaban a los chicos andar con las manos.

—Ese muchacho es excepcional —observó Philip.

—Desde luego, no son muchos los que son capaces de ir tan deprisa sobre las manos —reconoció Tom.

Philip se echó a reír.

—Lo admito… Pero no estaba pensando en sus habilidades acrobáticas.

—Lo sé.

Hacía tiempo que para Tom la inteligencia de Jack había sido motivo tanto de satisfacción como de pena. El chico mostraba una vívida curiosidad por todo lo relacionado con la construcción, algo de lo que siempre había carecido Alfred. Tom disfrutaba enseñándole los trucos del oficio, pero Jack no tenía la virtud del tacto, y solía discutir con sus mayores. Muchas veces era preferible disimular la propia superioridad, cosa que el muchacho todavía no había aprendido, ni siquiera después de sufrir durante años la persecución de Alfred.

—El chico debería recibir una formación —prosiguió Philip.

Tom frunció el entrecejo. Ya la estaba recibiendo. Era aprendiz.

—¿Qué queréis decir?

—Que debería aprender a escribir con buena caligrafía y a estudiar la gramática latina, así como a leer a los antiguos filósofos.

Tom se mostró todavía más desconcertado.

—¿Para qué? Va a ser albañil.

Philip lo miró de frente.

—¿Estás seguro? —dijo—. Es un chico que nunca hace lo que se espera que haga.

Tom jamás había pensado en aquello. Había jóvenes que burlaban todas las esperanzas: hijos de condes que se negaban a luchar; hijos de reyes que ingresaban en monasterios; bastardos de campesinos que llegaban a obispos. Era verdad, Jack respondía a ese tipo.

—Bueno, ¿qué pensáis vos que hará? —preguntó.

—Depende de lo que aprenda —contestó Philip—. Pero lo quiero para la Iglesia.

Tom quedó sorprendido. Jack podía parecer todo menos clérigo. Su padrastro se sintió herido en cierto modo. Esperaba que Jack llegara a ser maestro albañil, y se sentiría decepcionadísimo si elegía otro derrotero.

Philip no se dio cuenta de lo consternado que Tom se sentía.

—Dios necesita que trabajen para él los jóvenes mejores y más inteligentes —prosiguió—. Mira a esos aprendices, compitiendo para ver quién salta a mayor altura. Todos ellos son capaces de ser carpinteros, albañiles o canteros, pero ¿cuántos pueden ser obispos? Sólo uno… Jack.

Tom penso que aquello era verdad. Si Jack tenía la oportunidad de hacer carrera en la Iglesia, con un patrón tan poderoso como Philip, probablemente la aceptaría, porque ello representaría más riquezas y poder de los que podía esperar como albañil.

—¿Qué deseáis que haga, exactamente? —preguntó Tom, reacio.

—Quiero que Jack sea monje novicio.

—¡Monje!

Aquello parecía menos adecuado todavía para Jack que el sacerdocio. Si el muchacho se burlaba de la disciplina que se imponía en la construcción…, ¿cómo iba a ser posible que aceptase la regla monástica?

—Pasaría la mayor parte del tiempo estudiando —dijo Philip—. Aprendería todo cuanto nuestro maestro de novicios pueda enseñarle y yo mismo le daría clases.

Cuando un muchacho se hacía monje, era norma habitual que los padres entregaran una generosa donación al monasterio. Tom se preguntaba cuánto le costaría lo que le estaba proponiendo.

Philip le adivinó el pensamiento.

—No esperaría que hicieses una donación al priorato —le atajó—. Será suficiente con que des un hijo a Dios.

Lo que Philip no sabía era que Tom ya había dado un hijo al priorato: el pequeño Jonathan, que en esos momentos estaba chapoteando a la orilla del río, con su pequeño hábito recogido y atado a la cintura. Sin embargo, Tom sabía que sobre aquello tenía que dominar sus propios sentimientos. La oferta de Philip era generosa; resultaba evidente que quería a Jack en el monasterio. Aquella propuesta representaba una magnífica oportunidad para el joven. Cualquier padre habría dado el brazo derecho por ello. Tom sintió un atisbo de resentimiento ante el hecho de que tan maravillosa oportunidad se la ofrecieran a su hijastro en lugar de a su propio hijo, Alfred. Pero semejante sentimiento era mezquino, y lo alejó de sí. Debería sentirse contento y alentar a Jack con la esperanza de que éste aprendiera a adaptarse al régimen monástico.

—Tendrá que hacerse pronto —observó Philip—. Antes de que se enamore de alguna muchacha.

Tom asintió. La carrera que las mujeres estaban celebrando en el prado llegaba a su punto culminante. Tom las seguía con la vista mientras reflexionaba. Al cabo de un momento, se dio cuenta de que Ellen iba en cabeza. Aliena corría pegada a sus talones; pero cuando llegaron a la línea de meta, Ellen todavía iba algo más adelantada. Alzó las manos en ademán victorioso.

Tom se la señaló a Philip.

—No es a mí a quien hay que convencer —le dijo—. Es a ella.

Aliena quedó sorprendida al verse derrotada por Ellen, que era muy joven para ser madre de un chico de diecisiete años, pero aun así tenía al menos diez años más que ella. Se sonrieron la una a la otra mientras seguían en pie, jadeantes y sudorosas, junto a la línea de meta. Aliena se dio cuenta de que Ellen tenía unas piernas delgadas y musculosas y un cuerpo macizo. Todos aquellos años viviendo en el bosque la habían vigorizado.

Jack acudió a felicitar a su madre por la victoria. Aliena pudo percibir que entre ellos existía un gran cariño. No se parecían en nada. Ellen era una trigueña atezada, con ojos de un castaño dorado; mientras que Jack era pelirrojo con ojos verdes. Debe de parecerse a su padre, pensó Aliena. Jamás se había hablado del padre de Jack, el primer marido de Ellen. Tal vez se sintieran avergonzados de él.

Mientras observaba a los dos, a Aliena se le ocurrió que Jack debía de recordarle a Ellen el marido que había perdido. Acaso fuera ése el motivo por el que lo quería tanto. Tal vez el hijo fuera, en definitiva, lo único que le quedaba de un hombre al que había adorado. Una semejanza física podía representar, en ese sentido, un poder inmenso. Richard, el hermano de Aliena, le recordaba a veces a su padre, por una mirada o un gesto, y era entonces cuando experimentaba un mayor impulso afectivo, aunque eso no le impedía desear que Richard se pareciese más a su padre en lo que al carácter se refería.

Sabía que no debía sentirse insatisfecha con respecto a Richard. Había ido a la guerra y luchado con bravura, y eso era cuanto se requería de él, pero en aquellos días Aliena se sentía insatisfecha en grado sumo. Tenía dinero y seguridad, un hogar y sirvientes, ricos vestidos y preciosas joyas, y era respetada en el pueblo. Si alguien se lo preguntara diría que era feliz. Sin embargo, por debajo de todas esas cosas se deslizaba una corriente de inquietud. Aun cuando nunca perdía su entusiasmo por el trabajo, algunas mañanas se preguntaba si de verdad tenía importancia el traje que se pusiera o si se adornaba con joyas. Si a nadie le importaba su aspecto, ¿por qué habría de importarle a ella? Pero más paradójico era que, al mismo tiempo, tenía cada vez una mayor consciencia de su cuerpo. Cuando caminaba sentía moverse sus senos. Cuando acudía a la playa de las mujeres, a orillas del río para bañarse, se sentía incómoda, por su abundante vello. Al cabalgar sobre su caballo, percibía las partes de su cuerpo que estaban en contacto con la silla. Resultaba muy peculiar. Era como si hubiera un mirón que permanentemente intentase atisbar a través de su indumentaria para verla desnuda, y que ese mirón fuera ella misma. Estaba invadiendo su propia intimidad.

Se tumbó sobre la hierba. El sudor le corría entre los senos y por el interior de los muslos. Concentró con impaciencia sus pensamientos en un problema más inmediato. Ese año no había vendido toda su lana. No era culpa suya. La mayoría de los mercaderes se habían quedado con un remanente de vellón, y también el prior Philip, que se mostraba muy tranquilo ante aquella coyuntura. Aliena, sin embargo, estaba inquieta.

¿Qué iba a hacer con toda aquella lana? Claro que podía tenerla almacenada hasta el año siguiente. Pero, ¿qué ocurriría si tampoco conseguía venderla? Ignoraba cuánto tiempo tardaba la lana sin cardar en deteriorarse. Sospechaba que era posible que se secara y entonces resultara quebradiza y difícil de manejar.

Si las cosas se ponían muy mal, ya no tendría posibilidad alguna de mantener a Richard. Para ser caballero se requería mucho dinero. El caballo de guerra, que había costado veinte libras, había perdido fuerzas después de la batalla de Lincoln y en aquellos momentos era prácticamente inútil. Muy pronto Richard querría otro. Aliena podía permitírselo. Pero representaría un buen bocado a sus recursos. Richard se sentía incómodo al tener que depender de ella. No era una situación habitual en un caballero, y había esperado saquear lo suficiente para mantenerse por sí mismo. Sin embargo, desde que el rey Stephen lo había armado caballero siempre se encontraba en el lado perdedor. Si debía recuperar el condado, ella tenía que seguir prosperando.

En sus peores pesadillas, Aliena perdía todo su dinero y los dos se encontraban de nuevo en la miseria, a merced de sacerdotes deshonestos, nobles lujuriosos y proscritos sanguinarios. Y los dos acababan en la apestosa mazmorra donde había visto por última vez a su padre, aherrojado al muro y moribundo.

Otras veces, por el contrario, soñaba con que Richard y ella vivían juntos en el castillo, en su viejo hogar. Richard gobernaba con la misma prudencia que lo había hecho su padre, y Aliena le ayudaba, recibiendo a invitados importantes, ofreciendo hospitalidad y sentándose a su izquierda, a la alta mesa, para cenar. Pero, en los últimos tiempos, incluso ese sueño la dejaba descontenta.

Agitó la cabeza para ahuyentar la melancolía y volvió a centrar sus pensamientos en la lana. La manera más sencilla de afrontar ese problema consistía en no hacer nada. Almacenaría el exceso de lana hasta el próximo año y, si entonces no podía venderla, enjugaría la pérdida. Podría soportarla. Sin embargo, existía el remoto peligro de que ocurriera lo mismo el año siguiente, lo cual podría ser el comienzo del declive del negocio. Por ello tenía que encontrar otra solución. Había intentado vender la lana a un tejedor de Kingsbridge, pero éste ya disponía de cuanto necesitaba.

Y ahora, mientras miraba a las mujeres de Kingsbridge recobrar el aliento después de la carrera, se le ocurrió que la mayoría de ellas sabían hacer tejidos con la lana en crudo. Era una tarea sencilla, aunque tediosa. Las campesinas venían haciéndolo desde los tiempos de Adán y Eva. Se lavaba el vellón, luego había que cardarlo, peinarlo para desenmarañarlo y, finalmente, se hilaba. Con el hilo, se hacía el tejido, al que había que someter a diversos procesos para que encogiera y engrosara, hasta transformarlo en un paño que podía utilizarse para hacer vestidos. Las mujeres del pueblo seguramente estarían dispuestas a hacerlo por un penique diario, pero ¿cuánto tiempo se necesitaría? Y ¿cuál sería el precio de la tela acabada?

Tendría que hacer una prueba con una pequeña cantidad. Luego, si daban resultado, podía tener a varias mujeres a trabajar durante las largas noches de invierno.

Se incorporó, excitada por su nueva idea. Ellen estaba tumbada junto a ella y Jack sentado al lado de su madre. Éste tropezó con la mirada de Aliena, esbozó una sonrisa y apartó la vista, como si le avergonzara el que la hubiese sorprendido mirándola. Era un muchacho extraño, con la cabeza llena de ideas. Aliena todavía le recordaba como un chiquillo que no sabía cómo se concebía a los niños. Sin embargo, apenas si había reparado en él cuando se quedó a vivir en Kingsbridge. Y ahora parecía tan diferente, una persona tan nueva que era como si hubiera surgido de pronto, igual que una flor que aparece una mañana donde el día anterior no había más que la tierra desnuda. Para empezar, había perdido aquel aspecto peculiar. Aliena lo miró risueña y divertida, y se dijo que las jóvenes debían de encontrarlo guapísimo. Desde luego, tenía una bonita sonrisa. Ella no daba demasiada importancia a su apariencia, pero se sentía algo intrigada por su asombrosa imaginación. Había descubierto que no sólo sabía varios poemas completos, algunos de ellos con miles de versos, sino que también podía hacerlos a medida que recitaba, de manera que Aliena nunca sabía si los estaba recitando de memoria o si improvisaba. Y las historias no eran lo único sorprendente en él. Sentía curiosidad por todo y se mostraba desconcertado por cosas que los demás daban por sentado. Cierto día le preguntó de dónde llegaba el agua del río.

—En todo momento, miles y miles de litros de agua pasan por debajo del puente de Kingsbridge, noche y día, durante el año entero. Y así ha sido desde antes que nosotros naciéramos, desde antes de que nacieran nuestros padres y desde antes de que sus padres nacieran. ¿De dónde viene toda esa agua? ¿Hay un lago en alguna parte que lo alimenta? En ese caso, ¡debe de ser un lago tan grande como toda Inglaterra! ¿Y qué pasará si un día acaba secándose?

Siempre estaba diciendo cosas parecidas, algunas menos imaginativas, pero todas interesantes, y Aliena comprendió gracias a ello que estaba hambrienta de conversación inteligente. La mayoría de las personas de Kingsbridge sólo sabían hablar de agricultura y adulterio, y ninguno de los dos temas interesaba a Aliena. Claro que con el prior Philip era diferente; pero no podía permitirse mantener charlas ociosas. Siempre estaba ocupado, con la construcción de la iglesia, los monjes o la ciudad. A Aliena le parecía que también Tom era inteligente, pero lo consideraba más bien un pensador que un conversador. Jack era el primer amigo auténtico que ella tenía. Lo consideraba un descubrimiento maravilloso, pese a su juventud. En realidad, en las ocasiones en que se encontraba lejos de Kingsbridge, había descubierto que esperaba con ansiedad la hora de volver para poder charlar con él.

Aliena se preguntaba de dónde sacaría sus ideas. Aquello le hizo dirigir su atención hacia Ellen. ¡Qué mujer tan extraña debía de ser para criar a un niño en el bosque! Había hablado con ella y había descubierto que era un espíritu parecido al suyo, una mujer independiente, que se bastaba por sí sola, y resentida, en cierto modo, por la forma en que la había tratado la vida.

—¿Dónde aprendiste esas historias, Ellen? —le preguntó Aliena movida por un impulso.

—Del padre de Jack —repuso Ellen sin pensarlo dos veces. Pero al punto su expresión se hizo cautelosa y Aliena comprendió que no debía hacer más preguntas.

Sin embargo, la asaltó otra idea.

—¿Sabes tejer?

—Claro —contestó Ellen—. ¿Acaso no sabe hacerlo todo el mundo?

—¿Te gustaría que te pagaran por ello?

—Tal vez. ¿Qué te ronda por la cabeza?

Aliena se lo explicó. Claro que Ellen no andaba corta de dinero, pero era Tom quien lo ganaba y Aliena sospechaba que tal vez a ella le gustara obtener algo por sí misma.

Acertó.

—Sí, lo intentaré —dijo Ellen.

En aquel momento, se acercó Alfred, el hijastro de Ellen. Al igual que su padre, Alfred era alto y corpulento, y tenía una barba abundante. Sabía leer, escribir y sumar, pero pese a todo ello, era estúpido. Sin embargo había prosperado y poseía su propia cuadrilla de albañiles, aprendices y peones. Aliena había observado que los hombres corpulentos siempre alcanzaban posiciones de poder sin que para ello contara la inteligencia. Y, naturalmente, como capataz de una cuadrilla siempre tenía la seguridad de obtener trabajo al ser su padre maestro constructor de la catedral de Kingsbridge.

Se sentó en la hierba, a su lado. Sus enormes pies estaban calzados con pesadas botas de cuero, grises por el polvo de la piedra. Aliena rara vez hablaba con él. Lo natural hubiera sido que tuvieran muchas cosas en común, ya que eran, prácticamente, los únicos jóvenes de la clase acaudalada de Kingsbridge, que vivía en las casas más cercanas a los muros del priorato. Pero Alfred parecía muy aburrido. Al cabo de un instante, dijo:

—Debería haber una iglesia de piedra.

Era evidente que suponía que todos deducirían a qué se debía aquella brusca afirmación.

—¿Te refieres a la iglesia parroquial? —le preguntó Aliena tras reflexionar por un momento.

—Sí —afirmó, como si la cosa estuviese bien clara.

Por aquellos días, se frecuentaba mucho la iglesia parroquial, ya que la cripta de la catedral que utilizaban los monjes se llenaba de gente y no tenía ventilación. La población de Kingsbridge había aumentado mucho. Sin embargo, la iglesia parroquial era un edificio viejo de madera con el tejado de barda y el suelo sucio.

—Tienes razón —dijo Aliena con una sonrisa—. Deberíamos tener una iglesia de piedra.

Alfred se quedó mirándola expectante. Aliena se preguntaba qué sería lo que esperaba que dijese.

—¿En qué estás pensando, Alfred? —le preguntó Ellen, que ya debía estar acostumbrada a sacar algo en limpio de lo que él decía.

—De todas formas, ¿cómo empiezan a construirse las iglesias? —soltó él—. Quiero decir, ¿qué debemos hacer si queremos una iglesia de piedra?

—Ni idea —contestó Ellen, encogiéndose de hombros.

Aliena frunció el entrecejo mientras reflexionaba.

—Se puede formar una comunidad parroquial —aventuró.

Una comunidad parroquial era una asociación de personas que de vez en cuando celebraban un banquete para reunir dinero entre ellos; por lo general para comprar velas para su iglesia local, o para ayudar a viudas o huérfanos de la vecindad. Las pequeñas aldeas nunca tenían semejantes comunidades, pero Kingsbridge ya no era una aldea.

—¿Cómo se haría eso? —inquirió Alfred.

—Los miembros de la comunidad pagarían para la construcción de una nueva iglesia.

—Entonces tendremos que formar una comunidad —concluyó.

Aliena se preguntó si no le habría juzgado mal. Nunca le había dado la impresión de que fuera un tipo devoto; pero ahora estaba intentando recaudar dinero para construir una nueva iglesia. Tal vez tuviera cualidades ocultas. Sin embargo, de inmediato se dio cuenta de que Alfred era el único constructor que había en Kingsbridge. Tal vez no fuera inteligente, pero sí lo bastante astuto.

De todos modos, a Aliena le gustó la idea. Kingsbridge se estaba convirtiendo en una ciudad y las ciudades siempre tenían más de una iglesia. Con una alternativa a la catedral, la población no estaría tan dominada por el monasterio. En aquellos momentos, Philip era allí el señor y dueño indiscutido, un tirano benévolo, pero Aliena podía prever el día en que a los mercaderes de la ciudad pudiera interesarles disponer de una iglesia alternativa.

—¿Querrías explicar lo de la comunidad a algunas otras personas? —le preguntó Alfred.

Aliena había recuperado el aliento después de la carrera. Se sentía reacia a cambiar la compañía de Ellen y Jack por la de Alfred, pero la idea de éste había despertado su entusiasmo, y habría sido una falta de cortesía negarse.

—Lo haré gustosa —respondió al tiempo que se levantaba para irse con él.

Anochecía. Los monjes habían encendido la fogata y estaban sirviendo la cerveza tradicional especiada con jengibre. En aquellos momentos en que estaban solos, Jack quería hacer una pregunta a su madre, pero estaba nervioso. Luego, alguien empezó a cantar, y sabía que ella se les uniría en cualquier momento. Así que decidió no esperar más.

—¿Era mi padre un juglar?

Ellen lo miró fijamente. Estaba sorprendida, aunque no enfadada.

—¿Quién te ha enseñado esa palabra? —le preguntó.

—Aliena. Solía ir con su padre a Francia.

Su madre dirigió la mirada, más allá del prado, hacia la fogata.

—Sí, era un juglar. Me enseñó todos esos poemas de la misma manera que yo te los he enseñado a ti. ¿Se los estás recitando a Aliena?

—Sí —admitió Jack, algo avergonzado.

—Estás muy enamorado de ella, ¿verdad?

—¿Es tan evidente?

Ellen sonrió con cariño.

—Sólo para mí. Al menos así lo creo. Es mucho mayor que tú.

—Cinco años.

—De todas maneras, la conseguirás. Eres como tu padre. Podía obtener a cualquier mujer que quisiera.

Jack se sentía incómodo hablando de Aliena, pero le emocionaba oír cosas de su propio padre, y anhelaba saber más. Por eso se sintió muy molesto cuando en ese momento se acercó Tom y se sentó junto a ellos.

—He estado conversando con el prior Philip sobre Jack —dijo enseguida el constructor, pero Jack percibió que existía una tensión subterránea y comprendió que se avecinaban dificultades—. Asegura que el muchacho debería recibir una educación.

La respuesta de Ellen, como era de suponer, fue de indignación absoluta.

—Ya tiene una educación —afirmó—. Sabe leer y escribir en francés, conoce la aritmética y es capaz de recitar muchísimos poemas.

—No me interpretes mal —la serenó Tom con firmeza—. Philip no dice, ni mucho menos, que Jack sea un ignorante, sino todo lo contrario. Lo que dice es que es tan inteligente que debería recibir una educación mucho mayor.

A Jack no le satisfacía oír aquellos elogios. Al igual que su madre, desconfiaba de curas, monjes y cuanto tuviese que ver con la Iglesia. Estaba seguro de que había algo oculto en todo aquello.

—¿Mayor? —replicó Ellen con desdén—. ¿Qué más quiere ese monje que aprenda? Yo te lo diré: teología, latín, retórica, metafísica. Pura mierda.

—No te muestres tan desdeñosa —dijo Tom, apacible—. Si Jack acepta la oferta de Philip, y va a la escuela, aprende el latín y teología y todas esas disciplinas que para ti son pura mierda, y llega a convertirse en el funcionario de un conde o de un obispo, será un hombre poderoso y acaudalado. Como suele decirse, no todos los barones son hijos de barones.

Ellen entornó los ojos con expresión de suspicacia.

—En el caso de que aceptara lo que dices que Philip le ofrece, ¿en qué consiste exactamente esa oferta?

—Quiere que Jack ingrese como novicio y...

—¡Antes tendrán que pasar sobre mi cadáver! —gritó Ellen, poniéndose en pie de un salto—. ¡Tú condenada Iglesia no se apoderará de mi hijo! Aquellos sacerdotes traicioneros y embusteros se llevaron a su padre. Pero no lo harán con él. Juro por todos los dioses que antes hundiré un cuchillo en el vientre de Philip.

Tom ya había visto a su mujer furiosa en otras ocasiones, por eso no se mostró demasiado impresionado.

—¿Qué diablos te pasa? —le dijo con calma—. Al muchacho se le ofrece una oportunidad magnífica.

Jack se sentía intrigado, más que nada por las palabras: «Aquellos sacerdotes traicioneros y embusteros se llevaron a su padre.» ¿Qué quería decir con eso? Deseaba preguntárselo, pero no le dieron oportunidad.

—¡No será monje! —gritó Ellen, fuera de sí.

—No tendrá que serlo si no quiere.

—Ese taimado prior se las ingenia para salirse siempre con la suya —replicó la madre con tono arisco.

Tom se volvió hacia Jack.

—Ya es hora de que digas algo, muchacho. ¿Qué quieres hacer de tu vida?

Jack jamás se había hecho esa pregunta, pero la respuesta le vino sin vacilación alguna, como si hiciera ya mucho tiempo que había tomado la decisión.

—Voy a ser maestro constructor, como tú, y construiré la catedral más hermosa que el mundo haya visto jamás.

El disco rojo del sol se hundió en el horizonte, y cayó la noche. Era el momento del último ritual de la víspera de san Juan conocido como «deseos flotantes». Jack tenía preparado un cabo de vela y un trozo de madera. Miró a Ellen y a Tom. A su vez ambos le miraban, perplejos. Su certidumbre respecto a ese futuro les había sorprendido tanto como a él.

Al ver que no tenían más que decir, Jack se puso en pie de un salto y cruzó corriendo el prado en dirección a la fogata. Encendió en ella una ramita seca, reblandeció algo la base de la vela, apretándola con fuerza, y la pegó sobre el trozo de madera. Luego, encendió el pabilo. La mayoría de los aldeanos estaba haciendo lo mismo. Quienes no podían permitirse una vela, hacían una especie de barca con hierba seca y junquillos, retorciendo las hierbas en el centro para formar pabilo.

Jack vio a Aliena en pie, muy cerca de él. Tenía el rostro enmarcado por los destellos de la fogata y parecía pensativa.

—¿Qué vas a desear, Aliena? —le preguntó.

Ella le contestó sin detenerse a reflexionar:

—Paz. —Luego, al parecer contrariada, dio media vuelta y se alejó.

Jack se preguntó si no sería una locura que la amara. A ella le gustaba bastante, habían llegado a ser amigos, pero la idea de yacer juntos desnudos, besándose los cuerpos ardientes, estaba tan lejos del corazón de Aliena como cerca del suyo.

Una vez que todo el mundo estuvo preparado, se arrodillaron a la orilla del río, o chapotearon por las partes poco profundas. Sosteniendo sus oscilantes luces, cada uno formulaba un deseo. Jack, cerrando con fuerza los ojos, tuvo la visión de Aliena, tumbada en una cama, con los erguidos senos descubiertos, alargando los brazos hacia él y diciendo: «Tómame, esposo.» Luego, con mucho cuidado, todos hicieron flotar sobre las aguas su vela encendida. Si se hundía o la llama se apagaba, significaba que nunca llegaría a realizarse el deseo formulado. Tan pronto como Jack la dejó ir y la pequeña embarcación se alejó, la base de madera quedó invisible y sólo podía verse la llama. La siguió con la mirada durante un rato; luego perdió su rastro entre los centenares de luces danzarinas que se balanceaban sobre la corriente hasta desaparecer tras el recodo y perderse de vista, llevándose con ellas, río abajo, trémulos deseos.

3

Jack se pasó el verano contándole historias a Aliena.

En un principio, se encontraban ocasionalmente los domingos. Luego, se veían de forma regular en el claro, junto a la pequeña cascada. Le habló de Carlomagno y sus compañeros, así como de Guillermo de Orange y los sarracenos. Se sentía identificado con sus historias mientras las contaba. A Aliena le gustaba observar el modo en que su rostro juvenil cambiaba de expresión. Se indignaba con la injusticia, le aterraba la traición, le excitaba la bravura de un caballero y se conmovía hasta las lágrimas con una muerte heroica. Al ser sus emociones contagiosas, Aliena también se sentía conmovida. Algunos de los poemas eran demasiado largos para poder recitarlos en una sola tarde y, cuando Jack tenía que contar la historia por partes, siempre se interrumpía en el momento más emocionante, de modo que Aliena pasaba toda la semana preguntándose qué sucedería a continuación.

La joven jamás habló con nadie de aquellos encuentros. No estaba segura del motivo. Acaso se debiese a que no esperaba que comprendieran cuán fascinantes le parecían aquellas historias. Cualquiera que fuese la razón, dejó que la gente creyera que iba a sus habituales vagabundeos en la tarde del domingo. Y Jack hizo lo mismo sin comentarlo siquiera con ella. Más adelante, llegaron a un punto en que no podían decírselo a nadie sin que pareciese que confesaban algo de lo que se sentían culpables. De esa manera, y más bien de forma accidental, aquellos encuentros se convirtieron en secretos.

Cierto domingo, para variar, Aliena le leyó a Jack la *Historia de Alejandro*. A diferencia de los poemas que él recitaba, los cuales trataban siempre sobre intrigas cortesanas, políticas, encarcelamiento y muertes repentinas en batallas, el de Aliena sólo se refería a asuntos amorosos y a magia. A Jack le atrajeron sobremanera aquellos nuevos elementos en las historias, y al domingo siguiente se embarcó en un poema nuevo, fruto de su propia imaginación.

Era un día caluroso de finales de agosto. Aliena calzaba sandalias y lucía un ligero vestido de lino. El bosque estaba muy quieto y silencioso, salvo por el rumor de la cascada y las modulaciones de la voz de Jack. La historia comenzó, de modo convencional, con la descripción de un valeroso caballero, alto y fuerte, poderoso en el campo de batalla y armado con una espada mágica. Le habían asignado una tarea difícil, la de viajar hasta un lejano país oriental y llevar consigo a su regreso una vid que daba rubíes. Pero pronto se desviaba del modelo habitual. El caballero moría y la historia se centraba en su escudero, un joven de diecisiete años, valiente y sin dinero, que estaba perdidamente enamorado, sin la menor esperanza, de la hija del rey, una princesa muy bella. El escudero juró llevar a cabo la tarea que había sido confiada a su señor, aun cuando era joven e inexperto, y sólo tenía un poni y un arco.

En vez de vencer al enemigo con el tremendo golpe de una espada mágica, como era lo usual en tales historias, el escudero luchaba desesperadas batallas perdidas y sólo ganaba gracias a la suerte o por su candidez, y solía escapar a la muerte por un pelo. A menudo le atemorizaban aquellos a quienes se enfrentaba, a diferencia de los valientes caballeros de Carlomagno, pero jamás retrocedía ante su misión. De cualquier forma, para su tarea, al igual que para su amor, no había esperanza.

Aliena se sintió más cautivada por el denuedo del escudero de lo que lo había estado por el poderío de su señor. Se mordisqueaba con ansiedad los nudillos cuando el protagonista del poema cabalgaba por terreno enemigo, soltaba exclamaciones entrecortadas al escapar por milagro a la espada de un gigante y suspiraba cuando apoyaba la cabeza para dormir y soñar con la lejana princesa. Su amor por ella parecía irrevocablemente unido a su carácter indomable.

Al final, regresó con la vid que daba rubíes, asombrando a toda la corte.

—Pero al escudero le importaban poco —dijo Jack con expresión desdeñosa— todos aquellos barones y condes. Sólo le interesaba una persona. Aquella noche se deslizó hasta su habitación burlando a los guardias con un astuto ardid que había aprendido durante su viaje al Oriente. Logró llegar al lecho de la princesa y contemplar el rostro de ésta. —Miró a Aliena a los ojos y añadió—: La princesa se despertó de inmediato, pero no sintió temor. El escudero tendió el brazo y le cogió la mano con cariño.

Jack representó la historia y, cogiendo la mano de Aliena, la retuvo entre las suyas. La joven se sentía tan fascinada por la intensidad de su mirada y la fuerza del amor del escudero, que apenas si se dio cuenta de que le tenía sujeta la mano.

—El escudero —prosiguió Jack— dijo a la princesa: «Te amo con todo mi corazón.» Y la besó en los labios.

Tras pronunciar estas palabras, Jack se inclinó y besó a Aliena. Sus labios la rozaron tan levemente que ella apenas se percató. Sucedió todo con suma rapidez y Jack reanudó al punto la historia:

—La princesa se quedó dormida —continuó.

¿Ha sucedido de veras?, se preguntaba entretanto Aliena; ¿me ha besado Jack? Apenas podía creerlo, pero todavía sentía el contacto de su boca sobre la de ella.

—Al día siguiente, el escudero preguntó al rey si podía casarse con la princesa como recompensa por haberle dado la vid que daba rubíes.

Aliena llegó a la conclusión de que Jack la había besado sin darse cuenta. Sólo formaba parte de la historia. Ni siquiera se ha enterado de lo que ha hecho. Será mejor que me olvide de ello, se dijo.

—El rey se negó. El escudero quedó con el corazón destrozado. Todos los cortesanos rieron. Aquel mismo día, el escudero abandonó el país a lomos de su poni. Pero juró que un día volvería y que ese día se casaría con la hermosa princesa.

Jack calló y soltó la mano de Aliena.

—¿Y qué ocurrió entonces? —le preguntó ella.

—No lo sé —contestó Jack—. Todavía no lo he pensado.

Todas las personas importantes de Kingsbridge entraron a formar parte de la comunidad parroquial. Para la mayoría la idea era nueva, pero les gustaba pensar que Kingsbridge había dejado de ser un pueblo para convertirse en una ciudad, y sintieron halagada su vanidad por el hecho de que recurrieran a ellos, como ciudadanos principales, para construir una iglesia de piedra.

Aliena y Alfred reclutaron a los miembros y organizaron la primera comida de la comunidad, mediado ya septiembre. Los principales ausentes fueron el prior Philip, que en cierto modo se mostraba hostil a la empresa, aunque no lo suficiente como para prohibirla; Tom Builder, que declinó su asistencia por respeto a los sentimientos de Philip, y Malachi, que quedaba excluido por su religión.

Entretanto, Ellen había tejido una bala de tela con el remanente de lana de Aliena. Era áspera y descolorida, pero lo bastante buena para el hábito de los monjes, por lo que Cuthbert, el cillerero del priorato, la había comprado. El precio era bajo, pero así y todo duplicaba el costo de la lana original, por lo que, después de pagar a Ellen un penique diario, a Aliena le quedó media libra de beneficio. Cuthbert estaba interesado en adquirir más tela a ese precio, así que Aliena compró a Philip el exceso de lana que le había quedado para incorporarlo a sus propias existencias y buscó una docena más de personas, en su mayoría mujeres, para tejerla. Ellen estuvo de acuerdo en hacer otra bala, aunque no en enfurtirla, porque se trataba de un trabajo demasiado pesado. Las demás mujeres dijeron lo mismo.

Y Aliena también. Abatanar o enfurtir era un trabajo duro. Recordaba cuando Richard y ella habían ido a ver a aquel maestro abatanador en Winchester para pedirle que les diera trabajo. El abatanador tenía a dos hombres golpeando el lienzo mientras una mujer lo rociaba con agua. La mujer había mostrado a Aliena sus manos enrojecidas y agrietadas, y cuando los hombres le pusieron a Richard una bala de lienzo mojado sobre el hombro, el muchacho cayó de rodillas. Algunas personas se las arreglaban para enfurtir una cantidad de lienzo pequeña, pero suficiente para hacer ropa para ellas y sus familias. Sin embargo, los hombres más fuertes podían hacerlo durante todo el día. Aliena se mostró conforme con sus tejedoras en que se limitaran a tejer la lana y ella contrataría hombres para que la abatanaran, o bien vendería el lienzo a un maestro abatanador de Winchester.

La comida de la comunidad se llevó a cabo en la iglesia de madera. Aliena distribuyó el trabajo entre los miembros, la mayoría de los cuales poseían un sirviente doméstico. Alfred y sus hombres fabricaron una mesa larga con caballetes y tablas. Compraron cerveza fuerte y un barril de vino.

Se sentaron a los lados de la mesa sin que nadie ocupara las cabeceras, ya que en aquella comunidad todos eran iguales. Aliena vestía un traje rojo de seda adornado con un broche de oro y rubíes y una casaca gris oscuro con mangas amplias. El párroco bendijo la mesa. El sacerdote se hallaba muy complacido con la idea de aquella comunidad, ya que una iglesia nueva contribuiría a aumentar su prestigio y multiplicaría sus ingresos.

Alfred presentó un presupuesto y un programa de fechas para la construcción del nuevo templo. Se expresó como si todo ello fuera fruto de su trabajo, pero Aliena sabía que la mayor parte era obra de Tom. La construcción duraría dos años y su costo sería de noventa libras. Alfred propuso que cada uno de los cuarenta miembros de la comunidad pagara seis peniques a la semana. Aliena adivinó por la expresión de la mayoría que la cuota era algo superior a lo que habían supuesto, no obstante lo cual, todos se mostraron de acuerdo en pagarla. Aliena, sin embargo, pensó que la comunidad debería prever que uno o dos de ellos fallaran.

Ella, por su parte, estaba en condiciones de pagarla. Miró a los reunidos en torno a la mesa y llegó a la conclusión de que ella era, probablemente, la persona más rica. Pertenecía a una reducida minoría de mujeres. Las otras eran una cervecera cuya cerveza tenía fama de buena y fuerte; una modista que empleaba a dos costureras y algunas aprendizas, y la viuda de un zapatero que se ocupaba del negocio que su marido le había dejado. Aliena era la más joven de ellas, y también lo era más que los hombres a excepción de Alfred, que tenía uno o dos años menos.

Aliena echaba de menos a Jack. Aún no conocía la segunda parte de la historia del joven escudero. Ese día era fiesta y le hubiera gustado reunirse con él en el claro del bosque. Tal vez pudiera hacerlo más tarde.

Alrededor de la mesa, las conversaciones se centraban en la guerra civil. La reina Matilda había presentado más batalla de la que nadie se esperaba. En fecha reciente había tomado la ciudad de Winchester y capturado a Robert de Gloucester. Robert era hermano de la emperatriz Maud y comandante en jefe de sus fuerzas militares. Algunos aseguraban que Maud no era más que un figurón y que el auténtico jefe de la rebelión era Robert. Comoquiera que fuese, la captura era casi tan perjudicial para Maud como lo había sido la de Stephen para los realistas, y todo el mundo opinaba acerca de cómo iba a desarrollarse la inminente guerra.

En aquel festín, la bebida era más fuerte que la que daba el prior Philip, y a medida que pasaba el tiempo las discusiones se hacían más acaloradas. El párroco no supo atemperar los ánimos, tal vez porque bebía tanto como los demás. Alfred, que estaba sentado junto a Aliena, parecía preocupado, a pesar de que también a él empezaba a enrojecérsele la cara. Aliena no era aficionada a las bebidas fuertes, y sólo había tomado una copa de sidra.

Cuando la comida ya casi llegaba a su fin alguien propuso un brindis por Alfred y Aliena. Alfred lo agradeció entusiasmado. Enseguida empezaron a cantar y Aliena se preguntó cuándo podría irse sin que lo advirtieran.

—Lo hemos hecho bien los dos juntos —le dijo Alfred.

Aliena asintió.

—Esperemos a ver cuántos son los que el próximo año por estas fechas siguen pagando seis peniques a la semana.

Alfred no quería oír hablar ese día de dudas o reparos.

—Lo hemos hecho bien los dos juntos —repitió—. Formamos un buen equipo. —Alzó su copa y bebió—. ¿No crees que formamos un buen equipo?

—Desde luego —dijo Aliena siguiéndole la corriente.

—Yo he disfrutado de veras haciendo esto contigo... —prosiguió Alfred—. Me refiero a la comunidad parroquial.

—Yo también he disfrutado —convino ella amablemente.

—¿De veras? Eso me hace muy feliz.

Aliena lo miró atentamente. ¿Por qué insistía tanto en eso? Pronunciaba con claridad y precisión y no mostraba indicios de hallarse borracho.

—Ha estado bien —admitió la joven con tono neutro.

Alfred le puso la mano sobre el hombro. Aliena aborrecía que la tocaran, pero se había acostumbrado a dominarse, porque los hombres eran muy susceptibles.

—Dime una cosa —le susurró Alfred casi al oído—, ¿cómo debe ser el marido que quieres?

Espero que no vaya a pedirme que me case con él, pensó Aliena, alarmada.

—No necesito un marido... —respondió—. Ya tengo suficientes preocupaciones con mi hermano.

—Pero a ti te hace falta amor —insistió él.

Aliena gimió en su fuero interno.

Estaba a punto de contestarle cuando Alfred levantó una mano indicándole que callara, una costumbre masculina que Aliena encontraba especialmente desagradable.

—No me digas que no necesitas amor —porfió Alfred—. Todo el mundo lo necesita.

Aliena lo miró a los ojos. Sabía que ella era algo peculiar. La mayoría de las mujeres anhelaban casarse y si, como en su caso, a los veintidós años todavía seguían solteras, se sentían no ya anhelantes, sino desesperadas. ¿Qué me pasa a mí?, se dijo. Alfred es joven, tiene buena presencia y goza de prosperidad. La mitad de las jóvenes de Kingsbridge querrían casarse con él. Por un instante barajó la posibilidad de decirle que sí, pero entonces pensó en lo que sería la vida con Alfred, cenando con él todas las noches, yendo a misa con él, trayendo al mundo a sus hijos... Y le pareció aterrador. Movió negativamente la cabeza.

—Olvídalo, Alfred —dijo con firmeza—. No necesito un marido, ni por amor ni por nada.

Él no parecía dispuesto a rendirse.

—Te quiero, Aliena —le confesó—. Me he sentido de veras feliz trabajando contigo. Te necesito. ¿Deseas ser mi mujer?

Ya lo había soltado. Aliena lo lamentó porque aquello significaba que había de rechazarlo en serio. Había aprendido que resultaba inútil intentar hacerlo con amabilidad. Una negativa amable era tomada como indecisión, e insistían con un mayor ahínco.

—No, no lo deseo —contestó—. No te quiero, no he disfrutado mucho trabajando a tu lado, y no me casaría contigo aunque fueras el único hombre sobre la tierra.

Alfred se mostró dolido. Debería haber imaginado que tenía grandes probabilidades de escuchar una cosa así. Aliena estaba segura de que nada había hecho para alentarle. Le había tratado como a un igual, escuchándolo cuando hablaba, hablándole a su vez de manera directa y franca, cumpliendo con sus responsabilidades como esperaba que él cumpliera con las suyas. Pero algunos hombres pensaban que todo eso estaba destinado a brindarles estímulo.

—¿Cómo puedes decir eso? —farfulló Alfred.

Aliena suspiró. Le daba lástima que se sintiera herido. Un instante más tarde, reaccionaría con indignación, como si ella le hubiera acusado injustamente. Al final, llegaría a convencerse de que ella le había insultado de manera gratuita y se comportaría de forma ofensiva. No todos los pretendientes se comportaban de ese modo, tan sólo los de un cierto tipo, y Alfred encajaba en él. Aliena pensó que tenía que irse.

Se puso en pie.

—Respeto tu proposición y te doy las gracias por el honor que me haces —le dijo—. Respeta tú mi negativa y no vuelvas a pedírmelo.

—Supongo que te irás corriendo en busca de mi hermanastro —le espetó Alfred—. No logro imaginar qué encuentras en él, pues es incapaz de darte satisfacción.

Aliena se sonrojó. De modo que la gente empezaba a darse cuenta de su amistad con Jack. Y nadie mejor que Alfred para interpretarla de manera indecente. Pues bien, se iba corriendo a ver a Jack y no permitiría que Alfred la detuviera. Inclinándose acercó su cara a la de él hasta casi tocarla. Alfred se sobresaltó.

—Vete al infierno —masculló. Luego dio media vuelta y se alejó.

El prior Philip celebraba juicios una vez al mes en la cripta. En los viejos tiempos, lo hacía una vez al año, e incluso entonces rara vez se necesitó todo un día para solventar la cuestión. Pero, al triplicarse la población, el quebrantamiento de las leyes se había multiplicado por diez.

Además, la naturaleza de los delitos había cambiado. Antes, la mayor parte de ellos guardaban relación con la tierra, las cosechas y el ganado. Un campesino avaricioso que había intentado cambiar subrepticiamente las lindes de un campo a fin de ampliar sus tierras a expensas de su vecino; un labrador que robaba un saco de grano a la viuda para la que trabajaba; una pobre mujer con demasiados hijos que ordeñaba una vaca que no era suya. Pero en la actualidad casi todos los casos estaban relacionados con el dinero. Philip pensaba en esto mientras tomaba asiento en su tribunal el día primero de diciembre. Los aprendices robaban dinero a sus patronos; un marido cogía los ahorros de su suegra; había mercaderes que pasaban dinero defectuoso y mujeres acaudaladas que pagaban una miseria a sirvientes sencillos que apenas si podían contar su salario semanal. Hacía cinco años esos delitos no existían en Kingsbridge, porque por entonces nadie tenía tales cantidades de dinero.

Philip castigaba casi todos los delitos con una multa. También podía sentenciar a la gente a ser azotada, al cepo o a que la encarcelaran en la celda que había debajo del dormitorio de los monjes. Pero muy rara vez aplicaba tales castigos, que estaban reservados, ante todo, a los delitos con violencia. También tenía derecho a ahorcar a los ladrones, y el priorato poseía un sólido patíbulo de madera. Pero jamás lo había utilizado. Y, al menos de momento, en el fondo de su corazón abrigaba aún la secreta esperanza de no tener que hacerlo nunca. Los crímenes más graves, como el asesinato, la muerte de los venados del rey y los asaltos con robo en los caminos, eran remitidos al tribunal del rey en Shiring, presidido por el sheriff. Y los ahorcamientos del sheriff Eustace eran ya más que suficientes.

Ese día Philip tenía siete casos de molienda de grano sin autorización. Los dejó para el final y se ocupó de ellos en grupo. El priorato había construido un nuevo molino de agua junto al antiguo, pues Kingsbridge ya necesitaba dos. Pero había que pagar el nuevo, lo que significaba que todo el mundo tenía que llevar el grano a moler al priorato. Ésa había sido siempre la ley, al igual que en cualquier otro feudo del país. A los campesinos no se les permitía moler el grano en casa, sino que tenían que pagar al señor para que lo hiciera por ellos. En años recientes, al ir creciendo la población y empezar a averiarse con excesiva frecuencia el antiguo molino de agua, Philip, comportándose con benevolencia, dejó pasar el creciente aumento de molienda ilícita. Pero había llegado el momento de poner fin a aquello.

Tenía garrapateados en una pizarra los nombres de los infractores y los leyó en voz alta, uno a uno, empezando por el más rico.

—Richard Longacre. El hermano Franciscus dice que tienes una gran amoladera a la que dan vuelta dos hombres.

Franciscus era el molinero del priorato.

Se adelantó un hacendado de aspecto próspero.

—Sí, mi señor prior. Pero ahora la he roto.

—Paga sesenta peniques. Enid Brewster, en tu cervecería tienes un molino manual. Se ha visto a Eric Eridson utilizarlo, así que también está acusado.

—Sí, señor —repuso Enid, una mujer de rostro enrojecido y anchas espaldas.

—¿Y dónde está ahora el molino? —le preguntó Philip.

—Lo arrojé al río, mi señor.

Philip no le creyó, aunque poco podía hacer al respecto.

—Multa de veinticuatro peniques y doce más por tu hijo. ¿Walter Tanner?

Philip prosiguió con su lista, multando a los infractores de acuerdo con la escala de sus operaciones ilegítimas, hasta llegar a la última, la más pobre.

—¿Viuda Goda?

Se adelantó una mujer vieja de rostro flaco.

—El hermano Franciscus te vio moler grano con una piedra.

—No tenía un penique para el molino, señor —contestó la anciana en tono de resentimiento.

—Sin embargo, tuviste un penique para comprar grano —dijo Philip—. Serás multada como todos los demás.

—¿Dejaréis que muera de hambre? —preguntó ella, desafiante.

Philip suspiró. Deseaba que el hermano Franciscus hubiera simulado no darse cuenta de que Goda estaba infringiendo la ley.

—¿Cuándo fue la última vez que alguien murió de hambre en

Kingsbridge? —preguntó, mirando a los presentes—. ¿Recordáis la última vez que alguien murió de hambre en nuestra ciudad? —Guardó silencio a la espera de una respuesta, y luego añadió—: Creo que descubriréis que fue anterior a mi época.

—Dick Shorthouse murió el año pasado —manifestó Goda.

Philip recordó al hombre, un mendigo que dormía en pocilgas y establos.

—Dick cayó a medianoche en la calle, borracho perdido, y murió de frío bajo la nevada —respondió Philip—. No murió de hambre. Y si hubiera estado lo bastante sobrio para llegar hasta el priorato, tampoco habría muerto de frío. Si tienes hambre, no trates de engañarme, acude a mí para que te asista. Y si eres demasiado orgullosa para hacerlo y prefieres quebrantar la ley, debes recibir tu castigo como los demás. ¿Me has oído?

—Sí, señor —murmuró la vieja malhumorada.

—Un cuarto de penique de multa. La sesión ha terminado.

Se puso en pie y salió. Subió por las escaleras que conducían de la cripta a la planta baja.

Los trabajos en la nueva catedral avanzaban ahora con una lentitud pasmosa, como ocurría siempre cuando faltaba alrededor de un mes para la Navidad. Los bordes y las partes superiores expuestas del trabajo sin terminar de la piedra estaban cubiertas con paja y estiércol, que se traía de las camas de las caballerías en las cuadras del priorato, para mantener protegida de la escarcha la obra reciente. Los albañiles decían que no podían trabajar en invierno a causa del hielo. Philip había preguntado por qué no podían descubrir los muros cada mañana y volver a cubrirlos por la noche. Durante el día no solía haber escarcha. Tom había dicho que los muros construidos en invierno se desplomaban. Philip lo había creído, pero no pensaba que se debiera a la escarcha. Imaginó que el verdadero motivo debía de ser que la argamasa necesitaba varios meses para fraguar adecuadamente. Y el período invernal le permitía endurecerse a conciencia antes de que, en el nuevo año, se reanudaran los trabajos de albañilería en las partes altas. Ello explicaría también la superstición de los albañiles según la cual traía mala suerte construir más de seis metros de altura cada año. De superarse esa medida, las hiladas inferiores podían deformarse por el peso que habrían de soportar antes de que hubiera podido fraguar la argamasa.

Philip vio con sorpresa que todos los albañiles estaban en el exterior, en lo que sería el presbiterio de la iglesia. Se acercó para averiguar qué estaban haciendo.

Habían confeccionado un arco de madera, semicircular, y lo sujetaban en alto, sostenido por estacas a ambos lados. Philip sabía que el arco de madera era una pieza de lo que llamaban cimbras, y estaba destinado a sostener el arco de piedra mientras se construía. Sin embargo, en aquel momento, los albañiles estaban ensamblando el arco de piedra a nivel del suelo, sin argamasa, para asegurarse de que las piedras encajaban entre sí a la perfección. Aprendices y peones las levantaban sobre las cimbras mientras los albañiles examinaban la operación con ojo experto.

—¿Para qué es eso? —preguntó Philip al encontrarse con la mirada de Tom.

—Es un arco para la galería de la tribuna.

Philip lo observó con gesto reflexivo. La arcada había quedado terminada el año anterior y la galería superior quedaría acabada ese año. Y entonces sólo faltaría por construir el nivel más alto, el triforio, antes de que empezaran con el tejado. Ahora que los muros habían sido cubiertos para el invierno, los albañiles estaban preparando las piedras para el trabajo del año siguiente. Si el arco resultaba perfecto, las piedras de todos los demás se cortaban a la medida exacta.

Los aprendices, entre los que se encontraba Jack, el hijastro de Tom, construían el arco, hacia arriba, desde cada lado, con las piedras en forma de cuña llamadas dovelas. A pesar de que el arco iba a ser construido a gran altura en la iglesia, tendría elaboradas molduras decorativas en forma de grandes dientes y pequeños medallones. Cuando se juntaban las piedras, los diversos motivos esculpidos coincidían exactamente y, al prolongarse, formaban tres arcos continuos, uno de dientes de perro, otro de medallones y un tercero de boceles. De esa manera, daba la impresión de que el arco había sido construido por varios aros semicirculares de piedra, uno sobre otro, mientras que, de hecho, estaba formado por cuñas colocadas una junto a otra. Sin embargo, las piedras habían de coincidir exactamente entre sí, ya que de lo contrario los motivos esculpidos no se alinearían de la forma adecuada y el efecto se perdería.

Philip se quedó allí mirando mientras Jack bajaba la dovela central para colocarla en su sitio. Ya estaba el arco completo. Cuatro albañiles cogieron mazos y golpearon las cuñas que soportaban las cimbras de madera unos centímetros por encima del suelo. De repente, cayó el soporte de madera. A pesar de que entre las piedras no había argamasa, el arco siguió en pie. Tom gruñó, satisfecho.

Philip notó que alguien tiraba de la manga de su hábito. Al volverse, se encontró con un monje joven.

—Tenéis un visitante, padre. Está esperando en vuestra casa.

—Gracias, hijo mío.

Philip se alejó de los albañiles. Si los monjes habían hecho pasar al visitante a la casa del prior para que esperara, era que se trataba de alguien importante. Cruzó el recinto y entró en su morada.

El visitante era su hermano Francis. Philip lo abrazó afectuosamente. Francis parecía muy preocupado.

—¿Te han ofrecido algo de comer? —preguntó Philip—. Pareces fatigado.

—Ya me han dado un poco de pan y carne. Gracias. Me he pasado el otoño cabalgando entre Bristol, donde el rey Stephen estaba prisionero, y Rochester, donde estaba el conde Robert.

—¿Has dicho que estaban?

Francis asintió con la cabeza.

—Me he dedicado a negociar un trueque. Stephen por Robert. Se llevó a cabo el día de Todos los Santos. El rey Stephen se halla de nuevo en Winchester.

—Me da la impresión de que la emperatriz Maud ha salido perdiendo con ese cambio —dijo Philip—. Ha entregado un rey a cambio de un conde.

Francis meneó la cabeza.

—Sin Robert se encontraba perdida. Nadie le tiene simpatía, nadie se fía de ella. El apoyo que le prestaban se estaba perdiendo. Tenía que recuperar a Robert. La reina Matilda fue inteligente. Se negó en redondo a canjearlo por cualquier otro que no fuera el rey Stephen. Se lo propuso y al final lo consiguió.

Philip se acercó a la ventana y miró hacia afuera. Había empezado a caer una lluvia fría y sesgada que oscurecía los altos muros de la catedral y goteaba por los bajos tejados de barda de las viviendas de los artesanos.

—¿Qué significa eso? —preguntó.

—Significa que Maud vuelve a ser, una vez más, una aspirante al trono. Después de todo, Stephen ha sido coronado, mientras que Maud nunca lo fue. O al menos no del todo.

—Pero fue Maud quien autorizó mi mercado.

—Sí, y eso puede ser un problema.

—¿Queda invalidada mi licencia?

—No. Ha sido concedida de manera legal por un gobernador legítimo al que la Iglesia había dado su aprobación. El hecho de que no fuera coronada no influye para nada. Pero Stephen puede retirarla.

—Con los ingresos del mercado estoy pagando la piedra —dijo Philip, inquieto—. Sin ella no podré construir. En verdad que son malas noticias.

—Lo siento.

—¿Y qué hay de mis cien libras?

Francis se encogió de hombros.

—Stephen te dirá que debe ser Maud quien te las devuelva.

—¡Todo ese dinero! —exclamó el prior, preocupado—. Era dinero de Dios y lo he perdido.

—Todavía no lo has perdido —lo tranquilizó Francis—. Es posible que Stephen no revoque tu licencia. Nunca ha mostrado demasiado interés por los mercados en ningún sentido.

—El conde William puede ejercer presión sobre él.

—William cambió de bando, ¿recuerdas? Respaldó con todas sus gentes a Maud. Ya no gozará de mucha influencia sobre Stephen.

—Espero que tengas razón —dijo Philip—. Espero, por la gracia de Dios, que tengas razón.

Cuando hizo demasiado frío para sentarse en el claro, Aliena tomó la costumbre de visitar la casa de Tom, el constructor, al atardecer. Alfred frecuentaba por lo general la cervecería, de manera que el grupo familiar estaba formado por Tom, Ellen, Jack y Martha. Como Tom seguía prosperando, tenían asientos confortables, un buen fuego y muchas velas. Ellen y Aliena solían dedicarse a tejer. Tom trazaba planos y diagramas, grabando los dibujos con una piedra afilada sobre trozos pulidos de pizarra. Jack simulaba estar haciendo un cinto, afilando cuchillos o fabricando un cesto; aunque la mayor parte del tiempo se lo pasara mirando furtivamente la cara de Aliena a la luz de la vela, observando sus labios mientras hablaba o bien contemplando su blanca garganta cuando bebía un vaso de cerveza. Aquel invierno rieron muchísimo. A Jack le gustaba hacer reír a Aliena. Por regla general, se mostraba tan reservada y dueña de sí que verla explayarse era un placer casi tan maravilloso como verla desnuda por un fugaz instante. Jack siempre estaba pensando en decir cosas que a ella le parecieran divertidas. Solía referirse a los artesanos que trabajaban en la construcción, imitando el acento de un albañil parisiense o el andar de un herrero estevado. En cierta ocasión inventó un relato cómico de la vida de los monjes, endosando a cada uno de ellos un pecado: el orgullo de Remigius; la glotonería de Bernard; la afición a la bebida del maestro de invitados y la lascivia de Pierre. A menudo Martha se desternillaba de risa e incluso el taciturno Tom esbozaba una sonrisa.

Durante una de aquellas veladas Aliena dijo:

—No sé si podré vender todo este lienzo.

Todos se quedaron boquiabiertos.

—Entonces ¿por qué seguimos tejiendo? —preguntó Ellen.

—Aún no he perdido las esperanzas —respondió Aliena—. Sólo que tengo un problema.

Tom levantó la vista de su pizarra.

—Creí que el priorato estaba ansioso por comprarlo todo.

—Ése no es el problema. No encuentro gente para que lo abatane, pues de lo contrario el priorato, ni, de hecho, nadie, lo quiere.

—Abatanar es un trabajo demoledor. No me sorprende que nadie quiera hacerlo —comentó Ellen.

—¿No puedes encontrar hombres para esa tarea? —sugirió Tom.

—Desde luego, no en la próspera Kingsbridge. Todos los hombres tienen trabajo más que suficiente. En las grandes ciudades hay abatanadores profesionales, pero la mayoría de ellos trabajan para los tejedores, que les prohíben abatanar para los competidores de sus patrones. De cualquier manera, llevar y traer el lienzo desde Winchester resultaría demasiado caro.

—Es un verdadero problema —reconoció Tom, y volvió a sus dibujos.

A Jack se le ocurrió una idea.

—Es una lástima que no podamos lograr que lo hagan los bueyes.

Todos se echaron a reír.

—Sería como pretender enseñar a un buey a construir una catedral —dijo Tom.

—O con un molino —insistió Jack, impertérrito—. Por lo general, hay maneras fáciles de hacer los trabajos más duros.

—Quiere abatanar el lienzo, no molerlo —le explicó Tom.

Jack no le escuchaba.

—Utilizamos mecanismos para levantar pesos y ruedas giratorias para elevar piedras hasta los andamios más altos…

—Sería maravilloso que hubiese algún mecanismo que permitiese abatanar ese lienzo —dijo Aliena.

Jack imaginó lo complacida que se sentiría si él lograba resolver ese problema. Estaba decidido a encontrar la manera de hacerlo.

—He oído decir que se ha utilizado un molino de agua para hacer funcionar fuelles en una herrería… Pero nunca lo he visto —comentó Tom, pensativo.

—¿De veras? —exclamó Jack—. Eso lo demuestra.

—Una rueda de molino gira y gira, y una piedra de molino gira y gira —dijo Tom—, de tal manera que una piedra impulsa a la otra. Pero el bate de un abatanador va de arriba abajo. Nunca lograrás que una rueda de molino de agua haga subir y bajar un bate.

—Un fuelle también va de arriba abajo.

—Claro, claro. Pero yo nunca vi esa herrería. Sólo he oído hablar de ella.

Jack intentó formarse una idea de la maquinaria de un molino. La fuerza del agua hacía girar la rueda. El astil de ésta estaba conectado con otra rueda dentro del molino. La rueda interior se hallaba colocada en sentido vertical, de tal forma que sus dientes se encajaban en los dientes de otra rueda horizontal. Esta última era la que hacía girar la piedra de amolar.

—Una rueda derecha puede poner en marcha a otra tumbada —musitó Jack, pensando en voz alta.

Martha se echó a reír.

—¡No te esfuerces, Jack! —le dijo—. Si los molinos pudieran abatanar lienzos, ya se le habría ocurrido a las personas más listas que tú.

Jack no le hizo caso.

—Los bates de abatanar podrían fijarse al astil de la rueda del molino —continuó—. El lienzo podría colocarse plano donde los bates cayeran…

—Sí, pero los bates golpearían sólo una vez, y luego se quedarían atascados, con lo que la rueda se pararía. Ya te lo he dicho… Las ruedas giran y giran, pero los bates van de arriba abajo —alegó Tom.

—Tiene que haber una manera —insistió Jack.

—No la hay —afirmó Tom, dando el tema por concluido.

—Sin embargo, apuesto a que la hay —farfulló Jack, obstinado.

Tom hizo como que no le había oído.

Al domingo siguiente, Jack desapareció.

Fue a la iglesia por la mañana y almorzó en casa como de costumbre, pero a la hora de cenar, no se presentó. Aliena estaba en su cocina preparando un espeso caldo con jamón y berza cuando llegó Ellen en busca del muchacho.

—No lo he visto desde misa —informó la joven.

—Desapareció después de almorzar —explicó Ellen—. Supuse que estaba contigo.

Aliena se sintió algo incómoda de que Ellen hubiera dado aquello por sentado.

—¿Estás preocupada?

—Una madre siempre lo está —contestó Ellen.

—¿Se ha peleado con Alfred? —preguntó Aliena, nerviosa.

—Eso mismo le he preguntado, pero Alfred dice que no. —Ellen suspiró—. Espero que no le haya pasado nada malo. Ya ha hecho estas cosas antes, y me atrevería a decir que volverá a hacerlas. Nunca ha aprendido a ceñirse a un horario.

Aquella noche, más tarde, a punto ya de acostarse, Aliena fue a casa de Tom para saber si Jack había aparecido. Le dijeron que no. Se acostó preocupada. Richard estaba en Winchester, de manera que se encontraba sola. No hacía más que pensar que Jack podía haber muerto ahogado al caer al río, o que tal vez le hubiese ocurrido algo peor. Para Ellen sería terrible. Jack era su único hijo auténtico. A Aliena se le llenaron los ojos de lágrimas al imaginar el dolor de Ellen si perdía a Jack. Es una estupidez, se dijo; estoy llorando por la pena de alguien causada por algo que no ha ocurrido. Se dominó e intentó pensar en otra cosa. El exceso de lienzo era su gran problema. En circunstancias normales no habría podido dormir pensando en el negocio, pero esa noche no lograba apartar a Jack de su mente. ¿Y si se había roto una pierna y se encontraba inmovilizado en el bosque?

Al final, el sueño la venció. Despertó con las primeras luces del alba, sintiéndose todavía cansada. Se echó su gruesa capa sobre el camisón, se puso las botas forradas de piel y salió en busca de Jack.

No estaba en el jardín que había detrás de la cervecería, donde solían quedarse dormidos los hombres, evitando congelarse gracias al calor del fétido estercolero. Bajó hasta el puente y caminó temerosa por la orilla del río hasta un recodo donde se arrojaban los desperdicios. Una familia de patos se encontraba picoteando entre los restos de madera, zapatos desechados, cuchillos enmohecidos y huesos de carne que se acumulaban en la playa. Gracias a Dios, Jack tampoco estaba allí.

Subió de nuevo hasta la colina y entró en el recinto del priorato, donde los albañiles comenzaban una nueva jornada de trabajo.

Encontró a Tom en su cobertizo.

—¿Ha vuelto Jack? —le preguntó, esperanzada.

—Todavía no —repuso Tom al tiempo que meneaba la cabeza.

Cuando Aliena se iba, llegó el maestro carpintero con aspecto preocupado.

—Han desaparecido todos nuestros martillos —le informó a Tom.

—Es extraño —comentó éste—. He estado buscando un martillo y no he encontrado ninguno.

—¿Dónde están los cabezales de los albañiles? —preguntó Alfred, asomando la cabeza por la puerta.

Tom se rascó la cabeza.

—No pueden haber desaparecido —dijo, perplejo. Luego, cambiando de expresión, añadió—: Apuesto a que Jack está detrás de todo esto.

Claro, se dijo Aliena. Martillos. El abatanado. El molino.

Sin decir palabra de lo que pensaba, salió del cobertizo de Tom y, atravesando presurosa el recinto del priorato, dejó atrás la cocina y se encaminó hacia el extremo sudoeste donde un canal, desviado del río, ponía en movimiento los dos molinos, el viejo y el recién construido. Tal y como sospechaba, la rueda de molino viejo estaba girando. Entró.

Lo que vio la dejó confusa y asustada. Había una hilera de martillos sujetos a una viga horizontal. Como si obedecieran a un impulso propio, levantaban la cabeza para dejarla caer, todos juntos, golpeando de manera simultánea con un estruendo tremendo que casi la dejó sin aliento. Sobresaltada, dejó escapar un grito. Los martillos alzaron la cabeza, como si la hubieran oído gritar, y luego golpearon de nuevo. Estaban batiendo cierta cantidad de lienzo flojo sumergida en unos pocos centímetros de agua contenida en una artesa de madera semejante a los que utilizaban en la construcción para mezclar la argamasa. Entonces cayó en la cuenta de que los martillos estaban abatanando el tejido y dejó de sentirse asustada, aun cuando le seguían pareciendo terriblemente vivos. Pero ¿cómo lo había hecho? Observó que la viga a la que se encontraban sujetos estaba ubicada en paralelo al astil de la rueda del molino. Una tabla sujeta al astil daba vueltas al tiempo que la rueda giraba. Al llegar la tabla, tropezaba con los mangos de los martillos y los hacía bajar, de modo que las cabezas se levantaban. Al seguir girando la tabla, dejaba en libertad los mangos. Entonces las cabezas caían sobre el lienzo que se hallaba en la artesa. Era exactamente lo que Jack había dicho durante aquella conversación. Un molino podía abatanar el lienzo.

Aliena oyó una voz.

—Hay que lastrar los martillos para que caigan con más fuerza.

Al volverse, vio a Jack, que con aspecto cansado, aunque triunfante, le dijo sonriendo con timidez:

—Creo que he resuelto tu problema.

—Me alegra comprobar que te encuentras bien... ¡Estábamos preocupados por ti! —exclamó Aliena.

Sin pensarlo, le echó los brazos al cuello y lo besó. Fue un beso muy breve, poco más que un roce; pero entonces, al separarse sus labios, Jack le rodeó la cintura con los brazos, sujetando su cuerpo suavemente aunque con firmeza contra el suyo, y Aliena se encontró mirándole a los ojos. En lo único que podía pensar era en lo feliz que se sentía de que él estuviera vivo y sin haber sufrido daño alguno. Le dio un apretón afectuoso. Y, de súbito, Aliena tuvo consciencia de su propia piel. Podía sentir la aspereza de su camisón del lino, y el cuero suave de sus botas y el cosquilleo en los pezones al apretarse contra el pecho de él.

—¿Estabas preocupada por mí? —preguntó Jack, asombrado.

—¡Pues claro! Apenas he dormido.

Aliena sonreía feliz pero Jack tenía un aspecto terriblemente solemne, y, al cabo de un momento el talante de él se impuso al suyo, lo que hizo que se sintiera extrañamente conmovida. Podía oír los latidos de su corazón y empezó a respirar más deprisa. Detrás de ella, los martillos caían de forma simultánea sobre la artesa, sacudiendo con cada golpe la estructura de madera del molino. Aliena parecía sentir las vibraciones en lo más profundo de su ser.

—Estoy muy bien —dijo Jack—. Todo marcha a la perfección.

—Me hace tan feliz... —susurró Aliena.

Jack inclinó su cara sobre la de ella, y sus labios se encontraron. Fue un beso dulce. Aliena cerró los ojos para concentrarse en aquella sensación. La boca de Jack se movía sobre la suya, y le pareció algo natural abrir los labios. De repente, su propia boca se hizo sumamente sensitiva, hasta el punto de poder sentir el tacto más ligero, el menor movimiento. La punta de la lengua de Jack le acariciaba el interior de su labio superior. Aliena se sentía tan abrumada de felicidad que se le llenaron los ojos de lágrimas. Apretó su cuerpo contra el de él, aplastando sus suaves senos contra el duro pecho, sintiendo los huesos de sus caderas incrustados en su propio vientre. Ya no era tan sólo que sintiera alivio porque Jack estuviera a salvo y alegría de tenerlo allí. Ahora era una nueva sensación. Su presencia la emocionaba hasta el punto de hacer que se sintiese mareada. Abrazada a su cuerpo, necesitaba sentir aún más su presencia, tenerlo todavía más cerca. Le acarició la espalda. Quería sentir su piel; pero la ropa se lo impedía. Sin pensarlo, metió la lengua entre los labios de Jack, que emitió un gemido de placer.

La puerta del molino se abrió de golpe. Aliena se apartó rápidamente de Jack. De repente, se sintió sobresaltada como si hubiera estado profundamente dormida y alguien le hubiera dado una bofetada para despertarla. Se sentía horrorizada de lo que habían estado haciendo. ¡Se habían besado y magreado como una puta y un borracho en una taberna! Retrocedió mirando alrededor, terriblemente turbada. El intruso era Alfred. Aquello le hizo sentirse aún peor. Hacía tres meses que Alfred le había pedido que se casara con él, y ella lo había rechazado con altivez. Y ahora la había visto comportarse como una perra en celo. Se sonrojó de vergüenza. Alfred la estaba mirando, y en su rostro había una mezcla de lascivia y desprecio que le recordaba la expresión de William Hamleigh. Estaba disgustada con ella misma por dar a Alfred motivo para menospreciarla, y furiosa con Jack por el papel que había desempeñado en todo aquello.

Dio la espalda a Alfred y miró a Jack, que pareció sobresaltado. Aliena se dio cuenta de que su rostro delataba la ira que la embargaba, pero no podía evitarlo. La expresión de Jack, de aturdida felicidad, se convirtió en confusión y dolor. En circunstancias normales aquello la habría ablandado, pero en ese momento estaba fuera de sí. Lo aborrecía por lo que la había obligado a hacer. Lo abofeteó. Él permaneció inmóvil, pero en su mirada se reflejó la pena que estaba sufriendo. Se le enrojeció la mejilla. Aliena no podía soportar el dolor que había en sus ojos. Se obligó a apartar la vista.

No podía seguir allí ni un instante más. Corrió hacia la puerta acompañada del incesante golpeteo de los martillos resonando en sus oídos. Alfred se apartó rápidamente para dejarla pasar, casi asustado. Aliena pasó como un rayo por su lado y salió. Tom estaba a punto de entrar seguido de un pequeño grupo de trabajadores. Todo el mundo se dirigía hacia el molino para saber qué estaba pasando. Aliena se alejó sin decir palabras. Algunos de ellos la miraron con curiosidad, lo que hizo que se sintiera aún más avergonzada, pero todos estaban más interesados en los martillazos que se oían salir del molino. La mente lógica de Aliena le recordaba que Jack había resuelto el problema del abatanado, pero la idea de que se había pasado toda la noche haciendo algo por ella la atormentaba todavía más. Pasó corriendo por delante de las cuadras y la puerta del priorato, y enfiló la calle, resbalando en el fango, hasta llegar a su casa.

Al entrar, se encontró allí a Richard. Estaba sentado a la mesa de la cocina, ante una hogaza de pan y un jarro de cerveza.

—El rey Stephen se ha puesto en marcha —anunció—. La guerra ha empezado de nuevo. Necesito otro caballo.

4

Durante los tres meses que siguieron, Aliena apenas cruzó dos palabras con Jack.

El muchacho se sentía muy abatido. Ella lo había besado como si lo quisiera, de eso no cabía la menor duda, y cuando la joven salió del molino, estaba seguro de que pronto volverían a besarse de la misma manera. No podía dejar de pensar en ella, y a cada rato se repetía: «¡Aliena me quiere! ¡Aliena me quiere!» Le había acariciado la espalda y metido la lengua en su boca, había apretado sus senos contra él. Cuando empezó a evitarle, Jack pensó que tan sólo se sentía incómoda. Después de aquel beso, era imposible que simulase que no le quería. Esperó pacientemente a que superara su timidez. Con la ayuda del carpintero del priorato, había hecho un mecanismo de abatanar, más fuerte y permanente, para el molino viejo. Y Aliena pudo abatanar su lienzo. Le dio las gracias en tono sincero, pero su voz era fría, y evitaba su mirada.

Cuando hubieron transcurrido, no sólo unos días, sino varias semanas sin que las cosas cambiasen, se vio obligado a admitir que algo iba muy mal. Se sintió embargado por la desilusión y pensó que el dolor iba a ahogarlo. Estaba perplejo. Sentía el deseo desesperado de tener más años y más experiencia con las mujeres, a fin de saber si Aliena era normal o si tenía un carácter peculiar; si esa actitud sería temporal o permanente, y si debía encararla o hacer caso omiso de ella. Como se sentía inseguro y a la vez aterrado ante la posibilidad de que pudiera decir algo que empeorara las cosas, optó por no hacer nada. Entonces empezó a apoderarse de él un sentimiento constante de rechazo, y se sintió inútil, estúpido e impotente. Pensaba en lo estúpido que había sido al imaginar que la mujer más deseable e inalcanzable del condado se había enamorado de él, que no era más que un muchacho. La había divertido por un tiempo con sus historias y sus bromas; pero en cuanto la besó como un hombre se había alejado por completo. ¡Qué imbécil había sido al esperar otra cosa!

Al cabo de una o dos semanas, empezó a sentirse furioso. En el trabajo estaba irritable, y la gente empezaba a mostrarse cautelosa con él. Se comportaba de manera desagradable con su hermanastra, Martha, quien se sentía casi tan dolida con él como él lo estaba con Aliena. Un domingo por la tarde se gastó el salario apostando en las peleas de gallos. Toda su pasión la consumía en el trabajo. Esculpía modillones, las piedras que se proyectaban y que parecían sostener arcos o fustes que no llegaban al suelo. En estos modillones se esculpían con frecuencia hojas, pero era una costumbre que venía de antiguo esculpir una figura humana que pareciera sostener un arco con las manos o lo tuviese apoyado sobre la espalda. Jack modificó un poco el modelo habitual. El resultado fue la imagen de un hombre extrañamente contorsionado, con expresión de dolor, como si estuviera condenado a una agonía eterna mientras sostenía el enorme peso de la piedra. Jack sabía que era algo genial, que nadie más podía esculpir una figura que diera semejante impresión de sufrimiento. Cuando Tom la vio, sacudió la cabeza sin saber si maravillarse ante la expresividad de la figura o desaprobar su escasa ortodoxia. A Philip le atrajo de inmediato. A Jack, por su parte, le importaba poco lo que pensaran. Tenía la absoluta convicción de que si a alguien no le gustaba era porque estaba ciego.

Cierto domingo de Cuaresma, cuando todo el mundo estaba de mal humor porque hacía tres semanas que no se comía carne, Alfred acudió al trabajo con expresión triunfante. El día anterior había estado en Shiring. Jack ignoraba qué podía haber hecho allí, pero era evidente que se sentía muy satisfecho.

Durante el descanso de media mañana, cuando Enid abrió un barril de cerveza en medio del presbiterio para vendérsela a los albañiles, Alfred mostró un penique.

—Eh, Jack Tomson, tráeme algo de cerveza —dijo.

Va a decir algo sobre mi padre, pensó Jack. Y no hizo caso a Alfred.

Uno de los carpinteros, un hombre ya mayor llamado Peter, le advirtió:

—Más te valdrá hacer lo que te dicen, aprendiz.

Se suponía que un aprendiz debía obedecer siempre a un maestro artesano.

—No soy hijo de Tom —dijo Jack—. Tom es mi padrastro, y Alfred lo sabe.

—Aun así, haz lo que te dice —insistió Peter.

Jack cogió reacio el dinero de Alfred y se puso en la cola.

—El nombre de mi padre era Jack Shareburg —dijo en voz alta—. Todos podéis llamarme Jack Jackson si queréis diferenciarme de Jack Blacksmith.

—Jack Bastard será más apropiado —masculló Alfred.

—¿Os habéis preguntado alguna vez por qué Alfred nunca se ata los cordones de las botas? —dijo entonces Jack.

Todos miraron los pies de Alfred. Y así era. Sus botas, grandes y cubiertas de barro, estaban descuidadamente abiertas. Jack explicó:

—Es para poder emplear los dedos de los pies si tiene que contar más de diez.

Los artesanos sonrieron y los aprendices los imitaron. Jack entregó a Enid el penique de Alfred y cogió una jarra de cerveza. Se la llevó a Alfred y se la tendió con una leve reverencia burlona. Alfred estaba irritado, aunque no demasiado, y todavía guardaba algo en la manga. Jack se alejó y bebió su cerveza con los aprendices, con la esperanza de que Alfred le dejara en paz.

Esperanza vana. Momentos después, Alfred le siguió.

—Si Jack Shareburg fuera mi padre, yo no me sentiría tan dispuesto a reconocerlo en público. ¿Acaso no sabes lo que era?

—Era un juglar —respondió Jack; trató de mostrarse seguro de sí mismo; pero temía lo que Alfred pudiera decir—. Supongo que no sabrás lo que es un juglar.

—Era un ladrón —dijo Alfred.

—Bah, cierra el pico, pedazo de tarugo.

Jack se volvió y tomó un trago de cerveza, pero apenas si pudo tragarla. Alfred debía de tener algún motivo para afirmar aquello.

—¿Acaso no sabes cómo murió? —insistió Alfred.

Eso es de lo que se enteró ayer en Shiring, pensó Jack. Ése es el motivo de su estúpida sonrisa. Se volvió lentamente y se enfrentó a Alfred.

—No; no sé cómo murió mi padre, Alfred, pero creo que tú vas a decírmelo.

—Lo colgaron por ladrón.

Jack soltó un grito de angustia. Sabía, por intuición, que aquello era cierto. Alfred estaba demasiado seguro de sí para habérselo inventado, y comprendió de inmediato que ello explicaba la reticencia de su madre, que había estado años temiendo en secreto que él supiese la verdad. Durante todo el tiempo había querido convencerse de que no era un bastardo, de que tenía un verdadero padre con nombre auténtico. De hecho, siempre había temido que hubiera algo deshonroso respecto de su padre, que los improperios estuvieran justificados, que en realidad tuviese algo de que avergonzarse. Ya se sentía deprimido, pues el rechazo de Aliena hacía que se sintiese un perfecto inútil. Y ahora, la verdad sobre su padre fue como un mazazo.

Alfred seguía allí de pie, sonriendo, muy satisfecho de sí mismo. Se sentía orgulloso del efecto que había producido su revelación. Su expresión puso fuera de sí a Jack; ya era bastante terrible que hubieran ahorcado a su padre, pero el que Alfred se sintiera feliz por ello superaba cuanto era capaz de soportar. Sin pensárselo dos veces, arrojó su cerveza a la cara de éste.

Los demás aprendices, que habían estado atentos a los hermanastros y disfrutando con su altercado, se apresuraron a alejarse uno o dos pasos. Alfred se limpió la cerveza de los ojos, rugió, furioso, y con un movimiento extraordinariamente rápido para un hombre de su corpulencia, descargó su inmenso puño. El golpe alcanzó a Jack en la mejilla con tal fuerza que, en lugar de dolerle, se la dejó insensible. Antes de que tuviera tiempo de reaccionar, el otro puño de Alfred se hundió en su estómago. Ese golpe le produjo un terrible dolor. Jack pensó por un instante que nunca volvería a respirar. Cayó al suelo, y al hacerlo Alfred le dio un puntapié en la cabeza con una de sus pesadas botas. Rodó por el suelo y luchó para levantarse, pero su hermanastro todavía no estaba satisfecho. Al incorporarse Jack, sintió que éste le agarraba. Empezó a forcejear, aterrado; Alfred no tendría compasión. Lo golpearía hasta destrozarlo si no conseguía escapar. Alfred lo tenía cogido con tal fuerza que Jack no lograba soltarse, pero al echar aquél hacia atrás el poderoso puño para golpearle de nuevo, pudo librarse al fin.

Salió corriendo, y Alfred tras él. Jack evitó un barril de cal, haciéndolo rodar delante de Alfred para impedir su persecución. La cal se derramó por el suelo. Alfred saltó sobre el barril, pero salió disparado contra un tonel de agua que se derramó a su vez. Al entrar el agua en contacto con la cal, ésta empezó a hervir y a sisear intensamente. Algunos de los albañiles protestaron, pues se estaba desperdiciando un material muy costoso, pero Alfred estaba sordo y Jack no pensaba en otra cosa que en alejarse de su hermanastro. Siguió corriendo, encorvado todavía por el dolor y medio ciego por el puntapié que había recibido en la cabeza.

Pegado a sus talones, Alfred alargó un pie y le puso la zancadilla. Jack cayó al suelo. Voy a morir, se dijo mientras rodaba para apartarse. Quedó debajo de una escala apoyada contra un andamio, en lo alto de la construcción. Alfred se acercaba a toda prisa a él, con las peores intenciones y se sintió como un conejo acorralado. La escala lo salvó. Al inclinarse Alfred para ponerse detrás de ésta, Jack avanzó a gatas, colocándose delante de ella, y con un impulso se lanzó a los primeros peldaños y comenzó a trepar como una ardilla.

Sintió temblar la escala al subir Alfred detrás de él. En circunstancias normales, podía ganar a su hermanastro en una carrera, pero aún se sentía aturdido y sin aliento. Llegó al final de la escala y se encaramó al andamio. Tropezó y cayó contra el muro. Las piedras habían sido colocadas aquella misma mañana y la argamasa aún no estaba seca. Al desplomarse Jack sobre ellas toda una sección del muro se estremeció; se soltaron tres o cuatro piedras y Jack pensó que caería tras ellas. Se balanceó en el borde y, al mirar hacia abajo, vio las piedras estrellarse contra el suelo y los tejados de algunos cobertizos, veinte metros más abajo. Recuperó el equilibrio, con la esperanza de que en éstos no hubiera nadie. Alfred había llegado al final de la escala y avanzaba hacia él sobre el endeble andamiaje.

Alfred jadeaba, rojo de furia. Jack no tenía duda alguna de que, en aquel estado, Alfred era capaz de matarlo. Si llega a agarrarme, se dijo, me arrojará abajo. Alfred avanzaba al tiempo que él retrocedía. Encontró algo blando y advirtió que era argamasa. Entonces tuvo una inspiración y, parándose de repente, cogió un puñado y lo arrojó, con puntería perfecta, contra la cara de Alfred, que, cegado, detuvo su avance y sacudió la cabeza para librarse de la argamasa. Al fin Jack tenía una posibilidad de escapar. Corrió hacia el extremo más alejado de la plataforma con la intención de descender, salir como un rayo del recinto del priorato y pasar el resto del día escondido en el bosque. Pero entonces descubrió con horror que en el otro extremo de la plataforma no había escala alguna, porque no tocaba el suelo, sino que se sostenía sobre unas viguetas introducidas dentro de mechinales en el muro. Estaba atrapado.

Miró hacia atrás. Alfred se había quitado la argamasa de los ojos y avanzaba hacia él.

Jack no tenía forma de bajar.

En el extremo sin terminar del muro, donde el presbiterio se uniría al crucero, cada hilada de albañilería era media piedra más corta que la de abajo, formando un empinado tramo de angostos escalones que, en ocasiones, utilizaban los peones más audaces como alternativa para subir a la plataforma. Con el corazón en la boca, Jack alcanzó la parte superior del muro y avanzó a lo largo, con todo cuidado aunque deprisa, intentando no ver hasta dónde caería si perdía pie. Llegó a la parte superior de la sección escalonada, se detuvo en el borde y miró hacia abajo. Sintió un ligero mareo. Echó un vistazo por encima del hombro. Alfred estaba sobre el muro, siguiéndolo. Empezó a bajar.

A Jack no le cabía en la cabeza cómo era posible que su hermanastro se arriesgara tanto. Jamás había sido valiente. Era el odio lo que le hacía comportarse de aquel modo. Mientras descendían por aquellos empinados y angostos escalones, Alfred iba ganando terreno a Jack, quien se dio cuenta, cuando se encóntraba a más de tres metros del suelo, de que Alfred le pisaba prácticamente los talones. Desesperado, saltó por el costado del muro sobre el tejado de barda del cobertizo de los carpinteros. Volvió a saltar del tejado al suelo; pero cayó de mala manera torciéndose el tobillo, lo que le hizo rodar de nuevo.

Se incorporó a duras penas. Los instantes perdidos a causa de la caída habían permitido que Alfred alcanzara el suelo y corriera hacia el cobertizo. Durante un segundo, Jack permaneció en pie con la espalda contra la pared y Alfred se detuvo, calculando para ver por dónde podía atacar. Jack sufrió un momento de indecisión y terror. Luego, haciéndose a un lado, entró de espaldas en el cobertizo.

Estaba vacío, ya que los artesanos se encontraban alrededor del barril de Enid. Sobre los bancos se veían martillos, sierras y cinceles, así como los trozos de madera en que los carpinteros habían estado trabajando. En medio del suelo había una gran pieza de una nueva cimbra para utilizarla en la construcción de un arco, y al fondo, contra el muro de la iglesia, ardía un gran fuego alimentado con las virutas y los restos de madera desechados.

No había salida alguna.

Jack se volvió hacia Alfred. Estaba acorralado. Por un instante quedó paralizado por el pánico. Pero luego el miedo dio paso a la furia. Poco me importa que me mate, se dijo, siempre que pueda hacer sangrar a Alfred antes de morir. No esperó a que éste le golpeara, sino que agachó la cabeza y cargó contra él con la fuerza de un toro. Estaba tan fuera de sí que ni siquiera utilizó los puños.

Era lo último que Alfred esperaba. La frente de su hermanastro golpeó contra su boca. Jack era cinco centímetros más bajo que él, y mucho más delgado, pero pese a ello su ataque lo hizo retroceder. Al recuperar Jack el equilibrio pudo ver la boca ensangrentada de Alfred y se sintió satisfecho.

Por un instante, Alfred quedó demasiado sorprendido para reaccionar con rapidez. En ese preciso momento la mirada de Jack se detuvo en un gran macho de madera que se encontraba sobre un banco. Al recuperarse Alfred y precipitarse sobre Jack, éste levantó el mazo y lo hizo girar a ciegas. Alfred lo esquivó al tiempo que retrocedía, y el mazo no le alcanzó. De repente, era Jack quien tenía ventaja. Envalentonado, persiguió a Alfred, percibiendo ya la sensación de la sólida madera rompiendo los huesos de su hermanastro. Lanzó otro golpe con todas sus fuerzas, y aunque Alfred logró esquivarlo, el mazo dio contra la viga que sostenía el tejado del cobertizo.

No era una construcción demasiado sólida, ya que allí no vivía nadie. Sólo servía para que los carpinteros trabajaran en ella cuando llovía.

Al recibir el golpe la viga se movió. Las paredes eran muy endebles, pues estaban hechas con ramas entretejidas que no prestaban el menor apoyo. El tejado de barda cedió. Alfred miró hacia arriba asustado. Jack sopesó el mazo. Alfred se echó hacia atrás y, al tropezar con unas maderas, cayó pesadamente y quedó sentado. Jack levantó el mazo para dar el golpe de gracia. Alguien le sujetó con fuerza los brazos. Miró alrededor y vio al prior Philip, que con gesto decidido le arrancó el martillo de las manos.

De pronto, el techo del cobertizo se desplomó detrás del prior. Jack y Philip se volvieron a mirar. Al caer sobre el fuego, la barda seca se prendió al instante y comenzó a arder de inmediato.

Apareció Tom y se dirigió a los tres trabajadores que tenía más cerca.

—Tú, tú y tú, traed el tonel de agua que hay delante de la herrería. —Se volvió hacia otros tres—. Peter, Rolf, Daniel, id a buscar baldes. Y vosotros, aprendices, arrojad tierra sobre las llamas, ¡deprisa!

Durante los minutos que siguieron, todo el mundo se mantuvo ocupado intentando apagar el fuego. Jack se apartó y permaneció allí mirando, aturdido e impotente. Alfred también seguía allí, en pie, a cierta distancia. Jack se preguntaba si en realidad había estado a punto de aplastar la cabeza de Alfred con un martillo. Todo aquello parecía irreal. Aún se sentía terriblemente excitado y confuso cuando consiguieron extinguir por completo las llamas.

Philip observó azorado aquel desastre, con la respiración entrecortada a causa del esfuerzo.

—Mira eso —dijo a Tom, muy enfadado—. Un cobertizo en ruinas. El trabajo de los carpinteros echado a perder. Un barril de cal desperdiciado y toda una sección de la nueva albañilería destruida.

Jack comprendió que Tom se encontraba en dificultades. Era el responsable de mantener el orden, y Philip le culpaba de lo ocurrido. El hecho de que los causantes fueran sus hijos empeoraba las cosas.

Tom puso la mano sobre el brazo de Philip y, con calma, le dijo:

—Nos ocuparemos del cobertizo.

Pero Philip no estaba dispuesto a mostrarse magnánimo.

—Yo me ocuparé de él —replicó con tono tajante—. Soy el prior y todos vosotros trabajáis para mí.

—Entonces, permitid que los albañiles deliberen antes de que vos toméis decisión alguna —pidió Tom—. Es posible que os hagamos una proposición que encontréis razonable. De no ser así, seguiréis siendo libre de hacer lo que queráis.

El prior se mostraba reacio a permitir que la iniciativa pasara a otras manos, pero la tradición estaba de parte de Tom. Los albañiles se castigaban a sí mismos.

—Muy bien. Pero cualquiera que sea la decisión que toméis, no estoy dispuesto a permitir que tus dos hijos trabajen aquí. Uno de ellos tiene que irse —dijo Philip al cabo de una pausa. Luego se alejó, todavía furioso.

Tom, después de mirar con expresión sombría a Jack y a Alfred, dio media vuelta y se encaminó hacia el cobertizo más grande de los albañiles.

Jack comprendió, mientras seguía a Tom, que se encontraba en una situación grave. Cuando los albañiles imponían castigos a algunos de los suyos era casi siempre por delitos como embriaguez en el puesto de trabajo o robo de materiales de construcción... Y tales castigos solían consistir en multas. Las peleas entre aprendices se resolvían, por lo general, poniendo en el cepo a ambos contendientes durante todo un día. Pero Alfred no era un aprendiz y, además, por lo general, las peleas no causaban tantos daños. El gremio podía expulsar a un miembro que trabajara por menos de los salarios mínimos establecidos. También podía castigar a un miembro que cometiera adulterio con la mujer de otro albañil, pero Jack jamás había tenido noticia de nada semejante. En teoría, se podía azotar a los aprendices, y aunque a veces se amenazaba con ese castigo, nunca había visto que se pusiera en práctica.

Los maestros albañiles se reunieron en el cobertizo de madera, sentados en los bancos y recostados contra el muro posterior que, de hecho, era el lateral de la catedral.

—Nuestro patrón está enfadado y con motivo. El incidente no sólo ha hecho que se produzcan pérdidas costosas, sino que ha mancillado el buen nombre de los albañiles. Hemos de tratar con firmeza a quienes lo provocaron. Es la única manera de que recuperemos nuestra buena reputación de constructores orgullosos y disciplinados, dueños de sí y también de su oficio —dijo Tom una vez que todos estuvieron dentro.

—Bien dicho —aprobó Jack Blacksmith, y hubo un murmullo de asentimiento.

—Yo sólo vi el final de la pelea —añadió Tom—. ¿Alguien vio cómo empezó?

—Alfred fue por el muchacho —dijo Peter, el que había aconsejado a Jack que fuera obediente y llevara a Alfred la cerveza.

—Jack tiró cerveza a la cara de Alfred —intervino un joven albañil de nombre Dan, que trabajaba para Alfred.

—Pero él había provocado al muchacho —acotó Peter—. Alfred insultó al padre natural de Jack.

Tom miró a Alfred.

—¿Lo hiciste?

—Dije que su padre era un ladrón —contestó Alfred—. Y es verdad. Por eso le ahorcaron en Shiring. El sheriff Eustace me lo dijo ayer.

—Es triste que un maestro artesano deba morderse la lengua si a un aprendiz no le gusta lo que dice —intervino Jack Blacksmith.

Se oyó otro murmullo de aprobación. Jack comprendió, apesadumbrado, que no iba a salir bien librado de aquel embrollo. Tal vez esté condenado a convertirme en un criminal como mi padre, se dijo. Tal vez también acabe en la horca.

—Pues yo digo que la cosa cambia cuando el artesano pretende adrede enfurecer al aprendiz —insistió Peter, que al parecer se erigía en defensor de Jack.

—Aun así, hay que castigar al aprendiz —afirmó Jack Blacksmith.

—No lo niego —respondió Peter—. Sólo creo que el artesano también tiene que recibir su merecido. Los maestros artesanos deberían hacer uso de la prudencia que le otorgan sus años para lograr la paz y la armonía. Si provocan peleas, están faltando a su deber.

Aquello pareció despertar cierta aprobación, pero intervino de nuevo Dan, el partidario de Alfred.

—Sería un principio arriesgado perdonar al aprendiz porque el artesano no se muestre amable. Los aprendices siempre creen que los maestros no son amables. Si empezáis a discutir en ese sentido, resultará que los maestros nunca hablarán a sus aprendices por temor a que éstos les golpeen por mostrarse descorteses.

Aquellas palabras fueron acogidas con entusiasmo, ante el fastidio de Jack. Sólo servía para sostener que debía aceptarse sin más la autoridad de los maestros, por injusta que fuese la actitud de éstos. Se preguntaba cuál sería su castigo. No tenía dinero para pagar una multa y aborrecía la idea de que le metieran en el cepo. ¿Qué pensaría Aliena de él? Pero todavía sería peor que le azotaran. Pensó que acuchillaría a cualquiera que lo intentara.

—No debemos olvidar que nuestro patrón tiene también una idea muy firme sobre esto. Dice que no debemos tener trabajando a Alfred y a Jack en el mismo lugar. Uno de ellos deberá irse —dijo Tom.

—¿No podría intentarse hacerle cambiar de idea? —preguntó Peter.

—No —respondió Tom tras reflexionar por un momento.

Jack se sintió aún más intranquilo. No había tomado en serio el ultimátum del prior Philip, pero al parecer Tom sí lo había hecho.

—Si uno de ellos ha de irse, confío en que no habrá discusión acerca de quién ha de hacerlo —planteó Dan. Era uno de los albañiles que trabajaban para Alfred y no directamente para el priorato. Por lo tanto, si Alfred se iba, Dan con toda probabilidad tendría que irse también.

Una vez más, Tom pareció pensativo.

—No, no habrá discusión —dijo y luego, mirando a Jack, añadió—: Serás tú quien se vaya.

Jack comprendió que había calculado de manera desastrosa las consecuencias de la pelea. Apenas podía creer que fueran a echarle. ¿Qué sería de su vida si no trabajara en la catedral de Kingsbridge? Desde que Aliena había decidido ignorarlo, lo único que le importaba era la catedral. ¿Cómo iba a abandonarla?

—Es posible que el priorato acepte un compromiso. Podría suspenderse a Jack por un mes —propuso Peter.

Sí, por favor, suplicó Jack, en silencio.

—Sería un castigo insuficiente —alegó Tom—. Tenemos que demostrar que actuamos con firmeza. El prior Philip no se contentará con menos.

—Que así sea —dijo Peter, cediendo al fin—. Pero esta catedral pierde al tallista más talentoso que la mayoría de nosotros hemos conocido, y todo porque Alfred no ha sabido tener cerrada su condenada boca.

Varios albañiles expresaron en voz alta el mismo sentimiento. Alentado con ello, Peter añadió:

—A ti, Tom, te respeto más de lo que nunca he respetado a cualquier otro maestro constructor para los que he trabajado; pero debo decir que sientes debilidad por esa cabeza dura de hijo tuyo.

—Nada de improperios, por favor —pidió Tom—. Ciñámonos a los hechos.

—Muy bien —convino Peter—. Yo digo que debe castigarse a Alfred.

—Estoy de acuerdo —repuso Tom ante la sorpresa de todos—. Alfred ha de sufrir un castigo.

—¿Por qué? —preguntó éste, muy indignado—. ¿Por pegar a un aprendiz?

—No es tu aprendiz sino el mío —respondió Tom—, e hiciste algo más que pegarle. Le perseguiste. Si le hubieras dejado irse, no se habría caído la cal, el trabajo de albañilería no se hubiera venido abajo y el cobertizo de los carpinteros no habría ardido. Y podrías haberle leído la cartilla cuando hubiera vuelto. No había necesidad de que hicieras lo que hiciste.

Los albañiles se mostraron de acuerdo.

Dan, que parecía haberse convertido en portavoz, intervino.

—Espero que no estarás proponiendo que expulsemos a Alfred del gremio. Yo, por mi parte, me opondré a ello.

—No —dijo Tom—. Ya es bastante malo perder a un aprendiz de talento como para perder también a un buen albañil con una cuadrilla excelente. Alfred tiene que quedarse, pero creo que habrá que multarle.

Los hombres de Alfred parecieron aliviados.

—Una fuerte multa —intervino Peter.

—El salario de una semana —propuso Dan.

—El de un mes —dijo Tom—. Dudo que el prior se sienta satisfecho con menos.

—A favor —exclamaron varios de los hombres.

—¿Estamos todos de acuerdo sobre esto, hermanos albañiles?

—A favor —repitieron todos.

—Entonces comunicaré al prior nuestra decisión. Y a vosotros más os valdrá volver al trabajo.

Jack, desolado, contempló a los albañiles salir del cobertizo. Alfred le miró con expresión de triunfo. Tom esperó a que todos se hubieron marchado y dijo dirigiéndose a Jack:

—He hecho por ti cuanto he podido. Espero que tu madre lo comprenda así.

—¡Tú jamás has hecho nada por mí! —exclamó Jack—. No pudiste darme de comer ni vestirme ni darme un techo. ¡Mi madre y yo éramos felices hasta que tú apareciste! ¡Y entonces empezamos a pasar hambre!

—Pero al final…

—¡Jamás me protegiste de ese animal sin seso al que llamas hijo!

—Intenté…

—¡Ni siquiera habrías tenido este trabajo si yo no hubiera prendido fuego a la vieja iglesia!

—¿Qué has dicho?

—Sí, yo prendí fuego a la vieja catedral.

Tom palideció.

—Fue a causa de un rayo…

—No hubo ningún rayo, ni nadie encendió fogata alguna en la iglesia. Yo prendí fuego al tejado.

—Pero ¿por qué?

—Para que pudieras tener trabajo. De lo contrario, mi madre habría muerto en el bosque.

—No, no habría…

—Tu primera mujer murió, ¿no?

Tom pareció envejecer de repente. Jack comprendió que había herido profundamente a Tom. Había salido triunfante de la discusión, pero era probable que hubiese perdido a un amigo. Se sintió apesadumbrado.

—Sal de aquí —musitó Tom.

Jack se marchó. Casi a punto de llorar, se alejó de los altivos muros de la catedral. Su vida había quedado arrasada en cuestión de momentos. Le resultaba increíble pensar que estaba alejándose de aquella iglesia para siempre. Al llegar a la puerta del priorato se volvió a mirar. Había estado planeando tantas cosas. Quería esculpir él solo un pórtico entero; quería convencer a Tom de que hubiera ángeles de piedra en el presbiterio; tenía un dibujo innovador para los arcos ciegos en los cruceros, que aún no había mostrado a nadie. Ahora ya no podría realizar ninguna de esas cosas. Era injusto. Los ojos se le llenaron de lágrimas.

Hizo todo el camino hasta su casa como si caminase entre brumas. Su madre y Martha se encontraban sentadas a la mesa de la cocina. Aquélla le estaba enseñando a la niña a escribir con una piedra afilada y una pizarra. Se mostraron sorprendidas al verlo.

—No es posible que ya sea la hora del almuerzo —dijo Martha.

Ellen leyó en la cara de Jack.

—¿Qué pasa? —le preguntó, inquieta.

—He tenido una pelea con Alfred y me han expulsado de la construcción —respondió él, ceñudo.

—¿Han expulsado también a Alfred? —preguntó Martha.

Jack negó con la cabeza.

—¡Eso no es justo! —exclamó la pequeña.

—¿Por qué os peleasteis esta vez? —preguntó Ellen, al borde del enfado.

—¿Ahorcaron en Shiring a mi padre por ladrón? —preguntó Jack.

Martha lanzó una exclamación.

—No era un ladrón —dijo Ellen, súbitamente entristecida—. Pero, sí. Lo colgaron en Shiring.

Jack estaba harto de aquellas declaraciones misteriosas sobre su padre.

—¿Por qué no puedes decirme nunca la verdad? —le preguntó con tono de reproche.

—¡Porque me da muchísima pena! —exclamó su madre. Y, ante el horror de Jack, rompió a llorar.

Nunca la había visto llorar. ¡Siempre había sido tan fuerte! También él estaba a punto de desmoronarse. Sin embargo, se contuvo e insistió.

—Si no era un ladrón, ¿por qué lo colgaron?

—¡No lo sé! —gritó ella—. Jamás lo supe. Y él tampoco. Dijeron que había robado una copa incrustada con piedras preciosas.

—¿De dónde?

—De aquí…, del priorato de Kingsbridge.

—¡Kingsbridge! ¿Le acusó el prior Philip?

—No, no. Fue mucho antes de que llegara Philip. —Miró a Jack a los ojos—. No empieces a preguntarme quién le acusó y por qué. Podrías pasar el resto de tu vida intentando enderezar un daño que se hizo antes de que tú nacieras. No te he criado para que tomaras venganza. No le hagas eso a tu vida.

Jack se juró a sí mismo que algún día averiguaría más cosas, pese a lo que su madre había dicho. Pero, por el momento, sólo quería que dejara de llorar. Se sentó junto a ella en el banco y la rodeó con el brazo.

—Bien, ahora parece que la catedral es agua pasada para mí.

—¿Qué harás, Jack? —le preguntó Martha.

—No lo sé. No puedo vivir en Kingsbridge, ¿verdad?

La niña estaba aturdida.

—¿Y por qué no?

—Alfred ha intentado matarme y Tom me ha expulsado. No voy a vivir con ellos. De todos modos, ya soy un hombre. He de separarme de mi madre.

—Pero ¿qué harás?

Jack se encogió de hombros.

—Sólo conozco un oficio.

—Puedes trabajar en otra iglesia.

—Supongo que es posible que llegue a sentir por otra catedral el mismo cariño que siento por ésta —dijo desalentado, al tiempo que pensaba que jamás amaría a otra mujer como a Aliena.

—¿Cómo es posible que Tom te haya hecho esto? —dijo Ellen.

Jack suspiró.

—En realidad, no creo que quisiera hacerlo. El prior Philip dijo que no estaba dispuesto a permitir que Alfred y yo trabajáramos en el mismo lugar.

—¡De manera que ese condenado monje está en el fondo de todo esto! —exclamó Ellen furiosa—. ¡Juro que...!

—Estaba muy enfadado por todos los destrozos que habíamos causado.

—Me pregunto si no se le podría hacer entrar en razón.

—¿Qué quieres decir?

—Se supone que Dios es misericordioso... Tal vez los monjes también puedan serlo.

—¿Crees que he de ir a suplicar a Philip? —preguntó Jack, algo asombrado ante las ideas de su madre.

—Estaba pensando en que yo podría hablar con él —repuso Ellen.

—¿Tú?

Eso era todavía más extraño. Jack se sintió inquieto. Para que su madre estuviera dispuesta a suplicar clemencia a Philip, debía de sentirse muy trastornada.

—¿Qué te parece? —le preguntó.

Jack recordó que, a juicio de Tom, Philip no se mostraría clemente, pero en aquel momento la preocupación principal de su padrastro se había centrado en que el gremio tomara una decisión definitiva. Como había prometido a Philip que se mostrarían firmes, no estaba en situación de pedir clemencia. Sin embargo, la posición de madre era distinta. Jack empezó a sentirse algo más esperanzado. Tal vez no tuviera que irse, después de todo. Quizá pudiera quedarse en Kingsbridge, cerca de la catedral y de Aliena. Ya había dejado de esperar que ella pudiera amarle; no obstante, aborrecía la idea de tener que irse y no volver a verla.

—Muy bien —aceptó—. Vayamos a suplicar al prior Philip. No tenemos nada que perder salvo nuestro orgullo.

Ellen se puso la capa y salieron juntos, dejando a Martha sola, sentada a la mesa, inquieta.

Jack y su madre no solían caminar juntos y, en aquel momento, quedó asombrado al darse cuenta de lo pequeña que era. A su lado, él parecía un gigante. De repente sintió un gran cariño por ella. Siempre estaba dispuesta a luchar como un gato en su defensa. La rodeó con el brazo y la atrajo hacia sí. Ellen le sonrió como si supiera lo que estaba pensando.

Entraron en el recinto del priorato y se encaminaron hacia la casa del prior. Ellen llamó a la puerta y a continuación entró. Tom estaba allí con el prior. Por la expresión de sus rostros Jack supo al instante que Tom no le había dicho que había sido Jack quien había prendido fuego a la catedral vieja. Eso ya era un alivio. Probablemente no se lo dijese nunca. El secreto estaba a salvo. Tom pareció ansioso, incluso algo atemorizado, al ver a su mujer. Jack recordó lo que le había dicho: «He hecho por ti cuanto he podido. Espero que tu madre lo comprenda así.» Sin duda recordaba que, a raíz de la última vez que Jack y Alfred se habían peleado, Ellen había dejado a Tom, quien temía que ocurriera lo mismo.

A Jack le pareció que Philip ya no estaba enfadado. Tal vez la decisión del gremio le hubiera ablandado. Incluso daba la impresión de que se sentía un poco culpable por su dureza.

—He venido aquí a pediros que os mostréis compasivo, prior Philip —dijo Ellen.

Tom pareció sentirse aliviado al oír aquellas palabras.

—Os proponéis enviar a mi hijo lejos de cuanto ama. Su casa, su familia, su trabajo —prosiguió Ellen.

Y la mujer a la que adora, pensó Jack.

—¿De veras? Creí que sólo le habían despedido de su trabajo —contestó Philip.

—Nunca ha aprendido otro oficio que el de tallista, y en Kingsbridge no hay otra obra en la que pueda demostrar sus habilidades. Esta catedral se ha convertido en un desafío para él. Iría allí donde alguien estuviera construyendo una catedral. Marcharía a Jerusalén si allí hubiera una piedra en la que tallar ángeles y demonios.

¿Cómo puede saber todo eso?, se preguntó Jack. Él mismo apenas había pensado en ello; sin embargo era la pura verdad. Ellen añadió:

—Podría no volver a verlo.

Al terminar de hablar, la voz de Ellen acusó un ligero temblor, y Jack pensó, asombrado, en lo mucho que debía de quererlo. Sabía muy bien que su madre jamás habría suplicado si se hubiera tratado de ella.

Philip parecía comprenderla, pero intervino Tom.

—No podemos tener trabajando en el mismo emplazamiento a Jack y a Alfred —argumentó—. Volverán a pelearse. Tú lo sabes.

—Pues que se vaya Alfred —sugirió ella.

Tom parecía entristecido.

—Alfred es mi hijo.

—¡Pero ya tiene veinte años y es un ser mezquino! —A pesar de que su voz era firme, las lágrimas rodaban por las mejillas de Ellen—. No le importa esta catedral más que a mí. Sería felicísimo construyendo cosas para carniceros o panaderos en Winchester o en Shiring.

—El gremio no puede expulsar a Alfred y retener a Jack —explicó Tom—. Además, ya se ha tomado una decisión.

—¡Pero es una decisión equivocada!

—Es posible que haya otra solución —intervino Philip.

Todos se volvieron hacia él.

—Tal vez exista otra manera de que Jack se quede en Kingsbridge, e incluso que se dedique a la catedral, sin el continuo temor de enfrentarse a Alfred.

Jack se dijo que aquello era demasiado bueno para ser verdad.

—Necesito a alguien que trabaje conmigo —prosiguió Philip—. Paso demasiado tiempo tomando decisiones de menor importancia sobre la construcción. Me hace falta una especie de ayudante que desempeñe el papel de oficial de las obras. Él se ocuparía de casi todo, dejándome a mí sólo las cuestiones más importantes. También administraría el dinero y los materiales, y se ocuparía de los pagos a suministradores y carreteros, así como de los salarios. Jack sabe leer y escribir, y también sumar más rápidamente que nadie que yo haya conocido...

—Y conoce todos los aspectos de la construcción —intervino Tom—. Yo me he ocupado de que así fuera.

Jack se sintió súbitamente mareado. ¡Después de todo podía quedarse! No estaría tallando la piedra sino ocupándose de todo el proyecto en nombre de Philip. Era una proposición asombrosa. Se relacionaría con Tom en un plano de igualdad. Sabía que era capaz de hacerlo. Y Tom también.

Sólo había un obstáculo, y Jack lo expuso sin rebozo.

—No puedo vivir cerca de Alfred por más tiempo.

—De cualquier manera ya es hora de que Alfred tenga casa propia. Tal vez si nos dejara se dedicaría con más ahínco a buscar una esposa —intervino Ellen.

—Siempre encuentras motivos para librarte de Alfred —dijo, enfadado, Tom—. ¡No voy a echar a mi hijo de casa!

—Ninguno de vosotros me ha entendido —declaró Philip—. No habéis comprendido del todo mi proposición. Jack no vivirá con vosotros. —Hizo una pausa. Jack adivinó lo que se avecinaba y fue el último y mayor sobresalto del día—. Jack vivirá aquí, en el priorato. —Se quedó mirándolos con el entrecejo levemente fruncido, como si no entendiera que aún no se hubiesen dado cuenta de lo que quería decir.

Jack lo había comprendido muy bien. Recordó a su madre diciendo en la noche de san Juan del año anterior que el prior siempre se las ingeniaba para salirse con la suya. Ellen tenía razón. Philip renovaba la proposición que había hecho entonces. Su oferta era inflexible. Podía irse de Kingsbridge y abandonar cuanto amaba o quedarse y perder su libertad.

—Claro que mi oficial de obras no puede ser un laico —concluyó con el tono de quien expresa algo evidente—. Jack tendrá que tomar los hábitos.

5

Durante la noche anterior a la feria del vellón de Kingsbridge, Philip permaneció levantado como de costumbre, después de los oficios sagrados de medianoche, pero en lugar de leer y meditar en su casa, dio una vuelta por el recinto del priorato. Era una cálida noche estival, y el cielo estaba despejado. Había luna y podía ver sin necesidad de linterna.

Todo el recinto se encontraba invadido por la feria, salvo los edificios monásticos y los claustros, que eran sagrados. En cada una de las esquinas habían sido cavados unos grandes pozos que harían las veces de letrinas, con la intención de que el resto del recinto no oliese mal y, al mismo tiempo, se habían cubierto aquellos a fin de salvaguardar la sensibilidad de los monjes. Se habían colocado centenares de puestos. Los más sencillos consistían en unos toscos tableros de madera sobre unos caballetes, pero en su mayor parte eran más elaborados. Tenían un cartel con el nombre del propietario y unos dibujos que representaban sus productos, una mesa aparte para pesar y una especie de alacena o cobertizo para guardar las mercancías. Algunos de los puestos tenían tiendas incorporadas, bien para resguardarse de la lluvia, bien para cerrar los tratos en privado. Los más refinados eran pequeñas casas, con grandes zonas de almacenamiento, varios mostradores, así como mesas y sillas para que el mercader ofreciera hospitalidad a sus clientes más importantes. Philip había quedado sorprendido cuando, con toda una semana de antelación, llegaron los carpinteros del primero de los mercaderes y pidieron que se les enseñara dónde iba a instalarse el puesto. Tardaron cuatro días en construir la casa y dos en almacenar las mercancías.

En un principio, Philip había proyectado instalar los puestos formando dos anchas avenidas en la parte oeste del recinto, más o menos como los puestos del mercado semanal, pero pronto se dio cuenta de que no sería suficiente. Esas dos avenidas de puestos habían tenido que prolongarse también a lo largo de la parte norte de la iglesia, y luego por el extremo este del recinto hasta la casa de Philip. Y todavía había más puestos en el interior de la iglesia sin terminar, en las naves, entre los pilones. Por supuesto, no todos los propietarios de los puestos eran mercaderes en lanas. En una feria se vendía de todo, desde pan bazo hasta rubíes.

Philip caminó entre las largas hileras iluminadas por la luna. Como era natural, ya estaban preparadas. No se permitiría la instalación de ningún otro puesto. La mayoría de ellos tenían también almacenados sus artículos. El priorato había cobrado ya más de diez libras por derechos e impuestos. Las únicas cosas que ese día podían llevarse a la feria eran platos recién cocinados, pan, empanadas calientes y manzanas asadas. Incluso los barriles de cerveza se habían llevado el día anterior.

Mientras Philip caminaba le observaban docenas de ojos entreabiertos y le saludaban frecuentes gruñidos somnolientos. Los propietarios de los puestos no estaban dispuestos a dejar sin vigilancia sus preciosas mercancías. Casi todos ellos dormían en sus puestos, y los más prósperos dejaban sirvientes de guardia.

Philip no sabía con exactitud cuánto dinero podría obtener con la feria, pero estaba garantizado que ésta sería un éxito y tenía esperanzas de que su rendimiento superase en mucho su cálculo inicial, que era de veinticinco libras. Había habido momentos, durante los últimos meses, en los que había temido que la feria nunca llegara a celebrarse. La guerra civil se prolongaba sin que Stephen o Maud lograran imponerse el uno sobre el otro. Sin embargo, su licencia no había sido revocada. William Hamleigh había recurrido a diversas tretas para sabotear la feria. Había dicho al sheriff que la prohibiera, y éste había pedido autorización para hacerlo a uno de los dos monarcas rivales. Pero no lo había conseguido. William había prohibido a sus arrendatarios que vendieran lana en Kingsbridge. No obstante, como quiera que la mayoría de éstos estaban acostumbrados a venderla a mercaderes como Aliena y no a comercializarla por sí mismos, el resultado de la prohibición fue un aumento en los negocios de la joven. Por último, anunció que reducía los derechos e impuestos de la feria del vellón de Shiring al mismo nivel que los que cobraba Philip, pero la comunicación llegó muy tarde, pues los compradores y vendedores importantes ya habían hecho sus planes.

Ahora, se acercaba por oriente la mañana del gran día, y William no había podido llevar a la práctica ninguna de sus argucias. Los vendedores se encontraban instalados con sus mercancías y dentro de poco empezarían a llegar los compradores. Philip pensó que William acabaría por descubrir que la feria del vellón de Kingsbridge había perjudicado a la de Shiring menos de lo que él había temido. Parecía que las ventas de lana aumentaban cada año sin interrupción, y había negocio suficiente para dos ferias.

Recorrió todo el recinto hasta la esquina sudoeste, donde se encontraban los molinos y el vivero. Permaneció allí un rato viendo el agua fluir entre los dos molinos silenciosos. Uno de ellos se utilizaba ahora exclusivamente para abatanar el paño, lo cual producía un buen dinero. Eso se lo debían al joven Jack. Su agudo ingenio sería de gran utilidad para el priorato. Parecía haberse adaptado bien al noviciado, aun cuando mostraba cierta tendencia a considerar los oficios sagrados como consecuencia de la construcción de la catedral, cuando en realidad era lo contrario. Sin embargo ya aprendería. La vida monástica ejercía una influencia positiva sobre él. Philip creía que Dios tenía un plan para Jack. En lo más recóndito de su mente, alimentaba una esperanza secreta a largo plazo: la de que un día Jack llegase a ocupar su puesto como prior de Kingsbridge.

Jack se levantó con el alba y salió del dormitorio antes del oficio de prima para hacer un último recorrido de inspección al enclave de la construcción. El aire de la mañana era fresco y claro, como las aguas puras de un manantial. Sería un día cálido y soleado, bueno para los negocios y bueno para el priorato.

Caminó alrededor de los muros de la catedral, asegurándose de que todas las herramientas y trabajos en marcha estuvieran bien guardados y a salvo.

Tom había construido unas vallas en torno a la madera y la piedra almacenadas, a fin de protegerlas de los daños accidentales por parte de visitantes descuidados o borrachos. Tampoco querían que ningún alborotador trepara por la estructura, por lo que las escalas habían sido guardadas, las escaleras de caracol adosadas a los muros cerradas con puertas provisionales y los taludes de las paredes en proceso de construcción obstaculizados con grandes bloques de madera. Algunos de los maestros artesanos patrullarían el recinto a lo largo del día para asegurarse de que no tenía lugar accidente alguno.

Jack siempre se las arreglaba, de una manera o de otra, para pasar por alto muchos de los oficios sagrados. No sentía la aversión de su madre por la religión católica, pero se mostraba un tanto indiferente a ella. No le entusiasmaba, aunque estaba dispuesto a tomar parte en cuanto a ella se refería, si eso servía a sus propósitos. Se aseguraba de asistir todos los días al menos a un oficio, por lo general a alguno celebrado por el prior

Philip o por el maestro de novicios, que eran los dos monjes con más probabilidades de percatarse de su presencia o de su ausencia. No habría podido soportarlo de haber tenido que asistir a todos ellos. El estilo de vida de un monje era el más extraño y perverso que cabía imaginar. Se pasaban la mitad de la vida sometiéndose a sufrimientos e incomodidades que podían evitarse con facilidad, y la otra mitad farfullando galimatías sin sentido, en iglesias vacías, a todas las horas del día y de la noche. Rehuían de forma deliberada todo cuanto fuera agradable: muchachas, juegos, fiestas y vida familiar. Sin embargo, Jack había observado que, entre ellos, los monjes que parecían más felices habían encontrado, por lo general, algo que les producía una profunda satisfacción, como iluminar manuscritos, cocinar, estudiar filosofía o, en el caso de Philip, convertir Kingsbridge de una aldea somnolienta en una ciudad rebosante de vida que poseería su propia catedral.

A Jack no le gustaba Philip, aunque sí trabajar con él. No sentía simpatía por los profesionales de Dios, y en esto coincidía con su madre. Le incomodaba la devoción de Philip, le disgustaba su idea fija de no caer en el pecado y desconfiaba de su tendencia a creer que Dios se ocuparía de aquello que él no era capaz de solucionar. Pese a todo, trabajar con Philip resultaba muy satisfactorio. Sus órdenes eran claras, dejaba a Jack en libertad para tomar sus propias decisiones y jamás culpaba a sus servidores de sus propios errores.

Sólo hacía tres meses que Jack era novicio, de manera que no se le pediría que pronunciara los votos hasta dentro de nueve. Los tres votos eran pobreza, obediencia y castidad. El de pobreza no era lo que parecía. Los monjes no tenían pertenencias personales ni dinero propio, pero vivían más como señores que como campesinos. Disfrutaban de buena comida, de ropa abrigada y de hermosas casas de piedra para vivir. La castidad no era un problema, se dijo Jack con amargura. Había obtenido una cierta satisfacción al decir personalmente y con frialdad a Aliena que entraba en el monasterio. Ella pareció sobresaltarse y sentirse culpable. Y ahora, siempre que sentía esa irritabilidad que se experimentaba debido a la falta de compañía femenina, solía pensar en el modo en que le había tratado Aliena, sus encuentros secretos en el bosque, las conversaciones en las noches de invierno, los besos que le había dado, para recordar luego la repentina transformación de ella en un ser duro y frío como una roca. Al pensar en ello, sentía que nunca querría tener nada que ver con mujeres. Sin embargo, sabía que le resultaría en extremo difícil cumplir con el voto de obediencia. Estaba contento de aceptar las órdenes de Philip, que era inteligente y un buen organizador; pero se le hacía muy cuesta arriba obedecer a Remigius, el estúpido subprior, al maestro de invitados, siempre embriagado, o al pomposo sacristán.

No obstante, estaba pensando en pronunciar los votos. No tendría por qué cumplirlos. Lo único que le importaba era levantar la catedral. Los problemas de los suministros, la construcción y la administración le absorbían por completo. Un día podía estar ayudando a Tom a encontrar la manera de comprobar que el número de piedras que llegaban era el mismo que el de las que salían de la cantera, un problema complejo, ya que el tiempo del viaje variaba entre dos y cuatro días, de manera que no era posible establecer una cuota diaria. Otro día, los albañiles podían quejarse de que los carpinteros no estaban haciendo las cimbras como correspondía. Y lo que presentaba un mayor desafío eran los problemas de ingeniería, como levantar toneladas de piedra hasta la parte superior de los muros empleando la maquinaria provisional sujeta a los endebles andamiajes. Tom discutía todas aquellas cosas con Jack en un plano de igualdad. Parecía haber olvidado la furiosa acusación de su hijastro cuando le dijo que nunca había hecho nada por él. Tom se comportaba como si hubiera olvidado la revelación de que había sido Jack quien había prendido fuego a la vieja catedral. Ambos trabajaban hombro con hombro y los días pasaban rápido. Incluso durante los tediosos oficios, Jack tenía la mente ocupada en alguna cuestión más o menos enrevesada relacionada con la construcción o la planificación. Aumentaban con rapidez sus conocimientos. En lugar de pasar años tallando piedras, estaba aprendiendo cómo se construía una catedral. No se podía encontrar nada mejor si se quería ser maestro constructor. Para lograrlo, Jack estaba dispuesto a bostezar durante una serie infinita de maitines.

El sol empezaba a apuntar por encima del muro este del recinto del priorato. Todo estaba en orden. Los propietarios de puestos que habían pasado la noche en éstos, empezaban a sacar su mercancía. Pronto aparecerían los primeros clientes. Una panadera pasó junto a Jack llevando sobre la cabeza una bandeja con hogazas recién horneadas. Al muchacho se le hizo la boca agua al aspirar el aroma del pan caliente. Dio media vuelta, regresó al monasterio y se dirigió hacia el refectorio donde pronto servirían el desayuno.

Los primeros en llegar fueron las familias de los propietarios de puestos y las gentes de la ciudad, todos curiosos por ver la primera feria del vellón de Kingsbridge, pero al parecer no demasiado interesados en comprar. La gente ahorrativa se había llenado el estómago con pan bazo y gachas antes de salir de casa, por lo que pocos se sentían tentados por los manjares fuertemente condimentados que se ofrecían en algunos puestos de comidas. Los niños pululaban por doquier con mirada asombrada, deslumbrados por tantas cosas deseables. Una prostituta optimista y madrugadora iba de un lado a otro sonriendo esperanzada a los hombres de mediana edad; pero a aquella hora el ambiente no era receptivo.

Aliena lo observaba todo desde su puesto, que era uno de los más grandes. En las últimas semanas el priorato de Kingsbridge le había entregado la lana de todo el año, la misma por la que el año anterior había pagado ciento siete libras, y también, como siempre hacía, había estado comprando a granjeros. Ese año había encontrado más vendedores de lo habitual, porque William Hamleigh había prohibido a sus arrendatarios vender en la feria de Kingsbridge, por lo que habían vendido toda su lana a los mercaderes. Entre ellos, Aliena era la que había hecho más negocio, ya que estaba establecida en Kingsbridge, que era donde se celebraba la feria. Hasta tal punto había hecho negocio que se quedó sin dinero de tanto que había comprado y tuvo que pedir prestadas a Malachi cuarenta libras. Ahora en el almacén instalado en la parte trasera de su puesto, tenía ciento sesenta sacos de vellón, producto de cuarenta mil ovejas; le habían costado más de doscientas libras, pero los vendería por trescientas, dinero más que suficiente para pagar durante un siglo los salarios de un albañil especializado. Siempre que pensaba en las ganancias que obtenía se maravillaba de lo bien que iba el negocio.

No esperaba ver a sus compradores antes del mediodía. Sólo acudirían cinco o seis de ellos. Todos se conocían entre sí y ella conocía a casi todos de años anteriores. Ofrecería a cada uno una copa de vino y pasarían un rato sentados hablando. Luego enseñaría su lana al cliente, que pediría que abriera uno o dos sacos, desde luego, nunca el primero del montón. El hombre hundiría la mano en el saco y la sacaría con un puñado de lana. Cardaría los mechones para establecer su longitud, los frotaría entre el índice y el pulgar para probar su suavidad y los olisquearía. Por fin, le ofrecería comprarle todas sus existencias por un precio ridículamente bajo y Aliena rechazaría la oferta. Ella, a su vez, le diría el precio que quería y el cliente sacudiría la cabeza. Luego, tomarían otro vaso de vino.

Aliena practicaría el mismo ritual con otro comprador. Ofrecería almuerzo a cuantos se encontrasen en el puesto al mediodía. Alguno le ofrecería llevarse una gran cantidad de lana a un precio no mucho más alto que el que ella había pagado por el producto. Le respondería bajando una pizca el precio. A primera hora de la tarde empezaría a cerrar tratos. El primero lo haría a un precio más bien bajo. Los otros mercaderes pedirían que les vendiese al mismo precio, pero Aliena se negaría. A lo largo de la tarde, el precio iría subiendo. Si lo hacía demasiado deprisa, los negocios marcharían lento y, mientras tanto, los mercaderes calcularían cuánto tiempo les costaría cubrir sus necesidades en otra parte. Solía cerrar los tratos uno por uno, y los sirvientes de sus clientes empezarían a cargar los grandes sacos de lana en las carretas, mientras Aliena pesaba las bolsas de libra llenas con peniques de plata y florines holandeses.

No cabía duda de que ese día iba a obtener más dinero que nunca. Tenía el doble para vender y los precios de la lana subían como la espuma. Pensaba comprar de nuevo por anticipado la lana de Philip, y tenía el secreto propósito de construirse una casa de piedra, con sótanos espaciosos para almacenar lana, un salón elegante y confortable y, en la parte de arriba, un bonito dormitorio para ella. Tenía su futuro asegurado y confiaba en poder mantener a Richard el tiempo que él la necesitara. Todo marcha viento en popa.

Por eso mismo era tan extraño que se sintiera tan desgraciada.

Hacía casi cuatro años que Ellen había regresado a Kingsbridge, y habían sido los mejores cuatro años de la vida de Tom.

El dolor por la muerte de Agnes se había convertido poco a poco en una pena lejana y sorda. No lo había abandonado, pero ya no lo asaltaba aquella sensación de estar a punto de echarse a llorar sin motivo aparente. Aún seguía manteniendo conversaciones imaginarias con ella, en las que hablaba de los hijos, del prior Philip y de la catedral, pero éstas eran ya menos frecuentes. Su recuerdo no empañaba el amor que sentía por Ellen. Era capaz de vivir en el presente. Ver a Ellen y tocarla, hablar con ella y dormir con ella era un gozo permanente.

El día de la pelea entre Jack y Alfred se había sentido muy herido cuando el primero le dijo que jamás se había ocupado de él. Esa acusación había llegado incluso a relegar la aterradora revelación de que había sido Jack quien había prendido fuego a la vieja catedral. Durante semanas aquella revelación lo había torturado, pero al fin había llegado a la conclusión de que Jack estaba equivocado. Tom lo había hecho lo mejor posible, y ningún otro hombre habría podido hacerlo mejor. Tras llegar a esa certeza, dejó de preocuparse.

La construcción de la catedral de Kingsbridge era el trabajo más satisfactorio en que jamás se había embarcado. Él era el responsable del diseño y de su ejecución. Nadie se interfería en su tarea y tampoco cabría culpar a nadie si las cosas salían mal. A medida que se alzaban los poderosos muros, con sus arcos rítmicos, sus elegantes molduras y sus cinceladuras individuales, podía mirar alrededor y pensar que él había hecho aquello, y que lo había hecho bien.

Parecía muy lejana esa pesadilla suya de que un día podía volver a encontrarse en los caminos sin trabajo, sin dinero y sin posibilidad de alimentar a sus hijos, ya que ahora tenía un pesado cofre lleno de peniques de plata oculto bajo la paja de su cocina. Aún se estremecía al recordar aquella noche glacial en que Agnes había dado luz a Jonathan para morir poco después, pero estaba seguro de que nada parecido volvería a suceder.

A veces se preguntaba por qué Ellen y él no tenían hijos. Ambos habían demostrado ser fértiles en el pasado y eran más que frecuentes las oportunidades de que ella se quedara encinta, ya que al cabo de cuatro años seguían haciendo el amor casi cada noche. Sin embargo, ello no era motivo de pesar para él. El pequeño Jonathan era la niña de sus ojos.

Por experiencia sabía que la mejor manera de disfrutar de una feria era con un niño pequeño, de manera que, alrededor del mediodía, cuando mayor era la afluencia de gente, buscó a Jonathan, que era casi una atracción por sí solo, vestido con su hábito en miniatura. Hacía poco había querido que le afeitaran la cabeza y Philip, que sentía tanto cariño por el niño como Tom, lo había permitido, con el resultado de que ahora parecía más que nunca un diminuto monje. Había en la feria varios enanos que hacían trucos o mendigando. Jonathan se sintió fascinado con ellos. Tom se apresuró a alejarlo, ya que uno de ellos estaba atrayendo a buen número de mirones al exhibir su enorme pene. Había titiriteros, acróbatas y músicos que actuaban y luego pasaban el sombrero. Adivinos, sacamuelas y prostitutas en busca de cándidos. Y también pruebas de fuerza, concursos de lucha y juegos de azar. Todos vestían sus ropas más llamativas, y quienes podían permitírselo se perfumaban y se abrillantaban el pelo. Todos parecían tener dinero para gastar y se oía sin cesar el tintineo de las monedas.

Estaba a punto de empezar el espectáculo de acosar al oso. Jonathan nunca había visto un animal semejante y estaba como hipnotizado. El lomo del animal, cubierto de un pelaje grisáceo, mostraba varias cicatrices, señal de que había sobrevivido al menos a una prueba anterior. En torno al cuello llevaba una pesada cadena que estaba sujeta a un poste clavado profundamente en el suelo. El oso daba vueltas a cuatro patas hasta donde la cadena se lo permitía, mirando furibundo a la multitud. Tom creyó advertir una mirada aviesa en los ojillos del animal. Si hubiese sido jugador habría apostado por el oso.

A un lado, había una gran caja cerrada de la que llegaban unos ladridos frenéticos. Allí se encontraban los perros, que podían oler a su enemigo. De vez en cuando el oso dejaba de moverse, miraba la caja y gruñía. Entonces los ladridos se volvían histéricos.

El propietario de los animales recogía las apuestas. Jonathan empezaba a impacientarse y Tom estaba a punto de alejarse cuando, al fin, el guardián del oso quitó el cerrojo a la caja. El oso se puso de manos con la cadena tensa y gruñó. El guardián gritó algo y abrió la caja.

De ella saltaron cinco lebreles. Eran ligeros y rápidos, y sus hocicos abiertos mostraban unos dientes pequeños y agudos. Todos se lanzaron sobre el oso, que los recibió con sus afiladas zarpas. Alcanzó a uno de los perros y lo lanzó al aire. Entonces los otros retrocedieron.

El gentío se acercó más. Tom vigiló a Jonathan. Vio que estaba en primera fila, pero aun así muy lejos del alcance del oso. Éste fue lo bastante listo para retroceder hasta la estaca, dejando la cadena floja, de manera que si se lanzaba hacia adelante no se viese forzado a pararse en seco. Pero los perros también hicieron gala de su inteligencia. Después de su frenético ataque inicial, se reagruparon y formaron un semicírculo. El oso se movió de un lado a otro, nervioso, vigilando los movimientos de sus adversarios.

Uno de los perros se lanzó contra él ladrando con fiereza. El oso le salió al encuentro e intentó herirlo de un zarpazo. El perro retrocedió rápidamente y quedó fuera de su alcance. Los otros cuatro se lanzaron desde todas direcciones. El oso iba de un lado a otro. La multitud soltó gritos de aliento cuando tres de los perros hincaron los dientes en las ancas del oso, que se levantó sobre la patas traseras lanzando un alarido de dolor. Los perros retrocedieron nuevamente.

Intentaron poner en práctica una vez más la misma táctica. Tom pensó que el oso iba a caer de nuevo en la trampa. El primer perro se lanzó a toda velocidad en dirección al oso, y cuando éste avanzó hacia él, retrocedió. Pero, al precipitarse los demás, el oso ya estaba en guardia, se volvió y se abalanzó sobre el más cercano, alcanzándolo en un costado con la zarpa. La multitud vitoreó tanto al oso como lo había hecho con el perro. Las afiladas garras del oso desgarraron la sedosa piel dejando tres surcos profundos y sangrantes. El perro dejó escapar un aullido lastimero y se retiró de la lucha para lamerse las heridas. El gentío se mofó y lo abucheó.

Los cuatro perros restantes rodearon al oso con cautela, haciendo algunos rápidos avances, aunque retrocediendo cuando el peligro era inminente. Alguien inició un lento aplauso. Entonces uno de los perros atacó de frente. Se precipitó como un rayo y, metiéndose por debajo de las defensas del oso, se lanzó a su garganta. La gente enloqueció. El perro clavó sus dientes blancos y afilados en el cuello del oso. Los otros perros atacaron a su vez. El oso retrocedió, tratando de sacudir con la zarpa a su atacante. Luego, se tumbó y rodó. Por un instante Tom no logró saber qué ocurría, pues sólo se veía un montón de piel. Después, tres perros se apartaron y el oso se incorporó sobre las cuatro patas; un perro yacía en el suelo, aplastado.

La gente observaba en vilo la escena. El oso había eliminado a dos perros; pero sangraba por el lomo, el cuello y las patas traseras, y parecía asustado. La atmósfera estaba impregnada de olor a sangre y sudor. Los perros dejaron de ladrar y empezaron a dar vueltas en silencio alrededor del oso. Ellos también parecían atemorizados, pero habían probado el sabor a sangre y ansiaban matar.

Iniciaron un nuevo ataque, para luego retroceder. El oso intentó alcanzar a uno de ellos, pero se volvió de inmediato para hacer frente al segundo perro, que logró ponerse fuera del alcance del oso. Y entonces el tercer perro hizo lo mismo. Los perros avanzaban y retrocedían por turnos, manteniendo al oso en constante movimiento. A cada impulso, se acercaban algo más a las zarpas del oso. Los espectadores estaban cada vez más excitados. Jonathan seguía en primera fila, a pocos pasos de Tom, con expresión de asombro y temor. Tom volvió a concentrarse en la lucha en el preciso instante en que el oso apartaba de un zarpazo a uno de los perros mientras otro se metía entre sus patas traseras y atacaba con ferocidad su blando vientre. El oso dejó escapar un ruido semejante a un chillido. El perro salió de entre sus patas y escapó. Otro de los perros se precipitó hacia el oso, que intentó darle un zarpazo, pero falló por unos centímetros. Y entonces el mismo perro volvió a atacarlo, mordiéndole el vientre. Esta vez el oso sufrió una gran herida que sangraba profusamente. El oso retrocedió y volvió a ponerse a cuatro patas. Tom pensó que aquello había terminado, pero se equivocaba. Al oso aún le quedaban fuerzas para luchar. Al abalanzarse contra el siguiente perro, hizo un amago de ataque, volvió la cabeza, vio llegar al segundo perro y, girando con sorprendente rapidez le dio un poderoso zarpazo que lo hizo volar por los aires. La muchedumbre rugió entusiasmada. El perro aterrizó como un saco de carne. Tom lo miró. Todavía vivía, pero parecía incapaz de moverse. Tal vez se hubiera roto la espina dorsal. El oso hizo caso omiso de él, ya que se encontraba fuera de su alcance, así como incapacitado para atacarlo.

Ahora ya sólo quedaban dos perros. Ambos se acercaban rápidamente al oso y se retiraban con la misma rapidez, hasta que las arremetidas de éste fueron perdiendo fuerza. Entonces los perros empezaron a moverse en círculos en torno a él, cada vez más rápido. El oso se movía a un lado y a otro intentando no perder de vista a ninguno de sus atacantes. Agotado y sangrando, apenas podía tenerse en pie. Los perros siguieron girando en círculos cada vez más cerrados. La tierra bajo las poderosas patas del oso se habían transformado en barro enrojecido debido a la sangre. Cualquiera que fuese el resultado, aquello llegaba a su fin. Finalmente, los dos perros atacaron a la vez. Uno se lanzó a la garganta y el otro al vientre del oso. Con un último y desesperado zarpazo éste desgarró al perro que se aferraba a su garganta. Brotó un espantoso surtidor de sangre. El gentío lanzó un aullido de aprobación. En un principio, Tom pensó que el perro había matado al oso, pero había sido al revés, pues la sangre era del perro, que en ese momento caía al suelo con la garganta abierta. Había muerto. Entretanto, el último perro había desgarrado el vientre del oso, que arremetió débilmente contra el perro, con las entrañas fuera. Éste evadió con facilidad el golpe y atacó de nuevo, arrancando los intestinos al oso, que vaciló y pareció a punto de caer. Los gritos de la gente iban en aumento. El olor de las entrañas del oso era repulsivo. El animal hizo acopio de fuerzas y atacó de nuevo al perro. Esta vez acertó y el perro cayó de costado, con una herida en el lomo. Se trataba, no obstante, de una herida superficial, y el perro sabía que el oso estaba acabado, así que volvió al ataque mordiéndole las entrañas hasta que el enorme animal cerró los ojos y se desplomó sin vida en el suelo.

El guardián se adelantó y cogió por el collar al perro victorioso. El carnicero de Kingsbridge y su aprendiz salieron de entre la multitud y empezaron a despedazar al oso para obtener su carne. Tom supuso que había acordado un precio con el guardián por anticipado. Los apostadores que habían ganado pedían que se les pagara. Todo el mundo quería dar palmadas al perro victorioso. Tom buscó a Jonathan. Había desaparecido.

Durante todo el espectáculo el niño había permanecido a un par de metros de él; ¿cómo se las había ingeniado para marcharse sin que él lo advirtiese? Debió de ser cuando el espectáculo había llegado a su punto culminante y Tom tenía fija su atención en él. Ahora estaba furioso consigo mismo. Buscó entre la gente. Tom era una cabeza más alto que casi todos, y Jonathan resultaba fácil de localizar debido a su hábito en miniatura y su cabeza rapada. Pero no se le veía por parte alguna.

En realidad, el niño no corría verdadero peligro dentro del recinto del priorato, pero podía topar con cosas que el prior Philip prefería que no viera, como, por ejemplo, las prostitutas dando satisfacción a sus clientes contra el muro. Mientras miraba alrededor, Tom alzó la vista hacia el andamiaje instalado a gran altura en la catedral y allí descubrió, horrorizado, una pequeña figura con hábito monacal.

Por un instante le embargó el pánico. Hubiera querido gritarle: «¡No te muevas! ¡Te caerás!», pero sus palabras se habrían perdido entre el barullo de la feria. Se abrió paso a empellones en dirección a la catedral. Jonathan corría a lo largo del andamio concentrado en un juego imaginario, sin darse cuenta del peligro que corría de resbalar y caer desde más de veinte metros de altura, lo que representaba matarse.

Tom sintió que el terror le oprimía la garganta.

El andamio no se apoyaba en el suelo, sino en pesadas vigas encajadas en agujeros hechos a tal propósito en lo alto de los muros. Aquellos maderos sobresalían unos dos metros. Sobre ellos, en posición horizontal, se habían colocado y atado maderas macizas, y, encima de ellas a su vez, caballetes hechos con vástagos flexibles y junquillos tejidos. Al andamiaje se llegaba habitualmente por las escaleras de piedra en espiral construidas en los gruesos muros, pero ese día las escaleras estaban bloqueadas. ¿Cómo podía pues haber subido Jonathan? Tampoco había escalas. Tom se había ocupado de eso, y Jack lo había comprobado, para mayor seguridad. El niño debía de haber ascendido por el extremo escalonado del muro sin terminar. El paso se había interceptado con madera para que nadie pudiera acceder al interior, pero Jonathan debió de trepar por los bloques. El niño parecía muy seguro de sí. Pero aun así el peligro que corría era enorme.

Tom llegó al pie del muro y miró temeroso hacia arriba. Al ver que Jonathan jugaba despreocupadamente, sintió que se le helaba la sangre.

—¡Jonathan! —gritó.

Las personas que lo rodeaban se sobresaltaron y miraron hacia arriba para ver a quién gritaba. Al descubrir al niño en el andamiaje, lo señalaron. Enseguida se formó un pequeño grupo.

Jonathan no había oído a Tom.

—¡Jonathan! ¡Jonathan! —volvió a gritar el maestro constructor haciendo bocina con las manos.

Esa vez el niño lo oyó. Miró hacia abajo, vio a Tom y agitó la mano.

—¡Baja! —le ordenó Tom.

Jonathan estaba a punto de obedecerle, pero cambió de idea al mirar el muro sobre el que tendría que andar y el empinado tramo de escalones.

—¡No puedo! —gritó, y su aguda voz planeó hasta la gente que estaba abajo.

Tom comprendió que tendría que subir en su busca.

—No te muevas de donde estás hasta que yo llegue —le indicó. Apartó los bloques de madera de los primeros peldaños y subió al muro. En la parte inferior, éste tenía un metro y medio aproximadamente de ancho, pero a medida que se elevaba iba estrechándose. Tom ascendía sin precipitación. Se sintió tentado de apresurarse, pero se forzó a mantener la calma. Al mirar hacia arriba, vio a Jonathan sentado en el borde del andamio balanceando sus piernecillas.

En la parte más alta, el muro sólo tenía poco más de medio metro de ancho. Aun así, había espacio suficiente para caminar, siempre que se tuvieran nervios de hierro. Y Tom los tenía. Avanzó a lo largo del muro, saltó al andamio y cogió a Jonathan en brazos. Sintió un profundo alivio.

—Eres un chico muy malo —le dijo, pero su voz rebosaba cariño y Jonathan lo abrazó con fuerza.

Al cabo de un instante, Tom miró hacia abajo. Advirtió gran cantidad de rostros vueltos hacia él. Había unas cien personas o más pendientes de sus movimientos. Debían de creer que se trataba de otro espectáculo como el del oso.

—Muy bien, ahora vamos a bajar —dijo Tom a Jonathan; lo dejó sobre el muro y añadió—: Andando. Yo iré detrás de ti, así que no te preocupes.

El niño no las tenía todas consigo.

—Tengo miedo —dijo. Alargó los brazos para que Tom le cogiera y, al vacilar éste, rompió a llorar.

—Muy bien, yo te llevaré —asintió Tom.

No estaba muy satisfecho, pero Jonathan se encontraba ya demasiado nervioso para obligarlo a andar a aquella altura.

Tom subió al muro, se arrodilló junto a Jonathan, lo cogió en brazos y se puso de nuevo en pie.

Jonathan se aferró a él con fuerza.

Tom comenzó a andar. Como llevaba al niño en brazos no podía ver dónde pisaba. Con el alma en vilo avanzó lentamente por el muro, calculando con cuidado cada paso. No temía por él, pero con el niño en brazos se sentía aterrado. Al fin avanzó el primer peldaño. Allí, la anchura no era mayor, pero parecía menos peligroso, pues comenzaba el descenso. Empezó a bajar. A cada peldaño que bajaba iba recuperando la calma. Cuando llegó al nivel de la galería, donde el muro se ensanchaba hasta un metro, se detuvo para recuperar el aliento.

Miró en dirección a Kingsbridge, hacia los campos, más allá de la ciudad, y entonces vio algo que le extrañó. En el camino que llevaba a Kingsbridge, a poco más de medio kilómetro de distancia, vio una gran nube de polvo. Al cabo de un instante, se dio cuenta de que era un contingente de hombres a caballo que se acercaba a galope a la ciudad. Intentó identificarlos. En un principio pensó que seguramente sería un mercader muy rico o un grupo de mercaderes con un gran séquito. Pero había demasiados y, de todas formas, no parecían tener aspecto de comerciantes. Trató de averiguar qué había en ellos que hiciera pensar que eran otra cosa que mercaderes. Al acercarse más, apreció que algunos de ellos montaban caballos de guerra, la mayoría llevaban casco e iban armados hasta los dientes.

De repente sintió temor.

—¡Por los clavos de Cristo! ¿Quiénes son esas gentes? —exclamó en voz alta.

—No digas «Cristo» —le reprendió Jonathan.

Quienesquiera que fuesen anunciaban dificultades.

Tom bajó rápidamente por los escalones. El gentío le vitoreó cuando al fin saltó al suelo. Hizo caso omiso. ¿Dónde estaban Ellen y sus hijos? Miró alrededor, pero no pudo verlos.

Jonathan forcejeaba por soltarse. Tom lo sujetó con fuerza. Como en aquel momento tenía a su hijo más pequeño, lo primero que necesitaba hacer era ponerlo a salvo en alguna parte. Ya se ocuparía luego de encontrar a los otros. Se abrió paso entre la muchedumbre hasta la puerta que conducía a los claustros. Estaba cerrada por dentro para proteger la intimidad del monasterio durante la feria.

—¡Abrid! ¡Abrid! —gritó Tom al tiempo que golpeaba la puerta. Nada.

Tom no estaba siquiera seguro de que hubiese alguien en los claustros. No disponía de tiempo para intentar adivinarlo, de modo que retrocedió, dejó a Jonathan en el suelo, levantó su enorme pie derecho calzado con una gran bota y dio un puntapié en la puerta. Se astilló la madera alrededor de la cerradura. Dio otro puntapié con más fuerza. La puerta se abrió. Al otro lado apareció un monje ya de edad, asombrado. Tom alzó a Jonathan y lo metió en el interior.

—Retenedlo aquí —dijo al viejo monje—. Va a haber jaleo.

El monje asintió sin pronunciar palabra y cogió al niño de la mano. Tom cerró la puerta.

Ahora tenía que encontrar al resto de su familia entre una multitud de mil personas o más.

Con temor, comprendió que era una tarea prácticamente imposible. No veía una sola cara familiar. Se subió a un barril de cervezas vacío para escudriñar sobre las cabezas. Era mediodía y la feria se encontraba en pleno auge. La muchedumbre avanzaba por los pasillos entre los puestos como un río lento, y había remansos alrededor de los vendedores de comida y bebida. Tom no lograba divisar a nadie de su familia. Desesperado, miró más allá de los tejados de las casas. Los jinetes ya casi se encontraban ante el puente, y seguían avanzando. Todos ellos eran hombres de armas y enarbolaban teas. Tom estaba horrorizado. Habría una carnicería.

De repente, vio a Jack junto a él, mirándolo con expresión divertida.

—¿Qué haces subido a un barril? —le preguntó.

—Va a haber jaleo —dijo Tom con tono apremiante—. ¿Dónde está tu madre?

—En el puesto de Aliena. ¿Qué clase de jaleo?

—De los peores. ¿Dónde están Alfred y Martha?

—Martha está con mi madre; Alfred, en la riña de gallos. ¿De qué se trata?

—Compruébalo por ti mismo.

Tom echó una mano a Jack para ayudarle a subir. Los cascos de los jinetes resonaban ya en el puente, entrando en la aldea.

—¡Cristo Jesús! ¿Quiénes son? —exclamó Jack.

Tom buscó con la mirada al jefe, un hombre corpulento montado en un caballo de guerra. Lo reconoció al instante por el pelo amarillo y la pesada figura.

—Es William Hamleigh —dijo.

Al llegar los jinetes a la altura de las casas, comenzaron a arrojar las teas sobre los tejados de paja.

—¡Están incendiando la ciudad! —exclamó Jack.

—Va a ser peor de lo que pensaba —masculló Tom—. Baja ya. Ambos saltaron al suelo.

—Iré a buscar a mi madre y a Martha —dijo Jack.

—Llévalas a los claustros —le indicó Tom con tono apremiante—. Será el único lugar seguro. Si los monjes te ponen reparos, mándalos a la mierda.

—¿Y si cierran la puerta por dentro?

—Acabo de romper el cerrojo. ¡Date prisa! Yo iré a buscar a Alfred. ¡En marcha!

Jack fue a hacer lo que le ordenaban. Tom se dirigió hacia el reñidero de gallos, abriéndose paso a codazos. Varios hombres protestaron por sus modales, pero no les hizo caso y ellos, por su parte, callaron al observar su tamaño y su impasible expresión de determinación. No tardó mucho en que el aire arrastrara hasta el recinto del priorato el olor de las casas quemadas. Tom lo olió y se dio cuenta de que una o dos personas olfateaban el aire con curiosidad. Sólo le quedaban unos momentos antes de que se produjera el pánico.

El reñidero de gallos estaba cerca de la puerta del priorato. Alrededor de él se arremolinaba una muchedumbre ruidosa. Tom se abrió paso a empujones en busca de Alfred. En el centro de aquel gentío había un agujero poco profundo, practicado en el suelo de unos tres metros de diámetro. En él, dos gallos estaban desgarrándose mutuamente con picos y agudos espolones. Aquí y allá se veían plumas y sangre. Alfred se encontraba cerca de la primera línea, mirando sin perder detalle, gritando a todo pulmón, animando a uno o a otro de los infelices animales. Tom forcejeó a través de la gente para llegar hasta él y lo cogió por el hombro.

—¡Ven! —le gritó.

—¡He apostado seis peniques por el negro! —gritó a su vez Alfred!

—Tenemos que salir de aquí —se impuso Tom; en aquel momento llegó una vaharada de humo hasta el reñidero—. ¿Es que no hueles el fuego?

Un par de espectadores oyeron la palabra «fuego» y se quedaron mirando con curiosidad a Tom. Las ráfagas de viento siguieron llevándoles el olor, y todos lo notaron. Alfred también lo percibió.

—¿De dónde es? —preguntó Alfred.

—La ciudad está ardiendo.

De repente todo el mundo quería irse. Los hombres se dispersaron en todas las direcciones a empujones y codazos. En el reñidero, el gallo negro mató al marrón, pero nadie prestaba ya atención. Alfred inició la marcha en la dirección equivocada. Tom lo agarró.

—Iremos a los claustros —dijo—. Es el único sitio seguro.

El humo empezó a llegar a oleadas y el miedo se propagó entre la multitud. Todo el mundo estaba agitado, pero nadie sabía qué hacer. Tom vio, por encima de las cabezas, a la gente forcejear para salir por la puerta del priorato, pero ésta era estrecha y, por otra parte, no estaban más seguros fuera del recinto que dentro de él. Sin embargo hubo más personas a las que se les ocurrió la idea. Tom y Alfred se encontraron en medio de la multitud que tomaba, frenética, la dirección contraria. Pero, de súbito, la corriente cambió y todo el mundo tomó la misma dirección que ellos. Tom miró alrededor para averiguar el motivo de aquel cambio, y vio entrar en el recinto al primero de los jinetes.

Y entonces fue cuando estalló el tumulto.

Los jinetes ofrecían un aspecto aterrador. Sus enormes caballos, tan asustados como aquel gentío, embestían, retrocedían y cargaban, pisoteando a quienes estaban a derecha, a izquierda y en el centro. Los jinetes, armados y con cascos, derribaban a golpes de tea o cachiporra a hombres, mujeres y niños, prendiendo fuego a los puestos, a las ropas y al pelo de las gentes. Todo el mundo chillaba. Más jinetes entraron por la puerta, y más gente fue cayendo ante los impetuosos caballos.

—Tú vete a los claustros..., yo iré a asegurarme de que los demás están a salvo. ¡Corre! —gritó Tom al oído de Alfred al tiempo que le daba un empujón.

Alfred salió disparado.

Tom se dirigió hacia el puesto de Aliena. Casi de inmediato, tropezó con alguien y cayó al suelo. Maldiciendo, se puso de rodillas pero antes de que pudiera levantarse vio precipitarse sobre él un caballo de guerra. El animal tenía las orejas arrugadas y los ollares dilatados, y Tom vio el blanco de sus aterrados ojos. Por encima de la cabeza del caballo, divisó el carnoso rostro de William Hamleigh, contorsionado por una mueca de odio y triunfo. De pronto pensó que sería maravilloso tener una vez más en sus brazos a Ellen. En aquel preciso instante, un poderoso casco le golpeó en el centro mismo de la frente, sintió un espantoso y aterrador dolor en el cráneo, que pareció explotarle, y el mundo entero se sumió en las tinieblas.

La primera vez que Aliena percibió el olor a humo se dijo que debía de proceder del lugar donde estaban sirviendo el almuerzo.

Tres compradores flamencos se hallaban sentados a la mesa, instalada al aire libre delante del puesto de Aliena. Eran unos hombres corpulentos, de barba negra que hablaban inglés con un fuerte acento alemán y vestían trajes de un hermoso tejido. Todo iba bien. Aliena estaba a punto de cerrar la venta y había decidido servir el almuerzo primero para dar tiempo de inquietarse a los compradores. Sin embargo, se sentiría profundamente satisfecha cuando aquella gran fortuna en lana pasara a manos de otros. Puso delante de ellos la fuente con las chuletas de cerdo asadas con miel, y se quedó mirándolos con ojo crítico. La carne estaba en su punto, con el reborde de grasa crujiente y de un dorado oscuro. Escanció más vino. Uno de los compradores olfateó el aire y luego todos miraron alrededor con inquietud. De repente, Aliena sintió miedo. El fuego era la pesadilla de los mercaderes de lana. Miró a Ellen y a Martha, que estaba ayudándola a servir el almuerzo.

—¿No oléis a humo? —les preguntó.

Antes de que pudieran contestar apareció Jack. Aliena todavía no se había acostumbrado a verlo vistiendo el hábito de monje y con la cabeza afeitada. Su querido rostro mostraba una expresión agitada. De pronto, sintió deseos de abrazarlo y de borrar aquel ceño de su frente, pero se apartó de inmediato al recordar el modo en que se había dejado atraer por él en el viejo molino, hacía ya meses. Todavía enrojecía de vergüenza cada vez que recordaba el incidente.

—Hay jaleo —gritó Jack en tono apremiante—. Tenemos que refugiarnos todos en los claustros.

Aliena se quedó mirándolo.

—¿Qué pasa? ¿Hay fuego?

—Es el conde William y sus hombres —repuso Jack.

Aliena se quedó helada. William. Otra vez.

—Han incendiado la ciudad. Tom y Alfred van a los claustros. Haced el favor de venir conmigo —añadió Jack.

Ellen, que llevaba una escudilla con verdura, la dejó sin ceremonia alguna sobre la mesa, delante de un comprador flamenco, alarmado.

—Muy bien —dijo cogiendo a Martha por el brazo—. En marcha.

Aliena miró con auténtico pánico hacia su almacén. Allí había lana virgen por valor de centenares de libras, y tenía que protegerla del fuego. Pero ¿cómo? Se volvió hacia Jack, expectante. Los compradores abandonaron presurosos la mesa.

—Id vosotros. Yo tengo que cuidar de mi puesto —dijo Aliena a Jack.

—Vamos, Jack —lo apremió Ellen.

—Dentro de un momento —contestó él, volviéndose de nuevo hacia Aliena.

Ésta vio vacilar a Ellen. A todas luces se debatía entre poner a salvo a Martha y esperar a Jack.

—¡Jack! ¡Jack! —dijo de nuevo.

Jack se volvió hacia ella.

—¡Llévate a Martha, madre!

—Muy bien —repuso Ellen—. Pero, por favor, date prisa.

Ellen y Martha se fueron.

—La ciudad está en llamas. Los claustros son el único lugar seguro, pues están construidos en piedra. Ven conmigo, deprisa —le imploró Jack a Aliena.

Aliena oyó gritos de horror procedentes de la puerta del priorato. Ahora ya el humo lo invadía todo. Miró alrededor intentando averiguar qué estaba ocurriendo. El miedo le había puesto un nudo en el estómago. Todo aquello por lo que había trabajado durante seis años estaba dentro del almacén.

—¡Aliena! Ven a los claustros..., allí estaremos a salvo —repitió Jack.

—¡No puedo! —gritó ella—. ¡Ahí está mi lana!

—¡Al infierno con tu lana!

—¡Es todo cuanto tengo!

—¡De nada te servirá si estás muerta!

—Para ti es fácil decirlo, pero me he pasado todos estos años luchando para alcanzar esta posición...

—¡Aliena! ¡Por favor!

De repente, la gente que se encontraba en torno al puesto empezó a lanzar alaridos, aterrorizada. Los jinetes habían invadido el recinto del priorato y cargaban contra la multitud sin importarles quiénes caían, pegando fuego a los puestos. La muchedumbre, espantada, corría aplastándose los unos a los otros en sus desesperados intentos por apartarse del camino de los veloces cascos y de las teas. Se apretaba contra la endeble valla de madera que formaba el frente del puesto de Aliena, el cual se desplomó de inmediato. La gente invadió el espacio abierto que había delante del almacén, derribando la mesa con sus fuentes de comida y las copas de vino. Jack y Aliena se vieron obligados a retroceder. Dos jinetes cargaron contra el puesto, uno de ellos blandiendo una cachiporra; el otro, agitando una tea. Jack se puso delante de Aliena para protegerla. La cachiporra se dirigió hacia la cabeza de Aliena, pero Jack puso sobre ella un brazo protector, de manera que detuvo el golpe con la muñeca. Al levantar Aliena los ojos, vio la cara del segundo jinete.

Era William Hamleigh.

Aliena soltó un grito de desesperación.

Él la miró fijamente por un instante, con la tea encendida en la mano y una expresión de triunfo en los ojos. Luego, espoleó su caballo y se lanzó hacia el almacén de ella.

—¡No! —chilló Aliena.

Forcejeó empujando y golpeando a cuantos la rodeaban, incluido Jack. Al fin quedó libre y se precipitó hacia el almacén. William se encontraba inclinado sobre la silla, acercando la tea a un montón de sacos de lana.

—¡No! —volvió a gritar Aliena. Se arrojó sobre él e intentó derribarlo del caballo. William la arrojó al suelo de un manotazo. Volvió a acercar la tea a los sacos de lana. El fuego prendió con un poderoso bramido. De repente, Jack estaba allí apartando del paso a Aliena. William volvió grupas al caballo y salió rápidamente del almacén. Aliena se puso en pie de un salto, cogió un saco vacío e intentó apagar las llamas.

—¡Morirás, Aliena! —le gritó Jack.

El calor empezaba a hacerse insoportable. Aliena cogió un saco de lana que todavía no había sido alcanzado por el fuego e intentó ponerlo a buen recaudo. De repente, oyó un fragor al tiempo que sentía un calor intenso en la cara. Se dio cuenta, aterrada, de que su pelo estaba ardiendo. Un instante después, Jack se precipitó hacia ella, le rodeó la cabeza con los brazos y la apretó con fuerza contra su cuerpo. Ambos cayeron al suelo. Él la mantuvo apretada contra sí por un momento y luego aflojó el brazo. Aliena percibió el olor del pelo chamuscado, pero ya no le ardía. Advirtió que Jack tenía la cara quemada y que las cejas le habían desaparecido. Él la cogió por un tobillo y la arrastró fuera del almacén. Luego, siguió arrastrándola pese a la resistencia que oponía, hasta que se encontraron en un lugar seguro.

La zona que rodeaba su puesto había quedado vacía. Jack la soltó. Aliena intentó levantarse, pero él volvió a agarrarla y se lo impidió. Aliena siguió forcejeando mientras observaba con ojos desorientados el fuego que estaba consumiendo todos sus años de trabajo y preocupaciones, toda su riqueza y seguridad, hasta que ya no le quedaron energías para impedir que Jack la retuviese. Entonces permaneció allí, caída en el suelo, y empezó a gemir.

Philip se encontraba en la cripta, debajo de la cocina del priorato, contando dinero con Cuthbert, cuando oyó el ruido. Se miraron frunciendo el entrecejo y luego se pusieron de pie para averiguar qué ocurría. Al cruzar el umbral se encontraron con un auténtico tumulto. La gente corría en todas las direcciones, forcejeando y dándose codazos y empujones, pisoteándose los unos a los otros. Los hombres y las mujeres gritaban, y los niños lloraban. El aire estaba lleno de un humo denso. Todo el mundo parecía querer salir del recinto del priorato. Aparte de la puerta principal, la única posibilidad de abandonarlo era a través del portillo entre los edificios de la cocina y el molino. Allí no había muro, aunque sí un profundo badén que llevaba agua desde el estanque del molino hasta la cervecería. Philip quería advertir a la gente de que tuviera cuidado con el badén, pero nadie escuchaba a nadie.

La causa de aquel tumulto era, a todas luces, un incendio. Y además, importante. La atmósfera se hallaba por completo enrarecida a causa del humo procedente de él. A Philip le embargó el miedo. Con toda aquella gente aglomerada, la mortandad podía ser aterradora.

Ante todo tenía que averiguar qué estaba pasando. Subió por los escalones que conducían a la puerta de la cocina para ver mejor. Lo que contempló le hizo sentir un espanto atroz.

Toda la ciudad de Kingsbridge era pasto de las llamas.

De su garganta brotó un grito de horror y desesperación.

¿Cómo podía haber ocurrido aquello?

Y entonces vio a los jinetes cargar contra la multitud con sus teas encendidas. Comprendió que no se trataba de un accidente. Lo primero que se le ocurrió fue que se estaba librando una batalla entre los dos contendientes de la guerra civil, y Kingsbridge se había visto cogido entre dos fuegos. Pero los hombres de armas no se atacaban entre sí, sino que iban contra los ciudadanos. No era una batalla, sino una matanza.

Vio que un hombre rubio y corpulento, montado en un poderoso caballo de guerra, se lanzaba contra la multitud. Era William Hamleigh.

El odio atenazó la garganta de Philip. Casi le hizo enloquecer el mero pensamiento de que toda aquella carnicería y destrucción hubiera sido provocada deliberadamente, sólo por codicia y orgullo.

—¡Te estoy viendo, William Hamleigh! —gritó con toda la fuerza de sus pulmones.

William oyó pronunciar su nombre entre los gritos del gentío. Sofrenó su caballo y se encontró con la mirada de Philip.

—¡Irás al infierno por esto! —le gritó el prior.

William tenía el rostro congestionado por la sed de sangre. Ni siquiera la amenaza que más temía en el mundo le produjo efecto aquel día. Estaba como enloquecido. Agitó su tea en el aire como un estandarte.

—¡El infierno está aquí, monje! —gritó a su vez.

Espoleó a su caballo y siguió cabalgando.

De repente todo había desaparecido, los jinetes y la multitud. Jack soltó a Aliena y se puso en pie. Tenía entumecida la mano derecha. Recordó que con ella había defendido el golpe destinado a la cabeza de Aliena. Estaba contento de que le doliera la mano. Esperaba que siguiera doliéndole mucho tiempo a manera de recordatorio.

El almacén era un infierno, y alrededor ardían pequeños fuegos. El suelo estaba cubierto de cuerpos; algunos se movían; otros sangraban, muchos estaban inmóviles. Reinaba el silencio salvo por el crepitar de las llamas. La multitud se había ido por un camino o por otro, dejando atrás a sus muertos y heridos. Jack estaba mareado. Jamás había estado en un campo de batalla, pero imaginaba que debía de tener ese mismo aspecto.

Aliena empezó a llorar. Jack le puso una mano tranquilizadora en el hombro. Ella se la apartó. Le había salvado la vida, pero eso a ella no le importaba; sólo le preocupaba su lana, que ahora ya se había convertido en humo. Jack la miró por un instante, embargado por una profunda tristeza. Tenía casi todo el pelo quemado y ya no parecía hermosa. A pesar de todo, él la quería. Le dolía verla tan compungida y no ser capaz de consolarla.

Estaba seguro de que ya no intentaría entrar en el almacén. Le inquietaba el resto de su familia, así que dejó a Aliena para ir en su busca.

Le dolía la cara. Se llevó una mano a la mejilla y ésta le escoció. Seguramente también había sufrido quemaduras. Miró los cuerpos caídos en el suelo. Quería hacer algo por los heridos, pero no sabía por dónde empezar. Buscó entre los caídos caras familiares, con la esperanza de no encontrar ninguna. Su madre y Martha habían ido a los claustros; se dijo que habían marchado muy por delante de la multitud. ¿Habría encontrado Tom a Alfred? Se volvió hacia los claustros. Y fue entonces cuando vio a Tom.

Yacía en el suelo completamente inmóvil. Su rostro estaba reconocible, incluso con expresión de paz, hasta la altura de las cejas, pero tenía la frente y el cráneo completamente aplastados. Jack estaba aterrado. No podía creer lo que veía. Era imposible que Tom estuviese muerto. Pero la figura que tenía delante tampoco podía estar viva. Apartó los ojos y luego volvió a mirarlo. Era Tom, y estaba muerto.

Jack se arrodilló junto al cadáver. Sentía ansias de hacer algo o decir algo y por primera vez comprendió por qué a la gente le gustaba rezar por sus muertos.

—Mi madre va a echarte muchísimo de menos —musitó, y recordó las hirientes palabras que le había dirigido el día de su pelea con Alfred—. La mayor parte no era verdad —añadió entre sollozos—. No me abandonaste. Me diste de comer y cuidaste de mí e hiciste a mi madre feliz, verdaderamente feliz.

Pero hubo algo más importante que todo eso, se dijo. Lo que Tom le había dado no eran sólo cosas corrientes, como un techo o comida. Tom le había dado algo único, algo que ningún otro hombre podía dar, algo que ni siquiera su propio padre podría haberle dado. Algo que era una pasión, una habilidad, un arte y un modo de vida.

—Me diste la catedral —musitó Jack—. Gracias.

XI

1

La profecía de Philip había hecho que William sintiese que su triunfo no había sido completo, y en lugar de experimentar júbilo y satisfacción, se sintió aterrado ante la posibilidad de acabar en el infierno por lo que había hecho.

Había demostrado bastante arrojo al contestar a Philip, en tono de mofa, «¡Esto es el infierno, monje!», pero eso se había debido a la excitación del momento. Una vez que todo hubo pasado y que él y sus hombres abandonaron la ciudad en llamas, cuando sus caballos y los latidos de sus corazones frenaron la marcha, cuando tuvo tiempo para analizar con detalle la redada y pensar en las personas a las que había herido, abrasado y matado, sólo entonces recordó el rostro airado de Philip y su dedo señalando a las entrañas de la tierra, así como sus palabras cargadas de terribles presagios: «¡Irás al infierno por esto!»

Cuando se hizo la oscuridad, se sentía absolutamente abatido. Sus hombres de armas querían hablar del ataque, que había resultado, para su satisfacción, una verdadera carnicería, pero pronto se sintieron contagiados por el talante de William y se sumieron en lúgubre silencio. Aquella noche la pasaron en las tierras de uno de los más importantes arrendatarios de William. Durante la cena, los hombres, malhumorados, bebieron hasta casi perder el conocimiento. El arrendatario, que conocía el ánimo de los hombres después de una batalla, había llevado a algunas prostitutas a Shiring, pero hicieron escaso negocio. William permaneció despierto durante toda la noche, aterrado ante la posibilidad de morir mientras dormía e ir derecho al infierno.

A la mañana siguiente, en lugar de regresar a Earlcastle se fue a ver al obispo Waleran. Cuando llegó, éste no estaba en su palacio, pero el deán Baldwin le dijo que esperaban que llegara esa misma tarde. William aguardó en la capilla, contemplando la cruz que había sobre el altar y temblando pese al calor estival.

Cuando al fin llegó Waleran, William se sentía dispuesto incluso a besarle los pies.

El obispo entró a toda prisa en la capilla, envuelto en sus negras vestiduras.

—¿Qué haces aquí? —le preguntó con frialdad.

William se puso en pie intentando disimular su abyecto terror bajo una apariencia de seguridad en sí mismo.

—Acabo de prender fuego a la ciudad de Kingsbridge y…

—Lo sé —le interrumpió Waleran—. Durante todo el día sólo he oído hablar de ello. ¿Cómo pudiste hacerlo? ¿Acaso estás loco?

Aquella reacción cogió por sorpresa a William. No había hablado de antemano con el obispo acerca de la incursión porque estaba completamente seguro de que la aprobaría. Waleran odiaba cuanto se refería a Kingsbridge, en especial al prior Philip. William había esperado que se mostrara complacido, cuando no jubiloso.

—Acabo de aniquilar a vuestro mayor enemigo. Ahora necesito confesar mis pecados —dijo.

—No me sorprende —repuso Waleran—. Se dice que hay más que un centenar de muertos abrasados. —Se estremeció—. Una forma horrible de morir.

—Estoy preparado para confesarme —musitó William.

Waleran sacudió la cabeza.

—No sé si puedo darte la absolución.

William lanzó un grito de desesperación.

—¿Por qué no?

—Ya sabes que el obispo Henry de Winchester y yo estamos otra vez del lado del rey Stephen. No creo que el rey apruebe que yo dé la absolución a un partidario de la reina Maud.

—¡Maldición, Waleran! Fuisteis vos quien me convenció de que cambiara de bando.

Waleran se encogió de hombros.

—Cambia de nuevo.

William comprendió que ése era precisamente el objetivo del obispo. Quería que se pusiera al servicio de Stephen, jurándole lealtad. El horror de que Waleran había hecho alarde ante el incendio de Kingsbridge era simulado. Lo único que había pretendido era situarse en una posición de fuerza. Aquello hizo que William experimentase un profundo alivio, ya que significaba que Waleran no era de verdad contrario a darle la absolución. Pero ¿quería él volver a cambiar de bando? Por un momento, no pronunció palabra mientras intentaba reflexionar con calma acerca de ello.

—Durante todo el verano, Stephen ha obtenido una victoria tras otra —prosiguió Waleran—. Maud está suplicando a su marido que vaya a Normandía a prestarle ayuda, pero él se niega. La corriente fluye de nuestro lado.

De pronto, una perspectiva espantosa se ofreció a los ojos de William. La Iglesia se negaba a perdonarle sus crímenes, el sheriff le acusaba de asesinato, el rey Stephen, victorioso respaldaba al sheriff y a la Iglesia. Y él, William, sería juzgado y ahorcado…

—Haz como yo y sigue al obispo Henry… Él sabe bien de qué lado sopla el viento —le apremiaba Waleran—. Si todo sale bien, Winchester se convertirá en archidiócesis y Henry será su arzobispo, en plano de igualdad con el arzobispo de Canterbury. Y cuando Henry muera… ¡quién sabe! Yo podría ser su sucesor. Y después…, bueno ya hay cardenales ingleses, de modo que tal vez un día llegue a haber un Papa inglés…

William miró fijamente a Waleran, azorado ante la ambición que sin el menor rebozo mostraba su rostro habitualmente impenetrable. ¿Waleran en el trono de Roma? Todo era posible. Pero lo más importante eran las consecuencias inmediatas de sus aspiraciones. William comprendió que él era un peón en el juego de Waleran, quien había aumentado su prestigio cerca del obispo Henry por su habilidad para hacer cambiar de bando a William y a los caballeros de Shiring durante la guerra civil. Ése era el precio que William debía pagar para que la Iglesia hiciera la vista gorda ante sus crímenes.

—¿Queréis decir…? —Se le quebró la voz, carraspeó y lo intentó de nuevo—. ¿Queréis decir que oiréis mi confesión si juro lealtad a Stephen y me paso de nuevo a su bando?

Se desvaneció el centelleo de la mirada de Waleran y su rostro se mostró de nuevo hermético.

—Eso es exactamente lo que quiero decir —contestó.

William no tenía elección, pero lo cierto era que no veía motivo alguno para rechazar aquella componenda. Se había puesto de parte de Maud cuando parecía que saldría victoriosa y estaba dispuesto a hacerlo de nuevo ahora que Stephen llevaba las de ganar. En realidad, se habría sometido a lo que fuera con tal de librarse del pánico que le producía el infierno.

—Entonces, de acuerdo —dijo sin pensarlo más—. Ahora, confesadme; deprisa.

—Muy bien —repuso Waleran—. Recemos.

A medida que se confesaba, William iba sintiéndose libre del peso de la culpabilidad, y poco a poco empezó a sentirse complacido por su triunfo. Al salir de la capilla, sus hombres comprobaron que estaba más animado, y al punto soltaron vítores. William les dijo que volvían una vez más a luchar al lado del rey Stephen, de acuerdo con la voluntad de Dios expresada por boca del obispo Waleran. Los hombres lo tomaron como excusa para celebrarlo. Waleran hizo que les llevaran vino.

—Ahora Stephen tendrá que confirmarme en mi condado —dijo William mientras aguardaban la comida.

—Debería hacerlo —convino Waleran—. Aunque eso no significa que vaya a ser así.

—¡Pero si me he puesto de su lado!

—Richard de Kingsbridge nunca le abandonó.

William esbozó una sonrisa.

—Creo que he dado al traste con esa amenaza de Richard —dijo.

—¡Ah! ¿Cómo?

—Richard jamás ha poseído tierras. La única manera que tenía de mantener a sus caballeros era gracias al dinero de su hermana.

—No es ortodoxo —repuso Waleran—, pero hasta el momento ha dado resultado.

—Sí, lo que ocurre es que su hermana se ha quedado sin dinero. Ayer incendié su almacén. Ahora está en la miseria. Y por lo tanto también Richard.

Waleran hizo un gesto de asentimiento.

—En tal caso, sólo es cuestión de tiempo el que quede sumido en el olvido —dijo—. En ese caso, puede afirmarse que el condado es tuyo.

La comida ya estaba lista. Los hombres de armas de William ocuparon sus puestos en torno a la mesa. William lo hizo en la cabecera, junto con Waleran y los arcedianos. Una vez más tranquilo, William sintió envidia de sus hombres, que se divertían con las lavanderas del palacio. Los arcedianos eran una compañía muy aburrida.

El deán Baldwin ofreció a William una fuente de guisantes.

—¿Cómo evitaríais que alguien más hiciera lo que el prior Philip ha intentado hacer y pusiera en marcha su propia feria del vellón, lord William? —le preguntó.

William quedó sorprendido ante aquella pregunta.

—¡Nadie se atrevería!

—Es probable que otro monje no lo hiciera, pero sí es posible que lo hiciese un conde.

—Necesitaría una licencia.

—Podría obtenerla si ha luchado junto a Stephen.

—En este condado, no.

—Baldwin tiene razón, William —intervino el obispo Waleran—. En torno a las fronteras de tu condado hay ciudades que pueden celebrar ferias del vellón: Wilton, Devizes, Wells, Marlborough, Wallingford...

—He reducido Kingsbridge a cenizas. Puedo hacer lo mismo con cualquier otro lugar —afirmó William, irritado. Bebió un trago de vino. Le enfurecía que menospreciaran su victoria.

Waleran cogió un bollo de pan y lo partió. No llegó a comerlo.

—Kingsbridge es un blanco fácil —dijo—. La ciudad no tiene murallas ni castillo, ni siquiera una iglesia grande en la que la gente pueda refugiarse. Está gobernada por un monje que no cuenta con caballeros ni hombres de armas. Kingsbridge se halla indefensa. La mayor parte de las ciudades no lo están.

—Y una vez que la guerra civil haya terminado —remachó el deán Baldwin—, no podréis incendiar ni siquiera una ciudad como Kingsbridge y quedar impune. Eso es quebrantar la paz del rey. Y ningún rey lo pasaría por alto en tiempos normales.

William comprendió a qué se refería, y eso hizo que aumentase su ira.

—Entonces, acaso lo que hice haya sido inútil —dijo. Dejó el cuchillo sobre la mesa. Le era imposible comer.

—Claro que si Aliena está arruinada, ello ofrece una especie de vacante —opinó Waleran.

William no alcanzaba a entender.

—¿Qué queréis decir? —preguntó.

—Este año ella ha comprado la mayor parte de la lana de este condado. ¿Qué pasará el año que viene?

—No lo sé.

Waleran prosiguió en el mismo tono reflexivo.

—Aparte del prior Philip, todos los productores de lana en kilómetros a la redonda son arrendatarios del conde o del obispo. En todos los aspectos, tú eres el conde, salvo por el título, y yo soy el obispo. Si obligáramos a todos los arrendatarios a que nos vendieran a nosotros su vellón, controlaríamos las dos terceras partes del comercio de la lana que existe en el condado. Y podríamos venderla en la feria del vellón de Shiring. No habría negocio suficiente para justificar otra feria, aun en el caso de que alguien obtuviera una licencia.

William se dio cuenta al instante de la brillantez de aquella idea.

—Y nosotros habríamos hecho tanto dinero como hizo Aliena —apuntó.

—Así es. —Waleran tomó un bocado de carne y lo masticó con expresión meditativa—. De manera que has incendiado Kingsbridge, has arruinado a tu peor enemigo y has abierto una nueva fuente de ingresos para ti. En un solo día has realizado una fructífera tarea.

William bebió un largo trago de vino y sintió que le reconfortaba sobremanera el estómago. Se volvió hacia el otro extremo de la mesa y la mirada se le iluminó al descubrir a una muchacha de pelo oscuro y figura opulenta que sonreía a dos de sus hombres. Tal vez pudiera gozarla esa noche. Sabía lo que pasaría. Cuando la acorralara en un rincón, la arrojaría al suelo, le levantaría la falda y recordaría la cara de Aliena y su expresión de terror y desesperación al ver en llamas toda su lana.

Y sólo entonces sería capaz de hacerlo. Sonrió ante aquella perspectiva y tomó otra tajada de pierna de venado.

El incendio de Kingsbridge había conmovido al prior Philip hasta lo más profundo del corazón. Lo inesperado de la acción de William, la brutalidad del ataque, las espantosas escenas que tuvieron lugar al cundir el pánico entre la muchedumbre, la aterradora matanza y su propia y absoluta impotencia, todo ello le había dejado en un terrible estado de aturdimiento.

Lo peor de todo había sido la muerte de Tom, un hombre en el apogeo de sus dotes y un maestro en todos los aspectos de su oficio, del que se había esperado que dirigiera la construcción de la catedral hasta que estuviera terminada. Era también el amigo con quien Philip mantenía más estrecha relación fuera del claustro. Siempre habían hablado al menos una vez al día, esforzándose juntos por encontrar soluciones a la interminable cantidad de problemas con los que se enfrentaban en su vasto proyecto. Tom tenía una combinación poco frecuente de discernimiento y humildad, por lo que era un auténtico placer trabajar con él. Parecía imposible que se hubiese ido.

Philip tenía la impresión de que ya no comprendía nada, que carecía de capacidad y que no era apto ni para tener a su cargo una vaquería. Mucho menos una ciudad del tamaño de Kingsbridge. Siempre había creído que si actuaba con honradez, lo mejor que podía y confiaba en Dios, todo acabaría bien. El incendio de Kingsbridge parecía haberle demostrado que estaba en un error. Había perdido toda motivación y permanecía sentado en su casa del priorato durante todo el día, contemplando cómo iba consumiéndose la vela en el pequeño altar, barajando ideas incoherentes, sin hacer nada.

El joven Jack fue quien se ocupó de cuanto había que hacer. Cuidó de que los muertos fueran llevados a la cripta, acomodó a los heridos en el dormitorio de los monjes y dio de comer a los supervivientes en el prado que se extendía al otro lado del río. El tiempo era cálido y todo el mundo durmió al aire libre. Al día siguiente de la matanza, Jack organizó a los aturdidos ciudadanos y les hizo despejar el recinto del priorato de cenizas y escombros, mientras que Cuthbert y Milus se encargaban de que de las granjas cercanas llegaran suministros de alimentos. Al segundo día, enterraron a sus muertos en las ciento noventa y tres tumbas recientemente cavadas en el lado norte del recinto del priorato.

Philip se limitaba a dar por bueno cuanto Jack le proponía. Jack le hizo observar que la mayoría de los ciudadanos que habían sobrevivido al incendio habían perdido pocas cosas de valor; en la mayoría de los casos unos pocos enseres sin importancia. Las cosechas aún seguían en los campos, el ganado se encontraba pastando y los ahorros permanecían en sus escondrijos, que por lo general se encontraban en sus casas, debajo del hogar al que no había alcanzado el fuego que había arrasado la ciudad. Los grandes perjudicados habían sido los mercaderes, pues habían visto arder toda su mercancía. Algunos, como Aliena, habían quedado en la ruina; otros tenían parte de su riqueza en plata, escondida, y podrían comenzar de nuevo. Jack propuso que empezaran a reconstruir la ciudad de inmediato.

A sugerencia de Jack, Philip concedió un permiso extraordinario para que se cortaran libremente árboles en los bosques del priorato a fin de construir las casas, pero sólo durante una semana. En consecuencia, Kingsbridge quedó desierta durante siete días mientras las familias elegían y talaban los árboles que iban a utilizar para levantar sus nuevas viviendas. Durante esa semana, Jack pidió a Philip que dibujara el plano de la nueva ciudad. Aquella idea despertó la imaginación del prior, arrancándolo de su taciturnidad.

Trabajó sin respiro en el plano durante cuatro días. Alrededor de los muros del priorato habría casas grandes para los artesanos y comerciantes acaudalados. Recordó el modelo en parrilla de las calles de Winchester, y proyectó la nueva Kingsbridge sobre la misma base práctica. Calles rectas, lo bastante anchas para permitir el paso de dos carretas, y que irían a desembocar al río, con calles transversales más estrechas. Estableció el terreno de edificación básico con un ancho de siete metros y medio, que constituía una fachada amplia para una casa urbana. Cada uno de los terrenos edificables tendría una profundidad de treinta y seis metros, lo que permitiría disponer de un patio trasero con un excusado y un establo, cobertizo para vacas o pocilga. El puente había quedado destruido por el fuego, de modo que habría que construir uno nuevo pero mejor ubicado, al final de la nueva calle mayor, que atravesaría la ciudad, yendo derecha desde el puente colina arriba, dejando atrás la catedral y hasta la parte más alejada, como en Lincoln. Otra calle ancha iría desde la puerta del priorato hasta un muelle nuevo en la orilla del río, siguiendo su curso desde el puente y rodeando el recodo. De esa manera, los cargamentos de suministros podrían llegar al priorato sin tener que pasar por la calle mayor, donde se concentraría todo el movimiento comercial. Habría un distrito de casas pequeñas, completamente nuevo, en torno al segundo muelle. Los pobres quedarían instalados río abajo del priorato a fin de evitar que sus costumbres poco higiénicas perjudicaran el agua destinada a ser consumida en el monasterio.

La planificación de aquella reconstrucción había dado nuevos ánimos a Philip; sin embargo, cada vez que levantaba la vista de sus dibujos, se sentía embargado por la ira y el dolor ante aquella pérdida de vidas humanas. Se preguntaba si William Hamleigh no sería, de hecho, la mismísima encarnación del demonio. Había causado más daños de lo que era humanamente posible. Philip descubrió la misma mezcla de esperanza y aflicción en los rostros de las gentes cuando volvían del bosque con sus cargamentos de madera. Jack y los demás monjes habían establecido sobre el suelo el plano de la nueva ciudad, con estacas y cuerdas, y mientras la gente iba eligiendo sus parcelas se escuchaba de vez en cuando decir tristemente a alguien: «¡Pero de qué servirá! Tal vez vuelvan a pegarle fuego el año que viene.» Si hubiera existido alguna esperanza de justicia, alguna posibilidad de que los malvados fueran castigados, acaso la gente no se hubiera sentido tan desconsolada; pero aun cuando Philip había escrito a Stephen, a Maud, al obispo Henry, al arzobispo de Canterbury y al Papa, sabía que en tiempos de guerra existían escasas posibilidades de que un hombre tan poderoso e importante como William fuera conducido ante los tribunales.

Las parcelas destinadas a los edificios más grandes en el proyecto de Philip estaban muy solicitadas, pese a ser sus precios más altos, de manera el prior modificó el plan ampliando su número. Casi nadie quería construir en el barrio más pobre; pese a lo cual Philip decidió conservar el trazado para una posible utilización en el futuro. Diez días después del incendio, empezaron a alzarse casas de madera nuevas, la mayor parte de las cuales quedaron terminadas una semana después. Una vez que la gente hubo construido sus casas, comenzó de nuevo el trabajo en la catedral. Se pagó a los constructores y éstos quisieron gastar su dinero, así que volvieron a abrirse las tiendas y los pequeños proveedores llevaron sus huevos y cebollas a la ciudad. Las fregonas y las lavanderas empezaron a trabajar de nuevo para los comerciantes y artesanos, de manera que, día a día, la vida cotidiana fue recuperando la normalidad en Kingsbridge.

Pero tan elevado había sido el número de muertos que parecía una ciudad fantasma. Cada familia había perdido al menos a uno de sus miembros, un hijo, una madre, un marido o una hermana. La gente no llevaba brazaletes negros, pero sus rostros manifestaban el dolor que la embargaba al igual que los árboles desnudos dan constancia del invierno. Uno de quienes acusó el golpe con mayor fuerza fue Jonathan, que ya tenía seis años. Deambulaba por el recinto del priorato como alma en pena, y Philip comprendió que echaba en falta a Tom, quien, al parecer, había pasado más tiempo con el chiquillo de lo que todos creían. Una vez que el prior se dio cuenta de ello, tuvo buen cuidado de dedicar una hora diaria a Jonathan, durante la cual le contaba historias, jugaba con él y escuchaba su charla divertida.

Philip escribió a los abades de todos los principales monasterios de benedictinos de Inglaterra y Francia preguntándoles si podrían recomendarle un maestro constructor que sustituyera a Tom. En circunstancias normales, un abad en la situación de Philip habría acudido a su obispo para tratar del tema, ya que los obispos hacían grandes y frecuentes viajes y sin duda tendrían conocimiento de buenos constructores. Pero el obispo Waleran no ayudaría a Philip. El hecho de que estuvieran permanentemente enfrentados hacía que la tarea del prior fuera más solitaria de lo debido.

Mientras Philip esperaba la respuesta de los abades, los artesanos empezaron a tratar a Alfred como si fuese el jefe. Alfred era hijo de Tom, además de maestro albañil, y hacía ya algún tiempo que estaba trabajando allí con su propio equipo de hombres. Por desgracia, no tenía el cerebro de su padre, pero sabía leer y escribir, así como imponer su autoridad. Además, iba ocupando de forma gradual el hueco que había dejado Tom.

Daba la impresión de que la construcción planteaba muchos más problemas e interrogantes que en la época de Tom, y Alfred parecía formular siempre una pregunta cuando no encontraba a Jack. Sin duda era algo natural, pues en Kingsbridge todo el mundo sabía que los hermanastros se aborrecían. Sin embargo, la cuestión era que Philip debía hacer frente una vez más a interminables problemas.

Sin embargo, a medida que transcurrían las semanas, Alfred adquiría confianza, hasta que un día habló con Philip.

—¿No preferiríais que la catedral fuese abovedada? —le preguntó.

El boceto de Tom se basaba en un techo de madera sobre la parte central de la iglesia y techos de piedra abovedados en las naves laterales más estrechas.

—Sí que me gustaría —respondió Philip—, pero nos decidimos por el techo de madera para ahorrar dinero.

Alfred asintió.

—Lo malo es que un techo de madera puede arder, mientras que la piedra es a prueba de fuego —comentó.

Philip se quedó mirándolo al tiempo que se preguntaba si no lo habría juzgado mal. Philip no esperaba que Alfred propusiera modificar el proyecto de su padre. Era algo que parecía más bien propio de Jack. No obstante, la idea de una iglesia a la que no le afectase el fuego era algo muy atractivo, sobre todo después de haber ardido toda la ciudad.

—El único edificio que ha quedado indemne tras el incendio ha sido la nueva iglesia parroquial —alegó Alfred.

Y la nueva iglesia parroquial construida por Alfred tenía una bóveda de piedra, se dijo Philip. Pero entonces se le ocurrió que podía haber un inconveniente.

—¿Serían capaces los actuales muros de soportar el peso extra de un techo de piedra?

—Tendríamos que reforzar los contrafuertes. Sobresaldrían algo más, eso es todo.

Philip comprendió que había pensado en todo.

—¿Y qué me dices del coste?

—Naturalmente, a la larga será más alto. Y se tardarán tres o cuatro años más en terminarla. Sin embargo, no influirá sobre vuestro presupuesto anual.

A Philip le gustaba cada vez más la idea.

—Pero ¿acaso deberemos esperar otro año antes de poder celebrar los oficios sagrados en el presbiterio?

—No. Tanto sea el techo de piedra o de madera, no podremos empezar a trabajar en él hasta la primavera próxima, porque el triforio ha de endurecerse antes de soportar cualquier peso. El techo de madera puede quedar terminado algunos meses antes que el de piedra; sin embargo, el presbiterio quedaría cubierto al final del año siguiente.

Philip reflexionó, sopesando la cuestión. Había que considerar la ventaja de un techo a prueba de fuego frente a la desventaja de prolongar la construcción otros cuatro años con los consiguientes gastos que ocasionaría ese período extra. Éstos parecían, por el momento, algo lejanos en el futuro, en tanto que la garantía de seguridad era inmediata.

—Creo que discutiré el asunto con los hermanos durante el capítulo —dijo—. Pero a mí me parece una buena idea.

Alfred se retiró después de darle las gracias. Y una vez que hubo salido, Philip se quedó mirando hacia la puerta preguntándose si necesitaría de veras buscar un nuevo maestro constructor.

Kingsbridge dio una muestra de su valor el día primero de agosto, festividad de san Pedro Encadenado. Por la mañana, en todos los hogares de la ciudad se preparó una hogaza. Acababa de realizarse la recolección y la harina era abundante y barata. Quienes no tenían horno propio la llevaban al de algún vecino, o a los grandes hornos propiedad del priorato, y también a los dos tahoneros de la ciudad, Peggy Baxter y Jack-atte-Noven. Hacia el mediodía, en el ambiente flotaba el olor a pan recién horneado, lo que hacía que todo el mundo sintiese hambre. Las hogazas quedaron expuestas sobre mesas instaladas en el prado al otro lado del río, y toda la población desfiló ante ellas admirándolas. No había dos iguales. Muchas contenían frutas o especias. Había pan de ciruelas, pan de uva, pan de jengibre, pan de azúcar, pan de cebolla, pan de ajo y muchos más. Otras habían sido coloreadas de verde con perejil, de amarillo con yema de huevo, de rojo con sándalo o de púrpura con hiliotropo. Había un sinfín de formas extrañas: triángulos, conos, bolas, estrellas, óvalos, pirámides, flautas, rollos e incluso figuras en ocho. Otras eran aún más pretenciosas. Había hogazas con forma de conejo, de oso, de mono y de dragón. Se veían casas y castillos de pan. Pero todo el mundo se mostró unánime al reconocer que la hogaza hecha por Ellen, con la ayuda de Martha, era la más espectacular. Representaba la catedral con el aspecto que tendría una vez terminada, y se había guiado por el boceto de su difunto marido Tom.

El dolor de Ellen había sido algo terrible de ver. Noche tras noche deambulaba como un alma atormentada y nadie había sido capaz de consolarla. Incluso en aquellos momentos, dos meses después de la tragedia, se la veía macilenta y ojerosa. Pero ella y Martha fueron capaces de ayudarse mutuamente, y hacer la catedral de pan les había proporcionado cierta especie de consuelo.

Aliena pasó largo tiempo contemplando la hogaza de Ellen. Deseaba poder hacer algo que le sirviese de consuelo. Nada lograba entusiasmarla. Al comenzar las pruebas, fue recorriendo una mesa tras otra con indiferencia, sin probar bocado. Ni siquiera había querido construirse una casa hasta que el prior Philip la obligó a que se despabilara, y Alfred le llevó madera destacando a algunos de sus hombres para que la ayudaran. Seguía comiendo en el monasterio, y eso cuando se acordaba de que debía comer. Se había quedado sin energías. Si se le ocurría hacer algo para sí misma, un banco de cocina con la madera sobrante o terminar las paredes de su casa rellenando las grietas con barro del río, o incluso preparar una trampa para aves a fin de alimentarse, recordaba cuán duramente había trabajado para establecer su negocio y con cuánta rapidez había sido destruido, lo que le hacía perder todo entusiasmo. De manera que seguía en aquel estado día tras día, levantándose tarde, yendo al monasterio a comer cuando se sentía hambrienta, sentada a la orilla del río y durmiendo sobre la paja del suelo de su nueva casa en cuanto oscurecía.

A pesar de su melancolía, sabía que el festival de aquel primero de agosto era tan sólo una simulación. La ciudad había sido reconstruida y la gente seguía atendiendo a sus obligaciones como antes, pero la matanza proyectaba una larga sombra, y detrás de la apariencia de bienestar Aliena percibía una profunda corriente subterránea de temor. La mayoría de los habitantes de Kingsbridge sabían simular mejor que ella que todo iba bien, aunque en realidad todos sentían, como ella, que aquello no podía durar y que cualquier cosa que construyeran volvería a ser destruida.

Mientras permanecía contemplando con mirada vacua los montones de hogazas, llegó su hermano Richard. Había venido atravesando el puente desde la ciudad desierta llevando de la brida a su caballo. Había estado fuera luchando junto a Stephen desde antes de la matanza y no podía creer lo que veía.

—¿Qué diablos ha pasado aquí? —preguntó a su hermana—. No he conseguido dar con nuestra casa… ¡Toda la ciudad ha cambiado!

—El día de la feria del vellón vino William Hamleigh con una horda de hombres armados y prendió fuego a la ciudad —le explicó ella.

Richard palideció.

—William —masculló con voz entrecortada—. ¡Ese demonio!

—Pero tenemos una nueva casa —prosiguió Aliena con tono monótono—. Los hombres de Alfred la construyeron para mí. Es mucho más pequeña y está allá abajo, junto al nuevo muelle.

—¿Qué te ha pasado? —le preguntó Richard, mirándola—. Estás prácticamente calva y no tienes cejas.

—El fuego…

—No habrá…

Aliena negó con la cabeza.

—Esta vez, no.

Una muchacha llevó a Richard un trozo de pan para que lo probara. Él lo cogió, pero no se lo comió. Parecía confuso.

—De todas maneras, me alegro de que estés bien —le dijo Aliena.

Richard asintió.

—Stephen marcha sobre Oxford, donde se ha refugiado Maud. Es posible que pronto termine la guerra. Pero necesito una espada nueva… He venido a buscar algo de dinero. —Comió un poco de pan; su rostro había recuperado el color—. Por Dios que esto sabe bien. ¿Más tarde podrás prepararme algo de carne?

De pronto Aliena tuvo miedo de su hermano. Sabía que iba a ponerse furioso, y se sentía sin fuerzas para enfrentarse a él.

—No tengo carne —repuso.

—Bueno, entonces ve a buscarla a la carnicería.

—No te enfades, Richard —le suplicó Aliena, y empezó a temblar.

—No estoy enfadado —dijo él, irritado—. ¿Se puede saber qué te pasa?

—Toda mi lana ardió con el incendio —respondió Aliena, y lo miró atemorizada, esperando su reacción.

Richard frunció el entrecejo, tragó y luego arrojó la corteza de su pan.

—¿Toda?

—Toda.

—Pero todavía debes de tener algo de dinero.

—Nada.

—¿Por qué no? Siempre tuviste un gran cofre repleto de peniques oculto debajo del suelo de...

—En mayo no. Lo gasté todo en lana..., hasta el último penique. E incluso pedí prestadas cuarenta libras al pobre Malachi, que ahora no puedo devolver. Desde luego, no estoy en condiciones de comprarte una espada nueva. Ni siquiera puedo comprar un pedazo de carne para tu cena. Estamos sin un penique.

—Entonces, ¿cómo podré seguir adelante? —gritó él furioso.

Su caballo se agitó inquieto.

—¡No lo sé! —contestó—. Y no grites, que asustas al caballo. —Se echó a llorar.

—William Hamleigh es el causante de todo esto —dijo Richard, apretando los dientes—. Un día de éstos voy a hacer que se desangre como un cerdo. Lo juro por todos los santos.

Alfred se acercó a ellos con la poblada barba llena de migas y un trozo de pan de ciruelas en la mano.

—Prueba éste —le dijo a Richard.

—No tengo hambre —contestó el caballero con aspereza.

—¿Qué pasa? —preguntó Alfred, mirando a Aliena.

Fue Richard quien contestó.

—Acaba de decirme que no tenemos un penique.

Alfred asintió con la cabeza.

—Todo el mundo ha perdido algo, pero Aliena lo ha perdido todo.

—Comprenderás lo que eso significa para mí, imagino —dijo Richard dirigiéndose a Alfred, aunque mirando con expresión acusadora a Aliena—. Estoy acabado. Si no puedo reponer mis armas, pagar a mis hombres y comprar caballos, me será imposible luchar al lado del rey Stephen. Estaré acabado como caballero y jamás seré conde de Shiring.

—Aliena puede casarse con un hombre adinerado —propuso Alfred.

Richard rió con desdén.

—Los ha rechazado a todos.

—Tal vez alguno de ellos vuelva a requerirla.

—Sí. —La cara de Richard se contrajo con una sonrisa cruel—. Podremos enviar cartas a todos los pretendientes que ha rechazado diciéndoles que ha perdido todo su dinero y que ahora estaría dispuesta a considerar...

—Ya basta —lo interrumpió Alfred poniéndole una mano sobre el brazo, y volviéndose hacia Aliena, preguntó—: ¿Recuerdas lo que te dije hace un año, durante la primera comida de la comunidad?

A Aliena le dio un vuelco el corazón. Apenas podía creer que Alfred insistiera de nuevo sobre aquello. No le quedaban fuerzas para discutir acerca del tema.

—Lo recuerdo —repuso—. Y espero que tú también recuerdes mi respuesta.

—Yo sigo queriéndote —declaró Alfred.

Richard pareció sobresaltado.

—Y todavía deseo casarme contigo —agregó el maestro albañil—. ¿Quieres ser mi mujer, Aliena?

—¡No! —contestó ella. Le habría gustado añadir algo más para que su negativa resultara definitiva e irreversible, pero estaba demasiado cansada. Su mirada fue de Alfred a Richard y de nuevo a su hermano, y de repente le fue imposible aguantar por más tiempo. Dio media vuelta y se alejó de ellos a toda prisa por el prado en dirección a la ciudad.

Estaba profundamente enojada y resentida con Alfred por haber repetido su proposición de matrimonio delante de Richard. Hubiera preferido que su hermano la ignorara. Habían pasado tres meses desde el incendio, ¿por qué Alfred no había hablado de ello hasta ahora? Era como si hubiera estado esperando a Richard y hubiese hecho su movimiento tan pronto como éste hubo llegado.

Caminó por las nuevas calles, que se hallaban desiertas. Todo el mundo se encontraba en el priorato probando los panes. La casa de Aliena estaba en el nuevo barrio humilde, junto al muelle. Los alquileres eran bajos, pero aun así no tenía siquiera idea de cómo podría pagar el suyo.

Richard la alcanzó montado a caballo y, al llegar junto a ella, se apeó y empezó a andar a su lado.

—Toda la ciudad huele a madera fresca —comentó—. ¡Y todo parece tan limpio!

Aliena ya se había acostumbrado al nuevo aspecto de la ciudad, pero él la veía por primera vez. Era una limpieza artificial. El fuego había barrido la madera húmeda y pútrida de las viejas construcciones; los tejados bardados, con la densa mugre que habían acumulado durante años los fuegos para guisar; los malolientes y rancios establos y los apestosos y viejos muladares. Ahora flotaba un olor a cosas nuevas; madera nueva, barda nueva, juncos nuevos cubriendo los suelos, incluso lechada nueva en las moradas de los más adinerados. El fuego parecía haber enriquecido la tierra, hasta el punto de que crecían flores silvestres en los lugares más extraños. Alguien había observado que enfermaba menos gente desde el incendio, lo cual parecía confirmar la teoría de muchos filósofos según la cual las enfermedades se propagaban a través de los vapores pestilentes.

Sus pensamientos eran erráticos. Richard le había hablado.

—¿Qué decías? —le preguntó.

—He dicho que no sabía que Alfred te hubiera propuesto matrimonio el año pasado.

—Tenías cosas más importantes en que pensar. Fue más o menos por la época en que hicieron prisionero a Robert de Gloucester.

—Alfred ha sido muy amable construyéndote una casa.

—Sí, lo fue. Y aquí está.

Aliena observó a su hermano mientras él miraba la casa. Se lo veía abatido. Aliena lo lamentó por él. Había perdido el castillo en que había nacido e incluso la gran casa que tenía en la ciudad antes del incendio se había derrumbado. En adelante tendría que acostumbrarse al estilo de morada que ocupaban los trabajadores y las viudas.

Aliena cogió la brida de su caballo.

—Dame. Hay sitio para el caballo detrás de la casa.

Hizo cruzar al animal la habitación única que tenía la casa, y lo sacó por la puerta de atrás. Unas toscas vallas bajas separaban los patios. Aliena ató el caballo a un poste de la valla y empezó a quitarle la pesada silla de madera. Semillas de hierba y cizaña procedentes de cualquier parte habían fertilizado la tierra abrasada. La mayoría de la gente había excavado un excusado, sembrado hortalizas y levantado una pocilga o un gallinero en aquellos patios; pero el de Aliena aparecía yermo.

Richard recorría la casa, pero no había mucho que mirar, y al cabo de un momento siguió a su hermana al patio.

—La casa tiene poca cosa… no hay muebles ni ollas ni cuencos…

—No tengo dinero —se limitó a decir Aliena en actitud apática.

—Ni siquiera has hecho nada en el jardín —observó Richard, mirando alrededor con desagrado.

—Tampoco tengo fuerzas —contestó ella, enfadada y, dándole la silla, entró en la casa.

Se sentó en el suelo con la espalda apoyada contra la pared. Allí hacía fresco. Podía oír a Richard ocuparse de su caballo en el patio. Al cabo de unos momentos de permanecer allí sentada y quieta, vio que una rata asomaba el hocico entre la paja. En el incendio debían de haber muerto miles de ratas y ratones, pero empezaban a aparecer de nuevo. Buscó algo con que matarla; pero no había nada a mano. El animal se marchó.

¿Qué voy a hacer?, se dijo Aliena. No puedo vivir así durante el resto de mi vida. Pero la mera idea de tener que empezar una nueva empresa la hacía sentirse agotada. En otro tiempo había logrado salvarse y salvar a su hermano de la penuria, pero aquel esfuerzo había dado al traste con todas sus reservas de energía y se sentía incapaz de volver a hacerlo. Tendría que encontrar alguna forma de vida pasiva, dirigida por otra persona y poder así vivir sin tomar decisiones o iniciativas. Pensó en Kate, la prostituta de Winchester, la que la había besado en los labios, le había acariciado un seno y le había dicho que si trabajaba para ella jamás le faltaría el dinero. No, pensó Aliena, eso jamás.

Richard entró llevando la silla.

—Si no puedes cuidar de ti misma, más vale que encuentres a alguien que se ocupe de ti —dijo.

—Siempre he contado contigo.

—¡Yo no puedo ocuparme de tu vida! —protestó Richard.

—¿Por qué no? —Por un instante se sintió poseída por la ira—. ¡Yo me he cuidado de la tuya durante seis largos años!

—Yo he estado combatiendo en una guerra... Todo cuanto tú has hecho ha sido vender lana.

Y apuñalar a un proscrito, pensó Aliena; y arrojar al suelo a un sacerdote deshonesto, y alimentarte, vestirte y protegerte cuando tú no podías hacer otra cosa que morderte los nudillos y sentirte aterrado. Pero, al apagarse ese chispazo de ira, se limitó a decir:

—Estaba bromeando, claro.

Richard gruñó al no estar seguro de si debía ofenderse por aquella observación. Luego, se limitó a menear la cabeza, irritado.

—De todos modos, no debiste rechazar a Alfred con tanta rapidez.

—Cierra la boca, por todos los santos —repuso Aliena.

—¿Qué tiene de malo?

—Alfred no tiene nada de malo. ¿Es que no lo entiendes? Algo anda mal en mí.

Richard dejó la silla y señaló a su hermana con un dedo.

—Eso es verdad, y yo sé a qué se debe. Eres una completa egoísta. Sólo piensas en ti.

Aquello era tan monstruosamente injusto que Aliena fue incapaz siquiera de enfadarse. Los ojos se le llenaron de lágrimas.

—¿Cómo puedes decir eso? —protestó, desolada.

—Porque todo marcharía bien sólo con que te casaras con Alfred. Pero sigues negándote.

—El que yo me casara con Alfred no te ayudaría en nada.

—Claro que sí.

—Ya me dirás cómo.

—Alfred me dijo que si fuera su cuñado me ayudaría a luchar. Habría que recortar algunos gastos, ya que no puede permitirse mantener a todos mis hombres de armas, pero me prometió darme lo suficiente para un caballo de guerra, armas nuevas y mi propio escudero.

—¿Cuándo? —preguntó Aliena, asombrada—. ¿Cuándo te dijo eso?

—Hace poco. En el priorato.

Aliena se sintió humillada y Richard tuvo el buen tino de mostrarse avergonzado. Los dos hombres habían estado negociando sobre ella como un par de tratantes de caballos. Aliena se puso en pie y, sin decir palabra, salió de la casa.

Se dirigió de nuevo al priorato y entró en el recinto desde la parte sur, saltando el foso junto al viejo molino de agua, que ese día, por ser festivo, estaba inactivo. No habría tomado aquella dirección de haber estado funcionando, porque el golpeteo de los martillos siempre le provocaba dolor de cabeza.

Tal y como esperaba, el recinto del priorato se hallaba desierto. Era la hora en que los monjes estudiaban o descansaban, y todos los demás se encontraban aquel día en el prado. Se dirigió hacia el cementerio. Las tumbas, cuidadosamente atendidas, con sus aseadas cruces de madera y los ramos de flores frescas le revelaron la verdad. La ciudad aún no había superado aquella matanza. Se detuvo junto a la lápida de Tom, adornada con un sencillo ángel de mármol esculpido por Jack. Hace siete años, se dijo, mi padre acordó un matrimonio muy razonable para mí. William no era viejo ni tampoco feo o pobre. Otra joven en mi lugar lo habría aceptado con un suspiro de satisfacción, pero yo lo rechacé, y con ello di lugar a todos los desastres que siguieron: el ataque a nuestro castillo, mi padre encarcelado, mi hermano y yo en la miseria… Incluso el incendio de Kingsbridge y la muerte de Tom son consecuencia de mi obstinación.

En cierto modo, la muerte de Tom parecía el peor de todos aquellos desastres, tal vez porque era mucha la gente que lo había querido o, acaso, por ser el segundo padre que Jack perdía.

Y ahora estoy rechazando otra proposición muy razonable, se dijo. ¿Qué derecho tengo a sentirme tan especial? Mis caprichos ya han provocado bastantes dificultades. Debería aceptar a Alfred y sentirme agradecida de no tener que trabajar para esa puta de Kate.

Se alejó de la tumba y se dirigió hacia el enclave de la construcción. Se detuvo donde en el futuro estaría la crujía y miró hacia el presbiterio. Estaba acabado. Sólo le faltaba el techo. Los albañiles se preparaban para construir los cruceros. De hecho ya se había fijado el plan sobre el suelo, a cada uno de los lados, con estacas y cordel, y los hombres habían empezado a cavar para los cimientos. Frente a ella, los altísimos muros proyectaban largas sombras, pues el sol ya se ponía. El día era cálido, pero en la catedral hacía frío. Aliena contempló durante largo tiempo las hileras de arcos, grandes a nivel del suelo, pequeños encima y medianos en la parte superior. El ritmo regular de arcada, pilar, arco, pilar, producía una especie de profunda satisfacción. Justo delante de ella, en el muro este, había una bella ventana redonda. El sol, al salir, brillaría a través de la tracería durante los oficios matinales.

Si Alfred estuviera de veras dispuesto a financiar a Richard, Aliena podría tener todavía la oportunidad de cumplir con el juramento que había hecho a su padre de cuidar de su hermano hasta que éste recuperara el condado. En el fondo de su corazón sabía que tendría que casarse con Alfred. Lo que pasaba era que no podía aceptarlo.

Caminó por la nave lateral de la parte sur, deslizando la mano sobre el muro, sintiendo la superficie rugosa de la piedra, hundiendo las uñas en las estrías superficiales labradas por el formón dentado de los canteros. Allí, en las naves laterales, debajo de las ventanas, el muro estaba decorado con arcos ciegos, semejante a una hilera de arcos rellenos. El único objetivo de éstos era hacer más acusada la sensación de armonía que Aliena siempre experimentaba cuando miraba el edificio. En la catedral de Tom, todo parecía hecho adrede para satisfacer sus exigencias. Acaso su vida fuera algo semejante, todo previsto de antemano como en un inmenso boceto, y ella se comportara como un constructor demencial, empeñada en introducir una cascada en el presbiterio.

En la esquina sudeste del templo, una puerta baja conducía hasta una angosta escalera de caracol. Siguiendo un impulso, Aliena empezó a subir por ésta. Al desaparecer de su vista la puerta y no ver tampoco ante sí el final de la escalera, comenzó a experimentar una sensación extraña, ya que daba la impresión de que aquel pasaje seguiría ascendiendo sin fin. Y entonces vio la luz. Había una ventana pequeña, casi una hendedura en el muro de la pequeña torre, destinada sin duda a iluminar la escalera. Desembocó al fin en la amplia galería que había sobre la nave lateral. No tenía ventanas al exterior, pero por la parte interior daba a la iglesia todavía descubierta. Se sentó en la base de una de las columnas de la arcada interior y apoyó la cara contra el fuste. La frialdad de la piedra fue como una caricia en su mejilla. Se preguntó si ese pilar lo habría esculpido Jack. Se le ocurrió pensar que si caía desde allí podía morir, aunque en realidad no estaba muy alto. Era posible que sólo se rompiera las piernas y quedara allí inmóvil, presa de terribles dolores, hasta que llegaran los monjes y la encontraran.

Decidió subir hasta el triforio. Volvió a la escalera de la pequeña torre y continuó el ascenso. El tramo siguiente era más corto, pero aun así resultaba aterrador, por lo que, al llegar al final, el corazón le latía de forma desacompasada. Entró en el pasaje del triforio, un túnel angosto abierto en el muro. Avanzó por él hasta llegar al alféizar interior de una ventana del triforio. Se aferró a la columnilla que dividía la ventana. Al mirar hacia abajo, los más de veinte metros que la separaban del suelo la hicieron temblar.

Oyó pisadas en la escalera de la torre pequeña. Advirtió que jadeaba como si hubiera estado corriendo. No había nadie a la vista. ¿La habría seguido alguien con la intención de sorprenderla? Las pisadas avanzaban por el pasaje del triforio. Aliena dejó de apoyarse contra la columnilla y permaneció, temblando, en el borde. En el umbral apareció una silueta. Era Jack.

—¿Qué haces aquí? —le preguntó, asombrado.

—Estaba…, estaba viendo cómo marchaba tu catedral —respondió ella.

Jack señaló al capitel que había sobre la cabeza de Aliena.

—Yo hice eso.

Aliena levantó la vista. En la piedra aparecía esculpida la figura de un hombre sobre cuya espalda descansaba el peso del arco. Tenía el cuerpo contorsionado y una expresión de dolor. Aliena lo miró atentamente. Jamás había visto nada parecido.

—Así es como me siento —dijo sin darse cuenta.

Cuando volvió a mirarle, Jack estaba junto a ella, sujetándola suavemente por el brazo, aunque con firmeza.

—Lo sé —respondió.

Aliena miró hacia abajo. La idea de arrojarse desde aquella altura hizo que se sintiera enferma de miedo. Se dejó conducir a través del pasadizo del triforio.

Descendieron por las escaleras de la torre. Una vez abajo, Aliena se sentía sin fuerzas.

—Estaba leyendo en el claustro y al levantar los ojos te vi en el triforio —le explicó Jack, volviéndose hacia ella.

Aliena contempló aquel rostro juvenil, que reflejaba tanta ternura y preocupación a la vez. Recordó entonces el motivo que la indujo a apartarse de todo el mundo y a buscar allí la soledad. Ansiaba besarlo, y vio el mismo anhelo en la mirada de él. Todas las fibras de su ser la impulsaban hacia sus brazos; pero ella sabía muy bien lo que tenía que hacer.

—Creo que voy a casarme con Alfred —dijo en lugar de gritarle: «Te amo como un torbellino, como un león, como una furia irreprimible.»

Jack la miró sin dar crédito a lo que oía. Su expresión era triste, con una tristeza remota y discerniente que no respondía a sus años. A Aliena le pareció que iba a echarse a llorar. Pero no lo hizo. Vio una expresión de furia en sus ojos. Abrió la boca para decir algo, cambió de idea, vaciló y finalmente murmuró en un tono tan glacial como el viento del norte:

—Más te hubiera valido saltar del triforio. —Dio media vuelta y entró de nuevo en el monasterio.

Lo he perdido para siempre, se dijo Aliena. Y sintió como si el corazón se le fuera a romper.

2

En la festividad del primero de agosto, se vio a Jack salir furtivamente del monasterio. No era, en sí, una falta grave, pero ya antes lo habían pillado varias veces y el hecho de que en aquella ocasión lo hubiera hecho para hablar con una mujer soltera empeoraba aún más las cosas. Al día siguiente se examinó su transgresión durante el capítulo y se le ordenó que se mantuviera estrictamente recluido. Eso significaba que en ningún momento debía abandonar los edificios monásticos, el claustro y la cripta, y que cada vez que fuera de uno a otro edificio debía hacerlo acompañado.

Jack se sentía tan desolado por el anuncio de Aliena que nada podía conmoverlo. Si lo hubieran condenado a ser azotado, en lugar de verse sencillamente confinado, pensaba que habría sentido la misma indiferencia.

Desde luego, su trabajo en la catedral se daba por concluido, pero gran parte del placer se había esfumado desde que Alfred se había hecho cargo de la construcción. Por aquel tiempo, pasaba las tardes libres leyendo. Había avanzado muchísimo en latín y ya era capaz de leer, aunque despacio. Y, como se daba por descontado que leía para perfeccionar su dominio del latín y no por ningún otro motivo, se le permitía acceder a cualquier libro que llamara su atención. Si bien la biblioteca era reducida, había varias obras de filosofía y matemáticas, y Jack se había lanzado con entusiasmo sobre ellas.

Encontró decepcionante mucho de lo que leía. Había páginas de genealogías, relatos repetidos hasta la saciedad, de milagros realizados por muertos hacía ya una eternidad, e interminables especulaciones teológicas. El primer libro que de verdad le atrajo narraba la historia del mundo desde la Creación hasta la fundación del priorato de Kingsbridge. Cuando lo terminó tuvo la impresión de que sabía todo cuanto había ocurrido. Al cabo de un tiempo comprendió que la pretensión del libro de narrar «todos» los acontecimientos no era plausible, ya que, en definitiva, ocurrían cosas en todas partes y durante todo el tiempo, no sólo en Kingsbridge y en Inglaterra, sino también en Normandía, Anjou, París, Roma, Etiopía y Jerusalén, de manera que el autor debía de haber dejado mucho fuera. Pese a todo, el libro despertó en Jack un sentimiento que jamás había experimentado: el de que el pasado era como una historia en la que una cosa conducía a la otra y de que el mundo no era un misterio ilimitado sino algo finito que podía llegar a abarcarse.

Aún más intrigante le resultaban los enigmas. Un filósofo preguntaba cómo un hombre débil era capaz de mover una piedra pesada con una palanca. A Jack jamás le había parecido extraño que pudiera hacerse semejante cosa, pero ahora ese interrogante le atormentaba. En una ocasión había pasado varias semanas en la cantera, y recordaba que cuando no podían mover una piedra con una palanca de hierro de medio metro de largo la solución consistía, por lo general, en utilizar otra de un metro. ¿Por qué un mismo hombre no era capaz de mover una piedra con una palanca corta y sin embargo podía hacerlo con otra larga? Los constructores de catedrales utilizaban una enorme rueda giratoria para subir maderas y piedras grandes hasta el tejado. El peso sujeto al extremo de la cuerda era demasiado pesado para que un hombre lo levantara manualmente, pero el mismo hombre podía hacer girar la rueda a la que iba enrollada la cuerda y de esa manera el peso subía. ¿Cómo era posible?

Esas elucubraciones ocupaban su mente por un tiempo, pero sus pensamientos volvían una y otra vez a Aliena. Solía permanecer en pie en el claustro con un gran libro sobre un facistol y recordar aquella mañana, en el viejo molino, en que la besó. Tenía presente cada instante de aquel beso, desde el primer roce suave de labios hasta la excitante sensación de la lengua de ella en su boca. Su cuerpo se ceñía al de la mujer, de los muslos a los hombros, hasta el punto de poder sentir las curvas de sus senos y sus caderas. La rememoranza era tan intensa que le parecía experimentarlo todo de nuevo.

¿Qué había hecho cambiar a Aliena? Él seguía creyendo que el beso había sido real, y la posterior frialdad de ella, falsa. En lo más profundo de su ser sabía que la conocía. Era cariñosa, sensual, romántica, imaginativa y apasionada. También era irreflexiva y dominante, y había aprendido a mostrarse dura. Pero no era fría, cruel o insensible. No era propio de ella casarse con un hombre al que no amase, sólo por su dinero. Sería desgraciada, lo lamentaría y enfermaría de desesperación. Él lo sabía, y Aliena, en el fondo de su corazón, también debía de saberlo.

Cierto día, cuando se encontraba en la sala de escritura, un sirviente del priorato, que barría el suelo, se detuvo por un instante para descansar.

—Menuda fiesta va a haber en vuestra familia —dijo apoyándose en su escoba.

Jack, que se encontraba estudiando un mapa del mundo dibujado sobre una gran hoja de vitela, levantó la vista. Quien hablaba era un viejo avellanado, ya demasiado débil para trabajos pesados. Probablemente hubiese confundido a Jack con algún otro.

—¿Y por qué motivo, Joseph?

—¿No lo sabéis? Vuestro hermano se casa.

—Yo no tengo hermanos —repuso Jack maquinalmente; pero de pronto sintió que se le helaba el corazón.

—Vuestro hermanastro entonces —rectificó Joseph.

—No, no lo sabía. —Jack no podía evitar hacer la pregunta, de modo que apretó los dientes y dijo—: ¿Con quién se casa?

—Con esa tal Aliena.

De manera que estaba decidida a contraer matrimonio con Alfred.

Jack había alentado la secreta esperanza de que cambiara de idea. Volvió la cara para que Joseph no viese la desesperación reflejada en ella.

—Bien, bien —murmuró, esforzándose por hablar con tono natural.

—Sí..., ésa que lo perdió todo en el incendio.

—¿Cuándo se casan?

—Mañana, en la nueva iglesia parroquial que ha construido Alfred.

¡Mañana!

Aliena iba a casarse con Alfred al día siguiente. Hasta entonces, Jack nunca había llegado a creer que ello pudiera ocurrir de veras. Ahora la realidad estallaba ante él como un trueno. Y el día siguiente sería el fin en la vida de Jack.

Bajó la mirada al mapa que tenía ante sí sobre el facistol. ¿Qué importaba que el centro del mundo estuviera en Jerusalén o en Wallingford? ¿Sería más feliz si supiera cómo actuaban las palancas? Había dicho a Aliena que más le valdría saltar desde el triforio que casarse con Alfred. Lo que debería haber dicho era que él, Jack, podía ya lanzarse desde el triforio.

Estaba harto del priorato. La clase de vida que llevaban los monjes era rematadamente estúpida. Si no podía trabajar en la catedral y Aliena se casaba con otro, la vida no le ofrecía aliciente alguno.

Lo que todavía empeoraba más las cosas era el saber, a ciencia cierta, cuán desgraciada sería ella al lado de Alfred. Y no era sólo porque él le aborreciera. Había algunas jóvenes que se sentirían más o menos satisfechas de estar casadas con su hermanastro. Edith, por ejemplo, la que soltaba risitas cuando Jack le decía lo mucho que le gustaba esculpir la piedra. Edith no habría esperado demasiado de Alfred y se habría sentido contenta de halagarle y obedecerle siempre que conservara su prosperidad y quisiera a sus hijos. Pero Aliena aborrecería cada instante que pasara con él. Odiaría la tosquedad de aquel hombre, lo despreciaría por su bravuconería, le repugnaría su mezquindad y encontraría insoportable su falta de inteligencia. El matrimonio con Alfred sería un infierno para ella.

¿Cómo era posible que no se diese cuenta? Jack se sentía confuso. ¿Qué le ocurría a Aliena? Desde luego, cualquier cosa sería preferible a casarse con un hombre al que no amaba. Hacía siete años todos habían comentado su negativa a casarse con William Hamleigh. Sin embargo, ahora aceptaba con pasividad la proposición de alguien igualmente inadecuado. ¿En qué estaba pensando?

Jack tenía que saberlo.

Necesitaba hablar con ella, y al diablo con el monasterio.

Enrolló el mapa, lo guardó en la biblioteca y se dirigió hacia la puerta. Joseph seguía descansando sobre su escoba.

—¿Os vais ya? —preguntó—. Creí que teníais que seguir aquí hasta que el admonitor llegara a buscaros.

—El admonitor puede irse a la mierda —respondió Jack al tiempo que salía.

Nada más llegar al paseo oriental del claustro, avistó al prior Philip, que se dirigía desde el enclave de la construcción hacia el norte. Jack dio rápidamente media vuelta, pero Philip le llamó.

—¿Qué estás haciendo aquí, Jack? Deberías permanecer en confinamiento.

A Jack se le había agotado la paciencia en lo que a disciplina monacal se refería. Haciendo caso omiso de Philip, tomó la dirección opuesta, rumbo al pasaje que conducía desde el paseo sur hasta las pequeñas casas que rodeaban el muelle nuevo. Pero no le acompañaba la suerte. En ese mismo instante salió del pasaje el hermano admonitor, acompañado de sus dos ayudantes. Al ver a Jack se pararon en seco. En la cara de luna de Pierre se reflejó una expresión de indignación y asombro.

—¡Detenga a ese novicio, hermano admonitor! —le gritó Philip.

Pierre alargó un brazo para detener a Jack, pero éste le empujó y lo apartó de su camino. El admonitor enrojeció al tiempo que lo agarraba por el brazo. Jack se sacudió la mano de Pierre y le dio un puñetazo en la nariz. El admonitor gritó, más por la afrenta que por el dolor, y de inmediato los dos ayudantes se abalanzaron sobre Jack, que empezó a forcejear como un demente y a punto estuvo de soltarse. Pero para entonces Pierre se había recuperado del puñetazo y unió sus fuerzas, de manera tal que entre los tres lograron reducir a Jack, derribándole e inmovilizándolo en el suelo. Siguió porfiando, furioso de que aquella estupidez propia de monjes le impidiera hacer algo tan importante como hablar con Aliena.

—¡Dejadme ir, estúpidos, idiotas! —exclamó.

Los dos ayudantes se sentaron sobre él. Pierre seguía en pie, limpiándose la sangre de la nariz con la manga de su hábito. De repente, Philip apareció a su lado.

Pese a la furia que se había apoderado de él, Jack advirtió que Philip también estaba iracundo, como nunca lo había visto.

—No estoy dispuesto a tolerar que nadie se comporte de este modo —dijo con aspereza—. Tú, Jack, eres un monje novicio y debes obedecerme. —Se volvió hacia Pierre—. Confínalo en la sala de obediencia.

—¡No! —gritó Jack—. ¡No podéis hacerme esto!

—Ten la seguridad de que puedo —replicó Philip, colérico.

La sala de obediencia era una celda pequeña y sin ventanas situada en la cripta, debajo del dormitorio, en el lado sur, junto a las letrinas. Se solía utilizar para encerrar a quienes quebrantaban la ley, mientras esperaban a que el prior los sometiese a juicio o a que los enviasen a la cárcel del sheriff, en Shiring. Pero también era usada ocasionalmente como celda de castigo para aquellos monjes que cometían graves ofensas contra la disciplina, tales como actos deshonestos con las sirvientas del priorato.

No era el internamiento solitario lo que aterraba a Jack, sino el que no pudiese salir para ver a Aliena.

—¡Vos no lo entendéis! —le gritaba a Philip—. ¡Tengo que hablar con Aliena!

No podría haber dicho nada peor. Aquello irritó aún más a Philip.

—¡Por hablar con ella fuiste castigado en un principio! —contestó, furioso.

—¡Pero tengo que hacerlo!

—Lo único que tienes que hacer es aprender a tener temor de Dios y a obedecer a tus superiores.

—¡Vos no sois mi superior, asno estúpido! Vos no sois nada para mí. ¡Dejadme ir, malditos!

—Lleváoslo —ordenó Philip, inflexible.

Para entonces se había formado un pequeño grupo y varios monjes levantaron en vilo a Jack por las piernas y los brazos. Se retorcía como un pez en el anzuelo, pero eran demasiados. No podía creer que aquello le estuviera ocurriendo. Lo condujeron pataleando y forcejeando por el pasaje hasta la puerta de la sala de obediencia. Alguien la abrió.

—¡Encerradlo! —dijo el hermano Pierre con firmeza.

Lo lanzaron por el aire. Cayó hecho un ovillo sobre el suelo de piedra. Se puso en pie, todavía entumecido por los golpes, y se precipitó hacia la puerta, pero la cerraron con violencia en el preciso instante en que dio contra ella. Un momento después, dejaron caer desde fuera la pesada barra de hierro y la llave giró en la cerradura.

Jack golpeó la puerta con todas sus fuerzas al tiempo que gritaba, desesperado:

—¡Dejadme salir! ¡Tengo que impedir que se case con él! ¡Dejadme salir!

Pero desde fuera no le llegaba ruido alguno. Siguió llamando y sus exigencias fueron convirtiéndose en súplicas. El tono de su voz fue bajando hasta convertirse en un susurro. Al final, rompió a llorar de furia. Por último, sintió que ya no le quedaban lágrimas.

Se volvió hacia la puerta. La celda no estaba completamente a oscuras, ya que entraba algo de luz por debajo de la puerta, lo que le permitió ver vagamente alrededor. Fue recorriendo las paredes al tiempo que las palpaba. Por el trazo de las señales del formón en las piedras supo que aquella celda había sido construida hacía mucho tiempo. La habitación parecía no tener característica particular alguna. Debía de medir unos seis metros cuadrados, con una columna en una esquina y un techo inclinado. Era evidente que en un tiempo había formado parte de una habitación más grande y habían levantado la pared para aislarla y convertirla en prisión. En uno de los muros había una hendidura similar a aquellas ventanas angostas y alargadas, pero estaba tapiada y, de cualquier manera, habría sido demasiado pequeña para que nadie hubiera podido deslizarse por ella. El suelo de piedra estaba húmedo. Jack advirtió que se oía el susurro constante de una corriente, y comprendió que el canal de agua que atravesaba el priorato desde el estanque hasta las letrinas debía de pasar por debajo de la celda. Ello explicaba por qué el suelo era de piedra en lugar de tierra batida.

Estaba agotado. Se sentó en el suelo con la espalda apoyada contra la pared y clavó la mirada en la rendija de luz que entraba por debajo de la puerta, lo cual sólo servía para atormentarlo, al recordarle dónde querría estar. ¿Cómo había hecho para meterse en aquel berenjenal? Jamás creyó en el monasterio y tampoco pensó en dedicar su vida a Dios; de hecho, no creía en Dios. Se había convertido en novicio como solución a un problema inmediato, como una manera de quedarse en Kingsbridge, cerca de todo cuanto amaba. Había pensado que siempre que quisiera podría irse. Pero en aquellos momentos en que quería hacerlo, que lo ansiaba más que nada en el mundo, se encontraba imposibilitado. Estaba prisionero. Tan pronto como salga de aquí, estrangularé al prior Philip, se dijo. Lo haré aun cuando luego me ahorquen.

Aquello le indujo a preguntarse cuándo lo sacarían de allí. Oyó la campana llamando para la cena. Era indudable que pensaban dejarle encerrado durante toda la noche. Estaba seguro de que en ese mismo momento debían de estar discutiendo su caso. Los monjes más antipáticos propondrían que permaneciera encerrado toda una semana... Podía oír a Pierre y a Remigius abogando por una disciplina severa. Otros, que sentían simpatía hacia él, tal vez alegaran que con una noche era castigo suficiente. ¿Qué diría Philip? Sentía afecto por Jack; pero, en esos momentos debía de estar terriblemente enfadado, sobre todo después de que le hubiera llamado asno estúpido. Tal vez Philip se sintiera tentado de dejar que los inflexibles se salieran con la suya. Su única esperanza residía en que acaso quisieran expulsarlo inmediatamente del monasterio, lo que, a juicio de ellos, sería un castigo más duro. De esa manera podría hablar con Aliena antes de la boda. Aunque Jack estaba seguro de que Philip sería contrario a aquella solución, pues consideraría la expulsión de Jack como una admisión de su derrota.

La luz que entraba por debajo de la puerta iba haciéndose cada vez más tenue. Ya debía de estar oscureciendo. Jack se preguntó cómo se pensaba que los prisioneros hicieran sus necesidades. En la celda no había bacinilla. No sería propio de los monjes olvidar semejante detalle, ya que creían firmemente en la limpieza, incluso para los pecadores. Volvió a examinar el suelo y, cerca de una esquina, encontró un pequeño agujero. Allí sonaba más fuerte el ruido del agua, y supuso que debía de dar al canal subterráneo. Ésa tenía que ser su letrina.

Poco después de aquel descubrimiento, se abrió un pequeño postigo. Jack se puso en pie de un salto. En el antepecho colocaron un cuenco y un trozo de pan. Jack no logró ver el rostro del hombre que los puso allí.

—¿Quién está ahí? —preguntó.

—No me está permitido conversar contigo —respondió el hombre. Jack reconoció su voz de inmediato. Era la de un viejo monje llamado Luke.

—¿Han dicho cuánto tiempo estaré aquí, Luke? —inquirió Jack.

El monje repitió la misma cantinela:

—No me está permitido conversar contigo.

—¡Por favor, Luke! Si lo sabes dímelo —le suplicó Jack sin importarle lo patético que pudiera parecer.

—Pierre propuso una semana; pero Philip lo dejó en dos días —le susurró Luke.

El postigo se cerró de golpe.

—¡Dos días! —exclamó Jack, desesperado—. ¡Para entonces ya estará casada!

No hubo respuesta.

Jack permaneció inmóvil. La luz que entraba por el postigo era deslumbrante en comparación con la práctica oscuridad del interior y, por unos momentos, nada pudo ver hasta que los ojos se acostumbraron a las sombras. Pero se le volvieron a llenar de lágrimas y de nuevo se sintió cegado.

Se quedó tumbado en el suelo. Ya no podía hacer nada. Estaría encerrado hasta el lunes, y ese día Aliena ya sería la esposa de Alfred. Despertaría en el lecho de Alfred y tendría dentro de ella la semilla de Alfred. La idea le produjo náuseas.

La oscuridad pronto fue completa. Jack se acercó a tientas al antepecho y bebió del cuenco. Era agua. Cogió un pedazo pequeño de pan y se lo llevó a la boca, pero no tenía hambre, y apenas pudo tragarlo. Bebió el resto del agua y volvió a tumbarse.

No durmió, pero se sumió en una especie de sopor. Revivió, como en una ensoñación o una visión, las tardes de domingo que había pasado con Aliena durante el último verano, cuando le contó la historia del escudero que amaba a la princesa y salió en busca de la vid que daba joyas.

La campana de la media noche le sacó de su duermevela. Ahora ya estaba acostumbrado al horario monástico y a medianoche solía estar completamente despierto, aunque a menudo necesitaba dormir por las tardes, en especial cuando almorzaban carne. Los monjes debían de estar formando fila para dirigirse en procesión desde el dormitorio a la iglesia. Se encontraban justo encima de Jack, pero a éste le era imposible oír nada. Parecía haber transcurrido muy poco tiempo cuando la campana volvió a llamar para laudes, que se oficiaban una hora después de la media noche. El tiempo pasaba rápido, demasiado rápido, ya que al día siguiente Aliena estaría casada.

De madrugada, y pese a su infelicidad, se quedó dormido.

Despertó sobresaltado. En la celda había alguien con él.

Estaba aterrado.

La estancia se hallaba completamente a oscuras. El ruido del agua parecía más fuerte.

—¿Quién es? —preguntó con voz temblorosa.

—No tengas miedo… Soy yo.

—¿Eres tú, madre? —El alivio casi le hizo perder el conocimiento—. ¿Cómo sabías que estaba aquí?

—El viejo Joseph vino a contarme lo ocurrido —contestó Ellen.

—Habla más bajo —le indicó Jack—, si no te oirán los monjes.

—No, no lo harán. Aquí puedes cantar y gritar sin que te oigan arriba. Lo sé… porque lo he hecho.

En su mente se agolpaban tal número de preguntas que no sabía por dónde empezar.

—¿Cómo llegaste hasta este lugar? ¿Está la puerta abierta? —Jack se dirigió hacia ella tanteando con los brazos extendidos—. Vaya…, estás completamente mojada.

—El canal del agua fluye exactamente por aquí debajo. En el suelo hay una losa suelta.

—¿Cómo lo sabías?

—Tu padre pasó diez meses en esta celda —respondió Ellen, y su voz reflejaba la amargura acumulada durante años.

—¿Mi padre? ¿En esta celda? ¿Diez meses?

—Fue entonces cuando me enseñó todas esas historias.

—Pero ¿por qué estaba aquí?

—Jamás lo supimos —repuso ella con tono resentido—. Fue secuestrado o detenido, nunca logró averiguarlo, en Normandía y lo trajeron aquí. No hablaba inglés ni latín y no tenía la menor idea de dónde se encontraba. Trabajó en las cuadras alrededor de un año, así fue como lo conocí. —Su voz se hizo suave por la nostalgia—. Lo quise en el mismo momento en que puse los ojos en él. Era tan cariñoso y parecía tan asustado e infeliz… Sin embargo, cantaba como un pájaro. Hacía meses que nadie hablaba con él. Se puso tan contento cuando le dije que sabía algunas palabras en francés que creo que sólo por eso me enamoré de él. —La ira endureció de nuevo su voz—. Al cabo de un tiempo lo metieron en esta celda. Fue entonces cuando descubrí cómo entrar aquí.

A Jack se le ocurrió que acaso había sido concebido precisamente allí, sobre el frío suelo de piedra. La idea le pareció embarazosa y se sintió contento de que estuviera demasiado oscuro para que su madre y él pudieran verse las caras.

—Pero mi padre debió de hacer algo para que le detuvieran —dijo.

—A él no se le ocurría cuál podía ser el motivo. Y al final se inventaron un delito. Alguien le dio un cáliz incrustado con piedras preciosas y le dijo que se fuera. Lo detuvieron cuando hubo recorrido uno o dos kilómetros y lo acusaron de haber robado el cáliz. Y por eso lo ahorcaron.

Ellen estaba llorando.

—¿Quién hizo eso?

—El sheriff de Shiring, el prior de Kingsbridge… Poco importa quién.

—¿Y qué hay de la familia de mi padre? Debía de tener padres, hermanos y hermanas…

—Sí, en Francia tenía una gran familia.

—¿Por qué no escapó y regresó allí?

—Lo intentó una vez, pero volvieron a cogerlo y le trajeron de nuevo aquí. Entonces fue cuando le metieron en la celda. Claro que pudo intentarlo de nuevo, una vez que descubrimos cómo salir de aquí. Pero no sabía cómo volver a casa, no conocía una palabra de inglés y no tenía un penique. Sus posibilidades eran escasas. Ahora sabemos que debería haberlo hecho, pero entonces jamás pensamos que lo iban a ahorcar.

Jack la rodeó con los brazos para consolarla. Estaba completamente empapada y temblando. Necesitaba salir de allí para secarse. Y entonces comprendió, sobresaltado, que si ella podía salir, también podía hacerlo él. Por unos instantes casi se había olvidado de Aliena, mientras su madre le hablaba de su padre, pero ahora se daba cuenta de que se iba a cumplir su deseo. Hablaría con Aliena antes de que ésta se casara.

—Dime cómo se sale de aquí —pidió de repente.

—Cógete de mi brazo y yo te guiaré —susurró ella.

Cruzaron la celda y Jack advirtió que su madre comenzaba a descender.

—Limítate a dejarte caer en el canal —le indicó—. Aspira profundamente y mete la cabeza debajo del agua. Luego, nada contra la corriente, o acabarás en la letrina de los monjes. Cuando estés cerca del final te habrás quedado casi sin aliento. Pero conserva la calma, sigue nadando y lo conseguirás.

Ellen se hundió todavía más y Jack perdió el contacto con ella.

Encontró el agujero y se introdujo por él. Casi de inmediato, sus pies tocaron el agua. Cuando hubo alcanzado el fondo del túnel y se puso en pie, sus hombros aún seguían en la celda. Antes de seguir descendiendo, alcanzó la piedra y la colocó de nuevo en su sitio, regocijándose perversamente con el desconcierto de los monjes cuando encontraran la celda vacía.

El agua estaba fría. Respiró hondo y, tumbándose boca abajo, nadó contra la corriente. Mientras avanzaba, iba imaginándose las edificaciones sobre su cabeza. Estaba pasando por debajo del pasadizo; luego, del refectorio, la cocina y el horno. No estaba lejos, pero parecía que aquello no iba a acabar nunca. Intentó salir a la superficie pero dio con la cabeza en la parte superior del túnel. Sintió pánico; sin embargo, recordó lo que le había dicho su madre. Ya casi había llegado. Al cabo de un instante vio luz delante de él. Había despuntado el alba mientras hablaban en la celda. Se arrastró hasta tener la luz encima de él. Entonces se puso en pie, y aspiró grandes bocanadas de aire fresco. Una vez recobrado el aliento, salió de la zanja.

Su madre se había cambiado de ropa. Llevaba ya un vestido seco y limpio, y estaba retorciendo y escurriendo el mojado. También había llevado ropa seca para él. Allí en la orilla, estaba la indumentaria que no había llevado durante medio año: una camisa de lino, una túnica verde de lana y botas de piel. Su madre se volvió de espaldas y Jack se quitó las sandalias y el pesado hábito monacal y se puso su propia ropa.

Arrojó el hábito a la zanja. No pensaba volver a llevarlo jamás.

—¿Qué harás ahora? —le preguntó su madre.

—Ir a ver a Aliena.

—¿Ahora mismo? Es muy pronto.

—No puedo esperar.

Ellen asintió.

—Sé cariñoso. Está sufriendo mucho.

Jack se inclinó para besarla. Luego, la abrazó con fuerza.

—Me sacaste de la prisión —dijo, y luego se echó a reír—. ¡Qué madre tengo!

Ellen sonrió, pero tenía los ojos arrasados en lágrimas.

Jack le dio otro abrazo de despedida y se alejó.

Pese a ser ya completamente de día, no había nadie por allí. Como era domingo y la gente no trabajaba, aprovechaban la ocasión para seguir durmiendo después de la salida del sol. Jack no estaba seguro de si debía sentirse atemorizado ante la posibilidad de que le vieran. ¿Tenía derecho el prior Philip a perseguir a un novicio que se hubiera fugado y obligarle a regresar? Y en el caso de que tuviera ese derecho, ¿querría ejercerlo? Jack no lo sabía. Sin embargo, Philip era la ley en Kingsbridge, y Jack lo había desafiado. Por lo tanto, era seguro que surgirían dificultades de algún tipo. Sin embargo Jack sólo pensaba en el futuro inmediato.

Llegó a la pequeña casa de Aliena y de pronto se le ocurrió que quizá Richard se encontrara allí. Esperaba que no fuera así. Sin embargo, nada podía hacer al respecto. Se acercó a la puerta y llamó suavemente con los nudillos.

Aguzó el oído. Dentro no se oía ruido alguno. Volvió a llamar más fuerte y esa vez oyó el ruido de la paja al moverse alguien.

—¡Aliena! —susurró con fuerza.

—¿Sí? —respondió una voz asustada.

—¡Abre la puerta!

—¿Quién es?

—Soy Jack.

¡Jack!

Hubo una pausa. Jack esperó.

Aliena cerró los ojos, desesperada, y se dejó caer contra la puerta apoyando la mejilla sobre la tosca madera. No es posible que sea Jack, se dijo. Hoy no, ahora no.

Le llegó de nuevo su voz, un susurro bajo, apremiante.

—Por favor, Aliena, abre la puerta. ¡Deprisa! ¡Si me cogen volverán a meterme en la celda!

Aliena sabía que lo tenían encerrado, pues la noticia había corrido por toda la ciudad. Era evidente que se había escapado. Y había corrido a su lado. El corazón empezó a latirle con fuerza. No podía fallarle.

Levantó la barra y abrió la puerta.

Jack tenía el cabello empapado, como si se hubiera bañado. No vestía el hábito monacal, sino ropa corriente. Sonrió como si verla fuese lo mejor que le hubiese pasado jamás.

—Has estado llorando —dijo Jack, frunciendo el entrecejo.

—¿Por qué has venido aquí?

—Tenía que verte.

—Voy a casarme hoy.

—Lo sé. ¿Puedo entrar?

Aliena sabía que no estaría bien dejarle pasar, pero pensó que al día siguiente se convertiría en la mujer de Alfred, así que tal vez fuera la última vez que pudiera hablar a solas con Jack. No me importa que esté mal, se dijo. Así que abrió más la puerta. Jack entró y ella volvió a colocar la barra.

Se quedaron inmóviles, mirándose. Ahora Aliena se sentía incómoda. En los ojos de Jack había una expresión de ansia y desesperación, como un hombre que, muerto de sed, ve una cascada.

—No me mires así —le pidió ella, dando media vuelta.

—No te cases con él —dijo Jack.

—Tengo que hacerlo.

—Serás desgraciada.

—Ya lo soy.

—Mírame. ¡Por favor!

Aliena se volvió hacia él y alzó los ojos.

—Por favor, dime por qué lo haces —le rogó Jack.

—¿Por qué habría de decírtelo?

—Por la forma en que me besaste en el molino viejo.

Aliena bajó la mirada sintiendo que se ruborizaba intensamente. Aquel día se había dejado llevar por sus impulsos, y desde entonces siempre se había sentido avergonzada. Ahora Jack lo utilizaba contra ella. No pronunció palabra. No tenía defensa posible.

—Desde entonces te mostraste fría —prosiguió Jack.

Ella mantuvo la vista baja.

—¡Éramos tan amigos! —añadió él, implacable—. Todo aquel verano en el claro del bosque… Mis historias… Éramos felices. Allí te besé una vez. ¿Recuerdas?

Claro que lo recordaba, aun cuando había llegado a convencerse a sí misma de que nunca había ocurrido. En aquel momento la enternecía la remembranza, y los ojos se le llenaron de lágrimas.

—Y entonces se me ocurrió el modo de abatanar el paño —continuó Jack—. ¡Estaba tan contento de poder ayudarte en tu negocio! Te emocionaste al verlo. Y volvimos a besarnos. Pero no fue un simple beso como el primero. Esa vez fue… apasionado.

¡Dios mío! Sí, lo fue, se dijo Aliena. Y volvió a ruborizarse. Empezó a respirar más deprisa. Deseaba que Jack se callara; pero no lo hacía.

—Nos abrazamos muy fuerte —dijo él—. Nos besamos durante lo que pareció una eternidad. Abriste la boca.

—¡Cállate! —gritó Aliena.

—¿Por qué? —dijo Jack—. ¿Qué había de malo en ello? ¿Por qué te volviste fría?

—¡Porque estoy asustada! —contestó ella, y luego rompió a llorar. Se tapó la cara con las manos y sollozó. Un instante después sintió las manos de Jack en sus hombros. Permaneció inmóvil y, al cabo de un rato, él la rodeó con los brazos y apoyó la mejilla sobre su pelo, aquel pelo feo, corto, informe que todavía no le había crecido desde el incendio, y le frotó la espalda como si fuera un bebé. A Aliena le hubiera gustado seguir así toda la vida. Pero Jack la apartó para poder mirarla.

—¿Por qué te asustas tanto? —le preguntó.

Aliena lo sabía, pero no podía decírselo. Negó con la cabeza al tiempo que daba un paso atrás. Pero Jack la sujetó por las muñecas, manteniéndola cerca.

—Escucha, Aliena —dijo—. Quiero que sepas lo terrible que ha sido todo esto para mí. Al principio parecía que me amabas; luego, dio la impresión de que me aborrecías, y ahora te vas a casar con mi hermanastro. No lo entiendo. Yo no sé nada de estas cosas, nunca había estado enamorado, y es todo tan doloroso... No encuentro palabras para expresar lo malo que es. ¿No crees que al menos deberías intentar explicarme por qué he de pasar por todo esto?

Aliena se sintió embargada por los remordimientos al pensar en lo cruelmente que le había herido cuando le quería tanto. Estaba avergonzada por la forma en que le había tratado. Jack sólo le había hecho cosas buenas y amables, y ella le había recompensado arruinando su vida. Tenía derecho a una explicación. Hizo acopio de fuerzas y dijo:

—Hace mucho tiempo me pasó algo, Jack, algo realmente espantoso, algo que durante años he procurado olvidar. No quería volver a pensar en ello, pero cuando me besaste de aquella manera, todo volvió de nuevo a mí, y no pude soportarlo.

—¿Qué fue? ¿Qué ocurrió?

—Después de que mi padre fuera hecho prisionero vivimos en el castillo Richard, yo y un sirviente llamado Matthew. Una noche llegó William Hamleigh y nos arrojó de allí.

Jack entornó los ojos.

—¿Y qué pasó?

—Mataron al pobre Matthew.

Jack sabía que no le estaba diciendo toda la verdad.

—¿Por qué?

—¿Qué quieres decir?

—¿Por qué mataron a tu sirviente?

—Porque intentaba detenerles. —Las lágrimas bañaban el rostro de Aliena, que sentía un nudo en la garganta cada vez que intentaba hablar. Movió la cabeza impotente e intentó dar media vuelta, pero Jack se lo impidió.

—¿Qué era lo que iban a hacer para que intentase detenerles? —preguntó con voz tan suave como un beso.

De repente Aliena supo que podía decírselo y lo confesó todo con la rapidez de un torrente.

—Me forzaron —dijo—. El escudero me sujetó y William se puso encima de mí, pero aun así yo no le dejaba, y entonces a Richard le cortaron el lóbulo de la oreja, y dijeron que seguirían cortándolo en trozos. —Ahora sollozaba de alivio, agradecida de poder al fin contarlo. Miró a Jack a los ojos y añadió—: Así que abrí las piernas y William me violó mientras su escudero obligaba a Richard a mirar.

—Lo lamento muchísimo —musitó Jack—. Oí rumores, pero nunca pensé… ¿Cómo fueron capaces de hacer eso, mi querida Aliena?

Ella pensó que debía saberlo todo.

—Y luego, una vez que William me hubo violado, también lo hizo el escudero.

Jack cerró los ojos. Tenía el rostro lívido y tenso.

—Y entonces, verás —prosiguió Aliena—, cuando tú y yo nos besamos, quise que me hicieras el amor, pero entonces me vino a la mente William y su escudero y me sentí tan mal, tan asustada que salí corriendo. Ése fue el motivo de que me mostrara tan arisca contigo y te hiciera desgraciado. Lo siento.

—Te perdono —musitó Jack. La atrajo hacia sí y ella dejó que la rodeara otra vez con sus brazos. Era tan consolador…

Aliena le sintió estremecerse.

—¿Te inspiro aversión? —le preguntó, ansiosa.

Jack la miró.

—Te adoro —dijo, y bajando la cabeza la besó en la boca.

Ella se quedó rígida. Aquello no era lo que quería. Jack la apartó un poco y luego volvió a besarla. El roce de sus labios era muy suave. Aliena sintió hacia él gratitud y cariño, se humedeció los labios, sólo un poco. Jack, alentado, volvió a apretar su boca contra la de ella. Aliena podía sentir su aliento cálido. Él abrió ligeramente los labios y entonces ella se apartó rápidamente.

—¿Tan desagradable te parece? —preguntó él, dolido.

En verdad, Aliena ya no estaba tan asustada como antes. Había revelado a Jack la espantosa realidad sobre sí misma, y él no la había rechazado con repulsión. Por el contrario se mostraba tan tierno y cariñoso como siempre. Levantó la cabeza y él volvió a besarla. Eso no la aterraba. No había nada amenazador, nada violento ni incontrolable, no había deseo de forzarla, ni odio ni dominación, todo lo contrario. Ese beso había sido un placer compartido.

Jack entreabrió los labios y Aliena sintió la punta de su lengua. Volvió a ponerse tensa. Jack le hizo separar los labios. Ella se tranquilizó de nuevo. Él le mordisqueó suavemente el labio inferior, haciendo que sintiese un ligero vértigo.

—¿Querrás volver a hacer lo de la última vez? —le preguntó Jack.

—¿Qué hice?

—Te lo enseñaré. Abre la boca, sólo un poco.

Aliena hizo lo que le pedía y sintió de nuevo la lengua de él acariciándole los labios, introduciéndose entre sus dientes separados y tanteando en su boca hasta encontrar la suya. Aliena se apartó.

—Así —dijo Jack—. Eso es lo que hiciste.

—¿Yo? —preguntó Aliena, sobresaltada.

—Sí. —Jack sonrió y luego su expresión se hizo solemne al agregar—: Si quisieras hacerlo otra vez, eso compensaría toda la tristeza de los últimos nueve meses.

Aliena volvió a levantar la cara y cerró los ojos. Al cabo de un instante, sintió la boca de él sobre la suya. Abrió los ojos, vaciló y después, nerviosa, metió la lengua en la boca de él. Al hacerlo recordó cómo se había sentido la última vez que lo hizo, en el molino viejo, y se repitió aquella sensación de éxtasis. Se vio embargada por la necesidad de tenerle abrazado, de tocar su piel y su pelo, de sentir sus músculos y sus huesos, de estar dentro de él y tenerle dentro de ella. Sus lenguas se encontraron y, en lugar de sentirse incómoda y notar una leve repugnancia, se sintió excitada al hacer algo tan íntimo como tocar con su lengua la de Jack.

Ahora ambos jadeaban. Él sostenía la cabeza de ella entre sus manos y Aliena le acariciaba los brazos, la espalda y luego las caderas, sintiendo los músculos tensos y fuertes. El corazón le latía con fuerza. Por último, ya sin aliento, apartó los labios.

Aliena lo miró. Tenía la cara enrojecida. Jadeaba y en su rostro se reflejaba toda la intensidad de su deseo. Al cabo de un momento se inclinó de nuevo, pero en lugar de besarla en la boca le levantó la barbilla y besó la suave piel de la garganta. Aliena escuchó su propio gemido de placer. Bajando aún más la cabeza, Jack rozó con los labios el nacimiento de su seno. A Aliena se le inflamaron los pezones debajo del tosco tejido de su camisón de lino al tiempo que los sentía insoportablemente tiernos. Los labios de Jack se cerraron sobre uno de ellos. Aliena sintió en la piel su aliento abrasador.

—Despacio —murmuró, temerosa.

Jack le besó el pezón a través del lino y a pesar de que lo hizo de la manera más suave posible, Aliena experimentó una sensación de placer tan aguda que fue como si le hubiera mordido, y lanzó un leve grito entrecortado.

Y entonces Jack cayó de rodillas ante ella.

Apretó la cara contra su vientre. Aliena sintió de pronto un hormigueo en las ingles. Jack cogió el borde del camisón y se lo levantó hasta la cintura. Ella le miraba temerosa de su reacción, ya que siempre se había sentido avergonzada de tener allí tanto vello. Pero a Jack no pareció molestarle. Por el contrario, se inclinó y la besó suavemente, precisamente allí, como si fuera la cosa más maravillosa del mundo.

Aliena cayó de rodillas frente a él. Ahora ya respiraba entrecortadamente, igual que si hubiese corrido un kilómetro. Le necesitaba terriblemente. Sentía la garganta seca por el deseo. Puso las manos sobre las caderas de él y luego deslizó una de ellas por debajo de su túnica. Aliena jamás había tocado el pene de un hombre. Estaba caliente y duro como un palo. Jack cerró los ojos y dejó escapar un profundo gemido mientras ella acariciaba su miembro con la yema de los dedos. Finalmente, le levantó la túnica e, inclinándose, se lo besó con un suave roce de labios. Tenía la punta tensa como el parche de un tambor, y un poco húmeda.

De repente se sintió poseída por el deseo de mostrarle los senos. Se puso de nuevo de pie. Jack abrió los ojos. Sin dejar de mirarlo, se sacó rápidamente el camisón por la cabeza y lo arrojó lejos. Ya estaba completamente desnuda. Se sentía extrañamente consciente de sí misma, y resultaba una sensación grata. Jack contempló sus senos como hipnotizado.

—Son hermosos —musitó.

—¿Lo crees de verdad? —le preguntó ella—. Siempre me ha parecido que son demasiado grandes.

—¿Demasiado grandes? —repitió Jack como si la sugerencia fuese ofensiva. Tendió el brazo y le tocó el seno izquierdo con la mano derecha. Se lo acarició suavemente. Aliena miraba hacia abajo observando lo que él hacía. Al cabo de un momento quiso que lo hiciera con más fuerza. Le cogió las manos y se las apretó contra sus senos.

—¡Hazlo más fuerte! —le dijo con voz enronquecida—. Necesito sentirte más hondo.

Las palabras de ella le enardecieron. Le acarició vigorosamente los senos y luego, cogiéndole los pezones se los pellizcó con la fuerza suficiente para que sólo le dolieran un poco. Aquella sensación pareció enloquecerla. Se le quedó la mente en blanco, sintiéndose totalmente embargada por el contacto de sus dos cuerpos.

—Quítate la ropa —le pidió—. Quiero mirarte.

Jack se despojó de la túnica y de la ropa interior, se quitó las botas y las calzas y se arrodilló de nuevo ante ella. El pelo rojo empezaba a secársele formando bucles indómitos. Tenía el cuerpo delgado y blanco, con hombros y caderas huesudos. Parecía nervioso y ágil, joven y lozano. El pene le sobresalía semejante a un árbol entre la fronda del vello rojizo. De repente Aliena sintió deseos de besarle el pecho. Inclinándose hacia adelante rozó con los labios sus lisas tetillas, que se inflamaron al igual que los pezones de ella. Las mordisqueó suavemente con el ansia de hacerle sentir el mismo placer que él le había producido. Jack le acarició el pelo.

Aliena quería sentirlo dentro de ella, cuanto antes, pero comprendió que Jack no estaba seguro de lo que tenía que hacer.

—¿Eres virgen, Jack? —le preguntó.

Él asintió, sintiéndose algo estúpido.

—Me alegro —manifestó ella con fervor—. Me alegro mucho. —Cogiéndole las manos se las puso entre las piernas. Tenía aquella parte inflamada y sensible y el roce de él fue electrizante—. Acaríciame —susurró—. Méteme los dedos.

Jack introdujo en ella un dedo vacilante. Estaba húmeda a causa del deseo.

—Ahí —dijo ella, y soltó un suspiro de placer—. Ahí es donde tienes que introducirlo. —Le soltó la mano y se tendió encima de la paja.

Jack se tumbó sobre ella y, apoyándose en un codo, la besó en la boca. Aliena le sintió entrar un poco y luego detenerse.

—¿Qué pasa? —le preguntó.

—Parece tan pequeño —repuso Jack—. Tengo miedo de hacerte daño.

—Empuja más fuerte —le indicó ella—. Te deseo tanto que no me importa que duela. —Le sintió empujar. Dolía más de lo que había esperado, pero fue sólo un instante, y luego se sintió maravillosamente colmada. Le miró. Él se retiró un poco y empujó de nuevo. Ella empujó a su vez y susurró—: Nunca pensé que fuera tan delicioso.

Jack cerró los ojos como si fuera incapaz de resistir tanta felicidad. Empezó a moverse rítmicamente. Los impulsos constantes producían en Aliena una sensación de placer en alguna parte del pubis. Se escuchó a sí misma dar pequeños gritos de excitación cada vez que se juntaban sus cuerpos. Él se bajó hasta tocar con su pecho los pezones de ella, y Aliena sintió su ardiente aliento. Apretó la fuerte espalda de él. Su jadeo regular se transformó en gritos. De repente sintió la necesidad de besarle. Hundiendo las manos en los bucles de él atrajo su cabeza hacia ella. Le besó con fuerza en los labios y luego, metiéndole la lengua en la boca, empezó a moverse cada vez más deprisa. Tenerle a él dentro al tiempo que su lengua estaba en la boca de él, la hizo enloquecer de placer. Sintió que la sacudía un espasmo inmenso de gozo, tan violento como si cayera de un caballo y se golpeara contra el suelo. Gritó con fuerza. Abrió los ojos y, mirándolo fijamente, pronunció su nombre. Entonces la invadió otra oleada y luego otra. Sintió también que el cuerpo de él se sacudía, al tiempo que dentro de ella se derramaba un chorro cálido que la enardeció aún más haciéndola estremecerse de placer una y otra vez hasta que, por último, la sensación pareció empezar a desvanecerse y su cuerpo fue quedando completamente relajado.

Se encontraba demasiado exhausta para hablar o moverse, pero sentía sobre ella el peso de Jack, sus huesudas caderas contra las suyas, su pecho liso aplastando sus suaves senos, su boca junto a su oído y los dedos enredados en su pelo. Parte de su mente pensaba de un modo vago: esto es lo que pasa entre hombre y mujer, éste es el motivo que trae tan excitada a la gente, y también la razón de que marido y esposa se quieran tanto.

La respiración de Jack se hizo más leve y regular, y su cuerpo se relajó hasta quedar completamente laxo. Estaba dormido.

Aliena volvió la cabeza y le besó en la cara. No pesaba demasiado. Ansiaba que siguiera así para siempre, dormido sobre ella.

Aquella idea le hizo recordar que era el día de su boda.

¡Santo Dios!, pensó, ¿qué he hecho?

Rompió a llorar.

Al cabo de un momento Jack despertó. Besó con ternura las lágrimas que le caían por las mejillas.

—Quisiera casarme contigo, Jack —dijo Aliena.

—Entonces eso es lo que haremos —afirmó él con tono de profunda satisfacción.

No la había comprendido, eso sólo servía para empeorar las cosas.

—Sin embargo, no podemos.

—Pero después de esto…

—Lo sé…

—Después de esto tienes que casarte conmigo.

—No podemos casarnos —repitió ella—. He perdido todo mi dinero y tú no tienes nada.

Jack se incorporó, apoyándose en los codos.

—Tengo mis manos —dijo con orgullo—. Soy el mejor tallista en piedra en muchos kilómetros a la redonda.

—Te despidieron…

—Eso carece de importancia. Puedo encontrar trabajo allí donde estén construyendo una iglesia.

Aliena sacudió la cabeza, desolada.

—No es suficiente. Tengo que pensar en Richard.

—¿Por qué? —exclamó Jack, indignado—. ¿Qué tiene que ver todo esto con Richard? Puede cuidar de sí mismo.

De repente Jack pareció pueril, y Aliena comprendió la diferencia de edad. Era cinco años menor que ella y todavía seguía pensando que tenía derecho a ser feliz.

—Juré a mi padre, cuando se estaba muriendo, que cuidaría de Richard hasta que llegara a ser conde de Shiring —explicó.

—¡Pero puede ser que eso no ocurra nunca!

—Un juramento es un juramento.

Jack parecía estupefacto. Rodó apartándose de Aliena, que experimentó una dolorosa sensación de pérdida cuando su pene salió de ella. Jamás volveré a sentirlo dentro de mí, pensó desconsolada.

—Es imposible que creas tal cosa —dijo él—. ¡Un juramento sólo son palabras! No es nada en comparación con esto. Esto es real, esto somos tú y yo. —Le miró los senos. Luego tendió el brazo y le acarició el vello del pubis. Aliena sintió su tacto. Vio que se sobresaltaba, y se detuvo.

Por un instante, Aliena estuvo a punto de decir: «Sí, muy bien, huyamos juntos ahora», y acaso lo habría hecho si hubiera seguido acariciándola de aquella manera. Pero recuperó la sensatez.

—Voy a casarme con Alfred.

—No seas ridícula.

—Es la única solución.

—No puedo creer que estés hablando en serio —dijo.

—Es verdad.

—Soy incapaz de renunciar a ti. No puedo. Sencillamente, no puedo. —Se le quebró la voz y ahogó un sollozo.

—¿De qué serviría que quebrantara un juramento hecho a mi padre para prestar otro juramento de matrimonio contigo? —preguntó ella—. Si rompo el primero, el segundo carece de valor.

—No me importa. No quiero tus juramentos. Sólo quiero que estemos toda la vida juntos y hagamos el amor siempre que queramos.

Era el punto de vista del matrimonio de un muchacho de dieciocho años, pensó Aliena, pero no lo dijo. Si hubiera sido libre sin duda lo habría aceptado.

—No puedo hacer lo que quiera —declaró con tristeza—. No es mi destino.

—Lo que estás haciendo está mal —le aseguró Jack—. Renunciar a la felicidad es como arrojar piedras preciosas al océano. Es mucho peor que cualquier pecado.

Aliena se sobresaltó al caer en la cuenta de que su madre habría estado de acuerdo con aquello. Ignoraba cómo lo sabía. Apartó la idea de su mente.

—Jamás podría sentirme feliz, ni siquiera contigo, si hubiera de vivir con la certeza de haber roto la promesa que hice a mi padre.

—Te importan más tu padre y tu hermano que yo —se quejó Jack con un leve tono de reproche.

—No...

—Entonces, ¿qué?

Sólo estaba divagando; pero Aliena consideró la pregunta con seriedad.

—Supongo que significa que el juramento que hice a mi padre es para mí más importante que el amor que siento hacia ti.

—¿De veras? —preguntó él, incrédulo—. ¿De verdad lo es?

—Sí, lo es —repuso Aliena, y sintió que una losa caía sobre su corazón.

—Entonces no hay nada más que decir —musitó él.

—Sólo… que lo siento.

Jack se puso en pie. Volviéndose de espaldas a Aliena, cogió su ropa. Ella contempló su cuerpo largo y delgado. En las piernas tenía abundante vello rizado, de un rojizo dorado. Se puso rápidamente la camisa y la túnica; luego, los calcetines y las botas. Todo ocurrió con excesiva rapidez.

—Vas a ser muy desgraciada —dijo tratando de mostrarse desagradable con ella, pero el intento fue un fracaso, ya que Aliena captó su tono de compasión.

—Ya lo soy —repuso—. ¿No querrías al menos… decir que respetas mi decisión?

—No —contestó él sin vacilar—. De ninguna manera. Te desprecio por ello.

Aliena seguía allí sentada, desnuda, mirándole. Se echó a llorar.

—Más vale que me vaya —dijo Jack, y se le quebró la voz.

—Sí, vete —musitó Aliena entre sollozos.

Él se dirigió hacia la puerta.

—¡Jack!

Jack se volvió.

—¿No querrás desearme suerte?

Levantó la barra.

—Buena… —Calló incapaz de seguir hablando, miró el suelo y luego la miró a ella de nuevo, la voz llegó hasta Aliena como un susurro—. Buena suerte —dijo.

Y salió.

La casa que había sido de Tom era ahora de Ellen, aunque también el hogar de Alfred, de manera que aquella mañana estaba llena de gente preparando el festín de bodas organizado por Martha, la hermana de trece años de Alfred, mientras que la madre de Jack parecía desconsolada. Alfred se encontraba allí con una toalla en la mano, a punto de bajar al río. Las mujeres se bañaban una vez al mes y los hombres por Pascua Florida y la fiesta de san Miguel, pero era tradicional bañarse el día de la boda. Se hizo el silencio con la llegada de Jack.

—¿Qué quieres? —le preguntó Alfred.

—Quiero que suspendas la boda.

—¡Vete al infierno!

Jack comprendió que había empezado mal. Tenía que intentar no convertir aquello en un enfrentamiento. Lo que estaba proponiendo era también en interés de Alfred, y debía lograr que lo comprendiese.

—No te quiere, Alfred —le dijo con la mayor amabilidad posible.

—Tú no sabes nada de eso, muchacho.

—Sí que lo sé —insistió Jack—. No te quiere. Sólo lo hace por Richard. Es el único a quien este matrimonio hará feliz.

—Vuelve al monasterio —repuso desdeñoso Alfred—. Y, a propósito, ¿dónde está tu hábito?

Jack respiró hondo. No le quedaba otro remedio que decirle la verdad.

—Me quiere a mí, Alfred. —Esperaba que éste se enfureciera, pero en su rostro sólo apareció la sombra de una artera sonrisa. Jack quedó estupefacto. ¿Qué significaba aquello? La luz fue haciéndose poco a poco en su mente—. ¡Ya lo sabías! —exclamó, incrédulo—. ¿Sabes que me quiere y aun así no te importa? Ambicionas tenerla como sea, te ame o no. Lo único que quieres es conseguirla.

La sonrisa de Alfred se hizo más maliciosa, y Jack supo que cuanto estaba diciendo era la pura verdad. Pero la expresión de Alfred ocultaba algo más. Una increíble sospecha brotó de la mente de Jack.

—¿Por qué quieres tenerla? —dijo—. ¿Acaso… quieres casarte con ella… sólo para quitármela a mí? —La ira le hizo subir el tono de voz—. ¿Sólo te casas con ella por rencor?

En el estúpido rostro de Alfred apareció una expresión de triunfo, y Jack supo que había vuelto a dar en el clavo. La idea de que Alfred estaba haciendo todo aquello, no por un comprensible deseo por Aliena sino por ruindad era algo imposible de soportar.

—¡Maldito seas! Más te valdrá tratarla bien —vociferó.

Alfred se echó a reír.

La suprema perversidad de los propósitos de Alfred fue como un golpe físico para Jack. Alfred no pensaba tratarla bien. Ésa sería la venganza final reservada para Jack. Alfred iba a casarse con Aliena y a hacerla desgraciada.

—Eres un ser despreciable —dijo Jack con amargura—. Una mierda. Una diabólica y repugnante babosa.

Sus palabras hicieron mella en Alfred, que soltó la toalla y se lanzó sobre Jack con el puño cerrado. Jack le esperaba, y se adelantó para golpearle primero. De repente, Ellen apareció entre ellos y, a pesar de ser tan pequeña, los detuvo con una sola frase:

—Ve a bañarte, Alfred.

Alfred se calmó de inmediato. Comprendió que había ganado la partida sin necesidad de luchar con Jack, y su farisaica mirada reveló sus pensamientos. Salió de casa.

—Y ahora, ¿qué vas a hacer, Jack? —le preguntó su madre.

Jack temblaba de furia. Respiró hondo varias veces antes de poder hablar. Comprendió que no podía impedir la boda. Pero tampoco podía presenciarla.

—Tengo que irme de Kingsbridge.

Vio la pena reflejada en el rostro de su madre, pese a lo cual ésta se mostró de acuerdo.

—Me temía que dirías eso. Pero creo que tienes razón.

En el priorato empezó a repicar una campana.

—De un momento a otro descubrirán que he escapado —dijo Jack.

—Vete deprisa, pero escóndete junto al río, cerca del puente. Te llevaré algunas cosas —le dijo su madre.

—Muy bien —repuso Jack, y dio media vuelta.

Martha se encontraba entre él y la puerta, llorando. Jack la abrazó, y ella se aferró con fuerza a él. Su cuerpo de adolescente era liso y huesudo como el de un muchacho.

—Vuelve algún día —le rogó.

Jack le dio un rápido beso y salió.

Para entonces ya había mucha gente por allí, cogiendo agua y disfrutando de la templada mañana otoñal. La mayoría sabía que era novicio, ya que la ciudad era lo bastante pequeña para que todo el mundo estuviera enterado de los asuntos de los demás, así que su indumentaria seglar atrajo muchas miradas sorprendidas. Pero nadie le hizo pregunta alguna. Descendió deprisa por la ladera de la colina, cruzó el puente y caminó por la orilla del río hasta llegar a un cañaveral. Se agazapó allí para vigilar el puente, esperando la llegada de su madre.

No tenía idea de adónde iría. Tal vez empezara a caminar en línea recta hasta llegar a una ciudad donde estuvieran construyendo una catedral y se detuviera allí. Era cierto lo que había dicho a Aliena de buscar trabajo. Sabía que era lo bastante bueno como para que le emplearan en cualquier parte. Aunque tuvieran completo el equipo de trabajadores, sabía que le bastaría con demostrar al maestro constructor cómo tallaba para que éste le admitiera. Pero ello no parecía ya conducirle a parte alguna. Jamás amaría a otra mujer que a Aliena, y sus sentimientos eran muy similares en lo que se refería a la catedral de Kingsbridge. Quería trabajar en la construcción de ésta, no en cualquier otra parte.

Tal vez bastara con internarse en el bosque, tumbarse allí y dejarse morir. Le pareció una idea seductora. El tiempo era apacible; tendría un final tranquilo. Sólo lamentaría no haber podido saber algo más acerca de su padre antes de morir.

Se estaba imaginando a sí mismo tumbado en un lecho de hojas otoñales, en tranquilo tránsito, cuando vio a su madre cruzar el puente. Llevaba un caballo por la brida.

Jack se puso en pie y corrió hacia ella. El caballo era la yegua zaina que Ellen siempre montaba.

—Quiero que te lleves mi yegua —le dijo.

Jack cogió la mano de su madre y la apretó como muestra de agradecimiento.

A Ellen se le llenaron los ojos de lágrimas.

—Nunca he cuidado de ti muy bien —dijo—. Primero te crié salvaje en el bosque. Luego, con Tom, casi te dejé morir de hambre. Y, además, te hice vivir con Alfred.

—Me cuidaste muy bien, madre —contestó Jack—. Esta mañana hice el amor con Aliena. Ahora ya puedo morir feliz.

—Eres un muchacho apasionado e imprudente —le dijo Ellen—. Eres igual que yo. Si no puedes tener la amante que deseas no tendrás ninguna.

—¿Así eres tú? —le preguntó Jack.

Ella asintió.

—Después de morir tu padre preferí vivir sola antes que unirme a otro. Jamás necesité de otro hombre hasta que vi a Tom. Y eso fue al cabo de once años. —Se soltó la mano—. Te digo esto por una razón. Es posible que pasen once años, pero llegará un día en que amarás a otra mujer, te lo aseguro.

Jack negó con la cabeza.

—Eso me parece imposible.

—Lo sé. —Ellen miró con nerviosismo por encima del hombro hacia la ciudad—. Más vale que te vayas.

Jack se acercó al caballo. Iba cargado con dos abultadas alforjas.

—¿Qué hay en las alforjas? —le preguntó Jack.

—En ésta algo de comida, dinero y un odre lleno —le contestó—. En la otra, las herramientas de Tom.

Jack estaba conmovido. Su madre había insistido en conservar las herramientas del maestro constructor después de su muerte, a modo de recuerdo. Y ahora se las estaba dando a él. La abrazó.

—Gracias —le dijo.

—¿Adónde irás? —le preguntó Ellen.

Jack pensó de nuevo en su padre.

—¿Dónde narran sus historias los juglares? —preguntó.

—En el camino de peregrinos a Santiago de Compostela.

—¿Crees que los juglares se acordarán de Jack Shareburg?

—Es posible. Diles que eres su vivo retrato.

—¿Dónde está Compostela?

—En España.

—Entonces, voy a España.

—Es un largo camino, Jack.

—Tengo todo el tiempo del mundo.

Ellen le rodeó con sus brazos y le estrechó con fuerza. Jack pensó en las muchas veces que había hecho aquello a lo largo de los últimos dieciocho años, consolándole por una rodilla herida, un juguete perdido, una decepción de adolescente... En esos momentos, lo hacía por una pena prematura de adulto. Pensó en todas las cosas que había hecho su madre, desde criarlo en el bosque hasta sacarlo de la celda de castigo. Siempre había estado dispuesta a pelear como un gato por su hijo. Le dolía tener que dejarla.

Ellen lo soltó. Él montó rápidamente la yegua.

Volvió la mirada hacia Kingsbridge. Cuando había llegado allí por primera vez, era un pueblo adormecido, con una catedral vieja y medio derruida. Había prendido fuego a aquella vetusta catedral. Pero ya nadie lo sabía más que él. Ahora Kingsbridge era una ciudad pequeña y arrogante. Bueno, había otras ciudades. Le costaba marcharse, pero se encontraba al borde de lo desconocido, a punto de embarcarse en una aventura y ello aliviaba en cierto modo el dolor de dejar atrás cuanto amaba.

—Vuelve algún día, Jack. Por favor —le rogó su madre.

—Volveré.

—¿Lo prometes?

—Lo prometo.

—Si te quedaras sin dinero antes de encontrar trabajo, vende la yegua, no las herramientas —le aconsejó.

—Te quiero, madre —dijo Jack.

A Ellen se le llenaron los ojos de lágrimas.

—Cuídate mucho, hijo mío.

Jack espoleó el caballo, que se puso en marcha. Volviéndose, saludó con la mano. Ellen le devolvió el saludo. Luego, lanzó el caballo al trote y, a partir de ese momento, dejó de mirar hacia atrás.

Richard llegó a casa justo a tiempo para la boda.

En cuanto entró, dijo que Stephen se había mostrado generoso concediéndole dos días de permiso. Su ejército se encontraba en Oxford, donde asediaban el castillo en el que Maud había quedado acorralada, de manera que los caballeros no tenían mucho que hacer.

—No podía estar ausente el día de la boda de mi hermana —dijo Richard.

Lo que tú quieres es asegurarte de que se lleva a cabo para poder obtener de Alfred lo que te prometió, pensaba Aliena con acritud mientras le escuchaba.

A pesar de todo, se sentía contenta de que estuviera allí para que la condujese a la iglesia y la entregara a su marido. De lo contrario, no habría tenido a nadie.

Se puso una camisola nueva de lino y un vestido blanco, según la última moda. Poco podía hacer con el pelo, que se había quemado el día del incendio, pero se trenzó las partes más largas, sujetándolas con elegantes lazos de seda blanca. Un vecino le prestó un espejo. Estaba pálida y sus ojos revelaban que había pasado la noche en blanco. A ese respecto nada podía hacer. Richard la observaba. Parecía un poco cohibido, como si se sintiera culpable, y se agitaba inquieto. Tal vez temiera que su hermana diera al traste con todo en el último momento.

Aliena se había sentido tentada de hacerlo en más de una ocasión. Se imaginaba cogida de la mano de Richard, alejándose de Kingsbridge para empezar una nueva vida en otra parte, una vida sencilla de trabajo honrado, libres de las cadenas de viejos juramentos y padres muertos. Pero era su sueño demencial. Jamás podría ser feliz si abandonaba a su hermano.

Una vez hubo llegado a esa conclusión, se imaginó bajando al río y arrojándose a él. Vio su cuerpo inerte arrastrado por la corriente, boca arriba, el pelo flotando alrededor de su cabeza. Y entonces comprendió que casarse con Alfred era mejor que aquello, con lo que retornó al punto de partida y consideró que el matrimonio era la mejor solución a su alcance para la mayor parte de sus problemas.

Jack habría encontrado despreciable esa manera de pensar.

Repicó la campana de la iglesia.

Aliena se puso en pie.

Jamás había imaginado que el día de su boda iba a ser así.

Cuando de adolescente había pensado en ello se veía del brazo de su padre, yendo desde la torre del homenaje, a través del puente levadizo, hasta la capilla en el patio inferior, con los caballeros y hombres de armas, servidores y arrendatarios agolpados en el recinto del castillo para vitorearla y desearle buena suerte. En sus ensoñaciones despierta, el joven que la esperaba en la capilla siempre había sido una imagen difusa; pero sabía que la adoraba y la hacía reír. Y ella pensaba que era maravilloso. Bien. Nada en su vida había sido como ella esperaba. Richard sostenía abierta la puerta de la única habitación de la pequeña casa y Aliena salió a la calle.

Ante su sorpresa, varios vecinos se encontraban esperando fuera de sus casas para verla. Algunos le gritaron al salir «¡Dios te bendiga!» y «¡Buena suerte!». Sintió una inmensa gratitud hacia ellos. Mientras subía por la calle le arrojaron maíz, que significaba fertilidad. Tendría hijos que la querrían.

La iglesia parroquial se encontraba en la parte más alejada de la ciudad, en el barrio de la gente rica, donde viviría a partir de esa misma noche. Dejaron atrás el monasterio. En aquel momento los monjes estarían celebrando la santa misa en la cripta, pero el prior Philip había prometido asistir al festín de bodas y bendecir a la feliz pareja. Aliena esperaba que así lo hiciera. Había sido una figura importante en su vida desde aquel día, hacía ya seis años, en que le había comprado toda su lana en Winchester.

Llegaron a la nueva iglesia construida por Alfred con la ayuda de Tom. Ya había allí una pequeña multitud. La boda sería en el porche, en inglés, y luego se celebraría una misa en latín en el interior de la iglesia. Allí se encontraban todos los que trabajaban para Alfred y también la mayoría de aquellos que habían tejido para Aliena en los viejos tiempos. Al llegar la novia, todos la vitorearon.

Alfred estaba esperando con su hermana Martha y Dan, uno de los albañiles. Vestía una túnica nueva color escarlata, y botas limpias. Llevaba largo el pelo oscuro y brillante, semejante al de Ellen. Entonces Aliena se dio cuenta de que ésta no se encontraba allí. Se disponía a preguntar a Martha dónde estaba su madrastra cuando apareció el sacerdote y empezó el servicio.

Aliena reflexionaba sobre la nueva dirección que había tomado su vida seis años atrás, tras hacer un juramento a su padre, y el modo en que en esos momentos empezaba una nueva etapa, también con un juramento a un hombre. Rara vez había hecho algo pensando en sí misma. Aquella mañana había hecho una terrible excepción con Jack. Cuando lo recordaba apenas podía creerlo. Parecía una ensoñación o una de las imaginativas historias de Jack, algo que no tenía relación alguna con la vida real. Jamás se lo contaría a nadie. Sería un delicioso secreto que guardaría celosa para sí y sólo recordaría de vez en cuando, para disfrutar al igual que un avaro que cuenta en plena noche su tesoro escondido bajo una tabla.

Estaban llegando a los votos. Aliena repitió las palabras del sacerdote:

—Te tomo a ti, Alfred, hijo de Tom Builder, llamado así por ser maestro constructor, como esposo, y juro guardarte siempre fidelidad.

Una vez dicho aquello, Aliena sintió ganas de llorar.

A continuación, fue Alfred quien hizo su voto. Mientras hablaba, hubo una oleada de murmullos al fondo de la concurrencia y una o dos personas miraron hacia atrás. Aliena se encontró con la mirada de Martha.

—Es Ellen —musitó ésta.

El sacerdote frunció el entrecejo molesto por aquella interrupción.

—Alfred y Aliena están ahora casados a los ojos de Dios y que la bendición... —empezó a decir.

No llegó a terminar la frase. Una voz se alzó detrás de Aliena.

—¡Maldigo esta boda!

Era Ellen.

Una exclamación de horror se alzó entre los congregados.

—Y que la bendición... —repitió el sacerdote intentando proseguir, pero finalmente calló, palideció e hizo la señal de la cruz.

Aliena se volvió. Ellen estaba en pie detrás de ella. La multitud retrocedió para dejarle paso. Ellen sostenía un gallo vivo en una mano y un largo cuchillo en la otra. El cuchillo estaba ensangrentado y del corte inferido en el cuello del animal brotaba la sangre.

—Maldigo este matrimonio con penas —prosiguió y sus palabras helaron la sangre de Aliena—. Maldigo este matrimonio con esterilidad —dijo—. Lo maldigo con amargura, odio, desolación y pesadumbres. Lo maldigo con impotencia.

Al pronunciar la palabra «impotencia» lanzó al aire el gallo ensangrentado. Varias personas chillaron al tiempo que retrocedían. Aliena permanecía inmóvil, como si hubiera echado raíces. El gallo voló por los aires, salpicándolo todo de sangre y cayó sobre Alfred. Éste, aterrado, retrocedió de un salto. Aquel espantoso ser aleteó en el suelo, todavía sangrando.

Cuando la gente se recuperó y miró alrededor, Ellen había desaparecido.

Martha había puesto sábanas de hilo limpias y una manta de lana nueva en el lecho, el gran lecho de plumas que perteneció a Ellen y Tom y que, en adelante, sería de Alfred y Aliena. Desde la ceremonia no se había vuelto a ver a Ellen. El festín había resultado más bien tranquilo, semejante a una excursión en un día frío, pues todo el mundo se mostraba cariacontecido, y comía y bebía de forma maquinal, porque no podían hacer otra cosa. Con la puesta de sol, se fueron los invitados, sin ninguna de las habituales y zafias bromas sobre la noche de bodas. Martha se había acostado ya en su pequeña cama, en la otra habitación, y Richard había vuelto a la pequeña casa de Aliena que en adelante sería la suya.

Alfred había dicho que el verano siguiente construiría para ellos una casa de piedra. Durante toda la comida, había estado fanfarroneando acerca de ello con Richard.

—Tendrá un dormitorio, un salón y una cripta —había asegurado—. Cuando la mujer de John Silversmith la vea, deseará una igual. Muy pronto todos los hombres prósperos de la ciudad querrán una casa de piedra.

—¿Tienes hecho algún boceto? —le preguntó Richard.

Aliena detectó una nota de escepticismo en su voz, aun cuando nadie pareció darse cuenta de ello.

—Tengo algunos dibujos viejos de mi padre, hechos en tinta sobre vitela. Uno de ellos es la casa que estábamos construyendo para Aliena y William Hamleigh hace ya tantos años. Me basaré en ese boceto.

Aliena se apartó de ellos muy fastidiada. ¿Cómo era posible que alguien fuese tan burdo como para mencionar aquello en el día de su boda? Durante toda la tarde Alfred se había mostrado jactancioso, sirviendo vino, contando chistes e intercambiando guiños socarrones con sus compañeros de trabajo. Parecía feliz.

En ese momento se encontraba sentado en el borde de la cama quitándose las botas. Aliena se despojó de las cintas del pelo. No sabía qué pensar de la maldición de Ellen. La había sobresaltado y no tenía idea de lo que bullía en la mente de aquella mujer. Pero, de cualquier modo, no estaba aterrada como la mayoría de la gente cuando ocurría algo así.

No podía decirse lo mismo de Alfred. Cuando el gallo ensangrentado había caído sobre él, a punto había estado de perder el juicio. Richard tuvo que sacudirlo para que recobrara la razón, agarrándole de la túnica y zarandeándole. Sin embargo, consiguió sobreponerse con bastante rapidez, y desde entonces el único indicio de su terror habían sido sus incesantes palmadas a diestra y siniestra y los largos tragos de cerveza.

Aliena sentía una extraña tranquilidad. No disfrutaba con lo que estaba a punto de hacer, pero al menos no la obligaban, y, aunque sin duda iba a ser bastante desagradable, no la humillarían. Sólo habría un hombre y nadie más estaría mirando.

Se quitó el traje.

—Por Cristo que es una daga bien larga —dijo Alfred.

Aliena deshizo la banda que se la sujetaba al antebrazo izquierdo, y luego se metió en la cama con la camisola puesta.

Alfred logró al fin quitarse las botas. Se despojó también de sus calzas y se puso en pie. La miró lascivo.

—Quítate la ropa interior —le dijo—. Tengo derecho a ver las tetas de mi mujer.

Aliena vaciló. En cierto modo se sentía reacia a quedar desnuda frente a él, pero sería estúpido negarse a lo primero que pedía. Se sentó, obediente y se sacó la camisola por la cabeza, esforzándose por olvidar cuán diferente se había sentido al hacer lo mismo aquella misma mañana para Jack.

—Qué par de bellezas —exclamó Alfred.

Se acercó y, en pie junto a la cama, le cogió el seno derecho. Tenía las manazas ásperas y las uñas sucias. Apretó con demasiada fuerza, lo que hizo a Aliena dar un respingo. Él se echó a reír y la soltó. Retrocedió, se quitó la túnica y la colgó en una percha. Luego se acercó de nuevo a la cama y apartó la sábana que cubría a Aliena.

Ella tragó con dificultad. De aquella manera, desnuda ante sus ojos, se sentía vulnerable.

—Por el cielo que tienes una buena mata de vello. —Alargó el brazo y la palpó entre las piernas. Aliena se puso rígida y luego, obligándose a tranquilizarse apartó los muslos—. Buena chica —añadió él al tiempo que metía un dedo dentro de ella.

Aliena no podía comprenderlo. Aquella misma mañana con Jack estaba húmeda y resbaladiza. Alfred gruñó y forzó más hondo el dedo.

Aliena tenía ganas de llorar. Sabía de antemano que no iba a disfrutar, pero no había esperado que él se mostrara tan insensible. Ni siquiera la había besado todavía. No me quiere, se dijo; creo que ni siquiera le gusto. Soy una hermosa yegua joven sobre la que está a punto de cabalgar. De hecho, solía tratar a su caballo mejor, le daba palmadas y le acariciaba para que se acostumbrara a él y le hablaba en tono cariñoso para calmarlo. Aliena luchó por contener las lágrimas. Soy yo quien aceptó esto, pensó. Nadie me obligaba a casarme con él, así que ahora he de soportarlo.

—Seca como un sarmiento —musitó Alfred.

—Lo siento —musitó la joven.

Alfred apartó la mano, escupió dos veces en ella y la frotó entre las piernas de Aliena. Parecía una actitud espantosamente desdeñosa. Aliena se mordió el labio y apartó la vista.

Él le separó los muslos; ella cerró los ojos y luego los abrió obligándose a mirarle mientras pensaba que tendría que acostumbrarse a aquello, pues tendría que hacerlo durante el resto de su vida. Él se metió en la cama y se arrodilló entre las piernas de ella. Pareció fruncir el ceño. Le puso una mano entre los muslos obligándola a abrir las piernas y metió la otra mano debajo de su propia camisa. Aliena podía ver la mano moviéndose debajo del tejido. El ceño de él se hizo más profundo.

—Santo cielo —farfulló—. Sigue tan seca como la de un cadáver.

Era injusto que la culpara a ella.

—¡No sé qué se espera que haga! —exclamó entre sollozos.

—Algunas chicas disfrutan con ello —replicó él.

¡Disfrutar!, se dijo Aliena. ¡Imposible! Pero entonces recordó cómo aquella misma mañana había gemido y gritado de placer. Parecía no existir relación alguna entre lo que había hecho por la mañana y lo que estaba haciendo en aquellos momentos.

Era una locura. Se incorporó y se sentó en la cama. Alfred se estaba frotando debajo de la camisa.

—Déjame a mí —le dijo Aliena al tiempo que deslizaba la mano entre las piernas de él.

Encontró su miembro laxo y sin vitalidad. No estaba segura de lo que tenía que hacer con él. Lo apretó suavemente; luego, lo frotó con las yemas de los dedos. Miró a Alfred a la cara esperando su reacción. Sólo parecía enfadado. Aliena prosiguió sin el menor resultado.

—Hazlo más fuerte —le dijo él.

Empezó a frotar con vigor. El miembro seguía blando, pero Alfred movía las caderas como si estuviera disfrutando con ello. Animada, empezó a friccionar con más fuerza todavía. De repente Alfred gritó de dolor y se apartó.

—¡Vaca estúpida! —le gritó al tiempo que le daba una bofetada con el revés de la mano, con tal fuerza que la hizo caer de lado.

Aliena quedó tumbada en la cama gimiendo por el dolor y el miedo.

—¡No sirves para nada! ¡Estás maldita! —gritó él furioso.

—¡Lo he hecho lo mejor que he podido!

—Tienes un coño insensible. —Alfred escupió, la cogió por los brazos, la levantó y la echó de la cama. Aliena cayó al suelo cubierto de paja—. Esa bruja de Ellen es la culpable de esto —añadió—. Siempre me ha odiado.

Aliena rodó y luego, arrodillándose en el suelo, se quedó mirándolo. No parecía que fuera a golpearla de nuevo. Ya no estaba enfurecido, sólo amargado.

—Puedes quedarte ahí —le dijo—. No me sirves como mujer, así que debes quedarte fuera de mi cama. Puedes ser como un perro y dormir en el suelo. —Calló un instante—. ¡No puedo soportar que me mires! —gritó con una nota de pánico en la voz. Miró alrededor en busca de la vela, y, en cuanto la encontró, la apagó de un manotazo.

Aliena permaneció inmóvil en la oscuridad. Oyó a Alfred acostarse sobre el colchón de plumas, cubrirse con la manta y arreglarse las almohadas. Ella no se atrevía ni a respirar. Alfred siguió despierto durante largo rato, moviéndose inquieto y dando vueltas en la cama, pero no se levantó y tampoco habló con ella. Al fin se quedó sosegado y su respiración se hizo regular. Cuando estuvo segura de que dormía, Aliena atravesó a gatas la habitación evitando que la paja crujiera y fue hasta el rincón. Se acurrucó allí y permaneció despierta. Por último rompió a llorar.

Intentó contenerse por miedo a despertarle, pero le fue imposible contener las lágrimas y empezó a sollozar calladamente. Si a Alfred le había despertado el ruido, no dio señales de ello. Aliena siguió donde estaba, tumbada en un rincón sobre la paja, llorando en silencio hasta que el sueño la venció.

XII

1

Durante todo el invierno, Aliena estuvo enferma.

Por las noches apenas dormía, envuelta en su capa, sobre el suelo, a los pies de la cama de Alfred, y por el día se sentía presa de una debilidad insuperable. A menudo tenía náuseas, por lo que comía muy poco, pese a lo cual parecía que ganaba peso. Estaba segura de que su cintura era más ancha y sus pechos más grandes.

A ella correspondería llevar la casa de Alfred, a pesar de que, en realidad, era Martha quien hacía la mayor parte del trabajo. Los tres formaban una lamentable familia. A Martha nunca le había gustado su hermano, a quien Aliena aborrecía ya cordialmente, por lo que no era de extrañar que Alfred pasara el mayor tiempo posible fuera de la casa, trabajando durante el día y metido en la cervecería cada noche. Martha y Aliena compraban la comida y la guisaban sin entusiasmo alguno, y las veladas las pasaban confeccionando ropa. Aliena esperaba con ansia la primavera porque, cuando la temperatura volviera a ser templada, ella podría acudir a su calvero secreto en las tardes de domingo. Allí le sería posible descansar en paz y soñar con Jack.

Entretanto, su único consuelo era Richard. Tenía un brioso corcel negro, una espada nueva y un escudero con un poni. Una vez más luchaba junto al rey Stephen, aunque con escaso entusiasmo. La guerra seguía en marcha con el nuevo año. La reina Maud había escapado de nuevo del castillo de Oxford, donde Stephen la tenía acorralada. Su hermano, Robert de Gloucester, había vuelto a tomar Wareham, de manera que la alternancia proseguía al ir ganando un poco cada una de las partes para luego perderlo. Pero Aliena continuaba cumpliendo con su juramento, y eso, al menos, le daba cierta satisfacción.

Con la primera semana del año, Martha empezó a sangrar por primera vez. Aliena le preparó una bebida caliente con hierbas y miel para calmarle los dolores, contestó a sus preguntas sobre esa maldición que debían soportar las mujeres y se fue a buscar la caja de paños que tenía para sus propias reglas. Sin embargo, la caja no estaba en la casa.

Cayó en la cuenta de que al casarse, no la había llevado consigo.

Pero de eso hacía ya tres meses.

Lo que significaba que durante esos tres meses no había tenido la regla.

O sea, desde el día de su boda.

Es decir, desde que había hecho el amor con Jack.

Dejó a Martha sentada junto al fuego de la cocina, tomando su bebida de miel y calentándose los pies. Atravesó la ciudad y llegó a su vieja casa. Richard no estaba en ella, pero Aliena tenía una llave. No le costó encontrar la caja. Sin embargo, no se marchó enseguida. Por el contrario, se sentó junto a la fría chimenea, envuelta en la capa y sumida en sus pensamientos.

Se había casado con Alfred el día de la fiesta de san Miguel. Ahora ya quedaba atrás la Navidad. Eso hacía la cuarta parte de un año. Habían pasado tres lunas nuevas, y debería haber tenido la regla tres veces. Sin embargo, su caja de paños había estado todo ese tiempo en el estante alto, junto a la piedra que Richard utilizaba para afilar los cuchillos de cocina. Y, en esos momentos, la tenía sobre la falda. Pasó el dedo por la tosca madera y lo retiró sucio. La caja estaba cubierta de polvo.

Lo peor de todo era que nunca había hecho el amor con Alfred.

Después de aquella primera noche tan espantosa, él lo había intentado de nuevo, por tres veces. Una, la noche siguiente; luego, una semana después y la tercera vez al cabo de un mes, cierta noche que había regresado borracho. Pero en las tres ocasiones se había mostrado por completo incapaz. En un principio, Aliena le había animado por cierto sentido del deber, pero cada uno de sus fallos le enfurecía más que el anterior y Aliena llegó a sentirse asustada. Parecía más seguro mantenerse apartada de su camino, vestir de manera poco atractiva, asegurarse de que nunca la viera desnudarse y hacer cuanto estuviera a su alcance para que la olvidara. Ahora se preguntaba si no debería haberlo intentado con más ahínco. Sin embargo, en lo más íntimo de su ser, sabía que no habría servido de nada. Era inútil. Aliena no estaba segura del motivo. Tal vez se debiera a la maldición de Ellen, o también era posible que Alfred fuera sencillamente impotente, o acaso se debiera al recuerdo de Jack. Pero de lo que sí estaba segura era de que Alfred jamás le haría el amor.

Así que era inevitable que supiese que el bebé no era suyo.

Presa de la angustia, Aliena se quedó mirando las cenizas frías en la chimenea, preguntándose por qué habría de tener siempre tan mala suerte. Allí estaba ella, intentando sacar el mejor partido posible de un matrimonio desastroso y descubriendo de repente que se hallaba encinta de otro hombre como resultado de un único coito.

Era inútil seguir compadeciéndose de sí misma. Tenía que decidir qué debía hacer.

Se llevó la mano al vientre. Ahora ya sabía por qué había ido engordando, por qué tenía siempre náuseas y por qué se sentía tan fatigada en todo momento. Allí dentro había un niño. Sonrió para sí. Sería encantador tener un bebé.

Sacudió la cabeza. No sería en modo alguno encantador. Alfred se pondría furioso como un toro. Era imposible predecir lo que haría. Tal vez matarla, o arrojarla de la casa, incluso acabar con la vida del bebé. De repente tuvo el horrible presentimiento de que era posible incluso que intentase hacer daño a la criatura dándole a ella patadas en el vientre. Se secó la frente. Un sudor frío le recorría el cuerpo.

No se lo diré, pensó.

¿Podría mantener en secreto su embarazo? Tal vez. Ya se había acostumbrado a vestir ropas holgadas. Quizá no engordase demasiado. A algunas mujeres casi no se les notaba. Alfred era el peor observador de los hombres. Sin duda las mujeres de más experiencia de la ciudad se darían cuenta, pero confiaba en que guardaran el secreto o que, al menos, no hablaran de ello con los hombres. Llegó a la conclusión de que, en efecto, existía la posibilidad de mantener a Alfred ignorante hasta que el niño hubiera nacido.

¿Y entonces qué?

Bueno. Al menos el bebé habría llegado al mundo sano y salvo. Alfred no habría podido matarlo propinando puntapiés a Aliena en el vientre. Pero seguiría sabiendo que no era suyo, y lo aborrecería por ello. Sería un baldón permanente sobre su virilidad. Sería un infierno.

Aliena, aturdida ante semejante perspectiva, decidió que lo más seguro sería concentrarse en los próximos seis meses. Entretanto, trataría de meditar qué iba a hacer una vez hubiera nacido la criatura.

Me pregunto si será niño o niña, se dijo. Se puso en pie con la caja de paños limpios para la primera menstruación de Martha. Me das lástima, Martha, pensó, fatigada; no sabes lo que te espera.

Philip pasó aquel invierno meditando tristemente sobre sus problemas.

Se había sentido horrorizado ante la maldición que Ellen había lanzado en el pórtico de una iglesia durante un oficio sagrado. Ahora ya no le cabía la menor duda de que era una bruja. Sólo lamentaba su propia imprudencia al haberle perdonado el que insultase de manera tan blasfema la regla de san Benito, hacía ya tantos años. Debería de haber sabido que una mujer capaz de hacer aquello jamás se arrepentiría de veras. Sin embargo, como consecuencia afortunada de todo aquel aterrador asunto, Ellen había vuelto a abandonar Kingsbridge, ya que desde el día de la ceremonia nupcial no se la había vuelto a ver. Philip deseaba que nunca más regresara.

Aliena era muy desdichada en su matrimonio con Alfred, eso estaba claro, aunque Philip no creía que se debiera a la maldición. Él apenas sabía nada sobre la vida matrimonial, pero cabía suponer que una persona rebosante de vida, con cultura e inteligencia como era Aliena, debía sentirse infeliz viviendo con alguien tan estrecho de miras y poco inteligente como Alfred, aunque fueran marido y mujer.

Philip comprendía ahora que Aliena debería haberse casado con Jack, y se sentía culpable por haber estado tan absorto en sus propios planes sobre el chico que no se había dado cuenta de lo que en realidad necesitaba el muchacho. Jack no estaba hecho en modo alguno para vivir enclaustrado, y Philip se había equivocado al presionar sobre él. Y ahora Kingsbridge había perdido la inteligencia y la energía de aquel valioso joven.

Parecía como si todo hubiera ido mal desde el desastre de la feria del vellón. El priorato estaba más endeudado que nunca. Philip había prescindido de la mitad de los trabajadores en la obra, porque ya no tenía dinero para pagarles. En consecuencia, la población de la ciudad se había reducido y, a causa de ello, el mercado dominical era también más pequeño, y por lo tanto los ingresos de Philip por rentas eran menores. La decadencia de Kingsbridge parecía imparable.

La clave del problema residía en la moral de sus habitantes. A pesar de que habían reconstruido sus casas y reanudado sus pequeños negocios, no tenían confianza en el futuro. Cualesquiera que fueran sus planes, todo aquello que pudieran construir sería barrido en un día por William Hamleigh si se le ocurría atacar de nuevo. Esa corriente subterránea de inseguridad inhibía a la gente y llegaba a paralizar toda clase de empresa.

Philip acabó comprendiendo que tenía que hacer algo para detener la caída. Necesitaba realizar algo espectacular para decir al mundo en general, y a sus ciudadanos en particular, que Kingsbridge luchaba por la supervivencia. Pasaba muchas horas rezando y dedicado a la meditación para ver si lograba decidir cuál debía ser esa proeza.

Lo que en realidad necesitaba era un milagro. Si los huesos de san Adolfo curaran de una plaga a una princesa o hicieran que un pozo de agua salobre la diera potable, la gente acudiría en peregrinaje a Kingsbridge. Pero el santo ya hacía años que no realizaba milagros. A veces Philip se preguntaba si sus métodos prácticos y regulares de gobernar el priorato no desagradarían al santo, ya que los milagros parecían ocurrir con más frecuencia en aquellos lugares donde el Gobierno era menos sensato y en su atmósfera se respiraba un intenso fervor religioso, cuando no auténtica histeria. Pero a Philip le habían enseñado en una escuela más mundana. El padre Peter, abad en su primer monasterio solía decir: «Reza para que se realicen milagros, pero planta berzas.»

La catedral era el símbolo de la vida y el vigor de Kingsbridge. ¡Si al menos pudiera acabarse gracias a un milagro! En cierta ocasión había rezado durante toda la noche para que éste se produjera. No obstante, por la mañana el presbiterio seguía sin tejado y abierto a todos los vientos y sus altos muros continuaban sin terminar allí donde debían unirse con las paredes del crucero.

Philip no había contratado a un nuevo maestro constructor. Se había sentido escandalizado al conocer los salarios tan altos que pedían. Nunca había comprendido cuán poco le cobraba Tom. Por otra parte, Alfred dirigía a los reducidos efectivos de trabajadores sin grandes dificultades. Desde que se había casado se mostraba más bien malhumorado, como un hombre que hubiera vencido a muchos rivales para convertirse en rey y que encontrara el reinado una pesada carga. Sin embargo, era autoritario y eficaz, y los demás hombres lo respetaban.

Pero Tom había dejado un hueco imposible de llenar. Philip lo echaba mucho en falta, no sólo como maestro de obras, sino también en el aspecto personal. A Tom le había interesado saber por qué las iglesias debían ser construidas de una manera y no de otra, y Philip había disfrutado especulando con él sobre el hecho de que algunas construcciones se mantenían en pie mientras otras se derrumbaban. Tom no había sido un hombre demasiado devoto, pero de vez en cuando hacía preguntas a Philip sobre teología, lo que demostraba que dedicaba tanta inteligencia a su religión como a su trabajo. El intelecto de Tom era más o menos equiparable al de Philip, quien había podido conversar con él sin tener que descender a un nivel inferior. En la vida de Philip no podía decirse que abundara ese tipo de personas. Jack había sido una de ellas, pese a su juventud, y también Aliena. Pero ésta había desaparecido, sumergida en su lamentable matrimonio. Cuthbert se estaba haciendo viejo y Milius se encontraba casi siempre lejos del priorato, recorriendo las granjas de ovejas, contando acres, corderos y sacos de lana. En su día, un priorato rebosante de vida y de trabajo, en una próspera ciudad catedralicia, atraería eruditos de la misma manera que un ejército victorioso atraía luchadores. Philip esperaba con ansia ese momento. Pero jamás llegaría a menos que encontrara una manera de insuflar energía a Kingsbridge.

—Ha sido un invierno benigno —comentó Alfred una mañana, poco después de Navidad—. Podemos empezar antes que de costumbre.

Aquello indujo a pensar a Philip. Ese verano construirían la bóveda.

Una vez acabada, el presbiterio estaría en condiciones de ser utilizado, y Kingsbridge dejaría de ser una ciudad catedralicia sin catedral. El presbiterio y el coro constituían la parte más importante de la iglesia. El altar elevado y las reliquias sagradas se mantenían en el extremo oriental más alejado, llamado propiamente presbiterio, y la mayoría de los oficios sagrados se celebraban en el coro, donde se sentaban los monjes. El resto de una iglesia tan sólo se utilizaba los domingos y fiestas de guardar. Una vez consagrado el presbiterio, lo que hasta entonces había sido una obra se convertía en iglesia, aunque todavía incompleta.

Era una lástima tener que esperar casi un año antes de que eso tuviera lugar. Alfred había prometido terminar la bóveda para finales de la temporada de construcción de ese año, que por lo general era en noviembre, dependiendo del clima. Pero, al decir Alfred que podría empezar antes, Philip empezó a preguntarse si no podría terminar también antes. Todo el mundo quedaría asombrado si la iglesia podía abrirse ese mismo verano. Era la clase de acontecimiento que había estado esperando. Algo que sorprendiera a todo el condado y lanzara el mensaje de que a Kingsbridge no se la podía arrumbar por mucho tiempo.

—¿Podrías terminar para Pascua de Pentecostés? —preguntó, ansioso, Philip.

Alfred tomó aire con los dientes apretados y pareció dubitativo.

—El abovedado es el trabajo más delicado de todos —respondió—. No debe hacerse de forma apresurada, y tampoco se puede dejar en manos de los aprendices.

Philip se dijo, irritado, que Tom hubiera contestado tajantemente sí o no.

—Supongamos que puedo proporcionarte trabajadores extra…, monjes; ¿representaría eso una ayuda razonable?

—En parte. Lo que realmente necesitamos son albañiles.

—Podría costear uno o dos más —se comprometió Philip con temeridad.

Un invierno templado suponía un adelanto del esquileo, así que existía la posibilidad de empezar a vender la lana antes de lo habitual.

—No sé…

Alfred parecía seguir siendo pesimista.

—Supongamos que ofrezco una bonificación a los albañiles —planteó Philip—. Un salario extra de una semana si la bóveda queda lista para Pascua de Pentecostés.

—Nunca he oído hablar de nada semejante —repuso Alfred, con el mismo tono que habría empleado si le hubieran hecho una sugerencia inadecuada.

—Bien, siempre es tiempo de empezar —aseguró Philip, malhumorado, pues la cautela de Alfred empezaba a ponerle nervioso—. ¿Qué dices?

—No respondo que sí ni que no —alegó Alfred, impasible—. Se lo diré a los hombres.

—¿Hoy? —inquirió Philip con impaciencia.

—Hoy.

Philip tuvo que contentarse con ello.

William Hamleigh y sus caballeros llegaron al palacio del obispo Waleran, siguiendo a una carreta de bueyes cargada al máximo con sacos de lana. Había comenzado la nueva temporada de esquileo. Waleran, al igual que William, estaba comprando lana a los granjeros a los precios del último año. Esperaban venderla por bastante más dinero. Ninguno de los dos encontraba serias dificultades para obligar a sus arrendatarios a venderles la lana. Algunos campesinos que desafiaron la regla fueron expulsados y sus granjas incendiadas, con lo cual ya no hubo más rebeldes.

Al franquear William la puerta, levantó la mirada hacia la colina. Durante siete años habían permanecido allí las inconclusas murallas del castillo que el obispo nunca había llegado a construir, como un recordatorio permanente del modo en que el prior Philip le había ganado por la mano a Waleran. Tan pronto como éste empezara a cosechar los beneficios de su negocio de lana, lo más probable era que empezara de nuevo a construir. En los tiempos del viejo rey Henry, un obispo no tenía necesidad de más defensas que una deleznable valla construida con postes de madera, detrás de un pequeño foso que rodeaba el palacio. Sin embargo, al cabo de cinco años de guerra civil, hombres que no eran siquiera condes ni obispos se construían castillos formidables.

Las cosas le iban bien a Waleran, se decía con acritud William, mientras desmontaba en las cuadras. Había permanecido leal al obispo Henry de Winchester a través de todos los cambios en la lealtad de éste, y el resultado era que se había convertido en uno de los aliados más fieles de Henry. A lo largo de los años Waleran había ido enriqueciéndose y no había parado de adquirir propiedades, ¡y hasta había visitado por dos veces Roma!

William no había sido tan afortunado, y de ahí su acritud. A pesar de haber seguido a Waleran en todos sus cambios de lealtad y no obstante haber aportado numerosos ejércitos a las dos partes contendientes en la guerra civil, todavía no le había sido confirmado el condado de Shiring. Había estado reflexionando acerca de ello durante una tregua en la lucha y había llegado a sentirse tan furioso que decidió enfrentarse a Waleran.

Subió por los escalones hasta la entrada del salón, seguido de Walter y sus otros caballeros. El mayordomo que se hallaba de guardia iba armado, lo que constituía un indicio más de los tiempos que se vivían. El obispo Waleran se hallaba sentado, de forma desmadejada, en un gran sillón en el centro de la habitación, como siempre. Baldwin, ahora ya arcediano, se encontraba en pie junto a él, su actitud sugería que estaba a la espera de recibir instrucciones. Waleran miraba fijamente el fuego, sumido en sus pensamientos, aunque al acercarse William levantó la cabeza, con gesto vehemente.

William experimentó su habitual repugnancia mientras saludaba a Waleran y tomaba asiento. Las manos delgadas y suaves del prelado, su lacio pelo negro, su tez lívida y aquellos ojos claros y malignos le ponían la carne de gallina. Representaba cuanto él aborrecía. Tortuoso, físicamente débil, arrogante e inteligente.

Estaba seguro de que Waleran le devolvía con creces esos sentimientos, pues nunca era capaz de disimular del todo el disgusto que sentía ante la presencia de William. Se irguió en el asiento, cruzado de brazos, con los labios un poco fruncidos y un asomo de ceño. En conjunto, parecía estar sufriendo un principio de indigestión.

Hablaron de la guerra durante un rato. Fue una conversación afectada e incómoda, y William se sintió aliviado al interrumpirles un mensajero con una carta escrita sobre un rollo de pergamino y sellado con cera. Waleran envió al mensajero a la colina para que le dieran de comer. No abrió la carta.

William aprovechó la oportunidad para cambiar de tema.

—No he venido para intercambiar noticias sobre batallas, sino para deciros que ya se me ha acabado la paciencia.

Waleran enarcó las cejas, pero no pronunció palabra. El silencio era su respuesta a las cuestiones desagradables.

William prosiguió.

—Hace casi tres años que murió mi padre, pero el rey Stephen aún no me ha confirmado como conde. Es un verdadero ultraje.

—Estoy completamente de acuerdo —Waleran asintió con languidez. Manoseó la carta, examinando el sello y jugueteando con la cinta.

—Eso está bien, porque vais a tener que hacer algo al respecto —machacó William.

—Yo no puedo nombrarte conde, mi querido William.

William sabía de antemano que Waleran adoptaría aquella actitud, y no estaba dispuesto a aceptarla.

—El hermano del rey os presta oído.

—Pero ¿qué podría decirle? ¿Que William Hamleigh sirve bien al rey? Si es así, éste ya lo sabe; y, si no es verdad, lo sabe también.

William era incapaz de igualar la lógica de Waleran, de manera que se limitó a hacer caso omiso de sus argumentos.

—Me lo debéis, Waleran Bigod.

El obispo pareció experimentar una leve irritación. Señaló a William con la carta.

—Yo no te debo nada —le espetó—. Siempre has actuado para lograr tus propios fines, incluso cuando hacías lo que yo quería. Entre nosotros no existe deuda de gratitud alguna.

—Os lo repito, no esperaré por más tiempo.

—¿Qué harás? —le preguntó Waleran con un atisbo de desdén.

—Bien. Primero iré a ver al obispo Henry.

—¿Y luego?

—Le diré que habéis hecho oídos sordos a mis súplicas y que, en consecuencia cambiaré de lado y prestaré mi lealtad a la emperatriz Maud.

William observó satisfecho el cambio de expresión de Waleran. Se había quedado algo más pálido y parecía un tanto sorprendido.

—¿Cambiaríais de nuevo? —preguntó Waleran, escéptico.

—¿Qué más da hacerlo otra vez? —repuso William, resuelto.

La actitud de indiferencia y arrogancia de Waleran se alteró, aunque de forma muy leve. La carrera de Waleran se había visto muy beneficiada por su habilidad para hacer que William y sus caballeros peleasen del lado de aquellos a quienes apoyaba en ese momento el obispo Henry. Sería para él un duro golpe que, de repente, William se volviese indiferente; aunque no un golpe fatal y decisivo.

William observaba el rostro de Waleran mientras ponderaba su amenaza. Podía leer en la mente del obispo. Estaba pensando que quería conservar la lealtad de William, pero, al mismo tiempo, se preguntaba cuánto debería arriesgar para obtenerla.

A fin de ganar tiempo, Waleran rompió el sello de su carta y la desenrolló. Mientras leía, sus mejillas, de un blanco semejante al vientre de los peces, empezaron a enrojecer levemente por la ira.

—¡Maldito sea ese hombre! —silbó entre dientes.

—¿Qué pasa? —preguntó William.

Le alargó la carta.

William la cogió y empezó a descifrarla: «Al... obispo... más... santo... y amable...»

Waleran la cogió de nuevo, impaciente ante tan lenta lectura.

—Es del prior Philip —dijo—. Me informa de que el presbiterio de la catedral estará acabado para Pascua de Pentecostés y tiene la desfachatez de suplicarme que sea yo quien celebre el oficio sagrado.

—¿Cómo se las ha arreglado? —inquirió William, sorprendido—. Creí que había despedido a la mitad de sus albañiles.

Waleran sacudió la cabeza.

—Pase lo que pase, siempre parece resurgir de sus propias cenizas. —Dirigió a William una mirada calculadora—. Claro que él te aborrece. Cree que eres la propia encarnación del diablo.

William se preguntó qué estaría tramando la mente tortuosa de Waleran.

—¿Y eso qué tiene que ver? —preguntó.

—Para Philip sería un rudo golpe si en Pentecostés fueras confirmado conde.

—Vos no haríais eso por mí, pero sí por el rencor que sentís hacia Philip —masculló William. No obstante, en el fondo, se sentía esperanzado.

—Yo no puedo hacerlo —le aseguró Waleran—, pero hablaré con el obispo Henry. —Levantó la vista, expectante, hacia su interlocutor.

William vaciló por un instante.

—Gracias —farfulló al fin reacio.

Aquel año, la primavera fue fría y triste, y llovía en la mañana de Pentecostés. Por la noche, Aliena había despertado con un dolor de espalda que todavía seguía molestándole de vez en cuando. Antes de acudir a la iglesia, se sentó en la cocina fría y estuvo trenzándole el pelo a Martha, mientras Alfred despachaba un copioso desayuno con pan blanco, queso tierno y cerveza fuerte. Una agudísima punzada le hizo pararse y ponerse en pie un instante con una mueca de dolor.

—¿Qué te pasa? —le preguntó Martha al darse cuenta.

—Me duele la espalda —se limitó a contestar Aliena.

No quería hablar de ello porque, con toda seguridad, aquel dolor se debía a que dormía en el suelo en aquella habitación trasera con tantas corrientes, circunstancia que todo el mundo ignoraba, incluso Martha, que se levantó y cogió una piedra caliente del fuego. Aliena se sentó. Martha envolvió la piedra en un trozo de cuero viejo y chamuscado y la mantuvo sujeta contra la espalda de Aliena, lo cual proporcionó a ésta un inmediato alivio. Martha empezó a trenzar el pelo de Aliena, que ya le había crecido y era de nuevo abundante y rizado. Aliena se sintió tranquilizada.

Desde la marcha de Ellen, Martha y ella habían intimado muchísimo. La pobre chica había perdido a su madre y luego a su hermanastro. Aliena se consideraba a sí misma una especie de madre sustituta. Además, sólo tenía diez años más que Martha. Y, aunque pareciese extraño, la persona que ésta echaba más en falta era su hermanastro Jack.

De una manera o de otra, todo el mundo echaba de menos a Jack. Aliena se preguntaba dónde estaría. Tal vez estuviese cerca, trabajando en una catedral, en Gloucester o Salisbury. Pero lo más probable era que se hubiera ido a Normandía. Aunque bien podía estar mucho más lejos, en París, Roma, Jerusalén o Egipto. Al recordar las historias que los peregrinos contaban sobre aquellos lugares remotos, se imaginaba a Jack en un inmenso desierto de arena, tallando piedras para una fortaleza sarracena bajo un sol cegador. ¿Pensaría en ella en esos momentos?

El hilo de sus evocaciones quedó interrumpido por el ruido de cascos que llegaba de fuera, y un momento después entraba su hermano llevando al caballo de la brida. Jinete y montura estaban empapados y llenos de barro. Aliena retiró agua caliente del fuego para que se lavara las manos y la cara, y Martha condujo al animal al patio de atrás. Aliena puso sobre la mesa de la cocina pan y carne fría y le sirvió cerveza en una jarra.

—¿Qué noticias hay de la guerra? —preguntó Alfred.

Richard se secó las manos con un paño y se sentó, disponiéndose a desayunar.

—Nos derrotaron en Wilten —respondió.

—¿Capturaron a Stephen?

—No, escapó al igual que lo hizo Maud en Oxford. Ahora Stephen está en Winchester y Maud se encuentra en Bristol. Los dos se lamen las heridas y consolidan sus posiciones en las zonas que controlan.

Aliena pensaba que las noticias siempre eran las mismas. Una de las partes, o ambas, habían ganado una pequeña victoria o sufrido una pequeña derrota, pero no parecía que la guerra fuese a terminar.

—Has engordado —le dijo Richard, mirando a su hermana.

Aliena asintió sin pronunciar palabra. Estaba ya de ocho meses, pero nadie lo sabía. Gracias al cielo el tiempo había sido frío, por lo que le fue posible seguir llevando prendas holgadas de invierno que ocultaban su silueta. Dentro de unas semanas, el bebé habría nacido y todo saldría a la luz. Seguía sin tener la menor idea de lo que iba a hacer llegado el momento.

Repicó la campana llamando a misa a los fieles. Alfred se calzó las botas y miró expectante a Aliena.

—Me parece que no voy a ir —dijo ella—. No me siento bien.

Alfred se encogió de hombros y se volvió hacia Richard.

—Tú deberías venir, Richard. Hoy estará allí todo el mundo. Se celebra el primer oficio sagrado en la nueva iglesia.

Richard se mostró sorprendido.

—¿La habéis cubierto ya? Creí que eso iba a llevaros todo el resto del año.

—Nos apresuramos, eso es todo. El prior Philip ofreció a los hombres el salario extra de una semana si estaba terminado para hoy. Es asombroso lo deprisa que trabajaron. Aun así, acabamos de concluirlo. Hemos puesto la cimbra esta misma mañana.

—Tengo que ver eso. —Richard se metió el resto de la carne y el pan en la boca y se puso en pie.

—¿Quieres que me quede contigo? —le preguntó Martha a Aliena.

—No, gracias. Estoy bien. Tú vete. Yo me echaré un rato.

Los tres se pusieron la capa y salieron. Aliena entró en la habitación trasera, llevando consigo la piedra caliente con su envoltura de cuero. Se tumbó en la cama de Alfred con la piedra debajo de la espalda. Desde su matrimonio, se sentía terriblemente aletargada. Antes, había dirigido una casa y había sido la comerciante en lana más próspera del condado. Pero ahora le costaba incluso dirigir la casa de Alfred, a pesar de no tener ninguna otra cosa que hacer.

Siguió durante un rato acostada allí, compadeciéndose de sí misma y deseando quedarse dormida. De repente, sintió correr por la parte interior del muslo un chorrito de agua tibia. Aquello la sobresaltó. Era como si estuviera orinando, pero no lo hacía. Un momento después, el chorrito se convirtió en una cascada. Se incorporó rápida. Sabía lo que ello significaba. Había roto aguas. La criatura llegaba.

Se sintió atemorizada. Llamó a voces a su vecina.

—¡Mildred! ¡Ven aquí, Mildred!

Pero entonces recordó que aquel día nadie se había quedado en casa. Todos habían ido a la iglesia.

Había menguado el flujo del líquido, pero la cama de Alfred estaba empapada. Se pondría furioso, pensó con temor. Pero luego se dijo que se pondría aun más furioso cuando supiese que la criatura no era suya. ¿Qué voy a hacer, Dios mío?, se dijo Aliena.

Volvió a sentir el dolor en la espalda y entonces comprendió que debía de tratarse de lo que llamaban dolores de parto. Se olvidó por completo de Alfred. Iba a dar a luz. Estaba demasiado asustada al pensar que iba a pasar por ello completamente sola. Quería que alguien le ayudara. Decidió ir a la iglesia.

Sacó las piernas de la cama. Sintió otro espasmo y se detuvo con el rostro contraído por el dolor. Hasta que pasó. Entonces salió de la cama y abandonó la casa.

Su mente era un torbellino mientras avanzaba con paso vacilante por la embarrada calle. Al llegar a la puerta del priorato, le volvieron los dolores y tuvo que recostarse contra el muro y apretar los dientes hasta que hubieron pasado. Entonces entró en el recinto del priorato.

La mayoría de los ciudadanos de la localidad se agolpaban en el pasillo de la nave central y en los de las dos naves laterales. El altar se encontraba en el extremo más alejado. La nueva iglesia tenía un aspecto peculiar. Sobre el techo redondeado de piedra habría finalmente un tejado de madera triangular, pero en aquellos momentos parecía desprotegido, como un hombre calvo sin sombrero. Los fieles se encontraban en pie, de espaldas a Aliena.

Mientras ella avanzaba a duras penas hacia la catedral, el obispo Waleran Bigod se puso en pie para tomar la palabra. Como en una pesadilla. Aliena vio que William Hamleigh se encontraba de pie junto a él. Las palabras del obispo consiguieron sacudirla de su aturdimiento.

—… es para mí motivo de inmenso orgullo y placer deciros que nuestro señor, el rey Stephen, ha confirmado a lord William como conde de Kingsbridge.

A pesar de su dolor y su miedo, Aliena escuchó aquello horrorizada. Durante seis años, desde aquel espantoso día en que había visto a su padre en la prisión de Winchester, ella había dedicado toda su vida a recuperar la propiedad familiar. Junto con Richard habían sobrevivido a ladrones y violadores, a incendios y guerra civil. En varias ocasiones pareció que tenían el premio al alcance de la mano. Pero ahora ya lo habían perdido.

Hubo un murmullo de insatisfacción entre los congregados. Todos ellos habían sufrido a manos de William, y todavía le temían. No les alegraba en absoluto que el rey, que supuestamente debía protegerlos, lo hubiese honrado con aquel nombramiento. Aliena miró alrededor buscando a Richard, para ver cómo encajaba aquel golpe final. Pero le fue imposible localizarle.

El prior Philip se puso en pie con el rostro ensombrecido y empezó a cantar el himno. Los fieles le imitaron con desgana. Aliena se apoyó contra una columna al sufrir una nueva contracción. Se encontraba atrás de todo y nadie reparó en ella. En cierto modo, aquella mala noticia la calmó. Sencillamente voy a tener un hijo, se dijo; es algo que pasa todos los días. Sólo necesito encontrar a Martha o a Richard, y ellos se ocuparán de lo que haga falta.

Una vez que el dolor hubo pasado, se abrió camino entre los fieles buscando a Martha. En el pasillo de la nave lateral septentrional había un grupo de mujeres, y Aliena se dirigió hacia ellas. La gente la miraba con curiosidad. Pero, en aquel momento, otra cosa distrajo su atención. Un ruido extraño, como si algo retumbase. En un principio apenas se oyó debido al cántico, pero éste calló enseguida al ir adquiriendo más fuerza el sonido retumbante.

Aliena llegó adonde estaban las mujeres, que miraban ansiosas alrededor, buscando el origen del ruido.

—¿Habéis visto a mi cuñada Martha? —preguntó a una de ella, poniéndole la mano en el hombro.

La mujer la miró, y Aliena reconoció a Hilda, la esposa del curtidor, quien respondió:

—Creo que está en el otro lado.

Pero entonces el trueno se hizo ensordecedor, y la mujer apartó la vista.

Aliena siguió su mirada. En el centro de la iglesia todo el mundo tenía los ojos levantados hacia la parte superior de los muros. La gente que se encontraba en las naves laterales torcía el cuello para escrutar a través de los arcos. Alguien chilló. Aliena pudo ver que, en el muro más alejado, aparecía una grieta y que ésta iba prolongándose entre dos ventanas vecinas, en el triforio. Mientras miraba, varios grandes trozos de mampostería cayeron desde lo alto sobre el gentío que ocupaba el centro de la iglesia. Se escuchó una cacofonía de alaridos y chillidos, y se inició una desbandada general.

Tembló el suelo bajo los pies de Aliena. Incluso mientras intentaba abrirse camino para salir de la iglesia, se dio cuenta de que los altos muros se estaban resquebrajando y de que la bóveda se agrietaba. Delante de ella había caído Hilda, la mujer del curtidor, Aliena tropezó con ella y dio también con sus huesos en el suelo. Mientras intentaba levantarse cayó sobre ella una lluvia de piedras pequeñas. Luego, crujió el tejado bajo la nave al desplomarse. Algo le golpeó la cabeza y todo se puso negro.

Philip había comenzado el oficio sintiéndose orgulloso y agradecido. Aunque con el tiempo muy justo, la bóveda quedó terminada en la fecha prevista. En realidad, sólo habían quedado abovedados tres de los cuatro intercolumnios del presbiterio, ya que el cuarto no podía hacerse hasta que fuera construida la crujía y quedaran unidos a los cruceros los muros sin terminar del presbiterio. Sin embargo, con tres intercolumnios ya era suficiente. Se habían retirado las herramientas, las pilas de piedra y madera, los postes y tablones de los andamios, así como los montones de escombros. Se había limpiado a fondo el presbiterio. Los monjes habían enjalbegado la obra en piedra y pintado líneas rojas muy rectas sobre la argamasa a fin de que la obra de mampostería pareciera más pulcra, de acuerdo con la costumbre. Desde la cripta, habían trasladado el altar y el sitial del obispo. Sin embargo, aún seguían abajo los huesos del santo conservados en su ataúd de piedra. Cambiarlos requería una ceremonia solemne denominada traslación, que debía constituir el momento culminante de los ritos de ese domingo. Al empezar el oficio sagrado, con el obispo instalado en su sitial, los monjes, alineados detrás del altar, con sus hábitos nuevos, y la gente de la ciudad apiñada en el cuerpo central de la iglesia y agolpándose en las naves laterales, Philip se sintió plenamente colmado, y dio gracias a Dios por haberle llevado con éxito hasta el final de la primera etapa, que era crucial en la construcción de la catedral.

El anuncio que hizo Waleran, referido a William, despertó la ira de Philip. Había sido sincronizado a todas luces para empañar esa ocasión triunfal y recordar a los ciudadanos que seguían a la merced de su bárbaro señor. Philip estaba intentando, de forma desesperada, encontrar respuesta adecuada cuando la nave comenzó a retumbar.

Era como una pesadilla que en ocasiones tenía Philip, en la cual caminaba sobre el andamio, a gran altura, muy tranquilo, y de repente advertía un nudo suelto en las cuerdas, nada grave, en realidad; pero cuando se disponía a apretar el nudo el tablón sobre el que se encontraba se ladeaba un poco, al principio no mucho, pero lo suficiente para hacerle vacilar. Luego, de pronto, se encontraba cayendo a través del enorme espacio del presbiterio de la catedral... A una velocidad terrible. Y sabía que estaba a punto de morir.

En un principio el ruido resultó confuso. Por un instante, creyó que se trataba de un trueno. Luego, se escuchó con más fuerza y la gente dejó de cantar. A pesar de ello, Philip siguió suponiendo que se trataba tan sólo de un fenómeno extraño al que pronto se encontraría una explicación, y que lo más que haría sería interrumpir el oficio sagrado. Pero entonces miró hacia arriba. En el tercer intercolumnio, donde esa misma mañana había quedado instalada la cimbra, estaban apareciendo grietas en la mampostería de la parte superior de los muros a nivel del triforio. Se formaron de súbito y fueron extendiéndose por el muro desde una ventana del triforio a la contigua, semejantes a agresivas serpientes. La primera reacción de Philip fue de decepción. Le había colmado de felicidad que el presbiterio hubiera quedado terminado, pero ahora habría que emprender reparaciones y toda la gente que había quedado tan impresionada por la rapidez del trabajo de los albañiles diría: «Quien correr se propone a caer se dispone.» Y entonces la parte superior de los muros pareció inclinarse hacia adelante, y Philip comprendió, horrorizado, que iba a producirse una auténtica catástrofe.

Aparecieron grietas en la bóveda. Una piedra enorme se desprendió del entretejido de albañilería y cayó. La gente empezó a gritar y a intentar apartarse de su trayectoria. Antes de que Philip lograse ver si alguien había resultado herido de gravedad, empezaron a caer más piedras. A los fieles les entró pánico y empezaron a empujarse, a darse codazos y pisotearse los unos a los otros al tratar de evitar las piedras que caían. Philip tuvo la descabellada idea de que aquél era otro ataque de William Hamleigh. Pero de pronto vio al propio William, justo delante de los allí congregados, golpeando a la gente que le rodeaba en un aterrado intento por escapar, y comprendió que el desastre no podía ser obra de éste.

La mayoría de los congregados intentaba alejarse del altar para salir de la catedral por el extremo oeste, que aún seguía descubierto. Pero lo que se estaba hundiendo era precisamente ese espacio abierto, la zona más occidental de la edificación. El problema residía en el tercer intercolumnio. En el segundo, que era donde se encontraba Philip, la bóveda parecía resistir, y, detrás de él, el primer intercolumnio, donde se encontraban alineados los monjes, conservaba su solidez. En aquella parte, la fachada este mantenía juntos los muros.

Vio al pequeño Jonathan y a Johnny Ochopeniques, ambos acurrucados en el extremo más alejado de la nave norte. Philip llegó a la conclusión de que allí se encontraban más seguros que en cualquier otra parte. Entonces se dio cuenta de que debía intentar poner a salvo al resto de su rebaño.

—¡Venid todos hacia aquí! —les gritó—. ¡Todo el mundo! ¡Venid hacia aquí!

Le oyeran o no, no siguieron su consejo.

En el tercer intercolumnio, la parte superior de los muros se desplomó hacia afuera, y toda la bóveda se vino abajo. Cayeron piedras grandes y pequeñas, como una granizada letal, sobre la histérica muchedumbre de fieles. Philip, precipitándose hacia adelante, agarró por el brazo a un hombre y, empujándole hacia el extremo oriental, gritó:

—¡Retroceded!

El hombre, sobresaltado, vio a los monjes acurrucados contra el muro más alejado y corrió a reunirse con ellos. Philip repitió el gesto con dos mujeres. Quienes estaban en torno a éstas se dieron cuenta de la intención del prior y se dirigieron hacia el este sin necesidad de que les empujara. Otros empezaron a captar la idea y se inició un movimiento general en aquella dirección por parte de quienes formaban la parte delantera de la congregación. Al levantar Philip la vista por un instante, comprobó aterrado que el segundo intercolumnio seguía el mismo camino del tercero. Las mismas grietas empezaban a extenderse a través del triforio, produciendo daños en la bóveda justo sobre su cabeza. Prosiguió llevando a la gente a la seguridad del extremo oriental, consciente de que cada persona que enviaba allí era acaso una vida salvada. Sobre su afeitada cabeza cayó una lluvia de argamasa, y luego unas piedras pequeñas. La gente se estaba dispersando. Algunos habían buscado refugio en las naves laterales; otros se apiñaban contra el muro este, entre ellos el obispo Waleran. Y había quienes seguían intentando alejarse del extremo oeste, arrastrándose sobre los escombros y los cuerpos en el tercer intercolumnio. Philip notó que una piedra le golpeaba de refilón en el hombro. Se llevó las manos a la cabeza para protegérsela y miró desconcertado alrededor. Se encontraba solo en el centro del intercolumnio. Todo el mundo se había refugiado en los límites de la zona donde el peligro era mayor. El prior había hecho cuanto le había sido posible. Corrió hacia el extremo oriental.

Una vez allí, miró hacia arriba. En aquellos momentos, se estaba viniendo abajo el triforio del segundo intercolumnio y la bóveda se desplomaba dentro del presbiterio como réplica exacta de lo ocurrido en el intercolumnio tercero. Sin embargo, hubo pocas víctimas, ya que la gente había tenido el buen tino de quitarse de en medio y, además, parecía que los tejados de las naves laterales resistían; en tanto que en el tercer intercolumnio se habían derrumbado. La multitud que logró alcanzar el extremo este retrocedió aún más, apretándose contra el muro, y mirando fijamente la bóveda para comprobar si el hundimiento se propagaría al primer intercolumnio. El estruendo por el derrumbe de la obra de albañilería perdió fuerza, aun cuando en el aire flotaba tanto polvo que durante unos momentos fue imposible ver nada. Philip contuvo el aliento. Finalmente, se asentó el polvo y pudo observar de nuevo la bóveda. Se había desplomado hasta el borde mismo del primer intercolumnio, pero por el momento parecía resistir.

Todo quedó sumido en el silencio. Philip contempló estupefacto las ruinas de su iglesia. Sólo el primer intercolumnio permanecía intacto. En el segundo, los muros habían quedado al nivel de la galería; en el tercero y el cuarto, tan sólo quedaban las naves laterales, aunque gravemente dañadas. El suelo de la iglesia estaba cubierto de escombros, y entre ellos se veían los cuerpos inmóviles de los muertos y los agitados por débiles espasmos de los heridos. Siete años de trabajo y centenares de libras habían quedado destruidas, por no hablar de lo más importante: las docenas, acaso centenares de personas que habían resultado muertas en unos instantes terribles. Philip se sentía embargado por un inmenso dolor por todo el trabajo desperdiciado, por las vidas perdidas, por las viudas y huérfanos que quedaban atrás. Los ojos se le llenaron de lágrimas amargas.

—¡Esto es el resultado de vuestra condenada arrogancia, Philip! —le dijo al oído una voz áspera.

Al volverse, se encontró con el obispo Waleran, cuyos negros ropajes estaban cubiertos de polvo y en cuyos ojos se advertía una maliciosa expresión de triunfo. A Philip se le rompía el corazón al contemplar aquella tragedia; pero que encima le culparan de ella era algo que no podía soportar. Hubiera querido decir: «¡Sólo traté de hacerlo lo mejor que podía!», pero le fue imposible articular palabra. Parecía tener la garganta atenazada, y se sentía incapaz de hablar.

Se le iluminó la mirada al ver a Johnny Ochopeniques salir con Jonathan del cobijo que les prestaba la nave. De repente, recordó sus responsabilidades. Tendría mucho tiempo por delante para torturarse preguntándose quién era el culpable. En aquellos momentos había montones de heridos, muchos de ellos atrapados entre los escombros. Su deber era organizar la operación de salvamento.

—¡Apartaos de mi camino! —exclamó en tono tajante mirando, furibundo, al obispo Waleran.

Sobresaltado, el obispo se hizo a un lado y Philip se precipitó hacia el altar.

—¡Escuchadme! —dijo con toda la potencia de su voz—. Tenemos que ocuparnos de los heridos, sacar a quienes se encuentran sepultados bajo los escombros y, luego, enterrar a los muertos y rezar por sus almas. Nombraré a tres responsables para que organicen todo esto. —Pasó revista a las caras que lo rodeaban para descubrir, a primera vista, quiénes seguían vivos y bien. Localizó a Alfred—. Alfred se encargará de apartar los escombros y de rescatar a las personas que se encuentren atrapadas, y quiero que todos los albañiles y artesanos trabajen con él. —Miró a los monjes y sintió un gran alivio al comprobar que Milius, su más estrecho confidente, se encontraba sano y salvo—. El hermano Milius se ocupará de sacar de la iglesia a los muertos y heridos y necesitará ayudantes jóvenes y fuertes. El hermano Randolph tendrá a su cargo a los heridos, una vez que hayan sido sacados de aquí. Las mujeres y las personas de más edad pueden ayudarle. Muy bien…, pongamos manos a la obra.

Bajó de un salto del altar. Se produjo cierta batahola al empezar la gente a dar órdenes y a hacer preguntas.

Philip se acercó a Alfred, que parecía confuso y asustado. Si hubiera que señalar a un culpable de aquel desastre era a él, en su calidad de maestro constructor, pero no era momento de recriminaciones.

—Divide a tu gente en equipos y señálales las distintas zonas en las que han de trabajar —le indicó.

Por un instante, Alfred le miró con expresión vacua, pero de inmediato pareció reaccionar.

—Sí. De acuerdo. Empezaremos a sacar los escombros del extremo oeste.

—Bien.

Philip se puso de nuevo en marcha abriéndose camino entre la gente para llegar junto a Milius, a quien oyó decir:

—Llevaos a los heridos bien lejos de la iglesia y dejadles sobre la hierba. Luego sacad a los muertos y trasladadlos a la parte norte.

Philip se alejó seguro, como siempre, de que Milius haría las cosas bien. Vio al hermano Randolph, el enfermero, caminar sorteando los escombros y le siguió presuroso. Los dos fueron abriéndose camino entre los montones de piedra trabajada que había quedado inútil. Fuera de la iglesia, en la parte oeste, se hallaban muchísimas personas que habían logrado escapar del derrumbamiento y estaban ilesas.

—Utiliza a esa gente —le dijo Philip a Randolph—. Envía a alguien a la enfermería para que traiga tu equipo y suministros. Haz que algunos vayan a la cocina a buscar agua caliente. Pide también vino fuerte para aquellos a quienes haya que reanimar. Asegúrate de depositar fuera a los muertos y a los heridos, perfectamente alineados con un espacio entre ellos, a fin de que tus ayudantes no tropiecen con los cuerpos.

Miró alrededor. Los supervivientes empezaban a trabajar. Muchos de los que habían encontrado refugio en el extremo oriental que permanecía intacto habían seguido a Philip a través de los escombros y comenzaban ya a retirar los cuerpos. Algún que otro herido que sólo quedó conmocionado o aturdido se ponía ya en pie sin ayuda. Philip vio a una anciana, sentada en el suelo con aire desconcertado. La reconoció como Maud Silver, la mujer del orfebre. La ayudó a levantarse y la llevó lejos del lugar del siniestro.

—¿Qué ha pasado? —preguntó ella sin mirarle—. No sé lo que ha ocurrido.

—Yo tampoco, Maud —respondió Philip.

Al volverse para ayudar a otra persona, le vinieron a la mente las palabras del obispo Waleran: «¡Éste es el resultado de vuestra condenada arrogancia, Philip!» Aquella acusación le hirió profundamente, porque pensaba que acaso fuera verdad. Siempre estaba presionando para lograr más, para que se hiciera mejor, para que fueran más rápido. Había presionado a Alfred para que terminara la bóveda, al igual que presionó para lograr una feria del vellón y para que les dieran la cantera de Shiring. En cada una de las ocasiones todo había acabado en tragedia: la matanza de los canteros, el incendio de Kingsbridge y ahora esto. No cabía duda de que la culpable era la ambición. Los monjes harían mejor en vivir resignados, aceptando las tribulaciones y reveses de este mundo como lecciones de paciencia dadas por el Todopoderoso.

Mientras Philip ayudaba a trasladar a los gimientes heridos y los cadáveres desde las ruinas de su catedral, decidió que, en el futuro, dejaría en manos de Dios el mostrarse ambicioso y apremiante. Él, Philip, adoptaría una actitud pasiva y aceptaría cuanto ocurriera. Si Dios quería una catedral, Él aportaría la cantera; si incendiaban la ciudad había de considerarse como una señal de que Dios no quería que hubiera una feria del vellón, y ahora que la iglesia se había derrumbado, Philip no la reconstruiría.

Mientras tomaba aquella decisión, vio a William Hamleigh.

El nuevo conde de Shiring se encontraba sentado en el suelo del tercer intercolumnio, cerca de la nave norte, con el rostro ceniciento y estremeciéndose de dolor. Una gran piedra había caído sobre su pie. Mientras ayudaba a retirar la piedra, Philip se preguntaba por qué Dios había permitido que murieran tantas personas buenas y dejado que se salvara un animal como William.

El conde estaba haciendo exagerados gestos de dolor por la herida del pie; pero, por lo demás, se encontraba perfectamente. Le ayudaron a incorporarse. Luego, apoyándose en el hombro de un hombretón de su misma constitución, se alejó cojeando. Y entonces se oyó el llanto de una criatura.

Todo el mundo lo oyó. Pero no se veía ningún bebé por parte alguna. La gente, desconcertada, miró alrededor. Volvió a oírse el llanto y entonces Philip cayó en la cuenta de que procedía de debajo de un gran montón de piedras en la nave.

—¡Por aquí! —llamó, se encontró con la mirada de Alfred y le hizo una seña de que se acercara—. Debajo de todo eso hay un niño vivo —le indicó.

Todos habían oído el llanto. Parecía el de una criatura muy pequeña, prácticamente recién nacida.

—Tenéis razón —convino Alfred—. Vamos a retirar algunas de estas piedras grandes.

Él y sus ayudantes empezaron a apartar escombros de un montón que bloqueaba por completo el arco del tercer intercolumnio. Philip se unió a ellos. No podía recordar quién, entre las mujeres de la ciudad, había dado a luz durante las últimas semanas. Claro que tal vez el nacimiento podía no haber llegado a su conocimiento, ya que a pesar de que durante el año último la población de la ciudad se había reducido, todavía era bastante numerosa como para que no se enterara de un hecho tan corriente.

De repente dejó de oírse el llanto. Todo el mundo se quedó quieto, a la escucha. Pero no se reanudó. Reemprendieron la tarea cariacontecidos. Era una operación arriesgada, ya que si se retiraba una piedra podía provocarse la caída de otras. Ése era precisamente el motivo de que Philip hubiera encargado el trabajo a Alfred. Sin embargo, éste no se mostraba tan cauteloso como a él le hubiera gustado y parecía dejar que todo el mundo hiciera las cosas a su modo, apartando las piedras sin seguir un plan organizado.

—¡Esperad! —gritó Philip en un momento dado en que el montón osciló de forma peligrosa.

Todos se detuvieron. Philip advirtió que Alfred estaba demasiado impresionado para organizar a la gente de manera adecuada. Tendría que hacerlo él mismo.

—Si hay alguien vivo ahí debajo, algo debe de haberles protegido —dijo—, y si dejamos que esas rocas caigan podrían perder esa protección y nuestros propios esfuerzos les matarían. Hagamos esto con cuidado. —Señaló a un grupo de canteros que se encontraban allí—. Vosotros tres, subid al montón y empezad a quitar piedras de encima; dádnoslas a nosotros, que las dejaremos aparte.

Empezaron de nuevo a trabajar siguiendo el plan de Philip. Parecía más rápido y seguro.

Como el bebé había dejado de llorar, no sabían muy bien qué dirección seguir, de manera que despejaron un trecho muy amplio, equivalente a casi toda la anchura del intercolumnio. Algunos de los escombros eran consecuencia del derrumbe de la bóveda, pero el tejado de la nave se había derrumbado en parte, de modo que había trozos de madera y pizarra, así como piedras y argamasa.

Philip trabajaba infatigablemente. Quería que la criatura sobreviviera. A pesar de que había docenas de personas muertas, el bebé parecía más importante. Tenía la sensación de que si lograban rescatarle con vida aún habría esperanza para el futuro. Mientras apartaba las piedras tosiendo y medio cegado por el polvo, rezaba fervorosamente para que pudieran encontrarlo vivo.

Al fin logró atisbar sobre el montón de escombros el muro exterior de la nave y parte de la ventana. Parecía haber un espacio detrás de las piedras. Tal vez quedara allí alguien vivo. Un albañil trepó con dificultad por el montón de escombros y escrutó.

—¡Dios mío! —exclamó.

Por una vez Philip no tuvo en cuenta la irreverencia.

—¿Está bien el niño? —preguntó.

—No sabría decirlo —repuso el albañil.

Philip quería preguntarle qué había visto o, mejor aún, echar un vistazo él mismo; pero el hombre había reanudado el trabajo de limpieza de piedras con renovado vigor y nada pudo hacer salvo seguir ayudando, aguijoneado por la curiosidad.

El montón fue reduciéndose deprisa. Había una piedra enorme prácticamente a nivel del suelo, y tuvieron que intervenir tres hombres para moverla. Cuando lograron apartarla, Philip vio al bebé.

Estaba desnudo y acababa de nacer. La blanca piel se hallaba sucia de sangre y polvo, pero tenía la cabeza cubierta de un asombroso pelo color zanahoria. Al observarlo más de cerca, Philip comprobó que se trataba de un chico. Se encontraba sobre el pecho de una mujer y mamaba de ella. Ella también estaba viva. Sus ojos se encontraron con los de Philip y esbozó una sonrisa, fatigada y feliz.

Era Aliena.

Aliena nunca regresó a la casa de Alfred.

Éste había ido pregonando por doquier que la criatura no era suya y, a modo de prueba, alegaba que el pelo del chiquillo era tan rojo como el de Jack. Sin embargo, no intentó hacer daño alguno al bebé ni a Aliena, aparte de negarse a que vivieran en su casa.

Ella se trasladó de nuevo a la casa de una sola habitación, en el barrio pobre, con su hermano Richard. Se sentía aliviada por el hecho de que la venganza de Alfred hubiera sido tan leve, y contenta, además, de no tener que seguir durmiendo en el suelo a los pies de la cama de él, como un perro. Pero, sobre todo, se sentía orgullosa y emocionada con su encantador bebé. Tenía el pelo rojo, los ojos azules y una tez blanquísima, y le recordaba en todo momento a Jack.

Nadie sabía por qué se había derrumbado la iglesia. Sin embargo abundaban las teorías. Algunos alegaban que Alfred no tenía capacidad para ser maestro constructor. Otros culpaban a Philip, por lo mucho que lo había apremiado a fin de que la bóveda estuviera terminada para Pentecostés. Algunos albañiles afirmaban que la cimbra se había retirado antes de que la argamasa fraguara por completo. Un albañil viejo comentó que, en principio, los muros no estaban preparados para soportar el peso de una bóveda de piedra.

Habían resultado muertas setenta y nueve personas, incluidas las que fallecieron después a causa de las heridas. Todo el mundo afirmaba que habrían sido muchas más si el prior Philip no hubiera conducido a tanta gente hacia el extremo oriental. El cementerio del priorato estaba ya pleno como resultado del incendio durante la feria del vellón el año anterior, y la mayoría de los muertos tuvieron que ser enterrados en la iglesia parroquial. Mucha gente aseguraba que la catedral estaba maldita.

Alfred se llevó a todos sus albañiles a Shiring, donde estaba construyendo casas en piedra para las personas acaudaladas de la ciudad. Los demás artesanos fueron yéndose de Kingsbridge. En realidad no se despidió a ninguno, y Philip seguía pagando los salarios, pero los hombres no tenían otra cosa que hacer que retirar los escombros y adecentar el lugar, por lo que, al cabo de unas semanas, todos se habían marchado. Ya no acudían voluntarios a trabajar los domingos, el mercado quedó reducido a unos cuantos puestos cuyos propietarios no daban demasiadas muestras de entusiasmo, y Malachi cargó a su familia y sus posesiones en una enorme carreta tirada por cuatro bueyes y abandonó la ciudad en busca de pastos más verdes.

Richard alquiló su caballo de guerra a un granjero, y Aliena y el vivían del rédito. Sin el apoyo de Alfred, no podía llevar la existencia de un caballero y, de cualquier manera, ya poco importaba desde que William había sido nombrado conde. Aliena seguía ligada al juramento que hiciera a su padre, pero por el momento no había nada que ella pudiera hacer para cumplirlo. Richard se sumió en la inercia. Se levantaba tarde, pasaba la mayor parte del día sentado al sol y las noches en la cervecería.

Martha continuaba viviendo en la casa grande, con la única compañía de una anciana criada. Sin embargo, pasaba la mayor parte del tiempo con Aliena, pues le encantaba ayudarla con el bebé, sobre todo porque éste era muy parecido a su queridísimo Jack. Deseaba que Aliena hiciera volver a éste, pero ésta se negaba a nombrarlo siquiera, por razones que ni ella misma alcanzaba a entender del todo.

Para Aliena el verano pasó como si estuviese envuelta en un aura de felicidad maternal. Pero, una vez recogida la cosecha, al refrescar algo y hacerse las tardes más cortas, comenzó a sentirse inquieta.

Siempre que pensaba en su futuro le venía Jack a la mente. Se había ido, ella no tenía idea de adónde, y probablemente jamás volvería. Pero seguía estando con ella, siempre presente en sus pensamientos, rebosante de vida y energía, de manera tan vívida que era como si le hubiera visto el día anterior. Consideró la posibilidad de trasladarse a otra ciudad y hacerse pasar por viuda; pensó en intentar convencer a Richard de que se ganara la vida de alguna manera; reflexionó sobre la posibilidad de tejer o lavar ropa, incluso entrar como sirvienta en casa de alguna de las escasas familias que aún eran lo bastante ricas para poder pagar al servicio, pero cada uno de sus nuevos proyectos era recibido con una risa desdeñosa por el Jack imaginario que habitaba en su cabeza: «Nada te saldrá bien sin mí.» Hacer el amor con Jack en la mañana de su boda con Alfred era el pecado más grave que había cometido, y no le cabía la menor duda de que estaba pagando por ello. No obstante, había veces en que sentía que era la única cosa buena que había hecho en toda su vida, y cuando miraba a su hijito le resultaba imposible lamentarlo. Sin embargo se hallaba inquieta. Un niño no era suficiente. Se sentía incompleta, vacía. Su casa le parecía demasiado pequeña, Kingsbridge era una ciudad medio muerta, la vida resultaba demasiado monótona.

Empezó a mostrarse impaciente con el chiquillo y regañona con Martha.

Al terminar el verano, el granjero les devolvió el caballo de guerra. Ya no lo necesitaba, y, de repente, Richard y Aliena se encontraron sin ingresos.

Cierto día, a principios de otoño, Richard fue a Shiring a vender su armadura. Mientras se encontraba fuera y Aliena estaba comiendo manzanas para ahorrar dinero, apareció en la casa la madre de Jack.

—¡Ellen! —exclamó Aliena.

Se sobresaltó. Su voz denotaba consternación, ya que Ellen había maldecido su matrimonio y el prior Philip aún podía castigarla por ello.

—He venido a ver a mi nieto —dijo con calma Ellen.

—Pero ¿cómo sabías que…?

—Se oyen cosas incluso en el bosque. —Ellen se acercó a la cuna que estaba en un rincón, y cuando contempló al niño dormido, se suavizó su expresión—. Bien, bien. No cabe la menor duda de quién es el padre. ¿Está sano?

—Jamás ha tenido nada… Es pequeño pero fuerte —respondió Aliena con orgullo, y luego añadió—: Como su abuela.

Observó a Ellen. Estaba más delgada que cuando se había marchado, y también más atezada. Vestía una túnica de cuero corta que dejaba al descubierto sus curtidas pantorrillas. Iba descalza. Tenía un aspecto juvenil y parecía mantenerse en buena forma. Era evidente que la vida en el bosque le sentaba bien. Aliena le calculó treinta y cinco años.

—Pareces encontrarte muy bien —le dijo.

—Os echo de menos a todos —respondió Ellen—. Sobre todo a ti y a Martha, e incluso a tu hermano Richard. Y echo de menos a mi Jack. Y también a Tom. —Su expresión era de tristeza.

Aliena seguía preocupada por la seguridad de Ellen.

—¿Te ha visto alguien entrar aquí? Tal vez los monjes quieran castigarte.

—No hay monje alguno en Kingsbridge con arrestos suficientes para detenerme —dijo Ellen con una sonrisa burlona—. Pero de todas formas he andado con cuidado… Nadie me ha visto. —Ellen dirigió una mirada penetrante a Aliena, que se sintió un poco incómoda ante aquellos extraños ojos color miel de Ellen, y añadió—: Estás desperdiciando tu vida.

—¿Qué quieres decir? —le preguntó Aliena.

Las palabras de Ellen hicieron vibrar de inmediato una fibra de su ser.

—Tendrías que ir en busca de Jack.

Aliena se sintió maravillosamente esperanzada.

—No puedo —contestó.

—¿Por qué no?

—En primer lugar, porque no sé dónde está.

—Yo sí.

A Aliena le dio un vuelco el corazón. Pensaba que nadie sabía adónde había ido Jack. Era como si se hubiera desvanecido de la faz de la tierra. Pero ahora ya podía imaginárselo en un lugar determinado, real. Eso lo cambiaba todo. Quizá estuviera en alguna parte cerca de allí. Podría conocer a su hijo.

—Al menos sé hacia dónde se dirigía —prosiguió Ellen.

—¿Adónde? —preguntó Aliena en tono apremiante.

—A Santiago de Compostela.

—¡Dios mío!

Todas sus esperanzas se derrumbaron, y se sintió decepcionada y sin esperanzas. Compostela era la ciudad de España en la que estaba enterrado el apóstol Santiago. Se necesitaban varios meses para llegar a ella. En definitiva era como si Jack estuviera en el otro extremo del mundo.

—Esperaba hablar con los juglares que encontrara en el camino y averiguar algo sobre su padre.

Aliena asintió, desconsolada. Era lógico. Jack siempre había querido saber más cosas acerca de su padre. Incluso cabía la posibilidad de que jamás volviera. Durante un viaje tan largo era casi seguro que encontrara una catedral en la que trabajar y acaso luego se instalara allí definitivamente. Al ir en busca del padre, probablemente perdería a su hijo.

—Está tan lejos —se lamentó Aliena—. Me gustaría ir en su busca, pero…

—¿Por qué no? —replicó Ellen—. Miles de personas van allí en peregrinación. ¿Acaso no puedes hacerlo tú?

—Juré a mi padre que me ocuparía de Richard hasta que fuera conde —le contestó Aliena—. No puedo dejarlo.

Ellen se mostró escéptica.

—¿Cómo te imaginas que lo haces ahora mismo? —le preguntó—. No tenéis un penique y William es el nuevo conde. Richard ha perdido toda posibilidad de recuperar el condado. Le ayudas tan poco en Kingsbridge como si estuvieras en Compostela. Has consagrado tu vida a ese estúpido juramento. Pero ahora ya no puedes hacer nada más. No veo por qué motivo habrías de merecer los reproches de tu padre. Si quieres mi opinión, el mayor favor que podrías hacer a Richard sería el de apartarte de él por un tiempo y darle la oportunidad de ser independiente.

Aliena se dijo que todo aquello era verdad, que de momento no podía prestar ayuda alguna a su hermano, tanto si se quedaba en Kingsbridge como si no. ¿Era posible que fuese libre de ir en busca de Jack? Sólo de pensarlo el corazón le latía con fuerza.

—Pero no tengo dinero para ir de peregrinación —objetó.

—¿Qué ha sido de aquel caballo de guerra?

—Aún lo tenemos.

—Véndelo.

—No podría. Es de Richard.

—¡Santo Dios! —exclamó Ellen, enfadada—. ¿Quién demonios lo compró? ¿Realizó Richard durante años un duro trabajo para establecer un negocio de lanas? ¿Acaso Richard trató con los codiciosos campesinos y los ladinos mercaderes flamencos? ¿Compró él la lana, la almacenó, puso un puesto en el mercado y la vendió? ¡No me digas que el caballo es de Richard!

—Se pondrá furioso…

—Estupendo. Esperemos que se ponga lo bastante furioso como para sentirse impulsado a trabajar por primera vez en su vida.

Aliena abrió la boca para hablar, pero enseguida volvió a cerrarla. Ellen tenía razón. Richard siempre había contado con ella para todo. Mientras su hermano había estado luchando por recuperar su patrimonio, Aliena se había sentido obligada a mantenerle. Pero ya había dejado de luchar. Por lo tanto, no tenía derecho a exigirle nada. Ella había comprado el condenado caballo y por lo tanto podía venderlo.

Se imaginó encontrándose de nuevo con Jack. Veía ya su cara, sonriéndole. Se besarían. Experimentó un estremecimiento de placer y se sintió húmeda sólo de pensar en ello, lo cual le incomodó en parte.

—Claro que viajar supondrá correr riesgos —reconoció Ellen.

—Eso no me preocupa en absoluto —dijo Aliena con una sonrisa—. He estado viajando desde que tenía dieciséis años. Puedo cuidar de mí.

—Habrá centenares de personas en el camino a Compostela. Puedes unirte a un grupo grande de peregrinos. No tienes por qué viajar sola.

Aliena suspiró.

—Si no tuviera el bebé creo que lo haría.

—Por él precisamente debes hacerlo —le aconsejó Ellen—. Necesita un padre.

Aliena no lo había considerado desde aquel punto de vista. Sólo había pensado en el viaje de una forma egoísta. En aquel momento, comprendió que el niño necesitaba a Jack tanto como ella. En su obsesión por el cuidado cotidiano de la criatura no había pensado en su futuro. De pronto le pareció terriblemente injusto que el niño creciera sin conocer al genio único, adorable y deslumbrador que era su padre.

Se dio cuenta de que se estaba convenciendo a sí misma de hacer el viaje, y sintió una oleada de aprensión.

Entonces surgió una dificultad.

—No puedo llevarme el bebé a Compostela.

Ellen se encogió de hombros.

—No encontrará diferencia alguna entre España e Inglaterra. Pero no es forzoso que te lo lleves.

—¿Qué otra cosa puedo hacer?

—Déjalo conmigo. Lo alimentaré con leche de cabra y miel silvestre.

Aliena negó con la cabeza.

—No soportaría estar separada de él. Lo quiero demasiado.

—Pues si tanto lo quieres, ve y encuentra a su padre —le dijo Ellen.

2

Aliena halló un barco en Wareham. Cuando de jovencita iba a Francia con su padre lo hacían en uno de los barcos de guerra normandos. Eran unas embarcaciones largas y estrechas cuyos costados se curvaban hasta formar una punta alta y aguda a babor y estribor. Llevaban hileras de remeros a cada lado y una vela de cuero cuadrada. En esta ocasión, el barco que la llevaría a Normandía era similar a aquellos barcos de guerra, pero más ancho en el centro y más profundo a fin de contener la carga. Procedía de Burdeos, y Aliena había visto a los marineros descalzos descargar grandes toneles de vino destinados a las bodegas de las personas acaudaladas.

Sabía que tenía que dejar a su bebé, pero ello le partía el corazón. Cada vez que lo miraba, se repetía todos los argumentos y acababa decidiendo una vez más que debía irse. Pese a todo, no quería separarse del niño.

Ellen había ido a Wareham con ella. Allí Aliena se reunió con dos monjes de la abadía de Glastonbury que iban a inspeccionar una propiedad en Normandía. En el barco viajarían otros tres pasajeros. Un joven escudero que había pasado cuatro años con un pariente inglés y regresaba a Toulouse con sus padres, y dos jóvenes albañiles que habían oído decir que al otro lado del Canal los salarios eran más altos y las jóvenes más bonitas. La mañana que tenía que zarpar, todos ellos esperaron en la cervecería mientras la tripulación cargaba en el barco pesados lingotes de estaño procedentes de Cornualles. Los albañiles bebieron varias jarras de cerveza, pero no parecían embriagados. Aliena lloraba en silencio, abrazada al niño.

Finalmente, el barco se dispuso a zarpar. La yegua negra y robusta que Aliena había comprado en Shiring jamás había visto el mar y se negaba a subir por la plancha. El escudero y los albañiles aportaron su colaboración entusiasta y finalmente el caballo subió a bordo.

Las lágrimas cegaban a Aliena cuando entregó el bebé a Ellen.

—No puedes hacer esto. Me equivoqué al sugerírtelo —dijo Ellen al tiempo que cogía al chiquillo.

Arreció el llanto de Aliena.

—Pero está Jack —musitó Aliena, sollozando—. No puedo vivir sin él. Sé que no puedo. Tengo que buscarlo.

—Sí, claro —coincidió Ellen—. No quiero decirte que renuncies al viaje, pero no puedes dejar detrás de ti al niño. Llévatelo contigo.

Aliena se sintió embargada por la gratitud y siguió llorando sin cesar.

—¿Crees que estará bien?

—Durante todo el camino hasta aquí se ha sentido feliz cabalgando contigo. El resto del viaje no tiene por qué ser distinto. Y, desde luego, no le gusta demasiado la leche de cabra.

—Vamos, señoras. La marea está subiendo —les dijo el capitán del barco.

Aliena cogió de nuevo al bebé y besó a Ellen.

—Gracias. Soy tan feliz…

—Buena suerte.

Aliena dio media vuelta y subió corriendo por la plancha hasta el barco.

Se hicieron a la mar de inmediato. Siguió saludando a Ellen con la mano, hasta que la mujer sólo fue un punto sobre el muelle de Poole. Al cabo de un rato empezó a llover. Arriba no había donde refugiarse, por lo que Aliena se sentó en el fondo con los caballos y el cargamento. La cubierta parcial, sobre la que se sentaban los remeros, y que estaba por encima de su cabeza, no llegaba a protegerle del todo del mal tiempo, pero consiguió mantener seco al niño envuelto en su capa. Al parecer el vaivén del barco le gustaba, porque se quedó dormido. Al caer las sombras y echar anclas el barco, Aliena se unió a los monjes en sus oraciones. Luego, dormitó inquieta, manteniéndose sentada y erguida con el bebé en brazos.

Al día siguiente, desembarcaron en Barfleur, y Aliena encontró hospedaje en la ciudad más cercana, Cherburgo. Pasó otro día recorriendo la ciudad, hablando con posaderos y constructores, preguntándoles si habían visto a un joven albañil inglés con el pelo rojo como el fuego. Nadie lo recordaba. Había montones de normandos pelirrojos y por ello tal vez no les llamara la atención. O acaso hubiera embarcado en otro puerto.

Pensándolo bien, Aliena no esperaba encontrar tan pronto el rastro de Jack, aunque de todos modos se sintió descorazonada. Al día siguiente, se puso en marcha, dirigiéndose hacia el sur. Viajó con un vendedor de cuchillos, su gorda y alegre mujer y sus cuatro hijos. Avanzaban muy despacio y Aliena estaba contenta de que mantuvieran aquel ritmo, sin llegar a cansar al caballo, que habría de llevarla durante un largo camino. A pesar de la protección que le proporcionaba viajar con una familia, seguía llevando bajo su manga izquierda, siempre dispuesta, la larga y afilada daga. No parecía adinerada; su indumentaria era abrigada, pero no ostentosa, y el caballo daba la impresión de fuerza aunque no de brío. Tenía buen cuidado de mantener a mano algunas monedas, sin mostrar nunca el pesado cinturón con dinero que llevaba sujeto a la cintura, debajo de la túnica. Amamantaba al bebé con discreción sin permitir que hombres extraños le vieran el pecho.

Aquella noche recibió una enorme dosis de optimismo gracias a un golpe de suerte. Se detuvieron en una pequeña aldea llamada Lessay y en ella Aliena encontró a un monje que recordaba con toda claridad a un joven albañil inglés que se había mostrado fascinado ante el nuevo y revolucionario castillete de la bóveda de la iglesia abadía. Aliena no cabía en sí de alegría. El monje recordaba incluso que Jack había dicho que había desembarcado en Honfleur, lo que explicaba el que en Cherburgo no hubiese encontrado rastro de él. A pesar de que eso había ocurrido hacía ya un año, el monje hablaba con agrado de Jack, y era evidente que lo había encontrado muy simpático. Aliena se sentía emocionada por estar hablando con alguien que lo había visto. Aquello le confirmaba que se encontraba en el buen camino.

Finalmente se separó del monje y se echó a dormir sobre el suelo de la casa de huéspedes de la abadía. Antes de quedarse dormida, abrazó con fuerza al bebé.

—Vamos a encontrar a tu padre —le susurró junto a la diminuta y rosada oreja.

En Tours el bebé cayó enfermo.

La ciudad era rica, sucia y se hallaba atestada de gente. Las ratas campaban por sus respetos en los enormes almacenes de grano junto al río Loira. Estaba llena de peregrinos. Tours era un punto de salida tradicional para quienes se dirigían hacia Compostela. Y además se avecinaba la fiesta de san Martín, primer obispo de Tours, y muchos habían acudido a la iglesia de la abadía para visitar su tumba. San Martín era famoso por haber cortado su capa en dos para dar la mitad a un mendigo desnudo. Con motivo de esa fiesta, las posadas y casas de huéspedes de Tours se encontraban abarrotadas. Aliena se vio obligada a aceptar lo que a duras penas pudo encontrar y se quedó en una pobre taberna junto a los muelles, dirigida por dos hermanas que eran demasiado viejas y frágiles para mantener el lugar limpio.

Al principio Aliena no pasó mucho tiempo en su alojamiento. Con el niño en brazos recorrió las calles preguntando por Jack. Pronto se dio cuenta de que había tanta gente en la ciudad que los posaderos ni siquiera podían recordar a los huéspedes de la penúltima semana, así que no valía la pena preguntar por alguien que acaso había pasado por allí hacía ya un año. Pese a todo, se detenía en cada uno de los edificios en construcción para preguntar si habían empleado a un joven albañil inglés pelirrojo de nombre Jack. Nadie lo había contratado.

Aliena estaba decepcionada. No había sabido nada de él desde Lessay. Si hubiera seguido adelante con su plan de ir a Compostela, casi con toda certeza habría acudido a Tours. Empezó a temer que hubiera cambiado de idea.

Al igual que todo el mundo, fue a la iglesia de san Martín. Y allí vio a un grupo de obreros ocupado en un intensivo trabajo de reparaciones.

Buscó al maestro constructor, un hombre pequeño y de mal genio que empezaba a quedarse calvo, y le preguntó si había trabajado para él un albañil inglés.

—Jamás empleo ingleses —respondió el hombre con aspereza antes de que Aliena hubiera terminado de hablar—. Los albañiles ingleses no sirven para nada.

—Éste es muy bueno —le aseguró Aliena—, y habla bien francés, así que tal vez no os dierais cuenta de que era inglés. Es pelirrojo.

—No, nunca lo he visto —afirmó sin contemplaciones el maestro al tiempo que daba media vuelta.

Aliena regresó a su alojamiento bastante deprimida. No era en modo alguno alentador recibir un trato grosero sin motivo alguno.

Aquella noche sufrió trastornos de vientre y no pegó ojo. Al día siguiente, se encontró demasiado enferma para salir a la calle y pasó todo el día en la taberna, tumbada en la cama. Por la ventana, entraba la peste del río y, de abajo, le llegaban los desagradables olores de vino derramado y aceite de oliva. A la mañana siguiente la despertó el llanto del bebé. No era la rabieta habitual, vigorosa y exigente, sino un lloriqueo débil y lastimero. Sufría los mismos trastornos de vientre que ella, pero, además, tenía fiebre. Mantenía cerrados con fuerza sus ojos azules, siempre tan vivos y despiertos, y las diminutas manos apretadas. Su carita estaba enrojecida y cubierta de manchas.

Como nunca había estado enfermo, Aliena no sabía qué hacer.

Le dio el pecho. Por un momento mamó con avidez, luego empezó a llorar de nuevo y a continuación volvió a mamar. No pareció que la leche le diera consuelo.

En la taberna trabajaba una camarera joven y agradable, y Aliena le pidió que fuera a la abadía y comprara agua bendita. Pensó también en enviarla en busca de un médico, pero ésos siempre querían sangrar a la gente y Aliena no creía que el bebé fuera a mejorar sangrándole.

La sirvienta volvió con su madre, que quemó un manojo de hierbas secas en un recipiente de hierro. Produjeron un humo acre que pareció absorber los malos olores de aquel lugar.

—El niño tendrá sed, dale el pecho siempre que quiera —le dijo la mujer a Aliena—. Tú misma bebe mucho para que tengas leche en abundancia. Es cuanto puedes hacer.

—¿Se pondrá bien? —preguntó Aliena con preocupación.

La mujer se mostró comprensiva.

—No lo sé, querida. Es difícil saberlo cuando son tan pequeños. Por lo general sobreviven a esta clase de cosas. Aunque a veces no. ¿Es el primero?

—Sí.

—Bueno, recuerda que siempre puedes tener más.

Es que éste es de Jack, y ya le he perdido a él, se dijo Aliena, pero guardó para sí sus pensamientos, dio las gracias a la mujer y le pagó las hierbas.

Una vez que madre e hija se hubieron marchado, diluyó el agua bendita con agua de una jarra, humedeció en ella un paño y refrescó la cabecita de su hijo.

El niño pareció empeorar a medida que avanzaba el día. Aliena le daba el pecho cuando lloraba, le cantaba para mantenerle despierto y le refrescaba con el agua bendita cuando dormía. Mamaba continuamente, aunque de manera caprichosa. Por fortuna, Aliena tenía mucha leche, siempre la había tenido. También ella seguía enferma y sólo comía pan duro y vino aguado. A medida que pasaban las horas empezó a aborrecer aquella habitación, con sus paredes desnudas salpicadas de cagadas de moscas, el tosco suelo de madera, la puerta mal ajustada y el minúsculo ventanuco. Había exactamente cuatro muebles: una desvencijada cama, un taburete de tres patas, un colgador para la ropa, y un candelabro de pie con tres brazos, aunque con una sola vela.

Cuando empezó a anochecer, acudió la sirvienta y encendió la vela. Miró al bebé que estaba acostado, agitando los brazos y las piernas y quejándose con gesto lastimero.

—Pobrecito —se compadeció la muchacha—. No entiende por qué se siente tan mal.

Aliena se levantó del taburete y se dirigió a la cama; pero mantuvo encendida la vela para poder ver al bebé. Ambos pasaron toda la noche dormitando inquietos. Ya de amanecida, el niño dejó de llorar y de moverse, y su respiración se hizo más leve.

Aliena empezó a sollozar en silencio. Había perdido el rastro de Jack, y su hijo iba a morir allí, en una casa llena de gente extraña en una ciudad muy lejos de su hogar. Jamás habría otro Jack y nunca volvería a tener otro hijo. Tal vez también debería morir ella. Acaso eso fuera lo mejor.

Al romper el alba, apagó la vela y se sumió en un sueño profundo. Estaba exhausta.

De abajo, llegó un fuerte ruido que la despertó. El sol estaba alto y en la orilla del río, debajo de su ventana, había un intenso ajetreo. El bebé se había quedado prácticamente inmóvil y su carita estaba, al fin, tranquila. Aliena sintió que se le helaba el corazón. Le tocó el pecho. No lo tenía frío, pero tampoco caliente. Su respiración se hizo entrecortada. De repente, el niño lanzó un suspiro profundo, se estremeció y abrió los ojos. Aliena estuvo a punto de desmayarse por el alivio.

Lo cogió en brazos y lo estrechó contra sí. El bebé empezó a gritar con fuerza. Entonces Aliena comprendió que ya estaba bien. La temperatura era normal y no parecía dolerle nada. Le dio de mamar y el niño chupó con avidez. En vez de dejarlo después de unas cuantas chupadas prosiguió incansablemente, y una vez que terminó con un pecho mamó del otro hasta el fin. Luego, ya satisfecho, se quedó profundamente dormido.

Aliena se dio cuenta de que también sus males habían desaparecido, aunque se encontraba como si la hubieran exprimido. Durmió junto al niño hasta mediodía y entonces volvió a darle de mamar. Luego, bajó a la taberna y comió queso de cabra con pan tierno y un poco de tocino.

Tal vez fuera el agua bendita de san Martín la que había hecho que el niño se repusiera. Aquella tarde fue a la tumba del santo para darle las gracias.

Mientras se encontraba en la gran iglesia abadía, observó trabajar a los albañiles y pensó en Jack, quien, después de todo, aún podría ver a su hijo. Aliena se preguntaba si no se habría desviado de su ruta original. Tal vez estuviera trabajando en París, tallando piedras para una nueva catedral que se construyese allí. Mientras pensaba en él, se le iluminó la mirada al observar que los albañiles estaban instalando un nuevo voladizo. Estaba esculpido con la figura de un hombre que parecía sostener sobre sus espaldas todo el peso del pilar. Aliena dio un respingo. Al instante supo, sin la menor sombra de duda, que aquella figura contorsionada y atormentada la había esculpido Jack. ¡De manera que había estado allí!

Con el corazón palpitante, se acercó a los trabajadores.

—¡Esa figura! —exclamó casi sin aliento—. El hombre que la esculpió era inglés, ¿verdad?

—Así es. La talló Jack Fitzjack —le contestó un viejo trabajador—. En mi vida he visto nada semejante.

—¿Cuándo estuvo aquí? —volvió a preguntar Aliena.

Contuvo el aliento mientras el viejo se rascaba la cabeza canosa a través de una grasienta gorra.

—Ahora debe de hacer casi un año. Veréis, no se quedó mucho tiempo. Al maestro constructor no le gustaba. —Bajó la voz—. Si queréis saber la verdad, Jack era demasiado bueno. Superaba con mucho al maestro. De manera que tenía que irse. —Se llevó un dedo a un lado de la nariz como quien hace una confidencia.

—¿Dijo adónde iba? —inquirió Aliena, ansiosa.

El viejo miró al bebé.

—Si el pelo revela algo, este niño es de él.

—Sí, lo es.

—¿Creéis que Jack se alegrará de veros?

Aliena comprendió que aquel trabajador pensaba que tal vez Jack estuviera huyendo de ella. Se echó a reír.

—Sí, claro. Estará muy contento de verme.

El hombre se encogió de hombros.

—Dijo que se iba a Compostela, si es que os sirve de algo.

—¡Gracias! —exclamó Aliena, feliz, y, ante el asombro y la satisfacción del viejo, le besó.

Las rutas de peregrinos que atravesaban Francia convergían en Ostbat, al pie de los Pirineos. Allí, el grupo de unos veinte peregrinos con quienes viajaba Aliena aumentó hasta alrededor de setenta. Todos estaban muy cansados, pero conservaban el buen humor. Algunos eran ciudadanos prósperos, otros tal vez fugitivos de la justicia, y había incluso unos cuantos borrachos y varios monjes y clérigos. Los hombres de Dios se encontraban allí impulsados por la devoción, pero la mayoría de los demás sólo parecían dispuestos a pasárselo bien. Se escuchaban diversos idiomas, incluidos el flamenco, una lengua germana, y otra del sur de Francia, llamada de Oc. Sin embargo, no había falta de comunicación entre ellos y, mientras atravesaban los Pirineos, cantaban juntos, practicaban juegos, relataban historias y, en algunos casos, tenían relaciones amorosas.

Por desgracia, después de Tours, Aliena no volvió a encontrar más gente que recordara a Jack. Y, durante toda la ruta por Francia tampoco vio tantos juglares como había imaginado. Uno de los peregrinos flamencos, un hombre que había hecho antes aquel camino, aseguró que habría bastantes más en la parte española, al otro lado de las montañas.

Y estaba en lo cierto. En Pamplona, Aliena se sintió excitada al encontrar a un juglar que recordaba haber hablado con un joven inglés pelirrojo que iba preguntando acerca de su padre.

Mientras los fatigados peregrinos avanzaban lentamente por el norte de España en dirección a la costa, Aliena encontró a varios juglares más, y la mayoría de ellos recordaba a Jack. Se dio cuenta con excitación creciente de que todos ellos habían dicho que se dirigía a Compostela, pero ninguno recordaba haberle visto de regreso.

Lo que significaba que aún seguía allí.

Mientras sentía el cuerpo cada vez más dolorido, su espíritu se sentía, por el contrario, más animado. Durante los últimos días del viaje, apenas podía contener su optimismo. Era mediados de invierno, pero el tiempo era cálido y soleado. El niño, que ya tenía seis meses, era fuerte y alegre. Aliena estaba segura de que encontraría a Jack en Compostela.

Llegaron allí el día de Navidad.

Se encaminaron directamente hacia la catedral para oír música. Como era de esperar, la iglesia estaba atestada. Aliena dio vueltas una y otra vez entre los fieles, observando los rostros. Pero Jack no estaba allí. Claro que no era muy devoto. De hecho, jamás acudía a iglesias salvo para trabajar. Cuando encontró alojamiento, ya había oscurecido. Se acostó, pero apenas pudo dormir a causa de la excitación, pues sabía que Jack probablemente se encontraría a escasa distancia de ellos y que al día siguiente lo vería, lo besaría y le mostraría al niño.

Con las primeras luces, se levantó. El pequeñín acusó su impaciencia y mamó irritado, mordiéndole los pezones con sus encías. Aliena se lavó a toda prisa para salir de inmediato con él en brazos.

Mientras caminaba por las polvorientas calles, esperaba ver a Jack a la vuelta de cada esquina. ¡Cómo se asombraría cuando la viera! ¡Y qué contento se pondría! Sin embargo, al no verlo por las calles empezó a visitar todas las casas de huéspedes. Tan pronto como la gente empezó a trabajar, Aliena acudió a los edificios en construcción y habló con los albañiles. Conocía las palabras «cantero» y «pelirrojo» en lengua castellana, y además los habitantes de Compostela estaban familiarizados con los extranjeros, de manera que logró entenderse. Pero no halló rastro de Jack. Empezó a preocuparse. La gente tenía que conocerlo con toda seguridad. No era el tipo de persona que pudiera pasar inadvertida, y debía de haber estado allí durante varios meses. También se mantenía alerta para descubrir su estilo característico de esculpir. No vio nada.

Mediada la mañana, encontró a una tabernera de mediana edad, rubicunda, que hablaba francés y recordaba a Jack.

—Un guapo mozo… ¿Es tuyo? De cualquier manera, ninguna de las mozas locales sacó nada en limpio de él. Estuvo aquí a mediados de verano; pero, desafortunadamente, no se quedó mucho tiempo. Y tampoco quiso decir adónde iba. Me era simpático. Si lo encuentras, dale un abrazo de mi parte.

Aliena regresó a su alojamiento y se tumbó en la cama, con los ojos fijos en el techo. El bebé gruñía, pero, por una vez, no le hizo caso. Estaba agotada, decepcionada y sentía añoranza. No era justo. Había seguido su rastro hasta Compostela, y él se había marchado a alguna otra parte.

Como no había regresado a los Pirineos, y como al este de Compostela sólo había una faja de costa y el océano que llegaba al fin del mundo, Jack debió de haber seguido más hacia el sur. Tendría que ponerse de nuevo en marcha y cabalgar sobre su yegua negra, con el bebé en brazos, hacia el corazón de España.

Se preguntó cuánto habría de alejarse de su casa antes de que su peregrinaje diera fin.

Jack pasó el día de Navidad con su amigo Raschid Alharoun, en Toledo. Raschid era un sarraceno converso que había hecho una fortuna importando especias de Oriente, sobre todo pimienta. Se habían conocido durante una misa de mediodía en la gran catedral, y luego regresaron paseando bajo el tibio sol invernal a través de las angostas calles y el aromático mercado, hacia el barrio donde vivía la gente acomodada.

La casa de Raschid estaba construida con una deslumbrante piedra blanca, alrededor de un patio en el centro del cual había una fuente. Las arcadas en penumbra del patio le recordaban a Jack el claustro del priorato de Kingsbridge. En Inglaterra protegían del viento y la lluvia, pero en España estaban destinadas a mitigar la fuerza del sol.

Raschid y sus invitados tomaron asiento sobre cojines ante una mesa baja. Las mujeres e hijas servían a los hombres, así como varias muchachas cuyo lugar en la casa era un tanto dudoso. Raschid, como cristiano, sólo podía tener una esposa, aunque Jack sospechaba que había eludido con sigilo la desaprobación de la Iglesia en cuanto a las concubinas.

Las mujeres constituían la principal atracción en la acogedora vivienda de Raschid. Todas ellas eran hermosas. Su esposa era una mujer escultural, de ademanes graciosos, suave tez morena, lustrosa cabellera negra y límpidos ojos pardos, y las hijas eran versiones más esbeltas del mismo tipo.

—Mi Raya es la hija perfecta —dijo Raschid mientras ella rodeaba la mesa con un cuenco de agua perfumada para que los invitados se enjuagaran las manos—. Es atenta, obediente y bella. Josef es un hombre afortunado.

El novio inclinó la cabeza como reconociendo su buena fortuna.

La segunda hija era orgullosa, incluso altanera. Pareció que le molestaban las alabanzas referidas a su hermana. Miró altiva a Jack mientras llenaba su copa con una extraña bebida contenida en una jarra de cobre.

—¿Qué es? —le preguntó él.

—Licor de menta —repuso ella con desdén.

Le molestaba servirle, ya que ella era hija de un hombre importante y él un simple vagabundo.

Aysha, la hija tercera, era por la que más simpatía sentía Jack. En los tres meses que llevaba allí, había llegado a conocerla muy bien. Tenía quince o dieciséis años, era menuda y se mostraba rebosante de vida, siempre sonriente. Aunque era tres o cuatro años más joven que él no parecía una adolescente. Tenía una inteligencia viva e inquisitiva. Le hacía infinidad de preguntas acerca de Inglaterra y sus costumbres. A menudo se burlaba de la sociedad de Toledo, la afectación de los árabes, la meticulosidad de los judíos y el mal gusto de los nuevos ricos cristianos. En ocasiones hacía reír a Jack a carcajadas. Aunque era la más joven, parecía la menos inocente de las tres. A veces, la forma como miraba a Jack al inclinarse ante él para poner en la mesa una fuente de sabrosos camarones parecía revelar una vena inconfundiblemente licenciosa. Aysha encontró su mirada y dijo «licor de menta» imitando a la perfección los modales presumidos de su hermana, y Jack no pudo contener la risa.

Cuando estaba con Aysha, solía olvidar durante horas a Aliena. Pero en cuanto se encontraba lejos de aquella casa, Aliena ocupaba sus pensamientos como si sólo el día anterior se hubiera separado de ella. Su recuerdo le resultaba penosamente vívido, a pesar de que no la veía desde hacía más de un año. Podía evocar cada una de sus expresiones: cuando reía, cuando se mostraba pensativa, suspicaz, ansiosa, complacida, asombrada y, sobre todo apasionada. Tampoco había olvidado su cuerpo, y aún podía ver la curva de sus senos, sentir la suave piel del interior de sus muslos, saborear sus besos y aspirar el aroma de su despertar. A menudo sentía nostalgia de ella.

A fin de calmar ese deseo frustrado, imaginaba a veces qué estaría haciendo Aliena. En su pensamiento, la veía quitarle las botas a Alfred al final del día, sentada al lado de éste en la mesa, besándolo, haciendo el amor con él, y dando el pecho a un chiquillo que era la viva imagen de Alfred. Aquellas visiones le torturaban, pero no impedían que la añorase.

En aquel día, Navidad, Aliena asaría un cisne y lo cubriría con sus plumas para servirlo en la mesa. Para beber, tendrían ponche hecho con cerveza, huevos, leche y nuez moscada. La comida que Jack tenía ante sí no podía ser más diferente. Había exquisitos platos de cordero preparado con especias desconocidas, arroz mezclado con nueces y ensaladas aliñadas con zumo de limón y aceite de oliva. Le había costado algo acostumbrarse a los guisos españoles. Jamás servían grandes cuartos de vaca, patas de cerdo ni pierna de venado, sin los cuales en Inglaterra ninguna fiesta estaba completa. Y tampoco gruesas rebanadas de pan. No había en aquel país praderas en las que pudiesen pastar grandes rebaños de ganado, ni fértiles suelos donde cultivar el trigo. Compensaban la relativa escasez de carne con maneras imaginativas de cocinar, y en lugar del omnipresente pan de los ingleses, disfrutaban de una gran variedad de vegetales y frutas.

Jack vivía en Toledo con un pequeño grupo de clérigos ingleses. Formaban parte de una comunidad internacional de eruditos, en la que se encontraban judíos, musulmanes y mudéjares. Los ingleses se ocupaban de traducir obras de matemáticas del árabe al latín, para que pudieran leerlas los cristianos. Entre ellos existía un ambiente de excitación febril, a medida que descubrían y exploraban el acervo atesorado por la sabiduría árabe. De manera fortuita habían admitido a Jack en calidad de estudiante. Daban acogida en su círculo a todo aquel que comprendiera lo que estaban haciendo y compartiera su entusiasmo. Eran como campesinos que hubieran estado laborando durante años una tierra pobre para obtener una cosecha y, de repente, se encontraran en un fecundo valle. Jack había abandonado las artes de la construcción para estudiar matemáticas. No necesitaba trabajar por dinero, ya que los clérigos le facilitaban cama y toda la comida que quisiera, e incluso le habrían dado indumentaria y sandalias nuevas si las hubiese precisado.

Raschid era uno de sus mecenas. En su calidad de mercader internacional, dominaba varias lenguas y era en extremo cosmopolita en sus actitudes. En su casa, hablaba el castellano, la lengua de la España cristiana en lugar del mozárabe. Su familia también hablaba francés, la lengua de los normandos, que eran mercaderes importantes. A pesar de ser un comerciante, tenía un poderoso intelecto y una curiosidad abierta a todos los campos. Se deleitaba hablando con los eruditos acerca de sus teorías. Había simpatizado de inmediato con Jack, que cenaba en su casa varias veces por semana.

—¿Qué nos han enseñado esta semana los filósofos? —le preguntó Raschid tan pronto como empezaron a comer.

—He estado leyendo a Euclides. —Los *Elementos de Geometría* de Euclides era uno de los primeros libros traducidos.

—Euclides es un extraño nombre para un árabe —apuntó Ismail, hermano de Raschid.

—Era griego —le explicó Jack—. Vivió antes del nacimiento de Cristo. Los romanos perdieron sus escritos, pero los egipcios los conservaron, de manera que han llegado hasta nosotros en árabe.

—¡Y ahora los ingleses están traduciéndolos al latín! —exclamó Raschid—. Resulta divertido.

—Pero ¿qué has aprendido? —le preguntó Josef, el prometido de Raya.

Jack vaciló por un instante. Resultaba difícil de explicar. Intentó exponerlo de manera práctica.

—Mi padrastro, el maestro constructor, me enseñó diversas operaciones geométricas; por ejemplo, a dividir una línea en dos partes iguales, a trazar un ángulo recto y a dibujar un cuadrado dentro de otro, de manera que el más pequeño sea la mitad del área del grande.

—¿Cuál es el objetivo de esas habilidades? —quiso saber Josef. Había una nota de desdén en su voz. Consideraba a Jack como un advenedizo y sentía envidia de la atención que Raschid le prestaba.

—Esas operaciones son esenciales para proyectar construcciones —contestó Jack amablemente, simulando no haberse percatado del tono de Josef—. Echad un vistazo a este patio. El área de las arcadas cubiertas que lo rodean es exactamente igual al área abierta en el centro. La mayor parte de los patios pequeños están construidos de igual manera, incluidos los claustros de los monasterios. Ello se debe a que esas proporciones son las más placenteras. Si el centro fuera mayor, parecería una plaza de mercado, y si fuese más pequeño, daría la impresión de un agujero en el tejado; pero para obtener la impresión adecuada, el constructor ha de ser capaz de concebir la zona abierta en el centro de tal manera que sea exactamente la mitad de todo el conjunto.

—¡Nunca pensé en ello! —exclamó Raschid, a quien nada le gustaba más que aprender algo nuevo.

—Euclides explica por qué dan resultado esas técnicas —prosiguió Jack—. Por ejemplo, las dos partes de la línea dividida son iguales porque forman los lados correspondientes de triángulos congruentes.

—¿Congruentes? —inquirió Raschid.

—Quiere decir exactamente iguales.

—Ah…, comprendo.

Sin embargo, Jack advirtió que nadie más lo entendía.

—Pero tú podías realizar todas esas operaciones antes de leer a Euclides, de manera que no veo que hayas aprendido nada nuevo —alegó Josef.

—Un hombre siempre se perfecciona al lograr comprender algo —protestó Raschid.

—Además, ahora que ya entiendo algunos principios de la geometría, puede que sea capaz de concebir soluciones a nuevos problemas que desconcertaban a mi padrastro —manifestó Jack. Se sentía algo defraudado por aquella conversación. Euclides había sido toda una revelación para él, que sin embargo estaba fracasando en su intento de comunicar la emocionante importancia de tan maravillosos descubrimientos, de modo que decidió cambiar la táctica—: Lo más interesante de Euclides es el método —añadió—. Toma cinco axiomas, verdades tan evidentes que no necesitan explicación, y de ellos deduce todo lo demás, recurriendo a la lógica.

—Dame un ejemplo de axioma —pidió Raschid.

—Una línea recta puede prolongarse de manera indefinida.

—No, es imposible —intervino Aysha, que se acercaba a la mesa con un cuenco de higos.

Los invitados sintieron cierto sobresalto al oír que una joven intervenía en la conversación, pero Raschid se echó a reír con indulgencia. Aysha era su favorita.

—¿Y por qué no? —le preguntó.

—En un momento dado ha de terminar —respondió ella.

—Pero en tu imaginación puede prolongarse indefinidamente —alegó Jack.

—En mi imaginación, el agua puede correr hacia arriba y los perros hablar latín —respondió Aysha con desenfado.

Su madre, que entraba en aquel momento en la habitación, oyó aquella réplica.

—¡Aysha! —exclamó con tono duro—. Vete de aquí.

Todos los hombres rieron. Aysha hizo una mueca y salió.

—Quienquiera que se case con ella se las verá y deseará —comentó el padre de Josef.

Todos rieron de nuevo, incluso Jack. Luego, advirtió que cuantos se hallaban presentes lo miraban, como si la chanza estuviera dirigida a él.

Después de la comida, Raschid mostró su colección de juguetes mecánicos. Tenía un tanque que se podía llenar con una mezcla de agua y vino, que luego salían por separado; un maravilloso reloj movido con agua que marcaba las horas del día con impresionante exactitud; una jarra que volvía a llenarse por sí sola pero que nunca se derramaba; una pequeña estatua en madera de una mujer, cuyos ojos estaban hechos con una especie de cristal que absorbía agua con la calina diurna y luego la vertía con el frescor de la noche, por lo que parecía que estaba llorando.

Jack compartía la fascinación de Raschid por aquellos juguetes, pero lo que más intrigado le tenía era la figura llorosa, ya que, en tanto que los mecanismos de los otros resultaban sencillos una vez explicados, nadie había logrado saber en realidad cómo funcionaba el de la estatua.

Por la tarde, se sentaron bajo las arcadas, alrededor del patio, jugando, dormitando o manteniendo una charla superficial. Jack deseaba haber pertenecido a una gran familia como aquélla, con hermanos, tíos y parientes políticos y haber tenido un hogar que todos pudieran visitar, así como una posición respetable en una ciudad pequeña. De repente, recordó la conversación que había mantenido con su madre la noche que le liberó de la celda de castigo del priorato. Él le había preguntado sobre los parientes de su padre, y ella le había dicho: «Sí, tenía una gran familia allá, en Francia.» Así que en alguna parte tengo una familia como ésta, se dijo Jack. Los hermanos y hermanas de mi padre son mis tíos y mis tías. Es posible que tenga primos de mi misma edad. Me pregunto si algún día los encontraré.

Se sentía a la deriva. Era capaz de sobrevivir en cualquier parte, pero no pertenecía a ninguna. Podía ser tallista, maestro constructor, monje y matemático, pese a lo cual ignoraba quién era el auténtico Jack, si es que existía. A veces se preguntaba si no debería ser un juglar como su padre o un proscrito como su madre. Tenía diecinueve años, no poseía hogar ni raíces, carecía de familia y de objetivo en la vida.

Jugó al ajedrez con Josef y le ganó. Luego, se acercó Raschid.

—Déjame tu silla, Josef —le pidió—. Quiero saber más cosas sobre Euclides.

Josef, obediente, cedió la silla a su futuro suegro y se alejó. Había oído cuanto le apetecía acerca de Euclides.

—¿Estás disfrutando? —le preguntó Raschid a Jack al tiempo que tomaba asiento.

—Tu hospitalidad es incomparable —respondió Jack con amabilidad. Había aprendido los modales corteses de Toledo.

—Gracias, pero yo me refería a Euclides.

—Sí. Me parece que no he logrado explicar bien la importancia de este libro. Verás...

—Creo que te comprendo —le interrumpió Raschid—. Al igual que a ti me gusta el conocimiento por el conocimiento mismo.

—Sí.

—Sin embargo, un hombre ha de ganarse la vida.

Jack no llegó a comprender el motivo de aquella observación, de manera que esperó a que Raschid continuara hablando. Sin embargo, éste se recostó en su asiento con los ojos entornados, al parecer disfrutando del amigable silencio. Jack empezó a preguntarse si Raschid no le estaría reprochando el que no trabajara.

—Espero volver a trabajar en la construcción algún día —dijo por fin Jack.

—Eso está muy bien.

Jack sonrió.

—Cuando salí de Kingsbridge, a lomos del caballo de mi madre y con las herramientas de mi padrastro en una bolsa colgada del hombro, pensaba que sólo había una manera de construir una iglesia: muros gruesos con arcos redondos y ventanas pequeñas, todo ello cubierto por un techo de madera o una bóveda de piedra. Las catedrales que vi durante mi camino desde Kingsbridge a Southampton no me hicieron pensar lo contrario. Pero Normandía cambió mi vida.

—Puedo imaginarlo —dijo Raschid, somnoliento.

No estaba demasiado interesado, así que Jack evocó aquellos días en silencio. Horas después de desembarcar en Honfleur, estaba contemplando la iglesia abadía de Jumièges. Era el templo más alto que había visto jamás, pero por lo demás, tenía los habituales arcos redondeados y el techo de madera... salvo en la sala capitular, donde el abad Urso había construido un revolucionario techo de piedra. En lugar de un cañón liso y continuo o una bóveda con la arista de encuentro, aquel techo tenía nervaduras que emergían de la parte superior de las columnas y se encontraban en el fastigio del tejado. Las nervaduras eran gruesas y fuertes, y las secciones triangulares del techo delgadas y ligeras. El monje conservador de la obra había explicado a Jack que de esa manera resultaba más fácil de construir. Se colocaban las nervaduras primero y entonces se hacía más sencillo poner las secciones entre ellas. Esa clase de bóveda era asimismo más ligera. El monje había esperado que Jack le informase acerca de las innovaciones técnicas en Inglaterra, pero éste hubo de desengañarle. Sin embargo al monje le agradó la evidente apreciación de Jack de las bóvedas con nervaduras y le dijo que en Lessay, no lejos de allí, había una iglesia en la que todas las bóvedas estaban construidas mediante ese método.

Al día siguiente, Jack se fue a Lessay y pasó toda la tarde en la iglesia contemplando extasiado la bóveda. Llegó a la conclusión de que lo más asombroso de todo era la manera en que las nervaduras, descendiendo desde el fastigio de la bóveda hasta los capiteles que coronaban las columnas, parecían expresar la forma en que los elementos más fuertes sostenían el peso del tejado. Las nervaduras hacían patente la lógica de la obra.

Jack viajó en dirección sur, hacia el condado de Anjou, y encontró trabajo en las obras de reparación de la iglesia abadía de Tours. No tuvo dificultad alguna en convencer al maestro constructor de que le emplease. Las herramientas que llevaba consigo demostraban que era albañil, y un día le bastó para convencer al maestro de que era muy bueno. Su jactancia ante Aliena de que podía encontrar trabajo en cualquier parte del mundo no había sido del todo vana.

Entre las herramientas que había heredado de Tom se hallaba una regla de codo. Sólo los maestros constructores poseían una y cuando los demás la vieron quisieron saber cómo había hecho Jack para llegar a maestro tan joven. Su primer impulso fue confesarles que en realidad no era maestro constructor, pero luego decidió decir que lo era. Después de todo, había dirigido efectivamente las obras de la catedral de Kingsbridge, en su época de monje, y era capaz de dibujar planos tan bien como Tom. Pero al maestro para el que estaba trabajando le fastidió descubrir que había contratado a un posible rival. Cierto día, Jack sugirió una modificación al monje encargado de la obra y dibujó sobre el suelo lo que quería decir. Allí comenzaron sus dificultades. El maestro constructor se convenció de que Jack intentaba quitarle el puesto. Empezó a encontrar defectos a su trabajo y le impuso la monótona tarea de cortar bloques lisos.

Pronto se puso de nuevo en marcha. Se dirigió a la abadía de Cluny, el núcleo central de un imperio monástico que se extendía por toda la cristiandad. La orden cluniacense era la iniciadora e impulsora del ya famoso peregrinaje al sepulcro de Santiago de Compostela. A lo largo de la ruta jacobea, había iglesias dedicadas al apóstol y monasterios cluniacenses que se ocupaban de los peregrinos. Como el padre de Jack había sido juglar en la ruta de los peregrinos, parecía posible que hubiera estado en Cluny.

Sin embargo no había sido así. En Cluny no había juglares. Allí Jack no averiguó nada sobre su padre.

Sin embargo, aquel viaje no había resultado en modo alguno inútil. Todos los arcos que Jack había visto antes de entrar en la iglesia abadía de Cluny habían sido semicirculares. Y cada una de las bóvedas tenía la forma de cañón, semejante a una larga línea de arcos unidos entre sí o formando aristas, como en el cruce donde se encuentran dos túneles. Los arcos de Cluny no eran de medio punto, sino que se alargaban hasta terminar en punta.

En las principales arcadas había arcos de ese tipo; la bóveda aristada de las naves laterales tenía también arcos en ojiva y, lo más asombroso de todo, sobre la nave había un techo de piedra que sólo podía describirse como una bóveda de cañón ojival. A Jack siempre le habían enseñado que un círculo era fuerte por ser perfecto y que un arco redondeado era fuerte porque formaba parte de un círculo. De haber visto una arcada ojival habría pensado que era débil. Sin embargo, los monjes le habían dicho que esos arcos eran muchos más fuertes que los antiguos redondos. Y la iglesia de Cluny parecía demostrarlo, ya que era muy alta, a pesar del gran peso del trabajo en piedra que soportaba su bóveda ojival.

Jack no permaneció por mucho tiempo en Cluny. Siguió viaje hacia el sur por la ruta de los peregrinos, apartándose de ella siempre que le apetecía. A principios del verano, había trovadores a todo lo largo del recorrido, en las ciudades más grandes o cerca de los monasterios cluniacenses. Recitaban sus narraciones en verso ante una multitud de peregrinos delante de las iglesias o de las capillas, en ocasiones acompañándose de una mandolina. Tal como Aliena le había dicho. Jack se acercó a cada uno de ellos para preguntarle si había conocido a un trovador llamado Jack Shareburg. Todos respondieron que no.

Seguían asombrándole las iglesias que iba viendo en su caminar por el sudoeste de Francia y el norte de España. Eran mucho más altas que las catedrales inglesas. Algunas de ellas tenían bóvedas de cañón fileteadas. El fileteado, pasando de pilón a pilón a través de la bóveda de la iglesia, posibilitaba la construcción por etapas, un intercolumnio tras otro, en lugar de todos a la vez. Y también cambiaban el aspecto general del templo. Al acentuar las divisiones entre intercolumnios, quedaba patente que la construcción estaba formada por series de unidades idénticas, semejante a una hogaza bien cortada, y ello imponía orden y lógica en el enorme espacio interior.

Llegó a Compostela a mediados del verano. Ignoraba que hubiera lugares en el mundo en los que hiciera tanto calor. Santiago era otra de aquellas iglesias altas que lo dejaban a uno sin respiración. Su nave, todavía en construcción, tenía también una bóveda fileteada de cañón. Desde allí bajó hacia el sur.

Hasta una época reciente, los reinos de España habían estado bajo el dominio de los sarracenos. En realidad, la mayor parte del país al sur de Toledo seguía aún dominada por los musulmanes. Jack se sentía fascinado por el aspecto de las construcciones sarracenas, por sus patios interiores, sus arcadas, su piedra labrada, de un blanco cegador bajo el sol. Pero los más interesante fue el descubrimiento de que, en la arquitectura musulmana, se utilizaba la bóveda de nervaduras y los arcos ojivales. Tal vez fuera de ellos de quienes habían tomado los franceses sus nuevas ideas.

Jamás podría trabajar en otra iglesia como lo había hecho en la catedral de Kingsbridge, se dijo mientras, en aquella calurosa tarde española, se hallaba sentado escuchando las risas de las mujeres, que llegaban de alguna parte de la gran casa, remanso de frescor. Aún deseaba construir la catedral más hermosa del mundo, pero no sería una construcción maciza y sólida, semejante a una fortaleza. Quería poner en práctica las técnicas nuevas, la bóveda de nervaduras y los arcos ojivales. Sin embargo, se dijo que no las utilizaría como se había hecho hasta el momento. En ninguna de las iglesias que había visto, se habían agotado sus posibilidades. En su mente empezó a tomar forma la imagen de una iglesia. Los detalles eran todavía difusos, pero la sensación del conjunto estaba perfectamente delineada. Era una construcción espaciosa, aireada, con la luz del sol derramándose a través de sus grandes ventanas y una bóveda arqueada tan alta que parecía alcanzar el cielo.

—Josef y Raya necesitarán una casa —dijo de pronto Raschid—. Si la construyeras tú, luego vendrían otras.

Jack dio un respingo. Jamás había pensado en construir casas.

—¿Crees que quieren que les construya su casa? —preguntó.

—Es posible.

Se produjo otro largo silencio durante el que Jack consideró la posibilidad de dedicarse a construir casas para los mercaderes acaudalados de Toledo.

Raschid pareció despabilarse por completo. Se incorporó y abrió bien los ojos.

—Me gustas, Jack —dijo—. Eres un hombre honrado y vale la pena hablar contigo, que es más de lo que se puede decir de la mayoría de la gente que conozco. Confío en que siempre seamos amigos.

—Yo también —declaró Jack, sorprendido en cierto modo ante aquel inesperado tributo.

—Soy cristiano, así que no tengo a mis mujeres recluidas, como hacen algunos de mis hermanos musulmanes. Por otra parte, soy árabe, lo que significa que tampoco les doy, y perdóname, la libertad inmoderada a que están acostumbradas otras mujeres. Les permito reunirse y hablar en la casa con invitados masculinos. Incluso que hagan amistad con ellos. Pero llegado el punto en que la amistad empieza a convertirse en algo más, como es natural que ocurra entre gente joven, espero del hombre que actúe con seriedad. Otra cosa sería un insulto.

—Desde luego —convino Jack.

—Sabía que lo comprenderías. —Raschid se levantó y puso una mano afectuosa sobre el hombro de Jack—. Nunca he tenido la bendición de un hijo, pero si me hubiese sido dado un varón, creo que sería como tú.

—Imagino que más moreno —puntualizó Jack.

Por un instante, Raschid lo miró desconcertado. Luego, soltó una carcajada que sobresaltó a los demás invitados que se encontraban en el patio.

—¡Más moreno! —Entró en la casa todavía riendo.

Los invitados de mayor edad empezaron a despedirse. Jack se sentó solo, reflexionando sobre lo que se le había dicho. Estaba claro que le proponían un trato. Si se casaba con Aysha, Raschid haría de él el constructor de casas de la gente adinerada de Toledo. Aunque también había una advertencia: «Si no tienes la intención de casarte con ella, mantente alejado.» En España la gente tenía modales más refinados que en Inglaterra, pero cuando era necesario sabían hacerse comprender con claridad.

Cuando Jack reflexionaba sobre su situación, a veces le parecía increíble. ¿Soy de veras yo?, se decía. ¿Es éste Jack Jackson, el hijo bastardo de un hombre que fue ahorcado, criado en el bosque, aprendiz de albañil y monje huido? ¿Se me está ofreciendo realmente a la hermosa hija de un acaudalado mercader árabe además de un trabajo garantizado como constructor en esta tranquila ciudad? Parece demasiado bueno para ser verdad. ¡Si incluso me gusta la muchacha!

El sol empezaba a declinar y el patio estaba en sombras. Bajo la arcada sólo quedaban dos personas, Josef y él. Jack se estaba preguntando si no habría sido preparada de antemano aquella situación, cuando aparecieron Raya y Aysha, lo que le confirmó que, en efecto lo había sido. A pesar de la teórica severidad con respecto al contacto físico entre muchachas y jóvenes, la madre de ellas sabía muy bien lo que estaba sucediendo, y era muy probable que Raschid también lo supiera. Concederían a los enamorados unos momentos de soledad. Luego, antes de que tuvieran tiempo de hacer nada serio, aparecería en el patio la madre y, simulando sentirse ofendida, ordenaría a sus hijas que entraran en la casa.

Raya y Josef, que estaban en el otro extremo del patio, empezaron de inmediato a besarse. Jack se puso en pie mientras Aysha se acercaba. Llevaba un vestido blanco que le llegaba al suelo, de algodón egipcio, un tejido que Jack jamás vio antes de llegar a España. Más suave que la lana y más fino que el lino, moldeaba el cuerpo de Aysha al moverse ésta, y su blancura parecía centellear en el crepúsculo. Hacía que sus ojos pardos parecieran casi negros. Se acercó mucho a él, sonriendo con picardía.

—¿Qué te ha dicho? —le preguntó.

Jack supuso que se refería a su padre.

—Me ofreció situarme como constructor de casas.

—¡Vaya una dote! —exclamó Aysha, desdeñosa—. ¡No puedo creerlo! Al menos podía haberte ofrecido dinero.

Jack se dio cuenta de que a Aysha le fastidiaba la tradicional reticencia sarracena a hablar directamente de las cosas. Encontró su franqueza reconfortante.

—Creo que no quiero construir casas —respondió.

De repente Aysha adoptó una actitud solemne.

—¿Te gusto?

—Tú sabes que sí.

Aysha dio un paso adelante, alzó la cara, cerró los ojos, se puso de puntillas y le besó. Olía a almizcle y a ámbar gris. Abrió la boca e introdujo la lengua entre los labios de él. Los brazos de Jack la rodearon de manera casi involuntaria. Puso las manos en su cintura. El algodón era tan fino que tuvo la sensación de estar tocando la piel desnuda. Aysha le cogió una mano y se la llevó a un seno. Su cuerpo era delgado y prieto, y el seno pequeño y firme, con un pezón minúsculo y duro. Jack advirtió, asombrado, que ella empezaba a excitarse al tiempo que le acariciaba la entrepierna. Le apretó el pezón con la yema de los dedos. Aysha soltó un gemido y se apartó de él jadeante. Jack dejó caer las manos.

—¿Te he hecho daño? —musitó.

—No —respondió.

Jack pensó en Aliena y se sintió culpable, aunque al instante se dijo que era una tontería. ¿Por qué habría de pensar que estaba traicionando a una mujer que se había casado con otro hombre?

Aysha lo miró fijamente por un instante, con el rostro encendido por el deseo. Le cogió la mano y volvió a llevársela al seno.

—Hazlo otra vez, pero más fuerte —le pidió con tono apremiante.

Jack le cogió el pezón y se inclinó hacia adelante para besarla; pero ella apartó la cabeza y lo miró a la cara mientras la acariciaba. Jack le apretó suavemente el pezón y luego, acatando su deseo, se lo pellizcó con fuerza. Aysha arqueó la espalda impulsando sus pequeños senos, mientras los pezones semejaban botones pequeños y duros debajo del vestido. Jack bajó la cabeza hacia el seno. Sus labios se cerraron alrededor del pezón a través del algodón. Luego, de manera impulsiva, se lo cogió entre los dientes y mordió. La oyó aspirar con fuerza.

Jack la sintió estremecerse de pies a cabeza. Aysha le levantó la cabeza y se apretó con fuerza contra él, que bajó la cara hacia la suya. Ella empezó a besarlo con auténtico frenesí como si quisiera cubrirle todo el rostro con la boca, mientras seguía emitiendo leves gemidos que surgían de lo más profundo de su garganta. Jack se sentía excitado, desconcertado y atemorizado en cierto modo. Jamás le había pasado nada semejante. Pensó que estaba a punto de alcanzar el clímax. Y entonces los interrumpieron.

—¡Raya! ¡Aysha! ¡Entrad inmediatamente! —se oyó, imperiosa, la voz de la madre desde la puerta.

Aysha se apartó de él. Al cabo de un instante volvió a besarle con fuerza, apretando los labios contra los de él hasta magullárselos. Luego, se alejó.

—¡Te quiero! —murmuró.

Y entró corriendo en la casa.

Jack la vio irse. Raya la siguió con paso más tranquilo. La madre dirigió una mirada desaprobadora a Jack y a Josef, y después siguió a sus hijas y cerró la puerta con gesto perentorio. Jack permaneció allí en pie con los ojos fijos en la puerta cerrada, preguntándose qué había significado todo aquello.

Josef cruzó el patio en dirección a él y, con tono conspirador, dijo:

—Son verdaderamente hermosas…, ¡las dos!

Jack asintió con aire ausente y se encaminó hacia la puerta. Josef lo siguió. Una vez que hubieron dejado atrás el arco, surgió un sirviente de las sombras y cerró la puerta tras ellos.

—Lo malo de estar prometido es que te deja con una terrible desazón entre las piernas —comentó Josef.

Jack no contestó.

—Tal vez vaya a casa de Fátima para desahogarme —prosiguió Josef.

Fátima era el prostíbulo. A pesar de su nombre sarraceno, casi todas las jóvenes eran de tez clara y las escasas prostitutas árabes estaban muy cotizadas.

—¿Quieres acompañarme? —le preguntó.

—No —contestó Jack—. Mi desazón no es de esa clase. Buenas noches.

Se alejó rápidamente. Incluso en los mejores momentos, Josef no era uno de sus acompañantes favoritos, y esa noche Jack no estaba de talante para contemporizar.

El aire iba haciéndose más fresco a medida que se acercaba al colegio en cuyo dormitorio le aguardaba una dura cama. Sentía que se encontraba en un momento crucial de su vida. Le estaban ofreciendo una existencia cómoda y próspera, y todo cuanto debía hacer era olvidarse de Aliena y abandonar su aspiración a construir la catedral más hermosa del mundo.

Aquella noche soñó que Aysha se le acercaba, resbaladizo el cuerpo desnudo por los aceites perfumados, y que se frotaba contra él. Pero no le dejaba que le hiciera el amor.

Cuando despertó por la mañana, Jack ya había tomado una decisión.

Los sirvientes no habían dejado entrar a Aliena en la casa de Raschid Alharoun. Debía de tener el aspecto de una mendiga con su túnica polvorienta y sus gastadas botas, se dijo mientras permanecía ante la puerta, con su hijo en brazos.

—Decid a Raschid Alharoun que vengo de Inglaterra y estoy buscando a su amigo Jack Fitzjack —dijo en francés al tiempo que se preguntaba si aquellos sirvientes de tez oscura eran capaces de entender una sola palabra. Después de una consulta, entre susurros, en alguna clase de lengua sarracena, uno de los sirvientes, un hombre alto, con tez y pelo negros como el carbón entró en la casa.

Aliena se sentía cada vez más inquieta mientras los demás sirvientes la miraban de forma descarada. Ni siquiera durante su interminable peregrinaje había adquirido el don de la paciencia. Después de la decepción sufrida en Compostela, había seguido su ruta por el interior de España, hacia Salamanca. Allí nadie recordaba a un joven pelirrojo interesado en catedrales y trovadores, pero un amable monje le dijo que en Toledo había una comunidad de eruditos ingleses. Aunque endeble, era una esperanza. Además, Toledo no estaba demasiado lejos de Salamanca, de manera que siguió adelante por el polvoriento camino.

Allí la esperaba otra decepción. Sí, Jack había estado allí, ¡vaya golpe de suerte!, pero, por desgracia, ya se había ido. No obstante, podría alcanzarlo, pues sólo le llevaba un mes de adelanto. Una vez más, sin embargo, nadie sabía adónde había ido.

En Compostela, cabía pensar que Jack habría tomado el camino del sur, porque ella llegaba del este y porque, al norte y el oeste, estaba el mar. Pero, para su desdicha, los caminos que podía haber tomado eran muchos. Tal vez se hubiese dirigido hacia el noroeste, de nuevo a Francia, o hacia el oeste, a Portugal, o hacia el sur, a Granada. Y desde la costa española podía haber tomado un barco para Roma, Túnez, Alejandría o Beirut. Aliena había decidido renunciar a la búsqueda si no recibía una información fidedigna sobre el camino que Jack había tomado. Se sentía exhausta y muy lejos de casa. Prácticamente no le quedaban energías ni poder de decisión, y no podía afrontar la perspectiva de seguir adelante con tan escasas posibilidades de éxito. Estaba dispuesta a dar media vuelta, regresar a Inglaterra y tratar de olvidar para siempre a Jack.

De la blanca casa salió otro sirviente. Vestía una indumentaria más lujosa y hablaba francés. Miró a Aliena con cautela, pero se dirigió a ella con cortesía.

—¿Sois amiga de Jack?

—Sí, una vieja amiga de Inglaterra. Me gustaría hablar con Raschid Alharoun.

El sirviente miró al chiquillo.

—Soy pariente de Jack —añadió Aliena.

En realidad no dejaba de ser cierto, pues era la mujer del hermanastro de Jack, y eso era una forma de parentesco, aunque se hubiese separado de su esposo.

—Haced el favor de acompañarme —dijo el criado, abriendo más la puerta.

Aliena entró agradecida en la casa. Si no la hubieran recibido, aquél habría sido el final del camino.

Siguió al sirviente a través de un agradable patio, dejando atrás una fuente cantarina. Se preguntaba cómo habría llegado Jack hasta el hogar de esa próspera familia. No era creíble una amistad semejante. ¿Habría recitado narraciones en verso bajo aquellas umbrosas arcadas?

El edificio propiamente dicho era una mansión palaciega, con habitaciones frescas de techos altos, suelos de piedra y mármol, muebles primorosamente tallados y suntuosas tapicerías. El sirviente alzó una mano para indicarle que esperara, y luego tosió.

Un instante después, entró con sigilo en la habitación una mujer sarracena; era alta, y lucía una túnica negra, una de cuyas esquinas sujetaba delante de la boca en un ademán que habría resultado insultante en cualquier otro lugar.

—¿Quién eres? —preguntó en francés, mirándola fijamente.

Aliena se irguió.

—Soy Aliena, hija del fallecido conde de Shiring —respondió con la mayor altivez que le fue posible—. Supongo que tengo el placer de estar hablando con la esposa de Raschid, el vendedor de pimienta. —Era capaz de practicar aquel juego tan bien como cualquiera.

—¿Y qué buscáis aquí?

—He venido a ver a Raschid.

—No recibe a mujeres.

Aliena comprendió que no había esperanza alguna de obtener la cooperación de aquella mujer. Sin embargo, como no tenía otro sitio al que ir, siguió intentándolo.

—Tal vez quiera recibir a una amiga de Jack —insistió.

—¿Jack es vuestro marido?

—No. —Aliena vaciló por un instante—. Es mi cuñado.

La mujer parecía escéptica. Al igual que la mayoría de la gente debía de pensar que Jack había abandonado a Aliena tras dejarla embarazada y que ésta lo perseguía con el fin de obligarlo a casarse con ella y a mantener al niño.

La mujer se volvió y dijo algo en una lengua que Aliena no comprendió. Un momento después entraron en la habitación tres muchachas. Por el aspecto, era evidente que se trataba de sus hijas. Les habló en el mismo idioma, y las jóvenes volvieron la mirada hacia ella. Luego siguió una rápida conversación en la que se pronunció con frecuencia el nombre de Jack.

Aliena se sentía humillada. Estuvo tentada a dar media vuelta y marcharse, pero eso hubiese significado renunciar por completo a su búsqueda. Aquella horrible gente era su última esperanza.

—¿Dónde está Jack? —preguntó en voz alta, interrumpiendo la conversación. Su intención era mostrarse enérgica, pero se dio cuenta, desalentada, de que su voz sonaba suplicante.

Las muchachas guardaron silencio.

—No sabemos dónde está —respondió la madre.

—¿Cuándo le visteis por última vez?

La madre vaciló. Era evidente que no quería contestar; aunque, por otra parte, era imposible que pretendiera ignorar cuándo lo habían visto por última vez.

—Abandonó Toledo al día siguiente de Navidad —admitió, reacia.

Aliena se forzó a sonreír con amabilidad.

—¿No recordáis si dijo algo acerca del lugar al que se dirigía?

—Ya os he dicho que no sabemos dónde está.

—Tal vez se lo comunicara a vuestro marido.

—No; no lo hizo.

Aliena perdió toda esperanza. Sentía de manera intuitiva que aquella mujer *sí* sabía algo. Sin embargo, estaba claro que no tenía intención de revelarlo. De repente, Aliena se sintió débil y rendida.

—Jack es el padre de mi hijo. ¿No creéis que le gustaría verlo? —dijo con lágrimas en los ojos.

La más joven de las tres muchachas empezó a decir algo, pero su madre la interrumpió. Entre madre e hija se produjo una violenta discusión. Al parecer, ambas tenían el mismo temperamento fuerte. Pero al final la hija calló.

Aliena esperaba. Sin embargo, las cuatro se limitaron a mirarla. Estaba claro que le eran hostiles, pero era su curiosidad el motivo de que no tuvieran prisa por que se fuera. No merecía la pena seguir allí. Más le valdría irse y hacer los preparativos para el largo viaje de retorno a Kingsbridge.

Respiró hondo y haciendo acopio de fuerzas dijo con tono frío y firme:

—Os agradezco vuestra hospitalidad.

La madre tuvo la decencia de parecer levemente avergonzada.

Aliena salió de la habitación.

El sirviente esperaba fuera. Se acercó a ella y la acompañó a través de la casa. Aliena intentaba contener las lágrimas. Le resultaba de una frustración insoportable tener que reconocer que todo aquel viaje había sido en vano por culpa de la malignidad de una mujer.

El sirviente la conducía ya por el patio cuando, casi a punto de llegar a la puerta, Aliena oyó correr a alguien detrás de ella. Se volvió y vio que la hija más joven se acercaba. Se detuvo y esperó. El sirviente parecía incómodo.

La muchacha era menuda y muy bonita; su tez era dorada y tenía unos ojos tan oscuros que casi parecían negros. Vestía un traje blanco que hizo sentirse a Aliena polvorienta y sucia.

—¿Le amáis? —preguntó de sopetón en un francés chapurreado.

Aliena vaciló. Comprendió que ya no tenía dignidad que perder.

—Sí. Le amo —confesó.

—¿Y él os ama?

Aliena estuvo a punto de responder que sí, pero entonces se acordó de que hacía más de un año que no lo veía.

—Hubo un tiempo en que me quiso —dijo.

—Creo que os ama —afirmó la joven.

—¿Qué os hace pensar eso?

A la joven se le llenaron los ojos de lágrimas.

—Le quería para mí, y a punto estuve de conquistarlo. —Miró al bebé—. Pelo rojo y ojos azules. —Las lágrimas le corrían por las mejillas suaves y morenas.

Aliena se quedó mirándola. Aquello explicaba la acogida hostil que acababa de recibir. La madre quería que Jack se casara con aquella joven. No debía de tener más de dieciséis años, pero su aspecto sensual hacía que pareciese mayor. Aliena se preguntaba qué habría pasado entre ellos.

—¿Decís que a punto estuvisteis de conquistarlo? —le preguntó.

—Sí —afirmó la joven desafiante—. Yo sabía que le gustaba. Al irse me destrozó el corazón. Pero ahora lo comprendo. —Perdió la compostura y la pena contrajo su rostro.

Aliena podía sentir simpatía por una mujer que hubiera amado a Jack y le hubiera perdido. Apoyó una mano sobre el hombro de la joven en un intento por consolarla, pero había algo más importante que la compasión.

—Escuchad —dijo con tono apremiante—. ¿Sabéis adónde ha ido?

La muchacha levantó la mirada y asintió, sollozando.

—¡Decídmelo! —le pidió Aliena.

—A París.

¡París!

Aliena se sentía jubilosa. Había recuperado el rastro. París estaba muy lejos, pero la mayor parte del viaje sería por terreno familiar, y Jack había partido hacía tan sólo un mes. Se sintió rejuvenecer. Al final le encontraré, se dijo. ¡Sé que lo encontraré!

—¿Partiréis hacia París? —le preguntó la joven.

—Sí, claro —respondió Aliena—. Después de haber llegado tan lejos, no voy a detenerme ahora. Gracias por decírmelo… Muchas gracias.

—Quiero que sea feliz —se limitó a responder Aysha.

El sirviente parecía nervioso, como si creyera que aquello le iba a crear dificultades.

—¿Dijo algo más? —preguntó Aliena—. ¿Qué camino seguiría o algo que pueda ayudarme?

—Quiere ir a París porque alguien le ha dicho que allí están construyendo hermosas iglesias.

Aliena asintió. Estaba convencida de que así era.

—Y se llevó la dama llorosa —añadió la muchacha.

—¿La dama llorosa? —preguntó Aliena, azorada—. ¿Os referís a una mujer?

La joven meneó la cabeza.

—No sé exactamente cómo se dice. Una dama. Llora. Por los ojos.

—¿Queréis decir un cuadro? ¿Una dama pintada?

—No entiendo —contestó Aysha, y miró con ansiedad por encima del hombro—. He de irme.

Quienquiera que fuese la dama llorosa no parecía tener demasiada importancia.

—Gracias por ayudarme —repitió Aliena.

Aysha se inclinó y besó al chiquillo en la frente. Sus lágrimas le cayeron sobre los sonrosados mofletes. Miró a Aliena.

—Quisiera estar en vuestro lugar.

Luego dio media vuelta y entró corriendo en la casa.

Jack tenía su alojamiento en la rue de la Boucherie, en un suburbio parisiense en la orilla izquierda del Sena. Al apuntar el alba ensilló su caballo. Al final de la calle, torció a la derecha y pasó a través de la puerta de la torre que protegía el Petit Pont, el puente que conducía a la isla en que se alzaba la ciudad.

A los lados las casas de madera se proyectaban sobre los bordes del puente. En los trechos existentes entre casa y casa, había bancos de piedra donde, a última hora de la mañana, maestros famosos daban clase al aire libre. El puente condujo a Jack hasta la Juiverie, la calle mayor de la isla. Las panaderías a lo largo de la calle estaban atestadas de estudiantes que compraban su desayuno. Jack eligió una empanada rellena de anguila ahumada.

Torció a la izquierda frente a la sinagoga; luego, a la derecha hacia el palacio real, y cruzó el Grand Pont, el puente que conducía a la orilla derecha. Ya empezaban a abrir las pequeñas y bien construidas tiendas de los prestamistas y los orfebres. Al final del puente, atravesó otro portillo y entró en el mercado de pescado, que se encontraba ya en plena actividad. Se abrió camino entre la multitud y empezó a andar por la enfangada calle que conducía a la población de Saint-Denis.

Cuando todavía estaba en España, oyó hablar a un albañil viajero del abad Suger y de la nueva iglesia que estaba construyendo en Saint-Denis. Aquella primavera, mientras se dirigía hacia el norte a través de Francia, trabajando de vez en cuando, siempre que necesitaba dinero, oyó con frecuencia mencionar a Saint-Denis. Al parecer, sus constructores estaban utilizando ambas técnicas nuevas, la bóveda de nervaduras y los arcos ojivales, y la combinación resultaba asombrosa.

Cabalgó durante más de un hora a través de campos y viñedos. Dejó atrás la colina de Montmartre, en cuya cima había un templo romano en ruinas y cruzó la aldea de Clignancourt. Tras recorrer unos cinco kilómetros, llegó a la pequeña ciudad amurallada de Saint-Denis.

Denis había sido el primer obispo de París. Fue decapitado en Montmartre, y luego siguió caminando, con la cabeza cortada entre las manos, a través del campo, hasta aquel sitio, donde finalmente cayó. Lo enterró una mujer devota, y después se erigió un monasterio sobre su tumba. La iglesia se convirtió en lugar de enterramiento de los reyes de Francia. Suger, el obispo actual, era un hombre poderoso y muy ambicioso que había reformado el monasterio, y empezaba a modernizar la iglesia.

Jack entró en la ciudad. Sofrenó su caballo en el centro de la plaza del mercado para contemplar la fachada oriental de la iglesia. Allí no se veía nada revolucionario. Era una fachada al estilo antiguo, con dos torres gemelas y tres entradas de arcos redondeados. Le gustó bastante la forma atrevida en que los estribos se proyectaban del muro, pero no había cabalgado casi ocho kilómetros para ver aquello.

Ató su caballo a una barandilla que había delante de la iglesia y se acercó más. Las tallas que había en los tres portales eran muy buenas.

Temas rebosantes de vida cincelados con suprema exactitud. Jack entró en la iglesia.

En el interior, se producía un cambio inmediato. Antes de la nave propiamente dicha había una entrada baja, o nártex. Al mirar hacia el techo no pudo evitar sentirse excitado. Allí los constructores habían recurrido a una mezcla de bóveda de nervaduras y arcos ojivales. Advirtió de inmediato que ambas técnicas combinaban a la perfección. La gracia de los arcos ojivales se acentuaba con las nervaduras que seguían su línea.

Pero aún había más. Entre las nervaduras el constructor había colocado piedras, como si de un muro se tratase, en lugar de la usual maraña de argamasa y mampuesto. Jack comprendió que, al ser más fuerte, la capa de piedras podía ser más delgada y por lo tanto más ligera.

Descubrió también que aquella combinación presentaba otro rasgo notable. Podía hacerse que dos arcos ojivales de anchos diferentes adquirieran la misma altura sólo con ajustar la curva del arco, lo cual daba al intercolumnio un aspecto más natural, en tanto que eso no era posible con arcos redondeados. La altura de un arco de medio punto era siempre la mitad de su ancho, de manera que un arco ancho debía ser más alto que otro estrecho. Eso significaba que en un intercolumnio rectangular los arcos estrechos tenían que irrumpir desde un punto más alto del muro que los anchos, a fin de que en la parte superior todos quedaran al mismo nivel y el techo resultara uniforme. El resultado siempre había sido sesgado. Ahora ya estaba solucionado ese problema.

Jack bajó la cabeza para dar un descanso a su cuello. Se sentía tan jubiloso como si le hubieran coronado rey. Así es como construiré mi catedral, se dijo.

Dirigió la mirada hacia el cuerpo central de la iglesia. La nave propiamente dicha era, a todas luces, muy vieja, pero relativamente larga y ancha. Había sido edificada hacía muchísimos años por un constructor diferente del actual, y era convencional por completo. Pero luego, en la crujía, parecía como si hubiera escalones hacia abajo, que sin duda conducían a la cripta y a las sepulturas reales, mientras que otros se dirigían hacia arriba, en dirección al presbiterio, que parecía flotar a cierta distancia del suelo. Desde el ángulo en que él estaba, la estructura quedaba oscurecida por la deslumbrante luz del sol que entraba por las ventanas de la fachada oriental, hasta el punto de que Jack pensó que los muros no debían de estar terminados y que el sol entraría por los huecos. Cuando salió de la nave al crucero, observó que el sol entraba a través de hileras de ventanas altas, algunas con vidrieras de colores, y sus rayos parecían inundar de luz y color la enorme estructura de la iglesia. Jack no alcanzaba a comprender cómo se las habían arreglado para disponer de un espacio tan grande de ventanas. Parecía haber más ventanas que muro. Estaba maravillado. ¿Cómo habían logrado hacerlo sin recurrir a la magia? Mientras subía por los peldaños que conducían al presbiterio, sintió un estremecimiento de temor supersticioso. Se detuvo al final de ellos y atisbó en la confusión de haces de luces de colores y de piedras que tenía ante sí. Poco a poco fue abriéndose paso la impresión de que ya había visto algo semejante. Pero en su imaginación. Ésa era la iglesia que había soñado construir, con sus amplias ventanas y onduladas bóvedas, una estructura de luz y aire que parecía mantenerse en pie como por ensalmo.

Un instante después, lo vio desde una perspectiva diferente. De repente todo encajó, y como si de una revelación se tratara, comprendió lo que habían hecho el abad Suger y su constructor.

El principio de la bóveda de nervaduras consistía en hacer un techo con algunas nervaduras fuertes, rellenando con material los huecos entre ellas. Habían aplicado ese principio a todo el edificio. El muro del presbiterio consistía en unos pilares fuertes unidos por ventanas. La arcada que separaba el presbiterio de sus naves laterales no era un muro, sino una hilera de pilares unidos por arcos ojivales, dejando amplios espacios a través de los cuales la luz podía penetrar por las ventanas hasta el centro de la iglesia. La nave misma se hallaba dividida en dos por una hilera de columnas.

Allí se habían combinado arcos ojivales y bóvedas de nervaduras, al igual que en el nártex, pero ahora se hacía evidente que éste había sido un cauteloso ensayo de la nueva técnica. En comparación con lo que tenía delante el nártex era más bien recio, con sus nervaduras y molduras demasiado pesadas y sus arcos excesivamente pequeños. Aquí todo era delgado, ligero, delicado, aéreo casi. Incluso los sencillos boceles eran estrechos y las columnillas largas y esbeltas.

Habría dado una sensación de extrema fragilidad de no haber sido porque la nervadura demostraba con toda claridad que el peso de la construcción lo soportaban los estribos y las columnas. Aquello era una demostración irrefutable de que un gran edificio no necesitaba muros gruesos con ventanas minúsculas y estribos macizos. A condición de que el peso se hallara distribuido con precisión exacta sobre un armazón capaz de soportar peso, el resto de la construcción podía ser un trabajo ligero en piedra, cristal o, incluso, un espacio vacío. Jack se sentía hechizado. Era casi como enamorarse. Euclides había sido una revelación, pero eso era algo más que una revelación, porque también era bello. Jack había tenido visiones de una iglesia como aquélla, y en esos momentos estaba contemplándola, tocándola, de pie debajo de su bóveda, que parecía alcanzar el cielo.

Rodeó el extremo oriental, el ábside, mirando el abovedado de la nave doble. Las nervaduras se arqueaban sobre su cabeza semejantes a las ramas en un bosque de árboles de piedra perfectos. Allí, al igual que en el nártex, el relleno entre las nervaduras del techo consistía en piedra cortada y mortero, en lugar de argamasa y mampuesto, que habría sido más sencillo, aunque más pesado. El muro exterior de la nave tenía parejas de grandes ventanas con la parte superior en ojiva, que de este modo se acoplaban a los arcos ojivales. Aquella arquitectura revolucionaria tenía un complemento perfecto en las vidrieras de colores. Jack jamás había visto en Inglaterra cristales de color, si bien en Francia los encontró con frecuencia. Sin embargo, en las ventanas pequeñas de las iglesias al viejo estilo no adquirirían toda su belleza. Allí, el efecto del sol matinal al derramarse a través de ventanas en variados y prodigiosos colores era algo más que hermoso. Era cautivador.

Como la iglesia era redondeada, las naves laterales se curvaban alrededor de ella para encontrarse en el extremo oriental, formando una galería circular o pasarela. Jack recorrió aquel semicírculo y luego, dando media vuelta, volvió al punto de partida, todavía maravillado.

Y entonces vio a una mujer.

La reconoció.

Ella sonrió.

Jack sintió que le daba un vuelco el corazón.

Aliena se protegió los ojos con la mano. La luz del sol que entraba por las ventanas del extremo oriental de la iglesia la cegaba. Semejante a una visión, avanzaba hacia ella una figura que parecía surgir de aquel resplandor coloreado. Su cabello era rojo como el fuego. Se acercó más. Era Jack.

Aliena creyó desmayarse.

Él siguió andando y finalmente se detuvo delante de ella. Estaba delgado, terriblemente delgado, pero en sus ojos brillaba una emoción intensa. Por un instante se miraron en silencio.

Cuando Jack habló al fin, su voz era ronca.

—¿Eres realmente tú?

—Sí —respondió Aliena en un susurro casi inaudible—. Soy yo.

La tensión fue excesiva y rompió a llorar. Jack la estrechó con fuerza entre sus brazos. En medio de ambos estaba el pequeño.

—Vamos, vamos —le dijo, dándole unas palmaditas en la espalda, como si fuera una chiquilla.

Aliena se apoyó contra él, aspirando su olor familiar, escuchando su entrañable voz mientras la tranquilizaba y dejando que sus lágrimas cayeran sobre su hombro huesudo.

—¿Qué estás haciendo aquí? —preguntó Jack, mirándola a la cara.

—Buscándote —contestó Aliena.

—¿Buscándome? —repitió él, incrédulo—. ¿Entonces...? ¿Y cómo me has encontrado?

Aliena se enjugó los ojos.

—Te he seguido —respondió.

—¿De qué manera?

—Preguntaba a las gentes si te habían visto. Sobre todo a albañiles, pero también a algunos monjes y posaderos.

—¿Quieres decir... que has estado en España? —preguntó Jack con expresión de asombro.

Ella asintió.

—Compostela y luego Salamanca. Finalmente, Toledo.

—¿Cuánto hace que estás viajando?

—Las tres cuartas partes de un año.

—Pero... ¿por qué?

—Porque te amo.

Jack parecía confuso. Se le saltaron las lágrimas.

—Yo también te amo —musitó.

—¿De veras? ¿Me amas todavía?

—Sí, sí.

Aliena estaba convencida de que lo decía de corazón. Levantó la cara. Jack se inclinó por encima del bebé y la besó suavemente. El roce de sus labios hizo que sintiese una especie de vértigo.

El niño rompió a llorar.

Aliena interrumpió el beso y meció a su hijo, que se tranquilizó de inmediato.

—¿Cómo se llama el bebé? —preguntó Jack.

—Todavía no le he puesto nombre.

—¿Por qué no? Ya debe tener un año.

—Antes quería consultarlo contigo.

—¿Conmigo? —preguntó Jack, extrañado—. ¿Y qué hay de Alfred? Es el padre quien... —Dejó la frase sin terminar—. ¿Acaso es...? ¿Acaso es mío?

—Míralo —se limitó a decir Aliena.

—Pelo rojo... Debe de haber pasado un año y tres cuartos desde...

Aliena hizo un gesto de asentimiento.

—¡Dios mío! —exclamó Jack, desconcertado—. ¡Mi hijo! —Tragó saliva.

Aliena observaba ansiosa su cara mientras él trataba de asimilar la noticia. ¿Debía considerar aquello como el fin de su juventud y su libertad? Su expresión se hizo solemne. Por lo general un hombre tiene nueve meses por delante para habituarse a la idea de ser padre, pero él se veía en la circunstancia de tener que asumirlo de inmediato. Miró de nuevo al bebé y por fin sonrió.

—Nuestro hijo —dijo—. Estoy muy contento.

Aliena suspiró complacida. Las cosas al fin se enderezaban.

—¿Y qué me dices de Alfred? —añadió Jack—. ¿Sabe que…?

—Claro. Sólo tenía que mirar al niño. Además… —Aliena parecía incómoda—. Además tu madre maldijo el matrimonio, y Alfred nunca fue capaz de, ya sabes, de hacer algo.

Jack rió con aspereza.

—Eso sí que es verdadera justicia —declaró.

A Aliena no le gustó el tono con que lo dijo.

—Para mí resultó muy duro —le aseguró con tono de leve reproche.

Jack cambió enseguida de expresión.

—Lo siento —se disculpó—. ¿Qué hizo Alfred?

—Cuando vio al niño me echó de la casa.

—¿Te hizo daño? —preguntó Jack, furioso.

—No.

—Aun así es un cerdo.

—Me alegro de que lo hiciera. Debido a eso salí en tu busca. Y al fin te he encontrado. Soy tan feliz que no sé qué hacer.

—Fuiste muy valiente —dijo Jack—. Aún no puedo creerlo. ¡Me seguiste hasta aquí!

—¡Volvería a hacerlo! —afirmó Aliena con fervor.

Jack la besó otra vez.

—Si insistís en comportaros de manera impúdica en la iglesia, permaneced en la nave, por favor —dijo una voz en francés.

Era un monje joven.

—Lo siento, padre —contestó Jack al tiempo que cogía a Aliena por el brazo.

Bajaron por los escalones y cruzaron la parte sur del crucero.

—Fui monje durante un tiempo… Sé lo duro que es para ellos ver besarse a unos amantes felices.

Amantes felices, se dijo Aliena. Eso es lo que nosotros somos.

Caminaron a lo largo de la iglesia y salieron a la ajetreada plaza del mercado. Aliena apenas podía creer que se encontrara allí, al sol, con Jack a su lado. Era tal su felicidad que le resultaba casi insoportable.

—Bien —dijo Jack—. ¿Qué podemos hacer?

—No lo sé —repuso ella con una sonrisa.

—Pues compremos una hogaza de pan y una botella de vino y vayamos al campo a almorzar.

—Parece el paraíso.

Fueron al panadero y al bodeguero y luego compraron un gran trozo de queso a una lechera del mercado. En menos que canta un gallo salieron de la aldea en dirección a los campos. Aliena no apartaba la mirada de Jack para asegurarse de que en efecto estaba allí, cabalgando junto a ella, respirando y sonriendo.

—¿Cómo se las arregla Alfred con la obra de la catedral? —preguntó Jack.

—No te lo he dicho, claro. —Aliena había olvidado que Jack llevaba mucho tiempo lejos de Inglaterra—. Se produjo un terrible desastre. El tejado se vino abajo.

—¿Cómo?

La fuerza de la exclamación sobresaltó al caballo de Jack, que lo calmó al instante.

—¿Cómo ocurrió?

—Nadie lo sabe. Para el domingo de Pentecostés tuvieron abovedados tres intercolumnios, y luego todo se derrumbó durante el oficio. Fue espantoso… Murieron setenta y nueve personas.

—Es terrible. —Jack estaba muy impresionado—. ¿Cómo lo tomó el prior Philip?

—Muy mal. Ha renunciado a seguir con la construcción. Parece haber perdido toda energía. Ahora no hace nada.

A Jack le resultaba difícil imaginarse a Philip en semejante estado. Siempre se había mostrado rebosante de entusiasmo y decisión.

—¿Qué ha pasado con los artesanos?

—Todos se marcharon poco a poco. Alfred vive ahora en Shiring y se dedica a construir casas.

—Kingsbridge debe de estar medio vacío.

—Está volviendo a ser lo que era, una aldea.

—Me pregunto qué fue lo que Alfred hizo mal —murmuró Jack casi para sí—. Esa bóveda en piedra jamás figuró en los planos originales de Tom, pero Alfred hizo más grandes los contrafuertes para que soportaran el peso, de manera que debía de estar bien.

Aquella noticia le había entristecido, así que cabalgaron en silencio. A un kilómetro y medio de Saint-Denis ataron sus caballos a la sombra de un olmo y se sentaron a la vera de un verde trigal, junto a un pequeño arroyo, para comer. Jack tomó un trago de vino y chasqueó los labios.

—En Inglaterra no hay nada semejante al vino francés —comentó. Partió la hogaza y le dio un trozo a Aliena.

Ella se desabrochó tímidamente la pechera de encaje de su vestido y dio de mamar al bebé. Al darse cuenta de que Jack la miraba, se ruborizó. Carraspeó para aclararse la garganta.

—¿Sabes ya qué nombre te gustaría ponerle? —preguntó a fin de disimular su turbación—. ¿Tal vez Jack?

—No lo sé. —Él parecía pensativo—. Jack fue el padre que nunca conocí. Quizá fuera un mal presagio dar a nuestro hijo el mismo nombre. Quien ha estado más cerca de ser un verdadero padre ha sido Tom.

—¿Te gustaría que se llamase Tom?

—Creo que sí.

—Tom era un hombre tan grande... ¿Qué te parece Tommy?

—Que sea Tommy —convino Jack.

Indiferente a la trascendencia de aquel momento, Tommy se había quedado dormido después de tomar el pecho. Aliena lo dejó sobre el suelo con un pañuelo doblado a modo de almohada. Luego, miró a Jack. Se sentía incómoda. Ansiaba que le hiciera el amor, allí mismo, sobre la hierba, pero estaba segura de que él se escandalizaría si se lo pedía, de modo que se limitó a mirarlo y a esperar.

—Si te digo una cosa prométeme que no tendrás mala opinión de mí —le pidió Jack.

—Lo prometo —dijo ella.

—Desde que te he visto, apenas he podido pensar en otra cosa que en tu cuerpo desnudo debajo del vestido —confesó, turbado.

Aliena sonrió.

—No tengo mala opinión de ti —repuso—. Por el contrario, me halaga.

Jack la contempló con ansia contenida.

—Te quiero cuando me miras así —le dijo Aliena.

Jack tragó saliva con dificultad.

Aliena tendió los brazos hacia él, que se acercó y la abrazó.

Habían transcurrido casi dos años desde la única vez que hicieran el amor. Aquella mañana ambos se habían sentido arrebatados por el deseo y el dolor, pero no eran más que dos amantes en el campo. De repente a Aliena la embargó la ansiedad. ¿Iría todo bien? Sería terrible que algo fuera mal al cabo de tanto tiempo.

Se tumbaron en la hierba, uno junto al otro, y se besaron. Aliena cerró los ojos y abrió la boca. Sintió la mano ansiosa de él en su cuerpo, acariciándola. Notó un cosquilleo en las ingles. Jack le besó los párpados y la punta de la nariz.

—Todo este tiempo te he añorado hasta el dolor. Cada día —susurró.

Aliena lo abrazó con fuerza.

—No sabes lo feliz que me hace el haberte encontrado.

Hicieron el amor tranquilamente, felices, al aire libre, con el sol cayendo sobre ellos y el arroyo fluyendo, cantarín, a su lado. Tommy durmió durante todo el tiempo y despertó cuando ya habían terminado.

La estatuilla de madera de la dama no había llorado desde que había salido de España. Jack no sabía cómo funcionaba, así que no entendía por qué no había vertido lágrimas fuera de su país. Sin embargo, tenía la vaga idea de que las lágrimas brotaban al anochecer, y se debían al súbito enfriamiento del aire. Además, como se había dado cuenta de que las puestas de sol eran más graduales en los territorios septentrionales, sospechaba que el problema estaba relacionado con los anocheceres más lentos. Sin embargo, conservó la figura. Resultaba un tanto voluminosa, pero era un recuerdo de Toledo y le traía a la memoria a Raschid y a Aysha, aunque esto último no se lo mencionó a Aliena. Pero, cuando un cantero de Saint-Denis necesitó un modelo para una estatua de la Virgen, Jack llevó a la dama de madera al alojamiento de los albañiles y la dejó allí.

La abadía le había contratado para que trabajara en la reconstrucción de la iglesia. El nuevo presbiterio que tanto lo había deslumbrado aún no estaba del todo completo y debían terminarlo a tiempo para la ceremonia de consagración, a mediados del verano. Sin embargo, el enérgico abad estaba preparando ya la reconstrucción de la nave de acuerdo con el nuevo y revolucionario estilo, y empleó a Jack para que esculpiera por anticipado piedras a tal fin.

La abadía le alquiló una casa en la aldea y a ella se trasladó Jack, con Aliena y Tommy.

Durante la primera noche que pasaron en ella, hicieron el amor cinco veces. Vivir juntos como marido y mujer parecía la cosa más natural del mundo. Al cabo de unos días, Jack se sintió como si llevaran toda la vida juntos. Nadie les preguntó si su unión había sido bendecida por la Iglesia.

El maestro constructor de Saint-Denis era el mejor albañil que Jack había conocido jamás. Mientras terminaban el nuevo presbiterio y se preparaban para reconstruir la nave, Jack observaba al maestro y asimilaba cuanto hacía. Los avances técnicos introducidos allí se debían a él, no al abad. En general, Suger se mostraba favorable a las nuevas ideas, aunque estaba más interesado en el ornamento que en la estructura. Su proyecto favorito era el de un nuevo sepulcro para los restos de san Denis y sus dos compañeros, Rústico y Eleuterio. Las reliquias se conservaban en la cripta, pero Suger tenía la intención de subirlas al nuevo presbiterio para que todo el mundo pudiera venerarlas. Los tres féretros descansarían en un sepulcro de piedra revestido de mármol negro. La parte superior del sepulcro era una iglesia en miniatura hecha con madera dorada. En la nave central y las laterales, había tres féretros vacíos, uno por cada mártir. El sepulcro sería instalado en el centro del nuevo presbiterio, adosado a la parte de atrás del nuevo altar mayor. Ya estaban colocados en su sitio tanto el altar como la base del sepulcro. La iglesia en miniatura se encontraba en el taller de los carpinteros, donde un minucioso artesano iba dorando cuidadosamente la madera con oro batido. Suger no era hombre que hiciera las cosas a medias.

Conforme se aceleraban los preparativos para la consagración, Jack advirtió que el obispo era un organizador formidable. Suger invitó a todas las personas de importancia, y en su mayoría aceptaron. En especial el rey y la reina de Francia y diecinueve arzobispos y obispos, incluido el arzobispo de Canterbury. Los artesanos pescaban aquellos retazos de noticias mientras trabajaban dentro y fuera de la iglesia. Jack veía con frecuencia al propio Suger, con su hábito de tejido basto, caminar alrededor del monasterio al tiempo que daba instrucciones a unos monjes que le seguían como corderos obedientes. Le recordaba a Philip de Kingsbridge. Sus orígenes habían sido tan humildes como los de éste. También como Philip había reorganizado las finanzas y administrado con mano firme las propiedades del monasterio, haciendo que los ingresos fueran mucho mayores, y, lo mismo que Philip, había gastado ese dinero adicional en la construcción del templo. Por último, era tan activo, enérgico y de firmes ideas como Philip.

Sólo que, según Aliena, Philip ya no era nada de todo eso.

Jack encontraba aquello difícil de creer. Un Philip doblegado y abúlico era tan inimaginable como un Waleran Bigod amable. Sin embargo, Philip había sufrido una serie de terribles decepciones. Primero, el incendio de la ciudad. Jack aún se estremecía al recordar aquel día espantoso. El humo, el terror, los siniestros jinetes con sus teas llameantes y el pánico ciego de la muchedumbre histérica. Acaso fuera ya entonces cuando Philip perdió su ánimo. La ciudad perdió a aquel que le daba impulso. Jack lo recordaba bien. Un ambiente de miedo e incertidumbre había invadido el lugar, como un vaticinio de su decadencia. No era de extrañar que Philip hubiera querido que la ceremonia de inauguración del nuevo presbiterio fuera un símbolo de renovada esperanza. Y, al dar como resultado un nuevo desastre, debió de renunciar de manera definitiva.

Los albañiles y artesanos se habían dispersado, el mercado había ido declinando y la población reduciéndose. Aliena dijo que la gente joven empezaba a irse a Shiring. Naturalmente, no era más que un problema de moral. El priorato seguía conservando todas sus propiedades. Incluidos los grandes rebaños de ovejas que aportaban centenares de libras cada año. Si sólo fuera cuestión de dinero, era innegable que Philip podía permitirse comenzar de nuevo a construir, al menos hasta cierto punto. Claro que no sería fácil. Los albañiles, supersticiosos, temerían tener que trabajar en una iglesia que ya se había derrumbado una vez.

Y resultaría difícil despertar de nuevo el entusiasmo de las gentes del lugar. Sin embargo, a juzgar por lo que Aliena había explicado, el principal problema residía en que Philip había perdido el ánimo. A Jack le hubiera gustado poder hacer algo para ayudarle a recuperarlo.

Entretanto, dos o tres días antes de la ceremonia empezaron a llegar a Saint-Denis los obispos, arzobispos, duques y condes. Todos fueron conducidos a admirar las obras. El propio Suger escoltó a los visitantes más distinguidos. A los dignatarios menos importantes los acompañaron monjes o artesanos. Todos ellos quedaron maravillados ante la belleza de la nueva construcción y el soleado efecto de las grandes vidrieras con cristales multicolores. Como casi todos los jefes de la Iglesia más destacados de Francia estaban contemplando aquello, Jack tuvo la impresión de que el nuevo estilo sería muy imitado y se propagaría rápidamente. De hecho, todos aquellos albañiles que dijesen que habían trabajado en Saint-Denis serían muy solicitados. Nunca había imaginado que acudir allí fuese una decisión tan inteligente. Sus oportunidades de proyectar y construir él mismo una catedral habían aumentado enormemente.

El rey Luis, su mujer y su madre llegaron el sábado, y se instalaron en casa del abad. Aquella noche se entonaron maitines desde el crepúsculo hasta el amanecer. Al salir el sol, había ya una multitud de campesinos y ciudadanos parisienses fuera de la iglesia, esperando lo que prometía ser la más grande asamblea de hombres santos, y también de hombres poderosos, que la mayoría de ellos pudiera ver jamás. Jack y Aliena se unieron a los congregados tan pronto como ella hubo dado de mamar a Tommy.

Llegará día, pensaba Jack, en que diga a Tommy: «Tú no lo recuerdas, pero cuando tenías exactamente un año viste al rey de Francia.»

Compraron pan y sidra y desayunaron mientras esperaban a que comenzara el acto solemne. Al público no le estaba permitido entrar en la iglesia, por supuesto, y los hombres de armas del rey lo mantenían a distancia, pero todas las puertas estaban abiertas y las gentes se ubicaban delante de ellas para ver mejor. La nave se hallaba atestada de damas y caballeros pertenecientes a la nobleza. Por fortuna, el presbiterio estaba elevado debido a la gran cripta que había debajo de él, de manera que a Jack le era posible seguir la ceremonia.

En el extremo de la nave se produjo una gran actividad y, de repente, todos los nobles se inclinaron. Por encima de sus agachadas cabezas, Jack vio que el rey entraba en la iglesia por el lado sur. No podía distinguir sus rasgos, aunque sí su túnica púrpura, que era como una explosión vívida de color mientras avanzaba hacia el centro de la crujía y se arrodillaba ante el altar mayor.

Inmediatamente después, iban los obispos y arzobispos, todos ellos vestidos con deslumbrantes ropajes blancos bordados en oro, y cada obispo con su báculo. En realidad, debería ser un sencillo cayado de pastor, pero había tantos adornados con fabulosas piedras preciosas que la procesión centelleaba como un arroyo de montaña bajo los rayos del sol.

Todos ellos cruzaron lentamente la iglesia y subieron por los peldaños que conducían al presbiterio para ocupar los lugares reservados para ellos alrededor de la pila bautismal, que contenía, como Jack sabía por haber presenciado todos los preparativos, varios litros de agua bendita. A ello siguió un momento de calma, durante el cual se dijeron oraciones y se cantaron himnos. El gentío se agitaba inquieto y Tommy parecía molesto. Luego, los obispos se pusieron de nuevo en marcha formando procesión.

Salieron de la iglesia por la puerta sur y desaparecieron en el interior del claustro ante la decepción de los espectadores, pero luego emergieron desde los edificios monásticos y desfilaron por delante de la fachada de la iglesia. Cada obispo llevaba en la mano una especie de pincel llamado hisopo y una vasija con agua bendita. A medida que pasaban cantando, introducían el hisopo en el agua y salpicaban con ella los muros de la iglesia. La multitud se abalanzó sobre ellos, pidiendo una bendición e intentando tocar las vestiduras blancas como la nieve de los santos varones. Los hombres de armas del rey apartaban a las gentes con bastones para hacerlas retroceder. Jack permanecía bastante alejado. No necesitaba bendición alguna y prefería mantenerse distante de aquellos bastones.

La procesión hizo su majestuoso recorrido a lo largo de la parte norte de la iglesia, y la multitud la siguió, pisoteando las tumbas del cementerio. Algunos espectadores se habían anticipado a tomar posiciones allí y se negaban a que los recién llegados se las quitaran. Se iniciaron una o dos peleas.

Los obispos dejaron atrás el pórtico norte y siguieron caminando alrededor del semicírculo del extremo este, la parte nueva. Allí era donde se habían construido los talleres de los artesanos, y en esos momentos la muchedumbre invadía el terreno amenazando con derribar las endebles construcciones de madera. Al empezar a desaparecer de nuevo la cabeza de la procesión en el interior de la abadía, las personas más histéricas empezaron a mostrarse exasperadas y empujaron hacia adelante. Los hombres del rey respondieron con creciente violencia.

Jack empezó a sentirse inquieto.

—No me gusta el cariz que está tomando esto —dijo a Aliena.

—A mí tampoco —repuso ella—. Será mejor que nos vayamos de aquí.

Antes de que pudieran moverse, estalló una refriega entre los hombres del rey y un grupo de jóvenes que se encontraban en primera línea. Los hombres de armas los vapuleaban ferozmente con sus bastones, pero los jóvenes, en lugar de amilanarse, peleaban a su vez. El obispo que cerraba la procesión se apresuró a entrar en el claustro, salpicando rápidamente con agua bendita la última parte del presbiterio. Una vez que los santos varones hubieron desaparecido de la vista, el gentío concentró su atención en los hombres de armas. Alguien arrojó una piedra que le dio en la frente a uno de ellos. Su caída fue acompañada de vítores. Pronto se generalizó la pelea cuerpo a cuerpo. Otros hombres de armas acudían corriendo desde la fachada oeste de la iglesia para defender a sus camaradas.

Aquello llevaba trazas de convertirse en un motín.

Y no cabía la esperanza de que la ceremonia retuviera la atención de todos ellos, en los escasos momentos siguientes. Jack sabía que los obispos y el rey descendían en aquel instante a la cripta para recoger los restos de san Denis. Desfilarían con ellos en torno al claustro, pero no saldrían al exterior. Los dignatarios no comparecerían de nuevo hasta que hubiera terminado el oficio sagrado. El abad Suger no había previsto un número tal de espectadores, y tampoco había tomado medida alguna para mantenerlos contentos y distraídos. La multitud estaba insatisfecha, tenía calor porque el sol estaba alto, y quería dar rienda suelta a sus emociones.

Los hombres del rey iban armados, pero no así la muchedumbre. En un principio, los primeros llevaban las de ganar, hasta que alguien tuvo la feliz idea de irrumpir en las cabañas de los artesanos en busca de herramientas. Un par de jóvenes derribaron una puerta de un puntapié y un momento después salieron blandiendo sendos martillos. Entre la multitud había albañiles, y algunos se abrieron camino hasta la cabaña e intentaron impedir que la gente entrara, pero se vieron incapaces de contener el alud y fueron apartados bruscamente. Jack y Aliena intentaban escapar de aquel mare mágnum, pero la gente que empujaba detrás de ellos se lo impedía. Jack mantenía a Tommy apretado contra el pecho, protegiendo la espalda del chiquillo con los brazos y cubriéndole la cabecita con las manos al tiempo que forcejeaba por mantenerse cerca de Aliena. Entonces vio a un hombre pequeño y de barba negra salir furtivamente de la cabaña de los albañiles llevando en las manos la figura de madera de la dama llorosa. Nunca más volveré a verla, se dijo apenado, pero estaba demasiado ocupado intentando salir de aquella horrible situación para preocuparse de que la estuvieran robando.

Pese a todos sus esfuerzos, se vio impulsado hacia adelante, en dirección al pórtico norte donde la lucha era más encarnizada. Y se dio cuenta de que lo mismo le estaba ocurriendo al ladrón de la barba negra. El hombre intentaba huir con su botín, apretando contra su pecho la estatua de madera igual que Jack hacía con Tommy. Pero también él se veía obligado a seguir donde estaba debido a la presión de la muchedumbre.

De repente, a Jack se le ocurrió una idea. Hizo que Aliena cogiera a Tommy.

—No te apartes de mí —le indicó.

Luego, agarrando al ladrón, intentó quitarle la figura. El hombre se resistió por un instante, pero Jack era más grande y, además, al ladrón le interesaba más salvar el pellejo que robar la estatuilla. Así que, al cabo de un momento, soltó su presa.

Jack alzó la estatuilla sobre la cabeza.

—¡Reverenciad a la Virgen Santa!

En un principio nadie le prestó atención. Pero luego dos personas lo miraron.

—¡No toquéis a la Virgen Santa! —gritó Jack con todas sus fuerzas.

La gente que le rodeaba retrocedió, dejando un hueco alrededor de él, que empezó a enfervorizarse con el tema.

—¡Es pecado profanar la imagen de Nuestra Señora!

Manteniendo la figura bien en alto sobre la cabeza, siguió caminando hacia la iglesia. Tal vez esto resulte, se dijo sintiendo renacer la esperanza. La mayoría de la gente dejó de pelear para averiguar qué estaba ocurriendo.

Jack volvió la cabeza hacia atrás. Aliena le seguía. Por otra parte, no podía dejar de hacerlo, pues la gente la empujaba. Sin embargo, la lucha empezaba a decaer rápidamente. El gentío cambió de dirección hacia Jack, y algunas personas empezaron a repetir, extáticas, sus palabras.

—Es la Madre de Dios… Salve. Abrid paso a la Santísima Virgen…

Todo cuanto la gente quería era espectáculo, y ahora que Jack les ofrecía uno, dejaron de luchar, salvo dos o tres grupitos que seguían peleándose en los extremos. Jack continuaba avanzando con toda solemnidad. Estaba un tanto atónito por la facilidad con que había cortado el motín. La muchedumbre le siguió hasta el pórtico norte de la iglesia. Allí, depositó la figura en el suelo, con gran reverencia, a la sombra fresca del umbral. Medía poco más de medio metro de altura, y allí en el suelo parecía menos impresionante.

La gente se agolpó ante la puerta, a la expectativa. Jack no sabía qué hacer a continuación. Probablemente esperaran oír un sermón. Se había comportado como un eclesiástico, llevando en alto la figura y pronunciando sonoras advertencias, pero hasta allí llegaban sus habilidades sacerdotales. Se sentía temeroso. ¿Qué haría aquella muchedumbre si ahora la decepcionaba?

De repente se escuchó una exclamación general.

Jack miró hacia atrás. Algunos de los nobles de la congregación formaban un grupo en el crucero norte, mirando hacia afuera, pero Jack no veía nada que justificara el aparente asombro de la gente.

—¡Un milagro! —gritó alguien, y otros repitieron sus palabras.

—¡Un milagro!

—¡Un milagro!

Jack miró la figura y al instante lo comprendió todo. De sus ojos brotaba agua. En un principio quedó maravillado, como el resto de la gente, pero de inmediato recordó su teoría de que la dama lloraba cuando se producía un descenso súbito de temperatura, como sucedía en las regiones del sur al caer la noche. La estatua acababa de ser trasladada de la calina del día al pórtico norte, y el frescor de éste explicaba las lágrimas. Pero claro, la gente no sabía eso. Todo cuanto veían era una estatua que lloraba, lo cual los tenía maravillados.

Una mujer que se encontraba delante, arrojó una pequeña moneda de plata francesa equivalente al penique, a los pies de la imagen. Jack tuvo que contenerse para no echarse a reír. ¿De qué servía arrojar dinero a un pedazo de madera? Pero la gente había sido adoctrinada por la Iglesia hasta tal punto que su reacción automática ante algo sagrado era la de dar dinero. Otros muchos entre la multitud siguieron el ejemplo de la mujer.

A Jack nunca se le había ocurrido que el juguete de Raschid pudiera producir dinero. En realidad, no podía hacerlo en beneficio de Jack, pues la gente no lo daría si creyese que su destino final era su bolsa particular. Pero representaría una fortuna para cualquier iglesia.

Al comprenderlo así, comprendió de súbito lo que tenía que hacer.

Fue como un fogonazo y empezó a hablar antes siquiera de que él mismo hubiera comprendido las implicaciones. Las palabras acudieron a su boca al propio tiempo que los pensamientos.

—La Virgen de las Lágrimas no me pertenece a mí, sino a Dios —dijo.

Se hizo el silencio. Aquél era el sermón que la multitud había esperado. Detrás de Jack, los obispos cantaban dentro de la iglesia, pero ya nadie se interesaba por ellos.

—Durante centenares de años, ha languidecido en tierras de los sarracenos —prosiguió Jack.

No tenía idea de cuál sería la historia de la estatua, pero eso no parecía importar. Los mismos sacerdotes jamás intentaban averiguar la verdad sobre las historias de milagros y reliquias sagradas.

—Ha recorrido muchos kilómetros —continuó Jack—, pero su viaje todavía no ha terminado. Su destino es la iglesia catedral de Kingsbridge, en Inglaterra.

Se encontró con la mirada de Aliena, que le escuchaba asombrada. No resistió la tentación de guiñarle un ojo para que supiera que lo estaba inventando a medida que hablaba.

—Yo tengo la misión sagrada de llevarla a Kingsbridge —añadió—. Allí encontrará al fin la paz. —Mientras miraba a Aliena se le ocurrió la inspiración más brillante y definitiva, y agregó—: He sido designado maestro constructor de la nueva catedral de Kingsbridge.

Aliena se quedó con la boca abierta. Jack miró hacia otro lado.

—La Virgen de las Lágrimas ha ordenado que se erija en su honor, en Kingsbridge, una iglesia nueva y más gloriosa, y con su ayuda construiré para ella una capilla como el nuevo presbiterio que ha sido consagrado aquí para que contenga los sagrados restos de san Denis. —Bajó la vista y el dinero del suelo le dio la idea para el toque final—. Vuestras monedas se utilizarán para la construcción de la nueva catedral —dijo—. La Virgen de las Lágrimas da su bendición a todo hombre, mujer y niño que ofrezca un donativo para ayudar a la construcción de su nuevo hogar.

Se produjo un momento de silencio. Luego, los que allí se encontraban empezaron a arrojar monedas al suelo alrededor de la base de la figura. Algunos exclamaban «Aleluya» o «Alabado sea Dios», mientras que otros pedían una bendición e incluso un favor específico: «Haced que Robert se ponga bien» o «Permitid que Anne conciba», e incluso: «Dadnos una buena cosecha.» Jack estudiaba los rostros. Aquellas personas se sentían excitadas, transportadas y felices. Empujaban hacia adelante, dándose codazos unas a otras en su empeño por entregar su dinero a la Virgen de las Lágrimas. Jack bajó de nuevo los ojos contemplando maravillado cómo a sus pies las monedas se amontonaban como nieve arrastrada por la ventisca.

La Virgen de las Lágrimas produjo el mismo efecto en todas las ciudades y aldeas de camino hacia Cherburgo. Solía acudir una multitud mientras atravesaban en procesión la calle mayor y luego, una vez que se detenían ante la fachada de la iglesia para dar tiempo a que llegara toda la población, conducían la figura al interior de la iglesia, donde empezaba a llorar. A partir de ese momento las gentes tropezaban unas con otras en su ansia de dar dinero para la construcción de la catedral de Kingsbridge.

En un principio casi estuvieron a punto de perderla. Los obispos y arzobispos examinaron la estatuilla y la proclamaron genuinamente milagrosa. El abad Suger quiso quedársela para Saint-Denis. Ofreció a Jack una libra, luego diez y, finalmente, cincuenta. Cuando comprendió que a Jack no le interesaba el dinero amenazó con quedarse con la figura por la fuerza, pero el arzobispo Theobald de Canterbury se lo impidió. Theobald, que había intuido el potencial económico de aquella imagen, quería que fuese a Kingsbridge, pues pertenecía a su diócesis. Suger cedió de mala gana, expresando groseras reservas sobre la realidad del milagro.

En Saint-Denis, Jack había dicho a los artesanos que contrataría a cualquiera de ellos que quisiera seguirle hasta Kingsbridge. Tampoco aquello le gustó demasiado a Suger. De hecho, la mayoría de ellos se quedarían donde estaban, por aquello de que más vale pájaro en mano que ciento volando, pero había algunos que habían ido allí procedentes de Inglaterra, y acaso se sintieran tentados de regresar. Finalmente, otros harían correr la voz, porque era deber de todo albañil hacer saber a sus hermanos la existencia de nuevos proyectos de construcción. En cuestión de semanas, artesanos de toda la cristiandad empezarían a afluir a Kingsbridge, tal como Jack había hecho en las seis o siete obras en las que había trabajado durante los dos últimos años. Aliena le preguntó qué haría si el priorato de Kingsbridge no le nombraba maestro constructor. Jack no tenía idea. Había hecho aquel anuncio sin pensárselo, pero carecía de planes alternativos para el caso de que las cosas salieran mal.

El arzobispo Theobald, después de haber reclamado a la Virgen de las Lágrimas para Inglaterra, no estaba dispuesto a que Jack se la llevara sin más. Envió a dos sacerdotes de su séquito, Reynold y Edward, para que acompañaran a Jack y a Aliena durante su viaje. En un principio a Jack aquello le molestó, pero pronto simpatizó con ellos. Reynold era un joven de expresión jovial, dado a la polémica y muy inquieto e inteligente. Estaba sumamente interesado en las matemáticas que Jack había aprendido en Toledo. Edward era un hombre de más edad, de modales tranquilos, y algo tragaldabas. Su principal tarea consistía, como era natural, en asegurarse de que nada del dinero recaudado con las donaciones fuera a parar a la bolsa de Jack. De hecho, los sacerdotes utilizaron aquellas donaciones para pagar sus gastos de viaje, en tanto que Aliena y Jack tuvieron que correr con el gasto de los suyos propios, de manera que el arzobispo hubiera hecho mucho mejor en confiar en Jack.

Fueron a Cherburgo de camino hacia Barfleur, donde tomarían el barco para Wareham. Jack supo que algo andaba mal mucho antes de que llegaran al centro del pequeño pueblo costero. La gente no miraba a la Virgen de las Lágrimas.

A quien miraba era a Jack.

Los sacerdotes se dieron cuenta al cabo de un rato. Llevaban la figura sobre unas pequeñas andas de madera, como hacían siempre que entraban en una ciudad.

—¿Qué pasa? —preguntó Reynold a Jack, cuando una creciente multitud empezó a seguirles.

—No lo sé.

—Están más interesados en ti que en la figura. ¿Has estado aquí?

—Nunca.

—Quienes se fijan en Jack son los de más edad. Los jóvenes miran la estatuilla —observó Aliena.

Tenía razón. Los niños y los jóvenes reaccionaban con curiosidad ante la figura. Era la gente de mediana edad quien miraba a Jack. Éste intentó devolverles la mirada, y advirtió que su actitud los atemorizaba. Uno, al verle, llegó a santiguarse.

—¿Qué tienen contra mí? —se preguntó en voz alta.

No obstante, su procesión atraía seguidores con la misma rapidez de siempre y llegaron a la plaza del mercado con una muchedumbre a la zaga. Colocaron a la Virgen en el suelo, delante de la iglesia. El aire olía a agua salada y a pescado fresco. Varias personas entraron en el templo. Lo que solía ocurrir a continuación era que salía el párroco y hablaba con Reynold y Edward. Se discutía y se daban explicaciones y luego se entraba la figura en la iglesia, donde pudiera llorar. La Virgen sólo les había fallado en una ocasión, en un día frío, cuando Reynold insistió en exponerla pese a la advertencia de Jack de que era posible que no ocurriera nada. Ahora ya aceptaban su consejo.

Ese día el tiempo era perfecto, pero algo andaba mal. En los rostros atezados y curtidos de los marineros y pescadores que les rodeaban se reflejaba un temor supersticioso. Los jóvenes percibían la inquietud de sus mayores, y todo el mundo se mostraba suspicaz y un poco hostil. Nadie se acercó al pequeño grupo para hacer preguntas acerca de la imagen. Permanecían a cierta distancia, hablando en voz baja y a la espera de que ocurriera algo.

Al final apareció el sacerdote. En las otras ciudades el cura se había acercado con cautelosa curiosidad. El de Cherburgo como si fuese un exorcista, con la cruz alzada delante de él como un escudo, y llevando un cáliz con agua bendita en la otra mano.

—¿Qué cree que va a tener que hacer… ahuyentar a los demonios? —preguntó Reynold.

El sacerdote avanzó pronunciando unas palabras en latín y se acercó a Jack. Luego, le dijo en francés:

—Te ordeno a ti, espíritu diabólico, que vuelvas al lugar de los fantasmas. En el nombre…

—¡Yo no soy un espíritu, condenado loco! —exclamó Jack, irritado.

—… del Padre, del Hijo y del Espíritu Santo… —prosiguió el sacerdote.

—Viajamos por orden del arzobispo de Canterbury —protestó Reynold—. Él mismo nos ha bendecido.

—No es un espíritu. Le conozco desde los doce años —alegó Aliena.

El sacerdote empezó a mostrarse inseguro.

—Sois el espíritu de un hombre de este pueblo que murió hace veinticuatro años —alegó.

Varias personas entre aquel gentío se mostraron de acuerdo, y el sacerdote empezó de nuevo con su conjuro.

—No tengo más que veinte años —protestó Jack—. Tal vez me parezca al hombre que murió.

Alguien salió de entre la muchedumbre.

—No es sólo que te parezcas —dijo—. Tú eres él…, idéntico desde el día que moriste.

La multitud murmuraba, atemorizada. Jack, ya muy nervioso, miró a quien le hablaba. Era un hombre de unos cuarenta años, de barba gris, que vestía como un artesano próspero o un pequeño mercader. No era uno de esos tipos histéricos. Jack se dirigió a él.

—Mis compañeros me conocen —dijo—. Dos son sacerdotes. La mujer es mi esposa. El chiquillo, mi hijo. ¿También ellos son espíritus?

El hombre pareció vacilar.

Entonces habló una mujer de pelo blanco.

—¿No me conoces, Jack?

Jack dio un respingo, como si le hubieran pinchado. Comenzaba a sentirse asustado.

—¿Cómo sabéis mi nombre? —le preguntó.

—Porque soy tu madre —contestó ella.

—No lo sois —gritó Aliena, y Jack detectó también una nota de pánico en su voz—. ¡Conozco a su madre, y vos no lo sois! ¿Qué está pasando aquí?

—Magia demoníaca —sentenció el sacerdote.

—Esperad un minuto —pidió Reynold—. Es posible que Jack estuviera emparentado con el hombre que murió. ¿Tenía hijos?

—No —respondió con firmeza el hombre de la barba canosa.

—¿Estáis seguro?

—Nunca llegó a casarse.

—No es necesario.

Una o dos personas rieron. El sacerdote las miró con severidad.

—Murió a los veinticuatro años y *este* Jack dice que sólo tiene veinte —dijo el hombre de la barba gris.

—¿Cómo murió? —preguntó Reynold.

—Ahogado.

—¿Visteis el cuerpo?

Se hizo el silencio.

—No, jamás vi su cuerpo —respondió el hombre de la barba gris.

—¿Alguien lo vio? —insistió Reynold, alzando la voz ante el atisbo de la victoria.

Nadie contestó.

—¿Vive tu padre? —preguntó Reynold, dirigiéndose a Jack.

—Murió antes de que yo naciera.

—¿Qué hacía?

—Era juglar.

Corrió un murmullo entre la multitud.

—Mi Jack era juglar —dijo la mujer del pelo blanco.

—Pero *este* Jack es albañil —afirmó Reynold—. Yo mismo he visto su trabajo. Sin embargo, sí que puede ser hijo del trovador. —Se volvió hacia Jack—. ¿Cómo se llamaba tu padre? Supongo que Jack Jongleur, puesto que era juglar.

—Le llamaban Jack Shareburg.

El sacerdote repitió el nombre, pronunciándolo de manera ligeramente diferente.

—¿Jacques Cherbourg?

Jack estaba estupefacto. Nunca había entendido el nombre de su padre, pero ahora estaba claro. Como a tantos hombres viajeros, se le llamaba por el nombre de la ciudad de la que era originario.

—Sí —repitió Jack asombrado—. Claro. Jacques Cherbourg.

Al fin había encontrado las huellas de su padre, mucho tiempo después de haber renunciado a seguir buscando. Había recorrido toda Normandía. Por fin había hallado respuesta al interrogante. Sentía satisfacción, pero también cansancio, como si acabara de dejar en el suelo un pesado fardo, después de haberlo cargado durante un largo camino.

—Entonces todo ha quedado claro —afirmó Reynold, volviéndose con expresión triunfal hacia la multitud—. Jacques Cherbourg no se ahogó, sobrevivió. Fue a Inglaterra, vivió allí durante un tiempo, dejó encinta a una muchacha y murió. La joven dio a luz a un niño al que puso el nombre del padre. Jack tiene ahora veinte años, y es idéntico a su padre cuando vivía aquí hace veinticuatro. —Miró al sacerdote—. No son necesarios los exorcismos, padre. Es sólo una reunión de familia.

Aliena pasó el brazo por el de Jack y le apretó la mano. Estaba estupefacto. Tenía un centenar de preguntas que hacer, pero no sabía por dónde empezar. Lanzó una al azar.

—¿Por qué estáis tan seguros de que murió?

—Todos los que iban a bordo del *White Ship* murieron.

—¿El *White Ship*?

—Recuerdo lo del *White Ship* —intervino Edward—. Fue un desastre de grandes repercusiones. En él murió ahogado el heredero del trono. Luego, Maud se convirtió en la heredera y ése es el motivo de que ahora tengamos a Stephen.

—Pero ¿por qué iba él en ese barco? —preguntó Jack.

Le contestó la anciana que había hablado antes.

—Tenía que entretener a los nobles durante el viaje —contestó la anciana, mirando a Jack—. Entonces tú debes de ser su hijo. Mi nieto. Siento haber creído que eras un espíritu. ¡Te pareces tanto a él!

—Tu padre era mi hermano —explicó el hombre de la barba gris—. Soy tu tío Guillaume.

Jack comprendió entonces, con alegría, que aquélla era la familia que tanto había anhelado, los parientes de su padre. Ya no estaba solo en el mundo. Al fin había encontrado sus raíces.

—Bueno, éste es mi hijo Tommy —dijo—. Mirad su pelo rojo.

La mujer del cabello blanco miró con cariño al chiquillo.

—¡Por las ánimas benditas! —exclamó luego, algo sobresaltada—. ¡Si soy bisabuela!

Todos rieron.

—Me pregunto cómo llegaría mi padre a Inglaterra —dijo Jack.

XIII

1

—Así que Dios dijo a Satanás: «Mira a mi hombre Job. Míralo. Ahí tienes a un hombre bueno como jamás he visto otro.» —Philip hizo una pausa para causar más efecto; naturalmente aquello no era una traducción, sino una versión libre de la historia—. «Dime si no es un hombre perfecto y recto que tiene el temor de Dios y no comete pecado.» Y Satanás dijo: «Es natural que te adore. Le has dado todo cuanto puede desear. Siete hijos y tres hijas. Siete mil ovejas y tres mil camellos así como quinientas parejas de bueyes y quinientos asnos. Ésa es la razón de que sea un hombre bueno.» Así que Dios dijo: «Muy bien. Despójale de todo ello y observa lo que pasa.» Y eso fue precisamente lo que hizo Satanás.

Mientras Philip predicaba, su mente volvía sin cesar a una misteriosa carta que había recibido aquella misma mañana del arzobispo de Canterbury. Empezaba felicitándole por haber entrado en posesión de la milagrosa Virgen de las Lágrimas. Philip ignoraba qué podía ser una virgen de las lágrimas, pero de lo que sí estaba seguro era de que él no tenía ninguna. El arzobispo se congratulaba de que Philip hubiera reanudado la construcción de la nueva catedral. Philip no había hecho tal cosa. Esperaba una señal de Dios antes de empezar a hacer nada y, entretanto, celebraba los oficios del domingo en la nueva iglesia parroquial, más bien pequeña. Por último, el arzobispo Theobald alababa su agudeza al designar a un maestro constructor que había trabajado en el nuevo presbiterio de Saint-Denis. Claro que Philip había oído hablar de la abadía de Saint-Denis y del famoso abad Suger, el eclesiástico más poderoso del reino de Francia, pero nada sabía del nuevo presbiterio que habían levantado allí, y tampoco había designado maestro constructor alguno. Se le ocurrió que acaso la carta estuviera en un principio destinada a otra persona y que se la hubieran enviado por error.

—Ahora bien, ¿qué dijo Job al perder todas sus riquezas y morir sus hijos? ¿Maldijo a Dios? ¿Adoró a Satanás? ¡No! Dijo: «Nací desnudo y desnudo moriré. El Señor lo da y el Señor lo quita. ¡Bendito sea el Nombre del Señor!» Esto es lo que dijo Job. Y entonces Dios dijo a Satanás: «Ya te lo dije.» Y Satanás dijo: «Muy bien, pero sigue teniendo salud, ¿no? Y un hombre es capaz de cualquier cosa siempre que tenga buena salud.» Y Dios vio que habría que hacer sufrir más aún a Job para demostrar cómo era, así que dijo: «Entonces despójale de su salud y observa qué pasa.» Y Satanás hizo que Job cayera enfermo, quedando cubierto de pústulas desde la cabeza hasta las plantas de los pies.

En las iglesias empezaban a hacerse más frecuentes los sermones. Durante la juventud de Philip solían ser raros. El abad Peter era contrario a ellos, pues afirmaba que predisponían al sacerdote a sentirse pagado de sí mismo. El punto de vista anticuado sostenía que los fieles debían ser meros espectadores, testigos silenciosos de los misteriosos ritos sagrados, que debían escuchar las palabras en latín sin entenderlas y confiar ciegamente en la eficacia de la intercesión del sacerdote. Pero las ideas habían cambiado. En los tiempos que corrían los pensadores progresistas ya no veían a los fieles como observadores mudos de una ceremonia mística. Se consideraba que la Iglesia debía formar parte integral de la vida cotidiana de la gente. Marcaba los hitos de su existencia, desde el bautismo, a través del matrimonio y del nacimiento de los hijos, hasta la extremaunción y la sepultura en tierra sagrada. Podía ser el señor, el juez, el empleado o el cliente. Cada vez se esperaba más de los cristianos que lo fueran todos los días, no sólo los domingos. Desde el punto de vista moderno necesitaban algo más que los ritos. Necesitaban explicaciones, gobierno, aliento y exhortación.

—Y ahora he de deciros que creo que Satanás tuvo una conversación con Dios sobre Kingsbridge —prosiguió Philip—. Creo que Dios dijo a Satanás: «Mira a mi gente de Kingsbridge. ¿Acaso no son buenos cristianos? Míralos trabajar con ahínco durante toda la semana en sus campos y talleres y luego pasar todo el domingo construyendo una nueva catedral para mí. ¡Dime, si puedes, que no es buena gente!» Y Satanás dijo: «Son buenos porque les va bien. Les has dado buenas cosechas y un hermoso tiempo, clientes para sus tiendas y protección frente a los malvados condes. Pero quítales todo eso y ellos se vendrán conmigo.» Así que Dios preguntó: «¿Qué quieres hacer?» Y Satanás respondió: «Incendiar la ciudad.» Y Dios Dijo: «Muy bien, incéndiala y veamos qué pasa.» Así que Satanás envió a William Hamleigh para que pusiese fin a sangre y fuego a nuestra feria del vellón.

A Philip le proporcionaba un consuelo inmenso la historia de Job. Al igual que él, Philip había trabajado duro durante toda su vida para cumplir con la voluntad de Dios lo mejor que sabía. Y, al igual que Job, sólo había recibido a cambio mala suerte, fracaso e ignorancia. Pero la finalidad del sermón era levantar el espíritu de la gente de la ciudad, y Philip advertía que no lo estaba logrando. Sin embargo, la historia aún no había terminado.

—Y entonces Dios dijo a Satanás: «¡Y ahora mira! Has hecho arder toda la ciudad hasta los cimientos y *todavía* siguen construyendo una catedral nueva para mí. ¡Ahora dime que no es buena gente!» Pero Satanás repuso: «Fui demasiado indulgente con ellos. La mayoría escapó al incendio y pronto construyó de nuevo sus pequeñas casas de madera. Déjame que les envíe un auténtico desastre y entonces veremos qué pasa.» Dios suspiró y preguntó: «Así pues, ¿qué te propones hacer ahora?» Y Satanás contestó: «Voy a hacer que el techo de la iglesia se desplome sobre sus cabezas.» Y así lo hizo…, como todos sabemos.

Al recorrer con la mirada a los fieles allí reunidos, Philip vio que eran muy pocos los que no habían perdido algún pariente en aquella espantosa catástrofe. Allí estaba la viuda Meg, que había tenido un buen marido y tres hijos mocetones, todos muertos en el derrumbamiento. Desde entonces no había hablado una sola palabra y el pelo se le había vuelto blanco. Otros sufrieron mutilaciones. A Peter Pony le había aplastado la pierna y cojeaba. Antes se dedicaba a capturar caballos, pero desde el accidente trabajaba con su hermano fabricando sillas de montar. Apenas había una familia en la ciudad que no hubiera sufrido las consecuencias del derrumbamiento. Sentado en el suelo, en primera fila, se encontraba un hombre que había quedado paralítico. Philip frunció el entrecejo. ¿Quién era aquel hombre? No había quedado inválido al desplomarse la bóveda. Philip nunca lo había visto hasta entonces. Luego, recordó que le habían dicho que por la ciudad mendigaba un tullido que dormía en las ruinas de la catedral. Philip había ordenado que le dieran una cama en la casa de huéspedes.

Su mente empezaba a vagar de nuevo. Volvió a tomar el hilo del sermón.

—¿Y qué hizo entonces Job? Su mujer le dijo: «¡Maldice a Dios y muere!» Pero ¿lo hizo él? No lo hizo. ¿Perdió su fe? No la perdió. Job había decepcionado a Satanás. Y yo os digo… —Philip alzó la mano con gesto dramático para subrayar sus palabras—. Y yo os digo que ¡Satanás va a sentirse decepcionado con la gente de Kingsbridge! Porque nosotros seguiremos adorando al Dios verdadero al igual que lo adoró Job a pesar de todas sus tribulaciones.

Hizo una nueva pausa para dejarles que digirieran aquello; pero se dio cuenta de que había fracasado en su empeño por conmoverlos. Los rostros que le miraban parecían interesados, pero no estimulados. De hecho, él no era un predicador capaz de despertar entusiasmo. Era un hombre con los pies en la tierra. No podía atraer a una congregación sólo con su personalidad. Era verdad que la gente llegaba a mostrarle intensa lealtad, pero no de inmediato, sino lentamente, con el paso del tiempo, cuando llegaban a comprender lo mucho que había logrado. A veces su trabajo inspiraba a las gentes, o lo había hecho en los viejos tiempos, pero sus palabras, nunca.

Sin embargo todavía estaba por llegar la mejor parte de la historia.

—¿Qué le pasó a Job después de que Satanás le hubiera hecho pasar por las peores vicisitudes? Dios le dio más de lo que tuvo en un principio. ¡Le dio el doble! Donde habían pastado siete mil ovejas, lo hicieron catorce mil. Los tres mil camellos que había perdido fueron sustituidos por seis mil. Y fue padre de otros siete varones y de tres hijas más.

Todos parecían indiferentes. Philip no se amilanó.

—Y llegará día en que la prosperidad vuelva a Kingsbridge. Las viudas se casarán de nuevo y los viudos encontrarán esposa. Y aquellas cuyos hijos murieron volverán a concebir. Y nuestras calles estarán rebosantes de gentes y en nuestras tiendas abundarán el pan y el vino, el cuero y el latón, las hebillas y los zapatos. Y un día reconstruiremos nuestra catedral.

La dificultad estribaba en que no estaba seguro de creerlo él mismo, y quizá por ello no podía sonar convincente. No era de extrañar que los fieles allí congregados permanecieran impasibles.

Bajó la vista al grueso libro que tenía delante y que había sido traducido del latín al inglés.

—«Y Job vivió después de esto ciento cuarenta años más, y vio a sus hijos y a los hijos de sus hijos hasta la cuarta generación. Y murió anciano y colmado de días.»

Hubo cierta confusión al fondo de la pequeña iglesia. Philip levantó la vista, irritado. Se daba cuenta de que su sermón no había producido el efecto que esperaba. Sin embargo, quería que se guardaran unos momentos de silencio una vez que lo hubo terminado. La puerta del templo estaba abierta y los que se encontraban al final miraban hacia afuera. El prior observó que se había reunido un gentío. ¿Qué estaba pasando?

Se le ocurrieron varias posibilidades: que había habido una pelea, un incendio, que alguien se estaba muriendo, que se acercaba un grupo de jinetes..., pero ni por un instante imaginó lo que en realidad estaba ocurriendo. Primero llegaron dos sacerdotes portando una figura con forma de mujer sobre una tabla cubierta con una sabanilla de altar bordada. El porte solemne de los eclesiásticos daba a entender que la estatuilla representaba a una santa, con toda probabilidad a la Virgen. Detrás de los sacerdotes avanzaban otras dos personas. Y fueron éstas las que hicieron que se llevase una sorpresa mayúscula. Se trataba de Aliena y de Jack.

Philip miró a Jack con afecto y exasperación a la vez. ¡Ese muchacho!, se dijo. El primer día que llegó aquí ardió la vieja catedral y desde entonces nada de lo relacionado con él ha sido normal. Pero la verdad era que Philip se sentía más complacido que irritado al verlo. Pese a todas las dificultades que había creado, no podía negarse que hacía la vida más interesante. Jack, observó, ya no era un muchacho. Había estado fuera dos años, pero había envejecido diez y su mirada era la de un hombre cansado y experimentado. ¿Dónde había estado? Y ¿cómo lo había encontrado Aliena?

La procesión avanzó hacia el centro de la iglesia. Philip decidió no hacer nada y esperar los acontecimientos. Se escuchó un murmullo de excitación cuando la gente reconoció a Jack y a Aliena. Luego, se oyó algo diferente: exclamaciones de incredulidad y alguien dijo:

—¡Está llorando!

Otras voces repitieron esas palabras como si de una letanía se tratara.

—¡Está llorando, está llorando!

Philip escrutó la figura. En efecto, de sus ojos brotaba agua. De repente recordó la misteriosa carta del arzobispo sobre la milagrosa Virgen de las Lágrimas. De modo que se trataba de eso. En cuanto a que el llanto fuera un milagro, Philip se reservaría por el momento su juicio. Podía ver que los ojos parecían estar hechos de piedra, o acaso alguna clase de cristal, en tanto que el resto de la estatuilla era de madera. Tal vez tuviera que ver algo con eso.

Los sacerdotes dieron media vuelta y colocaron la tabla en el suelo, de manera que la imagen de la Virgen quedase de cara a los fieles. Fue entonces cuando Jack empezó a hablar.

—La Virgen de las Lágrimas vino a mí en un país muy, muy lejano.

A Philip no le gustó que Jack se apropiara del oficio divino, pero decidió no actuar de modo precipitado. Dejaría que dijera lo que se proponía. Además estaba intrigado.

—Me la dio un sarraceno converso —prosiguió Jack.

Entre los fieles se produjo un murmullo de sorpresa. En tales historias, los sarracenos eran, por lo general, el enemigo bárbaro de rostro negro, y muy pocos eran los que sabían que algunos de ellos se habían convertido al cristianismo.

—Al principio me pregunté por qué me la habrían dado a mí. Sin embargo la llevé conmigo durante muchos kilómetros.

Jack tenía a los fieles pendientes de sus palabras. Es un predicador mucho mejor que yo, se dijo Philip, la gente lo escucha con suma atención.

—Hasta que al fin empecé a darme cuenta de que lo que ella quería era ir a casa —continuó Jack—. Pero ¿dónde estaba su casa? Finalmente lo descubrí. Quería venir a Kingsbridge.

Se oyó un murmullo de asombro general. Philip se sentía escéptico. Había una diferencia entre la manera en que Dios actuaba y la forma en que lo hacía Jack. Y ésta llevaba sin duda la marca de Jack. Sin embargo, Philip permaneció en silencio.

—Pero entonces me dije: «¿Adónde puedo llevarla? ¿Qué capilla tendrá en Kingsbridge? ¿En qué iglesia encontrará al fin reposo?» —Miró alrededor, el sencillo interior enjalbegado de la iglesia parroquial, como diciendo: «Ésta, desde luego, no sirve»—. Y fue como si ella hubiera hablado y me dijera: «Tú, Jack Jackson, harás una capilla para mí y me construirás una iglesia.»

Philip empezó a comprender lo que maquinaba Jack. La Virgen de las Lágrimas era la chispa que prendería de nuevo el entusiasmo del pueblo por la construcción de una nueva catedral. Lograría lo que el sermón de Philip acerca de Job no había conseguido. A pesar de ello, Philip seguía preguntándose si aquello era la voluntad de Dios o sólo la de Jack.

—Así que le pregunté: «¿Con qué? No tengo dinero.» Y ella respondió: «Yo os proveeré de él.» Bien. Nos pusimos en camino con la bendición del arzobispo Theobald de Canterbury. —Al nombrar al arzobispo Jack miró de reojo a Philip.

Me está diciendo algo, pensó el prior. Está diciendo que tiene un respaldo poderoso para esto.

Jack volvió a dirigir la mirada a los fieles.

—Y, a lo largo de todo el camino, desde París, a través de Normandía, cruzando el mar y luego en la ruta hasta Kingsbridge, cristianos devotos han venido dando dinero para la construcción de la capilla de la Virgen de las Lágrimas.

A continuación, Jack hizo una seña a alguien que se encontraba en el exterior.

Un instante después, dos sarracenos tocados con un turbante entraron solemnemente en la iglesia llevando sobre los hombros un cofre.

Los aldeanos retrocedieron atemorizados. Incluso Philip estaba asombrado. Sabía que, en teoría, los sarracenos tenían la tez morena, pero jamás había visto uno y la realidad resultaba asombrosa. Sus ropajes multicolores también resultaban muy llamativos. Avanzaron entre los maravillados fieles y se arrodillaron delante de la Virgen. Con ademán reverente, depositaron el cofre en el suelo.

Se escuchó un ruido semejante al de una cascada y del cofre brotó un chorro de peniques de plata; eran centenares, miles. La gente se agolpaba para mirarlos. Ninguno de ellos había visto en su vida tanto dinero junto.

Jack alzó la voz para que pudieran oírle a través de sus exclamaciones.

—La he traído a casa y ahora la entrego para la construcción de la nueva catedral. —Se volvió y clavó los ojos en los de Philip, al tiempo que hacía una leve inclinación de la cabeza, como diciendo: «Ahora os toca a vos.»

Philip aborrecía que lo manipularan de esa manera, aunque, al mismo tiempo, no tenía más remedio que reconocer que todo aquello se había llevado con maestría inigualable. No obstante, eso no significaba que fuera a admitirlo sin más. La gente podría aclamar a la Virgen de las Lágrimas, pero a Philip correspondía decidir si debía permanecer en la catedral de Kingsbridge junto con los huesos de san Adolfo. Y todavía no estaba convencido.

Algunos fieles empezaron a hacer preguntas a los sarracenos. Philip, bajó del púlpito y se acercó para escuchar.

—Vengo de un país muy, muy lejano —estaba diciendo uno de ellos.

El prior quedó sorprendido al oír que hablaba inglés exactamente igual que un pescador de Dorset, pero la mayoría de los aldeanos ni siquiera sabía que los sarracenos tuviesen lengua propia.

—¿Cómo se llama tu país? —le preguntó alguien.

—Mi país se llama África —contestó el sarraceno.

Claro que, como Philip bien sabía, aunque no así la casi totalidad de los ciudadanos, en África había más de un país, y Philip se preguntaba a cuál de ellos pertenecería aquel sarraceno. Resultaría en extremo excitante que fuera de algunos de los que mencionaba la Biblia, como Egipto o Etiopía.

Una chiquilla alargó tímidamente un dedo y tocó la mano morena. El sarraceno le sonrió. Aparte del color, su aspecto no era diferente del de cualquier otro, se dijo Philip.

—¿Cómo es África? —preguntó la niña, ya menos cohibida.

—Hay grandes desiertos y árboles que dan higos.

—¿Qué son higos?

—Es…, es una fruta, que se parece a la fresa y sabe como la pera.

De repente asaltó a Philip una terrible sospecha.

—Dime, sarraceno, ¿en qué ciudad has nacido? —le preguntó.

—En Damasco —respondió el hombre.

Philip vio confirmada su sospecha. Estaba furioso. Cogió a Jack del brazo y se lo llevó a un lado.

—¿A qué estás jugando? —inquirió con tono iracundo aunque mesurado.

—¿Qué queréis decir? —preguntó Jack, intentando hacerse el inocente.

—Esos dos hombres no son sarracenos. Son pescadores de Wareham con la cara y las manos pintadas.

A Jack no parecía preocuparle que se hubiera descubierto su engaño.

—¿Cómo lo adivinasteis? —preguntó haciendo una mueca.

—No creo que ese hombre haya visto un higo en su vida. Y Damasco no está en África. ¿Qué significa esta farsa?

—Es un engaño inofensivo —contestó Jack al tiempo que esbozaba su simpática sonrisa.

—No existe eso que tú llamas un engaño inofensivo —replicó con frialdad Philip.

—Muy bien. —Jack comprendió que Philip estaba enfadado y se puso serio—. Su objetivo es el mismo que un dibujo coloreado en una página de la Biblia. No es la verdad, sino una ilustración. Mis hombres de Dorset teñidos de marrón están representando el hecho real de que la Virgen de las Lágrimas procede de tierras sarracenas.

Los dos sacerdotes y Aliena se habían apartado del gentío que se agolpaba alrededor de la estatuilla y se reunieron con Philip y Jack.

—Nadie se asusta ante el dibujo de una serpiente —añadió este último—. Una ilustración no es un embuste.

—Tus sarracenos no son una ilustración, son sencillamente impostores —repuso Philip haciendo caso omiso de los demás.

—Desde que se incorporaron los sarracenos hemos recogido mucho más dinero —alegó Jack.

Philip miró los peniques amontonados en el suelo.

—Los ciudadanos deben de creer que ahí hay suficiente para construir toda una catedral —dijo—. A mí me da la impresión de que habrá un centenar de libras. Tú sabes bien que con eso no se cubre siquiera un año de trabajo.

—El dinero es como los sarracenos —contestó Jack—, simbólico. Sabéis que tenéis el dinero para empezar a construir.

Eso era verdad. No había nada que impidiera a Philip poner nuevamente en marcha las obras. La Virgen de las Lágrimas era tan sólo el incentivo que se necesitaba para hacer volver a la vida a Kingsbridge. Atraería gente a la ciudad, peregrinos y estudiosos, así como curiosos que no tuviesen nada mejor que hacer. Daría nuevo impulso a la vitalidad ciudadana. Se la consideraría como un buen presagio. Philip había estado esperando una señal de Dios y ansiaba realmente creer que estuviera allí. Pero, desde luego, no daba la impresión de que así fuera. Parecía más bien una trapacería de Jack.

—Soy Reynold y éste es Edward, trabajamos para el arzobispo de

Canterbury —dijo el más joven de los sacerdotes—. Él nos envió para acompañar a la Virgen de las Lágrimas.

—Si tenéis la bendición del arzobispo, ¿por qué necesitáis un par de falsos sarracenos para dar legitimidad a la Virgen? —les preguntó Philip.

Edward pareció algo avergonzado.

—Fue idea de Jack, pero confieso que yo no encontré que hubiera en ello nada de malo. ¿No albergaréis dudas sobre la Virgen, Philip? —preguntó Reynold.

—Puedes llamarme padre —le contestó el prior con voz tajante—. Que trabajes para el arzobispo no te da derecho a mostrarte confianzudo con tus superiores. La respuesta a tu pregunta es que sí. Siento dudas respecto a la Virgen de las Lágrimas. No voy a instalar esta estatuilla en el recinto de la catedral de Kingsbridge hasta tener la convicción de que se trata de una imagen sagrada.

—Una figura de madera que llora —arguyó Reynold—. ¿Qué más milagro queréis?

—El llanto no tiene explicación, pero ello no lo convierte en milagro. También es inexplicable la transformación del agua líquida en hielo sólido. Sin embargo, no es un milagro.

—El arzobispo se sentirá muy decepcionado si la rechazáis. Tuvo que librar una auténtica batalla para evitar que el abad Suger ordenara que permaneciera en Saint-Denis.

Philip sabía que le estaban amenazando. El joven Reynold tendrá que esforzarse mucho más si quiere intimidarme, se dijo.

—Estoy seguro de que el arzobispo no querrá que acepte la figura de la Virgen de las Lágrimas sin hacer antes algunas indagaciones de rutina respecto a su legitimidad —respondió con tono afable.

Se sintió un movimiento en el suelo. Philip miró hacia abajo y vio al tullido en el que ya se había fijado antes. El desgraciado avanzaba penosamente por el suelo, arrastrando tras de sí las piernas paralizadas, intentando acercarse a la figura. En cualquier dirección que se moviese encontraba el paso cerrado por el gentío. Philip se hizo a un lado de manera automática para dejarle el camino libre. Los sarracenos permanecían vigilantes para que la gente no tocara la estatuilla, pero no advirtieron la presencia del tullido. Philip vio al hombre alargar la mano. En circunstancias normales, el prior habría impedido que alguien tocara una reliquia sagrada, pero todavía no había aceptado a aquella imagen como tal, así que le dejó hacer. El tullido tocó el borde de la túnica de madera. De repente lanzó un grito triunfal.

—¡Lo siento! —empezó a clamar—. ¡Lo siento!

Todo el mundo se quedó mirándolo.

—¡Siento que me vuelven las fuerzas! —vociferó.

Philip lo miró incrédulo, sabedor de lo que vendría después. El hombre dobló una pierna; luego, la otra.

Los mirones se sobresaltaron. El tullido tendió una mano y alguien se la cogió. Con un esfuerzo, el hombre logró ponerse en pie.

La multitud pareció enfervorizada.

—¡Intenta andar! —gritó alguien.

El hombre, sin soltar la mano de quien le había prestado ayuda, trató de dar un paso, luego otro. Se había producido un silencio mortal. Al dar el tercer paso, el hombre vaciló y estuvo a punto de caer. Hubo un sobresalto general. Pero el hombre, recuperando el equilibrio, siguió caminando.

Hubo una explosión de vítores.

El hombre echó a andar por el pasillo. Al cabo de unos cuantos pasos, se puso a correr. Los vítores arreciaron al salir por la puerta de la iglesia a la luz del sol, seguido por la mayoría de los fieles.

Philip miró a los dos sacerdotes. Reynold estaba maravillado y Edward lloraba de emoción. Era evidente que no habían tomado parte en aquello.

—¿Cómo has tenido la osadía de recurrir a semejante truco? —preguntó furioso Philip, volviéndose hacia Jack.

—¿Truco? ¿Qué truco? —dijo Jack.

—A ese hombre nunca se le ha visto por aquí hasta hace sólo unos días. Dentro de dos o tres desaparecerá con los bolsillos repletos de tu dinero, y jamás se le volverá a ver. Sé cómo se hacen esas cosas, Jack. Lamentablemente, no eres la primera persona que simula un milagro. A ese hombre no le ha pasado nada en las piernas, ¿verdad? Es otro pescador de Wareham.

La acusación resultó confirmada por la expresión de culpabilidad de Jack.

—Ya te advertí que no lo hicieras, Jack —le recordó Aliena.

Los dos sacerdotes se habían quedado de piedra. Lo habían creído de buena fe. Reynold estaba furioso. Se volvió hacia Jack.

—¡No tenías derecho! —exclamó con voz entrecortada.

Philip se sentía triste al tiempo que embargado por la ira. En el fondo de su corazón, albergaba la esperanza de que la Virgen de las Lágrimas resultara ser auténtica, porque sabía muy bien que contribuiría a revitalizar el priorato y la ciudad, pero no era la voluntad de Dios que fuera así. Recorrió con la mirada la pequeña iglesia parroquial. Allí sólo quedaba un puñado de fieles que seguían mirando la estatuilla.

—Esta vez has ido demasiado lejos —amonestó a Jack.

—Las lágrimas son auténticas, ahí no hay truco alguno —alegó—. Pero reconozco que el tullido fue un error.

—Ha sido algo peor que un error —dijo Philip, enfadado—. Cuando la gente sepa la verdad perderá la fe en todos los milagros.

—¿Qué necesidad hay de que conozcan la verdad?

—Porque tendré que explicarles la razón por la que la Virgen de las Lágrimas no será instalada en la catedral, ya que, como imaginarás, ahora no pienso aceptar esa figura.

—Me parece que esa decisión es algo precipitada... —empezó a decir Reynold.

—Cuando quiera tu opinión, ya te la pediré —contestó Philip, con tono áspero.

Reynold cerró la boca. No así Jack.

—¿Estáis seguros de tener derecho a privar a vuestra gente de la Virgen? Miradlos.

Señaló un puñado de fieles que habían quedado rezagados. Entre ellos se encontraba la viuda Meg. Estaba arrodillada delante de la estatuilla derramando abundantes lágrimas. Philip se dio cuenta de que Jack ignoraba que Meg hubiera perdido a toda su familia en el derrumbamiento del techo de la iglesia. La emoción de la mujer conmovió a Philip, quien se preguntó si, después de todo, no tendría razón Jack. ¿Por qué privar de aquello a la gente? Porque no es honrado, se amonestó con severidad. Creían en la figura porque habían visto operarse un falso milagro. Se forzó a mostrarse insensible.

Jack se puso de rodillas junto a Meg.

—¿Por qué estás llorando? —le preguntó.

—Es muda —le advirtió Philip.

—La Virgen de las Lágrimas ha sufrido como yo —dijo entonces Meg—. Ella lo comprende.

Philip no podía dar crédito a lo que oía.

—¿Lo veis? La estatua dulcifica su sufrimiento... ¿Qué estáis mirando?

—Es muda —repitió Philip—. Durante más de un año no ha dicho una sola palabra.

—¡Es verdad! —exclamó Aliena—. Meg se quedó muda después de que su marido y sus hijos murieran al derrumbarse la bóveda.

—¿Esta mujer? —dijo Jack—. Pero si acaba...

Reynold parecía desconcertado.

—¿Queréis decir que éste es un milagro? —preguntó—. ¿Un milagro auténtico?

Philip observó la expresión de Jack. Estaba tan asombrado como todos. Esta vez no había engaño.

El prior parecía sinceramente conmovido. Había visto alzarse la mano de Dios y obrar un milagro. Temblaba ligeramente.

—Muy bien, Jack —dijo con voz insegura—. Pese a cuanto has hecho para desacreditar a la Virgen de las Lágrimas, parece como si, después de todo, Dios tenga la intención de obrar maravillas.

Por una vez en su vida, Jack se había quedado sin palabras.

Philip dio media vuelta y se acercó a Meg. La asió por ambas manos y la hizo levantarse.

—Dios ha hecho que vuelvas a estar bien, Meg —le dijo con voz temblorosa por la emoción—. Ahora podrás empezar una nueva vida. —Entonces recordó que había dicho un sermón referido a la historia de Job y las palabras volvieron a él—. «Y así el Señor bendijo las postrimerías de Job más que sus principios...»

Había dicho a la ciudad de Kingsbridge que lo mismo sería verdad para ellos. Al contemplar la expresión extática de Meg, cuyo rostro estaba bañado en lágrimas, se preguntó si eso podría ser, acaso, el comienzo de una nueva vida para todos.

En la sala capitular se produjo un tumulto al presentar Jack su boceto para la nueva catedral.

Philip le había advertido ya que habría dificultades. Como era natural, el prior ya había visto los dibujos. Una mañana temprano, Jack le había llevado a su casa un plano y un alzado, dibujados sobre argamasa con marcos de madera. Los habían estudiado juntos bajo la clara luz matinal.

—Ésta va a ser la iglesia más hermosa de Inglaterra, Jack —había dicho Philip—, pero tendremos dificultades con los monjes.

Jack sabía, pues había sido novicio en el priorato, que Remigius y sus compinches seguían oponiéndose de manera sistemática a cualquier proyecto que Philip presentara, a pesar de que ya habían transcurrido ocho años desde que éste triunfara en la elección frente a Remigius. Rara vez lograban un apoyo numeroso del resto de los hermanos, pero en esta ocasión Philip se sentía inseguro. Eran tan conservadores casi todos ellos que existía la posibilidad de que les asustara un proyecto tan revolucionario. Sin embargo, nada podía hacerse salvo mostrarles los dibujos e intentar convencerlos. Lo cierto era que Philip no podía seguir adelante y construir la catedral sin el pleno apoyo de la mayoría de los monjes.

Al día siguiente, Jack estuvo presente en la sala capitular y presentó sus planos. Los dibujos estaban colocados sobre un banco y adosados al muro. Los monjes se agolparon ante ellos para mirarlos. Mientras examinaban los detalles, hubo un murmullo que fue ascendiendo hasta convertirse en alboroto. Jack se sintió desalentado. El tono era desaprobador, próximo incluso a la descalificación. Las voces fueron ascendiendo de tono cuando empezaron a discutir entre ellos, unos atacando el boceto y otros defendiéndolo.

Al cabo de un rato, Philip los llamó al orden y se tranquilizaron.

—¿Por qué son puntiagudos los arcos? —inquirió Milius, pregunta que había sido preparada de antemano.

—Se trata de una nueva técnica que están utilizando en Francia —explicó Jack—. Ya la he visto en varias iglesias. El arco ojival es más fuerte. Eso es lo que me permitirá conseguir la iglesia tan alta. Probablemente será la más alta de Inglaterra.

Jack advirtió que aquella idea les gustaba.

—Las ventanas son muy grandes —apuntó otro.

—Los muros gruesos no son necesarios —afirmó Jack—. Lo han demostrado en Francia. Son las pilastras las que soportan el peso, especialmente con la bóveda de nervaduras. Y el efecto de las ventanas grandes es imponente. En Saint-Denis el abad ha puesto vidrieras de colores con imágenes. La iglesia se convierte entonces en un lugar luminoso y alegre en lugar de tenebroso y triste.

Varios monjes movían la cabeza en señal de asentimiento. Tal vez no sean tan conservadores, se dijo Philip.

Pero el siguiente en hablar fue Andrew, el sacristán.

—Hace dos años eras un novicio entre nosotros. Se te castigó por atacar al prior y evitaste el castigo fugándote. Y ahora regresas y pretendes decirnos cómo construir nuestra iglesia.

Antes de que Jack tuviera tiempo de hablar se elevó la protesta de uno de los monjes más jóvenes.

—¡Eso no tiene nada que ver con lo que estamos discutiendo! ¡Lo que está en discusión es el proyecto, no el pasado de Jack!

Varios monjes intentaron hablar al mismo tiempo, algunos a voz en cuello. Philip les hizo callar a todos y pidió a Jack que contestara la pregunta.

Jack había esperado que ocurriría algo semejante, y estaba preparado.

—Peregriné a Santiago de Compostela como penitencia por ese pecado, padre Andrew, y abrigo la esperanza de que el hecho de haberos traído a la Virgen de las Lágrimas se considere como compensación a mi iniquidad —dijo con mansedumbre—. No estoy predestinado a ser monje, pero espero servir a Dios de manera diferente como constructor de esta catedral.

Todos parecieron aceptar su alegato.

Sin embargo, Andrew no había terminado.

—¿Qué edad tienes? —le preguntó, aunque con toda seguridad conocía la respuesta.

—Veinte años.

—Eres muy joven para maestro constructor.

—Aquí todo el mundo me conoce. He vivido en Kingsbridge desde que era prácticamente un niño. —Desde que prendí fuego a vuestra iglesia, se dijo para sus adentros, sintiéndose culpable—. Hice mi aprendizaje a las órdenes del maestro constructor original. Habéis visto mi trabajo con la piedra. Cuando era novicio trabajé con el prior Philip y con Tom como aprendiz y artesano. Pido humildemente a los hermanos que me juzguen por mi trabajo, no por mi edad.

Era otra parrafada preparada. Observó que uno de los monjes sonreía al oír lo de «humildemente», y pensó que tal vez hubiera cometido un pequeño error. Todos sabían que entre las cualidades que pudiera tener no figuraba en modo alguno la humildad.

Andrew aprovechó rápidamente la oportunidad que se le presentaba.

—¿Humilde tú? —exclamó al tiempo que enrojecía como si le hubieran ofendido—. No fue un acto de *humildad* por tu parte anunciar a los albañiles de París hace tres meses que *ya* habías sido designado aquí como maestro constructor.

De nuevo se produjeron murmullos de indignación entre los monjes. Jack se lamentó para sus adentros. ¿Cómo diablos le había llegado a Andrew esa información? Tal vez Reynold o Edward habían sido indiscretos.

—Esperaba poder atraer de esa manera a Kingsbridge a algunos de aquellos artesanos —contestó mientras se hacía el silencio—. Serán útiles, quienquiera que sea el maestro constructor. No creo que mi presunción pudiera resultar en modo alguno perjudicial. —Intentó esbozar una simpática sonrisa—. Pero lamento no haber sido más humilde.

Esa declaración no pareció tener muy buena acogida.

Milius lo sacó del apuro formulando otra pregunta preparada de antemano.

—¿Qué te propones hacer con el presbiterio actual, que está destruido en parte?

—Lo he examinado con muchísimo cuidado —contestó Jack—. Puede repararse. Si hoy me designáis constructor, en un año lo pondré en condiciones de ser utilizado de nuevo. Además, podéis continuar haciendo uso de él mientras construyo los cruceros y la nave de acuerdo con el nuevo proyecto. Luego, una vez terminada la nave, propongo la demolición del presbiterio para construir uno nuevo que armonice con el resto de la iglesia.

—Pero ¿cómo sabremos que el viejo presbiterio no se derrumbará de nuevo? —inquirió Andrew.

—El derrumbamiento se debió a la bóveda en piedra de Alfred, que no estaba incluida en los planes originales. Los muros no eran lo bastante fuertes para sostenerla. Propongo volver a utilizar el proyecto de Tom y construir un techo de madera.

Se oyeron murmullos de sorpresa. El motivo del derrumbamiento del techo había sido un asunto de controversia.

—Pero Alfred aumentó el tamaño de los contrafuertes a fin de que soportaran el mayor peso —alegó Andrew.

Aquello también había tenido intrigado a Jack, pero creía haber encontrado la respuesta.

—Seguían sin ser lo bastante fuertes, sobre todo en la parte superior. Si estudiáis las ruinas comprobaréis que la parte de la estructura que cedió fue el triforio. A ese nivel, el refuerzo era muy flojo.

Aquello pareció satisfacerles. Jack tuvo la impresión de que su habilidad para dar una respuesta decidida había servido para afirmar su posición como maestro constructor.

Remigius se puso en pie. Jack se había estado preguntando cuándo pensaría aportar su grano de arena.

—Me gustaría leer un verso de las Sagradas Escrituras a los hermanos capitulares —dijo con actitud más bien teatral.

Miró a Philip, y éste le dio su asentimiento. Se acercó al facistol y abrió la gran Biblia. Jack lo estudió atentamente. Su boca de labios finos se movía continuamente con un rictus nervioso y tenía los acuosos ojos azules algo saltones, lo cual le daba una permanente expresión de indignación. Era la imagen viva del resentimiento. Hacía años había llegado a creer que estaba destinado a ser un líder, pero, en realidad, tenía un carácter demasiado débil y ahora ya estaba condenado a llevar una existencia decepcionante, intentando perturbar a hombres mejores que él.

—El *Libro del Éxodo* —salmodió mientras pasaba las hojas del pergamino—. Capítulo veinte. Versículo catorce.

Jack se preguntó qué estaría pergeñando. Remigius leyó:

—«No cometerás adulterio.»

Cerró el libro de golpe y volvió a su asiento.

—¿Querrás decirnos, hermano Remigius, por qué elegiste leernos ese breve versículo en plena discusión sobre los planes de construcción de la catedral? —preguntó Philip, conteniendo su exasperación.

Remigius señaló a Jack con un dedo acusador.

—¡Porque el hombre que quiere ser nuestro maestro constructor está viviendo en pecado! —tronó.

Jack apenas podía creer que hablara en serio.

—Es verdad que nuestra unión no ha sido bendecida por la Iglesia debido a circunstancias especiales, pero nos casaremos tan pronto como queráis —alegó indignado.

—No podéis. Aliena ya está casada —afirmó Remigius con tono triunfal.

—Pero esa unión nunca llegó a consumarse.

—Sin embargo, la pareja se casó en la iglesia.

—Si no me dejáis casarme con ella, ¿cómo puedo evitar cometer adulterio? —preguntó Jack, ya enfadado.

—¡Basta! —intervino Philip.

Jack le miró. Parecía furioso.

—¿Estás viviendo en pecado con la mujer de tu hermano, Jack? —le preguntó.

Jack se quedó de piedra.

—¿No lo sabíais?

—¡Naturalmente que no! —rugió Philip—. ¿Acaso crees que de haberlo sabido habría permanecido callado?

Se hizo el silencio. Philip no solía gritar. Jack se dio cuenta de que se enfrentaba a verdaderas dificultades. Sin duda su delito no era más que un tecnicismo, pero todos sabían que los monjes se mostraban muy estrictos con respecto a tales cosas. Y el hecho de que Philip no hubiera estado enterado de que estaba viviendo con Aliena empeoraba aún más la situación. Había permitido que Remigius cogiera a Philip por sorpresa haciéndole quedar en ridículo. Y ahora Philip tendría que mostrarse firme y severo.

—Pero no podéis construir una pobre iglesia sólo para castigarme —alegó Jack con tono lastimero.

—Tendrás que dejar a la mujer —repuso Remigius regodeándose.

—Vete al cuerno, Remigius —replicó Jack—. Tiene un hijo mío de un año.

Remigius volvió a sentarse con expresión satisfecha.

—Si sigues hablando de esa manera en la sala capitular, tendrás que irte, Jack —le advirtió Philip.

Jack sabía que debería calmarse; sin embargo, era superior a sus fuerzas.

—¡Pero es ridículo! —exclamó—. ¡Me estáis diciendo que abandone a mi mujer y a nuestro hijo! Eso no es moralidad, es una falacia.

Philip pareció calmarse y Jack vio en sus claros ojos azules la mirada de simpatía que le era más familiar.

—Jack, tú puedes considerar de forma pragmática las leyes de Dios, pero nosotros preferimos mostrarnos más rígidos… Ésa es la razón de que seamos monjes. Y no podemos tenerte como constructor mientras sigas practicando el adulterio.

Jack recordó una cita de las Escrituras.

—Jesús dijo: «Quien esté libre de pecado que arroje la primera piedra.»

—Sí; pero Jesús dijo a la mujer adúltera: «Ve y no vuelvas a pecar.»
—Y luego, volviéndose hacia Remigius, añadió—: Si el adulterio cesara, ¿he de suponer que retirarías tu oposición?

—¡Desde luego! —aseguró Remigius.

Pese a sentirse furioso y desgraciado, Jack comprendió que Philip había ganado por la mano a Remigius. Había convertido el adulterio en la cuestión decisiva, eludiendo de esa manera todo el problema del nuevo proyecto. Pero Jack no estaba dispuesto en modo alguno a aceptar aquello.

—¡No voy a dejarla! —afirmó.

—Es posible que no sea por mucho tiempo.

Jack hizo una pausa. Aquello le había cogido por sorpresa.

—¿Qué queréis decir?

—Podrás casarte con Aliena si obtiene la anulación de su primer matrimonio.

—¿Puede hacerse?

—Sería automático si, como dices, el matrimonio no llegó a consumarse.

—¿Qué he de hacer?

—Hacer una petición a un tribunal eclesiástico. En circunstancias normales, sería el tribunal del obispo Waleran, pero en este caso probablemente deberías hacerlo directamente al arzobispo de Canterbury.

—¿Y puedo esperar que el arzobispo dé su consentimiento?

—En justicia, sí.

Jack comprendió al instante que aquella respuesta no era totalmente inequívoca.

—Pero entretanto, ¿tendremos que vivir separados?

—Así es…, si quieres ser designado maestro constructor de la catedral de Kingsbridge.

—Me estáis pidiendo que elija entre las dos cosas que más amo en el mundo —dijo Jack.

—No por mucho tiempo —le aseguró Philip.

El tono de su voz hizo que Jack lo mirara atentamente. Había en él auténtica compasión. Philip sentía de veras tener que hacer tal cosa.

—¿Por cuánto tiempo? —le preguntó.

—Un año, aproximadamente.

—¡Un año!

—No tendréis que vivir en ciudades diferentes —dijo Philip—. Puedes seguir viendo a Aliena y al niño.

—¿Sabéis que fue hasta España para buscarme? —preguntó Jack—. ¿Podéis imaginároslo? —Pero los monjes no tenían ni idea de lo que era el amor—. Y ahora tendré que decirle que hemos de vivir separados —agregó con amargura.

Philip se puso en pie y puso una mano sobre el hombro de Jack.

—Te aseguro que el tiempo pasará más deprisa de lo que crees —dijo—. Y estarás ocupado... construyendo la nueva catedral.

2

En ocho años el bosque había crecido y cambiado. Jack pensó que nunca podría perderse en un terreno que un día había conocido como la palma de su mano, pero se había equivocado. Los antiguos senderos habían desaparecido bajo la vegetación y otros habían resultado hollados por los venados, los verracos y los ponis salvajes. Los arroyos habían cambiado su curso, muchos árboles viejos habían caído y los jóvenes eran más altos. Todo parecía haberse reducido, las distancias daban la impresión de ser más cortas y las colinas con menos pendiente. Pero lo más asombroso de todo era que allí se sentía como un extraño. Cuando un joven venado se le quedó mirando sobresaltado a través de una cañada, Jack fue incapaz de distinguir a qué especie pertenecía o de saber dónde estaría su madre. Cuando una bandada de patos levantó el vuelo, no supo al instante de qué parte de las aguas habían salido y por qué. Y estaba nervioso porque no tenía idea de dónde se escondían los proscritos.

Había cabalgado durante la mayor parte del camino desde Kingsbridge, pero tuvo que apearse tan pronto como se salió del camino principal, ya que los árboles crecían muy bajos sobre el sendero para que pudiera seguir sobre el caballo. Volver a los lugares de caza de su adolescencia había hecho que se sintiera irracionalmente triste. Nunca había apreciado, porque jamás se percató de ello, lo sencilla que entonces había sido la vida. Su gran pasión habían sido las fresas, y sabía que todos los veranos tendría en el suelo del bosque, por unos días, cuantas fuera capaz de comer. Pero ahora todo era problemático. Su difícil amistad con el prior Philip, su amor frustrado hacia Aliena, su enorme ambición por construir la catedral más hermosa del mundo, su vehemente necesidad de descubrir la verdad sobre su padre.

Se preguntaba cuánto habría cambiado su madre en los dos años que él había estado fuera. Ansiaba verla de nuevo. Claro que se las había arreglado bien solo, pero resultaba muy tranquilizador tener en la vida a alguien siempre dispuesto a luchar por uno, y había echado de menos ese sentimiento reconfortante.

Tardó todo el día en llegar a la parte del bosque donde su madre y él solían vivir. Empezaba a oscurecer deprisa en la corta tarde invernal. Pronto habría de renunciar a la búsqueda de su vieja cueva y dedicarse a encontrar un lugar resguardado para pasar la noche. Haría frío. ¿Por qué me preocupo?, se dijo. Solía pasar en el bosque noche tras noche.

Al final, ella lo encontró a él.

Estaba a punto de darse por vencido. Un sendero angosto y casi invisible a través de la vegetación, con toda probabilidad utilizado tan sólo por tejones y zorros, quedó interrumpido por unos matorrales. No tenía otro remedio que volver sobre sus pasos. Al hacer girar a su caballo se dio de manos a boca con ella.

—Has olvidado moverte con sigilo en el bosque —le reprochó Ellen—. Te he oído desde un kilómetro de distancia.

Jack sonrió. No había cambiado.

—Hola, madre —dijo, y la besó en la mejilla. Luego, en una expresión de cariño la abrazó con fuerza.

Ellen le tocó la cara.

—Estás más flaco que nunca.

Jack la miró fijamente. Estaba morena y con un aspecto saludable. Conservaba el pelo abundante y oscuro, sin una sola cana. Sus ojos tenían el mismo color dorado y aún parecía ver a través de Jack.

—Sigues siendo la misma —le dijo.

—¿Adónde fuiste? —le preguntó ella.

—A Santiago de Compostela, y todavía llegué más lejos, hasta Toledo.

—Aliena fue en tu busca…

—Y me encontró. Gracias a ti.

—Me alegro. —Ellen cerró los ojos como alzando una plegaria de agradecimiento—. Estoy tan contenta.

Lo condujo a través del bosque hasta la cueva, que estaba a menos de un kilómetro. Jack pensó que, después de todo, su memoria no era tan mala. Ellen había encendido una gran hoguera de troncos y tres velas de juncos. Le dio una jarra de sidra que había hecho con manzanas y miel silvestre y asaron unas castañas. Jack no había olvidado que había muchas cosas que una mujer que vivía en los bosques no podía hacer por sí misma y había llevado a su madre cuchillos, cuerdas, jabón y sal. Ellen empezó a desollar un conejo para echarlo en la cazuela.

—¿Cómo te encuentras, madre? —preguntó Jack.

—Bien —repuso ella; luego, al mirarle, comprendió que la pregunta iba en serio—. Echo de menos a Tom —añadió—; pero ha muerto, y no me interesa tener otro marido.

—Aparte de eso, ¿eres feliz aquí?

—Sí y no. Estoy acostumbrada a vivir en el bosque. Me gusta estar sola. Nunca me acostumbré a esos sacerdotes chupacirios que se empeñan en decirme cómo he de comportarme. Pero os echo de menos a ti, a Martha y a Aliena. Y me gustaría poder ver más a menudo a mi nieto. —Sonrió—. Sin embargo, sé que nunca podré volver a vivir en Kingsbridge después de haber maldecido una boda cristiana. El prior Philip jamás me lo perdonará. Aun así, todo ha valido la pena si he logrado que Aliena y tú al fin estéis juntos. —Levantó la vista de su trabajo con una sonrisa complacida—. ¿Qué tal te sienta la vida de casado?

—Bueno… —dijo Jack con tono vacilante—. Ya sabes que a los ojos de la Iglesia, Aliena sigue casada con Alfred.

—No seas estúpido. ¿Qué sabe la Iglesia de eso?

—Bueno, saben quiénes están casados, y no me habrían dejado construir la nueva catedral mientras siguiera con la mujer de otro hombre.

Ellen tenía la mirada ensombrecida por la ira.

—¿De manera que la has dejado?

—Sí, hasta que Aliena obtenga la anulación.

Ellen dejó a un lado la piel del conejo. Manejando un cuchillo afilado con las manos ensangrentadas, empezó a desmembrarle echando los trozos en la olla que hervía en el fuego.

—En cierta ocasión, el prior Philip también me hizo eso, cuando estaba con Tom —dijo mientras cortaba con destreza la carne—. Sé por qué se pone tan frenético con las personas que hacen el amor. Es porque no le está permitido hacerlo a él, y le molesta la libertad que tienen otros para disfrutar de lo que le está vedado. Claro que cuando están casados por la Iglesia no puede hacer nada. Pero, si no lo están, tiene ocasión de fastidiarles, y eso le hace sentirse mejor. —Cortó las patas del conejo y las arrojó a un balde de madera con otros desperdicios.

Jack asintió. Había aceptado lo inevitable, pero cada vez que daba buenas noches a Aliena y se alejaba de su puerta se sentía furioso con Philip y comprendía el persistente resentimiento de su madre.

—Sin embargo, no es para siempre —dijo.

—¿Cómo lo ha tomado ella?

Jack hizo una mueca.

—No muy bien, pero se considera la culpable de la situación por haberse casado con Alfred.

—Y así es. Y también tú eres culpable por empecinarte en construir iglesias.

Jack lamentaba mucho que su madre no compartiera su idea.

—No merece la pena construir cualquier otra cosa, madre. Las iglesias son más grandes, más altas y más hermosas, y tienen más adornos y grabados que cualquier otra clase de edificios.

—Y tú no estarías satisfecho con algo menos.

—Así es.

Ellen sacudió la cabeza, perpleja.

—Jamás entenderé de dónde has sacado la idea de que estás predestinado a algo grande. —Echó en la olla el resto del conejo y empezó a limpiar la parte interior de la piel—. Ciertamente, no la heredaste de tus antepasados.

Aquélla era la ocasión que Jack había estado esperando.

—Cuando estuve en ultramar, madre, supe algo más de mis antepasados.

Ellen levantó la mirada hacia él y exclamó:

—¡Por todos los santos! ¿Qué quieres decir?

—Encontré la familia de mi padre.

—¡Dios mío! —Dejó caer la piel del conejo—. ¿Cómo lo lograste? ¿De dónde son? ¿Qué aspecto tienen?

—En Normandía hay una ciudad llamada Cherburgo. Era de allí.

—¿Cómo puedes estar seguro?

—Me parezco tanto a él que creyeron que era su fantasma.

Ellen se dejó caer pesadamente sobre un taburete. Jack se sentía culpable por haberle ocasionado semejante sobresalto, pero no había imaginado que la noticia le causaría tal impresión.

—¿Cómo… cómo es su familia?

—Su padre ha muerto, pero su madre vive todavía. Se mostró muy cariñosa cuando al fin se convenció de que yo no era el fantasma de mi padre. Su hermano mayor es carpintero y tiene una mujer y tres hijos, mis primos. —Sonrió—. Es estupendo, ¿verdad? Tenemos parientes.

Aquella idea pareció trastornar a Ellen, que se mostró desolada.

—Siento muchísimo no haber podido criarte en condiciones normales, Jack.

—Yo no —contestó él, algo molesto, pues cuando su madre parecía tener remordimiento él se sentía incómodo, ya que no era propio de ella—. Pero estoy contento de haber conocido a mis primos. Incluso si no volviera a verlos jamás, es bueno saber que están ahí.

Ellen asintió con tristeza.

—Lo comprendo.

Jack respiró hondo.

—Creían que mi padre se había ahogado en un naufragio hace veinticuatro años: Iba a bordo de un navío llamado el *White Ship*, que se hundió cerca de la costa de Barfleur. Se pensó que todo el mundo había muerto. Pero es evidente que mi padre sobrevivió. Sin embargo, no llegaron a enterarse, porque jamás volvió a Cherburgo.

—Fue a Kingsbridge —dijo Ellen.

—Pero ¿por qué?

Su madre suspiró.

—Se agarró a un barril y fue arrastrado hasta la orilla, cerca de un castillo —explicó Ellen—. Acudió al castillo para comunicar el naufragio. Allí encontró a varios barones poderosos que se mostraron muy consternados al presentarse él. Le hicieron prisionero y le trajeron a Inglaterra. Al cabo de meses, y sin que él supiese por qué lo trataban de aquel modo, acabó en Kingsbridge.

—¿Dijo algo más sobre el naufragio?

—Sólo que el barco se hundió con gran rapidez, como si le hubieran hecho un boquete.

—Parece como si hubieran necesitado quitárselo de en medio.

Su madre asintió.

—Y luego, al comprender que no podían mantenerle eternamente prisionero, lo mataron.

Jack se arrodilló frente a ella obligándola a mirarlo.

—Pero ¿quiénes eran *ellos*, madre? —preguntó con voz temblorosa por la emoción.

—Ya me preguntaste eso antes.

—Y tú jamás me lo dijiste.

—¡Porque no quiero que pases la vida intentando vengar la muerte de tu padre!

Jack tuvo la sensación de que seguía tratándolo como a un niño, ocultándole información que pudiera no ser buena para él. Trató de mostrarse adulto y conservar la calma.

—Voy a pasarme la vida construyendo la catedral de Kingsbridge y trayendo niños al mundo con Aliena, pero quiero saber por qué ahorcaron a mi padre. Y los únicos que tienen la respuesta son los hombres que declararon en falso contra él. De manera que he de saber quiénes fueron.

—Por aquel entonces yo no conocía sus nombres.

Jack sabía que estaba intentando evadirse, lo cual le hizo sentirse furioso.

—¡Pero ahora los conoces!

—Sí, los conozco —repuso ella, llorosa, y Jack comprendió que todo aquello le resultaba tan penoso como a él—. Y voy a decírtelos porque me doy cuenta de que nunca dejarás de preguntar. —Sorbió y se limpió las lágrimas.

Jack esperaba ansioso.

—Eran tres. Un monje, un sacerdote y un caballero.

Jack la miró fijamente.

—Sus nombres.

—¿Vas a preguntarles si mintieron bajo juramento?

—Sí.

—¿Y esperas que te lo digan?

—Tal vez no. Les miraré a los ojos mientras les interrogo y eso tal vez me revele cuanto necesito saber.

—Acaso ni siquiera sea posible tal cosa.

—¡Necesito intentarlo, madre!

Ellen suspiró.

—El monje era el prior de Kingsbridge.

—¡Philip!

—No, no era Philip, sino James, su predecesor.

—Pero si ha muerto.

—Te dije que acaso no fuera posible interrogarles.

Jack entornó los ojos.

—¿Quiénes eran los otros?

—El caballero era Percy Hamleigh, el conde de Shiring.

—¿El padre de William?

—Sí.

—¡También está muerto!

—Sí.

Jack tuvo la terrible sensación de que iba a resultar que los tres habían muerto y que el secreto habría quedado enterrado con sus huesos.

—¿Quién era el sacerdote? —preguntó apremiante.

—Se llamaba Waleran Bigod. Ahora es el obispo de Kingsbridge.

Jack soltó un suspiro de profunda satisfacción.

—Y todavía vive.

En Navidad quedó terminado el castillo del obispo Waleran. Una hermosa mañana, a principios del nuevo año, William Hamleigh y su madre fueron a visitarlo. Lo vieron ya a distancia a través del valle. Se encontraba en la cima más alta de las colinas que se alzaban delante de ellos, dominando de manera imponente los campos que las rodeaban.

Al atravesar el valle, pasaron por delante del viejo palacio, que ahora se utilizaba como almacén para el vellón. Gran parte de los gastos de construcción del castillo se había pagado con los ingresos de la lana.

Subieron al trote por la suave pendiente del extremo más alejado del valle y siguieron avanzando a través de un hueco abierto en las murallas de tierra y de un profundo foso seco hasta una entrada con portillo en un muro de piedra. Era un castillo muy seguro, con murallas, foso y muros de piedra, muy superior al del propio William y a muchos de los del rey.

Una torre del homenaje, maciza y cuadrada, de tres niveles, dominaba el patio interior y empequeñecía la iglesia de piedra que se alzaba a su lado. William ayudó a su madre a desmontar. Dejaron que los caballeros se llevaran sus caballos a las cuadras y subieran por los escalones que conducían al vestíbulo.

Era mediodía y los sirvientes de Waleran estaban preparando la mesa. Algunos de sus arcedianos, deanes, empleados y familiares, esperaban para almorzar. William y Regan aguardaron a su vez mientras un mayordomo subía a las habitaciones privadas del obispo para anunciarle su llegada.

A William los celos lo consumían por dentro. Aliena estaba enamorada y todo el condado lo sabía. Había dado a luz un hijo que era fruto del amor y su marido la había arrojado de su casa. Con el bebé en brazos había ido en busca del hombre a quien amaba y lo había encontrado después de recorrer media cristiandad. La historia había corrido de boca en boca por todo el sur de Inglaterra. William se sentía enfermo de odio cada vez que la oía, pero se le había ocurrido una manera de tomar venganza.

Les hicieron subir por las escaleras y los invitaron a pasar a la cámara de Waleran. Lo encontraron sentado ante una mesa, con Baldwin, que ya era arcediano. Los dos clérigos estaban contando dinero sobre un mantel a cuadros, colocando los peniques de plata en pilas de doce y desplazándolos de los cuadros negros a los blancos. Baldwin se puso en pie e hizo un inclinación ante Regan. Luego se apresuró a recoger el mantel con las monedas.

Waleran, levantándose a su vez, se dirigió hacia un sillón que había junto al fuego. Se movía con rapidez, de modo semejante a una araña, y William sintió una vez más la vieja y familiar repugnancia. Pese a todo, decidió mostrárse amable. Recientemente había oído hablar de la espantosa muerte del conde de Hereford, que se había peleado con el obispo de Hereford y había muerto excomulgado. Su cuerpo había sido enterrado en tierra no consagrada. William temblaba aterrado cada vez que imaginaba su propio cuerpo yaciendo en suelo no bendecido, vulnerable ante todos los diablos y monstruos que poblaban las entrañas de la tierra. Jamás se enfrentaría al obispo.

Waleran estaba tan pálido y flaco como siempre, y sus negras vestiduras colgaban de su cuerpo como la colada tendida en un árbol. Tenía el mismo aspecto de siempre; no parecía cambiar con los años. William sabía que él sí que había cambiado. La comida y el vino eran sus principales placeres y cada año estaba algo más gordo a pesar de la vida activa que llevaba, de manera que la costosa cota de malla que le habían hecho al cumplir los veintiún años, tuvo que ser sustituida por dos veces en los siete años siguientes.

Waleran acababa de regresar de York. Había estado fuera casi medio año.

—¿Habéis tenido éxito en vuestro viaje? —le preguntó William con deferencia.

—No —repuso Waleran—. El obispo Henry me envió allí para que tratara de resolver una disputa que ya dura cuatro años sobre quién ha de ser el arzobispo de York. Fracasé. La polémica sigue en pie.

William se dijo que cuanto menos se hablara de ello, tanto mejor.

—Mientras habéis estado fuera, aquí se han producido muchos cambios. Especialmente en Kingsbridge —dijo.

—¿En Kingsbridge? —preguntó sorprendido Waleran—. Creí que ese problema había quedado resuelto de una vez por todas.

—Ahora tienen a la Virgen de las Lágrimas.

Waleran parecía irritado.

—¿De qué diablos habláis?

—Es una estatuilla de madera de la Virgen que llevan en procesión —contestó la madre de William—. En ciertos momentos, le brota agua de los ojos. La gente cree que es milagrosa.

—Y lo es —afirmó William—. ¡Una estatua que llora!

Waleran lo miró con desdén.

—Milagrosa o no, en los últimos meses ya la han visitado miles de personas —intervino de nuevo Regan—. Entretanto, el prior Philip ha empezado de nuevo a construir. Están reparando el presbiterio y poniendo un techo nuevo de madera. También han comenzado en el resto de la iglesia. Han cavado los cimientos para el crucero y han llegado de París algunos albañiles nuevos.

—¿De París? —inquirió Waleran, extrañado.

—Ahora están construyendo la iglesia al estilo de Saint-Denis, lo que quiera que eso sea —informó Regan.

Waleran hizo un ademán de asentimiento.

—Arcos ojivales. He oído hablar de ello.

A William le importaba un rábano cuál pudiera ser el estilo de la catedral de Kingsbridge.

—La cuestión es que algunos de los jóvenes que cuidan mis granjas se están yendo a Kingsbridge para trabajar como jornaleros —dijo—, y que los domingos han vuelto a abrir el mercado, lo que perjudica al de Shiring. ¡Se repite la vieja historia! —William miró incómodo a su madre y al obispo al tiempo que se preguntaba si alguno de ellos sospecharía que él tenía otros motivos para estar disgustado.

Pero ninguno parecía receloso.

—La peor equivocación que jamás he cometido ha sido la de ayudar a Philip a que fuera nombrado prior —dijo Waleran.

—Tendrán que aprender que hay cosas que, sencillamente, no pueden hacer —dijo William.

Waleran lo miró pensativo.

—¿Qué os proponéis?

—Entraré de nuevo a saco en la ciudad. —Y cuando lo haga, pensó, mataré a Aliena y a su amante. Se quedó con la mirada fija en el fuego para no encontrarse con los ojos de su madre y evitar que leyera sus pensamientos.

—No estoy seguro de que podáis —dijo Waleran.

—Lo he hecho antes. ¿Por qué no habría de hacerlo de nuevo?

—La última vez teníais un buen motivo: la feria del vellón.

—Esta vez es el mercado. Tampoco para él les dio permiso el rey Stephen.

—No es lo mismo. Philip tentó su suerte al celebrar una feria del vellón y vos atacasteis de inmediato. El mercado de los domingos hace ya seis años que se celebra en Kingsbridge, y como se encuentra a treinta kilómetros de Shiring, puede autorizarse.

William contuvo su ira. Deseó decirle a Waleran que dejara de comportarse como una débil vieja, pero no habría dado resultado.

Mientras se tragaba su protesta, entró un mayordomo en la sala y permaneció en silencio junto a la puerta.

—¿Qué ocurre? —le preguntó Waleran.

—Hay un hombre que insiste en veros, mi señor obispo. Su nombre es Jack Jackson, un constructor de Kingsbridge. ¿Debo despedirle?

A William le dio un vuelco el corazón. Era el amante de Aliena. ¿Cómo aparecía ese hombre allí precisamente en el momento en que él proyectaba matarlo? Acaso tuviera poderes sobrenaturales. William se sintió embargado por el temor.

—¿De Kingsbridge? —preguntó Waleran, interesado.

—Es su nuevo maestro constructor, el que trajo de España la Virgen de las Lágrimas —informó Regan.

—Interesante —comentó Waleran—. Echémosle un vistazo. Hazle pasar —dijo el mayordomo.

William se quedó mirando la puerta con terror irracional. Esperaba ver aparecer a un hombre alto, temible y con una gran capa negra, que lo señalaría directamente a él con un dedo acusador. Pero al entrar Jack, William se sintió atónito ante su juventud. No debía de tener más de veinte años. Tenía el pelo rojo y unos ojos azules y penetrantes que hicieron caso omiso de William, se detuvieron un instante en Regan, cuyas horribles marcas faciales llamaban la atención de quienquiera que no estuviera familiarizado con ellas, y se detuvieron finalmente en Waleran.

—Bien, ¿por qué has venido a verme? —preguntó Waleran con voz fría y altanera, tras percibir, al igual que William, la actitud rebelde del joven maestro constructor.

—La verdad —respondió Jack—. ¿Cuántos hombres habéis colgado?

William aspiró con fuerza. Era una pregunta ofensiva e insolente. Miró a los otros. Su madre estaba inclinada mirando a Jack con el entrecejo fruncido, como si le hubiera visto antes e intentara recordar quién era. Waleran se mostraba fríamente divertido.

—¿Se trata acaso de una adivinanza? —preguntó al fin—. He visto más hombres ahorcados de los que tú puedes imaginar, y todavía es posible que haya otro si no te comportas con respeto.

—Hace veintidós años, vos presenciasteis en Shiring el ahorcamiento de un hombre llamado Jack Shareburg.

William oyó la exclamación ahogada de su madre.

—Era un juglar —prosiguió Jack—. ¿Lo recordáis?

William percibió que, de repente, el ambiente en la sala se había puesto tenso. En Jack Jackson debía *haber* algo aterradoramente sobrenatural para que causara semejante efecto sobre su madre y Waleran.

—Creo que tal vez lo recuerde —dijo Waleran.

William advirtió por su tono de voz que luchaba por mostrarse sereno. ¿Qué estaba pasando allí?

—Imagino que así es —dijo Jack con evidente insolencia—. El hombre fue condenado por el testimonio de tres personas. Dos de ellas ya han muerto. La tercera sois vos.

Waleran asintió.

—Había robado algo del priorato de Kingsbridge…, un cáliz con piedras preciosas incrustadas.

—No lo hizo —replicó Jack con aspereza.

—Yo mismo le cogí con el cáliz en su poder.

—Mentisteis.

Hubo una pausa. Al hablar Waleran de nuevo, lo hizo con tono tranquilo, pero la expresión de su rostro era dura como el hierro.

—Tal vez ordene que te arranquen la lengua por esto —le amenazó.

—Sólo quiero saber por qué lo hicisteis —dijo Jack como si no hubiera oído—. Ahora podéis hablar con toda franqueza. William no representa amenaza alguna para vos y su madre parece estar al corriente de todo.

William miró a su madre. A juzgar por su actitud, lo que decía el joven maestro constructor era cierto. Ahora William se sentía absolutamente confuso. Parecía, aunque apenas se atrevía a abrigar aquella esperanza, que en realidad la visita de Jack no tenía nada que ver con William y sus planes secretos para matar al amante de Aliena.

—¿Estás acusando al obispo de perjurio? —preguntó Regan a Jack.

—No repetiré públicamente la acusación —aseguró Jack con frialdad—. Carezco de pruebas y, de cualquier manera, no estoy interesado en vengarme. Sólo quisiera comprender por qué se acusó a un hombre inocente.

—Sal de aquí —ordenó Waleran con tono glacial.

Jack asintió como si no esperara otra cosa. Aun cuando no hubiera obtenido respuesta a sus preguntas la expresión de satisfacción de su rostro daba a entender que sus sospechas habían sido confirmadas.

William seguía desconcertado por todas las cosas que se habían dicho.

—Espera un momento —le dijo.

Jack se volvió, ya ante la puerta, y lo miró con ojos burlones.

—¿Por qué…? —William tragó saliva en un intento por dominar su voz—. ¿Por qué te interesa todo eso? ¿Por qué has venido aquí a hacer esas preguntas?

—Porque el hombre al que ahorcaron era mi padre —respondió Jack. Acto seguido abandonó la sala.

Se hizo el silencio en la estancia. De manera que el amante de Aliena, el maestro constructor de Kingsbridge, era hijo de un ladrón que había sido ahorcado en Shiring. Bueno, ¿y qué?, se dijo William. Pero su madre parecía inquieta, y Waleran realmente alterado.

—Esa mujer me ha acosado durante veinte años —dijo finalmente el obispo con amargura.

Habitualmente se mostraba tan cauto que William quedó asombrado al verle dar rienda suelta a sus sentimientos.

—Desapareció al derrumbarse la catedral —señaló Regan—. Pensé que jamás volveríamos a saber de ella.

—Ahora es su hijo quien viene a atormentarnos.

Había auténtico miedo en la voz de Waleran.

—¿Por qué no le enviáis a la prisión por haberos acusado de perjurio? —preguntó William.

Waleran lo miró con desprecio.

—Vuestro hijo es un condenado estúpido, Regan —masculló.

William comprendió entonces que la acusación de perjurio debía de ser cierta. Y si él era capaz de comprenderlo, igual podía hacer Jack.

—¿Está enterado alguien más? —preguntó.

—Antes de morir, el prior James confesó su perjurio a su prior, Remigius, pero éste no representa peligro alguno, pues siempre ha estado de nuestra parte y en contra de Philip. La madre de Jack sabe algo acerca del asunto, aunque no todo. De lo contrario, hace mucho tiempo que habría hecho uso de la información. Pero Jack ha viajado por muchas partes, tal vez haya descubierto algo que su madre ignoraba.

A William se le ocurrió que aquella extraña historia del pasado podría utilizarla en provecho propio.

—Entonces matemos a Jack Jackson —dijo sin pensarlo dos veces.

Waleran negó con la cabeza.

—Eso sólo serviría para llamar la atención sobre él y sus acusaciones —intervino Regan.

William quedó decepcionado; su idea le había parecido casi providencial.

—No es necesario que sea así —dijo. Se le había ocurrido una nueva idea.

Su madre y el obispo le miraron con escepticismo.

—Jack puede resultar muerto sin llamar sobre él la atención —añadió.

—Está bien. Dinos cómo —le pidió Waleran.

—Puede morir durante un ataque a Kingsbridge.

A última hora de la tarde, Jack recorría las obras de la catedral junto con el prior Philip. Habían retirado los escombros del presbiterio, que ahora formaban dos enormes montones en la parte septentrional del recinto del priorato. Se habían instalado nuevos andamios y los albañiles estaban reconstruyendo los muros derrumbados. A lo largo de la enfermería había gran número de troncos apilados.

—Te mueves deprisa —comentó Philip.

—No todo lo deprisa que quisiera —repuso Jack.

Inspeccionaron los cimientos de los cruceros. Abajo, y en los profundos agujeros, había cuarenta o cincuenta trabajadores, cogiendo paladas de barro y llenando baldes con él; mientras otros, a nivel del suelo, manipulaban el torno que sacaba los baldes de los agujeros. Cerca se habían apilado enormes bloques de piedra toscamente cortada destinados a los cimientos.

Jack condujo a Philip a su propio taller. Era mucho más grande que lo que había sido el cobertizo de Tom. Uno de los lados estaba completamente descubierto para tener buena luz. La mitad del terreno estaba ocupada por la zona donde se hacían los dibujos. Había colocado planchas sobre la tierra y, alrededor de ellas, un marco de madera, unos cinco centímetros más alto que las propias planchas, y vertido argamasa dentro de sus límites hasta alcanzar el borde. Una vez que la argamasa fraguaba, se podían trazar en ella los dibujos con un pedazo de alambre de hierro, afilado en uno de los extremos. Allí era donde Jack dibujaba los detalles. Utilizaba compases, una regla de borde recto y un cartabón. El trazo dejado por el alambre aparecía blanco y claro al principio, pero cambiaba enseguida a gris, lo que significaba que podían trazarse dibujos nuevos encima de los viejos sin que se produjeran confusiones. Era una técnica que había aprendido en Francia.

El resto de la cabaña estaba ocupado en su mayor parte por el banco sobre el que Jack hacía las plantillas de madera que mostrarían a los albañiles cómo esculpir la piedra. La luz había empezado a declinar, por lo que ya no trabajaría más con la madera. Empezó a recoger sus herramientas.

—¿Qué es esto? —preguntó Philip, cogiendo una plantilla.

—El plinto para la base de una columna.

—Preparas las cosas con mucha anticipación.

—Me muero de impaciencia por empezar a construir debidamente.

Por aquellos días, sus conversaciones eran tensas y se ceñían a los hechos.

Philip dejó la plantilla.

—He de irme a completas —dijo al tiempo que daba media vuelta.

—Y yo me iré a *visitar* a mi familia —dijo a su vez Jack con tono acre.

Philip se detuvo, se volvió como si fuera a hablar, pareció entristecido y, finalmente, se alejó.

Jack puso el candado a su caja de herramientas. Había sido una observación estúpida. Había aceptado el trabajo en las condiciones impuestas por Philip, y ahora era inútil lamentarse, pero aun así se sentía constantemente furioso con el prior y no siempre era capaz de contenerse.

Abandonó el recinto del priorato y se encaminó a la pequeña casa del barrio pobre, donde Aliena vivía con su hermano Richard. Al entrar Jack, Aliena sonrió, feliz, pero no se besaron. Ahora jamás se tocaban por miedo a excitarse y tener que separarse frustrados, o ceder a su deseo y correr el riesgo de que les sorprendieran rompiendo la promesa hecha al prior Philip.

Tommy jugaba en el suelo. Tenía ya año y medio y su manía era hacer pilas con cuantas cosas encontraba. Tenía delante de él cuatro o cinco cuencos de cocina, y colocaba incansable los pequeños dentro de los mayores, para intentar a continuación meter los más grandes dentro de los pequeños. A Jack le llamó poderosamente la atención la idea de que Tommy no supiera, de manera instintiva, que un cuenco grande no podía meterse dentro de otro pequeño. Eso era algo que los seres humanos debían aprender. Tommy luchaba con relaciones de espacio, al igual que lo hacía Jack cuando intentaba visualizar algo, como la forma de una piedra en una bóveda ojival.

Jack se sentía fascinado por Tommy, y también inquieto por él. Hasta entonces, nunca se había preocupado por sus posibilidades para encontrar trabajo, por conservarlo y ganarse la vida. Se había lanzado a cruzar Francia sin pensar ni por un instante en que podía verse en la miseria y morir de hambre. Pero ahora precisaba seguridad. La necesidad de proteger a Tommy era mucho más imperiosa que la de cuidar de sí mismo. Por primera vez en su vida tenía responsabilidades.

Aliena puso sobre la mesa una jarra de vino y pan de especias, y se sentó luego enfrente de Jack. Dio a Tommy un trozo de bizcocho, pero el niño no tenía hambre y empezó a deshacerlo en migajas que arrojaba al suelo.

—Me hace falta más dinero, Jack —dijo Aliena.

Jack se mostró sorprendido.

—Te doy doce peniques a la semana, y sólo gano veinticuatro.

—Lo siento —se excusó ella—. Tú vives solo…, no necesitas tanto.

Jack pensó que aquello no era razonable.

—Pero un jornalero sólo gana seis peniques a la semana, y algunos de ellos tienen cinco o seis hijos.

Aliena parecía enojada.

—No sé cómo se las arreglan las mujeres de los jornaleros para llevar su casa, pues nunca me lo enseñaron, y no gasto en mí un solo penique; pero tú cenas aquí todas las noches. Y, además, está Richard…

—Bien, ¿qué pasa con Richard? —preguntó Jack, enfadado—. ¿Por qué no se gana la vida? —Pensaba que Aliena y Tommy ya eran carga suficiente para él—. Que yo sepa, Richard no es responsabilidad mía.

—Pues lo es mía —respondió Aliena con calma—. Cuando me aceptaste a mí, también le aceptaste a él.

—No recuerdo haberlo hecho —dijo Jack, furioso.

—No te enfades.

Era demasiado tarde. Jack ya estaba enfadado.

—Richard tiene veintitrés años, dos más que yo. ¿Cómo es que soy yo quien le mantiene? ¿Por qué he de comer pan en el desayuno y pagar por el tocino que come él?

—Verás…, estoy otra vez encinta.

—¿Cómo?

—Voy a tener otro bebé.

El enfado de Jack se desvaneció como por ensalmo. Le cogió la mano.

—¡Es maravilloso!

—¿Estás contento? —le preguntó Aliena—. Tenía miedo de que te enfadaras.

—¡Enfadarme! ¡Estoy emocionado! No llegué a conocer a Tommy de recién nacido y ahora descubriré lo que me había perdido.

—Pero ¿qué me dices de la nueva responsabilidad? ¿Y del dinero?

—Al diablo con el dinero. Sólo es que estoy malhumorado porque nos vemos obligados a vivir separados. Tenemos mucho dinero. ¡Pero obro bebé! Espero que sea una niña. —Entonces recordó algo y frunció el ceño—. Pero... ¿cuándo?

—Debe de haber sido antes de que el prior Philip nos hiciera vivir separados.

—Debió de ser la víspera de Todos Santos. ¿Recuerdas aquella noche? Me hiciste cabalgar como a un caballo...

—Lo recuerdo —repuso Aliena, ruborizándose.

Jack la miró con cariño.

—Me gustaría hacerlo ahora.

—A mí también —repuso ella con una sonrisa.

Se cogieron de la mano por encima de la mesa.

En ese momento se presentó Richard.

Abrió de golpe la puerta y entró, muerto de calor y polvoriento, llevando de las riendas un caballo cansado.

—Tengo malas noticias —exclamó, jadeante.

Aliena cogió a Tommy del suelo para evitar los cascos del caballo.

—¿Qué ha pasado? —preguntó Jack.

—Mañana hemos de irnos todos de Kingsbridge —dijo Richard.

—Pero ¿por qué?

—El domingo William Hamleigh va a incendiar de nuevo la ciudad.

—¡No! —exclamó Aliena, horrorizada.

Jack se quedó de piedra. Revivía la escena de tres años atrás, cuando los jinetes de William habían asaltado la feria del vellón. Recordó el pánico, los chillidos y el olor a carne quemada. Volvió a ver a su padrastro con la frente destrozada. Se sentía realmente deshecho.

—¿Cómo lo sabes? —le preguntó a Richard.

—He ido a Shiring y he visto a algunos de los hombres de William comprando armas en la tienda del armero...

—Eso no significa...

—Hay más. Los he seguido hasta una taberna y he escuchado su charla. Uno de ellos ha preguntado qué defensas tenía Kingsbridge y otro ha contestado que ninguna.

—¡Santo Dios! —exclamó Aliena. Miró a Tommy y se llevó la mano al vientre, donde crecía su nuevo hijo. Levantó los ojos y se encontró con los de Jack. Ambos pensaban lo mismo.

—Más tarde entré en conversación con algunos de los más jóvenes que no me conocen —prosiguió Richard—. Les hablé de la batalla de

Lincoln y de cosas parecidas y dije que estaba buscando a alguien junto a quien luchar. Me contestaron que fuera a Earlcastle; pero que debía ser hoy, porque mañana partían y la batalla se libraría el domingo.

—¡El domingo! —musitó Jack, atemorizado.

—Cabalgué hasta Earlcastle a fin de asegurarme.

—Eso fue peligroso, Richard —le reprendió Aliena.

—Estaban claros todos los indicios. Mensajeros que iban y venían, gentes afilando las armas, ejercitando a los caballos… No cabe la menor duda. Ni las maldades más monstruosas satisfarán al diabólico William… Siempre intenta superarse —acabó diciendo Richard con voz rebosante de odio. —Se llevó la mano a la oreja derecha y rozó la vieja cicatriz, con un inconsciente gesto nervioso.

Jack estudió por un instante a Richard. Era un haragán y un botarate, pero en el aspecto militar podía confiarse en su juicio. Si decía que William Hamleigh estaba planeando un ataque, había que considerar que casi con seguridad tenía razón.

—Es una verdadera catástrofe —dijo Jack, casi para sí.

En aquellos momentos, Kingsbridge estaba empezando a recuperarse. Hacía tres años del incendio y dos del derrumbamiento. Y ahora, esto. La gente diría que de nuevo planeaba la mala suerte sobre Kingsbridge. Incluso si mediante la huida lograban evitar el derramamiento de sangre, Kingsbridge quedaría arruinada. Nadie querría vivir allí, acudir al mercado o trabajar en la ciudad. Hasta podría llegar a interrumpirse la construcción de la catedral.

—Hemos de informar de ello al prior Philip…, ahora mismo —dijo Richard.

Jack se mostró de acuerdo.

—Los monjes estarán cenando. En marcha.

Aliena cogió a Tommy. Todos subieron presurosos por la colina en dirección al monasterio, bajo el crepúsculo vespertino.

—Cuando la catedral esté terminada podrán celebrar el mercado en su interior. Eso lo protegerá de las incursiones —dijo Richard.

—Pero entretanto necesitamos los ingresos del mercado para terminar la catedral —repuso Jack.

Richard, Aliena y Tommy esperaron fuera mientras Jack entraba en el refectorio. Un monje joven estaba leyendo en voz alta en latín mientras los demás comían en silencio. Jack reconoció un pasaje terrible del *Apocalipsis*. Permaneció en pie, en el umbral, y buscó con la mirada a Philip. Éste se mostró sorprendido de verle, pero se levantó de la mesa y fue derecho hacia él.

—Malas noticias —dijo Jack, ceñudo—. Dejaré que Richard os las comunique.

Hablaron entre las sombras del presbiterio. Richard dio a Philip los detalles en pocas palabras.

—¡Pero si no celebramos una feria del vellón…, sólo un pequeño mercado! —exclamó el prior cuando Richard hubo concluido.

—Al menos tenemos la oportunidad de evacuar mañana la ciudad. Nadie resultará herido. Y podemos reconstruir nuestras casas como lo hicimos la última vez —sugirió Aliena.

—A menos que William decida perseguir a los que escapan —advirtió Richard—. De él no me extrañaría.

—Aun cuando todos lográsemos escapar, creo que igualmente significaría el fin del mercado —dijo Philip con tristeza—. Después de una cosa así, la gente no se atreverá a instalar puestos en Kingsbridge.

—Y también puede ser el fin de la catedral —apuntó Jack—. En los últimos diez años la iglesia se ha quemado una vez y se ha derrumbado otra. Muchos albañiles murieron al arder la ciudad. Un desastre más y sería el último, creo yo. La gente diría que trae mala suerte.

Philip parecía agobiado. Jack pensaba que todavía no había cumplido los cuarenta y sin embargo su cara empezaba a estar surcada de arrugas y su pelo era ya más gris que negro.

—No voy a aceptarlo. Creo que no es la voluntad de Dios —dijo con determinación.

Jack se preguntaba de qué estaría hablando. ¿Cómo podía «no aceptarlo»? Era como si los pollos dijeran que se negaban a aceptar que el zorro les diese caza.

—Entonces, ¿qué vais a hacer? —preguntó Jack con escepticismo—. ¿Rezar para que William se caiga esta noche de la cama y se rompa el cuello?

Richard se mostró excitado ante la idea de resistencia.

—¡Luchemos! —exclamó—. ¿Por qué no? Nosotros somos centenares, William traerá cincuenta hombres, cien como máximo… Podemos vencer sólo por ser más numerosos.

—¿Y cuántos de los nuestros morirán? —protestó Aliena.

Philip negaba con la cabeza.

—Los monjes no luchan —dijo con pesar—. Y no puedo pedir al pueblo que dé su vida cuando yo no estoy dispuesto a arriesgar la mía.

Philip miró a Richard, que era la única persona de que disponían con experiencia militar.

—¿Hay alguna manera de que podamos defender la ciudad sin un enfrentamiento directo?

—Ninguna en una ciudad que no está amurallada —repuso Richard—. No tenemos nada que oponer al enemigo salvo nuestros cuerpos.

—Ciudad amurallada… —musitó Jack, pensativo.

—Podemos desafiar a William a que resuelva la situación en combate individual, pero no creo que lo aceptara.

—¿Las murallas servirían? —inquirió Jack.

—Podrían salvarnos en otro momento; pero no ahora. No podemos construir murallas de la noche a la mañana.

—¿Tú crees?

—Claro que no, no seas...

—Cállate, Richard —le ordenó Philip, imperioso. Miró esperanzado a Jack—. ¿En qué estás pensando?

—Un muro no es tan difícil de construir.

—Sigue.

La mente de Jack era un torbellino. Los demás le escuchaban conteniendo el aliento.

—No hay arces ni bóvedas ni ventanas ni tejado... Un muro puede construirse en una noche si se dispone de hombres y materiales.

—¿Con qué lo construiríamos?

—Mirad alrededor de vosotros. Aquí hay bloques de piedra debidamente cortados destinados a los cimientos —dijo Jack—. Hay madera almacenada que supera la altura de una casa. Y, en el cementerio, hay montones de escombros del derrumbamiento. Abajo, en la orilla del río, hay también muchísima piedra traída de la cantera. Los materiales no escasean.

—Y la ciudad está llena de albañiles —observó Philip.

Jack asintió.

—Los monjes pueden ocuparse de la organización, los albañiles del trabajo especializado, y además disponemos de toda la población de la ciudad. —Sus pensamientos se precipitaban vertiginosos—. La muralla tendrá que extenderse a lo largo de esta orilla del río. Desmantelaremos el puente. Luego, haremos subir el muro por la colina arriba a lo largo del barrio pobre hasta que llegue a unirse al muro este del priorato..., por fuera hacia el norte y luego colina abajo, hasta llegar de nuevo a la orilla del río. No sé si habrá bastante piedra para todo eso.

—No es preciso que una muralla sea de piedra para que resulte efectiva —dijo Richard—. Un sencillo foso con un terraplén de tierra construido con barro extraído del foso cumplirá la misma función, especialmente en un lugar donde el enemigo ha de atacar cuesta arriba.

—Pero de piedra aún será mejor —insistió Jack.

—Sí que sería mejor, aunque no esencial. El objeto de una muralla es de retrasar todo lo posible al enemigo mientras se encuentra en posición peligrosa y permitir al defensor atacarle debidamente protegido.

—¿Atacarle? —preguntó Aliena—. ¿Con qué?

—Piedras, aceite hirviendo, flechas... En la mayor parte de los hogares de la ciudad hay un arco.

—Así que; después de todo, tendremos que acabar peleando —dijo Aliena, estremeciéndose.

—Pero no cuerpo a cuerpo. Al menos no del todo.

Jack se sentía descorazonado. Lo más probable era que todos se refugiaran en el bosque con la esperanza de que William quedara satisfecho con el incendio de la ciudad, pero incluso entonces corrían el riesgo de que éste y sus hombres fueran en su persecución. ¿Sería mayor el peligro si se quedaban detrás de una muralla? Si algo iba mal y William y sus huestes encontraban la manera de romper el muro, la carnicería sería aterradora. Jack miró a Tommy y a Aliena y pensó en el nuevo ser que crecía en las entrañas de ésta.

—Hay una solución intermedia —dijo—. Podríamos evacuar a las mujeres y los niños y quedarnos los hombres a defender las murallas.

—Ni hablar —respondió Aliena con firmeza—. Eso sería lo peor del mundo. No tendríamos murallas ni hombres que lucharan por nosotros.

Jack comprendió que llevaba razón. Las murallas de nada servirían sin gente que las defendiera, y no se podía dejar en el bosque, indefensos, a las mujeres y a los niños. Era posible que William dejara tranquila la ciudad y se encarnizara con éstos.

—Tú eres el constructor, Jack —dijo Philip—. ¿Podemos levantar una muralla en un día?

—Nunca he construido una muralla —respondió Jack—. Naturalmente, no estamos en condiciones de hacer planos. Tendremos que asignar en cada sección a un albañil y que actúe según su mejor criterio. La argamasa apenas se habrá secado para el domingo por la mañana. Será la muralla peor construida de Inglaterra. Pero, sí, podemos hacerla.

Philip se volvió hacia Richard.

—Tú has presenciado batallas. ¿Podremos contener a William si levantamos una muralla?

—Desde luego —repuso Richard—. Vendrá preparado para una incursión rápida y sorpresiva, no para un asedio. Si se encuentra con una ciudad fortificada no habrá nada que pueda hacer.

Finalmente, Philip miró a Aliena.

—Tú eres una de las personas vulnerables, con un hijo al que proteger. ¿Qué piensas? ¿Deberíamos huir al bosque y confiar en que William no venga por nosotros o quedarnos y levantar una muralla para evitar que entre en la ciudad?

Jack contuvo el aliento.

—No es una cuestión de seguridad —contestó Aliena tras reflexionar por un instante—. Vos, Philip, habéis dedicado vuestra vida a este priorato. Para ti, Jack, la catedral es tu sueño. Si huimos perderéis todo por cuanto habéis vivido. En lo que a mí se refiere..., tengo una razón especial para querer que sea dominado el poder de William Hamleigh. Yo digo que nos quedemos.

—Muy bien —decidió Philip—. Construiremos esa muralla.

Al caer la noche, Jack, Richard y Philip recorrieron los límites de la ciudad con linternas para decidir por dónde habría de ir la muralla. La ciudad se levantaba sobre una colina baja, a ambas orillas del río. Las riberas eran demasiado blandas para soportar una muralla de piedra sin unos buenos cimientos, de manera que Jack propuso construir allí una cerca de madera. Ello satisfizo plenamente a Richard. El enemigo no podía atacar la empalizada salvo desde el río, lo que era casi imposible.

En los otros dos lados, algunos trozos de muralla serían simplemente terraplenes de tierra con un foso. Richard declaró que ello resultaría efectivo allí donde hubiera pendiente y el enemigo se viera obligado a atacar al tiempo que ascendía por la colina. Sin embargo, donde el suelo estaba nivelado la muralla debía ser de piedra.

Jack recorrió luego la aldea, reuniendo a sus albañiles. Los sacó de sus casas, y a algunos de sus camas, y se los llevó a la cervecería. Les expuso la situación y les explicó la manera en que la ciudad iba a hacerle frente. Luego, acompañado por ellos, recorrió los límites de la ciudad asignando a cada hombre un sector de la muralla. La construida en madera a los carpinteros; la de piedra, a los albañiles, y los terraplenes a los aprendices y jornaleros. Pidió a cada uno de aquellos hombres que dejaran marcada su sección con estacas y cordel antes de irse a la cama y que antes de dormirse reflexionaran en el modo en que iban a construir. Pronto quedó marcado el perímetro de la ciudad por una línea de puntos de luces parpadeantes, al ir señalizando los albañiles su zona al resplandor de las linternas. El herrero encendió su fuego y se dispuso a pasar el resto de la noche haciendo azadas. Semejante actividad a esas horas de la noche perturbó los rituales del sueño de muchos de los ciudadanos, y los artesanos pasaron mucho tiempo explicando lo que estaban haciendo a preguntones adormilados.

Sólo los monjes, que se habían ido a la cama al caer la tarde, durmieron en la más bienaventurada ignorancia.

Pero a medianoche, cuando los artesanos terminaban ya con sus preparativos y la mayoría de los ciudadanos se habían retirado, aunque sólo fuera para hablar de las noticias con excitados murmullos, se despertó a los monjes. Tras los oficios, que fueron breves, se les dio pan y cerveza en el refectorio mientras Philip les ponía al corriente de la situación. Al día siguiente serían los encargados de organizar la defensa de la ciudad. Se les dividió en equipos. Cada uno de ellos trabajaría para un albañil. Recibirían órdenes de él y vigilarían las operaciones de excavación, extracción, recogida y transporte. Philip señaló que su principal objetivo era el de asegurarse de que el albañil tuviera en todo momento el suministro necesario de cuantos materiales necesitara: piedras, argamasa, madera y herramientas, etcétera.

Mientras Philip hablaba, Jack no podía evitar preguntarse qué estaría haciendo William Hamleigh. Earlcastle se hallaba a una jornada de Kingsbridge a buen ritmo, pero William no intentaría hacer el camino en un día, ya que, en tal caso, su ejército llegaría exhausto. Se pondrían en marcha esa mañana a la salida del sol. No cabalgarían todos juntos sino separados y disimulando sus armas y armaduras durante el viaje para evitar que cundiera la alarma. Por la tarde, se reunirían con discreción en alguna parte, a una o dos horas de Kingsbridge, probablemente en la hacienda de alguno de los principales arrendatarios de William. Por la noche beberían cerveza, afilarían sus armas y se contarían unos a otros historias espeluznantes de triunfos anteriores, jóvenes mutilados, ancianos aplastados bajo los cascos de los caballos de guerra, muchachas violadas y mujeres sodomizadas, niños degollados y bebés ensartados con las puntas de las espadas mientras sus madres chillaban angustiadas. Y luego, a la mañana siguiente, atacarían. Jack se estremeció de horror. Pero esta vez vamos a detenerlos, se dijo. A pesar de todo, sin embargo, tenía miedo.

Cada equipo de monjes localizó su propio trecho de muro y su fuente de suministros. Después, con las primeras luces del alba se dirigieron al barrio que les había sido asignado; llamaban a las puertas y despertaban a sus moradores mientras la campana del monasterio tañía apremiante.

Al salir el sol, la construcción del muro ya estaba en marcha. Los hombres y mujeres jóvenes trabajaban, mientras que los de más edad proporcionaban comida y bebida, y los niños hacían encargos y llevaban mensajes. Jack iba de un lado a otro observando ansioso los progresos. Al que mezclaba la argamasa le aconsejó que utilizara menos cal viva, para que fraguara mejor. Vio a un carpintero hacer la cerca con tablas de andamios y dijo a sus jornaleros que utilizaran madera cortada de un montón diferente. Se aseguró de que las distintas secciones de la muralla quedaran unidas limpiamente entre sí. Bromeaba, sonreía y alentaba a la gente.

El sol ya estaba alto en el claro cielo azul. Sería un día caluroso. La cocina del priorato suministraba barriles de cerveza; pero Philip ordenó que le añadiesen agua, con lo que Jack estuvo de acuerdo, porque cuando la gente trabajaba duro solía beber mucho, sobre todo si hacía calor, y no quería correr el riesgo de que se quedaran dormidos.

A pesar del terrible peligro que les amenazaba, el ambiente era, incomprensiblemente, de júbilo. Se sentían como cuando en ocasión de una fiesta todos hacían algo juntos: cocer el pan para san Pedro Encadenado, el primero de agosto, o hacer flotar velas río abajo en la noche de san Juan. La gente parecía olvidar por qué estaba haciendo lo que hacía. Sin embargo, Philip observó que algunas personas abandonaban discretamente la ciudad. Tal vez pensaran probar suerte en el bosque; aunque lo más probable era que en aldeas cercanas tuvieran parientes que los acogieran. No obstante, casi todos se quedaron.

A mediodía, Philip volvió a tocar la campana y el trabajo se suspendió para almorzar. Mientras los trabajadores comían, el prior, en compañía de Jack, realizó un recorrido por el muro. Pese a toda aquella actividad no parecía que hubiesen adelantado mucho. Los muros de piedra apenas si superaban el nivel del suelo, los terraplenes de tierra no eran más que pequeños montículos, y había grandes brechas en la empalizada.

—¿Lo acabaremos a tiempo? —preguntó Philip al finalizar la inspección.

Jack, que durante toda la mañana se había esforzado por parecer animado y optimista, se vio obligado a formular una opinión realista.

—Si continuamos a este ritmo, desde luego que no —contestó desalentado.

—¿Qué podemos hacer para acelerar las cosas?

—La manera habitual de construir más deprisa suele ser construir mal.

—Entonces construyamos mal. Pero ¿cómo?

Jack reflexionó por un instante.

—Por el momento, tenemos albañiles levantando muros, carpinteros construyendo la empalizada, jornaleros haciendo terraplenes y a los ciudadanos llevando y trayendo materiales. Pero la mayoría de los carpinteros pueden construir un muro liso, y también la mayoría de los jornaleros saben levantar una empalizada. Además, podemos dejar que los habitantes de la ciudad caven el foso y arrojen la tierra a los terraplenes. Y tan pronto como la operación esté encaminada, los monjes más jóvenes pueden arrimar el hombro.

—Muy bien.

Cuando todos terminaron de comer se les transmitieron las nuevas órdenes. Jack se dijo que aquélla no sólo iba a ser la muralla peor construida de Inglaterra, sino que probablemente también la de vida más corta. Sería un verdadero milagro si toda ella seguía en pie al cabo de una semana.

Al llegar la tarde, la gente empezaba a sentirse cansada, sobre todo aquellos que habían estado levantados toda la noche. Se desvaneció el ambiente festivo y los trabajadores se concentraron con ahínco en la dura tarea. Los muros de piedra fueron adquiriendo altura, el foso se hizo más profundo y las brechas en la empalizada empezaron a cerrarse. Cuando el sol comenzaba a descender por la línea occidental del horizonte, suspendieron el trabajo para cenar y luego empezaron de nuevo.

Al caer la noche, todavía no estaba terminada la muralla.

Philip estableció una vigilancia, ordenó a todo el mundo, salvo a los guardianes, que durmieran unas horas, y dijo que tocaría la campana a medianoche. Los agotados ciudadanos fueron a acostarse.

Jack se dirigió hacia la casa de Aliena. Richard y ella todavía estaban despiertos.

—Quiero que vayas a ocultarte a los bosques con Tommy —le dijo Jack a Aliena.

Aquella idea le había estado rondando todo el día. En un principio la rechazó, pero a medida que pasaba el tiempo, seguía volviendo a su mente el espantoso recuerdo del día en que William había prendido fuego a la ciudad, y finalmente decidió que se alejara de allí.

—Prefiero quedarme —contestó ella con firmeza.

—No sé si esto resultará, Aliena, y no quiero que estés aquí si William Hamleigh logra atravesar la muralla.

—Pero no puedo irme cuando estás organizándolo de manera que todos se queden y luchen —alegó, tratando de razonar con él.

Pero a Jack había dejado de preocuparle lo que fuera o no razonable.

—Si te vas ahora no se enterarán.

—Al final se darán cuenta.

—Para entonces todo habrá terminado.

—Piensa en la deshonra.

—¡Al diablo con la deshonra! —exclamó, fuera de sí al no ser capaz de encontrar las palabras capaces de convencerla—. ¡Lo que quiero es que estés a salvo!

Sus gritos despertaron a Tommy, que rompió a llorar. Aliena lo cogió en brazos y empezó a mecerlo.

—Ni siquiera estoy segura de que me encuentre a salvo en el bosque —dijo.

—William no buscará en el bosque. Lo que le interesa es la ciudad.

—Quizá esté interesado en mí.

—Puedes ocultarte en el calvero al que solías ir. Allí nadie te encontrará.

—William puede encontrarlo por casualidad.

—Escúchame. Estarás más segura que aquí. Lo sé bien.

—De todas maneras, quiero quedarme.

—Y yo no quiero que te quedes —respondió Jack con dureza.

—Bien, pues a pesar de todo me quedo —afirmó Aliena con una sonrisa, haciendo caso omiso de la deliberada rudeza de él.

Jack contuvo una maldición. No había forma de discutir con ella una vez que había decidido algo. Era más tozuda que una mula. Cambiando de táctica, empezó a suplicarle.

—Estoy asustado, Aliena, por lo que pueda ocurrir mañana.

—Yo también lo estoy —confesó ella—, y creo que debemos permanecer juntos.

Jack sabía que debería ceder, pero no se resignaba a ello.

—¡Maldita sea! —exclamó, furioso. Y salió airado de la casa.

Permaneció fuera, aspirando el aire de la noche. Al cabo de unos momentos recobró la serenidad. Seguía estando muy preocupado, pero era una estupidez enfadarse con ella. Ambos podían morir a la mañana siguiente.

Entró de nuevo en la vivienda. Aliena seguía en pie donde la había dejado. Se la veía triste.

—Te quiero —dijo Jack.

Se abrazaron y permanecieron así durante largo rato.

Cuando volvió a salir, la luna estaba alta. Procuró calmarse con la idea de que tal vez Aliena tuviera razón respecto de que iba a estar más segura allí que en los bosques. Al menos así podría saber si se encontraba en dificultades y hacer cuanto estuviera a su alcance para protegerla.

Sabía que aunque se fuera a la cama no podría dormir. Tenía el estúpido temor de que todos se quedaran dormidos pasada la medianoche y que nadie se despertara hasta la madrugada, con la llegada de los hombres de William, que pasaría a la gente a cuchillo y lo incendiaría todo. Caminó sin parar alrededor de la ciudad. Era extraño. Hasta ese momento Kingsbridge nunca había tenido perímetro. Los muros de piedra llegaban a la cintura, lo que no era suficiente. La empalizada era alta, pero todavía tenía brechas que un centenar de hombres a caballo podrían atravesar en cuestión de minutos. Los terraplenes de tierra no eran lo suficientemente altos para impedir que un buen caballo los superara. Todavía quedaba mucho por hacer.

Se detuvo en el lugar donde había estado el puente. Lo habían desmontado por piezas y guardado éstas en el priorato. Miró más allá del agua iluminada por la luna. Vio acercarse una figura borrosa a lo largo de la cerca de madera y sintió un estremecimiento de aprensión. Pero era el prior Philip, a quien le resultaba tan imposible dormir como a él.

En aquellos instantes, el resentimiento que Jack sentía contra Philip había sido superado por la amenaza de William, y no le guardaba rencor al prior.

—Si sobrevivimos a esto, tendremos que reconstruir una muralla de verdad —dijo.

—Estoy de acuerdo —respondió Philip—. Hemos de encaminar nuestros esfuerzos a tener en un año una muralla de piedra que rodee la ciudad.

—Justo aquí, donde el puente cruza el río, pondría una puerta y una barbacana, a fin de mantener a la gente fuera sin necesidad de desmontar el puente.

—La organización de la defensa de una ciudad no es una cosa en la que los monjes seamos duchos.

Jack asintió. Se suponía que no debían participar en ningún acto violento.

—Pero si vos no lo organizáis, ¿quién lo hará?

—¿Qué me dices de Richard, el hermano de Aliena?

Tras un momento de reflexión, Jack comprendió que era muy inteligente, aunque no le gustase admitirlo.

—Le vendría como anillo al dedo. Lo mantendría apartado de la ociosidad y además yo no tendría que mantenerlo durante más tiempo —reconoció entusiasmado, y miró a Philip con reticente admiración—. No os detenéis ante nada, ¿verdad?

Philip se encogió de hombros.

—Quisiera que todos nuestros problemas se resolvieran con la misma facilidad.

Jack volvió a referirse al muro.

—Supongo que a partir de ahora Kingsbridge será una ciudad amurallada.

—No para siempre, pero sí hasta que Jesús venga de nuevo.

—Nunca se sabe —respondió Jack—. Puede llegar día en que salvajes como William Hamleigh no estén en el poder, que las leyes protejan a la gente corriente en lugar de esclavizarla, y que el rey imponga la paz en lugar de la guerra. Pensad en ello. Un día en que en Inglaterra las ciudades no necesiten murallas.

Philip sacudió la cabeza.

—¡Qué imaginación! —exclamó—. No ocurrirá hasta el día del Juicio Final.

—Supongo que no.

—Debe de ser casi medianoche. Hora de volver a empezar.

—Philip; antes de que os vayáis...

—Dime.

Jack aspiró hondo.

—Todavía estamos a tiempo de cambiar los planes. Podemos evacuar ahora la ciudad.

—¿Tienes miedo, Jack? —preguntó el prior aunque sin ánimo de molestar.

—Sí, pero no por mí, sino por mi familia.

El prior hizo un gesto de asentimiento con la cabeza.

—Míralo de esta manera: si ahora os vais, puede ser que estéis a salvo mañana, pero William volverá cualquier otro día. Si ahora dejamos que se salga con la suya, siempre viviremos atemorizados. Tú, yo, Aliena y también el pequeño Tommy. Crecerá con el temor a William o a otro como él.

Tenía razón, pensó Jack; si los niños como Tommy debían crecer libres, sus padres tenían que dejar de huir de William.

—Muy bien —dijo con un suspiro.

Philip se fue a hacer sonar la campana. Jack se dijo que el prior era un gobernante que mantenía la paz, impartía justicia y no oprimía bajo su férula a la gente pobre; pero, en realidad, ¿había que ser célibe para hacer todo eso?

La campana empezó a sonar. Las lámparas se encendieron en las casas cerradas y los artesanos salieron a trompicones, restregándose los ojos y bostezando. Empezaron a trabajar con lentitud y hubo intercambios malhumorados con los jornaleros, pero Philip tenía en marcha el horno del priorato y pronto hubo pan caliente y mantequilla fresca, con lo cual todos repusieron fuerzas y recobraron los ánimos.

De amanecida, Jack hizo otro recorrido con Philip. Ambos escrutaron ansiosos el horizonte a fin de descubrir algún indicio de jinetes. La empalizada a orillas del río estaba casi terminada y todos los carpinteros trabajaban juntos en ella para cubrir los últimos metros. En los otros dos lados, los terraplenes de tierra alcanzaban ya la altura de un hombre y, en el exterior, la profundidad del foso la superaba en más de un metro. Un asaltante podría trepar por ella, pero con dificultad y tras desmontar de su caballo. La muralla había alcanzado también la altura de una persona, pero las tres o cuatro últimas hileras de piedra eran poco resistentes, ya que la argamasa no había llegado a fraguar. Sin embargo, el enemigo no se enteraría de ello hasta que intentara escalar la muralla, y tal vez no lo hiciese ante el desconcierto que le produciría su presencia.

Aparte de aquellas pocas brechas en la empalizada, el trabajo estaba terminado y Philip dio nuevas órdenes. Los hombres de más edad y los niños irían al monasterio y se refugiarían en el dormitorio. Jack se sintió complacido. Aliena tendría que quedarse con Tommy y los dos estarían relativamente a salvo detrás de la primera línea. Los artesanos tenían que seguir con la construcción, pero algunos de sus jornaleros formarían escuadrones para luchar bajo el liderazgo de Richard. Cada grupo sería responsable de la sección de muralla que hubiera construido. Aquellos ciudadanos, hombres y mujeres, que poseyeran arcos debían estar preparados en los muros para lanzar flechas contra los agresores. Quienes no dispusieran de armas, arrojarían piedras y debían tener grandes montones de ellas preparados. El agua hirviendo era otra arma útil, y los calderos se mantenían calientes para lanzar su contenido sobre los atacantes desde puntos estratégicos. Varios ciudadanos eran dueños de espadas, pero éstas eran armas menos útiles. Si se llegaba a la lucha cuerpo a cuerpo, sería señal de que el enemigo había vencido las defensas y entonces la construcción de la muralla habría sido en vano.

Jack se había mantenido despierto durante cuarenta y ocho horas seguidas. Le dolía la cabeza y tenía los ojos irritados. Se sentó en el tejado de barda de una casa cercana al río y miró a través de los campos mientras los carpinteros se apresuraban a terminar la empalizada. De repente, pensó que era posible que los hombres de William dispararan flechas encendidas por encima de la muralla en un intento de prender fuego a la ciudad sin saltar el muro. Con ademán cansino se levantó del tejado y subió por la colina hasta el recinto del priorato. Allí descubrió que a Richard se le había ocurrido la misma idea y ya había hecho que algunos de los monjes prepararan barriles de agua, así como baldes en puntos estratégicos alrededor de los límites exteriores de la ciudad.

Estaba a punto de abandonar el priorato cuando oyó lo que parecían voces de alarma.

Con el corazón palpitante trepó como pudo al tejado de la cuadra y miró hacia el oeste. En el camino que conducía hasta el puente, a un poco más de un kilómetro de distancia, una nube de polvo revelaba que se aproximaba un grupo numeroso de jinetes.

Hasta ese momento, todo había parecido hasta cierto punto irreal, pero en aquellos instantes los hombres dispuestos a incendiar Kingsbridge estaban ya allí, cabalgando por el camino y, de súbito, el peligro era espantosamente tangible.

Jack sintió una necesidad apremiante de ver a Aliena, pero no había tiempo. Saltó del tejado y corrió colina abajo hasta la orilla del río. Había un grupo de hombres delante de la última brecha. Mientras Jack miraba, hincaron las estacas en el suelo, tapando el hueco y clavaron presurosos las dos últimas trabazones a la parte interior, acabando así el trabajo. La mayoría de los ciudadanos se encontraban allí, aparte de aquellos que habían buscado refugio en el refectorio. Momentos después de haber llegado Jack, lo hizo Richard, corriendo al tiempo que gritaba:

—¡No hay nadie al otro lado de la ciudad! ¡Puede haber un segundo grupo introduciéndose por detrás de nosotros! ¡Volved a vuestros puestos! ¡Rápido! —Mientras empezaban a alejarse, dijo a Jack entre dientes—: ¡No hay disciplina! ¡No hay ninguna disciplina!

Jack veía a través de los campos que la nube de polvo estaba cada vez más cerca y las siluetas de los jinetes se hacían visibles. Pensó que eran como abortos del infierno, consagrados de manera demencial a sembrar la muerte y la destrucción. Existían porque los condes y los reyes los necesitaban. Era posible que Philip fuera un redomado ignorante en cuestiones de amor y matrimonio, pero al menos había encontrado la manera de gobernar una comunidad sin tener que recurrir a la ayuda de semejantes salvajes.

Era una extraña ocasión para tales reflexiones. ¿Sería en eso en lo que los hombres pensaban cuando estaban a punto de morir?

Los jinetes se acercaban. Eran más de los cincuenta que Richard había previsto. Jack calculó que debían de sumar un centenar. Se dirigieron hacia donde había estado el puente y entonces fue cuando empezaron a aminorar la marcha. Jack se sintió más animado al ver que sofrenaban los caballos en el prado que se extendía al otro lado del río. Mientras miraban a través del agua la muralla de la ciudad recién levantada, alguien cerca de Jack se echó a reír. Otro más lo imitó y, al cabo de un instante, las risas se propagaron como un fuego, de manera que pronto hubo cincuenta, cien, doscientos hombres y mujeres que se reían como locos de los desconcertados hombres de armas inmovilizados en la ribera sin nadie contra quien luchar.

Varios jinetes desmontaron y se lanzaron en tropel. Atisbando a través de la leve bruma matinal, Jack creyó distinguir el pelo amarillo y la cara roja de William Hamleigh en el centro del grupo, pero no estaba seguro.

Al cabo de un rato montaron de nuevo a caballo, se reagruparon y volvieron grupas. Las gentes de Kingsbridge lanzaron un potente grito de victoria, pero Jack no creía que William hubiera desistido ya. No volvían por el camino por el que habían llegado, sino que cabalgaban río arriba. Richard se acercó a Jack.

—Están buscando un vado. Cruzarán el río y atravesarán los bosques para llegar hasta nosotros desde el otro lado. Haz correr la voz —le dijo.

Jack rodeó rápidamente al muro y transmitió las previsiones de Richard. Al norte y al este, la muralla era de tierra o de piedra, pero no había río en medio. Por aquel lado la muralla se unía al muro este del recinto del priorato, tan sólo a unos pasos del refectorio donde habían buscado refugio Aliena y Tommy. Richard dejó situados a Oswald, el chalán, y a Dick Richards, el hijo del curtidor, en el tejado de la enfermería con sus arcos y flechas. Eran los mejores arqueros de la ciudad. Jack se dirigió hacia la esquina noroeste y permaneció en lo alto del terraplén de tierra observando, a través del campo, los bosques. De ellos surgirían, con toda seguridad, los hombres de William.

El sol estaba alto en el cielo. Era otro de aquellos días calurosos y sin una sola nube. Los monjes fueron rodeando la muralla repartiendo pan y cerveza. Jack se preguntaba hasta qué distancia río arriba iría William. A un kilómetro y medio de allí había un lugar por donde un buen caballo podía cruzar, pero a un forastero aquello le parecería arriesgado y seguramente William seguiría unos tres kilómetros más, donde hallaría un vado poco profundo.

Jack se preguntaba cómo se sentiría Aliena. Ansiaba ir al refectorio para verla, pero, por otra parte, era reacio a abandonar la muralla, ya que si él lo hacía otros seguirían su ejemplo y quedaría indefensa.

Mientras se esforzaba por resistir a la tentación, se oyó un grito y los jinetes reaparecieron.

Emergieron de entre los árboles por el este, de tal manera que el sol daba en los ojos a Jack al mirar en dirección a ellos. Sin duda lo habían hecho adrede. Al cabo de un momento, se dio cuenta de que no estaban simplemente acercándose sino cargando. Ocultos en el bosque, seguramente habían estado estudiando el terreno y planeado seguidamente el ataque. Jack se quedó petrificado por el miedo. No pensaban echar un vistazo a la muralla y luego irse. Iban a tratar de saltar por encima de ella.

Los caballos cruzaban el prado al galope. Uno o dos ciudadanos dispararon flechas. Richard, que se encontraba en pie cerca de Jack, gritó furioso:

—¡Demasiado pronto! ¡Demasiado pronto! ¡Esperad hasta que lleguen al foso...! ¡Entonces no podréis fallar!

Pocos le oyeron, y una pequeña andanada de flechas cayó inútilmente al suelo entre los verdes tallos de la cebada. Como fuerzas militares somos un desastre, pensó Jack. Sólo la muralla puede salvarnos. En una mano tenía una piedra y en la otra una honda como la que utilizaba de muchacho cuando mataba patos para comer. Se preguntaba si su puntería seguiría siendo tan buena. Se apercibió de que estaba apretando sus armas con toda la fuerza de que era capaz, y se forzó a relajar los músculos. Las piedras resultaban efectivas contra los patos, pero daban la impresión de que serían ineficaces contra hombres con armaduras a lomos de grandes caballos y que se acercaban a gran velocidad. Tragó con dificultad. Vio que algunos de los enemigos llevaban arcos y flechas encendidas. Un instante después vio que los hombres con los arcos se dirigían hacia la empalizada en tanto que los otros lo hacían en dirección a los terraplenes. Ello significaba que William había decidido no atacar la muralla de piedra. No se había enterado de que la argamasa estaba tan fresca que habría podido derribar el muro sólo con empujarlo con una mano. Lo habían engañado. Jack disfrutó de aquel breve momento de triunfo.

Los atacantes estaban ya frente a los muros.

Las gentes de la ciudad empezaron a disparar a lo loco y una lluvia de flechas cayó sobre los jinetes. Pese a su mala puntería no dejaron de producir algunas víctimas. Los caballos alcanzaron el vado. Algunos volvieron sobre sus pasos y otros lo cruzaron y comenzaron a subir por el otro lado. Justo frente a la posición que ocupaba Jack un hombre enorme, con una baqueteada cota de malla, hizo saltar a su caballo a través del vado de tal manera que alcanzó la parte baja de la pendiente del terraplén y se disponía a subirla. Jack cargó su honda y disparó. Su puntería seguía siendo tan buena como siempre. La piedra dio de lleno en el hocico del caballo, que soltó un relincho de dolor, se levantó de manos, luego dio media vuelta y se alejó cojeando. Pero su jinete se había apeado y desenvainado la espada.

La mayoría de los caballos dieron media vuelta, bien por propia iniciativa, bien porque les habían obligado sus jinetes, pero varios hombres atacaban a pie y otros volvían de nuevo dispuestos a cargar una vez más. Jack miró por encima del hombro y vio que algunos tejados de barda estaban ardiendo, pese a los esfuerzos de las mujeres jóvenes de la ciudad por extinguir las llamas. Jack tuvo la aterradora sospecha de que la defensa no iba a dar resultado, que, pese al esfuerzo heroico de las últimas treinta y seis horas, aquellos bárbaros atravesarían la muralla, prenderían fuego a la ciudad y cometerían terribles desmanes con la gente.

Le aterraba la perspectiva de una lucha cuerpo a cuerpo. Jamás le habían enseñado a luchar, nunca había manejado una espada. Ni siquiera tenía una. Sólo había luchado contra Alfred, y éste lo había vencido. Se sentía desvalido.

Los jinetes cargaron de nuevo. Los atacantes que habían perdido sus monturas subían a pie por los terraplenes. Sobre ellos caían sin cesar piedras y flechas. Jack utilizaba su honda de manera sistemática, cargaba y disparaba, cargaba y disparaba, como una máquina. Varios asaltantes cayeron bajo aquel derroche de proyectiles. Frente a Jack un jinete se fue al suelo y perdió el yelmo, dejando al descubierto una cabeza de pelo amarillo. Se trataba de William Hamleigh.

Ningún caballo alcanzó el terraplén, pero sí lo hicieron algunos hombres a pie y, ante el horror de Jack, los ciudadanos se vieron obligados a la lucha cuerpo a cuerpo con ellos, oponiendo a las espadas y lanzas de los atacantes sus estacas y hachas. Algunos de los enemigos llegaron hasta arriba y Jack vio caer cerca de él a tres o cuatro vecinos de la ciudad. Le embargó el espanto. Sus gentes estaban perdiendo la batalla.

Pero ocho o diez vecinos rodearon a cada uno de los agresores que habían logrado salvar la muralla, golpeándoles con estacas y propinándoles hachazos inmisericordes. Aun cuando varios ciudadanos resultaron heridos, todos los atacantes fueron muertos rápidamente. Y entonces la gente empezó a hacer retroceder al resto de los atacantes pendiente abajo de los terraplenes. La carga resultó un fracaso. Aquellos guerreros que seguían montados en sus cabalgaduras iban de un lado a otro inseguros, mientras en los terraplenes tenían lugar unas pocas refriegas. Jack descansó por un momento, jadeante, agradecido por aquella tregua, esperando temeroso el siguiente movimiento del enemigo.

William levantó su espada y gritó para llamar la atención de sus hombres. Trazó un círculo con la hoja de su arma para que se reunieran y luego señaló hacia las murallas. Los agresores se reagruparon y se prepararon a cargar de nuevo.

Jack vio su oportunidad.

Cogió una piedra, la colocó en la honda y apuntó con sumo cuidado a William.

La piedra voló por los aires tan recta como una hilada de albañil, golpeando a William en plena frente con tal fuerza que Jack oyó el impacto que produjo contra el hueso.

William se desplomó.

Sus huestes vacilaron y la carga resultó fallida.

Un hombre grande y moreno saltó de su caballo y se acercó rápidamente a William. Jack creyó reconocer en él al escudero de William, que siempre cabalgaba con él. Sin soltar las riendas, Walter se arrodilló junto al cuerpo de su amo. Por un instante Jack pensó que éste tal vez hubiese muerto, pero entonces William se movió y Walter lo ayudó a incorporarse. William parecía obnubilado. Los dos grupos de combatientes le observaban. La lluvia de piedras y flechas cesó por un momento.

Con aire todavía vacilante, William montó el caballo de Walter ayudado por éste, que a su vez montó detrás de él. Hubo un rato de vacilación, mientras todos se preguntaban si William estaría en condiciones de seguir adelante. Walter trazó un nuevo círculo con su espada, indicando así a sus hombres que se reunieran, y a continuación, ante el alivio de las gentes de Kingsbridge señaló hacia los bosques.

Walter espoleó al caballo e iniciaron la marcha. Otros jinetes les siguieron. Los que todavía peleaban en los terraplenes renunciaron a la lucha, retrocedieron y corrieron a través del campo en pos de su jefe. Les siguieron algunas piedras y flechas por encima de la cebada.

Los ciudadanos lanzaron vítores.

Jack miró alrededor y se sintió confuso. ¿Había terminado todo? Apenas podía creerlo. Los fuegos iban extinguiéndose, pues las mujeres habían sido capaces de dominarlos. Los hombres danzaban de alegría en los terraplenes, abrazándose. Richard se acercó a Jack y le dio unas palmadas en la espalda.

—Ha sido tu muralla la que lo ha logrado, Jack —le dijo—. Tu muralla.

Los vecinos de la ciudad y los monjes se agolparon alrededor de ambos. Todos querían felicitar a Jack, y también se felicitaban a sí mismos.

—¿Se han ido de veras? —preguntó Jack.

—Desde luego —contestó Richard—. No volverán ahora que han descubierto que estamos decididos a defender las murallas. William sabe que no se puede tomar una ciudad amurallada cuando la gente ha resuelto oponer resistencia. Al menos no se puede sin disponer de un gran ejército y prepararse para un asedio de seis meses.

—De modo que todo ha terminado —concluyó aturdido.

Aliena se le acercó abriéndose camino entre la gente con Tommy en brazos. Jack la abrazó emocionado. Estaban vivos y juntos y por ello se sentía feliz.

De repente acusó los efectos de dos días sin dormir y le apeteció tumbarse. Pero no fue posible. Dos jóvenes albañiles lo agarraron y lo subieron en hombros. Se oyeron vítores. Los muchachos se pusieron en marcha y la multitud marchó tras ellos. Jack quería decirles que no era él quien los había salvado, sino ellos mismos, pero sabía que no iban a escucharlo. Querían un héroe. A medida que corrían las noticias y que toda la ciudad tomaba conciencia de que los atacantes habían sido vencidos, los vítores se hicieron estruendosos. Jack se dijo que durante años habían estado viviendo bajo la amenaza de William, pero que ese día habían ganado su libertad. Lo llevaron por toda la ciudad en procesión triunfal. Él saludaba y sonreía, pero deseaba que llegara el momento en que pudiera reposar la cabeza, cerrar los ojos y entregarse a un apacible sueño.

3

La feria del vellón de Shiring era más grande y mejor que nunca. La plaza ante la iglesia parroquial, donde se celebraban mercados y ejecuciones estaba atestada de puestos y de gente. La mercancía principal era la lana, pero podían verse asimismo todos los artículos que era posible comprar y vender en Inglaterra: brillantes espadas nuevas, sillas con motivos decorativos grabados, cochinillos cebados, botas rojas, bizcochos de jengibre y sombreros de paja. Mientras William recorría la plaza acompañado del obispo Waleran, calculaba que el mercado iba a proporcionarle más dinero que nunca. Sin embargo, en esa ocasión, no sentía placer alguno.

Todavía no había logrado sobreponerse a la humillación de su derrota en Kingsbridge. Había pensado lanzarse a la carga sin encontrar resistencia y prender fuego a la ciudad. Por el contrario, perdió hombres y caballos y tuvo que retirarse sin haber logrado nada. Y lo peor de todo era que sabía que la construcción de la muralla había sido organizada por Jack Jackson, el amante de Aliena, precisamente el hombre al que se proponía matar.

Había fracasado en su intento; aunque seguía decidido a tomar venganza.

Waleran también estaba pensando en Kingsbridge.

—Todavía no sé cómo pudieron construir la muralla con tanta rapidez —dijo.

—Probablemente no tendría mucho de muralla —opinó William.

El obispo hizo un ademán de asentimiento.

—Pero estoy seguro de que el prior Philip ya estará muy ocupado mejorándola. Si yo fuera él, haría la muralla más fuerte y más alta, construiría una barbacana y apostaría un centinela por la noche. Vuestros días de incursiones a Kingsbridge han terminado.

William lo reconoció para sus adentros, pero simuló no estar de acuerdo.

—Todavía puedo poner sitio a la ciudad.

—Eso es una cuestión diferente. Es posible que el rey deje pasar una incursión rápida, pero un asedio prolongado durante el cual los ciudadanos pueden enviarle un mensaje suplicando que los proteja… podría resultar embarazoso.

—Stephen no actuaría contra mí —le aseguró William—. Me necesita.

Sin embargo, no las tenía todas consigo. Al final aceptaría el punto de vista del obispo, pero quería que éste se lo ganara a pulso para contraer así una pequeña deuda con él. Luego, haría la petición que le obsesionaba.

Ante ellos surgió una mujer flaca y fea que empujaba delante de sí a una bonita chiquilla de unos trece años, con toda probabilidad su hija. La mujer apartó la pechera del deleznable vestido de la niña para mostrarle sus senos pequeños y todavía sin desarrollar.

—Sesenta peniques —musitó entre dientes.

William sintió que empezaba a excitarse, pero negó con la cabeza y pasó de largo.

La niña prostituta le hizo pensar en Aliena. Cuando la desfloró apenas era una adolescente. Habían pasado casi diez años, pero seguía sin poder olvidarla. Tal vez ya nunca pudiera tenerla para sí, pero podía impedir que fuese de otro.

Waleran estaba pensativo. Apenas parecía ver adónde iba. Las personas se apartaban de su camino como si temieran que las rozara siquiera con los faldones de su ropaje negro.

—¿Os habéis enterado de que el rey tomó Faringdon? —preguntó al cabo de un momento.

—Yo estaba allí —respondió William.

Había sido la victoria más decisiva de la larga guerra civil. Stephen había capturado a centenares de caballeros y se había adueñado de un gran arsenal. También había obligado a Robert de Gloucester a retirarse al oeste del país. Tan crucial había sido la victoria, que Ranulf de Chester, el viejo enemigo de Stephen en el norte, había depuesto las armas y jurado lealtad al rey.

—Ahora que Stephen se ha afirmado en el poder, no se mostrará tan tolerante con aquellos barones suyos que libren sus propias guerras —opinó Waleran.

—Es posible —admitió William. Se preguntaba si era el momento oportuno para mostrarse de acuerdo con el obispo y hacer su petición. Vaciló porque se sentía incómodo. Al hacer aquella petición iba a revelar algo de su alma, y aborrecía hacerlo ante un hombre tan despiadado como Waleran.

—Deberíais dejar en paz a la ciudad de Kingsbridge, al menos por un tiempo —prosiguió el obispo—. Tenéis la feria del vellón, así como un mercado semanal, aunque algo más pequeño de lo que fue. Tenéis también el negocio de la lana, y toda la tierra más fértil del condado, ya sea directamente bajo vuestro control o cultivada por vuestros arrendatarios. Mi situación también ha mejorado. Poseo más bienes y he racionalizado mis arrendamientos. He construido mi castillo. Cada vez es menos necesario luchar con el prior Philip..., en el preciso momento en que la situación se está poniendo políticamente peligrosa.

Por toda la plaza del mercado la gente hacía y vendía comida, y el aire estaba impregnado de diversos olores: sopa de especias, pan recién horneado, manjares dulces, jamón cocido, tocino frito, tarta de manzanas. William sentía náuseas.

—Vayamos al castillo —propuso.

Los dos hombres abandonaron la plaza del mercado y comenzaron a ascender por la colina. El sheriff iba a darles de almorzar. William se detuvo ante la puerta del castillo.

—Tal vez tengáis razón con respecto a Kingsbridge —convino.

—Me alegro de que lo comprendáis —dijo Waleran.

—Pero aún tengo que vengarme de Jack Jackson, y vos podéis proporcionarme la ocasión si queréis.

Waleran enarcó una ceja en un gesto elocuente. Su expresión decía que le fascinaba escuchar, pero que no se consideraba en la obligación de hacerlo.

William se lanzó de cabeza.

—Aliena ha solicitado la anulación de su matrimonio.

—Sí, lo sé.

—¿Cuál creéis que será el resultado?

—Por lo que parece, el matrimonio nunca llegó a consumarse.

—¿Y sólo es preciso eso?

—Creo que sí. Según Graciano, un erudito a quien he estudiado en profundidad, lo que constituye un matrimonio es el consentimiento mutuo de las dos partes. Pero también mantiene que el acto de unión física «completa» o «perfecciona» el matrimonio. Y dice, de manera específica, que si un hombre se casa con una mujer y no copula con ella, y luego se casa con una segunda con la que sí copula, el matrimonio válido es el segundo, es decir, el consumado. Sin duda la fascinante Aliena habrá mencionado dicho extremo en su solicitud, si es que ha sido bien aconsejada, e imagino que de ello se habrá encargado el prior Philip.

William escuchaba impaciente todas aquellas teorías.

—O sea, que obtendrán la anulación.

—A menos que alguien esgrima el argumento contrario a Graciano. De hecho, son dos: uno teológico y el otro práctico. El teológico alega que la definición de Graciano es denigrante para el matrimonio de José y María, ya que no fue consumado. El argumento práctico se refiere a aquellos matrimonios acordados por razones políticas o para unir dos fortunas, entre dos niños en edades en que físicamente son incapaces de consumar la unión. Si el novio o la novia llegaran a morir antes de la pubertad, de acuerdo con la definición de Graciano el matrimonio quedaría invalidado, lo que podría acarrear consecuencias muy embarazosas.

A William nunca le había sido posible seguir las enrevesadas controversias clericales, pero tenía una idea bastante aproximada de cómo se solventaban.

—Lo que queréis decir es que lo mismo puede terminar de una manera que de otra.

—Sí.

—Y el resultado dependerá de quién ejerza una mayor presión.

—Sí. En este caso no hay nada que pueda influir sobre el resultado. No existen propiedades, no es cuestión de lealtad ni de alianza militar, pero si hubiera algo más en juego y alguien, por ejemplo un arcediano, esgrimiera con fuerza el argumento contra Graciano, lo más probable sería que rechazaran la anulación. —Waleran miró de reojo a William, quien se agitó incómodo—. Creo que puedo adivinar qué vais a pedirme ahora.

—Quiero que os opongáis a la anulación.

Waleran entornó los ojos.

—No llego a entender si amáis a esa infeliz mujer o la odiáis.

—Yo tampoco lo sé.

Aliena se encontraba sentada sobre la hierba, a la sombra de una gran haya. La cascada salpicaba sus pies, sobre las rocas, con gotitas semejantes a lágrimas. Era el lugar donde Jack le contaba todas aquellas historias. Allí era donde él le había dado aquel primer beso, de manera tan casual y tan rápidamente que ella fingió que no había ocurrido nada. Allí era donde se había enamorado de él, aun cuando se había negado a admitirlo. Ahora deseaba de todo corazón habérsele entregado en aquel entonces, que se hubieran casado y tenido hijos, pues en ese caso sería ya su mujer por mucho que intentaran impedirlo.

Se tumbó para descansar su espalda dolorida. Se hallaban en pleno verano. El aire era caliente y no se movía una brizna. El embarazo se le estaba haciendo pesado, y todavía le quedaban por delante seis semanas. Se preguntó si no tendría gemelos, aunque las patadas sólo las sentía en un lado, y cuando Martha, la hermanastra de Jack, había aplicado el oído contra su vientre, sólo había escuchado el latido de un corazón.

Aquel domingo por la tarde Martha se había quedado cuidando de Tommy a fin de que Aliena y Jack se encontraran en el bosque para estar solos un rato y hablar de su futuro. El arzobispo había rechazado la anulación, al parecer porque el obispo Waleran se había opuesto. Philip dijo que podían volver a solicitarlo, pero que, entretanto, tenían que seguir viviendo separados. Aunque estaba de acuerdo en que ello era injusto opinaba que debía ser la voluntad de Dios. A Aliena le parecía bastante mala voluntad.

La amargura de su pesar era una carga tan pesada como su vientre. A veces era más consciente de ello, mientras en otras ocasiones casi lo olvidaba. Pero siempre estaba allí. En algunos momentos, era como un dolor al que ya estaba habituada. Lamentaba haber hecho daño a Jack, lamentaba el que se había hecho a sí misma, incluso lamentaba los sufrimientos del aborrecible Alfred, que ahora vivía en Shiring y jamás aparecía por Kingsbridge. Se había casado con él con el único objeto de mantener a Richard en su intento por recuperar el condado. Había fracasado en el logro de esa meta y había perjudicado su relación con Jack, el único hombre al que amaba. Tenía ya veintiséis años, su vida había quedado arruinada. Todo por su propia culpa.

Recordó con nostalgia aquellos primeros días con Jack. Cuando lo conoció era un chiquillo, aunque, eso sí, fuera de lo corriente. Al crecer siguió pensando en él como en un muchacho. A eso se debió que la cogiera desprevenida. Había rechazado a todos los pretendientes, pero nunca había pensado en que Jack fuera uno de ellos, y así había ido dejando que la conociera. Aliena se preguntaba por qué se habría resistido tanto a amar. Adoraba a Jack y no existía placer en su vida semejante al gozo de yacer con él. Sin embargo, había habido un tiempo en que había cerrado los ojos de manera deliberada a aquella maravillosa felicidad.

Cuando rememoraba el pasado, la vida anterior a Jack le parecía vacía. Había trabajado frenéticamente para sacar adelante su negocio de lana, pero en la actualidad aquellos días se le aparecían desprovistos de toda alegría, como un palacio vacío o una mesa servida con bandejas de plata y copas de oro, aunque sin manjares.

Oyó pasos y se incorporó rápidamente. Era Jack. Estaba delgado, pero era fuerte y nervudo. Se sentó junto a ella y la besó suavemente en la boca. Olía a sudor y al polvo de la piedra.

—Hace tanto calor —le dijo—. Bañémonos en el río.

La tentación era irresistible.

Jack se quitó la ropa. Ella le observaba devorándolo con los ojos. Hacía meses que no veía su cuerpo desnudo. Sus piernas estaban cubiertas de abundante pelo rojo, pero su pecho era lampiño. Él se quedó mirándola a la espera de que se desnudara. Aliena sentía timidez. Nunca la había visto desnuda cuando estaba encinta. Deshizo lentamente el lazo del cuello de su vestido de lino y luego se lo sacó por la cabeza. Observó ansiosa la expresión de él, temiendo que aborreciera su cuerpo deforme, pero Jack no mostró repugnancia alguna; por el contrario, su mirada no expresaba más que cariño. Debería haberlo sabido, se dijo ella. Debería haber sabido que me querría igual.

Con un rápido movimiento, Jack se arrodilló junto a ella y besó la piel tensa de su abultado vientre. Aliena rió turbada. Jack le rozó el ombligo.

—El ombligo te sobresale —comentó.

—¡Sabía que ibas a decírmelo!

—Solía ser como un hoyuelo...; ahora parece un pezón.

Aliena volvió a sentir timidez.

—Vamos a bañarnos —propuso.

En el agua se sentiría más a gusto.

El remanso junto a la cascada tenía menos de un metro de profundidad. Aliena se sumergió en el agua. La sentía deliciosamente fresca sobre su piel ardorosa, y se estremeció de deleite. Jack llegó junto a ella. No había espacio para nadar. El remanso sólo tenía pocos metros de anchura. Jack puso la cabeza debajo de la cascada para quitarse del pelo el polvo de la piedra. Aliena se hallaba a gusto en el agua, que la aliviaba del peso de su embarazo. Hundió la cabeza.

Al emerger de nuevo para respirar, Jack la besó.

Aliena balbuceó y rió, enjugándose los ojos. Extendió los brazos para mantener el equilibrio y una de sus manos se cerró sobre un duro vástago que sobresalía erecto entre las piernas de Jack. Gimió de placer.

—He echado de menos esto —susurró Jack al oído. Tenía la voz ronca por el deseo y por alguna otra emoción, tal vez tristeza. Aliena notaba la garganta seca por ese mismo deseo.

—¿Vamos a romper nuestra promesa? —le preguntó.

—Ahora y por toda la eternidad —respondió él.

—¿Qué quieres decir?

—No viviremos separados. Nos vamos de Kingsbridge.

—¿Y qué harás?

—Ir a una ciudad distinta y construir otra catedral.

—Pero no serás maestro. Y no será tu proyecto.

—Tal vez algún día encuentre otra oportunidad. Soy joven.

Quizá fuera posible, pero ella sabía que sería luchar contra corriente. Y Jack también lo sabía. A Aliena le conmovió hasta tal punto el sacrificio que quería hacer por ella que se le saltaron las lágrimas. Nadie la había amado así nunca, y nadie más lo haría jamás. Pero no estaba dispuesta a que Jack renunciara a lo que más le gustaba hacer.

—No resultará —le dijo.

—¿Qué quieres decir?

—No voy a irme de Kingsbridge.

Jack se enfadó.

—¿Por qué no? En cualquier otro sitio podremos vivir como marido y mujer y a nadie le importará. Podemos incluso casarnos en una iglesia.

Aliena le acarició la cara.

—Te quiero demasiado como para apartarte de la catedral de Kingsbridge.

—Eso he de decidirlo yo.

—Te amo, Jack, y mucho más después de tu ofrecimiento. El hecho de que estés dispuesto a renunciar al trabajo de tu vida para vivir conmigo es... Casi se me rompe el corazón al pensar en cuánto debes amarme, pero no quiero ser la mujer que te aparte del trabajo que tanto quieres. No estoy dispuesta a irme contigo de esa manera. Proyectaría una sombra sobre toda nuestra vida. Tú podrías perdonármelo, pero yo jamás lo haría.

—Sé bien que cuando has tomado una decisión no hay nada que te haga cambiar —dijo Jack con expresión de tristeza—. Pero ¿qué podemos hacer?

—Intentaremos otra vez la anulación. Hasta entonces, viviremos separados.

Jack parecía desconsolado.

—Y vendremos aquí todos los domingos y romperemos nuestra promesa —terminó diciendo ella.

Jack la abrazó y Aliena sintió que él volvía a excitarse.

—¿Todos los domingos?

—Sí.

—Podrías quedarte encinta otra vez.

—Nos arriesgaremos. Y voy a empezar a fabricar tejidos como solía hacer. He vuelto a comprar a Philip la lana que no ha vendido y empezaré a organizar a la gente de la ciudad para que la hile y la teja. Luego, la abatanaré en el molino.

—¿Cómo has pagado a Philip? —preguntó Jack, sorprendido.

—Todavía no lo he hecho. Le pagaré en balas de tela una vez que la haya confeccionado.

Jack asintió con la cabeza.

—Ha aceptado ese trato porque quiere que te quedes aquí y asegurarse así de que yo también me quede —comentó con amargura.

Aliena asintió.

—Pero aun así obtendrá la tela más barata.

—Condenado Philip; siempre se sale con la suya.

Aliena comprendió que había ganado.

—Te quiero —dijo, besándole.

Él la besó a su vez, acariciándole todo el cuerpo, y deteniéndose anhelante en sus partes secretas.

—Pero necesito estar contigo todas las noches, no sólo los domingos —musitó.

Aliena lo besó en la oreja.

—Un día lo estaremos —respondió con voz entrecortada—. Te lo prometo.

Jack se colocó detrás de ella, dejándose llevar por el agua, y la atrajo hacia sí de manera que sus piernas le quedaran debajo. Aliena separó los muslos y flotó suavemente quedando contra él, que le acarició los senos turgentes, jugueteando con sus inflamados pezones. Finalmente la penetró y ella se estremeció de placer.

Hicieron el amor en el fresco remanso, con lentitud y suavidad, acompañados por el ímpetu de la cascada. Jack rodeó con los brazos el vientre de Aliena, tocándola con sus hábiles manos entre las piernas, presionando y acariciando mientras entraba y salía. Nunca habían realizado antes nada semejante, no habían hecho el amor de esa manera, mediante la cual él podía acariciar al mismo tiempo todas las partes más sensitivas de ella. Y era muy distinto, un placer más intenso, tan diferente como el existente entre un dolor agudo y otro sordo. Pero acaso se debiera a que se sentía tristísimo. Al cabo de un rato, Aliena se abandonó a aquella sensación. Su intensidad aumentó con tal rapidez que el orgasmo la cogió por sorpresa, asustándola casi. Se sintió sacudida por espasmos de placer tan convulsos que la obligaron a gritar.

Jack permanecía dentro de ella, insatisfecho, mientras Aliena contenía el aliento. Jack estaba quieto, ya sin empujar, pero ella se dio cuenta de que no había alcanzado el clímax. Al cabo de un rato empezó a moverse de nuevo, alentándolo, pero él no reaccionó. Aliena se volvió y lo besó por encima del hombro. En su cara el agua era cálida. Estaba llorando.

QUINTA PARTE

1152 - 1155

XIV

1

Jack acabó los cruceros, los dos brazos de la cruz que formaba la planta de la iglesia. Había tardado siete años. Aquello era cuanto había soñado. Perfeccionó lo aprendido en Saint-Denis, haciéndolo todo más alto y estrecho. Los grupos de fustes de los estribos se alzaban gráciles a través de la galería y se convertían luego en las nervaduras de la bóveda, que se curvaban hasta unirse en el centro del techo. Las elevadas ventanas ojivales inundaban de luz el interior. Las molduras eran preciosas y delicadas, y la ornamentación esculpida componía un denso follaje de piedra.

Sin embargo, en el presbiterio descubrió unas grietas.

Permanecía de pie en el alto pasaje del presbiterio, mirando a través del vacío del crucero norte, cavilando. Era una deslumbrante mañana primaveral. Se sentía desconcertado y frustrado. De acuerdo con el profundo saber de los albañiles, la estructura era fuerte. Pero una larga fisura revelaba alguna debilidad. Su bóveda era más alta que cualquier otra que hubiera visto jamás, pero no hasta el punto de poner en peligro la estructura. No había cometido la equivocación de Alfred colocando una bóveda de piedra en un edificio que no había sido construido para soportar ese peso. Sus muros habían sido concebidos para una bóveda de piedra. No obstante, habían aparecido grietas en el presbiterio, más o menos en el mismo sitio en que el techo anterior se había derrumbado.

Pero Alfred había cometido un error de cálculo, y Jack estaba completamente seguro de no haber incurrido en la misma equivocación. Algún nuevo factor debía de haber intervenido en la falla y Jack ignoraba cuál podía ser.

No resultaba peligroso, al menos a corto plazo. Habían rellenado las grietas con argamasa y no habían vuelto a aparecer. El edificio era seguro, pero también débil; y para Jack esa debilidad lo estropeaba todo. Quería que su iglesia perdurara hasta el día del Juicio Final.

Salió del triforio y bajó por la escalera de la torreta hasta la galería, donde había preparado el suelo para sus dibujos, en la esquina en la que entraba buena luz a través de una de las ventanas del pórtico norte. Empezó a dibujar el plinto de un pilar de nave. Trazó un diamante; luego, un cuadrado dentro del diamante y, finalmente, un círculo en el interior del cuadrado. Los principales fustes del pilar emergerían de los cuatro puntos del diamante y ascenderían por la columna, para distribuirse luego hacia el norte, el sur, el este y el oeste, convertidos en arcos o nervaduras. Otros fustes secundarios saldrían de las esquinas del cuadrado, se alzarían también para convertirse en nervios de bóveda y atravesarían en diagonal la de la nave central, por un lado, y la de la lateral, por el otro. El círculo en el centro representaba el núcleo del pilar.

Todos los dibujos de Jack se basaban en sencillas formas geométricas y en algunas proporciones no tan sencillas, tales como la proporción de la raíz cuadrada de dos a la raíz cuadrada de tres. Jack había aprendido en Toledo a calcular las raíces cuadradas. Pero la mayoría de los albañiles no sabían hacerlo y, en su lugar, recurrían a cálculos simples. Sabían que si se trazaba un círculo alrededor de las cuatro puntas de un cuadrado, el diámetro del círculo era mayor que el lado del cuadrado en la proporción de la raíz cuadrada de dos a uno. Esa proporción, raíz cuadrada de dos a uno, era la fórmula más antigua de los albañiles, porque, en una construcción sencilla, era la proporción entre el ancho exterior con el interior, lo que daba, por lo tanto, el grosor del muro.

La tarea de Jack era mucho más complicada a causa del significado religioso de varios números. El prior Philip proyectaba consagrar de nuevo la iglesia a la Virgen María, dado que la Virgen de las Lágrimas había hecho más milagros que las reliquias de san Adolfo, y, en consecuencia, querían que Jack utilizara los números nueve y siete, que eran los de María. Por lo tanto, había diseñado la nave con nueve intercolumnios, y con siete el nuevo presbiterio, el cual se construiría una vez estuviera terminado el resto del templo. Las arcadas ciegas entrelazadas en las naves laterales tendrían siete arcos por intercolumnio, y en la fachada oeste habría nueve estrechas ventanas ojivales. Jack no tenía opinión acerca del significado teológico de los números, pero sentía de manera instintiva que si se utilizaban los mismos números de forma consecuente, con toda seguridad se obtenía una mayor armonía en el edificio una vez éste estuviese acabado.

Antes de que hubiera terminado de dibujar el plinto, le interrumpió el maestro trastejador, que se había encontrado con un problema y quería que Jack lo resolviera.

Siguió al hombre por la escalera de la torreta y, dejando atrás el triforio, llegaron a la zona del tejado. Atravesaron los domos que formaban la parte superior de la bóveda de nervaduras. Sobre ellos, los trastejadores estaban desenrollando grandes láminas de plomo y clavándolas sobre las traviesas, empezando desde abajo y subiendo, de forma que las láminas superiores fueran cubriendo las más bajas impidiendo la entrada de la lluvia.

Jack descubrió al instante el problema. Al final de una gotera, y entre dos cubiertas sesgadas, había colocado un fastigio decorativo. Pero había dejado el diseño en manos de un maestro albañil, y éste no había tomado precauciones para que el agua de lluvia del tejado pasara a través del fastigio o por debajo de él. El albañil tendría que cambiar aquello. Jack le dijo al maestro trastejador que le transmitiera sus instrucciones y volvió de nuevo a sus dibujos.

Quedó asombrado al encontrar allí a Alfred esperándolo.

Hacía diez años que no cruzaba palabra con él. De vez en cuando lo había visto, de lejos, en Shiring o en Winchester. Aliena también llevaba nueve años sin verlo, a pesar de que seguían casados de acuerdo con la Iglesia. Martha iba a visitarlo una vez al año a su casa de Shiring. Siempre volvía con la misma información: seguía prosperando con la construcción de casas para los ciudadanos de Shiring, vivía solo y continuaba siendo el de siempre.

Pero en esta ocasión Alfred no parecía muy próspero. Jack encontró que tenía un aspecto cansado y derrotado. Siempre había sido fuerte y corpulento; sin embargo, ahora se le veía flaco. Tenía la cara más delgada y la mano, con la que se apartaba el pelo de los ojos, y que un día fue carnosa, estaba huesuda.

—Hola, Jack —dijo. Su expresión era agresiva, aunque por el tono de voz parecía querer mostrarse congraciador. Una mezcla poco atrayente.

—Hola, Alfred —contestó Jack, cauteloso—. La última vez que te vi llevabas una túnica de seda y estabas engordando.

—Eso fue hace tres años. Antes de la primera de las malas cosechas.

—Sí, claro.

Tres malas cosechas seguidas habían provocado una hambruna. Los siervos morían de inanición, los arrendatarios de las granjas estaban en la miseria y cabía suponer que los burgueses de Shiring ya no podían permitirse nuevas y espléndidas casas de piedra. Alfred estaba acusando aquella situación de extrema necesidad.

—¿Y qué te trae por Kingsbridge después de tanto tiempo? —le preguntó Jack.

—He oído hablar de tus trucos y he venido a echar un vistazo. —Su tono era de admiración y envidia a la vez—. ¿Dónde aprendiste a construir así?

—En París —contestó Jack, lacónico. No quería discutir aquel período de su vida con su hermanastro, puesto que él había sido la causa de su exilio.

—Bien. —Alfred parecía incómodo. Finalmente, con estudiada indiferencia, añadió—: Estaría dispuesto a trabajar aquí a fin de aprender algunas cosas.

Jack se quedó atónito. ¿Era posible que Alfred tuviera la desfachatez de pedirle trabajo? Tratando de ganar tiempo le preguntó:

—¿Y qué me dices de tu cuadrilla?

—Ahora trabajo por mi cuenta —respondió Alfred, intentando en todo momento mostrarse indiferente—. No hay trabajo suficiente para una cuadrilla.

—De todas formas, por el momento no necesitamos a nadie —alegó Jack con parecida indiferencia—. Estamos al completo.

—Pero siempre te vendrá bien un buen albañil, ¿no?

Jack apreció una nota de súplica en su voz y comprendió que Alfred estaba desesperado. Decidió mostrarse franco.

—Después de lo que ha pasado entre nosotros, soy la última persona a la que deberías recurrir en busca de ayuda, Alfred.

—Y lo eres, en efecto —admitió Alfred sin rodeos—. Lo he intentado en todas partes. Nadie tiene trabajo. Es a causa de la hambruna.

Jack pensó en todas las veces que Alfred le había maltratado, atormentado y golpeado. Fue él quien le condujo al monasterio, y luego le obligó a alejarse de su hogar y su familia. No existía motivo alguno que pudiera inducirle a ayudarle. Antes al contrario, tenía grandes razones para regocijarse con su desgracia.

—No te admitiría aunque necesitara hombres —le contestó.

—Pensé que podrías hacerlo —alegó Alfred con terca insistencia—. Después de todo, mi padre te enseñó cuanto sabes. Gracias a él eres maestro constructor. ¿No me ayudarás en memoria de él?

Por Tom. De repente, Jack sintió cierto remordimiento de conciencia. Tom había intentado ser un buen padrastro. No se había mostrado cariñoso ni comprensivo, pero a sus propios hijos los había tratado de manera parecida. Había sido paciente y generoso en la transmisión de sus conocimientos y habilidades. Y también había hecho feliz, o al menos casi siempre, a su madre. Después de todo, pensó, aquí estoy, soy un maestro constructor, triunfador y próspero, y me hallo en camino de lograr mi ambición de construir la catedral más hermosa del mundo, mientras que Alfred se encuentra arruinado y hambriento y también sin trabajo. ¿No es esto ya suficiente venganza?

No, no lo es, se dijo.

Luego se aplacó.

—Muy bien —contestó—. Quedas contratado en memoria de Tom.

—Gracias —dijo Alfred con gesto impenetrable—. ¿He de empezar de inmediato?

Jack asintió.

—Estamos echando los cimientos en la nave. Dedícate a ello por el momento.

Alfred tendió la mano. Jack vaciló por un instante, luego, se la estrechó y comprobó que seguía teniendo la fuerza de siempre.

Alfred se marchó. Jack permaneció allí, mirando hacia abajo su dibujo de un plinto de la nave. Era de tamaño natural a fin de que, cuando estuviera acabado, un maestro carpintero pudiera hacer una plantilla de madera directamente del dibujo. Y esa plantilla la utilizarían los albañiles para marcar las piedras que hubiera que tallar.

¿Había tomado la decisión correcta? Recordaba que la bóveda de Alfred se había derrumbado. Por supuesto, no le confiaría trabajos difíciles, como el abovedado o los arcos. Muros y suelos lisos sería su trabajo.

Mientras Jack seguía reflexionando, sonó la campana del mediodía para el almuerzo. Dejó su instrumento de alambre para dibujar y bajó por la escalera de la torreta.

Los albañiles casados se iban a comer a sus casas y los solteros lo hacían en la logia. En algunas obras daban el almuerzo a fin de evitar los retrasos a la hora de regresar al trabajo por las tardes, el absentismo y la embriaguez. Pero la comida de los monjes era a menudo espartana, y la mayoría de los trabajadores de la construcción preferían llevar la suya. Jack vivía en la vieja casa de Tom, con Martha, su hermanastra, que desempeñaba las tareas de ama de casa. Y siempre que Aliena estaba ocupada, se encargaba también de cuidar de Tommy y del segundo hijo de Jack, una niña llamada Sally. Por lo general, Martha preparaba el almuerzo para Jack y los niños y, a veces, se les unía Aliena.

Jack abandonó el recinto del priorato y se dirigió con paso rápido hacia su casa. Por el camino lo asaltó una idea: ¿pensaría Alfred instalarse de nuevo en la casa con Martha? Después de todo, era su hermana. No había pensado en ello en el momento de darle trabajo.

Al cabo de un instante, llegó a la conclusión de que era un temor estúpido. Hacía mucho que habían pasado los días en que Alfred podía intimidarle. Era el maestro constructor de Kingsbridge, y si él decía que Alfred no podía instalarse en la casa, desde luego que no lo haría.

Abrigó cierto temor de encontrarse con Alfred sentado a la mesa de la cocina, y se sintió aliviado al descubrir que no era así. Aliena vigilaba a los niños mientras comían, en tanto que Martha removía el contenido de un puchero que tenía en el fuego.

Besó a Aliena en la frente. Ahora ya tenía treinta y tres años, pero su aspecto era el mismo que hacía diez. Su cabellera seguía siendo abundante e igual de castaña, y tenía la misma boca generosa y los hermosos ojos oscuros. Sólo cuando estaba desnuda revelaba los efectos físicos causados por el tiempo y la maternidad. Sus maravillosos y turgentes senos habían perdido algo de firmeza, tenía las caderas más anchas y su vientre jamás recuperaría su dura lisura original.

Jack miró con cariño a sus dos hijitos. Tommy, de nueve años, era un niño pelirrojo y saludable, alto para su edad. Se zampaba el guisado de cordero como si llevara una semana sin comer. Sally, de siete, con rizos oscuros como su madre, sonreía feliz y enseñaba un hueco entre los dientes delanteros, igual que Martha cuando Jack la había visto por primera vez hacía ya diecisiete años. Tommy iba todas las mañanas a la escuela en el priorato para aprender a leer y escribir, pero como los monjes no admitían niñas, era Aliena la que enseñaba a Sally.

Jack se sentó. Martha retiró la olla del fuego y la colocó sobre la mesa. Era una muchacha extraña. Había cumplido ya los veinte, pero no parecía tener interés en casarse. Siempre había estado muy encariñada con Jack, y se sentía satisfecha de llevar la casa para él.

Sin lugar a dudas, Jack presidía el hogar más extraño del condado. Aliena y él eran dos de los principales ciudadanos de la ciudad. Él en su calidad de maestro constructor de la catedral, y ella por ser la mayor fabricante de tejidos fuera de Winchester. Todo el mundo los trataba como si fuesen marido y mujer. Sin embargo, les estaba prohibido pasar las noches juntos y vivían en casas distintas. Aliena vivía con su hermano y Jack con su hermanastra. Los domingos por la tarde, y también los días de fiesta, desaparecían. Y todo el mundo sabía lo que estaban haciendo. Salvo, como era natural, el prior Philip. Por otra parte, la madre de Jack vivía en una cueva en el bosque, porque se suponía que era bruja.

De vez en cuando Jack se ponía furioso al recordar que no le permitían casarse con Aliena. Yacía despierto escuchando a Martha roncar en la habitación contigua y se preguntaba por qué, a sus veintiocho años, tenía que dormir solo. Al día siguiente se mostraba malhumorado con el prior Philip, rechazaba cuantas sugerencias o solicitudes se hacían en la sala capitular, dándolas por impracticables o en extremo costosas, y se negaba a discutir alternativas, como si sólo hubiera una forma de construir una catedral y ésa fuera la suya propia.

También Aliena se sentía desgraciada y la tomaba con Jack. Se volvía impaciente e intolerante, criticaba todo cuanto él hacía y acostaba a los niños tan pronto como él llegaba. Cuando él comía, ella decía que no tenía apetito. Al cabo de uno o dos días de semejante talante, rompía a llorar y decía que lo lamentaba. Eran felices de nuevo, hasta la siguiente vez en que la tensión era demasiado para ella.

Jack se sirvió guisado en un cuenco y empezó a comer.

—Adivinad quién ha venido a la obra esta mañana —dijo, y sin esperar respuesta, añadió—: Alfred.

Martha dejó caer sobre el fogón la tapadera de hierro de una olla. Jack la miró y vio el miedo reflejado en su rostro. Se volvió hacia Aliena y observó que había palidecido.

—¿Qué está haciendo en Kingsbridge? —preguntó Aliena.

—Buscando trabajo. La hambruna ha empobrecido a los mercaderes de Shiring, que ya no construyen casas de piedra como solían hacer. Ha disuelto su cuadrilla y no puede encontrar ocupación.

—Espero que lo hayas enviado con viento fresco —dijo Aliena.

—Dijo que debería darle trabajo en memoria de Tom —alegó Jack, nervioso, pues no había previsto semejante reacción por parte de ambas mujeres—. Al fin y al cabo todo se lo debo a Tom.

—Al diablo con eso —replicó Aliena.

Jack pensó que aquella expresión se la debía a su madre.

—Pues bien, el hecho es que lo he contratado —informó.

—¡Jack! —exclamó Aliena—. ¿Cómo has podido? ¡No tienes derecho a dejar que ese demonio vuelva a Kingsbridge!

Sally se echó a llorar. Tommy miraba a su madre con los ojos muy abiertos.

—Alfred no es un demonio. Está hambriento y sin dinero. Lo he salvado en memoria de su padre —reiteró Jack.

—No te habría dado tanta lástima si te hubiera obligado a dormir en el suelo a los pies de su cama, como un perro, durante nueve meses.

—A mí me ha hecho cosas peores… Pregúntale a Martha.

—Y a mí —dijo ésta.

—Pero llegué a la conclusión de que verlo en ese estado era ya suficiente venganza para mí —añadió él.

—Bien, pero no lo es para mí —alegó Aliena—. ¡Por todos los santos que eres un condenado loco, Jack Jackson! A veces doy gracias a Dios de no estar casada contigo.

Aquello le dolió. Jack apartó la mirada. Sabía que Aliena no lo decía de corazón, pero ya era bastante malo que lo dijera, aun cuando lo hiciese dominada por la ira. Cogió la cuchara y empezó a comer, aunque ya no tenía hambre.

Aliena dio a Sally unas palmaditas en la cabeza y le metió en la boca un trozo de zanahoria.

Jack miró a Tommy, que seguía mirando fijamente a Aliena, evidentemente asustado.

—Come, Tommy —le dijo Jack—. Está bueno.

Terminaron de comer en silencio.

En la primavera del año en que fueron terminados los cruceros, el prior Philip realizó un recorrido por las propiedades que el monasterio tenía en el sur. Al cabo de tres pésimos años, necesitaba una buena cosecha y quería comprobar el estado en que se encontraban las granjas.

Se llevó consigo a Jonathan. El huérfano del priorato era ya un adolescente de dieciséis años, alto, desmañado e inteligente. Al igual que Philip a su misma edad, no parecía albergar duda alguna acerca de lo que quería hacer con su vida. Había completado su noviciado y hecho los votos, y ya era el hermano Jonathan. Al igual que Philip, estaba interesado en el lado práctico del servicio de Dios, y trabajaba como ayudante del ya anciano Cuthbert. Philip estaba orgulloso del muchacho. Era devoto, trabajador y caía simpático a todos.

Llevaban como escolta a Richard, el hermano de Aliena. Éste había encontrado al fin su sitio en Kingsbridge. Una vez construida la muralla de la ciudad, Philip sugirió a la comunidad parroquial que nombraran a Richard jefe de vigilancia, responsable de la seguridad ciudadana. Organizaba a los centinelas nocturnos y se ocupaba del mantenimiento y mejora de la muralla. En los días de mercado y en las fiestas de guardar, estaba autorizado a detener a camorristas y borrachos. Tales tareas, que habían llegado a ser esenciales al convertirse el pueblo en ciudad, no podían ser hechas por los monjes, de modo que la comunidad parroquial, que en un principio Philip había considerado una amenaza a su autoridad, había llegado a ser útil después de todo. Y Richard estaba contento. Tenía ya casi treinta años, pero la vida activa le mantenía con aspecto juvenil.

A Philip le habría agradado que la hermana de Richard estuviera también asentada. Si había una persona a la que la Iglesia le había fallado, ésa era Aliena. Jack era el hombre al que quería y el padre de sus hijos, pero la Iglesia insistía en que estaba casada con Alfred, aun cuando jamás hubiese tenido trato carnal con él. Y, además, se hallaba imposibilitada de obtener la anulación del matrimonio por culpa de la mala voluntad del obispo. Era vergonzoso, y Philip se sentía culpable, incluso no siendo él responsable de la negativa eclesiástica.

—Me pregunto por qué Dios permite que las gentes mueran de hambre —dijo el joven Jonathan, casi al término del viaje, cuando volvían ya a casa cabalgando a través del bosque en una clara mañana primaveral.

Era una pregunta que todos los monjes jóvenes se hacían tarde o temprano, y para ella había infinidad de respuestas.

—No culpes a Dios de esta hambruna.

—Pero el mal tiempo, que ha sido causa de las malas cosechas, fue obra de Dios.

—La hambruna no se debe sólo a las malas cosechas —respondió

Philip—. Siempre, cada cierto tiempo, ha habido malas cosechas. Sin embargo, la gente no se moría de hambre. La característica de ésta es que se ha producido al cabo de muchos años de guerra civil —dijo Philip.

—¿Y por qué es diferente? —insistió Jonathan.

—La guerra es mala para el cultivo de la tierra —intervino Richard—. Se mata al ganado para alimentar a los ejércitos, las cosechas se queman para que no caigan en manos enemigas y las granjas quedan abandonadas cuando los caballeros van a la guerra.

—Y, cuando los tiempos son inciertos —agregó Philip—, las gentes no se muestran dispuestas a invertir tiempo y energía desbrozando nuevos terrenos, aumentando el ganado, cavando zanjas o levantando graneros.

—Nosotros no hemos dejado de hacer esos trabajos —alegó Jonathan.

—Los monasterios son diferentes. Pero la mayoría de los granjeros corrientes abandonaron de tal manera sus granjas durante la guerra, que cuando llegó el mal tiempo no estaban en buenas condiciones para ponerlas en marcha. Los monjes ven más allá. Pero nosotros tenemos otro problema. El precio de la lana ha caído debido a la hambruna.

—No veo la relación —dijo Jonathan.

—Supongo que se deberá a que la gente hambrienta no compra ropa —repuso Philip. Hasta donde recordaba, era el primer año que el precio de la lana había dejado de subir. Se vio obligado a reducir el ritmo de la construcción de la catedral, a no admitir nuevos novicios y a suprimir el vino y la carne en la dieta de los monjes—. Eso significa, por desgracia, que estamos economizando precisamente cuando a Kingsbridge acude sin cesar gente en la miseria que busca trabajo —añadió.

—Y terminan haciendo cola ante la puerta del priorato para que les den pan bazo y un cuenco de potaje —concluyó Jonathan.

Philip asintió, ceñudo. Se le partía el corazón al ver a hombres fuertes reducidos a mendigar el pan porque no podían encontrar un empleo.

—Pero recuerda que la culpa es de la guerra, no del mal tiempo —dijo el prior.

—Espero que tengan reservado un lugar especial en el infierno para los condes y reyes causantes de tanta miseria —masculló Jonathan con pasión juvenil.

—Así lo espero… ¡Que los santos nos protejan! ¿Qué es esto?

Había surgido una figura extraña de entre la maleza y corría a toda velocidad hacia Philip. Iba vestido de harapos, llevaba el pelo enmarañado y la cara negra por la suciedad. El prior pensó que el pobre hombre debía de andar huyendo de un oso que se hubiera escapado.

Pero entonces el harapiento se lanzó contra Philip, que quedó tan sorprendido que cayó del caballo.

Su atacante se arrojó sobre él. Olía como un animal y emitía ruidos como si en efecto lo fuera. Lanzaba constantes gruñidos inarticulados. Philip se retorcía y daba puntapiés. El hombre parecía querer apoderarse de la bolsa de cuero que llevaba colgada al hombro. El prior comprendió al fin que trataba de robarle. La bolsa de cuero sólo contenía un libro, *El cantar de los cantares.* Philip luchaba desesperadamente por librarse de su atacante, no porque estuviera encariñadísimo con el libro, sino porque el ladrón estaba tan sucio que daba asco.

Pero Philip se encontraba enredado con la correa de la bolsa que el bandido no quería soltar. Rodaron por el suelo, el monje tratando de apartarse y el ladrón intentando hacerse con la bolsa. Philip apenas se había dado cuenta de que su caballo había huido.

De repente, Richard agarró al ladrón y lo apartó. Philip se incorporó y se quedó sentado, pero pasó un momento antes de que se pusiera de pie. Estaba aturdido y mareado. Aspiró el aire fresco, aliviado de verse libre del mefítico abrazo del ladrón. Se palpó las magulladuras. Tras comprobar que no tenía nada roto, dirigió su atención a los otros.

Richard mantenía al ladrón inmovilizado boca abajo en el suelo, con un pie entre los omóplatos del hombre y la punta de su espada rozándole la nuca. Jonathan, perplejo, sostenía las riendas de los otros dos caballos.

Cuando tenía la edad de Jonathan, podía caerme de un caballo y ponerme de nuevo en pie como impulsado por un resorte, se dijo. Se sentía súbitamente falto de fuerzas.

—Si vigiláis a esta sabandija, iré a traer vuestro caballo —dijo Richard tendiendo su espada a Philip.

—Muy bien —repuso el prior apartando de sí la espada—. No necesitaré eso.

Richard vaciló y luego envainó el arma. El ladrón permanecía inmóvil. Las piernas que aparecían por debajo de su túnica estaban flacas como sarmientos y tenían su mismo color. Iba descalzo. Philip no había corrido grave peligro ni por un instante. Aquel pobre hombre estaba demasiado débil para retorcer el cuello siquiera a una gallina. Richard se alejó en busca del caballo de Philip.

El ladrón vio irse a Richard y pareció a punto de saltar. Philip supo que iba a intentar huir.

—¿Quieres comer algo? —le preguntó para detenerle.

El ladrón, levantando la cabeza, miró a Philip como si le creyera loco.

El prior se acercó al caballo de Jonathan y abrió unas alforjas. Sacó una hogaza, la partió y alargó la mitad al ladrón. El hombre la agarró, todavía incrédulo, y de inmediato se la metió casi toda en la boca.

Philip se sentó en el suelo y le observó. El hombre comía como un animal, intentando tragar cuanto le era posible por temor, sin duda, a que le arrebataran el trozo de pan. En un principio, a Philip le pareció un anciano, pero ahora que lo observaba mejor, comprobó que era en realidad muy joven, acaso de veinticinco años.

Richard regresó trayendo de la brida al caballo de Philip. Se mostró indignado al ver al ladrón sentado y comiendo.

—¿Por qué le habéis dado nuestra comida? —demandó a Philip.

—Porque está hambriento.

Richard no contestó, pero su expresión daba a entender que consideraba locos a todos los monjes.

—¿Cómo te llamas? —preguntó Philip al ladrón cuando éste hubo terminado de comer.

El hombre se mostraba cauteloso. Vaciló. Al prior se le ocurrió que debía de hacer mucho tiempo que no hablaba con otro ser humano.

—David —respondió al fin.

Al parecer no ha perdido los cabales, pensó Philip.

—¿Qué te ha ocurrido, David? —le preguntó.

—Después de la última cosecha, perdí mi granja.

—¿Quién era tu señor?

—El conde de Shiring.

William Hamleigh. No le sorprendió.

Miles de granjeros arrendatarios se habían encontrado imposibilitados de pagar sus arriendos al cabo de tres malas cosechas. Cuando alguno de los arrendatarios de Philip fallaba, éste se limitaba a perdonarle la renta, ya que si hacía que quedaran en la miseria, de todas maneras acudirían al priorato en busca de caridad. Otros propietarios, en especial William Hamleigh, se aprovechaban de cualquier calamidad que se produjese para despedir a sus arrendatarios y tomar nuevamente posesión de sus granjas. El resultado era el gran aumento del número de proscritos que vivían en el bosque y asaltaban a los viajeros. Ése era el motivo de que Philip llevara consigo a Richard a todas partes a modo de protección.

—¿Y qué hay de tu familia? —preguntó al ladrón.

—Mi mujer cogió al bebé y volvió con su madre. Pero no había sitio para mí.

Era la historia de siempre.

—Es pecado atacar a un monje, David, y también está mal vivir del robo.

—Entonces ¿cómo haré para subsistir? —inquirió el hombre.

—Si vas a quedarte en el bosque, más te valdrá coger pájaros y peces.

—¡No sé hacerlo!

—Como ladrón, eres un fracaso —le espetó Philip—. ¿Qué posibilidad de éxito tenías, sin armas, contra nosotros, que somos tres y llevamos a Richard armado hasta los dientes?

—Estaba desesperado.

—Bien, la próxima vez que estés desesperado acude a un monasterio. Siempre hay algo para que un hombre pobre pueda comer. —Philip se puso en pie. Sentía en la boca el regusto acre de la hipocresía. Sabía que los monasterios no tenían posibilidad de alimentar a todos los caídos en desgracia. En realidad, la mayoría de ellos no tenían otra alternativa que el robo. Pero su papel en la vida era aconsejar que se viviera de modo virtuoso y no buscar excusas para el pecado.

Nada más podía hacer por aquel desgraciado. Cogió a Richard las riendas de su caballo y montó en él. Se dio cuenta de que las heridas y magulladuras producidas por la caída iban a dolerle durante días.

—Sigue tu camino y no vuelvas a pecar —añadió emulando a Jesús.

—En verdad que sois demasiado bueno —comentó Richard mientras seguían su camino.

Philip sacudió la cabeza, apesadumbrado.

—La triste realidad es que no soy lo bastante bueno.

William Hamleigh se casó el domingo anterior al de Pentecostés.

Fue idea de su madre.

Durante años, le había estado fastidiando con la cantinela de que buscara esposa y engendrara un heredero, pero él siempre había postergado el momento de hacerlo. Las mujeres le aburrían, y, por algo que no comprendía y en lo que no quería pensar, hacían que se sintiese inquieto. Siempre le decía a su madre que pronto se casaría, pero jamás hacía nada al respecto.

Al final fue ella quien le encontró una novia.

Se llamaba Elizabeth. Era hija de Harold de Weymouth, acaudalado caballero y poderoso partidario de Stephen. Regan Hamleigh le explicó a su hijo que, con un pequeño esfuerzo por su parte, habría podido hacer un matrimonio mejor. Debería haberse casado con la hija de un conde, pero, como no parecía estar dispuesto a hacer nada, Elizabeth serviría.

William la había visto en la corte del rey, en Winchester, y Regan había observado que la miraba. Tenía una cara bonita, una hermosa cabellera rizada, de un tono castaño claro, un busto abundante y caderas estrechas.

Contaba catorce años.

Mientras William la miraba, se imaginaba poseyéndola por la fuerza, al amparo de las sombras de la noche, en alguna callejuela de Winchester. Ni por un instante había pensado en el matrimonio. Sin embargo, su madre descubrió enseguida que se mostraba receptivo y que la joven era una hija obediente que haría lo que le dijeran. Preparó una entrevista después de haber tranquilizado a William prometiéndole que no se repetiría la humillación que Aliena había infligido a la familia.

William estuvo nervioso. La última vez que había hecho algo parecido era un joven inexperto de veinte años, hijo de un caballero, y se había dirigido a una joven y arrogante dama de la nobleza. Pero ahora era un hombre encallecido en las batallas, de treinta y siete años, y hacía diez que era el conde de Shiring. Era estúpido sentirse nervioso por una entrevista con una muchacha de catorce años.

Sin embargo, ella estaba todavía más nerviosa que él. Y también desesperada por gustarle. Habló muy excitada de su casa y su familia, de sus caballos y sus perros, de parientes y amigos. William permanecía sentado en silencio, observando su rostro e imaginándose qué aspecto tendría desnuda.

Los casó el obispo Waleran en la capilla de Eartcastle. Existía la costumbre de invitar a la boda a todos los personajes de importancia del condado, y William habría perdido prestigio de no haber ofrecido un opíparo banquete. En los terrenos del castillo se asaron tres bueyes enteros y docenas de ovejas y cerdos. Los invitados bebieron en abundancia cerveza, sidra y vino de las bodegas del castillo. La madre de William presidía el festejo con una expresión de triunfo en su desfigurado rostro. El obispo Waleran, que consideraba un tanto desagradables aquellas celebraciones vulgares, se retiró cuando el tío de la novia empezó a contar historias escabrosamente divertidas sobre recién casados.

Al caer la noche, los novios se retiraron a su cámara, dejando que los invitados continuaran la jarana. William había asistido a suficientes bodas para estar al corriente de las ideas que en aquellos momentos se les estaban ocurriendo a los invitados más jóvenes, de manera que hizo que Walter montara guardia delante de la puerta y la atrancó por dentro para evitar interrupciones.

Elizabeth se quitó la túnica y los zapatos y permaneció allí de pie, con su camisola de lino.

—No sé qué hacer —se limitó a musitar—. Tendrás que enseñarme.

Aquello no era del todo tal y como William se lo había imaginado. Se acercó a ella. Elizabeth levantó la cara y él la besó en los suaves labios. Aquel beso no pareció despertar excitación alguna.

—Quítate la camisa y échate en la cama —le indicó.

La muchacha se sacó la camisa por la cabeza. Era más bien opulenta. Sus grandes senos tenían unos pezones minúsculos. El pubis estaba cubierto de un vello ralo color castaño. Se acercó a la cama y se tumbó, obediente, boca arriba.

William se quitó las botas. Se sentó en el lecho junto a ella y le estrujó los senos. Tenía la piel suave. Aquella joven dulce, complaciente y risueña no se parecía en nada a la imagen que provocaba que a él se le secara la garganta: la de una mujer atenazada por la pasión, gimiendo y sudando debajo de su cuerpo. Se sintió estafado.

Le puso la mano entre los muslos y ella separó de inmediato las piernas. Metió el dedo dentro de ella. La joven soltó un grito de sorpresa y dolor.

—Está bien, no te preocupes por mí —se apresuró a decir Elizabeth con una sonrisa.

Por un instante, William se preguntó si no estaría siguiendo un camino equivocado. Tuvo una imagen fugaz de una escena diferente en la que los dos se encontraban tumbados el uno al lado del otro, tocándose, charlando y empezando a conocerse de forma gradual. Sin embargo, el deseo se había despertado al fin en él al oírla jadear de dolor. Se quitó aquellas estúpidas ideas de la cabeza y movió el dedo con mayor brusquedad, mientras miraba a la muchacha, que se esforzaba por soportar el sufrimiento en silencio.

William se subió a la cama y se arrodilló entre las piernas de Elizabeth. No estaba totalmente excitado. Se frotó el miembro para que se le endureciese, pero lo consiguió sólo a medias. Estaba seguro de que era aquella condenada sonrisa de Elizabeth lo que provocaba su impotencia. Le metió dos dedos dentro y ella soltó otro grito de dolor. Eso estaba mejor. Y, entonces, la estúpida zorra empezó de nuevo a sonreír. William llegó a la conclusión de que tendría que borrarle aquella sonrisa de la cara. La abofeteó con fuerza. Elizabeth chilló y el labio empezó a sangrarle. Eso ya estaba mucho mejor.

Volvió a golpearla.

Elizabeth comenzó a llorar.

Después de aquello, todo fue bien.

El domingo siguiente era el de Pentecostés, y se esperaba que una inmensa multitud acudiese a la catedral. El obispo Waleran celebraría el oficio. Incluso habría más gente de la habitual, ya que todo el mundo quería ver los nuevos cruceros recién terminados. Según los rumores, eran algo asombroso. Durante el servicio de ese día, William mostraría su mujer a los ciudadanos corrientes del condado. No había estado en Kingsbridge desde que habían construido las murallas, pero Philip no podía impedir que acudiera a la iglesia.

Su madre había muerto dos días antes de Pentecostés.

Rondaba los sesenta. Fue algo repentino. El viernes después de cenar sintió que no respiraba bien y se fue pronto a la cama. Poco antes de la madrugada su doncella fue a decir a William que su madre se encontraba mal. Él se levantó de la cama y se dirigió con paso vacilante hacia su dormitorio, frotándose la cara. La encontró haciendo terribles esfuerzos por respirar; era incapaz de articular palabra y una mueca de terror desfiguraba aún más su rostro.

William quedó espantado por la mirada de su madre y el modo en que se estremecía en busca de aire. No apartaba los ojos de él, como si esperara que hiciera algo. William estaba tan asustado que se dio media vuelta, dispuesto a abandonar la habitación; pero entonces vio a la doncella en pie junto a la puerta, y se sintió avergonzado por mostrarse atemorizado. Se forzó a volver a mirar a su madre. Su cara parecía cambiar de forma bajo la luz temblorosa de una vela. Su respiración, ronca y entrecortada, iba haciéndose cada vez más estentórea, hasta que pareció que iba a explotarle en la cabeza. William no podía comprender cómo no había despertado a todo el castillo. Se llevó las manos a los oídos para protegerse de aquel ruido. No obstante, seguía oyéndolo. Era como si le estuviera gritando igual que cuando era un chiquillo y le dirigía aquellas furiosas y demenciales filípicas. Su cara también parecía enfurecida, con la boca abierta, los ojos desorbitados, el pelo enmarañado. Cada vez era más fuerte la certeza de que estaba pidiéndole algo. Él seguía sintiendo que iba haciéndose más joven y pequeño, hasta que llegó a poseerle un terror ciego que no sentía desde su infancia, un terror que emanaba del convencimiento de que la única persona a la que quería era un monstruo rabioso. Siempre había sido así. Siempre que ella le ordenaba, y lo hacía de continuo, que se acercara, o que se alejara, o que montara en su poni, o que se fuera, William se había mostrado lento en cumplir sus órdenes, y entonces su madre le gritaba, con lo que él se asustaba tanto que no podía comprender qué le estaba pidiendo que hiciera. Entonces llegaban a un punto muerto, ella gritando cada vez más y él quedándose ciego, sordo y mudo por el terror.

Pero esa vez fue diferente.

Esa vez ella murió.

Primero cerró los ojos. Entonces William empezó a calmarse. La respiración de Regan fue debilitándose poco a poco. El rostro adquirió un tono ceniciento a pesar de los granos y verrugas. Incluso la llama de la vela parecía arder con menor intensidad y las sombras oscilantes ya no asustaban a William. Por último, dejó de respirar.

—Bueno, ahora ya se encuentra bien, ¿no? —comentó William.

La doncella prorrumpió en llanto.

Él se sentó junto a la cama y contempló el rostro inmóvil. La doncella fue en busca del sacerdote.

—¿Por qué no me habéis llamado antes? —preguntó éste indignado.

William apenas le oyó. Se quedó junto al cadáver de su madre hasta la salida del sol. Entonces, las sirvientas le pidieron que se fuera para que pudieran «prepararla». William bajó al vestíbulo, donde los moradores del castillo, caballeros, hombres de armas, clérigos y sirvientes estaban tomando el desayuno. Se sentó a la mesa junto a su joven esposa y bebió algo de vino. Uno o dos caballeros y el mayordomo de la casa le hablaron, pero él no les contestó. Finalmente llegó Walter y se sentó a su lado. Llevaba muchos años al servicio de William y sabía cuándo permanecer callado.

—¿Están preparados los caballos? —preguntó William al cabo de un rato.

Walter pareció sorprendido.

—¿Para qué?

—Para el viaje a Kingsbridge. Dura dos días, así que tendremos que salir esta mañana.

—No creo que debiéramos ir, dadas las circunstancias.

Por alguna razón, aquello disgustó a William.

—¿Acaso dije que no fuéramos a ir?

—No, yo sólo…

—¡Entonces iremos!

—Sí. —Walter se puso en pie—. Me ocuparé de inmediato.

Mediada la mañana, el conde, Elizabeth y el séquito habitual de caballeros y escuderos se pusieron en marcha. William tenía la sensación de caminar en sueños. Parecía como si el paisaje se alejara de él en lugar de ser él quien lo hacía. Elizabeth cabalgaba junto a su marido, magullada y en silencio. Cada vez que se detenían, Walter se ocupaba de todo. Y a cada comida William tomaba algo de pan y bebía varias copas de vino. Por la noche dormitaba a intervalos.

Cuando se aproximaban ya a Kingsbridge podían ver a cierta distancia, y a través de los campos, la catedral. La antigua había sido una construcción ancha y achaparrada, con ventanas pequeñas como unos ojillos debajo de unas cejas de arcos redondeados. El aspecto de la nueva era radicalmente distinto, a pesar de que aún no estaba terminada. Era alta y esbelta, y las ventanas tenían una altura que parecía inconcebible. Al acercarse más observó que empequeñecía los edificios que rodeaban el priorato como la vieja catedral nunca lo había hecho.

El camino bullía de jinetes y caminantes. Todos ellos se dirigían a Kingsbridge. El oficio del domingo de Pentecostés era muy popular, porque tenía lugar a principios de verano, cuando el tiempo ya era muy bueno y los caminos estaban secos. Ese año había todavía más gente de la habitual, atraída por la novedad del nuevo edificio.

William y su grupo recorrieron el último kilómetro a medio galope, dispersando a los caminantes descuidados, y atravesaron ruidosamente el puente levadizo de madera que salvaba el río. Kingsbridge era ahora una de las ciudades más fortificadas de Inglaterra. Tenía una recia muralla de piedra con un parapeto encastillado, y allí donde el anterior puente conducía directamente a la calle mayor, el camino estaba atravesado por una barbacana construida en piedra con unas puertas enormes y pesadísimas que en aquellos momentos se encontraban abiertas pero que, por la noche, quedaban siempre cerradas a cal y canto. Supongo que ya nunca me será posible volver a incendiar esta ciudad, se dijo William.

La gente lo miraba mientras cabalgaba por la calle mayor en dirección al priorato. Claro que la gente siempre miraba a William. Era el conde. Aquel día, sin embargo, también se mostraban interesados por la joven esposa que cabalgaba a su izquierda. A su derecha lo hacía, como siempre, Walter.

Entraron en el recinto del priorato y desmontaron delante de las cuadras. William dejó su caballo al cuidado de Walter y se volvió hacia la iglesia. El extremo oriental, la parte superior de la cruz, se encontraba en la zona más alejada del recinto, oculta a la vista. El extremo occidental, el pie de la cruz, aún no estaba construido, pero su forma se hallaba señalada en el suelo mediante estacas y cordel, y ya se habían empezado a abrir algunos de los cimientos. Entre medias, se encontraba la parte nueva, los brazos de la cruz, consistente en los cruceros norte y sur, y en la crujía, que era el espacio entre ambos. Las ventanas eran tan grandes como le habían parecido. William jamás había visto un edificio semejante.

—Es fantástico —exclamó Elizabeth, rompiendo su sumiso silencio.

William deseó haberla dejado en el castillo.

Un poco desconcertado, avanzó lentamente por la nave, entre las hileras de estacas y cordel, con Elizabeth a la zaga. El primer intercolumnio había sido construido en parte, y parecía como si sostuviera el inmenso arco ojival que formaba la entrada occidental en dirección al cruce. William atravesó aquel arco increíble y se encontró en la crujía.

El nuevo edificio parecía irreal. Era demasiado alto, demasiado esbelto, demasiado airoso y frágil para mantenerse en pie. Daba la impresión de que no tuviera muros, nada que sostuviera el tejado salvo una hilera de curiosas pilastras. Al igual que todos los que se encontraban allí, William tuvo que estirar el cuello para mirar hacia arriba, y vio que las pilastras continuaban hasta el techo curvado para encontrarse en el coronamiento de la bóveda, semejantes a las ramas más altas de un grupo de olmos entrelazados en el bosque.

Empezó el oficio. El altar había sido instalado en el extremo más próximo del presbiterio; los monjes estaban detrás de él, a fin de que la crujía y las dos naves de crucero quedaran libres para los fieles, pero así y todo la multitud invadía la nave todavía sin construir. William se abrió paso hasta la parte preferente, como era su prerrogativa, y se detuvo cerca del altar, con los demás nobles del condado, quienes le miraron, hicieron una leve inclinación de la cabeza y hablaron entre sí en voz baja.

El techo de madera pintada del viejo presbiterio se encontraba desmañadamente yuxtapuesto con el alto arco oriental del cruce, y era evidente que el constructor tenía la intención de acabar demoliendo el presbiterio y construir otro a tono con el nuevo estilo.

Un momento después de que a William se le hubiera ocurrido aquella idea, su mirada topó con el constructor en cuestión: Jack Jackson. Era un apuesto diablo con abundante cabellera roja, y vestía una túnica granate, bordada en la parte inferior y en el cuello, igual que un noble. Parecía satisfecho de sí mismo, sin duda por haber construido los cruceros con tanta rapidez y porque todo el mundo se mostraba asombrado por su diseño. Llevaba cogido de la mano a un niño de nueve años que era su viva imagen. William comprendió, sobresaltado, que debía de tratarse del hijo de Aliena, y le invadió un agudo sentimiento de envidia. Un momento después, descubrió a la propia Aliena. Se encontraba de pie al lado de Jack, unos pasos detrás de él, con una sonrisa de orgullo en el rostro. A William le dio un vuelco el corazón. Estaba tan encantadora como siempre. Elizabeth era una pobre sustituta, una pálida imitación de aquella mujer real y ardiente. Aliena llevaba en brazos a una niña de unos siete años, y William recordó que había tenido un segundo hijo con Jack a pesar de no estar casados.

William miró con mayor detenimiento a Aliena. Después de todo, no seguía tan encantadora como antes. Tenía arrugas alrededor de los ojos, seguramente por las preocupaciones, y detrás de su orgullosa sonrisa había una sombra de tristeza. Claro que, al cabo de todos aquellos años, todavía no había podido casarse con Jack, se dijo con satisfacción, pues el obispo Waleran había mantenido su promesa, impidiendo una y otra vez la anulación de su matrimonio. Aquella idea solía reconfortarlo a menudo.

Entonces William se apercibió de que era Waleran quien en ese momento estaba de pie ante el altar, alzando la hostia sobre su cabeza para ofrecerla a la mirada de los fieles. Centenares de personas se postraron de rodillas. En ese instante, el pan ya se había convertido en el cuerpo de Cristo, una transformación que nunca dejaba de admirar a William, aunque no tuviera ni idea de lo que representaba.

Durante un rato se concentró en el servicio, observando los gestos místicos de los sacerdotes, escuchando las incomprensibles frases en latín y farfullando las respuestas sin comprender su significado. Persistía en él la sensación de aturdimiento que lo había asaltado desde la muerte de su madre. La nueva y mágica iglesia, en cuyas increíbles columnas jugueteaba la luz del sol, contribuía a intensificar la impresión de que se encontraba en un sueño.

El oficio estaba a punto de terminar. El obispo Waleran se volvió y se dirigió a los fieles.

—Y ahora rezaremos por el alma de la condesa Regan Hamleigh, madre del conde William de Shiring, la cual murió en la noche del viernes.

Se oyó un murmullo general como reacción a la noticia, pero William miraba horrorizado al obispo. Al fin se había dado cuenta de lo que ella trataba de decirle mientras se moría. Había estado pidiendo un sacerdote... *y él no había enviado a buscarlo.* La había visto perder fuerzas poco a poco, la había visto cerrar los ojos, la había oído dejar de respirar y la había dejado morir sin confesión. ¿Cómo había podido hacer algo semejante? Desde el viernes por la noche, el alma de ella estaba en el infierno, sufriendo los tormentos que tan gráficamente le describiera a menudo, sin oraciones que le diesen el descanso eterno. Pesaba tanto la culpa sobre su corazón que le pareció sentir que sus latidos iban disminuyendo, y por un instante pensó que también él iba a morir. ¿Cómo había podido dejar que se extinguiera con el alma desfigurada por los pecados al igual que el rostro por los furúnculos, mientras anhelaba la paz del cielo?

—¿Qué voy a hacer? —dijo en voz alta.

La gente que le rodeaba lo miró sorprendida.

Una vez concluida la plegaria, y después de que los monjes salieran en procesión, William seguía arrodillado delante del altar. Los restantes fieles fueron abandonando la iglesia sin hacer caso de él. Todos excepto Walter, que permanecía a su lado, vigilando y esperando. William rezaba fervorosamente. Tenía la imagen de su madre en la mente mientras repetía el Padrenuestro y todos los fragmentos de oraciones que era capaz de recordar. Al cabo de un rato, se olvidó de que había otras cosas que podía hacer, como encender velas, pagar a sacerdotes y monjes para que dijeran misas por ella con regularidad, e incluso hacer construir una capilla especial en beneficio de su alma. Pero todo cuanto se le ocurría le parecía insuficiente. Era como si pudiese verla, sacudiendo la cabeza, dolida y decepcionada por él, al tiempo que decía: «¿Cuánto tiempo dejarás que tu madre sufra?»

Sintió que una mano se posaba sobre su hombro, y levantó los ojos. El obispo Waleran estaba frente a él, todavía vestido con el magnífico ropaje que se ponía en Pentecostés. Sus ojos negros se clavaron en los de

William, quien sintió que no tenía secretos cuando estaba a merced de aquella penetrante mirada.

—¿Por qué lloráis? —le preguntó el obispo.

William se dio cuenta entonces de que tenía la cara bañada en lágrimas.

—¿Dónde se encuentra ella? —preguntó a su vez.

—Ha ido a ser purificada por el fuego.

—¿Sufre?

—Muchísimo. Pero podemos hacer que las almas de nuestros seres queridos abandonen rápidamente ese lugar terrible.

—¡Haré lo que sea! —exclamó William entre sollozos—. ¡Decidme qué puedo hacer! ¡Por favor!

Los ojos de Waleran brillaban, codiciosos.

—Construye una iglesia —le dijo—. Una igual que ésta, pero en Shiring.

Aliena se sentía embargada por una ira sorda cada vez que viajaba por las propiedades que habían pertenecido a su padre. La sacaban de quicio todas las zanjas bloqueadas, las cercas rotas, los establos en ruinas. Le entristecían los prados abandonados y le rompían el corazón las aldeas desiertas. No se trataba sólo de las malas cosechas. El condado habría podido alimentar a su gente incluso ese año si hubiera estado bien administrado. Pero William Hamleigh no tenía ni idea de cómo administrar sus tierras. Para él, el condado sólo era un cofre de tesoros particular y no unas tierras que daban de comer a miles de personas. Cuando sus siervos no tenían alimentos, morían de inanición. Cuando sus arrendatarios no podían pagar las rentas, les echaba. Desde que William era conde, la superficie cultivada se había reducido de manera increíble, ya que las tierras de algunos arrendatarios expulsados habían vuelto a su estado natural. Y William ni siquiera tenía cerebro para comprender que, a la larga, ello iba en contra de sus propios intereses.

Lo peor de todo era que Aliena se sentía en parte responsable. Se trataba de las propiedades de su padre, y tanto ella como Richard no habían sido capaces de recuperarlas para la familia. Habían renunciado al ser nombrado William conde y perder Aliena todo su dinero. Pero el fracaso seguía irritándola, y no había olvidado la promesa que hiciera.

En el camino que iba de Winchester a Shiring, con un cargamento de hilaza y un musculoso carretero con una espada al cinto, recordaba las veces que ella y su padre habían recorrido a caballo ese mismo camino. Él siempre estaba poniendo nuevas tierras en condiciones de cultivo, despejando zonas de bosque, desecando pantanos o arando laderas de colina. En los años de carestía, tenía reservas suficientes de semillas para cubrir las necesidades de quienes habían sido poco previsores o estaban demasiado hambrientos para conservar las suyas. Jamás obligaba a sus arrendatarios a vender sus animales o arados para pagar la renta, porque sabía que si lo hacía al año siguiente se encontrarían imposibilitados de trabajar. Trataba bien la tierra, conservando su capacidad de producción al igual que un buen granjero cuidaba de una vaca lechera.

Cada vez que pensaba en los viejos tiempos al lado de su rígido pero inteligente y orgulloso padre, sentía como una herida la pérdida de éste. La vida había empezado a ir cuesta abajo cuando se lo llevaron. Al recordar el pasado, se decía que todo cuanto ella había hecho desde entonces parecía no tener sentido: vivir en el castillo con Matthew en un mundo de ensueño, ir a Winchester con la vana esperanza de ver al rey, incluso luchar por mantener a Richard mientras él combatía en la guerra civil. Había alcanzado lo que otros consideraban un éxito. Se había convertido en una próspera comerciante de lanas, pero ello sólo le había aportado una apariencia de felicidad. Había encontrado una manera de vivir y una posición en la sociedad que le proporcionaban seguridad y estabilidad; sin embargo, en el fondo de su corazón, continuaba dolida y perdida. Hasta que Jack entró en su vida.

Desde entonces la imposibilidad de casarse con él lo había arruinado todo. Llegó a aborrecer al prior Philip, a quien una vez había considerado su salvador y mentor. Hacía años que no mantenía con él una conversación tranquila y amable. Claro que no era culpa suya que no pudieran obtener la anulación del matrimonio, pero si ella y Jack vivían separados era porque él había insistido. Aliena no podía por menos que sentirse resentida con él.

Quería a sus hijos, pero se preocupaba por ellos al verlos crecer en un hogar en el que el padre se iba de casa a la hora de acostarse. Por fortuna, eso no había tenido, al menos hasta el momento, efectos negativos. Tommy era un niño guapo y fuerte al que le gustaba jugar a la pelota, las carreras y jugar a los soldados, y Sally una chiquilla dulce y reflexiva que contaba cuentos a sus muñecas y a la que le encantaba contemplar a Jack mientras éste dibujaba. Sus continuas necesidades y su cariño puro y sencillo eran los únicos elementos sólidamente normales en la excéntrica vida de Aliena.

Claro que, además, contaba con su trabajo. Durante la mayor parte de su vida adulta había comerciado con algo. En la actualidad tenía docenas de hombres y mujeres, en aldeas dispersas, que hilaban y tejían para ella en sus hogares. Hacía tan sólo unos años habían sido centenares, pero, al igual que todos, también sentía los efectos de la hambruna y de nada le serviría hacer más tejido del que pudiera vender. Aun cuando estuviera casada con Jack seguiría queriendo conservar su trabajo independiente.

El prior Philip decía de continuo que la anulación del matrimonio podía ser concedida cualquier día, pero hacía ya siete largos años que Aliena y Jack vivían aquella irritante vida, comiendo y criando a sus hijos juntos, pero durmiendo separados.

Aliena sentía la infelicidad de Jack de un modo más profundo que la suya propia. Podía decirse que lo adoraba. Nadie sabía lo mucho que lo quería, salvo, tal vez, Ellen, su madre, que todo lo veía. Lo quería porque la había devuelto a la vida. Hasta entonces había sido como una larva, y Jack la había sacado de su capullo mostrándole que era una mariposa. Habría pasado toda su vida ajena a los gozos y sufrimientos del amor, si él no hubiera compartido con ella sus historias y no la hubiera besado con tanta suavidad, despertando luego, lenta y cariñosamente, el amor que yacía dormido en su corazón. Había sido tan impaciente y tolerante pese a su juventud... Sólo por eso lo amaría siempre.

Mientras cruzaba el bosque, se preguntaba si no se encontraría con Ellen, la madre de Jack. La veían de vez en cuando en la feria de alguna ciudad, y una vez al año, aproximadamente, solía ir a Kingsbridge a la caída del sol para pasar la noche con sus nietos. Aliena se sentía muy próxima a Ellen, ambas eran mujeres fuera de lo corriente, que no encajaban con lo que se esperaba de ellas. Sin embargo, salió finalmente del bosque sin tropezar con Ellen.

Mientras viajaba a través de tierras cultivadas, observaba las mieses madurando en los campos. Se dijo que ese año habría buenas cosechas. El verano no había sido demasiado propicio, porque llovió e hizo frío, pero no habían sufrido las inundaciones ni las plagas que agitaron las tres anteriores. Aliena se sintió agradecida. Miles de personas vivían casi al borde del hambre, y otro invierno malo acabaría con la mayoría de ellas.

Se detuvo para que sus bueyes bebieran en la fuente que se alzaba en el centro de una aldea llamada Monksfield, que formaba parte de las propiedades del conde. Era un lugar bastante grande rodeado de algunas de las mejores tierras del condado y tenía su propio sacerdote y una iglesia de piedra. Sin embargo, sólo la mitad, o menos, de esos campos habían sido cultivados ese año. Los que lo fueron ya estaban cubiertos de trigales amarillos, mientras que el resto se encontraba invadido por la cizaña.

Otros dos viajeros se habían detenido junto a la fuente para dar de comer a sus caballos. Aliena los observó, cautelosa. En ocasiones convenía unirse a otras gentes a fin de protegerse mutuamente. Sin embargo, para una mujer podía ser peligroso. Aliena había llegado a la conclusión que un hombre como aquel carretero estaba perfectamente dispuesto a hacer cuanto ella le dijera siempre que estuvieran solos, pero si había otros hombres presentes era posible que se mostrara inclinado a la subordinación.

Sin embargo, uno de aquellos dos viajeros que se encontraban en Monksfield era una mujer. Luego de mirarla con atención cambió la palabra «mujer» por la de «joven». Aliena la reconoció. Había visto a aquella muchacha el domingo de Pentecostés, en la catedral de Kingsbridge. Era la condesa Elizabeth, la mujer de William Hamleigh. Parecía desdichada e intimidada. La acompañaba un taciturno hombre de armas, sin duda su guardián. Esa suerte pude haber corrido yo, se dijo Aliena, si me hubiera casado con William. Gracias a Dios me rebelé.

El hombre de armas hizo un breve saludo al carretero e hizo caso omiso de Aliena, quien pensó que lo mejor sería no hablar con ellos.

Mientras descansaban, el cielo empezó a encapotarse y comenzó a soplar un viento frío.

—Tormenta de verano —dijo, lacónico, el carretero.

Aliena miró el cielo con preocupación. No le importaba mojarse, pero la tormenta podría obligarles a marchar más despacio, y acaso se encontraran en campo abierto al caer la noche. Cayeron algunas gotas de lluvia. Tendrían que buscar refugio, se dijo reacia.

—Más vale que sigamos aquí un rato —dijo la condesa a su guardián.

—Imposible —repuso con brusquedad el hombre—. Órdenes del amo.

A Aliena le ofendió oír a aquel hombre hablar de esa manera a la joven.

—¡No seas estúpido! —le dijo—. ¡Tu obligación es velar por tu ama!

El guardián la miró sorprendido.

—¿A ti qué te importa? —replicó con tono áspero.

—Va a estallar una tormenta, idiota —contestó Aliena con su tono más aristocrático—. No puedes pretender que una dama viaje con este tiempo. Tu amo te azotará por tu estupidez.

Aliena se volvió hacia la condesa Elizabeth, que la miraba, a todas luces complacida de que alguien plantara cara al fanfarrón de su guardián. Empezaba a arreciar la lluvia. Aliena tomó una rápida decisión:

—Venid conmigo —dijo dirigiéndose a Elizabeth.

Antes de que el guardián pudiera intervenir, había cogido de la mano a la joven y se había alejado con ella. La condesa Elizabeth la siguió gustosa, sonriendo como una niña a la que sacaran de la escuela. Aliena pensó que tal vez el guardián fuera detrás de ella y se llevara a la joven, pero en aquel momento estalló un relámpago y la lluvia se convirtió en un aguacero. Aliena echó a correr arrastrando consigo a Elizabeth, y después de cruzar el cementerio llegaron ante una casa de madera que se alzaba junto a la iglesia.

La puerta estaba abierta. Entraron. Aliena había supuesto que era la casa del párroco, y había acertado. Un hombre de aspecto malhumorado, que vestía una sotana negra y tenía una pequeña cruz colgada del cuello con una cadena, se puso en pie cuando las vio entrar. Aliena sabía que la obligación de hospitalidad representaba una pesada carga para muchos párrocos, y de modo muy especial en aquellos tiempos de hambruna.

—Mis acompañantes y yo necesitamos refugio —dijo, anticipándose a una posible resistencia.

—Sois bienvenidos —contestó el párroco entre dientes.

Era una casa de dos habitaciones con un cobertizo contiguo para los animales. El lugar no estaba muy limpio a pesar de que a los animales se los mantenía fuera. Sobre la mesa había un pequeño barril de vino.

Al tomar asiento, un perrillo les ladró, agresivo.

Elizabeth cogió a Aliena del brazo.

—Muchísimas gracias —dijo con los ojos humedecidos por la gratitud—. Ranulf me habría obligado a continuar; nunca me escucha.

—No tiene importancia —repuso Aliena—. Esos hombres fuertes y corpulentos son todos unos cobardes. —Observó a Elizabeth y se dio cuenta de que la pobre muchacha se parecía mucho a ella. Ya tenía bastante con ser la mujer de William, pero ser su sustituta debía de ser un auténtico suplicio.

—Soy Elizabeth de Shiring. ¿Quién sois vos? —preguntó Elizabeth.

—Me llamo Aliena. Soy de Kingsbridge. —Contuvo el aliento preguntándose si Elizabeth reconocería el nombre y se daría cuenta de que era la mujer que había rechazado a William Hamleigh.

Sin embargo, era demasiado joven para recordar aquel escándalo.

—Es un nombre poco corriente —fue cuanto dijo.

Del cuarto trasero salió una mujer desaliñada de rostro vulgar y gruesos brazos desnudos, que en actitud desafiante les ofreció un vaso de vino. Aliena supuso que se trataba de la mujer del párroco. Él diría que era su ama de llaves, ya que en teoría el matrimonio estaba prohibido entre los curas. Las mujeres de los sacerdotes siempre causaban dificultades. Era cruel obligar al hombre a que la echara, y por lo general resultaba afrentoso para la Iglesia. Aunque la gente solía decir que los sacerdotes debían mantenerse castos, a menudo se adoptaba una actitud condescendiente en ciertos casos, porque se conocía a la mujer. De manera que la Iglesia seguía haciéndose la sorda ante relaciones como aquélla. Puedes estar agradecida, mujer, pensó Aliena; tú al menos vives con tu hombre.

El hombre de armas y el carretero entraron en la casa. Estaban empapados. El primero, Ranulf, se plantó delante de Elizabeth.

—No podemos detenernos aquí —dijo.

Ante la sorpresa de Aliena, Elizabeth se sometió de inmediato.

—Muy bien —dijo, poniéndose en pie.

—Sentaos —le indicó Aliena, y la obligó a tomar de nuevo asiento. Luego, poniéndose de pie delante del guardián, agitó el dedo delante de su cara—. Si escucho otra palabra tuya pediré ayuda a los aldeanos para que vengan a rescatar a la condesa de Shiring. Ellos saben cómo tratar a tu señora a pesar de que tú lo ignoras.

Vio que Ranulf sopesaba los pros y los contras. De llegar a un enfrentamiento, era capaz de habérselas con Elizabeth y Aliena, y también con el carretero y el párroco. Pero si se le unían algunos aldeanos se verían en dificultades.

—Tal vez la condesa prefiera seguir camino —dijo, lanzando una mirada agresiva a Elizabeth.

La joven parecía aterrorizada.

—Bien, señora. Ranulf ruega humildemente que le exprese vuestra voluntad —dijo Aliena.

Elizabeth se quedó mirándola.

—Sólo tenéis que decirle lo que queréis —añadió Aliena con tono alentador—. Su deber es cumplir vuestras órdenes.

La actitud de Aliena infundió valor a Elizabeth.

—Descansaremos aquí. Ve y ocúpate de los caballos, Ranulf —dijo después de respirar hondo.

El hombre asintió con un gruñido y salió.

Elizabeth contempló, atónita, cómo se alejaba.

—Va a mear de firme —anunció el carretero.

El sacerdote frunció el entrecejo ante aquella vulgaridad. Aliena no pudo evitar echarse a reír, y al ver que Elizabeth la imitaba, tuvo la impresión de que la joven no reía a menudo.

El ruido de la lluvia se convirtió en sonoro tamborileo. Aliena miró a través de la puerta abierta. La iglesia sólo estaba a unos cuantos metros, pero la lluvia impedía verla.

—¿Has puesto a buen recaudo la carreta? —preguntó Aliena al carretero.

El hombre asintió.

—Con los animales. No quiero que mi hilo quede apelmazado.

Ranulf entró de nuevo, completamente empapado.

Hubo un relámpago seguido del prolongado retumbar del trueno.

—Esto no hará mucho bien a las cosechas —comentó el párroco con acento lúgubre.

Tiene razón, se dijo Aliena. Lo que necesitaban eran tres semanas de benéfico sol.

Se produjo otro relámpago seguido de otro trueno más largo todavía, y una ráfaga de viento sacudió la casa de madera. A Aliena le cayó en la cabeza agua fría y, al mirar hacia arriba, vio una gotera en el tejado de barda. Apartó de allí su asiento. La lluvia entraba también por la puerta; pero nadie parecía tener interés en cerrarla. Le gustaba mirar la tormenta y, al parecer, a los otros les pasaba igual.

Contempló a Elizabeth. La joven estaba pálida. Aliena la rodeó con un brazo. Temblaba, a pesar de que no hacía frío la atrajo hacia sí.

—Estoy asustada —musitó Elizabeth.

—No es más que una tormenta —la tranquilizó Aliena.

Fuera se había puesto muy oscuro. Aliena pensó que ya debía de ser hora de cenar, y entonces cayó en la cuenta de que aún no había almorzado. Sólo era mediodía. Se levantó y se acercó a la puerta. El cielo tenía un color gris oscuro. No recordaba haber visto jamás un tiempo semejante en verano. El viento soplaba con fuerza. Un relámpago iluminó varios objetos arrastrados por delante de la puerta: una manta, un pequeño arbusto, una escudilla de madera, un barril vacío.

Se sentó de nuevo, con cara de preocupación. Empezaba a sentirse preocupada. La casa volvió a temblar. La viga central que sostenía el tejado estaba vibrando. Ésta es una de las casas mejor construidas de la aldea, pensó. Si tiembla tanto es posible que alguna de las viviendas más pobres esté a punto de derrumbarse. Miró al cura.

—Si esto empeora tal vez debamos de reunir a los aldeanos para que se refugien en la iglesia —señaló.

—No estoy dispuesto a salir con este diluvio —manifestó el sacerdote tras soltar una breve carcajada.

Aliena lo miró con incredulidad.

—Es vuestro rebaño —le dijo—. Sois su pastor.

El cura la miró a su vez con insolencia.

—Y debo rendir cuentas al obispo de Kingsbridge, no a vos; y no voy a hacer el tonto sólo porque vos me lo digáis.

—Al menos poned los bueyes a buen recaudo —sugirió ella.

Las posesiones más valiosas en una aldea como aquélla eran los bueyes que arrastraban el arado. Los campesinos no podían cultivar la tierra sin esos animales. Y como ningún agricultor podía permitirse la posesión de una yunta de arar, eran propiedad de la comunidad. Parecía evidente que el cura debía de tener en gran estima los bueyes, ya que su prosperidad también dependía de ellos.

—No tenemos bueyes —contestó.

—¿Por qué? —preguntó Aliena, confusa.

—Nos vimos obligados a vender cuatro yuntas para pagar el arriendo. Luego, matamos a las restantes para comer carne en invierno.

Eso explicaba aquellos campos a medio arar, se dijo Aliena. Sólo habían podido cultivar los terrenos menos pedregosos empleando caballos o arrastrando a pulso el arado. Aquello la enfureció. Era estúpido al tiempo que inhumano por parte de William obligar a esas gentes a vender sus bueyes, porque eso significaba que también ese año encontrarían dificultades para pagarle el arriendo, aunque el tiempo hubiese sido bueno. Experimentó deseos de coger a William por el cuello y retorcérselo.

Otra fuerte ráfaga de viento hizo estremecerse la casa de madera. De repente, pareció deslizarse un lado del tejado. Luego, se alzó varios centímetros desprendiéndose del muro, y a través de aquella rendija Aliena pudo ver el cielo negro y el resplandor de un relámpago. Se levantó de un salto al tiempo que el viento amainaba y el tejado caía de nuevo sobre sus soportes. Ahora aquello empezaba a ponerse peligroso. Por encima del estruendo provocado por el vendaval, Aliena gritó dirigiéndose al cura:

—¡Id al menos a abrir la puerta de la iglesia!

El sacerdote, a regañadientes, hizo lo que se le decía. Cogió una llave de la cómoda, se cubrió con una capa, salió y desapareció bajo la lluvia. Aliena empezó a organizar a los demás.

—Lleva mi carreta y los bueyes a la iglesia, carretero. Y tú, Ranulf, lleva los caballos. Venid conmigo, Elizabeth.

Se pusieron las capas y salieron. Resultaba difícil caminar en línea recta a causa del viento, y tuvieron que cogerse de la mano para mantener el equilibrio. Cruzaron con paso vacilante el cementerio. La lluvia se había convertido en granizo y sobre las lápidas rebotaban grandes piedras de hielo. En una esquina del camposanto Aliena vio un manzano tan desnudo como en invierno. El vendaval había despojado sus ramas de hojas y frutos. Este otoño no habrá muchas manzanas en el condado, se dijo Aliena.

Un momento después entraban en la iglesia. Aunque allí reinaba la quietud, fuera el viento todavía seguía aullando y la lluvia repicando sobre el tejado. También se oía el estruendo de los truenos, pero todo ello lejano. Algunos de los aldeanos se encontraban ya allí, calados hasta los huesos. Habían llevado consigo sus bienes, incluidos cerdos, vacas y gallinas. El templo estaba a oscuras, pero la escena era iluminada sin cesar por los relámpagos. Al cabo de unos momentos el carretero introdujo allí la carreta de Aliena. Le seguía Ranulf con los caballos.

—Hagamos que coloquen a los animales en la parte oeste y que la gente se instale en la zona este, antes de que la iglesia empiece a tener aspecto de establo —propuso Aliena al cura.

Al parecer todo el mundo había aceptado ya que Aliena se hiciera cargo de la situación, por lo que el párroco asintió con la cabeza. Los dos se pusieron en acción, el cura dirigiéndose a los hombres y Aliena a las mujeres. La gente fue separándose poco a poco de los animales. Las mujeres condujeron a los niños al pequeño presbiterio y los hombres ataron el ganado a las columnas de la nave. Los caballos estaban asustados. Las vacas se tumbaron. Los aldeanos empezaron a formar grupos según el parentesco y a pasarse unos a otros comida y bebida. Habían ido allí preparados para una larga estancia.

Era tal la violencia de la tormenta, que Aliena pensó que no podía durar mucho. Sin embargo, empeoró. Se acercó a una ventana. Naturalmente, no tenía cristal, sino que estaba cubierta, como las otras, por un hermoso lino translúcido que en aquellos momentos colgaba desgarrado del marco. Aliena se alzó hasta el alféizar para mirar hacia afuera. Todo cuanto pudo ver fue lluvia. El viento arreció, ululando alrededor de los muros. Aliena empezó a preguntarse si, incluso allí, estarían seguros. Recorrió discretamente el edificio. Había pasado suficiente tiempo con Jack para conocer las diferencias entre las buenas y las malas obras de albañilería, y se sintió aliviada al comprobar que el trabajo en piedra había sido hecho con minuciosidad. No había grietas. El templo estaba construido con bloques de piedra cortada, no de mampostería, y parecía sólido como una montaña.

El ama de llaves del párroco encendió una vela. Entonces Aliena descubrió que estaba cayendo la noche. El día había sido tan tenebroso que la diferencia era pequeña. Los niños se cansaron de correr arriba y abajo por las naves y se acurrucaron bien envueltos en sus capas para dormir. Las gallinas metieron la cabeza debajo del ala. Elizabeth y Aliena se sentaron juntas en el suelo con la espalda contra el muro.

Aliena estaba muerta de curiosidad por aquella infeliz joven que había aceptado el papel de mujer de William, el mismo que ella había rechazado hacía diecisiete años.

—Conocí a William cuando era muy joven. ¿Cómo es ahora? —preguntó, incapaz de contenerse por más tiempo.

—Lo aborrezco —aseguró Elizabeth con tono apasionado.

Aliena sintió una profunda lástima por ella.

—¿Cómo le conociste? —quiso saber Elizabeth.

Aliena tuvo la impresión de que se había dejado llevar por sus impulsos.

—A decir verdad, cuando tenía más o menos vuestra edad se pensó en que me casara con él.

—¡No! ¿Y por qué no lo hicisteis?

—Le rechacé y mi padre me respaldó. Pero se produjo un espantoso alboroto. Fui la causa de que se derramara mucha sangre. Ahora todo eso pertenece ya al pasado.

—¿Le rechazasteis? —Elizabeth estaba asombrada—. Sois muy valiente. Quisiera ser como vos. —De nuevo parecía alicaída—. Pero yo no soy capaz de imponerme ni siquiera a los sirvientes.

—Estad segura de que podéis hacerlo —la alentó Aliena.

—Pero ¿cómo? No me hacen ni caso, porque sólo tengo catorce años.

Aliena reflexionó acerca de la cuestión. Luego contestó:

—Para empezar, deberéis convertiros en la mensajera de los deseos de vuestro marido. Por la mañana, preguntadle qué le gustaría comer ese día, a quién querría ver, qué caballo le apetece montar o cualquier otra cosa que se os ocurra. Luego id al cocinero, al mayordomo del salón y al mozo de cuadras y dadles las órdenes del conde. Vuestro marido os estará agradecido y se enfurecerá con cualquiera que no os haga caso. De esa manera, la gente se acostumbrará a hacer lo que vos digáis. Luego, tomad buena nota de quiénes os ayudan gustosos y quiénes se muestran más reacios, y aseguraos de que los peores trabajos los hagan estos últimos. Entonces, la gente empezará a darse cuenta de que resulta conveniente dar gusto a la condesa. También os querrán mucho más que a William, que a fin de cuentas no es muy amable. Finalmente llegaréis a ser una fuerza por derecho propio. La mayoría de las condesas lo son.

—Lo presentáis como si fuera muy fácil —dijo Elizabeth, pensativa.

—No, no es fácil, pero podéis hacerlo si tenéis paciencia y no os desalentáis con demasiada facilidad.

—Creo que puedo —respondió la joven con decisión—. De veras, creo que puedo.

Al final se durmieron. De vez en cuando, el viento volvía a aullar y despertaba a Aliena, entonces miraba alrededor a la luz de la temblorosa llama de la vela y veía que la mayoría de los adultos hacían lo mismo que ellas: permanecían sentados erguidos, dormitando y luego despertándose de repente.

Debía de ser medianoche cuando Aliena despertó sobresaltada y advirtió que esa vez debía de haber dormido una hora o más. Casi todo el mundo estaba sumido en un profundo sueño. Cambió de posición, se tumbó boca arriba y se arrebujó en la capa. La tormenta no había amainado, pero la gente estaba tan necesitada de descanso que había olvidado su inquietud. El ruido de la lluvia contra los muros de la iglesia era semejante al de olas que rompieran en la playa. Pero, en lugar de mantenerla despierta, ahora ya la arrullaba y le ayudaba a dormir.

Una vez más despertó sobresaltada. Se preguntó qué sería lo que la habría perturbado. Aguzó el oído. Silencio. La tormenta se había calmado. Por las ventanas entraba una débil luz grisácea. Todos los aldeanos estaban profundamente dormidos.

Aliena se levantó. Sus movimientos hicieron abrir los ojos a Elizabeth.

Ambas habían tenido la misma idea. Se dirigieron hacia la puerta, la abrieron y salieron de la iglesia.

La lluvia había cesado y el viento no era más que una brisa. Todavía no había salido el sol; no obstante, el cielo era gris. Aliena y Elizabeth miraron en torno bajo la luz clara y aguanosa.

La aldea había desaparecido.

Aparte de la iglesia, no había quedado una sola casa en pie. Todo el terreno aparecía llano como la palma de la mano. Algunas pesadas vigas descansaban contra el costado de la iglesia. Aparte de eso, sólo las piedras hincadas en el suelo, desperdigadas en aquel mar de barro, mostraban dónde habían estado las viviendas. En los lindes de lo que había sido la aldea, aún permanecían en pie cinco o seis árboles grandes, robles y castaños, aunque todos ellos parecían haber perdido varias ramas. No había quedado un solo árbol joven.

Aturdidas ante aquella devastación, Aliena y Elizabeth caminaron por lo que había sido la calle. El suelo estaba cubierto de astillas y de pájaros muertos. Llegaron al primero de los trigales. Parecía como si un enorme rebaño de ganado hubiera pasado por allí por la noche. Las espigas, que ya estaban madurando, habían sido aplastadas, rotas, arrancadas de raíz y arrastradas por las aguas. La tierra aparecía anegada.

—¡Dios mío! —musitó Aliena, horrorizada—. ¿Y ahora qué comerá la gente?

Recorrieron los campos. Los daños eran los mismos en todas partes. Subieron a una colina baja y desde la cima contemplaron los campos circundantes. Allá donde miraban no veían más que cosechas perdidas, ovejas muertas, árboles derribados, prados anegados y ruinas. La destrucción era aterradora y Aliena se sintió embargada por una terrible sensación de tragedia. Se dijo que parecía como si la mano de Dios hubiera descendido sobre Inglaterra y hubiera golpeado su suelo destruyendo cuanto el hombre había construido, salvo las iglesias.

La devastación había conmovido también a Elizabeth.

—Es terrible —murmuró—. No puedo creerlo. No ha quedado nada.

Aliena asintió con gesto de consternación.

—Nada —repitió como un eco—. Este año no habrá cosechas.

—¿Y qué hará la gente?

—No lo sé. —Aliena añadió con una mezcla de compasión y miedo—: Se prepara un condenado invierno.

Una mañana, cuatro semanas después de la gran tormenta, Martha le pidió a Jack más dinero. Éste la miró sorprendido. Ya le daba seis peniques semanales para la casa, y sabía que Aliena le entregaba otros tantos. Con esa suma debía alimentar a cuatro adultos y dos niños y comprar leña y junquillos para dos casas. Pero había muchas familias numerosas en Kingsbridge que sólo disponían de seis peniques semanales para cubrir todas las necesidades, incluido el alquiler. Le preguntó a Martha por qué necesitaba más.

Martha se mostró incómoda.

—Los precios han subido. El panadero pide un penique por una hogaza de cuatro libras y…

—¡Un penique! ¡Por una hogaza de cuatro libras! —Jack estaba escandalizado—. Deberíamos hacer un horno y cocer nuestro propio pan.

—Bueno, a veces hago pan de sartén.

—Eso es verdad.

Jack recordó que durante la última semana habían tomado dos o tres veces pan cocido en la sartén.

—Pero el precio de la harina también ha subido, así que no ahorramos mucho —explicó Martha.

—Deberíamos comprar trigo y molerlo nosotros.

—No está permitido. Lo establecido es que utilicemos el molino del priorato. De cualquier forma, el trigo es caro también.

—Claro.

Jack comprendió que se estaba comportando de una manera estúpida. El pan era caro porque la harina era cara, y la harina era cara porque el trigo era caro, y el trigo era caro porque la tormenta había destruido la cosecha. No había que darle más vueltas. Advirtió que Martha parecía apesadumbrada. Siempre se inquietaba sobremanera cuando creía haberle disgustado. Sonrió para demostrarle que no tenía de qué preocuparse, al tiempo que le daba unas palmaditas en el hombro.

—No es culpa tuya —la animó.

—Parecías tan enfadado.

—Pero no contigo.

Jack se sentía culpable. Estaba convencido de que Martha sería capaz de cortarse la mano derecha antes que engañarle. En realidad, no comprendía por qué le era tan fiel. Si fuera amor, se dijo, desde luego que a estas alturas ya estaría harta, porque ella y el mundo entero saben que Aliena es el amor de mi vida. En cierta ocasión Jack había considerado la conveniencia de pedirle que se fuera, de obligarle a abandonar su enclaustramiento. De esa manera, tal vez se enamorara de un hombre que le conviniese. Pero en el fondo de su corazón sabía que aquello no resultaría y que sólo lograría hacerla desesperadamente desdichada. De manera que dejó que todo siguiera como estaba.

Echó mano al interior de su túnica para sacar su bolsa y cogió tres peniques de plata.

—Más vale que dispongas de doce peniques a la semana y veas si puedes arreglarte con eso —le dijo.

Parecía mucho. Su paga era tan sólo de veinticuatro peniques semanales, aunque tenía también otros gajes, como velas, ropas y botas.

Se echó al coleto el resto de la jarra de cerveza y salió. Hacía un frío desusado para principios de otoño. El tiempo seguía siendo extraño. Recorrió con paso vivo la calle y entró en el recinto del priorato. Aún no había salido el sol, y allí se encontraban tan sólo un puñado de artesanos. Caminó por la nave observando los cimientos. Casi estaban completos. Habían tenido suerte, ya que el trabajo con la argamasa tal vez tuviese que suspenderse pronto ese año a causa del tiempo frío.

Levantó la vista hacia los nuevos cruceros. El placer que sentía ante su propia creación estaba ensombrecido por las grietas. Habían reaparecido al día siguiente de la gran tormenta. Jack estaba muy decepcionado. Claro que había sido una tormenta espantosa, pero él había diseñado su iglesia para que sobreviviera a centenares de tormentas como aquélla. Sacudió la cabeza, perplejo, y subió por las escaleras de la torreta hasta la galería. Deseaba poder hablar con alguien que hubiera construido una iglesia semejante. En Inglaterra nadie lo había hecho, e incluso en Francia nunca habían alcanzado semejante altura.

Siguiendo un impulso, no se dirigió hacia su zona de dibujo, sino que continuó subiendo por las escaleras hasta el tejado. Ya habían quedado colocadas todas las planchas y observó que el fastigio que había estado bloqueando la corriente de agua de lluvia disponía ya de un amplio canalón que corría a través de su base. Soplaba el viento allá arriba y cada vez que se acercaba al borde Jack trataba de encontrar algo de donde sujetarse, ya que no sería el primer constructor que se caía de un tejado y se mataba, impelido por una ráfaga de viento, que siempre soplaba más fuerte en lo alto que al nivel del suelo.

Permaneció allí con la mirada perdida en el espacio. El viento aumentaba de manera desproporcionada a medida que uno subía. Ésa era la respuesta a su rompecabezas. No era el peso de la bóveda el causante de las grietas, sino la altura. Estaba seguro de haber construido la iglesia lo bastante fuerte para soportar el peso. Sin embargo, no había contado con el viento. Esos altísimos muros estaban siendo azotados de manera constante y, dada su gran elevación, eso bastaba para producir grietas. De pie en el tejado, sintiendo toda la fuerza del viento podía imaginar fácilmente el efecto que producía sobre la estructura estrictamente equilibrada que había debajo de él. Conocía tan bien aquel edificio que casi podía sentir la tensión, como si los muros formaran parte de su cuerpo. El viento daba de costado contra la iglesia, como estaba dando contra él. Y, puesto que la iglesia no podía inclinarse, aparecían las grietas.

Estaba segurísimo de haber encontrado la causa; pero ¿qué podía hacer al respecto? Necesitaba reforzar el triforio para que pudiera aguantar la fuerza del viento. ¿Cómo? Si construía contrafuertes macizos en la parte superior de los muros, quedaría destruido el deslumbrador efecto de ligereza y gracia que con tanto éxito había logrado.

No obstante, si era eso lo que se necesitaba para mantener el edificio en pie, tendría que hacerlo.

Bajó por las escaleras. No se sentía muy feliz, pese a haber logrado comprender por fin el problema, ya que era probable que la solución a aquel problema destruyera su sueño. Tal vez sea una arrogancia por mi parte, se dijo. Estaba tan convencido de que podía construir la catedral más hermosa del mundo... ¿Por qué imaginé que yo podía ser mejor que cualquier otro? ¿Qué me hizo pensar que era algo tan especial? Debí haber copiado con exactitud el boceto de otro maestro y sentirme satisfecho.

Philip le estaba esperando en la zona de dibujo. El prior tenía cara de preocupación. La orla de pelo canoso alrededor de la afeitada cabeza aparecía alborotada. Daba la impresión de haber estado levantado toda la noche.

—Tendremos que reducir nuestros gastos —dijo sin más preámbulo—. No tenemos dinero para seguir construyendo al ritmo actual.

Jack había estado temiendo aquello. El huracán había destruido las cosechas en la mayor parte del sur de Inglaterra y era de suponer que las finanzas del priorato acusarían el golpe. En el fondo de su corazón, tenía miedo de que, si la construcción se retrasaba demasiado, acaso él no viviera para ver acabada su catedral. Pero no dejó traslucir sus temores.

—Se acerca el invierno —dijo con tono indiferente—. De cualquier manera, por esta época el trabajo siempre sufre retrasos. Y este año el invierno llegará pronto.

—No lo bastante —contestó Philip, ceñudo—. Quiero que nuestros gastos se reduzcan a la mitad. De inmediato.

—¿A la mitad?

Parecía algo imposible.

—Hoy empieza el despido temporal de invierno.

La situación era peor de lo que Jack había supuesto. Habitualmente los trabajadores estivales terminaban a principios de diciembre más o menos. Pasaban los meses de invierno construyendo casas de madera o haciendo arados o carretas, bien para los suyos, bien para ganar dinero. Aquel año sus familias no se sentirían muy contentas de verlos.

—¿Sabéis que los enviáis a hogares donde la gente ya está pasando hambre? —preguntó Jack.

Philip se limitó a mirarlo irritado.

—Claro que lo sabéis —añadió Jack—. Siento habéroslo preguntado.

—Si no lo hago ahora, ocurrirá que cualquier domingo, mediado el invierno, todos los trabajadores se encontrarán en fila para cobrar su salario y yo sólo podré mostrarles un cofre vacío —dijo Philip con tono enérgico.

Jack se encogió de hombros, sin nada más que objetar.

—Y eso no es todo —le advirtió Philip—. De ahora en adelante no se contratará a nadie, ni siquiera para reemplazar a los que se vayan.

—Hace meses que no contratamos.

—Contrataste a Alfred.

—Eso fue algo diferente —alegó Jack, incómodo—. Muy bien. Nada de nuevos contratos.

—Ni ascensos.

Jack asintió. De vez en cuando, un aprendiz o un jornalero pedían que se les ascendiera a albañil o a cantero. Si los demás artesanos consideraban adecuado su trabajo, se atendía su solicitud y el priorato tenía que pagarle un salario más alto.

—Los ascensos son prerrogativa del gremio de albañiles —le recordó Jack.

—No es mi propósito cambiar eso —repuso Philip—. Estoy pidiendo a los albañiles que pospongan todo ascenso hasta que haya terminado la hambruna.

—Se lo comunicaré —contestó Jack sin comprometerse.

Tenía la impresión de que aquello crearía problemas.

Philip siguió con sus restricciones.

—De ahora en adelante no se trabajará las fiestas de santos.

Había demasiadas fiestas de santos. En principio no se trabajaba, pero que a los trabajadores se les pagara igual su salario era cuestión de negociación. En Kingsbridge, lo establecido era que, cuando en una misma semana caían dos o más festividades de santos, la primera era pagada y la segunda un día libre optativo. La mayoría de la gente elegía trabajar el segundo. Sin embargo, ahora no tendrían opción. El segundo día sería fiesta obligatoria, y sin cobrar.

Jack se sentía incómodo ante la perspectiva de explicar al gremio todos aquellos cambios.

—Resultaría mucho más fácil que pudiera presentarlo como tema de discusión y no como una cuestión ya zanjada —dijo.

Philip sacudió la cabeza.

—Entonces pensarían que se trata de cuestiones abiertas a negociación, y algunas de las proposiciones podrían ser suavizadas. Sugerirían trabajar media jornada de las fiestas de santos y permitir un número limitado de ascensos.

Desde luego, lo que decía era cierto.

—¿Acaso no es razonable? —preguntó Jack.

—Claro que es razonable —repuso Philip con irritación—. Sólo que no es posible. Incluso me preocupa que esas medidas no sean suficientes, de manera que no puedo hacer concesión alguna.

—Muy bien —admitió Jack, pues era evidente que Philip no estaba en aquel momento de humor para avenencias—. ¿Algo más? —preguntó cauteloso.

—Sí. Suspende toda compra de suministros. Utiliza las existencias de piedra, hierro y madera.

—¡Si la madera la tenemos gratis! —protestó Jack.

—Pero hemos de pagar para que la acarreen hasta aquí.

—Es verdad. Está bien. —Jack se acercó a la ventana y se quedó mirando las piedras y los troncos de árbol almacenados en el recinto del priorato. Fue una acción refleja. Sabía bien de cuánto material disponía—. Eso no es problema —añadió al cabo de un momento—. Con la reducción de trabajadores tenemos material suficiente hasta el próximo verano.

Philip suspiró con fuerza.

—No tenemos la seguridad de que el próximo año podamos contratar trabajadores estivales —dijo—. Dependerá del precio de la lana. Más vale que lo sepan.

Jack asintió.

—¿Tan mal está la cosa?

—Es la peor situación que jamás he conocido —le aseguró el prior—. Lo que este país necesitaba son tres años de buen tiempo. Y un nuevo rey.

—Amén a todo ello —rubricó Jack.

Philip volvió a su casa. Jack pasó la mañana preguntándose cómo enfocar aquellos cambios. Había dos formas de construir una nave. Intercolumnio por intercolumnio, empezando por la crujía y trabajando hacia el oeste, o hilada a hilada, lanzando previamente la base de toda la nave e ir subiendo luego. El segundo sistema resultaba más rápido, pero se necesitaban más albañiles. Era el método que Jack había pensado utilizar. Ahora recapacitó sobre ello. La construcción de un intercolumnio tras otro era un sistema más adecuado para un número reducido de trabajadores. Además, tenía otra ventaja: cualquier modificación que introdujera en su diseño para solucionar el problema de la resistencia al viento podía ponerse a prueba en uno o dos días antes de aplicarla a la totalidad del edificio.

También cavilaba respecto a los efectos a largo plazo de la crisis económica. Era posible que en el transcurso de los años el trabajo fuera cada vez más escaso. Pesaroso, se veía a sí mismo haciéndose viejo, canoso y débil sin haber logrado la ambición de su vida y siendo enterrado finalmente en el cementerio del priorato a la sombra de una catedral inacabada.

Al sonar la campana del mediodía, se encaminó hacia la cabaña de los albañiles. Los hombres se encontraban sentados con su cerveza y su queso. Jack se fijó, por primera vez, en que muchos de ellos no tenían pan. Pidió a los albañiles que habitualmente se iban a casa a almorzar que permaneciesen todavía un momento.

—El priorato está quedándose corto de dinero —les dijo.

—Nunca he conocido un monasterio al que tarde o temprano no le ocurra lo mismo —comentó uno de los hombres de más edad.

Jack lo miró. Le llamaban Edward Dos Narices porque tenía una verruga en al cara casi tan grande como la nariz. Era un buen entallador, con un ojo excelente para las curvas exactas, y Jack siempre lo había destinado a tallar los fustes y los tímpanos sobre capiteles.

—Tenéis que reconocer que aquí se administra mejor el dinero que en la mayoría de los sitios —dijo—, pero el prior Philip no puede evitar las tormentas y las malas cosechas, y ahora se ve obligado a reducir gastos. Os hablaré de ello antes de que almorcéis. En primer lugar, no adquiriremos más existencias de piedra ni de madera.

Empezaban a acudir los artesanos de las otras cabañas para saber qué sucedía.

—La madera que tenemos no durará todo el invierno —apuntó uno de los carpinteros de más edad.

—Sí durará —le contradijo Jack—. Trabajaremos más despacio porque habrá menos artesanos. Hoy comienza el despido temporal de invierno.

Se dio cuenta de inmediato que se había equivocado en la forma de plantear el tema. Surgieron protestas de todas partes mientras varios hombres hablaban a la vez. Debería haberlo comunicado poco a poco, se dijo. Pero carecía de experiencia en ese tipo de cosas. Había sido maestro constructor durante siete años, pero era la primera vez que se presentaba un problema como aquél. Por encima del tumulto de voces se oyó la de Pierre, uno de los albañiles que había acudido desde Saint-Denis. Al cabo de seis años de vivir en Kingsbridge, su inglés era todavía imperfecto y su enfado lo empeoraba aún más, pero no por ello se arredró.

—No podéis despedir hombres en martes —clamó.

—Eso es verdad —le apoyó Jack Blacksmith—. Tenéis que darles al menos hasta el fin de semana.

En ese momento metió baza Alfred, el hermanastro de Jack.

—Recuerdo cuando mi padre estaba construyendo una casa para el conde de Shiring y William Hamleigh llegó y despidió a toda la cuadrilla. Mi padre le dijo que tenía que darles a todos el salario de una semana, y mantuvo sujetas las bridas del caballo hasta que Hamleigh entregó el dinero.

Gracias por tu ayuda, Alfred, pensó Jack, y prosiguió:

—Más vale que oigáis el resto. De ahora en adelante no habrá trabajo las fiestas de santos y tampoco ascensos.

Aquello los puso todavía más furiosos.

—Es inaceptable —dijo alguien.

Varios artesanos se mostraron de acuerdo, y repitieron la frase.

Eso provocó la ira de Jack.

—¿De qué estáis hablando? Si el priorato no tiene dinero, ¿con qué va a pagaros? ¿A qué viene esa cantinela de «inaceptable, inaceptable», como si fueseis una pandilla de colegiales en clase de latín?

Edward Dos Narices habló de nuevo.

—No somos colegiales, sino un gremio de albañiles —dijo—. Tenemos derecho a que nos asciendan y nadie puede quitárnoslo.

—¿Y si no hay dinero para aumentaros la paga? —preguntó Jack, acalorado.

—No creo eso —le rebatió uno de los albañiles jóvenes.

Era Dan Bristol, uno de los trabajadores de verano. No podía considerarse un cortador muy hábil, pero colocaba las piedras con exactitud y rapidez.

—¿Cómo puedes decir que no lo crees? ¿Qué sabes tú de la situación económica del priorato?

—Yo sé lo que veo —repuso Dan—. ¿Pasan hambre los monjes? No. ¿Hay velas en la iglesia? Sí. ¿Hay vino en el almacén? Sí. ¿Anda descalzo el prior? No. Luego hay dinero. Lo que no quiere es dárnoslo a nosotros.

Unos cuantos hombres se mostraron ruidosamente de acuerdo con aquello. De hecho, el muchacho estaba equivocado al menos en lo referente al vino, pero ahora ya nadie creería a Jack, que se había convertido en el vocero del priorato. Y eso no era justo. Él no era responsable de las decisiones que Philip tomaba.

—Mirad, yo no hago más que repetiros lo que el prior me ha dicho. No puedo garantizar que sea verdad, pero si él nos dice que no hay bastante dinero y nosotros no le creemos, ¿qué podemos hacer?

—Podemos dejar *todos* de trabajar —propuso Dan—. De inmediato.

—Eso es —clamó otra voz.

Jack se dio cuenta, con cierto pánico, de que aquello comenzaba a escapársele de las manos.

—Esperad un instante —dijo mientras trataba desesperadamente de encontrar algún argumento plausible—. Volvamos ahora al trabajo y esta tarde intentaré convencer al prior Philip de que modifique sus planes.

—No creo que debamos trabajar —insistió Dan.

Jack no podía creer lo que estaba ocurriendo. Había previsto muchas amenazas contra la construcción de la iglesia de sus sueños, pero nunca se le había ocurrido que los artesanos pudieran sabotearla.

—¿Por qué no habríamos de trabajar? —preguntó incrédulo—. ¿Con qué propósito?

—Tal como están las cosas, la mitad de nosotros ni siquiera estamos seguros de que se nos pague el resto de la semana —alegó Dan.

—Lo que va contra toda costumbre y práctica —añadió Pierre. La frase «costumbre y práctica» se utilizaba mucho en los tribunales.

—Trabajad al menos mientras intento hablar con Philip —pidió Jack, desesperado.

—Si trabajamos, ¿puedes garantizarnos que todos cobraremos la semana completa? —preguntó Edward Dos Narices.

Jack sabía que, dado el actual talante de Philip, no podía dar semejante garantía. Sin embargo, estuvo a punto de decir que sí y, de ser necesario, poner el dinero de su propio bolsillo, pero al punto comprendió que todos sus ahorros no bastarían para cubrir los salarios de una semana.

—Haré cuanto esté en mi mano para convencerlo, y estoy seguro de que aceptará —fue cuanto pudo decir.

—No es bastante para mí —se resistió Dan.

—Y tampoco para mí —apostilló Pierre.

—Sin garantía, no hay trabajo —declaró Dan.

Ante el desconsuelo de Jack, el acuerdo fue general.

Llegó al convencimiento de que, si seguía oponiéndose a ellos, perdería la escasa autoridad que le quedaba.

—El gremio ha de actuar como un solo hombre —dijo Dan recurriendo a una frase manida—. ¿Estamos todos de acuerdo en que paremos?

Hubo un coro de asentimiento.

—Que así sea —concluyó Jack, consternado—. Se lo diré al prior.

El obispo Waleran entró en Shiring acompañado de su séquito de ayudantes y asistentes. El conde William le esperaba en el pórtico de la iglesia, frente a la plaza del mercado. William frunció atónito el entrecejo. Había creído que se trataba de una mera reunión en el lugar de las obras, no de una visita oficial. ¿Qué estaría tramando aquel taimado obispo?

Acompañaba a Waleran un forastero montado en un caballo zaino. El hombre era alto y ágil, con espesas cejas negras y una gran nariz aguileña. Tenía una expresión desdeñosa que parecía permanente. Cabalgaba junto a Waleran como si fueran iguales, pero no vestía como un obispo.

Una vez que hubieron desmontado, Waleran presentó al forastero.

—Conde William, os presento a Peter de Wareham, arcediano al servicio del arzobispo de Canterbury.

Evidentemente, no va a explicarme qué hace este tal Peter aquí, se dijo William. Está claro que Waleran trama algo.

—Vuestro obispo me ha hablado de la generosidad que mostráis hacia la Santa Madre Iglesia, conde William —dijo el arcediano tras hacer una reverencia.

Antes de que William pudiera contestar, Waleran señaló la iglesia parroquial.

—Este edificio será derribado para dejar sitio al nuevo templo —anunció.

—¿Habéis designado ya un maestro constructor? —inquirió Peter.

William se preguntaba por qué un arcediano de Canterbury estaba tan interesado en la iglesia parroquial de Shiring. Sin embargo, se dijo que tal vez sólo estuviera mostrándose cortés.

—No, todavía no he encontrado maestro —respondió Waleran—. Hay muchos maestros constructores buscando trabajo, pero no puedo encontrar ninguno de París. Parece como si todo el mundo quisiera construir templos como el de Saint-Denis, y los albañiles familiarizados con el estilo están muy solicitados.

—Puede ser importante —comentó Peter.

—Hay un maestro constructor que espera vernos luego; es posible que pueda ayudarnos.

William se sintió, una vez más, confuso. ¿Por qué Peter consideraba tan importante construir la iglesia al estilo de Saint-Denis?

—Naturalmente, el nuevo templo será mucho más grande. Entrará bastante más adentro en la plaza.

A William no le gustaron los aires prepotentes que Waleran estaba adoptando.

—No puedo dejar que la iglesia invada la plaza del mercado —dijo.

Waleran parecía irritado, como si William hubiera hablado a destiempo.

—¿Por qué no? —preguntó.

—Los días de mercado, cada centímetro de la plaza da dinero.

Waleran, al parecer, se disponía a argüir algo, pero Peter sonrió.

—No debemos perjudicar semejante fuente de ingresos, ¿verdad? —dijo.

—Así es —convino William.

Era él quien pagaba aquella iglesia. Por fortuna, la cuarta cosecha mala apenas había influido en sus ingresos. Los campesinos menos importantes habían pagado en especies y muchos habían entregado a William su saco de harina y su pareja de gansos, aun cuando ellos estaban sobreviviendo a base de sopa de bellotas. Además, el saco de grano tenía un valor diez veces superior al de cinco años atrás, y el aumento del precio compensaba con creces por los arrendatarios que no habían pagado y los siervos muertos de inanición. Todavía tenía recursos para financiar la nueva construcción.

Se dirigieron hacia la parte trasera de la iglesia. Aquélla era una zona de viviendas que generaba ingresos mínimos.

—Podemos construir por este lado y derribar todas esas casas —sugirió William.

—Pero la mayor parte de ellas son residencias de clérigos —objetó Waleran.

—Encontraremos otras casas para los clérigos.

Waleran parecía descontento; sin embargo, no añadió otra palabra sobre el tema.

Cuando se hallaban en la parte norte del templo se inclinó ante ellos un hombre de espaldas anchas, de unos treinta años. Por su indumentaria, William dedujo que se trataba de un artesano.

—Éste es el hombre de quien os hablé, eminencia. Se llama Alfred de Kingsbridge —dijo el arcediano Baldwin, el asiduo acompañante del obispo.

A primera vista, el hombre no parecía muy agradable. Era semejante a un buey, grande, fuerte y más bien lerdo. Pero, examinándole con mayor atención, se percibía en su cara una expresión artera como la de un zorro.

—Alfred es el hijo del primer maestro constructor que tuvo Kingsbridge, y él mismo fue maestro durante un tiempo hasta que su hermanastro le usurpó el puesto.

El hijo de Tom, se dijo William. Entonces éste es el hombre que se había casado con Aliena, pero que nunca llegó a consumar el matrimonio. Lo observó con vivo interés. Jamás se le habría ocurrido que ese hombre fuera impotente. Parecía saludable y normal, pero Aliena podía ejercer extraños efectos sobre un hombre.

—¿Has trabajado en París y aprendido el estilo de Saint-Denis? —le preguntó el arcediano Peter.

—No.

—Pero hemos de tener una iglesia construida según el nuevo estilo.

—En la actualidad, estoy trabajando en Kingsbridge, donde mi hermano es el maestro constructor. Trajo consigo el nuevo estilo de París y lo he aprendido de él.

William se estaba preguntando cómo habría podido el obispo Waleran sobornar a Alfred sin despertar sospechas, pero luego recordó que Remigius, el subprior de Kingsbridge, estaba en manos de Waleran. Seguramente había sido él quien había hecho el acercamiento inicial.

Recordó algo más sobre Kingsbridge.

—Pero tu tejado se derrumbó —dijo a Alfred.

—No fue culpa mía. El prior Philip se empeñó en que cambiara el proyecto.

—Conozco a Philip —dijo Peter, y su voz destilaba veneno—. Es un hombre arrogante y terco.

—¿Cómo le conocéis? —preguntó William.

—Hace muchos años fui monje en la celda de St.-John-in-the-Forest, cuando estaba regentada por Philip —explicó Peter con amargura—. Critiqué su negligencia y me nombró limosnero para quitarme de en medio.

Era evidente que Peter seguía alimentando su resentimiento. Sin duda, era un factor en la trama que, con toda seguridad, estaba urdiendo Waleran.

—De todos modos, no creo que quiera contratar a un maestro constructor cuyos tejados se derrumban, cualesquiera que puedan ser sus excusas —declaró William.

—Soy el único maestro constructor de Inglaterra que ha trabajado en una iglesia del nuevo estilo, aparte de Jack Jackson.

—No me interesa en absoluto Saint-Denis. Creo que el alma de mi pobre madre será igualmente honrada con una iglesia de estilo tradicional. —William seguía en sus trece.

El obispo Waleran y el arcediano Peter cambiaron una mirada.

—Un día esta iglesia podría ser la catedral de Shiring —dijo Waleran a William en voz baja al cabo de un momento.

Fue entonces cuando William lo comprendió todo con claridad meridiana. Hacía muchos años que el obispo había planeado el traslado de la sede de la diócesis de Kingsbridge a Shiring, pero el prior Philip le había ganado por la mano. Y ahora Waleran ponía de nuevo en marcha su plan. Al parecer, en esta ocasión pensaba hacerlo de manera más tortuosa. La vez anterior se había limitado a pedir al arzobispo de Canterbury que le concediera lo que pedía. En esta ocasión, empezaría por construir una nueva iglesia, lo bastante grande y prestigiosa para ser catedral, y buscaría al mismo tiempo aliados tales como Peter dentro del círculo del arzobispo antes de hacer su solicitud. Todo eso estaba muy bien. Pero William lo único que quería era construir una iglesia en memoria de su madre, a fin de hacer más leve el paso de su alma por el fuego purificador, y se sentía resentido por el intento de Waleran de utilizar el proyecto para sus propios fines. Aunque, por otra parte, para Shiring supondría un beneficio enorme tener allí la catedral, y William sacaría partido de ello.

—Hay algo más —dijo Alfred.

—¿Sí? —inquirió Waleran.

William miró a los dos hombres. Alfred era más grande, fuerte y joven que Waleran, y habría podido derribarlo con una de sus manazas atada a la espalda. Sin embargo, se estaba comportando como el más débil de los hombres. Años atrás, a William le habría enfurecido ver a un sacerdote de rostro pálido dominar a un hombre fuerte, pero esas cosas habían dejado de trastornarle. Así era el mundo.

—Puedo traer conmigo a todos los trabajadores de Kingsbridge —dijo Alfred bajando la voz.

Captó de inmediato la atención de los tres oyentes.

—Repite eso —le pidió Waleran.

—Si me contratáis como maestro constructor, traeré conmigo a todos los artesanos de Kingsbridge.

—¿Cómo sabremos que dices la verdad? —le preguntó Waleran, cauteloso.

—No os pido que confiéis en mí —repuso Alfred—. Dadme el trabajo a condición de que lo haga. Si no cumplo lo prometido, me iré sin cobrar.

Por motivos diferentes, los tres hombres que le escuchaban odiaban al prior Philip, y al instante se sintieron excitados por la perspectiva de asestarle semejante golpe.

—La mayoría de los albañiles trabajaron en Saint-Denis —añadió Alfred.

—Pero ¿cómo es posible que puedas traerlos contigo? —preguntó Waleran.

—¿Acaso importa eso? Digamos que me prefieren antes que a Jack.

William pensó que Alfred mentía al respecto, y Waleran parecía ser de la misma opinión, porque ladeó la cabeza y dirigió una larga mirada a Alfred por encima de su afilada nariz. Sin embargo, un momento antes Alfred parecía decir la verdad. Cualquiera que fuese el verdadero motivo, daba la impresión de hallarse convencido de poder ganarse el favor de los artesanos de Kingsbridge.

—Si consigues lo que has prometido, el trabajo quedará paralizado en Kingsbridge —dijo William.

—Sí. —Alfred asintió—. Así será.

William miró a Waleran y a Peter.

—Necesitamos seguir hablando acerca de todo esto. Más vale que coma con nosotros.

Waleran se mostró de acuerdo.

—Síguenos a mi casa. Está al otro extremo de la plaza del mercado.

—Lo sé —respondió Alfred—. Fui yo quien la construyó.

Durante dos días, el prior Philip se negó a discutir acerca de sus decisiones. Estaba mudo de ira y cada vez que veía a Jack se limitaba a dar media vuelta y a caminar en dirección contraria.

Al segundo día, llegaron tres carretas cargadas de harina procedentes de uno de los molinos que había alrededor del priorato. Las carretas iban custodiadas por hombres de armas, ya que por aquel entonces la harina era más valiosa que el oro. Comprobaba el cargamento el hermano Jonathan, que era ayudante racionero a las órdenes del viejo hermano Cuthbert. Jack observaba cómo Jonathan contaba los sacos. Notaba que había algo familiar en el rostro del joven monje, como si se pareciera a alguien a quien Jack conocía bien. El joven monje era alto y desgarbado, y tenía el pelo castaño claro. No se parecía en nada a Philip, que era bajo, delgado y de pelo negro. Pero, aparte de los rasgos físicos, Jonathan era exactamente como el hombre que había hecho las veces de padre para él. El muchacho era apasionado, de altos principios, decidido y ambicioso. A la gente le resultaba simpático, pese a su actitud un tanto rígida en cuanto a moralidad, que era más o menos el sentimiento que también prevalecía en Philip.

Ya que el prior se negaba a hablar, lo mejor sería cambiar unas palabras con Jonathan.

Jack permanecía a la espera mientras Jonathan pagaba a los hombres de armas y a los carreteros. Se comportaba con eficiencia y tranquilidad. Cuando los carreteros le pidieron más dinero del que les correspondía, como siempre solían hacer, rechazó su exigencia con calma, pero también con firmeza. Jack pensó que una educación monástica era una buena preparación para el liderazgo.

Liderazgo. Las carencias de Jack al respecto se habían hecho claramente patentes. Había permitido que un problema se convirtiera en crisis por su torpe actitud frente a sus hombres. Cada vez que pensaba en aquella reunión maldecía su ineptitud. Estaba decidido a encontrar la manera de enderezar las cosas.

En cuanto los carreteros se alejaron murmurando, Jack se acercó a Jonathan y le dijo:

—El prior está muy enfadado por el paro de los artesanos y albañiles.

Por un instante, pareció como si Jonathan fuera a decir algo desagradable, ya que era evidente que él mismo estaba enfadado, pero el rostro se le serenó al fin.

—Parece enfadado, pero en el fondo se siente herido.

Jack asintió.

—Lo ha tomado como un agravio personal.

—Sí. Tiene la sensación de que los artesanos le han fallado en un momento de necesidad.

—En cierto modo, entiendo que así ha sido —reconoció Jack—; pero Philip cometió un importante error al tratar de alterar las prácticas de trabajo.

—¿Qué otra cosa podía hacer? —preguntó Jonathan.

—Podía haber discutido primero con ellos. Acaso ellos mismos podrían haberle sugerido algunas soluciones. Pero no estoy en situación de culpar a Philip, porque he cometido el mismo error.

Aquello despertó la curiosidad de Jonathan.

—¿Cómo?

—Comuniqué a los hombres la serie de medidas restrictivas con la misma brusquedad y falta de tacto que Philip lo hizo conmigo.

Jonathan intentaba mostrarse tan ofendido como el prior y culpar del paro a la malevolencia de los hombres, pero se estaba dando cuenta, aunque a regañadientes, de que no todo era blanco o negro. Jack decidió dejarlo así. Había plantado una semilla.

Se separó de Jonathan y volvió a sus dibujos. Mientras cogía sus instrumentos, pensaba que la dificultad estribaba en que era Philip quien dirimía las cuestiones en la ciudad. Habitualmente, hacía las veces de juez con los malhechores y de árbitro de las disputas. Hallaba desconcertante encontrar a Philip como parte activa en una querella, furioso, amargado e implacable. En esta ocasión, tenía que ser otra persona quien restableciese la paz. Y la única que se le ocurría a Jack era él mismo. En su calidad de maestro constructor, era el mediador capaz de dirigirse a ambas partes. Sus motivos eran indiscutibles. Quería seguir construyendo aquella catedral.

Pasó el resto del día reflexionando acerca de cómo llevar a cabo esa tarea y se preguntaba una y mil veces qué haría Philip.

Al día siguiente, estaba preparado para habérselas con el prior.

Era un día frío y húmedo. Jack vagaba a primera hora de la tarde por el terreno en obras, con la capucha de su capa echada sobre la cabeza para protegerse de la humedad, simulando estudiar las grietas en el triforio, problema que aún no estaba resuelto. Se mantuvo a la espera hasta que vio a Philip dirigirse a toda prisa hacia su casa desde los claustros. Una vez que Philip hubo entrado, Jack le siguió.

La puerta del prior siempre estaba abierta. Jack llamó con los nudillos y entró. El monje estaba arrodillado delante del pequeño altar situado en un rincón. A Jack le pareció que ya había rezado lo suficiente en la iglesia, la mayor parte del día y la mitad de la noche, para tener que seguir haciéndolo también en casa. No ardía el fuego. Estaba economizando. Jack esperó en silencio hasta que Philip se levantó y se volvió hacia él.

—Esto tiene que acabar —dijo Jack.

El rostro habitualmente amable de Philip tenía una expresión dura.

—No veo que haya dificultad alguna —respondió con frialdad—. Si quieren, pueden volver al trabajo tan pronto como les parezca.

—Acatando vuestras condiciones.

Philip se limitó a mirarlo.

—No volverán si han de acatarlas —dijo Jack—. Y tampoco esperarán eternamente a que vos os mostréis razonable. —Y añadió presuroso—: Lo que ellos consideran razonable.

—¿No esperarán eternamente? —preguntó Philip—. Y ¿adónde irán cuando se cansen de esperar? No van a encontrar trabajo en parte alguna. ¿Acaso creen que éste es el único lugar donde se sufre hambre? La hay en toda Inglaterra. Todos los enclaves en construcción se han visto obligados a hacer recortes.

—De manera que estáis dispuesto a esperar a que vuelvan arrastrándose ante vos pidiendo el perdón —dedujo Jack.

Philip apartó los ojos.

—Yo no obligo a nadie a que se arrastre —replicó—. Y no creo haberte dado nunca motivo para que esperes semejante comportamiento por mi parte.

—No. Y ésa es precisamente la razón de que haya venido a veros —contestó Jack—. Sé que, en realidad, no queréis humillar a esos hombres, no es propio de vos. Y además, si volvieran sintiéndose vencidos y resentidos, su trabajo sería desastroso en los años venideros. Así que, a mi juicio y también al vuestro, hemos de dejarles guardar las apariencias. Y ello significa hacer concesiones.

Durante un prolongado momento, Philip mantuvo los ojos clavados en Jack, quien se dio cuenta por la expresión del prior de la lucha que estaba librándose en el alma de éste entre la razón y los sentimientos. Por último, sus rasgos se suavizaron.

—Más vale que nos sentemos —dijo.

Jack contuvo un suspiro de alivio y tomó asiento. Tenía planeado lo que iba a decir. No estaba dispuesto a repetir frases espontáneas y faltas de tacto como hizo ante los constructores.

—No es necesario que modifiquéis vuestra decisión de no comprar más suministros —empezó a decir—. Y también puede mantenerse la moratoria de nuevos contratos. Nadie se opone a ello. Creo que podríamos convencerles de que no haya trabajo en las fiestas de santos si obtienen concesiones en otras áreas. —Hizo una pausa para dejar que aquello calara. Hasta el momento estaba cediendo en todo sin pedir nada a cambio.

Philip hizo un ademán de asentimiento.

—Muy bien. ¿Qué concesiones?

Jack respiró hondo.

—Están muy ofendidos por la propuesta de suprimir los ascensos. Creen que estáis tratando de usurpar las tradicionales prerrogativas del gremio.

—Ya te he explicado que mi intención no es ésa —respondió Philip, exasperado.

—Lo sé, lo sé —se apresuró a decir Jack—. Claro que lo hicisteis. Y os creí; pero ellos no.

Philip pareció sentirse agraviado. ¿Cómo era posible que alguien no le creyera? Jack siguió hablando deprisa:

—Pero eso fue en el pasado. Voy a proponer una avenencia que no os costará nada.

El prior pareció interesado.

—Dejaremos que sigan aprobando solicitudes de ascensos; pero aplazando por un año el consiguiente aumento en el salario —prosiguió Jack al tiempo que se decía que el prior no podía encontrar objeción alguna a eso.

—¿Lo aceptarán? —preguntó Philip con escepticismo.

—Vale la pena intentarlo.

—¿Y qué pasará si al cabo del año sigo sin poder permitirme pagar aumentos de salario?

—Habrá que cruzar ese puente cuando se llegue a él.

—¿Quieres decir que de aquí a un año habrá que volver a negociar? Jack se encogió de hombros.

—Si fuera necesario, sí.

—Comprendo —murmuró Philip sin comprometerse—. ¿Algo más?

—El mayor inconveniente con el que tropezamos es el despido inmediato de los trabajadores estivales. —Al respecto, Jack se mostró absolutamente franco. Se trataba de un problema que no podía soslayarse ni dulcificarse—. Jamás se ha permitido el despido inmediato de un trabajador de la construcción en toda la cristiandad —dijo—. Lo más pronto es al término de la semana. —Para evitar que Philip se sintiera como un estúpido, Jack añadió—: Debí advertiros de ello.

—Así que cuanto he de hacer es emplearlos durante otros dos días.

—Ahora no creo que eso sea suficiente —reconoció Jack—. Si desde el principio lo hubiéramos enfocado de otra manera podríamos haberlo logrado, pero ahora querrán una mayor obligación.

—Sin duda estás pensando en algo específico.

Así era, en efecto, y se trataba de la única concesión auténtica que Jack tenía que pedir.

—Ahora estamos a principios de octubre. Habitualmente prescindimos de los trabajadores estivales a primeros de diciembre. Podemos llegar a un convenio con los hombres, ceder un poco y hacerlo a principios de noviembre.

—Con eso sólo obtengo la mitad de lo que necesito.

—Obtenéis más de la mitad. Os beneficiáis de la paralización de las existencias, del aplazamiento en los aumentos de salario por ascensos y de las fiestas de santos.

—Ésas sólo son cosas accesorias.

Jack se sintió desalentado. Había hecho cuanto estaba a su alcance. No tenía más argumentos que exponer a Philip, ni más recursos para la persuasión; nada le quedaba por decir. Había lanzado su flecha. Y Philip seguía resistiéndose. Jack estaba preparado para admitir su derrota. Miró el rostro pétreo del prior y esperó.

Durante un largo silencio, Philip miró hacia el altar que había en el rincón. Luego, volvió los ojos hacia Jack.

—Tendré que llevar esto a capítulo —dijo al fin.

Jack sintió un profundo alivio. No era una victoria, pero le andaba muy cerca. Philip no pediría a los monjes que consideraran nada que él mismo no aprobara y casi siempre hacían lo que el prior quería.

—Espero que acepten —dijo Jack, prácticamente sin fuerzas.

Philip se puso en pie y puso una mano sobre el hombro de Jack. Sonrió por primera vez.

—Lo harán si les presento el caso de manera tan persuasiva como lo has hecho tú —dijo.

Jack estaba sorprendido por aquel repentino cambio de humor.

—Cuanto antes haya terminado esto, menor será el efecto que pueda tener a largo plazo —dijo.

—Lo sé —admitió el prior—. He estado muy enfadado, pero no quiero pelearme contigo.

Sin que Jack lo esperase, alargó la mano hacia él.

Jack se la estrechó y se sintió contento.

—¿Debo informar a los albañiles y artesanos que mañana escucharán el veredicto del capítulo?

—Sí, por favor.

—Lo haré ahora mismo. —Jack se levantó, dispuesto a marcharse.

—Jack —dijo Philip.

—Decidme.

—Gracias.

Jack contestó asintiendo con la cabeza y salió. Caminó bajo la lluvia sin ponerse la capucha. Se sentía feliz.

Aquella tarde fue a casa de cada uno de los artesanos y les comunicó que habría una reunión por la mañana. A los que no estaban en su vivienda, la mayoría solteros y trabajadores estivales, los encontró en la cervecería. Pero estaban serenos, ya que el precio de la cerveza andaba por las nubes, como todo, y nadie se podía permitir emborracharse. El único artesano al que no pudo encontrar fue Alfred, a quien hacía un par de días que no veía. Por fin apareció, al anochecer. Entró en la cervecería con una extraña expresión triunfal en su rostro bovino. No dijo dónde había estado, y Jack tampoco se lo preguntó. Le dejó bebiendo con otros hombres y se fue a cenar con Aliena y los niños.

A la mañana siguiente, comenzó la reunión antes de que se presentase el prior. Una vez más Jack había preparado con toda minuciosidad lo que debía decir, para asegurarse de que no echaría a perderlo todo por falta de tacto. Y una vez más intentó manejar las cosas como lo habría hecho Philip.

Todos los artesanos llegaron temprano. Su subsistencia estaba en juego. Uno o dos de los más jóvenes tenían los ojos enrojecidos. Jack supuso que la cervecería había estado abierta hasta tarde y algunos de ellos habrían olvidado por un rato su pobreza. Probablemente serían los más jóvenes y los trabajadores estivales quienes ofrecerían mayor resistencia. El punto de vista de los artesanos más viejos solía ser a más largo plazo. Las mujeres artesanas eran una reducida minoría, y siempre se mostraban cautelosas y conservadoras. Respaldarían cualquier tipo de arreglo.

—El prior Philip va a pedirnos que volvamos al trabajo y a ofrecernos algún tipo de avenencia —anunció Jack—. Antes de que llegue, hemos de discutir qué estamos dispuestos a aceptar, qué es lo que deberemos rechazar sin contemplaciones y en qué momento estaríamos dispuestos a negociar. Debemos mostrarnos unidos ante Philip. Supongo que todos estaréis de acuerdo.

Hubo algunos gestos de asentimiento.

Jack se forzó a parecer un poco irritado.

—¡A mi juicio debemos rechazar de pleno el despido inmediato! —Golpeó el banco con el puño para subrayar su actitud inflexible respecto a ese punto. Algunos mostraron su acuerdo de manera ruidosa. Jack sabía que se trataba de una petición que el prior no iba a hacer. Quería que los alborotadores se excitaran al máximo en la defensa de ese punto de la antigua costumbre y práctica de manera que cuando Philip la aceptara quedaran prácticamente sin argumentos.

—Y también tenemos que conservar el derecho del gremio a conceder ascensos. Porque los artesanos son los únicos capaces de juzgar si un hombre es diestro o no. —Una vez más se mostraba artero. Estaba enfocando la atención de los hombres al aspecto no económico de las promociones, con la esperanza de que, cuando hubieran obtenido ese punto, estuvieran dispuestos a un acuerdo sobre el pago—. En cuanto al trabajo en las fiestas de santos —añadió—, creo que hay dos maneras de tratar este punto. Habitualmente las fiestas son objeto de negociación, no hay una costumbre y práctica general, al menos que yo sepa. —Se volvió hacia Edward Dos Narices y le preguntó—: ¿Qué opinas sobre eso, Edward?

—La práctica varía de una obra a otra —contestó Edward.

Se lo veía satisfecho de que le hubieran consultado. Jack asintió con la cabeza, alentándole a que siguiera hablando. El hombre empezó a enumerar diversos métodos de considerar las fiestas de santos. La reunión se estaba desarrollando de acuerdo con los deseos de Jack. La prolongada discusión de un punto que no ofrecería demasiada controversia acabaría por aburrir a los hombres, minando sus energías para el enfrentamiento.

Sin embargo, el monólogo de Edward quedó interrumpido por una voz que dijo:

—Todo eso carece de importancia.

Jack descubrió que quien hablaba era Dan Bristol, uno de los trabajadores temporeros.

—Por turnos, por favor. Deja que termine Edward.

Pero a Dan no se le acallaba fácilmente.

—Todo eso importa poco —insistió—. Lo que queremos es un aumento de salario.

—¿Un aumento? —Jack se sintió irritado ante aquella ridícula exigencia.

Sin embargo, le sorprendió que Dan recibiera apoyo.

—Eso es, un aumento —dijo Pierre—. Verás, una hogaza de cuatro libras cuesta un penique. Una gallina, cuyo precio solía ser de ocho peniques, ahora es de ¡veinticuatro! Apuesto a que hace semanas que ninguno de los que estamos aquí ha probado la cerveza fuerte. Todo está subiendo; pero la mayoría de nosotros seguimos cobrando el mismo salario por el que fuimos contratados; es decir, doce peniques a la semana. Y con eso hemos de alimentar a nuestras familias.

Jack se sintió descorazonado. Todo había estado transcurriendo a la perfección, pero aquella interrupción echaba abajo su estrategia. Sin embargo, decidió que no se opondría a Dan y a Pierre, porque sabía que su influencia sería mayor si se mostraba conciliador y abierto a todas las sugerencias.

—Estoy de acuerdo con vosotros —dijo ante la evidente sorpresa de Dan y de Pierre—. Pero la cuestión es qué posibilidades tenemos de convencer a Philip de que nos dé un aumento en un momento en que en el priorato escasea el dinero.

Nadie respondió a aquello.

—Necesitamos veinticuatro peniques a la semana para seguir viviendo, y aun así estaremos peor de lo que estábamos —insistió Dan.

Jack se sintió desalentado y confuso. ¿Por qué la reunión se le estaba escapando de las manos?

—Veinticuatro peniques a la semana —repitió Pierre.

Varios compañeros asintieron con la cabeza.

A Jack se le ocurrió que acaso no fuera el único que hubiera acudido a la reunión con una estrategia estudiada.

—¿Habéis discutido esto con anterioridad? —preguntó mirando con dureza a Dan.

—Sí. Anoche en la cervecería —le contestó el joven con actitud desafiante—. ¿Hay algo malo en ello?

—En absoluto; pero ¿querrías resumir las conclusiones en beneficio de aquellos de nosotros que no tuvimos el privilegio de asistir a la reunión?

—Muy bien.

Los hombres que no habían estado en la cervecería parecían resentidos. Sin embargo, daba la impresión de que a Dan le importaba poco. En el momento en que se disponía a hablar, entró Philip. Jack le dirigió una mirada escrutadora. Parecía contento. Sus ojos se encontraron y el prior asintió con la cabeza de manera casi imperceptible. Jack se sintió jubiloso; evidentemente, los monjes habían aceptado el compromiso. Abría la boca para impedir que Dan hablara, pero llegó con un instante de retraso.

—Queremos veinticuatro peniques a la semana para los artesanos —dijo éste con voz estentórea—. Doce peniques para los jornaleros y cuarenta y ocho peniques para los maestros artesanos.

Jack miró de nuevo a Philip, en cuyo rostro la expresión de satisfacción había sido sustituida por otra de irritación que presagiaba el enfrentamiento.

—Un instante —dijo Jack—. Ésa no es la opinión del gremio. Es una petición demencial pergeñada por un grupo de borrachos en la cervecería.

—No. No lo es —respondió otra voz, la de Alfred—. Creo que encontrarás que la mayoría de los artesanos apoya la petición de la paga doble.

Jack lo miró con furia.

—Hace unos meses viniste suplicándome que te diera trabajo —le dijo—. Ahora estás exigiendo que te doblen la paga. ¡Debí dejarte que murieras de inanición!

—¡Y eso es lo que os ocurrirá a todos vosotros si no pensáis con cordura! —intervino el prior Philip.

Jack había deseado desesperadamente evitar aquellas observaciones desafiantes; pero comprendía que no había opción. Toda su estrategia se había venido abajo.

—No volveremos a trabajar por menos de veinticuatro peniques. Y no hay nada más que decir —concluyó.

—Semejante cosa está fuera de toda discusión. Es una idea absurda. Ni siquiera voy a considerarla —aseguró el prior Philip.

—Y nosotros no consideraremos ninguna otra alternativa —contestó Dan—. No trabajaremos por menos.

—Pero eso es una estupidez. ¿Cómo podéis quedaros ahí sentados y decir que no trabajaréis por menos? Lo que pasa es que no trabajaréis, imbécil. ¡No tenéis otro sitio al que ir! —dijo Jack.

—¿De veras? —le desafió Dan.

Se hizo el silencio.

Santo Dios, se dijo Jack, perdida toda esperanza. Eso es, tienen una alternativa.

—Sí que tenemos otro sitio al que ir —afirmó Dan, poniéndose en pie—. Y, por lo que a mí respecta, allí es a donde me voy.

—¿De qué hablas? —preguntó Jack.

La expresión de Dan era triunfal.

—Me han ofrecido trabajo en otra obra, en Shiring. Para construir la nueva iglesia. Veinticuatro peniques a la semana a cada artesano.

Jack miró alrededor.

—¿Ha recibido alguien más la misma oferta?

Todos parecían avergonzados.

Jack estaba desolado. Todo aquello había sido organizado. Lo habían traicionado. Se sentía un estúpido, y también agraviado. El dolor se transformó en ira, y buscó entre los presentes al culpable.

—¿Quién ha sido de vosotros? —gritó—. ¿Quién de vosotros es el traidor?

Pocos fueron capaces de sostener su mirada. Pero su vergüenza le servía de poco consuelo. Jack se sentía como un amante ultrajado.

—¿Quién os trajo esa oferta de Shiring? —vociferó—. ¿Quién va a ser el maestro constructor de Shiring?

Recorrió con la mirada a todos los allí reunidos y sus ojos se detuvieron en Alfred. Claro. Se sintió asqueado.

—¿Alfred? —dijo con desdén—. ¿Me dejáis para ir a trabajar para Alfred?

Nadie respondió.

—Sí. Eso es lo que hacemos —respondió finalmente Dan.

Jack comprendió que estaba derrotado.

—Que así sea —murmuró con amargura—. Me conocéis y conocéis a mi hermanastro, y habéis elegido a Alfred. Conocéis al prior Philip y conocéis al conde William, y habéis elegido a William. Todo cuanto me resta por deciros es que os merecéis todo lo que os hagan.

XV

1

—Cuéntame una historia —dijo Aliena—. Ya no me cuentas historias. ¿Recuerdas cuando lo hacías?

—Lo recuerdo —dijo Jack.

Se encontraban en su calvero secreto del bosque. Era ya a finales de otoño; así que, en lugar de sentarse a la sombra, junto al arroyo, habían encendido una hoguera al abrigo de una roca. A pesar de que la tarde era fría y gris, habían entrado en calor haciendo el amor, y el fuego chisporroteaba. Los dos estaban desnudos debajo de sus capas.

Jack abrió la de Aliena y le acarició un seno. Ella consideraba que sus senos eran demasiado grandes, y le entristecía no tenerlos tan firmes como lo habían sido antes de que nacieran sus hijos, pero a Jack parecían gustarle de todos modos, lo que representaba un gran alivio.

—Una historia de una princesa que vivía en la torre de un castillo —le tocó suavemente el pezón— y de un príncipe que vivía en la torre de otro castillo. —Le acarició el otro seno—. Todos los días se miraban desde las ventanas de sus prisiones y anhelaban cruzar el valle que los separaba. —Apoyó la mano en el hueco entre los dos senos y luego, de repente, empezó a bajarla—. ¡Pero todos los domingos por la tarde se reunían en el bosque!

Aliena dejó escapar un grito, sobresaltada, y luego se rió de sí misma.

Aquellas tardes de domingo eran los momentos dorados en una vida que se desmoronaba por momentos.

La mala cosecha y la caída del precio de la lana habían sumido a la gente en la pobreza más absoluta. Los mercaderes estaban arruinados, los ciudadanos no tenían empleo y los campesinos se morían de hambre. Por fortuna, Jack todavía ganaba un salario. Con unos cuantos artesanos estaba construyendo poco a poco el primer intercolumnio de la nave. Pero Aliena había cerrado casi por completo su negocio de fabricación de tejidos, y allí las cosas estaban peor que en el resto del sur de Inglaterra por el modo en que William había reaccionado ante la hambruna.

Para Aliena, ése era el aspecto más penoso de la situación. William se mostraba ambicioso de dinero a fin de construir su nueva iglesia en Shiring, la iglesia dedicada a la memoria de su madre, una mujer maligna y demente. Había expulsado a tantos arrendatarios por atrasarse en el pago de la renta, que habían quedado sin cultivar parte de las mejores tierras del condado, lo que hacía que el grano escaseara aún más. Por otra parte, William había estado almacenándolo a fin de que el precio siguiera subiendo. Tenía unos cuantos empleados y nadie a quien alimentar, de manera que, en realidad, se aprovechaba de la carestía a corto plazo. Pero, a la larga, estaba causando un daño irreparable al condado y a sus posibilidades de dar de comer a la gente. Aliena recordaba cuando era su padre el que gobernaba el condado; había sido un tiempo de tierras fértiles y ciudades prósperas. Se le partía el corazón.

Durante unos años, casi había olvidado el juramento que ella y su hermano hicieran a su padre moribundo. Desde que William Hamleigh había sido nombrado conde y ella había constituido una familia, la idea de que Richard recuperara el condado se había convertido en una fantasía remota. El propio Richard se había asentado como jefe de vigilancia. Incluso se había casado con una joven de la localidad, la hija de un carpintero. Aunque, por desgracia, la pobre muchacha no gozaba de buena salud y había muerto el año anterior sin darle hijos.

Desde el comienzo de la hambruna Aliena había empezado a pensar de nuevo en el condado. Sabía que si Richard fuera conde podría hacer mucho, con su ayuda, para aliviar los sufrimientos causados por la escasez. Pero no era más que un sueño. William contaba con el favor del rey Stephen, que llevaba la voz cantante en la guerra civil, y no había perspectivas de cambio.

Sin embargo, todos esos melancólicos deseos se desvanecían en el calvero secreto mientras hacían el amor sobre la hierba. Desde un principio ambos se habían mostrado codiciosos de sus respectivos cuerpos. Aliena nunca olvidaría lo escandalizada que se quedó ante su propia sensualidad en los comienzos, e incluso ahora, cuando ya tenía treinta y tres años y los partos habían desarrollado su trasero y hecho que su vientre se abultara, a Jack le consumía hasta tal punto el deseo por ella, que todos los domingos solían hacer el amor tres o cuatro veces.

La broma de Jack sobre el bosque dio paso a una deliciosa caricia y Aliena le cogió la cara para besarlo, cuando se oyó una voz.

Ambos se quedaron inmóviles. Su calvero se encontraba a cierta distancia del camino, oculto tras un soto. Nunca los habían interrumpido, salvo algún gamo incauto o un atrevido zorro. Contuvieron el aliento. Oyeron nuevamente la voz, seguida de otra. Mientras aguzaban el oído, captaron un ruido de fondo, semejante al crujir de ramas. Parecía como si un grupo numeroso de hombres se moviera por el bosque.

Jack cogió las botas y con sigilo se acercó ágil al arroyo, que estaba a unos pasos, llenó una bota de agua y la vació sobre el fuego. Las llamas se apagaron con un siseo. Jack se introdujo sin hacer ruido entre los matorrales y allí se quedó, agazapado.

Aliena se pudo la camisola, la túnica y las botas y se envolvió de nuevo en la capa.

Jack regresó con paso silencioso.

—Proscritos —susurró.

—¿Cuántos? —musitó Aliena.

—Muchos. No he podido verlos.

—¿Adónde van?

—A Kingsbridge. —Jack alzó una mano—. Escucha.

Aliena ladeó la cabeza. Percibió el sonido de la campana del priorato de Kingsbridge, que tañía advirtiendo del peligro. El corazón le dio un vuelco.

—¡Los niños, Jack!

—Si vadeamos el río por el bosque de castaños, creo que llegaremos antes que los proscritos.

—¡Vámonos entonces! ¡Deprisa!

Jack la cogió por el brazo, le tapó la boca con una mano para hacerla callar y aguzó el oído. En el bosque siempre había oído cosas que ella no percibía. Se debía sin duda a haber vivido en él. Aliena esperó.

—Creo que ya se han ido —dijo finalmente Jack.

Salieron del calvero. Al cabo de unos instantes llegaron al camino. No se veía a nadie. Lo cruzaron y atajaron a través de los bosques, siguiendo por un sendero apenas visible. Aliena había dejado a Tommy y a Sally con Martha. No estaba del todo segura del peligro que corrían, pero sí aterrada ante la idea de que pudiera ocurrir algo antes de que se reuniese con ellos. Corrían cuanto les era posible. Para desesperación de Aliena, el terreno era casi siempre demasiado abrupto y no podía seguir a Jack, que daba largas zancadas. Aquel camino era muy accidentado, por lo que casi nunca lo utilizaban. Sin embargo, era muchísimo más rápido.

Descendieron por la empinada ladera que conducía al pantano; a veces, forasteros incautos resultaban muertos en él, pero no había peligro para quienes sabían cómo había que atravesarlo. A pesar de todo, el cieno parecía agarrar los pies de Aliena, obligándola a ir más despacio, manteniéndola alejada de Tommy y Sally. En la parte más alejada del pantano había un vado. El agua fría alcanzó las rodillas de Aliena, limpiándole los pies del barro.

A partir de allí, el camino era recto. Las campanadas de alarma sonaban cada vez más fuertes a medida que se acercaban a la ciudad. Cualquiera que fuese el peligro que suponía la presencia de bandidos, al menos la gente estaba advertida, se dijo Aliena, intentando darse ánimos. Cuando salieron del bosque, en la pradera que atravesaba el río desde Kingsbridge, veinte o treinta jovenzuelos que habían estado jugando a la pelota en una aldea cercana llegaron al mismo tiempo que ellos, dando voces broncas y sudando a pesar del frío.

Pasaron por el puente corriendo. La puerta ya estaba cerrada, pero las personas que se encontraban en las almenas los habían visto y reconocido y, al acercarse, se abrió una pequeña poterna. Jack tomó la delantera e hizo que los muchachos les dejaran pasar antes a él y a Aliena. Bajaron la cabeza y entraron. Aliena se sentía muy aliviada de haber llegado a la ciudad antes que los proscritos.

Jadeantes por el esfuerzo, caminaron a toda prisa por la calle mayor. La gente tomaba posiciones en las murallas con venablos, arcos y montones de piedras para arrojar. Se estaba reuniendo a los niños para llevarlos al priorato. Aliena pensó que Martha ya debía de estar allí con Tommy y Sally. Jack y ella se encaminaron directamente hacia el lugar donde se alzaba la catedral en construcción.

En el patio de la cocina, Aliena vio, atónita, a Ellen, la madre de Jack, tan delgada y morena como siempre, a sus cuarenta años, pero con canas en su largo pelo y arrugas alrededor de los ojos. Hablaba animadamente con Richard. El prior Philip se encontraba a cierta distancia de ellos haciendo entrar a los niños en la sala capitular. Parecía no haber visto a Ellen.

Allí cerca, estaban Martha, Tommy y Sally. Aliena lanzó un suspiro de alivio y abrazó con fuerza a los dos niños.

—¡Madre! ¿Por qué estás aquí? —le preguntó Jack.

—Vine para advertiros de que una banda de proscritos se dirige hacia aquí con el propósito de atacar la ciudad.

—Los vimos en el bosque —corroboró Jack.

—¿Los visteis? —preguntó Richard—. ¿Cuántos eran?

—No estoy seguro, pero me parecieron muchos —respondió Jack—. Al menos un centenar; tal vez más.

—¿Qué armas llevaban?

—Cachiporras, cuchillos, una o dos hachas; pero, sobre todo, cachiporras.

—¿En qué dirección iban?

—Hacia la parte norte.

—Gracias. Voy a echar un vistazo desde las murallas.

—Lleva a los niños a la sala capitular, Martha —indicó Aliena.

Luego, se dispuso a seguir a Richard, al igual que Jack y Ellen.

Mientras recorrían presurosos las calles, la gente le preguntaba a Richard qué ocurría.

—Proscritos —contestaba él lacónicamente sin aminorar la marcha.

En ocasiones como ésta, Richard no tiene rival, pensó Aliena. Dile que salga a ganarse el pan de cada día y verás que es incapaz, pero en una emergencia militar, se muestra frío, sereno y eficaz.

Llegaron a la muralla septentrional de la ciudad y subieron por la escala hasta el parapeto. Había montones de piedras para arrojar contra los atacantes, dispuestos a intervalos regulares. Ciudadanos con arcos y flechas ya estaban tomando posiciones en las almenas. Hacía ya algún tiempo que Richard había convencido a la ciudad de que una vez al año era necesario hacer ejercicios militares. En un principio la idea había hallado gran resistencia, pero finalmente se había convertido en un ritual como el de la representación estival, y todo el mundo disfrutaba con ello. En aquellos momentos se hacían palpables los beneficios de tal decisión, pues la gente había reaccionado con rapidez y confianza ante el toque de alarma.

Aliena, temerosa, intentaba escudriñar el bosque a través de los campos. No veía nada.

—Debéis de haberos adelantado mucho a ellos —dijo Richard.

—¿Por qué vienen *aquí*?

—Por los almacenes del priorato —contestó Ellen—. Es el único lugar en muchos kilómetros a la redonda donde hay algo de comida.

—Claro.

Los atacantes eran gente hambrienta, desposeída de sus tierras por William, sin otra manera de sobrevivir que el robo. En las aldeas indefensas, poco o nada había para robar. Los campesinos no estaban mucho mejor que ellos. Sólo había comida en cantidad en los graneros de los terratenientes.

Mientras Aliena pensaba en ello, los vio.

Aparecieron en la linde del bosque como ratas que huyeran de un almiar en llamas. Invadieron todo el campo en dirección a la ciudad, veinte, treinta, cincuenta, un centenar de ellos. Constituían un pequeño ejército. Probablemente habían confiado en coger a la ciudad desprevenida y entrar por sus puertas, pero al oír la campana dando la alarma, comprendieron que se les habían anticipado. Sin embargo, siguieron adelante con la desesperación del hambriento. Algunos arqueros lanzaron sus flechas antes de tiempo.

—¡Esperad! ¡No malgastéis vuestras saetas! —les advirtió Richard a voz en cuello.

La última vez que Kingsbridge había sido atacada, Tommy tenía dieciocho meses y Aliena estaba encinta de Sally. Entonces se había refugiado en el priorato con la gente mayor y los niños. En esta ocasión, se quedaría en las almenas y ayudaría a combatir el peligro. La mayoría de las demás mujeres pensaban lo mismo. Había en las murallas casi tantas mujeres como hombres.

A medida que se acercaban los proscritos, Aliena se sentía cada vez más atemorizada. Estaba cerca del priorato. Era posible que los atacantes lograran entrar a través de alguna pequeña abertura y llegasen allí antes que ella. O también podían herirla durante la lucha y dejarla incapacitada para proteger a sus hijos. También estaban Jack y Ellen. Si los tres morían, sólo quedaría Martha para cuidar de Tommy y de Sally. Aliena vacilaba sin llegar a decidirse.

Los proscritos ya estaban casi ante las murallas. Fueron recibidos por una rociada de flechas, y esa vez Richard no dijo a los arqueros que esperaran. Los asaltantes fueron diezmados. No tenían armadura que los protegiera ni estaban organizados. Nadie planeaba el ataque. Era como una estampida de animales lanzándose de cabeza contra un muro. Y, cuando llegaban ante él, no sabían qué hacer. Desde las murallas almenadas la gente les arrojaba piedras. Varios proscritos atacaron la puerta norte con garrotes. Aliena, que conocía el grosor de aquella puerta de roble con refuerzos de hierro, sabía que pasaría toda la noche antes de que pudieran derribarla. Mientras tanto, Alf Butcher, el carnicero, y Arthur Saddler, el talabartero, se esforzaban por subir a la muralla un caldero de agua hirviendo procedente de la cocina de alguno de ellos, para derramarlo sobre los invasores.

Debajo directamente de Aliena, un grupo de proscritos empezó a formar una pirámide humana. Jack y Richard procedieron de inmediato a arrojarles piedras. Aliena, pensando en sus hijos, hizo lo mismo, y al punto se le unió Ellen. Durante un rato, los desesperados proscritos lograron esquivar aquella lluvia de pedruscos, pero cuando uno de ellos resultó alcanzado en la cabeza, la pirámide se vino abajo y renunciaron a sus esfuerzos.

Un momento después, llegaron chillidos de dolor desde la puerta norte al caer el agua hirviendo sobre las cabezas de los hombres que la estaban atacando.

Algunos de los proscritos se dieron cuenta entonces de que sus camaradas muertos o heridos eran presa fácil y se dedicaron a desnudarlos. Empezaron a pelearse con aquellos que no estaban gravemente heridos. Entre los saqueadores rivales, hubo refriegas para disputarse las posesiones de los muertos. Aliena se dijo que aquello era una carnicería, una repugnante y degradante carnicería. Las gentes de la ciudad dejaron de lanzar piedras al fracasar el ataque y los asaltantes siguieron luchando entre sí como perros por un hueso.

Aliena se volvió hacia Richard.

—Están demasiado desorganizados para constituir una verdadera amenaza.

Richard asintió.

—Con alguna ayuda, podrían llegar a ser realmente peligrosos, porque están desesperados, pero ahora no tienen quien los dirija.

A Aliena se le ocurrió una idea.

—Un ejército a la espera de un jefe —dijo.

Richard no captó la idea, pero a Aliena la excitó muchísimo. Richard era un buen jefe sin ejército. Los proscritos eran un ejército sin jefe. Y el condado se estaba desmoronando.

Algunos ciudadanos seguían arrojando piedras y disparando flechas contra los proscritos. Cayeron unos cuantos más. Aquél fue el golpe definitivo, e iniciaron la retirada como si de una jauría vencida se tratase, con el rabo entre las patas volviendo la mirada, desolados, por encima del hombro. Y entonces, alguien abrió la puerta norte y un numeroso grupo de jóvenes se lanzó a la carga, blandiendo espadas y hachas. Los proscritos emprendieron la huida, pero a algunos les dieron alcance y los mataron cruelmente.

—Debiste haber impedido que esos muchachos los persiguieran —dijo Ellen a Richard, desazonada.

—Los jóvenes necesitan ver algo de sangre después de una lucha como ésta —repuso él—. Además, cuantos más matemos ahora, menor será el número con los que tendremos que enfrentarnos la próxima vez.

Aliena se dijo que aquél era el punto de vista de un soldado. En la época en que ella misma había visto amenazada su vida día tras día, era posible que se hubiera comportado como aquellos jóvenes y perseguido a los proscritos para darles muerte. Ahora, lo que quería era que desapareciesen las causas de la desesperación de éstos, no ellos mismos.

Además, se le había ocurrido una manera de utilizarlos.

Richard encargó a alguien que tocaran la campana del priorato anunciando que el peligro había pasado, y dio instrucciones para que por la noche se estableciera una vigilancia doble, aparte de los centinelas.

Aliena fue al priorato a recoger a Martha y a los niños. Todos ellos se reunieron de nuevo en casa de Jack.

Aliena se sentía muy complacida de hallarse todos juntos: ella, Jack y los niños, el hermano de Aliena, la madre de Jack y Martha. Formaban una familia como otra cualquiera. Casi llegó a olvidarse de que su padre había muerto en una mazmorra, que ella estaba legalmente casada con el hermanastro de Jack, que Ellen era una proscrita y que...

Sacudió la cabeza. Era inútil pretender que constituían una familia normal.

Jack sacó del barril una jarra de cerveza y la escanció en grandes copas. Todos se sentían nerviosos y excitados después del peligro. Ellen encendió el fuego y Martha echó rodajas de nabo en una olla, a fin de preparar una sopa para la cena. Tiempos atrás, en una ocasión como ésa, habrían asado un cochinillo.

—Episodios como éste van a repetirse antes de que acabe el invierno —pronosticó Richard limpiándose luego la boca con la manga tras beber un largo trago de cerveza.

—Deberían atacar los almacenes del conde William, no los del prior Philip. William es quien ha convertido en mendigos a la mayoría de ellos —dijo Jack.

—A menos que mejoren sus tácticas, no tendrían más éxito con William del que han tenido con nosotros. Son como una jauría.

—Necesitan un jefe —dijo Aliena.

—¡Pide a Dios que no lo tengan nunca! —exclamó Jack—. Entonces serían verdaderamente peligrosos.

—Un jefe podría inducirlos a atacar las propiedades de William, no las nuestras —alegó Aliena.

—No alcanzo a entenderte —dijo Jack—. ¿Haría eso un jefe?

—Lo haría si fuese Richard.

Se hizo el silencio.

Aquella idea había ido cobrando cuerpo en la mente de Aliena, quien ahora estaba convencida de que daría resultado. Así lograrían cumplir con el juramento hecho a su padre. Richard podría acabar con William y recuperar el condado, en el cual quedaría restaurada la paz y la prosperidad. Cuanto más pensaba en ello, mayor era su excitación.

—Los atacantes de hoy superaban el centenar —dijo. Se volvió hacia Ellen y le preguntó—: ¿Cuántos más hay en el bosque?

—Una infinidad. Cientos de ellos. Miles tal vez.

Aliena, inclinándose sobre la mesa de la cocina, clavó los ojos en los de Richard.

—Conviértete en su jefe —le propuso con energía—. Organízalos. Enséñales a luchar. Concibe planes de ataque. Y luego, lánzalos contra William.

Mientras hablaba, se dio cuenta de que estaba incitándolo a que pusiera su vida en peligro, y se sintió turbada. Tal vez le mataran antes de que consiguiese recuperar el condado.

A Richard, sin embargo, no le atormentaban tales preocupaciones.

—Por Dios que es posible que tengas razón, Allie —exclamó—. Podría tener mi propio ejército y enfrentarme a William con él.

Aliena vio que a su hermano se le enrojecía el rostro por el odio largamente alimentado, y de nuevo se fijó en la cicatriz de la oreja izquierda, a la que le faltaba el lóbulo. Apartó de su mente el vil recuerdo que amenazaba con salir de nuevo a la superficie.

A Richard le entusiasmaba cada vez más la idea.

—Podría hacer incursiones contra los rebaños de William —dijo—. Robar sus ovejas, cazar sus venados, saquear sus graneros y sus molinos. ¡Dios mío! ¡Cómo podría hacer sufrir a esa sanguijuela si tuviera un ejército!

Aliena se dijo que Richard siempre había sido un soldado. Era su destino. A pesar de los temores por la seguridad de su hermano, se sentía excitada ante la perspectiva de que éste pudiera tener otra oportunidad de cumplir con su destino.

Pero Richard había tropezado con un obstáculo.

—Sin embargo, no sé cómo encontrar a los proscritos —dijo—. Siempre andan ocultándose.

—Eso puedo decírtelo yo —le dijo Ellen—. Desviándose del camino de Winchester, hay un sendero prácticamente invadido por la vegetación que conduce hasta una cantera abandonada. Ahí es donde tienen su guarida. Solían llamarla la cantera de Sally.

—¡Pero si yo no tengo una cantera! —exclamó Sally, que ya contaba siete años.

Todo el mundo se echó a reír.

Luego reinó de nuevo el silencio.

Richard se mostraba exultante y decidido.

—Muy bien —dijo con tono sombrío—. La cantera de Sally.

—Habíamos estado trabajando duro toda la mañana arrancando un tocón en lo alto de la colina —dijo Philip—. Cuando regresamos, mi hermano Francis estaba en pie ahí, en el corral de las cabras, contigo en brazos. Sólo tenías un día.

Jonathan se mostraba grave. Era un momento solemne para él.

Philip contempló St.-John-in-the-Forest. Ahora ya no se veía mucho bosque. Con el paso de los años los monjes habían despejado muchas hectáreas y el monasterio estaba rodeado de campos de cultivo. Había más edificios de piedra, una sala capitular, un refectorio y un dormitorio, además de un buen número de graneros y lecherías de madera, más pequeños. Apenas se reconocía el lugar que había sido hacía diecisiete años. También la gente era distinta. Varios de aquellos jóvenes monjes ocupaban cargos de responsabilidad en Kingsbridge. William Beauvis, que había creado dificultades hacía tantos años al arrojar cera caliente de la vela a la calva del maestro de novicios, era ahora el prior. Algunos se habían ido. Aquel camorrista, Peter de Wareham, estaba en Canterbury trabajando para un arcediano joven y ambicioso de nombre Thomas Becket.

—Me pregunto cómo serían —dijo Jonathan—. Me refiero a mis padres.

Philip sintió pena por un instante. Él había perdido a sus padres; pero tenía seis años por entonces y podía recordarlos a los dos muy bien. Su madre, tranquila y amorosa; su padre, alto, de barba muy negra y, al menos para Philip, valeroso y fuerte. Jonathan no había conocido siquiera eso. Todo cuanto sabía de sus padres era que no lo habían querido.

—Sin embargo, podemos adivinar muchas cosas sobre ellos —dijo Philip.

—¿De veras? —preguntó Jonathan—. ¿Qué cosas?

—Ante todo, que eran pobres —respondió Philip—. La gente acaudalada no tiene motivo para abandonar a sus hijos. También podemos deducir que no tenían amigos, pues los amigos saben cuándo se espera un bebé y hacen preguntas si el niño desaparece. Que estaban desesperados, ya que hay que estar muy desesperado para soportar la pérdida de un hijo.

Jonathan oía todo aquello tratando de contener las lágrimas. A Philip le hubiera gustado llorar por él, por ese muchacho que, al decir de todo el mundo, era tan semejante a él. Deseaba haber podido proporcionarle un poco de consuelo, decirle algo cálido y alentador sobre sus padres, pero ¿cómo pretender que querían al chiquillo cuando le habían abandonado para que muriera?

—¿Por qué Dios hace esas cosas? —preguntó Jonathan.

Philip vio entonces su oportunidad.

—Una vez que uno empieza a formularse esas preguntas acaba confuso. En este caso, sin embargo, creo que la respuesta está clara: Dios te quería para él.

—¿De veras lo creéis?

—¿Nunca te lo había dicho? Siempre lo he creído. Así se lo expresé aquí mismo a los monjes el día que te encontramos. Les hice ver que Dios te había enviado aquí con algún designio suyo y que era nuestro deber criarte al servicio de Dios para que pudieras llevar a buen término la tarea que Él te había asignado.

—Me pregunto si mi madre sabrá eso.

—Lo sabrá si está con los ángeles.

—¿Cuál creéis vos que puede ser mi tarea?

—Dios necesita monjes que sean escritores, iluminadores, músicos y granjeros. Necesita hombres que desempeñen trabajos de responsabilidad, como cillerero, prior y obispo. Necesita hombres que sepan comerciar con lana, curar a los enfermos, enseñar a leer y escribir a los niños y construir iglesias.

—Resulta difícil imaginar que tenga un papel específico para mí.

—No creo que se hubiera molestado tanto contigo si no lo tuviera —contestó Philip con una sonrisa—. Sin embargo, podría no ser un papel grandioso o importante en términos mundanos. Puede que quiera que te conviertas en uno de esos monjes tranquilos, en un hombre humilde que consagra su vida a la plegaria y a la contemplación.

Jonathan pareció desencantado.

—Supongo que es posible.

Philip se echó a reír.

—Pero no lo creo. Dios no haría un cuchillo con papel. Tú no estás hecho para una vida de quietud y Dios lo sabe. Yo diría que quiere que luches por Él, no que cantes para Él.

—De veras lo espero.

—En este preciso instante creo que lo que quiere es que vayas a ver al hermano Leo y averigües cuántos quesos tiene para la despensa de Kingsbridge.

—Muy bien.

—Iré a la sala capitular para hablar con mi hermano. Y recuerda, si cualquiera de los monjes te habla de Francis, di lo menos que puedas.

—No diré nada.

—En marcha, pues.

Jonathan cruzó con paso vivo el patio. Se había esfumado su talante solemne y antes de llegar a la lechería había recuperado su dinamismo habitual. Philip siguió observándolo hasta que lo vio desaparecer en el edificio. Yo era igual que él, se dijo, aunque tal vez menos inteligente.

Tomó la dirección opuesta, hacia la sala capitular. Francis había enviado un mensajero a Philip pidiéndole que se reuniese con él de la forma más discreta posible. Por lo que se refería a los monjes de Kingsbridge, Philip estaba haciendo una visita de rutina. Allí, naturalmente, la entrevista no podía ocultarse a los monjes, pero estaban tan aislados que no tenían a quién contárselo. Sólo el prior responsable de ellos acudía alguna vez a Kingsbridge, y Philip le había hecho jurar que lo mantendría en secreto.

Francis y él habían llegado esa misma mañana, y aunque no trataron de convencer a nadie de que la reunión era fortuita, aseguraron que la habían organizado por el simple gusto de verse. Ambos habían asistido a misa mayor y luego almorzaron con los monjes. En esos momentos, era la única oportunidad de hablar a solas.

Francis estaba esperando en la sala capitular, sentado en un banco de piedra adosado a la pared. Philip casi nunca veía su propia imagen, ya que en un monasterio no hay espejos. Calculó su propio envejecimiento por los cambios sufridos por su hermano, que sólo tenía dos años menos. Francis, a los cuarenta y dos años, mostraba algunas canas en su pelo negro y abundantes arrugas alrededor de sus ojos, tan azules y brillantes como siempre. Su cuello y su cintura eran más gruesos desde que Philip lo había visto por última vez. Yo debo de tener el pelo más gris y, en cambio, debo de estar más delgado, pensó Philip; pero me pregunto quién tendría más arrugas a causa de sus preocupaciones.

Se sentó junto a su hermano, quien al cabo de unos momentos en que los dos permanecieron en silencio, preguntó:

—¿Cómo van las cosas?

—De nuevo imperan los bárbaros —respondió Philip—. El priorato se está quedando sin dinero, casi tenemos parada la construcción de la catedral. Kingsbridge es cada vez más pobre, medio condado se muere de hambre y no es seguro viajar.

Francis asintió.

—La misma historia se repite por toda Inglaterra.

—Tal vez los bárbaros imperen siempre —murmuró Philip con tono lúgubre—. Acaso la codicia supere siempre a la prudencia en los consejos de los poderosos. Es posible que el miedo domine siempre sobre la compasión en la mente de un hombre con una espada en la mano.

—No solías ser tan pesimista.

—Hace unas semanas nos atacó un ejército de hambrientos. Fue un intento lastimoso. Tan pronto como unos cuantos hubieron muerto bajo nuestras flechas, empezaron a luchar entre sí. Pero, cuando ya se retiraban, a los pobres infelices los persiguieron algunos jóvenes de nuestra ciudad e hicieron una carnicería entre los que pudieron alcanzar. Fue nauseabundo.

—Es difícil de entender —comentó Francis, sacudiendo la cabeza.

—Yo creo entenderlo. Estaban asustados y sólo podían alejar el miedo vertiendo la sangre de la gente que lo había provocado. Eso mismo lo vi yo en los ojos de los hombres que mataron a nuestros padres. Mataban porque estaban asustados; pero ¿qué es lo que podría acabar con ese miedo?

—La paz, la justicia, la prosperidad. Cosas difíciles de lograr —respondió Francis con un suspiro.

Philip asintió.

—Bien. ¿Qué te traes entre manos? —preguntó.

—Estoy trabajando para el hijo de la emperatriz Maud —respondió Francis—. Se llama Henry.

Philip ya había oído halar de él.

—¿Qué tal es?

—Es un joven inteligente y decidido. Su padre ha muerto, así que es conde de Anjou. Y también duque de Normandía, por ser el nieto mayor del viejo Henry, que era rey de Inglaterra y duque de Normandía. Y está casado con Leonor de Aquitania; por lo tanto, también es duque de Aquitania.

—Gobierna sobre un territorio superior al del rey de Francia.

—En efecto.

—¿Y cómo es él?

—Educado, muy trabajador, rápido en las decisiones, inquieto, con una voluntad férrea. Tiene un temperamento terrible.

—A veces, yo también quisiera tener un temperamento terrible —confesó Philip—. Hace que la gente se ande con cuidado. Como todo el mundo sabe que siempre me muestro razonable, nunca se me obedece con la misma celeridad que a un prior dispuesto a explotar en cualquier momento.

Francis se echó a reír.

—Sigue siendo tú mismo —le aconsejó, y luego recobró la seriedad—. Henry me ha hecho comprender la importancia de la personalidad del rey. No tienes más que fijarte en Stephen. Su discernimiento es poco firme, se muestra decidido durante unos momentos para luego ceder; es valiente hasta la temeridad y se pasa la vida perdonando a sus enemigos. Las gentes que le traicionan corren escaso riesgo, porque saben que pueden contar con su clemencia. En consecuencia, ha luchado sin éxito durante dieciocho años por gobernar un país que cuando él lo recibió era un reino unido. Henry tiene ya más control sobre sus duques y condes, que antes eran independientes, del que jamás haya tenido Stephen aquí.

A Philip se le ocurrió una idea.

—¿Por qué te ha enviado Henry a Inglaterra? —preguntó.

—Para vigilar el reino.

—¿Qué has encontrado?

—Que impera la anarquía y que está muriendo de inanición, azotado por las tormentas y asolado por la guerra.

Philip asintió, pensativo. El joven Henry era duque de Normandía porque era el hijo mayor de Maud, que había sido la única hija legítima del viejo rey Henry, antiguo duque de Normandía y rey de Inglaterra.

Por aquella línea de descendencia, Henry podía reclamar su derecho a la corona.

Su madre también había hecho la misma reclamación, y se le había negado por ser mujer y porque su marido era angevino. Pero el joven Henry no sólo era varón, sino que tenía, además, la ventaja de ser normando por su madre y angevino por su padre.

—¿Va a intentar Henry ocupar el trono de Inglaterra? —preguntó Philip.

—Depende de mi informe —contestó Francis.

—¿Y qué le dirás?

—Que nunca habrá un momento mejor que éste.

—Alabado sea Dios —repuso Philip.

2

De camino hacia el castillo del obispo Waleran, el conde William se detuvo en una de sus propiedades, Crowford Mill. El molinero, un tipo duro de mediana edad llamado Wulfric, tenía derecho a moler el grano cultivado en once de las aldeas cercanas. En pago, de cada veinte sacos retenía dos, uno para él y otro para William.

William iba allí a recoger lo que le pertenecía. No solía hacerlo personalmente, pero los tiempos no eran normales. Por aquellos días tenía que hacer que cada carro que transportaba harina o cualquier cosa comestible fuera acompañado por una escolta armada. A fin de utilizar a su gente de la manera más económica posible, había tomado la costumbre de llevar consigo uno o dos carros siempre que iba a alguna parte con su séquito de caballeros, y pasar a recoger cuanto le era posible.

La proliferación de delitos por parte de los proscritos era uno de los desafortunados efectos de la demencial política que aplicaba a aquellos de sus arrendatarios que no cumplían. Las gentes sin tierras se dedicaban con frecuencia al robo. En general, no eran más eficaces como ladrones que lo que habían sido como granjeros, y William confiaba en que la mayoría de ellos muriera durante el invierno. En un principio, sus esperanzas se habían cumplido. Los proscritos solían atacar a viajeros solitarios que no tenían mucho que pudieran robarles, o hacer incursiones mal organizadas contra objetivos bien defendidos. Sin embargo, en los últimos tiempos las tácticas de aquellos bandoleros habían mejorado. Siempre que atacaban, lo hacían en un número que duplicaba al de las fuerzas defensoras. Llegaban cuando los graneros estaban rebosantes, señal de que existía una cuidadosa labor de reconocimiento. Sin embargo, no se quedaban para luchar, sino que cada hombre salía de estampida tan pronto como echaba mano a una oveja, un jamón, un queso, un saco de harina o una bolsa de monedas de plata. No valía la pena perseguirlos porque se perdían en el bosque, separándose y corriendo en todas direcciones. Alguien estaba dirigiéndolos, y lo hacía exactamente como lo habría hecho William.

El éxito de los proscritos le humillaba. Le hacía parecer como un bufón incapaz de proteger su propio condado. Y, para empeorar las cosas, los proscritos rara vez robaban a otro señor. Parecía como si estuvieran desafiándolo deliberadamente. Nada aborrecía tanto William como la sensación de que se reían de él a sus espaldas. Se había pasado la vida obligando a la gente a respetarlo y a hacer otro tanto con su familia, y esa banda de proscritos estaba echando por tierra toda su obra.

Pero lo que le ponía más furioso era que la gente fuera diciendo por ahí que le estaba bien empleado. Había tratado con extrema dureza a sus arrendatarios y ahora éstos se vengaban de él. Todo era culpa suya. Semejantes comentarios provocaban en él una ira apoplética.

Los aldeanos de Crowford observaron sobresaltados y temerosos la llegada de William con sus caballeros. Él contempló desdeñoso los rostros flacos y aprensivos que le seguían con la mirada desde las puertas y que al punto desaparecían dentro de las casas. Aquellas gentes le habían enviado a su párroco para que le suplicara que ese año les permitiera moler su propio grano, alegando que les era imposible dar al molinero un diezmo. William se sintió inclinado a arrancarle la lengua al cura por insolencia.

Hacía frío y había hielo en la represa del molino.

La noria estaba parada y la amoladera silenciosa. Una mujer salió de la casa que había al lado. Al mirarla, William sintió el aguijón del deseo. Debía de tener unos veinte años, era bonita y su cabellera abundante. A pesar del hambre, sus senos eran grandes y sus muslos fuertes. Salió sonriendo con descaro, pero a la vista de los caballeros de William, se le borró la sonrisa y volvió a entrar precipitadamente en la casa.

—No parece que le gustemos —comentó Walter—. Debe de haber visto a Gervase, que por algo le llamamos el Feo.

Era una vieja broma, pero que hizo reír a todos.

Ataron sus caballos. No era exactamente el mismo grupo que William reunió al empezar la guerra civil. Por supuesto, Walter seguía con él, y también Gervase y Hugh. Pero Gilbert había muerto en la inesperada y sangrienta batalla contra los canteros y fue sustituido por Guillaume. Miles había perdido un brazo en un duelo a espada por culpa de los dados en una cervecería de Norwich, y Louis se había unido a la escolta. Ya no eran ni mucho menos muchachos, pero hablaban y actuaban como si lo fueran. Reían y bebían, jugaban e iban de putas. William había perdido la cuenta de las tabernas que había destruido, de los judíos que había atormentado y de las vírgenes que había desflorado.

Salió el dueño del molino. Su expresión acre se debía, sin duda, a la perenne impopularidad de los molineros. Su actitud revelaba inquietud. Eso estaba bien. A William le gustaba que la gente se sintiera inquieta ante su presencia.

—No sabía que tuvieras una hija, Wulfric —dijo William mirándolo de reojo—. Has estado ocultándomela.

—Es Maggie, mi mujer —dijo.

—No me mientas. Tu mujer es un espantajo, vieja y arrugada. La recuerdo bien.

—Mi May murió el año pasado, señor. He vuelto a casarme.

—¡Condenado vejacón! —exclamó William con una sonrisa—. Ésta debe de tener treinta años menos que tú.

—Veintinueve.

—Dejemos esto. ¿Dónde está mi harina? Un saco de cada veinte.

—Toda está aquí, señor. Haced el favor de pasar.

Para ir al molino tenía que atravesar la casa. William y los caballeros siguieron a Wulfric hasta la única habitación. La nueva y joven esposa del molinero se encontraba arrodillada, alimentando el fuego con leños. Al inclinarse, la túnica se le tensó por el trasero. William observó que tenía unas caderas poderosas. Naturalmente, la mujer de un molinero era la última en tener hambre en tiempos de escasez.

William se detuvo a mirarle el trasero. Los caballeros hicieron una mueca burlona y el molinero se afanó inquieto. La joven volvió la vista, se percató de que la estaban mirando y se puso en pie en actitud confusa.

—Tráenos algo de cerveza, Maggie. Estamos sedientos —le dijo William, guiñándole un ojo.

Franquearon la puerta del molino. Los sacos de harina estaban apilados alrededor de la parte exterior de la era circular. No había muchos. Lo habitual era que los montones alcanzaran una altura superior a la de un hombre.

—¿Esto es todo? —preguntó William.

—La cosecha fue muy mala, señor —repuso Wulfric, nervioso.

—¿Dónde están los míos?

—Aquí, señor.

Señaló hacia una pila de ocho o nueve sacos.

—¿Cómo? —William sintió que la sangre le subía a la cara—. ¿Esto es lo mío? Tengo dos carros fuera ¿y tú me ofreces esto?

La expresión de Wulfric pareció aún más lastimera.

—Lo siento, señor.

William los contó.

—¡Sólo nueve sacos!

—Es cuanto hay —dijo Wulfric, que estaba a punto de echarse a llorar—. Los míos que están junto a los suyos; es el mismo número.

—¡Maldito embustero! —exclamó William, furioso—. Los has vendido.

—No, señor —respondió Wulfric—. Eso es todo lo que ha habido.

Maggie entró con una bandeja y seis jarras de barro llenas de cerveza. La tendió hacia los caballeros y cada uno cogió una jarra. Bebieron con avidez. William hizo caso omiso de ella. Estaba demasiado irritado para beber. Maggie permaneció allí esperando, con la última jarra en la bandeja.

—¿Qué es todo esto? —preguntó William a Wulfric señalando el resto de los sacos.

—Aún no han venido a buscarlos, señor. Puede ver las marcas de sus propietarios.

Y así era. Cada saco iba marcado con una letra o un símbolo. Naturalmente, podía tratarse de un truco. William no tenía modo de saber la verdad; pero ésa no era su forma de aceptar situaciones como aquélla.

—No te creo —dijo—. Has estado robándome.

—Soy honrado, señor —balbuceó Wulfric con voz temblorosa.

—Aún no ha nacido el molinero que sea honrado.

—Señor... —Wulfric tragó saliva con dificultad—. Jamás os he estafado en un solo grano de trigo.

—Apostaría a que has estado robándome a mansalva.

A pesar del frío, a Wulfric le caía el sudor por la cara. Se limpió la frente con la manga.

—Puedo jurar por Jesús y todos los santos.

—Cierra la boca.

Wulfric quedó mudo.

William se sentía cada vez más furioso, pero seguía sin decidir qué iba a hacer. Quería dar a Wulfric un buen susto. Tal vez dejar que Walter lo sacudiera con los guantes de cota de malla, posiblemente llevarse parte de su harina, o incluso toda. Y entonces reparó en Maggie, que sostenía la bandeja con la jarra de cerveza, rígida por el pánico. Vio su bonita cara y sus grandes y juveniles senos y pensó en el correctivo perfecto para Wulfric.

—Agarra a la mujer —le ordenó a Walter y luego se volvió a Wulfric—. Voy a enseñarte una lección que no olvidarás.

Maggie vio a Walter acercarse a ella, pero ya era demasiado tarde para huir, pues la agarró con fuerza de un brazo. La bandeja cayó al suelo con estrépito al retroceder Maggie. Walter le retorció el brazo por detrás de la espalda y la mantuvo sujeta. La joven temblaba de terror.

—¡No! Dejadla, ¡por favor! —suplicó Wulfric, aterrado.

William hizo un gesto de asentimiento, satisfecho. Wulfric iba a ver a su joven esposa violada por varios hombres y no podría hacer nada para impedirlo. La siguiente vez se aseguraría de tener grano suficiente para satisfacer a su señor.

—Tu mujer está engordando con el pan hecho con harina robada, Wulfric, mientras que nosotros hemos de apretarnos los cinturones. ¿Os parece que veamos cuánto ha engordado?

Hizo una seña con la cabeza a Walter.

Walter agarró la túnica de Maggie por el cuello y dio un violento tirón. La prenda se rasgó y cayó al suelo. Debajo, la muchacha llevaba una camisa de hilo que le llegaba a las rodillas. Sus grandes senos subían y bajaban al jadear de pánico. William se puso frente a ella. Walter le retorció con más fuerza el brazo haciéndola arquearse por el dolor, y sus senos se hicieron aún más evidentes. William miró a Wulfric. Luego, puso las manos sobre los pechos de Maggie y comenzó a acariciarlos con lascivia. Los sentía suaves y pesados.

Wulfric dio un paso adelante.

—Maldito —masculló.

—Sujetadlo —dijo William, tajante, y de inmediato, Louis agarró por los brazos al molinero, inmovilizándolo.

William rasgó la camisa de la joven.

Casi quedó sin aliento al contemplar su cuerpo blanco y voluptuoso.

—No, por favor —suplicó Wulfric.

William se sentía cada vez más enardecido por el deseo.

—Tumbadla y sujetadla —ordenó.

Maggie empezó a chillar.

William se quitó el cinto y lo dejó caer al suelo al tiempo que los caballeros agarraban a Maggie por los brazos y las piernas. No le quedaba esperanza alguna de poder resistirse a cuatro hombres fuertes, pero aun así seguía retorciéndose y chillando. A William le gustaba eso. Sus senos saltaban al tiempo que se movían y los muslos se abrían y cerraban mostrando y ocultando su sexo. Los cuatro caballeros la sujetaron contra la era.

William se arrodilló entre las piernas de Maggie y se levantó el faldón de la túnica. Contempló al marido. Wulfric estaba fuera de sí. Miraba horrorizado y farfullaba súplicas de clemencia que no podían oírse entre los gritos de la muchacha. William saboreaba aquel instante. La mujer aterrada, los caballeros sujetándola contra el suelo, el marido mirando...

Fue entonces cuando Wulfric apartó la mirada.

William tuvo una sensación de peligro. En la habitación, todos tenían los ojos fijos en él y en la muchacha. Lo único capaz de distraer la atención de Wulfric era la posibilidad de ayuda salvadora. William volvió la cabeza y miró en dirección a la puerta.

En ese mismo instante, algo duro y pesado lo golpeó en la cabeza.

Soltó un grito de dolor y se derrumbó sobre Maggie. Su cara golpeó contra la de ella. De repente, oyó las voces exaltadas de un gran número de hombres. Eran muchos. Con el rabillo del ojo vio caer a Walter, al que también habían golpeado. Los caballeros soltaron a Maggie. William descubrió en su rostro una expresión de asombro y alivio.

Empezó a retorcerse para salir de debajo de él. William la dejó ir y rodó rápidamente hacia un costado.

Lo primero que vio sobre él fue a un hombre de aspecto salvaje blandiendo un hacha de leñador. Azorado, se preguntó si acaso sería el padre de la muchacha. Vio a Guillaume levantarse y volverse, y a continuación caer el hacha con fuerza sobre su cuello desprotegido. La hoja se hundió profundamente y Guillaume se desplomó, muerto, sobre William. Su sangre le empapó la túnica.

William apartó el cadáver de su caballero. Cuando pudo volver a mirar, observó que el molino había sido invadido por una multitud de hombres sucios y harapientos armados con palos y hachas. Había un buen número de ellos. Comprendió que se encontraba en una situación apurada. ¿Habían acudido los aldeanos a salvar a Maggie? ¡Cómo se habían atrevido! Antes de terminar el día, habría algunos ahorcamientos en la aldea. Enfurecido, se puso en pie con dificultad y echó mano a su espada.

No la tenía. Se había quitado el cinto para violar a la esposa de Wulfric.

Hugh, Gervase y Louis luchaban encarnecidamente contra lo que parecía una multitud de mendigos. En el suelo había varios campesinos muertos. Pese a todo, los tres caballeros no podían evitar retroceder. William vio a Maggie desnuda, todavía chillando, abriéndose camino frenéticamente entre aquel mare mágnum en dirección a la puerta y, a pesar de su confusión y de su miedo, sintió un espasmo de pesaroso deseo ante aquel trasero blanco y redondo. Entonces vio a Wulfric luchar cuerpo a cuerpo contra algunos de los atacantes. ¿Por qué el molinero se enfrentaba a los hombres que habían acudido a salvar a su mujer? ¿Qué diablos estaba pasando?

William miró alrededor, desconcertado, en busca de su arma. Estaba en el suelo, casi a sus pies. Recogió el cinturón y desenvainó la espada. Luego, retrocedió tres pasos para permanecer un instante alejado de la lucha. Observó que la mayoría de los atacantes no peleaban, sino que cogían sacos de harina y salían corriendo. Empezó a comprender. Aquello no era una operación de rescate por parte de los aldeanos ultrajados. Era una incursión desde el exterior. No estaban interesados en Maggie e ignoraban que William y sus caballeros se encontraran en el interior del molino. Todo cuanto querían era asaltarlo y robar la harina.

Resultaba evidente quiénes eran los atacantes. Proscritos.

Comprendió de pronto que ésa era su oportunidad de devolver el golpe a la jauría rabiosa que había estado aterrorizando el condado y vaciando sus graneros.

Sus caballeros luchaban con denuedo. Había al menos veinte atacantes. William se sentía asombrado ante el valor de los proscritos. Por lo general los campesinos se dispersaban como gallinas ante una guardia de caballeros, aunque superaran a éstos en una proporción de diez a uno. Pero esa gente luchaba con fiereza y no se desalentaba al ver caer a uno de los suyos. Parecían incluso dispuestos a morir de ser necesario. Tal vez porque de todas maneras morirían de hambre a menos que pudieran robar la harina.

Louis se enfrentaba a dos hombres al mismo tiempo cuando llegó un tercero por detrás y le golpeó con un pesado martillo de carpintero. El caballero cayó al suelo y allí quedó. El hombre soltó el martillo y cogió la espada de Louis. Ahora quedaban dos caballeros frente a los veinte proscritos, pero Walter se estaba recuperando del golpe en la cabeza y tras desenvainar la espada se incorporó a la lucha. William blandió su arma y atacó también.

Los cuatro formaban un formidable grupo de espadachines. Estaban haciendo retroceder a los proscritos, que intentaban con desesperación contener las centelleantes hojas con sus palos y hachas. William empezaba a pensar que se estaba desmoronando la moral de los asaltantes y que pronto huirían a la desbandada.

—¡Por el legítimo conde! —gritó entonces uno de ellos.

Fue como una especie de grito reunificador. Otros lo corearon y los proscritos lucharon con más saña. El incesante grito de «¡Por el legítimo conde! ¡Por el legítimo conde!» heló el corazón de William. Significaba que quienquiera que estuviera al frente de los proscritos tenía sus miras puestas en el título que él poseía. Luchó con una mayor fiereza, como si de esa escaramuza dependiese el futuro del condado.

William observó que, en realidad, sólo la mitad de los proscritos luchaba contra él y sus caballeros. Los demás estaban llevándose la harina. El combate quedó reducido a un intercambio constante de acometidas y retrocesos. Los proscritos, al igual que soldados sabedores de que pronto iba a sonar la retirada, peleaban de un modo cauteloso, a la defensiva.

Detrás de los que se mantenían luchando, los otros sacaban del molino los últimos sacos de harina. Empezaron a retroceder hacia la puerta que conducía de la era a la casa. Pronto, todos en el condado sabrían que le habían robado al conde ante sus propias narices. Y William se convertiría en el hazmerreír. A tal punto le encolerizó aquella idea, que lanzó un furibundo ataque contra su adversario, atravesándole el corazón con la espada.

Luego, un proscrito alcanzó a Hugh con un afortunado golpe en el hombro derecho que lo dejó fuera de combate. En aquel momento eran dos los proscritos que se encontraban en la puerta conteniendo a los tres caballeros supervivientes. La situación era humillante. Pero entonces, con impresionante arrogancia, uno de los proscritos indicó con un gesto al otro que se fuera. El hombre se marchó corriendo y el que quedó fue retrocediendo sin inmutarse hasta la única habitación de la casa del molinero.

Tan sólo uno de los caballeros podía permanecer en la puerta y luchar contra el proscrito. William se abrió paso apartando a Walter y a Gervase. Quería para sí a aquel hombre. Al cruzar las espadas, William supo de inmediato que el hombre no era un campesino desposeído, sino un experto luchador, como él mismo. Miró por primera vez el rostro del proscrito y el sobresalto fue tan descomunal que a punto estuvo de dejar caer la espada.

Su adversario era Richard de Kingsbridge.

William observó la cicatriz en la oreja mutilada. La fuerza del rencor de Richard aterró a William más de lo que pudiera hacerlo su espada centelleante. William creía haber aplastado para siempre a Richard, pero éste había vuelto a la lid al frente de un ejército de harapientos que habían dejado en ridículo a William.

Richard cargó con dureza contra él, aprovechando su momentáneo desconcierto. William evitó una acometida, paró el golpe levantando la espada y retrocedió. Richard siguió avanzando, pero William se encontraba ya, en parte, protegido por la puerta, lo que reducía el campo de movimiento de aquél. Walter y Gervase se lanzaron contra Richard, que retrocedió de nuevo bajo la presión de los tres. Tan pronto como quedó la puerta libre, Walter y Gervase tuvieron que retroceder y William volvió a quedar frente a Richard.

William advirtió que su oponente se encontraba en posición casi desesperada. Tan pronto como ganaba terreno, se veía enfrentado a los tres hombres. Cuando se cansara, podía ceder el puesto a Walter. Para Richard era casi imposible contener a los tres por tiempo indefinido. Estaba librando una batalla perdida de antemano. Después de todo, tal vez ese día no terminara con la humillación de William, sino con la muerte del peor enemigo de éste.

Richard debía de estar pensando lo mismo, y era lógico que lo hiciese. Sin embargo, no daba muestras de perder energía ni decisión. Miró a William con una sonrisa cruel que acobardó al conde, y saltó hacia adelante con una estocada larga. William la evitó, pero dio un traspié. Walter se abalanzó para evitar el golpe de gracia a su señor. Richard, en lugar de seguir atacando, dio media vuelta y salió corriendo.

William se puso en pie, lo que provocó un encontronazo con Walter mientras Gervase intentaba pasar entre ambos. Les llevó un momento salir del embrollo, pero en ese instante, Richard cruzó la pequeña habitación y salió de la casa cerrando la puerta de golpe. William fue tras él y la abrió. Los proscritos se aprestaban ya a la retirada y, para mayor humillación, lo hacían en los caballos de los hombres de William, quien, al salir precipitadamente de la casa, vio que Richard montaba su propia montura, un soberbio caballo de guerra que le había costado el rescate de un rey. Era evidente que habían desatado al animal y lo tenían preparado. A William le asaltó la mortificante idea de que era la segunda vez que aquel hombre le robaba su caballo. Richard lo espoleó y el animal se encabritó porque no acogía bien a los extraños, pero a lomos de él iba un excelente jinete, al que no pudo arrojar de la silla. Richard tiró de las riendas haciendo bajar la cabeza al caballo. En ese momento, William se lanzó contra él blandiendo la espada. Debido a que el caballo corcoveaba, William falló el golpe, y la punta de su hoja se clavó en la silla de madera. Luego, el animal salió corriendo y bajó como una flecha la calle de la aldea detrás de los demás proscritos.

William los vio alejarse. Se sentía embargado por un odio mortal.

El legítimo conde, se dijo. El legítimo conde…

Dio media vuelta. Walter y Gervase permanecían en pie detrás de él. Hugh y Louis estaban heridos, aunque ignoraba si de gravedad. Guillaume estaba muerto. William, con la túnica manchada por la sangre de éste, experimentó una terrible humillación. Apenas era capaz de levantar la cabeza.

Por suerte, la aldea se encontraba desierta. Los campesinos se habían refugiado en los bosques sin esperar a ser testigos de la ira de William. El molinero y su mujer también se habían esfumado. Los proscritos se habían llevado los caballos y sólo habían dejado los dos carros con los bueyes.

William miró a Walter.

—¿Has visto quién era? Me refiero al último.

—Sí.

Walter tenía la costumbre de hablar lo menos posible cuando su señor estaba furioso.

—Era Richard de Kingsbridge —añadió William.

Walter asintió.

—Y le llamaban el legítimo conde —agregó William.

Walter no dijo ni una palabra.

William atravesó de nuevo la casa y entró en el molino.

Hugh se hallaba sentado, apretándose el hombro derecho con la mano izquierda. Estaba pálido.

—¿Cómo va eso? —le preguntó William.

—No es nada —contestó el caballero—. ¿Quiénes eran esos?

—Proscritos —repuso, lacónico, William. Miró alrededor. En el suelo se encontraban siete u ocho proscritos, unos muertos y otros heridos.

Vio a Louis tumbado boca arriba con los ojos abiertos. En principio, creyó que no vivía; entonces Louis parpadeó.

—Louis —dijo William.

El herido levantó la cabeza, pero parecía confuso. Todavía no se había recuperado.

—Hugh, ayuda a Louis a subir al carro, y tú, Walter, por el cadáver de Guillaume en el otro —ordenó William.

Los dejó cumpliendo sus órdenes y salió.

Ninguno de los aldeanos tenía caballo, pero el molinero sí. Era una jaca que se hallaba pastando en la orilla del río. William encontró la silla y se la puso.

Algo más tarde, abandonaba Crowford con Walter y Gervase conduciendo las yuntas de bueyes.

Su furia no desapareció durante el viaje hasta el castillo del obispo Waleran. Por el contrario, iba en aumento mientras pensaba en lo que había descubierto. Ya era bastante terrible que los proscritos hubieran sido capaces de desafiarle, pero todavía era mucho peor que estuvieran acaudillados por su viejo enemigo Richard. Y lo que ya resultaba por completo intolerable era que le llamaran «el legítimo conde». Si no acababa con ellos de manera definitiva, muy pronto Richard los utilizaría para lanzar un ataque directo contra él. Claro que sería ilegal que se apoderara de esa manera del condado, pero William tenía la impresión de que cualquier queja que presentase no sería acogida con simpatía. El hecho de que William hubiera caído en una emboscada siendo vencido y robado por los proscritos y de que pronto todo el condado estuviera riéndose de él no constituía el peor de sus problemas. De repente, su derecho al condado se veía amenazado en serio.

Era indudable que tenía que matar a Richard. La cuestión consistía en cómo dar con él. Estuvo cavilando sobre el asunto durante todo el camino hasta el castillo. Y, cuando llegó a éste, lo único que había sacado en limpio era que quizá la clave la tuviese el obispo Waleran.

Entraron en el castillo de Waleran como un desfile cómico en una feria: el conde a lomos de una jaca cansina y sus caballeros conduciendo carros tirados por bueyes. William rugió órdenes perentorias a los hombres del obispo. Envió a uno de ellos en busca de un enfermero para Hugh y Louis, y a otro a que buscara a un sacerdote para rezar por el alma de Guillaume. Gervase y Walter fueron a la cocina en busca de cerveza y William entró en la torre del homenaje. Waleran lo recibió en sus habitaciones privadas. William aborrecía tener que pedir algo al obispo, pero necesitaba de su ayuda para localizar a Richard.

Waleran estaba revisando una lista interminable de números. Levantó la vista y vio la furia reflejada en el rostro de William.

—¿Qué ha pasado? —preguntó con ese tono levemente irónico que siempre sacaba de quicio a William, que hizo rechinar los dientes.

—He descubierto quién es el que organiza y dirige a esos malditos proscritos.

Waleran enarcó una ceja.

—Es Richard de Kingsbridge —anunció William.

—Ah. —Waleran asintió—. Claro. Tiene sentido.

—Significa peligro —dijo, furioso, William, que detestaba que el obispo se mostrara frío y reflexivo respecto a las cosas—. Le llaman «el legítimo conde». —Apuntó con un dedo a Waleran—. Ciertamente, vos no querréis que este condado vuelva a manos de esa familia. Os odian y son amigos del prior Philip, vuestro viejo enemigo.

—Está bien, calmaos —respondió Waleran con tono condescendiente—. Sin duda alguna, estáis en lo cierto. No puedo permitir que Richard de Kingsbridge recupere el condado.

William se sentó. Empezaba a dolerle todo el cuerpo. Últimamente sufría las secuelas de la lucha como nunca antes. Sus músculos se hallaban tensos y sus manos doloridas y heridas por los ataques o las caídas. Sólo tengo treinta y siete años, se dijo; ¿empieza la vejez a esa edad?

—He de matar a Richard. Una vez que lo haya hecho, los proscritos serán de nuevo una chusma inofensiva.

—Estoy de acuerdo.

—Matarlo será fácil. El problema reside en encontrarlo, pero en ello podéis ayudarme vos.

Waleran se frotó con el pulgar la afilada nariz.

—No sé cómo.

—Escuchad. Si están organizados tienen que estar en alguna parte.

—No sé qué queréis decir. Están en los bosques, ¿o no?

—En circunstancias normales, no se puede encontrar proscritos en el bosque. La mayoría de ellos no pasan dos noches seguidas en el mismo lugar. Hacen un fuego en cualquier parte y duermen en las ramas de los árboles. Sin embargo, si alguien pretende organizar a semejante gente, tiene que reunirlos a todos en un punto. Deben de tener una guarida permanente.

—De modo que hemos de descubrir dónde está la guarida de Richard.

—Exacto.

—¿Y cómo os proponéis hacerlo?

—Ahí es donde entráis vos.

Waleran parecía escéptico.

—Apuesto a que la mitad de la gente de Kingsbridge sabe dónde está —dijo William.

—Pero no nos lo dirán. En Kingsbridge todos nos odian, tanto a vos como a mí.

—No todos —dijo William—. No todos.

A Sally la Navidad le parecía maravillosa, pues casi todo lo que se comía era dulce: bizcochos de jengibre, pan de trigo, huevos y miel, licor de pera, que la hacía reír. Y ese embutido que hervía durante horas y luego era horneado, y cuyo relleno sabía a gloria. Ese año había menos cosas debido a la carestía, pero Sally disfrutaba igualmente.

Le gustaba decorar la casa con acebo y colgar la rama de muérdago bajo la cual todos se besaban. Que la besaran le hacía reír todavía más que el licor de pera. El primer hombre que cruzaba el umbral llevaba la suerte con él siempre que su pelo fuera negro. El padre de Sally tenía que quedarse en casa toda la mañana de Navidad, porque su pelo rojo llevaría consigo la mala suerte. A Sally le encantaba la representación de la Natividad en la iglesia. Le gustaba ver a los monjes vestidos como reyes orientales, ángeles o pastores. Se reía como una loca cuando todos los falsos ídolos caían derribados con la llegada de la Sagrada Familia a Egipto.

Pero lo mejor de todo era el obispo adolescente. El tercer día de Navidad los monjes vestían al más joven de los novicios con la indumentaria de obispo, y todo el mundo tenía que obedecerle.

La mayoría de los habitantes de la ciudad esperaban en el recinto del priorato a que saliera el obispo adolescente. La costumbre era que diera órdenes a los ciudadanos de más edad y dignidad para que realizaran las peores tareas, como ir a coger leña o limpiar las pocilgas. También se daba aires y se mofaba de quienes tenían autoridad. El año anterior había ordenado al sacristán que desplumara una gallina. El resultado fue hilarante, ya que éste no tenía la menor idea de cómo se hacía, y había plumas por todas partes.

Con gran solemnidad, apareció un muchacho de unos doce años, de sonrisa traviesa, vistiendo una sotana de seda púrpura y llevando un báculo de madera. Venía a hombros de dos monjes y llevaba tras de sí al resto de los ocupantes del monasterio. Todo el mundo aplaudió y lanzó vítores. Lo primero que hizo fue señalar al prior Philip.

—¡Tú, muchacho! ¡Ve al establo y almohaza al asno!

Hubo un estallido de risas. Todo el mundo sabía que el viejo asno tenía un genio de todos los demonios y que jamás se le había cepillado.

—Sí, mi señor obispo —repuso el prior Philip, y con una sonrisa se encaminó a realizar su tarea.

—¡Adelante! —ordenó el obispo adolescente.

La procesión salió del recinto del priorato, seguida por las gentes de la ciudad. Algunos se ocultaban y echaban el cerrojo a sus puertas por temor a que los eligieran para hacer trabajos desagradables, pero entonces se perdían la diversión. Allí se encontraba toda la familia de Sally: sus padres, su hermano Tommy, la tía Martha e incluso el tío Richard, que había regresado inesperadamente a casa la noche anterior.

El obispo adolescente los condujo primero a la cervecería, como era tradicional. Pidió cerveza gratis para él y para todos los novicios. El cervecero se la dio de buena gana.

Sally se encontró sentada en un banco junto al hermano Remigius, uno de los monjes más viejos. Era un hombre alto, poco cordial, y la niña nunca había hablado con él. Pero en ese momento le sonreía.

—Es agradable que tu tío Richard haya vuelto a casa por la Navidad —le dijo el monje.

—Me ha dado un gatito de madera que él mismo ha hecho con su cuchillo —le explicó Sally.

—Eso está muy bien. ¿Crees que se quedará mucho tiempo?

—No lo sé —contestó la niña tras reflexionar por un instante.

—Espero que tendrá que marcharse pronto.

—Sí. Ahora vive en el bosque.

—¿Sabes dónde?

—Sí. En un lugar que se llama la cantera de Sally. ¡Tiene el mismo nombre que yo! —comentó riendo.

—Es verdad —dijo el hermano Remigius—. Muy interesante.

—Y ahora, Andrew, el sacristán, y el hermano Remigius harán la colada de la viuda Poll —decidió el obispo adolescente una vez que todos hubieron bebido.

Sally aplaudió riendo a carcajadas. La viuda Poll, una mujer gorda y de cara congestionada, era lavandera. A aquellos perezosos monjes les fastidiaría lavar las malolientes camisas y calcetines que las gentes se cambiaban cada seis meses.

El gentío abandonó la cervecería y llevó en procesión al obispillo hasta la casa de la viuda Poll, que se alzaba junto al muelle. A ella le dio un ataque de risa y se puso todavía más colorada cuando le comunicaron quién iba a hacer su colada.

Andrew y Remigius llevaron un pesado cesto de ropa sucia desde la casa hasta la orilla del río. Andrew abrió el cesto y Remigius, con una expresión de asco supremo, sacó la primera pieza.

—¡Cuidado con ésa, hermano Remigius! ¡Es mi camisa! —gritó con descaro una joven.

Remigius enrojeció y todo el mundo se echó a reír.

Los dos monjes hicieron de tripas corazón y empezaron a lavar la ropa en el río, mientras todos les daban consejos y aliento. Sally se dio cuenta de que a Andrew aquello le molestaba mucho, mientras que Remigius tenía una extraña expresión de alegría.

Una bola enorme de hierro colgaba de un andamio sujeta por una cadena. Recordaba el dogal del verdugo balanceándose en el extremo de una horca. También había una cuerda atada a la bola. Esa cuerda pasaba por una garrucha sobre la estaca superior del andamio y pendía hasta el suelo donde dos jornaleros la sujetaban. Cuando éstos tiraron de ella, la bola subió y retrocedió hasta tocar la polea, y la cadena quedó horizontal a lo largo del andamio.

Se encontraban mirando la mayoría de la población de Shiring.

Los hombres soltaron la cuerda. La bola de hierro cayó, osciló y se estrelló contra el muro de la iglesia, que se estremeció produciendo un ruido terrorífico; William sintió el impacto en el suelo, bajo sus pies. Pensó que hubiera sido formidable tener a Richard sujeto a aquel muro precisamente en el lugar contra el que se había estrellado la bola. Habría quedado aplastado como una mosca.

Los peones tiraron de nuevo de la cuerda. William se dio cuenta de que estaba conteniendo el aliento al detenerse la bola de hierro arriba, al final del trayecto. Los hombres la soltaron, se balanceó y ahora sí que hizo un agujero en el muro de piedra. Todos aplaudieron.

Era un mecanismo ingenioso.

William estaba contento de ver que el trabajo en el lugar donde se alzaría la iglesia avanzaba a buen ritmo. Pero ese día su mente estaba ocupada por cuestiones más urgentes. Miró alrededor en busca del obispo Waleran. Lo localizó al fin. Estaba hablando con Alfred, el maestro constructor.

—¿Está ya aquí el hombre? —preguntó William al obispo llevándoselo aparte.

—Es posible —repuso Waleran—. Venid a mi casa.

Cruzaron la plaza del mercado.

—¿Habéis traído vuestras tropas? —preguntó el obispo.

—Claro. Doscientos hombres. Están esperando en el bosque, justo a la salida de la ciudad.

Entraron en la casa. Hasta William llegó el olor a jamón cocido. Se le hizo la boca agua. En aquellos momentos, la mayoría de la gente estaría administrando con enorme tiento sus víveres, pero para Waleran parecía cuestión de principios no permitir que la carestía cambiara su modo de vida. Aunque nunca comía demasiado, al obispo le gustaba que todo el mundo supiera que era demasiado rico y poderoso para que pudieran afectarle unas simples malas cosechas.

La vivienda de Waleran era una casa urbana clásica de fachada estrecha, con un salón en la parte delantera, una cocina detrás y un patio al fondo, en el que había un pozo negro, una colmena y una pocilga. William se tranquilizó al ver que quien esperaba en el salón era un monje.

—Buenos días, hermano Remigius —lo saludó Waleran.

—Buenos días, mi señor obispo. Buenos días, conde William —dijo Remigius.

William miró al monje sin poder disimular su ansiedad. Era un hombre nervioso, de rostro arrogante y ojos azules saltones. Su cara le resultaba vagamente familiar, aunque era una entre tantas cabezas tonsuradas en los oficios sagrados de Kingsbridge. Durante años, William había estado oyendo hablar de aquel hombre como de un espía de Waleran en el territorio del prior Philip, pero era la primera vez que hablaba con él.

—¿Tenéis alguna información para mí? —le preguntó.

—Es posible —respondió Remigius.

Waleran se quitó la capa bordeada de piel y se acercó al fuego para calentarse las manos. Un sirviente les llevó vino de bayas de saúco caliente en copas de plata. William cogió una y bebió esperando impaciente que el sirviente se retirara.

Waleran saboreó el vino mientras dirigía a Remigius una mirada inquisitiva.

—¿Qué excusa has dado para abandonar el priorato? —le preguntó una vez el sirviente hubo salido.

—Ninguna —contestó Remigius.

Waleran enarcó una ceja.

—No voy a regresar —aseguró Remigius, desafiante.

—¿Cómo es eso?

El monje aspiró hondo y dijo:

—Estáis construyendo aquí una catedral.

—No es más que una iglesia.

—Va a ser muy grande. Sé que vuestros planes son que finalmente se convierta en iglesia catedral.

—Supongamos por un momento que estés en lo cierto —dijo Waleran tras un breve silencio.

—La catedral tendrá que estar gobernada por un capítulo, ya sea de monjes o de canónigos.

—¿Y qué?

—Quiero ser el prior.

William pensó que aquello tenía lógica.

—Y estabas tan seguro de llegar a serlo que abandonaste Kingsbridge sin el permiso de Philip y sin excusa alguna —comentó Waleran con tono agrio.

Remigius pareció incómodo. William simpatizaba con él. Aquel talante desdeñoso que con tanta frecuencia adoptaba el obispo bastaba para molestar a cualquiera.

—Espero no haberme mostrado confiado en exceso —dijo Remigius.

—Es de presumir que podrás conducirnos hasta Richard.

—Sí.

—¡Hombre listo! ¿Dónde está? —intervino William, excitado.

Remigius se mantuvo en silencio y miró a Waleran.

—¡Vamos, Waleran! ¡Dadle el cargo, por Dios bendito! —intercedió William.

El obispo se mostraba vacilante. William sabía que no soportaba que nadie lo coaccionara.

—Muy bien, serás prior —aceptó por último Waleran.

—Y ahora ¿dónde está Richard? —insistió William.

Remigius seguía con la mirada fija en el obispo.

—¿A partir de hoy mismo?

—A partir de hoy mismo.

Entonces el monje se volvió hacia William.

—Un monasterio no es tan sólo una iglesia y un dormitorio. Necesita tierras, granjas, iglesias que paguen diezmos...

—Decidme dónde está Richard y, para empezar, os daré cinco aldeas con sus iglesias parroquiales —le aseguró William.

—La fundación necesitará la correspondiente carta de privilegio.

—No temas. La tendrás —le aseguró Waleran.

—Vamos, hombre de Dios. Tengo un ejército esperando a las afueras de la ciudad. ¿Dónde se halla la guarida de Richard?

—En un lugar llamado la cantera de Sally, cerca del camino de Winchester.

—¡Lo conozco! —William tuvo que contenerse para no lanzar una exclamación de triunfo—. Es una cantera abandonada. Ya no va nadie por allí.

—La recuerdo —declaró a su vez Waleran—. Hace años que no se trabaja en ella. Es una excelente guarida. Nunca sabrías que existe a menos que dieras con ella.

—Pero también es una trampa —masculló William con feroz regocijo—. Los tres muros que la forman son prácticamente inexpugnables. Nadie escapará. Y, además, no cogeré prisioneros. —Su excitación se hizo mayor al imaginar la escena—. Haré una auténtica carnicería. Será como matar pollos en un gallinero.

Los dos hombres de Dios lo miraban de forma extraña.

—¿Acaso os asalta algún pequeño escrúpulo, hermano Remigius? —preguntó William, desdeñoso—. ¿Os revuelve el estómago la idea de una matanza, mi señor obispo? —Sabía, por la expresión de sus caras, que había dado en el clavo. Aquellos hombres religiosos eran grandes maquinadores, pero cuando se trataba de derramamiento de sangre tenían que seguir confiando en los hombres de acción—. Sé que estaréis rezando por mí —añadió con tono sarcástico.

Se puso en marcha de inmediato.

Tenía el caballo atado fuera. Era un soberbio garañón negro que había sustituido, aunque no igualado, al caballo de guerra que Richard le había robado. Montó en él y salió cabalgando de la ciudad. Contuvo su excitación e intentó pensar con frialdad en las posibles tácticas a seguir.

Se preguntó cuántos proscritos habría en la cantera de Sally. En cada una de sus incursiones eran más de cien hombres. El número total debía de ser de doscientos, tal vez incluso de quinientos. Era posible incluso que superaran los efectivos de William. De manera que tendría que aprovechar al máximo sus ventajas. Una de ellas era el factor sorpresa. Otra, las armas. La mayoría de los proscritos tenían garrotes, martillos y, en el mejor de los casos, hachas. Por supuesto, ninguna armadura. Pero la ventaja más importante era que los hombres de William iban montados. Los proscritos tenían pocos caballos y no era probable que muchos de ellos estuvieran cabalgando en el preciso instante en que eran atacados. Para darse un mayor margen, decidió enviar a algunos arqueros por las laderas laterales de la colina para disparar durante unos momentos hacia la cantera antes del asalto definitivo.

Lo principal de todo era evitar que escapara un solo proscrito. Al menos hasta que estuviera seguro de que Richard había muerto o había sido capturado. Decidió situar a un puñado de hombres de confianza en la retaguardia antes de ordenar el asalto final y atrapar a cuantos proscritos intentaran huir.

Walter seguía esperando con los caballeros y hombres de armas en el mismo lugar donde William los había dejado un par de horas antes. Se mostraban ansiosos y su moral era alta, ya que daban por sentado una fácil victoria. Poco después iban al trote por el camino de Winchester.

Walter cabalgaba junto a William en el más absoluto silencio. Una de las mejores cualidades de aquél era su habilidad para mantenerse callado cuando debía hacerlo. William se había dado cuenta de que la mayoría de la gente le hablaba sin cesar, incluso cuando no tenía nada que decir, tal vez por temor o nerviosismo. Walter respetaba a William, pero no se mostraba temeroso ante él. Hacía demasiado tiempo que estaban juntos.

William se sentía embargado por una mezcla familiar de expectación anhelante y temor mortal. Luchar era lo único en el mundo que hacía bien, y cada vez arriesgaba su vida. Pero la incursión aquella era especial.

En esta ocasión tenía la oportunidad de acabar con el hombre que durante quince años había sido una espina clavada en su carne.

Al cabo de unos kilómetros se desviaron del camino de Winchester. Tomaron por un sendero apenas visible, hasta el punto de que William lo hubiera pasado por alto de no haber estado buscándolo. Una vez en él, podía seguirlo observando la vegetación. Había una franja de cuatro o cinco metros de ancho sin árboles altos.

Envió a los arqueros por delante y, para darles tiempo, redujo por unos momentos la marcha del resto de sus hombres. Era un día de enero claro, y los árboles sin hojas apenas si atenuaban la luz del sol. Hacía muchos años que William no iba a aquella cantera y no sabía a qué distancia se encontraba exactamente. Sin embargo, cuando se hallaban a poco más de un kilómetro, empezó a descubrir indicios de que el sendero estaba siendo utilizado: vio ramas rotas y huellas en el barro. Experimentó una gran satisfacción al ver confirmado el informe de Remigius.

Se sentía tan tenso como la cuerda de un arco. Los indicios se hicieron cada vez más patentes. Hierba muy aplastada, deposiciones de caballos, desperdicios humanos. A aquella distancia, dentro del bosque, los proscritos no se habían molestado en ocultar su presencia. Ya no cabía la menor duda. Se encontraban allí. La batalla estaba a punto de comenzar.

La guarida debía de hallarse muy cerca. William aguzó el oído. En cualquier momento sus arqueros se lanzarían al ataque y se escucharían maldiciones, gritos de dolor y el relincho de caballos aterrados.

El sendero los condujo hasta un gran calvero y William vio, a un par de centenares de metros, la entrada a la cantera de Sally. No se oía ruido alguno. Algo andaba mal. Sus arqueros no habían comenzado a disparar. William sintió un escalofrío. ¿Qué había pasado? ¿Era posible que sus arqueros hubieran caído en una emboscada y que los centinelas los hubiesen dejado fuera de combate sin hacer ruido? No a todos, eso seguro.

Pero no había tiempo para especulaciones. Se encontraba casi encima de los proscritos. Espoleó su caballo y lo lanzó al galope. Sus hombres le siguieron y se lanzaron con gran estruendo hacia la guarida. El temor de William se había desvanecido ante el júbilo de la carga.

El camino hasta la guarida era como una pequeña garganta tortuosa, de modo que el interior no podía verse al acercarse. Miró hacia arriba y vio a algunos de sus arqueros en la cima del farallón, mirando hacia abajo. ¿Por qué no disparaban? Tuvo una premonición de desastre y habría dado media vuelta si no hubiese sido porque ya no podían detener a los caballos lanzados a la carga. Con la espada en la mano derecha, sujetando las riendas con la izquierda, el escudo colgándole del cuello, galopó hasta la cantera.

Allí no había nadie.

El desencanto le sacudió como un golpe. Estaba a punto de romper a llorar. Todos los indicios lo habían avalado. Estaba tan seguro… Sentía la frustración en las entrañas, como un dolor insoportable.

Al reducir la marcha los caballos, William comprobó que, de hecho, aquella había sido la guarida de los proscritos hasta hacía poco. Se veían cobertizos construidos con ramas y cañas, restos de fuegos para cocinar y también estercoleros. En una esquina se habían clavado algunas estacas para improvisar un corral para los caballos. William vio acá y allá vestigios de presencia humana: huesos de pollo, sacos vacíos, un zapato viejo, una olla rota. Incluso una de las hogueras parecía humear todavía. Renació en él la esperanza. Tal vez acabaran de irse y todavía pudiera alcanzarlos. Fue entonces cuando descubrió una única figura en cuclillas junto al fuego. La figura se puso en pie. Era una mujer.

—Bien, bien, William Hamleigh —dijo—. Demasiado tarde, como de costumbre.

—¡Zorra insolente! Te arrancaré la lengua por eso —vociferó William.

—No me tocarás —repuso la mujer con calma—. He maldecido a mejores hombres que tú. —Se llevó tres dedos a la cara, como hacían las brujas. Los caballeros retrocedieron y William se santiguó a fin de protegerse. La mujer lo miró sin temor alguno con sus extraños ojos dorados y añadió—: ¿No me reconoces, William? En una ocasión intentaste comprarme por una libra. —Se echó a reír—. Fuiste afortunado al no conseguirlo.

William recordó aquellos ojos. Era la viuda de Tom, el maestro constructor, la madre de Jack Jackson, la bruja que vivía en el bosque. Se sentía, desde luego, muy satisfecho de no haberla comprado. Y ansiaba alejarse de ella lo más deprisa posible, pero antes tenía que hacerle algunas preguntas.

—Muy bien, bruja —le dijo—. ¿Estaba aquí Richard de Kingsbridge?

—Hasta hace dos días.

—¿Y puedes decirme adónde se fue?

—Sí, claro que puedo —contestó ella—. Él y sus proscritos han ido a luchar por Henry.

—¿Henry? —repitió William como un eco. Tenía la horrible sensación de saber a qué Henry se refería—. ¿El hijo de Maud?

—Sí.

William se quedó helado. Era posible que el joven y enérgico duque de Normandía tuviese éxito donde su madre había fracasado, y si en esta ocasión Stephen era derrotado, William podía caer con él.

—¿Qué ha pasado? —inquirió con tono apremiante—. ¿Qué ha hecho Henry?

—Ha cruzado el Canal con treinta y seis barcos y ha desembarcado en Wareham. Según dicen, ha traído con él un ejército de tres mil hombres. Nos han invadido.

3

En la ciudad de Winchester ya no cabía un alma. La situación era tensa y peligrosa. Allí se encontraban los dos ejércitos. Las fuerzas del rey Stephen estaban guarecidas en el castillo. Los rebeldes del duque Henry, incluidos Richard y sus proscritos, se encontraban acampados fuera de las murallas de la ciudad, en la colina de Saint Giles, lugar donde se celebraba la feria anual. A los soldados de ambas partes les estaba vedado entrar en la población, pero muchos de ellos, desafiando la prohibición, pasaban las noches en las tabernas, los reñideros de gallos y los burdeles, donde se emborrachaban, abusaban de las mujeres, luchaban y se mataban entre sí durante partidas de dados.

El rey había perdido todo espíritu combativo en el verano, cuando había muerto su hijo mayor. En aquellos momentos, Stephen se alojaba en el castillo real, en tanto que el duque Henry lo hacía en el palacio del obispo. Sus representantes, el arzobispo Theobald de Canterbury, en nombre del rey, y el viejo desfacedor de poderíos, el obispo Henry de Winchester, por parte del duque Henry, estaban celebrando conversaciones de paz. Cada mañana, el arzobispo Theobald y el obispo Henry se reunían en el palacio episcopal. A mediodía, el duque Henry solía atravesar las calles de Winchester con sus lugartenientes, incluido Richard, para ir a almorzar al castillo.

La primera vez que Aliena vio al duque Henry no pudo creer que fuera el hombre que gobernaba un imperio tan grande como Inglaterra. Tendría unos veinte años y su rostro era atezado y pecoso como el de un campesino. Vestía una sencilla túnica oscura sin bordado alguno y llevaba muy corto el pelo rojizo. Ofrecía el aspecto del laborioso hijo de un hacendado próspero. Sin embargo, percibió, al cabo de un tiempo, que poseía un magnetismo especial. Era de baja estatura y musculoso, con hombros anchos y una hermosa cabeza. Pero la impresión de gran fuerza física quedaba compensada por unos ojos grises penetrantes y escrutadores. La gente que le rodeaba jamás se acercaba a él demasiado, sino que lo trataba con una familiaridad cautelosa, como si temiera que fuese a montar en cólera en cualquier momento.

Aliena pensaba que, en el castillo, los comensales debían de sufrir una desagradable tensión al tener a los jefes de ambos ejércitos comiendo juntos. Se preguntaba cómo soportaría Richard sentarse a la misma mesa con el conde William. Ella lo habría amenazado con el cuchillo de trinchar en lugar de pasarle el venado asado. Por su parte, sólo veía a William desde cierta distancia y en breves ocasiones. Parecía inquieto y malhumorado, lo cual constituía una buena señal.

Mientras los condes, obispos y abades se reunían en la torre del homenaje, la pequeña nobleza, así como los caballeros, los sheriffs, los barones de menor importancia, los funcionarios de justicia y los habitantes del castillo, lo hacían en el patio del castillo. Nadie podía estar lejos de la ciudad capital mientras se decidía su futuro y el del reino. Casi todas las mañanas, Aliena encontraba allí al prior Philip. Corrían docenas de rumores distintos. Un día se decía que todos los condes que apoyaban a Stephen serían privados del título, lo que significaría el fin de William. Al día siguiente, todos ellos iban a conservar el condado, lo que arruinaría las esperanzas de Richard. Se derribarían todos los castillos de Stephen. Luego los de los rebeldes. El siguiente rumor aseguraba que tanto los de uno como los del otro. Después, ninguno. Una voz insistía en que todos los partidarios de Henry recibirían el título de caballeros y un centenar de hectáreas. Richard no quería aquello, quería el condado.

Richard no tenía ni idea de qué rumores eran veraces, en el caso de que alguno lo fuera. A pesar de ser uno de los lugartenientes en los que Henry más confiaba en el campo de batalla, no se le consultaba sobre los detalles de las negociaciones políticas. Sin embargo, Philip parecía saber lo que estaba ocurriendo. No quería decir quién le facilitaba aquella información, pero Aliena recordaba que tenía un hermano que visitaba Kingsbridge de vez en cuando y que había trabajado para Robert de Gloucester y la emperatriz Maud. Teniendo en cuenta que Robert y Maud ya habían muerto, era posible que trabajase para el duque Henry.

Philip declaró que los negociadores estaban a punto de firmar un acuerdo. El trato era que Stephen seguiría en el trono hasta su muerte; pero que su sucesor sería Henry. Aquello inquietó a Aliena. Stephen podía vivir otros diez años. ¿Qué pasaría entretanto? Era indudable que los condes de Stephen no serían desposeídos mientras éste siguiera gobernando. Y entonces, ¿qué recompensas obtendrían los partidarios de Henry, como Richard? ¿Se suponía que debían esperar?

Philip supo la respuesta un día, a última hora de la tarde, cuando ya hacía una semana que todos estaban en Winchester. Envió como mensajero a un novicio para que llevara ante él a Aliena y Richard. Mientras caminaban por las viejas calles del recinto de la catedral, Richard sentía un anhelo frenético y Aliena apenas podía contener el nerviosismo.

Philip estaba esperándolos en el cementerio. Hablaron entre las tumbas, mientras se iba poniendo el sol.

—Han llegado a un acuerdo —informó Philip sin preámbulo alguno—; pero es algo embrollado.

Aliena no pudo soportar por más tiempo la tensión.

—¿Será Richard conde? —preguntó con tono apremiante.

Philip agitó la mano como queriendo decir tal vez sí o tal vez no.

—Resulta complicado. Han llegado a un acuerdo. Las tierras de las que se hayan apoderado usurpadores serán devueltas a las gentes que las poseían en tiempos del viejo rey Henry.

—Es cuanto necesito —contestó Richard al punto—. Mi padre era conde en tiempos del viejo rey Henry.

—¡Cállate, Richard! —le conminó Aliena, y volviéndose hacia Philip, le preguntó—: ¿Dónde está la complicación?

—En el acuerdo no hay nada que estipule que Stephen deba llevarlo a cabo. Probablemente no habrá cambio alguno hasta su muerte, cuando Henry sea rey.

—¡Pero eso, en la práctica, lo deja sin efecto! —exclamó Richard, abatido.

—No del todo —puntualizó Philip—. Significa que tú eres el conde legítimo.

—Pero he de vivir como un proscrito hasta la muerte de Stephen, y entretanto ese animal de William ocupa mi castillo —exclamó Richard, furioso.

—No hables tan alto —le reconvino Philip al pasar cerca de ellos un sacerdote—. Todo esto todavía es secreto.

Aliena estaba muy irritada.

—No estoy dispuesta a aceptar tal cosa —dijo—. No pienso esperar a que Stephen muera. He estado aguardando durante diecisiete años y ya estoy harta.

—¿Y qué puedes hacer? —preguntó Philip.

Aliena se encaró con Richard.

—La mayoría del país te aclama como el legítimo conde. Stephen y Henry han reconocido ahora que lo eres. Debes apoderarte del castillo y gobernar como el conde legítimo.

—¿Cómo voy a apoderarme del castillo? William sin duda lo habrá dejado bien protegido.

—Dispones de un ejército, ¿no es así? —dijo Aliena, impulsada por su propia ira y frustración—. Tienes derecho al castillo y tienes fuerza para apoderarte de él.

Richard meneó la cabeza.

—Durante quince años de guerra civil, ¿sabes cuántas veces he visto tomar un castillo mediante un ataque frontal? Ninguna. —Como siempre que se abordaban cuestiones militares, Richard mostraba autoridad y madurez—. Casi nunca se logra. A veces se toma una ciudad, pero jamás un castillo. Pueden rendirse al cabo de un asedio o recibir refuerzos para continuar la lucha. También he visto que los han tomado debido a la cobardía, mediante estratagemas o traición. Pero jamás por la fuerza.

Aliena seguía sin estar dispuesta a aceptar aquello. Era un dictamen desalentador. Le resultaba imposible resignarse a pasar más años de paciente espera.

—Así pues, ¿qué ocurriría si condujeras a tu ejército hasta el castillo de William?

—Alzarían el puente levadizo y cerrarían las puertas antes de que pudiéramos entrar. Acamparíamos fuera. Entonces llegaría William con su ejército y atacaría nuestro campamento. Pero, aun cuando le derrotásemos, seguiríamos sin tener el castillo. Los castillos son difíciles de atacar y fáciles de defender. Por eso se construyen.

Mientras hablaba, una idea fue germinando en la mente de Aliena.

—Cobardía, estratagema o traición —dijo.

—¿Qué?

—Dices que has visto tomar castillos por cobardía o mediante estratagemas o traición.

—Sí, claro.

—¿Cuál de esas fórmulas utilizó William cuando nos quitó el castillo hace tantos años?

—Los tiempos eran diferentes —intervino Philip—. El país había disfrutado de paz durante treinta y cinco años bajo el gobierno del viejo rey Henry. William cogió a vuestro padre por sorpresa.

—Recurrió a una estratagema —explicó Richard—. Entró en el castillo subrepticiamente con algunos hombres, antes de que se diera la voz de alarma. Pero el prior Philip tiene razón. En la actualidad esa celada no daría resultado. La gente se ha vuelto mucho más cautelosa.

—Yo puedo entrar —dijo Aliena con firmeza, a pesar de que, mientras hablaba, sentía que el temor le atenazaba el corazón.

—Claro que puedes; eres una mujer —repuso Richard—. Pero una vez dentro no podrías hacer nada. Eso sería lo que te abriría la entrada. Eres inofensiva.

—No seas tan condenadamente arrogante —le cortó en seco Aliena—. He matado para protegerte, y eso es más de lo que tú has hecho jamás por mí, ingrato. Así que no te atrevas a decir que soy inofensiva.

—Muy bien, no eres inofensiva —admitió Richard a regañadientes—. ¿Y qué harías una vez dentro del castillo?

El enfado de Aliena se desvaneció. ¿Qué haría?, se dijo, temerosa. ¡Al diablo con todo! Tengo al menos tanto valor y recursos como ese cerdo de William.

—¿Qué fue lo que hizo William?

—Mantener echado el puente levadizo y abierta la puerta el tiempo suficiente para que entrara el grueso de las fuerzas de asalto.

—Entonces, eso es lo que haré —aseguró Aliena con el corazón en la boca.

—Pero ¿cómo? —preguntó Richard con escepticismo.

Aliena recordó haber dado valor y consuelo a una jovencita de catorce años, aterrada por la tormenta.

—La condesa me debe un favor —dijo—. Y odia a su marido.

Aliena y Richard, junto con cincuenta de sus mejores hombres, cabalgaron durante la noche y llegaron a las cercanías de Earlcastle con el alba. Se detuvieron en el bosque que rodeaba el castillo. Aliena desmontó, se quitó la capa de lana de Flandes y las botas de piel suave, y las sustituyó por un tosco mantón de campesina y un par de zuecos. Uno de los hombres le entregó un cesto de huevos frescos colocados sobre paja. Aliena se lo colgó del brazo.

Richard la examinó de arriba abajo.

—Perfecto. Una campesina llevando productos para las cocinas del castillo.

Aliena tragó saliva con dificultad. El día anterior lo había pasado derrochando energía y audacia, pero en aquellos momentos en que iba a llevar a cabo su plan, se sentía en verdad asustada.

Richard la besó en la mejilla.

—Cuando oiga la campana rezaré un Padrenuestro despacio, sólo uno. Entonces, la avanzadilla se pondrá en marcha. Todo cuanto has de hacer es tranquilizar a los guardianes con un falso sentido de seguridad para que diez de mis hombres puedan atravesar el prado y entrar en el castillo sin despertar la alarma —le dijo.

Aliena asintió.

—Pero asegúrate de que el cuerpo principal no se descubra hasta que la avanzadilla haya cruzado el puente levadizo —le aconsejó a su hermano.

—Yo iré en cabeza del cuerpo principal —dijo Richard con una sonrisa—. No te preocupes. Buena suerte.

—Lo mismo te deseo —repuso Aliena, y se alejó.

Salió del bosque y atravesó el prado en dirección al castillo que había abandonado aquel aciago día, hacía dieciséis años. Al ver de nuevo el lugar, tuvo un recuerdo vívido y aterrador de aquella otra mañana, el aire húmedo después de la tormenta, y de los dos caballos atravesando veloces la puerta y corriendo por los campos empapados de lluvia, Richard a la grupa del caballo de guerra y ella en el otro más pequeño. Iban muertos de miedo. Se había pasado la vida negando lo ocurrido, empeñándose en olvidar, salmodiando para sí como el ritmo de los cascos del caballo: «No puedo recordar. No puedo recordar, no puedo, no puedo.» Y le había dado resultado. Durante mucho tiempo fue incapaz de rememorar la violación, y se limitaba a pensar que sólo le había pasado algo terrible cuyos detalles era incapaz de recordar. Y sólo cuando se enamoró de Jack aquellos recuerdos volvieron a su mente. Aquel recuerdo la aterró entonces hasta tal punto que había sido incapaz de corresponder al amor de él. Gracias a Dios, Jack había tenido una paciencia extraordinaria. Así es como Aliena llegó a saber que el amor de aquel hombre era fuerte, pues a pesar de todo lo que había tenido que soportar seguía amándola.

Al ir acercándose al castillo, evocó algunos buenos recuerdos para calmar los nervios. Allí había vivido de niña con su padre y Richard. Habían tenido riquezas y seguridad. Había jugado con su hermano en las murallas del castillo, merodeado por las cocinas y rapiñado alguna que otra golosina. Se sentaba junto a su padre para cenar en el gran salón. Entonces no sabía que era feliz, se dijo. No tenía ni idea de lo afortunada que era al no temer nada ni a nadie.

Hoy aquellos buenos tiempos comenzarán de nuevo, se dijo. Si soy capaz de hacerlo bien.

Había afirmado, confiada: «La condesa me debe un favor y odia a su marido», pero, mientras cabalgaban durante la noche, había estado reflexionando acerca de todas las cosas que podían ir mal. En primer lugar, era posible que ni siquiera lograse entrar en el castillo; incluso podía haber ocurrido algo que pusiera en estado de alerta a la guarnición. Tal vez los guardias fueran suspicaces, o tuviera la desgracia de topar con un centinela que le obstruyese el paso. En segundo lugar, y una vez dentro, quizá fuese incapaz de persuadir a Elizabeth de que traicionara a su esposo. Había pasado un año y medio desde que se encontraran durante la tormenta. Con el tiempo, las mujeres llegan a acostumbrarse a los hombres más depravados, y cabía la posibilidad de que Elizabeth se hubiera reconciliado ya con su suerte. Y, en tercer y último lugar, incluso si Elizabeth se mostraba dispuesta, podía darse el caso de que no tuviera la autoridad o la energía para hacer lo que Aliena quería. La última vez que se habían visto era una chiquilla asustada, y era muy fácil que la guardia del castillo se negara a obedecer lo que les dijera.

Aliena se sintió extrañamente alerta mientras cruzaba el puente levadizo. Podía verlo y oírlo todo con una claridad desacostumbrada. En aquellos momentos la guarnición empezaba a despertar. Unos cuantos guardias legañosos deambulaban por las murallas, bostezando y tosiendo; junto a la entrada, se encontraba tumbado un perro viejo, rascándose las pulgas. Aliena se puso la capucha para ocultar su rostro, a fin de que no la reconocieran, y pasó por debajo del arco.

En la garita montaba la guardia un astroso centinela, sentado en un banco y comiendo un gran trozo de pan. Su indumentaria era desaliñada, y el cinto colgaba de un clavo, en una pared de la caseta.

Aliena, con el corazón en la boca y una sonrisa que enmascaraba su miedo, le mostró el cesto de huevos.

El hombre hizo un ademán impaciente con la mano.

Había superado el primer obstáculo.

Prácticamente no existía disciplina. Era comprensible, ya que, en definitiva, se trataba de fuerzas que habían quedado allí mientras los mejores hombres iban a la guerra. La agitación se hallaba en otra parte.

De modo, pues, que por el momento todo iba bien. Aliena cruzó el patio inferior con los nervios a flor de piel. Le resultaba muy raro ser una extraña caminando por un lugar que había sido su hogar, una infiltrada donde en tiempos había tenido derecho a ir por donde quisiera. Las edificaciones de madera eran distintas. Las cuadras eran más grandes, la cocina había sido trasladada y había una nueva armería construida en piedra. Todo parecía más sucio. Pero la capilla continuaba allí, era la misma capilla donde ella y Richard habían permanecido sentados durante aquella horrorosa tormenta, conmocionados y mudos, helados de frío. Un grupo de sirvientes del castillo comenzaba sus tareas matinales. Uno o dos hombres de armas caminaban por el patio. Ofrecían un aspecto amenazador, pero tal vez se debiese a que Aliena tenía consciencia de que podían matarla si se enteraban de lo que iba a hacer.

Si su plan tenía éxito, esa noche sería de nuevo dueña del castillo. La idea era emocionante, aunque irreal, como un sueño maravilloso e imposible.

Entró en la cocina. Un muchacho se encontraba alimentando el fuego y una jovencita cortaba zanahorias. Aliena les dirigió una alegre sonrisa.

—Traigo dos docenas de huevos frescos —anunció al tiempo que ponía el cesto sobre la mesa.

—La cocinera aún no se ha levantado —dijo el chico—. Tendrás que esperar por tu dinero.

—¿Podríais darme un poco de pan para desayunar?

—Ve al gran salón.

—Gracias —dijo Aliena. Dejó el cesto y volvió a salir.

Atravesó el segundo puente levadizo en dirección al complejo superior. Sonrió al guarda apostado en la segunda entrada. Tenía el pelo revuelto y los ojos inyectados en sangre. La miró de arriba abajo.

—¿Adónde vas? —le preguntó con tono inquieto y desafiante.

—A desayunar algo —repuso ella sin pararse.

La miró de reojo.

—Yo tengo algo para darte de comer —le gritó.

—Pero a lo mejor lo escupo —le contestó ella por encima del hombro.

Ni por un instante habían sospechado. No creían que una mujer entrañase peligro alguno. Eran realmente estúpidos. Las mujeres podían hacer casi todo lo que hacían los hombres. ¿Quiénes se hacían cargo de cuanto era necesario cuando los hombres se iban a luchar en las guerras o a las cruzadas? Había mujeres carpinteras, tintoreras, curtidoras, panaderas y cerveceras. La propia Aliena había figurado entre los comerciantes más importantes del condado. Las obligaciones de una abadesa que debía gobernar un convento eran exactamente las mismas que las de un abad. ¡Pero si precisamente había sido una mujer, la emperatriz Maud, la causante de la guerra civil que se había prolongado durante quince años! Sin embargo, esos estúpidos hombres de armas no imaginaban siquiera que una mujer pudiese ser un agente enemigo, porque no era habitual.

Subió corriendo por los escalones de la torre del homenaje y entró en el salón. No había mayordomo junto a la puerta. Seguramente porque el señor se hallaba fuera. En el futuro me aseguraré de que siempre haya un mayordomo junto a la puerta, se dijo Aliena; esté el señor en casa o no.

Quince o veinte personas se encontraban desayunando alrededor de una mesa pequeña. Un par le dirigió una rápida mirada, pero nadie hizo caso de ella. Se fijó en que el salón estaba muy limpio y que mostraba uno o dos toques femeninos. Las paredes estaban enjalbegadas y había hierbas aromáticas mezcladas con los junquillos del suelo. Elizabeth había estampado en cierto modo su marca. Era una señal esperanzadora.

Sin hablar con la gente que se hallaba sentada a la mesa, Aliena cruzó el salón hasta las escaleras de la esquina, intentando aparentar que tenía todo el derecho del mundo a estar allí, pero temiendo que la detuvieran en cualquier momento. Llegó al pie de la escalera sin llamar la atención. Corrió hacia las dependencias privadas situadas en el piso alto. Entonces, oyó a alguien decir: «¡Eh, tú! No puedes subir ahí.» Aliena hizo caso omiso. Oyó que alguien corría detrás de ella.

Llegó arriba jadeante. ¿Dormiría Elizabeth en la habitación principal, la que solía ocupar el antiguo conde, o tendría una cama propia en la alcoba que había sido de Aliena? Vaciló por un instante, con el corazón desbocado. Supuso que para entonces William estaría aburrido de que Elizabeth durmiera con él todas las noches y era casi seguro que le habría permitido tener un dormitorio propio. Aliena golpeó con los nudillos la puerta de la habitación más pequeña, que se abrió de inmediato.

Había acertado. Elizabeth se encontraba sentada junto al fuego, en camisón, cepillándose el pelo. Levantó la mirada, frunció el entrecejo y finalmente reconoció a Aliena.

—¡Sois vos! —exclamó—. ¡Vaya sorpresa!

Parecía complacida.

Aliena escuchó unos pesados pasos detrás de ella.

—¿Puedo pasar? —preguntó.

—¡Pues claro! Y sed bienvenida.

Aliena entró y cerró con la mayor rapidez que pudo. Se acercó a Elizabeth. Un hombre irrumpió en la habitación.

—¡Eh, tú! ¿Quién te crees que eres? —dijo el hombre, yendo hacia Aliena con la intención de echarla de allí.

—¡Quédate donde estás! —le gritó ella con su tono más autoritario. El hombre vaciló. Aliena aprovechó aquel instante y dijo:

—Vengo a ver a la condesa con un mensaje del conde William. Te habrías enterado en su momento si hubieras estado montando guardia junto a la puerta en vez de estar embutiéndote con pan bazo.

El hombre adoptó una actitud culpable.

—Está bien, Edgar. Conozco a esta dama —le dijo Elizabeth.

—Bien, condesa —repuso él, y, sin más, salió y cerró la puerta.

Lo he conseguido, se dijo Aliena. He entrado.

Miró alrededor mientras su corazón recuperaba el ritmo normal. La habitación no parecía muy distinta de cuando había sido suya. Había pétalos secos en un cuenco, un bonito tapiz en la pared, algunos libros y un baúl para guardar los vestidos. La cama seguía en su sitio. Era la misma. Sobre la almohada había una muñeca de trapo como la que Aliena había tenido. Al verla no pudo evitar sentirse vieja.

—Ésta era mi habitación —dijo.

—Lo sé —repuso Elizabeth.

Aliena quedó sorprendida. No había hablado con Elizabeth de su pasado.

—Desde aquella terrible tormenta, lo averigüé todo sobre vos —le explicó Elizabeth, y añadió—: ¡Os admiro tanto!

Sus ojos brillaban de adoración por lo heroico de su conducta.

Aquello era una buena señal.

—¿Y William? —preguntó Aliena—. ¿Sois feliz a su lado?

Elizabeth desvió la mirada.

—Ahora tengo mi propia habitación y pasa mucho tiempo fuera. En realidad, todo va mejor —respondió, y a continuación se echó a llorar amargamente.

Aliena se sentó en la cama y rodeó a la joven con los brazos. Elizabeth dejaba escapar sollozos profundos y desgarradores, y las lágrimas le bañaban la cara.

—¡Le odio! ¡Quisiera morirme! —dijo con voz entrecortada por el llanto.

Su angustia era tan desgarradora y ella tan joven, que Aliena sintió también deseos de llorar. Tenía la penosa certeza de que la suerte de Elizabeth podía haber sido la suya. Le dio unas palmaditas cariñosas en la espalda, como habría podido hacer con Sally.

Elizabeth fue calmándose poco a poco. Se enjugó la cara con la manga del camisón.

—Tengo miedo de quedar embarazada —dijo con tristeza—. Estoy aterrada, porque sé que maltrataría al niño.

—Os comprendo —le contestó Aliena.

Hubo un tiempo en que ella misma se sintió aterrorizada con la idea de quedar embarazada de un hijo de William.

Elizabeth la miró con los ojos muy abiertos.

—¿Es verdad lo que se dice que os hizo a vos?

—Sí, es verdad. Tenía vuestra edad cuando ocurrió.

Por un instante ambas se miraron fijamente, unidas por un odio común. De repente, pareció que Elizabeth dejaba de ser niña súbitamente.

—Si queréis, podéis libraros de él; hoy mismo —sugirió Aliena.

Elizabeth se quedó mirándola.

—¿De verdad? —preguntó con anhelo—. ¿De verdad?

Aliena hizo un gesto de asentimiento.

—Por eso estoy aquí.

—¿Podré irme a casa? —preguntó Elizabeth, con los ojos llenos de lágrimas—. ¿Podré volver a Weymouth con mi madre? ¿Hoy?

—Sí. Pero tendréis que ser valerosa.

—Haré cualquier cosa —manifestó la joven—. ¡Cualquier cosa! No tenéis más que decírmelo.

Aliena recordaba haberle explicado cómo hacerse respetar por los sirvientes de su marido y se preguntó si Elizabeth habría sido capaz de poner en práctica sus indicaciones.

—¿Continúan los sirvientes avasallándoos? —le preguntó con toda franqueza.

—Lo intentan.

—Pero vos no les dejaréis, imagino.

Elizabeth pareció algo incómoda.

—Bueno, a veces sí. Pero ahora ya tengo dieciséis años y soy condesa desde hace casi dos. Además, he tratado de seguir vuestro consejo y debo confesaros que ha dado resultado.

—Dejadme que os lo explique —dijo Aliena—. El rey Stephen ha firmado un pacto con el duque Henry. Todas las tierras han de ser devueltas a quienes las poseían en tiempos del viejo rey Henry, lo cual significa que mi hermano Richard se convertirá de nuevo en conde de Shiring algún día. Pero él no quiere esperar.

Elizabeth la miraba con los ojos muy abiertos.

—¿Va a luchar Richard contra William?

—Richard se encuentra ahora muy cerca de aquí con un pequeño grupo de hombres. Si pudiera apoderarse hoy del castillo, sería reconocido como el legítimo conde y William estaría acabado.

—¡No puedo creerlo! —exclamó Elizabeth—. Realmente, no puedo creer que sea verdad.

Su repentino optimismo parecía más desgarrador incluso que su tremendo abatimiento.

—Todo cuanto habéis de hacer es dejar entrar a Richard pacíficamente —expuso Aliena—. Luego, cuando todo haya terminado, os llevaremos a vuestra casa.

Elizabeth pareció de nuevo temerosa.

—No estoy segura de que los hombres hagan lo que yo les diga.

Eso era precisamente lo que preocupaba a Aliena.

—¿Quién es el capitán de la guardia?

—Michael Armstrong. No me gusta.

—Haced que venga.

—Muy bien. —Elizabeth se sonó, se puso de pie y se acercó a la puerta—. ¡Magde! —llamó.

Aliena oyó contestar a bastante distancia.

—Ve a buscar a Michael —ordenó la joven condesa—. Dile que venga de inmediato. Necesito hablar con él con urgencia. Date prisa, por favor.

Elizabeth volvió a entrar y se apresuró a vestirse, echándose una túnica sobre el camisón y atándose las botas. Aliena la instruyó a toda prisa.

—Decid a Michael que toque la campana grande para convocar a todo el mundo en el patio. Comunicadle que habéis recibido un mensaje del conde William y que queréis hablar a toda la guarnición, a los hombres de armas, a los sirvientes, a todo el mundo. Que queréis que tres o cuatro hombres monten guardia mientras todos están reunidos en el patio inferior. Decidle también que estáis esperando, de un momento a otro, la llegada de un grupo de diez o doce jinetes con un nuevo mensaje y que deben ser llevados ante vos tan pronto como se presenten.

—Espero acordarme de todo —dijo Elizabeth, nerviosa.

—No os preocupéis. Si olvidáis algo, yo os lo apuntaré.

—Eso me tranquiliza.

—¿Cómo es Michael Armstrong?

—Maloliente y avinagrado. Con la constitución de un buey.

—¿Inteligente?

—No.

—Tanto mejor.

Al cabo de un momento llegó el hombre. Tenía cara de pocos amigos, el cuello corto y unos hombros macizos. Iba dejando una estela de olor a pocilga. Miró a Elizabeth con expresión interrogativa, dando la impresión de que le había fastidiado que le molestaran.

—He recibido un mensaje del conde —dijo Elizabeth.

Michael tendió la mano.

Aliena se sintió horrorizada al caer en la cuenta de que no había provisto a Elizabeth de una carta. Todo el engaño podía venirse abajo nada más empezar a causa de un estúpido olvido. Elizabeth la miró desesperada. Aliena intentó frenéticamente encontrar algo qué decir. Finalmente se sintió inspirada.

—¿Sabes leer, Michael?

El hombre adoptó una actitud de resentimiento.

—El sacerdote me la leerá.

—Tu señora puede leerla.

Elizabeth parecía asustada. Sin embargo, representó su papel.

—Yo misma comunicaré el mensaje a toda la guarnición, Michael. Toca la campana y que todos se reúnan en el patio. Pero asegúrate de dejar tres o cuatro hombres de guardia en las murallas.

Como se temía Aliena, a Michael no le gustó que Elizabeth tomara el mando de esa manera. Parecía reacio a obedecer.

—¿Por qué no dejar que me dirija yo a ellos?

Aliena sospechó, con inquietud, que tal vez no lograra convencer a aquel hombre. Acaso fuera demasiado estúpido para atender a razones.

—He traído a la condesa noticias trascendentes de Winchester. Quiere comunicárselas ella misma a sus sirvientes —dijo.

—Bien. ¿Cuáles *son* esas noticias?

Aliena no contestó, sino que se limitó a mirar a Elizabeth, que parecía de nuevo asustada. Sin embargo, Aliena tampoco le indicó lo que se suponía que contenía el mensaje ficticio. Finalmente, Elizabeth prosiguió hablando como si Michael no hubiera dicho nada.

—Ordena a los guardias que estén atentos a la llegada de diez o doce jinetes. Su jefe traerá nuevas noticias del conde William, y tiene que presentarse ante mí de inmediato. Ahora ve y toca la campana.

Era evidente que Michael estaba dispuesto a poner objeciones. Siguió allí inmóvil, con el entrecejo fruncido, mientras Aliena contenía el aliento.

—Más mensajeros —farfulló como si fuera algo difícil de entender—. Esta dama con un mensaje y doce jinetes con otro...

—Sí; y ahora haz el favor de ir a tocar la campana —le apremió Elizabeth, haciendo un gran esfuerzo para que no le temblase la voz, según advirtió Aliena.

Michael parecía haberse quedado sin argumentos. No podía comprender qué estaba ocurriendo, pero tampoco encontraba nada que objetar.

—Muy bien, señora —gruñó al fin, y salió de la habitación.

Aliena respiró de nuevo.

—¿Qué va a ocurrir? —preguntó Elizabeth.

—Cuando estén todos reunidos en el patio, vos les diréis lo de la paz entre el rey Stephen y el duque Henry —respondió Aliena—. Eso los mantendrá entretenidos. Mientras estéis hablando, Richard enviará una avanzadilla de diez hombres, pero los guardias creerán que son los mensajeros que estamos esperando, de modo que no cundirá el pánico y no levantarán el puente levadizo. Vos intentaréis tener a todo el mundo pendiente de vuestras palabras mientras la avanzadilla se acerca al castillo. ¿De acuerdo?

Elizabeth parecía nerviosa.

—¿Y luego qué? —inquirió.

—Cuando yo os dé la señal, decid que habéis rendido el castillo a Richard, el conde legítimo. Entonces los hombres de mi hermano saldrán de su escondrijo y atacarán. En ese momento, Michael se dará cuenta de lo que está sucediendo, pero sus hombres se mostrarán indecisos acerca de a quién deben lealtad, porque vos les habréis dicho que se rindan a Richard, el conde legítimo, y la avanzadilla se encontrará ya en el interior para evitar que nadie cierre las puertas.

Empezó a tañer la campana y a Aliena se le hizo un nudo en el estómago a causa del miedo.

—Ya no tenemos más tiempo —dijo—. ¿Cómo os sentís?

—Asustada —contestó Elizabeth.

—Yo también. Vamos.

Bajaron por las escaleras. La campana de la torre en la casa de guardia estaba sonando como cuando Aliena era una alegre y despreocupada muchacha. La misma campana, el mismo sonido. Sólo yo soy diferente, pensó. Sabía que podía escucharse a través de todos los campos hasta la linde del bosque. En aquellos momentos, Richard estaría diciendo por lo bajo y lentamente el Padrenuestro, para calcular el tiempo que tendría que esperar antes de enviar su avanzadilla.

Aliena y Elizabeth se dirigieron desde la torre del homenaje, a través del puente levadizo interior, hasta el patio inferior. Elizabeth estaba pálida a causa del pánico, pero apretaba la boca con gesto de decisión. Aliena le sonreía para darle ánimos, y luego se cubrió de nuevo con la capucha. Hasta aquel momento no había visto ningún rostro familiar. No obstante, su cara era bien conocida en todo el condado, y con toda seguridad alguien la reconocería tarde o temprano. Si Michael Armstrong llegaba a descubrir quién era ella, pensaría que había gato encerrado por muy corto de alcance que fuera. Varias personas la miraron con curiosidad, pero nadie le habló.

Elizabeth y ella se dirigieron al centro del patio inferior. Como el suelo estaba levemente inclinado, Aliena podía ver a través de la puerta principal y por encima de las cabezas de la muchedumbre, los campos que se extendían en el exterior. En esos momentos, la avanzadilla estaría saliendo al descubierto, aunque todavía no se apreciaban indicios de ella. Dios mío, espero que no se haya presentado obstáculo alguno, se dijo, temerosa.

Elizabeth necesitaría subirse a algo para dirigirse a la gente. Aliena dijo a un sirviente que fuera a las cuadras a buscar un montador de los que se usaban para subir a lomos de los caballos. Mientras esperaban, una mujer de edad se quedó mirando a Aliena.

—¡Vaya, si sois vos, Aliena! ¡Qué alegría veros! —exclamó.

A Aliena le dio un vuelco el corazón. Reconoció en la mujer a una cocinera que trabajaba en el castillo antes de la llegada de los Hamleigh.

—Hola, Tilly. ¿Cómo estás? —le dijo forzando una sonrisa.

Tilly dio con el codo a su vecina.

—¡Eh, aquí está lady Aliena después de tantos años! ¿Seréis otra vez el ama, señora?

Aliena no quería ni pensar que aquella idea se le ocurriera también a Michael Armstrong. Miró alrededor con ansiedad. Por suerte Michael no estaba cerca. Sin embargo, uno de sus hombres de armas había oído aquel comentario y miraba a Aliena con ceño. Ella le devolvió la mirada con expresión de fingida despreocupación. El hombre no tenía más que un ojo, lo que indudablemente era la causa de que se hubiera quedado allí en lugar de partir para guerrear junto a William. De repente, a Aliena le pareció divertido que un hombre la mirara con un solo ojo, y tuvo que hacer un esfuerzo para aguantar la risa. Comprendió que estaba un poco histérica.

El sirviente regresó con el montador. La campana había dejado de sonar. Aliena trató de serenarse mientras Elizabeth permanecía en pie sobre el montador y los reunidos hacían silencio.

—El rey Stephen y el duque Henry han firmado la paz —comenzó Elizabeth.

Hizo una pausa y se oyeron vítores. Aliena miraba a través de la puerta. ¡Ahora, Richard!, pensaba. ¡Ahora es el momento! ¡No lo dejes para más tarde!

Elizabeth sonrió y dejó por un momento que la gente siguiera dando rienda suelta a su alegría.

—Stephen seguirá ocupando el trono hasta su muerte y, entonces, le sucederá Henry —continuó.

Aliena escrutaba a los guardias, que parecían tranquilos, y a través de la puerta. ¿Dónde estaba Richard?

—El tratado de paz traerá muchos cambios a nuestras vidas —añadió Elizabeth.

Aliena vio ponerse rígidos a los guardias. Uno de ellos se llevó una mano a la frente a modo de visera y atisbó a través de los campos mientras que otro, volviéndose, miraba hacia abajo, en dirección al patio, como si esperara llamar la atención del capitán. Pero Michael estaba escuchando con gran atención a Elizabeth, que decía en ese instante:

—El rey actual ha acordado con el futuro rey que todas las tierras sean devueltas a quienes las poseían en tiempos del viejo rey Henry.

Aquello provocó un murmullo entre los reunidos, que se preguntaban si el cambio afectaría al condado de Shiring. Aliena advirtió que Michael Armstrong parecía pensativo. A través de la puerta divisó al fin los caballos de la avanzadilla de Richard. ¡Apresuraos!, se dijo. ¡Apresuraos! Pero cabalgaban a un trote sosegado como si no quisieran alarmar a los guardias.

Elizabeth seguía hablando.

—Todos nosotros debemos de dar gracias a Dios por este tratado de paz. Rezaremos para que el rey Stephen gobierne con prudencia y sabiduría durante sus últimos años y el joven duque mantenga la paz hasta que Dios se lleve a Stephen.

Lo estaba haciendo magníficamente; pero comenzó a mostrarse turbada, como si empezara a no saber qué más decir.

Todos los guardias miraban hacia afuera, observando al grupo que se acercaba. Les habían dicho que lo esperaran dándoles instrucciones de que condujeran inmediatamente al jefe ante la condesa. Por lo tanto, no tenían que hacer nada. Pero sentían curiosidad.

El hombre tuerto volvió la cabeza y miró de nuevo por el hueco de la puerta. Luego, otra vez a Aliena, quien sospechó que debía de estar haciendo cábalas sobre el significado de la presencia de ella en el castillo y la llegada de un grupo de jinetes.

Finalmente, uno de los guardias que se encontraban en la muralla almenada pareció tomar una decisión, bajó por una escalera y desapareció.

Las gentes comenzaban a mostrarse algo inquietas. Elizabeth divagaba de manera magnífica, pero todos estaban impacientes por noticias de trascendencia.

—Esta guerra comenzó al año de mi nacimiento y, al igual que tantas personas jóvenes del reino, estoy deseando averiguar cómo es la paz.

El guardia de las murallas apareció en la base de una torre y se acercó rápidamente a Michael Armstrong.

Aliena vio a través de la puerta abierta que los jinetes se encontraban todavía a unos doscientos metros del castillo. Quiso gritar a causa del sentimiento de frustración que la embargó. No podría mantener la situación durante mucho más tiempo.

Michael Armstrong se volvió y miró con el entrecejo fruncido al grupo que se acercaba. Entonces el hombre tuerto le tiró de la manga y señaló a Aliena.

Ella tuvo miedo de que Michael cerrara las puertas y levantara el puente levadizo antes de que Richard pudiese entrar, pero no sabía qué podía hacer para impedírselo. Se preguntó si tendría el coraje de lanzarse contra él antes de que diera la orden. Todavía llevaba su daga oculta bajo la manga del brazo izquierdo, incluso podía matarlo. Michael dio media vuelta con decisión. Aliena tocó en el hombro a Elizabeth.

—¡Detened a Michael! —siseó.

Elizabeth abrió la boca para hablar, pero no pudo emitir palabra. Se sentía petrificada por el miedo. De repente, cambió de expresión. Aspiró hondo, irguió la cabeza y, con voz autoritaria, exclamó:

—¡Michael Armstrong!

Michael se volvió.

Aliena comprendió que ya no podían retroceder. Richard no se encontraba lo bastante cerca y a ella se le había acabado el tiempo.

—¡Ahora! ¡Decidlo ahora! —apremió a Elizabeth.

—He rendido este castillo al legítimo conde de Shiring, Richard de Kingsbridge —anunció Elizabeth.

El capitán la miró con incredulidad.

—¡No podéis hacer eso! —gritó.

—Os ordeno a todos que depongáis las armas. No debe haber derramamiento de sangre.

—¡Levantad el puente levadizo! ¡Cerrad las puertas! —aulló Michael, dando media vuelta.

Los hombres de armas se apresuraron a cumplir sus órdenes, pero las había dado con un poco de retraso. Al llegar los hombres a las macizas puertas que cerrarían el arco de entrada, la avanzadilla de Richard había atravesado el puente levadizo y había entrado en el castillo. La mayoría de los hombres de Michael no llevaban armadura, y algunos de ellos ni siquiera iban armados, por lo que se dispersaron delante de los jinetes.

—Que todo el mundo permanezca tranquilo —dijo Elizabeth—. Estos mensajeros confirmarán mis órdenes.

Desde las murallas llegó una voz. Uno de los guardas, haciendo bocina con las manos, gritaba.

—¡Hazles frente, Michael! ¡Nos están atacando!

—¡Traición! —rugió Michael al tiempo que desenvainaba la espada.

Pero dos de los hombres de Richard se abalanzaron hacia él con las espadas centelleantes. Brotó la sangre y Michael cayó. Aliena apartó la mirada.

Algunos hombres habían tomado posesión de la casa de la guardia. Dos de ellos subieron a las murallas y los guardias de William se rindieron.

A través del portillo, Aliena vio avanzar galopando el grueso de los hombres de Richard, que atravesaban el prado en dirección al castillo. El ánimo se le iluminó como el sol.

—¡Es una rendición pacífica! —gritaba Elizabeth con todas sus fuerzas—. Os prometo que nadie resultará herido. Lo único que debéis hacer es seguir donde estáis.

Todo el mundo permaneció inmóvil mientras el ejército de Richard se acercaba. Los hombres de armas de William parecían confusos. Ninguno de ellos hizo nada. Su jefe había caído y su condesa les había dicho que se rindieran. Los sirvientes del castillo se quedaron paralizados ante la rapidez con que se sucedían los acontecimientos.

Y entonces Richard entró por la puerta a lomos de su caballo de guerra.

Era un gran momento. Aliena sintió el corazón rebosante de orgullo. Richard aparecía apuesto, sonriente y triunfante. Aliena gritó:

—¡El legítimo conde!

Los hombres que entraban en el castillo detrás de Richard recogieron el grito que fue repetido a su vez por parte del gentío que se encontraba en el patio. La mayoría de aquellas personas no sentían la menor simpatía por William. Richard rodeó el patio lentamente, saludando y agradeciendo los vítores.

Aliena pensó en todo lo que había pasado para lograr que llegara ese momento. Tenía treinta y cuatro años y la mitad de ellos los había pasado luchando por ver lo que ahora veía. Toda mi vida de adulta, se dijo; eso es lo que he dado. Recordó cuando atiborraba los sacos de lana hasta tener las manos rojas, hinchadas y sangrantes. Le vinieron a la memoria los rostros que había visto por los caminos, caras de hombres codiciosos, crueles y lascivos que la habrían matado si hubiese dado la menor muestra de debilidad. Pensó en el modo en que había endurecido el corazón frente al querido Jack para casarse con Alfred, y rememoró aquellos meses durante los cuales había dormido en el suelo a los pies de la cama de éste, igual que un perro. Y todo porque ella había prometido pagar por armas y armadura a fin de que Richard pudiera luchar para recuperar ese castillo.

—Esto es, padre —dijo en voz alta, sin que nadie la oyera, porque los vítores eran estentóreos—. Esto es lo que tú querías —añadió con el corazón henchido de amargura y también de triunfo—. Te lo prometí y he mantenido mi promesa. Cuidé de Richard y él ha luchado durante todos estos años. Al fin estamos de nuevo en casa. Richard ya es conde. Ahora, padre —levantó la voz hasta convertirla en un grito, pero todo el mundo gritaba y nadie se dio cuenta de que las lágrimas le corrían por las mejillas—, puedo al fin decir que he cumplido contigo. De manera que regresa a tu tumba y déjame vivir en paz.

XVI

1

Remigius se mostraba arrogante incluso en la penuria. Entró en la casa solariega de madera, en la aldea Hamleigh, arrugando con desdén su larga nariz ante los enormes soportes de tosca madera que sostenían el tejado, ante las paredes de barro encaladas y el hogar sin chimenea en el centro del suelo de tierra batida.

William lo observó al entrar. Es posible que la suerte me haya dado la espalda; pero no he caído tan bajo como tú, se dijo mirando las viejas sandalias, la desaseada sotana, el rostro sin afeitar y el pelo revuelto. Remigius jamás había sido gordo, pero ahora estaba más flaco que nunca. Su expresión de altivez no lograba disimular las arrugas de agotamiento o sus amoratadas ojeras. Remigius aún no había sido doblegado, pero sí había recibido muchos golpes.

—Que Dios os bendiga, hijo mío —dijo a William.

William no estaba dispuesto a soportar aquella actitud.

—¿Qué queréis, Remigius?

Insultaba deliberadamente al monje al no llamarle «padre» o «hermano».

Remigius se sobresaltó como si le hubieran golpeado. William supuso que habría recibido algunos desplantes por el estilo desde que había vuelto al mundo.

—El conde Richard se ha apropiado de nuevo de las tierras que me disteis como deán del capítulo de Shiring.

—No es sorprendente —replicó William—. Todo ha de ser devuelto a quienes lo poseían en tiempos del viejo rey Henry.

—Pero entonces me quedo sin medios de subsistencia.

—Vos y un montón de gente más —repuso William con despreocupación—. Tendréis que volver a Kingsbridge.

Remigius palideció por la ira.

—No puedo hacer eso —protestó en voz baja.

—¿Y por qué no? —preguntó William, que disfrutaba atormentándole.

—Vos sabéis bien por qué.

—¿Os diría Philip que no debisteis sonsacar secretos a niñas pequeñas? ¿Acaso creéis que piensa que le habéis traicionado al decirme dónde se ocultaban los proscritos? ¿Estará furioso con vos por haberos convertido en el deán de una iglesia que debía ocupar el lugar de su propia catedral? Bien, entonces supongo que no podéis volver.

—Dadme algo —le suplicó Remigius—. Una aldea, una granja. ¡Una iglesia pequeña!

—No hay recompensas por perder —le dijo William con acritud; estaba disfrutando de veras con todo aquello—. Fuera del monasterio nadie se preocupa por vos. Los patos se tragan a los gusanos y los zorros matan a los patos. Luego, llega el hombre y mata a los zorros. Finalmente, el diablo da caza al hombre.

—¿Qué puedo hacer? —susurró Remigius.

—Mendigad —respondió William, sonriendo.

Remigius dio media vuelta y salió de la casa.

Todavía eres orgulloso, pensó William, aunque no por mucho tiempo. Mendigarás.

Le complacía ver que la caída del monje había sido más dura que la suya. Jamás olvidaría el penoso suplicio de permanecer en pie delante de la puerta del que consideraba su propio castillo y ver que se le negaba la entrada. Ya había tenido sospechas al enterarse de que Richard había dejado Winchester con algunos de sus hombres. Luego, cuando se anunció el pacto de paz, la inquietud se convirtió en alarma y, junto con sus caballeros y hombres de armas, cabalgó sin descanso hasta Earlcastle. Había una reducida fuerza vigilando el castillo, por lo que imaginó que encontraría a Richard acampado en los alrededores montando el asedio. Al ver que todo parecía tranquilo se sintió aliviado y se burló de sí mismo por su excesivo temor ante la súbita desaparición de su adversario.

Al acercarse más, vio que el puente levadizo estaba levantado.

—¡Abrid al conde! —gritó deteniéndose al borde del foso.

Fue entonces cuando Richard apareció en las murallas.

—El conde está dentro.

Fue como si la tierra se hubiera abierto bajo sus pies. Siempre había tenido miedo de Richard, siempre lo había considerado un rival peligroso. Sin embargo, en aquellos momentos no se había sentido en exceso vulnerable. Imaginó que el peligro real se presentaría a la muerte de Stephen, cuando Henry ascendiera al trono, pero que aún debían de faltar unos diez años para que eso ocurriese. En esos momentos, mientras se encontraba sentado en una miserable casa solariega reflexionando sobre sus errores, comprendió con amargura que, en realidad, Richard había sido más listo que él. Se había deslizado a través de una angosta brecha.

No podían acusarle de quebrantar la paz del rey, ya que aún proseguía la guerra. Su reclamación del condado estaba legitimada por los términos del tratado de paz. Y Stephen, envejecido, cansado y derrotado, carecía de energías para nuevas batallas.

Richard, magnánimo, había liberado a aquellos hombres de armas que quisieran continuar al servicio de William. Waldo, a quien llamaban el Tuerto, le contó a éste cómo habían tomado el castillo. Le exasperó la traición de Elizabeth, pero lo que para él resultaba más humillante era el papel desempeñado por Aliena. La chiquilla indefensa a la que había violado y arrojado de su casa hacía tantos años había vuelto para tomar venganza. Cada vez que pensaba en ello sentía un regusto amargo en la boca, como si hubiera bebido vinagre.

Su primera intención había sido luchar contra Richard. William podía haber conservado su ejército, vivir en los campos y extorsionar impuestos y suministros a los campesinos, manteniendo una batalla continua con su rival, pero Richard poseía el castillo y tenía el tiempo de su parte, ya que Stephen, que apoyaba a William, estaba viejo y derrotado, mientras que el joven duque Henry, que respaldaba a Richard, acabaría convirtiéndose en el segundo rey Henry.

Así que William decidió cortar por lo sano. Se retiró a la aldea de Hamleigh y se instaló de nuevo en la casa solariega en la que había crecido. Hamleigh y las aldeas de los alrededores le habían sido concedidas a su padre hacía treinta años. Era una propiedad que nunca había formado parte del condado, de manera que Richard no tenía derecho alguno sobre ella.

William esperaba que, si se mantenía apartado, Richard se diera por satisfecho con la venganza lograda y le dejara en paz. Hasta entonces había dado resultado. Sin embargo, William aborrecía la aldea de Hamleigh. Aborrecía las casas pequeñas y aseadas, los excitables patos en la alberca, la iglesia de piedra, los chiquillos con mofletes como manzanas, las mujeres de anchas caderas y los hombres fuertes y resentidos. La aborrecía por ser humilde y sencilla, y también porque simbolizaba la caída del poder de su familia. Observaba a los afanosos campesinos empezar la siembra de primavera, y al calcular su parte de aquella cosecha en verano, la encontraba escasa. Fue a cazar a su pequeña extensión de bosque sin lograr encontrar ni un venado.

—Ahora sólo podréis cazar jabalíes, señor. Los proscritos acabaron con los venados durante la hambruna —le había dicho el guardabosques.

Celebraba juicios en el gran salón de la casa solariega, a través de los agujeros de cuyos muros soplaba el viento. Dictaba duras sentencias e imponía fuertes multas. Gobernaba, en fin, de acuerdo con sus caprichos. Pero ello le proporcionaba escasa satisfacción.

Como era lógico, había abandonado la construcción de la majestuosa nueva iglesia de Shiring. Si no se podía permitir una casa de piedra, mucho menos una iglesia. Los albañiles habían dejado de trabajar al suspender él el pago de los salarios. Ignoraba qué había sido de ellos. Tal vez hubieran regresado a Kingsbridge para trabajar con el prior Philip.

Sufría pesadillas.

Siempre era la misma. Veía a su madre en el lugar de los muertos. Sangraba por los oídos y los ojos, y cuando abría la boca para hablar le salía más sangre. Aquella imagen despertaba en él un terror mortal. A plena luz del día no sabría decir cuál era el fin del sueño que tanto temía, ya que su madre no le amenazaba de ninguna manera, pero por la noche, cuando su madre se acercaba a él, el pavor se apoderaba por completo de William. Era un pánico irracional, histérico, ciego. En cierta ocasión, siendo muchacho, había vadeado un remanso que, de repente, se había hecho profundo y se había encontrado bajo el agua y sin poder respirar. La angustiosa necesidad de aire era uno de los recuerdos indelebles de su infancia. Pero esto era diez veces peor. Intentar huir del rostro ensangrentado de su madre era como intentar correr a gran velocidad por la arena. Solía despertar con un violento sobresalto, como si le hubieran lanzado a través de la habitación, sudando y quejándose, el cuerpo dolorido por la espantosa tensión. Walter solía acudir junto a su lecho con una vela, ya que dormía en el salón, separado por un mamparo, de los hombres, pues allí no había dormitorio.

—He oído un grito —murmuraba Walter.

William aspiraba con fuerza, contemplando la cama auténtica, la pared auténtica y al verdadero Walter, mientras la fuerza de la pesadilla se iba desvaneciendo hasta que llegaba un momento en que ya no sentía miedo alguno.

—No es nada. Sólo un sueño —solía decirle.

Pero le asustaba volver a dormirse. Y al día siguiente los hombres lo miraban como si estuviera embrujado.

Unos días después de su conversación con Remigius, se encontraba sentado en el mismo asiento duro, junto al mismo fuego humeante, cuando entró el obispo Waleran.

William se sobresaltó. Había oído caballos, pero había supuesto que se trataba de Walter, que volvía del molino. No supo qué hacer al ver al obispo. Waleran siempre se había mostrado arrogante y con aires de superioridad y, de vez en cuando, lograba que William se sintiera estúpido y vulgar. Era humillante que Waleran fuera testigo de la pobreza en que vivía.

William no se levantó para saludar a su visitante.

—¿Qué queréis? —preguntó con tono áspero. No tenía motivo para mostrarse cortés. Lo único que deseaba era que Waleran se largara cuanto antes.

El obispo hizo caso omiso de su descortesía.

—El sheriff ha muerto —dijo.

En un principio William no supo adónde quería llegar.

—¿Y a mí qué me importa?

—Habrá un nuevo sheriff.

William estaba a punto de decir: «¿Y qué?», pero se contuvo. A Waleran le preocupaba quién pudiera ser el nuevo sheriff, y había acudido a hablar de ello con William. Eso sólo podía significar una cosa. Volvió a alentar esperanzas, mas se contuvo. En todo cuanto concernía a Waleran, las grandes esperanzas acababan en frustración y desesperación.

—¿En quién habéis pensado? —le preguntó.

—En vos.

Era la respuesta que William no se había atrevido a esperar. Un sheriff listo y despiadado podía ser casi tan importante como un conde o un obispo. Tal vez fuese el modo de recuperar las riquezas y el poder. Se detuvo a considerar los obstáculos.

—¿Y por qué el rey Stephen habría de nombrarme?

—Le apoyasteis contra el duque Henry con el resultado de que perdisteis vuestro condado. Imagino que le gustaría recompensaros.

—Nadie hace jamás nada por gratitud —repuso William, repitiendo una muletilla de su madre.

—Stephen no estará contento de que el conde de Shiring sea un hombre que ha luchado contra él. Es posible que quiera que su sheriff sea una fuerza compensadora frente a Richard.

Aquello parecía tener más lógica. William empezó a sentirse esperanzado contra su voluntad. Comenzó a creer que, en realidad, podría llegar a salir de aquel verdadero agujero que era la aldea Hamleigh. Tendría de nuevo una fuerza respetable de caballeros y hombres de armas, en lugar del lamentable puñado de guardianes de que disponía por el momento. Presidiría el tribunal del condado de Shiring y quebrantaría la voluntad de Richard.

—El sheriff vive en el castillo de Shiring —dijo anhelante.

—Y seríais de nuevo rico —añadió Waleran.

—Sí.

Si se sabía sacar provecho de él, el cargo de sheriff podría resultar muy beneficioso. William haría casi tanto dinero como cuando era conde. Pero se preguntaba por qué Waleran habría mencionado esa cuestión.

Un instante después, el propio obispo le daba la respuesta.

—Al fin y al cabo, estaríais de nuevo en condiciones de financiar la nueva iglesia.

De manera que era eso. Waleran jamás hacía nada sin un motivo. Quería que William fuera sheriff para que le construyese una iglesia. William estaba más que dispuesto a colaborar con el plan. Si lograba terminar la iglesia en memoria de su madre, tal vez se acabaran las pesadillas.

—¿Creéis de verdad que puede lograrse? —preguntó ansioso.

Waleran asintió.

—Naturalmente, costará dinero, pero creo que puede hacerse.

—¿Dinero? —inquirió William, inquieto de repente—. ¿Cuánto?

—Resulta difícil de decir. En algunos lugares como Lincoln o Bristol el cargo de sheriff os costaría de quinientas a seiscientas libras, pero allí son más ricos que los cardenales. En un lugar pequeño como Shiring, si sois el candidato que quiere el rey, y de eso yo puedo ocuparme, es posible que pudierais obtenerlo por cien libras.

—¡Cien libras! —Se derrumbaron las esperanzas de William. Desde el principio, había temido una decepción—. ¿Creéis que si tuviera cien libras estaría viviendo así?

—Podéis obtenerlas —dijo Waleran.

—¿De quién? —William tuvo una idea—. ¿Me las daréis vos?

—No seáis estúpido —dijo Waleran con irritación—. Para eso están los judíos.

William comprendió, con esa mezcla de esperanza y resentimiento que ya le era familiar, que una vez más el obispo tenía razón.

Habían pasado dos años desde que detectara las primeras grietas, y Jack todavía no había encontrado solución al problema. Y lo peor era que habían aparecido otras idénticas en el primer intercolumnio de la nave. En su boceto había algo básico que estaba equivocado. La estructura era lo bastante fuerte para soportar el peso de la bóveda, aunque no para ofrecer resistencia a los vientos que soplaban con tal fuerza contra los muros altos.

Permanecía en pie en el andamio a gran distancia del suelo, observando de cerca las nuevas grietas. Tenía que encontrar el modo de reforzar la parte superior del muro para que no se alterara con el viento.

Reflexionó en torno a la manera en que había quedado fortalecida la parte inferior del muro. En el exterior de la nave lateral había pilares fuertes y gruesos que estaban conectados al muro de la nave mediante arbotantes ocultos en el tejado de ésta. Los arbotantes y los pilares proyectaban el muro a cierta distancia, semejantes a contrafuertes remotos. Como los apoyos quedaban escondidos, el aspecto de la nave era ligero y elegante.

Tenía que concebir un sistema similar para la parte superior. Podía hacer una nave lateral de dos pisos y limitarse a repetir los contrafuertes, pero con ello impediría la entrada de la luz que llegaba a través del triforio, cuando todo el concepto del nuevo estilo de construcción se basaba en dejar entrar más luz en la iglesia.

Claro que no era la nave como tal la que aportaba el apoyo. Éste procedía de los pesados pilares del muro lateral y de los arbotantes. La nave ocultaba esos elementos estructurales. Si conseguía construir pilares y arbotantes para sostener el triforio, sin incorporarlos dentro de una nave, habría resuelto de un golpe el problema.

Oyó que lo llamaban desde abajo.

Frunció el entrecejo. Por un instante había creído que encontraba la solución, pero lo habían interrumpido. Miró hacia abajo. Quien lo llamaba era Philip.

Entró en la torreta y descendió por la escalera de caracol. El prior estaba furioso.

—¡Richard me ha traicionado! —dijo sin más preámbulo.

Jack se mostró sorprendido.

—¿Cómo?

En un principio Philip no contestó a la pregunta.

—Después de cuanto he hecho por él —prosiguió, furibundo—. Compré a Aliena la lana cuando todo el mundo intentaba estafarla. De no haber sido por mí, es posible que nunca hubiera podido iniciarse. Luego, cuando todo se hundió, le proporcioné un trabajo como jefe de vigilancia. Y el pasado noviembre le di el soplo del tratado de paz, lo que le permitió apoderarse de Earlcastle. Y ahora que ha recuperado el condado y que gobierna con todo esplendor, me ha dado la espalda.

Jack jamás había visto a Philip tan lívido. El prior, que había enrojecido a causa de la indignación, no podía ni hablar.

—¿De qué manera os ha traicionado Richard? —preguntó Jack.

Una vez más, Philip hizo caso omiso de la pregunta.

—Siempre supe que Richard era un hombre débil —dijo, tartamudeando—. A lo largo de los años, prestó escaso apoyo a Aliena. Se limitó a recibir lo que quería de ella y jamás tuvo en cuenta las necesidades de su hermana. Pero no pensé que llegara a ser un bellaco tan redomado.

—¿Qué ha hecho exactamente?

Finalmente logró que Philip le dijera lo que ocurría.

—Se niega a permitirnos el acceso a la cantera.

Jack se mostró escandalizado. En verdad que aquello era un acto de increíble ingratitud.

—¿Y cómo lo justifica?

—Ha quedado establecido que todo ha de ser devuelto a quienes lo poseían en tiempos del viejo rey Henry. Y la cantera nos la concedió el rey Stephen.

La codicia de Richard era escandalosa, pero a Jack no le enfurecía tanto como a Philip. Ahora ya estaba construida la mitad de la catedral en su mayor parte con piedra que habían tenido que pagar, y de algún modo seguirían haciéndolo.

—Bien, supongo que desde un punto de vista estricto, Richard cumple con lo estipulado —dijo Jack, tratando de sonar razonador.

Philip se mostró ofendido.

—¿Cómo puedes decir semejante cosa?

—Es algo parecido a lo que vos me hicisteis a mí —contestó Jack—. Después de haberos traído la Virgen de las Lágrimas, de haceros un boceto maravilloso para vuestra nueva catedral y de construir unas murallas alrededor de la ciudad para protegeros de William, me anunciasteis que no podía vivir con la mujer que es la madre de mis hijos. Eso también es ingratitud.

Philip se mostró escandalizado ante aquella comparación.

—¡Eso es algo completamente distinto! —protestó—. Y no quiero que viváis separados. Es Waleran quien ha impedido la anulación. Las leyes de Dios dicen que no cometerás adulterio.

—Estoy seguro de que Richard podría alegar algo similar —insistió Jack—. No ha sido él quien ha ordenado la devolución de propiedades. No hace más que cumplir con la ley.

Sonó la campana de mediodía.

—Existe una diferencia entre las leyes de Dios y las del hombre —rebatió Philip.

—Pero tenemos que vivir con ambas —replicó Jack—. Y ahora me voy a almorzar con la madre de mis hijos.

Se alejó dejando a Philip con aspecto trastornado. En realidad, no creía que Philip fuera tan ingrato como Richard, pero, en cierto modo, había dado rienda suelta a sus sentimientos al expresarse como lo había hecho. Decidió que preguntaría a Aliena qué pasaba con la cantera. Después de todo, tal vez se pudiera convencer a Richard de que la cediera de nuevo. Ella lo sabría.

Salió del recinto del priorato y recorrió las calles hasta la casa en que vivía con Martha. Como de costumbre, Aliena y los niños estaban en la cocina. Una buena cosecha durante el último año había terminado con la hambruna. Los alimentos ya no escaseaban. Sobre la mesa había pan de trigo y asado de cordero.

Jack besó a los niños. Sally le dio un suave beso infantil, pero Tommy, que ya tenía once años y estaba impaciente por crecer, le presentó la mejilla, aunque un poco incómodo al parecer. Jack sonrió, pero no dijo nada. Recordaba los tiempos en que a él los besos se le antojaban tontos.

Aliena parecía incómoda también.

—Philip está furioso porque Richard no quiere darle la cantera —le comunicó Jack, sentándose junto a ella en el banco.

—Es terrible —dijo Aliena con tono sosegado—. Richard es un desagradecido.

—¿Crees que se le podría convencer de que cambiara de idea?

—No lo sé —respondió Aliena, evidentemente confusa.

—No da la impresión de que te interese mucho el problema —observó Jack.

Ella lo miró desafiante.

—No. En efecto, no me interesa.

Jack conocía aquel talante.

—Más vale que me digas en qué estás pensando.

Aliena se puso en pie.

—Vayamos a la otra habitación.

Tras dirigir una mirada lastimera a la pierna de cordero, Jack se levantó de la mesa y siguió a Aliena hasta el dormitorio. Dejaron la puerta abierta, como de costumbre, para evitar sospechas por si a alguien se le ocurría entrar en la casa. Aliena se sentó en la cama y se cruzó de brazos.

—He tomado una importante decisión —anunció.

Tenía una actitud tan seria que Jack se preguntó qué rayos podía haber pasado.

—Durante casi toda mi vida de adulta he soportado dos pesos abrumadores —añadió—. Uno era el juramento que hice a mi padre cuando se hallaba moribundo. El otro, mis relaciones contigo.

—Pero ahora ya has cumplido el juramento que hiciste a tu padre —observó Jack.

—Sí. Y quiero quedar también libre del otro peso. He decidido dejarte.

Jack sintió que se le detenía el corazón. Sabía que Aliena no decía esas cosas a la ligera. Hablaba en serio. Se quedó mirándola sin poder pronunciar palabra. Se sentía desconcertado ante aquel anuncio, ya que nunca había imaginado que pudiera apartarse de él. ¿Cómo era posible que le ocurriera algo tan espantoso?

—¿Hay algún otro? —le preguntó.

Fue lo primero que se le vino a la cabeza.

—No seas estúpido.

—Entonces, ¿por qué…?

—Porque no puedo soportar más esta situación —lo interrumpió

Aliena con los ojos llenos de lágrimas—. Hace ya diez años que esperamos esa anulación, y jamás llegará. Estamos condenados a vivir así para
siempre, a menos que nos separemos.

—Pero... —Jack trató de encontrar algo que decir. El anuncio de
Aliena era tan desolador que parecía inútil discutir, pues sería como tratar de enfrentarse a un huracán. Sin embargo, lo intentó—: ¿No es mejor que nada? ¿No es mejor que la separación?

—A la larga, no lo es.

—¿Y qué cambiará con que te vayas?

—Podría conocer a alguien, enamorarme de nuevo y llevar una vida
normal —dijo ella, entre sollozos apenas contenidos.

—Aun así seguirás casada con Alfred.

—Pero nadie lo sabrá. Podría casarme un párroco que nunca haya
oído hablar de Alfred o que, aunque estuviera al corriente, no considerara el matrimonio válido.

—No puedo creer lo que estás diciendo. Y tampoco puedo aceptarlo.

—Diez años, Jack. He esperado diez años para tener una vida normal contigo. No esperaré más.

Aquellas palabras fueron como golpes. Aliena seguía hablando, pero
él ya no la oía. Sólo pensaba en cómo sería su vida sin ella.

—Verás, yo jamás he querido a nadie más —musitó.

Aliena dio un respingo, como si hubiera sentido un gran dolor, pero
siguió con lo que estaba diciendo.

—Necesito unas semanas para organizarlo todo. Alquilaré una casa
en Winchester. Deseo que los niños se acostumbren a la idea antes de que
empiecen su nueva vida.

—Me vas a quitar a mis hijos —dijo él, alelado.

Aliena asintió.

—Lo lamento —dijo, y por primera vez pareció vacilar en su decisión—. Sé que te echarán de menos, pero necesitan llevar una vida
normal.

Jack no pudo soportarlo más. Dio media vuelta.

—No te vayas. Hemos de hablar más de ello, Jack —le pidió Aliena.

Él se alejó sin decir palabra. Oyó que lo llamaba:

—¡Jack!

Cruzó la sala de estar sin mirar a los niños y salió de la casa. Aturdido, volvió a la catedral sin saber a qué otro sitio ir. Los albañiles aún
estaban almorzando. No podía llorar. Era demasiado terrible para que
pudiera resolverse vertiendo lágrimas. Sin pensarlo, subió por la escalera del crucero norte hasta el final y salió al tejado.

Allí arriba soplaba una brisa bastante fuerte, a pesar de que al nivel
del suelo apenas se notaba. Jack miró hacia abajo. Si cayera desde allí

aterrizaría en el tejado de la nave a lo largo del crucero. Probablemente moriría, pero no era seguro. Caminó hasta el cruce y se detuvo donde el tejado terminaba a pico. Si la catedral, conforme al nuevo estilo, no era estructuralmente segura, y Aliena le iba a dejar, no tenía razón alguna para vivir.

Claro que la decisión de Aliena no había sido tan repentina como parecía. Hacía años que estaba descontenta; ambos lo estaban. Pero se habían acostumbrado a la infelicidad. La recuperación de Earlcastle había sacado a Aliena de su apatía y le había hecho recordar que era dueña de su propia vida, desestabilizando una situación ya de por sí inestable. Algo semejante a la forma en que el viento había abierto grietas en las paredes de la catedral.

Observó el muro del crucero y el tejado de la nave lateral. Podía ver los pesados contrafuertes proyectarse desde el muro de la nave lateral y el arbotante que se hallaba debajo del tejado, conectando el contrafuerte con el pie del triforio. Lo que estaba pensando, momentos antes de que Philip le distrajera aquella mañana, era que la solución del problema sería un contrafuerte más alto, de acaso otros seis o siete metros de altura con un segundo arbotante cruzando la brecha hasta el punto del muro en que estaban apareciendo las grietas. El arco y el contrafuerte alto darían apoyo a la mitad superior de la iglesia y mantendrían el muro rígido cuando soplara el viento.

Eso resolvería probablemente el problema. La dificultad residía en que, si construía una nave de dos pisos para ocultar el contrafuerte alargado y el arbotante secundario, perdería luz. ¿Y si no lo hacía?

¿Y qué si no lo hago?, se dijo.

Tenía la sensación de que ya nada importaba demasiado, ya que su vida se estaba desmoronando y con semejante talante no podía ver que hubiera nada malo en la idea de contrafuertes descubiertos. De pie allí, en el tejado, podía imaginar fácilmente el aspecto que tendrían. Una fila de columnas macizas de piedra se alzaría desde el muro lateral de la nave. Desde la parte superior de cada columna, un arbotante atravesaría el espacio vacío hasta el triforio. Tal vez pudiera poner un fastigio decorativo en la parte superior de cada columna, en el punto de arranque del arco. Eso era. Así tendría mejor aspecto.

Era una idea revolucionaria, construir grandes miembros de refuerzo en una posición en la que aparecieran claramente visibles. Pero formaba parte del nuevo estilo demostrar cómo se sostenía el edificio.

De cualquier modo, su instinto le decía que estaba en lo cierto.

Cuanto más pensaba en ello, más le gustaba. Visualizó la iglesia desde el oeste. Los arbotantes se asemejarían a las alas de una bandada de aves que estuvieran en fila, en el instante preciso del despegue. No era necesario que fueran macizos. Siempre que estuvieran bien construidos, podían ser esbeltos y elegantes, ligeros aunque fuertes, como el ala de un ave. Contrafuertes alados, se dijo, para una iglesia tan ligera que podría volar.

Me pregunto si dará resultado.

De súbito una ráfaga de viento le hizo perder el equilibrio. Se balanceó al borde del tejado. Por un momento creyó que iba a caer y a matarse, pero al fin recuperó el equilibrio y se apartó del borde con el corazón palpitante.

Fue retrocediendo despacio y con sumo cuidado a lo largo del tejado hasta alcanzar la puerta de la torreta. Y bajó.

2

En la iglesia de Shiring las obras habían quedado completamente paradas. Al prior Philip aquello le produjo una sensación muy parecida al deleite. Después de tantas veces como tuvo que contemplar, desconsolado, las obras de su propia catedral abandonadas, no podía evitar sentir cierto placer al ver que ahora les ocurría lo mismo a sus enemigos. Alfred sólo había tenido tiempo de demoler la vieja iglesia y echar los cimientos del nuevo presbiterio antes de que William fuera despojado del condado, con lo cual se había acabado el dinero. Philip se decía que estaba cometiendo pecado al sentirse tan contento por la ruina de una iglesia. Sin embargo era, a todas luces, la voluntad de Dios que la catedral fuera construida en Kingsbridge y no en Shiring. La mala fortuna que había desbaratado el proyecto de Waleran parecía un signo muy claro de las intenciones divinas.

Ahora que la iglesia más grande de la ciudad había sido derribada, las audiencias se celebraban en el gran salón del castillo. Philip ascendía cabalgando por la colina acompañado de Jonathan, a quien había designado su ayudante personal con ocasión de la total reorganización que había seguido a la deserción de Remigius. Philip se había sentido conmocionado por aquella traición; aunque, por otro lado, se halló muy satisfecho de perderlo de vista. Desde que Philip había derrotado a Remigius en las elecciones, éste había sido una espina clavada en su carne. La vida en el priorato era más agradable desde que él se fue.

Milius era el nuevo subprior. Sin embargo seguía desempeñando el cargo de tesorero, con otros tres monjes a sus órdenes. Desde la partida de Remigius nadie era capaz de imaginar lo que solía hacer durante todo el día.

Philip se sentía muy satisfecho de trabajar con Jonathan. Disfrutaba explicándole cómo debía gobernarse el monasterio, educándolo acerca de las maneras de regirse que tenía el mundo, mostrándole el mejor modo de tratar con las gentes. Por lo general, el muchacho resultaba simpático, pero a veces podía mostrarse acerbo y provocar la susceptibilidad de las personas inseguras. Tenía que aprender que quienes le trataban de forma hostil lo hacían debido a su propia debilidad. Jonathan percibía la hostilidad y reaccionaba con aspereza, en lugar de observar la debilidad y procurarles la seguridad en sí mismos.

Jonathan tenía una mente ágil y a menudo sorprendía a Philip por la rapidez con que comprendía las cosas. El prior se descubría a veces cometiendo pecado de orgullo al pensar en lo parecido que el muchacho era a él.

Ese día lo llevaba consigo para enseñarle cómo actuaba el tribunal del condado. Philip iba a pedir al sheriff que ordenara a Richard la apertura de la cantera al priorato. Tenía la certeza de que Richard estaba equivocado desde el punto de vista legal. La nueva legislación sobre la devolución de la propiedad a quienes la poseían en la época del viejo rey Henry no afectaba en modo alguno los derechos del priorato. Su objeto era permitir al duque Henry la sustitución de los condes de Stephen por los suyos propios, y de esa manera recompensar a quienes le habían ayudado. Era evidente que esa política no podía aplicarse a los monasterios. Philip tenía confianza en ganar el caso, pero había que contar con un factor imprevisible: el viejo sheriff había muerto y ese mismo día se anunciaría el nombre del sustituto. Nadie sabía quién podría ser. Se barajaban tres o cuatro nombres entre los ciudadanos más destacados de Shiring: David Merchant, un comerciante en sedas; Rees Welsh, un sacerdote que había actuado en el tribunal del rey; Giles Lionheart, un caballero terrateniente con propiedades en los alrededores de la ciudad, o Hugh, el hijo bastardo del obispo de Salisbury. Philip esperaba que fuera Rees; no por tratarse de un colega, sino porque lo más probable sería que favoreciese a la Iglesia. Pero Philip no estaba demasiado preocupado. Daba casi por hecho que la sentencia lo sería a su favor.

Entraron cabalgando en el castillo. No estaba demasiado fortificado. Como el conde de Shiring tenía un castillo aparte, fuera de la ciudad, Shiring se había librado de batallas durante varias generaciones. Más que fortaleza, era un centro administrativo, con despachos y viviendas para el sheriff y sus hombres. Y también mazmorras para quienes quebrantaban la ley. En el interior de los muros de piedra no había una verdadera torre del homenaje, sino una serie de edificios de madera. Philip y Jonathan dejaron a sus caballos en la cuadra y se encaminaron hacia el edificio más amplio, el gran salón.

Las mesas de caballete que habitualmente formaban una T, habían sido colocadas de forma distinta. Se había observado la parte superior de la T montándola sobre un estrado que la situaba en un plano superior al del resto del salón. Las otras mesas estaban colocadas a los lados del salón, de manera que los demandantes se sentaran separados, evitando así la tentación de la violencia física.

El salón ya se encontraba repleto. Allí estaba el obispo Waleran, instalado en el estrado, con expresión malévola. Philip observó sorprendido a William Hamleigh sentado junto a él, hablando al oído del obispo mientras observaban a la gente que iba llegando. ¿Qué hacía William allí? Durante nueve meses se había mantenido inactivo, sin apenas salir de su aldea. Philip, junto con otras muchas gentes del condado, había albergado la esperanza de que siguiera así para siempre. Pero allí estaba, sentado en el banco como si todavía fuera el conde. El prior se preguntaba qué plan codicioso, cruel y mezquino le habría llevado ese día al tribunal del condado.

Philip y Jonathan se sentaron en un lado de la estancia y esperaron los procedimientos. En el tribunal se respiraba un ambiente activo y optimista. Como la guerra había llegado a su fin, la elite del país dirigía de nuevo su atención a los afanes de crear riqueza. Era una tierra fértil, que compensaba rápidamente sus esfuerzos. Ese año se esperaban cosechas excepcionales. El precio de la lana estaba subiendo. Philip había vuelto a emplear a casi todos los albañiles y artesanos que se habían ido durante los momentos más duros de la hambruna. Las personas que habían sobrevivido en todas partes eran las más jóvenes, fuertes y saludables, y todas las esperanzas estaban cifradas en ellas. Allí, en el gran salón del castillo de Shiring, se hacía evidente, por sus cabezas erguidas, por el tono de sus voces, por las botas nuevas de los hombres y la elegante indumentaria de las mujeres, y, además, por el hecho de ser lo bastante prósperos para poseer algo digno de ser disputado ante un tribunal.

Se pusieron en pie al entrar el ayudante del sheriff y el conde Richard. Ambos hombres subieron al estrado y permanecieron en pie. El ayudante leyó el decreto real por el cual se nombraba al nuevo sheriff. Philip miró alrededor en busca de los cuatro presuntos candidatos. Esperaba que el ganador tuviera valor. Lo necesitaría para imponer la ley ante magnates locales tan poderosos como el obispo Waleran, el conde Richard y William Hamleigh. Era posible que el candidato triunfador conociera ya su nombramiento, puesto que no había motivo para mantenerlo en secreto. Sin embargo, ninguno de los cuatro parecía muy animado. Normalmente, el designado permanecía en pie junto al ayudante mientras éste leía la proclamación, pero los únicos que estaban allí arriba con él eran Richard, Waleran y William. A Philip se le ocurrió la idea aterradora de que pudieran haber nombrado sheriff a Waleran. De inmediato, empero, se sintió mucho más horrorizado al escuchar lo que el ayudante leyó a continuación.

—Designo para el cargo de sheriff de Shiring a mi servidor William de Hamleigh y ordeno a todos los hombres que le ayuden.

Philip miró a Jonathan.

—¡William! —exclamó.

Se oyeron murmullos de sorpresa y desaprobación entre los presentes.

—¿Cómo ha hecho para conseguirlo? —preguntó Jonathan.

—Supongo que pagando.

—¿Y de dónde ha sacado el dinero?

—Imagino que habrá obtenido un préstamo.

William se dirigió sonriente hacia el trono de madera instalado en el centro. Philip recordó que un día había sido un joven apuesto. Aún no había cumplido los cuarenta, y sin embargo parecía más viejo. Tenía el cuerpo pesado y la tez congestionada por el vino. Había desaparecido la fuerza dinámica y el optimismo que prestan atractivo a los rostros jóvenes, y habían sido sustituidos por un aspecto de disipación.

Al tiempo que William se sentaba, Philip se puso en pie.

—¿Nos vamos? —musitó Jonathan, imitándole.

—Sígueme —le dijo el prior en voz queda.

Se hizo el silencio. Todos los observaban cruzar la sala del tribunal. El gentío iba abriéndoles paso. Llegaron a la puerta y salieron. Al cerrarse tras ellos, hubo un murmullo general de comentarios.

—No teníamos posibilidad de éxito con William en el cargo —comentó Jonathan.

—Habría sido aún peor —dijo Philip—. Si hubiésemos presentado nuestra demanda es posible que hubiésemos perdido otros derechos.

—La verdad es que nunca pensé en ello.

Philip asintió tristemente.

—Con William de sheriff, Waleran de obispo y el desleal Richard de conde, ya es del todo imposible que el priorato de Kingsbridge obtenga justicia en este condado. Pueden hacernos cuanto quieran.

Mientras un mozo de cuadra les ensillaba los caballos, el prior siguió exponiendo sus ideas.

—Voy a suplicar al rey que otorgue la condición de municipio a Kingsbridge. De esa manera, tendremos nuestro propio tribunal y pagaremos nuestros impuestos directamente al rey. Estaríamos fuera de la jurisdicción del sheriff.

—En el pasado siempre fuisteis contrario a ello —le recordó Jonathan.

—Lo era porque concede a la ciudad el mismo poder que al priorato, pero ahora creo que podemos aceptarlo como precio por la independencia. La alternativa es William.

—¿Nos concederá tal cosa el rey Stephen?

—Es posible, claro que por un precio. Pero, si no lo hace él, tal vez lo haga Henry cuando suba al trono.

Montaron sus caballos atravesando con gran desánimo la ciudad.

Traspusieron la puerta y pasaron junto al vaciadero de desperdicios que había en los campos yermos, nada más salir. Algunas gentes decrépitas hurgaban en la basura buscando algo que pudieran comer, ponerse o quemar para calentarse. Philip los miró indiferente al pasar. De repente, uno de ellos le llamó la atención. Una figura alta y familiar se encontraba inclinada sobre un montón de harapos, rebuscando entre ellos algo que pudiera servir, Philip sofrenó su caballo. Jonathan lo imitó.

—Mira —dijo Philip.

Jonathan siguió la dirección de su mirada.

—Remigius —murmuró en voz queda al cabo de un minuto.

Philip se quedó observándolo. Era evidente que Waleran y William se habían desentendido de él hacía ya algún tiempo, al agotarse los fondos para la nueva iglesia. Ya no le necesitaban. Remigius había traicionado a Philip, al priorato y a Kingsbridge, todo ello por la esperanza de ser nombrado deán de Shiring. Pero el premio se había reducido a cenizas.

Philip hizo salir a su caballo del camino y atravesar el campo yermo hasta donde se encontraba Remigius. Jonathan le siguió. Se sentía un olor nauseabundo que parecía ascender del suelo semejante a la niebla. Al acercarse, observó que Remigius era piel y huesos. Llevaba el hábito sucio e iba descalzo. Tenía sesenta años y había pasado toda su vida de adulto en el priorato de Kingsbridge. Nadie le había enseñado a vivir en la miseria. Philip le vio sacar de aquella basura un par de zapatos de cuero. Tenían grandes agujeros en las suelas, pero Remigius los miró como si acabara de encontrar un tesoro oculto. Cuando se disponía a probárselos, vio a Philip.

Se irguió. En su rostro podía verse la lucha que mantenían sus sentimientos de vergüenza y desafío.

—Bien, ¿has venido a deleitarte con mi situación? —preguntó al cabo de un momento.

—No —contestó Philip con voz tranquila.

Su viejo enemigo ofrecía una imagen tan lamentable que el prior sólo sentía compasión por él. Desmontó y sacó un frasco de sus alforjas.

—He venido a ofrecerte un trago de vino.

Remigius hubiera preferido no aceptar, pero estaba demasiado necesitado para andarse con remilgos. Sólo vaciló por un instante, y le arrebató el frasco. Olfateó el vino con suspicacia y se llevó el frasco a la boca. Una vez que hubo empezado a beber no veía la manera de parar. Sólo quedaba medio frasco, y lo apuró en cuestión de segundos. Cuando apartó el frasco, se tambaleó un poco.

Philip cogió el recipiente vacío y volvió a meterlo en las alforjas.

—Más vale que comas algo —dijo al tiempo que sacaba una pequeña hogaza.

Remigius cogió el pan que le tendía y empezó a devorarlo. Era evidente que hacía días que no probaba bocado, y probablemente no había tenido una comida decente en semanas. Puede morir pronto, se dijo con tristeza Philip. Si no de hambre, es muy posible que de vergüenza.

El pan desapareció como por encanto.

—¿Quieres volver? —le preguntó Philip.

Oyó a Jonathan emitir una exclamación entrecortada. Al igual que muchos monjes, Jonathan esperaba no ver jamás a Remigius. Debió de pensar que Philip se había vuelto loco al ofrecerle regresar al monasterio.

—¿Volver? ¿En calidad de qué? —preguntó Remigius, recuperando por un instante los resabios del que había sido.

Philip sacudió la cabeza, pesaroso.

—En mi priorato nunca volverás a ocupar cargo alguno, Remigius. Vuelve sencillamente como humilde monje. Pide a Dios que perdone tus pecados y vive el resto de tu vida en oración y contemplación, preparando tu alma para el cielo.

Remigius echó la cabeza hacia atrás y Philip esperó recibir una negativa desdeñosa. Pero nunca llegó. Remigius abrió la boca para hablar, a continuación volvió a cerrarla y bajó la mirada. Philip permaneció inmóvil y callado, observando, preguntándose qué iría a pasar. Se produjo un largo silencio. Philip contenía el aliento. Al alzar de nuevo Remigius el rostro, las lágrimas corrían por sus mejillas.

—Sí, padre, por favor —musitó—. Quiero volver a casa.

—Entonces pongámonos en marcha —dijo Philip, que no cabía en sí de alegría—. Monta en mi caballo.

Remigius lo miró asombrado.

—¿Qué estáis haciendo, padre? —preguntó Jonathan.

—Vamos, haz lo que te digo —insistió Philip dirigiéndose a Remigius.

Jonathan no podía ocultar su horror.

—Pero ¿cómo viajaréis, padre?

—Iré andando —contestó Philip con expresión feliz—. Uno de nosotros ha de hacerlo.

—¡Que sea Remigius! —protestó Jonathan, que se sentía ultrajado.

—Dejémosle que cabalgue —dijo a su vez Philip—. Hoy ha complacido a Dios.

—¿Y qué me decís de vos? ¿No habéis complacido a Dios más que él?

—Jesús dijo que hay más gozo en el cielo por un pecador arrepentido que por noventa y nueve justos —replicó Philip—. ¿Acaso no recuerdas la parábola del hijo pródigo? Cuando volvió a casa, su padre mató el becerro bien cebado. Los ángeles se regocijan con las lágrimas de Remigius. Lo menos que puedo hacer yo es darle mi caballo.

Cogió las riendas del animal y lo condujo a través del campo yermo hasta el camino. Jonathan le siguió.

—Por favor, padre, coged mi caballo y dejad que camine yo —pidió el joven monje apeándose cuando hubieron llegado al camino.

Philip se volvió hacia él y le habló con cierta severidad.

—Sube de nuevo a ese caballo y deja de llevarme la contraria. Limítate a reflexionar acerca de lo que se está haciendo y por qué.

Jonathan pareció perplejo, pero volvió a montar y permaneció callado.

Tomaron el camino de regreso a Kingsbridge. Se encontraba a treinta kilómetros de distancia. Philip empezó a caminar. Se sentía feliz. El retorno de Remigius compensaba con creces la pérdida de la cantera. He perdido en el tribunal, se dijo, pero no eran más que piedras. Lo que he ganado es algo infinitamente más valioso: el alma de un hombre.

3

En el barril flotaban las manzanas frescas y maduras, brillantes a causa del sol que reverberaba sobre el agua. Sally, de nueve años, se inclinaba excitada sobre el borde del barril con las manos entrelazadas a la espalda, intentando coger una manzana con los dientes. Al escurrírsele, hundió la cara en el agua. La sacó de inmediato, escupiendo y muerta de risa. Aliena esbozó una sonrisa y le secó la cara.

Era una tarde cálida de finales de verano. Se celebraba la fiesta de un santo y la mayor parte de los habitantes de la ciudad se encontraban reunidos en el prado, al otro lado del río, para el juego de la manzana. Ésa era una de las ocasiones en las que Aliena siempre disfrutaba. Pero en esta ocasión se sentía triste, pues iba a ser su última fiesta de santo en Kingsbridge. Aunque seguía decidida a dejar a Jack, desde el mismo instante en que tomó esa determinación empezó a sentir el dolor de la pérdida.

Tommy merodeaba alrededor del barril y Jack lo llamó.

—¡Vamos, Tommy, inténtalo!

—Todavía no —contestó el chiquillo.

A los once años, Tommy sabía que era más listo que su hermana, e incluso que los demás niños de su edad, e incluso que muchos mayores. Estuvo durante un rato estudiando la técnica de quienes lograban hacerse con la manzana. Aliena lo observaba atentamente. Sentía por el chico un cariño especial. Jack tenía más o menos su edad cuando lo conoció, y Tommy era idéntico a él. Cuando lo miraba, sentía nostalgia de la infancia. Jack quería que Tommy fuera maestro constructor, pero hasta el momento no había mostrado interés alguno por el oficio; sin embargo, había mucho tiempo por delante.

Por fin Tommy se detuvo ante el barril. Se inclinó sobre él y fue bajando muy despacio la cabeza con la boca completamente abierta. Hundió en el agua la manzana que había elegido y metió toda la cara. Luego, la sacó, triunfante, con la manzana entre los dientes.

Tommy tendría éxito en todo cuanto se propusiera. Había en él algo de su abuelo, el conde Bartholomew. Tenía una voluntad muy fuerte y un sentido algo inflexible acerca del bien y del mal.

Era Sally la que había heredado la naturaleza despreocupada de Jack y su desdén por las convenciones humanas. Cuando Jack les contaba historias, Sally siempre simpatizaba con los desheredados, en tanto que Tommy solía enjuiciarlos. Cada uno de los hermanos tenía la personalidad de uno de sus progenitores y se parecía físicamente al otro. La despreocupada Sally tenía las facciones armónicas y la espesa cabellera oscura de su madre, en tanto que el decidido Tommy tenía el pelo color zanahoria de su padre, así como la tez blanca y los ojos azules de éste.

—¡Aquí llega tío Richard! —exclamó en ese momento Tommy.

Aliena dio media vuelta. En efecto, su hermano el conde llegaba cabalgando al prado acompañado de unos cuantos caballeros y escuderos. Aliena estaba horrorizada. ¿Cómo era posible que tuviera la desfachatez de dejarse ver por allí después del modo en que había traicionado a Philip con lo de la cantera?

Richard se acercó al barril sonriendo a todo el mundo y estrechando manos.

—Intenta pescar una manzana, tío Richard. ¡Puedes hacerlo! —dijo Tommy.

Richard metió la cabeza en el barril y la sacó con una manzana entre los dientes blancos y fuertes, y con el pelo rubio chorreando.

Siempre ha sido más hábil en los juegos que en la vida real, se dijo Aliena.

No iba a permitir que se saliera con la suya como si nada malo hubiera hecho. Era posible que otros temieran decirle algo porque se trataba del conde, pero para ella no era más que su estúpido hermano pequeño.

Él se acercó a darle un beso, pero ella le apartó.

—¿Cómo has podido robar la cantera al priorato? —lo increpó.

Jack, presintiendo que se avecinaba una pelea, cogió de la mano a los niños y se alejó.

Richard pareció dolido.

—Todas las propiedades han sido devueltas a quienes las poseían en...

—No me vengas con ésas —lo interrumpió Aliena—. ¡Después de todo lo que Philip ha hecho por ti!

—La cantera forma parte de mi herencia —adujo él. La llevó aparte y empezó a hablar en voz baja para que nadie más pudiera oírles—. Además —explicó—, necesito el dinero que obtengo con la venta de la piedra, Allie.

—Eso es porque no haces otra cosa que ir de caza y practicar la cetrería.

—¿Y qué otra cosa debería hacer?

—Lo que deberías hacer es preocuparte de que la tierra produzca riqueza. ¡Hay tanto por hacer! Reparar los daños causados por la guerra y el hambre, introducir nuevos métodos de cultivo, limpiar los bosques y desecar los pantanos. ¡Así es como aumentarías tu riqueza, y no robando la cantera que el rey Stephen dio al priorato de Kingsbridge!

—Jamás he cogido nada que no fuera mío.

—¡Si no has hecho otra cosa! —le rebatió Aliena. Estaba ya lo bastante enfadada para decir cosas que era mejor callar—. Jamás has trabajado para conseguir algo. Cogiste mi dinero para tus estúpidas armas, cogiste el trabajo que te dio Philip, cogiste el condado cuando yo te lo entregué en bandeja de plata. Y ahora ni siquiera eres capaz de gobernarlo sin coger cosas que no te pertenecen. —Dio media vuelta y se alejó furiosa.

Richard iba a seguirla, pero alguien se interpuso inclinándose para saludarle y preguntarle cómo estaba. Aliena le oyó dar una respuesta cortés y entablar luego una conversación. Tanto mejor. Había dicho lo que se proponía y no quería discutir más con él. Llegó al puente y miró hacia atrás. Alguien más hablaba en aquel momento con Richard, quien le hizo una señal con la mano indicándole que quería seguir hablando con ella pero que en ese momento se hallaba ocupado. Aliena vio a Jack, a Tommy y a Sally que empezaban a jugar con un palo y una pelota. Se quedó mirándolos mientras se divertían juntos al sol. Comprendió que no podía separarlos. Pero ¿de qué otra manera puedo llevar una vida normal?, se preguntó.

Cruzó el puente y entró en la ciudad. Quería estar un rato a solas.

Había alquilado una casa en Winchester. Era muy grande. Tenía una tienda en la planta baja y, encima, una gran sala de estar y dos dormitorios. También había, al final del patio, un enorme almacén, donde guardaba sus tejidos. Pero cuanto más se acercaba la fecha del traslado, menos deseos tenía de llevarlo a cabo.

Hacía calor en las calles de Kingsbridge, que se hallaban polvorientas. El aire estaba lleno de moscas, que se alimentaban en los incontables estercoleros. Todas las tiendas y casas permanecían cerradas a cal y canto. La ciudad se encontraba desierta. Todo el mundo se había ido al prado.

Se dirigió hacia la casa de Jack. Allí era donde acudirían todos una vez que hubiese terminado el juego de la manzana. Vio la puerta abierta. Frunció el entrecejo, irritada. ¿Quién la habría dejado así? Demasiada gente tenía la llave: ella, Jack, Richard y Martha. No había gran cosa que robar. Desde luego, Aliena no tenía allí su dinero. Hacía ya años que Philip le permitía que lo guardase en la tesorería del priorato. Pero la casa estaría llenándose de moscas.

Entró. Había una fresca penumbra. Las moscas revoloteaban en el centro de la habitación y dos avispas peleaban furiosas alrededor de la tapa del tarro de miel.

Y Alfred estaba sentado en el borde de la mesa.

Aliena, asustada, soltó un leve grito, pero se recuperó de inmediato.

—¿Cómo has entrado? —le preguntó.

—Tengo una llave.

De modo que te la has guardado durante todo este tiempo, se dijo Aliena. Se quedó mirándolo. Tenía huesudos los anchos hombros, y la cara demacrada.

—¿Qué estás haciendo aquí? —le preguntó.

—He venido a verte.

Aliena notó que estaba temblando; no de miedo, sino de ira.

—Pues yo no quiero verte a ti, ni ahora ni nunca —le espetó—. Me trataste como a un perro y luego a Jack le diste lástima y te empleó. Pero traicionaste su confianza y te llevaste a todos los artesanos contigo a Shiring.

—Necesito dinero —dijo él con un tono en el que se mezclaban la súplica y el desafío.

—Entonces trabaja.

—En Shiring han suspendido la construcción de la catedral y aquí en Kingsbridge no puedo encontrar trabajo.

—Pues vete a Londres. O a París.

—Pensé que tú me ayudarías a salir adelante —insistió él con la tozudez de una mula.

—Aquí no te necesitamos para nada. Más vale que te vayas.

—¿No tienes piedad? —le preguntó él. Su tono ya no era desafiante, sino de súplica.

Aliena se apoyó sobre la mesa para mantenerse firme.

—¿Todavía no has comprendido que te aborrezco?

—¿Por qué? —Alfred parecía ofendido, como si aquello fuera una sorpresa para él.

Santo cielo, es rematadamente estúpido, pensó Aliena. Es cuanto puede decirse de él como excusa.

—Ve al monasterio si buscas caridad —respondió cautelosa—. La capacidad para el perdón que tiene el prior Philip es sobrehumana. La mía, no.

—Pero eres mi mujer —alegó Alfred.

Eso sí que era bueno.

—No soy tu mujer —masculló ella entre dientes—. Tú no eres mi marido, jamás lo fuiste. Y ahora, sal de esta casa.

Alfred la cogió por sorpresa y la agarró por el pelo.

—Eres mi mujer —repitió. La atrajo hacia sí sobre la mesa y con la mano libre le apretó con fuerza un seno.

Aquello desconcertó a Aliena. Era lo último que esperaba de un hombre que durante nueve meses había dormido en la misma habitación con ella sin haber logrado una sola vez realizar el acto sexual. Empezó a chillar intentando apartarse de él. Pero la tenía fuertemente sujeta por el cabello y la atrajo de nuevo hacia sí.

—Nadie te oirá gritar —le dijo—. Todos están en el otro lado del río.

Aliena sintió pánico de pronto. Estaban solos y Alfred era muy fuerte. ¡Al cabo de tantas millas recorriendo los caminos, de tantos años de arriesgar el cuello viajando, la estaba atacando, en su casa, el hombre con el que se había casado!

—Estás asustada, ¿eh? Más te valdrá ser amable —la coaccionó Alfred al ver el terror reflejado en sus ojos.

Luego, la besó en la boca. Aliena le mordió el labio con toda la fuerza de que era capaz, y él soltó un grito de dolor.

Aliena no vio el golpe que se avecinaba. Le dio con tal fuerza en la mejilla que al instante pensó, aterrada, que le había roto algún hueso. Por un instante perdió la visión y el equilibrio. El golpe la apartó de la mesa, y sintió que caía. Los junquillos del suelo amortiguaron el impacto. Sacudió la cabeza para aclarársela y trató de sacar la daga que llevaba sujeta al brazo izquierdo. Antes de que pudiera hacerlo, sintió que la agarraban por las muñecas y oyó a Alfred decir:

—Sé lo de esa pequeña daga. Te he visto desnudarte, ¿recuerdas?

Le soltó las manos, la golpeó de nuevo en la cara y cogió el arma. Aliena intentó zafarse. Alfred se sentó sobre sus piernas y, con la mano izquierda, la agarró por la garganta. Ella agitó los brazos desesperada. De pronto, vio la punta de la daga a un centímetro de su ojo.

—Estáte quieta o te dejaré ciega —la amenazó Alfred.

Se quedó rígida. Le aterraba la idea de quedarse ciega. Había visto hombres a los que como castigo les habían arrancado los ojos. Recorrían las calles pidiendo limosna; sus cuencas vacías eran un espectáculo horrible. Los chiquillos los atormentaban pellizcándoles y poniéndoles la zancadilla hasta hacerlos enfurecer en su vano intento de atrapar a alguno, lo que hacía el juego más divertido. Por lo general, morían al cabo de uno o dos años.

—Pensé que esto te calmaría —dijo Alfred.

¿Por qué hacía aquello? Aliena jamás había manifestado sentir el menor deseo hacia él. ¿Sería porque estaba vencido y furioso y ella era vulnerable? ¿Acaso representaba el mundo que le había rechazado?

Alfred se inclinó hacia adelante sujetándola con una rodilla a cada lado de las caderas, sin apartar la daga de su ojo. Una vez más, acercó su cara a la de ella.

—Ahora muéstrate cariñosa —le aconsejó, besándola otra vez.

La barba sin afeitar le rascaba la cara. El aliento le olía a cerveza y cebolla. Aliena apretó con fuerza los labios.

—No eres muy cariñosa —le reprochó él—. Vamos bésame.

Volvió a besarla al tiempo que le acercaba más la punta de la daga. Cuando le rozó el párpado Aliena movió los labios. El sabor de su boca le produjo náuseas. Alfred metió su áspera lengua entre los labios de ella, que sintió deseos de vomitar e intentó desesperadamente contenerse por miedo a que la matara si lo hacía.

Él se apartó de nuevo, aunque manteniendo la daga junto a su cara.

—Ahora toca esto —le dijo, cogiéndole la mano y metiéndola por debajo de su túnica, obligándola a rozar su miembro—. Cógelo —le dijo.

Ella obedeció.

—Ahora, frótalo suavemente.

Así lo hizo Aliena. Pensó que, si le daba placer, tal vez evitase el que intentase penetrarla. Lo miró a la cara con terror. Estaba congestionado y tenía los ojos enrojecidos. Se lo frotó hasta el final, recordando que eso enloquecía a Jack.

Aliena se temía que nunca iba a volver a disfrutar con aquello, y los ojos se le llenaron de lágrimas.

Alfred hizo con la daga un movimiento peligroso.

—¡No tan fuerte! —le gritó.

Aliena se concentró.

Y entonces se abrió la puerta.

Aliena se sintió súbitamente esperanzada. Por una rendija entró en la habitación un brillante rayo de sol que la deslumbró a través de las lágrimas. Alfred se quedó rígido. Ella apartó la mano.

Los dos miraron hacia la puerta. ¿Quién era? Aliena no podía ver. Que no sea uno de los niños, por favor, Dios mío, suplicó. Me sentiría tan avergonzada... Se escuchó una exclamación de ira. Era la voz de un hombre. Aliena parpadeó intentando ver de quién se trataba y reconoció a su hermano.

El pobre Richard. Era casi peor que si se hubiera tratado de Tommy. Richard, que en la oreja izquierda, en lugar del lóbulo, tenía una cicatriz que le recordaba siempre la terrible escena que le habían obligado a presenciar cuando sólo tenía catorce años. Y ahora la historia se repetía. ¿Cómo podría soportarlo?

Alfred empezaba a ponerse en pie, pero Richard fue demasiado rápido para él. Aliena tuvo una visión borrosa de su hermano cruzando la pequeña habitación y dando una tremenda patada en la mandíbula a Alfred, que cayó sobre la mesa. Richard se lanzó sobre él, pisando a Aliena sin darse siquiera cuenta, y comenzó a golpearlo con los puños y los pies. Ella se quitó de enmedio a duras penas. El rostro de Richard era una máscara de furia indómita. No miró a Aliena. Ella se dio cuenta de que no le importaba. Estaba enfurecido, no por lo que Alfred le hubiera hecho en esos momentos, sino por lo que William y Walter le habían hecho a él, Richard, dieciocho años antes. Entonces era joven, débil e indefenso, pero se había convertido en un hombre alto y fuerte, en un luchador experimentado, y al fin encontraba alguien en quien desahogar la ira enloquecedora que había alimentado durante todos esos años. Golpeó a Alfred una y otra vez con los dos puños. Alfred retrocedía tambaleándose alrededor de la mesa y hacía un débil intento de protegerse con los brazos levantados. Richard le alcanzó en la barbilla con un potente derechazo y Alfred cayó de espaldas.

Quedó tumbado sobre los junquillos mirando hacia arriba, aterrado. Aliena estaba asustada por la violencia de su hermano.

—¡Basta ya, Richard! —le gritó.

Él no hizo caso de ella y se adelantó para seguir dando puntapiés a Alfred, quien de repente advirtió que todavía tenía en la mano la daga de Aliena. Esquivó los golpes y, poniéndose rápidamente en pie, atacó con el arma. Richard, cogido por sorpresa, saltó hacia atrás. Alfred se lanzó de nuevo contra él, haciéndole retroceder por la habitación. Aliena observó que los dos hombres eran de estatura y constitución semejantes. Richard era un luchador nato, pero Alfred tenía un arma. Las fuerzas estaban desgraciadamente equilibradas. De repente, Aliena temió por su hermano. ¿Qué pasaría si fuera Alfred quien venciera? Entonces sería ella la que tendría que luchar contra él.

Miró alrededor buscando algo con que atacar y vio entonces el montón de leña que había junto al hogar. Cogió un pesado tronco.

Alfred se lanzó de nuevo contra Richard, que lo esquivó, lo agarró por la muñeca y tiró de él. Alfred avanzó hacia adelante tambaleándose. Richard le dio varios golpes con los puños en el cuerpo y la cara. Richard tenía el rostro contraído en una mueca salvaje; era la sonrisa demencial de un hombre que estaba tomándose venganza. Alfred empezó a gimotear y levantó de nuevo los brazos para protegerse.

Richard vaciló, jadeante. Aliena pensó que aquello acabaría allí. Pero, de repente, Alfred atacó de nuevo con rapidez sorprendente y esa vez la punta de la daga rozó la mejilla de Richard, que retrocedió de un salto, sintiendo el escozor del rasguño. Alfred avanzó con la daga en alto. Aliena comprendió que iba a matar a su hermano y corrió hacia él blandiendo el leño. No acertó a darle en la cabeza, pero lo alcanzó en el hombro derecho. Oyó un crujido al chocar el leño con el hueso. La mano de Alfred quedó inerte por el golpe y la daga cayó al suelo.

Aquello terminó de manera espantosamente rápida.

Richard se inclinó, cogió la daga de Aliena y se la hundió a Alfred en el pecho con terrible fuerza hasta la empuñadura.

Aliena estaba horrorizada. Había sido un golpe espantoso. Alfred chilló como un cerdo en el matadero. Richard sacó la daga, lo cual hizo brotar la sangre. Alfred abrió la boca para volver a gritar, pero sin emitir sonido alguno. La cara se le puso blanca; luego gris y, cerrando los ojos, cayó al suelo. La sangre empapó los junquillos.

Aliena se arrodilló junto a él, cuyos párpados se agitaron levemente; todavía respiraba, pero su vida se extinguía. Miró a Richard que estaba en pie respirando con fuerza.

—Se está muriendo —le dijo.

Richard asintió. No parecía muy impresionado.

—He visto morir a hombres mejores —dijo—. Y he matado a hombres que lo merecían menos que éste.

Aliena se sintió turbada ante la frialdad de su hermano, pero no dijo nada. Acababa de recordar la primera vez que Richard había matado a un hombre. Había sido después de que William se hubiera apoderado del castillo. Richard y ella iban de camino a Winchester cuando dos ladrones les atacaron. Aliena apuñaló a uno de ellos, pero había obligado a Richard, que sólo tenía quince años, a asestarle el golpe de gracia. Si es cruel, ¿quién le empujó a ello?, se dijo sintiéndose culpable.

Observó de nuevo a Alfred. Tenía los ojos abiertos y la contemplaba. Casi se sintió avergonzada de la escasa compasión que le inspiraba aquel hombre moribundo. Pensó, mientras lo miraba a los ojos, que él jamás se había mostrado compasivo, indulgente ni generoso. Durante toda su existencia había alimentado sus resentimientos y rencores y había disfrutado con acciones vengativas y maliciosas. Tu vida, Alfred, pudo haber sido diferente, pensó Aliena. Pudiste mostrarte cariñoso con tu hermana y perdonar a tu hermanastro que fuera más inteligente que tú. Pudiste haberte casado por amor en lugar de hacerlo por venganza. Pudiste haber sido leal al prior Philip. Pudiste haber sido feliz.

De repente Alfred abrió desmesuradamente los ojos.

—¡Dios, qué dolor! —dijo.

Aliena ansiaba que muriera pronto.

Alfred cerró los ojos.

—Es el final —anunció Richard.

Alfred dejó de respirar.

Aliena se puso en pie.

—Soy viuda.

Alfred fue enterrado en el cementerio del priorato de Kingsbridge. Así lo había deseado Martha, que era su única pariente consanguínea. También fue la única persona que sintió pena por él. Alfred jamás había sido bueno con ella, que siempre había tenido que refugiarse en su hermanastro Jack en busca de cariño y protección. Sin embargo, quiso que lo enterraran cerca para así poder visitar la tumba. Cuando el ataúd fue bajado al hoyo, sólo Martha lloró.

Jack parecía muy aliviado de que Alfred ya no existiera. Tommy, de pie junto a Aliena, se mostraba muy interesado por todo aquello. Era el primer funeral familiar, y el ritual de la muerte le resultaba nuevo. Sally, muy pálida y asustada, se aferraba a la mano de Martha.

Richard también estaba allí. Durante el oficio le explicó a Aliena que había acudido para pedir el perdón de Dios por haber matado a su cuñado. Se apresuró a añadir que no era que creyese que había hecho algo malo. Sólo quería estar a salvo.

Aliena, que aún tenía la cara herida e hinchada por los golpes de Alfred, recordaba cómo era el difunto la primera vez que lo había visto. Había ido a Earlcastle con su padre, Tom, y con Martha, Ellen y Jack. Ya entonces Alfred era el camorrista de la familia, grande, fuerte y corto de entendederas. Si por aquel entonces Aliena hubiera podido imaginar que acabaría casándose con él se habría sentido tentada de arrojarse desde las almenas. No pensó ni por un instante que volvería a ver a aquella familia una vez que hubieron marchado del castillo. Pero tanto unos como otros habían acabado viviendo en Kingsbridge. Alfred y ella habían creado la comunidad parroquial, que en aquellos momentos era una institución muy importante en la vida de la ciudad. Fue entonces cuando Alfred le había pedido que se casara con ella. Ni por un instante a Aliena se le ocurrió que tal vez lo hiciera por rivalizar con su hermanastro y no por deseo. Entonces le había rechazado. Pero, más adelante, Alfred descubrió cómo manipularla, convenciéndola al fin de que lo aceptara como esposo, con la promesa de que ayudaría a su hermano. Al recordar todo ello, Aliena llegó a la conclusión de que Alfred se merecía la frustración y humillación derivada de su matrimonio. Sus motivos habían sido crueles y se había merecido el desamor que había recibido.

Aliena no podía evitar sentirse feliz. Ya no había motivo para que se fuera a vivir a Winchester. Jack y ella se casarían de inmediato. Durante el funeral, adoptó una expresión solemne y, pese a las ideas graves que ocupaban su mente, su corazón estaba rebosante de felicidad.

Philip, cuya capacidad para perdonar a quienes le habían traiciona-do era, al parecer, ilimitada, consintió en enterrar allí a Alfred.

Mientras los cinco adultos y los dos niños permanecían en pie ante la tumba abierta, llegó Ellen.

Philip estaba disgustado. Aquella mujer había maldecido una boda cristiana y su presencia en el recinto del priorato no era bienvenida. Claro que no podía impedirle que asistiera al funeral de su hijastro. Y, como los ritos habían llegado a su fin, Philip se limitó a retirarse.

Aliena lo sentía de veras. Tanto Philip como Ellen era buenas perso-nas y consideraba una pena que estuviesen enemistados, pero eran buenos de distinta manera, y ambos se mostraban intolerantes con la ética del otro.

Ellen había envejecido. Mostraba más arrugas en la cara y tenía el pelo más canoso, pero conservaba sus hermosos ojos dorados. Llevaba una túnica de piel, confeccionada por ella misma, y nada más, ni siquie-ra zapatos. Tenía los brazos y piernas bronceados y musculosos. Tommy y Sally corrieron a besarla. Jack los siguió y la abrazó con fuerza.

Ellen ofreció la mejilla a Richard para que le diese un beso.

—Hiciste lo que debías. No te sientas culpable —le alentó.

Permaneció en pie al borde de la tumba mirando hacia el interior.

—Fui su madrastra. Me hubiera gustado saber cómo hacerle feliz —declaró.

Al apartarse de la tumba, Aliena la abrazó.

Luego, se alejaron caminando despacio.

—¿Quieres quedarte a almorzar? —le preguntó Aliena.

—Sí, gracias —respondió Ellen mientras alborotaba el pelo rojo de Tommy—. Me gustaría charlar con mis nietos. Crecen tan deprisa. Cuando conocí a Tom, Jack tenía la edad de Tommy. —Se estaban acer-cando a la puerta del priorato—. Los años parecen pasar con más rapi-dez a medida que te vas haciendo mayor. Creo...

Dejó la frase sin concluir y se detuvo.

—¿Qué ocurre? —preguntó Aliena.

Ellen miraba a través de la puerta abierta del priorato. La calle se encontraba desierta salvo por un puñado de chiquillos, que permanecían muy juntos en la parte más alejada, mirando fijamente algo oculto a la vista.

—¡No salgas, Richard! —le advirtió Ellen.

Todos se detuvieron y Aliena vio qué era lo que la había alarmado. Los niños parecían estar mirando algo o a alguien que se encontraba esperando en el exterior, oculto por el muro.

Richard reaccionó con celeridad.

—Es una trampa —dijo. Y, sin pensarlo dos veces, dio media vuelta y echó a correr.

Un momento después, una cabeza con casco asomó por la puerta. Pertenecía a un corpulento hombre de armas. Al ver a Richard correr hacia la iglesia, dio la voz de alarma y se precipitó al interior del recinto. Le siguieron tres, cuatro, cinco o más hombres.

Los que habían asistido al funeral se dispersaron. Los hombres, haciendo caso omiso de ellos, corrieron tras Richard. Aliena estaba asustada y confusa. ¿Quién se atrevía a atacar al conde de Shiring abiertamente y en un priorato? Contuvo el aliento mientras los veía perseguir a Richard a través del recinto. Ésta saltó el muro bajo que los albañiles estaban construyendo. Sus perseguidores lo saltaron a su vez, sin importarles, al parecer, irrumpir en una iglesia. Los artesanos se quedaron inmóviles, primero al ver a Richard, luego, frente a sus perseguidores. Uno de los aprendices más jóvenes y de impulsos más rápidos alargó una pala e hizo tropezar a uno de los hombres de armas, que salió despedido por los aires. Pero nadie más intervino. Richard llegó a la puerta que conducía a los claustros. El perseguidor que estaba más cerca de él levantó la espada. Por un terrible instante Aliena pensó que la puerta estaría cerrada por dentro y que Richard no lograría entrar. El hombre de armas descargó su espada sobre Richard, pero en ese preciso momento éste abrió la puerta y pasó. La espada se clavó en la madera al cerrarse la puerta.

Aliena respiró de nuevo.

Los hombres de armas se agruparon frente a la puerta del claustro y luego miraron inseguros alrededor. De repente, parecieron caer en la cuenta de dónde se encontraban. Los artesanos les dirigían miradas hostiles sopesando sus hachas y martillos. Había cerca de un centenar de trabajadores y sólo cinco hombres de armas.

—¿Quiénes son estos? —preguntó, furioso, Jack.

—Son los hombres del sheriff —contestó una voz a sus espaldas.

Aliena dio media vuelta, irritada. Conocía aquella voz demasiado bien, por desgracia. Allí, junto a la puerta, a lomos de un nervioso garañón negro, armado y con cota de malla, se encontraba William Hamleigh. Sólo de verlo sintió un escalofrío.

—Largo de aquí, despreciable alimaña.

William enrojeció ante el insulto, pero no se movió.

—Ha venido a hacer un arresto.

—Adelante. Los hombres de Richard te harán pedazos.

—No tendrá hombres cuanto esté en prisión.

—¿Quién te crees que eres? ¡Un sheriff no puede encarcelar a un conde!

—Sí puede cuando se trata de asesinato.

Aliena lanzó una exclamación ahogada. Comprendió de inmediato lo que tramaba la mente retorcida de William.

—¡No ha habido asesinato! —exclamó.

—Lo ha habido —afirmó William—. El conde Richard asesinó a Alfred, el maestro constructor, y ahora tengo que informar al prior Philip de que está protegiendo a un asesino.

William espoleó a su caballo, pasó junto a ellos y atravesó hasta el extremo oeste la nave en construcción. Se dirigió hacia el patio de la cocina, donde eran recibidos los seglares. Aliena le observaba, incrédula. Era tan diabólico que resultaba difícil de creer. El pobre Alfred, al que acababan de enterrar, había hecho mucho daño por su falta de seso y debilidad de carácter. Su maldad resultaba más trágica que otra cosa. Pero William era un auténtico servidor del diablo. ¿Cuándo nos veremos libres de este monstruo?, se preguntó Aliena.

Los hombres de armas se reunieron con William en el patio de la cocina y uno de ellos golpeó la puerta con la empuñadura de su espada. Los albañiles y artesanos habían abandonado su trabajo y se encontraban allí de pie, todos reunidos, mirando desafiantes a los intrusos. Tenían un aspecto peligroso con sus pesados martillos y sus aguzados cinceles. Aliena le dijo a Martha que se llevara a los niños a casa. Jack y ella permanecieron junto a los trabajadores.

El prior Philip acudió a la puerta de la cocina. Era de menor estatura que William, y con su ligero hábito de verano parecía aún más pequeño en comparación con aquel robusto hombre a caballo. Pero el rostro de Philip revelaba una ira que le hacía parecer más formidable.

—Estáis acogiendo a un fugitivo —dijo William.

—¡Abandonad este lugar! —rugió el prior.

William lo intentó de nuevo.

—Ha habido un asesinato.

—¡Salid de mi priorato inmediatamente!

—Soy el sheriff.

—Ni siquiera el rey tiene derecho a que sus hombres entren por la fuerza en un monasterio. ¡Fuera de aquí! ¡Fuera de aquí!

Los albañiles y artesanos, furiosos, empezaron a murmurar entre sí. Los hombres de armas los miraban con cierto nerviosismo.

—Incluso el prior de Kingsbridge tiene que responder ante el sheriff —afirmó William.

—No en estos términos. Sacad a vuestros hombres del recinto. Dejad vuestras armas en las cuadras. Cuando estéis preparados para comportaros en la casa de Dios como un humilde pecador, podréis entrar en el priorato. Y sólo entonces el prior contestará a vuestras preguntas.

Philip entró de nuevo y cerró la puerta de golpe.

Todos, menos William y sus hombres, le vitorearon.

Aliena quedó sorprendida al ver que también ella estaba aclamando con vítores. Durante toda su vida, William había sido una figura poderosa y temida y se sentía reconfortada al verle dominado por el prior Philip.

Pero William todavía seguía negándose a admitir la derrota. Desmontó, se desabrochó despacio el cinto del que pendía la espada y se lo entregó a uno de sus hombres. Dirigió a éstos unas breves palabras, y retrocedieron a través del recinto del monasterio llevándose su espada. William estuvo observándolos hasta que llegaron a la puerta y luego se volvió de nuevo hacia la puerta de la cocina.

—¡Abrid al sheriff! —gritó.

Tras una pausa, se abrió la puerta y Philip volvió a salir. Miró de arriba abajo a William, que se encontraba en pie y desarmado. Luego, observó a los hombres de armas reunidos en el extremo más alejado del recinto. Por fin, se encaró con William.

—¿Qué queréis?

—Estáis dando cobijo en el priorato a un asesino. Entregádmelo.

—En Kingsbridge no ha habido asesinato alguno —repuso Philip.

—Hace cuatro días el conde de Shiring asesinó a Alfred, el maestro constructor.

—Estáis en un error —afirmó Philip—. Richard mató a Alfred; pero no fue asesinato. Sorprendió a Alfred cuando éste intentaba perpetrar una violación.

Aliena se estremeció.

—¿Violación? —repitió William—. ¿A quién intentaba violar?

—A Aliena.

—¡Pero si es su mujer! —exclamó triunfante William—. ¿Cómo es posible que un hombre viole a su mujer?

Aliena comprendió la orientación que William estaba dando a sus argumentos y se sintió embargada por una ira casi irreprimible.

—Ese matrimonio jamás fue consumado, y Aliena ha solicitado una anulación —alegó Philip.

—Que no se le ha concedido. Se casaron ante la Iglesia, y de acuerdo con la ley todavía siguen casados. No hubo violación. Por el contrario —William se volvió de súbito y señaló con el dedo a Aliena—, esa mujer ha estado durante años queriendo librarse de su marido y acabó convenciendo a su hermano de que lo asesinase. ¡Alfred fue apuñalado con la daga de ella!

Aliena sintió que una mano glacial le oprimía el corazón. La historia que William había contado era una afrentosa mentira. Sin embargo, para alguien que no hubiera visto lo ocurrido respondía tan bien a las conveniencias que la tomaría por real. Richard se encontraba en apuros.

—Un sheriff no puede detener a un conde —dijo Philip.

Aliena se acordó de que eso era así. Lo había olvidado.

William sacó un pergamino.

—Tengo una orden real. Lo estoy arrestando en nombre del rey.

Aliena se sintió desolada. William había pensado en todo.

—¿Cómo lo ha conseguido? —murmuró.

—Actuó con gran rapidez —contestó Jack—. Tan pronto como supo las noticias cabalgó hasta Winchester para ver a Stephen.

Philip tendió la mano.

—Enseñadme esa orden.

William la retuvo. Les separaban varios metros. Habían llegado a un punto muerto en el que ninguno de los dos estaba dispuesto a moverse. William cedió al fin, se acercó a Philip y le entregó la orden.

El prior la leyó y se la devolvió.

—Esto no os da derecho a atacar un monasterio.

—Me da derecho a detener a Richard.

—Se ha acogido a sagrado.

—¡Ah! —exclamó William, pero no parecía verdaderamente sorprendido. Asintió como si acabara de escuchar la confirmación de algo inevitable y retrocedió dos o tres pasos. Cuando volvió a hablar, lo hizo en voz muy alta, para que todos lo oyeran con claridad—. Decidle que será detenido en el preciso momento en que abandone el priorato. Mis comisarios montarán guardia en la ciudad y en los alrededores de su castillo. Recordad —miró a todos los allí presentes— que quienquiera que ataque a un comisario del sheriff, estará atacando a un servidor del rey. —Se volvió hacia Philip—. Decidle que puede acogerse a sagrado tanto tiempo como quiera, pero que si desea salir tendrá que habérselas con la justicia.

Se hizo el silencio. William bajó despacio por los peldaños y atravesó el patio de la cocina. A Aliena sus palabras le habían sonado como una sentencia de prisión. El gentío se dividió para dejarle paso. Al llegar donde estaba Aliena, William le dirigió una mirada altiva. Todos lo observaron dirigirse a la puerta y montar en su caballo. Dio una orden y se alejó al trote, dejando a dos de sus hombres junto a la puerta, vigilando el interior del priorato.

Aliena se volvió hacia Philip, quien dirigiéndose a ella y a Jack, dijo con tono tranquilo:

—Venid a mi casa. Hemos de discutir esto.

Entró de nuevo en la cocina.

Aliena tuvo la impresión de que Philip estaba secretamente complacido con algo.

Se recuperó la calma. Los trabajadores volvieron a sus tareas charlando animadamente. Ellen se encaminó hacia la casa para estar con sus nietos. Aliena y Jack cruzaron el cementerio y entraron en la vivienda de Philip. El prior aún no había llegado. Se sentaron en un banco a esperar. Jack adivinó la inquietud de Aliena por su hermano y la abrazó para animarla.

Al mirar alrededor Aliena descubrió que, año tras año, la casa de Philip había ido haciéndose más confortable. Aún parecía desnuda en comparación con las habitaciones privadas de un conde en un castillo, pero no era tan austera como un día lo había sido. Delante del altarcito colocado en un rincón había una alfombra pequeña a fin de proteger las rodillas del prior durante las largas noches de oración. Y en la pared, detrás del altar, colgaba un crucifijo de plata con piedras preciosas incrustadas que seguramente era un costoso regalo. Aliena se dijo que no le vendría mal a Philip mostrarse más indulgente consigo mismo a medida que se hacía mayor. Tal vez así se mostrara también más indulgente con los demás.

Momentos después entró el prior. Richard iba tras él. Estaba muy agitado y empezó a hablar de inmediato.

—William no puede hacer esto. ¡Es una locura! Encontré a Alfred intentando violar a mi hermana. Tenía una daga en la mano. ¡Estuvo a punto de matarme!

—Cálmate —le aconsejó Philip—. Hablemos de ello y examinemos con detenimiento cuáles son los peligros, si es que los hay. ¿Por qué no nos sentamos?

Richard se sentó, pero siguió hablando.

—¿Peligros? ¡No hay peligro alguno! Un sheriff no puede encarcelar a un conde por motivo alguno. Ni siquiera por asesinato.

—Lo va a intentar —le aseguró Philip—. Tendrá hombres apostados en torno al priorato.

Richard hizo un ademán quitándole importancia.

—Puedo eludir a los hombres de William con los ojos cerrados. No presentan problemas. Jack puede esperarme fuera de los muros de la ciudad con un caballo.

—¿Y cuando llegues a Earlcastle?

—Lo mismo. Puedo burlar a los hombres. O hacer que mi propia guardia salga a recibirme.

—Eso parece posible —reconoció Philip—. ¿Y luego qué?

—Luego nada —contestó Richard—. ¿Qué puede hacer William?

—Bien, todavía tiene en su poder una orden real que ordena que respondas a una acusación de asesinato. Intentará detenerte cada vez que abandones el castillo.

—Iré a todas partes con escolta.

—¿Y cuando celebres juicios en Shiring y otros lugares?

—Lo mismo.

—¿Crees que acatarán tus decisiones sabiendo que tú mismo eres un fugitivo de la justicia?

—Más les valdrá —respondió Richard con expresión torva—. Deberán recordar cómo hacía William acatar sus decisiones cuando era conde.

—Es posible que no te teman tanto a ti como temían a William. Acaso no te crean una sanguijuela diabólica como a él. Sólo espero que estén en lo cierto.

Aliena frunció el entrecejo. No era propio de Philip mostrarse tan pesimista, a menos que tuviera un verdadero motivo. Sospechaba que estaba estableciendo las bases de algún plan que guardaba en la manga. Apostaría dinero a que la cantera tiene algo que ver con esto, dijo para sí.

—Mi preocupación principal es el rey —explicó Philip—. Quien se niega a responder ante la justicia, está desafiando a la corona. Hace un año te hubiera dicho que adelante, que la desafiaras. Pero ahora que la guerra ha terminado no será tan fácil para los condes hacer cuanto quieran.

—Parece que no tienes otra salida, Richard —le dijo Jack.

—No puede hacerlo —intervino Aliena—. No tiene la menor posibilidad de que le hagan justicia.

—Aliena lleva razón —la apoyó Philip—. El caso sería presentado ante el tribunal real. Los hechos ya son conocidos. Alfred intentó forzar a Aliena, llegó Richard, lucharon y Richard mató a Alfred. Todo depende de la interpretación. Al presentar la querella William, leal partidario del rey Stephen, y siendo Richard uno de los principales aliados del duque Henry, con toda probabilidad el veredicto sería de culpabilidad. ¿Por qué firmó la orden el rey Stephen? Es de suponer que porque ha decidido vengarse de Richard por luchar contra él. La muerte de Alfred le proporciona una excusa excelente.

—Tenemos que recurrir al duque Henry para que intervenga —dijo Aliena.

Richard se mostró dubitativo por primera vez.

—No quisiera tener que depender de él. Está en Normandía. Puede escribir una carta de protesta, pero ¿qué más puede hacer? Si cruzara el Canal con un ejército, rompería el tratado de paz, y no creo que arriesgara eso por mí.

Aliena parecía muy asustada.

—Dios mío, Richard, estás en un callejón sin salida, y todo por salvarme.

Richard le sonrió con cariño.

—Y volvería a hacerlo, Allie.

—Lo sé.

Pese a todos sus defectos, era sincero y valiente. Parecía injusto que tuviera que enfrentarse a un problema tan espinoso poco después de haber recuperado el condado. Como conde había sido una decepción para Aliena, una terrible decepción, pero de ningún modo se merecía aquello.

—Menuda elección —dijo Richard—. Puedo quedarme en el priorato hasta que el duque Henry sea rey o arriesgarme a que me ahorquen por asesinato. Me haría monje si no comieran tanto pescado.

—Puede que haya otra salida —sugirió Philip.

Aliena lo miró con ansiedad. Sospechaba que había estado tramando algo y le quedaría agradecidísima si era capaz de resolver aquel problema.

—Puedes hacer penitencia por esa muerte —prosiguió Philip.

—¿Tendría que comer pescado? —preguntó Richard.

—Estoy pensando en Tierra Santa.

Se hizo el silencio. Palestina estaba gobernada por el rey de Jerusalén, Balduino III, un cristiano de origen francés. Sufría ataques constantes de los países musulmanes vecinos, en especial de Egipto por el sur y de Damasco por el este. Un viaje hasta allí, que duraba de seis meses a un año, para unirse a los ejércitos que luchaban en defensa del reino cristiano, era, desde luego, la clase de penitencia que podía hacer un hombre para purgar una muerte. Aliena sintió cierta inquietud. No todos los que iban a Tierra Santa regresaban, pero durante años había estado preocupada por Richard cada vez que iba a una batalla. Tierra Santa no sería más peligrosa que Inglaterra. Le resultaría angustioso, pero ya estaba acostumbrada a ello.

—El rey de Jerusalén siempre necesita hombres —dijo Richard.

Cada tantos años, el Papa solía enviar emisarios a recorrer el país intentando encontrar hombres jóvenes que quisieran ir a luchar a Tierra Santa.

—Pero acabo de recuperar mi condado —alegó—. ¿Quién se encargaría de mis tierras mientras estuviese fuera?

—Aliena —respondió Philip.

Aliena se quedó de repente sin aliento. El prior estaba proponiendo que ella ocupara el lugar del conde y gobernara como su padre lo había hecho. Por un instante, aquella proposición la dejó estupefacta. Pero tan pronto como recobró el sentido supo que era la adecuada. Cuando un hombre se iba a Tierra Santa, era su mujer la que se ocupaba de administrar sus propiedades. No había razón que impidiera a una hermana llevar a cabo el mismo cometido si su hermano carecía de esposa. Y gobernaría el condado de la manera que siempre supo que había que gobernarlo, con justicia, previsión e imaginación. Podría hacer todas aquellas cosas que Richard, por desgracia, no había sabido hacer. El corazón le latía con fuerza mientras iba madurando la idea. Pondría a prueba las nuevas técnicas. Araría con caballos en lugar de bueyes y en primavera plantaría avena y guisantes. Desbrozaría terrenos, establecería nuevos mercados y, al cabo de tanto tiempo, abriría la cantera para Philip...

Era indudable que el prior ya había pensado en ello. De todos los planes inteligentes que Philip había concebido al paso de los años, ése era con toda probabilidad el más ingenioso, pues resolvía tres problemas de una sola vez: sacaba a Richard de su difícil situación, ponía a una persona competente a cargo del condado y recuperaba, al fin, la cantera en beneficio del priorato.

—No me cabe la menor duda de que el rey Balduino te recibirá con los brazos abiertos. Sobre todo si vas con aquellos caballeros y hombres que deseen unirse a ti. Será tu propia cruzada —argumentó Philip. Calló un momento para dejar que calase la idea. Al cabo, añadió—: William no podrá hacer nada contra ti, y volverás convertido en héroe. Entonces ya nadie se atreverá a intentar ahorcarte.

—¡Tierra Santa! —exclamó Richard con la mirada transfigurada.

Es perfecto para él, se dijo Aliena, ya que carece de facultades para gobernar el condado. Es un soldado y ansía luchar. En el rostro de su hermano vio aquella expresión soñadora. En su imaginación, ya se encontraba allí defendiendo un arenoso reducto, empuñando la espada y con una roja cruz en su escudo, luchando contra una horda pagana bajo el sol abrasador.

Y era feliz.

4

Toda la ciudad acudió a la boda.

Aliena quedó sorprendida, pues casi todo el mundo les había tratado, a ella y a Jack, más o menos como si estuvieran casados. Supuso, por lo tanto, que considerarían la boda como un mero formulismo y que sólo acudiría un pequeño grupo de amigos, en su mayoría personas de su misma edad, y los maestros artesanos compañeros de Jack. Pero allí se encontraban cuantos hombres, mujeres y niños había en Kingsbridge. Se sentía profundamente conmovida. Y todos parecían muy contentos de verla tan feliz. Comprendió que habían simpatizado con su situación durante todos aquellos años, y que habían tenido el tacto de no hablar nunca de ella. Y, en esos momentos, compartían con ella la alegría de su casamiento con el hombre al que amaba desde hacía tanto tiempo. Caminaba por las calles del brazo de su hermano Richard, deslumbrada por las sonrisas que le ofrecían y embriagada de felicidad.

Richard salía al día siguiente para Tierra Santa. El rey Stephen había aceptado aquella solución. En realidad, parecía aliviado de librarse de Richard con tanta facilidad. Como era de esperar, el sheriff William estaba furioso, ya que su objetivo había sido, en todo momento, el de desposeer a Richard del condado, y ya había perdido toda posibilidad de lograrlo. El propio Richard aún seguía teniendo aquella mirada soñadora. Estaba impaciente por partir.

No fue así como nuestro padre imaginó que serían las cosas, pensaba Aliena mientras entraba en el recinto del priorato. Richard luchando en tierras lejanas y yo desempeñando el papel del conde. Sin embargo, ya no se sentía obligada a gobernar su vida de acuerdo con los deseos paternos. Hacía diecisiete años que luchaba sola, y sabía algo que su padre no había acertado a comprender: que ella sería mejor conde que Richard.

Con tranquilidad, empezaba a coger las riendas del poder. Los servidores del castillo se mostraban perezosos al cabo de años de abandono, y ella los había espabilado. Reorganizó los almacenes, hizo pintar el gran salón y limpiar a fondo el horno y la cervecería. La cocina tenía tal cantidad de suciedad que la hizo arder hasta los cimientos para construir luego una nueva. Había empezado a pagar ella misma los salarios semanales, para demostrar que se había hecho cargo de todo. Despidió a tres hombres de armas por sus continuas borracheras.

También había ordenado la construcción de otro castillo a una hora de viaje de Kingsbridge. Earlcastle se hallaba demasiado lejos de la catedral. Jack había diseñado el proyecto de la nueva fortaleza. Se trasladarían allí en cuanto estuviera terminada la torre del homenaje. Entretanto, distribuirían su tiempo entre Kingsbridge y Earlcastle.

Ya habían pasado varias noches juntos en la antigua habitación de Aliena en Earlcastle, lejos de la mirada reprobadora de Philip. Eran como unos recién casados en plena luna de miel, sumergidos en una pasión física insaciable, acaso porque, por primera vez en su vida, tenían un dormitorio con una puerta que podían cerrar. La intimidad era una extravagancia de los señores. Todos los demás dormían y hacían el amor abajo, en el zaguán comunal. Incluso las parejas que vivían en una casa estaban de continuo expuestas a que las vieran sus hijos, parientes o vecinos que pasaran por allí. La gente cerraba la puerta cuando salía, no cuando estaba dentro de su casa. A Aliena nunca le había molestado aquello, pero ahora descubría la excitación especial que provocaba saber que podían hacer cuanto les viniera en gana sin arriesgarse a ser vistos. Recordó algunas de las cosas que ella y Jack habían hecho durante las dos últimas semanas y se ruborizó.

Jack la esperaba en la nave de la catedral, todavía a medio construir, junto con Martha, Tommy y Sally. Por lo general, en las bodas la pareja intercambiaba sus votos en el pórtico del templo y luego entraba para oír misa. En esa ocasión, el primer intercolumnio de la nave haría las veces de pórtico. Aliena se sentía contenta de casarse en la iglesia que Jack estaba construyendo. Era algo tan vinculado a él como la ropa que vestía, como su manera de hacer el amor. Su catedral sería como él, gallarda, innovadora, alegre y distinta de cuanto se había hecho hasta entonces.

Lo miró con arrobo. Tenía treinta años. Era un hombre muy guapo, con su cabellera roja y sus brillantes ojos azules. Recordó que había sido un muchacho muy feo en quien nadie se fijaba. Él explicaba que se había enamorado de ella desde un principio, y que todavía le escocía recordar cómo se habían reído todos de él porque nunca había tenido un padre. De eso hacía casi veinte años.

Veinte años.

Tal vez no hubiera vuelto a ver nunca a Jack si no hubiese sido por el prior Philip, que en ese momento entraba en la iglesia procedente del claustro y avanzaba sonriente por la nave. Estaba muy emocionado de poder casarlos al fin. Aliena pensó en cómo le había conocido. Recordaba con toda claridad la desesperación que había sentido cuando el mercader de lana intentó timarla después de todos los esfuerzos y sufrimientos por los que había tenido que pasar para llenar aquel saco de vellones. Y recordó su intensa gratitud hacia aquel monje joven, de pelo negro que la había salvado y que le dijo: «Siempre te compraré la lana.» Ahora ya tenía el pelo canoso.

La había salvado, pero luego había estado a punto de destruir su vida al obligar a Jack a elegir entre ella y la catedral. En cuestiones sobre el bien y el mal era un hombre duro, algo parecido a su padre. Sin embargo, quiso oficiar él mismo la ceremonia del casamiento.

Ellen había lanzado una maldición contra su primer enlace. Y había tenido efecto. Aliena se sentía satisfecha. Si su matrimonio con Alfred no hubiera resultado por completo insoportable, tal vez se hallara viviendo todavía con él. Era extraño pensar en lo que podía haber sido. Le daba escalofríos, al igual que los malos sueños y las fantasías terribles. Recordó a la bonita y sensual joven árabe de Toledo que estaba enamorada de Jack. ¿Qué habría pasado si se hubiera casado con ella? Aliena hubiera llegado a Toledo con su bebé en brazos para encontrar a Jack al calor del hogar, compartiendo su cuerpo y su alma con otra mujer. Se horrorizaba sólo de pensarlo.

Le escuchó musitar el Padrenuestro. Ahora le parecía asombroso pensar que cuando había ido a vivir a Kingsbridge no le prestaba más atención que al gato del mercader de granos. Pero Jack sí que se había fijado en ella. Y todos esos años la había amado en secreto. ¡Qué paciente había sido! Había visto cómo la cortejaban los hijos más jóvenes de la pequeña nobleza rural, uno tras otro, y también los había visto retirarse decepcionados, ofendidos o desafiantes. Llegó a adivinar, y eso demostraba lo muy inteligente que era, que a ella no se la ganaba con galanteos, así que la abordó, más bien como un amigo que como un amante, reuniéndose con ella en el bosque, contándole historias y haciendo que le amase sin que se diera cuenta. Recordó aquel primer beso, tan ligero y casual, y que, no obstante, hizo que los labios le ardieran, anhelantes, durante semanas. Recordó el segundo beso con más claridad todavía. Cada vez que escuchaba el estruendo del molino para abatanar, recordaba aquella oleada de deseo oscuro, extraño e importuno.

Un motivo de pesadumbre para ella era pensar en lo fría que se había vuelto después de aquello. Jack la había querido de manera absoluta y franca, pero ella se había sentido tan asustada que lo había rechazado pretendiendo que no le importaba. Aquello lo hirió profundamente, a pesar de que siguió queriéndola, y aunque la herida llegó a curarse, le había dejado una cicatriz, como siempre ocurre con las heridas profundas. Aliena percibía a veces esa cicatriz por la forma en que la miraba cuando se enfadaban y ella le hablaba con frialdad. Los ojos de Jack parecían decir: «Sí, te conozco, puedes llegar a ser muy fría, puedes herirme, he de estar en guardia.»

¿Tenía esa mirada cautelosa en el momento en que estaba prometiendo amarla y serle fiel durante el resto de su vida? Tiene motivos más que suficientes para dudar de mí, se dijo Aliena. Me casé con Alfred. ¿Puede haber una traición mayor que ésa? Pero luego la compensé con creces recorriendo media cristiandad en su busca.

Todas esas decepciones, traiciones y reconciliaciones constituían la trama de la vida matrimonial, pero Jack y ella habían pasado por todo eso antes de la boda. Ahora, al menos, se sentía segura de conocerlo. No había nada que pudiera sorprenderla. Era una forma extraña de hacer las cosas, pero tal vez mejor que pronunciar los votos antes, y empezar luego a conocer a la persona con la que se ha de compartir el resto de la vida. Claro que los sacerdotes no estarían de acuerdo. Philip sufriría una apoplejía si supiera lo que estaba pensando en esos momentos, pero era notorio que los sacerdotes sabían menos que nadie acerca del amor.

Aliena hizo sus promesas repitiendo las palabras que iba pronunciando el prior y diciéndose lo hermosa que era la que decía: «Con mi cuerpo te adoro.» Philip jamás comprendería eso.

Jack le puso un anillo en el dedo. He estado esperando este momento durante toda mi vida, se dijo Aliena. Se miraron a los ojos. Estaba segura de que algo había cambiado en él. Comprendió que hasta entonces Jack nunca había estado realmente seguro de ella. En ese instante parecía enormemente satisfecho.

—Te quiero —dijo Jack—. Siempre te querré.

Aquélla era su promesa. El resto era religión, pero en aquel momento, al hacer su propia promesa, Aliena comprendió que ella también se había sentido insegura de él hasta ese día. Al cabo de unos instantes asistirían a la misa, y a continuación recibirían los parabienes y buenos deseos de las gentes de la ciudad. Invitarían a todos a su casa y les darían comida y cerveza. Y les harían sentirse alegres. Pero ese breve instante les pertenecía. La mirada de Jack decía: «Tú y yo juntos, para siempre.» Y Aliena se dijo, en voz muy baja:

—Al fin.

SEXTA PARTE

1170 - 1174

XVII

1

Kingsbridge seguía creciendo. Hacía tiempo que había desbordado sus murallas primitivas, que ya sólo protegían menos de la mitad de las casas. Habían transcurrido cinco años desde que la comunidad construyera nuevas murallas abarcando los suburbios que habían ido creciendo extramuros, y en esos momentos empezaban a formarse más suburbios fuera de las murallas nuevas. El prado al otro lado del río, donde se habían celebrado tradicionalmente la fiesta de san Pedro Encadenado y la víspera de san Juan, se había convertido en una pequeña aldea llamada Newport.

Un frío domingo de Pascua el sheriff William Hamleigh cabalgó a través de Newport y cruzó el puente de piedra que conducía a lo que ahora se llamaba la ciudad vieja de Kingsbridge. Ese día iba a ser consagrada la nueva catedral recientemente terminada. Franqueó la imponente puerta de la ciudad y enfiló por la calle mayor que acababan de adoquinar. Las casas a los lados de la calle eran todas de piedra con tiendas en la planta baja y vivienda encima. William se dijo con amargura que Kingsbridge era ya más grande, más bulliciosa, más rica de lo que jamás había sido Shiring.

Al llegar al final de la calle, torció en dirección al recinto del priorato, y allí, ante sus ojos, se alzaba el motivo del engrandecimiento de Kingsbridge y del declive de Shiring: la catedral.

Era deslumbrante.

Una hilera de contrafuertes soportaba la altísima nave. El extremo oeste tenía tres grandes pórticos semejantes a puertas gigantescas y sobre ellos, había filas de altas y esbeltas ventanas ojivales flanqueadas por torres ahusadas. Los cruceros, terminados hacía dieciocho años, habían sido los precursores de la idea, pero esto era precisamente lo asombroso. Jamás había habido en parte alguna de Inglaterra un edificio semejante.

El mercado seguía celebrándose allí los domingos y el espacio que se extendía delante de la puerta de la iglesia estaba abarrotado de puestos.

William desmontó, dejó que Walter se ocupara de los caballos y se encaminó hacia el templo. Tenía cincuenta y cuatro años, estaba abotagado y sufría un dolor constante en las piernas y los pies a causa de la gota. Por esa razón siempre se mostraba malhumorado.

En el interior, la catedral resultaba aún más impresionante. La nave central se acomodaba al estilo de los cruceros, pero el maestro constructor había hecho más refinado su diseño al hacer sus columnas todavía más esbeltas y las ventanas más grandes. Sin embargo, aún había otra innovación. William había oído hablar de las vidrieras de colores, obra de artesanos que Jack Jackson había llevado desde París. Se preguntaba a qué se debería todo aquel alboroto sobre ello, ya que se imaginaba que una ventana coloreada sería algo así como un tapiz o una pintura. En ese momento comprendió a qué se referían. La luz del exterior brillaba a través de los cristales de colores produciendo un efecto verdaderamente mágico. La iglesia estaba repleta de personas que estiraban el cuello para poder admirar las ventanas. Las imágenes representaban pasajes de la Biblia, el cielo y el infierno; santos, profetas, apóstoles y algunos ciudadanos de Kingsbridge que presumiblemente habían pagado las vidrieras en que aparecían: un panadero llevando una bandeja de hogazas, un curtidor y sus cueros, un albañil con sus compases y su nivel. Apuesto a que Philip obtuvo un jugoso beneficio de esas ventanas, se dijo William con acritud.

La iglesia estaba llena para el oficio pascual. El mercado se había extendido hasta el interior del edificio, como siempre ocurría, y mientras avanzaba por la nave a William le ofrecían cerveza fría, pan caliente de jengibre e incluso echar un polvo rápido junto al muro, por tres peniques. El clero seguía intentando prohibir la entrada en las iglesias a los vendedores, pero era tarea imposible. William intercambió saludos con los ciudadanos más importantes del condado. Pese a todas aquellas distracciones sociales y comerciales, sentía constantemente atraída su mirada hacia las líneas de la arcada. Sus pensamientos eran absorbidos por los arcos y las ventanas, los pilares con sus fustes, las nervaduras y los segmentos del techo abovedado, todo lo cual parecía dirigirse hacia el cielo como ineludible recordatorio de que para éste estaba construido el edificio.

El suelo estaba pavimentado, los pilares habían sido pintados y todas las ventanas tenían vidrieras. Kingsbridge y el priorato eran ricos y toda la catedral proclamaba su prosperidad. En las capillas pequeñas de los cruceros había candelabros de oro y cruces con incrustaciones de piedras preciosas. Los ciudadanos también exhibían sus riquezas con túnicas de vistosos colores, broches y hebillas de plata y sortijas de oro.

De pronto, su mirada tropezó con Aliena.

Como cada vez que la veía, se le paró por un instante el corazón. Estaba tan bella como siempre, aunque ya debía de tener más de cincuenta años. Conservaba su abundante pelo ondulado, aunque lo llevaba más corto y parecía de un castaño algo más claro, como si hubiese perdido parte de su color. Tenía unas atractivas arrugas en las comisuras de los ojos. Estaba ligeramente entrada en carnes, pero no por ello resultaba menos deseable. Llevaba una capa azul forrada de seda roja y zapatos de piel roja. La rodeaba un grupo de personas deferentes. A pesar de que no era condesa sino tan sólo la hermana de un conde, su hermano se había instalado definitivamente en Tierra Santa y todos la trataban como si la condesa fuese ella. Su porte era el de una reina.

Sólo de verla, William sintió un odio amargo como la bilis. Había arruinado a su padre, la había violado, había tomado su castillo, prendido fuego a su lana y obligado a su hermano a exiliarse. No obstante, cada vez que creía haberla aplastado resurgía más rica y poderosa. Ahora que William estaba envejeciendo, sordo y atormentado por la gota, se daba cuenta de que había pasado la vida bajo el influjo de un terrible encantamiento.

Junto a Aliena se encontraba un hombre alto y pelirrojo a quien, en un principio, William confundió con Jack. Sin embargo, al mirarle con mayor atención observó que era demasiado joven y comprendió que debía de ser su hijo. El muchacho iba vestido como una caballero y llevaba una espada. El propio Jack se encontraba a su lado. Era unos cinco centímetros más bajo que él y tenía las sienes canosas. Aunque era más joven que Aliena, unos cinco años si la memoria le era fiel, también tenía arrugas alrededor de los ojos. Hablaba animadamente con una joven que debía ser su hija. Se parecía a Aliena y era igual de bonita, pero llevaba el pelo severamente peinado hacia atrás y recogido en unas trenzas. Además, iba vestida con absoluta sencillez. Si debajo de aquella túnica marrón se ocultaba un cuerpo voluptuoso, no quería que nadie lo supiera.

A William le embargaba un agrio resentimiento al contemplar la familia de Aliena próspera, enaltecida y feliz. Todo cuanto ellos tenían debería haber sido suyo, pero aún no había renunciado a la esperanza de vengarse.

Las voces de centenares de monjes se alzaron en un canto que ahogó las conversaciones y los gritos de los mercachifles. El prior Philip entró en la iglesia abriendo la procesión. Antes no había tantos monjes, pensó William. El priorato crecía al mismo ritmo que la ciudad. Philip, que ya tenía más de sesenta años, estaba casi calvo y había engordado bastante, hasta el punto de que su cara, antaño delgada, era redonda. Como cabía esperar, parecía satisfecho de sí mismo. La consagración de aquella catedral había sido el gran objetivo que había perseguido desde su llegada a Kingsbridge hacía ya treinta y cuatro años.

Se alzó un murmullo con la entrada del obispo Waleran, que vestía sus ropas más suntuosas. Su rostro pálido y anguloso se mostraba hierático, pero William sabía que en el fondo de su ser estaba bramando. Aquella catedral era el símbolo triunfal de la victoria de Philip sobre él. William también aborrecía a Philip; no obstante, disfrutaba en secreto al ver humillado, para variar, al altivo obispo Waleran.

Rara vez se le veía por allí. Se había construido al fin una iglesia nueva en Shiring, con una capilla especial dedicada a la memoria de la madre de William, y aunque no fuera ni mucho menos tan grande e impresionante como esa catedral, Waleran había establecido su sede en aquélla.

Sin embargo, Kingsbridge seguía siendo la iglesia catedral pese a todos los esfuerzos de Waleran. Durante una guerra que se prolongaba ya más de tres décadas, Waleran había hecho cuanto estaba en su mano por destruir a Philip, pero al final el triunfo había sido de éste. Era algo semejante a William y Aliena. En ambos casos la debilidad y los escrúpulos habían dado al traste con la fuerza y la crueldad. William nunca podría entenderlo.

Aquel día el obispo se había visto obligado a acudir a la catedral para la ceremonia de consagración. Habría resultado muy extraño que no se encontrara allí para recibir a los invitados de alta alcurnia. Estaban presentes varios obispos de las diócesis vecinas, así como numerosos abades y priores distinguidos.

Thomas Becket, el arcediano de Canterbury, no estaría presente. Se hallaba enzarzado en una disputa con su viejo amigo el rey Henry, disputa tan encarnizada y violenta que se había visto obligado a huir del país y refugiarse en Francia. Estaban enfrentados a causa de una serie de problemas legales, pero el quid de la disputa era muy simple: ¿podía hacer el rey lo que le viniera en gana o tenía limitaciones? Era la disputa que el propio William había mantenido con el prior Philip. William era de la opinión de que el conde podía hacer cuanto le apeteciera porque para eso era conde. Henry pensaba igual en lo que a los poderes del rey se refería. Tanto el prior Philip como Thomas Becket estaban empeñados en restringir el poder de los gobernantes.

El obispo Waleran era un clérigo que se hallaba del lado de los gobernantes. Para él el poder estaba para ser utilizado sin cortapisas. Las derrotas sufridas a lo largo de treinta años no habían logrado debilitar su firme creencia de que era un instrumento de la Voluntad de Dios ni su implacable decisión de cumplir con tan sagrado deber, y William estaba seguro de que, incluso mientras procedía a la consagración de la catedral de Kingsbridge, estaba concibiendo alguna manera de empañar el instante de gloria de Philip.

William estuvo moviéndose durante todo el oficio. Las piernas le dolían más cuando estaba quieto de pie que andando. Cuando acudía a la iglesia de Shiring, llevaba un asiento consigo, así podía dormitar de vez en cuando. Sin embargo, allí había personas con las que hablar, y muchos de los fieles aprovechaban la ocasión para hacer negocios. William deambulaba por el templo, congraciándose con los poderosos, intimidando a los débiles y recogiendo información de todos y cada uno. Ya no seguía provocando terror entre la población como en los viejos tiempos, pero como sheriff aún se le temía y se le evitaba.

El oficio proseguía, interminable. Hubo un largo intervalo durante el cual los monjes salieron al exterior y rodearon la iglesia salpicando sus muros con agua bendita. Ya próximo el final, el prior Philip anunció la designación de un nuevo subprior. Era el hermano Jonathan, el huérfano del priorato. Jonathan que estaba en la treintena y era muy alto, se parecía mucho a Tom, el maestro constructor que había comenzado las obras de la catedral.

Una vez que el oficio llegó a su fin, los invitados más distinguidos se dirigieron hacia el crucero sur y la pequeña nobleza del condado se agolpó para saludarles. William se les unió cojeando. Había habido un tiempo en que trataba a los obispos como iguales, pero ahora tenía que inclinarse y adularlos junto con los caballeros y los pequeños terratenientes.

—¿Quién es el nuevo subprior? —preguntó Waleran a William, llevándolo aparte.

—El huérfano del priorato —repuso William.

—Parece muy joven para ocupar ese cargo.

—Es mayor de lo que era Philip cuando fue designado prior.

Waleran parecía pensativo.

—El huérfano del priorato… Refrescadme la memoria.

—Cuando Philip llegó aquí traía con él una criatura.

La expresión de Waleran se iluminó con el recuerdo.

—¡Por la cruz, eso es! ¿Cómo he podido olvidar al bebé de Philip?

—Han pasado treinta años. ¿A quién puede importarle?

Waleran dirigió a William aquella mirada desdeñosa que éste tanto aborrecía y que parecía decir: «¿No eres capaz de imaginar algo tan sencillo, pedazo de buey?» Sintió un dolor agudo en el pie y cambió de postura para intentar aliviarlo.

—Bien, ¿de dónde salió el niño? —preguntó Waleran.

William se tragó su resentimiento.

—Si mal no recuerdo, lo encontraron abandonado cerca de la vieja célula del bosque.

—Mejor que mejor —susurró Waleran.

William seguía sin saber a qué se refería.

—¿Y qué? —preguntó malhumorado.

—¿Vos diríais que Philip educó al niño como si fuera su propio hijo?

—Sí.

—Y ahora le nombra subprior.

—Es de suponer que ha sido elegido por los monjes. Creo que es muy popular.

—Quien sea subprior a los treinta y cinco años debe tener grandes posibilidades de llegar a ser prior.

William no estaba dispuesto a volver a decir «¿Y qué?», así que se limitó a esperar como un colegial estúpido al que hubiera que explicarle dos veces las cosas.

—Jonathan es, a todas luces, hijo de Philip.

William se echó a reír. Había esperado algo más inteligente, y Waleran salía con aquella ridiculez. Ante la gran satisfacción de William, su risotada hizo enrojecer un poco la tez cerúlea de Waleran.

—Nadie que conozca a Philip creería semejante cosa. Es un viejo sarmiento seco desde el día de su nacimiento. ¡Vaya idea! —Soltó otra carcajada. Es posible que Waleran se haya creído siempre muy listo pero esta vez ha perdido el sentido de la realidad, pensó.

El obispo mostró una altivez glacial.

—Y yo digo que Philip tenía una amante cuando dirigía aquel pequeño priorato del bosque. Al ser nombrado prior de Kingsbridge tuvo que abandonar a la mujer. Ella no quería al bebé si no tenía al padre. De manera que se lo entregó a él. Como Philip es un sentimental, se consideró obligado a cuidar de la criatura, e hizo creer a todos que se trataba de un niño abandonado.

—Increíble. Tratándose de otro, es probable, pero de Philip, ¡imposible!

—Si la criatura fue abandonada, ¿cómo podría demostrar de dónde procedía? —insistió Waleran.

—No puede —admitió William, y dirigió la mirada hacia donde Philip y Jonathan hablaban con el obispo de Hereford—. Pero si ni siquiera se parecen.

—Tampoco vos os parecéis a vuestra madre —adujo Waleran—, gracias a Dios.

—¿Qué pensáis hacer al respecto? —preguntó William.

—Denunciarlo ante un tribunal eclesiástico —respondió Waleran.

Eso era diferente. Nadie que conociera a Philip daría crédito ni por un solo instante a la acusación de Waleran, pero un juez ajeno a Kingsbridge tal vez la encontrase aceptable. William reconoció, a regañadientes, que después de todo la idea de Waleran no era tan descabellada.

Como siempre, había sido más astuto que él, y, además, fariseo y provocador. Pero William estaba entusiasmado con la idea de hacer morder el polvo a Philip.

—¡Por Dios! —exclamó—. ¿Creéis que puede hacerse?

—Depende de quién sea el juez, pero es posible que yo consiga algo al respecto. Me pregunto...

William volvió la mirada hacia Philip, que se mostraba triunfante y sonriente, con su protegido junto a él. Las vidrieras arrojaban sobre ellos una luz fascinante que les hacía parecer figuras de una ensoñación.

—Fornicación y nepotismo —dijo William, jubiloso—. ¡Dios mío!

—Si logramos hacer que se lo crean, será el fin de ese condenado prior —masculló Waleran.

No era posible que ningún juez en sus cabales encontrara a Philip culpable.

La verdad era que nunca había tenido que hacer grandes esfuerzos para la tentación de fornicar. Sabía, a través de la confesión, que algunos monjes luchaban desesperadamente contra los deseos carnales. Él no era de ésos. Hubo un tiempo, a los dieciocho años aproximadamente, en que había tenido sueños impuros, pero aquella fase no había durado mucho. Durante toda su vida le había resultado muy fácil mantenerse casto. Nunca había realizado el acto carnal y, probablemente, ya era demasiado viejo para esas cosas.

Sin embargo, la Iglesia estaba tomando muy en serio la acusación. Un tribunal eclesiástico iba a juzgarlo. Estaría presente un arcediano de Canterbury. Waleran quería que el juicio se celebrara en Shiring, pero Philip había luchado con éxito contra aquella idea y, en consecuencia, se celebraría en Kingsbridge, que en definitiva era la ciudad catedralicia. En aquellos momentos, Philip se encontraba retirando sus efectos personales de la casa del prior para dejar sitio al arcediano que se alojaría en ella.

Sabía que era inocente de fornicación, de lo que se deducía, en buena lógica, que también lo era de nepotismo, ya que no se puede hablar de trato privilegiado de un pariente cuando se beneficia a alguien con quien no se tiene parentesco alguno. Sin embargo, escudriñaba en el fondo de su corazón para comprobar si había hecho mal al elevar a Jonathan. Al igual que los pensamientos impuros eran una especie de sombra de pecado mortal, acaso el favoritismo hacia un huérfano, por el que sentía un afecto inmenso, tuviera un levísimo matiz de nepotismo. Se esperaba de los monjes que renunciaran al consuelo de la vida familiar; no obstante, Jonathan había sido como un hijo para Philip. Lo había hecho cillerero cuando todavía era muy joven y ahora le había promovido a subprior. Se preguntó si lo había hecho por orgullo y satisfacción personal, y la respuesta fue que sí, en efecto.

Había obtenido una satisfacción inmensa enseñando a Jonathan, viéndole crecer y observando cómo aprendía a dirigir los asuntos del priorato, pero ocurría que aunque todas esas cosas no le hubieran producido una satisfacción enorme, Jonathan seguiría siendo el administrador joven más capaz del priorato. Era inteligente, devoto, imaginativo y concienzudo. Al haber crecido en el monasterio no conocía otra vida, y jamás había ansiado la libertad. El propio Philip se había criado en una abadía.

Nosotros, los huérfanos monacales somos los mejores monjes, se dijo.

Metió un libro en una bolsa, era el Evangelio según san Lucas. Tan sabio. Había tratado a Jonathan como a un hijo, pero no había cometido pecado alguno que mereciese ser llevado ante un tribunal eclesiástico. La acusación era absurda.

Por desgracia, el mero hecho de que lo acusasen resultaba pernicioso. Perjudicaría su autoridad moral. Habría personas que la recordarían y, en cambio, olvidarían el veredicto. La próxima vez que Philip se levantara y dijera: «Los mandamientos dicen: "No desearás la mujer de tu prójimo"», algunos de los fieles estarían pensando: «Pero tú te divertiste de lo lindo cuando eras joven.»

Jonathan irrumpió en la habitación. Philip frunció el entrecejo. El subprior no debía presentarse de manera tan intempestiva. Philip estaba a punto de reconvenirlo por su actitud pero Jonathan no le dio tiempo.

—¡Ya está aquí el arcediano Peter! —anunció.

—Muy bien, muy bien —le tranquilizó Philip—. De todas formas, ya he terminado. —Le tendió una bolsa—. Lleva esto al dormitorio y no vayas corriendo por todas partes. Un monasterio es un lugar de paz y quietud.

Jonathan aceptó la bolsa y la reprimenda.

—No me gusta la expresión del arcediano —dijo.

—Estoy seguro de que será un juez justo, y eso es cuanto necesitamos —lo calmó Philip.

Se abrió de nuevo la puerta y el arcediano entró. Era un hombre alto de aspecto vital, la misma edad que Philip, aproximadamente, cabello gris y ralo, y una expresión de superioridad. Le resultaba vagamente familiar.

—Soy el prior Philip —dijo alargándole la mano.

—Os conozco —respondió el arcediano con aspereza—. ¿No me recordáis?

Philip recordó entonces aquella voz grave, y se le cayó el alma a los pies. Era su más viejo enemigo.

974

—Arcediano Peter —dijo, ceñudo—. Peter de Wareham.

—Era un pendenciero —le explicaba Philip a Jonathan una vez que hubieron dejado al arcediano en la casa del prior—. Solía lamentarse de que no trabajábamos con suficiente ahínco, o que comíamos demasiado bien; incluso de que los oficios eran muy cortos. Aseguraba que yo me mostraba indulgente. Estoy seguro de que quería ser prior, y, desde luego, habría sido un desastre. Lo nombré limosnero para que se pasase fuera la mayor parte del tiempo. Lo hice sencillamente para librarme de él. Era lo mejor para el priorato y para él mismo. Pero estoy seguro de que, al cabo de treinta y cinco años, todavía me odia por ello. —Suspiró—. Cuando tú y yo visitamos St.-John-in-the-Forest después de la gran hambruna supe que Peter había ido a Canterbury. Y ahora va a ocupar aquí el estrado para juzgarme.

Se encaminaron hacia el claustro. Hacía buen tiempo y el sol calentaba. En la parte norte cincuenta muchachos de tres clases diferentes aprendían a leer y escribir. Philip todavía recordaba cuando sólo asistían a la escuela cinco muchachos y el maestro de novicios era un anciano senil. Pensó en todo lo que había hecho allí. La construcción de la catedral, la transformación de un priorato empobrecido y prácticamente en la ruina en una institución acaudalada, influyente y activa, el agrandamiento de la ciudad de Kingsbridge. En la iglesia más de cien monjes celebraban misa cantada. Desde donde estaba sentado podía ver la asombrosa belleza de las vidrieras del triforio. A su espalda, por el lado este, se alzaba una biblioteca construida en piedra. Contenía centenares de libros sobre teología, astronomía, ética, matemáticas y todas las ramas del conocimiento humano. Fuera, las tierras del priorato, administradas lúcidamente por funcionarios monásticos, no sólo mantenían a los monjes, sino a centenares de trabajadores del campo. ¿Le iban a quitar todo aquello por una mentira? ¿Entregarían ese priorato próspero y temeroso de Dios a cualquier otro, a un peón del obispo Waleran como el escurridizo arcediano Baldwin o a un loco como Peter de Wareham para que lo condujeran de nuevo a la penuria, al deterioro en menos tiempo del que Philip había empleado para encumbrarlo? ¿Se reducirían los grandes rebaños de ovejas a un puñado de corderos escuálidos? ¿Volverían las granjas a ser invadidas por la cizaña? ¿Se cubriría de polvo la biblioteca por falta de uso? ¿Se hundiría esa hermosa catedral por la incuria y el abandono? Dios me ayudó a conseguir todo eso, se dijo; no puedo creer que su designio sea que quede en nada.

—De todos modos, es imposible que el arcediano Peter pueda encontraros culpable —opinó Jonathan.

—Creo que lo hará —repuso Philip con tono sombrío.

—¿Puede hacerlo en conciencia? —preguntó Jonathan.

—Creo que durante toda su vida ha estado alimentando el deseo de hallar el modo de agraviarme, y ahora se le presenta la oportunidad de demostrar que yo he sido siempre el pecador y él, el justo. Comoquiera que sea, Waleran lo ha descubierto y se ha asegurado de que designaran a Peter para juzgar el caso.

—Pero ¿existe alguna prueba?

—No necesita pruebas. Escuchará la acusación, luego la defensa, seguidamente rezará para encontrar el buen camino y comunicará su veredicto.

—Es posible que Dios lo conduzca por el camino recto.

—Peter no escucha a Dios. Nunca lo ha escuchado.

—¿Y que ocurrirá?

—Seré relevado —contestó Philip, ceñudo—. Tal vez me dejen continuar aquí como simple monje, para que haga penitencia por mi pecado, pero no es muy probable. Lo más seguro es que me expulsen de la orden para evitar mi mala influencia.

—Y entonces ¿qué pasará?

—Tendrá que haber una elección, como es lógico. Y, al llegar a ese punto, entrará en acción, por desgracia, la política real. El rey Henry mantiene una disputa con el arcediano de Canterbury, Thomas Becket, y éste se encuentra exiliado en Francia. La mitad de sus arcedianos están con él, mientras que la otra mitad de los que se quedaron se han puesto de parte del rey contra su arcediano. Es evidente que Peter pertenece a este grupo. El obispo Waleran también se ha puesto del lado de Henry. Recomendará el prior que él elija, respaldado por los arcedianos de Canterbury y el rey. A los monjes de aquí les resultará muy difícil oponerse a ella.

—¿Quién creéis que pueda ser?

—No te inquietes. Seguro que Waleran ya ha pensado en alguien. Puede que sea el arcediano Baldwin. O tal vez Peter de Wareham.

—¡Tenemos que hacer algo para evitarlo! —exclamó Jonathan.

Philip asintió.

—Pero todo está en contra nuestra. No hay nada que podamos hacer para modificar la situación política. La única posibilidad…

—¿Cuál es?

El caso parecía tan perdido que Philip prefirió no barajar ideas desesperadas, pues sólo servirían para excitar el optimismo de Jonathan, con lo que luego su decepción sería mayor.

—Nada —contestó Philip.

—¿Qué ibas a decir?

—Si hubiera alguna manera de demostrar mi inocencia sin sombra de duda —dijo al fin Philip—, sería imposible que Peter me declarase culpable.

—¿Una prueba evidente a vuestro favor?

—Exacto.

—¿Cuál podría ser?

—Tendríamos que encontrar a tu verdadero padre.

Aquello despertó de inmediato el entusiasmo de Jonathan.

—¡Sí! ¡Eso es! ¡Eso es lo que hay que hacer!

—Tranquilízate —le recomendó Philip—. Ya lo intenté en su día. Y no es probable que resulte más fácil ahora, al cabo de tantos años.

Jonathan no estaba dispuesto a dejarse desalentar.

—¿No hubo indicio alguno sobre mi origen?

—Me temo que no.

Philip se sentía preocupado por haber dado a Jonathan esperanzas que seguramente no llegarían a cumplirse. Aunque el muchacho no podía acordarse de sus padres, siempre le había perturbado el hecho de que le abandonaran. Ahora creía que podría resolver el misterio y encontrar alguna explicación que demostrara que en realidad había tenido su cariño. Philip estaba seguro de que ello sólo provocaría frustración en él.

—¿Preguntasteis a las gentes que vivían en las cercanías? —inquirió Jonathan.

—Nadie vivía en las cercanías. Fuiste encontrado en el corazón del bosque. Tus padres debieron de llegar allí tras recorrer muchos kilómetros, tal vez procedentes de Winchester. Ya he analizado minuciosamente esa cuestión.

—Por aquel tiempo ¿no visteis viajero alguno en el bosque? —insistió Jonathan.

—No —repuso Philip. Luego frunció el entrecejo. ¿Era eso verdad? Algo acudió a su memoria. El día en que habían encontrado al niño, él había dejado el priorato para acudir al palacio del obispo y durante el camino había hablado con alguien. De repente se acordó—. Bueno, sí. Me encontré con Tom, el maestro constructor, y su familia.

Jonathan estaba asombrado.

—¡Nunca me lo habíais dicho!

—Nunca me pareció importante. Y sigo pensando lo mismo. Me los encontré un día o dos después. Les pregunté y respondieron que no habían visto a nadie que pudiera ser la madre o el padre de la criatura abandonada.

Jonathan asintió cabizbajo. Philip temía que la investigación resultara para él una doble decepción: la de no averiguar quiénes fueron sus padres y la de fracasar en la demostración de su inocencia. Pero ya no había forma de pararle.

—De todos modos, ¿qué hacían en el bosque? —insistió.

—Tom iba camino del palacio del obispo. Buscaba trabajo. Así fue como recalaron aquí.

—Quiero volver a interrogarles.

—Bien. Tom y Alfred han muerto. Ellen vive en el bosque y sólo Dios sabe cuándo reaparecerá. Pero puedes hablar con Jack y Martha.

—Merece la pena intentarlo —dijo Jonathan.

Tal vez tuviera razón. Poseía la energía de la juventud. Philip se había mostrado pesimista y desalentado.

—Adelante —le animó Philip—. Yo me siento viejo y cansado. De lo contrario se me habría ocurrido a mí. Habla con Jack. Es nuestra única esperanza.

El dibujo de la ventana había sido trazado y pintado sobre una gran mesa de madera lavada previamente con cerveza, para evitar que se corrieran los colores. El dibujo representaba una genealogía de Cristo en forma de imágenes. Sally cogió un pedazo grueso de cristal, coloreado de color rubí, y lo colocó en el dibujo, sobre el cuerpo de uno de los reyes de Israel. Jack nunca estuvo seguro de cuál de ellos, ya que nunca había sido capaz de recordar el enrevesado simbolismo de las imágenes teológicas. Sally sumergió un pincel fino en un cuenco con greda triturada y disuelta en agua, y pintó el contorno del cuerpo sobre el cristal: hombros, brazos y la falda del ropaje.

En la lumbre que ardía en el suelo, junto a la mesa, había una varilla de hierro con mango de madera. La sacó del fuego y, con rapidez aunque con minucioso cuidado, la pasó a lo largo del perfil que había pintado. El cristal se rompió limpiamente alrededor de todo el contorno. Su aprendiz cogió el trozo de cristal y empezó a pulir los bordes con un hierro limador.

A Jack le encantaba contemplar cómo trabajaba su hija. Era rápida, precisa y parca en movimientos. De niña siempre se había sentido fascinada por el trabajo de los vidrieros que Jack había hecho venir de París. Siempre decía que era lo quería hacer cuando fuera mayor. Y siguió en sus trece. Jack reconocía con cierta tristeza que cuando la gente llegaba por primera vez a la catedral de Kingsbridge, se sentía más deslumbrada por las vidrieras de Sally que por la obra arquitectónica de su padre.

El aprendiz entregó a la joven el cristal pulido, y ella empezó a pintar sobre la superficie los pliegues de la túnica, utilizando una pintura hecha con ganga de hierro, orina y goma arábiga para que se adhiriera. El cristal liso pronto empezó a tener la apariencia de un tejido suave con pliegues. Sally era en extremo hábil. Terminó enseguida. Luego, colocó el cristal pintado junto a otros, en una gamella de hierro cuyo fondo estaba cubierto de cal, que una vez llena era introducida en el horno. Con el calor, la pintura se fundía con el cristal.

Sally miró a Jack, esbozó una breve y deliciosa sonrisa y cogió otro trozo de cristal.

Jack se alejó. Podría pasarse el día mirando cómo trabajaba su hija, pero había cosas que hacer. Como Aliena siempre decía, estaba encandilado con Sally. Cuando la contemplaba, se sentía asombrado de haber sido el responsable de la existencia de aquella joven inteligente, independiente y juiciosa, y le emocionaba que fuese una artesana tan buena.

Lo irónico era que siempre había tratado de convencer a Tommy de que se dedicara a la construcción. Incluso le había obligado a trabajar en las obras de la catedral durante un par de años. Pero al chico le interesaban las labores del campo, la equitación, la caza y la esgrima, actividades, todas ellas, que dejaban frío a Jack. Finalmente, éste tuvo que aceptar su derrota. Tommy había servido de escudero a uno de los señores locales y no tardó en ser nombrado caballero. Aliena le concedió una pequeña propiedad integrada por cinco aldeas. Y resultó ser Sally la que tenía talento. Tommy se había casado con la hija del conde de Bedford y tenían tres hijos. Así que Jack ya era abuelo. Sin embargo, Sally seguía soltera a sus veinticinco años. Se parecía muchísimo a su abuela Ellen. Era agresivamente independiente.

Jack se dirigió al extremo oeste de la catedral y miró hacia arriba, en dirección a las torres gemelas. Estaban casi terminadas. Una gran campana de bronce venía de camino desde la fundición de Londres. Por esos días, a Jack ya no le quedaba mucho por hacer. Mientras en un tiempo había llegado a controlar un ejército de musculosos albañiles, canteros y carpinteros, que colocaban hiladas de piedras cuadradas y construían andamiajes, en esos momentos sólo tenía a sus órdenes un puñado de tallistas y pintores que realizaban un trabajo preciso y esmerado en pequeña escala. Realizaban estatuas para hornacinas, construían fastigios y doraban las alas de ángeles de piedra. No había nada que diseñar aparte de algún nuevo edificio ocasional para el priorato, como una biblioteca, una sala capitular, nuevos alojamientos para peregrinos, una lavandería o una lechería. Entre aquellos trabajos de poca monta, Jack se dedicaba también, por primera vez en muchos años, a tallar la piedra. Estaba impaciente por derribar el viejo presbiterio que había construido Tom y levantar un nuevo extremo este de acuerdo con su propio diseño. Pero el prior Philip quería disfrutar durante un año de la iglesia acabada antes de iniciar otra etapa de la construcción. Philip empezaba a sentir el peso de los años. Jack temía que el pobre no viviera para ver reconstruido el presbiterio.

Sin embargo, el trabajo proseguiría después de la muerte de Philip, se dijo Jack al divisar la altísima figura del hermano Jonathan, que se dirigía hacia él a grandes zancadas desde el patio de la cocina. Sería un excelente prior, quizá casi tan bueno como el propio Philip. Jack se sentía satisfecho de que la sucesión estuviera asegurada, ya que ello le permitía proyectar el futuro.

—Estoy preocupado por ese tribunal eclesiástico, Jack —le dijo Jonathan sin más preámbulos.

—Pensé que se trataba de una tormenta en un vaso de agua —respondió Jack.

—Eso creía yo…, pero resulta que el arcediano es un viejo enemigo del prior Philip.

—Maldición. Aun así, no podrá declararle culpable.

—Puede hacer cuanto quiera.

Jack sacudió la cabeza con gesto de contrariedad. A veces se preguntaba cómo hombres como Jonathan podían seguir creyendo en la Iglesia existiendo tan abyecta corrupción.

—¿Qué vais a hacer?

—La única manera de demostrar su inocencia es averiguar quiénes eran mis padres.

—Algo tarde para eso, ¿no?

—Es nuestra única esperanza.

Jack se sintió algo turbado. No cabía duda de que estaban desesperados de verdad.

—¿Por dónde vais a empezar?

—Por vos. Vos estabais en la zona de St.-John-in-the-Forest por la fecha en que yo nací.

—¿De veras? —Jack no comprendía adónde quería llegar Jonathan—. Viví allí hasta los once años, que son los que debo tener más que vos.

—El prior Philip dice que el mismo día que me hallaron, él se encontró con vosotros. Con vos, con vuestra madre, con Tom y con los hijos de Tom.

—Sí, lo recuerdo. Devoramos toda la comida que Philip nos dio. Estábamos muertos de hambre.

—Procurad recordar. ¿Visteis a alguien con un bebé o alguna mujer joven que pareciera haber estado encinta, cerca de allí?

—Esperad un momento. —Jack estaba perplejo—. ¿Me estáis diciendo que os encontraron cerca de St.-John-in-the-Forest?

—Eso es… ¿No lo sabíais?

Jack apenas podía creer lo que estaba oyendo.

—No, no lo sabía —repuso de forma pausada mientras su mente bullía con las implicaciones de esa revelación—. Cuando llegamos a Kingsbridge, vos ya os encontrabais aquí y, como es lógico, supuse que os habían hallado en los bosques cercanos.

De repente sintió la necesidad de sentarse. Cerca había un montón de escombros, y se dejó caer sobre ellos.

—Bueno, decidme, ¿visteis a alguien en el bosque? —insistió Jonathan con impaciencia.

—Pues claro —contestó Jack—. No sé cómo decíroslo, Jonathan.

El monje palideció.

—Sabéis algo acerca de esto, ¿verdad? ¿Qué visteis?

—Os vi a vos, Jonathan. Eso es lo que vi.

Jonathan se quedó con la boca abierta.

—¿Qué…? ¿Cómo?

—Había amanecido. Yo iba a cazar patos. Oí un llanto. Encontré a una criatura recién nacida que, envuelta en la mitad de una capa vieja, yacía junto a los rescoldos de una hoguera.

Jonathan lo miró fijamente.

—¿Algo más?

Jack asintió con la cabeza.

—El bebé se encontraba sobre una tumba reciente.

Jonathan tragó con dificultad.

—¿Mi madre?

Jack asintió.

A Jonathan se le saltaron las lágrimas, pero siguió haciendo preguntas.

—¿Qué hicisteis?

—Fui en busca de mi madre, pero cuando volvimos al lugar, vimos que un sacerdote a caballo se llevaba al bebé.

—Francis —dijo Jonathan con voz ahogada.

—¿Qué?

Jack sentía un nudo en la garganta.

—Me encontró el hermano del padre Philip. De allí es de donde me recogió.

—Dios mío.

Jack se quedó mirando a aquel monje alto cuyas mejillas estaban bañadas en lágrimas. Y aún no lo has oído todo, Jonathan, dijo para sus adentros.

—¿Visteis a alguien que pudiera haber sido mi padre?

—Sí —respondió Jack con voz solemne—. Sé quién era.

—Decídmelo —musitó Jonathan.

—Tom.

—¿Tom, el maestro constructor? —Jonathan se dejó caer pesadamente al suelo—. ¿Tom era mi padre?

—Sí. —Jack sacudió la cabeza, asombrado—. Ahora sé a quién me recordáis. Vos y él sois las personas más altas que jamás he conocido.

—Cuando era niño, siempre fue bueno conmigo —dijo Jonathan, confuso—. Solía jugar conmigo. Me quería. Estaba con él tanto como con el prior Philip. —Las lágrimas le caían ya sin rebozo—. Era mi padre. Mi padre. —Alzó la mirada hacia Jack—. ¿Por qué me abandonó?

—Creían que de todas maneras ibais a morir. No tenían leche para daros. Ellos mismos estaban muriendo de hambre. Lo sé. Se encontraban a kilómetros de cualquier lugar habitado. Ignoraban que el priorato se hallaba cerca. Sólo tenían nabos para comer, y si os los hubiesen dado habríais muerto.

—O sea que, después de todo, me querían.

Jack evocó la escena como si hubiera tenido lugar el día anterior: la hoguera medio apagada, la tierra recién removida de la tumba y el diminuto y sonrosado bebé agitando los brazos y las piernas envuelto en el trozo de capa gris. Era asombroso que aquella criatura diminuta se hubiera transformado en el hombre alto que, sentado en el suelo, lloraba delante de él.

—Sí, claro que os querían.

—¿Cómo es que nadie habló nunca de ello?

—Tom se sentía muy avergonzado —le explicó Jack—. Mi madre debía de saberlo, y supongo que nosotros, los niños, lo sospechábamos. En cualquier caso, nos tenían prohibido hablar del tema, y, desde luego, jamás relacionamos a aquel bebé con vos.

—Tom sí que debió de relacionarlo —opinó Jonathan.

—Sí.

—Me pregunto por qué no volvió a hacerse cargo de mí.

—Mi madre lo dejó al poco tiempo de que llegásemos aquí —contestó Jack—. Al igual que Sally, era difícil de complacer. Ello significaba que Tom debía contratar un ama que se ocupara de vos. Creo que debió de decirse: «¿Por qué no dejar que continúe en el monasterio?» Aquí estabais muy bien cuidado.

Jonathan asintió.

—Por el querido Johnny Ochopeniques, que Dios tenga en su santa gloria.

—De esa manera Tom estaba más tiempo con vos. Os pasabais todo el día corriendo por el recinto del priorato y él se pasaba la jornada trabajando aquí. Si os hubiera llevado lejos y os hubiera dejado en casa con una mujer que cuidara de vos, habría estado a vuestro lado mucho menos tiempo, y me imagino, con el paso de los años y por el hecho de haberos convertido en el huérfano del priorato y sentiros feliz así, fue encontrando cada vez más natural que permanecierais entre los monjes. De todas maneras, las personas suelen dar un hijo a Dios.

—Todos estos años los he pasado haciendo cábalas sobre mis padres —confesó Jonathan, y Jack sintió pena por él—. He tratado de imaginar cómo serían, pedí a Dios que me dejara conocerlos, me pregunté si me habrían querido, me pregunté qué motivos habrían tenido para abandonarme. Ahora ya sé que mi madre murió al traerme al mundo y que mi padre estuvo junto a mí el resto de su vida. —Sonrió a través de las lágrimas—. Me siento inmensamente feliz.

Jack estaba al borde del llanto.

—Sois igual a Tom —dijo para disimular.

—¿De veras? —Jonathan se mostró complacido.

—¿No recordáis lo alto que era?

—Entonces todos los adultos me parecían altos.

—Tenía unas facciones armoniosas como las vuestras. Si llevarais barba, la gente os tomaría por él.

—Recuerdo el día de su muerte —evocó Jonathan—. Me llevó por toda la feria. Vimos la lucha del oso. Luego, trepé por el muro del presbiterio. Y me sentí demasiado asustado para bajar, así que subió y me llevó consigo. Entonces vio que llegaban los hombres de William, y me dejó en el claustro. No volví a verlo con vida.

—Lo recuerdo. —Jack asintió—. Presencié cómo bajaba con vos en brazos.

—Se aseguró de ponerme a salvo —musitó Jonathan con admiración y gratitud.

—Luego fue en busca de los demás —continuó Jack.

—En realidad, me quería.

Entonces a Jack se le ocurrió algo.

—Todo esto influirá sobre el juicio de Philip, ¿no es así?

—¡Lo había olvidado! —exclamó Jonathan—. Sí, claro que influirá.

—¿Tenemos una prueba irrefutable? —preguntó Jack—. Yo vi al sacerdote y al bebé, pero, en realidad, no vi que se lo llevara al priorato.

—Francis sí que lo vio, pero, como es hermano de Philip, su testimonio no será estimado.

—Mi madre y Tom se fueron juntos aquella mañana —dijo Jack haciendo un esfuerzo de memoria—. Explicaron que iban en busca de un sacerdote. Apuesto a que se dirigieron al priorato para asegurarse de que la criatura se encontraba bien.

—Si lo declarase ante el tribunal, el caso quedaría concluido —exclamó Jonathan ansioso.

—Philip cree que Ellen es bruja —señaló Jack—. ¿La dejaría testificar?

—Podemos sorprenderle. Pero ella también lo aborrece. ¿Estaría dispuesta a hacerlo?

—No lo sé —respondió—. Lo mejor será que se lo preguntemos.

—¿Fornicación y nepotismo? —exclamó la madre de Jack—. ¿Philip? —Rompió a reír—. Jamás he oído cosa más absurda.

—Se trata de algo grave, madre —apuntó Jack.

—Philip no fornicaría aunque lo metieran en un barril con tres rameras —dijo ella—. ¡No sabría cómo hacerlo!

Jonathan parecía incómodo.

—A pesar de que la acusación sea absurda, el prior Philip se encuentra en graves dificultades —dijo.

—¿Y por qué habría yo de ayudar a Philip? —preguntó Ellen—. Sólo me ha dado aflicciones.

Jack se había temido aquello. Su madre jamás había perdonado al prior el que la separara de Tom.

—Philip me hizo a mí lo mismo que a ti. Si yo he podido perdonarle, tú también puedes.

—No soy de las que perdonan —contestó Ellen.

—Entonces no lo hagas por Philip, hazlo por mí. Quiero seguir en Kingsbridge como maestro constructor.

—¿Para qué? La iglesia está acabada.

—Quiero derribar el presbiterio de Tom y reconstruirlo de acuerdo con un nuevo estilo.

—Por todos los cielos...

—Philip es un buen prior, madre, y cuando él se vaya Jonathan ocupará su puesto. Eso, naturalmente, si vienes a Kingsbridge y dices la verdad ante el tribunal.

—Odio los tribunales —repuso ella—. Nunca sale nada bueno de ellos.

Era irritante. Tenía la clave del juicio de Philip, podía asegurar que fuera declarado inocente, pero era una anciana testaruda. Jack albergaba serios temores de que no pudiese convencerla. Intentaría aguijonearla para que consintiera.

—Comprendo que es un camino demasiado largo de recorrer para alguien de tus años —insinuó, artero—. ¿Qué edad tienes..., sesenta y ocho?

—Sesenta y dos, y no intentes provocarme —le dijo ella con aspereza—. Estoy mejor que tú, muchacho.

Es posible que así sea, se dijo Jack. Tenía el pelo blanco como la nieve y el rostro muy arrugado, pero sus sorprendentes ojos dorados eran los mismos de siempre. Tan pronto como vio a Jonathan supo quién era.

—Bien, no necesito preguntarte por qué estás aquí —le había dicho—. Has descubierto tu procedencia, ¿verdad? Por Dios que eres tan alto como tu padre y casi tan fornido.

También ella seguía siendo tan independiente y terca como siempre.

—Sally es igual que tú —le dijo Jack.

Ellen pareció complacida.

—¿De veras? —Sonrió—. ¿En qué sentido?

—En el de la obstinación.

—Hum. —Ellen parecía enojada—. Entonces le irá muy bien en la vida.

Jack llegó a la conclusión de que ya sólo le quedaba suplicar.

—Por favor, madre. Ven con nosotros a Kingsbridge y di la verdad.

—No lo sé —respondió Ellen.

—Tengo algo más que pediros —le dijo Jonathan.

Jack se preguntó con qué saldría ahora. Temía que dijera algo que pudiera provocar el rechazo de su madre, lo cual era muy posible, tratándose de un miembro del clero. Contuvo el aliento.

—¿Podríais llevarme a donde está enterrada mi madre? —preguntó el monje.

Jack se tranquilizó. No había nada de malo en eso. Por el contrario, Jonathan no podía haber pensado en algo mejor para enternecerla. Ellen abandonó de inmediato su actitud desdeñosa.

—Claro que te llevaré —dijo—. Estoy segura de que podré encontrar el lugar.

Jack se mostraba reacio a perder el tiempo. El juicio empezaba el día siguiente por la mañana y les quedaba un largo camino por recorrer, pero tuvo la sensación de que debía dejar que la suerte siguiera su curso.

—¿Quieres ir allí ahora? —le preguntó Ellen a Jonathan.

—Si es posible, sí. Por favor.

—Muy bien.

Ellen se puso en pie. Cogió una capa corta de piel de conejo y se la echó por los hombros. Jack estuvo a punto de decirle que tendría demasiado calor con aquello, pero se abstuvo de hacerlo. Las personas mayores siempre tenían frío.

Abandonaron la cueva, con su olor a manzanas almacenadas y humo de leña, atravesaron los matorrales que rodeaban la entrada, ocultándola, y salieron bajo los rayos del sol primaveral. Ellen abrió la marcha sin vacilar. Jack y Jonathan desataron sus caballos y la siguieron. No podían cabalgar a causa de la excesiva vegetación. Jack observó que su madre andaba más despacio que antes. No estaba tan en forma como pretendía.

Jack no habría podido encontrar el lugar por sí mismo. Hubo un tiempo en que era capaz de recorrer aquel bosque con la misma facilidad con que ahora se movía por Kingsbridge, pero en la actualidad un calvero le parecía semejante a otro, al igual que a un forastero las casas de Kingsbridge se le antojaban todas iguales. Su madre seguía una serie de senderos de cabras a través del espeso bosque. De vez en cuando, Jack reconocía algún punto de referencia asociado a un recuerdo infantil. Un enorme roble viejo donde en cierta ocasión se había refugiado huyendo de un jabalí, una conejera que les había proporcionado más de una cena, un arroyo en el que solía pescar unas truchas muy gordas. Durante un trecho, sabía dónde se encontraba, pero al instante se sentía otra vez perdido. Era asombroso pensar que había habido una época durante la cual aquel lugar, que en esos momentos le parecía un lugar extraño, había sido como su casa. Las cañadas y sotos se hallaban tan carentes de sentido para él como sus dovelas y gálibos para los campesinos. Si en aquellos días hubiera querido imaginar cómo sería su vida, jamás se habría acercado siquiera a la realidad.

Caminaron algunos kilómetros. Era un día cálido de primavera. Jack estaba sudando, pero su madre seguía con la piel de conejo puesta. Hacia media tarde, se detuvo en un calvero umbrío. Jack se dio cuenta de que estaba algo agitada y había palidecido. Al parecer ya era hora de que dejara el bosque y se fuera a vivir con él y con Aliena. Decidió esforzarse al máximo para convencerla.

—¿Te encuentras bien? —le preguntó.

—Pues claro que me encuentro bien —contestó ella, tajante—. Ya hemos llegado.

Jack miró alrededor. No reconocía el lugar.

—¿Es aquí? —preguntó Jonathan.

—Sí —respondió Ellen.

—¿Dónde está el camino? —quiso saber Jack.

—Hacia allí.

Una vez que Jack se hubo orientado, el calvero empezó a parecerle familiar. Allí estaba el enorme castaño de Indias. Por entonces, sus ramas aparecían desnudas. Pero ahora el árbol estaba cubierto de unas grandes flores blancas semejantes a velas. Ya habían empezado a caer y cada dos por tres se desprendía una nube de pétalos.

—Martha me ha contado lo ocurrido —dijo Jack dirigiéndose a Jonathan—. Os detuvisteis aquí porque vuestra madre no podía seguir adelante. Tom encendió un fuego e hirvió algunos nabos para cenar. No había otra cosa. Vuestra madre os trajo al mundo exactamente aquí, sobre el suelo. Nacisteis en perfecto estado pero algo fue mal y ella murió.

A unos pocos metros de la base del árbol se veía una protuberancia en el suelo.

—¡Mirad! —exclamó Jack—. ¿Veis ese pequeño montículo?

Jonathan asintió, con el rostro rígido por la emoción contenida.

—Ésta es la tumba —añadió Jack, y en ese instante unas flores cayeron del árbol sobre el montículo y lo cubrieron con una alfombra de pétalos.

Jonathan se arrodilló junto a la tumba y empezó a rezar.

Jack guardó silencio. Recordaba el momento en que había conocido sus parientes en Cherburgo. Había sido una experiencia abrumadora, pero la emoción que experimentaba Jonathan debía de ser todavía más intensa.

Al fin, el monje se puso en pie.

—Cuando sea prior —dijo con tono solemne—, construiré exactamente aquí un pequeño monasterio con una capilla y un hostal para que, en adelante, nadie que viaje por este camino en invierno tenga que dormir al aire libre. Dedicaré el hostal a la memoria de mi madre. —Se volvió hacia Jack—. Supongo que nunca supisteis su nombre, ¿verdad?

—Se llamaba Agnes —dijo Ellen con voz queda—. El nombre de tu madre era Agnes.

El obispo Waleran presentó el caso de modo convincente.

Empezó por exponer ante el tribunal el precoz progreso de Philip. Cillerero de su monasterio cuando sólo tenía veintiún años; prior de la célula de St.-John-in-the-Forest a los veintitrés, prior de Kingsbridge a la asombrosa edad de veintiocho. Insistía sin cesar en la juventud de Philip, con lo que lograba dar la impresión de que había cierta arrogancia en quienquiera que aceptara responsabilidades a edades tan tempranas. Luego describió St.-John-in-the-Forest, su lejanía y aislamiento, y habló de la libertad e independencia de las que podía disfrutar quien fuese su prior.

—A nadie puede extrañar —dijo— que al estar cinco años haciendo lo que le apetecía, sólo con una inspección superficial de vez en cuando, ese inexperto joven de sangre ardiente tuviera un hijo.

Daba la impresión de que había sido algo inevitable. Waleran lo presentaba odiosamente creíble. Philip sintió deseos de estrangularlo.

Waleran añadió que cuando Philip había llegado a Kingsbridge llevaba consigo a Jonathan, y con él a Johnny Ochopeniques. Los monjes habían quedado escandalizados al ver aparecer a su nuevo prior con un bebé y una niñera. Eso sí que era verdad. Por un instante, Philip, olvidando las tensiones del momento, tuvo que contener una sonrisa nostálgica.

Había jugado con Jonathan cuando éste era un niño, le había dado lecciones y más adelante, cuando ya era un muchacho, lo había nombrado su ayudante personal, seguía diciendo Waleran, como cualquier hombre haría con su propio hijo. Sólo que no se espera que los monjes tuviesen hijos.

—Jonathan se mostró tan precoz como Philip —prosiguió Waleran—.

Al morir Cuthbert, fue nombrado cillerero, a pesar de que sólo tenía veintiún años. ¿Acaso no había entre los cien monjes de este monasterio ninguno capaz de desempeñar ese cargo, a excepción de un muchacho de veintiún años? ¿O era que Philip estaba dando preferencia a quien llevaba su propia sangre? Cuando Milius se fue para ser prior de Glastonbury, Philip designó a Jonathan tesorero. Tiene treinta y cuatro años de edad. ¿Es acaso el más prudente y devoto de todos los monjes de aquí, o sencillamente el favorito del prior?

Philip observó al tribunal. Se había instalado en el crucero sur de la catedral de Kingsbridge. El arcediano Peter se encontraba sentado en un gran sillón profusamente tallado, semejante a un trono. Todo el personal de Waleran se hallaba presente, como así también la mayoría de los monjes de Kingsbridge. Poco se trabajaría en el monasterio durante el juicio al prior. Todo eclesiástico importante del condado estaba allí, e incluso algunos de los párrocos más humildes. Había también representantes de las diócesis vecinas. La comunidad eclesiástica del sur de Inglaterra esperaba el veredicto del tribunal. Claro que no les interesaba la virtud de Philip o la falta de ella, sino el resultado del pulso entre el prior y el obispo.

Cuando Waleran se hubo sentado, Philip, tras prestar juramento, empezó a narrar la historia ocurrida hacía ya tantos años. Comenzó con el trastorno provocado por Peter de Wareham. Quería que todo el mundo supiera que éste estaba resentido con él. Luego, llamó a Francis para que contara cómo había encontrado al bebé.

Jonathan se había ido, dejando un mensaje en el que le decía que estaba tras el rastro de una nueva información concerniente a sus padres. Jack también había desaparecido, por lo que Philip había llegado a la conclusión de que ese viaje tenía que ver con la madre de Jack, la bruja, y que Jonathan había temido que, de saberlo Philip, le prohibiese verla. Deberían haber regresado, pero no era así. De cualquier modo, Philip no creía que Ellen tuviera nada que añadir a la historia que Francis estaba contando.

Cuando éste concluyó su relato, Philip empezó a hablar.

—Ese niño no era mío —afirmó sin rodeos—. Juro que no lo era. Lo juro por mi alma inmortal. Jamás he tenido comercio carnal con mujer alguna y hasta hoy permanezco en el estado de castidad que nos recomendó el apóstol Pablo. El señor obispo pregunta por qué traté entonces al bebé como si fuera mío. —Miró a los presentes. Había llegado a la conclusión de que su única esperanza radicaba en que, al decir la verdad, Dios hablara lo bastante alto para penetrar la sordera espiritual de Peter—. Mis padres murieron cuando yo tenía seis años —prosiguió—. Los mataron en Gales los soldados del viejo rey Henry. El abad de un monasterio cercano nos salvó a mi hermano y a mí, y a partir de ese día los monjes cuidaron de nosotros. Fui huérfano en un monasterio. Sé lo que es eso. Comprendo hasta qué punto el huérfano siente nostalgia de las manos de su madre, a pesar de su cariño por los hermanos que cuidan de él. Sabía que Jonathan se sentiría diferente de los demás, peculiar, ilegítimo. Yo he sufrido esa sensación de aislamiento, de ser diferente de cuantos me rodeaban, porque todos ellos tenían padre y madre, y yo no. Al igual que él, me he sentido avergonzado de mí mismo por ser una carga para la caridad de los otros. Me preguntaba qué había de malo en mí para tener que verme privado de lo que otros dan por descontado. Sabía que, durante la noche, Jonathan soñaría con el cálido y fragante seno y la voz dulce de una madre a la que jamás llegó a conocer, con alguien que le quisiera de una manera absoluta.

El arcediano Peter mostraba un rostro impenetrable.

Philip comprendió que era la peor clase de cristiano que podía existir. Aceptaba todos los aspectos negativos, admitía todas las proscripciones, insistía en todas las formas de negación y exigía el estricto castigo a cada ofensa. Sin embargo, ignoraba la compasión del cristianismo, negaba su misericordia, desobedecía de manera flagrante su ética de amor y se burlaba de las mansas leyes de Jesús. Así eran los fariseos, se dijo Philip. No es de extrañar que el Hijo de Dios prefiriese comer con publicanos y pecadores.

Siguió hablando, aun comprendiendo, desazonado, que nada de lo que dijera podría vencer la actitud inflexible de Peter.

—Nadie se ocuparía del muchacho como yo, a menos que lo hicieran sus propios padres; pero jamás pudimos encontrarlos. Qué indicación tan clara de la voluntad de Dios…

Dejó sin terminar la frase. Jonathan y Jack acababan de entrar en la iglesia, y entre los dos avanzaba la madre de éste, la bruja.

Había envejecido. Tenía el pelo blanco como la nieve y la cara llena de arrugas, pero caminaba con el porte de una reina, con la cabeza alta y aquellos extraños ojos dorados de expresión desafiante. Philip estaba demasiado sorprendido para protestar.

En el tribunal se hizo el más absoluto silencio cuando Ellen se detuvo ante el arcediano Peter. Habló con voz sonora como la de una trompeta, y su eco fue propagándose desde el triforio de la iglesia construida por su hijo.

—Juro por lo más sagrado que Jonathan es el hijo de mi difunto marido, Tom, el maestro constructor, al que algunos conocen como Tom Builder, y de su primera mujer.

Se alzó un murmullo entre la multitud de clérigos. Por un instante, nadie pudo hacerse oír. Philip, atónito, miraba boquiabierto a Ellen.

¿Tom Builder? ¿Jonathan era hijo del primer maestro constructor de la catedral de Kingsbridge? Al fijarse en Jonathan, supo de inmediato que aquella mujer decía la verdad. Eran iguales, no sólo por la estatura, sino también por las facciones. Si Jonathan llevara barba, no cabría la menor duda.

Su primera reacción fue una sensación de pérdida. Hasta ese momento había sido lo más parecido a un padre que Jonathan tenía, pero Tom era su verdadero progenitor, y aun cuando había muerto, aquel descubrimiento lo cambiaba todo. Philip ya no podía considerarlo, en su fuero interno, como hijo suyo. Lo había perdido. Ahora Jonathan era el hijo de Tom.

El prior se dejó caer pesadamente en su asiento. Cuando la gente empezó a calmarse, Ellen contó que Jack había oído un llanto y que al ir a investigar había encontrado a un recién nacido. Philip la escuchaba confuso. Ellen seguía diciendo que Tom y ella se habían ocultado entre los arbustos, vigilando, mientras Philip y los monjes regresaban de su trabajo matinal y encontraron a Francis esperándolos con la criatura. Añadió que Johnny Ochopeniques intentaba alimentarlo con un trapo empapado en leche de cabra.

Philip recordaba con toda claridad lo interesado que se había mostrado el joven Tom cuando, uno o dos días después, se encontraron por casualidad y le habló del niño abandonado. En ese momento, Philip había pensado que su interés era el propio de cualquier hombre compasivo ante una historia enternecedora, pero la verdad era que Tom se estaba informando acerca de la suerte de su propio hijo.

Y entonces Philip recordó lo encariñado que se había sentido Tom con Jonathan durante los años que siguieron, a medida que el bebé iba transformándose en un chiquillo y, más adelante, en un muchacho travieso. Nadie había reparado en ello. Por aquellos días, todos en el monasterio trataban a Jonathan como a un cachorro y Tom pasaba todo su tiempo en el recinto del priorato, por lo que su comportamiento no tenía nada de extraño. Pero ahora, al analizarlo con detenimiento, Philip comprendía que la atención que Tom dedicaba a Jonathan era especial.

Al tomar asiento Ellen, Philip cayó en la cuenta de que su inocencia había quedado probada. Las revelaciones de Ellen habían sido tan abrumadoras que casi se olvidó de que estaba sometido a juicio. La historia de Ellen, de nacimiento y muerte, de desesperación y esperanza, de antiguos secretos y amor perdurable, hacía parecer trivial la cuestión de Philip. Claro que no era en modo alguno trivial. El futuro del priorato dependía de ella. Y Ellen le había dado una respuesta tan dramática y espectacular que parecía imposible que el juicio fuera a proseguir.

Ni siquiera Peter de Wareham podría encontrarme culpable después de semejante prueba, se dijo Philip. Waleran había vuelto a perder.

Sin embargo, el obispo aún no estaba dispuesto a aceptar la derrota. Señaló a Ellen con un dedo acusador.

—Afirmas que Tom Builder te dijo que el bebé era suyo.

—Sí —repuso ella con cautela.

—Pero las otras dos personas que podrían confirmarlo, Alfred y Martha, que por entonces eran unos niños, no os acompañaron al monasterio.

—No.

—Y Tom ha muerto. De manera que sólo tenemos tu palabra. Tu historia no puede refrendarse.

—¿Qué otra comprobación queréis? —replicó ella—. Jack vio al bebé abandonado, Francis lo recogió. Jack y yo nos encontramos con Tom, Alfred y Martha. Francis llevó al bebé al monasterio. Tom y yo espiamos en el priorato. ¿Cuántos testigos necesitáis para daros por satisfecho?

—No te creo —declaró Waleran.

—¿Vos no me creéis a mí? —le increpó ella.

Philip advirtió que Ellen era presa de una ira profunda y apasionada.

—¿*Vos* no me creéis? —repitió—. ¿Vos, Waleran Bigod, a quien conozco bien como perjuro?

Philip tuvo de pronto la premonición de un cataclismo. Waleran se había quedado lívido. Aquí hay algo más, se dijo el prior, algo ante lo que Waleran siente temor. Notó un cosquilleo en el estómago. De pronto, el obispo parecía vulnerable.

—¿Cómo sabes que el obispo es perjuro? —intervino Philip entonces.

—Hace cuarenta y siete años, en este mismo priorato, había un prisionero llamado Jack Shareburg —dijo Ellen.

—Este tribunal no está interesado en acontecimientos ocurridos hace tanto tiempo —la interrumpió Waleran.

—Sí que lo está —afirmó Philip—. La acusación contra mí se remonta a un supuesto acto de fornicación cometido hace treinta y cinco años, mi señor obispo. Habéis pedido que demuestre mi inocencia. El tribunal no esperará menos de vos. —Se volvió hacia Ellen y le dijo—: Prosigue.

—Nadie sabía por qué estaba preso, y él menos que nadie. Pero llegó un día en que lo pusieron en libertad y le dieron un cáliz incrustado con piedras preciosas, acaso como recompensa por todos los años que había estado injustamente confinado. Naturalmente, él no quería aquel cáliz. No le servía para nada y era demasiado valioso para venderlo en un mercado. Así que lo dejó aquí, en la vieja iglesia de Kingsbridge. Al poco tiempo volvieron a detenerlo, esa vez por orden de Waleran Bigod, por entonces un sencillo cura rural, humilde pero muy ambicioso, y el cáliz reapareció misteriosamente en la bolsa de Jack Shareburg, que fue falsamente acusado de haberlo robado. Lo condenaron sobre la base del juramento de tres personas: Waleran Bigod, Percy Hamleigh y el prior James de Kingsbridge. Y le ahorcaron.

Se produjo un breve silencio. Todos los presentes estaban atónitos.

—¿Cómo sabes todo eso? —le preguntó luego Philip.

—Yo era la única amiga de Jack Shareburg, que fue el padre de mi hijo, Jack Jackson, el maestro constructor de esta catedral.

Estalló un tumulto. Waleran y Peter intentaban hablar al mismo tiempo. Ninguno de ellos logró hacerse oír por encima de las voces de asombro de los clérigos allí reunidos. Habían acudido a presenciar una confrontación, pero no esperaban aquello.

Finalmente, Peter logró imponer su voz.

—¿Por qué tres ciudadanos respetuosos de la ley habrían de acusar en falso a un extranjero inocente? —preguntó.

—Para beneficiarse —respondió Ellen sin titubeos—. A Waleran Bigod le nombraron arcediano. A Percy le entregaron el señorío de Hamleigh y varias otras aldeas. Ignoro cuál sería la recompensa del prior James.

—Yo puedo contestar a eso —dijo una voz que se alzó entre los presentes.

Philip miró alrededor, sobresaltado. Quien hablaba era Remigius. Tenía ya más de setenta años, el pelo blanco y parecía propenso a divagar cuando hablaba, pero en aquel momento, mientras permanecía de pie apoyado en su bastón, le brillaban los ojos y su expresión se mostraba alerta. Era raro oírle hablar en público. Desde su hundimiento y retorno al monasterio, había vivido con sosiego y humildad. Philip se preguntaba qué se avecinaría. ¿De qué lado se inclinaría Remigius? ¿Aprovecharía aquella última oportunidad para apuñalar por la espalda a su viejo rival Philip?

—Yo puedo deciros cuál fue la recompensa que recibió el prior James —prosiguió Remigius—. Al priorato se le dieron las aldeas de Northwold, Southwold y Hundredacre, además del bosque de Oldean.

Philip estaba horrorizado. ¿Podía ser cierto que el viejo prior hubiera declarado en falso bajo juramento por unas cuantas aldeas?

—El prior James nunca fue buen administrador —continuó Remigius—. El priorato se encontraba en serias dificultades y pensó que unos ingresos extra podrían ayudarnos. —Hizo una pausa, luego, con tono incisivo, añadió—: Aportó algún beneficio y un gran daño. Los ingresos fueron útiles por un tiempo, pero el prior James jamás recobró el respeto de sí mismo.

Mientras escuchaba a Remigius, Philip recordó la permanente actitud de abatimiento del viejo prior, y al fin comprendió.

—De hecho, James no había cometido perjurio —siguió Remigius—, ya que lo único que había jurado era que el cáliz pertenecía al priorato. Pero sabía que Jack Shareburg era inocente, y aun así no reveló nada. Durante el resto de su vida sufrió por ese silencio.

Y en verdad que tenía motivo, se dijo Philip. Era un pecado gravísimo para un monje. El testimonio de Remigius confirmaba la historia de Ellen. Y condenaba a Waleran.

Remigius todavía tenía más cosas que decir.

—Algunos de los más viejos entre los presentes sin duda recordarán en qué condiciones se encontraba el priorato hace cuarenta años: hundido, sin dinero, decrépito y desmoralizado. Y ello se debía al peso de la culpa que atormentaba al prior. Ya en el lecho de muerte, me confesó al fin su pecado. Yo quería… —Se le quebró la voz. En la iglesia reinaba un silencio expectante. El anciano monje dejó escapar un suspiro y añadió—: Yo quería ocupar su puesto y reparar el daño, pero Dios eligió a otro hombre para esa tarea. —Hizo una pausa y su cara se contrajo penosamente mientras se esforzaba en terminar—. En realidad debería decir que eligió a un hombre mejor que yo. —Se dejó caer en su asiento.

Philip se sentía sobresaltado, mareado y agradecido. Dos viejos enemigos, Ellen y Remigius, le habían salvado. La revelación de aquellos secretos hizo que se sintiese como si hubiera pasado por la vida con un ojo cerrado. El obispo Waleran estaba lívido de cólera. Debía haberse creído seguro al cabo de tantos años. Se encontraba inclinado hacia Peter, hablándole al oído, mientras entre la audiencia corría un murmullo incesante de comentarios.

—¡Silencio! —gritó Peter al tiempo que se ponía en pie, y todos en la iglesia callaron—. ¡Este tribunal se levanta!

—¡Esperad un minuto! —Era Jack Jackson—. ¡Eso no basta! —exclamó—. ¡Quiero saber *por qué*!

Peter hizo caso omiso de Jack y se encaminó hacia la puerta que conducía al claustro, seguido de Waleran.

Jack les siguió.

—¿Por qué lo hicisteis? —gritó—. Mentisteis bajo juramento y un hombre murió a causa de ello. ¿Os iréis de aquí sin una sola palabra?

Waleran tenía la mirada fija ante sí, los labios apretados, el rostro pálido y su expresión era una máscara de furia contenida.

—¡Contestadme, cobarde embustero! ¿Porque matasteis a mi padre? —vociferó Jack.

Waleran salió de la iglesia y la puerta se cerró de golpe a sus espaldas.

XVIII

1

La carta del rey llegó mientras los monjes se encontraban cantando las capítulas.

Jack había construido una nueva sala capitular para acomodar a los ciento cincuenta monjes, el mayor número que, en toda Inglaterra, había en un solo monasterio. El edificio, redondo, tenía un techo bordeado de piedras y filas de graderías para que los monjes tomaran asiento. Los dignatarios monásticos se sentaban en bancos de piedra adosados a los muros, unos centímetros por encima del nivel del resto. Philip y Jonathan ocupaban tronos esculpidos en la piedra del muro, frente a la puerta.

Un monje joven estaba leyendo el capítulo séptimo de la regla de san Benito: «El sexto peldaño de humildad se alcanza cuando un monje se contenta con todo cuanto es pobre y bajo.» Philip cayó en la cuenta de que no sabía el nombre del monje que estaba leyendo. ¿Se debería a que se estaba volviendo viejo o a que la comunidad había llegado a ser muy grande? «El séptimo peldaño de humildad se alcanza cuando un hombre no sólo confiesa con su lengua que es más humilde e inferior a otros, sino que así lo cree en lo más profundo de su corazón.» Philip sabía que aún no había llegado a ese grado de humildad. Había alcanzado mucha durante sus sesenta y dos años, gracias a su valor y decisión, y también utilizando el cerebro, y necesitaba recordarse de manera constante que la verdadera razón de su éxito era la de haberse beneficiado de la ayuda de Dios, sin la que todos sus esfuerzos habrían resultado vanos.

A su lado, Jonathan se agitaba inquieto. Había tenido más dificultades todavía con la virtud de la humildad que el propio Philip. La arrogancia era el defecto de los grandes líderes. Jonathan ya estaba preparado para hacerse cargo del priorato y se mostraba impaciente. Había estado hablando con Aliena y no veía la hora de poner a prueba sus técnicas de cultivo, como la de arar con caballos y plantar guisantes y avena en tierras de barbecho para cosechar en primavera. Hace treinta y cinco años yo también estaba impaciente por criar ovejas para obtener lana, se dijo Philip.

Sabía que lo que tenía que hacer era retirarse y dejar que Jonathan ocupara su puesto de prior. Él debería pasar sus últimos años en oración y meditación. Desde luego, era lo que solía aconsejar a otros; pero ahora que ya era lo bastante viejo para retirarse, la perspectiva le aterraba. Su estado físico era perfecto, y tenía la mente tan despierta como siempre. Una vida de plegarias y meditación le volvería loco.

Sin embargo, Jonathan no esperaría eternamente. Dios le había dado las dotes para llevar un importante monasterio y no pensaba despreciar sus cualidades. Había visitado numerosas abadías a lo largo de los años y en todas partes había causado una excelente impresión. Cualquier día, a la muerte de un abad, los monjes pedirían a Jonathan que se presentara a la elección, y a Philip le sería difícil negar su permiso.

El joven monje, cuyo nombre Philip no podía recordar, estaba terminando un capítulo cuando golpearon con los nudillos en la puerta y entró el portero.

El hermano Steven, el admonitor, lo miró con el entrecejo fruncido. No debía interrumpir a los monjes durante las capítulas. El admonitor era el responsable de la disciplina y, al igual que cuantos tenían esa tarea a su cargo, él era un observador a ultranza de las reglas.

—¡Ha llegado un mensajero del rey! —anunció el portero con ansiedad.

—Ocúpate de ello, ¿quieres? —le pidió Philip a Jonathan.

El mensajero insistía en entregar su carta a uno de los dignatarios monásticos. Jonathan salió de la sala. Los monjes murmuraban entre sí.

—Continuaremos con la necrología —dijo Philip con firmeza.

Al comenzar las oraciones por los difuntos se preguntaba qué tendría que decir el segundo rey Henry al priorato de Kingsbridge. Con toda seguridad, no se trataría de buenas noticias.

Henry había andado a la greña con la Iglesia durante seis largos años. La disputa empezó con motivo de la jurisdicción de los tribunales eclesiásticos, pero el empecinamiento del rey y la religiosidad de Thomas Becket, arcediano de Canterbury, habían impedido cualquier posible compromiso. La disputa había llegado a convertirse en crisis. Becket se había visto obligado a emprender el camino del exilio.

Pero lo más triste era que la Iglesia de Inglaterra no se mostraba unánime en su apoyo a Becket. Obispos como Waleran Bigod se habían puesto del lado del rey para obtener el favor de éste. Sin embargo, el Papa estaba presionando a Henry para que hiciera la paz con Becket. Acaso la peor consecuencia de aquel enfrentamiento fuera que, al necesitar apoyo Henry en el seno de la Iglesia inglesa, resultara en una mayor influencia en la corte de obispos ansiosos de poder, como Waleran.

Jonathan regresó y entregó a Philip un rollo de pergamino lacrado.

El lacre llevaba impreso un enorme sello real. Las miradas de todos los monjes estaban fijas en él. Philip llegó a la conclusión de que sería demasiado pedirles que se concentraran en rezar por los difuntos teniendo semejante carta en la mano.

—Muy bien —dijo—. Seguiremos con las oraciones más tarde.

Rompió el sello y abrió la carta. Echó una ojeada al saludo y luego se la entregó a Jonathan, que tenía mejor vista.

—Léenosla, por favor.

Después de los saludos de rigor el rey escribía: «He nombrado nuevo obispo de Lincoln a Waleran Bigod, en la actualidad obispo de Kingsbridge.» La voz de Jonathan quedó ahogada por los murmullos que se alzaron. Philip sacudió la cabeza con expresión de disgusto. Desde las revelaciones producidas durante el juicio de Philip, Waleran había perdido toda credibilidad en aquella comarca. No había manera de que continuara como obispo. De modo que había convencido al rey de que lo nombrara prelado de Lincoln, uno de los obispados más ricos del mundo. Lincoln era la tercera diócesis más importante del reino después de Canterbury y York. De ahí al arzobispado no había más que un paso. Henry podía estar incluso preparando a Waleran para ocupar el puesto de Thomas Becket. La posibilidad de que Waleran llegase a ser arzobispo de Canterbury y, en consecuencia, jefe de la Iglesia de Inglaterra, era aterradora.

Una vez que se hubieron calmado los monjes, Jonathan reanudó su lectura.

—«... y recomiendo al deán y capítulo de Lincoln que lo elijan.»

Bueno, pensó Philip, eso resulta más fácil de decir que de hacer. Una recomendación real era casi una orden, pero no del todo. Si el capítulo de Lincoln era contrario a Waleran o tenía un candidato propio, podía crear dificultades al rey. Probablemente éste se saldría al final con la suya, pero no era, en modo alguno, una solución predeterminada.

—«Y ordeno al capítulo del priorato de Kingsbridge que celebre una elección para el nombramiento del nuevo obispo de Kingsbridge; y recomiendo la elección como obispo de mi servidor Peter de Wareham, arcediano de Canterbury.»

Entre los monjes allí reunidos se alzó una unánime voz de protesta. Philip se quedó paralizado por el horror. ¡El arcediano Peter, arrogante, vengativo y farisaico, era el elegido por el rey como nuevo obispo de Kingsbridge! Peter era un calco exacto de Waleran. Ambos eran hombres piadosos y temerosos de Dios, pero no tenían el sentido de su propia falibilidad, de tal manera que consideraban que sus deseos personales eran la voluntad del Señor. En consecuencia, perseguían sus objetivos de manera implacable. Con Peter de obispo, Jonathan pasaría su vida como prior luchando por la justicia y la honradez en un condado gobernado con puño de hierro por un hombre sin corazón. Y si Waleran llegaba a ser nombrado arzobispo, no habría perspectivas de cambio.

Philip vio ante sí un período largo y sombrío, semejante a los tiempos de la guerra civil, cuando los condes como William hacían lo que les venía en gana, mientras sacerdotes arrogantes abandonaban a sus rebaños. El priorato se hundiría una vez más, convirtiéndose en la sombra de lo que ahora era.

Otros, sin embargo, sentían tanta cólera como él.

—¡No será así! —clamó Steven poniéndose de pie; tenía el rostro congestionado pese a la regla impuesta por Philip de que durante el capítulo todos debían hablar con calma y en voz baja.

Los monjes lo vitorearon.

—¿Qué podemos hacer? —preguntó Jonathan con su prudencia habitual.

—¡Tenemos que rechazar la petición del rey! —dijo el hermano Bernard, gordo como siempre.

Varios monjes expresaron su acuerdo.

—¡Debemos escribir al rey diciéndole que nosotros elegiremos a quien mejor nos parezca! —decidió Steven, para añadir al cabo de un instante, con timidez—: Con la ayuda de Dios, claro está.

—No estoy de acuerdo en que nos neguemos en redondo —repuso Jonathan—. Cuanto más pronto lo desafiemos, antes descargará el rey su furia sobre nuestras cabezas.

—Jonathan tiene razón —sentenció Philip—. Un hombre que pierda una batalla con el rey puede obtener el perdón, pero el hombre que la gane estará condenado.

—¡Pero estaremos cediendo! —explotó Steven.

Philip se sentía tan preocupado y temeroso como todos los demás, pero tenía que aparentar calma.

—Tranquilízate, Steven, por favor —dijo—. Claro está que tenemos que luchar contra ese terrible nombramiento, pero hemos de hacerlo con cuidado e inteligencia, evitando en todo momento un claro enfrentamiento.

—Entonces, ¿qué haremos? —preguntó Steven.

—Todavía no estoy seguro —repuso Philip.

Aunque en un principio se había sentido desalentado, ya empezaba a recuperar su espíritu combativo. Se había pasado la vida librando esa batalla una y otra vez. Lo había hecho en el priorato, cuando derrotó a Remigius y fue elegido prior. Y también en el condado contra William Hamleigh y Waleran Bigod. Y ahora lo haría a escala nacional. En esta ocasión sería contra el rey.

—Creo que iré a Francia —dijo—, a ver al arzobispo Thomas Becket.

A lo largo de toda su vida, y en cuantas crisis se presentaban, Philip había sido capaz de concebir un plan. Siempre que su priorato, su ciudad o él mismo se habían visto amenazados por las fuerzas de la injusticia o la barbarie, había encontrado una forma de defensa y de contraataque. No siempre había estado seguro de alcanzar el éxito, pero jamás se había sentido sin saber qué hacer. Hasta ahora.

Al llegar a la ciudad de Sens, al sudeste de París, en el reino de Francia, todavía se sentía desconcertado.

La catedral de Sens era la más grande que jamás había visto. Comparada con la de Kingsbridge daba la impresión de espacio más que de luz.

Al viajar por Francia advirtió por primera vez en su vida de que había más diversidad de iglesias en el mundo de las que había imaginado, y comprendió los efectos revolucionarios que el hecho de viajar había tenido en la mente de Jack Jackson. A su paso por París, Philip no dejó de visitar la iglesia abadía de Saint-Denis, y pudo comprobar de dónde había sacado Jack algunas de sus ideas. También había visto dos iglesias con arbotantes como los de Kingsbridge. Era evidente que otros maestros constructores se habían visto enfrentados al mismo problema que Jack, y le habían dado idéntica solución.

Philip fue a presentar sus respetos al arzobispo de Sens, William Whitehands, un clérigo joven e inteligente que era sobrino del difunto rey Stephen. El arzobispo William invitó a almorzar a Philip, que se mostró halagado pero declinó la invitación. Había recorrido un largo camino para ver a Thomas Becket y al encontrarse ya cerca se sentía impaciente. Después de asistir a misa en la catedral, siguió el curso del río Yonne hacia el norte de la ciudad.

Lo acompañaba una comitiva pequeña para alguien que, como él, era prior de uno de los monasterios más ricos de Inglaterra. Sólo llevaba dos hombres de armas como protección, un monje joven de nombre Michael de Bristol como ayudante y un caballo de carga con un montón de libros sagrados, copiados y bellamente ilustrados en Kingsbridge, para ofrecerlos de regalo a los abades y obispos a quienes visitara durante el viaje. Los costosos libros resultaron regalos impresionantes, sobre todo porque contrastaban con el modesto séquito de Philip. Había sido un gesto deliberado por parte de éste. Quería que la gente respetara el priorato, no al prior.

Cerca de la puerta norte de Sens, en un prado soleado junto al río, se alzaba la venerable abadía de Sainte-Colombe, donde el arzobispo

Thomas residía desde hacía tres años. Uno de los sacerdotes de Thomas acogió calurosamente a Philip. Llamó a los sirvientes para que se ocuparan de los caballos y el equipaje y les hizo pasar a la casa de invitados, donde se alojaba el arzobispo. Philip pensó que los exiliados debían de sentirse contentos de recibir visitantes, no sólo por motivos sentimentales, sino porque constituía una muestra de apoyo.

Ofrecieron comida y vino a Philip y a su ayudante y luego les presentaron a sus familiares. Casi todos sus hombres eran sacerdotes, en su mayoría jóvenes, y Philip pensó que muy inteligentes. Pronto Michael comenzó a discutir con uno de ellos sobre la transustanciación. Philip saboreaba su vino y escuchaba sin intervenir.

—¿Qué opináis acerca de ello, padre Philip? Aún no habéis dicho ni una palabra —le preguntó uno de los sacerdotes.

—Por el momento, los problemas teológicos espinosos son los que menos me preocupan.

—¿Por qué?

—Porque todos quedarán resueltos en el futuro y entretanto se conservan guardados de forma debida.

—¡Bien dicho!

Era una voz nueva, y al levantar Philip la vista se encontró con el arzobispo Thomas de Canterbury.

Comprendió al punto que estaba ante un hombre notable. Thomas era alto, delgado y de facciones muy hermosas, una frente ancha y despejada, ojos brillantes, tez clara y pelo oscuro. Debía de tener unos cincuenta años, diez menos que Philip, aproximadamente, y pese a sus infortunios su expresión era alegre y respiraba vitalidad. Philip observó de inmediato que era un hombre de personalidad muy atrayente, lo cual explicaba en parte su notable ascenso desde unos orígenes humildes.

Philip se arrodilló y le besó la mano.

—¡Me alegro tanto de conoceros! Siempre he querido visitar Kingsbridge... He oído hablar mucho de vuestro priorato y de su maravillosa catedral nueva —dijo Thomas.

Philip se sentía encantado y halagado.

—He venido a veros porque todo cuanto hemos conseguido está siendo puesto en peligro por el rey.

—Quiero saberlo todo de inmediato —dijo Thomas—. Venid a mi cámara. —Dio media vuelta y salió.

Philip lo siguió, con una mezcla de complacencia y aprensión.

Thomas lo condujo a una habitación más pequeña. Había en ella una suntuosa cama de madera y cuero con sábanas de hilo fino y una colcha bordada, pero Philip también vio un delgado colchón enrollado en un rincón y recordó las historias que se contaban acerca de que

Thomas jamás utilizaba los lujosos muebles ofrecidos por sus anfitriones. Philip se sintió por un instante culpable al recordar su confortable lecho en Kingsbridge mientras que el primado de Inglaterra dormía en el suelo.

—Y hablando de catedrales, ¿qué os parece la de Sens? —le preguntó Thomas.

—Asombrosa —repuso Philip—. ¿Quién es el maestro constructor?

—Guillaume de Sens. Espero convencerlo algún día de que acuda a Canterbury. Sentaos. Y ahora, decidme qué está ocurriendo en Kingsbridge.

Philip le contó a Thomas todo lo referente al obispo Waleran y al arcediano Peter. Thomas parecía muy interesado y hacía algunas preguntas que demostraban percepción y sutileza. Además de buena presencia y simpatía, tenía cerebro. Sin duda, había tenido que echar mano de todo cuanto tenía a su alcance para alcanzar una posición desde la cual doblegar la voluntad de uno de los reyes más fuertes que Inglaterra había tenido. Se decía que debajo de su indumentaria arzobispal Thomas llevaba un cilicio, y Philip no pudo por menos que recordar que debajo de su atractivo exterior había una voluntad de hierro.

Una vez que el prior hubo terminado, Thomas se mostró grave.

—No debe permitirse que eso ocurra —dijo.

—Así es —convino Philip; el tono firme de Thomas era alentador—. ¿Podéis evitarlo?

—Únicamente si se me incorpora de nuevo a Canterbury.

Aquélla no era la respuesta que Philip había esperado.

—Pero incluso ahora, ¿no podéis escribir al Papa?

—Lo haré —respondió Thomas—. Os prometo que el Papa no reconocerá a Peter como obispo de Kingsbridge. Pero ni podemos permitirle que se instale en el palacio del obispo, ni estamos en situación de nombrar a otro.

Philip se sentía desmoralizado ante la contundente negativa de Thomas. Durante todo el viaje hasta allí había abrigado la esperanza de que Thomas haría lo que él no había podido hacer y encontraría la manera de dar al traste con la trama de Waleran. Sin embargo, el inteligente Thomas también se encontraba inerme. Todo cuanto podía ofrecerle era la esperanza de que sería restaurado en Canterbury. Una vez conseguido esto tendría el poder de vetar los nombramientos episcopales.

—¿Existe alguna esperanza de que volváis pronto? —preguntó con tristeza Philip.

—Alguna, si sois optimista —repuso Thomas—. El Papa ha concebido un tratado de paz y nos apremia, tanto a Henry como a mí, a aceptarlo. Para mí las condiciones son aceptables. Ese tratado me da todo aquello por lo que he estado luchando. Henry dice que también es aceptable para él. He insistido en que demuestre su sinceridad otorgándome el beso de la paz, pero se niega.

La voz de Thomas cambió a medida que hablaba. Cesaron los altibajos propios de una conversación y quedó reducida a una insistente monotonía. De su rostro desapareció toda vitalidad y adquirió el aspecto de un sacerdote dando un sermón sobre abnegación a unos fieles distraídos. Philip descubrió en su expresión la tenacidad y el orgullo que le habían mantenido en la lucha todos aquellos años.

—La negativa del beso es una prueba de que planea atraerme de nuevo a Inglaterra y una vez allí denunciar los términos del tratado.

Philip asintió. El beso de la paz, que formaba parte del ritual de la misa, era el símbolo de confianza, y ningún contrato, desde el matrimonio hasta una tregua, quedaba completo sin él.

—¿Qué puedo hacer? —preguntó Philip, tanto para sí como dirigiéndose a Thomas.

—Volved a Inglaterra y haced campaña en mi favor —contestó Thomas—. Escribid cartas a los priores y abades. Enviad desde Kingsbridge una delegación al Papa. Suplicad al rey. Pronunciad sermones en vuestra famosa catedral diciendo a la gente del condado que su más alto sacerdote ha sido menospreciado por su rey.

Philip asintió. No pensaba hacer nada de aquello. Lo que Thomas le estaba pidiendo era que se uniera a la oposición al rey. Era posible que si lo hacía contribuyese a levantar la moral de Thomas, pero a Kingsbridge no le serviría de nada.

Acababa de ocurrírsele algo mejor. Si Henry y Thomas habían llegado a acercarse tanto, tal vez no fuera muy difícil unirles definitivamente. Philip reflexionó, esperanzado. Acaso hubiera algo que él podía hacer. Aquella idea hizo que volviera a sentirse optimista. Tal vez fuera algo descabellado, pero no tenía nada que perder.

Después de todo, sólo discutían por un beso.

Philip se sintió impresionado al ver hasta qué punto había envejecido su hermano.

Francis tenía el pelo gris, grandes y oscuras ojeras y su tez parecía reseca. Claro que a sus sesenta años eso tal vez no fuera sorprendente. Pero su mirada aún era intensa, y parecía animado.

Philip llegó a la conclusión de que lo que le preocupaba era su propia edad. Como siempre, cada vez que veía a su hermano se daba cuenta de lo que él mismo había envejecido. Hacía años que no se miraba en un espejo. Se preguntó si también él tendría bolsas debajo de los ojos. Se palpó la cara. Era difícil saberlo.

—¿Qué tal te llevas con Henry? —preguntó Philip, intrigado por saber, como todo el mundo, cómo eran los reyes en privado.

—Mejor que con Maud —contestó Francis—. Ella era más inteligente, pero tenía una personalidad demasiado tortuosa. Henry es muy franco. Siempre se sabe en qué está pensando.

Se encontraban sentados en el claustro de un monasterio de Bayeux, donde se alojaba Philip. La corte del rey Henry se alojaba cerca de allí. Francis aún seguía trabajando para Henry, después de veinte años. Ya era jefe de la cancillería, donde se escribían todas las cartas y cédulas reales. Se trataba de un cargo importante y poderoso.

—¿Franco? ¿Henry? El arzobispo Thomas no opina igual.

—Tremendo error de Thomas —dijo Francis con desdén.

Philip pensó que su hermano no debería mostrarse tan despreciativo con el arzobispo.

—Thomas es un gran hombre —objetó.

—Thomas quiere ser rey —afirmó, tajante, Francis.

—Y Henry, a su vez, quiere ser arzobispo —replicó Philip.

Se miraron irritados. Si vamos a empezar a pelearnos, se dijo Philip, no es de extrañar que Henry y Thomas luchen tan encarnizadamente.

—De cualquier manera, tú y yo no vamos a discutir por ello —dijo sonriendo.

El rostro de Francis se serenó.

—No, claro que no. Recuerda que esta discusión ha estado atormentándome desde hace seis años. Me resulta imposible ser tan objetivo como tú.

Philip hizo un gesto de asentimiento.

—Pero ¿por qué Henry no quiere aceptar el plan de paz del Papa?

—Sí que quiere —rectificó Francis—. Estamos a un paso de la reconciliación, pero Thomas pretende más. Se empecina en el beso de la paz.

—Pero si el rey es sincero, ¿por qué ha de importarle dar el beso de la paz como garantía?

—¡No figura en el plan! —exclamó Francis, exasperado.

—A pesar de eso, ¿por qué no darlo? —insistió Philip.

Francis suspiró.

—Lo haría gustoso si no fuese porque en cierta ocasión juró en público que jamás daría a Thomas el beso de la paz.

—Son muchos los reyes que han quebrantado sus juramentos —dijo Philip.

—Reyes de carácter débil —señaló Francis—. Henry jamás rompería un juramento dado en público. Esa clase de cosas son las que le hace tan diferente del lamentable rey Stephen.

—Entonces la Iglesia no debería intentar persuadirle de lo contrario —concedió Philip, reacio.

—¿Y por qué Thomas insiste tanto en el beso? —preguntó Francis, exasperado.

—Porque no confía en Henry, pues nada hay que le impida denunciar el tratado. ¿Y qué puede hacer Thomas al respecto? ¿Exiliarse de nuevo? Sus partidarios se han mostrado leales, pero están cansados. Thomas no puede pasar de nuevo por lo mismo. De manera que antes de aceptar ha de tener garantías firmes.

Francis sacudió la cabeza con aire triste.

—Sin embargo, ahora se ha convertido en una cuestión de orgullo —dijo—. Sé que Henry no tiene intención de engañar a Thomas, pero no permitirá que lo obliguen a darle el beso de la paz. Aborrece sentirse coaccionado.

—Y creo que lo mismo le pasa a Thomas —opinó Philip—. Ha pedido su garantía y no dará el brazo a torcer.

Volvió a sacudir la cabeza con expresión de tristeza. Había pensado que acaso Francis fuera capaz de sugerir alguna manera de acercar a los dos hombres, pero la tarea parecía imposible.

—La ironía de todo ello es que Henry besaría complacido a Thomas después de que se hubieran reconciliado —dijo Francis—. Lo único que no quiere es que se lo impongan como condición previa.

—¿Lo ha dicho así? —preguntó Philip.

—Sí.

—¡Pues entonces eso lo cambia todo! —exclamó Philip— ¿Qué dijo exactamente?

—Dijo: «Le besaré la boca, le besaré los pies y le oiré decir misa, una vez que haya regresado.» Yo mismo se lo oí decir.

—Voy a comunicárselo a Thomas.

—¿Crees que podría aceptarlo? —preguntó, ansioso, Francis.

—Lo ignoro —Philip no quería albergar demasiadas esperanzas—. Parece una condición tan insignificante. Recibiría el beso sólo un poco después de lo que él quería.

—Y por su parte, Henry apenas si cede —observó Francis con creciente excitación—. Da el beso, pero de forma voluntaria, no obligado. Por Dios que puede dar resultado.

—Podrían celebrar el acto de reconciliación en Canterbury. Podría anunciarse previamente el acuerdo de manera tal que ninguno de los dos pudiera cambiar las cosas en el último momento. Thomas podría decir misa y Henry darle el beso en la catedral.

Y entonces, se dijo en su fuero interno, Thomas podría impedir que Waleran lleve a cabo sus diabólicos planes.

—Voy a proponérselo al rey —le comunicó Francis.

—Y yo a Thomas.

Sonó la campana del monasterio. Los dos hermanos se pusieron en pie.

—Muéstrate persuasivo —pidió Philip—. Si esto da resultado, Thomas podrá volver a Canterbury, y si Thomas regresa, Waleran Bigod estará acabado.

Se reunieron en un bonito prado a la orilla de un río, en la frontera entre Normandía y el reino de Francia, cerca de las ciudades de Fréteval y Vievy-le-Raye. El rey Henry ya se encontraba allí cuando Thomas llegó con el arzobispo William de Sens. Philip, que formaba parte del séquito de Thomas, vio a su hermano Francis. Estaba con el rey en el extremo más alejado del campo.

Henry y Thomas habían llegado a un acuerdo. En teoría.

Ambos habían aceptado el compromiso por el cual el beso de la paz se daría durante una misa de reconciliación cuando Becket hubiera regresado a Inglaterra. Sin embargo, el trato no quedaría cerrado hasta que no se hubieran reunido.

Thomas cabalgó hasta el centro del prado, dejando atrás a su gente, y Henry hizo lo mismo, mientras todos les observaban conteniendo el aliento.

Hablaron durante horas.

Nadie podía oír lo que estaban diciendo, pero todos podían imaginarlo. Hablaban de las ofensas de Henry a la Iglesia, de la manera en que los obispos ingleses habían desobedecido a Thomas, de las controvertidas Constituciones de Clarendon, del exilio de Thomas, del papel desempeñado por el Papa. En un principio Philip había temido una furiosa discusión entre ellos y que se separaran más enemigos que nunca. Con anterioridad habían estado a punto de llegar a un acuerdo, en una reunión como ésa, y, de repente, algo había herido la susceptibilidad de alguno de ellos o de ambos, se produjo un intercambio de ásperas palabras, y se separaron furiosos, cada uno culpando al otro por su intransigencia. Pero cuanto más se prolongaba la conversación, más optimista se sentía Philip. Tenía la impresión de que si alguno de lo dos estuviera dispuesto a hacer un plante y marcharse, esto ya habría ocurrido hacía tiempo.

La calurosa tarde estival empezó a refrescar y la sombra de los olmos comenzó a alargarse sobre el río. La tensión era ya insoportable.

Finalmente, algo sucedió. Thomas se movió.

¿Se disponía a alejarse cabalgando? No. Estaba desmontando. ¿Qué significaría eso? Philip vigilaba, conteniendo el aliento. Thomas, una vez en tierra, se acercó a Henry y se arrodilló a sus pies.

El rey se apeó también y abrazó a Thomas.

Los cortesanos de ambos lados empezaron a vitorear y a lanzar los sombreros al aire.

Philip notó que los ojos se le llenaban de lágrimas. El conflicto había quedado resuelto, gracias al sentido común y a la buena voluntad. Así era como debían solucionarse todas las cosas.

Tal vez fuera un presagio.

2

Era el día de Navidad y el rey estaba fuera de sí. William Hamleigh se sentía aterrado. Sólo había conocido a una persona con un genio como el del rey Henry, y esa persona era su madre. Henry resultaba casi tan aterrador como ella. Siempre resultaba intimidador con aquellas espaldas anchas, su pecho poderoso y su cabeza enorme, pero cuando montaba en cólera, se le inyectaban los ojos en sangre, se le congestionaba la cara pecosa y su habitual inquietud se transformaba en el furioso deambular de un oso cautivo.

Se encontraban en Bur-le-Roi, un pabellón de caza de Henry que se alzaba en unos jardines cerca de la costa de Normandía. El monarca debería haberse sentido feliz, ya que nada le gustaba más en el mundo que cazar y aquél era uno de sus lugares favoritos, sin embargo, estaba rabioso, y el motivo era el arzobispo Thomas de Canterbury.

—¡Thomas, Thomas, Thomas! ¡Eso es cuanto oigo de vuestros apestosos prelados! ¡Thomas hace esto, Thomas hace aquello, Thomas os ha insultado, Thomas es injusto con vos! ¡Estoy harto de Thomas!

William observaba de manera furtiva las caras de los condes, los obispos y otros dignatarios sentados a la mesa en el gran salón. La mayoría de ellos parecían nerviosos. Sólo uno se mostraba satisfecho: Waleran Bigod.

Waleran había predicho que Henry volvería a pelearse pronto con Thomas. Argumentaba que Thomas había ganado con demasiada autoridad, que el plan del Papa obligaba al rey a consentir en exceso y que surgirían nuevas disputas cuando el arzobispo intentara beneficiarse de las promesas reales. Pero Waleran no se había limitado a sentarse y ver qué ocurría, sino que había trabajado con ahínco para que su predicción se hiciera realidad. Con la ayuda de William, presentaba continuas quejas ante Henry sobre lo que Thomas estaba haciendo desde su regreso a Inglaterra. Cabalgaba por todo el país con un ejército de caballeros, visitando a sus partidarios, tramando toda clase de confabulaciones y castigando a los clérigos que habían ayudado al rey durante su exilio. Waleran manipulaba todos aquellos informes antes de pasárselos al rey. Pero en cuanto decía había algo de verdad. Sin embargo, estaba alimentando las llamas de una hoguera que no paraba de crecer. Todos aquellos que habían abandonado a Thomas durante los seis años que había durado la disputa y que en esos momentos vivían con el temor de la venganza, estaban más que dispuestos a difamarlo ante el soberano.

De manera que Waleran se mostraba enormemente satisfecho cuando Henry se enfureció. Y no dejaba de ser comprensible, ya que era uno de los más perjudicados con el regreso del arzobispo, que se había negado a confirmar su nombramiento como obispo de Lincoln, y, por otra parte, había presentado su propio candidato para el obispado de Kingsbridge: el prior Philip. De manera que si Thomas se salía con la suya, Waleran perdería Kingsbridge y no obtendría Lincoln, lo que significaría su ruina.

También se resentiría la posición de William. Con Aliena cumpliendo las funciones de su hermano el conde, Waleran anulado, Philip confirmado como obispo y sin duda Jonathan como prior de Kingsbridge, William quedaría aislado, sin un solo aliado en el condado. Ése era el motivo de que se hubiera unido a Waleran en la corte real para colaborar en la tarea de socavar el ya débil acuerdo entre el rey Henry y el arzobispo Thomas.

Nadie había comido mucho de los cisnes, gansos, pavos reales y patos presentados en la mesa. William, que siempre comía y bebía hasta hartarse, sólo mordisqueaba pan y tomaba sorbos de *posset*, una bebida hecha con cerveza, leche, huevos y nuez moscada para tranquilizar su bilioso estómago.

La ira de Henry había estallado ante la noticia de que Thomas había enviado una delegación a Tours, donde se encontraba el papa Alejandro, quejándose de que Henry no había cumplido con su parte del tratado de paz.

—No habrá paz hasta que hagáis ejecutar a Thomas —dijo Enjuger de Bohun, uno de los viejos consejeros del rey.

William quedó atónito.

—¡Es verdad! —rugió Henry.

William estaba convencido de que Henry había considerado aquella observación como una reflexión pesimista y no como una sugerencia seria. A pesar de ello, tenía la sensación de que Enjuger no lo había dicho a la ligera.

—Cuando estuve en Roma a mi regreso de Jerusalén, oí hablar de un Papa que había sido ejecutado por su insufrible insolencia. Maldito si recuerdo ahora su nombre —comentó William Malvoisin.

—Parece que no se puede hacer nada más con Thomas. Mientras siga viviendo fomentará la sedición dentro y fuera del país —manifestó el arzobispo de York.

William no pudo por menos que pensar que aquellos tres hombres se habían puesto de acuerdo. Miró a Waleran, que en ese mismo instante tomó la palabra.

—Ciertamente, resulta inútil apelar al buen sentido de Thomas.

—¡Callaos todos vosotros! —vociferó el rey—. ¡Ya he oído suficiente! ¡No hacéis otra cosa que lamentaros! ¿Cuándo moveréis vuestros traseros y haréis algo al respecto? —Bebió un trago de cerveza—. ¡Esta cerveza sabe a orines! —gritó, furioso. Apartó la silla y todos se apresuraron a ponerse en pie. Se levantó y, con paso airado, salió de la habitación.

Se produjo un silencio inquieto.

—El mensaje no puede estar más claro —dijo por fin Waleran—. Hemos de hacer algo con respecto a Thomas, cuanto antes.

—Creo que debemos enviar una delegación a Thomas para llamarle al orden —sugirió William Mandeville, el conde de Essex.

—¿Y qué haréis si se niega a atenerse a razones? —preguntó Waleran.

—Creo que entonces deberíamos arrestarle en nombre del rey.

Varios de ellos empezaron a hablar a la vez. Los reunidos se dividieron en grupos más pequeños. Quienes rodeaban al conde de Essex empezaron a proyectar su delegación a Canterbury. William vio a Waleran, que conversaba con dos o tres caballeros jóvenes y le hizo seña de que se acercara.

—La delegación de William Mandeville no servirá de nada. Thomas puede manejarlos con una mano atada a la espalda.

—Algunos de nosotros pensamos que ha llegado el momento de tomar medidas más drásticas —planteó Reginald Fitzurse mirando con frialdad a William.

—¿Qué queréis decir? —le preguntó éste.

—Ya habéis oído lo que ha dicho Enjuger.

—Ejecución —espetó Richard le Bret, un muchacho de unos dieciocho años.

William se quedó de piedra al oír aquella palabra. Así que iba en serio. Miró a Waleran.

—¿Pediréis la bendición del rey?

Fue Reginald quien contestó.

—Imposible. No puede sancionar algo así de antemano. —Esbozó una sonrisa diabólica—. Pero después sí que puede recompensar a sus leales servidores.

—Bien, William. ¿Estáis con nosotros? —le preguntó el joven Richard.

—No estoy seguro —repuso William. Se hallaba excitado y asustado a un tiempo—. Tengo que pensarlo.

—No hay tiempo que pensar. Hemos de llegar a Canterbury antes que William Mandeville, de lo contrario los suyos nos estorbarán.

—Necesitarán ir acompañados de un hombre mayor para dirigirles y planear la operación —dijo Waleran a William.

William estaba desesperadamente ansioso por aceptar, ya que no sólo resolvería todos sus problemas, sino que probablemente el rey le concediese un condado por ello.

—¡Pero matar a un arzobispo debe de ser un pecado terrible! —exclamó.

—No os preocupéis por eso —le aseguró Waleran—. Yo os daré la absolución.

La monstruosidad de lo que iban a hacer planeaba sobre William como un nubarrón tormentoso mientras el grupo de asesinos cabalgaba a través de Inglaterra. No podía pensar en otra cosa. Le era imposible comer o dormir. Se comportaba de manera extraña y hablaba distraído. Cuando el barco arribó a Dover se encontraba dispuesto a abandonar el proyecto.

Llegaron al castillo de Saltwood, en Kent, tres días después de Navidad, un lunes por la noche. El castillo pertenecía al arzobispo de Canterbury, pero durante el exilio lo había ocupado Ranulf de Broc, quien se había negado a devolverlo. En realidad, una de las quejas que había presentado Thomas al Papa era la de que el rey Henry no le había devuelto el castillo.

Ranulf hizo cambiar de idea a William.

En ausencia del arzobispo, Ranulf había asolado Kent, aprovechándose de la falta de autoridad, al igual que había hecho William en otros tiempos. Y estaba dispuesto a cualquier cosa para seguir haciendo lo que le viniera en gana. Se mostró entusiasta con el plan y expresó su satisfacción ante la oportunidad de tomar parte. Empezó a discutir los detalles de inmediato con evidente fruición. Su enfoque realista despejó la bruma de temor supersticioso que enturbiaba la visión de William, quien empezó a imaginar lo hermoso que sería convertirse nuevamente en conde y que nadie le dijera lo que debía hacer.

Se pasaron la mayor parte de la noche planificando la operación. Con la punta de un cuchillo, Ranulf dibujó sobre la mesa un plano del recinto de la catedral y del palacio arzobispal. Los edificios monásticos se encontraban en el lado norte de la iglesia, lo que era desusado, pues lo normal era que estuvieran en la parte sur, como en Kingsbridge. El palacio del arzobispo se hallaba unido a la esquina noroeste del templo. Se entraba en él desde el patio de la cocina. Mientras elaboraban el plan, Ranulf envió jinetes a sus guarniciones de Dover, Rochester y Bletchingley, ordenando a sus caballeros que se reunieran con él por la mañana en el camino de Canterbury. Hacia el amanecer los conspiradores se fueron a dormir por un par de horas.

Después del largo viaje, a William le dolían espantosamente las piernas. Confiaba en que ésa fuera la última operación militar que tuviese que hacer. Pronto cumpliría los cincuenta y cinco, si había calculado bien, y se estaba haciendo demasiado viejo para tales cosas.

Pese a su cansancio y a la animosa influencia de Ranulf seguía sin poder dormir. La idea de matar a un arzobispo era demasiado aterradora, aun cuando había sido absuelto por anticipado de su pecado. Tenía miedo de las pesadillas que pudieran atormentarle si llegaba a dormirse.

Habían concebido un buen plan de ataque. Sin embargo, saldría mal. Siempre había *algo* que fallaba. Lo importante era mostrarse lo bastante flexible para poder hacer frente a los imprevistos. Pero fuera como fuere no resultaría demasiado difícil para un grupo de luchadores profesionales dominar a un puñado de monjes afeminados.

La luz difusa de una gris mañana invernal penetró en la habitación a través de las ventanas semejantes a flechas. Al cabo de un rato William se levantó. Intentó decir sus oraciones, pero le fue imposible.

Los otros también se levantaron temprano. Desayunaron juntos en el salón. Además de William y Ranulf se encontraban allí Reginald Fitzurse, a quien William había designado jefe del grupo de ataque, Richard le Bret, el jovenzuelo del grupo, William Tracy el de más edad y Hugh Morville, el de más alto rango.

Se pusieron las armaduras y emprendieron camino a lomos de caballos de Ranulf. Hacía un frío glacial y el cielo estaba oscuro, cubierto de nubes grises y bajas, como si fuera a nevar. Siguieron por el viejo camino llamado Stone Street. Al cabo de dos horas y media, se les unieron otros caballeros.

El punto de reunión era la abadía de Saint Agustine, en las afueras de la ciudad. Ranulf le había asegurado a William que el abad era un antiguo enemigo de Thomas. De todos modos, William había decidido decirle que estaban allí para detener a Thomas, no para matarle. Debían mantener la ficción hasta el último momento. Nadie debía conocer el verdadero objetivo de la operación salvo el propio William, Ranulf y los cuatro caballeros venidos de Francia.

Llegaron a la abadía a las doce del mediodía. Allí se encontraban esperando los hombres convocados por Ranulf. El abad les dio de almorzar. El vino era muy bueno, y bebieron hasta saciarse. Ranulf ordenó a los hombres de armas que rodearan el recinto de la catedral e impidieran que nadie saliera de ella.

William seguía temblando, aun cuando se encontraba junto al fuego de la casa de invitados. La operación se prometía sencilla, pero si llegaba a fracasar, el castigo sería la muerte, con toda probabilidad. El rey encontraría una manera de justificar el asesinato de Thomas. Lo que jamás respaldaría sería un intento de asesinato. Tendría que negar todo conocimiento y ahorcar a quienes lo hubieran perpetrado. William había ahorcado a mucha gente en su calidad de sheriff de Shiring, pero la idea de su propio cuerpo colgando del extremo de una cuerda le hacía estremecerse.

Desvió sus pensamientos al condado, que sería la recompensa que recibiría por el éxito. Sería agradable volver a ser conde y pasar la vejez respetado, considerado y obedecido sin excusa alguna. Tal vez Richard, el hermano de Aliena, muriera en Tierra Santa y el rey Henry diera a William otra vez sus antiguas propiedades. Aquella idea le proporcionó más calor que el fuego.

Al dejar la abadía formaban ya un pequeño ejército. Sin embargo, no encontraron dificultad alguna para entrar en Canterbury. Ranulf había controlado esa parte del país durante seis años y su autoridad no había disminuido. Gozaba de más preponderancia que Thomas, lo que sin duda había inducido a éste a presentar su amarga queja al Papa. Tan pronto como estuvieron dentro los hombres de armas se dispersaron por todo el recinto de la catedral bloqueando las salidas.

Había empezado la operación. Hasta aquel instante se podía, teóricamente, suspenderla sin sufrir menoscabo alguno. Pero a partir de ese momento la suerte estaba echada, se dijo William con un escalofrío de temor.

Dejó a Ranulf a cargo del cerco, llevó consigo un grupo de caballeros y hombres a una casa situada enfrente de la entrada principal del recinto catedralicio, y luego franqueó la puerta con el resto de ellos. Reginald Fitzurse y los otros tres conspiradores cabalgaron hasta el patio de la cocina como si fueran visitantes oficiales y no intrusos armados. Pero William corrió hasta la casa de la guardia y redujo al aterrado portero a punta de espada.

El ataque estaba en marcha.

Con el corazón en la boca, William ordenó a uno de los hombres de armas que maniatara al portero. A los demás les dejó que se metieran en la casa de la guardia y cerraran la puerta. Ya nadie podía entrar ni salir. Había tomado un monasterio por las armas.

Siguió a los cuatro conspiradores hasta el patio de la cocina. En la parte norte estaban los establos, pero los cuatro habían atado sus caballos a una morera que había en el centro. Se quitaron los cintos y los yelmos, pues debían aparentar, al menos por un rato, que se trataba de una visita pacífica.

William los alcanzó y dejó caer sus armas debajo del árbol. Reginald lo miró inquisitivo.

—Todo marcha bien —le aseguró William—. El lugar está aislado.

Cruzaron el patio en dirección al palacio. Entraron en el zaguán. William dejó de guardia a un caballero local. Los otros penetraron en el gran salón.

Los servidores de palacio estaban sentados y se disponían a cenar, lo cual significaba que ya habían servido a Thomas así como a los sacerdotes y monjes que se encontraban con él. Uno de los sirvientes se puso en pie.

—Somos hombres del rey —anunció Reginald.

En el salón se hizo el silencio.

—Bienvenidos —dijo, el que se había levantado—. Soy William Fitzneal, el mayordomo del salón. Pasad, por favor. ¿Deseáis cenar algo?

Se mostraba muy cordial, observó William, teniendo en cuenta que su señor se andaba a la greña con el rey. Lo más probable era que lo hubiesen sobornado.

—Nada de cena. Gracias —respondió Reginald.

—¿Una copa para reponeros del viaje?

—Tenemos un mensaje del rey para tu señor —dijo, impaciente, Reginald—. Anúncianos de inmediato, por favor.

—Muy bien —contestó el mayordomo, haciendo una reverencia. Como no iban armados no tenía motivo para sospechar. Dejó la mesa y se encaminó hacia el lado opuesto al salón.

William y los caballeros le siguieron. Las miradas de los silenciosos sirvientes no se apartaban de ellos. William estaba temblando, como solía ocurrirle antes de las batallas, y ansiaba que comenzara la lucha, ya que entonces se serenaba.

Subieron por una escalera hasta el piso superior.

Al final se encontraron en una espaciosa sala de recepción con bancos adosados a las paredes, en el centro de una de las cuales había un gran sitial. En los bancos se encontraban sentados varios sacerdotes y monjes con vestiduras negras, pero el sitial aparecía vacío.

El mayordomo recorrió la habitación hasta llegar a una puerta abierta.

—Mensajeros del rey, eminencia —dijo con voz fuerte.

No pudo oírse la respuesta, pero el arzobispo debió de haber dado su permiso, porque el mayordomo les hizo ademán de que entraran.

Los monjes y sacerdotes miraron con expresión de asombro a los caballeros que cruzaban la estancia y entraban en la cámara del arzobispo.

Thomas Becket estaba sentado en el borde de la cama. Sólo había otra persona en la habitación, un monje que lo escuchaba atentamente, de pie cerca de él. William se sobresaltó al reconocer en éste al prior Philip de Kingsbridge. ¿Qué estaba haciendo allí? Adulando sin duda, y buscando favores. Philip había sido elegido obispo de Kingsbridge, pero aún no lo habían confirmado. Ahora ya jamás lo será, pensó William con brutal regocijo.

Philip también se sobresaltó al ver a William. Sin embargo, Thomas seguía hablando sin hacer caso de los caballeros. Aquello era un alarde de descortesía calculada, se dijo William. Los caballeros tomaron asiento en los taburetes bajos y en los bancos que rodeaban la cama. William hubiese preferido que no lo hicieran, ya que así parecía que la visita era social, y tuvo la impresión que, de alguna manera, habían perdido ímpetu. Tal vez fuera ése el propósito de Thomas.

El arzobispo los miró al fin. No se levantó para saludarles. Los conocía a todos salvo a William, y sus ojos se detuvieron en Hugh Morville, el de más alta graduación.

—¡Ah, Hugh! —dijo.

William había encargado aquella parte de la operación a Reginald, de manera que fue él y no Hugh quien habló.

—Nos envía el rey desde Normandía. ¿Queréis oír su mensaje en público o en privado?

Thomas miró irritado a Reginald y luego a Hugh, como si le molestara tratar con un miembro de inferior rango de la delegación.

—Vete, Philip —dijo y dejó escapar un suspiro.

Philip se levantó y pasó junto a los caballeros con gesto de preocupación.

—Pero no cierres la puerta —le advirtió Thomas.

—Os requiero en nombre del rey para que nos acompañéis a Winchester a responder de acusaciones formuladas contra vos —expuso Reginald en cuanto Philip hubo salido.

William tuvo la satisfacción de ver palidecer a Thomas.

—Así que ésas tenemos —comentó el arzobispo con calma, y alzó los ojos hacia el mayordomo que esperaba junto a la puerta—. Haz entrar a todos —le dijo—. Quiero que oigan esto.

Empezaron a desfilar monjes y sacerdotes, Philip entre ellos. Algunos se sentaron y otros se quedaron de pie apoyados contra la pared. William no tenía objeción alguna que hacer, sino al contrario, cuanta más gente estuviera presente tanto mejor, ya que el objeto de ese encuentro era el de dejar establecido ante testigos que Thomas se había negado a obedecer una orden real.

Una vez todos se hubieran instalado, Thomas miró a Reginald.

—Repetidlo —le dijo.

—Os requiero en nombre del rey para que nos acompañéis a Winchester a responder de las acusaciones contra vos —repitió Reginald.

—¿De qué acusaciones se trata? —preguntó el arzobispo con tranquilidad.

—¡De traición!

Thomas sacudió la cabeza.

—Henry no me juzgará —aseguró con calma—. Bien sabe Dios que no he cometido delito alguno.

—Habéis excomulgado a servidores del rey.

—No fui yo sino el Papa quien lo hizo.

—Habéis suspendido a otros obispos.

—He ofrecido restablecerlos en condiciones clementes. Lo han rechazado. Mi oferta sigue en pie.

—Habéis amenazado la sucesión al trono, menospreciando la coronación del hijo del rey.

—No he hecho semejante cosa. El arzobispo de York no tiene derecho a coronar a nadie, y el Papa le ha reprendido por su desfachatez. Pero nadie ha sugerido que la coronación no sea válida.

—Una cosa conduce a la otra, condenado loco —exclamó Reginald, exasperado.

—¡Ya he tenido suficiente! —clamó Thomas.

—Y nosotros ya os hemos aguantado bastante, Thomas Becket —gritó Reginald—. Por las llagas de Cristo que estamos hartos de vos, de vuestra arrogancia, de vuestras injurias y de vuestra traición.

Thomas se puso en pie.

—Los castillos del arzobispo están ocupados por los hombres del rey —clamó—. Las rentas del arzobispo las ha cobrado el rey. Se ha ordenado al arzobispo que no abandone la ciudad de Canterbury. ¿Y me decís que *vosotros* ya me habéis aguantado bastante?

—Eminencia, será mejor que discutamos este asunto en privado —aconsejó uno de los sacerdotes a Thomas en un intento de calmar los ánimos.

—¿Con qué fin? —replicó, tajante, Thomas—. Exigen algo que no debo hacer y no haré.

Los gritos habían atraído a todo el mundo en el palacio y ante la puerta de la cámara había un gran número de personas que escuchaban asombradas. La discusión se había prolongado lo suficiente. Nadie podía negar que Thomas se había resistido a obedecer una orden real. William hizo una seña a Reginald. Fue un ademán discreto, pero no pasó inadvertido para el prior Philip, que enarcó sorprendido las cejas, comprendiendo entonces que el jefe del grupo era William y no Reginald.

—Thomas Becket, habéis dejado de estar bajo la paz y protección del rey —dijo Reginald con tono oficial. Miró a los espectadores y ordenó—: Desalojad la habitación.

Nadie se movió.

—A vosotros, monjes, os ordeno en nombre del rey que vigiléis al arzobispo e impidáis que se escape.

Nadie lo haría, desde luego, y eso era precisamente lo que William esperaba. Quería que Thomas intentara escapar, ya que así tendrían una excusa para matarlo.

Reginald se volvió hacia William Fitzneal, quien, técnicamente, era el guardaespaldas del arzobispo.

—Quedas detenido —le dijo. Lo cogió por el brazo y le hizo salir de la habitación. El hombre no opuso resistencia. William y los demás caballeros les siguieron.

Bajaron por las escaleras y cruzaron el salón. Richard, el caballero local, seguía de guardia en el pórtico. William se preguntó qué podía hacer con el mayordomo.

—¿Estás con nosotros? —le preguntó.

El hombre parecía aterrado.

—Lo estoy si estáis con el rey.

William consideró que, estuviera de un lado o del otro, se sentía demasiado asustado para representar peligro alguno.

—No lo pierdas de vista —le indicó a Richard—. Nadie deberá abandonar el edificio. Mantén cerrada la puerta del pórtico.

Junto con los otros atravesó corriendo el patio hasta la morera. Empezaron a ponerse a toda prisa los yelmos y las espadas. Vamos a hacerlo, pensó William con temor. ¡Oh, Dios mío!, vamos a volver allí y a matar al arzobispo de Canterbury. Hacía mucho tiempo que William no se ponía un yelmo, y el borde de la cota de malla que le protegía el cuello y los hombros le creaba dificultades. Maldijo sus dedos poco hábiles. Avistó a un muchacho que lo miraba boquiabierto.

—¡Eh, tú! ¿Cómo te llamas? —le gritó.

El muchacho volvió la cabeza hacia la cocina, sin saber si contestar a William o salir corriendo.

—Robert, señor —respondió al cabo de un instante—. Me llaman Robert Pipe.

—Ven aquí, Robert Pipe, y ayúdame con esto.

El muchacho titubeó de nuevo.

A William se le acabó la paciencia.

—Ven aquí ahora mismo o juro por la sangre de Cristo que te cortaré las manos con esta espada.

El muchacho avanzó reacio. William le enseñó cómo sujetar la cota de malla mientras él se colocaba el yelmo. Al fin lo consiguió y Robert Pipe salió corriendo como alma que lleva el diablo. Ya tiene algo que contarle a sus nietos, se le ocurrió de pronto a William.

El yelmo tenía baberal y visera, de modo que al subir aquél y bajar ésta sus caras quedaban ocultas y ya nadie podía reconocerles. William dejó su visera abierta todavía un momento. Cada uno de ellos blandía una espada en una mano y un hacha en la otra.

—¿Preparados? —preguntó William.

Todos asintieron.

En adelante apenas hablarían. No eran necesarias más órdenes, como tampoco tomar nuevas decisiones. Todo cuanto quedaba por hacer era volver allí y matar a Thomas.

William se metió dos dedos en la boca y emitió un silbido agudo.

A continuación se bajó la visera.

De la casa de la guardia salió corriendo un hombre de armas que abrió la puerta principal de par en par.

Los caballeros apostados en la casa que había enfrente de la catedral cruzaron la calle y se dispersaron por el patio, gritando, tal como William les había dicho:

—¡Hombres del rey! ¡Hombres del rey!

William volvió corriendo al palacio.

El caballero Richard y el mayordomo William Fitzneal le abrieron la puerta del pórtico.

Mientras entraba, dos sirvientes del arzobispo aprovecharon la circunstancia de que Richard y William Fitzneal estaban distraídos y cerraron de golpe la puerta que daba al salón.

William descargó todo su peso contra la puerta. Pero era demasiado tarde. La habían asegurado con una barra. Maldijo. ¡El primer contratiempo y demasiado pronto! Los caballeros empezaron a dar hachazos contra la puerta, aunque con poco resultado. Estaba hecha para resistir ataques como aquél. William empezó a sentir que perdía el control. Luchando contra el pánico que empezaba a apoderarse de él, salió corriendo del pórtico mirando alrededor en busca de otra puerta. Reginald le siguió.

Por aquel lado del edificio no había nada. Se precipitaron hacia el lado oeste del palacio, más allá de la cocina. Se encontraron en el huerto por el lado sur. William soltó un gruñido de satisfacción. Allí, en el muro sur del palacio, había una escalera que conducía al piso superior. Parecía una entrada privada a las habitaciones del arzobispo. Se desvaneció la sensación de pánico.

William y Reginald fueron rápidamente hacia la escalera. Estaba rota en algunos sitios. Cerca había unas herramientas y una escala, como si la estuvieran reparando. Reginald colocó la escala contra el lateral de la escalera y trepó saltándose los peldaños rotos. Llegó arriba. Había una puerta que daba a un pequeño balcón cerrado. William vio que intentaba abrirla. Estaba cerrada. Junto a ella había una ventana con un postigo. Reginald lo hizo saltar con un golpe de su hacha. Metió la mano, hurgó y, finalmente, abrió la puerta y entró.

William empezó a subir por la escala.

Philip se llevó un gran susto cuando vio a William Hamleigh, pero los sacerdotes y monjes del séquito de Thomas no parecieron darle importancia. Luego, al oír los golpes contra la puerta del salón, tuvieron miedo y varios de ellos propusieron refugiarse en la iglesia.

Thomas se mostró desdeñoso.

—¿Refugiarnos? —dijo—. ¿De qué? ¿De esos caballeros? Un arzobispo no puede huir ante unos bárbaros estúpidos.

Philip pensó que tenía razón hasta cierto punto. La condición de arzobispo carecía de significado. El hombre de Dios, seguro al saber que le serán perdonados sus pecados, considera la muerte como un traslado feliz a un lugar mejor y no teme las espadas. Sin embargo, ni siquiera un arzobispo debía mostrarse tan indiferente por su seguridad hasta el punto de invitar al ataque. Además, Philip conocía por experiencia la brutalidad y depravación de William Hamleigh. De manera que cuando oyeron que rompían la ventana decidió tomar el mando.

Se asomó y comprobó que el palacio estaba rodeado de caballeros. Aquello le atemorizó todavía más. Era, a todas luces, un ataque planeado con todo cuidado, y quienes lo perpetraban estaban dispuestos a practicar la violencia. Cerró presuroso la puerta del dormitorio y la aseguró con la barra. Los demás le observaban, satisfechos de que alguien decidido se hiciera cargo de la situación. El arzobispo Thomas seguía mostrándose desdeñoso, aunque no intentó detener a Philip.

Philip se mantuvo en pie junto a la puerta. Oyó que alguien cruzaba el balcón y entraba en la sala de audiencias. Se preguntó cuánto podría resistir la puerta del dormitorio. Sin embargo, el hombre no la atacó, sino que atravesó la sala y empezó a bajar por la escalera. Philip supuso que iría a abrir la puerta del salón desde el interior de modo de franquear la entrada al resto de los caballeros.

Aquello daba a Thomas unos momentos de respiro.

En la esquina del dormitorio había otra puerta, oculta en parte por la cama.

—¿Adónde conduce? —preguntó Philip con tono apremiante, señalándola.

—Al claustro —respondió alguien—. Pero está cerrada con tranca.

Philip cruzó la habitación e intentó abrir la puerta. En efecto, estaba atrancada.

—¿Tenéis una llave? —preguntó a Thomas, y luego añadió—: Eminencia.

Thomas negó con la cabeza.

—Que yo recuerde, ese pasaje jamás ha sido utilizado —dijo con exasperante calma.

La puerta no parecía demasiado resistente pero Philip ya tenía sesenta y dos años y la fuerza bruta jamás había sido su cualidad sobresaliente. Retrocedió y lanzó un puntapié. La puerta sonó como si se astillara. Philip, apretando los dientes, golpeó con más fuerza, y consiguió abrirla.

Philip miró a Thomas. Éste, al parecer, seguía mostrándose reacio a huir. Acaso todavía no había llegado a comprender, como lo había hecho Philip, que el número de caballeros y la naturaleza bien organizada de la operación revelaban una siniestra y firme intención de hacerle daño. Pero Philip sabía de manera instintiva que sería inútil asustar a Thomas para conseguir que huyera.

—Es la hora de vísperas —le dijo, variando de táctica—. No deberíamos cambiar la disciplina de la oración por culpa de unos cuantos salvajes.

Thomas sonrió al ver que se empleaba contra él su propio argumento.

—Muy bien —respondió al tiempo que se ponía en pie.

Philip abrió la marcha, aliviado por haber conseguido que el arzobispo se pusiera en movimiento y también temeroso de que no lo hiciera con suficiente rapidez. El pasaje descendía por un largo tramo de escaleras. No existía más luz que la que llegaba del dormitorio. Al final, había otra puerta, a la que Philip aplicó el mismo tratamiento que a la anterior. Pero era más fuerte y no cedió.

—¡Ayuda! ¡Abrid la puerta! ¡Deprisa! —empezó a gritar mientras golpeaba contra la hoja.

Percibió la nota de pánico en su propia voz y se obligó a conservar la calma, a pesar de que el corazón le latía con fuerza y tenía la certeza de que los caballeros de William debían de irles a la zaga muy de cerca.

Los otros se unieron a él. Siguió golpeando la puerta y gritando.

—Dignidad, Philip, por favor —oyó decir a Thomas.

Pero no hizo caso.

Quería proteger la dignidad del arzobispo. La suya carecía de importancia.

Antes de que Thomas pudiera volver a protestar escuchó el ruido de una barra que estaba siendo retirada y el de una llave que giraba en la cerradura. La puerta se abrió. Philip dejó escapar un suspiro. Allí se encontraban de pie dos cilleros sobresaltados.

—No sabía que esta puerta condujera a parte alguna —comentó uno de ellos.

Philip los apartó impaciente; se encontraba en los almacenes del cillerero. Fue sorteando barriles y sacos para alcanzar otra puerta, por la que salió al aire libre.

Empezaba a oscurecer. Se encontraba en el paseo sur del claustro. Con inmenso alivio, vio, al otro extremo, la puerta que conducía al crucero norte de la catedral de Canterbury.

Ya estaban casi a salvo.

Tenía que hacer entrar a Thomas en la catedral antes de que William y sus caballeros les dieran alcance. El resto del grupo salió de los almacenes.

—A la iglesia. Deprisa —los apremió Philip.

—No, Philip —repuso Thomas—. No tan deprisa, entraremos en mi catedral con dignidad.

Philip hubiera gritado.

—Naturalmente, eminencia —se limitó a decir.

Podía oír el ominoso sonido de fuertes pisadas por el pasadizo en desuso. Los caballeros habían logrado irrumpir en el dormitorio y había descubierto la puerta de aquél. Sabía que la mejor protección del arzobispo era su dignidad, pero no había nada de malo en evitar las dificultades.

—¿Dónde está la cruz del arzobispo? —preguntó Thomas—. No puedo entrar en mi iglesia sin mi cruz.

Philip sacudió la cabeza, desesperado.

—Yo he traído la cruz. Aquí está —dijo uno de los sacerdotes.

—Llévala delante de mí como es habitual, por favor —pidió Thomas.

El sacerdote la alzó y se dirigió con apresuramiento contenido hacia la puerta de la iglesia.

Thomas le siguió.

El cortejo del arzobispo le precedió como el protocolo exigía, Philip entró el último y mantuvo la puerta abierta para Thomas. Justo en el momento en que éste entraba, dos caballeros salieron precipitadamente de los almacenes del cillerero y se lanzaron corriendo por el paseo sur.

Philip cerró la puerta del crucero. Había una barra introducida en un hueco del muro junto a la jamba de la puerta. La cogió y la colocó atravesada. Dio media vuelta, respirando aliviado, y se recostó contra la puerta.

Thomas estaba recorriendo el estrecho crucero en dirección a los escalones que conducían a la nave norte del presbiterio, pero cuando oyó el golpe de la barra se detuvo de repente y se volvió.

—No, Philip —dijo.

A Philip se le cayó el alma a los pies.

—Eminencia...

—Esto es una iglesia, no un castillo. Quita esa barra.

Los caballeros estaban intentando abrir la puerta a golpes.

—Me temo que quieren mataros —dijo Philip.

—Si debe ser, lo lograrán con barra o sin ella. ¿Sabes cuántas puertas más tiene esta iglesia? Ábrela.

Hubo una serie de fuertes golpes al atacar los caballeros la hoja de madera con sus hachas.

—Podríais esconderos —sugirió desesperado Philip—. Hay docenas de lugares... La entrada a la cripta se halla ahí mismo... Está oscureciendo.

—¿Esconderme, Philip? ¿En mi propia iglesia? ¿Lo harías tú?

Philip se quedó mirando a Thomas.

—No, no lo haría —dijo al fin.

—Abre la puerta.

Philip retiró la barra, abrumado.

Los caballeros irrumpieron en la iglesia. Eran cinco. Llevaban el rostro oculto por los yelmos y blandían espadas y hachas. Parecían emisarios infernales.

Philip sabía que no debería sentir miedo, pero aquellas afiladas armas le hacían temblar de horror.

—¿Dónde está Thomas Becket, traidor al rey y al reino? —gritó uno de ellos.

—¿Dónde está el traidor? ¿Dónde está el arzobispo? —vociferaron los otros.

Ya había oscurecido del todo y la gran iglesia se hallaba apenas iluminada por las velas. Todos los monjes iban vestidos de negro y la visión de los caballeros quedaba parcialmente limitada por el yelmo. De repente, Philip sintió renacer la esperanza; tal vez en la oscuridad no distinguieran a Thomas, pero éste dio al traste de inmediato con aquel atisbo de esperanza.

—Aquí me tenéis. No soy traidor al rey sino un sacerdote de Dios. ¿Qué queréis? —dijo bajando por los escalones en dirección a los caballeros.

Mientras el arzobispo permanecía enfrentado a los cinco hombres con las espadas desenvainadas, Philip supo de pronto, con toda certeza, que Thomas iba a morir ese día, allí mismo.

Los monjes y sacerdotes presentes debieron de tener la misma sensación, porque de repente la mayoría de ellos huyeron. Unos desaparecieron entre las sombras del presbiterio, otros se dispersaron por la nave entre los fieles que esperaban para el oficio y uno abrió una puertecita y subió corriendo por una escalera de caracol. Philip sentía una profunda desazón.

—¡Deberíais rezar, no correr! —les gritó.

En aquel instante se le ocurrió que tal vez también le mataran a él si no huía, pero le era imposible apartarse del lado del arzobispo.

—¡Renegad de vuestra traición! —conminó a Thomas uno de los caballeros.

Philip reconoció la voz de Reginald Fitzurse, que era quien había hablado antes.

—¡No tengo nada de que renegar! —exclamó Thomas—. No he cometido traición.

Se mostraba enormemente sereno, pero tenía el rostro lívido. Philip comprendió que Thomas, al igual que todos los demás, sabía que iba a morir.

—¡Huid, sois hombre muerto! —gritó Reginald.

Thomas permaneció inmóvil. Los caballeros no acababan de decidirse a matarlo a sangre fría.

Acaso Thomas también lo hubiese comprendido así, porque permanecía inconmovible delante de ellos, desafiándoles a que le tocaran. Permanecieron así largo rato, todos inmóviles formando un terrible cuadro, los caballeros reacios a hacer el primer movimiento, el sacerdote demasiado orgulloso para huir.

Fue el arzobispo quien quiso que la fatalidad rompiera el hechizo.

—Estoy preparado para morir, pero no tocaréis a ninguno de mis hombres, sacerdotes, monjes o seglares.

Reginald fue el primero en hacer un movimiento. Blandió su espada frente a Thomas acercando su punta cada vez más a la cara de éste, como desafiándose a sí mismo a tocar con la hoja al sacerdote. De súbito, con un rápido giro de la muñeca, Reginald quitó a Thomas la birreta.

De repente Philip volvió a sentirse esperanzado. No se atrevían a hacerlo, tenían miedo de tocarle.

Pero estaba equivocado. La resolución de los caballeros pareció haberse fortalecido con el estúpido gesto de tirar al suelo la birreta del arzobispo, como si al hacerlo hubieran esperado verse golpeados por la mano de Dios y el hecho de haber quedado impunes les hubiera dado valor para seguir adelante con su aberrante plan.

—Lleváoslo de aquí —dijo Reginald.

Los otros caballeros desenvainaron sus espadas y se acercaron a Becket.

Uno de ellos lo cogió por la cintura e intentó levantarlo.

Philip estaba desesperado. Al final lo habían tocado. Estaban dispuestos a poner las manos sobre un hombre de Dios. Philip tuvo una angustiosa sensación de lo profundo de la maldad de aquellos desalmados, como si estuviera mirando un negro pozo sin fondo. En lo más íntimo de su ser debían de saber que irían al infierno. Sin embargo, lo hicieron.

Thomas perdió el equilibrio, agitó los brazos y empezó a forcejear. Los demás caballeros unieron sus esfuerzos para intentar levantarle y sacarle de la iglesia. Los únicos del séquito de Thomas que permanecieron allí fueron Philip y un sacerdote de nombre Edward Grim. Ambos corrieron a ayudarle. Edward lo agarró del manto con fuerza. Uno de los caballeros se volvió y golpeó a Philip con el puño en un lado de la cabeza, derribándolo aturdido.

Cuando se recuperó, los caballeros habían soltado a Thomas, que se encontraba en pie con la cabeza inclinada y las manos juntas en actitud de plegaria. Uno de los caballeros alzó su espada.

Philip, todavía en el suelo, lanzó un largo y desesperado grito:

—¡Noooo!

Edward Grim levantó el brazo para parar el golpe.

—Me encomiendo a Ti... —musitó Thomas.

Cayó la espada.

Alcanzó tanto a Thomas como a Edward. Philip escuchó su propio grito. La espada partió por la mitad el cráneo del arzobispo al tiempo que le cortaba el brazo a Edward. Mientras brotaba la sangre del brazo de éste, Thomas cayó de rodillas.

Philip miraba aterrado la espantosa herida en la cabeza del arzobispo, quien fue cayendo lentamente, con las manos por delante. Se apoyó en ellas por un instante y se desplomó de bruces sobre el suelo de piedra.

Otro caballero dio otro tajo con su espada contra el cuerpo yacente. Philip soltó un grito involuntario de dolor. El segundo golpe dio en el mismo lugar que el primero y desprendió la parte superior del cráneo de Thomas. Llevaba tal fuerza que la espada se partió en dos contra el pavimento. El caballero arrojó la mitad con la empuñadura.

Un tercer caballero cometió un acto que quedaría grabado a fuego en la memoria de Philip por el resto de sus días. Introdujo la punta de su espada en la cabeza abierta del arzobispo y esparció la masa encefálica por el suelo.

Philip sintió que le flaqueaban las piernas y cayó de rodillas, abrumado por el horror.

—¡Éste ya no se levantará! ¡Larguémonos! —dijo el caballero.

Dieron media vuelta y echaron a correr.

Philip los vio cruzar la nave, blandiendo las espadas para apartar a los fieles.

Cuando los asesinos se hubieron ido, se produjo por un momento un silencio glacial. El cadáver del arzobispo yacía de bruces sobre el suelo y la parte superior del cráneo se encontraba junto al resto de la cabeza, semejante a la tapa de una olla. Philip ocultó la cara entre las manos. Aquél era el final de toda esperanza. Los bárbaros habían ganado. Tenía una sensación de vértigo e ingravidez como si estuviera hundido lentamente en un lago profundo de desesperación. Ya no había nada de donde agarrarse, todo cuando había parecido seguro era de pronto inestable.

Se había pasado la vida luchando contra el poder arbitrario de hombres malvados y ahora, en la prueba final, había sido derrotado. Recordaba la segunda vez que William Hamleigh había ido a prender fuego a Kingsbridge y los ciudadanos habían levantado una muralla en un día. ¡Que victoria aquélla! La fortaleza pacífica de centenares de personas corrientes había vencido a la monstruosa crueldad del conde William. Acudió asimismo a su memoria el intento de Waleran Bigod de que la catedral se construyera en Shiring a fin de controlarla para beneficio propio. Philip había movilizado a todo el condado. Centenares de personas, más de un millar, acudieron a Kingsbridge aquel maravilloso domingo de Pentecostés hacía ya treinta y tres años, y la propia fuerza de su ardor había conseguido derrotar a Waleran. Pero ahora ya no había esperanza. Todos los habitantes de Canterbury no alcanzarían para devolver la vida al arzobispo Thomas, ni siquiera la población entera de Inglaterra.

Arrodillado sobre las losas del crucero norte de la catedral de Canterbury, vio de nuevo a los hombres que habían irrumpido en su hogar y asesinado a sus padres ante sus propios ojos, hacía ya cincuenta y seis años. La emoción que vivía en ese momento, la de aquel chiquillo, no era miedo, ni siquiera dolor. Era furia. Incapaz de detener a aquellos enormes hombres de rostro congestionado y ojos inyectados en sangre, había concebido la resplandeciente ambición de inmovilizar a semejantes espadachines, de embotar sus espadas y detener sus caballos de batalla, obligándolos a someterse a otra autoridad, más alta que la del reino de la violencia. Instantes después, mientras sus padres yacían muertos en el suelo, había llegado el abad Peter para mostrarle el camino. Desarmado e indefenso, había detenido de inmediato aquel mar de sangre, valiéndose tan sólo de la autoridad de la Iglesia y la fuerza de su bondad. Aquella escena había inspirado a Philip durante toda su vida.

Hasta ese momento había creído que él, y las personas como él, estaban ganando. Durante el medio siglo transcurrido habían alcanzado algunas victorias notables, pero en esos instantes, al final ya de su vida, sus enemigos le demostraban que nada había cambiado. Sus triunfos habían sido temporales; su progreso, ilusorio. Había vencido en unas cuantas batallas, pero no existían esperanzas de que ganase la guerra.

Unos hombres semejantes a los que habían matado a sus padres acababan de asesinar a un arzobispo en su propia catedral, como para demostrar, más allá de toda duda, que no había autoridad capaz de prevalecer contra la tiranía de un hombre armado con una espada.

Jamás había pensado que se atrevieran a asesinar al arzobispo Thomas, y menos aún en una iglesia. Pero tampoco había pensado que alguien pudiera matar a su padre. Y los mismos hombres sedientos de sangre, con espadas y yelmos, le habían demostrado en ambos casos la espantosa verdad. Ahora, a los sesenta y dos años, mientras contemplaba el terrible espectáculo del cadáver de Thomas Becket, se sentía poseído por la misma furia infantil, irrazonable y avasalladora del chiquillo de seis años cuyo padre ha muerto.

Se puso en pie. En la iglesia se palpaba la emoción mientras las gentes se agolpaban alrededor del cuerpo del arzobispo. Sacerdotes, monjes y fieles se iban acercando cada vez más, lentamente, aturdidos y embargados por el horror. Philip comprendió que detrás de todas aquellas expresiones horrorizadas palpitaba una furia semejante a la suya. Había quien musitaba oraciones. Se escuchaba algún gemido. Una mujer se inclinó rápidamente y tocó el cuerpo sin vida, como buscando la suerte. Otros la imitaron. Entonces Philip vio a la primera mujer recoger furtivamente un poco de sangre en un minúsculo frasco, como si Thomas fuera un mártir.

El clero empezó a recobrar la razón. Osbert, el camarlengo del arzobispo, con el rostro bañado en lágrimas, sacó una navaja, cortó una tira de su propia camisa y se inclinó sobre el cuerpo intentando recomponer el cráneo de Thomas, en un esfuerzo patético por devolver un mínimo de dignidad al cuerpo terriblemente mutilado del arzobispo. Al hacerlo, un sordo gemido se propagó entre la muchedumbre.

Unos monjes aparecieron con unas parihuelas. Levantaron con sumo cuidado el cadáver de Becket y lo colocaron sobre ellas. Se alargaron muchas manos para ayudarles. Philip vio que el hermoso rostro del arzobispo tenía una expresión de paz, y que la única señal de violencia era un delgado hilo de sangre que le caía desde la sien derecha y, a través de la nariz, hasta la mejilla izquierda.

Mientras levantaban las parihuelas, Philip recogió la parte superior de la espada con la que habían asesinado a Thomas. Seguía pensando en la mujer que acababa de guardar la sangre de éste en un frasco como si fuera de un santo. Existía algo muy significativo y grande en aquel pequeño acto, pero Philip todavía no sabía muy bien qué era.

La gente siguió el cadáver del arzobispo atraída por una fuerza invisible. Philip se incorporó al gentío movido por el mismo impulso misterioso que dominaba a todos. Los monjes condujeron el cuerpo a través del presbiterio y lo depositaron suavemente en el suelo delante del altar mayor. Los fieles, muchos de los cuales rezaban en voz alta, observaban a un sacerdote que vendaba pulcramente la cabeza de Thomas con un lienzo limpio y luego le ponía una birreta nueva.

Un monje cortó de arriba abajo el manto negro del arzobispo, que estaba manchado de sangre, y se lo quitó. Pareció no saber qué hacer con aquella prenda y se volvió dispuesto a arrojarla a un lado. Uno de los fieles se apresuró a adelantarse y lo cogió como si se tratara de un objeto precioso.

La idea que había estado flotando, imprecisa, en la mente de Philip adquirió forma con un fogonazo de inspiración. Los ciudadanos consideraban a Thomas un mártir, y se mostraban ansiosos por recoger su sangre y sus ropas como si tuvieran los poderes sobrenaturales de las reliquias de los santos. Philip había estado pensando en el asesinato como en una derrota política de la Iglesia, pero la gente no lo entendía así. Lo veía como un martirio, y la muerte de un mártir, aunque fuera considerada como una derrota, al final nunca dejaba de aportar inspiración y fuerza a la Iglesia.

Philip pensó de nuevo en los centenares de personas que habían acudido a Kingsbridge para construir la catedral y en los hombres, mujeres y niños que habían trabajado juntos para levantar la muralla de la ciudad. Si en aquellos momentos pudiera movilizarse a esa misma gente, reflexionaba mientras se sentía cada vez más exaltado, podría lanzar un grito tan fuerte de ultraje que se oyera en todo el mundo.

Al mirar a los hombres y mujeres reunidos alrededor del cadáver de Thomas, al observar la expresión de dolor y afrenta de sus rostros, Philip comprendió que sólo estaban esperando un líder.

¿Sería posible?

Se dio cuenta de que existía algo familiar en aquella situación. Un cuerpo mutilado, una muchedumbre de espectadores y algunos soldados a cierta distancia. ¿Dónde lo había visto antes? Tenía la impresión de que lo que ocurriría a renglón seguido sería que un pequeño grupo de seguidores del hombre muerto se alinearían contra todo el poder y la autoridad de un poderoso imperio.

Naturalmente. Así había empezado la Cristiandad.

Y una vez que lo hubo comprendido supo lo que había que hacer.

Se colocó delante del altar y se volvió hacia la multitud. Todavía llevaba en la mano la espada rota. Por un instante le asaltó la duda. ¿Puedo hacer esto?, se preguntó. ¿Puedo empezar aquí, ahora mismo, un movimiento que haga temblar el trono de Inglaterra? Y vio, en una o dos expresiones, además de dolor y furia, un atisbo de esperanza.

Alzó en alto la espada.

—Esta espada ha matado a un santo —dijo.

Corrió un murmullo de asentimiento.

—Esta noche hemos sido testigos de un martirio —agregó.

Los sacerdotes y monjes parecían sorprendidos. Al igual que Philip, no habían captado de inmediato el significado real del asesinato que habían presenciado, pero los ciudadanos sí lo habían hecho y expresaban su aprobación ante aquellas palabras.

—Cada uno de vosotros debe salir de este lugar y proclamar lo que ha visto.

Varias personas asintieron vehementemente con la cabeza. Estaban escuchando, pero Philip quería más. Quería inspirarlas. La prédica nunca había sido su fuerte. No era uno de esos hombres capaces de tener a la audiencia pendiente de sus palabras, de hacerla reír y llorar, de persuadirla de que le siguiera por doquier. No sabía hacer trémolos con la voz y conseguir que le brillasen los ojos. Era un hombre práctico, con los pies en la tierra, que en ese preciso momento necesitaba hablar como un ángel.

—Muy pronto todos los hombres, mujeres y niños de Canterbury sabrán que los hombres del rey han asesinado al arzobispo Thomas en la catedral. Pero sólo es el comienzo. La noticia se propagará por toda Inglaterra y, luego, por toda la Cristiandad.

Advirtió que estaba perdiendo la atención de la gente. En algunos rostros podía leerse la insatisfacción y la decepción.

—Pero ¿qué debemos *hacer*? —preguntó a gritos un hombre.

Philip comprendió que necesitaban llevar a cabo de inmediato algún tipo de acción. No era posible invocar una cruzada y luego enviar a la gente a la cama.

Una cruzada, se dijo. Era una idea.

—Mañana llevaré esta espada a Rochester. Pasado mañana, a Londres. ¿Queréis venir conmigo?

La mayoría de los presentes permanecieron impasibles, pero alguien al fondo gritó:

—¡Sí!

Luego, algunos más expresaron su asentimiento.

Philip levantó algo la voz.

—Contaremos nuestra historia en todas las ciudades y aldeas de Inglaterra. Mostraremos a la gente la espada que mató a santo Thomas Becket. Dejaremos que vean sus vestiduras manchadas de sangre. —Trató de contener su ira—. Lanzaremos un clamor que se extenderá por toda la Cristiandad, que llegará incluso hasta Roma. Haremos que todo el mundo civilizado se enfrente a los bárbaros que han perpetrado este crimen terrible y blasfemo.

Esta vez la mayoría de los presentes expresó su asentimiento. Habían estado aguardando el modo de manifestar sus emociones y Philip se lo estaba dando.

—Este crimen —añadió mientras su voz subía de tono hasta convertirse en un grito—, ¡jamás, jamás, será olvidado!

Estalló un rugido de aprobación.

De repente, Philip supo adónde ir desde allí.

—¡Empecemos desde este momento nuestra cruzada! —propuso.

—¡Sí!

—¡Llevaremos esta espada por cada una de las calles de Canterbury!

—¡Sí!

—¡Y comunicaremos a todo ciudadano que se encuentre dentro de las murallas de lo que hemos sido testigos esta noche!

—¡Sí!

—¡Traed velas y seguidme!

Con la espada en alto avanzó por el centro de la catedral.

Los demás le siguieron.

Impulsado por una enorme fuerza interior cruzó el presbiterio y la crujía. Algunos de los monjes y sacerdotes caminaban junto a él. No necesitó mirar hacia atrás, ya que podía escuchar las pisadas de los centenares de personas que le seguían. Salió por la puerta principal.

Allí experimentó, por un instante, cierta inquietud. A través del huerto envuelto en sombras podía ver a hombres de armas saqueando el palacio del arzobispo. Si sus seguidores se enfrentaban a ellos la cruzada podía convertirse en una refriega antes siquiera de haber empezado. De repente se sintió temeroso, se apresuró a dar media vuelta y condujo a la multitud hacia la calle por la puerta inmediata.

Uno de los monjes comenzó a entonar un himno. Detrás de los postigos de las ventanas se veían luces y fuegos encendidos, pero a medida que la procesión pasaba por delante de ellas las gentes abrían sus puertas para ver qué estaba ocurriendo. Algunas personas hacían preguntas a quienes desfilaban. Otros se unían a la procesión.

Al doblar una esquina Philip vio a William Hamleigh.

Se encontraba en pie delante de un establo y al parecer acababa de quitarse la cota de malla y se disponía a montar su caballo y abandonar la ciudad. Había un puñado de hombres con él. Todos parecían expectantes, pues sin duda habían oído los cantos y se preguntaban qué ocurría.

A medida que la multitud se acercaba, William se sentía cada vez más desconcertado. Luego descubrió la espada rota en la mano de Philip. En su mente se hizo la luz. Por fin, aterrorizado, vociferó:

—¡Deteneos! ¡Os ordeno que os disperséis!

Nadie le hizo caso. Los hombres que estaban con William parecían inquietos. Incluso con sus armas eran vulnerables frente a más de cien personas enfervorizadas.

—¡En nombre del rey os ordeno que os detengáis! —insistió William, hablando directamente a Philip.

Philip pasó veloz junto a él, empujado hacia adelante por el gentío.

—¡Demasiado tarde, William! —le gritó por encima del hombro—. ¡Demasiado tarde!

3

Los chiquillos llegaron temprano para el ahorcamiento.

Ya estaban allí, en la plaza del mercado de Shiring, arrojando piedras a los gatos, burlándose de los mendigos y peleándose entre sí, cuando llegó Aliena, sola y a pie cubierta con una capa barata y con la capucha echada hacia adelante para ocultar su identidad.

Se detuvo a cierta distancia del patíbulo y lo miró fijamente. En un principio no había pensado en acudir. Eran demasiadas las ejecuciones que había tenido que presenciar en los años que llevaba sustituyendo al conde. Al no tener ya esa responsabilidad, había pensado que se sentiría feliz de no volver a ver nunca más otro hombre ahorcado. Pero éste era distinto.

Ya no tenía que seguir desempeñando las funciones del conde porque Richard, su hermano, había resultado muerto en Siria, y lo irónico del caso era que no había ocurrido durante una batalla, sino a causa de un terremoto. La noticia le llegó al cabo de seis meses. Hacía quince años desde la última vez que le había visto, y ya no lo vería más.

Arriba, en la colina, se abrieron las puertas del castillo y salió el prisionero con su escolta, seguido del nuevo conde de Shiring, Tommy, el hijo de Aliena.

Como Richard no había tenido hijos, era heredero su sobrino. El rey, anonadado y debilitado por el escándalo Becket, había optado por la línea de menor resistencia, confirmando rápidamente a Tommy como conde. Aliena había renunciado gustosa en favor de la generación más joven. Había logrado con el condado lo que se propusiera. De nuevo era rico y próspero, una tierra de ovejas gordas, verdes campos y molinos activos. Algunos de los terratenientes más importantes e innovadores habían adoptado las novedades que ella había introducido, arando con caballos, a los que alimentaban con la avena obtenida mediante el sistema de rotación triple de cosechas. En consecuencia, la tierra podía proporcionar comida para más gentes todavía que durante el sabio gobierno de su padre.

Tommy sería un buen conde. Había nacido para eso. Durante mucho tiempo Jack se había negado a comprenderlo. Quería que su hijo fuera constructor, pero al final se había visto obligado a admitir la realidad. Tommy nunca había sido capaz de cortar una piedra en línea recta y por el contrario era un líder nato. A los veintiocho años se mostraba decidido, firme, inteligente y de mente abierta. Ahora solían llamarle Thomas.

Cuando él se hizo cargo del gobierno, todos esperaban que Aliena siguiera viviendo en el castillo, dando la lata a su nuera y jugando con sus nietos. Sin embargo, no lo hizo. Le gustaba la mujer de Tommy, era una muchacha bonita, una de las hijas pequeñas del conde de Bedford, y adoraba a sus tres nietos, pero a lo que no estaba dispuesta era a retirarse a los cincuenta y dos años. Jack y ella habían tomado una gran casa de piedra cerca del priorato de Kingsbridge y Aliena había vuelto al negocio de la lana, comprando y vendiendo, comerciando con la misma energía que antes y ganando dinero en abundancia.

El cortejo llegó a la plaza sacando a Aliena de su ensoñación. Miró atentamente al prisionero, que avanzaba con paso vacilante al final de una cuerda, con las manos atadas a la espalda. Era William Hamleigh.

Alguien le escupió en la cara. La plaza estaba abarrotada de gente, ya que eran muchos los que se sentían satisfechos de ver morir a William. Incluso a quienes no tenían motivos de rencor contra él, les resultaba algo fuera de lo común que un antiguo sheriff fuese ahorcado. Pero William se había visto implicado en el más escandaloso asesinato que jamás había tenido lugar.

Aliena nunca había imaginado siquiera una reacción semejante a la que se produjo ante el asesinato del arzobispo Thomas. La noticia se había propagado como el fuego por toda la Cristiandad, desde Dublín a Jerusalén, y desde Toledo hasta Oslo. El Papa había guardado luto. La mitad continental del imperio del rey Henry había sido puesta bajo interdicción, lo que significaba que todas las iglesias se mantendrían cerradas y no habría oficios sagrados, salvo el bautismo. En Inglaterra las gentes empezaban a peregrinar a Canterbury, igual que si se tratara del sepulcro de un santo como Santiago de Compostela. Y hubo milagros. El agua teñida con la sangre del mártir y jirones del manto que llevaba cuando le asesinaron curaban a gente enferma no sólo en Canterbury, sino en toda Inglaterra.

Los hombres de William habían intentado robar el cuerpo conservado en la catedral, pero los monjes ya lo habían previsto, y se apresuraron a ocultarlo. Ahora se encontraba a buen recaudo en el interior de una bóveda de piedra y los peregrinos debían introducir la cabeza por un hueco en el muro para besar el sarcófago de mármol.

Fue el último crimen de William. Había regresado a hurtadillas a

Shiring, pero Tommy le había detenido acusándole de sacrilegio. Fue considerado culpable por el tribunal del obispo Philip. En circunstancias normales nadie se hubiera atrevido a condenar a un sheriff, por tratarse de un funcionario de la corona, pero en ese caso la situación era a la inversa. Nadie, ni siquiera el rey, se atrevería a defender a uno de los asesinos de Becket.

William iba a tener un mal final.

Tenía los ojos desorbitados, la mirada fija, la boca abierta y babeante, gemía incoherencias y tenía la túnica manchada, pues se había orinado.

Aliena observó a su viejo enemigo avanzar casi a ciegas y a trompicones hacia la horca. Recordó al muchacho joven, arrogante y cruel que la había violado hacía treinta y cinco años. Resultaba difícil creer que se hubiera convertido en semejante ser infrahumano, quejumbroso y aterrado. Ni siquiera se asemejaba al viejo caballero gordo, gotoso y resentido que había sido en los últimos tiempos. Cuando ya estaba cerca del patíbulo empezó a forcejear y a chillar. Los hombres de armas tiraban de la cuerda como si se tratara de un cerdo que llevaran al matadero. Aliena no pudo encontrar piedad en su corazón; lo único que sentía era alivio. William jamás volvería a aterrorizarla.

Mientras lo subían a la carreta de bueyes empezó a patalear y a berrear. Parecía un animal, con la cara congestionada, sucio y desgreñado; aunque por otra parte se asemejaba a un niño que no parara de balbucear y llorar. Se necesitó la ayuda de cuatro hombres para sujetarle mientras un quinto le echaba el dogal al cuello. Hasta tal punto luchaba, que el nudo se apretó antes de que él cayera, siendo sus propios esfuerzos los que empezaron a estrangularlo. Los hombres de armas retrocedieron. William se contorsionaba, ahogándose mientras su gorda cara adquiría un color púrpura.

Aliena miraba espantada. Ni siquiera en los momentos de mayor furia y odio le había deseado una muerte semejante.

No se escuchó ruido alguno cuando ya estaba ahogado. El gentío permanecía inmóvil. Incluso los chiquillos quedaron mudos ante aquel espantoso espectáculo.

Alguien golpeó al buey en el flanco y el animal echó a andar hacia adelante. William, cayó al fin, pero no se rompió el cuello, sino que permaneció colgado del extremo de la soga asfixiándose lentamente. Sus ojos seguían abiertos. Aliena tuvo la sensación de que la miraba. La mueca de su rostro mientras se retorcía en el extremo de la soga le resultaba familiar. Era la misma que había visto en él mientras la violaba, justo antes de tener el último orgasmo. Aquel recuerdo fue como una puñalada para Aliena, quien aun así se obligó a no apartar la mirada.

La agonía pareció interminable; sin embargo, la multitud permaneció allí sin moverse. La cara de William se oscurecía más y más. Sus contorsiones se convirtieron en débiles estertores. Finalmente, los ojos se le hundieron, los párpados se cerraron y se quedó quieto. De repente, y de manera espeluznante, apareció entre los dientes su lengua, negra e hinchada.

Estaba muerto.

Aliena se sintió exhausta. William había cambiado su vida, hasta el punto de que en un tiempo habría dicho que se la había destrozado. Pero ahora estaba muerto y ya no volvería a hacer daño a ella ni a nadie más.

La muchedumbre empezó a disolverse. Los chiquillos remedaban los estertores del ajusticiado, poniendo los ojos en blanco y sacando la lengua. Un hombre de armas subió al patíbulo y descolgó el cadáver.

Aliena encontró la mirada de su hijo. Parecía sorprendido de verla. Se acercó a ella de inmediato y se inclinó para darle un beso. Mi hijo, pensó Aliena. Mi formidable hijo, el hijo de Jack. Recordó lo aterrada que se había sentido ante la posibilidad de tener un hijo de William. Bueno, al fin y al cabo algunas cosas salían bien.

—Pensé que no querrías venir aquí —dijo Tommy.

—Tenía que hacerlo —contestó ella—. Tenía que verlo muerto.

Tommy pareció sobresaltado. No lo comprendía, en verdad que no. Aliena se alegró. Esperaba que su hijo jamás tuviera que comprender esas cosas.

Tommy le pasó un brazo por los hombros y juntos salieron de la plaza.

Aliena no volvió la vista atrás.

Un caluroso día de verano Jack comía con Aliena y Sally a la fresca del crucero norte, en la parte superior de la galería, sentados sobre la argamasa cubierta de dibujos. El cántico de los monjes en el presbiterio, durante el oficio de sexta, semejaba el rumor de una cascada lejana. Comían chuletas de cordero frías con pan tierno de trigo y bebían de una gran jarra de cerveza dorada. Jack había pasado la mañana diseñando un nuevo presbiterio que empezaría a construir el año siguiente. Sally miraba el dibujo mientras hincaba sus bonitos dientes blancos en una chuleta. Jack sabía que no pasaría mucho tiempo antes de que emitiera algún juicio crítico sobre el proyecto. Miró a Aliena. Ella también había estado leyendo en la expresión de Sally y sabía lo que se avecinaba. Cambiaron una mirada y sonrieron.

—¿Por qué quieres que el extremo este sea redondeado? —le preguntó Sally a su padre.

—Me he basado en un dibujo de Saint-Denis —repuso Jack.

—Pero ¿tiene alguna ventaja?

—Sí. Puedes mantener a los peregrinos en movimiento.

—Y para ello has colocado esa hilera de pequeñas ventanas.

Jack sabía que pronto saldrían a colación las ventanas, ya que Sally era una vidrierista.

—¿Pequeñas ventanas? —exclamó simulando indignación—. ¡Esas ventanas son inmensas! Cuando por primera vez puse en esta iglesia ventanas de este tamaño, la gente pensó que todo el edificio se vendría abajo.

—Si la parte posterior del presbiterio fuera cuadrada, tendrías un muro completamente plano —insistió Sally—, y entonces sí que podrías poner vidrieras realmente grandes.

La idea de Sally parece excelente, se dijo Jack. Con el trazado del ábside redondeado, todo el presbiterio tendría alrededor una misma elevación continua dividida en las tres tradicionales hiladas de arcada, galería y triforio. Un extremo cuadrado ofrecería la oportunidad de cambiar el diseño.

—Es posible que haya otra forma de mantener en movimiento a los peregrinos —dijo, pensativo.

—Y el sol naciente brillaría a través de las grandes vidrieras.

Jack ya podía imaginarlo.

—Podría haber una hilera de arcos altos semejantes a lanzas en un bastidor.

—O una gran ventana redonda como una rosa.

Era un idea deslumbrante. Para quien estuviera en la nave mirando a lo largo de la iglesia hacia el este, la ventana redonda semejaría un enorme sol que explotara en infinitos fragmentos de maravillosos colores.

Jack ya podía verlo.

—Me pregunto qué tema les agradaría a los monjes.

—La ley y los profetas —dijo Sally.

Jack se quedó mirándola con las cejas enarcadas.

—Eres muy astuta. Ya has discutido sobre la idea con el prior Jonathan, ¿verdad?

Sally parecía sentirse culpable, pero la llegada de Peter Chiser, un joven tallista en piedra, le evitó la respuesta. Era un hombre tímido y desmañado. El pelo rubio le caía sobre los ojos, pero esculpía cosas hermosas, y Jack estaba contento de contar con él.

—¿Qué puedo hacer por ti, Peter? —le preguntó.

—En realidad, vengo buscando a Sally.

—Pues ya la has encontrado.

En ese momento, Sally se levantaba y sacudía las migas de pan de la pechera de su túnica.

—Nos veremos luego —dijo.

Peter y ella salieron por la puerta baja y descendieron por la escalera de caracol.

Jack y Aliena se miraron.

—¿Se ha ruborizado? —preguntó Jack.

—Espero que sí —repuso Aliena—. Va siendo hora de que se enamore de alguien. ¡Tiene veintiséis años!

—Bien, bien. Había perdido toda esperanza. Creí que pensaba convertirse en una solterona.

Aliena sacudió la cabeza.

—Eso no va con Sally. Es demasiado fogosa; pero también es selectiva.

—¿De veras? —preguntó Jack—. Las jóvenes del condado no hacen cola para casarse con Peter Chiser.

—Las jóvenes del condado se enamoran de hombres guapos y vigorosos como Tommy, que son magníficos jinetes y llevan la capa forrada de seda roja. Sally es diferente. Necesita a alguien inteligente y sensitivo. Peter es ideal para ella.

Jack asintió. Nunca había pensado en ello, pero intuía que Aliena tenía razón.

—Es como su abuela —dijo—. Mi madre se enamoró de un hombre fuera de lo corriente. Alguien especial.

—Sally es como tu madre y Tommy como mi padre —puntualizó Aliena.

Jack le miró y sonrió. Aliena estaba más hermosa que nunca. Tenía hebras grises en el pelo y la piel de su cuello no era tan tersa como en otros tiempos; había perdido las redondeces de la maternidad, los finos huesos de su rostro encantador se habían hecho más prominentes y su belleza había ganado en profundidad. Jack tendió una mano y acarició su mandíbula con el índice.

—Como mis arbotantes —murmuró.

Aliena sonrió.

Le hizo una fugaz caricia en el cuello y el pecho. Sus senos también habían cambiado. Los recordaba turgentes y con los pezones duros. Luego, al quedarse encinta se le habían hecho más grandes, así como los pezones. Ahora los tenía más bajos y blandos y se le movían de manera por demás atractiva cuando andaba. Jack los había amado a través de todos los cambios. Se preguntó cómo serían cuando Aliena fuera vieja. ¿Se encogerían y arrugarían? Probablemente también los amaré entonces, se dijo. Sintió que el pezón de Aliena se endurecía bajo su tacto. Se inclinó y la besó en los labios.

—Estamos en la iglesia, Jack —murmuró ella.

—¡Qué importa! —repuso él, bajando la mano desde el vientre hasta la ingle.

Se oyeron pasos en las escaleras.

Jack se apartó con actitud culpable.

Aliena no pudo evitar sonreír ante su desconcierto.

—Mereces que Dios te castigue —le dijo sin el menor respeto.

—Ya te veré más tarde —musitó Jack con tono burlonamente amenazador.

Las pisadas alcanzaron el final de la escalera y apareció el prior Jonathan. Saludó a ambos con solemnidad. Su gesto parecía grave.

—Hay algo que quiero que escuches, Jack —le dijo—. ¿Querrías venir al claustro conmigo?

—Claro —Jack se puso enseguida en pie.

Jonathan se dirigió de nuevo hacia la escalera de caracol.

Jack se detuvo en la puerta, señaló a Aliena y dijo:

—Más tarde.

—¿Prometido? —inquirió ella con una sonrisa.

Jack siguió a Jonathan por las escaleras y a través de la iglesia hasta la puerta del crucero sur que conducía al claustro. Tras recorrer el paseo norte dejando atrás a los estudiantes con sus tablillas de cera, se detuvieron en un ángulo. Con un gesto de la cabeza Jonathan le indicó a Jack un monje que estaba sentado solo en un saliente de piedra, a mitad de camino del paso oeste. El monje llevaba echada la capucha de modo que le cubría la cara; pero al detenerse ellos, el hombre se volvió, levantó los ojos y apartó rápidamente la mirada.

Jack no pudo evitar dar un paso atrás.

El monje era Waleran Bigod.

—¿Qué diablos hace aquí? —preguntó, furioso, Jack.

—Preparándose para el encuentro con su hacedor —respondió Jonathan.

Jack frunció el entrecejo.

—No lo entiendo.

—Es un hombre acabado. No tiene posición, poder, ni amigos. Ha comprendido que Dios no quiere que sea un obispo grande y poderoso. Ha comprendido lo equivocado de su comportamiento. Ha venido hasta aquí, a pie y ha suplicado que se le admita como un humilde monje, para pasar el resto de su vida pidiendo perdón a Dios por sus pecados.

—Me resulta difícil de creer —declaró Jack.

—Al principio a mí también —reconoció Jonathan—, pero he acabado por comprender que siempre ha sido un hombre genuinamente temeroso de Dios.

Jack se mostraba escéptico.

—Creo de veras que es devoto —prosiguió Jonathan—. Sólo ha cometido un error crucial. Ha creído que, al servicio de Dios, el fin justifica los medios. Ello le daba licencia para hacer cualquier cosa.

—¡Hasta conspirar en el asesinato de un obispo!

—¡Dios le castigará por eso, no yo!

Jack se encogió de hombros. Era la clase de cosas que hubiera dicho Philip. Jack ya no encontraba motivo alguno para dejar que Waleran viviera en el priorato. Sin embargo, así era como se comportaban los monjes.

—¿Para qué queréis que lo vea yo?

—Quiere decirte por qué ahorcaron a tu padre.

Jack se quedó de piedra.

Waleran seguía sentado, completamente inmóvil, con la mirada perdida. Iba descalzo. Por debajo del borde de su túnica de tejido basto podían verse los tobillos blancos y frágiles de un viejo. Jack se dio cuenta de que Waleran ya no inspiraba temor. Estaba débil, vencido y triste.

Jack caminó despacio y se sentó en el banco, a un paso del antiguo obispo.

—El viejo rey Henry era demasiado fuerte —dijo Waleran sin más preámbulo—, y eso no gustaba a algunos barones..., pues les impedía hacer lo que quisieran. Querían que el siguiente rey fuera más débil. Pero Henry tenía un hijo, William.

Todo aquello era historia antigua.

—Eso fue antes de que yo naciera —objetó Jack.

—Tu padre murió antes de que tú nacieras —repuso Waleran con un levísimo atisbo de su vieja arrogancia.

Jack asintió.

—Adelante, pues.

—Un grupo de barones decidió librarse de William, el hijo de Henry. Pensaban que si la sucesión se presentaba dudosa podrían tener una mayor influencia en la elección del nuevo rey.

Jack escrutaba la cara pálida y delgada de Waleran, buscando pruebas de engaño. Aquel viejo sólo parecía fatigado, derrotado y atormentado por los remordimientos. Si tramaba algo, Jack no atinaba a advertirlo.

—Pero William murió durante el naufragio del *White Ship* —le recordó a Jack.

—Ese naufragio no fue un accidente —confesó Waleran.

Jack se sobresaltó. ¿Podía ser verdad semejante cosa? ¿Habían asesinado al heredero del trono sólo porque un grupo de barones quería una monarquía débil? Aunque en realidad no era más espantosa que el asesinato del arzobispo Thomas Becket.

—Proseguid —dijo.

—Los hombres de los barones barrenaron todo el barco y huyeron en un bote. Todos los que iban en él se ahogaron, salvo uno, que se agarró a una verga y flotó hasta la orilla.

—Era mi padre —dijo Jack, que ya empezaba a ver claro.

Waleran tenía la cara pálida y los labios exangües. Hablaba con tono monocorde y evitando mirar a Jack a los ojos.

—Llegó a una playa cercana al castillo que pertenecía a uno de los conspiradores y lo cogieron. El hombre no tenía el menor interés de dar a conocer la verdad. De hecho, nunca llegó a saber que el barco había sido hundido. Pero había visto cosas que habrían llegado a alertar a otros en el caso de que continuara libre y pudiera hablar sobre lo que le había ocurrido. De manera que lo secuestraron, lo trajeron a Inglaterra y lo dejaron en manos de personas en las que podían confiar.

Jack sintió una profunda tristeza. Todo cuanto su padre quería era divertir a la gente, le había dicho su madre. Pero había algo extraño en esa historia que contaba Waleran.

—¿Por qué no lo mataron de inmediato? —preguntó Jack.

—Debieron hacerlo —contestó Waleran, impasible—, pero era un hombre inocente, un trovador, alguien que proporcionaba placer a todo el mundo. No acabaron de decidirse. —Sonrió con tristeza—. En definitiva, hasta las personas más crueles tienen algún escrúpulo.

—¿Por qué cambiaron de idea entonces?

—Porque acabó por ser muy peligroso, incluso aquí. En un principio no constituyó amenaza para nadie. Ni siquiera sabía hablar inglés. Pero, naturalmente, fue aprendiendo, y empezó a hacer amigos. Así que lo encerraron en la celda que hay debajo del dormitorio. Entonces la gente empezó a preguntarse por qué lo habían encerrado. Se convirtió en algo embarazoso. Comprendieron que nunca estarían tranquilos mientras él siguiera vivo. De manera que, finalmente, nos ordenaron que lo matásemos.

Así de fácil, se dijo Jack.

—¿Y por qué obedecisteis?

—Los tres éramos ambiciosos —respondió Waleran, y por primera vez aparecían en su rostro atisbos de emoción y remordimiento—. Percy Hamleigh, el prior James y yo. Tu madre dijo la verdad. Nos recompensaron a todos. Yo me convertí en arcediano y mi carrera en la Iglesia tuvo un espléndido comienzo. Percy Hamleigh fue un terrateniente importante y el prior James obtuvo una incorporación sustancial de bienes a las propiedades del priorato.

—¿Y los barones?

—Después del naufragio, y durante los tres años siguientes, atacaron a Henry: Fulk de Anjou, William Clito en Normandía y el rey de Francia. Durante cierto tiempo pareció muy vulnerable, pero derrotó a todos sus enemigos y gobernó durante otros diez años. Sin embargo, al fin llegó la anarquía que los barones ansiaban cuando murió Henry sin dejar heredero varón y subió al trono Stephen. A lo largo de los veinte años que duró la guerra civil, los barones gobernaron como reyes en sus propios territorios sin una autoridad central capaz de doblegarlos.

—Y por eso murió mi padre.

—Pero incluso eso salió mal. La mayoría de aquellos barones murieron en el campo de batalla, y también algunos de sus hijos. Las pequeñas mentiras que dijimos por esta parte del país para que tu padre muriera se volvieron luego contra nosotros. Después del ahorcamiento, tu madre nos maldijo, e hizo bien. Al prior James lo destruyó el conocimiento de lo que había hecho, tal como explicó Remigius ante el tribunal cuando se juzgó al prior Philip por nepotismo. Percy Hamleigh murió antes de que la verdad saliera a la luz, pero a su hijo lo ahorcaron. Y ya me ves a mí. Mi perjurio se volvió en mi contra casi cincuenta años después y acabó con mi carrera. —Waleran tenía el rostro ceniciento y parecía exhausto, como si el rígido dominio de sí mismo le costara un terrible esfuerzo—. Todos teníamos miedo de tu madre porque no estábamos seguros de lo que sabía. Finalmente resultó que no era mucho, aunque sí lo bastante.

Jack se sentía tan agotado como parecía estarlo Waleran. Al fin había logrado descubrir la verdad acerca de su padre, algo que había anhelado durante toda su vida. Ahora ya no sentía ira ni deseo de venganza. Jamás había conocido a su verdadero padre, pero Tom le había transmitido su amor por la construcción de catedrales, la segunda gran pasión de su vida.

Jack se puso en pie. Todos esos acontecimientos se remontaban a un pasado demasiado lejano como para hacerle llorar. Desde entonces habían pasado muchas cosas, y la mayoría de ellas buenas.

Miró al anciano sentado en el banco. Era irónico que fuera precisamente Waleran quien estuviera sufriendo la amargura de la pesadumbre. Jack había sentido lástima de él. Se dijo que era terrible llegar a viejo y saber que uno ha empleado mal su vida. Waleran levantó la vista y sus ojos se encontraron por primera vez. El anciano se estremeció y volvió la cara como si le hubieran abofeteado. Por un instante, Jack pudo leer su pensamiento y comprendió que él había visto en sus ojos una expresión de lástima.

Y para Waleran la piedad de sus enemigos era la peor de las humillaciones.

4

Philip estaba de pie ante la puerta oeste de la antigua ciudad cristiana de Canterbury. Vestía la fastuosa indumentaria de un obispo inglés.

En la mano llevaba un báculo incrustado con piedras preciosas. Llovía a cántaros.

Tenía sesenta y seis años y la lluvia helaba sus viejos huesos. Esa sería la última vez que se aventuraría tan lejos de casa. Pero no se habría perdido ese día por nada del mundo. En cierto modo la ceremonia que estaba a punto de celebrarse era la coronación del trabajo de toda su vida.

Tres años habían pasado desde el legendario asesinato del arzobispo Thomas. En tan corto tiempo, el culto místico a Thomas Becket se había extendido por todo el mundo. Philip no había tenido la menor idea de lo que estaba iniciando cuando marchó a la cabeza de aquella multitud enfervorizada por las calles de Canterbury. El Papa había canonizado a Thomas con un apresuramiento casi indecoroso. Incluso se había creado en Tierra Santa una nueva orden de caballeros monjes llamada los Caballeros de Santo Thomas de Acre. El rey Henry no había sido capaz de acallar un movimiento popular tan poderoso. Tenía demasiada fuerza para que nadie, individualmente, pudiera acabar con él.

Para Philip la importancia de todo aquel fenómeno residía en haber puesto de manifiesto el poder del Estado. La muerte de Thomas había demostrado que en un conflicto entre la Iglesia y la corona el monarca sólo prevalecería mediante el ejemplo de la fuerza bruta. Pero el culto a Thomas Becket, ahora santo, ponía de relieve que esa victoria siempre sería una victoria pírrica. Después de todo, el poder de un rey no era absoluto. La voluntad del pueblo estaba en condiciones de refrenarlo. Ese cambio había tenido lugar durante la vida de Philip, quien no sólo lo había presenciado, sino que había contribuido a producirlo. La ceremonia de ese día era su conmemoración.

Un hombre de baja estatura y gran cabeza caminaba hacia la ciudad entre la bruma de la lluvia. No llevaba botas ni sombrero. Lo seguía, a cierta distancia, un numeroso grupo de jinetes.

Era el rey Henry.

La muchedumbre permanecía callada e inmóvil como en un funeral, mientras el monarca, calado hasta los huesos, avanzaba por el barro hacia la puerta de la ciudad.

De acuerdo con un plan previamente establecido, Philip salió al camino y empezó a andar delante del rey descalzo en dirección a la catedral. Henry lo seguía con la cabeza inclinada. La rigidez dominaba su habitual porte regio. Era la viva imagen del penitente. Los ciudadanos contemplaban atónitos y en silencio al rey de Inglaterra humillándose ante sus ojos. El séquito del soberano lo seguía un poco alejado.

Philip lo condujo lentamente a través de la entrada de la catedral. Las imponentes puertas de la espléndida iglesia estaban abiertas de par en par. Entraron. Formaban una solemne procesión de sólo dos personas, que representaba la culminación de la crisis política del siglo. La nave estaba atestada de gente, que les abrió paso. Musitaban frases, estupefactos ante el espectáculo del rey más orgulloso de la Cristiandad empapado por la lluvia y entrando en la iglesia como un mendigo.

Avanzaròn despacio por la nave y descendieron por los peldaños que conducían a la cripta. Allí, junto al nuevo sarcófago del mártir, se encontraban esperando los monjes de Canterbury junto con los obispos y abades más importantes del reino.

El rey se arrodilló. Sus cortesanos entraron en la cripta detrás de él.

Y delante de todo el mundo, Henry de Inglaterra, el segundo rey de ese nombre, confesó sus pecados y dijo haber sido la causa del asesinato del santo Thomas Becket.

Una vez que hubo confesado, se quitó la capa. Debajo llevaba una túnica verde y un cilicio. Se arrodilló de nuevo, se inclinó y presentó la espalda.

El obispo de Londres blandió una vara.

El rey iba a ser flagelado.

Recibiría cinco golpes de cada sacerdote y tres de cada monje. Claro que los golpes eran simbólicos. Considerando que se encontraban presentes ochenta monjes, una flagelación auténtica lo habría matado.

El obispo de Londres rozó levemente la espalda del rey por cinco veces con la vara; luego, se volvió y entregó la vara a Philip, obispo de Kingsbridge.

Philip se adelantó para azotar al rey. Se sentía contento de haber vivido para ver aquello. A partir de ese día, se dijo, el mundo sería un poco mejor.

TAMBIÉN DE KEN FOLLETT

UN MUNDO SIN FIN

En una época rota por guerras y epidemias, Follett sigue las vidas de cuatro personajes: Gwenda luchará por el hombre al que ama; Caris estudia para convertirse en doctora, aunque esto esté prohibido a las mujeres; Merthin, un aprendiz de carpintero, se convierte en el más extraordinario arquitecto de Kingsbridge; y Ralph, violento y vengativo, llega al poder por sus hazañas en las guerras contra Francia. En un mundo donde aquellos que defienden la tradición se enfrentan a las mentes más progresivas, Follett teje una historia donde el suspense se desarrolla en medio del desolador ambiente de la peste negra.

Ficción/978-0-307-45474-4

Disponible en su librería favorita en septiembre de 2010

LA CAÍDA DE LOS GIGANTES

Cinco familias encontrarán que sus destinos se entrelazan en muchos aspectos a medida que viven guerras y cambios impredecibles. *La caída de los gigantes* sigue a estas familias durante la Primera Guerra Mundial y la Revolución Rusa y mientras luchan por causas como el voto femenino. Los niños que estos personajes crían se convertirán en los protagonistas del próximo volumen, que abarcará la Segunda Guerra Mundial y la Gran Depresión, y la novela final que seguirá a sus hijos a través de la Guerra Fría. En palabras del propio Follett: "Esta es la historia de mis abuelos y de los tuyos, de nuestros padres y de nuestras propias vidas. De alguna forma es la historia de todos nosotros".

Ficción/978-0-307-74118-9

VINTAGE ESPAÑOL
Disponible en su librería favorita, o visite
www.grupodelectura.com